世说新语

无障碍阅读典藏版

（南朝宋）刘义庆　著
陈美锦　编译

中国華僑出版社

图书在版编目 (CIP) 数据

世说新语 : 无障碍阅读典藏版 / (南朝宋) 刘义庆著 ; 陈美锦编译 . — 北京 : 中国华侨出版社 , 2016.12

ISBN 978-7-5113-6524-8

Ⅰ . ①世… Ⅱ . ①刘… ②陈… Ⅲ . ①笔记小说－中国－南朝时代 Ⅳ . ① I242.1

中国版本图书馆 CIP 数据核字 (2016) 第 290008 号

世说新语：无障碍阅读典藏版

著　　者：（南朝宋）刘义庆
编　　译：陈美锦
出 版 人：方　鸣
责任编辑：姜薇薇
封面设计：彼　岸
文字编辑：陈凤玲
美术编辑：李丝雨
经　　销：新华书店
开　　本：787mm × 1092mm　1/16　印张：34　字数：891 千字
印　　刷：三河市嘉科万达彩色印刷有限公司
版　　次：2016 年 12 月第 1 版　2021 年 10 月第 5 次印刷
书　　号：ISBN 978-7-5113-6524-8
定　　价：75.00 元

中国华侨出版社　北京市朝阳区西坝河东里 77 号楼底商 5 号　邮编：100028
法律顾问：陈鹰律师事务所
发 行 部：（010）88893001　传　　真：（010）62707370
网　　址：www.oveaschin.com　E-mail：oveaschin@sina.com

前言

魏晋六朝是中国政治上最混乱、社会上最痛苦的时代，然而却是精神上自由解放，并富于智慧和热情的时代。在中国历史上，也许没有任何一个时代能像它一样，社会黑暗混乱而风韵流动，士人出路艰难却个性张扬。皇帝登基邀请臣子并坐；士族掌权却以过问政事为耻；人们推崇美貌男子而当街掷果盈车……刘伶纵酒、嵇康锻铁、阮籍狂啸，他们寻求清高，却流于孤僻，追求明敏，却流于放纵；他们狂放不羁、率真洒脱，形成中国历史上绝无仅有的“魏晋风度”。《世说新语》恰恰真实地记载了魏晋名士的种种奇异之举，成为 “魏晋风度”的形象演绎。

《世说新语》是中国魏晋南北朝时期“笔记小说”的代表作，主要记载士族阶层的言行风貌和逸事趣闻及统治阶级当时的情况。全书共36篇1130则，涉及的内容包括政治、经济、社会、文学、思想等许多方面，它真实地反映了当时人们的思想、生活和社会风貌，因而也是研究这一时期历史的重要资料。《世说新语》行文言简意赅、意境深远，保留了许多脍炙人口的佳句名言，是一部文学价值极高的古典名著，对后世小说的发展产生了重大影响。陈寅恪称其为“清谈之全集”，鲁迅则说它是一部“名士的教科书”，并将其艺术特色概括为“记言则玄远冷隽，记行则高简瑰奇”。

千年虽逝，但那个追求率性、珍惜自我、强调精神自由的时代却久久地为后人所怀念。《世说新语·无障碍阅读典藏版》从现代人的角度去平视两千年以前的社会，探幽烛微，通过平实而耐读、思辨而生动的语言，对《世说新语》所记载的魏晋名士的逸闻轶事进行了具有创见性的解读，并恰到好处地与现代生活进行对接，通过一些人、一些事的有趣细节，使遥远的“魏晋风度”亲切可感，让读者真切体会那个朝代的贵族、庶民和文人的欢乐、痛苦与无奈，在领略那个时代的魅力的同时，也给自己的内心以深深的启示。

《世说新语》无疑是研究魏晋六朝历史文化以及士人心态最值得研读的一部珍贵文献，同时，它也是古代文化爱好者的案头珍品。试想，茶余饭后，看阮籍的“青白二眼”，看王猛的“扪虱而谈”，看王子猷的“兴尽而返”；听魏晋名士的“非常之言”、看魏晋名士“非常之行”、悟魏晋名士“非常之道”，其文化领悟与心性滋养不言而喻……

目录

德行第一

【原文】

陈仲举[①]言为士则，行为世范[②]，登车揽辔[③]，有澄清天下之志。为豫章[④]太守，至，便问徐孺子[⑤]所在，欲先看[⑥]之。主簿[⑦]曰："群情欲府君[⑧]先入廨[⑨]。"陈曰："武王式[⑩]商容[⑪]之闾[⑫]，席不暇暖[⑬]。吾之礼贤，有何不可！"

【注释】

①陈仲举：即陈蕃，子仲举，平舆（今河南汝南）人。东汉时期名臣，与当时的窦武、刘淑合称"三君"。②言为士则，行为世范：言行举止可以作为时人的规范和准则。则，准则。范，规范。③登车揽辔（pèi）：指乘车赴任。辔，驾驭牲口用的嚼子和缰绳。④豫章：汉代郡名，在今江西南昌。⑤徐孺子：徐稚，字孺子。东汉贤士，虽然家境贫困，但十分好学，一直隐居不肯为官。⑥看：拜访，探望。⑦主簿：官名，主要负责文书典藏以及印鉴等事务。⑧府君：魏晋时期对太守的称呼。⑨廨：官署。⑩式：即轼，古代马车前面用来当作扶手的横木，这里用作动词，指扶轼低头致意。⑪ 商容：殷代贤人，被纣王所贬黜。⑫ 闾（lǘ）：巷道的大门。周武王灭商后，经过商容巷道的大门时，抵着头，抓着车上的横木，静静地站在那里，表示对贤人的尊敬。⑬ 席不暇暖：连席子还没有坐热就起身走了。比喻事务繁忙，没有休息的时间。

【译文】

陈蕃的一言一行，堪称当时读书人的典范。他只要登上马车去就任，就有匡正社会弊端、维护人间正义的志向。陈蕃在豫章当太守的时候，人一到任，马上就打听徐孺子住在什么地方，想要去拜访他。主簿禀告说："大家希望大人先进官府。"陈蕃说："周武王乘车经过商容巷道的时候，会毫不犹豫地向贤人致敬。现在，我尊重有才之人，有什么不可以的呢？"

【解读】

商容是商朝末期的重臣，因为直谏商纣王而被罢免官职，流放东鲁。后来，周武王攻克商纣之后，因为钦慕商容的为人和操守，便沐浴更衣，亲自驾车前往东鲁拜见。周武王还没有走到巷口，就从马车上下来，扶着车前的横木，一直步行到商宅。从此，周武王礼贤下士的故事便流传下来。

生活在东汉时期的徐孺子，素来恭俭义让，淡泊明志，不愿为官且乐于助人，被当时的人们尊称为"南州高士"和"布衣学者"。

周武王到商容的居所致敬，反映出他对有德之人的推崇。与周武王相似，陈仲举对贤德之人也是极为敬仰的。一到豫章，就问徐孺子家之所在，"欲先看之"。陈蕃想聘请徐孺子到府衙任功曹，他坚辞不就。出于对陈蕃的敬重，徐孺子经常造访太守府。陈蕃还专门为徐孺子做了一个床榻，平时挂在墙上。徐孺子来访的时候，就把床榻放下来。后来，唐代诗人王勃的名篇《滕王阁序》中，便有了"人杰地灵，徐孺下陈蕃之榻"的不朽名句。

【原文】

周子居[①]常[②]云："吾时月[③]不见黄叔度[④]，则鄙吝之心[⑤]已复生矣！"

【注释】

①周子居：即周乘，字子居，东汉汝南安城（今河南原阳）人，曾经担任泰山太守，与陈蕃、

黄宪等人交好。②常：通“尝”，曾经。③时月：原指四时以及月份，后来多指一定的节令。在这里泛指一段时间。④黄叔度：指黄宪，字叔度，东汉汝南人，与周子居是好友。⑤鄙吝之心：庸俗贪婪的功利思想。

【译文】

周乘曾经说：“只要有一段时间没见到黄叔度，我的思想就开始变得庸俗小气！”

【解读】

在这个世界上，有些人凭借财富为人所知，有些人通过权势影响别人，这些都是外在的东西。而有些人仅以内在的修养与学识，就赢得了人们的青睐。黄叔度就是后一种人。

黄叔度出身寒微，却有着和颜回一样高尚的道德与品行。周乘只是有些日子不见他，就会意识到自己“鄙吝之心已复生矣”。这是因为黄宪让周乘有一种如沐春风的感觉，让他进入到一种不曾感受过的崇高境界，让他的精神境界与自身价值得到提升。

【原文】

郭林宗[①]至汝南[②]，造[③]袁奉高[④]，车不停轨，鸾不辍轭[⑤]；诣[⑥]黄叔度，乃弥日信宿[⑦]。人问其故，林宗曰：“叔度汪汪如万顷之陂[⑧]，澄之不清，扰之不浊，其器深广，难测量也。”

【注释】

①郭林宗：指郭泰，字林宗，东汉太原人，官府屡次征召，皆不为官。②汝南：郡县，今河南平舆。③造：拜访，造访。④袁奉高：指袁阆，字奉高，东汉汝南人，与黄宪、陈蕃是好友。⑤车不停轨，鸾（luán）不辍轭（è）：车子在路上不停下来，马具上的銮铃不住地叮当响。轨，道路。鸾，鸾铃。轭，牲口驾车时套在脖子上的器具。⑥诣：拜访，造访。⑦弥日信宿：整天待在同一个地方，连续两个晚上都在那里过夜。⑧陂：池塘。

【译文】

郭泰到汝南拜访袁阆的时候，车马不停，匆匆忙忙；拜见黄宪的时候，则整天停留在那里，一待就是两个晚上。有人问他是什么原因，郭泰回答说：“黄宪的高深与广博，就像无边无际的大湖，如果有人想要让它变得更为澄清，或者将它搅浑，都是不可能的。他的气量就是这样，既深又广，是没有办法测量的。”

【解读】

从郭泰对袁阆和黄宪的不同拜访方式可见，他对袁、黄的态度有所不同。对袁阆的拜访，他可能是出于礼仪。两人无话可说，情谊也不是很深，所以他来去匆忙。而对于黄宪，他却有一份极真挚的敬重和欣赏。因为交情不同，欣赏的程度不同，所以郭泰待人处事的方式也有不同的表现。这并非势力，而是人际交往的常规：每个人都喜欢跟有思想，有精神道德，度量宏大、气质不凡的人交往。

黄宪为何具有这样的人格魅力？这跟他所处的社会环境有关。东汉末年，外戚专权，宦官当道，读书人报效朝廷的意愿经常遭受冷遇，而不满外戚宦官主政的有志之士，总是遭到杀害。黄宪的好友陈蕃就是在抗击宦官的斗争中遇害的。面对这种时局，黄宪只能独善其身，选择不做官。对于一个名士贤人来说，要做出这一人生选择，无疑需要极大的智慧和勇气。黄宪洞察世事，懂得“舍得”功名利禄而不与世争，他具有水一样深远的思想和情怀，拥有常人难以企及的智慧和度量，所以时人对他敬重有加。不仅郭泰，当时以德行著称的官员周子居也称赞他说，“吾时月不见黄叔度，则鄙吝之心已复生矣”。

【原文】

李元礼[①]风格[②]秀整，高自标持[③]，欲以天下名教[④]是非为己任。后进之士，有升其堂者，皆以为登龙门[⑤]。

【注释】

①李元礼：指李膺，字元礼，颍川襄城人，东汉名臣。②风格：风度品格。③高自标持：自我要求严格，标榜很高。④名教：通过正名分来教化天下，借以维护社会的伦理纲常和等级制度。名，名分。教，教化。名教观念最初源于孔子，魏晋时期正式出现。⑤登龙门：比喻因为受到名门望族的人的接待或者礼遇，身份和地位得到了极大的提高。

【译文】

李膺风度高雅，人格严谨，给自己为人处世定下了很高的标准，还把天下定名分、正是非的大事当成自己的使命。后来的读书人都把能在他家受到接待看成一件极为荣幸的事情，就像是登龙门一样。

【解读】

李膺饱读诗书，为人刚正。他不同于当时某些读书人，为了明哲保身，身居官职而无所作为。他学以致用，将书中所讲的圣德圣行付诸实践。他不畏惧强权，曾与廷尉冯绲、大司农刘佑等一起与宦官抗争，惩治为非作歹的宦官势力。当时有个官员名为张朔，张朔的哥哥是桓帝的宠臣，张朔依仗哥哥的权势为非作歹，竟杀孕妇取乐。李膺捉拿张朔后，不奏报桓帝就杀了他。桓帝问罪于他，李膺不卑不亢，说只要能杀死张朔这样的恶贼，自己死而无憾。桓帝被他的正气所震撼，无言以对。自此以后，宦官们的嚣张气焰都收敛了许多。

李膺的行动与自己制定的要求是一致的，而他也因此得到了世人的认可。这说明，人只要对自己有着高标准、高要求，并使自己按照这样的标准和要求达到某个高度，那在别人眼里，你也会高人一等。也就是说，要想别人看得起你，欣赏你，你必须付诸行动，让自己成为值得别人敬佩的人。

【原文】

李元礼尝叹荀淑[①]、钟皓[②]曰："荀君清识难尚[③]，钟君至德可师[④]。"

【注释】

①荀淑：字季和，东汉颍川人，以品行高洁著称于世。②钟皓：字季明，东汉颍川人，以德行闻名于世，与颍川的荀淑、韩韶和陈寔合称"颍川四长"。③清识难尚：看待问题见解高明，没有人能够超越。尚，超越。④至德可师：道德高尚，可以作为人们效仿的对象。可师，值得效仿。

【译文】

李元礼曾经赞美荀淑和钟皓说："荀君的见识非同一般，没有人能超越他；而钟君的道德高尚，可以作为人们效仿的对象。"

【解读】

什么样的人可以称得上是人才？荀淑和钟皓，一个富于见识，一个德行高尚，虽然才能并不完备，依然得到了李元礼的认可与肯定。可见，人才并不是全才，只要在博学广识的基础上，在某一个领域或者某一些领域拥有专长，就是人才。

因此，在识别和选拔人才的时候，一定不能求全责备。俗话说，金无足赤，人无完人。一个人身上有优点，也必定有缺点；有长处，也必定存在短处。李元礼位高权重，依然能客观地评价他人，并从他人身上看出最好的东西，难怪以善于识人著称。

【原文】

陈太丘[①]诣荀朗陵[②]，贫俭无仆役，乃使元方[③]将车[④]，季方[⑤]持杖后从，长文[⑥]尚小，载著车中。既至，荀使叔慈[⑦]应门，慈明[⑧]行酒，余六龙[⑨]下食[⑩]。文若[⑪]亦小，坐著膝前。于时太史[⑫]奏："真人[⑬]东行。"

【注释】

①陈太丘：指陈寔，字仲弓，东汉颍川人，曾经担任太丘长。②荀朗陵：指荀淑，曾经担任朗陵侯相。③元方：指陈纪，字元方，陈寔的长子。④将车：驾驭马车。⑤季方：指陈谌，字季方，陈寔的次子。⑥长文：指陈群，字长文，陈寔的孙子，陈纪的儿子。⑦叔慈：指荀靖，字叔慈，荀淑的三子。⑧慈明：指荀爽，字慈明，荀淑的六子。⑨余六龙：指荀淑其余六个儿子。荀淑共有八个儿子，都很有才华和名气，时人称其为"八龙"。⑩下食：端菜上桌。⑪文若：指荀彧，字文若，荀淑的孙子。⑫太史：皇宫里专门负责观察星象的官员。⑬真人：修行得道的人。

【译文】

陈寔准备拜访荀淑，由于家境贫困，出门没有什么仆人跟从，只是叫大儿子元方驾车，小儿子季方拿着手杖跟在马车的后面。孙子陈群的年纪还小，就和祖父陈寔一块儿坐在车里。就这样，他们出发访友去了。

到了荀家之后，荀淑让三儿子荀靖在门口迎接客人，让六儿子荀爽在饭桌上劝酒，剩下的六个儿子端菜上饭。孙子荀彧这时候年纪也还小，便被荀淑抱着，坐在祖父的膝盖前。

就在陈、荀两家相聚的这一天晚上，当时的太史发现天象有变化，赶紧向皇帝报告说："有才德的贤人向着东边去了。"

【解读】

陈寔、荀淑都是当时以德行闻名的人物，他们与同地方的钟皓、韩韶合称为"颍川四长"。陈寔的德行在于他为官清廉、爱民勤政。荀淑博学多识却不愿为官，他辞官归乡后，凭借自己的勤俭而发家致富。陈寔和荀淑的身份、地位虽然不同，但他们在待人接物和教育孩子方面却有着相同之处。陈寔为了表示自己对荀淑的尊重，以自家的儿子为仆从。荀淑家境虽然宽裕，却不表现出对陈家的傲慢，而是同样出动家人来表示自己对陈寔的敬重。

人与人交往，贵在尊重。陈寔和荀淑，一个是有名的清官，一个是博学富裕的文人。他们都有骄傲的资本却都不自傲，而是谦虚有礼待人，把对对方的敬重完全体现于行动之中。这种低调做人的处世态度，正是他们能够被人称赞的原因。

【原文】

客有问陈季方："足下[①]家君[②]太丘有何功德而荷天下重名？"季方曰："吾家君譬如桂树生泰山之阿[③]，上有万仞之高，下有不测之深；上为甘露所沾[④]，下为渊泉所润。当斯之时，桂树焉知泰山之高，渊泉之深？不知有功德与无也。"

【注释】

①足下：古时候，对于同辈人之间的敬称。②家君：对别人父亲的尊称，或者对别人称呼自己的父亲。③阿：指山上的一个角落，或山的转弯处。④沾：浸润，润泽。"沾"，与下一句"下为渊泉所润"中的"润"，相互呼应。这是古文的一种常见写法。

【译文】

有客人问陈季方："令尊太丘到底有什么功业与德行，能担当得起天下人对他这样的仰慕？"陈季方回答说："我父亲就像是一棵生在泰山某个角落的桂树，上面有是高达几万尺的山峰，下边有难以测量的深渊；处在这样的一种位置上，上可以承接到甘露的浸渍，下可以得到泉水的滋润。这时候的桂树，只是停留在那里生长着，它哪里会去计较泰山有多高，泉水有多深呢？同样，我父亲也是这种情况，他并不知道自己到底有没有功德。”

【解读】

陈季方的父亲有很高的道德修养，但是他不刻意去追求那种好名声，就像桂树虽然生得高，但却不是为了高而生在泰山山腰。

凡俗之辈，无论有没有功德业绩，往往首先在乎的是名誉地位和他人对自己的评价、看自己的眼光。他们做任何事情功利性都太强。有了成绩就要争功求名，唯恐天下无人不知。而真正有德之人，是不会计较这些的，他所要做的，是在名利场之外自由自在地生活。做好本分的同时，从不刻意去追求什么。清心寡欲，恬然自得，是他们最为真实的写照。

【原文】

陈元方子长文，有英才①，与季方子孝先②，各论其父功德，争之不能决③。咨④于太丘，太丘曰：“元方难为兄，季方难为弟。”

【注释】

①英才：卓越的才智。②决：得出结论和主张。③孝先：指陈谌的儿子陈忠。④咨：咨询，请教。

【译文】

陈元方的儿子长文天生就有雄才伟略，他跟陈季方的儿子孝先一起争论各自父亲的功德。两个人争执不下，便到祖父陈太丘那里询问。陈太丘对他们说：“你们两人的父亲，如果论功德高下，元方虽然是哥哥，却很难说占了上风；而季方虽然是弟弟，也很难说处于下风。”

【解读】

人们习惯了评比权势、财富、功绩、名誉，借此评出一个人的优劣高低。这些东西属于有形的，可掂量的，确实是可以比。但道德是无形的，且包含十分复杂的东西，又怎能比出谁高谁低呢？道德品行具体到某一个人身上，受制于内在的成分多，显露于外在的成分少。有许多看不见的因素，比如个人的性格倾向、主观能动性、世界观、人生观以及价值观等，综合影响着人的道德品行。对于这些内在的抽象因素，是没有固定统一的标准予以评判的。陈太丘正是深明这一道理，才发出了“元方难为兄，季方难为弟”的感叹。

【原文】

荀巨伯①远看友人疾，值②胡贼③攻郡，友人语巨伯曰：“吾今死矣，子可④去！”巨伯曰：“远来相视，子令吾去，败义以求生，岂荀巨伯所行邪！”贼既至，谓巨伯曰：“大军至，一郡尽空，汝何男子⑤，而敢独止⑥？”巨伯曰：“友人有疾，不忍委⑦之，宁以我身代友人命。”贼相谓曰：“我辈无义之人，而入有义之国。”遂班军⑧而还，一郡并获全。

【注释】

①荀巨伯：东汉桓帝时人。②值：正遇上。③胡贼：胡人。④可：应该。⑤男子：对于没有官职的成年男子的一种轻蔑的称谓。⑥止：停留，留下。⑦委：抛弃，放弃。⑧班军：撤军。

【译文】

荀巨伯到远方探望生病的朋友，正碰上胡人攻打他所造访的郡城。眼看着情势一天比一天危急，躺在病床上的朋友对荀巨伯说：“我病成这样，注定是要死的，你还是赶快离开这里逃命吧！”荀巨伯说：“我大老远来看望你，你却要我赶紧离开；为了活命而败坏朋友间的道义，这种行径难道是我荀巨伯应该做的吗？”结果，整个郡城的人都逃走了，只剩下荀巨伯与他生病的朋友。胡人进城后，问荀巨伯：“我们大军一到，城里的老百姓都逃走了，你是什么人，居然还敢停留在这里？”荀巨伯说：“我的朋友生病了，我怎能忍心舍弃他，一个人独自逃走。希望能用我的一条命换取我朋友的一条命，你们就放过他吧！”胡人听后议论纷纷，说：“我们这些不讲道义的人，今天到了讲道义的地方。”最后，胡人率领大批人马出城去了，整个郡城得到了保全。

【解读】

危难时刻逃命自保，这是人的本能。朋友既已病重，自己留下来也于事无补，那抛弃朋友也是可以理解的。也就说，如果荀巨伯逃走，根本无可非议。但他不顾自己性命而留了下来，这足以说明他是个十分重情重义的人。

在过于理智的人看来，荀巨伯的做法可能是愚蠢的。然而，对于以情意为重的人来说，荀巨伯这么做却是英雄之举。因为，人难得的不是在顺境中为朋友做点什么，而是在逆境中与友人共患难。这不关乎理智，而是关乎一个人的精神意志和他对道义的坚守。荀巨伯把情义看得比理智、自己的性命还重，他的人格魅力由此充分展现了出来。

【原文】

华歆①遇②子弟甚整③，虽闲室之内，严若朝典。陈元方兄弟恣④柔爱之道，而二门之里，两不失雍熙⑤之轨⑥焉。

【注释】

①华歆：字子鱼，三国时期平原人。②遇：对待③整：严谨，严格。④恣：任意，放纵。⑤雍熙：和睦欢乐。⑥轨：准则，范本。

【译文】

华歆对待家里的晚辈十分严肃，即使是在家里这样轻松休闲的场合，也要求他们行为严谨，就像在正式的场合那样。陈元方兄弟一家的门规与之完全不同，他们推行温柔的爱护之道。虽然两家的门风不同，但是都没有违背家人之间和睦欢乐的准则。

【解读】

不同的家庭，所采取的教育方式是不同的，华歆与陈元方两家，虽然所使用的方法有严柔之分，但却达到了相同的教育效果。其中的原因有很多，但作为家长的能准确地把握家庭成员的个性，因材施教，应是最为重要的一个。从这点来说，现代父母要想正确地教育自己的孩子，也应该根据自己孩子的特性，找到一种适合自己孩子的教育方式，持之以恒地坚持下来。

此外，华歆与陈元方以家庭和睦快乐为基准的家庭教育也说明了一个生活道理：一个家庭最重要的不是孩子要多优秀，而是整个家庭要有温暖快乐的气氛。所以说，无论什么样的家教，最终都要回归到生活上，应使自己的孩子、家人能够处在融洽平和的家庭环境中。

【原文】

管宁①、华歆②共园中锄菜，见地有片金，管挥锄与瓦石不异，华捉而掷去之。又尝同席读书，有乘轩冕③过门者，宁读如故，歆废书出看，宁割席分坐，曰：“子非吾友也！”

【注释】

①管宁：字幼安，三国时期北海郡朱虚人。②华歆：字子鱼，平原高唐人，三国时期魏国大臣。③轩冕：古代士大夫出门所乘坐的车子，通常装饰比较华丽。

【译文】

管宁和华歆一起在菜园里锄草，看见地上有一片金子。管宁只把金子当成一块瓦石，继续干他的活儿。华歆就不一样了，他一看到金子，连忙捡了起来。但是，当他发现管宁不为所动时，便很羞愧地将金子扔掉。两个人又在同一张席子上读书。这时候，有一个大官乘坐华丽的车子从门前经过。管宁就像什么也没有发生一样，继续读书，而华歆却扔下书本，跑出去看热闹。后来，管宁割断席子，与华歆分开来坐，并对他说："你不是我的朋友。"

【解读】

只有两个志同道合的人走在一起，才算是朋友。管宁和华歆的故事，说的就是这个道理。

对于金钱，管宁只是当作瓦石，是视而不见的；而华歆却是十分看重的。读书的时候，管宁专心致志，绝没有二心；而华歆却容易分心。虽然这些是平常的小事，但是足以反映出两个人的个人品质以及他们做事的态度。

【原文】

王朗①每以识度推华歆。歆蜡日②，尝集子侄燕饮③，王亦学之。有人向张华④说此事，张曰："王之学华，皆是形骸之外⑤，去⑥之所以更远。"

【注释】

①王朗：字景兴，三国时期东海郯人，曾经担任曹魏司徒，与钟繇、华歆并称三公。②蜡日：农历腊月初八祭奠百神的日子。③燕饮：燕，通"宴"，指摆宴设席。④张华：字茂先，魏晋时期人。⑤形骸之外：意指外在的、表面的东西。⑥去：距离，差距。

【译文】

王朗经常在别人的面前推崇华歆，认为他的见识和气度很了不起。有一年腊月初八，华歆将子侄辈召集在一起，摆席设宴。王朗知道后，也跟着这样做。有人向张华提起王朗学华歆这件事，张华说："王朗学华歆，只是在皮毛上下功夫，越学距离华歆越远。"

【解读】

发现别人的长处和优点，并勤于向别人学习，是值得肯定的事情。但是，一定要从自己的实际出发，取人之长，补己之短。如果一味地崇拜别人，生搬硬套，结果必然是人家的优点没学来，自己的长处也丢光了。只看到华歆外在状态的王朗，知其然却不知道其所以然，盲目地模仿外在形式，结果只能像张华所说的那样，徒有其表，适得其反。

【原文】

华歆、王朗俱乘船避难，有一人欲依附①，歆辄②难③之。朗曰："幸尚宽，何为不可？"后贼追至，王欲舍所携人。歆曰："本所以疑④，正为此耳。既已纳⑤其自托，宁可以急相弃⑥邪？"遂携拯如初。世以此定华、王之优劣。

【注释】

①依附：这里指搭乘船。②辄：就。③难：为难。④疑：担心，怀疑。⑤纳：接纳。⑥相弃：抛弃他。相，代词，指那个乘船的人。

【译文】

华歆和王朗一起乘船避难。途中遇到一个人，想要搭船同行。华歆脸上露出为难的神情，而王朗则不假思索地说："幸好船上还有空间，有什么不可以的？"于是，那人上了船。眼看贼兵就要追上来，王朗很着急，想要舍弃那个搭船的人不管。这时候，华歆说："我本来担心的就是这种情况。既然我们已经接受了人家的托付，又怎能在危急时刻弃之不顾呢？"于是，仍旧携带那个人一起逃命。后世的人就根据这件事评判华歆和王朗孰优孰劣。

【解读】

做事情，要考虑周全，不能凭一时的喜好或者外在的虚荣就答应别人的请求。一旦答应别人的请求，就应该落实到底，不能在关键时刻失信于人。失信于人，不如之前对人无诺言，无承担。华歆深知这点，所以他一开始不愿载人，而后又宁愿"好人做到底，送佛送到西"。

【原文】

王祥[①]事后母朱夫人甚谨。家有一李树，结子殊好，母恒使守之。时风雨忽至，祥抱树而泣。祥尝在别床眠，母自往闇[②]斫[③]之。值祥私起[④]，空斫得被。既还，知母憾之不已，因跪前请死。母于是感悟[⑤]，爱之如己子。

【注释】

①王祥:字休征，魏晋时期人。②闇（àn）:通“暗”，背地里，暗中。③斫（zhuó）:砍。④私起：起来小便。⑤感悟：由于受到感动而幡然醒悟。

【译文】

王祥侍奉后母极为恭敬谨慎。家里有一棵李树，结出来的果实非常好。后母让王祥小心照看李树，不能少一个果实。忽然有一天，刮起了大风，下起了暴雨，王祥就抱着李树痛哭。还有一次，王祥在床上睡觉，后母拿着刀，暗中要杀死他。碰巧当时王祥出去小便去了，后母扑了个空，只砍到他睡觉盖的被子。王祥回来后，知道后母一定因为没有杀死他而感到懊丧，于是他主动跪在后母的跟前，请求后母将他杀死。后母这时突然深受感动而醒悟，从此以后，她对王祥就像对待自己的亲生儿子一样。

【解读】

在种种不和睦的家庭中，作为子女，应该怎样化干戈为玉帛，维系整个家庭关系？王祥给出了最好的答案，那就是用真诚的孝心去感动家人。王祥的一片赤子孝心，纯粹是出于天性，没有任何做作。

孝，说到底是一种爱的责任和义务，需要至性的情感融汇其中。尊敬父母，赡养老人，发自自己的内心，尽到自己的力量，这就是孝。

【原文】

晋文王[①]称[②]阮嗣宗[③]至慎，每与之言，言皆玄远，未尝[④]臧否[⑤]人物。

【注释】

①晋文王：指司马昭，司马懿的次子，担任魏国大将军期间，独揽朝政，②称：称赞。③阮嗣宗:指阮籍，字嗣宗，三国时陈留尉氏人，与嵇康等六人交好，时人称其为“竹林七贤”。④未尝：未曾，不曾。⑤臧否：评判，褒贬。

【译文】

晋文王时常称赞阮嗣宗为人极其谨慎，每次与人谈话，他都说一些高深玄妙的话题，从不评论他人的长短。

【解读】

阮嗣宗生活的年代，正值魏国末期。那时候，晋文王擅自专权，独揽朝政。那些对晋文王不满的人，言语稍有不慎，就会招来杀身之祸。因此，在生性多疑、心胸狭隘的晋文王面前，阮嗣宗不是不会评论他人的长短，而是竭力避免是非曲直，以求自保罢了。

虽说是出于保全自己的目的，但阮嗣宗这一做法却也有值得学习的地方。无论处在什么年代，与人交往时都应该谨慎说话，少论他人长短。说话直接反映出了一个人的内在品质，在交际中学会说话，不说他人坏话着实很重要。

【原文】

王戎[①]云：“嵇康[②]居二十年，未尝见其喜愠之色。”

【注释】

①王戎：字濬冲，三国时期琅邪人。②嵇康：字叔夜，三国时期谯郡人。后因得罪钟会，遭到诬陷，被晋文王处死。

【译文】

王戎说："我和嵇康相处了二十多年，从来没有见过他有大喜或者大怒的表情。"

【解读】

嵇康与阮嗣宗生活在同一时代，他不大喜大怒的处世态度，与阮嗣宗说话谨慎、不论他人是非的处世态度有着相同的缘由。在政局动荡、社会环境险恶的情况下，唯有隐藏个人的态度，才能不说错话、表错情，才不会招来杀身之祸。从这点来说，人与社会其实无法脱离关系的。我们如何做人，有时候不得不受大环境的约束。

当然，嵇康的不怒不悲也源于他个人的修养。他能够将个人的喜怒哀乐隐藏得那么深，说明他本人也认清了局势，看透了人世间的悲喜，所以能够"不以物喜，不以己悲"。

【原文】

王戎、和峤[①]同时遭大丧[②]，俱以孝称。王鸡骨支床[③]，和哭泣备礼。武帝[④]谓刘仲雄[⑤]曰："卿数[⑥]省[⑦]王、和不？闻和哀苦过礼[⑧]，使人忧之。"仲雄曰："和峤虽备礼，神气不损；王戎虽不备礼，而哀毁骨立[⑨]。臣以和峤生孝[⑩]，王戎死孝[⑪]。陛下不应忧峤，而应忧戎。"

【注释】

①和峤：字长舆，西晋时期汝南人，晋武帝时曾经担任中书令、侍中。②大丧：父母去世。③鸡骨支床：形容消瘦的样子。④武帝：指晋武帝司马炎，司马昭的长子，公元年废魏称帝，建立晋朝，死后谥号武皇帝。⑤刘仲雄：指刘毅，字仲雄，为人方正不阿，敢于直言。⑥数：屡次，多次。⑦省：看望。⑧过礼：超过礼数。⑨哀毁骨立：因为悲哀而损坏了身体。⑩生孝：在服丧期间，极尽生人之礼仪，而不损坏身体。⑪ 死孝：在服丧期间，因为哀恸过度而忘生。

【译文】

王戎、和峤两个人同时遭遇大丧。平日里，两人都以孝顺父母著称。结果，两个人的反应却不相同。王戎哀恸过度，瘦得只剩下一把骨头，躺在床上难以动弹；而和峤则依照礼法守孝，在吊唁的人面前哭泣不已。晋武帝对刘仲雄说："你最近常去探望王、和两家的丧事吗？我听说，和峤哀伤过度，真是让人担心啊！"刘仲雄说："和峤办理丧事，虽然恪守礼数，但是每天仍能维持正常的作息，所以，他的元神并没有受损；王戎虽然办理丧事的礼数不周全，但因为内心哀恸过度，早已将他销蚀得很瘦。我认为，和峤守孝不会对自己的生命造成危险，倒是王戎极尽哀恸，会有生命危险。所以我认为，陛下您不必为和峤担心，倒是该为王戎的健康多费费心了。"

【解读】

王戎和和峤两人办理丧事，显然都是按照常规的礼数来的，只是一个礼数周全，一个礼数不周。和峤礼数周全，是有礼然后情全；王戎礼数欠缺，是有情而无礼。不管怎样，两人对待父母的丧事，都流露出真诚的哀痛，并没有因为专注于外在的形式——礼，而丧失内在的真性情。孔子说："人而不仁，如礼何？人而不仁，如乐何？"一个人如果没有内在的仁爱之心，外在的礼乐就只能沦落为无用的空壳。

【原文】

梁王[①]、赵王[②]，国之近属，贵重当时。裴令公[③]岁请二国租钱数百万，以恤[④]中表[⑤]之贫者。或[⑥]讥之曰："何以乞物行惠？"裴曰："损有余，补不足，天之道也。"

【注释】

①梁王：指司马肜，司马懿之子。②赵王：指司马伦，司马懿之子。③裴令公：指裴楷，曾担任中书令，与张华、王戎共同掌握机要。④恤：救济。⑤中表：父亲姐妹的儿女叫外表，母亲兄弟姐妹的儿女叫内表，互相称为中表。⑥或：有人。

【译文】

梁王司马肜、赵王司马伦是晋朝天子的近亲，在当时很有权势。裴楷请求这两个封国每年从租税中拿出几百万钱，用来接济父母亲戚中生活上有困难的人。有人借着这件事讽刺他说："你为什么要用乞讨的方式向权贵索要施舍呢？"裴楷说："消减富裕的人，补偿不足的人，这本来就是自然的法则啊！"

【解读】

老子说："天之道，损有余而补不足；人之道，损不足而益有余。"一切事物，唯有建立在平衡的基础上，才能有发展的可能。一旦有一端走向极端，就会导致内在的冲突和矛盾爆发。裴楷的回应其实指出了一个玄妙的自然法则。然而，裴楷敢于做出这种看起来像是乞讨的行为，除了是因为他深知这一自然法则，更是因为他具有正义的品性。他个人并不爱财，生活中他也不追逐豪奢的消费，而是过着俭朴的生活。但当他跟权贵打交道时，总会时不时向对方索要衣服、车马之类的财物，过后施舍给穷人。他这么做没有个人目的，而仅是出于他人的正义和理想。

【原文】

王戎云："太保[①]居在正始[②]中，不在能言之流。及与之言，理中[③]清远。将无[④]以德掩其言？"

【注释】

①太保：指王祥，字休征，西晋琅邪人，王戎的先祖，曾经担任太保。②正始：三国魏曹芳年号。③理中：事情很合理，称为理中。④将无：莫非，莫不是。

【译文】

王戎说："太保王祥生活在正始年间，没有被纳入善于言辞的一流人物之列。可是，有人找他说话的时候，他却说得有条有理，意义深远。莫不是他的德行掩盖了他的口才？"

【解读】

正始年间，清谈盛行，玄学兴起。当时，名流贤士谈论的玄学，主要是对《老子》《庄子》和《周易》的研究和解说。王祥以孝行著称，后来又担任太保，掌管一国的道德礼仪。在崇尚清谈的大潮流中，注重自身修养的有德之人，自然被排除在能言者之外。

王戎说得不多，但一说话，往往切中要点，说得头头是道。可见，言语的分量，不在于说得多少，而在说话者自身的学问修养，以及对所关注问题的把握程度。

【原文】

王安丰[①]遭艰[②]，至性[③]过人。裴令[④]往吊[⑤]之，曰："若使[⑥]一恸果能伤人，濬冲必不免灭性之讥[⑦]。"

【注释】

①王安丰：指王戎，字浚冲，曾经被封为安丰侯。②遭艰：父母去世。③至性：极尽孝道。④裴令：即裴楷，他曾经担任过中书令。⑤吊：慰问死者的家属，并悼念死者。⑥若使：如果，假如。⑦灭性：指因为亲人的去世，悲伤过度而危及自身的生命。在古人看来，这种做法是违反孝道原

则的。

【译文】

王安丰的母亲去世，他十分哀恸，将孝道的感情发挥到了极致。裴令去他家里吊唁，说："如果悲痛的情绪可以伤害人的生命，那么濬冲一定逃脱不了人们的指责。"

【解读】

《礼记·曲礼》有言："居丧之礼，毁瘠不形，视听不衰，升降不由阼阶，出入不当门隧。居丧之礼，头有创则沐，身有疡则浴，有疾则饮酒食肉，疾止复初。不胜丧，乃比于不慈不孝。"大意是说，服丧守孝期间时，可以哀伤，但不要使自己太过羸弱。因为如果哀伤过度，影响了自身的身体健康，以至于不能尽孝，反变成对逝者的不敬了。

亲人的离世，于活着的人来说，哀痛是应该的。但是，伤感的情绪不要过度扩大，以免伤害自己的身体。所谓"哀而不伤"，说的就是这个道理。事实上，也很少有人在面对亲人逝去时会哀伤到"灭性"的地步。为了让自己好受，人们多多少少会克制自己的感情。王戎哀伤至此，并非他不知道过于哀伤不好，恐怕是因为他自己也克制不住的缘故。从中可见他对母亲的情义并非出于一般的孝道而已，而是用情至深，超乎常人。

【原文】

王戎父浑[①]，有令名[②]，官至凉州[③]刺史。浑薨[④]，所历九郡义故[⑤]，怀其德惠，相率[⑥]致赙[⑦]数百万，戎悉[⑧]不受。

【注释】

①浑：即王浑，字长原，是王戎的父亲，曾经担任过尚书、凉州刺史等职。②令名：美好的声誉。③凉州：西汉时期所设置的十三州部之一，地理范围大致相当于今天的甘肃、宁夏，以及青海和内蒙古的部分地区。④薨（hōng）：指皇帝或者高官的去世。⑤义故：从前蒙受过恩泽的旧部下。⑥相率：互相行动起来，谁也不甘落后。⑦赙（fù）：拿钱财帮助别人办理丧事。⑧悉：全，都。

【译文】

王戎的父亲王浑，名声在外，官位曾经做到凉州刺史。王浑死后，凉州各郡的老部下，感怀他的恩德，纷纷送来丧礼，数额大概有好几百万。结果，王戎一文钱也没有接受，全都退回去了。

【解读】

美名和财富是很多人都向往和追求的。有些人为了保全自己的清誉，从不沾染金钱。然而，他们死后却因为子女的行径，名声一度遭到败坏。像这样的例子，在古今中外的历史上，举不胜举。因此，王浑由令名变成臭名，只在王戎的一念之差。幸运的是，王戎足够清醒，不为金钱所动，才保全了父亲的声誉。

【原文】

刘道真[①]尝为徒[②]，扶风王[③]骏以五百疋[④]布赎之，既而用为从事中郎[⑤]。当时以为美事[⑥]。

【注释】

①刘道真：指刘宝，字道真，西晋高平人。②徒：囚徒，犯人。③扶风王：指司马骏，字子臧，是司马懿的第七个儿子。④疋（pǐ）：同"匹"。⑤从事中郎：官名，郡县或者地方州所设置的属官。⑥美事：值得称赞的事情。

【译文】

刘道真曾经是一个囚犯，扶风王司马骏知道他是一个人才，便用五百匹布替他赎身。没过多久，司马骏又重用刘道真，让他做自己的从事中郎。这件事在当时被传为美谈。

【解读】

一个人，过去犯下过失，只要勇于改过自新，照样可以开始新的生活。刘道真就是这样做的。

现实中，有些人对于过往的错误始终耿耿于怀，不能很好地排解，以至于整天活在悔恨自责的情绪当中，并影响到未来的发展。事实上，过去的已经过去，任何后悔与自责，都只能是徒劳。对于个人而言，重要的是把握当下，勇于改变自己，并不断完善自己。只要自己努力实践不一样的自我，相信终有一天会得到他人的认可与肯定。

然而，比起刘道真，更为了不起的是司马骏。作为领导者，司马骏能既往不咎，大胆任用人才，充分展现出宏大的气度与知人善任的智慧。世有伯乐，然后有千里马。司马骏可谓伯乐，如果没有他，刘道真这匹千里马估计也不能发展他的才华。司马骏用刘道真这一事例说明：一个领导者要想找到人才，必须放大眼界，开拓自己的胸怀。如果因一个人某一方面的污点而否定他，一味地求全责备，他可能会错过很多人才。

【原文】

王平子①、胡毋彦国②诸人，皆以任放为达③，或有裸体者④。乐广⑤笑曰："名教中自有乐地，何为乃尔⑥也？"

【注释】

①王平子：指王澄，字平子，为人性情豪放，后被王敦所杀。②胡毋彦国：指胡毋辅之，字彦国，喜欢喝酒，做事不拘小节，与王澄、王敦和庾敳交好，被称为"四友"。③达：通达、放达。④裸体者：魏晋时期，为了标榜自然，反对儒家名教，当时的很多名士认为，裸体是放达的一种表现，与羞耻美丑无关。⑤乐广：字彦辅，曾经担任尚书令。⑥乃尔：这样，如此。

【译文】

王平子、胡毋彦国等人，认为恣意妄为、放浪形骸才算是豪放不羁，甚至还有人以脱光衣服显露裸体为得道。乐广笑话他们说："名教中也有让人感到快乐舒心的地方，为什么要弄到这样呢？"

【解读】

追求自由和解脱，是无可厚非的事情，关键在于追求的方法和形式。如果内心具有自由洒脱的情怀，那他不用刻意标榜自己，或者做出出格的行为。他只要一言一行都自然而然，就足以在平时的待人接物中显现出自己的潇洒和放荡。而王平子、胡毋彦国等人，一味在言行举止上标新立异，不免让人怀疑他们有做作之嫌。如果他们确实是为了表现而表演，其实就是在追求自由和洒脱的道路上误入歧途。因为无论什么作风，都应该是从精神方面下功夫，外表举止才会显露出真实而自然的效果。只从形式上改变自己，无异于东施效颦。

【原文】

郗公①值永嘉丧乱②，在乡里，甚穷馁③。乡人以公名德，传④共饴⑤之。公常携兄子迈及外生周翼二小儿往食，乡人曰："各自饥困，以君之贤，欲共济君耳，恐不能兼有所存。"公于是独往食，辄含饭两颊边，还，吐与二儿。后并得存，同过江。郗公亡，翼为剡县，解职归，席苫⑥于公灵床头，心丧⑦终三年。

【注释】

①郗公：即郗鉴，字道徽，曾经担任司空太尉。②永嘉丧乱：指晋怀帝永嘉年间发生的战乱。③穷馁：挨饿受穷。馁，饥饿。④传：轮流。⑤饴（sì）：通"饲"，给人吃东西。⑥苫（shān）：古时候人们居丧时所睡的草垫子。这里用作动词。⑦心丧：不穿孝服，只是在心里悼念。这种情

况多为非孝子守孝。

【译文】

郗公在永嘉之乱时，在自己的家乡避难。当时，他过着饥贫交迫的生活。由于他的名望与德行，乡人争相接济他，不时地请他吃饭。他经常带着他的侄儿郗迈和外甥周翼到乡人那里讨饭。乡人看见他总是带着两个孩子来，便面露难色，说："这里的每一户人家，也是又穷又饿，大家只是见您有贤德，才咬紧牙关接济一下您，以后恐怕没有能力再接济那两个小孩了。"从此以后，郗公都是一个人去吃饭。每次他都把饭含在嘴里，回家以后再吐出来，给两个孩子吃。就是依靠这种方式，两个孩子活了下来。以后，他们又随着东晋王室渡江，移居到江南。许多年以后，郗公去世了。正在担任剡县县令的周翼得到消息后，即刻辞掉官职，赶回家中。他在郗公的灵床前铺上草席，整日坐卧在上面。虽然他没有穿孝服，但是心中默哀了将近三年的时间。

【解读】

在动荡的年代，百姓生活都是有上顿没下顿，他们能够如此接济郗鉴，已属难得。所以，他们直言告知郗鉴无法连两个孩子也资助，这也情有可原，无可厚非。郗鉴对乡民是理解的。他偷偷着含饭回来，这既体现了他的智慧，也体现了他的德行。智慧之处自不必说，德行之处在于他照顾了乡民的感情，又舍弃个人利益，保住了两个孩子的性命。

正是因为郗鉴具有舍生取义、知恩感激的德行，他才树立了威望，赢得众人认可，以及周翼对他的深厚感情。从郗鉴的身上可见，一个人的价值有时候并不仅在于他对社会做了多大的贡献，也在于他的为人给社会、他人带来的积极影响。即使无法建立伟大的功绩，只要品行好，能够感染他人，一个人也同样可以称得上给人类造了福。

【原文】

顾荣①在洛阳，尝应人请，觉行炙②人有欲炙之色③，因辍④己施焉，同坐嗤⑤之。荣曰："岂有终日执⑥之，而不知其味者乎？"后遭乱渡江⑦，每经危急，常有一人左右⑧己，问其所以，乃受炙人也。

【注释】

①顾荣：字彦先，吴郡吴县即今江苏苏州人。②炙：烤肉。③色：指脸上的表情或样子。④辍：通"掇"，拿起，拾起。⑤嗤：讥笑，嘲笑。⑥执：操持，办理。⑦遭乱渡江：遭遇永嘉之乱，东晋王室渡江下江南避难。⑧左右：帮助，保护。

【译文】

顾荣在洛阳的时候，有一次接受他人的邀请，到对方家里吃饭。在宴席上，他看到做烧烤的仆人好像十分想吃烤肉的样子，便把自己的那份烤肉送给他吃。同桌的人看到后，都觉得他十分可笑。顾荣却不以为然，说："唉，哪里有整天烤肉，却不知烤肉的滋味的道理呢？"后来，永嘉之乱爆发，为了保全性命，顾荣渡过长江躲避战乱，每次遇到危急情况的时候，总有一个人帮助他。顾荣很好奇，就问那个人为什么帮他。那个人告诉他说，当年做侍从的时候，曾经接受过他的一份烤肉。

【解读】

给予他人恩惠，不在于恩惠的大小，而在于是否是雪中送炭，是否尊重他人。也许，一个简单的想法，一个自然的举动，会给他人带来意想不到的帮助。而最后，因为这小小的帮助，自己也受惠于他人更大的回馈。正所谓"勿以善小而不为"，顾荣用一份烤肉，换取自己的性命。

现实生活中，大多数人认为，只有结交权贵才会对自己有好处。其实，心怀善意，不求回报地帮助他人，在你也许是一件微不足道的小事，但是对于他人来说，可能意味着莫大的扶持与安慰。反过来，被你帮助过的人，即便是身份卑微的小人物，有朝一日可能也会帮上你的大忙。

【原文】

祖光禄[①]少孤贫，性至孝，常自为母吹爨[②]作食。王平北[③]闻其佳名，以两婢饷[④]之，因取[⑤]为中郎[⑥]。有人戏之者曰："奴[⑦]价倍婢。"祖云："百里奚[⑧]亦何必轻于五羖[⑨]之皮邪？"

【注释】

①祖光禄：指祖纳，字士言，曾经担任光禄大夫。②炊爨（cuàn）：烧火做饭。③王平北：指王乂，曾经担任过平北将军。④饷：赠送。⑤取：任用。⑥中郎：官名，即从事中郎。⑦奴：对人的鄙称，这里指祖光禄。⑧百里奚：春秋时虞国大夫，后被晋国俘获，秦穆公知道后，用五张黑公羊皮将其赎回，并委任他重要的官职。后世的人称其为五羖大夫。⑨羖（gǔ）：黑色的公羊。

【译文】

祖光禄年少的时候，父亲就去世了，家中十分贫困。他生性极为孝顺，经常下厨，为母亲做饭。王平北听说他的美名后，就送给他两名婢女。没过多久，王平北又任用他为从事中郎。有人知道这件事后，就嘲笑他说："你的身价不过是两个婢女。"祖光禄说："百里奚的身价，难道非要与那五张黑公羊皮一比高下吗？"

【解读】

春秋时晋国攻打虞国，虞国大夫百里奚被晋国俘获。秦穆公知道后，用五张黑公羊皮将其赎回，并委任他重要的官职。百里奚后来辅佐秦穆公使秦国成为强国。百里奚的价值，何止五张黑色公羊皮的价值？百里奚被秦穆公赎买这一故事，被后人称为"百里奚举于市"，用来寓意一个人的出身虽然低贱，然而却最终能够发挥所长，做出功绩。

祖光禄的故事与百里奚的故事相像，所以面对他人对自己的讥讽，他以"百里奚举于市"的故事充分反驳了讥讽他的人的浅薄无知。

百里奚和祖光禄的励志故事还告诉我们：有时候，因为环境因素，一个人的才能也许是被蒙蔽着的，或许连他自己也不知道。所以，即使在困境中，也不要否定自己。此外，那些寻找人才的伯乐也必须抛开偏见，才能慧眼识英雄。古人说"智莫难于知人"，道理也在于此。要想真正认识自己，必须以磨难考验自己。而要想认识他人，充分挖掘他的才能，就必须给他一个适当的平台和一定的实践过程。

【原文】

周镇[①]罢[②]临川郡[③]还都，未及上，住泊[④]青溪渚[⑤]，王丞相[⑥]往看之。时夏月，暴雨卒[⑦]至，舫至狭小，而又大漏，殆无复坐处。王曰："胡威[⑧]之清，何以过此！"即启用为吴兴郡[⑨]。

【注释】

①周镇：字康时，陈留尉氏人。②罢：贬黜，免官。③临川郡：郡名，今江西临川。④住泊：停泊。⑤青溪渚：青溪上的小洲。⑥王丞相：指王导，字茂弘，是东晋元帝、明帝、成帝三朝时期的重臣。⑦卒：通"猝"，突然。⑧胡威：字伯虎，以清廉著称于世。⑨吴兴郡：郡名，今浙江吴兴。

【译文】

周镇在临川郡的官职被罢免之后，搭乘着船，准备返回京城。中途停靠在青溪的小洲上，王丞相前去看望他。当时正是夏季，突然下起了暴雨。船上的地方有限，并且到处漏雨，所以几乎没有可以坐下的地方。王丞相看到周镇这样俭约，不住地称赞道："即使是胡威，也清廉不到这种地步！"于是，王丞相启奏朝廷，请求任命周镇担任吴兴郡的太守。

【解读】

胡威以清廉著称于世。他探望在荆州为官的父亲，准备返回时，父亲拿出一匹布送给他。胡威满脸的疑惑，跪倒在父亲脚下说："父亲大人为官清廉，哪有多余的东西给孩儿啊？"父亲笑着说："这是我省吃俭用攒下来的，专门留给你用作盘缠，你大可以放心。"胡威这才安心地接受。

比胡威有过之而无不及的周镇，清廉风范感动了王丞相，因此又被委任新的官职。周镇被升任并非出于偶然，而是因为他本身具有清廉简朴的德性。一个真正清廉的人，他不必自夸自己的清廉，而只在一件件实实在在的事情中做自己。他是一个什么样的人，百姓和上级领导都会看在眼里。不管到哪里，他都会受到为人们的爱戴、上级的重视。

【原文】

邓攸[①]始避难[②]，于道中弃己子，全弟子[③]。既过江，取一妾，甚宠爱。历年后，讯[④]其所由，妾具说是北人遭乱，忆父母姓名，乃攸之甥也。攸素有德业，言行无玷[⑤]，闻之哀恨终身，遂不复畜[⑥]妾。

【注释】

①邓攸：字伯道，今山西临汾人。②避难：躲避永嘉之乱。③弃己子，全弟子：抛弃自己的儿子，保全弟弟的儿子。④讯：问。⑤玷：白玉上面的斑点，这里指言行举止方面不光彩的地方。⑥畜：养。

【译文】

邓攸躲避永嘉之乱的时候，在半路上抛弃了自己的孩子，却保全了弟弟的儿子。渡过长江之后，他在江东的生活逐渐安定。后来，他娶了一个小妾，十分宠爱。一年之后，他询问小妾的身世，小妾说她是江北人，由于遭遇永嘉之乱，才流落到江南。她还说了她父母的姓名，原来竟是邓攸的外甥女。

邓攸这个人向来操守高洁，言谈举止上更没有半分污点。知道小妾的身世后，他非常懊悔，并且发誓再也不娶小妾了。

【解读】

邓攸弃子保侄，获得了贤名。他的乱伦之行虽说是出于无心，但仍是一种有损声誉的行为。邓攸本人重视伦理道德，且一向严格要求自己。所以，他为自己无心的错误懊悔不已。

其实，"人非圣贤，孰能无过"？无心的过错本就无可厚非，而"知错能改，善莫大焉"，邓攸能够如此真诚地忏悔与改过，他的德行仍是高尚的，足以让人们原谅他。

从反面来说，邓攸这么一个遵循道德礼仪的人都难免会犯错后悔，这又说明了做一辈子好人的不容易。所以，我们在做任何事之前都应该谨慎思考，避免"一失足成千古恨"。毕竟，有些错误是无法更改的，而懊悔会一直折磨自己。

【原文】

王长豫[①]为人谨顺[②]，事亲尽色养[③]之孝。丞相[④]见长豫辄喜，见敬豫[⑤]辄嗔。长豫与丞相语，恒[⑥]以慎密为端[⑦]。丞相还台[⑧]，及行，未尝不送至车后。恒与曹夫人并当[⑨]箱箧[⑩]。长豫亡后，丞相还台，登车后，哭至台门；曹夫人作簏[⑪]，封而不忍开。

【注释】

①王长豫：指王悦，字长豫，丞相王导的长子。②谨顺：行事谨慎顺从。③色养：顺从父母的脸色，孝敬父母。④丞相：指王丞相，即王导。⑤敬豫：指王恬，字敬豫，丞相王导的次子。⑥恒：一直，总是。⑦端：原则，准则。⑧台：中央机关的官署。这里指尚书省。⑨并当：收拾，料理。⑩箱箧：箱子。⑪ 作簏（lù）：一种竹子做的箱子。

【译文】

王丞相的长子王长豫，为人谨慎恭顺，侍奉父母和颜悦色。因此，王丞相每次看到他，心里非常高兴。然而，对于次子王敬豫，每次看到他的时候，王丞相却十分生气。与父亲交谈的时候，王长豫都以谨慎周全为第一要义。每次丞相返回尚书省的时候，长豫都要送父亲登上车。王长豫经常与母亲曹夫人一起收拾箱子。王长豫死后，王丞相每次回尚书省，一登上车，就开始哭泣，一直哭到禁城门口。而曹夫人在儿子死后，总是将儿子收拾过的箱子尘封，不忍心将它们打开。

【解读】

就“孝”的问题，子夏曾经请教孔子。孔子当时是这样回答的：“色难。有事，弟子服其劳；有酒食，先生馔，曾是以为孝乎？”孔子的意思是说，孝顺不只是帮助父母干活，有好的食物先让给他们这么简单，而是要在父母面前一直保持和颜悦色。

一个人是有情绪的，即使在父母面前，我们也会有自己的喜怒哀乐。很多人仗着父母爱自己，非但不会照顾父母的心情，反在父母面前毫无顾忌地发泄自己的愤怒、不满。很多女子长大后就“不听话”，乃至被批“不孝”，就是因为无法做到在父母面前都保持和颜悦色的态度。

反观王长豫，他将孔子所说的全都做到了，足见其孝心何其可贵！，王敬豫并非不孝，但因为他不具备哥哥那样的优点，因此就被比下去了。

【原文】

桓常侍①闻人道②深公③者，辄曰：“此公既有宿名④，加先达⑤知称⑥，又与先人⑦至交，不宜说之。”

【注释】

①桓常侍：指桓彝，字茂伦，曾经担任散骑常侍。②道：议论，评判。③深公：指竺法深，晋朝的高僧。④宿名：原来就有的名声。⑤先达：前代的名流雅士。⑥知称：知遇人推荐。⑦先人：指桓彝的祖父辈们。

【译文】

桓常侍听见有人对高僧深公议论纷纷，就会说：“这位先生的名声早就远扬，加上前辈显达都很推崇他，又和先人是至交好友，所以不应该在背后议论他。”

【解读】

对于他人的功过是非，有两种对待方式：第一，避而不谈，背后非议；第二，坦诚公布，当面提出。事实上，背后议论他人，与当面提出批评意见，是完全不同的两码事。前者只求一己之快，而后者意在提出建设性意见。无论是在工作还是生活中，我们都要竭力避免前者而努力做到后者。

【原文】

庾公①乘马有的卢②，或③语令卖去，庾云：“卖之必有买者，即复害其主，宁可不安④己而移于他人哉？昔孙叔敖⑤杀两头蛇以为后人，古之美谈⑥。效之，不亦达乎？”

【注释】

①庾公：指庾亮，字元规，东晋时期的名臣。②的卢：一种凶马，骑上它的主人，一般不会顺利。③或：有人。④安：平安，顺利。⑤孙叔敖：春秋时期楚国的令尹。⑥美谈：人们所津津乐道的好事。

【译文】

庾公骑乘的马中，有一匹叫作“的卢”的马，谁骑了谁倒霉。因此，有人劝他说将这匹凶马卖掉。庾公说：“如果我遵照你的意见，将这匹马卖了，那岂不是要危及其他买者的安危吗？在我们看来不安全的东西，能够转嫁给别人吗？从前孙叔敖杀死了两头大蛇，就是避免后来的人遭害，因此成为古人津津乐道的佳话。现在，我效仿他的做法，不也是很通情达理的吗？”

【解读】

孙叔敖小时候到外面玩耍，在路上遇到一条两头蛇。于是，他就将两头蛇杀死并埋掉。后来，他哭着跑回家。母亲问他为什么哭，孙叔敖回答说：“我听说凡是见到两头蛇的人，以后一定会死。刚才我在路上见到了它，要是我死了，以后再也看不到母亲了。”

母亲又问：“那条蛇在哪里呢？”孙叔敖说：“我害怕别人又看到这条蛇，已经把它杀掉，并埋在了一个其他人看不到的地方。”母亲听了后很满意，对他说：“我听说积了阴德的人，上天会给他福气，所以你是不会轻易死的。”后来，孙叔敖担任楚国丞相，还没上任之前，人们就已经知道他是一个仁爱之人。

孙叔敖的德行深入民心，也感动了庾亮。他们都具有这样的高尚情怀：宁可不安于己，也不移于他人。这种情怀，比儒家倡导的“己所不欲，勿施于人”还要高一境界。“己所不欲，勿施于人”，其出发点是个人的利益得失；而庾亮的做法，则完全立足于他人的利益得失。有德之人的行为，通常为有德之人所效仿，以世俗的自私之心去看待，自然是没有办法理解的。

【原文】

阮光禄①在剡，曾有好车，借者无不皆给。有人葬母，意欲借而不敢言。阮后闻之，叹曰：“吾有车，而使人不敢借，何以车为？”遂焚②之。

【注释】

①阮光禄：指阮裕，字思旷，曾经担任金紫光禄大夫，以德行闻名于世。②焚：焚烧。

【译文】

阮裕在剡县的时候，曾经拥有一辆上等的马车，人见人爱；不管是谁借车，他都没有不答应的。有一次，有人为了埋葬母亲，想要借车却不又不敢向阮裕开口。后来，阮裕知道了这件事，感慨万千，说：“我有上等的马车，却让别人不敢来借，那我还要这么好的马车做什么呢？”于是，他就烧掉了那辆马车。

【解读】

阮裕为人乐善好施，却不想仍有人不理解他，认为他有一颗斤斤计较的世俗之心而不敢向他开口借马车。阮裕也许认为是因为自己做得还不够好，才让人对他有所怀疑，于是烧了马车表明自己的心志。

在有德之人看来，好的东西与众人分享，是为了让更多的人得到其使用价值。一旦这种好东西不能体现使用价值时，他们就会毫不犹豫地舍弃。他们能够这么做，是因为内心具有正直的、不可玷污的道德精神。在他们看来，这种道德精神远远大于有形东西的价值。

【原文】

谢奕①作剡令②，有一老翁犯法，谢以醇酒③罚之，乃至过醉，而尤未已④。太傅⑤时年七八岁，著⑥青布绔⑦，在兄膝边坐，谏曰：“阿兄，老翁可念⑧，何可作此！”奕于是改容曰：“阿奴⑨欲放去邪？”遂遣⑩之。

【注释】

①谢奕：字无奕，谢安的兄长，谢玄的父亲。年轻的时候曾经担任剡县的县令。②作剡令：担任剡县的县令。③醇酒：烈酒。④已：停止。⑤太傅：谢安，字安石，谢奕的弟弟，官至太傅。⑥著：穿着。⑦青布绔：黑布裤。⑧可念：可怜。⑨阿奴：表示亲昵的称呼，一般是长者称呼晚

辈，或者尊贵的人称呼卑贱的人。⑩遣：打发。

【译文】

谢奕在剡县做县令的时候，有一个老头儿犯了法。谢奕用烈酒惩罚他。老头喝得酩酊大醉，但是谢奕还是没有让他停下来。太傅谢安当时七八岁，穿着黑布裤子，坐在哥哥的膝盖边，看他惩罚犯法者。谢安眼看老头就要倒在地上，心生怜悯，劝哥哥说："阿哥啊，老人家好可怜，怎么可以这样整人呢？"谢奕听了弟弟的话，改变神色，问："阿弟，你是想放他走吗？"谢安点了点头，于是，谢奕就把老头放了。

【解读】

小孩子说出的话，往往出自真心，发自肺腑。天底下，小孩子是最不会撒谎的，他说喜欢谁，就真的喜欢谁，说不喜欢谁，就真的不喜欢谁。因此，当谢安说"老人家好可怜"时，一定是那最天然的本性发出的，没有丝毫的做作。

其实，合乎情理的话，不管是出自何人之口，总是能打动人心。但是，由于先人之见和功利心态的影响，成年人往往看不清问题的是非曲直。因此，必要的时候，成年人必须向小孩请教，兄长必须向弟弟请教。在这方面，谢家兄弟二人确实做出了表率。

【原文】

谢太傅绝重①褚公②，常称"褚季野虽不言，而四时之气③亦备。"

【注释】

①绝重：极为推崇。②褚（chǔ）公：指褚裒（póu），字季野，晋穆帝时，担任征北大将军，死后授予太傅谥号。③四时之气：春夏秋冬四季寒温冷热的交替变化。

【译文】

谢安极为推崇褚季野，曾经这样称赞道："褚季野虽然不经常说话，但春夏秋冬四季的寒温冷热，全都装在了胸中。"

【解读】

谢安称赞褚季野的话，是说褚季野话少而内心通透，能够看清世事。与谢安对褚季野的评价类似，桓彝也说："褚季野皮里阳秋。"意思是说褚季野口头上虽然不评论别人的是非对错，但是他肚子里却装有一部《春秋》，自有是非褒贬的标准。

生活中，每个人都有自己的思想见解，而很多人也往往不愿意错过发表自己意见的机会。然而很多时候，说出自己的意见并无多少实际意义，不过是图口舌之快。适当的沉默，是聪明之举。这样做，一来可以避免祸从口出，得罪他人。二来可以在别人对自己议论时留一份平心思考。由此可知道哪些话是听都不要听的，哪些话需要象征性地应对，哪些话是真正有利于自身的。在理智的思考过后，仍遵循自己的内心，做自己认为正确的事情。总之，不急于表现自己，不与他人争一时高下，是一种低调的聪明。每个人都应该学习褚季野，保留自己的立场和原则，不随波逐流，更不人云亦云。

【原文】

刘尹①在郡，临终绵惙②，闻阁下祠神鼓舞③，正色曰："莫得淫祀④！"外⑤请杀车中牛祭神，真长答曰："丘⑥之祷久矣，勿复为烦！"

【注释】

①刘尹：指刘惔，字真长，曾经担任过丹阳尹。②绵惙：指人病重，快要死亡之际。③祠神鼓舞：祭神的时候，敲鼓跳舞。④淫祀：不合情理地祭祀。⑤外：指仆役。⑥丘：指孔子，名丘，

字仲尼。

【译文】

刘尹在丹阳就任的时候，病重之际，忽然听到阁楼有祭祀神灵的鼓乐声。他听了后，神色较为严肃，说："不要胡乱祭神。"

过了一会儿，外头又有人请求宰杀车里的牛来祭神，刘尹知道后，坚定地说："就像孔子说的那样，'我已经祈祷很长时间了'，就不要再费什么周折了。"

【解读】

中国有句古话：人在做，天在看。日常生活中的一言一行，一举一动，能做到无愧于天地，这就是对神灵最真诚最至善的祈祷。至于宰杀牛羊，祭祀鬼神，与那种最为本真的祈祷相比，都是形式罢了。所以说，"临时抱佛脚"意义不大，不如平日里"但行好事，莫问前程"。孔子深明此理，刘尹也通晓这一点。

【原文】

谢公夫人①教儿，问太傅："那得②初不③见君教儿？"答曰："我常自教儿。"

【注释】

①谢公夫人：指刘夫人。②那得：怎么。③初不：从来没有，一点儿也不。

【译文】

谢安夫人常常教育孩子，她对谢安说："我怎么从来没有见过你教育孩子啊？"谢安回答说："我的一言一行，都是在教育孩子啊！"

【解读】

谢安的夫人擅长言教，动动嘴皮子，讲一些大道理，以为就是教育了孩子。其实，言教的效果是极为有限的。这是因为实施言教的人，往往理论有余而实践不足，这样在孩子身上所起到的效果肯定不会太深刻。身教却不同。实施身教的人，虽然理论较少，但是他将教育的想法和内容，全都落实在一言一行上，并让孩子看到了切实的教育效果。不用多说，孩子自会心领神会。赶着人走路，不如领着人前进。这就是谢安所倡导的教育方式。

现实生活中，很多家长将自己的子女早早地送进学校。在这些父母看来，尽早地进入学校学习知识，才能避免孩子输在人生起跑线上。其实，对于孩子来说，学习怎样做人与学习知识同等重要，且前者往往在学校课堂上是学不到的，这就需要发挥家长父母的作用。

【原文】

晋简文①为抚军②时，所坐床③上，尘不听④拂，见鼠行迹，视以为佳。有参军⑤见鼠白日行，以手板⑥批⑦杀之，抚军意色不说。门下起弹⑧，教⑨曰："鼠被害，尚不能忘怀，今复以鼠损人，无乃⑩不可乎？"

【注释】

①晋简文：指晋简文帝司马昱（yù），字道万，晋元帝少子。②抚军：官名，指抚军将军。③床：坐榻。④听：允许，准许。⑤参军：官名，帮助军府或者君王处理政事的人。⑥手板：古时候，官员上朝时随身携带的板子，有竹子、木头、象牙或者玉石等不同种类。⑦批：打击，拍击。⑧弹：批评，批判。⑨教：君王或者诸侯下达的命令，称之为教。⑩无乃：恐怕，表示一种委婉的语气。

【译文】

晋简文帝担任抚军的时候，坐榻上的灰尘从来不让人擦拭。如果灰尘上有老鼠爬行过留下的痕迹，他就认为这是好的兆头，因此心里感到格外高兴。

有个参军不知道晋简文帝有这样一个怪毛病，白天看见一只老鼠爬行，就拿起手板拍死了它。简文帝知道这件事后，心里有点儿不高兴。部下的人看到他这个样子，便提议弹劾那个参军。简文帝知道人们误解了他的意思，连忙下了一道旨意："老鼠被杀，我心里就已经过意不去，再因为这件事而惩罚他人，恐怕更加不妥吧？"

【解读】

人与人不同，生活中也会有不同的生活习惯和爱好。然而，不少人会执着于自己的习惯爱好，以致变成了一种偏执。一旦他人的言行触犯了这一偏执的喜好，他就会大发雷霆。而通常，越是位高权重的人，越容易被一己喜好所蒙蔽，也越容易失去理性。简文帝的习惯虽然被触犯了，但他却能忍住怒气，理智地处理问题，这说明了他的理智和情感是紧密结合的。如果他被自己偏执的习惯爱好所控制，又只听从情感来处事，那位无心的参军也许早就被他黜免甚至勒令杀死了。

控制愤怒和悲伤本就不是件容易的事，有权势的人就更懒得控制自己，而是根据自己的喜怒哀乐来处理问题。简文帝能够忍住愤怒，从情理上分析那位参军是否该受惩罚，这表明他既具有理智，又具有仁德，有着圣君的情怀。此外，他的处理方式也向我们说明：一个人可以有自己的喜好，但一定要对自己的喜好有清醒的认识，一旦沉溺其中，就容易被人牵制，丧失个人的自主性。

【原文】

范宣[①]年八岁，后园挑菜，误伤指，大啼[②]。人问："痛邪？"答曰："非为痛，身体发肤，不敢毁伤[③]，是以啼耳。"宣洁行廉约，韩豫章[④]遗绢百匹，不受[⑤]；减五十匹，复不受。如是减半，遂至一匹，既终不受。韩后与范同载，就车中裂二丈与范，云："人宁可使妇无裈[⑥]邪？"范笑而受之。

【注释】

①范宣：字子宣，小时候非常喜欢学习，尤其擅长《三礼》。②啼：哭。③身体发肤，不敢毁伤：出自《孝经·开宗明义》："身体发肤，受之父母，不敢毁伤，孝之始也。"意思是说，人身体上的肌肉和毛发，都是父母赐予的，不能有丝毫的损伤，自己应当妥善保护，最后完整地归还，这就是子女行孝道的开始。④韩豫章：指韩伯，字康伯，曾经担任豫章太守。⑤受：接受，收受。⑥裈（kūn）：又作"裩"，裤子。

【译文】

范宣八岁那一年，在他家后面的菜园里锄草，一不小心，伤到了手指。顿时，他号啕大哭。有人问他："很痛吗？"范宣一边擦鼻涕和眼泪，一边回答说："其实手指并不是很痛，只是因为身体的皮肤和毛发，都是父母赐予的，不敢有丝毫的损伤。现在我却没有保护好它们，所以心里非常难受。"范宣长大后，家境虽然贫寒，但是为人品行高洁，清廉寡欲。有一次，韩豫章送给他一百匹绢布，他不接受；减了五十匹，他还是不接受。就这样，韩豫章不断减少，最后只剩下一匹，结果他还是不接受。后来，范宣和韩豫章一起乘车。在马车里，韩豫章扯下两丈布给范宣，并说道："一个人，总不至于让老婆没有裤子穿吧？"范宣这才笑着接受了那两丈布。

【解读】

身体受伤，一般的小孩会因为身体疼痛而哭，但是范宣却因为害怕父母担忧而哭，他对父母的孝敬与关爱由此可见一斑。这也说明他是一个至亲至孝之人。

生活简朴，没有欲望，是德行高尚之人的共同特征。他们心中丝毫不会想到自己，为自己谋利益，但却时刻装着他人。也正是因为这一点，范宣才接受了朋友的稍许馈赠。可见，他又是一个至性至情之人。

【原文】

王子敬[1]病笃，道家上章[2]，应首过[3]，问子敬："由来[4]有何异同得失[5]？"子敬云："不觉有余事，惟忆与郗家[6]离婚。"

【注释】

①王子敬：指王献之，字子敬，王羲之的儿子，与王羲之合称"二王"。②上章：指道家祛病消灾的方法。③首过：上章的时候，病人一定要细数七岁以来所犯的过错，叫作首过。④由来：向来，素来。⑤异同得失：指得失。⑥郗家：指郗道茂。她是王子敬的第一任妻子，同时也是他的表姐。

【译文】

王子敬病得很重，遍寻药物无效后，便请来道士帮忙，要他写好奏折上表天帝，请求消除灾患。按照老规矩，病人先要说出自己所犯的过错。于是，道士问王子敬："从你小时候到现在，有什么过失吗？"王子敬想了想，脸上现出茫然的神情，说："只是与郗家的女儿离婚，这件事有愧于心，其他的就没有什么了。"

【解读】

一个人在弥留之际，究竟会想些什么呢？也许，每个人的想法各不相同，但无一例外地都会想起这一生最为遗憾的事情。对于王子敬来说，这件终生抱憾的事情，是一份刻骨铭心的爱和一段无法释怀的感情。

王子敬与郗道茂从小青梅竹马，两小无猜。成婚以后，两人过着幸福美满的生活。可是这时候，简文帝的女儿司马道福和桓温的儿子桓济离婚了。司马道福倾心王子敬已久，便央求时任皇帝司马曜将自己改嫁给王子敬。司马曜对王子敬之也很欣赏，就下了一道诏书，命令王子敬休妻再娶。迫于君王的权势，王子敬依言而行，但心中始终牵挂着前妻。后来，在王子敬的传世法帖《奉对帖》中有这样一段话："虽奉对积年，可以为尽日之欢，常苦不尽触类之畅。方欲与姊极当年之足，以之偕老，岂谓乖别至此。诸怀怅塞实深，当复何由日夕见姊耶？俯仰悲咽，实无已无已，唯当绝气耳。"从中可以看出，王子敬离婚后对郗道茂的一片深情留恋以及感伤无奈。

王子敬为人清高傲慢，被当时不少名士批评。然而这么一个人，在病重时回想自己的一生，却认为自己只愧对过一个女子。纵使是为人妻子，一个女子在当时地位也是卑微的。王子敬能如此重视前妻，除了可见他对前妻的爱情至深，也可见他的性情至真。

【原文】

殷仲堪[1]既为荆州[2]，值水俭[3]，食常五碗盘，外无余肴，饭粒脱落盘席间，辄拾以啖[4]之。虽欲率物[5]，亦缘其性真素。每语子弟云："勿以我受任方州，云我豁[6]平昔时意，今吾处之不易。贫者士之常，焉得登枝而捐[7]其本？尔曹[8]其存[9]之。"

【注释】

①殷仲堪：殷融的孙子，殷仲文的从兄，东晋陈郡（今河南）人，曾经担任荆州刺史。②为荆州：担任荆州刺史。③水俭：水涝成灾，庄稼欠收。④啖：吃。⑤率物：做人们的榜样、表率。⑥豁：抛弃，丢弃。⑦捐：放弃，抛弃。⑧尔曹：你们，指殷仲堪的子弟们。⑨存：记住，记着。

【译文】

殷仲堪出任荆州刺史以后，连续两年碰上洪涝灾情，老百姓的收成不是很好。殷仲堪吃饭，只有五只很小的碗盘，弄一点菜，其他的什么都没有。每次吃饭，饭粒掉在坐席上，他都要捡起来吃掉。他经常对身边的子弟们说："不要以为我现在接任一州的刺史，就会放弃平素的志向。其实，直到今天，我依然坚守往常的生活习惯。作为一个读书人，最为本分的生活状态就是清贫。

所以，尽管我登上了高位，但从来也没有忘记自己的本分。我说的这些话，你们一定要记住了。”

【解读】

孟子曾经说过：“无恒产而有恒心者，唯士为能。”没有固定的资产而有恒定不变的道德水准，只有士人才能做到。这句话与殷仲堪的“贫者士之常”说的是一个道理：读书人因为没有太多的欲望和物质追求，因而能够坚持一颗求道的恒心。

殷仲堪没有被物质欲望牵着鼻子走，并非由于他出身下层，也不是因为他是个读书人，而是因为他拥有良好的道德修养，且他一直以恒定的标准来要求自己。无论处于什么环境、什么地位，他对自己最初的要求始终不改。

一个人无论做什么，最难得的都是坚持。能够对自己坚持高标准，克己厉行，更是难中之难。这样的人除了恒心，心中还有一种强大的足以感染人的道德信念，所以令人敬佩。从这点来说，无论是古时还是现在，不管是对谁来说，身体力行，奉行节俭决不会让他丢脸，而只会换来他人的尊重。

【原文】

初，桓南郡①、杨广②共说殷荆州，宜夺殷觊③南蛮④以自树。觊亦即晓其旨。尝因⑤行散⑥，率尔⑦去下舍⑧，便不复还，内外无预知者。意色萧然，远同斗生⑨之无愠。时论以此多⑩之。

【注释】

①桓南郡：指桓玄，字敬道，曾经被封为南郡公。②杨广：字德度，晋弘农华阴（今陕西华阴）人，曾经担任南蛮校尉。③殷觊：字伯通，与从殷仲堪齐名，曾经担任南蛮校尉。④南蛮：指南蛮校尉这一官职。⑤因：趁着，抓住机会。⑥行散：魏晋时期，士官大夫喜欢服用五石散，用以调理身体。服用这种药物后，身体逐渐发热，需要吃一些冷的食物，并出外散步，借以宣导，散发药性。因此，这种做法被称为行散或者行药。⑦率尔：迅速，快速。⑧下舍：古代官员所住的地方。⑨斗（dǒu）生：指斗縠於菟，字子文，春秋时期楚国人，曾经担任楚国令尹。⑩多：赞扬，称赞。

【译文】

当初，桓南郡和杨广一起劝说殷荆州，尽快夺取殷觊的南蛮校尉之职，借以扩大自己的势力。殷觊知道桓南郡和杨广有这样的想法后，趁着服用行散外出散步之际，迅速离开官舍，再也没有回来。殷觊丢弃官职这件事做得十分周密，里里外外没有一个人料到他会如此。丢掉官职之后，殷觊表现出一副无所谓的样子，十分洒脱，就像春秋时期楚国令尹子文那样，虽然没有了官职，但一点儿也不抱怨。当时，人们知道这件事后，都纷纷称赞他。

【解读】

春秋时代楚国人子文，从楚成王八年任令尹到楚成王二十五年让位子玉，在职长达年之久。在这年中，子文曾经三次担任官职，又三次丧失官职。每一次丧失官职，都是子文主动请求的，为的是推荐贤良、让位于贤人。子文从国家的利益出发，从不计较个人的得与失。

殷觊虽然没有让位于贤良的意思，但他淡泊名利、与世无争的洒脱精神也非常可贵。此外，殷仲堪权势比他大，要想夺取殷觊的官职轻而易举。殷觊知道形势对自己不利，干脆采取成人之美的做法，既避免了自己处于被动，又为自己赢得了美名。这也不失为一种聪明之举。

【原文】

王仆射①在江州，为殷、桓②所逐，奔窜豫章，存亡未测。王绥③在都，既忧戚在貌，居处饮食，每事有降④。时人谓为“试守孝子⑤”。

【注释】

①王仆射：指王愉，曾经担任江州刺史。②殷、桓：指殷仲堪和桓玄。③王绥：王愉的儿子，曾经担任荆州刺史。④降：减少，抑制。⑤试守孝子：古代官员在正式就职之前，需要经过试用，称为试守。王绥在不清楚父亲生死的情况下，就先有了丧容，人称“试守孝子”。

【译文】

王仆射在江州担任刺史时，被殷仲堪和桓玄驱逐，逃到了豫章。不过，对于他的生死情况，人们都不太清楚。那时候，他的儿子王绥靖在京都，每天愁眉苦脸，寝食难安。当时的人们知道他的表现后，就称他为“试守孝子”。

【解读】

王绥对父亲安危的关切，读来令人动容。古时候的人们，对于父母和长辈，不管是哪一件事，都出于至性而做到至孝。反观现在，物质生活条件的改善与发展，人们对父母的孝敬，反倒不如从前了。这实在是一个令人深思的问题。

【原文】

桓南郡①既破②殷荆州③，收④殷将佐十许人，咨议⑤罗企生亦在焉。桓素⑥待企生厚，将有所戮，先遣人语云：“若谢我⑦，当释⑧罪。”企生答曰：“为殷荆州吏，今荆州奔亡，存亡未判，我何颜谢桓公？”既出市⑨，桓又遣人问：“欲何言？”答曰：“昔晋文王⑩杀嵇康，而嵇绍⑪为晋忠臣。从公乞一弟以养老母。”桓亦如言宥之。桓先曾以一羔裘与企生母胡，胡时在豫章，企生问⑫至，即日焚裘。

【注释】

①桓南郡：指桓玄，曾经被封为南郡公。②破：打败。③殷荆州：指殷仲堪，曾经担任荆州刺史。④收：逮捕。⑤咨议：官名。晋朝以后，在各个王府设置咨议参军，以参议军事。⑥素：向来，一直。⑦若谢我：如果向我认罪。谢，认错，谢罪。⑧释：免除。⑨出市：到刑场。出，去，往。市，指东市，晋朝杀人的刑场。⑩晋文王：指司马昭。⑪嵇绍：字延祖，嵇康的儿子，晋室内乱时，为保护晋惠帝被杀。⑫问：消息，音讯。这里指企生被杀的消息。

【译文】

桓玄打败了殷仲堪之后，抓捕了殷仲堪手下十几个幕僚武将。殷仲堪的咨议参军罗企生也在其中。桓玄对企生一直都很好，所以在处决被捕之人时，派人给企生传话说：“如果你肯向我认罪，我就放过你。”企生回答说：“我是殷荆州的部下，现在他兵败逃亡，生死未卜，我有什么脸面向桓公谢罪求生呢？”等到了刑场，桓玄又派人问企生还有什么话要交代的。企生说：“从前晋文王杀了嵇康，可是嵇康的儿子嵇绍却成为晋朝的忠臣。换句话说，父亲和儿子之间是不同的，兄弟之间也是这样。所以，我请求桓公能够赦免我的弟弟，这样他就可以照料我年事已高的母亲。”桓玄答应了企生的请求，赦免了他的弟弟。桓玄曾经送给企生的母亲胡氏一件羊皮大衣。那时候，胡氏正在豫章。她听到儿子遇害的消息后，当天就把那件羊皮大衣烧毁了。

【解读】

罗企生恪守气节，宁死不事二主，是常人难以企及的。桓玄也感受到了这一点，一再想要挽留，但是企生岂能因为个人的生死而混淆大是大非，做一个不忠不义的人？

自古忠孝难以两全，先有真正爱国爱民的忠臣，再有真正意义上的孝子。罗企生明白这一点，所以欣然赴死。然而，他仍不忘家中的老母，其孝敬之心，也感人肺腑。

【原文】

王恭[①]从会稽还，王大[②]看之。见其坐六尺簟[③]，因语恭："卿东来，故应有此物，可以一领及[④]我。"恭无言。大去后，既举所坐者送之。既无余席，便坐荐[⑤]上。后大闻之，甚惊，曰："吾本谓卿多，故求耳。"对曰："丈人[⑥]不悉恭，恭作人无长物。"

【注释】

①王恭：字孝伯，太原人，曾经担任中书令。②王大：指王忱，字元达，小名佛大，故人称阿大，曾经担任荆州刺史。③簟（diàn）：竹席。④及：给，给予。⑤荐：草席，草垫。⑥丈人：对年长者的尊称。

【译文】

王恭从会稽回到家里，同宗的王大听到这个消息，连忙赶去看望他。到了王恭家中，王大看见他正坐在一张竹席上。那竹席有六尺来长。王大对王恭说："你从东边回来，想必一定有这种东西，也送一张给我吧！"王恭听说后，一言不发。等王大离去后，他派人把自己所坐的竹席送给王大。由于他没有多余的竹席，从此以后只能坐在草垫上。后来，王大听说了这件事，感到十分惊讶。他找到王恭，说："我原以为你从会稽回来，一定带了不少那样的竹席，所以才贸然开口向你索要。"王恭不好意思地说："叔叔，你不了解我，我为人处世，向来没有多余的东西。"

【解读】

庄子在《逍遥游》里说："鹪鹩巢林，不过一枝，鼹鼠过河，不过饱腹。"鹪鹩停在整片森林，要筑巢也不过占用一棵树而已，整片森林对它没有用；鼹鼠从一条河里经过，能带走的水也不过一肚子而已，整条河流对它也没有用。所以，鹪鹩也好，鼹鼠也罢，只需要取自己需要的部分，不可有霸占之心。王恭说他做人没有多余的东西，也是这个道理。人活在世界上，为了满足自身的发展，适当的索取是必要的，但要知足。现实生活中，有些人活得太累，就是因为欲念太深，只顾索要，不知满足，想得到的东西太多而能力无法兼顾，所以纠结、愤怒、不幸福。这时候，就多要向王恭学习了。

【原文】

吴郡[①]陈遗，家至孝[②]，母好食铛[③]底焦饭[④]，遗作郡主簿[⑤]，恒装一囊，每煮食，辄贮录[⑥]焦饭，归以遗母。后值孙恩[⑦]贼出吴郡，袁府郡[⑧]即日便征。遗已聚敛得数斗焦饭，未展[⑨]归家，遂带以从军。战于沪渎[⑩]，败。军人溃散，逃走山泽，皆多饥死，遗独以焦饭得活。时人以为纯孝之报也。

【注释】

①吴郡：晋朝的一个郡城，在今苏州。②至孝：极尽孝道。③铛（chēng）：铁锅。④焦饭：锅巴。⑤主簿：官名，主要负责文书、印鉴等方面的事务。⑥贮录：收集起来，保存好。⑦孙恩：字灵秀，琅邪人。晋安帝隆安三年，发动农民军起义，三年后兵败。⑧袁府郡：指袁山松，曾经担任吴郡太守，后被孙恩军队所杀。⑨未展：没来得及。⑩沪渎：水名，在今天上海市东北方向。

【译文】

吴郡有个叫陈遗的人，在家里十分孝。他母亲有个嗜好，喜欢吃锅底的焦饭。后来，他做了郡县的主簿，仍然没有忘记母亲的这个嗜好。他随身携带一个布口袋，每一次烧饭的时候，将锅底的焦饭取出来，留在布口袋里，等回到家后再拿出来献给母亲。后来，孙恩在吴郡犯上作乱，一时间，老百姓受到贼兵的骚扰。当时，吴郡的太守袁山松召集地方武力进行清剿。陈遗在应召之列，由于情势紧迫，他没有来得及将焦饭带给母亲，就随着军队一起出发了。在沪渎，袁太守兵败，士兵们四下逃亡。路上经过山林水泽地带，很多人都饿死了。然而，陈遗凭借口袋里的焦饭，却存活了下来。这件事传开后，人们都认为是他的孝心挽救了他的生命。

【解读】

陈遗得救是一件合情合理的事情。因为他养成了良好的孝行习惯，而有句话说“行为决定习惯，习惯决定性格，性格决定命运”。所以说，陈遗得救，是有前后关联的因果关系的。

很多人也有孝心，也行孝，但并非每个人都能像陈遗一样在关键时刻成为因孝得福的幸运儿。陈遗的幸运是有缘由的。他行孝不在于一天或一时兴起，而是持之以恒，善始善终。正因为这样，他才会在出战前还想到母亲，由此带上了干粮，救了自己一命。

【原文】

孔仆射①为孝武②侍中③，豫④蒙眷接⑤。烈宗山陵⑥，孔时为太常⑦，形素羸瘦，着重服⑧，竟日涕泗流涟，见者以为真孝子。

【注释】

①孔仆射：指孔国安。②孝武：指晋孝武帝司马曜。③侍中：官名，主要负责礼仪、顾问等事务。④豫：同“预”，预期，先期。⑤眷接：受到重视，得到厚爱。⑥山陵：指帝王去世。⑦太常：官名，主要负责礼乐祭祀等事务。⑧重服：守重丧的衣服。

【译文】

孔仆射在晋孝武帝时期担任过侍中，受到了皇帝的赏识和信任。后来，皇帝驾崩，孔仆射亲自去送葬。当时，孔仆射已经官至太常。他向来身体瘦弱，到送葬那一天，他穿着沉重的孝服，整日以泪洗面。看见他的人没有一个不说他是真孝子的。

【解读】

有一种恩情叫“知遇之恩”，如果说是父母创造了一个人，那么有知遇之恩的人则是成就了一个人。所以，正常人，但凡有一丝的良心，对他人给予自己的知遇之恩都会感激。这种感激往往是真挚的，因为知遇之恩不亚于父母对他的恩情。春秋时期的管仲就曾说过：“生我者父母，知我者鲍叔也。”

晋孝武帝在生前赏识信任孔仆射，这对孔仆射来说就是知遇之恩。所以，晋孝武帝去世对孔仆射来说，跟他的父亲去世差不多，所以难怪他会哭得像个真孝子一样。

【原文】

吴道助、附子①兄弟居在丹阳郡②后，遭母童夫人艰③，朝夕哭临，及思至、宾客吊省，号踊④哀绝，路人为之落泪。韩康伯⑤时为丹阳尹，母殷在郡，每闻二吴之哭，辄为凄恻，语康伯曰：“汝若为选官，当好料理⑥此人。”康伯亦甚相知。韩后果为吏部尚书⑦。大吴不免哀制⑧，小吴遂大贵达。

【注释】

①吴道助、附子：指晋吴坦之、吴隐之兄弟。坦之字处靖，小字道助。隐之字处默，小字附子。②丹阳郡：晋朝的一个郡城。③遭艰：遭遇父母去世的丧事。④号踊：举办丧失的时候，号啕大哭。⑤韩康伯：指韩伯，字康伯，晋朝颍川（今河南）人。⑥料理：安排。⑦吏部尚书：吏部的长官，主要负责官吏的选拔、考核和升调等事务。⑧哀制：礼制规定的居丧期限。

【译文】

吴道助和吴附子两兄弟居住在丹阳郡官署的后面。母亲童夫人去世后，两个人整天吊丧哭泣。守孝期间，每当有宾客吊唁，他们两人哭得更加悲痛。过路的人从他们家门口经过，听见了哭声无不悲伤落泪。韩伯当时正担任丹阳郡的太守，他的母亲殷氏也住在官署里，与吴家的宅院相邻。

每次听到吴家兄弟的哭声，殷氏就悲伤不已。于是，殷氏对韩伯说：“你以后如果当了选拔人才的官吏，一定要好好地任用这样的人啊！”韩伯对吴家兄弟的品性十分了解。后来，他果真担任了吏部尚书。这时候，吴道助已经因为丧母悲伤过度而去世，韩伯便提拔弟弟吴附子，让他在官场上显露头角。

【解读】

对父母极为孝顺的人，是至情至善的人。他们的性情淳朴，为人忠厚，自然可以委任重要的事情。韩伯的母亲正是有感于这一点，才极力推荐吴家兄弟。

从另一个角度说，生老病死本是自然法则，人类是无法与之对抗的。所以，吴道助因母亲的去世而悲伤不顾惜自己，乃至自己也被连累致死，这一做法是不可取的。身体来自父母，不珍惜自身性命，本就是对父母最大的不孝。

言语第二

【原文】

边文礼[①]见袁奉高[②]，失次序[③]。奉高曰："昔尧[④]聘[⑤]许由[⑥]，面无作色。先生何为颠倒衣裳[⑦]？"文礼答曰："明府[⑧]初临，尧德未彰，是以贱民颠倒衣裳耳！"

【注释】

①边文礼：指边让，汉末名士，曾经担任九江太守，后被曹操所杀。②袁奉高：指袁阆。③失次序：惊慌失措。④尧：指尧王。⑤聘：看望，拜访。⑥许由：尧舜时代的贤人。⑦颠倒衣裳：形容匆忙慌乱的样子。语出《诗经·齐风·东方未明》："东方未明，颠倒衣裳。颠之倒之，自公召之。"⑧明府：在汉代，人们将太守称为明府或府君。

【译文】

边文礼是一个谈笑自若的人。但是，他去拜见袁奉高的时候，却方寸大乱。袁奉高素知边文礼以善于应答出名，就故意问他："从前，尧王聘请许由的时候，许由坦荡自若，一点儿也不为所动。今天先生见到我，怎么这样惊慌失措，就像穿反了衣服一样呢？"边文礼回答说："您刚刚就任，尧王的风范还没有显露出来，所以小人才会这般颠倒衣裳，慌乱不堪！"

【解读】

民怕官在古代史普遍存在的现象。民之所以怕官，主要在于官的权势大，而民的身份卑微，相遇相见时稍有不慎，就会招来杀身之祸。边文礼虽然善于言辞，一身才华，也仍免不了经历一番战战兢兢。袁奉告机警幽默，借用"尧聘许由"的典故，轻嘲边文礼的口吻中又饱含着赞许。这样一来，民见官的紧张气氛顿时被化解，代之以生动活泼的调侃场景。两人一来二去，一个问得好，一个答得妙。

魏晋时期，清谈之风盛行，细心琢磨语言的技巧，追求巧思妙谈，成为名流雅士标榜自身修养的重要方式。喜欢引经据典，借古讽今，是魏晋时期清谈的主要特点之一。这一特点在故事中也得到了很好的体现。

【原文】

徐孺子年九岁，尝月下戏，人语之曰："若令月中无物[①]，当极明邪？"徐曰："不然。譬如人眼中有瞳子[②]，无此，必不明。"

【注释】

①物：中国古代传说中，月亮上的黑影是蟾蜍，是嫦娥奔月后的化身。②瞳子：瞳仁。

【译文】

徐孺子九岁的那一年，曾经跟着玩伴们在月光下玩耍。这时候，有一个人指着天上的月亮，对他说："如果月亮上面什么东西也没有，会不会变得更加明亮？"徐孺子说："你说的不对，这就好比人的眼睛有黑眼珠一样，如果没有这东西，人的眼睛会漆黑一片。"

【解读】

一个问题不容易直接回答的时候，不妨借用一个比喻，用浅显易见的事物对深奥奇妙的道理加以描述。这样一来，原本遥不可及的道理，瞬间便可以化抽象为具体。不但如此，好的比喻，还能使说话者的语言生动形象，具有很强的说服力。这正是徐孺子不同凡响之处。徐孺子回答的精妙之处在于，他说出了一个道理：有时候，一些看似无用的东西，却是真正发挥作用的关键。没有眼珠，光线无法进入眼睛并投射到视网膜，人根本看见东西。而如果月亮没有那些不知名的东西，月亮也不能成为月亮。

【原文】

孔文举[①]年十岁，随父到洛。时李元礼[②]有盛名，为司隶校尉[③]；诣门者，皆俊才清称[④]及中表[⑤]亲戚乃通[⑥]。文举至门，谓吏曰："我是李府君亲。"既通，前坐。元礼问曰："君与仆有何亲？"对曰："昔先君仲尼[⑦]与君先人伯阳[⑧]有师资之尊，是仆与君奕世[⑨]为通好也。"元礼及宾客莫不奇之。太中大夫[⑩]陈韪后至，人以其语语之，韪曰："小时了了[⑪]，大未必佳。"文举曰："想君小时，必当了了。"韪大踧踖[⑫]。

【注释】

①孔文举：指孔融，字文举，与王粲、刘桢等合称为"建安七子"，后被曹操所杀。②李元礼：指李膺。③司隶校尉：官名，监督京师和地方文武百官的监察官。④清称：有个好名声。⑤中表：古时候，将父系血统的亲戚称为"内亲"；将父系血统之外的亲戚称为"外亲"。外为表，内为中，合起来称为"中表"。⑥通：通报。⑦仲尼：指孔子，字仲尼。⑧伯阳：指老子，姓李名耳，字伯阳。⑨奕世：很多年。⑩太中大夫：官名，负责皇帝顾问、应答等事务。⑪了了：机智聪明。⑫踧踖（cù jí）：恭敬而不安的样子。

【译文】

孔文举十岁的时候，跟随着父亲来到洛阳。当时，李元礼声名远扬，官运亨达，已经当上了司隶校尉。凡是去李家拜访的人，只有名士才子或者近亲才能得到差役的通报。孔文举年纪虽然不大，但是胆量不小，他来到李家的门前，对看门的差役说："我是李府君的亲戚，烦请通报。"通报后，孔文举被请入内，并坐了下来。李元礼一看是个小孩，而且素未谋面，就问道："你和我有什么亲戚关系啊？"孔文举回答说："从前我的先祖孔子，曾经向您的先祖老子请教过关于礼的事情。后来，孔子将老子尊奉为老师。所以，我和你家是世代交好的啊！"对于这番回答，李元礼和在座的宾客，没有一个不感到惊奇的。这时候，太中大夫陈韪来到厅堂。有人将孔文举的这番惊人之举告诉了他。陈韪不怀好意地评说道："小时候聪明伶俐，长大后不一定有出息。"孔文举听后，不紧不慢地回应道："照先生这么说，想必您小时候是很聪明的了！"陈韪听后，一时无言以对。

【解读】

怎样把话说好是一门学问，也是一门艺术。年仅十岁的孔文举，深谙这门学问和艺术，才得以在李元礼的府上推销自己。

虽然我们几乎每天都要讲话，但未必人人都能把话说得恰到好处。想要把话说好，说得中听，就必须搞清楚对方的心思和喜好。做到这一点，说话的时候，才有可能有的放矢。

当然，在与人交流的时候，我们也要能够沉得住气，仔细倾听对方，并探清对方的口气。等摸清楚对方的来意后，再做出适当的回应。这时候，需要说话者本人综合考虑，话一旦说出口去所产生的客观效果。一个好的说话者，能根据不同的场合和对象，将主观意愿和客观效果得心应手地协调起来。孔文举舌战士大夫陈韪时所表现出的机变能力，就是一个很好的例证。聪明人说话，善于借力使力，这样才能显露锋芒，震慑对方。言语不在多，在于能否一针见血，恰到好处。

【原文】

孔文举有二子：大者六岁，小者五岁。昼日父眠，小者床头盗酒饮之，大儿谓曰："何以不拜[①]？"答曰："偷，那得行礼！"

【注释】

①拜：古人喝酒的时候，要事先行礼。

【译文】

孔文举有两个儿子，大的六岁，小的五岁。有一次，小儿子趁着父亲睡午觉悄悄地爬到床头喝酒。大儿子看见，对他说："阿弟喝酒，怎么不行礼呢？"小儿子说："既然是偷酒喝，哪里还顾得上行礼呢？"

【解读】

言为心声，心里是怎么想的，嘴上就怎么说，两个孩子的纯真与可爱跃然纸上。语言的幽默和风趣，并不在于说话者本身有多么好的语言天赋，掌握多么灵活的语言技巧以及丰富的知识量，而在于说话者本身是否率性而为，真性流露。

【原文】

孔融被收[①]，中外[②]惶怖。时融儿大者九岁，小者八岁，二儿故[③]琢钉戏[④]，了无遽容[⑤]。融谓使者曰："冀罪止于身，二儿可得全不？"儿徐进曰："大人[⑥]岂见覆巢之下，复有完卵乎？"寻[⑦]亦收至。

【注释】

①收：抓捕。②中外：指朝廷上下。③故：仍旧，依然。④琢钉戏：一种儿童游戏。⑤遽容：害怕的神情。⑥大人：对父母的称呼。⑦寻：没过多久。

【译文】

孔融被朝廷抓捕，家中内外，没有一个人不惊恐的。当时，孔融的两个儿子，大的九岁，小的八岁，他们依然在玩耍喜欢的琢钉游戏，丝毫没有注意到紧张恐怖的氛围。孔融对使者说："希望罪行只加在我一个人身上，这两个孩子能不能放过？"使者还没有说话，两个儿子走上前，说："父亲大人难道见过倾覆的鸟巢里，还会有完整的鸟蛋吗？"果然，没过多长时间，两个孩子也被抓起来了。

【解读】

孔融曾说："父之于子，当有何亲？论其本意，是为情欲发耳！子之于母，亦复奚为？譬如寄物瓶中，出则离矣！"大意是说子女对于父亲，根本不算什么，子女只是父亲情欲的结果；子女对于母亲也不算什么，就像是暂时寄存在花瓶中的东西，一旦脱离花瓶，就什么关系也没有了。据说正是由于这个父母无恩论，曹操才下令诛杀孔融。孔融被捕时，对前来抓捕他的人所说的话，与他的父母无恩论形成明显而又强烈的矛盾。

面对必然要发生的事情，人到了一定的年纪，反而心中牵挂太多，对什么都放不下。与成人相比，孩子却完全不同。他们的一言一行，无不透露着自然的天性；他们心中一片澄明，对问题的看法往往包含着真知灼见。

【原文】

颖川太守髡[①]陈仲弓[②]。客有问元方："府君[③]何如？"元方曰："高明之君也。""足下家君[④]何如？"曰："忠臣孝子也。"客曰："《易》称：'二人同心，其利断金；同心之言，其臭如兰。'[⑤]何有高明之君，而刑忠臣孝子者乎？"元方曰："足下言何其谬也！故不相答。"

客曰："足下但因伛为恭[⑥]，而不能答。"元方曰："昔高宗放[⑦]孝子孝已，尹吉甫放孝子伯奇，董仲舒放孝子符起。唯此三君，高明之君；唯此三子，忠臣孝子。"客惭而退。

【注释】

①髡（kūn）：古代剃去男子头发的一种刑罚。②陈仲弓：指陈寔，字仲弓，东汉颍川人，曾经担任太丘长。③府君：魏晋时期称太守为府君。④家君：对别人父亲的尊称。⑤二人同心，其利断金；同心之言，其臭如兰：语出《周易·系辞上》，意思是两个人只要是同一条心，所产生的力量可以使刀锋砍断金属；出于同心的言语，也会像兰花那样芳香。⑥因伛（yǔ）为恭：驼背的人因为背部弯曲，而假装成恭敬人的样子。⑦放：流放，放逐。

【译文】

颍川太守对陈仲弓实施剃发的刑罚。有一个客人想借这件事刁难陈仲弓的儿子陈元方。他问陈元方："颍川太守究竟是怎样的一个人啊？"陈元方说："他是一位高明的地方长官。"客人又接着问："那么，你的父亲又是怎样的一个人呢？"陈元方没有犹豫，立即回答道："对国家来说，他是一个大忠臣；对于家庭来说，他是一个大孝子。"客人继续问："《周易》上说：'如果两个人同心，他们的合作就可以无坚不摧，甚至能够切断金子；他们所说的话也会像兰花一样芳香。'既然是这么一个道理，那为什么高明的地方长官，要处罚当地的一个忠臣孝子呢？"陈元方听了客人的话，淡然地说："你的话没有一点儿道理，所以我不准备回答。"客人以为陈元方理穷词尽，便说："驼背的人，总被误认为是恭敬之态，其实，你是回答不上来，才拒绝回答的吧？"陈元方听到这里，说："从前，殷高宗放逐孝子孝已，尹吉甫放逐孝子伯奇，董仲舒放逐孝子符起。这三位先生，都是极为高明的君子；而被放逐的三个人，也都是忠臣孝子啊！"客人听后，惭愧地走开了。

【解读】

俗话说："金无足赤，人无完人。"在这个世界上，没有绝对的好人，也没有绝对的坏人。因此，不能拿统一的标准去衡量和评判人。好人有时候也会犯错误，所以殷高宗放逐孝子孝已，尹吉甫放逐孝子伯奇，董仲舒放逐孝子符起。但是，这并不能说他们不是高明的君子。相反，正是这些偶尔的错误，才使得他们身上那些优秀的品质突显出来，所谓"瑕不掩瑜"，说的就是这个道理。陈元方与来客的争辩，从空洞的说理到中间的僵持，再到最后陈元方引用例证胜出，不难看出，当辩论僵持不下，对方又紧逼不舍的时候，不妨以摆事实替代讲道理。这是因为道理是由人讲的，并配之以思维的不同方式而展开，其间所掺杂的人的主观成分要多一些；而事实不同，它的客观性很强，人的主观成分很少或者几乎没有。事实胜于雄辩，其原理也就在于此。

【原文】

荀慈明[①]与汝南袁阆相见，问颍川人士，慈明先及诸兄。阆笑曰："士但[②]可因亲旧[③]而已乎？"慈明曰："足下相难[④]，依据者何经？"阆曰："方问国士，而及诸兄，是以尤[⑤]之耳！"慈明曰："昔者祁奚[⑥]内举不失其子，外举不失其仇，以为至公。公旦[⑦]《文王》之诗，不论尧、舜之德而颂文、武者，亲亲[⑧]之义也。《春秋》[⑨]之义，内其国而外诸夏。且不爱其亲而爱他人者，不为悖德乎[⑩]？"

【注释】

①荀慈明：指荀爽，字慈明，东汉颍川人。②但：只是，仅仅。③亲旧：指亲戚朋友。④相难：责难我。相，人称代词，我。⑤尤：指责，怪罪。⑥祁奚：春秋时代人，曾经先后推荐仇人解狐和儿子祁午接任自己的职位，因此有善于推举的美名。⑦公旦：指周公姬旦，曾经辅佐周武王灭商建周。⑧亲亲：厚待本族的人。⑨《春秋》：中国最早的一部编年体史书。⑩不爱其亲而爱他人者，

不为悖德乎：语出《孝经·圣治章》："父子之道，天性也，君臣之义也。父母生之，续莫大焉，君亲临之，厚莫大焉。故不爱其亲而爱他人者，谓之悖德；不敬其亲而敬他人者，谓之悖理。"

【译文】

荀慈明与汝南袁阆相见，袁阆问起颍川一带有什么杰出人物。荀慈明首先说起了他的几位兄长。袁阆听完后，笑着对他说："莫非颍川一带的人才，全都出自于你家？"荀慈明说："不知你有什么依据怀疑我所说的话？"袁阆说："我刚才问的是举国范围内的杰出人物，而你所说的都是你的那几位兄长，所以我有些不明白。"荀慈明继续说："从前，祁奚告老还乡荐举有才之人的时候，内不舍弃他的亲戚，外不排斥他的仇人。世人都认为他是极为公允的。周公旦写《文王》诗，不论说尧舜的功德，却歌颂他的父兄文王武王的功德，这不就是喜欢自己亲人的道理吗？孔子作《春秋》，是要告诉人们关切自己国家的大事，而不必太看重其他国家的事情。一个人，如果不爱护自己的亲人，又怎么可能去爱护其他人呢？如果真是那样的话，那一定是违背人性的。"

【解读】

据《吕氏春秋·去私》记载南阳县缺少县令，晋平公询问祁奚谁适合担任县令。祁奚回答说："解狐可以担任。"晋平公听后很惊讶，并问道："解狐不是你的仇人吗？"祁奚说："您问的是谁适宜，并不是问谁是我的仇人。"于是，晋平公按照祁奚的建议，任命解狐为南阳县县令。后来，解狐治理南阳县果然很好，深受当地民众的拥护。

又有一次，国都缺少一位中尉上将，晋平公请祁奚推荐人选。祁奚回答说："祁午合适。"晋平公说："祁午不是你的儿子吗？"祁奚说："您问的是中尉上将的合适人选，并不是问谁是我的儿子。"晋平公又依照祁奚的建议任命了祁午。结果，祁午带兵打仗，从来没有让国家失望。

孔了听说了这些事，感慨地说道："祁奚推荐人才，对外不排斥仇人，对内不回避儿子，他可算是大公无私了。"

祁奚外举不避仇，内举不避子，其核心的标准是——唯贤是举，唯才是举。因此，他推荐人才，并不是随意的，而是经过深思熟虑的。荀慈明以祁奚、周公推荐贤才不避仇人也不避亲人的事例来表明自己推荐自家人的正当性，也是在强调"唯贤是举，唯才是举"这一推举人才贤士的原则。

【原文】

祢衡①被魏武②谪③为鼓吏。正月半试鼓，衡扬枹④为《渔阳掺挝》⑤，渊渊⑥有金石⑦声，四坐为之改容。孔融曰："祢衡罪同胥靡⑧，不能发明王之梦。"魏武惭而赦之。

【注释】

①祢衡：字正平，少有长材，但生性刚烈，不容于世，只与孔融和杨修友好。②魏武：指曹操。曹操的儿子曹丕代汉称帝后，追尊曹操为太祖魏武皇帝。③谪：贬黜。④枹（fú）：指鼓槌。⑤《渔阳掺挝》：鼓谱名。⑥渊渊：象声词，指鼓声。⑦金石：指钟磬一类的乐器。⑧胥靡：古代服刑的犯人。这里指殷相傅说。

【译文】

祢衡被曹操贬黜为鼓吏。正月十五的时候，准备尝试敲鼓。祢衡拿起鼓槌，敲起了《渔阳掺挝》。只听鼓声深远，音节精妙，在座的宾客听了，没有一个不动容的。孔融说："祢衡的罪过，与古代服劳役的刑徒傅说差不多，只不过没有激发明君思贤若渴的愿望罢了！"曹操感到很羞愧，便放过了祢衡。

【解读】

孔融和祢衡是忘年之交。孔融时常称赞祢衡的才华，这使得一向爱才的曹操，急欲将其拉拢到自己的门下。然而，祢衡天性放荡不羁，加之对曹操的为人深感不满，总是在各种场合发表一些让曹操恼羞成怒的话。这样，曹操暗下决心，一定要当众羞辱一番祢衡。

曹操费尽周折，总算将祢衡招致麾下，却没有委任他要职，而是要他当击鼓的乐师。曹操的心意，祢衡岂能不知？然而，按照祢衡的性子，他是不会屈就的。于是，在众人面前，他慷慨激昂地演奏了自己独创的乐曲。曹操精心安排的报复机会，不但落空，反而被祢衡的鼓声敲得满脸通红。要不是老友孔融起身打圆场，曹操岂能放过祢衡？

由于人生的阅历深浅不一，所处的地位有高有低，因而看问题的角度各异，在同样的问题上，不同的人有不同的想法。然而，这并不能说明人们没有办法相处共事。有度量的人，往往能舍弃些许不同的地方，而在更大的层面取得一致的看法，争取有合作的机会。所以说，学会包容，是一种度量，也是聪明。孔融不说废话，只以一句感叹说出了这个道理。曹操也不笨，听出了其中的意思，于是羞愧作罢。

【原文】

南郡庞士元①闻司马德操②在颍川，故二千里候③之。至，遇德操采桑，士元从车中谓曰："吾闻丈夫处世，当带金佩紫④，焉有屈洪流之量，而执丝妇之事！"德操曰："子且下车。子适⑤知邪径之速，不虑失道之迷。昔伯成⑥耦耕⑦，不慕诸侯之荣；原宪⑧桑枢⑨，不易有官之宅。何有坐则华屋，行则肥马，侍女数十，然后为奇！此乃许、父⑩所以慷慨，夷、齐⑪所以长叹。虽有窃秦之爵，千驷之富，不足贵也。"士元曰："仆生出边垂，寡见大义。若不一叩洪钟、伐⑫雷鼓，则不识其音响也。"

【注释】

①庞士元：指庞统，字士元。②司马德操：指司马徽，字德操。③候：拜访。④当带金佩紫：带金印，佩紫绶，指做大官，地位显赫。⑤适：只，仅仅。⑥伯成：指伯成子高，尧时贤者。⑦耦耕：两个人一起并排耕地，这里泛指耕种。⑧原宪：孔子的弟子。⑨桑枢：用桑树条编织而成的门，比喻家境贫寒。⑩许、父：指许由和巢父。⑪夷、齐：指伯夷和叔齐。⑫伐：敲打。

【译文】

南郡庞士元听说司马德操住在颍川，就不辞劳苦，走了两千里路，去拜访他。到了司马家时，正巧遇上司马德操在采摘桑叶。庞士元在马车上问道："我听说男子汉大丈夫，为人处世理应谋求高官厚禄，你怎么这样屈就自己，空有一身雄才伟略，却干起养蚕妇的事情来？"司马德操说："你先下车吧。走小路，确实很方便，但是你却忽视了迷路的危险。从前，伯成宁愿在荒野种地，也不羡慕诸侯的荣华富贵；原宪的桑木老屋，破陋不堪，却不愿意住到官府的邸宅。难道非要住着豪华的房屋，出门乘坐高大的马车，生活起居有数十个婢女伺候，才算是与众不同吗？这正是许由、巢父让天下，伯夷、叔齐叹息国家灭亡，不吃周朝的粮食，而饿死首阳山的原因。就算吕不韦得到了秦国的相位，齐景公拥有四千匹马，那有什么可赞叹的呢！"庞士元说："我出生在边远的地方，没有见识过什么大道理，今天要不是来敲洪钟，击雷鼓，哪里知道它们的声响能有这么洪亮！"

【解读】

一个人处处以世俗的标准来规范自己，他便能够得到世俗的认可与欢迎，原因很简单，他舍弃自我，做了一个大家都认可的人。没有自我的人生，也许没有痛苦，也许没有他人的指责，因为你所走的路，是他人为你设计好，并被他人所接受的路。然而，没有自我的人生，对于我们自己却是一件极为可怕的事情——在忙碌地为他人而活当中，自己原来只是一个空壳而已。长此以往，这个人就会感到莫名的空虚与悲叹。

反观司马德操，他坚持自我，知道自己想要的是什么。即使他看起来一无所有，却给人一种无可摧毁的强大感。这种强大，其实来源于他自知、自足、自持的坚韧，和对自由幸福的感悟。

做人自然不必做到司马德操那样严苛自己，但我们要知道：真正的幸福来源内心的坚强和充实，而所有依靠物质支撑的幸福感，都不能长久地维系。这种幸福感的存在，会因为物质因素的不断消失而消亡。只有心灵淡定宁静，才能达到身心愉悦，才是幸福的真正源泉。所以说，追求财富权力也好，享受怡然自得的生活也罢，这些追求的目标，并没有高低优劣之分，关键在于它们是不是你内心真正想要的。只有按照自我的真实意愿生活，才能活出精彩的人生。

【原文】

刘公幹[①]以失敬罹罪[②]。文帝[③]问曰："卿何以不谨于文宪[④]？"桢答曰："臣诚庸短，亦由陛下网目[⑤]不疏。"

【注释】

①刘公幹：指刘桢，字公幹，建安七子之一。②罹罪：获罪。③文帝：指曹丕，曹操的次子，公元年称帝，国号魏，定都洛阳。④文宪：法令。⑤网目：法纲条目。

【译文】

刘公幹因对世子夫人失礼而被判了罪，差点丧失性命。后来，魏文帝和他说起这件事，问道："你怎么那么不谨慎，触犯了法律？"刘公幹回答说："臣确实平庸浅薄，不过，陛下您当时的法网也太严密了吧！"

【解读】

刘桢是"建安七子"之一，以诗歌见长，与曹植并称"曹刘"。公元年，为躲避战祸，刘桢随同家人一起逃到许昌。在那里，他结识了曹植。刘桢从小饱读诗书，满腹经纶，很快将曹植深深地吸引住。后来，曹植便将刘桢带回丞相府。公元年，刘桢被曹操征辟为丞相掾属，辅助曹操处理政务。

然而，没过多久，刘桢却因触犯不敬之罪而获刑。一天，魏太子曹丕大摆宴席，与诸位能文善诗的好友欢聚。席间，当众人喝得烂醉之际，曹丕请夫人甄氏出来与诸位朋友相见。甄氏来到宴席之上，在座的宾客无不下跪行礼，刘桢非但不下跪行礼，反而瞪着眼睛直勾勾地望着美貌的太子妃。当时，这是一种相当失礼的行为。曹丕与刘桢素来交好，当时也没有追究什么。不过，曹操知道后，十分愤怒，要以不敬之罪处死刘桢。幸亏曹氏兄弟以及其他人等求情，刘桢才免于一死。

刘桢是一个生性疏放、不拘小节的人。他的这种性格，在遇到生性多疑的曹操时，难免要惹下麻烦。到曹丕时却是另外一番境况。如此看来，一个人的处事风格，在不同的人眼里有不同的解读。因此，为人处世时，看环境，看对象，选择合适的言谈举止，不失为明智之举。

【原文】

钟毓、钟会[①]少[②]有令誉[③]。年十三，魏文帝闻之，语其父钟繇[④]曰："可令二子来！"于是敕见。毓面有汗，帝曰："卿面何以汗？"毓对曰："战战惶惶，汗出如浆。"复问会："卿何以不汗？"对曰："战战栗栗，汗不敢出。"

【注释】

①钟毓、钟会：魏太傅钟繇的两个儿子。钟毓，字稚叔，钟繇长子。钟会，字士季，钟繇次子。②少：年幼时候。③令誉：美好的声名。④钟繇：字元常，侍魏武、文帝和明帝三代，官至太傅。

【译文】

钟毓和钟会两兄弟，很小的时候就美名远扬。十三岁的时候，连魏文帝也听说了他们的事迹。于是，魏文帝对钟繇说："可不可以见见你那两个天资聪颖的儿子啊？"于是，魏文帝下令召见了兄弟两人。在面见魏文帝的时候，钟毓脸上直冒汗，魏文帝看见了，就问道："你的脸上为什么出这么多汗？"钟毓回答说："我是由于惊慌害怕，才会汗流浃背。"魏文帝转而看看钟会，问道："那你怎么不出汗啊？"钟会回答说："我更是害怕惊慌到了极点，连汗都不敢出了！"

【解读】

钟毓面见皇帝，额头冒汗，这应该是人之常情，毕竟他只是个十几岁的小孩子。不过，面对皇帝的提问，他张口就来"战战惶惶，汗出如浆"，如此直率坦诚，不失为一种谦虚的聪明。这说明头脑还很清醒，文思也很敏捷。其实，如果一个人还能描述自己的紧张状态，就足以说明他不是真的紧张。

与钟毓相比，弟弟钟会分明是神情自若，对魏文帝毫无畏惧之感。但钟毓既已表现出坦陈谦虚的一面，他自然就不能唱反调，不然会显得他对魏文帝很无礼。于是，他灵机一动，借题发挥，非说自己"战战栗栗，汗不敢出"，原本停滞紧张的对话氛围，顿时轻松欢畅起来。相信钟家两兄弟的一唱一和，定让魏文帝听得眉开眼笑。

【原文】

钟毓兄弟小时，值父昼寝，因共偷服药酒。其父时觉，且托寐①以观之。毓拜而后饮，会饮而不拜。既而问毓何以②拜，毓曰："酒以成礼，不敢不拜。"又问会何以不拜，会曰："偷本非礼，所以不拜。"

【注释】

①托寐：假装睡觉。②何以：为什么。

【译文】

钟毓兄弟小时候，趁着父亲白天睡午觉偷偷地喝父亲的药酒。这时候，父亲已经醒了，只是假装睡着，暗地里看他们怎么行动。只见钟毓作了一个揖，然后才开始喝酒。而钟会只喝酒，并不行礼。后来，父亲问钟毓为什么行礼，钟毓说："饮酒自然是要行礼的，所以不敢不先行拜礼。"又问钟会为什么不行礼。钟会回答说："偷着喝酒，本来就不合礼法，因此我只管喝酒，不行礼。"

【解读】

同样一件事情，站在不同的立场，一定会有不同的反应和意见。一个机智的教育者，不会匆忙地拿出一个标准答案，而是给予孩子一个展示自我个性的机会。

此外，从钟毓和钟会的回答中可见他们两人具有不同的个性。钟毓保守谨慎，做事遵循自己应遵循的道德礼法。而钟会个性放达，不在乎礼节。在他看来，既已从源头上失礼了，干脆放开心思，逍遥到底。

【原文】

魏明帝①为外祖母筑馆于甄氏②。既成，自行视，谓左右曰："馆当以何为名？"侍中③缪袭④曰："陛下圣思齐于哲王⑤，罔极⑥过于曾、闵⑦。此馆之兴，情钟舅氏，宜以渭阳为名。"

【注释】

①魏明帝：指曹叡，字元仲，魏国第二代君主。②甄氏：指魏明帝的舅父家甄府。③侍中：官名，负责礼仪、皇帝顾问等事务。④缪袭：字熙伯，三国时期魏国人。⑤哲王：贤明的君主。⑥罔极：原指浩荡的父母之恩，这里比喻子女尽大孝。语出《诗经·小雅·蓼莪》："欲报之德，昊天罔极。"⑦曾、闵：指曾参和闵子骞。他们是孔子的两个弟子，均已孝行闻名。

【译文】

魏明帝在甄府为外祖母修建了一座府邸。房子落成之后，魏明帝亲自前往察看。他问身边的随从："宅院是建好了，可是该叫什么名字呢？"侍中缪袭说："陛下的思想与古代的明君一样，而孝心更是超过了曾参与闵子骞。为了表示对母亲及外家人的厚爱，陛下决定修建这座府第。依臣之见，就叫'渭阳府'吧！"

【解读】

《诗经》有言："我送舅氏，曰至渭阳。"说的一个外甥敬爱自己的舅父，把他送到了渭阳。后人用此句来表达一个晚辈对一个长辈的不舍之情。缪袭将魏明帝外祖母的府第命名为"渭阳"，虽然没有提思念二字，但思念之情已跃然可见。这样命名，既有恭维魏明帝贤能孝顺之意，又引经据典，符合魏明帝的心意。

只是给府邸起名这样的小事而已，缪袭却能抓住领导的心思，说动听的话，给出合适的主意。要做到他这样并不容易，非要处处留心，察言观色不可。

【原文】

何平叔①云："服五石散②，非唯治病，亦觉神明③开朗。"

【注释】

①何平叔：指何晏，字平叔，倡导玄学和清谈。②五石散：一种丹药，又称寒食散，主要由紫石英、白石英、赤石脂、钟乳和硫黄等五种矿物配制而成。服用后身体发热，需要行走调节，所以又称"行散"。③神明：精神。

【译文】

何平叔说："服用五石散可以治病，即便没有病，吃了也会让人感到精神焕发。"

【解读】

服用五石散的人，会感到身体发热，精神亢奋。所以魏晋时期，士大夫不管有没有病痛，都以服用五石散为风流。

其实，个人追求时尚，享受生活，并无不可，但如果将此建立在对外物的依赖上，就有可能沉迷其中，不可自拔所以说，吃的东西也好，说话做事也好，都不宜为了图一时之快而无节制地参与其中。否则，结果有害无利。

【原文】

嵇中散①语赵景真②："卿瞳子白黑分明，有白起③之风，恨④量小狭。"赵云："尺表⑤能审玑衡⑥之度，寸管⑦能测往复之气。何必在大，但问识如何耳。"

【注释】

①嵇中散：指嵇康。②赵景真：指赵至，字景真，与嵇康有交往。③白起：战国时人，秦昭王手下的一名大将。④恨：遗憾。⑤表：古代测量日影，用以计算时间的标杆。⑥玑衡：古代观测天象的仪器。⑦管：竹管，用来定音的乐器。

【译文】

嵇中散对赵景真说："你的眼珠子生来黑白分明，大有白起的气势，只可惜就是小了点。"赵景真说："一尺长的标杆，可以测出四时的天象；几寸长的竹管，就能依据气流的出入定音，凡事讲究一个准字，何必要大，只看见识怎样就可以了。"

【解读】

"山不在高，有仙则名。水不在深，有龙则灵。"一样东西，不要只看其表，而要看它的本质。赵景真反驳嵇康的话，说的也是这个道理。眼睛的用途，无非是"看"，看世界、观势态、察人物。看而知，知而断。看得清楚，断定得准确，眼睛就起到了作用。所以，何必在乎黑白眼珠的比例分配？又更何必在乎它长得跟谁的眼睛像？

归根结底，一个人只要有自己正确的主见就行。外貌如何，别人对自己的评价如何，都是不必在意的。

【原文】

司马景王①东征，取上党②李喜③以为从事中郎。因问喜曰："先公辟④君不就，今孤⑤召君，何以来？"喜对曰："先公以礼见待⑥，故得以礼进退；明公以法见绳⑦，喜畏法而至耳。"

【注释】

①司马景王：指司马师，字子元，司马懿的长子。②上党：郡城名，在今天山西长治一带。③李喜：《晋书》本作"李憙"，字季和，少有高行，博学精研。④辟：召见，征召。⑤孤：古代君王对自己的称呼。⑥见待：对待我。⑦见绳：约束我。绳，约束，控制。

【译文】

司马景王东征的时候，准备任用上党的李喜为从事中郎。李喜知道后，答应出任。司马景王问李喜："从前我父亲在世的时候，他征召你出来为官，你不肯就职；现在我召请你，你为什么答应呢？"李喜回答说："您的先父是以礼相待，所以我能够以礼来进退；现在您是以法令召唤我，我是因为害怕法令才应召的。"

【解读】

乱世出英雄，这因为乱世对于能征善战的将才、帅才，有着更为迫切的需要。但乱世中，也有人甘于自我埋没，不愿出来做官。李喜正是这样的人。然而，在朝的官员都想让这些有识之士出来辅佐自己，所以会想办法让他们出山。

虽说同是请人，但不同的人所用的请人方式也不相同。司马懿以礼邀请李喜，而他的儿子司马师却是以命令召唤。面对的是不同的人以及不同的处境，那处理的方法自然也不能相同。兵书上，这就叫"因时制宜，随机应变"。做人不能太古板，一根筋，而应懂得根据在不同的形势下做出不同的应变。这是一个人善于保护自己的体现。从李喜的回答和应对，可见其聪明。

【原文】

邓艾①口吃，语称"艾艾"。晋文王②戏③之曰："卿云'艾艾'，定是④几艾？"对曰："'凤兮凤兮'，故是一凤。"

【注释】

①邓艾：字士载，为人机智多变，善于用兵。②晋文王：指司马昭。③戏：戏弄，嘲弄。④定是：到底是，究竟是。

【译文】

邓艾有口吃的毛病，说话的时候，经常会连发"哎……哎……"。有一回，司马昭戏弄他说："你总是说'哎……哎……'，到底有几个'哎'呢？"邓艾回答说："古人云：'凤兮凤兮，何德之衰'时，难道是指有两只凤吗？"

【解读】

《论语·微子》记载，楚国有个狂人，名叫接舆。他唱着歌，从孔子的马车旁走过。只听他唱道："凤兮！凤兮！何德之衰？往者不可谏，来者犹可追。已而，已而！今之从政者殆而！"孔子听到这里，急忙走下马车，想要与他交谈，可是他却匆忙离去，避而不谈。邓艾以接舆的"凤兮凤兮"来比喻"艾艾"，不但引经据典，还把自己比喻成凤凰。对于一般人来说，口吃结巴一定会倍感自卑。然而，在邓艾那里，积极向上的乐观精神，使得他的自信大放光彩。由此可见邓艾心思之灵活。

所以说，一个人，天生的嘴笨并不可怕。只要头脑灵活，思维缜密，他就有值得自己骄傲。

【原文】

嵇中散[①]既被诛，向子期[②]举郡计入洛，文王[③]引进，问曰："闻君有箕山之志[④]，何以在此？"对曰："巢、许狷介[⑤]之士，不足多慕。"王大咨嗟[⑥]。

【注释】

①嵇中散：指嵇康。②向子期：指向秀，字子期，"竹林七贤"之一。③文王：指司马昭。④箕山之志：指归隐山林的意愿。相传许由不愿意接受尧的禅让，便隐居与箕山。⑤狷介：狂傲，不合群。⑥咨嗟：赞赏，欣赏。

【译文】

嵇中散被杀之后，向子期应征郡中计吏来到洛阳。晋文王接见了他，问道："听说你有退隐山林的意愿，那为什么又来到京师呢？"向子期回答说："巢父和许由，都是些孤傲不合群的人，他们不值得效仿。"晋文王听后，十分欣赏向子期的回答。

【解读】

嵇中散因坚持不与司马氏苟合而被杀，向子期焉能不识时务？识时务者为俊杰。向子期舍弃退隐之志，选择表面臣服司马氏，这样就保全了自己的性命。

对比嵇康和向子期，虽说嵇康自有可称赞的清高和坚持自我的精神，但相对来说，向子期的委曲求全却更为理智。形势所逼之下，采取暂时的退步，适当地低下头，等待时机继续坚持自己的理想。这是一种更为聪明的选择。

【原文】

晋武帝[①]始登阼[②]，探策[③]得"一"。王者世数[④]，系此多少。帝既不说，群臣失色，莫能有言者。侍中裴楷[⑤]进曰："臣闻天得一以清，地得一以宁，侯王得一以为天下贞[⑥]。"帝说[⑦]，群臣叹服。

【注释】

①晋武帝：指司马炎。②登阼（zuò）：即位，登上皇位。③探策：占卜。④世数：帝王政权传承的代数。⑤裴楷：字叔则，河东闻喜人，曾经担任河南尹、中书令等官职。⑥贞：正。⑦说：通"悦"，喜悦，高兴。

【译文】

晋武帝刚刚即位的时候，想要看看自己成立的王朝能够延续几代，结果占卜得了一个"一"字。晋武帝看到后，十分不高兴。大臣们也诚惶诚恐，不知所措。这时候，侍中裴楷走出来，说："臣下听说天所以能够清明，地所以能够安宁，君王所以能成为天下的楷模，完全是因为三者各能保持自身完整的'一'。"晋武帝听了后，龙颜大悦，其他的大臣们也很叹服。

【解读】

一个字有不同的释义，而即使在同一情况下，不同的人看同一个字，得出的释义也不同。要想从一个字的释义入手，去跟一个正处于被该字所困的人交流，除了需知道这个字的众多释义，还须知道被困之人的烦忧。抓住他的心理，给他一个符合心意的解释，就可以拯救他的心情。而要做到这样，你必须博学多识，且善于观察人。从这点来说，交际是一件很玄妙的事情。要想使自己在任何人事氛围中都能处于一种主导者的地位，你须得像裴楷一样，具备足够的知识储备，以及良好的应变能力。

裴楷回答的机智之处还在于，他以"一"的另一种解释来劝诫了晋武帝，提醒他要做一个真正的贤君，以使天下清明，百姓安宁。

【原文】

满奋①畏风，在晋武帝坐，北窗作琉璃屏，实密似疏，奋有难色。帝笑之，奋答曰："臣犹吴牛②，见月而喘。"

【注释】

①满奋：字武秋，山阳昌邑人，身材魁梧，却害怕有风。②吴牛：指水牛，因为生活在江淮一带，所以又称吴牛。

【译文】

满奋是个生性怕风的人。有一次，他坐在晋武帝的旁边，看到北边的窗户边摆着一座屏风。那屏风实际上是不透风的，只是由于质地的缘故，看起来有疏漏通风的感觉。因此，满奋坐在那里，脸上露出为难的表情。晋武帝看到了，笑着问怎么回事。满奋回答说："我像是头怕热的吴牛，看见月亮就以为是太阳，忍不住要喘气。"

【解读】

成语"吴牛喘月"说的是产于江淮一带的水牛，见到月亮以为是太阳，因此卧倒在地，望着月亮大口喘气。满奋以"吴牛喘月"比喻自己的处境，没有直言问题却又说明了问题，暗含自嘲，让人莞尔。这种表明自己需求的方式是最委婉的，在当权者面前，这样的委婉还容易获得同情。想必晋武帝当时听了满奋的回答后，应该会照顾到他的感受。

满奋的机智回答告诉我们：有求于人的时候，特别是有求于一个权势比自己高很多的人时，可以放低自己，甚至可以以一种戏谑的说法夸大自己的缺点。这样可以满足对方掌握主动权的虚荣感，让他"大发慈悲"，继而满足我们的请求。

【原文】

诸葛靓①在吴，于朝堂②大会。孙皓③问："卿字仲思，为何所思？"对曰："在家思孝，事君思忠，朋友思信，如斯而已。"

【注释】

①诸葛靓：字仲思，诸葛诞次子。②朝堂：君主与大臣商讨政事的地方。③孙皓：字元宗，孙权长孙。

【译文】

诸葛靓在东吴的时候，有一次在朝堂上，孙皓问他："你的字号叫仲思，那么你所思的是什么呢？"诸葛靓回答说："在家里，想的是孝顺父母；为君王效命的时候，想的是做好自己的本分；与朋友交往的时候，想的是做到诚心待人。我所想的就是这些而已。"

【解读】

曾子曰："吾日三省吾身，为人谋而不忠乎？与朋友交而不信乎？传不习乎？"诸葛靓的回答，与曾子的体会可谓异曲同工。一个人，只有经常反思自己，才能使自己不断进步或者保持优秀，不至于误入歧途。所以说，一个人的所思所想，反映出他平日里是一个怎么样的人。

诸葛靓"在家思孝，事君思忠，朋友思信"，可见他是个孝顺、忠诚、重情义之人。东吴被西晋灭亡后，诸葛靓用自己的言行向世人证实这三点。父亲诸葛诞被司马氏所杀，因此他虽投奔晋朝，但始终不与司马氏为伍；孙皓虽然昏庸荒淫，但是对自己却有知遇之恩，因此作为臣子必须竭尽效忠；晋武帝是自己幼时的玩伴，对待朋友需要真诚相待，但家仇难忘，因此始终不肯在司马炎名下为官。诸葛靓字"仲思"，盛名之下，名不虚传。

【原文】

蔡洪[①]赴洛，洛中人问曰："幕府[②]初开，群公[③]辟命[④]，求英奇于仄陋[⑤]，采贤俊于岩穴[⑥]。君吴、楚[⑦]之士，亡国之余[⑧]。有何异才而应斯举？"蔡答曰："夜光之珠，不必出于孟津之河；盈握之璧，不必采于昆仑之山。大禹生于东夷，文王生于西羌。圣贤所出，何必常处。昔武王伐纣，迁顽民于洛邑，得无[⑨]诸君是其苗裔[⑩]乎？"

【注释】

①蔡洪：吴郡人，原本是吴国人，吴国灭亡后，到晋国谋事。②幕府：古代的行军，没有固定的场所，以幕帐为官署，所以称为幕府。后来，泛指一切官府。③群公：指文武百官。④辟命：征召，任命。⑤仄陋：指出身卑微的人。⑥岩穴：洞穴，这里指隐士居住的地方。⑦吴、楚：指江浙、两湖一带，这里偏重指东吴。⑧亡国之余：东吴被西晋所灭，被西晋时人称为亡国之余。⑨得无：该不会，莫非。⑩苗裔：后代，后世。

【译文】

蔡洪来到洛阳，洛阳城里有人问他："官署刚刚成立，官员们也正在征召之中，在出身卑微的人里面选拔杰出的人才，在山野居士里面征召高明的贤士。你既然生长在吴楚之地，又是个亡国之臣，有什么特殊的才能来这里应征呢？"蔡洪回答说："夜明珠不必产于孟津这一带的黄河，手掌般大的璧玉，也不一定非要远赴昆仑山开采。大禹出生在东方的蛮夷之地，周文王出生在西方的羌人之中。圣贤的出现，是不局限于一个地方的。从前，武王讨伐商纣成功之后，不正是将冥顽不化的百姓迁居到洛阳一带吗？你们该不会是那些人的后裔吧？"

【解读】

西晋都城设在洛阳。生活在天子脚下的洛阳人，自然而然地产生了地域上的优越感。因此，他们瞧不起来自南蛮之地的吴楚之人。面对挑衅的洛阳人，蔡洪以武王移民的事例，给他们好好地上了一课。

一方水土养一方人，每一个地方都有那个地方的特色人物。但是，人才并不一定是某个地方的特产，因而英雄也是不问出处的。没有见识的人，也没什么建树的人，无可证明自己，也只能以地方优越感来抬高自己。遇到这种无理纠缠的人，讲道理是说不清的，只能摆出确凿的事实予以辩驳。蔡洪以其人之道还治其人之身，不仅将对方驳斥得无力招架，还同时说明了一个了令人深思的道理：不要急着用外在的包装来标榜自己，因为你的实力只从你的内在处散发，"集体荣誉"即使真有，但如果你没有参与其中的事情，对你来说那也是虚的。

【原文】

诸名士共至洛水[①]戏，还，乐令[②]问王夷甫[③]曰："今日戏，乐乎？"王曰："裴仆射[④]善谈名理[⑤]，混混[⑥]有雅致[⑦]；张茂先[⑧]论《史》、《汉》[⑨]，靡靡[⑩]可听；我与王安丰[⑪]说延陵[⑫]、子房[⑬]，亦超超玄著[⑭]。"

【注释】

①洛水：指今河南的洛河。②乐令：指乐广，曾经担任尚书令。③王夷甫：指王衍，字夷甫，位居宰相高位，喜好清谈，终日无所作为。④裴仆射：指裴頠（wěi），曾经担任尚书左仆射。⑤名理：儒家的形名之学，是魏晋时期人们清谈的主要内容。⑥混混：形容水奔流的样子，这里指说话的时候，滔滔不绝。⑦雅致：高雅的情致。⑧张茂先：指张华，字茂先，范阳方城人，晋惠帝时爆发八王之乱，被赵王司马伦杀害。⑨《史》、《汉》：指《史记》和《汉书》。⑩靡靡：娓娓动听。⑪王安丰：指王戎，曾经被封为安丰侯。⑫延陵：指春秋时吴国人延陵季子。⑬子房：指张良，字子房，秦末汉初人，辅佐汉高祖刘邦打天下。⑭超超玄著：深奥玄妙。

【译文】

西晋时期，有一些名士到洛水游玩。回来之后，乐令问王夷甫："今天洛水之行，玩得尽兴吗？"王夷甫回答说："裴仆射擅长谈论分辨是非曲直的玄学，不但说起来滔滔不绝，而且还很有韵味。张茂先谈论《史记》与《汉书》，言辞流畅，娓娓动听。我和王安丰则述说延陵和子房的往事，聊得也很投缘，别有一番体会。"

【解读】

语言，是人们交流的一种重要工具。不同的人，由于气质和兴趣不同，说话的时候所选择的内容和语言风格也是不同的。可以说，语言直接反映出一个人的内在个性。有时候，仅仅依靠外表和着装，是没有办法深入了解一个人的。想要摸清对方到底是一个什么样的人，不妨找一个合适的话题，与他交谈一会儿，便可明白他的涵养和风度。王衍听人言而知其人，也可见他非常善于观察人。而善于观察的人，会更容易与人打成一片，交到朋友。

【原文】

王武子①、孙子荆②各言其土地人物之美。王云："其地坦而平，其水淡而清，其人廉且贞③。"孙云："其山以嶵巍以嵯峨，其水泙渫④而扬波，其人磊砢⑤而英多。"

【注释】

①王武子：指王济，字武子，太原晋阳人，善于清谈。②孙子荆：指孙楚，字子荆，太原中都人。③贞：正直，品行端正。④泙渫（yā dié）：形容水浪滚滚，相互重叠的样子。⑤磊砢（lěi luǒ）：原指树木多节，这里比喻有特殊才能的人。

【译文】

王武子、孙子荆各自述说自己家乡的风土人情。王武子说："我的家乡地势平坦，土地辽阔，河水从大地上静静地流过，清澈而又甘甜。这样的水土孕育出来的人，既清廉又正直。"孙子荆说："我的家乡山峦叠嶂，高入云霄，溪水在山谷间汹涌澎湃，孕育其间的人们，心胸豁达，卓越出众。"

【解读】

《增广贤文》有言："美不美，故乡水；亲不亲，故乡人。"一方水土，养一方人。难怪人人都说自己的家乡好，此乃人之常情。不过，人与人之间应该做到彼此尊重，各美其美；而每个人对于家乡的热爱之情，也不应建立在厚此薄彼的观念之上。

【原文】

乐令女适①大将军成都王颖②，王兄长沙王③执权于洛，遂构兵④相图⑤。长沙王亲近小人，远外君子，凡在朝者，人怀危惧。乐令既允⑥朝望，加有婚亲，群小⑦谗于长沙。长沙尝问乐令，乐令神色自若，徐答曰："岂以五男易一女？"由是释然⑧，无复疑虑。

【注释】

①适：女子出嫁，嫁给。②成都王颖：指司马颖，字章度，晋武帝第十六字，封成都王。③长沙王：指司马乂，字士度，晋武帝第六子，封长沙王。④构兵：发兵，起兵。⑤图：图谋。⑥允：相符，符合。⑦群小：指众多小人。⑧释然：指疑虑或担忧消除后，内心感到十分平静。

【译文】

乐令的女儿嫁给了大将军成都王司马颖。司马颖的哥哥长沙王司马乂，在京师洛阳掌握了大权。司马颖想要夺取哥哥的权势，便发兵准备攻打洛阳。司马乂重用小人，疏远君子，所以朝野上的百官，都感到极为不安和恐惧。乐令原本在朝中的名声极好，再加上和成都王有亲缘关系，于是司马乂身边的那帮小人，总是在他跟前诬蔑乐令。司马乂向乐令问起情况，他没有慌张，就像平常那样，回答说："我怎么会用五个儿子的性命去换取一个女儿呢？"司马乂听后，心头的疑虑打消了。从此以后，他再也不怀疑乐令了。

【解读】

乐令回答简洁，却指出了种种复杂关系背后的要害，而且表明了自己的态度：如果他因为出嫁的女儿而与司马颖交好，就会得罪了司马乂，让自己的五个儿子至于危险之中。这样不划算的事情，他是不会做的。

乐令的话不多，却精准地分析利弊，切中要害。他的干脆正好表现了他心思的简单，而简单的心思往往是最让人放心的。由此，司马乂才再也不会怀疑乐令。

官场险恶，人心难测。一般而言，政治人物之间的对话，可不是随意闲聊，而是一种切切实实的政治表态。因此，言语上稍有含糊，出现差错，就可能招致横祸。对于这一点，乐令岂能不知？所以，别看他表面上故作镇定，其实内心里可能是相当紧张和担忧的。但他却能在危急中找到最简单的应对方法，也可见他的聪明。

人际交往中，我们说话时也应该学习乐令这种说话方式：话不在多，而在于精准。如果说得啰唆复杂，不但听的人摸不清重点，就连说话者本人也有些理不清头绪。这样，双方交流的效果就要大打折扣。

【原文】

陆机①诣②王武子③，武子前置数斛④羊酪⑤，指以示陆曰："卿江东⑥何以敌⑦此？"陆云："有千里莼羹⑧，但未下盐豉耳⑨。"

【注释】

①陆机：字士衡，吴郡吴县人，其父陆抗曾经担任东吴大司马。②诣：造访，拜访。③王武子：指王济，字武子，太原晋阳人，西晋大将军王浑的次子。④斛：古代的一种容量单位。⑤羊酪：羊乳制品。⑥江东：指江南东吴地区。⑦敌：比得上，胜过。⑧莼羹：用莼菜烹制的羹。⑨盐豉：指豆豉，用黄豆发酵而成的佐料，常用来调味。

【译文】

陆机去拜访王武子。王武子在桌子上摆了好几斛羊酪，用手指了指，问陆机："你的家乡江东那边，有什么美味可以跟它比呢？"陆机说："有千里湖的纯菜羹，即便不放豆豉这样的调料也能够与你的羊酪相比了！"

【解读】

王武子是一个极其奢华的人，饮食服饰十分考究。他家的乳猪都是用人乳饲养的，连晋武帝都觉得他过于奢侈。此外，王武子还爱炫耀自己。他自恃本身为晋室之臣，而陆机是一个东吴过来的移民臣子，于是在陆机面前自然更觉高人一等，便发出了"江东何以敌此"的一问。

王武子意在讥讽陆机毫无一物可以拿来与自己相比，陆机的回答却指出了自己家乡的莼菜羹质地天然无害，无须作料都能敌得过王武子的羊酪。陆机其实暗中讥讽了王武子处心积虑的显摆。在这一问一答中，陆机无疑战胜了王武子。然而陆机的胜利却并非靠口才。他看似比特产，其实是在拿自己与王武子相比。两人的品质作风明显一高一低，王武子自然就比了下去。所以说，一个人的内在品质不够格，怎么比都是无法得胜的。

【原文】

中朝①有小儿，父病，行乞药。主人问病，曰："患疟也。"主人曰："尊侯②明德③君子，何以病疟？"答曰："来病君子，所以为疟耳。"

【注释】

①中朝：晋朝南渡长江以后，称渡江前的西晋为中朝。②尊侯：古时候对他人父亲的尊称。③明德：美德，高洁的德行。

【译文】

西晋时期，有个小孩，父亲突然生病，他就去别人家里求药。主人问他是什么病，小孩回答说："是疟疾。"主人听后，对他说："你的父亲是一个正人君子，怎么会得疟疾呢？"小孩说："正因为这病虐害君子，所以它才叫疟疾啊！"

【解读】

疟疾是一种由于蚊虫叮咬引起的病患。古时候的人认为，蚊虫之类的虫子，只会叮咬小人，而不会靠近君子。主人家的一席话，明显饱含讽刺和轻薄之意，孩童灵机一动，妙用"疟"与"虐"同音，机智而又自然地回答了主人的问话。可见说话技巧的重要性。

【原文】

崔正熊[①]诣都郡，都郡将[②]姓陈，问正熊："君去崔杼[③]几世？"答曰："民去崔杼，如明府[④]之去陈恒[⑤]。"

【注释】

①崔正熊：指崔豹，字正熊，晋朝渔阳人，晋惠帝时曾经担任太子太傅。②都郡将：指太守。③崔杼：春秋时期齐国大夫。齐国君主齐庄公与崔杼妻子私通，后来崔杼发现了这件事，将齐庄公杀死。④明府：魏晋时期称太守、刺史为明府。⑤陈恒：春秋时期齐国大夫，鲁哀公十四年，陈恒杀死齐国君王齐简公。

【译文】

崔正熊前往都郡办事，都郡的太守姓陈，他问崔正熊："你距离崔杼有几代啊？"崔正熊回答说："我距离崔杼的时代，与大人距离陈恒的时代是一样的。"

【解读】

崔杼是史上有名的乱臣贼子，陈太守之问，意在以崔正熊的姓氏来讽刺他与前人崔杼一个德行。无缘无故刁难他人之人，他的言语站不住脚而漏洞百出，也往往容易让人"以其人之道还治其人之身"。崔正熊的回答正是针锋相对地指出了陈太守的为人也好不到哪里去。

生活中，面对他人的故意刁难和嘲讽，有时候沉默未必是金。针锋相对，以其人之道还治其人之身，可令对方戛然而退。否则，一味地忍让，只能换来羞辱和嘲笑。

【原文】

元帝[①]始过江，谓顾骠骑[②]曰："寄人国土[③]，心常怀惭[④]。"荣跪对曰："臣闻王者以天下为家[⑤]，是以耿、亳无定处[⑥]，九鼎迁洛邑[⑦]，愿陛下勿以迁都为念[⑧]！"

【注释】

①元帝：指晋元帝司马睿。②顾骠骑：指顾荣，死后被追封为骠骑将军。③寄人国土：西晋时候，都城在洛阳；渡过长江以后，建立东晋政权，都城设在建业。建业曾经是吴郡的属地，因此东晋时人有客居他乡之感。④怀惭：心中怀有愧疚的情感。⑤以天下为家：把整个国家当作自己的家。天下，指国家。⑥耿、亳无定处：商王祖乙继承父亲河亶甲的帝位，之后商朝衰落，商王任用巫贤为相，迁都于耿，从此商朝复兴。盘庚因为王室遭遇祸乱，曾经五次迁都，最后定都于亳，改国号殷，商朝再一次复兴。⑦九鼎迁洛邑：周武王灭商以后，将都城迁到了洛邑。⑧念：忧虑。

【译文】

晋元帝刚过江时，对顾骠骑说："寄居在别人郡国的土地上，心里始终感到很惭愧。"顾荣听说后，连忙跪下来，回应道："我听说，王者是以天下为家的，所以殷商多次在耿、亳之间迁都，而周朝后来也把国都迁到了洛阳。因此，我希望陛下不要把迁都的事情放在心上。"

【解读】

商朝和周朝的迁都，是君王主动发起的，而晋元帝的迁都，是西晋败亡，走投无路之下的被迫之举。因此，与商周的迁都相比，东晋的迁都在性质上是截然不同的。因此，顾荣的巧言，只是对皇帝的一番安慰罢了。

现实生活中，几个人一起交谈，难免会碰上冷场或者尴尬的局面。这时候，需要一个人及时化解，打破僵局，这样才不致影响谈话氛围。想要做到这一点，其中一个有效的办法就是，不直接继续原来的话题，而是旁征博引，插入其他与之相关的内容，朝着有利于谈话的方向疏导。

【原文】

庾公①造②周伯仁③，伯仁曰："君何所欣说④而忽肥？"庾曰："君复何所忧惨⑤而忽瘦？"伯仁曰："吾无所忧，直是清虚⑥日来，滓秽⑦日去耳。"

【注释】

①庾公：指庾亮。②造：拜访，探望。③周伯仁：指周颛，字伯仁，汝南安城人。④欣说：高兴，喜悦。⑤忧惨：悲伤，难过。⑥清虚：清净虚无。⑦滓秽：污浊之气。

【译文】

庾公拜访周伯仁，周伯仁说："你有什么高兴的事情，忽然胖了起来？"庾公回答说："你怎么忽然瘦了，难道有什么伤心的事情？"周伯仁说："我没有什么伤心的事情，只是觉得清虚淡泊之气慢慢来临，而污浊渣滓的东西慢慢消散。"

【解读】

魏晋时期，士人崇尚清谈玄妙义理。一个简单的胖瘦问题，周伯仁却能谈到有关生命气质的高度，可见他的清谈功夫很厉害。

虽说周伯仁的言论有空谈的嫌疑，但从句意上面来理解的话，却也有值得我们推敲的地方。一个人要想变瘦，不应该依靠带有负效果的外力作用，而应该是从本质上清理自己的欲望，让那些没必要的污浊欲念远离自己。有了一种对清灵淡泊的气质的需求，我们才会真正地克制自己。

【原文】

过江诸人①，每至美日②，辄相邀新亭③，藉卉④饮宴。周侯⑤中坐而叹曰："风景不殊⑥，正自⑦有山河之异！"皆相视流泪。唯王丞相⑧愀然⑨变色曰："当共戮力⑩王室，克复神州，何至作楚囚⑪相对！"

【注释】

①过江诸人：指西晋灭亡后，南渡长江避难的士大夫们。②美日：天气晴朗。③新亭：古时候的一个亭子，三国时东吴建立，在今南京。④藉卉：坐在草地上。⑤周侯：指周颛，字伯仁，东晋王室渡江后，曾经担任荆州刺史、尚书左仆射等官职。⑥殊：不同。⑦正自：只是。⑧王丞相：指王导，字茂弘，琅邪人，因拥戴晋元帝有功，成为东晋中兴时期的重臣。⑨愀然：形容脸色改变的样子。⑩戮力：合力，一起努力。⑪楚囚：原指被俘获的楚国人，这里借指遭遇危难处境的人。

【译文】

南渡过江之后，晋朝的达官贵人和世家大族，每次遇到天气好的时候，便相约来到新亭，在草地上尽情地饮酒言欢。周侯坐在人群中，唉声叹息说："风景没有什么不同，只是河山不再像从前那样了！"在座的众人听了，无不相视落泪。这时候，王丞相脸色一沉，慷慨激昂地说："现在正是我们报效国家，收复失地的时候，你们为什么要像囚徒那样，哭丧着脸，相互落泪呢？"

【解读】

东晋王室凭借长江天险，苟延残喘于江南一隅，那些仓皇南下的中原士族，自然免不了黯然神伤，唏嘘不已。山河风景依旧，只是身在他乡，这是每一个被迫流亡的人最为悲哀的事情。此情此景，追忆起往日的故土，谁人能不落泪呢？不同的是，有些人只是把眼泪挂在脸上，却早已丧失了收复中原的大志；而另外一些人，则却把眼泪吞进肚里，等待时机，匡扶旧业。

东晋王室安定以后，在政治意见上，周顗和王导明显不同。周顗主张北伐，王导主张偏安；周顗主张严肃朝政，而王导则主张无为而治。所以，周顗的忧伤叹息是出自内心志向的失落。而王导的那一番豪言壮语，不过是作为一种政治作秀的手段，有名无实。然而，王导能够在众人需要的时候说出违背自己心意的话来鼓励大家，从中也可见他作为一名政客的聪明。这也从反面告诉我们，对于政治人物公开场合的话语，不可不信，但也不能全信。

【原文】

卫洗马①初欲渡江，形神惨顇②，语左右云："见此芒芒③，不觉百端交集④。苟⑤未免有情，亦复谁能遣⑥此！"

【注释】

①卫洗马：指卫玠，曾经担任太子洗马。②惨顇（cuì）：形容悲伤憔悴的样子。③芒芒：形容一眼望不到边，广阔无垠。④百端交集：各种忧伤的情绪，一起涌上心头。⑤苟：如果。⑥遣：排遣，消除。

【译文】

卫洗马当初随晋朝王室渡江的时候，形貌和神情显得极为凄惨憔悴。到了江边，他对身边的人说："看见这渺渺茫茫的江水，各种酸甜苦辣的情绪，奔涌着直上心头。如果人免不了要有情感，那么谁也没有办法排解这些愁绪。"

【解读】

人非草木，孰能无情。即将离乡的时刻，对于故土的依恋与不舍，比以往任何时候都要强烈。这份情怀，任谁也是无法超脱的。

【原文】

顾司空①未知名，诣②王丞相。丞相小极②，对之疲睡。顾思所以叩会④之，因谓同坐曰："昔每闻元公⑤道公协赞⑥中宗⑦，保全江表⑧。体小不安，令人喘息⑨。"丞相因觉，谓顾曰："此子珪璋特达⑩，机警有锋。"

【注释】

①顾司空：指顾和。②诣：拜访，造访。③小极：身体有些疲惫。④叩会：交谈说话。⑤元公：指顾荣。顾荣死后追赠为骠骑将军，谥号元公。⑥协赞：帮助，协助。⑦中宗：晋元帝的庙号。⑧江表：江南地区。⑨喘息：呼吸急促的样子，形容人很焦虑担忧。⑩珪璋特达：语出《礼记·聘义》："珪璋特达，德也。"珪璋，是古时候帝王、诸侯参见盛大典礼时，手上所拿的玉器。

这里比喻人才出众。

【译文】

顾司空当时没有多少名气，有一次他去拜访王丞相。王丞相恰好那一天有些疲惫，当着他的面，就开始打瞌睡。顾司空独自尴尬，但又想唤醒瞌睡中的王导，于是就对身边的人说："从前我时常听说，王丞相怎样协助皇帝治理天下，保全江东的丰功伟绩。丞相的身体稍微有一点儿不安，我们这些老百姓就会感到担惊受怕。"王丞相听后醒来，评论说："这个年轻人果真了不起，言语机敏聪慧，一点儿也不饶人。"

【解读】

不失时机地给人扣一顶高帽子，并不是一般人所说的拍马屁。前者是为了达成某一个特定的目标，并且建立在一定的事实基础上；而后者往往是空穴来风，无中生有，纯粹为了满足对方的虚荣，极尽奉承而已。顾司空所说之话，属于前者。他打破僵局，扭转局面，表面上看是一种语言技巧，其实蕴含着为人处世的高明智慧。他明知王导身体无恙，却假装担忧王导。王导作为一朝重臣，他的健康关系着国家命运和百姓安危。他迷糊中听到有人说自己身体堪忧，自然就会醒来证明自己还行。

顾司空的说话智慧充分体现了他对世事发展的洞察力，以及他对人的了解。所以，王导赞他机敏聪明。

【原文】

会稽贺生①，体识②清远，言行以礼。不徒③东南之美，实为海内之秀。

【注释】

①贺生：指贺循，字彦先。②体识：认识，见解。③不徒：不只是。

【译文】

会稽郡的贺生，生性纯洁，见识高明，言谈举止间，无不依礼而行。他不仅是东南地区的贤人，更是举国范围内的栋梁之材。

【解读】

为人以德，行事有礼，这样人会给人尊重，让人感觉舒服。所以，他无论在哪里都会受到人们的青睐。

【原文】

刘琨①虽隔阂寇戎②，志存本朝。谓温峤③曰："班彪识刘氏之复兴④，马援知汉光之可辅⑤。今晋祚⑥虽衰，天命未改，吾欲立功于河北，使卿延誉⑦于江南，子其行乎？"温曰："峤虽不敏⑧，才非昔人，明公以桓、文之姿⑨，建匡立之功⑩，岂敢辞命！"

【注释】

①刘琨：西晋末大将军，立志恢复中原，后因为孤军奋战，兵败被杀。②寇戎：入侵的少数民族，这里指匈奴。③温峤：先期担任刘琨的谋士，后来奉命去江左，辅佐晋元帝建立东晋，是东晋的名臣。④班彪识刘氏之复兴：王莽的政权发生动乱后，刘秀在冀州即位，公孙述在蜀汉称帝，大将军隗嚣在甘肃一带拥兵自居，也有争夺天下的野心。这时候，班彪在天水，劝说隗嚣拥护刘秀。班彪认为，天下的老百姓一心向往西汉，所以汉室一定能复兴。⑤马援知汉光之可辅：马援奉命出使洛阳，看到汉光武帝刘秀后，认为刘秀具有帝王的雄韬伟略，后来辅佐汉光武帝平定天下。⑥晋祚：晋朝的王位。⑦延誉：名扬在外。⑧不敏：谦词，不才，不聪明。⑨桓、文之姿：齐桓公和晋文公那样的才干。姿，才能，魄力。⑩匡立之功：匡正天下，扶立王室的功劳。

【译文】

刘琨虽然被匈奴阻隔在北方，但是他时刻谋划着要恢复晋朝的统治。他对温峤说："从前，班彪看出刘家江山必定要重振，马援知道汉光武帝可以辅佐。现在，虽然晋朝的国运不佳，但是天命依旧没有改变。我想在黄河以北建立功业，派你去江南协调，借此机会辅佐元帝，显扬声名。对于我的任命，不知道你愿意吗？"温峤说："我虽然才智浅薄，与先前的古人没有办法相比，但是您有齐桓公、晋文公那样的雄韬伟略，要匡扶正义，振兴晋朝，我又怎么敢推辞呢？"

【解读】

公元年，司马睿于江南称晋王，刘琨在北方联合幽州刺史鲜卑人段匹磾的势力，讨伐后赵石勒，借此扶持晋室。也就是在这个时候，刘琨委派下属温峤到建康，表明自己的意愿。这一则记载的就是刘琨与温峤临别前的谈话。

一个人如果具有高尚的情怀，他的言行是很容易感染他人的。温峤本就有救世思想，他又是刘琨的下属，自然会支持刘琨。刘琨和温峤两个人，虽然身份地位有别，然而他们志同道合，所以能够坦诚相见。这种肝胆相照的上下级情谊，不亚于朋友情谊，让人为之动容。

刘琨的爱国情怀，引发了后人无数的感慨。其中，最为有名的是南宋诗人文天祥写的一首诗："中原荡分崩，壮哉刘越石。连踪起幽并，只手扶晋室。福华天意乘，匹磾生鬼蜮。公死百世名，天下分南北。"由此可见，古人对于刘琨的评价是很高的。

【原文】

温峤初为刘琨使来过江。于时，江左①营建始尔，纲纪未举②。温新至，深有诸虑。既诣王丞相，陈主上幽越③、社稷④焚灭、山陵⑤夷毁之酷，有黍离之痛⑥。温忠慨深烈，言与泗俱；丞相亦与之对泣。叙情既毕，便深自陈结⑦，丞相亦厚相酬纳⑧。既出，懽然⑨言曰："江左自有管夷吾⑩，此复何忧！"

【注释】

①江左：指长江下游以东的地方，东晋王室统治的疆域。②举：提出，设立。③主上幽越：指晋怀、愍二帝被俘获囚禁的事情。主上，皇帝。幽越，迁徙，远迁。④社稷：祭祀土、谷之神的神坛。中国古代封建王朝的建立，一定先立社稷坛，用来祭祀土、谷神。因此，社稷是一个国家政权建立的标志。当国家灭亡时，入侵者一定先毁掉该国的社稷神坛。⑤山陵：先帝的坟墓。⑥黍离之痛：西周灭亡之后，东周的大夫路过旧有的都城，看到原来的宗庙宫殿被毁，长满了禾黍，心里感到无限的悲伤，便作《黍离》一诗。后来，人们用"黍离之痛"形同亡国的悲伤。⑦陈结：表达结为好友的意思。⑧酬纳：感谢接纳。⑨懽（huān）然：形容高兴的样子。⑩管夷吾：指管仲，齐国大夫，曾经辅佐齐桓公治理天下，使其成为春秋五霸之一。

【译文】

温峤作为刘琨的使者，渡过长江，去打探消息。这时候，江东的东晋王朝才刚刚建立。一切纲纪法令都有待进一步确立。温峤初来乍到，看到这种情况后，便有很多顾虑。他到王丞相家中拜见，讲述了怀、愍二帝被俘，故国宗庙被毁的场景。温峤讲得义愤填膺，慷慨激昂，说话间饱含着泪水。王丞相也跟着他一起流泪。叙完故国的哀思后，温峤表达了想要结为好友的深情，王丞相也真诚地答谢温峤，并接受了他的相投之意。从王丞相家中走出来，温峤高兴地说："江左已经有了一位堪比管仲的人，还有什么可担忧的呢？"

【解读】

在兴亡存败的时刻，不仅需要有出众的才干，更要谋事的人性情相投。这也是今天的每个企业都在强调"团队精神"的原理所在。否则，同事之间互为掣肘，终究难以成事。温峤与王丞相相遇相知，可谓性情相投之人。有这等鲜亮之人，难怪东晋王朝在危难之际能站稳脚跟。

【原文】

王敦①兄含，为光禄勋②。敦既逆谋③，屯据南州④，含委职⑤奔姑孰。王丞相诣阙谢⑥。司徒、丞相、扬州官僚问讯⑦，仓卒不知何辞。顾司空时为扬州别驾⑧，援翰⑨曰："王光禄远避流言，明公蒙尘路次⑩，群下⑪不宁，不审⑫尊体起居何如？"

【注释】

①王敦：字处仲，小字阿黑。②光禄勋：官名，主要负责管理宫廷杂务。③逆谋：谋反。④南州：指姑孰一带。⑤委职：放弃官职。⑥王丞相诣阙谢：王丞相到皇宫谢罪。王丞相是王敦和王含的从弟，因为王敦谋反，所以到宫廷给皇帝谢罪。阙，皇宫，宫廷。谢，谢罪。⑦司徒、丞相、扬州官僚问讯：三府同僚向王丞相表示问候。当时，王丞相是司徒、丞相，又身兼扬州刺史，因此他的同僚知道这件事后，问候并安慰王丞相。问讯，问候，问好。⑧别驾：官名，是州刺史的主要佐吏，处理众多事务。⑨援翰：拿起笔。⑩蒙尘路次：原指大臣或者帝王在路上逃难，蒙受艰辛。这里指王丞相到宫廷谢罪这件事。路次，在路上。⑪群下：官府同僚，下属。⑫不审：不知道，不清楚。

【译文】

王敦的哥哥王含做光禄勋的时候，王敦已经阴谋叛乱，占据了南州。王含知道后，起而响应，放弃官职到南州投奔王敦。王丞相到朝廷去请罪。司徒、丞相和扬州官僚来问候他，一时之间不知道该说什么好。顾和当时在扬州担任别驾之职，看到众人不知所措，他拿起笔来写道："王光禄为了回避流言而远赴他方，这件事连累您一路上风尘仆仆，我们身为下属幕僚，心里感到十分不安。不知道您近来的生活起居还好吗？"

【解读】

说话是一门艺术，什么时候该说，该以什么样的形式说，一定要依据说话的场景和氛围。顾和以笔墨代口舌，既准确表达了意思，又顾全到各方的颜面，可谓明智之举。

【原文】

郗太尉①拜②司空③，语同坐曰："平生意不在多，值世故纷纭，遂至台鼎④。朱博翰音⑤，实愧于怀。"

【注释】

①郗太尉：指郗鉴，字道徽，东晋高平人，曾经担任太尉。②拜：授予官职。③司空：官名，三公之一。④台鼎：古代称三公为台鼎。三公，辅佐君主掌握军政大权的最高官吏。晋朝的时候，以太尉、司徒和司空为三公。⑤朱博翰音：比喻空有其名，并没有什么实在的能力。朱博，曾经担任丞相。翰音，高飞的声音，比喻徒有其名。

【译文】

郗太尉被任命为司空的时候，对坐在身边的人说："我这一辈子的愿望并不算多，现今正值动乱局势，我才有幸位列三公之位。这就好比当年的朱翰升任为丞相，却徒有虚名，实在是惭愧啊！"

【解读】

《道德经》有言："知人者智，自知者明。"意思是，能了解、认识别人叫作智慧，能认识、了解自己才算聪明。郗太尉尽管为人没有多少才干，但有自知之明，至少可以在动乱的年代自保。仅就这一点而言，郗太尉比不得善终的朱博不知要强多少倍。

【原文】

高坐道人[①]不作汉语。或问此意[②]，简文[③]曰："以简应对之烦。"

【注释】

①高坐道人：当时的一位西域和尚，人称"高坐"。②此意：其中的缘由。意，原因，缘故。③简文：指晋简文帝司马昱。

【译文】

高坐道人从不说汉话。有人感到很疑惑，便问简文帝是什么原因。简文帝回答说："这样可以避免应酬的麻烦。"

【解读】

人不出名的时候，往往能过上清静的生活。一旦出名之后，各种应酬的事情，便纷涌而来。如果沉溺于此，终将一无所成。高坐道人通晓此理，为了减少应酬之烦，索性不开口说话。无话则无交际，当一哑巴，无人来扰，自得其乐。高坐果然是得道之人，看得透彻，做得坚决。

【原文】

周仆射[①]雍容[②]好仪形[③]。诣王公，初下车，隐数人[④]，王公[⑤]含笑看之。既坐，傲然啸咏[⑥]。王公曰："卿欲希嵇、阮[⑦]邪？"答曰："何敢近舍明公[⑧]，远希嵇、阮！"

【注释】

①周仆射：指周顗。②雍容：指仪态温文大方，行动从容不迫。③仪形：仪容形体。④隐数人：凭借数人，由数人搀扶着。⑤王公：指王导。⑥啸咏：吟啸，长吟，是一种自我陶冶，自我沉醉的行为。⑦嵇、阮：指嵇康和阮籍。⑧明公：这里指王导。

【译文】

周顗生来仪表堂堂，气度不凡。去拜见丞相王导的时候，周顗一下车，就有好几个人搀扶着。就这样，他在这些人的簇拥下，慢慢前行。王导看到了，含笑不语。入座之后，周仆射又旁若无人地吟唱起来。王导说："你想效仿嵇康和阮籍吗？"周仆射回答说："我怎么敢舍弃近在眼前的明公，而去效仿遥遥无际的嵇康和阮籍呢？"

【解读】

周顗向来喜欢跟王导斗嘴，王导笑他模仿嵇康、阮籍，意即说明他抬高自己了。周顗干脆放低自己，抬高王导，说他就是近在眼前的贤人，自己不必舍近求远。周顗的回答，看似谦虚，其实是一种似真似假的低调。说他真，是因为王导这个人确实算是贤人，所以周顗的辩驳也不见得全是讽刺韵味。说他假是因为周顗可能不过是以低调的谦虚和拍马屁似的奉承来堵住王导的嘴罢了。从周顗的回答可见他的清谈功夫至高，以及他的反应之快。

【原文】

庾公[①]尝入佛图[②]，见卧佛，曰："此子疲于津梁[③]。"于时以为名言。

【注释】

①庾公：指庾亮。②佛图：指佛寺。③津梁：桥梁，这里是引申之意，指佛家接引众生，帮助他们脱离苦海，到达彼岸。

【译文】

庾公曾经进去一座佛堂，看见里面有一尊卧佛，说："这个人一定是因为普度众生太疲惫了，所以才躺下来。"此话一出，一时间传为名言。

【解读】

庾公富于联想，妙言洞出，将高高在上的救世主还原到了众生中间，拉近了佛家与众生的距离。其实，佛祖在成佛之前，也是一个凡人，只是有了一颗持之以恒的善心，才成了佛。

仁者见仁，智者见者。庾公一直有为社会做贡献的心思，他能够作此比喻，或许说明他有成佛之心，哪怕为了百姓，自己也甘愿如这卧佛一样躺倒下来。

【原文】

挚瞻曾作四郡太守、大将军①户曹参军②，复出作内史③。年始二十九。尝别王敦，敦谓瞻曰："卿年未三十，已为万石④，亦太蚤⑤。"瞻曰："方⑥于将军少⑦为太早；比之甘罗⑧已为太老。"

【注释】

①大将军：指王敦。②户曹参军：官名，主要负责王府或军府中的民户、祭祀和农桑等事务。③内史：官名，晋朝继承汉朝的制度，在王国内设置内史，其职能相当于郡太守。④万石：指年俸万石的高官。汉朝的时候，丞相、太尉和御史大夫，年俸号称万石。后来泛指高官。⑤蚤：通"早"。⑥方：比。⑦少：稍微，些许。⑧甘罗：战国时期秦国宰相甘茂孙，他十二岁的时候就当上了秦上卿。

【译文】

挚瞻曾经在四个郡城担任过太守、大将军户曹参军。后来，他又担任内史。但是，他的年纪才二十九岁。有一次，他去和王敦告别，王敦对他说："你还没有三十岁，就已经是俸禄万石的高官了，这未免也太早了吧！"挚瞻说："与大将军您相比，确实有些早，但是与甘罗相比，我算是很老了！"

【解读】

西晋大乱时，挚瞻担任王敦的户曹参军。后来，挚瞻与王敦言语不和，被贬为随国内史。这一则就是挚瞻在去随国上任前，与王敦告别时的谈话。

挚瞻与王敦的不和，起因于王敦的一件破旧皮衣。有一次，王敦想要把穿得破烂的皮衣送给部下。向来恃才傲物的挚瞻，对王敦的这种做法感到不满，便提出异议。王敦问他为什么，挚瞻就打了一个比方，直截了当地对他说："长官的服饰都可以赐给部下，那么你官帽上的玉貂蝉也是可以赐给部下的。"

王敦听后勃然大怒，说挚瞻的比喻不恰当，根本不配担任现在的职位。挚瞻早就有离开王敦的心思，便说："我把抛弃现在的职位看得很轻，就像是脱掉一双鞋一样。"于是，王敦贬黜挚瞻，让他到地方上做内史了。

挚瞻与王敦告别时，王敦还想借机嘲讽挚瞻。没想到，挚瞻的回应话里藏刀，既自信谦逊，又暗挫对方的锐气。

【原文】

梁国杨氏子九岁，甚聪惠①。孔君平②诣③其父，父不在，乃呼儿出。为设果，果有杨梅。孔指以示儿曰："此是君家果。"儿应声答曰："未闻孔雀是夫子④家禽。"

【注释】

①聪惠：聪明且富有智慧。②孔君平：指孔坦，字君平，会稽山阴人，曾经担任廷尉。③诣：拜访，造访。④夫子：古时候对男子的尊称。

【译文】

梁国有一户姓杨的人家。家里有个九岁的孩童，十分聪明。孔君平去拜见他父亲的时候，碰掉父亲不在家。于是，孩童出来接待客人。他拿出水果给客人吃，其中有杨梅。孔君平看到后，指着杨梅对孩童说："这是你们杨家的果实吧！"孩童应声答道："我可没听说过孔雀是您家的家禽。"

【解读】

孩童反应机敏，针锋相对；孔君平掉以轻心，自取其辱。可见，不管是对谁，说话的时候都不能随意轻佻。人与人之间的交往，要本着真诚与善意，这样才能建立起良好和谐的人际关系。

【原文】

孔廷尉①以裘与从弟②沈，沈辞不受。廷尉曰："晏平仲③之俭，祠④其先人，豚肩⑤不掩豆⑥，犹狐裘数十年，卿复何辞此！"于是受而服之。

【注释】

①孔廷尉：指孔坦。②从弟：父兄辈的儿子，即堂兄弟。③晏平仲：指晏婴，字平仲，春秋后期齐国的宰相。④祠：祭祀。⑤豚肩：猪肘子。⑥豆：古代摆放食物的器皿。

【译文】

孔廷尉将一件皮大衣送给他的堂弟孔沈，孔沈坚决不接受。孔廷尉说："晏平仲很节俭，祭祀先人的时候，猪肘连整个盛器都装不满，但是他至少有一件狐皮衣，一穿穿了几十年，你又何必推辞呢？"听到这话，孔沈才接受了皮衣，将它穿在身上。

【解读】

晏子，名婴，字平仲，春秋后期的齐国贤臣。他从政期间，力行清廉，生活极为俭朴。按照礼数，祭祀祖先是要用整只猪或者羊的。但是，晏平仲的祭祀供品，只有零碎的一点，连盘子都装不满。为此，当时的人都嘲笑他，说他身为士大夫，根本不懂礼数。

还有一次，晏平仲出使楚国，身上穿着一件破旧的皮衣。据说，这件皮衣他前后共穿了三十年。楚国有个叫屈建的上军参议，看到晏平仲破旧的皮衣，便借机嘲讽说："晏婴，你穿戴成这副样子，哪里像是一个大国使者？依我看来，你庸俗吝啬。既然身居相国要职，理应穿戴华丽，车马隆重，以显示君王的浩恩。可是，你穿着破衣服，骑着瘦马出使外邦，难道你们齐国国力当真衰退到这种地步了吗？"

晏平仲听了后，拍手大笑，并回应道："你的见解太肤浅了。我晏婴自担任相国以来，父族都有衣服可穿，母族都有肉可吃，妻族都免除了挨饿受冻。此外，一些齐国有志之士，的衣食住行我都以礼相待。像这样的门客，已经有七十多家。因此，虽然我家节俭，但是三族得到厚待，有志之士得到了供养。我用这样的方式来彰显君王的恩宠，不比你所设想的要好很多吗？"最后，屈建理亏而退。

孔廷尉借用晏平仲的事迹说服孔沈，让他明白节俭的贤人也可以使物尽其用这个道理，真可谓晓之以理，动之以情。与人交谈，当生硬的大道理无法见效时，不妨另辟新径，从人之常情的角度切入，或许将是另一番结局。

【原文】

佛图澄与诸石①游，林公②曰："澄以石虎为海鸥鸟。"

【注释】

①诸石：指石勒和石虎等。②林公：指支遁，字道林，东晋时期名僧，时人称其为林公。

【译文】

佛图澄与石勒、石虎兄弟往来，林公知道后说："在佛图澄看来，石虎也是海鸥啊！"

【解读】

海鸥鸟的故事出自《庄子》。有一个住在海边的人，每天早晨在海滩上与鸥鸟玩耍。这个人性情温和，鸥鸟并不怕他，纷纷聚集在他的周围。

石家兄弟为争夺权力，以好杀而闻名于世。佛图澄真诚坦荡，怀着一颗无利害的心，想方设法感化石家兄弟。佛图澄没有防范心，正如善良的海鸥。然而，他太理想化了，把凶恶的石家兄弟当成可感化的人而去亲近他们。结果证明，佛图澄的努力是白费功夫。石虎的杀人本性难以改变，后来他杀死哥哥石勒的儿子，篡夺权位。

虽说佛图澄坦荡和以德化人的理想值得学习，但从人际交往的角度来说，他周璇在一对仇人且又是一对恶人之间的这种做法是很不明智的。以自己的做人标准去揣度他人，会使自己失去防范心而可能置于危险之中。

【原文】

谢仁祖[①]年八岁，谢豫章[②]将送客。尔时语已神悟，自参上流。诸人咸共叹之，曰："年少，一坐之颜回[③]。"仁祖曰："坐无尼父[④]，焉别颜回？"

【注释】

①谢仁祖：谢尚，字仁祖，东晋人，豫章太守谢鲲的儿子，善于清谈。②谢豫章：谢鲲，字幼舆，陈郡阳夏人，谢尚的父亲，曾经担任豫章太守。③颜回：字子渊，孔子最心仪的学生，好学乐道，以德行著称。④尼父：指孔子。

【译文】

谢仁祖八岁的时候，父亲谢豫章带着他一起送别客人。这时候，他的言谈举止已经非同凡响，可以算是上等人物。大家对他都很叹服，说："年纪轻轻，就已经是在座之人里的颜回了。"谢仁祖说："在座的人当中，没有孔夫子，又怎么会有人能识别颜回呢？"

【解读】

谢仁祖的回答，既有清醒的谦虚，又有自信的骄傲。他表明："如果我是颜回，那必定是因为在座的有孔子。而如果在座的没有孔子，那我也不是颜回。"

在面对他人夸赞时，谢仁祖的这种清醒是很难得的。更多人会在这种时候轻飘飘以为然，即使表面谦虚，内心里还是直接地接受了别人的赞美。谢仁祖虽然年幼，在受到别人的吹捧时却能够保持足够的理智，最后仍回到客观的角度上看待自己和他人。他的这种清醒，来源于他性格中的不卑不亢，也源于他有自知之明。因为知道自己是个什么样的人，也知道"三人行必有我师"这一道理，所以才不会在别人的吹捧中迷失自己。这种有清醒的自我认知的人，在面对他人的恶意贬低时，同样也不会受到影响。

【原文】

陶公[①]疾笃[②]，都无献替之言[③]，朝士以为恨。仁祖闻之，曰："时无竖刁[④]，故不贻陶公话言。"时贤以为德音。

【注释】

①陶公：指陶侃，字士行，江西鄱阳人，东晋时期名将。②疾笃：病重，病危。③献替之言：提出正确的建议，否决不恰当的做法。后多指提出关键性的政治意见。④竖刁：春秋时齐桓公的宦官，管仲死后，他与易牙等人专权，祸乱齐国。

【译文】

陶公病危，没有留下一句关于朝政的建议。为此，朝野上下的大夫议论纷纷，都感到很遗憾。

谢仁祖知道后，说道："因为当前没有像竖刁那样的奸佞小人，所以陶公没有留下话来。"当时，很多有识之士都认为谢仁祖的话说得好。

【解读】

《吕氏春秋》记载：管仲病，桓公问曰："群臣谁可相者？"管仲曰："知臣莫如君。"公曰："易牙如何？"对曰："杀子以适君，非人情，不可。"公曰："开方如何？"对曰："背亲以适君，非人情，难近。"公曰："竖刁如何？"对曰："自宫以适君，非人情，难亲。"管仲死，而桓公不用管仲言，卒近用三子，三子专权。

管仲虽在弥留之际，但是识人还是极为准确的。管仲的临死前的遗言，相当于政治遗嘱。然而，齐桓公充耳不闻，最终导致"三子专权"的局面。

陶公是东晋重臣，按理说，他也应该在临死前留点忠告之话。然而，陶侃生前就是一个实事求是，不爱妄自评断的人，他既已在活着的时候尽力做了该做的事情，死而无憾，又何须留忠告给后世的人。毕竟，后事再怎么样，自己也是无能为力了。管仲留有忠告又有何用呢？从这点看来，陶公不留遗训也就不足为奇了。

满朝文武却不理解陶公为何"不辞而别"，由此议论纷纷。虽说谢仁祖或许也不明白陶侃为何不留下遗言，然而他却不同于常人。他知道死者为大，活着的人应该尊敬死去的人。所以他用一句"时无竖刁，故不贻陶公话言"来堵住了众人的嘴巴。其实，大家都知道谢仁祖的解释不过也是猜测，但他代替陶侃暗示了"如今天下太平，后事无可担忧"，这无疑给了大家一种美好的幻想。

【原文】

竺法深①在简文②坐，刘尹③问："道人④何以游⑤朱门⑥？"答曰："君自见朱门，贫道如游蓬户⑦。"或⑧云卞令⑨。

【注释】

①竺法深：字法深，晋朝的名僧。②简文：指简文帝司马昱。③刘尹：指刘惔，字真长，曾经担任丹阳尹。④道人：魏晋南北朝时期称僧人为道人。⑤游：往来。⑥朱门：红色的大门，后来借指官宦人家或者豪门大户。⑦蓬户：用蓬草做成的门户。后多指穷人居住的破旧地方。⑧或：有人。⑨卞令：指卞壸，字望之，晋明帝的时候，曾经担任尚书令。

【译文】

高僧竺法深坐在简文帝的旁边，刘惔问道："您一个出家人，怎么也和达官贵人混迹在一起呢？"竺法深回答说："那是您认为是达官贵人，其实在我看来，与出入于穷困人家没有什么两样。"后来，有人说是卞壸问的。

【解读】

是谁问并不重要，因为无论是刘惔还是卞壸，都没有到达竺法深那样的高度，所以他们之中谁问都不奇怪。竺法深的回答才是值得细细思考的：真的有"达官贵人"吗？其实那不过是我们自己给别人套上响亮的名头，而这么做反倒贬低了自己。如果你把自己看低，或者你认为贫就是"贱"，那么比你有权势的都是"达"或者"贵"。而如果你珍重自己，坚持自己的做人处事理念，不被周围的世俗之见所左右，那么任何人跟你都是平等。

【原文】

孙盛①为庾公②记室参军③，从猎，将其二儿俱行，庾公不知。忽于猎场见齐庄④，时年七八岁，庾谓曰："君亦复来邪？"应声答曰："所谓'无小无大，从公于迈'⑤。"

【注释】

①孙盛：东晋名士，擅长名理之学。②庾公：指庾亮。③记室参军：王侯、三公和大将军设置的属官，掌管文书和奏章等。④齐庄：孙盛的次子，字齐庄。⑤无小无大，从公于迈：无论是尊卑大小，都跟着鲁僖公出行。语出《诗经·鲁颂·泮水》。

【译文】

孙盛担任庾公记室参军的时候，有一次跟着庾公出去打猎，他的二儿子孙齐庄一同前往。庾公当时并不知道，打猎的时候，忽然看见了孙齐庄，大吃一惊，忙问："怎么，你这个小大人也出来打猎了？"孙齐庄随声答应道："《诗经》上说，'不论大小尊卑，大家都一起跟着你走'，难道不是这个意思吗？"

【解读】

魏晋时代，人人追求个性的张扬。在这样的大趋势下，只要有个性，不管是大人，还是小孩，都能获得别人的尊重与欣赏。孙齐庄的回答，一方面反映出他的机智灵敏，另一面也展现出那个时代人文环境的风采。

【原文】

孙齐由、齐庄二人，小时诣[1]庾公。公问齐由何字，答曰："字齐由。"公曰："欲何齐邪？"曰："齐许由[2]。"齐庄何字，答曰："字齐庄。"公曰："欲何齐？"曰："齐庄周[3]。"公曰："何不慕仲尼[4]而慕庄周？"对曰："圣人生知，故难企慕[5]。"庾公大喜小儿对。

【注释】

①诣：拜见。②许由：字仲武，上古时代的贤人。相传，尧王想把王位让与他，他坚决不肯接受，便归隐山林。③庄周：指庄子，战国时宋国人，主张清静无为，排斥儒家和墨家的思想。④仲尼：指孔子，字仲尼，春秋时鲁国人。⑤企慕：仰慕。

【译文】

孙齐由和孙齐庄两个人，小时候去拜见庾公。庾公问孙齐由的字是什么，孙齐由回答说："我的字是齐由。"庾公又接着问："你既然叫齐由，那么你是想和谁看齐呢？"孙齐由回答说："我想跟许由看齐。"庾公问孙齐庄的字是什么，孙齐庄回答说："我的字是齐庄。"庾公问："那你是和谁看齐呢？"孙齐庄回答说："庄子。"庾公又问："为什么不向孔子而向庄子看齐呢？"孙齐庄回答说："孔子那样的圣人，生下来就知道一切，所以很难效仿他。"庾公听完他的回答后，十分高兴。

【解读】

人有平庸与不平庸之别，区别的关键在于有无志向。有志向的人，从内到外散发出一种与众不同的气质，让人喜欢。孙齐由和孙齐庄虽然是孩子，但他们的回答却透露出他们心中的志向，所以庾公非常喜欢他们。

齐庄对老子和庄子的分析，还说明了他所作的回答并非只是为了巧妙应对庾公，而是根据自己的实际情况出发，定下能够实现的理想。他小小年纪却已能够认清自己，庾公对他除了喜欢，还有由衷的欣赏，于是不禁拍手叫好。

此外，魏晋时期，以老庄为主要内容的玄学极为盛行。在这里，齐庄不齐孔子而慕庄周，足见儒学在当时的地位是远远不及老庄的。

【原文】

张玄之[1]、顾敷[2]是顾和中外孙[3]，皆少而聪惠，和并知[4]之，而常谓顾胜。亲重偏至，张颇不怿[⑤]。于时，张年九岁，顾年七岁。和与俱至寺中，见佛般泥洹[⑥]像，弟子有泣者，有不泣者。和以问二孙。玄谓："被亲故泣，不被亲故不泣。"敷曰："不然。当[⑦]由忘情[⑧]故不泣，不能忘情故泣。"

【注释】

①张玄之：字祖希，曾经担任吏部尚书，与谢玄并称为"南北二玄"。②顾敷：字希祖，吴郡人，司空顾和的孙子。③中外孙：孙子和外孙。古时候，儿子所生的，被称为"中"，女儿所生的，被称为"外"。④知：厚爱，厚待。⑤怿：满意，称心。⑥般泥洹：佛家用语，即涅槃，圆寂。这里指佛祖去世时候的景象。⑦当：大概，表示一种推断的语气。⑧忘情：对喜怒哀乐之情的淡然。

【译文】

张玄之和顾敷分别是顾和的外孙和孙子。两个孩子小时候都很聪明，顾和很喜欢他们。不过，在顾和看来，顾敷更聪明一点，所以对他比较偏爱。由于这一点，张玄之很不高兴。张玄之九岁那年，顾敷七岁，顾和带着他们到一座佛寺去玩。在寺庙中，他们看到佛祖圆寂时的塑像。在佛祖旁边，有的弟子哭泣，有的弟子没有哭泣，顾和就问这两个孩子是怎么回事。张玄之说："受到佛祖厚爱的，就哭泣；没有受到佛祖厚爱的，就不哭泣。"顾敷说："不是你所说的那样。大概是有的能够忘情，所以不哭；有的不能忘情，所有才哭。"

【解读】

张玄之的回答充满了自己不受偏爱的愤懑，透露出一种斤斤计较的凡俗情怀。相反，顾敷的回答已经超越了世俗之见，达到玄妙超脱的境界。如此看来，顾和更加偏爱内孙是有一定原因的。

【原文】

庾法畅[①]造[②]庾太尉[③]，握麈尾[④]至佳。公曰："此至佳，那得在？"法畅曰："廉者不求，贪者不与，故得在耳。"

【注释】

①庾法畅：东晋僧人。②造：拜访。③庾太尉：指庾亮，死后被追为太尉。④麈尾：魏晋时期，清谈名士持有的一种兼有拂尘和凉扇功能的器物，用来修饰自己的仪容。

【译文】

僧人庾法畅去拜访庾太尉，手里拿的麈尾非常漂亮。庾公说："你的这柄麈尾是很好的上品，怎么还能保存到今天呢？"庾法畅回答说："清廉的人不想要它，而贪婪的人，我不会给它，所以一直保存到现在。"

【解读】

东西的在或者不在，不是由于东西的物理性质决定的，而是由人的欲望所决定。越是美好的事物，人们越是向往它，追求它，甚至占有它。然而，美好的事物毕竟是少数，因为得不到，人们往往又会嫉妒它，甚至毁灭它。所以，美好事物常常因为这份美好而不能长久地得到保全。

【原文】

庾稚恭[①]为荆州[②]，以毛扇上武帝[③]，武帝疑是故物[④]。侍中刘劭[⑤]曰："柏梁[⑥]云构[⑦]，工匠先居其下；管弦繁奏，钟夔[⑧]先听其音。稚恭上扇，以好不以新。"庾后闻之，曰："此人宜在帝左右。"

【注释】

①庾稚恭：庾翼，字稚恭，颍川鄢陵人，庾亮的弟弟，曾经担任荆州刺史。②为荆州：担任荆州刺史。③武帝：晋武帝司马炎。④故物：使用过的东西。⑤刘劭：字彦祖，彭城丛亭人，曾

经担任侍中、豫章太守等官职。⑥柏梁：高台名，汉武帝时所建。⑦云构：形容楼台高大宏伟的样子。⑧钟夔：指钟子期，春秋时楚国人，精通音律。夔，传说是舜的乐官。

【译文】

庾稚恭担任荆州刺史的时候，曾经给晋武帝进献过一把毛扇。晋武帝拿到扇子后，怀疑是用过的东西。侍中刘劭说："再宏伟壮观的高台，在建成之前，都有工匠们居住在它的下面；管弦声乐再复杂，也得先要乐师听一听音乐效果。庾稚恭贡献毛扇也是这个道理，是因为它有好处，而不是它很新。"后来，庾稚恭听说了这件事，说："侍中刘劭这个人，理应作为武帝的左膀右臂。"

【解读】

好的东西，贵在实用；新的东西，可满足虚荣。存心要好东西的人，是精明务实的人；而只想要新东西的人，只是个爱慕虚荣的人。精明务实的人，可以成就事情；而爱慕虚荣的人，往往会破坏事情。庾稚恭对刘劭的欣赏与推崇，就是看准了这一点。

【原文】

何骠骑[①]亡后，征褚公[②]入。既至石头[③]，王长史[④]、刘尹[⑤]同诣褚，褚曰："真长何以处[⑥]我？"真长顾王曰："此子能言。"褚因视王，王曰："国自有周公。"

【注释】

①何骠骑：指何充，字道次，曾经担任骠骑将军。②褚公：指褚裒。③石头：指石头城，是当时的军事要塞。④王长史：指王濛，字仲祖，曾经担任司徒左长史。⑤刘尹：指刘惔，字真长，曾经担任丹阳尹。⑥处：安排，处置。

【译文】

何充去世以后，朝廷征召褚裒入朝辅佐政事。褚裒来到石头城的时候，王濛和刘惔两个人一起去拜访他。褚裒问刘真长："真长，你怎么安排我？"刘真长看着王濛说："这个人可以给你建议。"褚裒于是看着王濛。王濛说："现在，国家已经有周公了。"

【解读】

在何充去世的前一年，褚裒就被朝廷征召过。朝廷想让他任扬州刺史，录尚书事，当时有人劝说褚裒道："会稽王司马昱德行昭著，众望所归，是国家的周公，您应把国家大政交给他。"一年后，朝廷又征召褚裒。褚裒其实早就知道该如何选择，不过他却幽默了一把，假装询问刘真长和王濛如何安排他。刘惔虽然不说话，但他跟王濛同行，自然心中也有了相同的答案。王濛借一年前他人劝说褚裒的话，意即告诉褚裒不要应征。最后，褚裒果真拒绝了朝廷的征召。

对于权力，人们大都想要争取一份，而并不管自身的能力如何。因此，那些权力欲望过度强烈的人，一般都不具备自知之明。褚裒有自知之明，知道成让更贤能的人。他如此谦虚，不争名利，故在当时能受到人们的推崇。

【原文】

桓公[①]北征，经金城[②]，见前为琅邪时[③]种柳，皆已十围[④]，慨然曰："木犹如此，人何以堪！"攀枝执条，泫然[⑤]流泪。

【注释】

①桓公：指桓温。②金城：地名，在江苏句容北。③前为琅邪时：从前担任琅邪内史的时候。④十围：形容柳树粗壮。⑤泫然：潸然落泪的样子。

【译文】

桓温北伐的时候，路过金城，看到自己从前担任琅邪内史时候种植的柳树，已经长成十个人合抱那样粗，感慨万千，说："树木的变化尚且如此，人又怎么能经受住岁月的磨蚀呢？"

【解读】

这是桓温第三次北伐，途径当年镇守过的金城。旧地重来，已经过了三十年。看到当年种下的柳树，现在即将枯死，而自己也由壮年步入暮年，但是志向却仍未实现，桓温怎能不感叹时间的残酷？

人的生命是有限的。对人来说，最难以忍受的，就是岁月的流逝。子在川上曰："逝者如斯夫，不舍昼夜"。所以，珍惜时间和生命这一道理，无论放在那个年代，都不会过时。

【原文】

简文①作抚军②时，尝与桓宣武③俱入朝，更相让在前。宣武不得已而先之，因曰："伯也执殳，为王前驱。④"简文曰："所谓'无小无大，从公于迈'。"

【注释】

①简文：指晋简文帝司马昱，曾经担任抚军将军。②抚军：官名，即抚军将军。③桓宣武：指桓温。④伯也执殳，为王前驱：语出《诗经·卫风·伯兮》。兄长手执长殳，担任君主的前锋。伯，兄弟中年长者。殳，一种兵器。

【译文】

简文帝司马昱担任抚军大将军的时候，曾经和桓温一起上朝。两个人相互礼让，让对方走在前头。最后，桓宣武耐不住简文帝的谦让，不得已走在前面。于是，桓宣武说："我手持着殳，走在国君的前面做先锋。"简文帝听了，便接着说："所谓'不论大小尊贵，大家都跟着您一块走'。"

【解读】

司马昱当时虽然是个将军，但他毕竟属于皇室子弟，有一天可能是要登位的。桓温权势再大，也不敢有造次之心，所以在礼仪上尽力谦虚。但从结局来看，他的谦虚其实不如简文帝来得真诚。真正的谦虚，要不就不坚持，要不就坚持到底。桓温最终走到了前面，说明他的谦虚不够。走在前方之后，他还要为自己解释一番，这又表明他是有点心虚的。后来，桓温发动兵变，立了司马昱为皇帝，却想控制他。这也证明桓温的此次承让确实做作，他对司马昱并没有真正的敬重。

【原文】

顾悦①与简文同年，而发蚤②白。简文曰："卿何以先白？"对曰："蒲柳③之姿，望秋而落④；松柏之质，经霜弥⑤茂。"

【注释】

①顾悦：字君叔，东晋时期晋陵人，曾经担任尚书左丞。②蚤：通"早"。③蒲柳：又称水杨，柳树的一种，多生长在河岸边。④望秋而落：未老先衰，比喻衰老的速度很快。⑤弥：更加。

【译文】

顾悦和简文帝是同龄人，可是他的头发早就白了。简文帝问他："你的头发为什么比我先白呢？"顾悦回答说："蒲柳还没有到秋天，叶子就先掉光了；而松柏越是久经风霜，反而更加茂盛。"

【解读】

保持内在的生命活力以及求知的欲望，才是一个人经久不衰的秘诀。然而，要做到这一点，非有足够的自知之明不可。换句话说，当你明白自己是一个什么样的人，知道自己需要什么、缺少什么时，你才能沿着这个方向去努力，进而达到一个又一个更高的目标。所谓的年轻，就是这样一种不断超越自我的状态。顾悦的回答正基于这层道理。蒲柳不自知，只顾张扬自己有限的美丽，反倒早早失去了风采，而松柏有着高洁的精神追求，不断超越自己，所以他在岁月的长河中越挫越勇，更加青葱茂盛。

【原文】

桓公①入峡②，绝壁天悬，腾波迅急，乃叹曰："既为忠臣，不得为孝子，如何！"

【注释】

①桓公：指桓温。②峡：指长江三峡。

【译文】

桓公率领军队进入长江三峡，只见两岸悬崖峭壁，直耸云霄。峡谷中，波涛汹涌，水流湍急。他坐在战船之中，看到这种场景，便惆怅地说道："既然想要做国家的忠臣，就难以周全对父母的孝心，唉，该怎么办呢？"

【解读】

古时候，人们对父母是极为孝顺的，"身体发肤，受之父母"，珍爱自己的生命，也是尽孝道的一种形式。然而，忠孝不能两全。既然要做忠臣，就必须为国家和君王赴汤蹈火，置生命安危于不顾。桓公之所以感慨，便是为此。

【原文】

初，荧惑①入太微②，寻③废海西④，简文⑤登阼⑥，复入太微，帝恶之。时郗超⑦为中书，在直⑧。引超入曰："天命修短，故非所计。政⑨当无复近日事不？"超曰："大司马⑩方将⑪外固封疆，内镇社稷，必无若此之虑。臣为陛下以百口保之。"帝因诵庾仲初⑫诗曰："志士痛朝危，忠臣哀主辱。"声甚凄厉。郗受假还东⑬，帝曰："致意尊公，家国之事，遂至于此。由是身不能以道匡卫，思患预防。愧叹之深，言何能喻？"因泣下流襟。

【注释】

①荧惑：古时候，人们对火星的称呼。因为其时隐时现，捉摸不定，因此称其为荧惑。②太微：星象名，位于北斗之南，由十颗星组成。③寻：不久，没过多长时间。④废海西：贬黜海西公。废，废除，贬黜。⑤简文：指晋简文帝司马昱。⑥登阼：登上王位，登基。⑦郗超：字景兴，东晋高平金乡人，曾经担任中书郎，是桓温的重要谋士。⑧在直：在朝廷任职。⑨政：只是，仅仅。⑩大司马：指桓温。⑪方将：正在。⑫庾仲初：指庾阐，字仲初，善作诗文。⑬东：指会稽。

【译文】

先前，火星出现在太微天界后没过多长时间，桓温就废除了海西公，而扶植简文帝登基。简文帝即位没过多久，火星又一次在太微天界出现。简文帝知道后，十分厌恶。当时，正值中书郎郗超在朝廷值班，简文帝便将他传唤入内，说："天命的长短，本不是人所能计较的，但是，近来天象如此，莫非前些时日发生的事情，还要再一次发生吗？"郗超说："大司马正在对外巩固边疆，对内安定民心，决不会再有这样的打算。臣愿意用全家性命向陛下担保。"这时候，简文帝吟诵庾仲初的《从征诗》："有志向的人，哀痛朝政的危机；而忠心耿耿的臣子，也会为君王的耻辱感到悲伤。"吟诵的声音极为凄惨。后来，郗超休假，准备回会稽。临行前，简文帝对他说："向你的父亲传达问候。国家的政局，已经搞到这个地步，由于我不能用正道匡卫国家，总是提心吊胆，害怕忧患随时发生。对此，我深感惭愧，又哪里是三言两语能说明白的？"说着，简文帝眼里充满了泪水。

【解读】

迷信之所以能长久地存在，不外乎有两种原因：一是，人们缺乏必要的知识储备和科学观念；二是，人们出于对自身命运的未知而引起的惶恐。这里，迷惑简文帝的，并不是火星出现太微天界这一自然现象，而是他自己对未知命运的恐惧。

简文帝是被桓温扶上位的，受到桓温的控制。可以说，他的命运有一半掌控在桓温的手中。一个人如果无法掌控自己的命运，即使是皇帝，他也不过一个傀儡皇帝。这样的不自由是一种极大的耻辱，而这种身不由己更是容易令人感伤。所以，简文帝看到不好的天象后会心绪涌动，伤感、愤怒、自责等各种复杂情绪涌上心头。他的眼泪是他内心所有感情的宣泄。

【原文】

简文[1]在暗室中坐，召宣武[2]。宣武至，问上何在。简文曰："某在斯。"时人以为能。

【注释】

①简文：指晋简文帝司马昱。②宣武：指桓温，他死后的谥号叫宣武。

【译文】

简文帝坐在暗室里，召见桓温。桓温来了，问皇上人在哪里。简文帝回答说："某人在这里。"当时的人们认为简文帝很会说话。

【解读】

简文帝虽是皇帝，其权势却比不过桓温，是被桓温控制的傀儡皇帝。桓温自然没有把他视为皇帝，这一点，简文帝也是知道的。所以当桓温在黑暗中发出那么一问时，他借机发挥，干脆抹去自己的身份，称自己"某人"。这样一来，他不再具有皇帝的身份，也就不再受桓温的摆布，他就可以跟桓温平起平坐了。简文帝能言善辩，因此人们赞他会说话。

【原文】

简文入华林园[1]，顾谓左右曰："会心处不必在远，翳然[2]林水，便自有濠、濮[3]间想[4]也，觉鸟兽禽鱼自来亲人。"

【注释】

①华林园：宫苑名。②翳然：阴蔽的样子，形容树木长得茂盛。③濠、濮：两条河水的名字。④想：情怀，心境。

【译文】

简文帝到华园林游玩，对左右的人说："只要能心领神会，不必去偏远的地方，也能在这幽静深邃的林木之间，听着流水的声音，感受到庄子和惠施二人在濠、濮间游玩时的那种惬意情怀。这样一来，鸟兽禽鱼，乃至自然界中的万物，都会与人亲近。"

【解读】

简文帝话中之意，通俗点说就是：只要有感悟，处处都是风景，不必去远方寻找。而如果心灵麻木，脑袋僵化，无法感悟大自然的奥妙，那看再多的风景也不见得会领悟自然万物的美丽。

风景不在远处，而在于我们是否有一颗清静之心。如果内心清净洒脱，即便是眼前的一草一木、一丝凉风一阵细雨，也能让我们感受到自然宇宙的幽静。而如果内心沾染了太多灰尘，放不下世俗的烦忧，那一个人即使处在旷野深山中，也会觉得心情沉重，难以获得宁静的快乐。不快乐的人，飞禽走兽也是不想靠近他的。因为所有的生命追逐的都是轻松快乐的生活氛围。

【原文】

谢太傅[1]语王右军[2]曰："中年伤于哀乐[3]，与亲友别，辄作数日恶[4]。"王曰："年在桑榆[5]，自然至此，正赖丝竹[6]陶写[7]，恒恐儿辈觉损[8]欣乐之趣。"

【注释】

①谢太傅：指谢安，字安石，东晋时期名臣，死后追谥为太傅。②王右军：指王羲之，字逸少，琅邪临沂人，曾经担任右军将军。③哀乐：指悲伤和快乐，这里偏重于哀伤。④恶：指身体不适，不舒服。⑤桑榆：太阳下山时，阳光照在桑树和榆树的顶端，比喻人生已经到了晚年。⑥丝竹：管弦乐器，泛指一切音乐。⑦陶写：排忧解闷，陶冶性情。⑧觉损：减少，减损。

【译文】

谢太傅对王右军说："人到中年之后，对于哀伤的事情，往往难以释怀。与亲友作别后，心情一般要难受好几天。"王右军说："人年纪大了，自然就会这样。这时候，只能用音乐来排解郁闷，陶冶心情。但是，不要让晚辈们发现，以免他们受到我们情绪的感染儿丧失了怡然自得的情趣。"

【解读】

生命是有限的，一旦过了中年，人往往更能深刻地认识到这一点。于是，面对生死离别，心底自然而然地产生哀伤的情绪。谢安的感慨正来源于此。

谢安虽比王羲之小十几岁，但两人性情相似，志趣相同，又同是客居会稽，所以经常一起出游清谈，常常于分别时依依不舍。

王羲之年纪大些，感触自然更深。他知道，要消除这种忧愁，只有借助丝竹之声。于是就告诉谢安说，听听音乐吧，不过，不要让晚辈们发现，否则，你的忧伤会感染到他们，让他们也失去人生的欢乐。

不论是哪一种生活方式，都要个人亲自体会才可能有更深刻的体悟。年轻人要快乐，就要用自己的生命去体验快乐。即便是忧伤，也要让他们自己去体验。这才是长者的风范。王羲之所要表达的，正是如此。

【原文】

支道林[①]常养数匹马。或言道人畜马不韵[②]。支曰："贫道重其神骏[③]。"

【注释】

①支道林：支遁，字道林，东晋时期有名的高僧。②不韵：不雅。③神骏：神采俊逸，指马内在的气质非同一般。

【译文】

支道林曾经养了几匹马。有人说僧人养马不高雅。支道林说："贫僧喜欢的，是马的内在风骨。"

【解读】

僧人养马，喜欢的不是马的外形，而是马的内在神韵。这种神韵的体现，是僧人自身审美的观照。所谓"仁者见仁，智者见智"，内在的禀赋与修养与别人不一样，自然所看到的马也就不同。

【原文】

刘尹[①]与桓宣武[②]共听讲《礼记》。桓云："时有入心处，便觉咫尺[③]玄门[④]。"刘曰："此未关至极，自是金华殿之语[⑤]。"

【注释】

①刘尹：指刘惔。②桓宣武：指桓温。③咫尺：八寸为咫。形容距离很近。④玄门：深奥的境界。⑤金华殿之语：指儒生给帝王讲论经书时的套话。

【译文】

刘尹与桓宣武一起听人说《礼记》。桓宣武听完后，说："讲到心领神会的地方，心中感到很高兴，好像觉得真理之门就在眼前了。”刘尹说："这还不是根本的真理所在，只是一些老生常谈而已。”

【解读】

任何一门学问，进门容易，但是想要登堂入室，却非要下一番苦功夫。子曰："学而时习之，不亦说乎！”对于相同的东西，即便第一次掌握了，仍旧要不断地复习。虽然复习的是旧东西，但仍会有新的体会和感悟，甚至预见没有学到的东西。反复领悟而最终彻悟真理的过程，就是做学问从“登堂”到“入室”的过程。桓温认为真理之门在眼前，其实只是掌握了皮毛而已，所以刘真长说他的领悟不过是肤浅的老生常谈。

【原文】

羊秉①为抚军参军②，少亡，有令誉③，夏侯孝若为之叙④，极相赞悼。羊权为黄门侍郎，侍简文坐⑤。帝问曰："夏侯湛作羊秉叙，绝可想。是卿何物？有后不？”权潸然对曰："亡伯令问⑥夙彰，而无有继嗣；虽名播天听，然胤⑦绝圣世。”帝嗟慨久之。

【注释】

①羊秉：字长达，太山平阳人。②抚军参军：官名，指抚军将军参军事。③令誉：美好的名声。④叙：作传。⑤侍简文坐：陪简文帝坐着。侍……坐：陪同尊贵的人或者长者坐。⑥令问：美好的声誉。⑦胤：后代，子嗣。

【译文】

羊秉曾经担任过抚军参军，但年纪轻轻就去世了。当时，他的名声很好。后来，夏侯孝若为他作传，极力赞美并哀悼他。羊权做黄门侍郎的时候，有一次陪同简文帝坐在一起。简文帝问："夏侯孝若写了一部《羊秉传》，我看了后，更加思念羊秉。羊秉是你什么人，不知道他有没有子嗣？”羊权含着眼泪，回答说："我那已经去世的伯父，向来名声很好，只可惜没有留下子嗣。虽然他的声名已经传到君王的耳中，但是在这圣明的世代，却没有留下后代。”简文帝听后，感慨了好长时间。

【解读】

人都是贪恋的，对于美好的东西，总希望它能够源远流长。所以，对于贤人，我们也都希望他有个后代。然而命运无常，有的人虽有名声却无后代。这样的人，尤其让人遗憾。人们来到这个世界上，不知不觉间有了各自不同的命运。由羊秉联想到自己，简文帝的感慨，也就可以理解了。

【原文】

王长史①与刘真长②别后相见，王谓刘曰："卿更长进。”答曰："此若天之自高耳③。”

【注释】

①王长史：王濛。②刘真长：刘惔。③此若天之自高耳：语出《庄子·田子方》："若天之自高，地之自厚，日月之自明，夫何修焉！”

【译文】

王长史和刘真长分别一段时间后再次重逢。王长史对刘真长说："你比从前更有长进了。”刘真长回答说："这就像是天的高，是自然而然的事情。”

【解读】

只要持续不断地努力，不管是做什么事情，都是会有进步和发展的。但是，不管是学业，还是工作，仍有很多人原地踏步，甚至出现倒退的情况。究其原因，主要是没有盯紧一个目标，持之以恒。刘真长喜欢玄学，善于清谈，他将大部分时间都花费在这方面，难怪他有那么大的自信。

付出总有回报，但前提是从开始到最后，你的目标始终没有改变。

【原文】

刘尹①云："人想王荆产②佳，此想长松下当有清风耳！"

【注释】

①刘尹：指刘惔，字真长，曾经担任丹阳尹。②王荆产：指王微，字幼仁，小名荆产，曾经担任尚书郎、右军司马等官职。

【译文】

刘惔说："人人都认为王荆产才华横溢。在我看来，这就跟高大的松树下，自会有清风的道理是一样的。"

【解读】

"长松下当有清风"与"虎父无犬子"意思相近，是说父辈们有杰出才能，子孙也一定不是泛泛之辈。从刘惔对王微的评价可以看出，王微的父辈也应是个有才之人。刘惔的说法还说明了另一个道理：一个人，只要他的精神气质足够崇高，他便会散发出自身的力量，引出一股清风之气。

【原文】

王仲祖①闻蛮②语不解，茫然曰："若使③介葛卢④来朝，故当不昧⑤此语。"

【注释】

①王仲祖：指王濛，字仲祖。②蛮：古时候对南方少数民族的统称。③若使：如果，假如。④介葛卢：指春秋时介国的君主，相传他通晓兽语。⑤昧：糊涂，愚蠢，什么也不知道。

【译文】

王濛听不懂南方少数民族的语言，茫然不解地说："这些话要是让春秋时代的介葛卢来听，应该会很明白吧！"

【解读】

语言原本是没有高低贵贱之分的。可以说，任何一种语言和文字都是一个民族最为本真切实的交流形式。然而，人们一旦听不懂某种语言，就会觉得说话的人好像跟自己不是一个物种似的。王濛说介葛卢能听懂南方少数民族的语言，就是在戏谑南方人跟自己不是同物种。虽说王濛是戏言，仍然并不值得学习。讽刺别人的语言，是对他人的不尊敬。

【原文】

刘真长为丹阳尹，许玄度①出都②，就刘宿③，床帷新丽，饮食丰甘。许曰："若保全此处，殊胜东山。"刘曰："卿若知吉凶由人，吾安得不保此！"王逸少④在坐，曰："令⑤巢、许遇稷⑥、契⑦，当无此言。"二人并有愧色。

【注释】

①许玄度：指许询，字玄度。②出都：到京城去。③就宿：到别人家借宿。④王逸少：指王羲之。⑤令：如果，假使。⑥稷：周朝的始祖，尧帝时代的农官。⑦契：商朝的始祖，因为帮助大禹治水有功，被封于商。

【译文】

刘真长在丹阳做行政长官的时候，许玄度到京城去，路过刘家，便在那里借宿。刘家的床铺华丽崭新，饭菜丰盛。看到这些，许玄度说："如果能长久地停留在这里，真的要比住在东山好多了！"刘真长说："你如果认为人的吉凶是由自己决定的，那我怎么不会长久地居留在这里呢！"

当时，王羲之也坐在旁边，他说："如果巢父和许由遇到稷和契，他们应该不会说出这样的话来！"听完王羲之的话，两个人都感到很惭愧。

【解读】

巢父和许由与稷和契分别属于两类人物，前者隐居，后者入世。但不管怎样，他们都是依据自己的真实意愿，做出了不同的选择。他们的选择就是他们的志向，而一个真正有志向的人，是不会被外界控制，更不会依据饮食住宿的好坏来改变心愿的。许玄度是一个钟情山水、无意入世的人，却因为吃好喝好了而说自己的隐居生活不如他人。刘惔在朝为官，却说自己是身不由己，原本不想过这样的日子。他们两人所说之话，都背离了自己的选择，给人以虚伪的感觉。如果他们所说出自真心，则可见许玄度标榜自己爱好山水是假，贪图安逸舒适是真，而刘惔也不过为了一己之私而入世罢了。王羲之拿巢父和许由与稷和契跟他们两人对比，揭穿了他们，两人因此羞愧万分。

【原文】

王右军[①]与谢太傅[②]共登冶城[③]，谢悠然远想，有高世之志。王谓谢曰："夏禹勤王，手足胼胝[④]；文王旰食[⑤]，日不暇给[⑥]。今四郊多垒[⑦]，宜人人自效；而虚谈费务，浮文妨要[⑧]，恐非当今所宜。"谢答曰："秦任商鞅[⑨]，二世而亡，岂清言[⑩]致患邪？"

【注释】

①王右军：指王羲之。②谢太傅：指谢安。③冶城：古城市名，位于三国时期东吴境内。④手足胼胝：手掌和脚掌上都长满了老茧。⑤旰食：天黑以后才吃饭。旰，指天色已晚。⑥日不暇给：事务多而杂，没有充裕的时间解决。⑦四郊多垒：到处都是军队的营垒。比喻被敌军包围，情势危急。⑧浮文妨要：华而不实的言谈妨碍政务。⑨商鞅：战国时法家代表人物，卫国人，秦孝公时在秦国实行变法，促使秦国富强。⑩清言：指清谈。

【译文】

王羲之与谢安一起登上冶城。谢太傅悠然产生遐想，大有超越尘世的高尚情志。王羲之对谢安说："夏禹一直忙于公众的事情，连手脚都长出了老茧；周文王忙于国事，白天连吃饭的时间都没有。现在，我们的周边强敌四起，正是人人该为国家效力的时候，可是大家都在崇尚清谈，连国事也荒废了。这恐怕不是我们现在该有的作为吧！"谢安回应道："秦国任用商鞅，结果两代就灭亡了，这难道是清谈所导致的吗？"

【解读】

和王羲之共登冶城时，谢安向王羲之倾诉了自己向往田园的志趣，表露了自己不愿为官的想法。王羲之虽然也淡泊名利，志在山水，但其当时正是盛年时期，而国家也正处于危难时刻，所以他还是壮志凌云，想要做一番大事业。因此，当谢安倾诉心声之后，王羲之便以夏禹文王之事规劝起他来，希望他能暂时放弃山水田园之志，做一些报效国家的实事。

国家兴亡，匹夫有责。当国家处于危难时刻，任何人都是不能逃脱责任的。一旦国家灭亡，即便是纵情山水，也是不可能的了。从这一点来说，王羲之的眼光很长远，他能舍弃个人的志趣，服从国家的需要，这种爱国情怀是伟大的。

但是，王羲之规劝谢安的论点确是站不住脚的。因为，他所举的夏禹、周文王振兴国家之例，跟清谈并无关系。所以，谢安也引用秦国灭亡这一事例来反驳他，说明清谈既然跟国家兴盛无关，跟国家衰亡也是无关的。

【原文】

谢太傅[①]寒雪日内集，与儿女[②]讲论文义，俄而[③]雪骤[④]，公欣然曰："白雪纷纷何所似？”兄子胡儿[⑤]曰：“撒盐空中差可拟。”兄女[⑥]曰：“未若柳絮因风起。”公大笑乐。即公大兄无奕[⑦]女，左将军王凝[⑧]之妻也。

【注释】

①谢太傅：指谢安。②儿女：指子侄辈们。③俄而：不久，一会儿。④骤：急速，突然。⑤胡儿：指谢安的侄儿谢朗，小字胡儿。⑥兄女：指谢安的侄女谢道蕴。⑦无奕：指谢奕，字无奕，谢安的兄长。⑧王凝：字叔平，王羲之次子，曾经担任江州刺史、左将军以及会稽内史等官职。

【译文】

一个天冷下雪的日子，谢安在家中聚会，和子侄辈们谈论诗文的义理。不一会儿，下起了大雪。谢安笑着说：“纷纷飘落的大雪，像什么啊？”侄儿谢朗说：“差不多就像是空中撒盐的景象。”侄女谢道蕴说：“不如说像是柳絮随风而起的样子。”谢公听后，开怀大笑起来。谢道韫是谢安的大哥谢奕的女儿，左将军王凝之的妻子。

【解读】

谢朗的比喻——空中撒盐，追求的是与雪花形似，而谢道蕴的比喻——柳絮随风而起，则形神兼备。相较之下，孰优孰劣，即见分晓。

虽说两个孩子的才能高低分明，但谢安并没有当场做出点评，而是以一声大笑来表明自己的评判结果。这种委婉的教育方式是极为可取的。有时候，直接评判子女或学生，反而没有间接的暗示更有益于孩子身心的发展。

【原文】

王中郎[①]令伏玄度[②]、习凿齿[③]论青、楚[④]人物，临成以示韩康伯，康伯都无[⑤]言。王曰：“何故不言？”韩曰：“无可无不可[⑥]。”

【注释】

①王中郎：指王坦之，字文度，太原晋阳人，曾经担任侍中、中书令等官职。②伏玄度：指伏滔，字玄度，平昌安丘人，曾经担任大司马参军。③习凿齿：字彦威，襄阳人，曾经担任荥阳太守。④青、楚：指青州和荆州。⑤都无：完全没有。⑥无可无不可：怎么都可以。语出《论语·微子》：“我则异于是，无可无不可。”原来指孔子对于为官或者退隐，并没有什么执着的意愿，后来指人们对一件事情模棱两可的态度。

【译文】

王中郎让伏玄度和习凿齿评判青州和荆州两地人物的优劣。评判快要完成的时候，王中郎将评判的结果出示给韩康伯看。韩康伯看完后，没有提出任何意见。王中郎感到奇怪，便问道：“为什么不说话啊？”韩康伯回答说：“没有什么好说的，也好，也不好。”

【解读】

伏玄度和习凿齿分别属于青州和荆州人士，王中郎让他们评判青州和荆州两地人物的优劣，分明是没事找事，有意要挑唆两人的矛盾。他又让韩康伯加入评判，其实等于拉韩康伯下水，让他一起做坏人。韩康伯不笨，不想参与是非，干脆沉默应对。他最后逼不得已所作的评价，也等于没说。

对于一个不好回答的问题，最好的表态就是不表态。所以，有时不动声色的沉默是必要的。它暗含着力量，无声胜有声，足以保全尴尬乃至危险处境中的自己。

【原文】

刘尹[①]云：“清风朗月，辄思玄度[②]。”

【注释】

①刘尹：指刘惔，曾经担任丹阳尹。②玄度：指许询，字玄度，一直退隐不肯做官，与谢安、王羲之和刘真长等人关系较好，是东晋的名士。

【译文】

刘惔说："每逢明朗的月色，清风慢慢吹来，让人不由得想起玄度。"

【解读】

西汉刘向在《列仙传·关令尹赞》有："尹喜抱关，含德为务，挹漱日华，仰玩玄度。"这里的"玄度"意指月亮。刘惔借用刘向的诗句，以月亮比喻许玄度，既表达了他对许玄度的思念，也表达了他对许玄度的赞赏。

【原文】

荀中郎[①]在京口[②]，登北固[③]望海云："虽未睹三山，便自使人有凌云意[④]。若秦、汉之君[⑤]，必当褰裳濡[⑥]足。"

【注释】

①荀中郎：指荀羡，曾经担北中郎将。②京口：古城名，在今天的江苏镇江。③北固：指北固山，在今天的江苏镇江北。④凌云意：升入云霄的壮志，这里指超凡脱俗的感觉。⑤秦、汉之君王：指秦始皇和汉武帝。⑥褰（qiān）裳濡足：撩起裤子，下水渡海。褰，掀起。濡，弄湿。

【译文】

荀中郎在京口的时候，登上北固山，眺望着大海，说："虽然我没有看到过仙人居住的蓬莱三山，但是眼前的情景，就已经有进入仙境的感觉了。如果秦始皇和汉武帝见此情景，也一定会撩起衣裤，下海涉水，寻找梦寐以求的仙境。"

【解读】

荀子在《劝学篇》中有言："吾尝跂而望矣，不如登高之博见也。"人如果想要看得更远更多，必须往高处走。这是古往今来亘古不变的真理。所以，当荀羡登上北固山，远眺东海时，他自然而就有了一种高远而超脱的情怀，以至感叹自己也像秦始皇、汉武帝那样，有了求仙得道的心愿。

那么，人为什么总是急于看到正常视野之外的东西呢？原因就在于人对自我生命的体认。人的生命是短暂的，想要活出精彩，就必须不断超越。这是生命的本能，也是人们的共同诉求。然而，有求道的志愿固然可以。但我们也应该知道，生老病死的现实是无法更改的。我们只能从精神上去超越自己，而不是从身体上寻求永恒。

【原文】

谢公[①]云："贤圣去[②]人，其间亦迩[③]。"子侄未之许，公叹曰："若郗超[④]闻此语，必不至河汉[⑤]。"

【注释】

①谢公：指谢安。②去：距离。③迩：近。④郗超：字景兴，喜欢清谈玄理。⑤河汉：指银河。语出《庄子·逍遥游》，后来多比喻说话不着边际，没有实际意义。

【译文】

谢安说："圣贤与一般人之间的差距，其实没有多少。"子侄辈们听说了，纷纷表示不同意这一看法。谢公叹息地说道："如果郗超听了我的这番话，他也一定会认为说得有道理，不会觉得不着边际。"

【解读】

圣贤与常人原本就无多大差别。圣贤之所以为圣贤，是因为他把常人身上多余的或者坏的东西全都剔除，并将留下来的“好”发挥到极点。因此，越是圣贤的人，越具有极致的人性。他与常人的不同，不过在与他少了常人的“坏”、“恶”。从常人到圣人，需要改变。而变或不变取决于个人，只在一念之间，一言一行之间。所以说，“圣”或“常”的差距其实很短。只要每天进步一点点，常人也会越来越接近圣人。

谢安的话说的正是上述道理。道理其实很浅显，但他的子侄辈们却不理解。谢安对他们应该是失望的，但他教育孩子的原则是坚持不当面批评，所以他拿郗超之才来宽慰自己。这也说明他对郗超是极为赏识的。

【原文】

支公①好鹤，住剡东岇山②。有人遗③其双鹤，少时翅长欲飞，支意惜之，乃铩④其翮⑤。鹤轩翥⑥不复能飞，乃反顾翅垂头，视之如有懊丧意。林曰：“既有陵霄之姿⑦，何肯为人作耳目近玩⑧！”养令翮成，置⑨使飞去。

【注释】

①支公：指支遁，字道林，东晋名僧。②东岇山：山名，在剡县境内。③遗：馈赠，赠送。④铩（shā）：摧残，伤残。⑤翮（hé）：指鸟的翅膀。⑥轩翥（zhù）：展翅飞翔。⑦陵霄之姿：飞入云霄的能力。姿，资质，能力。⑧耳目近玩：供人把玩欣赏的玩物。⑨置：放开，释放。

【译文】

支遁生性喜欢白鹤，在剡县东岇山居住的时候，有人送给他一对白鹤。没过多久，白鹤的翅膀长硬了，想要展翅飞到天上去。支遁舍不得让它们飞走，就折断了它们的翅膀。白鹤张开翅膀后，没有办法飞行，就回过头来看看翅膀，然后低下头，显出一副懊丧的样子。支遁看到这一幕，说：“既然有冲入云霄的壮志，哪里还肯屈就做人家的玩物？”后来，支遁继续喂养它们，等它们的翅膀长好之后，就放它们飞走了。

【解读】

支遁是个性情中人，也是个悟性极高的人。他对白鹤的喜爱原本停留在自私的层面上，只想着占有。这种爱无疑不是真正的爱，而是每个自私的人都会有的占有欲。一个真正有感情的人，他会对别人乃至一只动物产生理解和怜悯。这种慈悲之心会让他发现自己占有欲的丑陋，从而使得他学会真正的爱。真正的爱，无论是爱人还是物，都不会有一丁点的出于一己之私的占有之心，而是会想着给对方自由的幸福。所以说，支遁后来彻悟了爱。

支遁的悟性高还体现在“既有陵霄之姿，何肯为人作耳目近玩？”这句话上。他说明了做人的一个道理：一个人如果有志气，就不应该受人摆布，做他人的玩物。如果人没有独立自主的尊严，自己不珍重自己，难免遭到别人的随意践踏。如此做人，跟受人玩弄的笼中之鸟又有何区别？

【原文】

谢中郎①经曲阿后湖②，问左右：“此是何水？”答曰：“曲阿湖。”谢曰：“故当渊注渟著③，纳而不流④。”

【注释】

①谢中郎：指谢万，字万石，陈郡阳夏人，谢安的弟弟。②曲阿后湖：即下文所说的“曲阿湖”。③渊注渟著：深渊的地方，流水积聚在这里，停滞不流动。④纳而不流：各个方向的流水，都汇聚到一个地方，但并不流出。

【译文】

谢中郎路过曲阿湖的时候，问身边的随从说："这片水域叫什么名字啊？"左右的随从回答说："这里是曲阿湖。"谢中郎说："原来此湖深不可测，是因为四方之水都积聚到这里，包容而不流出。"

【解读】

海纳百川，有容乃大。谢中郎的感慨，指出做人也应该如曲阿湖一样，虽然历经周折坎坷，但仍应具有兼容并蓄的大度。

人的一生能够一帆风顺，事事如意，当然是每一个人所热切期盼的。然而，现实的情况却是几乎每一个人都要经历这样那样的波折与不平。我们不能因此就失去方向，随波逐流，甚至自暴自弃，而是应该在曲折中不断提升自己接人待物时的胸怀与气度，如此，我们就能收获一种淡定从容，并将挫折转化为成功道路上的财富。

【原文】

晋武帝①每饷②山涛③恒④少，谢太傅⑤以问子弟，车骑⑥答曰："当⑦由欲者不多，而使与者忘少。"

【注释】

①晋武帝：指司马炎，字安世，司马昭长子。②饷：赏赐，馈赠。③山涛：字巨源，与阮籍、嵇康等人交好，为竹林七贤之一。④恒：总是，一直。⑤谢太傅：指谢安。⑥车骑：指谢安的侄子谢玄。⑦当：大概，也许。

【译文】

晋武帝每次赏赐给山涛的东西非常少，谢安问子侄晚辈们是怎么回事。侄子谢玄回答说："大概是因为山涛的要求不多，因此给予的人就没有意识到赏赐得太少。"

【解读】

谢安之问，其实并非他不知道原因，而是他想考察他的子侄晚辈。谢玄是谢安的子侄辈中相当出色的一位，这次他的回答又证明了他的见识很高。

同样的物质，在不同人眼里的分量是不一样的。这是因为个人的物质欲望有所不同。有的人贪婪无比，给他再多，他也觉得不够。有的人清心寡欲，你给或不给对他都是没有影响的。所以，当别人觉得山涛得到的少时，对于物质欲望本就不高的山涛来说，那已经很多了。晋武帝应该是了解并尊重山涛的，所以才按着他的本性和志趣，给予他同等的需求。

【原文】

谢胡儿①语庾道季②："诸人莫③当就卿谈，可坚城垒。"庾曰："若文度④来，我以偏师⑤待之；康伯⑥来，济河焚舟⑦。"

【注释】

①谢胡儿：指谢朗。②庾道季：指庾龢，字道季，颍川鄢陵人，庾亮的儿子。③莫：表示一种揣测的语气，可能会。④文度：指王坦之，字文度。⑤偏师：指军队里的非主力部队。⑥康伯：指韩伯，字康伯。⑦济河焚舟：渡过河，就烧毁船只。比喻决一死战。

【译文】

谢胡儿对庾道季说："大家可能要找你清谈，你要做好充分的准备。"庾道季回答说："如果是文度来，我只要用偏师应对即可；如果是康伯来，我只好渡河烧舟，决一死战。"

【解读】

庾道季将交谈比喻为一场战争，看似夸张，其实很恰当。说话是表达意志的一种方式，而一个正常人都是有自己的意志而不愿屈服于他人的。所以，与人交谈，在观念不一致时，谈话就等于是拿自己的权力意志对抗他人的权力意志。魏晋时期的清谈双方都争个输赢，而平常生活中，吵架的双方也都互不相让，其道理就在于此。虽说表达个人意志这个出发点并没有错，但也应该知道人各有志，在无关利益得失的情况下，我们根本没必要为了逞口舌之快而争吵。毕竟，个人观点谁对谁错，最终是要靠事实证明的。

庾道季还未与人交谈，却已先放出话来，说明他的权力意志很强大，是个争强好胜之人。此外，从他所说的话还可见他对王坦之的轻蔑，以及对韩康伯的赏识。

【原文】

李弘度①常叹不被遇②。殷扬州③知其家贫，问："君能屈志④百里⑤不？"李答曰："《北门》之叹⑥，久已上闻；穷猿奔林⑦，岂暇择木？"遂授剡县。

【注释】

①李弘度：指李允，字弘度，江夏鄳人。②不被遇：没有得到上司或者君王的认可和重用。③殷扬州：指殷浩，曾经担任建武将军、扬州刺史。④屈志：迁就原有的抱负。⑤百里：古时候，一个县城的地域范围为一百里，后来就用百里代称县或者县令。⑥北门之叹：比喻读书人不得志，没有受到君王或者上司的重用。语出《诗经·邶风·北门》。⑦穷猿奔林：比喻处于危难境地中的人，着急地想要找到一个栖身之处。

【译文】

李弘度时常感叹自己没有受到重用。殷扬州知道他的家境不好，便问他说："你愿意迁就自己的高远抱负，做一个县令吗？"李弘度回答说："我的感叹，想必您早就知道了。处于危难境地中的人，哪里还有时间选择在何处安身呢？"于是，李弘度被派往剡县，担任那里的县令。

【解读】

人生最大的遗憾，就是有才而得不到重用。然而，任何成就大事业的人，并非一蹴而就。罗马不是一天建成的，想要成就大事业，须从最为底层的地方干起。李弘度的选择虽然出于无奈，但也不失为明智之举。

【原文】

王司州①至吴兴②印渚③中看，叹曰："非唯④使人情开涤⑤，亦觉日月清朗。"

【注释】

①王司州：指王胡之，曾经担任司州刺史。②吴兴：郡名，在今浙江临安、余杭、德清一带。③印渚：河中小洲名。④非唯：不但，不仅。⑤开涤：开朗，舒心。

【译文】

王司州到吴兴的印渚洲游玩，看到那里的优美景色，连声赞叹："这里不但让人的心情豁然开朗，连日月星辰也要比别处清澈明亮。"

【解读】

大自然的美其实无处不在，只是不同地方有不同程度的美，而人在不同的心境下，对美的领悟也不一样。王胡之带着游玩的心情去看风景，心无杂念，看到的景色自然变得分外美丽起来。如果他带着公务，必定没有这份欣赏美、享受美、赞叹美的心情。所以说，在平时生活中学会给自己放松，我们也许会发现更多的美。

【原文】

谢万①作豫州都督，新拜，当西之②都邑，相送③累日，谢疲顿。于是④高侍中⑤往，径就谢坐，因问："卿今仗节[⑥]方州，当疆理西蕃[⑦]，何以为政[⑧]？"谢粗道其意。高便为谢道形势，作数百语。谢遂起坐。高去后，谢追曰："阿酃故[⑨]粗有才具。"谢因此得终坐。

【注释】

①谢万：字万石，谢安的弟弟，曾经担任豫州刺史。②之：动词，到，往。③相送：送他。相，人称代词，这里指他。④于是：这时候。⑤高侍中：指高崧，小字阿酃，曾经担任侍中郎。⑥仗节：拿着符节，指获得授权，出使或者镇守一方。⑦西蕃：西部藩国，这里指豫州。⑧为政：处理政务。⑨故：确实。

【译文】

谢万刚接任豫州都督的官职，准备去西边的豫州就任。临行前，很多亲朋好友为谢万送行，这让他感到很疲劳，他便躺在床上休息了一会。就在这时，高侍中来了，径直走到谢万的身边坐下，接着就问道："如今您接受成命，就要去豫州赴任，负责那里的防御与治理，不知道您打算怎样处理？"谢万大概说了一下自己的想法。高侍中于是为谢万分析各种形势，前前后后说了很多。谢万听着听着，就起身坐了起来。高侍中走后，谢万才回过神来，说："阿酃确实有点才能。"谢万因此才陪坐到最后。

【解读】

谢万这个人一向傲慢无礼，然而对待高侍中，他却能从躺着谈话不知不觉改成坐起来谈话，最后还赞扬了高侍中，这足以说明高侍中见识非凡。可见，一个人的才华，有时候就是一种魅力，它足以改变一个人的行事作风。所以，要想别人敬重你，就应修养自身，提高自己的素质。在与人交谈时，不要发表空洞的言论，而是发表让人觉得有营养价值的见解。

【原文】

袁彦伯[①]为谢安南[②]司马，都下[③]诸人送至濑乡[④]。将别，既自[⑤]凄惘，叹曰："江山辽落[⑥]，居然[⑦]有万里之势！"

【注释】

①袁彦伯：指袁宏，字彦伯，东晋陈郡阳夏人。②谢安南：指谢奉，字弘道，曾经担任安南将军。③都下：京城。④濑乡：地名，在东晋都城建康附近。⑤既自：已经。⑥辽落：辽远广阔。⑦居然：表示一种十分肯定的语气，显然，明显。

【译文】

袁彦伯担任谢安伯的司马，京城里的众多好友送他去就职，一直送到濑乡。众人将要分别，袁彦伯感到无限的伤感凄凉，叹息道："江山辽远广阔，确实有万里之遥的征途。"

【解读】

送别之际，人还未走，就已联想到万里之遥的距离，这该是怎样的一种离愁啊！其实，路还是那么长的路，人还是原来的人，所不同的是个人的心境。东晋时期政局不安，烽火四起，好友一旦分别，想要再次重逢是异常艰难。离愁对于那个年代的人说，恐怕是最难以忍受的了。

【原文】

孙绰[①]赋[②]《遂初》，筑室畎川[③]，自言见止足之分。斋前种一株松，恒自手壅治[④]之。高世远[⑤]时亦邻居，语孙曰："松树子[⑥]非不楚楚可怜[⑦]，但永无栋梁用耳！"孙曰："枫柳[⑧]虽合抱，亦何所施[⑨]？"

【注释】

①孙绰：字兴公，太原中郡人，曾经担任散骑常侍。②赋：创作，写作。③畎（quǎn）川：

山谷间的平地。④蘊治：亲手栽培和管理。⑤高世远：指高柔，字世远，曾经担任安固县令。⑥松树子：松树的幼苗。⑦楚楚可怜：茁壮可爱。楚楚，茁壮。可怜，可爱。⑧枫柳：一种落叶乔木。⑨施：用。

【译文】

孙绰作了一首《遂初赋》，在山谷间的平地上建起了房子，自称已经获悉知足而不追求功利的处世之道。在斋房前，他种植了一棵松树，总是亲手培育它。当时，高世远是他的邻居，看到他精心培育松树，便对他说："这棵松树并非不茁壮可爱，只是它永远做不了栋梁之材！"孙绰说："枫柳虽然可以长到双手都难以合抱的地步，但是又能在哪里派上用场呢？"

【解读】

只有知足，人才会明白，什么是可以要的，什么是不可以要的，进而获得真正的满足。孙绰栽松，要的并非是将来有一天让它成为栋梁之材，而只是为了种植培养松树的乐趣。高世远不懂他的寡欲知足，反而讥笑他正如那棵松树——看起来有力量也令人喜欢，但其实没有大用途。孙绰的反驳指出：那些看起来更有力量的东西，也不见得就能派上用场。

事物各有各的用途，人也各有理想追求。何必强求万事万物都要到达某一个高度呢？再说，你认为的高度，也不过是以你个人的标准来定义的。你的理想追求也许跟别人的背道而驰，所以，你用来满足自己的东西，比如名利、成功、奉献价值等，也许并不能满足他人。人，过好自己的生活足矣，不必对他人的日子和志趣评头论足。

【原文】

桓征西[①]治江陵城[②]甚丽，会[③]宾僚出江津[④]望之，云："若能目[⑤]此城者，有赏。"顾长康[⑥]时为客，在坐，目曰："遥望层城[⑦]，丹楼如霞。"桓即赏以二婢。

【注释】

①桓征西：指桓温，曾经担任征西大将军。②江陵城：荆州刺史管辖的地界，在今湖北省。③会：聚集，召集。④江津：汉水渡口。⑤目：品评，评论。⑥顾长康：指顾恺之，字长康，小字虎头，曾经担任桓温的司马参军。⑦层城：中国古代神话传说，昆仑山共有九重城，分为三个级别，最上面的一层叫层城，为玉皇大帝所居住。后多用来比喻宏伟高大的城阙。

【译文】

桓征西把江陵城建造得颇为壮观，他召集宾客以官僚下属到汉江渡口观看城阙。这时候，桓征西说："如果谁能品评江陵城，有赏！"当时，顾长康在座，便评论说："远远看去，城楼层叠不穷，红色的楼阁就像是天边的晚霞一样。"桓征西听后感到满意，便赏赐给顾长康两名侍女。

【解读】

评得真切，不如说得好听。层城是神话传中玉皇大帝所居的住所，顾长康把江陵城比喻为层城，极大满足了桓温的虚荣心。桓温本就是权力欲望极大的人，听到如此评说，自然乐不可支。

一个人的言论暗藏了种种微妙，非得洞察世事，才能说出高明的言论。

【原文】

王子敬[①]语王孝伯[②]曰："羊叔子[③]自复[④]佳耳，然亦何与人事，故不如铜雀台[⑤]上妓。"

【注释】

①王子敬：指王献之，字子敬，王羲之的儿子。②王孝伯：指王恭，字孝伯。③羊叔子：指羊祜，字叔子，西晋开国元勋，曾经担任镇南将军。④自复：诚然，确实。⑤铜雀台：台高十丈，有殿堂一百二十间，楼顶摆放着一个大铜雀，因此名叫铜雀台。此台由曹操于公元年所建，相传

曹操死时吩咐，将自己心爱的歌伎藏于铜雀台上。

【译文】

王献之对王孝伯说："羊祜确实才能出众，可是又有什么了不起呢，还不如铜雀台上的歌伎。"

【解读】

魏晋时代，崇尚清谈，重在玄理，此外还大力倡导张扬人的个性——率情适意，恣意随性。在这种社会风气下，个性率直傲慢的王献之对一代政治家羊祜作出如此不敬的评价，也就不奇怪了。

从王献之的评论还可见他与羊祜有着不同的人生观。羊祜一生为西晋效命，作为西晋的开国元勋，他作出了极大的贡献。晋武帝司马炎曾评价他说："始在内职，值登大命，乃心笃诚，左右王事，入综机密，出统方岳。"虽然羊叔子德行高、贡献大，但他的出世理念与王羲之这类崇尚及时行乐的风流雅士格格不入，所以王献之说他不如一个歌伎。

生命短暂，是励精图治，有所作为好，还是只求个人洒脱，今朝有酒今朝醉更好？其实，一个是行动，一个是心念，这两者并不矛盾，我们完全可以做一个洒脱却又有实际追求的人。

【原文】

林公[①]见东阳[②]长山曰："何其坦迤[③]！"

【注释】

①林公：指支遁，字道林，东晋名僧，时人称其为林公。②东阳：郡名，在今浙江金华一带。③坦迤：形容高山绵延不断，十分漫长。

【译文】

林公看见东阳郡的长山，说："多么绵延漫长啊！"

【解读】

对于古人来说，看山不只是看风景。徐霞客曾说："五岳归来不看山，黄山归来不看岳"，一座山可以改变一个人的视野。支道林寄情山水，看过的山应该不少。他感慨长山的平缓绵延，望不到头，其实是感慨自己的视野还不够高远。这是他谦虚的写照，也是他追求更高远的境界的理想表达。

【原文】

顾长康[①]从会稽还，人问山川之美，顾云："千岩竞秀，万壑争流，草木蒙笼其上，若云兴霞蔚[②]。"

【注释】

①顾长康：指顾恺之，字长康，曾经担任荆州刺史参军。②云兴霞蔚：云雾升腾，彩霞弥漫。

【译文】

顾长康从会稽山回来后，有人问他当地的山川有什么美丽的景色。顾长康回答说："众多的山岩，竞相秀美，数不清的山壑，奔淌着河水。草木郁郁葱葱，笼罩在山岩上，就像云雾彩霞一般升腾弥漫。

【解读】

顾长康不做多余的感慨，只从客观的角度用几句话去描绘他的所见，已将大自然的山水之美生动地呈现出来。他的语言言简意赅，所说景物却分明如画般展现出来，这说明他不仅善于观察、领悟，还可见他的文采极好。

【原文】

简文[①]崩[②]，孝武[③]年十余岁，立，至暝[④]不临[⑤]。左右启："依常[⑥]应临。"帝曰："哀至[⑦]则哭，何常之有？"

【注释】

①简文：指晋简文帝司马昱。②崩：皇帝死亡。③孝武：指晋孝武帝司马曜。④暝：天黑的时候。⑤临：吊丧，哭丧。⑥常：常理，常规。⑦至：极点，极致。

【译文】

简文帝驾崩时，孝武帝才十多岁。即位以后，孝武帝每天傍晚时分并不哭丧。身边的人对他说："依照常理，应该哭丧的。"孝武帝说："哀恸到了极点，自然就会哭，有什么常理不常理的？"

【解读】

外在的礼节只是形式，内在的真诚才是最为重要的。孝武帝司马曜即位的时候，才十多岁，对于礼仪规范还没有达到完全熟知的地步。也正因为如此，外在的教条规范才不至吞没他那份至诚至纯的真性情。"哀至则哭，何常之有"，这样的话，也只有孩子才说得出口。其实，相对于孩子来说，成人往往是最不真诚的。童真的可爱与可贵，也就在于此。所以说，司马曜不假装悲痛到极点，其实是对逝去的父亲的尊敬。

其实，诚实不但要做到对人，首要的应该做到对己。试想，一个人如果无法忠实于自己的内心，又何谈真诚地与他人交往呢？

【原文】

孝武[①]将讲《孝经》，谢公兄弟[②]与诸人私庭[③]讲习。车武子[④]难苦问[⑤]谢，谓袁羊[⑥]曰："不问则德音[⑦]有遗，多问则重劳二谢。"袁曰："必无此嫌[⑧]。"车曰："何以知尔？"袁曰："何尝见明镜疲于屡照，清流惮于惠风[⑨]？"

【注释】

①孝武：指晋孝武帝司马曜。②谢公兄弟：指谢安和谢石兄弟。③私庭：指个人的家庭。④车武子：指车胤，曾经担任吏部尚书。⑤苦问：再三地追问。⑥袁羊：指袁乔，字彦升，小字羊，曾经担任尚书郎。⑦德音：善谈。⑧嫌：怨意。⑨惠风：柔和的风。

【译文】

孝武帝将要讲论《孝经》，谢公兄弟和一些人先在自己家里研习。车武子不好意思再三向谢家兄弟请教，便对袁羊说："不问则可能错失善言，问多了又怕麻烦谢家兄弟。"袁羊说："千万不要有这种顾虑。"车武子问："那你是怎么知道的？"袁羊说："你什么时候见过明镜因为连续照影而疲劳，清澈的水流害怕和风的吹拂？"

【解读】

"三人行必有我师"，承认这一点，并虚心向他人学习，这本来就是一种值得称赞的学习态度。车武子能够一再向谢家兄弟请教，这说明他的学习态度是端正的。端正学习态度，放低姿态，把别人的知识化为己有，这样的人才能进步。然而，车武子却以小人之心度君子之腹，认为谢家兄弟会嫌他烦人。

其实，一个无私的老师怎会嫌弃好问的学生呢？袁羊的回答不但指出了这一点，他还说明，谢安和谢石都是极具修养的质朴之人，犹如"明镜"、"清水"一般。这种人做学问的态度是诚恳无私的，做人也是正直大度的。如果有人向他们学习，他们必定是谦虚地倾尽所有。反而是那种学识一般的人，有一点能力就得意扬扬，高高在上。遇到别人向自己求助时，担心"肥水"会流外人田，不肯赐教。这些人犹如残缺的镜子不经用，又如不够澄明的湖水，害怕风吹人扰。

【原文】

王子敬[1]云："从山阴[2]道上行，山川自相映发，使人应接不暇。若秋冬之际，尤难为怀。"

【注释】

①王子敬：指王献之，字子敬，东晋会稽人，曾经担任中书令。②山阴：县名，在今浙江绍兴。

【译文】

王子敬说："在山阴县的路上行走，山川景色交相呼应，迎面而来，真叫人目不暇接。如果到了秋冬之交，萧瑟的景象又让人难以释怀。"

【解读】

美有两种，一种是生机勃勃的美，一种是生机勃勃之美将要消失殆尽时，自然万物呈现的凋零萧瑟之美。王献之评论会稽山之美，正是说它在不同季节具有的这两种不同的美。从他的评论中可以看出，他非常喜欢第一种美，然而却对第二种美更有感触。其实这并不奇怪。因为，一个真正懂得生之美丽的人，出于对这种美的贪恋，在面对代表死亡的凋零之美时会更加不舍而更加感慨。

【原文】

谢太傅[1]问诸子侄："子弟[2]亦何预[3]人事[4]，而正[5]欲使其佳？"诸人莫有言者，车骑答曰："譬如芝兰玉树[6]，欲使其生于阶庭耳。"

【注释】

①谢太傅：指谢安。②子弟：子侄后生。③预：相关，关系。④人事：自己的事情。⑤正：一定。⑥芝兰玉树：传说中的香草仙树。后来多比喻品学兼优的子弟。

【译文】

谢太傅问子侄晚辈们说："孩子们将来不一定处理国事，那为什么家长还要将孩子教育得很出众呢？"一时间，大家都回答不上来。后来，车骑回答说："这就好比人人都希望芝兰玉树生长在自己家里一样。"

【解读】

魏晋时期，是一个倡导个性充分发挥与拓展的时代，反映在教育理念上也是如此。教育的最高目的，不是造就有用的人，而是培养个性充分发展的人。谢安教育孩子，正是出于此理。而车骑谢玄的回答也应对了谢安以及其他长辈的心思：他们都希望自己的孩子们像如芝兰玉树，虽然不一定成为国家栋梁，但也应有自身的魅力。

反观我们今天的教育，无论是家庭还是学校，常常是把如何让孩子成才、成功、比别人强作为目标，却从未引导孩子去做一个有个性魅力的人。成功往往是别人定义的，而情趣是个人不同他人的特质展现。活出个人精彩，要比丢掉自己去追求所谓的成功更有意义。

【原文】

道壹道人[1]好整饰[2]音辞[3]，从都下[4]还东山[5]，经吴中[6]。已而[7]会[8]雪下，未甚寒，诸道人问在道所经。壹公曰："风霜固所不论，乃先集其惨澹；郊邑正自飘瞥[9]，林岫[10]便已皓然[11]。"

【注释】

①道壹道人：东晋名僧，师从竺法汰。②整饰：修饰。③音辞：言辞。④都下：京都。⑤东山：指会稽虞县。⑥吴中：指吴郡地区。⑦已而：不久，后来。⑧会：正碰上，恰好赶上。⑨飘

瞥：快速地飘过。⑩林岫：叠嶂的山峦。⑪ 皓然：形容洁白光亮的样子。

【译文】

道壹和尚非常讲究说话的修辞。他从京城返回东山，路上经过吴郡。没过多长时间，下起了雪，然而天气还并不算太冷。到达东山后，其他和尚问他路上的景色怎样。道壹和尚说："路上所饱尝的风霜就别说了，只说这下雪前的天气，凝聚着惨淡的气氛。城郊的地方雪花正在飘飞，而山林里却已经是一片雪白了。"

【解读】

江南的冬天，又寒冷又潮湿，再碰上下雪天，从都城建康步行到东山，这样的长途跋涉，其实是很不容易的。因此，对于常人来说，这种情况无异于一场灾难。然而，在道壹和尚眼里，即便是给人以惨淡感觉的下雪天，仍有着梦幻洁白的仙境之美。这说明了他的个性超脱，能够在困境中找到怡人的乐趣。

在逆境中给自己找到乐趣，往往会更容易走出逆境。学习道壹和尚的乐观超脱，我们生活中所谓的烦恼也会少很多。

【原文】

张天锡①为凉州②刺史，称制③四隅。既④为苻坚所禽⑤，用为侍中。后于寿阳⑥俱败，至都，为孝武所器⑦。每入言论，无不竟日⑧。颇有嫉己者，于坐问张："北方何物可贵？张曰："桑椹甘香，鸱鸮⑨革响，淳酪养性⑩，人无嫉心。"

【注释】

①张天赐：凉州刺史，太元初，投降于苻坚。淝水之战后，又归降于晋。②凉州：西汉时期所设立的十三州之一，管辖范围大致在今甘肃、宁夏、青海以及内蒙古一部分地区。魏晋时期，沿袭汉制，仍旧设置凉州，只是管辖范围稍有变动。③称制：行使皇帝的权力。④既：不久。⑤禽：通"擒"，捕获。⑥寿阳：县名，在今安徽寿县。⑦器：重视，器重。⑧竟日：整天，从早到晚。⑨鸱鸮：指猫头鹰。⑩养性：指精神的调养与道德修养。

【译文】

张天赐在凉州做刺史的时候，在西部边陲自称为王。没过多久，他被苻坚所擒。之后，他被封为侍中郎。后来，他随着苻坚征战，在寿阳战败。之后他又来到京都，深受孝武帝的器重。每次他入朝议论政事，和孝武帝一谈就是一整天。有些嫉妒他的人，在坐席间问张天赐："在你们北方，有什么贵重的东西吗？"张天赐回答说："桑葚甘甜味美，猫头鹰吃了它，连叫声也会变得好听；浓醇的乳酪涵养人的德性，不会让人产生嫉妒之心。"

【解读】

"你家乡有什么特产"这样的问题，在今天看来也许很正常，但是在那个时候，却是政治中的一种别有深意的官场话。张天赐投靠的是晋孝武帝，但当时晋室执掌朝政的会稽王司马道子。张天赐受到晋孝武帝重用，司马道子自然不服。《晋书》记载："会稽王道子尝问其（张天锡）西土所出，天锡应声曰：'桑葚甜甘，鸱鸮革响，乳酪养性，人无妒心。'"由此可见，问张天赐的人就是晋孝武帝的亲兄弟司马道子。司马道子这么问，意在挑衅。

对于提问者的不怀好意，久经官场的张天赐不会不知道。他借用《诗经·鲁颂》中一句"翩彼飞鸮，集于泮林；食我桑椹，怀我好音"指出：司马道子没吃过北方的桑葚，所以说话难听，不如北方的猫头鹰。张天锡临阵不乱，回答暗藏典故，不失时机地借以反讽，足见其见识和机敏确非一般人所有。

【原文】

顾长康①拜桓宣武墓，作诗云："山崩溟海竭，鱼鸟将何依！"人问之曰："卿凭重②桓乃尔③，哭之状其可见乎？"顾曰："鼻如广莫长风④，眼如悬河决溜⑤。"或曰："声如震雷破山，泪如倾河注海。"

【注释】

①顾长康:顾恺之,字长康,东晋时期画家,曾经担任桓温大司马参军,与桓温关系很是亲近。②凭重：倚重。③乃尔：如此，这个地步。④广莫长风：冬至到第二年立春时节，所刮的风称为广莫风。后多指猛烈的北风。⑤悬河决溜：瀑布从天而降。悬河，瀑布。决溜，水流不断，一直倾泻。

【译文】

顾长康祭拜桓温的坟墓，并做了一首诗："高山已经崩塌，深海里的水也已经枯竭，山林中的鸟儿，深水里的鱼儿，将要到哪里去依存呢？"有人问顾长康说："你这么倚重桓玄武，能不能描述一下哭他的样子？"顾长康说："从鼻孔出来的哀鸣，就像是呼号的北风；从眼睛里流出来的泪水，就像是倒挂的瀑布从天而降。"

【解读】

顾长康曾经既是桓温的部下，又是桓温的好友，路过桓温的坟墓进行祭拜，按照常理是无可厚非的。问题关键在于，桓温曾有篡位之心，只是最后未能得逞，而他的儿子桓玄却发动兵变，谋反作乱过。作为东晋的子民，顾长康去祭拜叛逆之臣的坟墓，自然会受到非议。所以，让顾长康描述自己悲痛之状的人，就是为了取笑顾长康。

人在悲痛哭号的时候，是没有办法体察到自己悲伤的表情的。顾长康自然听得出对方的恶意，但他毫不计较，把抽泣比喻为北风呼号，把鼻涕比喻为瀑布。从他的比喻可以看得出他的度量之大，文采之高。

【原文】

毛伯成①既负其才气，常称："宁为兰摧玉折②，不作萧敷艾荣③。"

【注释】

①毛伯成：指毛玄，字伯成，东晋颍川人，曾经担任征西行军参军。②兰摧玉折：兰花遭受到摧残。③萧敷艾荣:也作"萧艾敷荣",指野蒿臭草到处蔓延,胡乱生长。后来多借指不肖的子弟。

【译文】

毛伯成对自己的才华非常自负，常常宣称："宁可做遭受摧折的兰花，也不愿意当茂盛蔓延的野草。"

【解读】

在毛伯成看来，兰花高贵，野草低贱。他宁可为高贵折腰，也不肯委曲求全，做低贱卑微的野草。毛伯成的做人理念，无法评说是对是错。毕竟，个人有个人的志向和坚持。毛伯成本就是自负之人，他有这样的生活理念并不奇怪。

事实上,大概很多人都不同意毛伯成的看法。因为,野草虽然没有兰花那样最贵的名誉和身份,但它们也自有自己的精神。"野火烧不尽，春风吹又生"的野草，它们的坚强和彪悍，它们爆发的力量，是很多物种都比不上的。所以说，是做高贵却相对脆弱的兰花，还是强悍的小草，关键仍在于你的理想和追求是什么。

【原文】

范甯①作豫章②，八日请佛③有板④，众僧疑，或⑤欲作答。有小沙弥⑥在坐末，曰："世尊[⑦]默然[⑧]，则为许可。”众从[⑨]其义。

【注释】

①范甯：字武子，南阳顺阳（今河南淅川）人，东晋时期经学家。②作豫章：担任豫章太守。③八日请佛：相传，夏历四月八日是佛祖的出生日期，每年到这一天，各个寺庙都会举办盛会。④板：简牍。请佛的时候，有文字写在板上，所以称有板。⑤或：有人。⑥沙弥：指刚刚受戒步入寺庙的和尚。⑦世尊：指佛祖释迦牟尼。⑧默然：不做回答，表示默认。⑨从：遵从，依照，按照。

【译文】

范甯在豫章做太守的时候，碰上四月八日佛诞生的日子，准备请佛像。他在简牍上写了一篇文书。寺庙里的僧人看到了，猜想太守可能希望有一个答复，有人便准备应答文字。有一个小沙弥坐在最后面，说：“佛祖世尊一句话也没有说，就是默许了。”于是，众多僧人遵从了他的意见。

【解读】

相传，佛祖释迦牟尼传道授佛，讲求心领神会，无须文字言语表达。佛祖默然无语，其实所传的是一种至为祥和宁静、安闲淡然的心境。这种心境纯净豁然，超脱一切，是一种无名无相的最高境界。因此，这种心境只能依靠感悟和领会，不能用言语表达。

寺庙里的小沙弥所作的回答也许是一种机巧反应，也可能表明他对佛法的领悟到了一定高度。从交谈技巧来说，有时候有些答案是可以用沉默应对的。

【原文】

司马太傅[①]斋中夜坐，于时[②]天月明净，都无纤翳[③]，太傅叹为佳。谢景重[④]在坐，答曰：“意谓乃不如微云点缀。”太傅因戏谢曰：“卿居心不静，乃复[⑤]强欲滓秽[⑥]太清[⑦]邪？”

【注释】

①司马太傅：指司马道子，晋简文帝第五子，被封为会稽王，曾经担任太傅，后被桓玄所杀。②于时：在这个时候，当时。于，介词。③纤翳：微小的遮蔽物。④谢景重：指谢重，字景重，东晋陈郡人，曾经担任司马道子长史。⑤乃复：竟然。⑥滓秽：这里做动词，弄脏，玷污。⑦太清：指天空。

【译文】

司马太傅晚上坐在房间里。这时候，天空里一点儿云彩也没有，月光皎洁。看到这种美景，司马太傅极为赞叹。坐在旁边的谢景重说：“这样的月色确实很美，但是如果再有一点云彩环绕，就更加美好了。”司马太傅听说后，便开玩笑地说：“你居心不清净，难道想把这明净的天空弄脏？”

【解读】

司马太傅既然是开玩笑，那他未必不认同谢景重的看法。不过，他说的话倒说明了一个玄妙的哲理：自然风景的美丽，并不在于多了什么或者少了什么，而在于它原本就是那样。有云环月时，月是美的。无云环月时，月也自有它形单影只的美。所以，在大自然面前，你看不看得到美，关键在于你当时有没有一颗欣赏美的心。带着一颗要求更多的心，有了月亮想要环绕的云彩，有了云彩又想要它环绕的角度好一点，如此欣赏美，一个人是永远不会看见美，发现美的。

【原文】

王中郎[①]甚爱张天锡[②]，问之曰：“卿观过江诸人，经纬[③]江左轨辙[④]，有何伟异？后来之彦[⑤]，复何如中原？”张曰：“研求幽邃[⑥]，自王、何[⑦]以还；因时修制[⑧]，荀、乐[⑨]之风。”王曰：“卿知见有余，何故为苻坚所制？”答曰：“阳消阴息[⑩]，故天步屯蹇[⑪]，否剥成象[⑫]，岂足多讥？”

【注释】

①王中郎：指王坦之，字文度，太原晋阳人，东晋名臣，曾经担任领北中郎将。②张天赐：原为凉州刺史，后归降东晋。③经纬：治理，规划整顿。④轨辙：车轮的痕迹，比喻法令或者事业。⑤彦：指有才学的人。⑥幽邃：指玄学或者理学。⑦王、何：指王弼、何晏。⑧修制：制定礼乐制度。⑨荀、乐：指荀顗、乐广。⑩阳消阴息：阳道衰败，阴道增长。⑪天步屯蹇：天命多有曲折。⑫否剥成象：分裂、阻隔之象。

【译文】

王中郎非常欣赏张天赐，问他说："你观察过江的这些人，治理江左的功业，有什么伟大奇异之处？这些后起之秀，与原先中原的人才相比，又是怎样的呢？"张天赐回答说："研究探讨玄学，可与王弼和何晏相媲美；根据时局制定法制，有荀顗和乐广的风范。"王中郎接着问："你的见识果然不一般，但为什么会被苻坚所制伏呢？"张天赐回答说："阳道式微，阴道得势，这原本是天命所造成的国运多舛，割裂难合，又有什么好嘲笑的呢？"

【解读】

人世间的一切，有盛必有衰，有生必有死，阴阳盛衰，相互依存，这是万事万物依存的天道。所以，即使陷入困境也不必灰心丧气，更不应因此瞧不起自己。而应像张天赐一样，在面对他人对自己的质疑时，仍自尊自强，不丢自己的脸面。

不过，张天赐态度虽然正确，但结合他本人失败的缘由，他的回答却是有失公正而站不住脚的。事实上，张天锡被苻坚所制伏，很大程度上是由于他的盲目自大以及昏庸无能。从这点来说，他将自己的失败归咎于天道或者命运的说法，实在是有些牵强。

其实，不管是在生活中还是在职场上，像张天赐这样的人，比比皆是。他们每当遇到挫折的时候，总是喜欢找出很多客观原因为自己开脱。当实在找不到客观原因时，他们就说自己的命运本该如此。不敢直面现实，逃避责任，想方设法为自己辩解，是缺乏勇气的表现，更是一种自欺欺人的荒唐做法。这样做，无疑为重蹈覆辙埋下伏笔。所以正确的做法是：保持坚强、自尊，但同时要总结经验，吸取教训，特别不要把所有错误都归于天命来为自己开脱。

【原文】

谢景重①女适②王孝伯儿，二门公③甚相爱美。谢为太傅④长史，被弹⑤，王即取作长史⑥，带晋陵郡。太傅已构嫌⑦孝伯，不欲使其得谢，还取作咨议，外示絷维⑧，而实以乖间⑨之。及孝伯败⑩后，太傅绕东府⑪城行散，僚属悉在南门，要望⑫候拜。时谓谢曰："王甯⑬异谋，云是卿为其计。"谢曾无惧色，敛笏⑭对曰："乐彦辅⑮有言：'岂以五男易一女？'"太傅善其对，因举酒劝之曰："故自⑯佳，故自佳。"

【注释】

①谢景重：指谢重，字景重，谢朗的儿子。②适：嫁给。③门公：指亲家公。④太傅：指司马道子，曾经担任太傅。⑤弹：弹劾。⑥长史：官名，一种辅佐三公、军府、都督府的官员。⑦构嫌：产生嫌隙，相互结怨。⑧絷（zhí）维：挽留人才。⑨乖间：离间。⑩孝伯败：指王孝伯等人在晋安帝隆安二年七月起兵讨伐王愉、司马尚，后战败而死。⑪东府：指司马道子的府邸。⑫要望：迎望。⑬王甯：指王恭，字孝伯，小字阿甯。⑭笏：古时候觐见君王时，大臣手上拿的短板，上面记录着将要禀奏的事情。⑮乐彦辅：指乐广，字彦辅，以"岂以五男易一女"消除了长沙王司马乂的疑虑。⑯故自：确实，诚然。

【译文】

谢景重的女儿嫁给了王孝伯的儿子，两家父母对这门亲事都感到很满意。谢景重担任司马太傅长史的时候，遭到别人的弹劾，丢失了官职。王孝伯知道后，就请谢景重来做自己的长史，并兼管晋陵郡。司马太傅与王孝伯之间，早就有嫌隙，不想让王孝伯重用谢景重，于是又请谢景重担任咨议参军。表面上，司马太傅在挽留谢景重，其实暗地里在离间王孝伯与谢景重的关系。

后来，王孝伯谋反失败，司马太傅服用五石散后，围绕东府行走。这时候，司马太傅的幕僚们在南门恭候，准备叩拜他。看到谢景重也在恭候之列，司马太傅说："王孝伯谋反，听说是你给他出谋划策。"谢景重听到后，脸上一点儿恐惧的神情也没有，收起笏板，回答说："乐彦辅曾经说过：'怎么会用五个儿子的性命去换取一个女儿呢？'"司马太傅欣赏他的回答，于是举起酒杯，向谢景重劝酒说："说得妙，说得妙。"

【解读】

八王之乱时，乐广的女婿司马颖进攻洛阳的长沙王司马乂。司马乂是乐广的主子，他怀疑乐广会因为女儿的关系而叛变。乐广以一句"我怎么会用我个儿子的生命换一个女儿"来消除了司马乂的疑心。

司马道子服了五石散后犯迷糊，却说出了心底的话，意欲加罪于谢景重。此时，谢景重的处境跟当年乐广的处境是一样的。于是，他借用乐广的话来替自己解围。

官场的凶险，历来如此。有些人躲过了凶险，有些人却因此遭遇祸患。两种不同的结果，全在于当事人的机智与应变。有时候，面对对方的咄咄逼人，只需要找出一个经典的例证来反驳对方，就能彻底说服对方。也就是说，最有效的方法，不一定非得是自己想出来的。

【原文】

桓玄①义兴②还后，见司马太傅③，太傅已醉，坐上多客。问人云："桓温来欲作贼④，如何？"桓玄伏不得起。谢景重时为长史，举板答曰："故宣武公黜昏暗，登圣明⑤，功超伊、霍⑥，纷纭此议，裁之圣鉴。"太傅曰："我知，我知。"即举酒云："桓义兴，劝卿酒！"桓出谢过。

【注释】

①桓玄：字敬道，小字灵宝，桓温的儿子，曾经担任义兴太守。②义兴：郡名，在今江苏宜兴。③司马太傅：指会稽王司马道子。④作贼：指谋反叛乱。⑤黜昏暗，登圣明：指桓宣武废黜海西公，扶持简文帝登基之事。⑥伊、霍：指伊尹和霍光。

【译文】

桓玄从义兴回来后，专程去拜见司马太傅。当时，司马太傅已经喝得大醉，厅堂上有很多宾客。司马太傅问身边的客人说："桓宣武晚年的时候想要谋反，不知道是怎么一回事？"桓玄听了这话，吓得连忙伏在地上，不敢起身。那时候，谢景重担任司马太傅的长史，他举起笏板回答说："已故的桓宣武废黜海西公，扶持简文帝登基，这种功业超过了商朝的伊尹和汉朝的霍光。至于那些纷乱的议论，还请您明鉴。"司马太傅听说后，知道自己酒后失言，连声说："我知道，我知道！"接着，司马太傅举起酒杯，说："桓义兴，请喝酒！"桓玄这才起身谢罪。

【解读】

桓玄是个有大志的人。但是，由于父亲桓温晚年有篡位的嫌疑，所以他迟迟得不到朝廷的重用。后来，桓玄辞掉义兴太守的官职回到京都，希冀能得到司马道子的重用。这一则就是桓玄回到京师，拜见司马道子时的对话。桓玄没想到司马道子酒后失言，劈头给了自己一棒。司马道子可能是出于无心，如果桓玄内心正直，不至于吓成这样。他做出这种反应，也说明了他可能是心虚的。而即使桓玄本无谋反之心，司马道子如此羞辱他，让他丢失了脸面，估计桓玄也是记仇的。后来桓玄果真谋反，说明他此时的心虚和记仇，也可能是兼而有之。

【原文】

宣武[①]移镇南州[②]，制街衢[③]平直。人谓王东亭曰："丞相初营建康[④]，无所因承，而制置[⑤]纡曲[⑥]，方[⑦]此为劣。"东亭曰："此丞相乃所以为巧。江左地促[⑧]，不如中国[⑨]。若使阡陌[⑩]条畅，则一览而尽；故纡余委曲[⑪]，若不可测。"

【注释】

①宣武：指桓温，死后谥号为宣武。②南州：指姑孰，在今安徽当涂。该地位于东晋都城南边，所以时人称其为南州。③街衢：街道。④建康：东晋都城，今南京。⑤制置：修建布置。⑥纡曲：迂回曲折。⑦方：比。⑧地促：地域狭小。⑨中国：指中原地区。⑩阡陌：田间小路。南北为阡，东西为陌。后来泛指一切道路。⑪ 纡余委曲：蜿蜒曲折，百转千回。

【译文】

桓宣武接受调派，前往南州镇守。到了那里以后，桓宣武将街道修理得平整开阔。有人对王东亭说："王丞相当初建造都城的时候，没有样板可以效仿沿袭，所以修建的街道弯弯曲曲，与桓宣武修建的街道比起来差远了。"王东亭说："这正是丞相的高明巧妙之处。江左一带，地域狭小，是不能与中原相提并论的。如果每一条街道都修建得笔直通达，那么整个城市一眼看去，所有的景物全都看见了。因此，王丞相因地制宜，顺着蜿蜒曲折的山势修建道路，这样一来，整个城市的风光便难以估量，一眼望不到边。"

【解读】

王导重建京都建康，是在苏峻之乱后。当时国库空虚，资金缺乏。基于此，王导一切从简，没有进行大规模的改制和扩建，而是依据天然的地理条件布置街道，兴建楼宇。而大司马桓温将姑孰的街道修建得宽阔平直，十分气派，也自有他的道理。他曾改建过江陵城，气势恢宏，被顾长康称之为"遥望层城，丹楼如霞"。姑孰和江陵的地势相似，所以这一次改建姑孰，桓温依旧沿袭原来的理念。

王导和桓温的改建方式不一样，是由两地的现实条件所决定的。建康的地势高低不平，蜿蜒曲折，想要平直通畅，是不可能的；而姑孰地势平坦，开阔辽远，想要蜿蜒曲折，也是行不通的。他们的做法虽然不同，但理念和方式都是对的。做一件事情，因地制宜，是最简单且最有效的方法。所以，即使是贤才，做同一件事情也不见得应用同一标准。聪明的人自然知道自己在做什么，而好事者不知始末，往往胡言乱语，厚此薄彼。

【原文】

桓玄诣殷荆州[①]，殷在妾房昼眠，左右辞不之通[②]。桓后言及此事，殷云："初不[③]眠，纵有此，岂不以贤贤易色[④]也？"

【注释】

①殷荆州：指殷仲堪，他曾经担任过荆州刺史。②辞不之通：拒绝通报。③初不：根本没有。④贤贤易色：尊敬贤人之心去换取好色之心。贤贤，尊敬贤人。易，换取。色，好色之心。

【译文】

桓玄去拜访殷荆州。这时候，殷荆州正在小妾的房里睡午觉。大门口的侍从没有一个人肯替桓玄通报。后来，桓玄在殷荆州跟前提起这件事，殷荆州说："我根本就没有睡觉。即使真的睡觉了，我怎能不像喜好女色那样去礼遇贤人呢？"

【解读】

桓玄造访殷荆州，虽然吃了闭门羹，但也在情理之中。众所周知，古时候的人们是极为讲究礼仪的。选择什么样的时间造访他人，在桓玄那里应该是一清二楚的。因此，殷仲堪闭门不见，并无过分之处。

在日常生活中，每个人都有许多朋友，相互拜访，可以增进彼此之间的感情。尤其在现代社会，交互交流，也有利于获取更多有效信息。然而，拜访朋友前，一定要事先约好时间，以免打乱朋友的日常安排。更为重要的是，拜访的时间一定要选择好，这样可以避免很多麻烦。从殷仲堪的回答中看不出来他是否知道桓玄的来访，但却可以看出他是个聪明人。他模糊了自己当时的知觉，同时有表明自己是个爱才之人，间接赞誉了桓玄。这样一来，就将桓玄吃闭门羹过后的不爽给消减了。

【原文】

桓玄问羊孚[①]："何以共重[②]吴声[③]？"羊曰："当[④]以其妖而浮。"

【注释】

①羊孚：字子道，山东泰山人，曾经担任桓玄的记室参军。②重：看重，喜欢。③吴声：吴地的音乐。④当：大概，也许。

【译文】

桓玄问羊孚："为什么人人都喜欢吴地的声乐呢？"羊孚回答说："大概是因为它娇媚动听而显得轻浮。"

【解读】

产生于江南吴文化地区的吴歌，具有清新婉转、情意缠绵、含蓄柔美的特点。所以，吴歌不仅听起来好听，而且内容多表达情爱，直指人心。这与北方的民歌是完全不同的。北方的民歌，多表现国家祭祀、战事等主题，大多具有豪放粗犷、深沉雄壮的特点。听南方的民歌，你会感受到音乐如同涓涓的流水，柔韧之余，又含情脉脉，让人越听越舒畅；听北方的民歌，你会体验到沙场的凄凉，高山草原的寂寥，听着听着，不免让人伤怀。一般说来，人都是追求快乐而不喜悲伤的，所以轻柔宁静的吴地声乐自然更受欢迎。

【原文】

谢混[①]问羊孚："何以器举瑚琏[②]？"羊曰："故当[③]以为接神之器。"

【注释】

①谢混：字叔源，小字益寿，谢安的孙子，曾经担任尚书仆射。②瑚琏：古代祭祀的时候，宗庙里盛放黍稷的祭器。后多比喻治国安邦的人才。③故当：当然是。

【译文】

谢混问羊孚："为什么器皿中首推瑚琏呢？"羊孚回答说："这是因为它是祭祀神灵的器具。"

【解读】

器举瑚琏的典故，来源于《论语·公冶长》。

子贡问曰："赐也何如？"子曰："女，器也。"曰："何器也？"曰："瑚琏也。"

瑚琏是古代最为高贵且华丽的一种祭祀用具，孔子的回答肯定了子贡的才干与能力。羊孚给出的回答延伸了孔子以瑚琏比喻贤才的意思，进一步指出：人才是国家的根本，某种程度上主宰着一个国家的命运，无异于承担了天命授予的重任。所以，贤才的本质正如瑚琏，都是能够与神灵相通的器具。

【原文】

桓玄既篡位[①]后，御床[②]微陷，群臣失色[③]。侍中殷仲文[④]进[⑤]曰："当由圣德渊重，厚地所以不能载。”时人善之。

【注释】

①桓玄篡位：指晋安帝元兴元年，桓玄谋反，攻入建康，夺取政权，杀会稽王司马道子。②御床：皇帝睡觉的地方。③失色：形容惊慌失措的样子。④殷仲文：字仲文，东晋陈郡人，曾经担任桓玄咨议参军。⑤进：指进言。

【译文】

桓玄篡位以后，他的御床有些塌陷。在场的臣子无不感到惊慌失措。这时候，侍中郎殷仲文进言说：“必定是因为圣上的德行深远厚重，以至连厚重的大地也没有办法承受。”当时的人们都很欣赏这话。

【解读】

殷仲文看不到皇帝的身体发胖，却埋怨起大地来，阿谀奉承的嘴脸可见一斑。

【原文】

桓玄既篡位，将改置直馆[①]，问左右：“虎贲中郎[②]省应在何处？”有人答曰：“无省。”当时殊忤[③]旨。问：“何以知无？”答曰：“潘岳[④]《秋兴赋叙》曰：‘余兼虎贲中郎将，寓直[⑤]散骑之省。’”玄咨嗟[⑥]称善。

【注释】

①直馆：值班的官署。②虎贲（bēn）中郎：官名。汉朝的时候开始设立，魏晋时期沿袭汉制。③忤：违背。④潘岳：字安仁，善于作文，《秋兴赋》是他的作品之一。⑤寓直：在官署处理公事。⑥咨嗟：大为赞赏。

【译文】

桓玄篡位以后，准备调整值班的官署。他问身边的人说：“虎贲中郎省应该设置在什么地方？”有人回答说：“虎贲中郎并没有专属的官署。”这种说法在当时是很忤逆圣旨的。桓玄又接着问：“你怎么知道没有呢？”那个人回答说：“潘岳的《秋兴赋》里说：‘我兼任虎贲中郎，在散骑的官署当差。’”桓玄听了后，夸赞那人回答得好。

【解读】

魏晋时期，中央王权的势力日渐衰弱，地方上的割据政权却不断壮大。一般而言，这些割据势力可以行使自己的权力。桓玄篡位之前，也属于地方割据势力，深知地方势力的利害关系。所以，当他篡位以后，立刻开始实施改革，试图抑制地方势力的发展，扩大中央集权的影响。在这种背景之下，他提出了设置虎贲中郎省的建议。

其实，反对设置虎贲中郎省的那个人，未必就是真的与桓温政见不合，他也有可能是为了表现自己的见识。为何要冒着被杀头的危险去表现自己呢？这跟当时的风气有关。魏晋时期的人们，言行举止讲究率性适意，提倡与众不同的个性。很多人心直口快，有时候可能是为了显示自己的特立独行。这一点，从那人后来做出的回答中也可以看出。

【原文】

谢灵运[①]好戴曲柄笠[②]，孔隐士[③]谓曰：“卿欲希心高远，何不能遗[④]曲盖之貌？”谢答曰：“将不畏影者[⑤]未能忘怀。”

【注释】

①谢灵运：晋车骑将军谢玄的孙子，喜欢游玩山水，并以写山水诗著称。②曲柄笠：一种类似曲盖的帽子。③孔隐士：指孔淳之，字彦深，鲁郡人。④遗：扔掉，舍弃。⑤畏影者：害怕影

子的人，典出《庄子・渔父》。

【译文】

谢灵运喜欢戴曲柄笠，孔隐士对他说：“你想要追求高远的理想，为什么不扔掉这顶貌似曲盖的斗笠呢？”谢灵运回答说：“恐怕是害怕影子的人，始终不能忘怀影子吧？”

【解读】

《庄子・渔父》里讲了一个害怕影子的人，他由于害怕自己的影子，便想甩开它，于是拼命地奔跑，可是影子仍然跟着他。结果，他不断地奔跑，直到累死。

古代帝王出巡的时候，身后必定撑着一顶曲盖，以彰显气势派头。看到谢灵运的曲盖帽子，孔隐士就讥讽谢灵运空有高远理想，却一心没有忘掉富贵。然而，谢灵运借用畏影者的典故，反讽是孔隐士追名求利，所以才认为他的帽子像帝王的曲盖。看来，真正为名物所累的人是孔隐士。

政事第三

【原文】

陈仲弓[①]为太丘长，时吏有诈称母病求假。事觉，收[②]之，令吏杀焉。主簿请付狱[③]考[④]众奸[⑤]，仲弓曰："欺君不忠，病母[⑥]不孝，不忠不孝，其罪莫大。考求众奸，岂复过此？"

【注释】

①陈仲弓：指陈寔，字仲弓，东汉颍川人，曾经担任太丘长。②收：逮捕，拘捕。③付狱：交付给狱吏。④考：考问，审查。⑤众奸：其他的罪行。⑥病母：说母亲生病。病，这里作动词。

【译文】

陈仲弓做太长丘的时候，手下有个当差的官吏，声称自己的母亲生病，因此请假。陈仲弓发现事情的真相后，就将这个官吏拘捕起来，并命令其他官吏将他处决。主簿请求将这个人打入牢房，详加考问其他的罪行。陈仲弓说："欺骗长官是不忠，说自己母亲生病是不孝，不忠不孝，没有比这更大的罪行了。即便追究出其他的罪行，难道还有比这更大的罪行吗？"

【解读】

自从西汉董仲舒"罢黜百家，独尊儒术"的建议被汉武帝采纳后，孝道从家庭伦理逐渐扩展为社会政治伦理。

魏晋时期，推崇玄学，儒家思想退居其次，但是"孝"道在这一时期仍旧受到统治阶级以及名士贤人的崇尚。为何会如此呢？因为自古以来，皇帝之位也好官位也好，都是主张世袭相传的。而在魏晋这个动乱的年代，国家四分五裂，"忠"已经失去了具体的标准，但"孝"还有着原始的可遵循的道义。所以，魏晋时期极为重视以孝治理天下。晋孝武帝亲自讲解《孝经》，中正机构察举孝廉等等，都是两晋时期以"孝"治天下的明证。对于当政者和士人来说，推崇"孝"其实是一种政治谋略。陈仲弓指责其下属的话并非来源于无故的夸张，而是受了当时的政治风气的影响。

【原文】

陈仲弓为太丘长，有劫贼[①]杀财主，主者[②]捕之。未至发所[③]，道闻民有在草[④]不起子者[⑤]，回车往治[⑥]之。主簿曰："贼大，宜先按讨[⑦]。"仲弓曰："盗杀财主，何如骨肉相残？"

【注释】

①劫贼：盗贼。②主者：主管刑事案件的官吏。③发所：案发现场，事发地。④在草：产妇分娩。⑤不起子者：指不养育孩子的人，或指溺杀婴儿的人。⑥治：处理。⑦按讨：追究，审查处理。

【译文】

陈仲弓担任太丘长的时候，有一个盗贼杀害财物的主人，主管刑律的官吏逮捕了他。陈仲弓还没有到达案发现场，路上听说有个民妇刚生完孩子就将其杀掉。陈仲弓立刻调转车头，准备处理这件案子。主簿见此，有些迷惑，问道："盗贼杀人，夺取财物，这件案子很严重，应当先去审理。"陈仲弓回应道："强盗杀死物主，哪里比骨肉相残更加严重呢？"

【解读】

在古代，法律并不完善，而父母的权力又大于子女的权力。所以，一个家庭中，父母如何对待自己的子女，以及他们的行为是否构成犯罪，很少有人去管。陈仲弓的主簿说盗贼杀人的严重性大于孕妇杀婴，就是基于这种社会文化制度的因素。可见，他的见识是被时代环境所束缚的。然而，陈仲弓却表现出了思想的进步性。他认为骨肉相残比盗贼杀人严重得多，这一理念无疑更符合人性。作为一个女人，她本来就应该有着温柔善良的情怀，当她成为一个母亲，她的温柔善良和无私应该会更加浓烈才对。然而，一个民妇却杀死了自己的初生婴儿，足见她的无情残一个人忍心杀害亲人的恶人，还有谁是他不敢杀的？

【原文】

陈元方①年十一时，候②袁公。袁公问曰："贤家君③在太丘，远近称之，何所履行？"元方曰："老父在太丘，强者绥④之以德，弱者抚⑤之以仁，恣⑥其所安，久而益敬。"袁公曰："孤⑦往者尝为邺⑧令，正行此事。不知卿家君法⑨孤，孤法卿父？"元方曰："周公、孔子，异世而出，周旋⑩动静，万里如一。周公不师⑪孔子，孔子亦不师周公。"

【注释】

①陈元方：指陈纪，字元方，陈寔的儿子。②候：拜见，拜访。③家君：父亲。④绥：安抚。⑤抚：体恤。⑥恣：尽最大限度地做某事。⑦孤：我。古时候王侯对自己的谦称。⑧邺：县名，在今河北临漳西南。⑨法：效法，遵从。⑩周旋：与各种人打交道。⑪师：学习。

【译文】

陈元方十一岁的那一年，去拜见袁公。袁公问他："你的父亲在太丘担任县令，远近的人们无不称颂他。不知他在那里到底做了什么？"陈元方回答说："家父在太丘县，对于强有力的人用道德感召安抚他；对于弱小无力的人，则用仁爱之心去体恤他。让他们这些人过上安居乐业的生活，时间一久，他们就越来越敬重家父了。"袁公说："我过去曾经担任过邺县的县令，正好也是采用这些办法治理百姓的。不知道是你的父亲效法我，还是我效法你的父亲？"陈元方回答说："周公和孔子，虽然生在两个不同的时代，然而，他们运筹帷幄的处世方式却趋于一致。这其中，周公没有学习孔子，而孔子也没有学习周公。"

【解读】

三国时期魏国人李康在《运命论》中写道："木秀于林，风必摧之；堆出于岸，流必湍之；行高于人，众必非之。"意思是说一个才能或者品行出众的人，很容易遭到别人的嫉妒与指责。袁公正是因为陈寔久负盛名而心生嫉妒。陈元方明白袁公的心态，没有跟他计较。他非但没有像常人一样通过贬低别人来抬高自己，反而站在公正的角度上去分析父亲和袁公。这么做，既维护了父亲的声誉，还抬高袁公，且毫无奉承的感觉。如此一来，把袁公挑起的剑拔弩张的气氛给消除了。

陈元方这种处理矛盾的方式值得我们借鉴。人际交往时，有时候也会出现像袁公这种人。面对他人的挑衅，我们应该保持冷静。不要急着从正面予以反击，而应想方设法从侧面予以疏导。可以像陈元方一样，做到既不损害别人的颜面，又维护了自己的尊严。两者兼顾，问题自然而然就会化解。

【原文】

贺太傅①作吴郡②，初不出门，吴中诸强族轻之，乃题府门云："会稽鸡③，不能啼。"贺闻，故④出行，至门反顾，索笔足⑤之曰："不可啼，杀吴儿。"于是至诸屯邸⑥，检校⑦诸顾、陆役使官兵及藏逋亡⑧，悉以事言上⑨，罪者甚众。陆抗⑩时为江陵都督，故下请孙皓⑪，然后得释。

【注释】

①贺太傅：指贺劭，字兴伯，东吴会稽山阴人，曾经担任过吴郡太守，后来迁至太子太傅，

所以人称贺太傅。②作吴郡：担任吴郡的太守。③会稽鸡：贺太傅是会稽人，这里是讽刺他出任吴郡太守后，一点儿作为也没有。④故：特意，专程。⑤足：补充。⑥屯邸：古时候的一种庄园，以屯田为基础，并经营仓储和运输的经济组织。⑦检校：检查，审核。⑧藏逋亡：窝藏逃亡的人。⑨上：指皇帝。⑩陆抗：字幼节，三国时期东吴吴郡人，曾经担任江陵都督。⑪孙皓：字元宗，三国时期东吴末代皇帝，孙权之孙，孙和之子。

【译文】

贺劭做吴郡太守，刚到任的时候，并不怎么出门。吴郡当地的豪强世族还以为他怕事，便很轻视他。他们在太守府的大门上这样写道："会稽鸡，不能啼。"贺劭听说这件事后，专门走出去，在太守府门外看了一番。接着，他要来一支笔，补充道："不可啼，杀吴儿。"没过多久，贺劭派人到各个豪门世族囤积财物的仓库查看。结果，检查出顾姓和陆姓等豪强私自动用官兵，并且还窝藏了很多逃亡的人口。于是，贺劭便将这些事情详细上奏给了皇帝。由于这一事件，牵连获罪的人很多。那时候，陆抗担任江陵都尉，知道这件事后，连忙从江陵顺流而下，向东吴国君孙皓求情。之后，那些获罪的人才被释放。

【解读】

当初，孙策占据江东的时候，利用吴中大族的力量打败了会稽大族。那时候，吴中大族主要有顾、陆、朱、张四姓。东吴政权稳定后，他们自恃功高，不可一世，对于曾经是会稽大族成员的贺劭更是没有放在眼里。贺劭被羞辱后并不急于在表面上证明自己的实力，他不动声色地反击，一鸣惊人，威慑了吴中豪强。

有的人正如贺劭，他们有实力却不露锋芒。等到对方将锋芒露尽，将自己的实力完全展现出来，他们也了解了对方的长短时，才会采取直接而猛烈的反击，让对方猝不及防。

【原文】

山公①以器②重朝望，年逾七十，犹知管时任。贵胜③年少若④和、裴、王⑤之徒，并共宗咏⑥。有署阁柱曰："阁东有大牛，和峤鞅⑦，裴楷鞦⑧，王济剔嬲⑨不得休。"或云潘尼⑩作之。

【注释】

①山公：指山涛，字巨源，竹林七贤之一，西晋河内怀县人，曾经担任吏部尚书、太子少傅等官职。②器：才干，能力。③贵胜：地位显赫。④若：诸如，比如。⑤和、裴、王：指和峤、裴楷和王济。⑥宗咏：极为推崇赞美。⑦鞅（yāng）：古代驾车的时候，套在牲口脖子上的皮带。⑧鞦：古代驾车的时候，套在牲口后股上的皮带。⑨剔嬲（niǎo）：挑逗，纠缠。⑩潘尼：字正叔，勤学好作文，官至中书令、太常卿。

【译文】

山公因为自身的才干而在朝廷中享有至高的威望。虽然他已经年过七旬，但还主持并管理着政事。那些年轻的权贵子弟，比如和峤、裴楷和王济等人，没有一个不尊崇、赞扬他的。有人在官署阁的柱子上这样写道："官署的东边，有一头大牛，和峤驾着它的鞅，裴楷执着它的鞦，而王济则时不时地挑逗它，使得它不得清闲。"有人说，这些题词是由潘尼写的。

【解读】

山公是竹林七贤之一，四十八岁开始做官，晚年的时候曾经担任西晋吏部尚书，主持官员的选拔考核，当时的人们都认为他有识人之能，而他本人也以此自诩。和峤、裴楷、王济等年轻人的任用和提拔，都有山公的大力举荐。因此，和峤、裴楷、王济等年轻人都极力推崇并赞扬山公。柱子上所写的话表明这几个人都得利于山公这头"牛"的力量，也是在暗指他们都是山公提拔的。

从另一个角度，那些话又同时讽刺和峤、裴楷、王济等人在利用山公替自己做事，也有羞辱山公的寓意在内。而时人认为是潘尼所写，也是有理由的。潘尼虽然少年成名，才名冠世，但因为恃才傲放，始终得不到山公的提拔。如果确是他在柱子上写下那些话，说明他心里对山公是有怨愤的。因此，他这种怨愤体现出来的才华并不值得推崇。一个人，纵使有才华，但不会审时度势，而是一意孤行，那仕途不顺也是必然的。怨愤他人而不反省自己，既是没有修养的体现，也是没有处世智慧的体现。

【原文】

贾充[①]初定律令，与羊祜共咨[②]太傅郑冲，冲曰："皋陶[③]严明之旨，非仆暗懦[④]所探。"羊曰："上意[⑤]欲令小加弘润[⑥]。"冲乃粗[⑦]下意[⑧]。

【注释】

①贾充：魏末晋初人，辅佐司马昭执政，是西晋的元老大臣。②咨：咨询，请教。③皋陶：舜的大臣，掌管刑狱。④暗懦：昏庸懦弱的样子。⑤上意：皇上的旨意。⑥弘润：补充润色。⑦粗：粗略，大概。⑧下意：提出意见，表达自己的看法。

【译文】

贾充刚开始制定法令的时候，和羊祜一起向太傅郑冲请教咨询。郑冲说："皋陶严明刑律的宗旨，并不是我这样的昏庸之辈所能探讨的。"羊祜说："皇上的意思，是让您稍微补充润饰一些。"郑冲这才大概提出了自己的看法。

【解读】

皋陶是舜时代的重要大臣，相传他制定了中国历史上第一部律法《狱典》。这部刑法典的主要思想是使用法律来教化民众，而不是通过惩罚达到治理社会的目的。刑法的制定，过于严苛是最为忌讳的。这是因为社会秩序的维护，首先在于人性的启蒙与教导，其次才是刑罚的威慑。如果过于严苛，稍有不慎，就会殃及百姓。然而，如果法律太过于宽松，又难以起到约束百姓言行的作用。在"严"与"宽"之间选择一个合适的度，并非是一件容易之事。郑冲深刻认识到这一点，所以行事极为谦虚谨慎，不参与制定法律的探讨。

【原文】

山司徒[①]前后选[②]，殆[③]周遍百官，举无失才，凡所题目[④]，皆如其言。唯用陆亮，是诏所用，与公意异，争之不从。亮亦寻[⑤]为贿败[⑥]。

【注释】

①山司徒：指山涛。②选：选拔人才。③殆：几乎。④题目：评价，品评。⑤寻：没过多久。⑥贿败：因为贿赂而被罢免官职。

【译文】

山司徒为朝廷选拔官员，前前后后所荐举的人才，遍布整个朝廷，几乎没有一个人才被遗漏掉。凡是山司徒所评判过的人，言行举止都和他所说的一致。只有陆亮的任用，不是山公所为，而是皇帝的旨意。这一次，皇帝与山司徒的意见不一致。山司徒虽然几番诤谏，但是皇帝并没有听从他的意见。没过多久，陆亮因为贿赂的罪行而被免去官职。

【解读】

司马炎当政时期，羊祜、山涛是一派，贾充是另外一派，而陆亮是站在贾充这一边的。公元年，吏部郎空缺，山涛推荐竹林七贤之一、阮籍的侄子阮咸。

在山涛看来，阮咸是"真素寡欲，深识清浊，万物不能移"的典型人才，也是"妙绝于时"的"整风俗理人伦”的人选。但是，为了牵制山涛，贾充便举荐陆亮任职。虽然山涛极力推荐阮咸，司马炎最终还是启用了陆亮。

一气之下，山涛辞去尚书左仆射和吏部尚书的职务。但没过多久，陆亮被揭发受贿，被罢免官职。这时候，司马炎才意识到山涛的预见性，便派人用舆车将山涛请回朝中。

从这个故事可以看出，山涛确实有识人之能。而司马炎用人失误的事例也从反面说明：一个聪明理智的执政者，也应该正确地识别人才，知道谁的意见才是真知灼见。否则，用错一人，可能会牵连到很多事情。

【原文】

嵇康[①]被诛后，山公[②]举康子绍[③]为秘书丞[④]。绍咨公出处[⑤]，公曰：“为君思之久矣。天地四时，犹有消息[⑥]，而况人乎！”

【注释】

①嵇康：字叔玄，三国时期魏国人，竹林七贤之一。公元年，嵇康遭遇钟会陷害，被司马昭所杀。②山公：指山涛。字巨源，竹林七贤之一，西晋河内怀县人，与阮籍、嵇康等人交好，曾经担任过吏部尚书、太子少傅等官职。③绍：指嵇绍，字延祖，嵇康的儿子，曾经担任过秘书丞、侍中等官职。④秘书丞：官名，主要掌管文籍等事务。⑤出处：出来做官抑或隐居山林。⑥消息：此消彼长，相互转变。

【译文】

嵇康被杀以后，山涛举荐嵇康的儿子嵇绍担任秘书丞。嵇绍向山涛请教到底是出来做官还是隐居山林。山涛回答说：“我早就为你谋划好长时间了。天地间的一年四季，随着时间的推移不断地交替变化，更何况是人呢？”

【解读】

山涛举荐嵇绍，发生在晋武帝灭吴之后的太康年间。这时候，距离司马氏政权杀死嵇绍的父亲嵇康已经有二十多年的时间了。因此，要不要出仕为官，辅助司马氏政权，对于嵇绍来说，确实是一个艰难的选择。

作为嵇康的好友，山涛出面负责说服嵇绍。这里，山涛借用了《周易·丰卦》中一段话：“日中则昃，月盈则食。天地盈虚，与时消息。而况人乎！”整个宇宙一直处在变化之中，而位于其中的人也要随机应变，不能太过执着。后来，嵇绍接受了山涛的建议，到洛阳担任秘书丞。嵇绍的父亲嵇康“龙章凤姿”，嵇绍自然也如人中蛟龙。所以，他一到洛阳，立刻引起极大的轰动。时人一睹他的风采后，称其为“昂昂然如野鹤之在鸡群”。

进入仕途之后，嵇绍果然不负众望，从秘书丞转任豫章郡内史。元康初年，嵇绍又担任给事黄门侍郎，封弋阳子，迁散骑常侍，后征召为御史中丞，未拜受，又任侍中。

公元年，东海王司马越挟持晋惠帝北征成都王司马颖。在荡阴，司马颖大败司马越，并包围了晋惠帝的车队。当时，嵇绍跟随晋惠帝同行。面对血淋淋的屠刀，文武百官和侍卫随从都四散逃命，只有嵇绍一个人留下来，誓死保卫晋惠帝。最后，晋惠帝得以幸存，嵇绍被乱箭射死。

嵇康拥护曹魏王权，不与司马昭合作，最后死于司马氏之手；而身为嵇康的儿子，嵇绍却在成年后辅助司马氏执政，并为司马氏战死。表面上看，父子二人的行为有些矛盾。但实际上他们都捍卫了儒家最为基本的精神内核：任何谋反篡位，试图颠覆儒家人伦纲常的人，都会遭到他们的誓死反抗。说到底，他们父子二人都是舍身求仁，以身殉道。

【原文】

王安期[①]为东海郡[②]。小吏盗池中鱼，纲纪[③]推[④]之。王曰：“文王[⑤]之囿[⑥]，与众共之。池鱼复何足惜！”

【注释】

①王安期：指王承，字安期，东晋时期太原晋阳人，曾经担任东海内史。②东海郡：东晋时期郡名，在今山东郯城。③纲纪：指地方郡县的主簿。④推：追求，彻查。⑤文王：指周文王。⑥囿：古时候君王打猎的地方。

【译文】

王安期担任东海内史的时候，手下有个小吏偷盗池塘里的鱼。地方上的主簿准备追查这件事。王安期知道后，说：“周文王狩猎的场所，都能与平民百姓一起共用，池塘里的鱼又有什么值得吝惜的呢？”

【解读】

“文王之囿，与众共之”出自《孟子·梁惠王下》：

有一次，齐宣王问孟子说：“周文王的园林有七十里见方，真有这回事吗？”孟子回答说：“文献上是这样记载的。”齐宣王接着问：“竟然有那么大吗？”孟子回答说：“老百姓还觉得小了呢！”齐宣王听了很奇怪，又问道：“寡人打猎的场所，方圆也就四十里，为什么老百姓还觉得大呢？”孟子回答说：“周文王的园林七十里见方，老百姓有割草砍柴的，可以进去；有捕鸟打猎的，可以进去。周文王的园林是与老百姓共同享用的，老百姓认为小，这不是很自然的事情吗？我刚到齐国边境的时候，问明了齐国的重要禁令才敢入境。我听说国都郊外有个四十里见方的园林，谁要是杀了其中的麋鹿，谁就算是犯了杀人罪。这就好比在那里设下了一个四十里见方的陷阱，老百姓认为太大了，这也不是情理之中吗？”

一个地方是大是小，有时候不是从它的面积去判定的，而是从它的用途去判定。王安期由文王和齐宣王的园林故事引出这个道理，并说明自己亦如文王一样，有无私的分享之心，由此就将小吏的偷鱼过错变成了正当的行为。从中可见王安期以德为政的宽容之心。

一个执政者就应该有王安期这种仁德。当处理违法案件时，如果犯罪之人还不至于十恶不赦，就应该宽容对待，这样有利于违法者悔过自新。如果凡事都用严刑峻法，容易造成执法者与民众的对立，甚至引起民怨沸腾。宽容是一种高尚的品质，宽宥一个人有时候将会造福更多的人。

【原文】

王安期作东海郡，吏录[①]一犯夜人来。王问：“何处来？”云：“从师家受书还，不觉日晚。”王曰：“鞭挞甯越[②]以立威名，恐非致理[③]之本！”使吏送令归家。

【注释】

①录：抓捕，捕获。②甯越：战国时周臣，发奋读书，十五岁时学成，最后成为周威王的老师。③致理：实现社会的稳定安宁。理，应当作“治”。

【译文】

王安期在东海郡担任内史的时候，手下的官吏抓捕了一个犯宵禁的人。王安期问那个人说：“你从哪里来？”那人回答说：“从老师家读完书回来，不知不觉天色已黑，错过了时间。”王安期说：“依靠鞭笞甯越这样发奋读书的人来树立威严的名声，恐怕不是社会长治久安的根本措施。”于是，王安期派官吏送那个人回家。

【解读】

犯夜，就是在夜晚禁止出行的时间里活动。它是中国古代传统的一项罪名。古时候，在有官府机构的城市里，一到晚上，都是要实行宵禁的。这为了落实这项治理措施，城市到了晚上就要锁上城门。城门的钥匙，也要交送到地官方的内衙。即使城市里最高级的文官晚上有紧急公务要出城，也必须向驻军长官申领钥匙。与此同时，城内的大街上，每个岔路口，都要拦起栅栏。栅栏上设有木门，木门口都有关卡把守。

一般来说，实行宵禁对于人民生活来说，不会造成多大的妨碍和麻烦。但是对于违反宵禁令的人，轻则抓捕囚禁，重则就地正法，对一部分因事出有因而不都不夜行晚归的人来说，无疑是过于严苛的罪罚。

王安期主张实行仁政德治，并以实际行动贯彻自己的为政理念。他能够突破法律常规，这既是他尊重文化的证明，也是坚持自己理念的体现。而且，他的做法其实更有利于维护社会的长治久安。因为，相比无情的审判，宽容的制度更容易感化人心。

【原文】

成帝[①]在石头[②]，任让[③]在帝前戮侍中钟雅、右卫将军刘超。帝泣曰："还我侍中。"让不奉诏，遂斩超、雅。事平之后，陶公[④]与让有旧[⑤]，欲宥[⑥]之。许柳[⑦]儿思妣者至佳，诸公欲全[⑧]之；若全思妣，则不得不为陶全让。于是欲并宥之。事奏，帝曰："让是杀我侍中者，不可宥！"诸公以少主不可违，并斩二人。

【注释】

①成帝：指晋成帝司马衍。②石头：指石头城，在都城建康的西边，因为地势险要，成为东晋时期的军事重镇。晋成帝七岁的时候，发生了苏峻兵变，司马衍被软禁在石头城。③任让：苏峻叛乱时，担任苏峻的大司马。④陶公：指陶侃。苏俊兵变后，陶侃被推举为诸军统帅，平息叛乱后，因为战功被封为长沙郡公。⑤有旧：有老交情。⑥宥：饶恕，赦免。⑦许柳：祖逖的妻弟，淮南太守。苏峻攻陷建康后，任许柳为丹阳尹。苏峻失败后，许柳被杀。⑧全：保全。

【译文】

苏峻叛乱，晋成帝被软禁在石头城。当着晋成帝的面，任让杀戮了侍中钟雅和右卫将军刘超。晋成帝哭着说："把我的侍中和右卫将军还给我。"对于皇帝的旨意，任让不予理睬，最终还是斩杀了刘超和钟雅。苏峻叛乱平定后，陶公因为和任让有老交情，便想赦免他。许柳的儿子思妣人很好，朝廷的诸位官员都想保全他。但是，如果保全思妣的话，就不能不替陶公保全任让。于是，诸位官员想要将两个人一起赦免。这件事上奏后，晋成帝说："任让是杀害我侍中的人，不能赦免。"诸位官员因为年轻皇帝的旨意不可违背，结果还是将两个人一起斩首。

【解读】

苏峻叛乱时，晋成帝司马衍才七岁。他被苏峻安置在南京郊外的石头城时，侍中钟雅和右卫将军刘超想要将他救出。钟雅和刘超欲救司马炎的消息外漏，未等到他们出手，苏峻的大司马任让就入宫杀死了他们。没过多久，陶侃等人起兵讨伐苏峻，苏峻战败被杀，苏峻之乱也被平定。

司马炎虽然是皇帝，但他只有七岁，是没有什么说话权利的。即便如此，他仍以孩子的坦率直接坚持自己的判断。他坚持的理由很单纯，然而却力量十足。为何这么说呢？因为，在门阀制度之下，东晋的皇帝本身是没有多大权力的。面对豪强世族，当时的皇帝处理一件事情要考虑各方面因素，是不能随心所欲地按照制度来施行某项决策的。如果换做是一个成年的皇帝，他可能未必有司马衍的胆量，直接说出自己的意见。所以说，司马衍年幼的坦率和直接，其实是一种勇敢无畏的纯真力量。一个孩子会铭记在危难时刻保护自己性命的人，这本属理所当然。而一个皇帝会为自己的忠臣辩护，乃至为他报仇，也是情理之中的事情。司马衍的理由很简单，没有任何私心，然而他的角度却是最公正的也是最自然的。所以，即使他年少无权，居然也有了威慑他人，让众臣臣服的力量。

【原文】

王丞相①拜扬州②，宾客数百人并加沾接③，人人有说④色。唯有临海⑤一客姓任及数胡人⑥为未洽⑦。公因便还到过任边，云："君出，临海便无复人。"任大喜说。因过胡人前，弹指⑧云："兰阇⑨！兰阇！"群胡同笑，四坐并欢。

【注释】

①王丞相：指王导。东晋建立后，王导相继担任右将军、扬州刺史等职。②拜扬州：担任扬州刺史。③沾接：热情而又周到地款待。④说：通"悦"，喜悦。⑤临海：郡名，在今浙江临海东南。⑥胡人：外国人，这里指胡僧。⑦洽：因为受到款待而与他人显得融洽。⑧弹指：搓指，古印度的一种风俗，用以表示欢喜、赞叹等含义。⑨兰阇（shé）：梵语译音，这里是对胡人的称赞。

【译文】

王导担任扬州刺史的时候，对于前来的宾客招待得极为周到。在场的客人，没有一个不感到高兴的。只有临海的一位姓任的客人，还有几个胡僧与周围的人好像不太融洽。王导于是便走到任姓的客人身边，说："您一出来，临海便没有人了。"任姓的客人听后，顿时倍感亲切欢喜。王导接着走到那几个胡僧跟前，弹着手指说："兰阇，兰阇！"几个胡僧听后，也一起欢笑起来。就这样，满堂皆欢。

【解读】

王导根据个人的特点，以有效的手段调和气氛，让那些不合群的宾客不再有被疏远冷落的感觉。这说明他善于应酬交际，能够随机应变。王导的这一能力，也反映在他执政期间。西晋灭亡以后，晋朝王室渡过长江，在南京重新建立政权。北方人到南方执政，必须与当地人打交道。因此，王导有时候也讲南方话，消减北方人和南方人的隔阂。而他的这一做法，取得了明显的成效。

人际交往中，有时候，我们须谨慎对待不同的人。这并非是为了讨得他人的欢喜，而是为了让自己的交际关系不至于陷入尴尬或者危险的境地。面对陌生人，说一些他愿意听的话，听得懂话，拉近彼此的距离，这样才能够使交流继续，关系也能够建立起来。

【原文】

陆太尉①诣②王丞相③咨事，过后辄④翻异⑤，王公怪其如此。后以问陆，陆曰："公长民短⑥，临时不知所言，既后觉其不可耳。"

【注释】

①陆太尉：指陆玩，字士瑶，曾经担任尚书令、司空，因为平定苏峻叛乱有功，死后被追赠为太尉。②诣：拜访，造访。③王丞相：指王导。④辄：总是，就。⑤翻异：更改原先说过的话，前后意见不一致。⑥公长民短：公位尊而民位卑。公，对王导的尊称。民，自称。王导当时担任扬州刺史，陆玩是扬州吴郡人，所以说自己是王导的治下之民。

【译文】

陆太尉到王丞相那里请教一些事情。每次离开之后，陆太尉总是改变自己原先的说法。对于他的这种做法，王丞相感到十分奇怪。后来，王丞相问陆太尉其中的缘由。陆太尉回答说："您的地位远在我之上，一时之间，我不知道该说什么。可是事后我却发觉，之前的决定有不稳妥的地方。"

【解读】

面对权势和高位，人往往由于感官上的惧怕而委曲求全。陆太尉不能免俗，说明他在王导面前自信不足，也可以说他对权势有着一种莫名的崇拜。然而，值得庆幸的是，陆太尉对这种崇拜是警醒而防范的。他过后向王导重新表明自己的意见，说明了他在冷静之后有了新的思考，而他对之前在权势面前战战兢兢的自己是否定的。

虽说陆太尉前后不一，变来变去，但他还是一个具有自我坚持的人。孟子曰："大人者，言不必信，行不必果，惟义所在。"意思是说通达的人，说话不一定句句守信，做事也不一定非要有结果，只要合乎道义就行。陆太尉前后说法不一，虽说不是为了追求真理，但也是为了维护自己认为的道义。这种不顾毁坏自我形象而做出的坚持，是十分难得的。此外，这也表明陆太尉不拘小节，而他的大胆直白又是他坦率的证明。

【原文】

丞相尝夏月至石头看庾公[①]，庾公正料事。丞相云："暑，可小简[②]之。"庾公曰："公之遗事[③]，天下亦未以为允。"

【注释】

①庾公：指庾冰。他在王导之后担任丞相。②小简：稍微简单处理。③遗事：弃置不顾世事。

【译文】

王丞相曾经在夏季到石头城看望庾公。那时候，庾公正在处理政务。王丞相说："天气炎热，可以稍微简单处理事务。"庾公说："王公您不管事，天下人并不认为是很恰当的。"

【解读】

晋朝王室东渡以后，北方世族集团与南方地主豪强的矛盾日益激化。为了缓解这种局势，巩固东晋政权，王丞相对南方的地主豪强采取宽松怀柔的治理方针，而这一方针也取得了明显的成效。然而，苏峻叛乱时，王导并没有做出功绩，他在朝中的影响也变小了。辞去丞相职位后，他更清闲无事了。而接任丞相之位的庾公为了树立自己的威信，自然会努力做事，想要做出一番成绩来。

这段话就是发生在庾公接任王丞相的职位之后。从这段话可见，王导的心态发生了改变，行事作风也与以往有所不同。这无可厚非，毕竟，一个聪明人知道进退有时，个人仕途也自会有兴盛和衰弱期。因此，他会在不同的时期采取不同的处世态度。不在其位不谋其职，这本身就是一种安全的也是正确的做官之道。

【原文】

丞相末年，略不[①]复省事[②]，正[③]封箓[④]诺[⑤]之。自叹曰："人言我愦愦[⑥]，后人当思此愦愦。"

【注释】

①略不：一概不，完全不。②省事：看公文，处理政事。③正：只是，仅仅。④封箓：签署文书。⑤诺：答应，表示同意。⑥愦（kuì）愦：糊涂。

【译文】

王丞相晚年的时候，完全不再详细过问政务，只是签署文书，表示同意。他自己叹息道："人人都说我老糊涂，后人一定会怀念我这种糊涂。"

【解读】

王丞相执政的风格是抓住关键，万事从宽从简，贯彻到底。到了晚年，他更是将这种风格发挥到极致。王导这样做当然是有用心的。东晋王朝存续期间，始终存在着世族豪强间的斗争与内乱。作为当时从政的一把手，政事处理上稍有不慎，就有可能落人口实，引发冲突。王丞相的这种执政方式，可以使他避免陷入不必要的纷争，又可以让一切事物以最简单方式展开。由此可见，王丞相的糊涂并非真糊涂，而是一种不得已的施政手段。

【原文】

陶公性检厉[①]，勤于事。作荆州[②]时，敕[③]船官悉录[④]锯木屑，不限多少。咸[⑤]不解此意[⑥]。后正会[⑦]，值[⑧]积雪始晴，听事[⑨]前除[⑩]雪后犹湿，于是悉用木屑覆之，都无所妨。官用竹，皆令录厚头，积之如山。后桓宣武伐蜀[⑪]，装船，悉以作钉。又云，尝发[⑫]所在竹篙，有一官长连根取之，仍当足。乃超两阶[⑬]用之。

【注释】

①检厉：行事认真，极为节俭。②作荆州：担任荆州刺史。③敕：命令。④录：收集。⑤咸：全，都。⑥意：原因，缘由。⑦正会：又称元会，古时候正月初一，官员都要集中一次开会。⑧值：遇到，碰上。⑨听事：厅堂。⑩除：台阶。⑪桓宣武伐蜀：晋惠帝太安元年，李特发动兵变，占据蜀地，建号成汉。晋穆帝永和初，恒温率领晋军讨伐，李势归降。⑫发：征集，征调。⑬阶：官位，官阶。

【译文】

陶公生性办事认真，极为节俭，并且勤于政事。陶公担任荆州刺史的时候，命令造船官将锯下来的木屑都收集起来。大家都不明白他这样做到底是为了什么。后来，正月初一朝会的时候，正赶上雪后初晴，厅堂前的台阶上十分潮湿，不方便通行。于是，陶公下令将之前收集的木屑覆盖到台阶上。这样行走起来一点儿担忧也没有了。官府里所用的竹子，陶公又下令将粗厚的竹头收集起来。收集的竹头很多，堆积起来，简直就像一座小山。后来，桓玄武出兵讨伐蜀地，造船的时候，正好利用这些竹头做钉子使用。又有人说，陶公曾经征调所在地的竹篙，有个官吏连竹根一起使用，以竹根当作竹篙的铁足。因为这件事，陶公立刻提拔那位官吏，接连升了两级官阶。

【解读】

从陶公的故事可以看出他具有节俭的生活作风，且又具有使“物尽其用”的智慧。汉语中有个成语叫“竹头木屑”，多用来比喻可以利用的废物，也用来指一些可用来应急的东西。这个成语就是从这个典故来的。

其实，古人的节约很大程度上是因为那时候的生产力不够发达，物质基础十分有限。他们的节约可以说是迫不得已，但是也并非每个执政者都能有陶公这种节约精神和智慧。陶公看起来做了很多无用功，而且表现得吝啬，其实他是处处精打细算，时时想着为国家节约财力、物力。换句话说，他是一个懂得为国家、百姓着想的官员。这样的官员，必定是受百姓爱戴的。

每个人都应该学习陶侃这种节俭之道。从长远的角度来说，地球只有一个，人类可利用的资源的数量是有限的。浪费资源，过度消耗，就等于摧残地球。倡导古人的节俭之风，势在必行。

【原文】

何骠骑[①]作会稽，虞存[②]弟謇[③]作郡主簿，以[④]何见客[⑤]劳损[⑥]，欲白[⑦]断常客[⑧]，使家人节量[⑨]择可通者。作白事[⑩]成，以见存。存时为何上佐。正与謇共食，语云：“白事甚好，待我食毕作教。”食竟，取笔题白事后云：“若得门庭长如郭林宗者，当如所白。汝何处得此人？”謇于是止。

【注释】

①何骠骑：指何充，字次道，庐江人，曾经担任会稽内史、骠骑将军等官职。②虞存：字道长，会稽山阴人，曾经担任卫军长史、尚书吏部郎等官职。③謇：指虞謇，字道真，会稽山阴人，曾经担任郡功曹。④以：因为。⑤见客：招待客人，会见客人。⑥劳损：过度疲劳，损害身体。⑦白：报告，常用于下对上、卑对尊。⑧常客：一般的客人。⑨节量：控制数量。⑩白事：指报告等建议类的文书。⑪上佐：高级幕僚。⑫作教：指示，批复。⑬门庭长：指门亭长。魏晋时期，郡

县一般都设立门亭长，负责传达文书等事务。⑭郭林宗：字林宗，东汉人，博古通今，善于发现和培养人才，在当时颇有名气。

【译文】

何充在会稽担任太守的时候，虞存的弟弟虞謇担任会稽郡的主簿。由于何充平常接见的客人太多，所以过度劳累，损害了身体。虞謇想要阻止那些一般的客人，并让看门人严格控制人数，有选择地进行通报。当时，虞存担任何冲的高级幕属。虞謇写好建议书后，就拿给虞存去看。和虞謇一起吃饭的时候，虞存对他说："你的建议很好，等我吃完饭，再给你做出批示。"吃完饭后，虞存拿起笔，在建议书后面写道："如果能找到郭林宗那样的门亭长，就按照你的意思去办。可是，你又从什么地方能找到这样的人呢？"虞謇最后只好作罢。

【解读】

魏晋时期的官僚都比较好客，何充作为太守，自然也不能免俗。通过这种方式，一方面可以结交有识之士，另一方面也可借机拉拢人才，为自己造势。可以说，何充的这种做法虽然有提高自己声望的私心在内，但也表明他具有不分尊卑、礼贤下士的精神。

虞謇应该也知道何充的心意，但他作为一个下属，眼光毕竟不如上级长远，甚至不如职位高他一级的虞存长远。他只看到了何充接见宾客的负面作用，而虞存却看到了何充不这么做的负面后果。虞存的回话中提到的郭林宗是东汉名士。郭林宗以德性高、善于发现并培养人才著称。虞存指出，当找不到像郭林宗那样的伯乐时，何充就必须广泛接见宾客，以此选拔人才。

从虞存和虞謇在同一事情上的不同表现可以发现，有时候一个人的见识和他的职位确实是对称的。处在一个什么职位，就会有什么样的见识。

【原文】

王、刘①与林公②共看何骠骑③，骠骑看文书，不顾之。王谓何曰："我今故与林公来相看，望卿摆拨④常务，应对玄言，那得方低头看此邪？"何对曰："我不看此，卿等何以得存？"诸人以为佳。

【注释】

①王、刘：指王濛和刘惔。②林公：指林支遁。③何骠骑：指何充。④摆拨：放下，摆脱。

【译文】

王濛、刘惔和林支遁一起看望何骠骑。然而，何骠骑只顾着看文书，根本没有理会他们。于是，王濛对何骠骑说："我们今天和林公专门来看望你，希望你能放下日常的事务，与我们一起畅谈玄理，你怎么总是低着头看这些东西呢？"何骠骑回答说："如果我不看这些文书，你们哪里还能活命呢？"众人听后都认为他说得好。

【解读】

魏晋时期的名士，皆以见识高明、勇于探求生命的意义为首要，而把处理具体的日常事务看作是次要的，甚至是低下的。何骠骑不是清谈名士，而是一个具有为国家效命的情怀的官员，他自然没有王濛等人的闲情雅致。所以，他会被王濛讥笑。但是何骠骑也不笨，他的回答指出：一个国家能有一部分人无所事事地高谈阔论，必定建立在另外一部分人辛勤劳作的基础之上。如此一来就打击了王濛等人自以为是的文人傲慢。

何骠骑所说的话是对的，一个国家需要有发扬文化的文才学士，也需要有做实际事情的踏实官员。否则，整个国家是不会长久维系的。纵观历史，两晋时期的政局动荡混乱，与那时候人们崇尚清谈、不务实业有很大关联。

【原文】

桓公[①]在荆州，全[②]欲以德被[③]江、汉[④]，耻以威刑[⑤]肃物[⑥]。令史[⑦]受杖，正[⑧]从朱衣[⑨]上过。桓式年少，从外来，云："向[⑩]从阁下[⑪]过，见令史受杖，上捎云根，下拂地足[⑫]。"意讥不著。桓公云："我犹患其重。"

【注释】

①桓公：指桓温。②全：极其。③被：覆盖。④江、汉：指长江和汉江相互连接的地区，即荆州地区。⑤威刑：严刑峻法。⑥肃物：震慑百姓。⑦令史：晋朝时期，在中央或者地方主管文书的低级官吏。⑧正：只，仅仅。⑨朱衣：官服。⑩向：刚才，刚刚。⑪阁下：指在官署前。⑫上捎云根，下拂地足：杖举得高入云霄，可打下来只是拂过地面。这里指实行杖刑的时候，杖并不接触人身。

【译文】

桓公在荆州担任刺史的时候，一心一意想要使用仁德教化江汉地区的百姓，而不愿意用严刑峻法威慑民众。令史接受杖刑的时候，刑杖只是从红色的官服上轻轻带过。桓式年纪轻轻，从外面走进来，说："刚才我从官署前面经过，看见令史接受杖刑，举起的刑杖，上面掠过云边，下面触及地足。"意思是讽刺没有打在身上。桓公说："即便这样，我仍旧担忧惩罚有些严重。"

【解读】

德治与法治，是治理国家两种不可或缺的手段。法家注重政令法治，而儒家倾向德治教化。

孟子曰："仁言不如仁声之入人深也，善政不如善教之得民也。善政民畏之；善教民爱之。善政得民财，善教得民心。"仁德的言辞不如仁德的声望那样深入人心，好的政令不如好的教化那样赢得民众。好的政令百姓畏服；好的教化百姓喜爱。好的政令聚敛百姓的财富，好的教化赢得民心的拥护。

由此可见，政令法治治人，德治教化治心。治人人畏，治心心服。所以，在桓温的眼里看来，德治教化才是最重要的，依法惩戒，是不得已才为之。

不过，如果一个官员过于仁慈，使得刑罚只是停留在表面上，那刑罚就失去了意义。这样，就会导致一些人无视律法的存在，屡教不改。长此以往，后果不堪设想。所以，德治与法治，是相辅相成，相互作用的。执政者过于注重哪一种手段，都是有失偏颇的。

【原文】

简文[①]为相，事动[②]经年[③]，然后得过。桓公[④]甚患其迟，常加劝勉。太宗[⑤]曰："一日万机，那得速！"

【注释】

①简文：指简文帝司马昱。②动：动不动就。③经年：经过一年。④桓公：指桓温。⑤太宗：指简文帝的庙号。

【译文】

晋简文帝做丞相的时候，手头的事务动不动经过一年才能得到处理。桓公对他迟缓的办事效率十分担忧，经常在一旁督促。简文帝则说："每天处理的事情那么多，怎么能快呢！"

【解读】

每个人的时间观念不同，因而对于处理事务的进度也持有不同的判断。在简文帝看来，自己处理事务非常谨慎；而在桓公看来，却是废弛公务。

一般而言，时间观念的不同，取决了自身的成长经历和生活环境。年事已高的桓温，身为大将军，可谓身经百战，更加清楚时间和机会的重要性。而简文帝身处深宫，没有经历多少跌宕起伏的波折，加之年纪尚轻，经历世事少，自然不会感到时光的流逝。

人，非得要亲身经历过一些事情，才能有切身的体会和感受，也才能意识到曾经的拥有是多么可贵与难得。所以，珍惜当下的每一刻，它们必将成为你日后生活中的闪亮财富。

【原文】

山遐去①东阳②，王长史③就简文索东阳④云："承藉⑤猛政⑥，故可以和静致治⑦。"

【注释】

①去：离开。②东阳：郡名，在今浙江金华。③王长史：指王濛，曾经担任过司徒左长史。④索东阳：求取东阳的太守之职。⑤承藉：承接。⑥猛政：严苛的统治。⑦和静致治：使用平静温和的措施以使社会安定。

【译文】

山遐离任东阳太守之职，王长史向简文帝提出要求，希望他能去接任东阳太守。他对简文帝说："承接的是一个严厉苛刻的统治，所以只要采取温和平静的政策，就能使那里的社会安定下来。"

【解读】

山遐施政，向来以严厉著称。东晋王朝刚建立的时候，山遐在余姚县当县令。那时候，晋室初到南京，法纪宽弛。余姚县有很多豪强世族，私自窝藏人口，并为自己所用。山遐利用严刑峻法，处决了会稽虞家等大族。因为这件事，山遐被丞相王导免去了官职。后来，王导死后，山遐被重新启用，出任东阳太守。但是，他为政严猛，作风依旧。晋康帝司马岳也对他的做法提出了异议："东阳顷来竟囚，每多入重。岂郡多罪人，将捶楚所求，莫能自固邪！"意思是说东阳郡近日不断抓捕囚犯，人数越来越多。你们那里哪里有这么多罪人，想来是刑讯逼供的产物，搞得人人都不能自保。

对于山遐的施政作风，王濛也是极为反对的。然而，王长史并没有树立起真正的"以人为本"理念，不过是经验法则——因为那里施暴，所以只要缓和对待民众，就能治理好社会，充其量只是一种施政技巧而已。

【原文】

殷浩①始作扬州②，刘尹③行，日小④欲晚，便使左右取襆⑤。人问其故，答曰："刺史严，不敢夜行。"

【注释】

①殷浩：字渊源，曾经担任建武将军、扬州刺史，与桓温齐名。②作扬州：担任扬州刺史。③刘尹：指刘惔，曾经担任丹阳尹。④小：稍微。⑤襆：指行李包袱。

【译文】

殷浩刚刚担任扬州刺史的时候，刘惔每次外出，西边的日头刚刚偏西，他就命令左右的侍从，取出行李包袱，准备歇宿。别人问他有什么原因，他说："新上任的刺史执法严峻，我不敢在晚上赶路。"

【解读】

古时候，道路的两旁是没有路灯的，半夜里出来走动的人，通常都是作奸犯科之辈。因此，一到晚上，平民百姓是不允许外出的。这就是"宵禁"。

当时的官员对待"宵禁"这一罪行有不同的看法。殷浩出任扬州刺史，一上任就励精图治，严格执行宵禁。刘惔见识高明，行政宽纵，"居官无官官之事，处事无事事之心"，着眼于维持大局的稳定，所以他对殷浩的严苛不以为然。他与殷浩同为清谈之士，本来就因为争清谈水平的高低而有间隙，这次他就借用回答讽刺了殷浩的严苛。

【原文】

谢公[①]时，兵厮[②]逋亡[③]，多近窜南塘[④]下诸舫[⑤]中。或[⑥]欲求一时搜索，谢公不许，云："若不容置此辈，何以为京都？"

【注释】

①谢公：指谢安。②兵厮：指士兵和奴仆。③逋亡：逃亡，逃窜。④南塘：地名，在东晋都城建康秦淮河南岸。⑤舫：有仓房的船舶。⑥或：有人。

【译文】

谢公当政的时候，经常有士兵和奴仆逃跑后隐藏在南塘一带的船舶中。有人想要发起全面的搜捕行动，谢安不同意这样做。他说："如果连这些人都没有办法包容，怎么能称得上京都呢？"

【解读】

古时候，京都是天子所居之地，聚集众人之所。京，大也。因此，"京都"之所以为京都，就在于它能容纳各色人等。因此，谢安说："若不容置此辈，何以为京都？"

其实，京都地区的士兵和奴仆逃跑，并不是没有原因的。当时，豪强世族为了充实自己的势力，暗地里收容窝藏私兵、佃户等流民。谢安当政的时候，这一问题依旧存在，而且十分严重。谢安虽然主张在江浙地区清查人口，但并不支持在京都也这样做。这是因为京都地位敏感，豪强世族势力蔓延，一旦开始严格治理流民问题，一定会触动各方利益，最终引起社会混乱。

【原文】

王大[①]为吏部郎，尝作选草[②]，临当[③]奏，王僧弥[④]来，聊[⑤]出示之。僧弥得，便以己意改易所选者近半，王大甚以为佳，更写[⑥]即奏。

【注释】

①王大：指王忱，小字佛大，人称王大。②选草：草拟选用官员的名单。草，草稿。③当：将要。④王僧弥：指王珉，字季琰，小字僧弥，王导的孙子。⑤聊：姑且。⑥更写：重新抄写。

【译文】

王忱担任吏部郎的时候，曾经草拟过一份选用官员的名单。快要上奏的时候，王珉来了。于是，王忱便将这份名单拿给他看。王珉拿到手，就按照他自己的意思，更换了将近一半的人选。王忱认为改得很好，便重新抄写了一份即刻上奏。

【解读】

王忱选用官员，名单已经列好，王珉随手一改却能让这份名单原本的一半人员得不到任用。王珉越俎代庖，王忱听之任之。这件事，且不论是王珉有识人之才还是王忱与王珉在看人时不谋而合，从中倒是可以看出当时朝政混乱，已经到了选拔制度作废的地步。

【原文】

王东亭[①]与张冠军[②]善。王既作吴郡，人问小令[③]曰："东亭作郡，风政[④]何似？"答曰："不知治化[⑤]何如[⑥]，唯与张祖希情好日隆耳。"

【注释】

①王东亭：指王珣，字元琳，小字法护，王导的孙子，与弟弟王珉齐名。②张冠军：指张玄之，字祖希，曾经担任过冠军将军。③小令：指王珣的弟弟王珉，曾经担任中书令。王献之曾为

中书令，后来王珉代之，后人称他们是大小王令。④风政：教化，政绩。⑤治化：治理教化。⑥何如：怎么样。

【译文】

王东亭与张冠军交情很深。王东亭担任吴郡的太守以后，有人问他的弟弟王珉说："你哥哥在吴郡主事之后，那里的教化风气怎么样？"王珉回答说："我也不知道他把那里治理得怎么样，只知道他与张冠军的交情越来越深了。"

【解读】

物以类聚，人以群分。一个人的为人处世如何，只需要看看他所交往的朋友就知道了。反过来，一个人的处世风格，也受到所交往的朋友影响。王珉的回答避实就虚，虽然没有直接给出答复，却已经给出了答案。

张玄之年少的时候，才华就已经享誉于世，并且德行厚重，与东晋名士谢玄合称为"南北二玄"。王珉说王东亭与张玄之交情越来越深，意在借张玄之的名气说明王东亭的为人和政绩也应该不错。

【原文】

殷仲堪当①之②荆州，王东亭问曰："德以居全为称，仁以不害物为名。方今宰牧③华夏，处杀戮之职，与本操将不④乖⑤乎？"殷答曰："皋陶造刑辟⑥之制，不为不贤；孔丘居司寇⑦之任，未为不仁。"

【注释】

①当：将要，快要。②之：去，到。这里指新官上任。③宰牧：治理，统治。④将不：也许。⑤乖：违背。⑥刑辟：刑法，刑律。⑦司寇：春秋时期掌管刑狱的官员。

【译文】

殷仲堪将要去荆州担任刺史，王东亭问他说："能够保全大局称之为德，不以伤害人物称之为仁。现在您手中握有治理华夏的权力，身处杀戮的职位，这难道不与您仁德的操守相悖吗？"殷仲堪回答说："皋陶制定刑律，没有人说他不贤德；孔子担任司寇之职，也没听说过他不仁啊！"

【解读】

皋陶虽然首创刑律，但他主张实行德政，以"法治"辅助"德治"，认为君主群臣应该注重自身的品德修养，由上而下，推己及人。他执法公允，对于过失犯罪的人，尽量宽恕；对于故意犯罪和屡教不改的人，从严惩戒。在某些疑团重重的案件上，他经常是从轻处罚，决不伤害无辜。皋陶的种种做法，真正是大德大仁之举。

皋陶的这些政令思想和做法，为后世的孔子所继承并发扬光大。孔子是个具有仁德的人，这是众所周知的。他担任了掌管刑事案件的司寇，也不会妨碍他具有仁义之心。

殷仲堪没有直接回答王东亭，却以皋陶和孔子做官的事例表明：一个人为人处世的风格，与他所拥有的权力和地位无关，而是由他的本性决定的。

文学第四

【原文】

郑玄[1]在马融[2]门下，三年不得相见，高足弟子[3]传授而已。尝算浑天[4]不合，诸弟子莫能解；或[5]言玄能者，融召令算，一转便决，众咸[6]骇服[7]。及[8]玄业成辞归，既而融有"礼乐皆东[9]"之叹，恐玄擅名[10]而心忌焉。玄亦疑有追，乃坐桥下，在水上据屐[11]。融果转式[12]逐之，告左右曰："玄在土下水上而据木，此必死矣。"遂罢追。玄竟以得免。

【注释】

①郑玄：字康成，今山东高密人，东汉经学家，曾经师从马融。②马融：字季长，东汉经学大师，教授过很多学生。③高足弟子：优秀的学生，才能出众的学生。④算浑天：测算星相的位置。浑天，古时候的人们认为，天的形状是圆的，一半在地上，一半在地下，而南北两极固定在两端。⑤或：有人。⑥咸：都。⑦骇服：惊异佩服。⑧及：等到。⑨礼乐皆东：指儒家经典的学问，都被郑玄带到东方去了。⑩擅名：独享盛名。⑪ 屐：木鞋。⑫ 转式：古代占卜的一种方法，通过转动栻盘进行推算。式，通"栻"，占卜用的盘。

【译文】

郑玄在马融的门下求学。三年的时间过去了，他没有见过一次老师，只是由马融门下才学出众的弟子负责教授。有一次，马融测算天体的位置，始终算不出来。他门下的弟子也没有办法解决。这时候，有人说郑玄可以算出来，于是马融就把郑玄召来测算。郑玄转动仪器后，很快就解决了问题。大家看到后，既惊讶又佩服。等到郑玄学成准备回家的时候，马融叹息地说："儒家的礼乐，都要到东边去了。"由于害怕郑玄独自享有盛名，马融的嫉妒心日渐强烈。郑玄在回家的路上，也怀疑马融会派人来追赶他，就座在一座桥下，手里抓着木屐，让其漂浮在水面上。马融果然旋转栻盘追踪郑玄的所在。测算完后，他对左右的人说："郑玄在土下水上，而且还依托着木，这样看来，他一定非死不可。"于是，马融停止追逐郑玄。郑玄因此得以逃脱。

【解读】

通过这个故事可以看出：尽管知识分子以追求真理，获取知识为荣，但往往也被真理和知识所累。当手中的真理和知识掌握到一定程度后，便成为他们的一种权力象征。权力欲望大的人，他们往往见不得别人比自己强。这时候，便出现了老师嫉妒学生这种奇怪的现象。于是，真理和知识也变成了一种迫害他人的工具。为师者，传到授业解惑，不该有马融这种执着权力的心态。

【原文】

郑玄欲注《春秋传》[1]，尚未成，时行与服子慎[2]遇，宿客舍。先未相识，服在外车上与人说已注《传》意，玄听之良久，多与己同。玄就车与语曰："吾久欲注，尚未了。听君向[3]言，多与吾同，今当尽以所注与[4]君。"遂为《服氏注》[5]。

【注释】

①《春秋传》：春秋，指《春秋经》，鲁国的编年史，为孔子所编。传，解释经义的文字。《春秋传》即指《春秋左氏传》，相传是鲁国左丘明所作。②服子慎：指服虔，字子慎，著有《春秋左氏传训解》。

③向：刚才。④与：给，交给。⑤《服氏注》：指《春秋左氏传训解》。

【译文】

郑玄想为《春秋左氏传》作注解，但一直没有完成。有一次出门，郑玄遇到了服子慎。两个人一起住在一家客店。刚开始的时候，两个人并不认识。服子慎在客店外面的车上与人交谈，说自己有注解《春秋左氏传》的想法。郑玄听了好长时间，发现有很多想法与自己不谋而合。于是，郑玄走到马车跟前，对服子慎说："我好久以前就想注解这部书，只是还没有完成。刚才我听到你说的话，很多地方与我相同，现在我把自己注解好的部分全都送给你。"于是，后来就有了《春秋左传服氏注》。

【解读】

作为经学大师，郑玄几乎对儒家的所有经典都做过注。《后汉书》中说："郑玄囊括大典，网罗众说，删裁繁芜，刊改漏失，择善而从，自是学者略知所归。"孔子说："君子成人之美。"君子要想方设法地帮助他人，促使他们实现自己的美好愿望。郑玄路遇服子慎，无意中听说对方要注解《春秋左氏传》，便主动将自己尚未完成的作品交给对方。郑玄以学术为公器，诚恳无私的做法，境界高远，具有成人之美的君子风范。

【原文】

郑玄家奴婢[①]皆读书。尝使一婢，不称旨[②]，将挞[③]之，方自[④]陈说[⑤]，玄怒，使人曳著泥中。须臾，复有一婢来，问曰："胡为乎泥中[⑥]？"答曰："薄言往愬，逢彼之怒[⑦]。"

【注释】

①奴婢：指丧失自由而被他人所驱使的人。一般来说，男性称为奴，女性称为婢。②旨：心意。③挞：鞭打。④方自：还要，仍然。⑤陈说：为自己辩白，声明理由。⑥胡为乎泥中：怎么会在泥中。胡，为什么，怎么会。语出《诗经·邶风·式微》。⑦薄言往愬（sù），逢彼之怒：上前申诉的时候，正赶上他在气头上。薄，靠近，靠拢。愬，通"诉"，申诉，表白。语出《诗经·邶风·柏舟》。

【译文】

郑玄家里的奴婢都读过书。有一次，郑玄让一个奴婢做事，结果做得不合心意，准备用鞭挞的方式惩罚她。可是，那个婢女还是不断为自己辩解。郑玄很生气，让人将这个奴婢拖到泥地里。过了一会儿，另外一个婢女走了过来，见此情景，问道："你为什么站在泥地里？"对方回答说："着急地向他申诉，却赶上他正在气头上。"

【解读】

孔子说："诗可以群，可以怨"，两名婢女引用《诗经》的做法，恰如其分地说明了这一点。她们通过文学这种方式，将不幸的遭遇演化成一场风雅的对话。其间流露出的性情气质，也令人读来倍感亲切。可见，不管是说话还是写文章，一定要贴切、自然，毫不做作。当然，这个故事也从侧面反映出，郑玄的家学十分渊博，连家里的奴婢都懂得引用诗文。

【原文】

服虔[①]既善《春秋》，将为注，欲参考同异[②]。闻崔烈[③]集门生[④]讲传，遂匿姓名，为烈门人赁[⑤]作食。每当至讲时，辄窃听户壁间。既知不能逾己，稍[⑥]共[⑦]诸生叙其短长。烈闻，不测何人。然素闻虔名，意疑之。明蚤[⑧]往，及未寤[⑨]，便呼："子慎！子慎！"虔不觉惊应，遂相与友善。

【注释】

①服虔：字子慎，东汉河南荥阳人，经学家，曾经担任尚书郎、高平令等官职。②同异：相

同和差异，这里特指差异。③崔烈：字威考，东汉高阳安平人，曾经担任司徒、太尉等官职。④门生：弟子。⑤赁：受雇用。⑥稍：慢慢地，渐渐地。⑦共：同，与。⑧明蚤：第二天早上。蚤，通“早”。⑨寤：睡醒。

【译文】

服虔擅长《春秋》，准备为它做注解，只是还需要参考一些不同的意见。听说崔烈召集门下的弟子讲经论学，于是他隐姓埋名，受雇于崔烈的弟子，去给他们做饭。每当崔烈开讲的时候，服虔就在墙壁外偷听。后来，服虔知道崔烈的见解，没有办法超越自己，服虔就和众弟子们评论短长。崔烈听说了，猜不出是什么人。然而，在很早之前，崔烈就听说过服虔的名字，便怀疑是他。第二天早晨，崔烈趁着服虔还没有睡醒，就叫道：“子慎，子慎！”服虔惊醒，不自觉地答应了一声。于是，这两个人成为好朋友。

【解读】

古时候，书籍和参考资料是相当少的。对于服虔来说，注解《春秋左传》，仅有郑玄贡献出来的那部分是远远不够的。为了获取更多有益的信息，服虔到处求学，甚至不惜假扮厨师，潜入崔烈的门下。古人这种不达目的誓不罢休的求学精神，与今人相比显得异常可贵。

【原文】

钟会[①]撰《四本论》[②]始毕，甚欲使嵇公[③]一见。置怀中，既定[④]，畏其难[⑤]，怀不敢出[⑥]，于户外遥掷，便回急走。

【注释】

①钟会：字士季，三国时期曹魏人，太傅钟繇之幼子，钟毓之弟，曾经担任司徒等官职。②《四本论》：论及才与性关系的文章。才，指治理国家的能力才干。性，指个人的内在道德品质。才与性的关系，是魏晋时期名士清谈的主要内容之一。③嵇公：指嵇康。④既定：到了那里。定，表示动作完成。⑤难：辩难，诘难。⑥出：拿出来，示人。

【译文】

钟会编撰《四本论》，刚刚结束，就准备找嵇康看一看。他把书稿放在怀里，快到嵇康家门口的时候，却不敢把书稿拿出来，害怕受到嵇康的诘难。最后，他站在门外，远远地将书稿扔进去，便立刻转身往回跑。

【解读】

嵇康学识渊博，关于这一点，钟会敬佩有加。但是，面对比自己优秀的人，钟会却望而却步，不敢请教，真不知道他究竟看重的是学识，还是他自身虚名?

孔夫子曾经说过，求学者一定要不耻下问。求学的人以追求真理和知识为根本宗旨，只要真理和知识掌握在那个人手里，即便他比自己的地位低下，也应该向他请教，并且不会为此感到羞耻。

古往今来，君王或者圣人不耻下问的精神都为世人所称道。但是实际上，比不耻下问更难的却是“不敢上问”。一般而言，遇到比自己优秀或者地位高的人，人们往往由于不自信或者内心胆怯，而不敢前去发问请教。钟会见嵇康，急忙回走，就是这样一种情况。

其实，如果我们想要有更好的发展，希冀获得更大的突破，更需要“不耻上问”的精神。做到不耻上问并不难，只要端正态度，明白我们所追求的是知识，而不是虚荣心即可。不畏权威，敢于发问，才是真正自信的流露。

“鸟随鸾凤飞腾远，人伴贤良品自高。”不耻下问的同时，还能做到不耻上问，如此一来，任何人都会取得意想不到的提升。

【原文】

何宴[1]为吏部尚书，有位望[2]，时谈客[3]盈坐。王弼[4]未弱冠[5]，往见之。宴闻弼名，因条[6]向者[7]胜理[8]语弼曰："此理仆[9]以为极，可得复难[10]不？"弼便作难，一坐人便以为屈[11]。于是弼自为客主[12]数番，皆一坐所不及。

【注释】

①何宴：字平叔，三国时期魏国人，与夏侯玄、王弼等人倡导玄学，崇尚清谈。②有位望：地位尊贵，声名在外。③谈客：清谈的宾客。④王弼：字辅嗣，三国时期曹魏人，经学家，魏晋玄学的主要代表人物之一。王弼少年有文名，曾为《道德经》与《易经》撰写注解。⑤未弱冠：还不到二十岁，没有行加冠礼。⑥条：整理脉络，分别陈述。⑦向者：刚才。⑧胜理：奥妙完美的玄理。⑨仆：我。⑩难：驳斥，辩驳。⑪屈：理屈词穷。⑫自为客主：自己提出问题，自己回答。客主，辩驳的时候，有客方和主方。主方陈述自己的观点，客方提出质问，进行辩驳。

【译文】

何晏担任吏部尚书的时候，地位尊贵，声望极高。与他清谈的人，经常坐满整个厅堂。当时王弼还不满二十岁，有一次他也去拜见何晏。何晏听说过王弼的声名，就把之前所议论的精妙绝伦的玄理一条一条地说王弼听。最后，何晏对王弼说："在我看来，这些玄理已经极为精辟，你还能提出疑问对它们进行辩驳吗？"于是，王弼提出自己的疑问，满座的人听后都觉得他的诘难无可辩驳。这时候，王弼又站在主客两方的立场上，自问自答，都是在座的人所想不到的。

【解读】

何晏以为自己的观点，已经达到了无可辩驳的地步。岂不知，百尺竿头须进步，十方世界是全身。学问永远没有做到尽头的时候，当一个阶段做到一定高度的时候，需要另立角度，变换一种方式，重新从零开始。不满足已有的水平，才能在原来的高度上继续提升。王弼从正反两个方面将何晏自认为再无可挑剔的理论进行辩驳，就是最好的明证。

【原文】

何平叔[1]注《老子》[2]始成，诣王辅嗣，见王注精奇，乃神伏[3]，曰："若斯人，可与论天人之际[4]矣！"因以所注为《道》、《德》二论[5]。

【注释】

①何平叔：指何晏，字平叔，三国时南阳苑人，擅长玄学。②《老子》：即老子所著的《道德经》。③神伏：心悦诚服。④天人之际：天道与人事之间的相互关系。⑤《道》、《德》二论：指何晏所著的《道德论》。

【译文】

何平叔注解《老子》刚刚完成，去拜访王辅嗣。他看到王辅嗣所注解的《老子》精妙绝伦，感到由衷地佩服，说："像这样的人，可以和他谈论天道与人事的相互关系了。"于是，他把自己所作的注解改成《道》《德》二论。

【解读】

自古学术界存在竞争，有的学者为了证明自己的学术成果优于他人，不惜恶意贬低他人甚至做出欺骗、盗窃之类的事情。然而，何平叔却看到并承认他人的优秀。他自愧不如王辅嗣，将自己的劳动成果改成其他用途。这种退让精神无疑是可敬的，同时也表明他是有自知之明的聪明人。唯有清楚地看到自己和他人的差距，不做不自量力的相争，一个人才能把自己摆放在一个合适的平台上，发挥自己的所长。现代社会，各行各业都存在竞争。一个成熟明智的人也应该有这种自知和退让，在该让贤时把位置腾出来给更优秀更合适的人。

【原文】

王辅嗣①弱冠②诣③裴徽，徽问曰："夫无④者，诚万物之所资⑤，圣人⑥莫肯致言，而老子⑦申⑧之无已⑨，何邪？"弼曰："圣人体⑩无，无又不可以训⑪，故言必及有；老、庄未免于有，恒⑫训其所不足。"

【注释】

①王辅嗣：指王弼。②弱冠：古时候，男子二十岁行冠礼。因为身体还不是很强壮，所以称弱冠。后来人们称年少为弱冠。③诣：拜访，造访。④无：指"贵无论"、"以无为本"等哲学命题。⑤资：凭借，依赖。⑥圣人：这里指孔子。⑦老子：指老聃，春秋末战国初人。在中国历史上，老子和庄子合称老庄。⑧申：详细阐述。⑨无已：不断，不停止。⑩体：体察，体悟。⑪训：解释，用语言表达出来。⑫恒：总是，一直。

【译文】

王辅嗣二十岁那一年去拜见裴徽。裴徽问他说："我们都知道，'无'是万物的起源，可是孔圣人一直不肯提出这个问题，而老子却反复论说，这是为什么呢？"王辅嗣回答说："圣人向来对'无'有深刻的洞察与体会,而'无'是没有办法用语言述说的,所以在言语的范围内,只能谈'有'。老子和庄子还不能超越'有'，所以不断地用语言解释他们未能把握的'无'。"

【解读】

所谓"有"，就是名教，是可见的；所谓"无"，就是人的本性，是不可见的。王弼认为，善于捕捉存在之根本的圣人，一定是从"有"切入而见体察出"无"的。也就是说，"无"不能用"无"本身来表现，而是通过"有"来表现的。孔子也以"无"为世界万事万物的根源，但是由于"无"不能言说，所以关于这个问题，他悬置不提。而老子、庄子不断地言"无"，反而局限于"有"，而无法超越"无"，所以他们陷入一种恶性循环，需要不断地解释"无"，借以消除他们的"有"。

王弼对魏晋时代的文化精神，发挥着重要的导向作用。在他之后，很多魏晋的读书人，处处在"有"中见出"无"，在有限中体会到无限。这与王弼的真理观是有很大关系的。

【原文】

傅嘏①善言虚胜②，荀粲③谈尚玄远④，每至共语⑤，有争而不相喻⑥。裴冀州⑦释二家之义，通彼我之怀，常使两情皆得，彼此俱畅。

【注释】

①傅嘏：三国时期魏国人，善于谈论义理，曾经担任河南尹。②虚胜：指道的本体超越有形的物质，处于一种无形无象的境界。③荀粲：字奉倩，三国时期魏国人，崇尚玄学。④玄远：玄妙高远。⑤共语：一起谈论。⑥喻：明白，通晓。⑦裴冀州：指裴徽，曾经担任冀州刺史。

【译文】

傅嘏善于谈论道无形无象的境界，荀粲也喜欢玄妙高远的义理，两个人常常一桶讨论，时常会产生争论，但是谁也没有办法说服对方。裴冀州理解两人各自的言论，总能沟通彼此的心意。因此，他经常使得双方都很满意。

【解读】

两个人在一起交流，重要在于沟通，而沟通的前提是排除门户之见，彼此抱有真诚的态度。然而，人们在争论的时候，往往忘记说话的目的。他们执着于各自的观点，相持不下，结果便丧失了人与人之间交流的意义。傅嘏和荀粲争论，谁也没有让谁满意，而裴冀州却能让他们达成和解，就是因为裴冀州身在局外，能够秉承公正客观的态度去看待问题。这说明只要摆脱了“争”的心态，我们对他人和自己的观点、能力会看得更清，也更容易找到双方的异同点。有了一种和谐探讨的心态，交流才有意义。

【原文】

何晏注《老子》未毕，见王弼自说注《老子》旨[①]。何意[②]多所短，不复得作声，但应诺诺[③]，遂不复注，因作《道德论》。

【注释】

①旨：想法，意思。②意：认识到，意识到。③诺诺：连声答应，相当于“是是”。

【译文】

何晏想要给《老子》一书做注解，刚刚完成，他就去拜访王弼。王弼说他也在注解《老子》。听到王弼注解的要点后，何晏觉得自己的见解有很多地方存在偏颇，便不敢再说话，只是不断地答应着。后来，何晏便停止注解《老子》，将自己的注解改为《道德论》。

【解读】

人贵有自知之明。人应当清醒认识自己的长处和不足。只有自知，才能分辨清楚自己的真实能力，并找到合适的位置施展自己的才华。那么，如何才能发现自己的不足和优势呢？最好的方法就是像何晏一样，找到同一个领域中的其他高手，与他诚心地沟通交流，从中发现他人的优点和自己的不足。

在他人的优秀面前能够认清自己不足之处的人，他做学问的态度是谦虚的。这个时候，他并不会因为自己的不足而愤恨，反倒会产生羞愧之心。而这种羞愧之心又不是出于自卑，而是出于承认自己学识浅薄后的自责。所以，他并不会盲目悲观，或者自暴自弃，而会在认清不足后选择了另外一条适合自己的道路。

试想，如果何晏没有自知之明，以孤芳自赏的高傲态度自居，坚持将自己所作的《老子》注解按照原来的计划使用，那他的成果可能早已被王弼的光辉淹没。

【原文】

中朝[①]时有怀道之流[②]，有诣王夷甫[③]咨[④]疑者。值王昨已语多，小极[⑤]，不复相酬答，乃谓客曰：“身[⑥]今少恶，裴逸民[⑦]亦近在此，君可往问。”

【注释】

①中朝：晋朝王室渡江以后，称渡江前的王朝即西晋时期为中朝。②怀道之流：崇尚老庄学说的人。③王夷甫：指王衍，字夷甫，琅邪临沂人，曾经担任尚书令、太尉等官职。④咨：请教。⑤小极：身体感到不舒服。⑥身：我。⑦裴逸民：指裴頠，字逸民，善于清谈玄理，曾经担任尚书左仆射。

【译文】

西晋时期，有一批崇尚老庄学说的人，其中有人曾经拜访王夷甫请教疑难问题。当时，正好赶上王夷甫前一天说话太多，身体感到不太舒服，便不想再接待应酬宾客。于是，王夷甫对来客说：“我今天身体稍有不适，裴逸民就住在这附近，你可以过去向他请教。”

【解读】

在中国古代，文人相轻的说法由来已久。同样是求学为道之人，往往因为门户之见，或者所持的观点看法不同，就相互排斥或者诽谤。这种情况在封建社会里是相当普遍的。身体不适的王夷甫拒绝来客的请教后，却竭力推荐他向裴逸民请教，这是极为难得的做法。要知道，王夷甫支持贵无论，而裴逸民倡导崇有论，两人在哲学观点上是针锋相对，截然相反的。他能这么做，表明了他的心胸是宽广的，他做学问的态度是包容的。

王夷甫的做法是真正的学者的做法。“道之所存，师之所存也。”只要有道理的地方，就一定有老师存在。谁掌握某一方面的真理，谁就是这一方面的老师。真理不因人而异。同时，真理的获取也并不是单纯地从书本中得来。“闻道有先后，术业有专攻。”每一个人都有自己的闪光点，并且这种闪光点是其他人所没有的。从这一点来说，任何人都有值得我们学习的地方。我们要善于抓住时机，不拒绝任何一个人，从他人身上汲取有益的东西。

【原文】

裴成公①作《崇有论》②，时人攻难之，莫③能折④，唯王夷甫⑤来，如小屈⑥。时人即以王理难⑦裴，理还复⑧申。

【注释】

①裴成公：指裴頠，他死后的谥号为成，所以后人称其为裴成公。②《崇有论》：裴成公的哲学著作，主张无不能生有，与王弼以无为万事万物为本体的“贵无论”针锋相对。③莫：没有人。④折：使屈服，使驳倒。⑤王夷甫：指王衍。⑥小屈：稍微受到挫折。⑦难：辩难，诘难。⑧还复：仍旧，依旧。

【译文】

裴頠写作《崇有论》。当他完成以后，不断地有人诘难他，然而，没有一个人能驳倒他。只有王夷甫来了，辩难的时候，他才稍微有点挫折。后来，时人便用王夷甫的观点与他辩难，结果他的义理再次得到了阐发。

【解读】

东晋时期，流行着两种截然对立的哲学观点。一种是以王弼等人为代表的“贵无论”，一种是以裴頠为代表的“崇有论”。

“贵无论”认为世界上所有的事物都只是暂时存在的，也就是所谓的“有”。“贵无论”认为，无是世界的本源。这一派的观点，是从《老子》“以无为本”，“以有为末”的论点中提炼出来的。

当时，“贵无论”大行其道，社会上出现了人人崇尚老庄的风气。在这种思潮的影响下，东晋执政者倡导无为而治。很多名人纷纷反对儒家礼教，表现出桀骜不驯，不谙世俗的处世态度。这种风气发展到后来，演变成颓废狂放，不问实务的玄学。在这种情况下，主张恢复儒家礼教的裴頠，以维护名教、反对玄学的名义，提出了自己的“崇有论”。

针对“贵无论”，裴頠提出，无是不能生有的，只有有才能生有。如果没有这个有，万物就没有办法依存。他说：“夫至无者，无以能生，故始生者自生也。自生而必体有，则有遗而生亏矣。”意思是说，世界上只存在无，是不可能产生有的。这样一来，裴頠就从根本上反驳了贵无论。立足于崇有论，裴頠认为，崇尚于无，只能陷于空谈的境地。而这种空谈，对于国家和民生是没有任何作用的。非但如此，空谈还会导致人们想入非非，不务正业，无所追求，堕落意志，最终酿成社会风气日下，政局混乱的局面。所以，恢复儒家名教，维护正常的社会秩序，必须坚决反对贵无论。

“贵无论”和“崇有论”的支持者互相争论，最后还是王夷甫等人支持的“贵无论”得到更多的支持，这也说明了魏晋时期的文人名士更具崇尚老子、庄子的逍遥放荡之风。

【原文】

诸葛厷①年少不肯学问②，始与王夷甫谈，便已超诣③。王叹曰：“卿天才卓出，若复小④加研寻⑤，一无所愧。”厷后看《庄》、《老》⑥，更与王语，便足相抗衡。

【注释】

①诸葛厷:字茂远,山东琅邪人。②学问:做学问,学习。③超诣:达到高深玄妙的境界。④小:稍微,稍许。⑤研寻:研究探索。⑥《庄》、《老》:指《庄子》和《老子》两本书。

【译文】

诸葛厷年少的时候,不愿意好好学习。他刚开始与王夷甫谈论的时候,就已经达到了很高的水平。王夷甫感叹地说道:"你真是个出众的天才,如果再稍微研究探索一下,就能取得很大的成就,一生不会留下任何遗憾。"诸葛厷后来学习《庄子》和《老子》等书,再与王夷甫谈论的时候,就与他不相上下了。

【解读】

天赋不代表才华,而只代表一个人某方面的领悟力较高。真正有才华、有实力的人,也需要后天努力。天才是百分之九十九的汗水加百分之一的灵感。所以,无论学习什么都要脚踏实地。如果自恃有天赋就骄傲自满,不再努力学习,那本来能成大器的人最终也会变成平庸之辈。诸葛厷在王夷甫的点拨提醒后努力学习,最终取得更大的进步,这就是努力比天赋更重要的证明。

【原文】

卫玠①总角②时,问乐令③梦,乐云:"是想④。"卫曰:"形神⑤所不接而梦,岂是想邪?"乐云:"因⑥也。未尝梦乘车入鼠穴、捣齑⑦啖⑧铁杵,皆无想无因故也。"卫思因经日不得,遂成病。乐闻,故命驾为剖析之,卫即小差⑨。乐叹曰:"此儿胸中当必无膏肓⑩之疾!"

【注释】

①卫玠:字叔宝,小字虎,河东安邑(今山西)人,曾经担任太子洗马。②总角:指孩提时代。古时候,男女未成年之前,头发梳成两个结,形状好像两只角,因而称总角。③乐令:指乐广,字彦辅,曾经担任尚书令。④想:名词,指所想的东西。⑤形神:指人的身体和精神。⑥因:原因和结果,因缘关系。⑦齑(jī):指捣碎的姜、蒜、韭菜等。⑧啖:吃。⑨小差:病情好转。差,通"瘥",病愈。⑩膏肓(huāng):指病情极为严重,已经没有办法治疗。膏,中医学人体部位名称,指心脏下部。肓,中医学人体部位名称,指心脏与横膈膜之间的地方。中医学认为,膏肓是药力达不到的地方。

【译文】

卫玠年幼的时候,问乐令梦是什么。乐令回答说:"梦,就是你心里所想的东西。"卫玠还是有疑问,接着问:"形体和精神都没有接触到的东西也梦到了,怎么能说是心里所想的呢?"乐令进一步解释道:"那也是凭借'因缘'而来的。从来没有听说过有人梦到乘着马车钻到老鼠洞里;也没有听说过,有人捣碎了菜以后,不吃菜反而吃铁杵的。这些都是因为人没有这样想过,所以就不可能成为人梦见的东西。"卫玠整天思考梦与因缘的关系,始终弄不明白,结果因思虑过度病倒了。乐令听说后,急忙命人准备马车,前往卫玠的住所,再次为他分析梦的成因。果然,卫玠的病情迅速有了好转。乐令颇为感慨,说:"这孩子心里一定不会有什么不治之症。"

【解读】

做学问,看得多,听得多,思考得多,就会有所收获。但是,这些个人的所思所得,仅仅停留在求证的层面上时,它们就不成体系,不能算作真正的学问。学问之道,需要日积月累,才能做到厚积薄发,这是一个沉淀的过程。这个过程中,求学的人必须保持沉静的心去思考,才能有所领悟。而当遇到百思不得其解的问题时,最好的办法是先搁置一段时间。《大学》有言:"知止而后有定,定而后能静,静而后能安,安而后能虑,虑而后能得。"这句话说的就是学习应该"知止",让心安定下来。"知止"不是停止思考,而是沉淀自己的思考,暂时把问题悬置起来。当我们的心灵达到空明澄澈的境界，问题的答案便会突然出来，这便是所谓的“顿悟”或“茅塞顿开”。

对于做学问来说，好奇心和探求心是不可少的。然而，一味地急于求成，非但解答不了心中的疑惑，反而会因为过度思虑而影响身体健康。卫玠正是因为不知道“知止”，心神过度消耗，才导致身体生病。乐令知道他的病因，所以连忙帮他消除疑惑，病情这才好转。

【原文】

庾子嵩①读《庄子》，开卷一尺便放去，曰："了②不异人意。"

【注释】

①庾子嵩：指庾敳。②了：根本，完全。

【译文】

庾子嵩读《庄子》，刚刚展开书卷一尺来长，就放下了。他说："这和我的思想没有什么不同。"

【解读】

世界是无限广阔的，探求真理、获取知识的道路也是永无止境的。一个人如果把自己所看到的冰山一角当作整个世界，把自己所知道的知识当作人类全部文明的结晶，那他好比是井底之蛙，见识短浅，且又盲目自大。学习中如果容易自我满足，不思进取，那一个人永远不会进步，也无法知道知识海洋的浩瀚。

学习应该也必须不断地调整自己的视野，认清自己长处和优点的时候，也要立足整个宏观环境，找出自己的不足和短处来。这样，才能把自己摆放在一个合理恰当的位置，也才能打消自满的情绪，不断地完善和发展自己。

【原文】

客问乐令①“旨不至”②者，乐亦不复剖析文句，直③以麈尾④柄确⑤几⑥曰："至不？"客曰："至。"乐因又举麈尾曰："若至者那得去？"于是客乃悟服。乐辞约⑦而旨达，皆此类。

【注释】

①乐令：指乐广，曾经担任尚书令。②“旨不至”：《庄子·天下篇》："指不至，至不绝"。意思是，概念与事物之间不可能完全相称。指，通“旨”，指事物的概念。③直：只是。④麈尾：魏晋时期，人们清谈的时候，使用的一种工具，可以增加谈话的雅兴。⑤确：敲打。⑥几：案几，桌子。⑦约：简约，简洁。

【译文】

有一位宾客向乐令请教“旨不至”的含义，乐令没有进行字句的分析，只是用麈尾柄敲了敲案几说："碰到了吗？"宾客回答说："碰到了。"接着，乐令又举起麈尾，说："如果碰到了，那么现在又到哪里去了？"宾客顿时领悟，并对乐令十分佩服。乐广说话的时候，用词简约，但是意思表达得却很清楚，已经成为他说话的一贯风格。

【解读】

乐广用麈尾柄敲击几案，意在说明，当我们面对具体事物的时候，可以抓住一点，对其进行描述；但是，这种描述只是针对事物的一个方面而言的，并不是事物自身的总体。也就是说，并没有穷尽事物的各个方面，也就是说他无法深入到事物、事理的中心区，所以这种描述不等于事物自身。有个成语叫“言不尽意”，说的就是道理。

语言形成词义时，只能表达概括的意义。这是语言的局限性。作为思维的工具，语言并不是唯一的工具，有时候为了说明一件事情，还要需要依靠别的东西。乐广早就洞悉到语言的这一特点，所以面对宾客的疑问，他没有单纯使用词句，而是配以实际行动，这一点颇有禅宗悟道的意味。

【原文】

初，注《庄子》者数十家，莫能究其旨要。向秀①于旧注外为解义，妙析奇致②，大畅玄风③，唯《秋水》、《至乐》二篇未竟，而秀卒。秀子幼，义遂零落，然犹有别本④。郭象⑤者，为人薄行⑥，有俊才，见秀义不传于世，遂窃为己注，乃自注《秋水》、《至乐》二篇，又易⑦《马蹄》一篇，其余众篇，或定点文句⑧而已。后秀义别本出，故今有向、郭二《庄》，其义一也。

【注释】

①向秀：字子期，河内怀（今河南武陟西南）人。竹林七贤之一。官至黄门侍郎、散骑常侍。向秀喜谈老庄之学，曾注《庄子》，注未成便过世，郭象承其《庄子》余绪，成书《庄子注》三十三篇。②妙析奇致：分析得玄妙精深。③玄风：谈论玄理的风气。④别本：副本。⑤郭象：字子玄，西晋时期玄学家，河南洛阳人。官至黄门侍郎、太傅主簿。好老庄，善清谈，著有《庄子注》。⑥薄行：品行轻薄。⑦易：改变，改动。⑧定点文句：修改词句。定点，修改。

【译文】

最初，为《庄子》作注解的有十几家，然而没有一家能探究书中所要传达的要旨。向秀在旧有的注解之外，添加了义理解说。这样一来，就将《庄子》解析得精妙绝伦，开启了清谈玄理的风气。只是《秋水》和《至乐》还没有注解完，他就不幸去世了。向秀的儿子年幼无知，他的这些解义文稿慢慢地遗失。幸好，还有别的抄本流传下来。郭象这个人为人品行轻薄，却很有才华。他看到向秀的解义不能流传后世，便将其剽窃过来当作自己所做的注解。另外，他补充添加了《秋水》和《至乐》两篇的注解，也修改了《马蹄》这一篇的原注。剩下的那些篇章，只是修改文句而已。后来，向秀解义的抄本面世，这便有了向秀、郭象两个版本的《庄子》注解。其实，它们在本质上是一样的。

【解读】

有才华也有做学问的心是件好事，但应该知道：真正有心做学问的话，是不会计较名誉的，更不会为了史上留名而做出欺世盗名之事。这是一种自降人格的行为。像郭象一样有才无德的人，把别人的成果占为己有，无疑是知识的盗贼，最终仍是被人瞧不起。

【原文】

阮宣子①有令闻②。太尉③王夷甫④见而问曰："老庄与圣教⑤同异？"对曰："将无同⑥。"太尉善其言，辟⑦之为掾⑧。世谓"三语掾"。卫玠嘲之曰："一言可辟，何假⑨于三！"宣子曰："苟⑩是天下人望⑪，亦可无言而辟，复何假一！"遂相与为友。

【注释】

①阮宣子：指阮修，字宣子，东晋陈留尉氏人，曾经担任鸿胪丞、太子洗马等官职。②令闻：美好的名声。③太尉：官名。魏晋时期，三公合而为一。④王夷甫：指王衍。⑤老庄与圣教：老庄学说与儒家学说。⑥将无同：恐怕相同。⑦辟：征召，授予官职。⑧掾（yuàn）：官署里比较低级的官员。⑨假：借助。⑩苟：如果。⑪人望：众所归望，人人仰望。

【译文】

阮宣子有美好的名声。有一次，太尉王夷甫见到他问道："老庄的主张和孔圣人的见解有什么不同啊？"阮宣子回答说："差不多。"对于他的回答，王夷甫十分欣赏，于是提拔他到官署做掾吏。他回答了三个字做了官，因此人们称他为"三语掾"。卫玠知道之后，嘲笑他说："说一个字就可以了，何必要说三个字。"阮宣子说："如果真是天下众人所仰望的人，连一个字也不说就会得到重用。何必还要借用一个字呢？"于是，两个人成为好朋友。

【解读】

“三”和“一”的差别，只是数量上的多少，并没有超越质性的范围。而“一”和“无”却是质的差别，已经不属于同一个范畴。对于个人的修养和见识来说，质性上的识度比量性上的见解更为重要。卫玠以为阮宣子是有才而被王夷甫重用，但认为他的才华不足。阮宣子却指出德行更重于才华，他的认知是从“质”上去认知，比卫玠从“量”上认知更高一层境界。

【原文】

裴散骑①娶王太尉②女，婚后三日，诸婿大会，当时名士③、王裴子弟悉集。郭子玄④在坐，挑与裴谈⑤。子玄才甚丰赡⑥，始数交，未快；郭陈张⑦甚盛，裴徐理前语，理致甚微⑧，四坐咨嗟⑨称快，王亦以为奇，谓诸人曰：“君辈勿为尔，将受困寡人⑩女婿。”

【注释】

①裴散骑：指裴遐，曾经担任散骑侍郎。②王太尉：指王衍，曾经担任太尉。③名士：名流人士。魏晋时期，人们将不拘礼法，好谈玄理的人称为名士。④郭子玄：指郭向，字子玄。⑤挑与裴谈：主动与裴遐谈论玄理。⑥丰赡：渊博丰富。⑦陈张：铺陈，论述。⑧理致甚微：思乡情趣精妙深奥。⑨咨嗟：称赞，赞叹。⑩寡人：原来指侯王自称。东晋时期，有地位的士大夫也自称寡人。

【译文】

裴散骑娶王太尉的女儿作为妻子，结婚后第三天，几个女婿聚在一起，场面十分热闹。当时，还来了许多名士以及王、裴两家的子弟。郭子玄也在客座之中，并主动找裴散骑谈论玄理。郭子玄文采出众，刚开始几个回合下来，觉得还没有尽兴。郭子玄推陈铺设的场面越来越大，而裴散骑有条不紊地述说前面说过的话，义理慢慢地由浅入深。听到这场精彩的对谈，在座的宾客没有一个不称赞叫好的。王太尉也认为这次对谈不可多得，对周围的人说：“你们其他人千万不要跟着这么做，要不然一定会受到我女婿的围困。”

【解读】

魏晋时期，名士崇尚清谈。清谈厉害代表一个人的才华、学识高，是很值得骄傲的一件事。裴散郎在众人面前压倒郭子玄，显示了极高的学识。王太尉是他的岳父，自然觉得脸上有光，所以难免得意一番。但从人际交往的礼仪来说，他所说的话藐视了在座的宾客，是一种无礼的行为。无论是谁，即使在某一方面真优于他人，或者在某一时刻取得了胜利，也应该保持低调。毕竟，山外有山，人外有人，怎能以一次胜利而自居天下第一呢？

【原文】

卫玠始度江①，见王大将军②，因夜坐，大将军命③谢幼舆④。玠见谢，甚说之，都⑤不复顾王，遂达旦⑥微言⑦，王永夕⑧不得豫⑨。玠体素⑩羸⑪，恒⑫为母所禁⑬，尔夕⑭忽极⑮，于此病笃⑯，遂不起。

【注释】

①度江：西晋灭亡以后，皇室南渡长江，在建康建立东晋政权。原先的士大夫和王公贵族也一并渡江避难。②王大将军：指王敦。元帝过江，建立政权，王敦与其从弟王导竭力辅佐，曾经担任镇东大将军。③命：传唤，召唤。④谢幼舆：指谢鲲，字幼舆，曾经担任镇东大将军长史。⑤都：完全。⑥达旦：通宵达旦。⑦微言：谈论玄理。⑧永夕：整个晚上。⑨豫：通“预”，参加，参与。⑩素：向来，素来。⑪羸：瘦弱，身体有病。⑫恒：一直，总是。⑬禁：禁止应酬。⑭尔夕：那一夜。⑮极：过度疲劳。⑯病笃：病重。

【译文】

卫玠刚刚渡过长江，去拜见大将军王敦。当时正是晚上，大将军传唤谢幼舆作陪。卫玠见到谢幼舆后，十分喜欢，只顾着与谢幼舆说话，而不再理睬大将军。两个人整个晚上都在谈论玄理，王敦连插嘴的机会都没有。卫玠的身体向来瘦弱多病，他母亲一直禁止他与别人应酬。结果，这一晚长谈下来，卫玠过度疲劳，从此病情加重，最后抱病而死。

【解读】

"有朋友自远方来，不亦乐乎！"志趣相投的人，不远万里走到一起，通常是相见恨晚。就像卫玠遇到谢幼舆，见了面有聊不完的话，甚至于连自己身体有病都抛到脑后。知音难觅，一旦遇到这样的人，确实是人生的一种幸运。生命就是这样，不在于长短，而在于是否真正地燃烧过、绽放过，在于生命个体是否按照自己的真实意愿活过。相信卫玠在临死的那一刻对自己说："我活得尽兴，虽死无憾！"

【原文】

旧云，王丞相①过江左②，止③道声无哀乐④、养生⑤、言尽意⑥，三理而已，然宛转关生，无所不入。

【注释】

①王丞相：指王导。②江左：长江下游以东地区。古时候，人们叙述地理位置的时候，以东为左，以西为右。因此，江东被称为江左。③止：通"只"。④声无哀乐：嵇康曾经著过《声无哀乐论》，认为音乐没有情感，只有和谐与不和谐之分。人听到音乐后，主观情感会发生变化，引起高兴或者哀伤的情绪，并不是音乐本身的缘故，而是由人当时的心理状态所决定。⑤养生：嵇康曾经著过《答难养生论》，认为养生有五个难处，即"名利不灭"、"喜乐不除"、"声色不去"、"滋味不绝"、"神虑消散"。养生就是要克服这五个难处，克制自我，投身自然，从而达到安身立命的境界。⑥言尽意：语言或者概念能够符合事物的道理，并且能够随着事物和观念的变化而变化。

【译文】

过去，人们相互传说王丞相到了江左以后，只谈论"声无哀乐"，"养生"和"言尽意"三个命题而已。然而，这三个命题经他阐述，派生出许多有关联的观点，将万事万物的一切道理都包容进去了。

【解读】

世界万物本就息息相关，事情也是一环扣一环的。洞察这个道理并对世事有所思考、有所领悟的人，在看待问题时，他的角度和视野就不会单一的，而是会无限拓展延伸，由此及彼。做学问到了这种高度，任何细小的问题也都能由小及大，以简驭繁。有时候，一个问题说简单也不简单，原因正在于此。

【原文】

殷中军①为庾公②长史，下都③，王丞相为之集④，桓公、王长史、王蓝田⑤、谢镇西⑥并在。丞相自起解帐带麈尾，语殷曰："身⑦今日当与君共谈析理。"既共清言，遂达三更。丞相与殷共相往反⑧，其余诸贤略无所关⑨。既彼我相尽，丞相乃叹曰："向来⑩语，乃竟未知理源⑪所归。至于辞喻⑫不相负⑬，正始之音⑭，正当尔耳。"明旦，桓宣武语人曰："昨夜听殷、王清言，甚佳，仁祖亦不寂寞，我亦时复造心⑮；顾看两王掾⑯，辄翣⑰如生母狗馨⑱。"

【注释】

①殷中军：指殷浩，曾经担任中军将军。②庾公：指庾亮，曾经担任征西将军，镇武昌。③下都：顺着长江而下，到京都。④集：聚会，集会。⑤王蓝田：王述，字怀祖，袭封蓝田侯，曾经担任

散骑常侍、尚书令。⑥谢镇西：指谢尚，字仁祖，曾经担任镇西将军、豫州刺史。⑦身：我。⑧往反：不断地辩难。⑨关：涉及，相关。⑩向来：刚才。⑪理源：玄理的根源。⑫辞喻：言辞和比喻。⑬负：违背。⑭正始之音：正始年间，王弼、何晏等人开启清谈之风。正始，三国魏齐王曹芳年号。⑮造心：心有所得。⑯两王掾：指王濛和王述，两人都是王导的属官。⑰罂（shà）：极度，很。⑱馨：助词，像……一样，似的。

【译文】

殷中军担任庾公的长史，顺着长江而下，到达京都。王丞相为他举办了一次聚会，桓公、王长史、王蓝田和谢镇西都在座。王丞相起身，亲自解下挂在帷帐上的麈尾，对殷中军说："我今天要和你好好谈谈玄理。"清谈开始之后，场面激烈，始终不能停止，一直延续到半夜三更。王丞相与殷中军不断辩难，其余的几个人都没有参与。等到两个人倾尽所学，尽情阐述完后，王丞相叹息地说道："刚才的清谈，竟然不知道义理的起源与出处；其中的言辞和比喻，没有相互矛盾的地方。正始年代的清谈盛况，恐怕就是这样吧！"第二天，桓宣武对其他人描述头一天晚上的清谈场景，说："昨天晚上，听了王丞相和殷中军的清谈，感觉非常好。谢仁祖没有感到寂寞，而我也有心得。回头看王丞相的那两个属官，都听得发呆，活像母狗一样。"

【解读】

自古文人相轻。有些文人因为彼此的观点和见解不同，而双方之中又无人有包容之心，他们便互相轻视对方，甚至诋毁对方。其实，只要秉着包容、谦虚的学习态度去与人交流，即使对方的见解与自己相悖，彼此间仍是能够存在和谐的交流关系的。正如王丞相和殷中军，他们互相辩驳，场面激烈，犹如战场上的敌我双方，但最后两人却仍能达成统一。缘由就在于他们辩驳不是为了取胜，而是为了从对方那里获取同一论题的相关知识，完善自己的见解。抱着这种包容、学习的心态，我们就可以从自己的"对敌"那里得到更多的知识信息，获得更多的进步。

【原文】

殷中军见佛经，云："理亦应在阿堵①上。"

【注释】

①阿堵：这个。

【译文】

殷中军看了佛经说："玄学义理都应该在这里了吧！"

【解读】

魏晋时期，佛学理论试图与玄学相结合，借助玄学在东晋时期的影响，促进其在江左地区的传播与发展。殷浩的这一句话，正好验证了这一历史事实。

【原文】

谢安年少时，请阮光禄①道《白马论》②，为论以示谢。于时谢不即解阮语，重相咨尽③。阮乃叹曰："非但④能言人不可得，正⑤索解人⑥亦不可得！"

【注释】

①阮光禄：指阮裕，字思旷，阮籍族弟，曾经担任光禄大夫。②《白马论》：战国时期赵国人名家代表人物公孙龙所著。这部书中，公孙龙提出"白马非马"的论题。③重相咨尽：一再询问，以求彻底的解答。④非但：不仅。⑤正：即便，纵使是。⑥索解人：求解人。

【译文】

谢安年少的时候，请阮光禄讲解《白马论》。于是，阮光禄写了一篇论文给谢安看。当时，谢安不能立刻通晓阮光禄的意思，就不断地询问，想要解决心中所有的疑惑。阮光禄叹了口气，说："不要说能讲解《白马论》的人不多见，就是力求理解《白马论》的人也不常见啊！"

【解读】

"白马非马"是《白马论》的核心观点，由战国时期的公孙龙提出。公孙龙说："马本来有颜色，所以有白马。如果马没有颜色，那么只有'马'而已，又怎么能称它为白马呢？但是，规定马是白色的马，那么就与'马'有区别。所谓白马，是马限定于白色的，限定于白色的马自然与马是有区别的，所以说'白马非马'。"

公孙龙从内涵和外延上，论证了"白马"与"马"的不同："马"指的是马的形态，"白马"指的是马的颜色，而形态不等于颜色，所以白马不是马。

孟老夫子有言："得天下英才而教育之，三乐也。"谢安的求知欲望，以及不断探索的学习态度，是每一个好为人师者所喜闻乐见的。因此，阮光禄便有最后面的那番感叹。

【原文】

褚季野①语孙安国②云："北人学问渊综广博③。"孙答曰："南人学问，清通简要④。"支道林⑤闻之，曰："圣贤故所忘言⑥。自中人以还⑦，北人看书如显处视月⑧，南人学问，如牖中窥日⑨。"

【注释】

①褚季野：指褚裒，字季野，曾经担任征北大将军督师。②孙安国：指孙盛，字安国，曾经担任秘书监。③渊综广博：基础深厚，知识广博。④清通简要：专一精通，简明扼要。⑤支道林：指支遁，字道林，东晋时期名僧。⑥忘言：指得意忘言。⑦以还：以下。⑧显处视月：在空旷的地方观看月亮。比喻知识面宽泛，但不精专。⑨牖（yǒu）中窥日：透过窗户，看天上的太阳。比喻知识精深，但不渊博。

【译文】

褚季野对孙安国说："北方人的学问，博大精深，包罗万象。"孙安国说："南方人的学问，通达清晰，简明扼要。"支道林听说后，评论说："圣贤进入'得意忘言'的境界，是不会谈论这些问题的。自中等人以下才像他们两个人所说的那样，北方人看书好像在空旷的地方看月亮，而南方人做学问好像是透过窗户看太阳。"

【解读】

晋朝王室南迁以后，清谈玄理的风气在江左地区逐渐盛行。这时候，佛学在江左的传播，更加促进了清谈家对玄理的深剖析究。因此，南方人做学问，把重点放在精深的义理上。而北方人一直承袭汉代经学的特点，即重视训诂章句，因而显得基础深厚，知识广博。

褚季野和孙安国在这里谈论的，正是北方人与南方人做学问的区别。他们得出的观点是，北方人追求广博，南方人追求精深。其实，真正做学问的大家，他们的境界正如支道林指出的，是同时达到了广博和简洁，所以能够能看得更多也更深远。当一个人知道的越多，他想要说的也就越少，也就是到了"得意忘言"的地步。

【原文】

刘真长①与殷渊源②谈，刘理如小屈③，殷曰："恶④！卿不欲作将⑤善⑥云梯⑦仰攻？"

【注释】

①刘真长：指刘惔，字真长，曾经担任丹阳尹。②殷渊源：指殷浩，字渊源。③小屈：稍微受到一点挫折。④恶：语气词，表示感叹。⑤作将：制作，建造。⑥善：优质的，良好的。⑦云

梯：古时候，打仗攻城所使用的一种工具。

【译文】

刘真长和殷渊源一起谈论玄理。在辩难的过程中，刘真长清谈稍微受到挫折。殷渊源说："哎！你不想制造一架上好的云梯强行进攻吗？"

【解读】

在东晋初期，清谈玄理，当首推殷渊源，刘惔的确不是对手。但是，一个善于从对决中汲取乐趣的人，定然少不了强劲的对手。因此，殷渊源鼓励刘真长，希望他能再接再厉。

【原文】

殷中军①云："康伯②未得我牙后慧③。"

【注释】

①殷中军：指殷浩，字渊源，善于清谈，曾经担任中军将军。②康伯：指韩伯，字康伯，殷浩的外甥，曾经担任豫章太守、丹阳尹。③牙后慧：言语之外的乐趣。

【译文】

殷中军说："康伯没有领会我的言外之意。"

【解读】

东晋王室渡江以后，殷浩素来以恢复中原为己任。晋康帝时，他被任命为建武将军，统领扬州、豫州、徐州、兖州和青州的兵马。后来，在率军北伐的时候，由于攻打后秦姚襄惨败而归，被流放到信安。当时，他的外甥韩伯一直跟随在他身边。

殷浩虽然为武官，但也善于清谈，极为推崇老庄玄学。有一次，殷浩看见韩伯正在和他人清谈，仔细一听，康伯所阐述的论点都是自己讲过的。但是由于论据与论点不合，显得牵强附会，生搬硬套。事后，殷浩对身旁的人说："康伯连我牙齿后面的污垢都还没有得到，就洋洋自得，实在不应该啊！"成语"拾人牙慧"便源于这一典故。

虽说学习的第一步是要向比自己优秀的人借鉴，但正确的学习方法不应是死记硬背、生搬硬套，而是应在汲取知识后消化并吸收。只有深入了解所学，将别人的智慧变为己有，运用起来才会自如通畅。

【原文】

谢镇西①少时，闻殷浩②能清言，故往造③之。殷未过有所通④，为谢标榜⑤诸义，作数百语，既有佳致⑥，兼辞条丰蔚⑦，甚足以动心骇听。谢注神倾意，不觉流汗交面。殷徐语左右："取手巾与谢郎拭面。"

【注释】

①谢镇西：指谢尚，曾经担任镇西将军。②殷浩：字渊源，陈郡长平人，擅长玄学，曾经担任中军将军。③造：拜访，造访。④通：阐发，论述。⑤标榜：揭示，显露。⑥佳致：美好的情趣。⑦丰蔚：丰富而又秀美。

【译文】

谢镇西年轻的时候，听说殷浩善于清谈，便前去造访他。殷浩没有过度地阐发议论，只是为谢镇西揭示了几条义理。就这几条义理，殷浩前后说了几百句，既有美好的情趣，又有华丽的辞藻，可以说很能打动人心，震撼听闻。谢镇西全神贯注地听着，不知不觉中已经汗流浃背。殷浩看到了，慢慢地对身旁的人说道："拿一块手巾来，给谢郎擦脸。"

【解读】

魏晋时期，涌现出不少清谈的名士。到了东晋时期，殷浩的清谈美名曾经一度名扬内外。其实，殷浩年长谢尚仅有三岁，两人的学识和见解相差并不太远。只是当时殷浩的清谈美名早已人尽皆知。当一个人的名声在外，众多人都纷纷赞叹他的时候，人们往往会不加思索地全盘认可与肯定他。所以，谢尚在殷浩面前的表现，也可能是因为他给殷浩预设了一个高大的形象，在心里把他想得很厉害。其实，如果他有一颗平常心的话，可能不至于被殷浩震撼成那样。

【原文】

宣武①集诸名胜②讲《易》③，日说一卦。简文④欲听，闻此便还，曰："义自当有难易，其⑤以一卦为限邪？"

【注释】

①宣武：指桓温。②名胜：名士，名流。③《易》：指《周易》。④简文：指简文帝司马昱。⑤其：通"岂"，怎么。

【译文】

桓温召集很多名士在一起讲解《周易》。每一天讲解一卦。简文帝想要听讲解，去了一次就回来了。他说："玄理本应当有困难和容易之分的，怎么能以一卦为限呢？"

【解读】

依靠战功步入仕途生涯的桓温，对于清谈玄理并不是很擅长。但是，清谈作为魏晋时期的社会风尚，人人趋势若骛，位高权重的桓温自然也不肯落后，积极追逐清谈的潮流。然而，桓温只善于打仗作战，对玄理的认识较浅，清谈的功夫也一般。他以军人的硬性思维，认为玄理论题每个都是一样的，辩论的难易程度也一样，这未免要贻人笑柄。桓温被简文帝笑话的事例说明：一个人不要在自己不擅长的方面表现自己，不自量力地争抢成为舞台上的主角，难免会给自己惹上笑话。要知道，人有长短，发挥自己的所长就行。跟随不适合自己的潮流，无异于东施效颦，既学不来别人的美，还丢失了自己原有的魅力。

【原文】

有北来道人好才理①，与林公相遇于瓦官寺②，讲《小品③》。于时竺法深④、孙兴公⑤悉共听。此道人语，屡设疑难，林公辩答清析⑥，辞气⑦俱爽。此道人每辄摧屈。孙问深公："上人⑧当是逆风家，向来⑨何以都⑩不言？"深公笑而不答。林公曰："白旃檀⑪非不馥，焉能逆风⑫？"深公得此义，夷然⑬不屑⑭。

【注释】

①才理：指玄理。②瓦官寺：佛寺名，寺内有瓦官阁，因此而得名。③小品：佛经的简约本。④竺法深：指竺道潜，字法深，俗姓王，琅邪人，少年出家，后隐居剡县峁山，法深学义渊博，人称深公。⑤孙兴公：指孙绰，字兴公。⑥清析：清楚有条理。⑦辞气：言辞语气。⑧上人：指有技艺专长且德行高尚的人，尤其指有造诣的僧人。⑨向来：刚才。⑩都：全。⑪旃（zhān）檀：又名檀香、白檀，其香味醇和，历久弥香，素有"香料之王"之美誉。《佛说戒香经》中认为，檀香是最上等的香，世人通过檀香之气，以清心、宁神、排除杂念，既可静养身心，又能达到沉静、空灵的境界，证得自性如来。⑫逆风：指香气可以逆风而闻。⑬夷然：泰然自若。⑭不屑：一点儿也不在意。

【译文】

有一个从北方来的僧人，对于清谈玄理极为喜欢，也很擅长。这个僧人在瓦官寺与林公相遇，两个人开始就佛经的简本讨论起来。当时，竺法深和孙兴公也都坐在一旁聆听。这个僧人在谈论中，不断地提出艰难晦涩的问题。然而，林公都给予清晰而有条理的回答。非但如此，林公还使用了华丽的辞藻，让人听起来倍感清爽。这个僧人所发起的诘难，就这样被林公一一化解。孙兴公问竺法深："上人您素来是逆风而上的辩论大家，可是刚才为什么一句话也不说呢？"竺法深笑了笑，并没有回答。林公说："白旃檀并不是没有香味，怎么可能逆风闻到呢？"竺法深听到这样的评价，仍旧泰然自若，毫不在意。

【解读】

白旃檀是檀香木的一种，如果想要闻到它的香味，只能随风，而不能逆风。支道林十分自负，认为自己才像是纵使逆风别人也可闻到的芳香，而竺法深不过是俗世中的顺风而香的檀香木罢了。竺法深听懂了支道林贬低他的潜台词，但是他还是保持平静的心态，根本不予理会。同是僧人，支道林有了点成绩就傲慢无礼，竺法深却在知识面前保持一颗平常心，这足以说明他俩的道行有着明显的差距。一个人无论做什么，都应该保持平常心，不骄傲不自卑，努力朴实地用行动来改善自己，才会取得更大的进步。像支道林这种容易得意忘形的人，是无法有很高的成就的。

【原文】

孙安国①往殷中军②许③共论④，往反精苦⑤，客主无间⑥。左右进食，冷而复暖者数四⑦。彼我奋掷⑧麈尾，悉脱落满餐饭中。宾主遂至莫⑨忘食。殷乃语孙曰："卿莫作强口马⑩，我当穿卿鼻！"孙曰："卿不见决牛鼻⑪，人当穿卿颊⑫！"

【注释】

①孙安国：指孙盛，字安国，太原洪都人，擅长玄学，曾经担任秘书监。②殷中军：指殷浩，曾经担任中军将军。③许：处所。④论：清谈。⑤精苦：激烈。⑥客主无间：主客双方辩论，言辞激烈，毫无漏洞。⑦数四：屡次，多次。⑧奋掷：用力摇动。⑨莫：通"暮"，傍晚，太阳快要落山的时候。⑩强口马：强嘴马，争嘴马。⑪决牛鼻：为了更好控制牛犊，在牛鼻子的两个鼻孔中间穿上绳环。有时候，牛发起犟劲，可以挣脱绳环逃走。⑫穿卿颊：指给马带嚼子。

【译文】

孙安国到殷中军那里一起清谈。两个人你来我往，辩驳得异常激烈。不论是客方还是主方，清谈的过程中没有一点儿漏洞。侍者送饭上来，他们两个人也顾不上吃饭。因此，饭菜冷了又热，热了又冷，反反复复，弄了好几次。两个人在清谈时都用力挥动麈尾，那上面的羽毛全都落到了饭菜上。主客两人从白天一直谈到傍晚时分，竟然忘记吃饭。殷中军对孙安国说："你不要以为自己是匹嘴巴硬的马，我照样可以将你的马鼻子刺穿！"孙安国说："难道你没有见过挣脱绳环的牛？人们通常是要刺穿它的面颊的。"

【解读】

做学问应有孙、殷二人这种坚持不懈、废寝忘食的精神，为了证明自己是对的，坚决不向他人屈服。然而，另一方面也要注意，辩驳并非做学问。辩驳是拿自己的观点和别人的碰撞，让双方互相学习，从对方的论点中找到自己不足的地方。所以，真正的辩驳精神不是"争"，而是"论"。"争"带有求胜的欲望，而"论"更多的是就事论事的客观。唯有客观，一个人才能在与人交流时获取有利的信息，更加完善自己的知识。从这一点来说，孙、殷二人的清谈辩驳已经变质了。他们最后互相辱骂，不仅降低了自己的气度修养，也让一场本来精彩的讨论变成了一场没有意义的吵骂。

【原文】

庄子《逍遥篇》，旧①是难处，诸名贤所可钻味②，而不能拔③理于郭、向④之外。支道林在白马寺中，将⑤冯太常⑥共语，因及《逍遥》。支卓然⑦标新⑧理于二家之表⑨，立异⑩义于众贤之外，皆是诸名贤寻味[11]之所不得。后遂用支理。

【注释】

①旧：长久。②钻味：钻研品味。③拔：超越，超过。④郭、向：指郭象和向秀。⑤将：与，和，介词。⑥冯太常：指冯怀，字祖思，曾经担任太常。⑦卓然：出类拔萃，超然于上。⑧标新：解释新的含义。⑨表：外面。⑩立异：提出不同的见解。⑪寻味：探求体味。

【译文】

长久以来，《庄子·逍遥游》一直是人们难以理解的篇章。名士贤人所钻研品味的境界，始终没有超出郭象和向秀的解说。有一次，支道林在白马寺和冯太常一起清谈，因而涉及《逍遥游》。支道林在郭、向两人解说的基础上，阐述了新的解释，还提出不同于各家的见解。他的这些解释和见解，是其他贤人名士所达不到的。因此，后人便采用支道林所阐发的义理。

【解读】

前人的理论学说，有时候可以促进人的思想意识发展，但如果过度沉溺其中，也有可能限制和束缚人的思想意识。正确的对待态度是，采取百家学说之长，融会贯通，并提出自己的看法和主张，这样才能更好地发展和完善自己。

【原文】

殷中军[1]尝至刘尹[2]所，清言[3]良久，殷理小屈，游辞[4]不已[5]，刘亦不复答。殷去后，乃云："田舍儿[6]强学人作尔馨[7]语！"

【注释】

①殷中军：指殷浩，曾经担任中军将军。②刘尹：指刘坦，曾经担任丹阳尹。③清言：清谈玄理。④游辞：词不达意，不着边际的话。⑤已：停止。⑥田舍儿：乡下人，庄稼汉。⑦尔馨：如此，这样。

【译文】

殷中军曾经到刘尹的住所，清谈了好长时间的玄理。殷中军所谈论的议题，不着边际，但是他一直说个不停。刘尹见到这种情况，就不再与他辩驳。殷中军离开后，刘尹说："乡巴佬硬要学读书人的样子清谈！"

【解读】

殷浩和刘惔是东晋永和年间最有名的玄学家，他们两个人时有往来，都喜欢清谈，但彼此嘴上都不饶人。有时候，为了坚持各自的观点，他们不惜用羞辱的方式对待对方。其实，他们已经不是在讨论问题，而是在保全各自的虚荣心。

真正的讨论应该是真诚的，真诚首先就要做到尊重。从殷浩来讲，他不应为了争赢而漫无边际地岔开话题，毕竟，没有主题的交流是无法让人提起兴趣的。但另一方面，即使殷浩的辩论真的脱离了主题，刘尹也应该是当面提出，而不是背后骂人。背后骂人这种事情，除了表现出骂人者的心胸狭隘，还可见他的素质很低。刘尹作为一名学者却做出这样的事情，说明他的气度不足，修养也不够。

【原文】

殷中军虽思虑通长[1]，然于才性[2]偏精[3]，忽[4]言及《四本》[5]，便若汤池铁城[6]，无可攻之势。

【注释】

①通长：同"通常"，一般，普通，没有特别之处。②才性：才能与内在的品质。才性之学是一种名理之学，也是魏晋玄学的一部分，是当时人们清谈的主要内容之一。③偏精：特别精通。

④忽：如果。⑤《四本》：指钟会所撰的《四本论》。⑥汤池铁城：城池坚固，牢不可破。

【译文】

殷中军虽然思维能力没有什么特别之处，但是较为擅长才性学说。如果清谈辩驳时，涉及《四本论》，殷中军的防守十分严密，就像一座汤池铁城，谁也没有办法攻入。

【解读】

才性学说是魏晋时期评判人物孰优孰劣的主要标准。才，是指个人的才能；性，是指个人的内在品质。由钟会编撰的《四本论》是魏晋时期才性学说的代表作，其中主要论述了“才性四本”之说，即“才性同，才性异，才性合，才性离”。这四种不同的哲学观点，反映出不同政治集团对人才标准的取舍和要求。

殷中军擅长辩论有关《四本论》的话题，说明他对钟会的“才性四本”说有着透彻的理解，运用起来到了“兵来将挡，水来土掩”的地步。这也说明，辩驳犹如打仗，只有对所辩驳的知识了如指掌，知己知彼，才能战无不胜。

【原文】

支道林造[①]《即色论》，论成，示王中郎[②]，中郎都无言。支曰：“默而识之乎[③]？”王曰：“既无文殊[④]，谁能见赏？”

【注释】

①造：创作，编撰。②王中郎：指王坦之。③默而识之乎：将看到的见闻，默默地记在心里。语出《论语·述而》。④文殊：指文殊菩萨，具有无与伦比的聪慧。

【译文】

支道林撰写《即色论》，写完以后拿给王中郎去看。王中郎看完以后，一句话也没有说。支道林问：“你难道在沉默中都领会了吗？”王中郎回答说：“这里既然没有文殊菩萨，谁又能赏识呢？”

【解读】

《维摩诘经》记载了文殊菩萨请教维摩诘的趣事：文殊问维摩诘：“什么是进入菩萨境界的不二法门啊？”维摩诘听了后，一句话也不回答，只是沉默。过了一会儿，文殊突然领悟，叹息着说道：“这真是进入菩萨境界的不二法门啊！”

越是深奥玄妙的道理，越是无法用语言表达，只能用心体会。支道林深谙此理，他就曾过“得意忘言”这一说法，认为一个人如果领悟了某个事理的奥妙，他会保持沉默。然而在此，王中郎的沉默却不是因为“得意忘言”，而是因为他素来与支道林不和，瞧不起支道林。王中郎认为支道林只会诡辩，并无真正的学识。所以他用沉默表示了自己对支道林的不屑。支道林自然懂得王中郎的沉默，但他却从自己支持的“得意忘言”论点出发，一厢情愿地认为王中郎领悟了《即色论》，想借此把王中郎的气势压下去。王中郎引用文殊和维摩诘的故事，暗指自己是维摩诘，而支道林却不是文殊，无法领悟自己的沉默。由此，他就反击了支道林的气势。

【原文】

王逸少[①]作会稽[②]，初至，支道林在焉。孙兴公[③]谓王曰：“支道林拔新领异[④]，胸怀所及乃自[⑤]佳，卿欲见不？”王本自[⑥]有一往[⑦]隽气[⑧]，殊自[⑨]轻之。后孙与支共载[⑩]往王许，王都领域[⑪]，不与交言。须臾支退。后正值王当行，车已在门，支语王曰：“君未可去，贫道与君小语[⑫]。”因论《庄子·逍遥游》。支作数千言，才藻新奇，花烂映发。王遂披襟解带[⑬]，留连不能已。

【注释】

①王逸少：指王羲之，字逸少，擅长书法，曾经担任右军将军、会稽内史。②作会稽：担任会稽内史。③孙兴公：指孙绰，字兴公，曾经担任太学博士、著作郎等官职。④拔新领异：创立新的含义，提出不同的见解。⑤乃自：确实，诚然。⑥本自：原本。⑦一往：素来，向来。⑧隽气：傲气。⑨殊自：非常，特别，程度副词。⑩共载：一起坐车。⑪领域：故意封闭自己，不与他人交流。⑫小语：稍微说几句。⑬披襟解带：披着衣襟，解开衣带，形容人十分酣畅。

【译文】

王逸少出任会稽内史，刚到那里的时候，支道林也在。孙兴公对王逸少说："支道林总能提出新的理论和不同见解，他胸中的见识非同一般，你想见他吗？"王逸少向来傲气逼人，听说是支道林，便很轻视他。后来，孙兴公与支道林一起坐车到王逸少那里去。王逸少故作矜持，没有和支道林说一句话。不一会儿，支道林就告辞了。后来，王逸少出门，马车在门口等候的时候，支道林对王逸少说："您且慢走，我和您稍微说几句。"于是，支道林就谈起了《庄子·逍遥游》。支道林说了很多，才思敏捷，辞藻华丽，如同繁花竞相盛开一样。王逸少披着衣襟，解开衣带，被深深地吸引，始终不愿意离去。

【解读】

山外有山，人外有人。人要有自信，但不能自负。人一旦自负起来，就会一叶障目，不见泰山。相反，如果不故步自封于所拥有的东西，超然其上，一定能有新的收获和发现。

【原文】

三乘①佛家滞义②，支道林分判③，使三乘炳然④。诸人在下坐听，皆云可通。支下坐，自共说⑤，正⑥当得两，入三便乱。今义弟子虽传，犹不尽得。

【注释】

①三乘：佛教用语。②滞义：指义理晦涩难懂，不容易理解。③分判：仔细分析，探究区别。④炳然：显然，明显。⑤自共说：每个人各自讲说。⑥正：只。

【译文】

佛家三乘的教义，艰难晦涩，不容易理解。支道林经过仔细的分析探究，三乘的教义很明显地彰显出来。在座的听众，经过支道林的讲解，都说明白了。支道林从讲坛上走下来，让众人彼此研讨。可是，这些人往往只能说通到两乘，到了第三乘就说不清楚了。今天，三乘的教义虽然被弟子们传授下来，但仍然没有完全弄通三乘教义。

【原文】

许掾①年少时，人以比王苟子②，许大不平。时诸人士及支法师③并④在会稽西寺讲，王亦在焉。许意甚忿⑤，便往西寺与王论理，共决优劣，苦⑥相折挫⑦，王遂大屈⑧。许复执王理，王执许理，更相覆疏⑨，王复屈。许谓支法师曰："弟子向语何似⑩？"支从容曰："君语佳则佳矣，何至相苦邪？岂是求理中⑪之谈哉？"

【注释】

①许掾：指许询，字玄度，一直隐居不为官。②王苟子：指王脩，字敬仁，小字苟子。③支法师：指支道林。④忿：愤愤，怨恨。⑤并：全，都。⑥苦：竭尽全力。⑦折挫：不断地质问、诘难。⑧屈：理亏，没有办法反驳。⑨覆疏：颠倒疏通。⑩何似：怎么样。⑪理中：折中之理。

【译文】

许掾年少的时候，有人拿他和王苟子相比。许掾知道后，心里很不服气。那时候，许多名人贤士和支道林一起在会稽西寺清谈，王苟子也在其中。许掾心中愤愤不平，就到西寺找王苟子辩论义理，以分出胜负优劣。许掾煞费苦心，百般诘难，王苟子终于招架不住，理亏词穷。许掾和王苟子又相互交换论点，重现展开辩论。结果，王苟子又一次遭受挫折。许掾对支道林说："弟子刚才的义理辩论怎么样？"支道林神情自若地说道："你的论辩好是好，不过何必竭力相逼呢？这哪里是探究折中之理的清谈呢？"

【解读】

清谈虽然讲求彼此双方坦诚相见，直抒胸臆，却不提倡带着挑衅的态度去争抢输赢。真正的清谈高手，都善于隐藏自己的锋芒，即便想要证明自己是对的，他的气势也不会是嚣张的。因为有理不在声高，更不在咄咄逼人。如果自己所说的话是真知灼见，那用最柔和的口气说出来，话也仍是有力的。许掾因为不服气众人把他等同于王苟子，而在与王苟子的辩论中百般挑衅。他的辩论已经不是为了探求真理而来，而是想借助胜利炫耀自己。所以，正如支道林所说的，许掾诚然思维敏捷，善于辩论，但他的个人涵养不足，也不知何为真正的清谈。

在人际关系越来越重要的今天，像许掾这样的做法，是不得人心的。为了显示自己强大，把他人逼到一个尴尬的境地。这种行为无疑是让人讨厌的。真正的强者，对人可以宽容，对己可以克制。即使手中握有真理，占据绝对的优势，也应该保持一颗平常心。

【原文】

林道人①诣谢公②，东阳③时始总角④，新病起，体未堪劳，与林公讲论⑤，遂至相苦⑥。母王夫人在壁后听之，再遣信⑦令还，而太傅留之。王夫人因自出，云："新妇⑧少遭家难⑨，一生所寄，唯在此儿。"因流涕抱儿以归。谢公语同坐曰："家嫂辞情慷慨，致可传述⑩，恨不使朝士见！"

【注释】

①林道人：指支道林，东晋名僧，人称林道人。②谢公：指谢安，下文的"太傅"，也是指谢安。③东阳：指谢朗，字长度，曾经担任东阳太守。④总角：指儿童时期。古时候，男女在未成年之前，头发分开束结，形状就像是角。后来，人们称孩童为总角。⑤讲论：清谈。⑥苦：辩论激烈。⑦信：传话的人。⑧新妇：古时候已婚妇女对自己的谦称。⑨少遭家难：指年轻的时候，就失去了丈夫。⑩传述：传扬赞颂。

【译文】

林道人去拜见谢安。当时，谢安的侄儿谢朗还很年幼，生病刚刚好，还不能过分劳累。然而，即便如此，他和林道人之间的辩难，很快就变得异常激烈。谢朗的母亲王夫人在隔壁听到他们不断辩论，就派人去叫儿子回来。可是，谢安却挽留了侄儿。于是，王夫人亲自出来，说："我年轻的时候就遭遇不幸守寡，一生的期望全都寄托在这孩子身上了。"说完，王夫人抱着谢朗回家了。王夫人走后，谢安对在座的人说："我嫂子刚才的那番话，慷慨激昂，感人至深，实在值得传扬称颂，遗憾的是不能使满朝文武目睹这番情景。"

【解读】

人最宝贵的有两样东西，一个是生命，一个是心灵。王夫人对于谢朗身与心的精心呵护，可谓用心良苦。她这种爱，因为朴实所以显得分外伟大。谢安的赞叹，正是源于此。

王夫人这种关爱孩子的方式值得现代人学习。现代，有的母亲只着眼于当下，以一种非常功利化的心态去培养孩子。为了让孩子成名，他们尽可能地让孩子接触所谓的名人。让孩子过早地成人化、社会化，这对孩子的身心健康是极为不利的。有的孩子迫于父母的强烈意愿，虽然实现了所谓的成功，但是他们内心并不快乐。所以说，学习王夫人这种真正的母爱方式，克制自己的私心，那才是对孩子最好的教养。

【原文】

支道林、许掾诸人共在会稽王[①]斋头[②]。支为法师，许为都讲[③]。支通[④]一义，四坐莫不厌心[⑤]。许送一难[⑥]，众人莫不抃舞[⑦]。但共嗟咏[⑧]二家之美，不辩其理之所在。

【注释】

①会稽王：指晋简文帝司马昱。他在即位之前，被封为会稽王。②斋头：书房。③支为法师，许为都讲：魏晋时期，设坛讲经的时候，一个人讲解，一个人唱经。讲解的人，被称为“法师”；唱经的人，被称为“都讲”。④通：疏通，阐明。⑤厌心：钦佩，喜欢。⑥送一难：提出一个诘难。⑦抃舞：手舞足蹈，形容高兴的样子。⑧嗟咏：赞赏，称颂。

【译文】

支道林、许掾等人在会稽王的书房里聚集清谈。支道林担任主讲的法师，许掾担任唱经的都讲。支道林每阐明一条经义，在座的人无不感到钦佩。许掾每提出一个诘难，众人没有不拍手叫好的。大家只顾赞赏两人一讲一唱的美好氛围，却忘却仔细探究他们所说的义理到底是什么。

【解读】

《庄子·外物》有言：“筌者所以在鱼，得鱼而忘筌；蹄者所以在兔，得兔而忘蹄；言者所以在意，得意而忘言。”意思是说，筌、蹄、言都只是一种工具，最终的目标却是鱼、兔、意。只要我们实现了目标，领会了其中实质内涵，那么这些工具都可以忘掉了。

但是，支道林和许掾的听众，显然本末倒置，只在乎其言，而不顾其意。这样的一种清谈，有什么意义呢？不过是跟风起哄，让别人娱乐自己而已。清谈沦落到这种地步，那些狂热欢呼的人，俨然一具具空壳。

【原文】

谢车骑[①]在安西[②]艰[③]中，林道人[④]往就语，将夕乃退。有人道上见者，问云：“公何处来？”答云：“今日与谢孝[⑤]剧谈[⑥]一出[⑦]来[⑧]。”

【注释】

①谢车骑：指谢玄，字幼度，死后被追封为车骑将军。②安西：指谢奕，字无奕，曾经担任安西将军。③艰：指父母去世。④林道人：指支遁，字道林，时人称其为林道人。⑤谢孝：谢家的孝子，指处理丧事期间的谢玄。⑥剧谈：畅谈。魏晋时期清谈的一种形式，双方相互辩驳，直到一方理亏词穷为止。⑦一出：一番。⑧来：语气助词，无实际意义，一般用在句末。

【译文】

谢玄在为父亲谢奕守丧期间，林道人前去找他清谈。两人一直清谈到傍晚，林道人才告辞离去。有人在路上碰见林道人，就问他：“林公，你从哪里来啊？”林道人回答说：“我今天和谢家的孝子畅谈了一整天。”

【解读】

一次激情澎湃的辩难，一场倾心投入的言说，可以摆脱任何外在的羁绊，而使心灵达到自由自在、无拘无束的状态，而对于生活中的酸甜苦辣全不在意。从这一点来说，清谈的妙用不仅在于探究真理，还在于它能将人从外在的悲剧命运中暂时解脱出来。谢玄在为父守孝期间还能够与林道人清谈一整天，这除了说明他擅于清谈，爱好清谈，也说明清谈的“功效”很大。相信，在与林道人清谈过后，谢玄亡父的悲伤也已少了许多。从另一方面来说，支道林选择在这时候去找谢玄清谈，也可能是出于减轻他悲痛的心理。

【原文】

支道林初从东出[①]，住东安寺中。王长史宿[②]构精理，并撰[③]其才藻[④]，往与支语，不大当对[⑤]。王叙致作数百语，自谓是名理奇藻。支徐徐谓曰："身[⑥]与君别多年，君义言了不[⑦]长进。"王大惭而退。

【注释】

①从东出：从会稽出。会稽在京都的东边，所以说"从东出"。②宿：提前，事先。③撰：持有。④才藻：文才辞藻。⑤当对：比得上，匹敌。⑥身：指我。⑦了不：一点儿也不，全不。

【译文】

支道林刚从会稽山出来，住在东安寺里。王长史事先设想好玄妙的义理，并依仗自身的才华和文思，去找支道林清谈。然而，王长史根本不是林公的对手。王长史阐述义理，前前后后说了好几百句，自以为玄妙高远，言辞新颖。王长史说完后，林道林慢慢地对他说："我和你分别这么多年了，没想到你的义理言辞一点儿也没有长进。"王长史听完，惭愧地告辞而去。

【解读】

王长史有自信，这本来是好事。但他的自信完全出于一厢情愿，而不是建立在牢固可靠的基础上，所以他的自信是虚的，是一种一时兴起的自我膨胀。真正的自信，是在对自己实力清醒认识的基础上萌生出的勇敢力量。要想跟一个原本实力比自己大的人较量，你的自信必须来源你对自己有长进的确认。

何为长进？长进就是立足于原有的界限，不断地自我超越。超越，既不是老生常谈，也不是长篇大论，超越是立足于根本，抓住根本，不断创新，开创新局面。王长史清谈义理，洋洋洒洒说了很多，但终究是不脱窠臼，原地盘桓。

【原文】

殷中军[①]读《小品》[②]，下二百签[③]，皆是精微，世之幽滞[④]。尝欲与支道林辩之，竟不得。今《小品》[⑤]犹存。

【注释】

①殷中军：指殷浩，曾经担任中军将军。②小品：指佛经的简本。③签：标签，读书时做标记用。④幽滞：晦涩，难以理解。⑤小品：指佛经简本。

【译文】

殷浩阅读佛经简本，在书里做了不下两百处标记。那些标记是佛经中最为玄妙精微的地方，世人读到这里往往感觉异常艰难晦涩。殷浩曾经想要和支道林一起辨析这些地方，但始终没有机会。到现在，佛经简本还留存于世。

【解读】

殷浩和支道林是同一时代的清谈名士，谢安曾评价说他们两人不差上下，只是支道林在才识见解超过殷浩，而殷浩的口才更胜一筹。也就会说，支道林和殷浩，一个善于挖掘事理本质，一个逻辑清晰，善于组织语言。他们两人若是能够合作注解佛经中深奥难懂的地方，必定是一次完美的合作，对后世的影响也是有利的。然而，当时的社会动荡，且殷浩和支道林又有着不同的身份——殷浩参政，支道林是隐居高僧，两人能够合作的机会真是少之又少。后来，殷浩北伐，支道林又离开了南京，两人合作的机会就更渺茫了。殷浩北伐失败后又失去了平常心，整日愤愤不平，更是难以继续论著。所以，殷浩的心愿也只能成为遗憾了。殷浩的遗憾是乱世之中的遗憾，也是我们的遗憾。

【原文】

佛经以为祛练[①]神明[②]，则圣人[③]可致[④]。简文云："不知便可登峰造极[⑤]不？然陶练[⑥]之功，尚不可诬[⑦]。"

【注释】

①祛练：祛除不好的部分，修炼达到纯正的境界。②神明：指人的精神。③圣人：指佛。④致：达到。⑤登峰造极：比喻修炼达到了最高的境界。⑥陶练：陶冶修炼。⑦诬：抹杀。

【译文】

佛经上说，只要对人的精神进行净化与修炼，就可以达到圣人的境界。简文帝说："不知道能不能达到登峰造极的境界？不过，修炼陶冶的功夫，所带来的好处，是不容诋毁的。"

【解读】

简文帝的意思是："我"不仅想达到圣人的境界，还想达到比圣人的境界更高一级的境界，即登峰造极的境界。然而"我"也知道，有些理想是无法实现的。不过，事在人为，只要努力修养自己，总是会有好处的。

简文帝即表达了他对精神境界有着高远的追求，也表现了他做事情有着踏实诚恳的态度。他相信一件事情有利而定下最高的目标，但是绝对不会急功近利，而是从实际角度出发，本着"有付出就会有收获"的心态，去努力做最好的自己。

【原文】

于法开[①]始与支公[②]争名，后情[③]渐归支，意甚不分[④]，遂遁迹[⑤]剡[⑥]下。遣弟子出都[⑦]，语使过[⑧]会稽。于时支公正讲《小品》。开戒弟子："道林讲，比[⑨]汝至，当在某品中。"因示[⑩]语攻难数十番，云："旧此中不可复通。"弟子如言诣支公。正值讲，因谨述开意，往反多时，林公遂屈，厉声曰："君何足[⑪]复受人寄载[⑫]来！"

【注释】

①于法开：东晋时僧人。②支公：指支遁，字道林，与下文"林公"同指一人。③情：大众的心意、意向。④不分：不服气。⑤遁迹：隐居。⑥剡：指剡县。⑦出都：到京都。⑧过：经过，路过。⑨比：等到。⑩示：揭示，演示。⑪何足：何必。⑫寄载：指别人传授的意见。

【译文】

最初，于法开和支公争名。后来，人们都认为林公的义理较为透彻。于法开知道后，心里很不服气，便隐居到剡县。于法开派门下的弟子到京都，告诉他一定要经过会稽。当时，支公正在讲授佛经的简本。于法开告诫弟子说："支道林正在讲经，等你到那里的时候，他正好讲到某一品。"于是，于法开给这个弟子演示了几十多个诘难的问题，并说道："过去这些地方，一直没有人搞清其中的含义。"弟子按照他的话，去拜访了支公。支公正讲到那一品，这名弟子就谨慎地转述了于法开的意思。就这样，两个人来来回回，辩难了好长时间。最后，支公理亏词穷，严厉地呵斥道："你何必接受从别人那里授意过来的言论呢？"

【解读】

魏晋时期，名人贤士崇尚清谈，一个最为重要的目的，就是追求自由，解放自我。可是，于法开一味地沽名钓誉，钩心斗角。他为了争回面子，竟暗中备好论题和答案，让自己的弟子去打击"对手"。他这样做，其实已经背离了清谈的本质。

一个人一旦有名利之心，那他无论是做学问也好，做人也好，始终到达不了真正自由的境界。禁锢于名利的得失，失去了身心的通畅和自由，又如何达到更高的境界？

【原文】

殷中军[①]问："自然无心于禀受[②]，何以正[③]善人少，恶人多？"诸人莫有言者。刘尹[④]答曰："譬如写[⑤]水著地，正自纵横流漫，略无[⑥]正方圆者。"一时绝叹，以为名通[⑦]。

【注释】

①殷中军：指殷浩。②自然无心于禀受：中国古代的一种哲学观点，认为万事万物都是自然形成的，不受制于任何外在的影响。③正：只是。④刘尹：指刘惔。⑤写：通"泻"，泼水。⑥略无：一点儿也没有。⑦名通：至理名言。

【译文】

殷中军说："既然自然赋予人心的时候，没有受到任何外来的影响，那为什么只是善良的人少而邪恶的人多呢？"当时，在场的名人贤士没有一个人对此发表意见。这时候，只有刘尹一个人站出来，回答说："这就好比往地上泼水，只见它向着各个方向流淌，但完全没有正方或者正圆的。"一时之间，人们都称赞他回答得好，并认为是至理名言。

【解读】

关于人性的理论，中国古代曾经前后提出四种观点，即性善论、性恶论、性无善恶论、性有善恶论。上面的这段小故事，反映出魏晋时期人们倾向于"性无善恶论"。中国最先主张"人性无善无恶论"的是战国中期的告不害。告不害认为："性无善与无不善也……性犹湍水也，决诸东方则东流，决诸西方则西流。人性之无分于善不善，犹水之无分于东西也。"刘尹的回答，说人生就像是一盆泼出去的水，正是告不害"人性无善无恶论"的另外一种阐述。

【原文】

康僧渊[①]初过江，未有知者，恒[②]周旋[③]市肆[④]，乞索[⑤]以自营[⑥]。忽往殷渊源许，值盛有宾客，殷使坐，粗与寒温[⑦]，遂及义理，语言辞旨，曾无[⑧]愧色，领略粗举[⑨]，一往[⑩]参诣。由是知之。

【注释】

①康僧渊：东晋僧人，以擅长佛理著称。②恒：一直，总是。③周旋：在某地逗留。④市肆：集市，闹区。⑤乞索：乞讨。⑥自营：自己维持生计。⑦寒温：寒暄。⑧曾无：一点儿也没有。⑨粗举：大概地阐释。⑩一往：径直，一直。参诣：达到玄妙深远的境界。

【译文】

康僧渊刚到江东的时候，还没有多少人认识他。他整天在集市上徘徊，以乞讨为生。有一次，康僧渊突然来到殷浩的住处。当时，殷浩家中正在宴请宾客。殷浩让康僧渊坐下，三言两语寒暄过后，就和他清谈起玄理来。康僧渊的言语辞藻，在清谈过程中，丝毫不逊于殷浩。他领会基本的主题后，就单刀直入，直奔最高境界。由于这次清谈，人们都记住了康僧渊这个人。

【解读】

子曰："不患人之不己知，患其不能也。"人不用担心别人不知道自己，最应该放在心上的是自己有没有真才实学。只要自身有能力，等待时机，抓住机会，就能实现自我价值。所以说，康僧渊的成名并非偶然，而是因为他有厚实的基础。

另外，康僧渊由落魄到成名的事例还告诉我们：身处困境中时也不要放弃自己，而是根据自己的优势，寻找适合自己的平台。只要找对了平台，我们才能让自己的闪光点被人看见。康僧渊不找其他人而找殷浩，就是因为他懂得自己的长处和殷浩契合，而殷浩的朋友又都是一些有名望的人。他找准了殷浩设宴的时间，让自己出现在众多名士面前，那他就可以以最快的速度被众人知道。

【原文】

殷、谢[①]诸人共集[②]。谢因问殷："眼往属[③]万形[④]，万形来入眼不？"

【注释】

①殷、谢：指殷浩和谢安。②集：集会，聚会。③属：涉及，接触。④万形：各种不同的形状，泛指万事万物。

【译文】

殷浩、谢安等人聚集在一起清谈。谢安看准时机，问殷浩："眼睛捕捉到万物的形状时，各种各样的形状是否进入了人的眼睛呢？"

【解读】

魏晋时期，名人贤士清谈的内容无所不包。有些问题，虽然是一种消遣，但仍不乏对万事万物的思考。谢安之问，意在考察殷浩对人与事物的内在联系有多高程度的认识。为何这么说呢？因为，谢安的前半句指出了人是具有主观性的，人的眼睛所具有的功用是根据人的指令发挥出来的，所以万物才能在人的眼中成型，但他的后半句又发出疑问，是否万物都以各自的形态进入人的眼睛？也就是说，万物并不是被动的，它们也是自主的、有形的。这样一来就等同于他在问殷浩：到底人的眼睛是主动还是自然万物是主动的？是人在臆想万物的形状还是万物以各自的形状进入人的眼睛？

谢安的问，从此文中看不到殷浩的回答，我们无法知晓他对此一问题的看法。不过从这一问中可以知道，当时的名士们的清谈论题已经到了一种玄乎的地步。可见，玄学理论是当时清谈的一个重要论题。

【原文】

人有问殷中军[①]："何以将得位而梦棺器[②]，将得财而梦矢秽[③]？"殷曰："官本是臭腐，所以将得而梦棺尸；财本是粪土，所以将得而梦秽污。"时人以为名通。

【注释】

①殷中军：指殷浩。②棺器：棺材，棺木。③矢秽：粪便等污浊之物。

【译文】

有人问殷中军说："为什么人将要得到官位的时候会梦见棺材，要发财的时候会梦见粪便？"殷中军回答说："官位本来就是恶臭无比的，所以要当官了，就会梦到棺材里的尸体；财物本来就如粪土一般，所以要发财了，就会梦到肮脏的东西。"一时之间，他的话被传为名言。

【解读】

殷中军回答的精彩之处在于，他揭示了官名利禄的本质，也在不经意中揭示了人们做梦的心理，而最关键的是，他的回答也表明了他藐视"官财"的高洁情操。

殷中军的高洁自然值得推崇，但他对"官财"的态度却不值得称赞。"官"、"财"本身是没有好坏的，只不过使用它们的人有好有坏罢了。一个人，只要有正确的人生观，善于发挥"官财"对人有利的一面，那"官财"对他来说就是有利的事物。这样一个人，他做梦梦见的棺材、粪土也不会代表其他寓意，而只代表官财、粪土本身罢了。

【原文】

殷中军被废[①]东阳，始看佛经。初视《维摩诘》[②]，疑《般若波罗蜜》[③]太多；后见《小品》，恨[④]此语少。

【注释】

①废:贬黜。②《维摩诘》:指《维摩经》,全称《维摩诘所说经》。③《般若波罗蜜》:又称《摩诃般若波罗蜜多心经》,简称《心经》,是般若经系列中一部重要经典,是大乘佛教徒日常背诵的佛经。④恨:遗憾。

【译文】

殷中军兵败被贬为庶民后,一直在东阳居住。这期间,他开始阅读佛经。第一次看《维摩诘经》的时候,他怀疑《般若波罗蜜》这一章讲得太多。后来,他阅读佛经简本,又遗憾简本说的话太少。

【解读】

人的境遇影响心情,心情影响到一个人的学习态度。殷中军被贬为庶民,心绪不好,读书也变得烦躁,自然觉得书中的理论太繁复。其实,不管是真经还是简本,所承载的道理都是一样的,不会多,也不会少。只是由于读经的人自身心境不平,所以不是嫌弃太多,就是嫌弃太少。这正如王国维在《人间词话》里所说的那样:"有我之境,以我观物,故物皆着我之色彩。"

【原文】

支道林、殷渊源俱在相王[①]许[②]。相王谓二人:"可试一交言。而才性殆是渊源崤函之固,君其慎焉!"支初作,改辄远之[③];数四[④]交,不觉入其玄中。相王抚肩笑曰:"此自是其胜场[⑤],安可争锋[⑥]!"

【注释】

①相王:指晋简文帝司马昱。司马昱曾经位居会稽王,所以人称相王。②许:处所。③改辄远之:改变谈论的话题,远远地避开。④数四:屡次。⑤胜场:比别人略高一筹的地方。⑥争锋:一较高下。

【译文】

支道林和殷浩在相王府上做客。相王对这两个人说:"你们可以尝试在言语上一较高下。不过,在才性问题的辩难上,殷浩的防守很稳固,就像崤山和函谷关那样牢不可破,所以还请支公多加谨慎。"支道林开始辩难的时候,只论及其他问题,一直回避才性问题。两个人交锋几个回合后,不知不觉中进去了才性之学的玄谈中。相王拍了拍支道林的肩膀,笑着说:"这本来就是他的特长,怎么能跟他一争高下呢?"

【解读】

在与人较量的时候,选择容易攻破的地方而避免对方强大的地方,这是一种明智的做法。无论做什么,从自己最擅长的地方入手,成功的机会更大。如果不会避重就轻,非要拿鸡蛋碰石头,结果往往得不偿失。殷浩钻研钟会的《四本论》,对钟会的才性学说有透彻的了解。支道林知道自己这方面不如殷浩,所以避而不谈,他一开始是明智的。然而,在辩论中,支道林被求胜的心冲昏头脑,逐渐失去了理智。他忘记了自己的优势劣势,不知不觉陷入了自己不熟悉的领域,结果只能是惨败。

可见,一个人要想认识到自己的短处是很难的。一旦陷入"争"、"比"的形势中,人就会被虚荣心牵着走。这时候,我们只顾着争面子,奋力往前冲。没有了清醒的自我认知,当然容易被别人抓住弱点。

所以说,做人做事一定要时刻保持清醒,知道自己有几斤几两的能力。根据自己的能力做事,懂得如何回避自己弱项,发挥自身的优势,我们才有可能获得成功。

【原文】

谢公[①]因[②]子弟集聚，问："《毛诗》[③]何句最佳？"遏称曰："'昔我往矣，杨柳依依；今我来思，雨雪霏霏。[④]'"公曰："'讦谟定命，远猷辰告。[⑤]'谓此句偏有[⑥]雅人深致[⑦]。"

【注释】

①谢公：指谢安。②因：趁着。③《毛诗》：指《诗经》。后世流传的《诗经》由西汉时毛亨和毛苌编撰和注解，所以《诗经》又被称为《毛诗》。④昔我往矣，杨柳依依；今我来思，雨雪霏霏：语出《诗经·小雅·采薇》，这是一首描写出征战士回家的诗歌，意思是回想当初出征时，杨柳依依随风吹；如今回来路途中，大雪纷纷满天飞。⑤讦（xū）谟定命，远猷（yóu）辰告：语出《诗经·大雅·抑》，意思是建设国家，一定要确立大的施政方针，具有长远意义的国策一定要让群臣知道。訏，大。远猷，深远的计谋。⑥偏有：最为具有。⑦雅人深致：诗人的情趣。

【译文】

谢安趁诸位子弟聚会的机会，向众子弟提出了一个问题："《毛诗》中哪一句最好？"侄儿谢遏回答道："'昔我往矣，杨柳依依；今我来思，雨雪霏霏。'"谢公说："'讦谟定命，远猷辰告。'这一句在我看来最具有风雅之人的高远情趣。"

【解读】

谢遏与谢安所欣赏的是两种不同的情怀。"昔我往矣，杨柳依依；今我来思，雨雪霏霏。"说的是个人悲天悯人的衷肠；而"讦谟定命，远猷辰告"则是立足于整个国家和人生的深谋远虑。一个立足个人，一个观照全体；一个是赤子情怀，一个是社稷重臣。所处的地位和年龄不同，自然对万事万物的感受也不同。

【原文】

张凭[①]举孝廉[②]，出都，负其才气，谓必参时彦[③]。欲诣刘尹，乡里及同举者共笑之。张遂诣刘，刘洗濯料事[④]，处之下坐，唯通寒暑[⑤]，神意不接。张欲自发[⑥]无端[⑦]。顷之，长史[⑧]诸贤来清言，客主有不通处，张乃遥于末坐判[⑨]之，言约旨远，足畅彼我之怀，一坐皆惊。真长延之上坐，清言弥日，因留宿至晓。张退，刘曰："卿且去，正当[⑩]取[⑪]卿共诣抚军[⑫]。"张还船，同侣[⑬]问何处宿，张笑而不答。须臾，真长遣传教[⑭]觅张孝廉船，同侣惋愕。即同载诣抚军，至门，刘前进谓抚军曰："下官[⑮]今日为公得一太常博士[⑯]妙选。"既前[⑰]，抚军与之话言，咨嗟称善，曰："张凭勃窣[⑱]为理窟[⑲]。"即用为太常博士。

【注释】

①张凭：字长宗，吴郡（今江苏吴县）人。张凭年少的时候十分聪慧，后来被举为孝廉。②孝廉：汉武帝所设立的一种察举考试，用以选拔官员，后世许多朝代沿用这种选拔人才的方式。③时彦：当时的杰出人物。④洗濯（zhuó）料事：将手头的事情处理干净。洗濯，除去。⑤寒暑：寒暄。⑥自发：引发话题，提起话茬。⑦无端：没有机会。⑧长史：指王濛。⑨判：分析。⑩正当：将要。⑪取：请来。⑫抚军：指晋简文帝司马昱，他曾经担任过抚军将军。⑬同侣：同伴。⑭传教：传信人。⑮下官：魏晋时期，属官面对上级官员和君王时的自称。⑯太常博士：官名，主要负责管理祭祀之事。⑰既前：见面以后。⑱勃窣：文采丰富。⑲理窟：义理渊博，富有才学。

【译文】

张凭被推举为孝廉，来到京都，自认为才华横溢，一定能跻身于当时的名流之列。他想要拜访刘尹，同乡和一起被推举为孝廉的人知道后都嘲讽他。结果，张凭还是去拜访了刘尹。刘尹正在处理各种事务，只是安排他坐下，随便寒暄了几句，并没有深入地交谈。张凭想要提出议论，可是苦于没有好的话题。过了一会儿，王长史等名士都到刘尹这里清谈。当宾客与主人清谈时有不通达的地方时，张凭就远远地坐在尾座进行评析。张凭的话简练而又深远，宾客和主人的思路全都被打通了。满座的人听了后，没有一个不感到惊奇的。直到这时，刘尹才请张凭到上座。结果，两个人清谈了一整天。后来，张凭又留宿，两个人一直谈到第二天早晨。张凭将要告辞的时候，刘尹对他说："你暂时先回去，我会去接你，一起去拜见抚军。"张凭回到船上，同伴们问他在哪里过的夜，他笑了笑，并没有回答。没过多久，刘尹派传信人寻找张凭的船，同伴们知道后都感到很惊讶。张凭立刻与刘尹同坐一辆车去拜见抚军。走到门口，刘尹先走进去，对抚军说："下官今天为您找到了一位合适的人选，一定可以胜任太常博士。"见到张凭以后，经过交谈，抚军连连赞叹说："张凭文采缤纷，富于义理。"于是，抚军马上任命他为太常博士。

【解读】

"机不可失，时不再来"，机会不是等来的，而是争取来的。张凭抓住机会，展现自己，为自己的人生赢得了重要的一步。

生活中不乏有真才实学的人，但是他们当中很多人不会找一个合适自己的平台，只会终日空悲叹。其实，敢想敢做是成就事业的关键一步。要想获得成功，我们应该像张凭一样。抓住机遇，突破固有的成见，迈出常人不敢迈出的一步。只要在合适的平台上露一次脸，让他人记住我们，我们就有了机会。这并非高调，也并非哗众取宠，而是凭借自己的能力，自信地去争取成功。

【原文】

汰法师[①]云："六通[②]三明[③]同归[④]，正[⑤]异名耳。"

【注释】

①汰法师：指法汰，东晋僧人。②六通：佛经中指通达事理的六种能力——第一，天眼通；第二，天耳通；第三，他心通；第四，神足通；第五，宿命通；第六，漏尽通。③三明：一宿命明，通晓自己与他人今生的命运；二天眼明，知道自己与他人的来世的命运；三漏尽明，知道现在和过去的一切烦恼根源，并拥有消除这些烦恼的智慧。④同归：指向共同的意旨。⑤正：只，仅仅。

【译文】

法汰法师说："'六通'和'三明'所讲的道理都是一样的，只是名称有所不同罢了。"

【解读】

"六通"是佛经中指通达事理的六种能力——第一，天眼通；第二，天耳通；第三，他心通；第四，神足通；第五，宿命通；第六，漏尽通。

"三明"一是宿命明，通晓自己与他人今生的命运；二是天眼明，知道自己与他人的来世的命运；三是漏尽明，知道现在和过去的一切烦恼根源，并拥有消除这些烦恼的智慧。

六通和三明都是想要超越一切时间和空间的形式，探寻生命的本源，人的命运。它们本质上是一样的，所以汰法师说他们道理相似。

【原文】

支道林、许、谢[①]盛德[②]共集王家，谢顾诸人曰："今日可谓彦[③]会，时既不可留，此集固亦难常，当共言咏[④]，以写[⑤]其怀。"许便问主人："有《庄子》不？"正[⑥]得《渔父》[⑦]一篇。谢看[⑧]题，便各使四坐通[⑨]。支道林先通，作七百许语，叙致[⑩]精丽，才藻奇拔[⑪]，众咸称善。于是四坐各言怀毕，谢问曰："卿等尽不？"皆曰："今日之言，少不自竭。"谢后粗难[⑫]，因自叙其意，作万余语，才峰[⑬]秀逸，既自[⑭]难干[⑮]，加意气拟托[⑯]，萧然[⑰]自得，四坐莫不厌心[⑱]。支谓谢曰："君一往奔诣[⑲]，故复自[⑳]佳耳。"

【注释】

①许、谢：指许询、谢安。②盛德：德高望重。③彦：有才华的人，杰出人物。④言咏：畅谈吟咏。⑤写：通“泻”，抒发。⑥正：只，仅仅。⑦《渔父》：《庄子》里的一篇。⑧看：选择。⑨通：阐发义理。⑩叙致：论说叙述。⑪奇拔：卓尔不凡。⑫粗难：大概地诘难。⑬才峰：才华。⑭既自：既然，已经。⑮干：达到，赶上。⑯拟托：比喻寄托。⑰萧然：洒脱的样子。⑱厌心：真心地佩服。⑲奔诣：进入高深的境界。⑳故复自：确实是。

【译文】

等德高望重的人在王濛家聚会。谢安环视四座，说：“今天可以说是群英荟萃。时间是没有办法挽留的，因此像这样的盛会是很难得的。大家一起尽兴清谈，借此抒发各自的情怀。”这时候，许询问主人：“这里有没有《庄子》？”结果，王濛找了半天，只得到《庄子》其中的一篇——《渔父》。谢安从中选择了一个题目，就让在座的人准备阐发义理。支道林首先发表议论，谈了大概有七百句的样子。他的叙述，言辞华丽，思维清楚，众人都觉得很好。然后，众人依次发言，都把自己的想法和见解说了一遍。最后，谢安问：“今天大家尽兴了没有？”众人都回答：“今天的清谈如此酣畅，哪里有不尽兴的。”接着，谢安对众人的议论稍微加以辩难，在此基础上陈述了自己的观点。他前前后后说了有一万多句话，才华文思俊秀流畅，已经达到旁人无法企及的境界。他意气风发，不断地托物言志，洒脱自如的样子令众人无不衷心叹服。支道林对谢安说：“你一人在义理的道路上越走越远，达到了高深的境界，真是好啊！”

【解读】

玄理的表达有两种：妙不可言和知无不言、言无不尽。它要不说不清，要不说得请，且只要无限延伸，就可说得意味深远。从谢安的发言来看，他对《渔父》的解读是透彻的，他从中得到的思考也是多的。所以，当许询只能说出七百句的发言时，谢安却能发表了洋洋洒洒的万句议论。

【原文】

殷中军、孙安国、王、谢①能言诸贤，悉在会稽王②许，殷与孙共论《易象妙于见形》③，孙语道合④，意气干云⑤，一坐咸不安⑥孙理，而辞不能屈⑦。会稽王慨然叹曰：“使真长来，故应有以制彼。”即迎真长，孙意己不如。真长既至，先令孙自叙本理⑧，孙粗说己语，亦觉殊⑨不及向⑩。刘便作二百许⑪语，辞难简切⑫，孙理遂屈。一坐同时拊掌⑬而笑，称美良久。

【注释】

①王、谢：指王濛、谢尚。②会稽王：指晋简文帝司马昱。③《易象妙于见形》：即《易象妙于见形论》，由晋人孙盛编撰。④语道合：言论阐发得比较合乎义理。⑤意气干云：精神振奋，气概豪迈。⑥安：满足，满意。⑦辞不能屈：言语上不能驳倒对方。⑧本理：原来的义理。⑨殊：很，非常。⑩向：刚才。⑪许：用在数词后，表示大约、大概的意思。⑫辞难简切：言辞极为简单明了。难，极为，非常。⑬拊掌：拍手。

【译文】

殷中军、孙安国、王濛和谢尚等清谈名士，一起在会稽王府上聚会。殷中军和孙安国先就《易象妙于见形论》展开辩论。孙国安越说越合乎义理，精神振奋，气概豪迈。虽然所有人都认为他阐发的义理不是很满意，但在言辞上又不能驳倒他。见此情景，会稽王感慨地说道：“如果刘真长来这里，一定有制服他的办法。”于是，会稽王即刻派人去请刘真长。孙安国明白，自己确实比不上刘真长。过了一会儿，刘真长来了，他先让孙安国陈述自己说过的义理。孙安国大概复述了一下自己的观点，但没有之前说得好。刘真长开始议论，说了有两百多句，言辞简洁，含义确切。孙安国所持的义理最后被攻破了。在座的人看到这种情景，无不拍手称快，赞赏了很久。

【解读】

强中自有强中手，一山更比一山高。孙安国深知此理，也自知不如刘真长。他有自知之明，这是很难得的。然而，在崇尚清谈的魏晋，即便明知不如对方，也是要和对方辩论的。所以，孙安国在众人的造势下，也只得硬着头皮和刘真长较量起来。

孙安国第一次阐发义理，势不可挡，等到后来刘真长一到，虽然复述同样的观点，但却丧失了先前的气势。由此可见，自信是一个人做事的关键因素。没有了自信，气场上先输人一等。当然，如果没有相当的实力为基础，盲目的自信就是自负，到头来可能会输得更惨。

【原文】

僧意[①]在瓦官寺中，王苟子[②]来，与共语，便使其唱理[③]。意谓王曰："圣人有情不？"王曰："无。"重问曰："圣人如柱邪？"王曰："如筹算[④]。虽无情，运之者有情。"僧意云："谁运圣人邪？"苟子不得答而去。

【注释】

①僧意：东晋时僧人，具体姓名、事迹不详。②王苟子：指王修，字敬仁，小名苟子，曾经担任著作郎。③唱理：首先阐发义理。④筹算：古时候计算用的一种工具，一般由竹子制成。

【译文】

僧意居住在瓦官寺中，有一天王苟子来到寺中找他清谈。僧意先让王苟子阐发自己的观点。僧意对王苟子说："圣人有情吗？"王苟子回答说："没有。"僧意接着问："圣人像是柱子吗？"王苟子回答说："像是筹算。筹算虽然没有情感，但是使用它的人却是有感情的。"僧意问："那么，谁使用圣人呢？"王苟子回答不出，便离去了。

【解读】

按照王苟子的比喻，使用筹算的是人，圣人如筹算，那使用圣人的也就是人了。这么说来，倒不是圣人引导人们，而是圣人成为人们的工具——那圣人还能叫圣人吗？

王苟子一开始就错了，所以到最后只能无言以对。这并非他清谈功夫不够，而是他见识不足。见识不足而找高人谈论，当然只有败下阵来。王苟子还算有自知之明，最后会默默地离开，不再强辩下去，歪曲事理。

【原文】

司马太傅[①]问谢车骑[②]："惠子[③]其书五车，何以无一言入玄[④]？"谢曰："故当[⑤]是其妙处不传[⑥]。"

【注释】

①司马太傅：指会稽王司马道子，简文帝的儿子，曾经担任太傅。②谢车骑：指谢玄。曾经率领晋军赢得淝水之战，死后被追封为车骑将军。③惠子：即惠施，战国时期宋国人，政治家、辩客，是名家学派的创始人。《庄子·天下》有言："惠施多方，其书五车。"④玄：玄理，这里指道家学派的义理。⑤故当：大概，也许。⑥传：用言语表达。

【译文】

司马太傅问谢车骑："惠施所著的书，大概有五车那么多，怎么没有一句话是有关玄理的呢？"谢车骑回答说："大概其中精妙玄奥的地方，是没有办法用言语表达的。"

【解读】

惠施是名家学派的创始人，其著作数量颇丰，真有庄子所说的"其书五车"。然而，惠施的著作几乎没有流传下来。他的大部分思想只是通过其他人的转述而为后世所知,《庄子》、《荀子》、《韩非子》、《吕氏春秋》等书中都有对他思想的记载。所以，东晋时期的人们也是通过其他人的著述间接了解到惠施的。

名家学派以思维的形式、规律和名实关系为研究对象，主要探讨事物的名称、概念。这一学派的人，大都长于辩论，善于在语言自身上下功夫。正因为如此，惠施的很多理论和观点，是没有办法以文字的形式记载的。谢车骑说他的义理玄妙深奥,没有办法用言语表达,是有一定道理的。

【原文】

殷中军[①]被废，徙东阳，大读佛经，皆精解[②]。唯至事数处[③]不解。遇见一道人，问所签[④]，便释然[⑤]。

【注释】

①殷中军：指殷浩。②精解：深入透彻的理解。③数处：佛经中用数字表达的概念或者理论。④签：做标记，做记号。⑤释然：疑虑或者嫌弃消除后，心中安然的样子。

【译文】

殷浩被免官以后，迁居到东阳，每天勤读佛经，对于其中的义理大都可以理解。只是有些用数字表达的地方，他不是很明白。后来，殷浩碰到一位和尚，便将佛经中做过标记的地方拿出来向他请教。直到这时，殷浩久已存在的疑惑才算消除。

【解读】

学习应如殷浩，锲而不舍地追求自己还不理解的那部分的真意，直到完全弄清楚所学的东西。了解了全部，没有了疑惑，才算是真正的学会了。否则，因为知识和理论是相互贯通的，某些地方不懂就有可能导致通篇理解有误。那样，遗漏一丁点，所学到也不过是一知半解而已。

【原文】

殷仲堪精核[①]玄论[②]，人谓莫不研究。殷乃叹曰："使[③]我解四本，谈不翅[④]尔。"

【注释】

①核：考察，探索。②玄论：指道家学派的玄理。③使：假如，如果。④不翅：不仅，不只是。翅，通"啻"。

【译文】

殷仲堪深入研究玄学理论。人们传言，说他对于玄学理论，没有不涉猎探索的。殷中军知道后，感慨地说道："如果我能通晓才性四本论，那么所能谈论的远不止这些。"

【解读】

学得越深入会发现自己知道的越少，一个真正的学者是谦虚的。所以，当别人赞扬殷仲堪时，他却看到了自己的不足。不过，殷仲堪的感叹却传达了一个错误的学习理念：书读得多就会知道的越多，也就更能侃侃而谈。为什么说这个理念是错的呢？因为，真正有价值的知识都贵在精，且还须已经被所学之人吸收。也就是说，重复书中的言论并非一个人有见识的证明。储存知识也好，发表言论也好，我们都要明确：学习东西，关键在于对真理的认识能不能彻底，而不在于知道得多不多。

【原文】

殷荆州[①]曾问远公[②]："《易》以何为体[③]？"答曰："《易》以感为体。"殷曰："铜山西崩，灵钟东应[④]，便是《易》耶？"远公笑而不答。

【注释】

①殷荆州：指殷仲堪，曾经在晋孝武帝时担任荆州刺史。②远公：指惠远和尚，东晋名僧。③体：根本，本体。④铜山西崩，灵钟东应：西边的铜山发生崩塌，东边的灵钟就会感应发出声响。比喻重大事件之间，相互联系，彼此影响。

【译文】

殷荆州曾经问远公："《周易》以什么为根本？"慧远回答说："《周易》以感应为根本。"殷荆州接着问："西边的铜山发生崩塌，东边的灵钟就会感应发出声响，这是不是《周易》所说的感应呢？"慧远听了后，笑了笑，并没有回答。

【解读】

"铜山西崩，灵钟东应"的典故，起源于刘孝标注引的《东方朔传》：西汉时期，皇宫未央宫殿前大钟毫无缘由地自发鸣响，前前后后持续了三天三夜。满朝文武对这件稀奇的事都感到很惊讶。汉武帝召见王朔，问他到底是什么原因。王朔回答说可能会爆发战争。对于王朔的说法，汉武帝一点儿也不相信。于是，他转而询问东方朔。东方朔说，铜是山的儿子，山是铜的母亲，钟响就是山崩的感应。结果三天后，南郡太守上书启奏，说南郡周围的山体崩塌，蔓延了二十多里地。

感应是一种很玄妙的东西，说不清道不明，却又无可否认它存在的可能。慧远认为《周易》的根本是感应，意即指出《周易》的理论依据也是玄妙而不可言的。但是殷荆州却以"铜山西崩，灵钟东应"的典故来提出疑问：感应是否就是一种类似母与子之间的无言的沟通应和？他做出如此比喻和联想，就将慧远口中的"感应"形象化了。本来很玄妙的东西，被他这么一说，就变得容易理解了。虽说殷荆州的比喻未必代表他彻悟了《周易》的根本，但最起码表明他是有思考能力的。所以，慧远之笑，大有"孺子可教"之意。

【原文】

羊孚[①]弟娶王永言[②]女，及王家见婿，孚送弟俱往。时永言父东阳[③]尚在，殷仲堪是东阳女婿，亦在坐。孚雅善[④]理义，乃与仲堪道《齐物》[⑤]，殷难[⑥]之。羊云："君四番[⑦]后当得见同。"殷笑曰："乃[⑧]可得尽[⑨]，何必相同。"乃至四番后一通。殷咨嗟曰："仆便无以相异。"叹为新拔[⑩]者久之。

【注释】

①羊孚：字子道，泰山人，羊祜的后人，东晋时期官员，曾经担任太学博士。②王永言：指王讷之，字永言，琅邪人，东晋时期官员，曾经担任尚书左丞、御史中丞。③东阳：指东阳太守王临之，他是王永言的父亲。④雅善：十分善于。⑤《齐物》：指《齐物论》，《庄子》里的一篇。⑥难：辩难。⑦番：回合。⑧乃：方，才。⑨尽：指义理说尽。⑩新拔：创新独特，与众不同。

【译文】

羊孚的弟弟娶了王永言的女儿。等到王家接见女婿的时候，羊孚和弟弟一同前往。那时候，王永言的父亲东阳太守还健在，而殷仲堪是东阳太守的女婿，因此他也在座。羊孚非常善于谈论玄理，便与殷仲堪一起辩论《庄子·齐物论》。殷仲堪不断地向羊孚发起诘难。羊孚回答说："你四个回合后，一定与我的观点相同。"殷仲堪笑着说："只要能将这篇的义理谈论彻底，结论为什么要相同呢？"等四个回合过后，殷仲堪的观点果然与羊孚相同。殷仲堪叹服地说道："我没有办法不与你的观点相同。"于是，殷仲堪长时间地赞赏羊孚观点的卓越新奇。

【解读】

同一知识，不同的人有不同的领悟。所以，殷仲堪说《庄子·齐物论》的义理可以有不同的结论是对的。然而，他这么说的本意是为了证明自己的结论更准确，结果他却没想到，正如羊孚所言，自己反倒认同了羊孚的观点。殷仲堪为何会败给了羊孚呢？最根本的原因，应该是他对《庄子·齐物论》的领悟没有羊孚领悟得透彻。往往是这样：了解得越深，越明白自己所知甚少，反倒越谦虚。而一知半解的人，因为不知道自己还有哪些不懂，反倒认为自己全懂了而咄咄逼人。殷仲堪一再向羊孚发难的原因就在于此。难得的是，殷仲堪最后能认识到自己的不足，承认羊孚确实比自己高明。一个人，只要有这种虚心学习的精神，他还是有进步的空间的。

【原文】

殷仲堪云："三日不读《道德经》，便觉舌本①间②强③。"

【注释】

①舌本：舌根。②间：处，地方。③强：僵硬，不灵活。

【译文】

殷仲堪说："我三天不阅读《道德经》，就会感觉舌根僵硬，一点儿也不灵活。"

【解读】

《道德经》是道家哲学思想的本源，被奉为道教经典。殷仲堪说自己三天不读《道德经》就觉得说话不流利，意在表明他个人十分推崇道家理念。但是，如果确实如他所说，离开了《道德经》他就不会说话了，那表明他的学习方法是错的。即使信奉某一知识理念，学习它的正确方式也不应该是重复的阅读。因为，如果仅仅限于阅读而不进行自我的认真反思，消化吸收，那也只是机械地重复而已。这样的话，就算一天之内阅读三遍《道德经》，个人的见识也不会有真正意义上的提高。所以，有句话说，"学而不思则罔，思而不学则殆。"正确的学习方法，应该是将读与思紧密地结合起来。

【原文】

提婆①初至，为东亭②第讲《阿毗昙》③。始发讲，坐裁④半，僧弥⑤便云："都已晓。"即于坐分数四⑥有意道人，更就余屋自讲。提婆讲竟，东亭问法冈道人⑦曰："弟子都未解，阿弥那得已解？所得云何⑧？"曰："大略⑨全是，故当⑩小⑪未精核耳⑫。"

【注释】

①提婆：即僧伽提婆，以智辩著称于世。②《阿毗昙》：全称《阿毗昙摩》，指佛教经、律、论三藏中的论藏。③东亭：指王珣，他的爵位为东亭侯。④裁：通"才"。⑤僧弥：指王珉，字季琰，小字僧弥，是王珣的弟弟。⑥数四：数个。⑦法冈道人：东晋僧人。⑧云何：如何，怎么样。⑨大略：大体上，大部分。⑩故当：只是。⑪小：稍微。⑫耳：语气助词，罢了。

【译文】

提婆初到江左，到东亭侯府上讲解《阿毗昙》。提婆开始讲解后，东亭侯王珣的弟弟王僧弥，坐在那里才听了一半，就着急地说："我都已经明白了。"于是，在听讲人中，他拉出四五个与他想法一致的人，换到另外一间房屋，自己开始讲解起来。提婆讲解完毕后，东亭侯向法冈和尚说："我还没有完全听懂，僧弥怎么就已弄懂了呢？他所理解的，到底是个什么样子？"法冈和尚回答说："他的理解，大体上是对的，只是还没有深入罢了！"

【解读】

学东西要学到精髓，才是真正地学会了。只追求表皮，不求甚解，是无法学以致用的。王僧弥学习提婆的教诲，只听到一半就自以为领悟了，还开起研讨班来。他这种学习态度是不可取的。结合学习经历或者所见过的事例，我们会发现，那些学了表面就声称自己已经"完全明白"了的人，往往不如那些脚踏实地深入钻研的人。这也是为什么同一个专业，有的人别称为“老师”，而有的人被称为“专家”。

【原文】

桓南郡[①]与殷荆州[②]共谈，每相攻难[③]。年余后但一两番，桓自叹才思转[④]退，殷云：“此乃是君转解。”

【注释】

①桓南郡：桓玄，因被封为南郡公，故称桓南郡。②殷荆州：殷仲堪，晋孝武帝时期任荆州刺史。③攻难：争辩诘难。④转：渐渐地，逐渐。

【译文】

桓玄和殷仲堪在一起谈论时，每次都争吵很久。一年多后，两人通常只争吵一两回就不再争吵了，桓玄自叹才情文思逐渐衰退，殷仲堪却说：“这是你对问题的了解逐渐深入的缘故。”

【解读】

“马车越空，噪音越响”，通常，一个人的阅历越浅薄，经验越少，就越想证明自己的能力。而随着年龄的增长，对事物的认知和了解逐渐深入，一个人会慢慢地走向成熟，不再年少轻狂，不再为了一份虚无的成就感做一些肤浅而毫无意义的事情。桓玄的才思并没有削减，他只是变得越来越成熟，成熟的人是稳重甚至是沉默寡言的，他们话语不多，但分量很重。

【原文】

文帝[①]尝令东阿王[②]七步中作诗，不成者行大法[③]。应声便为诗曰：“煮豆持作羹，漉[④]菽[⑤]以为汁。箕[⑥]在釜[⑦]下然[⑧]，豆在釜中泣；本自同根生，相煎何太急！[⑨]”帝深有惭色。

【注释】

①文帝：即魏文帝，曹丕，曹操的二儿子。②东阿王：曹植，曹操的三儿子，聪慧好学，建安文学代表人物之一，曹丕即位后屡遭猜忌，郁郁而终。③大法：死刑。④漉：过滤。⑤菽：豆类的总称。⑥萁：豆秆。⑦釜：古代的一种炊具，圆底无足，形状和功能接近现代的“锅”。⑧然：通假字，即“燃”。

【译文】

魏文帝曹丕曾经让东阿王曹植在七步之内作一首诗，倘若作不出来就处死他。曹植不假思索，出口成诗：“煮熟豆子用来做豆羹，过滤掉豆渣后只剩下豆汁；豆秆在锅底下燃烧，豆子在锅里哭泣；本来是一个根上长出来的东西，为什么要急着相互残杀呢？”听完曹植的话，魏文帝面露愧色。

【解读】

危急时刻最能考验一个人的意志品质。魏文帝有意除掉曹植，因此想出让曹植“七步之内作诗”的要求。但曹植处变不惊，凭借自己的才学，含沙射影地驳斥了对方，让对方自感理屈，无力反驳，这种危急时刻的反应能力，是我们应该努力学习的东西。

生活不可能永远都是风平浪静的，难免会激起一些风浪。面对生活中的种种突发状况，我们要保持足够的冷静，尽快将焦躁、紧张、慌乱等负面情绪从身体里剥离出去，然后运用自己的智慧和能力做出反应。我们应该有勇气和胆识，但同时要有心如止水的定力，很多成功的决策和选择都是以冷静理智为前提的。

【原文】

魏朝[①]封晋文王[②]为公，备礼九锡[③]。文王固[④]让不受。公卿将校[⑤]当[⑥]诣府敦喻[⑦]，司空[⑧]

郑冲[9]驰遣信就阮籍[10]求文。籍时在袁孝尼家，宿醉扶起，书札[11]为之，无所点定，乃写付使。时人以为神笔。

【注释】

①魏朝：鲜卑族拓跋氏建立的封建王朝，南北朝时期北朝第一个朝代，又称后魏、元魏。都城平城。公元年，分裂为东魏与西魏。②晋文王：即司马昭，生前被封为晋王，死后追为文皇帝。③九锡：古代天子、帝王赐给有功大臣的九种器物，被视为一种最高礼遇。据《礼记》记载，这九种器物分别是车马、衣服、乐、朱户、纳陛、虎贲、斧钺、弓矢和鬯。④固：坚定地，坚决地。⑤公卿将校：即公、卿、将、校，古代的文武官职，泛指朝中的文武百官。⑥当：即将，将要。⑦敦喻：敦促劝说。⑧司空：中国古代的官名，西周时期创立，和司马、司寇、司士、司徒并称“五官”，主要负责水利、修建之类的事情。⑨郑冲：字文和，荥阳开封人，在儒学研究领域颇有造诣。曾任魏文帝文学，累迁尚书郎、陈留太守，和何晏等人撰写过《论语集解》一书，卒于公元年。⑩阮籍：（210 ~ 263），字嗣宗，建安七子之一阮瑀的儿子，三国魏诗人。信奉老庄哲学，与嵇康、刘伶等七人并称“竹林七贤”。⑪书札：又称手札、信札，即现在的书信。

【译文】

魏朝封晋文公司马昭为公，准备赐给他九锡大礼，但司马昭坚决不肯接受。朝廷里的文武大臣随即准备去他家里敦促劝说，希望他接受九锡大礼。司空郑冲派人骑马去找阮籍，希望他能帮忙写一篇劝进文。阮籍当时正在袁孝尼家里，醉酒不起，人们勉强把他扶起来，阮籍拿起毛笔，一蹴而就，痛快挥墨没有一处修改和涂抹的地方。于是人们将他写的文字重新誊写，交给来使。当时的人赞叹他下笔有神。

【解读】

酒精像是酵母，将阮籍体内蕴藏的才学不断发酵，并最终让他们喷薄而出，这是个水到渠成的过程，而非无中生有。这才是真中的潇洒，潇洒是一种人生态度，更是一种修行，它不同于狂放，因为狂放需要的可能只是冲动或者酒精的麻痹，但潇洒却是一种厚积薄发的张扬，一种不事雕琢的大气。

【原文】

左太冲[1]作《三都赋》[2]初成，时人互有讥訾[3]，思意不惬[4]。后示张公[5]，张曰：“此二京[6]可三[7]。然君文未重于世，宜以经高名之士。”思乃询求于皇甫谧[8]，谧见之嗟叹[9]，遂为作叙。于是先相非贰[10]者，莫不敛衽[11]赞述[12]焉。

【注释】

①左太冲：即左思，字太冲，齐国临淄（今山东淄博）人。西晋文学家，相貌丑陋，但博学多才。代表作品有《三都赋》、《齐都赋》以及《左太冲集》。②《三都赋》：左思的代表作之一，曾风靡一时，据说当时的人们曾竞相抄录该作品，结果导致纸张供不应求，纸价上涨，因此有了“洛阳纸贵”这个典故。实际上，《三都赋》包括三部作品，分别是《魏都赋》、《吴都赋》、《蜀都赋》。③讥訾（zī）：讥讽指责。④惬：满意，愉快。⑤张公：指张华，西晋文学家、政治家，字茂先，官至司空，西汉留侯张良的十六世孙。代表作品有《鹪鹩赋》、《博物志》等。⑥《二京》：即《两都赋》和《二京赋》，（张衡赋作中的代表作，包括《西京赋》和《东京赋》两篇），结构严谨，辞藻华美，被视为汉赋中的精品之作。⑦三：作动词用，指“并列成三”。⑧皇甫谧：字士安，安定朝那人，魏晋时期医学家、文学家，著述颇丰，代表作有《针灸甲乙经》、《历代帝王世纪》、《逸士传》、《列女传》等。⑨嗟叹：赞叹。⑩非贰：非议批评。⑪敛衽：敛起衣襟夹在带间，表示尊重。⑫赞述：赞美称述。

【译文】

左思刚刚写完《三都赋》的时候，人们对这部作品多有讥讽和诋毁，左思为此十分不愉快。后来他把作品拿给张华看，张华看完说："你的这部作品可以和《两都赋》、《二京赋》并列为三篇佳作，然而却没有引起世人的重视，你最好请个高明的人士替你宣传宣传。"左思于是向皇甫谧寻求帮助，皇甫谧看过《三都赋》后惊叹不已，随即替左思写了一篇序文。从此，原本非议批评《三都赋》的人，都对这篇文章赞不绝口，争相传送。

【解读】

人们常说"酒香不怕巷子深"，但有时我们却不得不说："酒香还怕巷子深。"好的作品不见得就不会被埋没，有时候，适当的宣传和包装是必需的。在生活节奏日益加快的当今，信息的更替非常迅速，一个人的精力毕竟有限，要想从浩如烟海的各类资源中索取自己中意的东西，必然要借助一定的宣传媒体和平台。你的作品或者其他资源再好，如果没有任何的宣传，将很可能淹没在同类的海洋里，它们良莠不齐，但却足以产生巨大的麻烦。如果你是一只千里马，一味地待在马厩里等待伯乐出现是不明智甚至是不现实的，你需要时不时地出去遛遛，能力和才学只是一方面，你还需要学会营销自己。

另一个方面，我们也不得不承认大众群体依旧存在"趋炎附势"、"人云亦云"的状况。皇甫谧的一篇序文，就让《三都赋》蜚声文坛，甚至让那些之前批评该文的人也改变态度，这一方面可能是皇甫谧的话确实点醒了观点偏执片面的一些人，但另一个更可能的原因是，大众出于敬畏或者盲目信仰的原因，接受了皇甫谧的观点，最终促成了《三都赋》的成功。这个社会上，依旧有很多人缺乏自己的主见和判断，过于依赖少数权威人物的论断和观点，这其实是一个危险的信号，当一个时代的话语权和决断力掌握在少数人手里的时候，专制和暴虐就有可能盛行，时代也更有可能走向倾覆。

【原文】

刘伶①著《酒德颂》，意气②所寄。

【注释】

①刘伶：字伯伦，魏晋时期沛国（今安徽淮北濉溪）人，"竹林七贤"之一，性情放浪，不拘礼法，嗜酒如命，曾作《酒德颂》。②意气：志趣。

【译文】

刘伶曾创作《酒德颂》一文，以此寄托自己的志趣。

【解读】

"人生得意须尽欢"大概可以概括刘伶的志趣和追求吧。对刘伶而言，酒已经不仅仅是一种液体，而是已经虚化为他的一种生活态度和信仰，酒要喝个痛快，人要活得自在，一醉方休。当然，著文以言志，弦断有谁听？刘伶借酒抒怀，除了与恣意豪放的性情有关，各种的落寞与孤独，恐怕也只有他一个人能够体会吧。

【原文】

乐令①善于清言②，而不长于手笔③。将让④河南尹⑤，请潘岳⑥为表。潘云："可作耳，要当⑦得君意。"乐为述己所以为让，标位⑧二百许语，潘直取错综，便成名笔⑨。时人咸⑩云："若乐不假⑪潘之文，潘不取乐之旨，则无以成斯矣。"

【注释】

①乐令：指乐广，字彦辅，南阳淯阳人，性情谦和，与世无争，官至尚书令。②清言：清谈，

泛指说话。③手笔：指写作。④让：辞官。⑤河南尹：河南郡的最高行政长官。⑥潘岳：即潘安，西晋文学家，才华和相貌均超出众人，代表作品有《闲居赋》、《秋兴赋》、《悼亡诗》。⑦要当：需要。⑧标位：揭示，阐述。⑨名笔：指名文，出名的文章。⑩咸：都，全部。⑪假：凭借，通过。

【译文】

乐广善于说话，但不善于写文章。他想要辞去河南尹的职位，于是请潘岳替他写一篇表文。潘岳说："文章可以写，但需要知道你的意思。"乐广随即说明了自己辞官的理由和想法，总共说了二百多句话。潘岳根据乐广的主旨大意错综成文，写出来的文章一时传为名篇。当时的人都说："如果乐广不借助潘岳的文章，潘岳不借鉴乐广的旨意，那就不可能成就这篇好文章了。"

【解读】

相得而益彰，潘岳和乐广各自施展自己长处，相互合作，最终促成了一篇佳作。生活就是这样，你有你的优点，我有我的长处，如果各自单干，闭门造车，那双方可能都不会取得什么傲人的成果，但如果两个人优势互补，通力合作，却可能能够达成一个完美的结果。一个人的能力毕竟是有限的，因此，如果两个人能够将事情处理得更好，就不要闭门造车，做些吃力不讨好的工作。

从文中看来，潘岳非常乐于帮助乐广，这是对他人的一种敬重和负责，实际上也是对自己负责。他帮助了别人，同时也凭借写出来的文章获得了时人的肯定，因此也在一定程度上成就了自己。

【原文】

夏侯湛[①]作《周诗》成，示潘安仁[②]，安仁曰："此非徒[③]温雅[④]，乃别见孝悌[⑤]之性。"潘因此遂作《家风诗》。

【注释】

①夏侯湛：字孝若，西晋文学家，沛国谯县（今安徽亳州）人，官至兖州刺史。②潘安仁：即潘岳。③非徒：不仅，不但。④温雅：温文尔雅，形容人态度温和，举止文雅端庄。⑤孝悌：孝顺父母，尊敬兄长。

【译文】

夏侯湛写好《周诗》，拿给潘岳看。潘岳说："你的诗不仅写得温厚典雅，而且饱含孝悌之情。"随即有感而发，写了一篇《家风诗》。

【解读】

夏侯湛是西晋著名的文学家之一，才学出众，善于著文，名声略逊于潘岳。所谓《周诗》，指《南陔》、《白华》、《华黍》、《由庚》、《崇丘》、《由仪》六篇，本来收录在《诗经》中，但内容已经遗失，只留有篇名。夏侯湛根据遗留的篇名写成六首诗，合称《周诗》。

从文中可知，潘岳对《周诗》做出了较高的评价，其中除了赞颂《周诗》写得温厚典雅之外，也特别提到了文中洋溢的孝悌之情。相较而言，前者是一种纯粹创作层面的技巧，后者却关乎一个作者的内心修养和品行。

一部好的作品，可以没有华丽的辞藻，但它应该切实地反映一些东西，它的骨子里应该有一些东西维系和支撑着，否则它就是没有灵魂的，称不上真正的好作品。《周诗》写得温厚典雅固然很好，但更可贵的是它能够传递阐释孝悌之情，让人们除了领略辞藻本身的美感外，还能够在心底激荡起一丝感悟，完成自我完善和提升。这样的作品，才是我们需要的。

【原文】

孙子荆[①]除妇服[②]，作诗以示王武子[③]。王曰："未知文生于情，情生于文？览之凄然，增伉俪[④]之重。"

【注释】

①孙子荆：即孙楚，字子荆，太原人。性情豪迈，孤傲不群，官至太守。②除妇服：指除去丧服，古代的丈夫要为亡妻服丧一年。③王武子：即王济，晋朝司徒王浑的儿子。④伉俪：指夫妻。

【译文】

孙楚服妻丧期满，写了一首悼亡诗给王济看。王济说："不知道是文章因情而生，还是情因文章而生，看完你的文章让我心生凄然，也加深了我对你们夫妻情深的感受。"

【解读】

写文章其实就是将内心的所思所想呈现在纸面上的一个过程，它本质上是一场心灵的倾诉，因此，只有当你的文字直接与内心相连，真正表达你内心所思所想时，才会吸引打动人。好的作品和文章必然洋溢着真挚的情感，甚至让你分不清文章因情而生，还是情因文章而生，因为文章已然和情感融为一体。读这样的作品，你就像和作者促膝长谈一样，一切都是真实而透彻的，没有任何的隔阂和欺骗。写文和处世是一样的，坦诚相待，饱含真情，你才能获得读者或者朋友。

【原文】

太叔广甚辩给①，而挚仲治长于翰墨②，俱为列卿③。每至公坐④，广谈，仲治不能对；退，著笔⑤难广，广又不能答。

【注释】

①辩给：能言善辩。②翰墨：笔墨，借指写文章。③列卿：指九卿，官职。秦汉时期负责掌管政务，魏晋以后逐渐失去实权。④公坐：公开场合。⑤著笔：即著文，写文章。

【译文】

太叔广能言善辩，挚仲治则擅长写文章，两人都在九卿之列。每次在公共场合，太叔广高谈阔论，挚仲治无言以对；回去以后，挚仲治写文章诘难太叔光，太叔广也不能回答。

【解读】

人各有所长，通常情况下，你只要在你所擅长的领域有所建树，就能取得一个成功的人生。这个社会上的全才很少，更多的是人才只能在极少的领域里崭露头角，而在更多的领域做一个平庸之辈。对我们而言，优点和缺点就像镜子的正反面一样不可分割，相互纠缠，我们应该将更多的精力和目光放在自己的优点上，但不该依仗着自己的优点去炫耀甚至中伤他人，与人相处不是带兵打仗，我们应该学会以己之长，补彼之短，以此达成一个双赢的结局。

【原文】

江左①殷太常父子②，并能言理③，亦有辩讷④之异。扬州⑤口谈至剧⑥，太常辄⑦云："汝更⑧思吾论。"

【注释】

①江左：即江东，指长江东边。古人以东为左，右为西。②殷太常父子：指殷融、殷浩叔侄两人。殷融曾做过太常卿，因此被称作殷太常。六朝时期，人们将"叔侄"称为"父子"。③言理：谈论玄理。④辩讷：辩，能言善辩；讷，木讷，言语笨拙。⑤扬州：即殷浩，曾任扬州刺史。⑥剧：剧烈，激烈。⑦辄：总是，就。⑧更：再，愈加。

【译文】

江东的殷融和殷浩是叔侄俩，都善于谈论玄理，但一个善于雄辩，一个则言语迟钝一些。每当殷浩高谈阔论、咄咄逼人的时候，殷融总是说："你再好好想想我说的话。"

【解读】

殷浩的话犹如清水，滔滔不绝，但终究淡了一些；殷融的话却像酒，虽然少一些，陈一些，但却有味，值得细品。优点和缺点都是相对的，盲者善听，口讷者善思，你可能在某一方面欠缺一些，但可能恰恰藉此在另一方面发掘并塑造自己的优势。每个人都有优点和缺点，当你在一些领域和方面逊于他人的时候，不要灰心丧气，更不要执迷不悔，尝试着在其他的领域取得突破。很多时候，你之所以没有成功并不是因为你不够优秀，而是因为没有找到自己的优秀之处。

我们应该学会谦虚，这会让我们更理智、更平静地思考事情，当我们忙着和别人争风较真的时候，我们的头脑就会开始丧失判断力。殷融忙着和殷浩辩驳，逞口舌之快，但实际上却还没有真正了解殷浩真正要表达的意思。凡事不去争执，谦让一些，平淡一些，你的终究是你的，实在不必着急。

【原文】

庾子嵩①作《意赋》成，从子②文康③见，问曰："若有意邪，非赋之所尽；若无意邪，复何所赋？"答曰："正在有意无意之间。"

【注释】

①庾子嵩：即庾敳，西晋名士，擅于清谈之学，时人称之为"庾中郎"。②从子：即侄子。③文康：指庾亮。

【译文】

庾敳写完《意赋》，侄子庾亮看到后说："如果你有意呢，一篇赋是无法表达尽您的想法的；如果无意，你又何必写这篇赋呢？"庾敳回答说："我恰好在有意和无意之间。"

【解读】

"恰好在有意无意之间"，生活中确实有这样一种微妙的状态，既不依左也不附右，不够极致但恰到好处，增一分失色，减一分不足。这种情形说小了是一种处事技巧，说大了则是一种人生哲学。事事求全何所乐，有时过于追求完美和极致是没有必要的，凡事留下一定的余地和空间，不求完美，只求恰到好处，拥有这种人生态度的人通常活得洒脱而舒坦，他们并非没有追求和向往，只是知足常乐，善于在取与舍之间找到一个最合适的点。

庾亮的话多少有些沽名钓誉、卖弄才学之嫌。生活中，我们难免会遇到一些沉迷于卖弄和炫耀自己的人，他们为了释放自己的光芒，不惜以牺牲他人的名誉和利益为代价，对于这种人，我们大可不必与之较真，如果有足够的精力和时间，你可以按照他们的规则和他们对弈一番，如果没有兴趣大可敷衍了事，不与纠缠。多交朋友，少立敌人，人生苦短，别把宝贵的时光放在一群注定殊途的路人身上。

【原文】

郭景纯①诗云："林无静树，川无停流②。"阮孚③云："泓峥④萧瑟⑤，实不可言。每读此文，辄觉神超形越。"

【注释】

①郭景纯：即郭璞，东晋著名学者，文学家和训诂学家，中国风水学鼻祖，著有《葬经》。②"林无静树，川无停流"：语出郭璞《幽思篇》。③阮孚：字遥集，阮咸之子，西晋陈留尉氏（今属河南）人。④泓峥：形容流水声。⑤萧瑟：风吹树木的声音。

【译文】

郭璞有句诗写道："林子里没有静止的树木，河水不会停止流动。"阮孚说："水声潺潺，风声瑟瑟，这种意境实在妙不可言。每次读你这句诗，总会给我一种精神和形体上的超越感。”

【解读】

郭璞的诗，让阮孚有一种醍醐灌顶、幡然醒悟的感觉，有时候，文人或者诗人就像是人类思想的代言人，它能够传达和表述很多常人能够理解但却无从说出口的道理和玄机。

“逝者如斯夫，不舍昼夜”，万事万物都在不停地变化着，永不停息。没有人能够阻止时间的流逝，就像没有人能够长生不老一样，我们无法决定自己活多久，但我们可以决定自己的人生是否是有意义的，是平淡无为的一生，抑或充实而饱满的一生，全在你自己的选择。

静止是相对的，生活中有很多东西都处在不断地变化之中，因此不要一味地对事物抱有绝对的看法和观点，事物在变，我们的思想和观念也应该不断地变化，这样才能不至变得落后甚至迂腐。

【原文】

庾阐[①]始作《扬都赋》，道温、庾[②]云：“温挺义之标[③]，庾作民之望。方[④]响则金声，比德则玉亮。”庾公闻赋成，求看，兼赠贶[⑤]之。阐更改“望”为“俊”，以“亮”为“润”云。

【注释】

①庾阐：字仲初，颍川鄢陵人，好学，善于写文章。②温、庾：指温峤、庾亮。③标：榜样，楷模。④方：比，比较。⑤赠贶（kuàng）：馈赠，赠送。

【译文】

庾阐刚刚写完《扬都赋》时，评价温峤和庾亮说：“温峤是伸张大义的榜样，庾亮则是民望所归。这两个人，影响比洪钟的声音还要遥远，品德比玉石还要鲜明光洁。”庾亮听说《扬都赋》写成，借去看了看，并馈赠了庾阐一些礼物。之后，庾阐为了避讳，将原文中的“亮”字改为“润”字，随即又为了押韵，把“望”字改成了“俊”字。

【解读】

对别人的肯定和赞美就是一种尊重，尊重是相互的，你尊重对方，对方自然也会尊重你，这就是庾阐替庾亮避讳的原因。相应的，如果你对别人不尊重，别人也不会将你放在一个重要的位置上。

在生活中，当他人对我们的态度不够好时，我们应该更多地从自己身上寻找原因，通常情况下，一个人是不会无缘无故地厌恶、讨厌他人的，肯定是被讨厌的人身上有些令人无法容忍或者不齿的举止和言行。当我们习惯通过自身归因来改善人际关系时，你会发现很多困扰自己的人际矛盾都迎刃而解了。

“文章千古事，得失寸心知”，好的文章就像一件精美的工艺品，是通过作者的精雕细琢才得以成形的，这除了要求作者要有一定的天分和素养，也要有耐心和细心。写文著书如此，做人同样如此，所谓“细节决定成败”，一个人拥有再宏伟再英明的战略，如果没有严格、认真的细节执行，也很难将它们付诸现实。

【原文】

孙兴公[①]作《庾公诔》[②]，袁羊[③]曰：“见此张缓[④]。”于时以为名赏。

【注释】

①孙兴公：即孙绍。②《庾公诔》：庾公指庾亮，诔（lěi），指通过叙述死者生平，以示哀悼。③袁羊：即袁乔，小字羊，故称。④张缓：紧张和舒缓，文中指张弛有度。

【译文】

孙绰写成《庾公诔》，袁乔说：“诔中张弛有度。”当时的人将这句话视为著名的评价。

【解读】

文字犹如旋律，一张一弛，有高有低的节奏才会动人。做文如此，做人同样如此，所谓过犹不及，事缓则圆，无论在生活还是工作中，我们都应该把持一个合理的度，什么时候该放松，什么时候该绷紧自己的神经，保持一个合理的平衡，让自己随时都能以一个收放自如的姿态学习和生活。

【原文】

庾仲初作《扬都赋》成，以呈庾亮，亮以亲族之怀[①]，大为其名价[②]，云可三《二京》、四《三都》。于此人人竞写[③]，都下[④]纸为之贵。谢太傅云："不得尔，此是屋下架屋[⑤]耳，事事拟学[⑥]，而不免俭狭[⑦]。"

【注释】

①怀：情分，情怀。②名价：评价，宣扬。③竞写：竞相抄写。④都下：都城，指建业，即现在的南京。⑤屋下架屋：在屋子下面再建造屋子，形容多此一举。⑥拟学：模拟学习，效仿。⑦俭狭：贫乏小气。

【译文】

庾阐写好《扬都赋》后，把它拿给庾亮看，庾亮出于同族之情，对文章大加赞赏，说它可以和《二京赋》、《三都赋》相提并论。于是，一时间，人人争相抄写此文，导致都城建业的纸价都上涨了。谢安说："不该这样，《扬都赋》只是只不过是屋下架屋而已，处处模仿抄袭，创意贫乏，行文小气。"

【解读】

庾亮仅仅出于同族之情就大加肯定和赞赏扬都赋，显然是一种有失公允的行为。然而更富有荒诞色彩的是，就是庾亮的一句肯定和赞扬，扬都赋就一纸风行，成了人们争相抄送传咏的对象。个人鉴赏力的缺失和盲目跟风让文学创作成为有限几个人操纵的游戏，当强势人物的发言成为评判文章好坏的标杆时，文学创作已经进入一个黑暗的时期。

推而衍之，一个时代需要不同的声音和观点，如果我们一味地跟风，一味地沉默，只会成为时代的奴隶，让话语权和操纵权掌握在极少数人手里，失去维护自我利益的能力。庆幸的是，还有少数像谢安一样的人，敢于发表自己的观点，坚持自己的立场，不要忽视了这看似微弱的力量，正是他们的坚持和敢于作为，逐渐地让更多的人站出来，说真话。一个有主见的人，是不会被人牵着鼻子走的。

【原文】

习凿齿[①]史才不常[②]，宣武[③]甚器[④]之，未三十，便用为荆州治中[⑤]。凿齿谢笺亦云："不遇明公，荆州老从事[⑥]耳！"后至都见简文，返命，宣武问："见相王[⑦]何如？"答云："一生不曾见此人。"从此忤旨[⑧]，出为衡阳郡，性理[⑨]遂错。于病中犹作《汉晋春秋》，品评卓逸。

【注释】

①习凿齿：字彦威，东晋著名文学家，史学家，襄阳（今湖北襄阳）人。主要著作有《汉晋春秋》、《习凿齿集》、《襄阳耆旧记》、《逸人高士传》等。②常：寻常。③宣武：即桓温，字符子，谯国龙亢（今安徽怀远西龙亢）人。东晋权臣、军事家，历任征西大将军、开府、南郡公、大司马、扬州牧、录尚书事等职，谥号宣武。④器：器重。⑤荆州治中：荆州，州郡名，东晋时期指湖北江陵一带，是当时的军事重镇。治中，官名，主要掌管州郡的文书档案。⑥从事：官名，即从吏史，亦称从事掾，刺史的佐吏。⑦相王：文中特指简文帝司马昱。⑧忤旨：违背旨意。⑨性理：神智。

【译文】

习凿齿史学才能出众，颇为桓温器重，不到三十岁就被用为荆州治中。习凿齿在写给桓温的谢文中说："如果不是遇见你这样英明的主人，我到老也就是个荆州从事罢了。"后来，习凿齿到京都谒见简文帝司马昱，回来后，桓温问他："你觉得简文帝怎么样？"习凿齿回答说："我这辈子都没见过这种人。"习凿齿因为这句话违背旨意，被降职为衡阳郡太守，神智也随即变得错乱。但在病中，习凿齿依旧写成了《汉晋春秋》一书，对史事的评价和见解超出常人。

【解读】

桓温对习凿齿有知遇之恩，因此习凿齿非常敬重桓温，这是一种心怀感恩的体现，他和人的才学一样宝贵。此外，习凿齿也是一个敢于直言，性情耿直的人，有什么就说什么，这种人处理事情通常麻利而高效，但有时也难免失之武断和草率。生活中，我们应该做一个富有主见，敢于发表个人观点的人，但在发表任何观点和言论之前，我们都应该保持冷静和理智，以图通过一种最合理的方式阐述自己的观点，不要做一个无头无脑的无畏者。

病中依旧能够著书立作，且能发现人未发之声，这说明习凿齿一方面才学过人，一方面也拥有过人的意志力。一个人的才学固然重要，但真正促成《汉晋春秋》诞生的其实还是习凿齿的个人素质和品质。生活中有很多人其实非常富有才华，但他们却缺少毅力和行动力，无法将体内蕴藏的才学化为众人可见的成果，结果碌碌无为，平庸一生。毅力、行动力等素质非常重要，有时它们比能力和才学重要，它们是一个人取得成功的重要基础和保障。

【原文】

孙兴公①云："《三都》、《二京》，五经②鼓吹③。"

【注释】

①孙兴公：即孙绰。②五经：儒家的五部经书，分别是《周易》、《尚书》、《诗经》、《仪礼》、《春秋》。③鼓吹：宣扬。

【译文】

孙绰说："《三都》、《二京》，都是五经的宣扬之作。"

【解读】

《三都》指左思的《三都赋》，《二京》指张衡的《二京赋》，两者均是当时传诵一时的名篇，五经则指儒家的五部经典作品，分别是《周易》、《尚书》、《诗经》、《礼记》、《春秋》。《三都赋》和《二京赋》虽然是传承儒家思想的衍生之作，但这并不影响它们的经典地位。

实际上，在文学创作乃至其他任何生活领域，真正原创而毫不借鉴先人思想或者研究成果的作品非常有限，借鉴和汲取先人的营养然后将之发扬光大，这一点都没有错，实际上人类文明的不断进步和社会的不断发展，就是在走这样一个过程。对于前人的经验和成果，我们完全应该将其中的精髓继续传承下去，当然这并不是让我们放弃创新和探索。

【原文】

谢太傅①问主簿②陆退："张凭③何以作母诔，而不作父诔？"退答曰："故当是丈夫④之德，表于事行；妇人之美，非诔不显。"

【注释】

①谢太傅：即谢安，字安石，生于陈郡阳夏（今河南太康），东晋政治家、军事家，官至宰相。谢裒之子。②主簿：古代官名，主要掌管文书、印鉴。③张凭：字长宗，吴郡人，著有《隋书》、《唐书经籍志》等。④丈夫：男子，男人。

【译文】

谢安问主簿陆退："张凭为什么只给母亲写悼文，而不给父亲写悼文呢？"陆退回答说："当然是因为男子的品德，可以通过行为处事表现出来，而妇人的美德，不写悼文就显现不出来。"

【解读】

宣传并不是因为事物不够好，而是因为事物的好不为世人所知。对于任何事物来说，一定的宣传是不可缺少的，当然，对于一部分无意名利的人来说，另当别论。生活中存在这样的一部分人，他们付出了很多，为这个社会带来了很多有益的改变，但却一直默默无闻，这些人是值得尊敬的。而这些人之所以默默无闻，一方面可能是因为自己确实无意让他人知道，一方面也可能是因为自己无法找到一种合适的途径让他人知道。我们应该做一个像陆退那样的人，发现身边默默无闻的奉献者，让那些本该就站在舞台上的付出者得到应有的肯定，这样将会让他们感到自己付出的价值和意义，进而给他们带来继续坚持下去的动力。

【原文】

王敬仁[①]年十三作《贤人论》，长史[②]送示真长[③]，真长答云："见敬仁所作论，便足参微言。"

【注释】

①王敬仁：即王修，小名苟子，字敬仁，王濛的儿子，官至著作郎。②长史：指王濛，曾任司徒左长史。③真长：即刘惔，字真长，沛国萧人。

【译文】

王修十三岁时写成《贤人论》，他的父亲王濛将文章送给刘惔看，刘惔回答说："根据写的文字，王修足以参悟玄理了。"

【解读】

有才不在年高。才华到底是先天的还是后天养成的一直是个仁者见仁、智者见智的问题，像王修这样的人才，估计前种因素的可能性会更大一些，因为他毕竟年幼，个人的阅历和经验都相对稀缺，成长的时间相对较短。但不可否认，后天的努力对一个人日后的成才而言也是一个非常重要的因素，才华不等于天赋，永远不要丧失信念和勇气，才学和能力是可以培养的，即使没有先天的优势，我们也完全可以通过后天的努力成为一个富有才华的人。

【原文】

孙兴公云："潘[①]文烂[②]若披锦，无处不善；陆[③]文若排[④]沙简[⑤]金，往往见宝。"

【注释】

①潘：指潘岳。②烂：灿烂，光彩耀人。③陆：指陆机，字士衡，吴郡吴县（今江苏苏州）人，西晋文学家、书法家，与其弟陆云合称"二陆"，世称"陆平原"，他的《平复帖》是中国现存最早的名人书法真迹，被誉为"九大镇国之宝"之一。

【译文】

孙绰说："潘岳的文字灿烂夺目，像锦缎一样华美，没有不好的地方；陆机的文字则如同在沙地里寻找金子一般，常常可以发现宝物。"

【解读】

潘岳的文字和陆机的文字各有所长，一个辞藻华美，视觉上就给人一种美的冲击，一个则如一坛陈年的老酒，表面上看虽然没有什么特别之处，但却越品越有味道。这其实可以代表两种不同的人生态度，一种追求绚烂极致的人生体验，拥有这种人生态度的人总是乐于展现，富有冲击力和吸引力；另一种则深邃淡薄，平淡洒脱，这类人通常处事低调，与世无争，看似没什么过人之处，但却可能身怀才学，而沉着稳重的性情，也让他们成为在一定领域较容易有所建树的人。不管我们倾向于哪种人生态度，都应不断的充实和完善自我。否则，不是沦为花瓶，就是沦为尘土。

【原文】

简文①称许掾②云："玄度五言诗③，可谓妙绝④时人。"

【注释】

①简文：即简文帝。②许掾：即许询，字玄度，东晋文学家，有才藻，善属文，东晋玄言诗的代表人物之一。③五言诗：古代较常见的诗歌体裁之一，亦称"五言古诗"或"五古"。全诗由五字句构成，音节上奇偶相配，富有音乐美，汉朝以后逐步取代四言诗，成为古典诗歌的主要表现形式之一。④绝：超越。

【译文】

简文帝司马昱称赞许询说："许询的五言诗，可以说绝妙超群。"

【解读】

许询是东晋的名流高士之一，善于著文，在五言诗的造诣上也达到了一个较高的水准，就这一点而言，简文帝的评价是比较客观中肯的。

司马昱曾著文集五卷，算得上是一个文人皇帝，这对东晋文坛来说无疑是一个利好的信号。一个文人能够写出好的作品固然重要，但如果没有人认可和赏识，没有一个良好的文化环境作支撑，再好的作品都有可能被埋没，幸运的是，许询生活在一个正确的时代。有时候，我们会说机会比实力重要，就是这样一个道理。

【原文】

孙兴公作《天台赋》①成，以示范荣期②，云："卿试掷地，要③作金石声④。"范曰："恐子之金石，非宫商⑤中声。"然每至佳句，辄云："应是我辈语。"

【注释】

①《天台赋》：即《天台山赋》，孙绰作，文辞华美，主要描写天台山的雄伟壮丽。②范荣期：即范启，字荣期，南阳顺阳人，范坚之子，才义过人，官至黄门侍郎。③要：应当，一定会。④金石声：指钟磬等乐器发出的声音，这里比喻文辞优美，音律铿锵。⑤宫商：指宫商角徵羽，古代五声音阶中五个不同音的名称，类似现在简谱中的1，2，3，5，6，文中泛指音律。

【译文】

孙绰写完《天台赋》后，拿给范启看，说："你可以试着将它扔在地上，应当会发出钟磬的声音。"范启说："你的钟磬之声恐怕不合五音旋律。"然而每当读到佳句，范启都会说："确实是我们这些人该说的话。"

【解读】

艺术和文学有其相同之处，将好的文字比作音律不无道理，文字就相当于音律，文学创作时的起承转合就如同音律的高低变换，好的文学作品也当如乐曲一般，给人愉悦的享受或者悲伤的感动。孙绰自称他的作品掷地有声，这是一种自信的体现，相信他为了创作该作品也融入的巨大的情感和精力。人不能盲目的自信，有实际行动支撑，你的自信才不会是虚无的，否则我们终究还是一个空想家。

在对他人或者事物有充分地了解之前，我们不该盲目作出评价，这是对另一方的尊重，也是在给自己留余地。生活中，有些人总是喜欢纵容自己的偏见和想当然，他们在短时间内可能的确得到了一些虚无的成就感，然而最后他们通常是自己扇了自己的脸。尊重他人，谦虚处事，让冲动和盲目远离自己，如此你才能得到他人的尊重。

【原文】

桓公①见谢安石②作简文谥③议，看竟④，掷与坐上诸客曰："此是安石碎金⑤。"

【注释】

①桓公：指桓温。②谢安石：即谢安。③谥：指谥号，古代帝王、诸侯、卿大夫等死后，朝廷根据他们的生平行为给予一种称号以褒贬善恶。④竟：终了，完毕。⑤碎金：散碎的金子，文中借指零散的篇章。

【译文】

桓温看完谢安写的简文帝谥号奏议，扔给座位上的各位客人说："这不过是谢安的零篇而已。"

【解读】

我们常说爱屋及乌，有时候，恨屋同样及乌。桓温因篡权未遂忌恨简文帝，所以才对谢安歌功颂德的奏议抱以非议。恨一个人就对所有与之有关的事物敌对，这种因个人的恩怨而对事物报以有失公允的评价显然是一种人格的缺失，是不可取的。其实无论喜欢一个事物还是讨厌一个事物，我们都应该足够理性，"金无足赤，人无完人"，任何人或事物都不可能是十全十美的，全盘肯定或者全盘否定都是有失客观的。不要让自己的主观情感和个人喜好左右了自己的认知和判断，否则你只会让自己的世界变得越来越狭隘。

【原文】

袁虎少贫，尝为人佣载运租。谢镇西①经船行，其夜清风朗月，闻江渚间估客②船上有咏诗声，甚有情致；所诵五言，又其所未尝闻，叹美不能已。即遣委曲③讯问，乃是袁自咏其所作《咏史诗》。因此相要④，大相赏得。

【注释】

①谢镇西：指谢尚，字仁祖，豫章太守谢鲲之子，东晋太傅谢安的从兄，精通音律、舞蹈、书法无所不通，历任江州刺史、尚书仆射、散骑常侍等职。②估客：指商贩。③委曲：详细地。④要：通"邀"，邀请。

【译文】

袁宏小的时候家里十分贫穷，曾经被人雇佣运送租米。谢尚曾经乘船出行，当晚月朗风清，听到江中小洲旁的一艘商贩船上传来吟诗的声音，很有情趣；所吟诵的五言诗，又是他从来没有听到过的，随即赞叹不已。于是立即派人详细地询问打听，知道是袁宏在吟诵自己写的《咏史诗》。于是将袁宏邀请过来，并对他大加赞赏。

【解读】

每个人或长或短都会经历一段"怀才不遇"的岁月，对此，有些人选择了放弃和妥协，将自己的才华和梦想搁置在一边，开始了忙碌平庸的生活；有人却像袁宏一样，即使在贫贱的生活里，也一直不放弃自己的爱好，结果他们最终等到了机会和转机。有信念才有希望。

谢尚在听到江上有人吟诗时，首先想到的是诗作本身的优劣与否，而丝毫没有考虑吟诗的人是否该交往，是否该予以帮助和提携，这是对人才的一种非常纯粹的渴求，不带有任何的功利心。这种人通常能够网罗人才，是真正的人才推手。

【原文】

孙兴公云："潘[1]文浅而净，陆[2]文深而芜[3]。"

【注释】

①潘：指潘岳。②陆：指陆机。③芜：杂乱，杂芜。

【译文】

孙绰说："潘岳的文章浅显而洁净，陆机的文章深奥却杂芜。"

【解读】

深奥但却杂芜，这种文章或许蕴含很多的道理但却令人难以吸收，结果可能还没有浅显的文章带给人的启发大。其实好的文章通常都是简单而明了的，这并不是说好的文章幼稚，而是文章的作者善于将艰涩杂乱的道理写得浅显易懂，这才是写作的真功夫。生活中，我们在处理事情时都应去秉持删繁就简的原则，能够一步到位的事情就不要分两步来做，能够一句话说清的事情就不要用两句话来解释，我们的行动应该直指结果，不要将精力和时间消耗在没有必要的事情上面。

【原文】

裴郎[1]作《语林》，始出，大为远近所传。时流[2]年少，无不传写，各有一通[3]，载王东亭[4]作《经王公酒垆下赋》，甚有才情。

【注释】

①裴郎：指裴启，名荣，字荣期，东晋河东（今山西运城东）闻喜人，著有《语林》。②时流：当时的名流。③一通：一份。④王东亭：指王珣，曾任东亭侯。

【译文】

裴启作《语林》，刚写完，便被远近的人们大相传送。当时的名流人手一份，没有不抄写的。其中载录有王珣的《经王公酒垆下赋》，非常有才华。

【解读】

好的文学作品就像是读者的代言人，它们可以说出你能够想到却又说不出口的道理和话语，或者它提供了一种符合你审美情趣的创作风格，因此你拿来代表你的品位和追求。不管是一种代言人式的追捧，还是一种偶像式的追捧，我们都不能迷失自己。有时候，我们可以按照某些人的想法和观点生活，但最终，我们还是要拥有自己的价值观和判断。观念和思想都会随着时间不断变化，昨天的金科玉律不见得就不会成为明天的桎梏。我们可以拥有信仰，但不能拥有盲目的信仰。

【原文】

谢万[1]作《八贤论》，与孙兴公[2]往反，小有利钝[3]。谢后出以示顾君齐[4]，顾曰："我亦作，知卿当无所名。"

【注释】

①谢万：字万石，谢安的弟弟。②孙兴公：即孙绰。③利钝：推迟，钝弊。④顾君齐：即顾夷。

【译文】

谢万作《八贤论》，和孙绰辩论，稍受挫折。后来，谢安将《八贤论》拿给顾夷看，顾夷说："我也曾写过一篇，估计你的文章确实没有什么好称赞的。"

【解读】

顾夷写过《八贤论》，了解此类话题可能存在的固有观点和局限，因此才给予谢安回复，不管他的观点是怎样的，至少他是尊重谢万的。如果我们对一个事物或者某个领域不够了解，就不要轻率地作出评价和判断，否则除了会误导他人之外，还会对我们的个人形象和素质造成不好的的影响。

此外，顾夷能够客观地评价和分析《八贤论》，没有因为个人情感而说一些奉承的话，这一点是值得肯定的。

【原文】

桓宣武①命袁彦伯②作《北征赋》，既成，公与时贤③共看，咸嗟叹④之。时王珣在坐，云："恨少一句。得'写'字足韵⑤，当佳。"袁即于坐揽笔益⑥云："感不绝于余心，溯流风而独写。"公谓王曰："当今不得不以此事推袁。"

【注释】

①桓宣武：指桓温。②袁彦伯：即袁宏。③时贤：当时的名人。④嗟叹：赞美。⑤足韵：补足韵脚。⑥益：增添。

【译文】

桓温让袁宏作《北征赋》，写成后，桓温和当时的名流一起看，众人全都赞叹文章写得好。当时王珣在座，说："只可惜少了一句，如果能用'写'字补上一韵就好了。"袁宏随即坐在席间，提笔加了一句："心中的感触绵延不绝，追溯先人的遗风而后独自抒发情怀。"桓温对王珣说："现在不得不因为这件事推崇袁宏啊。"

【解读】

王珣没有选择随声附和，而是果断地发表了自己的观点，这种勇气和率直是很多人所欠缺的。在生活中，当我们拥有建设性的观点和意见时，应该勇敢的说出来，地位和身份的悬殊根本就不是问题，只要观点或建议是正确的，人们还是会很乐于听取的。

面对王珣富有道理但却"不留情面"的建议，袁宏非常痛快地予以接受并在第一时间对作品作出修改，由此可见，袁宏是个爽朗直率，乐于接受他人意见的人。不得不说，像袁宏这样的人，总是能够不断地进步和完善自己，他们放得下身段和架子，虚心听取不同的声音和观点，并乐于改变自己，他们不放过每一个进步和成长的机会，因此他们总是能够不断地取得成功。

一个富有正气，敢于发出不同的声音；一个虚心听取他人意见，同时又极富行动力，可以说，王珣和袁宏身上都有值得我们借鉴和学习的地方，因此桓温实际不应只推崇袁宏，也应该推崇王珣才是。

【原文】

孙兴公①道："曹辅佐②才如白地③明光锦④，裁为负版⑤绔⑥，非无文采，酷⑦无裁制。"

【注释】

①孙兴公：即孙绰。②曹辅佐：即曹毗。③地：质地，底子。④明光锦：晋代的一种著名织锦。⑤负版：指背文书簿籍的人。⑥绔：裤子。⑦酷：尤其，实在。

【译文】

孙绰说："曹毗的才华犹如白底的明光锦，但却被裁剪成了背文书簿籍者的裤子，这并非因为曹毗没有文采，而是因为他没有被好好地剪裁制作。"

【解读】

人才就像是一块璞玉，在未经雕琢之前，都拥有大放异彩的潜质和可能，是否能够成为一颗真正的宝玉，还要看他能否得到合理地"雕琢"。一个人才如果因为没有被合理的发掘和利用而碌碌无为是非常可惜的一件事情，我们常说"巧妇难为无米之炊"，但别忘了还有一种情况是"有米无处觅巧妇”。如果你是富有才华的人，就应该清醒地认识到什么才是自己擅长的，因为只有你自己清楚你能干什么，能否干好。

【原文】

袁彦伯①作《名士传》成，见谢公②，公笑曰：“我尝与诸人道江北③事，特④作狡狯⑤耳，彦伯遂以著书。”

【注释】

①袁彦伯：指袁宏。②谢公：指谢安。③江北：指长江以北。④特：只是。⑤狡狯：玩笑，游戏。

【译文】

袁宏写完《名士传》，拿给谢安看。谢安笑着说：“我曾经和众人谈论江北的事情，但不过是随便说说而已，没想到现在却被你写成了文章。”

【解读】

“说者无意，听者有心”，袁宏的细致和用心着实令人叹服。很多灵感并不是凭空想象得来的，它来源于生活的每一个角落，只是你没有被发现而已。因此，我们应该学会倾听和发现，很多创意或者好的想法就隐藏在我们身边，有时候，我们想要变得优秀，并不需要创造力，只需要一颗善于观察和聆听的心。

【原文】

王东亭①到桓公吏，既伏阁下，桓②令人窃取其白事③，东亭即于阁下另作，无复向④一字。

【注释】

①王东亭：指王珣。②桓：指桓温。③白事：给上级的一种书面报告。④向：刚才，之前。

【译文】

王珣到桓温手下当官，已经等候在官署门前，桓温让人偷走了他的文书。王珣随即在官署门前重新写了一份，与之前的那一篇相比，没有更改一个字。

【解读】

王珣是富有真才实学的，因此才能在面对突发状况时迅速地采取措施，我们常说“兵来将挡，水来土掩”，但前提是我们要有“将”和“土”，面对意外的唯一方法是我们提前拥有抵挡和解决他们的能力和举措。我们当然不希望意外发生，但必须努力成为一个敢于面对并能够解决意外的人。

王珣能够一字不差地记起之前写过的文书，这一方面可能因为其出色的记忆力，但也可能是因为他在写文时投入了精力和情感。对于一个真正用心创作的人来说，文字就像是自己的孩子，它们的音容笑貌，你怎么会忘记呢？生活和创作一样，要投入自己的情感和精力，那些总是喜欢敷衍了事的人，很难成大器。

【原文】

桓宣武①北征，袁虎②时从，被责免官。会③须露布文④，唤袁倚马前令作。手不辍⑤笔，俄⑥得七纸，殊⑦可观。东亭⑧在侧，极叹其才。袁虎云：“当令齿舌间得利。”

【注释】

①桓宣武：指桓温。②袁虎：即袁宏，字彦伯，小字虎，时称袁虎，东晋文学家、史学家，陈郡阳夏（今河南太康）人。文笔典雅，才思敏捷，著有《后汉纪》三十卷。③会：碰巧。④露布文：指捷报、檄文等。⑤辍：停下来。⑥俄：不久，不一会儿。⑦殊：颇为，非常，特别。⑧东

亭：指王珣，字元琳，小字法护，东晋琅邪临沂人，著名书法家王导之孙，王洽之子。

【译文】

桓温北征时，袁宏跟在身边，后来被免去官职。一天，桓温碰巧需要写一篇檄文，于是将袁宏叫到跟前，让他倚在马前写作。袁宏手不停笔，不一会儿就写了七张纸，非常有文采。王珣站在一旁，非常欣赏他的才华。袁宏说："我应该因此而得到一些好处吧。"

【解读】

文思泉涌，说的大概就是袁宏这种人吧。但所谓"厚积薄发"，一个人只有积蓄的够多，才能在关键时间一下子爆发出来。因此我们不要幻想自己平白无故地就能爆发惊人的能量，这是要有一定的先决条件进行支撑的，书读多了才能下笔如有神，路走多了才能够熟悉通往目的地的捷径。只有足够勤劳，不断地努力和进步，成功和奇迹才会降临到我们头上。

袁宏希望通过自己的文章争取一些利益，虽然有些耍小聪明，但也是人之常情，无可厚非。而且需要意识到的是，袁宏并没有替自己的开拓，而是在自己"有所作为"时表达了将功赎罪的意愿，这说明他没有失去基本的理智。当我们身处逆境时，不要惊慌冲动，盲目地行动和举措只会让我们更加被动。要知道，危难时刻，拯救一个人的不是冲动，而是理智。

【原文】

袁宏始作《东征赋》①，都不道陶公②。胡奴③诱之狭室中，临以白刃④，曰："先公⑤勋业如是！君作《东征赋》，云何⑥相忽略？"宏窘蹙⑦无计，便答："我大道公，何以云无？"有诵曰："精金百炼，在割能断。功则治人，职⑧思靖⑨乱。长沙之勋，为史所赞。"

【注释】

①《东征赋》：主要歌颂过往江诸一代的名臣伟业。②陶公：即陶侃，字士行，鄱阳（今江西鄱阳）人，东晋时期名将，大司马，著名诗人陶渊明的曾祖父。③胡奴：指陶范，陶侃之子，官至光禄勋。④白刃：锋利的刀剑。⑤先公：先父，指陶范的父亲陶侃。⑥云何：为什么。⑦窘蹙：窘迫，急促。⑧职：通过。⑨靖：平定，平息。

【译文】

袁宏开始写《东征赋》的时候，只字不提陶侃。陶侃的儿子陶范随即把袁宏诱骗到一个狭小的房间里，手拿一把锋利的刀子说："我父亲的功业那么突出，你的《东征赋》里为什么没有提到他？"袁宏窘迫急促地说："我在赋里大加赞赏你父亲，怎么能说没有提到呢？"随即咏道："经过千锤百炼的精钢，锋利无比，东西一割便断，你父亲治人治世就是如此，锐不可当，这么突出的功勋，必定会被后世称赞。"

【解读】

《东征赋》是袁宏创作的一篇歌颂过江诸位名臣功业的文章，没有写到陶侃，必然有自己的想法和立场。我们且不谈陶侃的功业是否真的不足以写进《东征赋》，但至少，袁宏敢于发出自己的声音，没有一味地向当时的权贵妥协和低头。事实上，人在任何时候都不能丢失了自己的声音和立场，否则终将成为一个时代的附庸者。

陶侃为了父亲劫持袁宏，这里面虽然包含有浓浓的父子情谊，但显然属于过激的行为。当意识到自己或者对自己很重要的人的利益和尊严受到损害时，需要做的并不是不顾一切地采取行动，而是要剔除自己的主观情感，争取从一个客观公正的角度审视问题，此后，我们才应努力通过得当的方法合理地维护利益和尊严。

袁宏危急时刻脱口而出的那几句赋文，显然是即兴创作出来的。只能说，这种"出口成章"

的能力并不是每个人都能拥有，实际上真正救他性命的，是多年来积淀的文学素养和创作经验，而这一切都需要长时间地积累和锻炼。

【原文】

或[①]问顾长康[②]："君《筝赋》何如嵇康《琴赋》？"顾曰："不赏者作后出相遗[③]，深识者亦以高奇见贵。"

【注释】

①或：有人。②顾长康：即顾恺之，字长康，晋陵无锡（今江苏无锡）人，东晋著名诗人、画家，博学多才，诗词文赋样样精通。③遗：遗弃，摒弃。

【译文】

有人问顾恺之："你的《筝赋》和嵇康的《琴赋》比起来，怎么样？"顾恺之回答说："不欣赏的人认为《筝赋》是步人后尘，不值得重视；读懂的人则觉得它高深奇妙，珍宠不已。"

【解读】

步人后尘并不等同于抄袭，它同样可以出新，带给人不一样的新鲜感。因此当我们在借鉴和汲取先人的营养时，完全没有必要背负任何的包袱，步人后尘又怎样，我们完全能够"旧瓶装新酒"，推陈出新。

生活中，我们难免会有被人泼冷水的时候，世界可以是冰凉的，但别忘了我们还有一颗火热的心，坚韧和乐观就是对他们的最好回击，何况即使身处逆境，我们也不会孤身一人，总有些人会和我们站在一起。我们要做的，就是继续走下去，坚持下去，用结果让那些冷漠乃至心怀叵测的人闭嘴。

"得之我幸，失之我命"，这个世上有些事情是我们无法改变的，对此应该以一颗平常的心态来看待，有人喜欢你，也有人讨厌你，顺其自然就好了，你的好终究是你的，忌恨你的人也不会让你的好变成坏。你只需要坚持做你认为正确的事情即可。

【原文】

殷仲文[①]天才宏赡[②]，而读书不甚广博，亮[③]叹曰："若使殷仲文读书半袁豹[④]，才不减班固[⑤]。"

【注释】

①殷仲文：字仲文，陈郡（今河南）人，颇有才识，相貌堂堂，官至侍中、尚书。②宏赡：宏大丰富。③亮：指傅亮，字季友，南朝宋大臣。④袁豹：字士蔚，陈郡阳夏人，袁质次子，好学博闻，喜谈雅俗，官至太尉长史，御史中丞。卒于晋安帝义熙九年，年四十一岁。⑤班固：字孟坚，扶风安陵人（今陕西咸阳东北），东汉史学家、文学家，班彪之子，代表作有《汉书》、《两都赋》等。

【译文】

殷仲文才华横溢，只是读书不够广博，傅亮曾经感慨说："如果殷仲文读的书有袁豹的一半，那么他的才气将不输班固。"

【解读】

"读书破万卷，下笔如有神"，读书可以养心，可以益智，或者如文中所言，可以增加一个人的"才气"。每一本书里都包含着作者的智慧和感悟，读一千本书好比吸纳一千个人的智慧。永远不要忽视书籍的力量，读书可以让我们变得更加强大。

生活中常常有人说"如果"，但这世上本来就没有如果的事，一件事情或者发生，或者不曾发生，没有任何其他状态。因此，永远不要耽于幻想，对于任何一件事情来说，如果你觉得可能就立即采取行动去做，否则一切的空想和展望都是没有意义的。每个人都可以在心中想象一栋楼阁，但真正付诸实施并最终达成预想结果的，寥寥无几。不要犹疑和拖延，采取行动才是关键的，而且当你行动起来时，你常常会发现，自己曾经设想过的困难和阻隔并没有想象中那样艰巨和可怕。

【原文】

羊孚①作《雪赞》云："资②清以化，乘③气以霏④。遇象能鲜，即洁成辉。"桓胤遂以书扇。

【注释】

①羊孚：字子道，泰山南城人，东晋官员。②资：凭借。③乘：驾驭。④霏：形容雨雪很盛的样子。

【译文】

羊孚在《雪赞》中写道："凭借清风变化，乘着大气变化成雪，落到地上使事物变得光鲜，熠熠生辉。"桓胤随即将这首诗写在扇面上。

【解读】

《雪赞》是一手玄言诗，羊孚通过对雪的形态和变化过程的描述，概括了世间万物生成和变化的基本规律，同时借此寄托了自己清高的胸怀，迎合了魏晋时期的追求和风流。

什么样的时代孕育什么样的人才，在特定的文化背景和历史条件下，一个人通常很难摆脱时代的拘束和束缚，至少在一段时间内，我们都可能处于时代的操纵和包围之中，直到我们足够成熟，在积累了足够的阅历和经验后，才慢慢摆脱时代的束缚，逐渐拥有并发出自己的声音。其实成长不过是一个渐渐走向独立的过程，这除了简单的生理上的独立自主，也包括心智上的独立自主，我们曾经是时代的附庸者，但在经历了足够长的时间后，我们会从一个新的高度审视自己所处的时代，也只有在这个时候，我们才可能成为改变时代的人。

【原文】

王孝伯①在京，行散②至其弟王睹户前，问："古诗中何句为最？"睹思未答。孝伯咏："'所遇无故物，焉得不速老？③'此句为佳。"

【注释】

①王孝伯：即王恭。晋孝武帝死后，司马道子执政，王恭叛变，兵败被杀。②行散：魏晋时期，人们在食用五石散后，需要通过行走来发散药性。③"所遇无故物，焉得不速老"：语出《古诗十九首·回车驾言迈》，感慨社会动荡，人生短暂。

【译文】

王孝伯在京城，服用五石散后走到了他弟弟王睹的门前，问道："你认为古诗中哪句写得最好？"王睹陷入沉思，不能回答。王孝伯说："'遇到的事物不似从前，怎么才能不变老呢'，这句诗写得最好。"

【解读】

魏晋时期的人都讲求长生不老，他们服药就有这方面的考虑。但人终究是会变老的，世上也根本没有长生不老的药物，因此人生的短暂和时间的流逝成了当时文人时常关心和感慨的问题。

"寄蜉蝣于天地，渺沧海之一粟"，相比于永恒的时间而言，人的生命确实是短暂的。但如果不能有所作为，即使我们能够长生不老也是没有任何意义的。

时间总是在不经意间改变事物的本来面貌，但这本身并不足以成为我们感慨唏嘘的原因。实际上，我们之所以常常对过往的事情抱以唏嘘，往往是因为我们在过去的某些阶段做得不够好，心存遗憾。人生没有草稿，不留遗憾才是一种最好的生活方式。

【原文】

桓玄[①]尝登江陵城南楼云："我今欲为王孝伯作诔。"因吟啸[②]随而下笔。一坐之间[③]诔以之成。

【注释】

①桓玄：字敬道，桓温之子，谯国龙亢（今安徽怀远）人，东晋晚期的权臣。②吟啸：吟咏歌啸。③一座之间：指众人坐谈的功夫。

【译文】

桓玄曾经登上江陵城的南楼说："我今天想给王孝伯写篇诔文。"于是吟咏很久之后，随即下笔，在大家坐谈的时候，诔文已经写完了。

【解读】

磨刀不误砍柴工，桓玄虽然花了很长时间酝酿，之后才动笔，但却一蹴而就写成诔文，他前期的积累和酝酿并不是没有意义地浪费时间，而是在为之后的发挥蓄力。在做一件事情之前，不要吝啬于准备和酝酿的时间，有些人在得到一项任务之后，几乎没有经过大脑的思考和分析就开始着手行动，忙碌了很长时间，自始至终都没有一个合理的计划，最终导致结果一塌糊涂。

准备也是一种行动，它会让你更加从容高效地进行接下来的每一步计划。磨刀不误砍柴工，你或许比别人起步晚，但最终，你依旧很可能成为第一个到达终点的人。

【原文】

桓玄初并西夏[①]，领荆、江二州、二府、一国[②]。于时始雪，五处俱贺，五版[③]并入。玄在听事[④]上，版至，即答版后，皆粲然成章[⑤]，不相揉杂。

【注释】

①西夏：中原的西部，六朝时期指荆楚地区。②荆、江二州、二府、一国："荆、江二州"指荆州刺史和江州刺史，"二府"指八州都督府和后将军府，"一国"指南郡国公。③版：简牍，贺笺。④听事：厅室，厅堂。⑤粲然成章：指文辞华丽，下笔成章。

【译文】

桓玄刚刚兼并荆楚地区的时候，任职荆州和江州的刺史，统领八州都督府和后将军府，封南郡国公。当时的天气已经开始下雪了，五处全都来庆贺，五封贺笺也被一起送了过来。桓玄坐在厅堂里，贺笺一到，便在笺后答复，全都文辞华丽，下笔成章，各篇答复毫不混杂，没有重复的地方。

【解读】

一团乱麻，总有一个开始的地方，凡事先理清头绪再着手解决，要比毫无章法和准备地瞎忙一气划算许多。我们并不奢求拥有桓玄般迅速而超凡的处事能力，但至少要努力变得更沉稳些，不要手忙脚乱。"兵来将挡，水来土掩"，手头事情太多并不可怕，怕的是你自乱阵脚，没了章法。

桓玄能够第一时间回复贺笺，除了说明他拥有出众的才学之外，也意味着他非常地重视和尊重他人。生活中，当我们向某些人求助时，对方可能表面上显出一副极其热情的样子，但在应付一番后却忘得一干二净，这种人是不值得信赖的，而我们也应该避免成为这样的一种人。当你将他人摆在心目中一个重要的位置上时，对方自然也会敬重和尊敬你。

【原文】

桓玄下都①，羊孚时为兖州②别驾③，从京来诣门④，笺⑤云："自顷⑥世故睽离⑦，心事沦蕴⑧。明公启晨光于积晦，澄百流以一源。"桓见笺，驰唤前，云："子道，子道，来何迟！"即用为记室参军。孟昶为刘牢之⑨主簿，诣门谢，见云："羊侯⑩，羊侯，百口⑪赖卿。"

【注释】

①下都：指去京都建康，因建康位于长江下游，故称下都。②兖州：指南兖州，今江苏镇江。③别驾：古代官名，州刺史的重要佐吏。④诣门：登门拜访。⑤笺：拜笺，拜信。⑥自顷：近来，从……以来。⑦睽离：分离，离散。⑧沦蕴：沉积，郁结。⑨刘牢之：字道坚，曾在桓玄手下任职。⑩羊侯：即羊孚。⑪百口：全家人。

【译文】

桓玄来到京都，羊孚当时担任兖州别驾，特地从京口赶来登门拜访，拜笺上说："近来世事变迁，变故无常，心中郁结成疾。是您在黑夜里为我们带来了光明，让千百条泛滥的河流汇在一起。"桓玄看完拜笺，急忙将羊孚叫到跟前说："子道啊，子道，你怎么来得这么晚。"随即任命他为记事参军。孟昶是刘牢之的主簿，登门向桓玄谢罪时，见到羊孚，说："羊侯，羊侯，我们全家人的性命全寄托在你身上了。"

【解读】

桓玄之所以对羊孚有相见恨晚之情，除了看重羊孚的才学，肯定也有招募支持者和幕僚方面的考虑，而羊孚歌功颂德的文字背后，也无疑包含着超出文学创作本身的意图。可以说，桓玄和羊孚虽然可以称为文人，但他们心中都是拥有政治野心的人，文学上的交流和切磋只是他们的一种伪装，人际关系上的斡旋和较量才是他们的本来用意。

历史中并非只有战火与硝烟，也充斥着文人间的较量和争斗。在这场没有硝烟的战争里，语言和文字成了战场，心计成了一个人的武器。这场战争貌似比真刀真枪来得温柔得多，但它们的残酷性一点也不输戈矛相见。

方正第五

【原文】

陈太丘[①]与友期行，期[②]日中[③]。过中不至，太丘舍去，去后乃至。元方[④]时年七岁，门外戏。客问元方："尊君[⑤]在不？"答曰："待君久不至，已去。"友人便怒曰："非人哉！与人期行，相委[⑥]而去。"元方曰："君与家君期日中，日中不至，则是无信；对子骂父，则是无礼。"友人惭，下车引之。元方入门不顾。

【注释】

①陈太丘：即陈寔，字仲弓，东汉官员，曾任太丘长，故得名。②期：说好，约定。③日中：中午。④元方：即陈纪，字元方，陈寔之子。⑤尊君：及令尊，对对方父亲的尊称。⑥委：抛弃，舍弃。

【译文】

陈寔约好和朋友在中午一起出行。到了中午，朋友没有来，陈寔于是就独自出行了，走之后，朋友才赶过来。陈寔的儿子陈纪当年七岁，正在门外嬉戏。客人问陈纪："你的父亲在吗？"陈纪回答说："等你很久不见你来，已经走了。"友人非常生气，说："简直不是人啊！约好和人一起出行，现在却抛下别人自己走了。"陈纪说："你和我父亲说好中午会面，到了中午你还没来，这就是言而无信；当着别人的儿子指责他的父亲，这就是无理。"听完陈纪的话，友人十分惭愧，急忙下车拉陈纪，陈纪没理他，头也不回地跑到门里去了。

【解读】

言而有信，是每一个人都该把持和坚守的原则之一，就这一点而言，陈寔的朋友无疑是理亏的一方；当着对方的面指责对方的家属，这显然有失道德和礼貌的，何况指责本身就站不住脚。既无德，又失礼，这么看来，陈寔的这位朋友活脱脱一副无理取闹的模样，也难怪年幼的陈纪不想搭理他了。

尊重是相互的，你尊重对方，对方自然也会尊重你；而如果你不把别人放在眼里，就不要太期望别人把你摆在尊贵的位置上了。很多人都责怪世界对自己无情、冷漠，但在归因的时候，应该更多地考虑一下自己的态度和做法，如果自己摆着一副冷若冰霜的面容，又怎能苛求世界还你一个拥抱呢？

【原文】

南阳[①]宗世林[②]，魏武[③]同时，而甚薄其为人，不与之交。及魏武作司空，总朝政，从容问宗曰："可以交未？"答曰："松柏之志犹存。"世林既以忤旨见疏[④]，位不配德。文帝兄弟[⑤]每造其门，皆独拜床下。其见礼如此。

【注释】

①南阳：郡名，即现在的河南安阳。②宗世林：指宗承。③魏武：即晋武帝曹操。④见疏：被疏远。⑤文帝兄弟：指曹丕和曹植。

【译文】

南阳的宗承和晋武帝曹操是同时代的人，但非常鄙薄曹操的为人，不与他交往。等到曹操做了司空，总揽朝政之后，他从容地问宗世林："可以和我交往了吗？"宗世林回答说："松柏之志还在。”随后，宗世林因为忤逆曹操被疏远，德高而位低。曹丕和曹植每次登门拜访他，都恭敬地拜在他的床榻之下。他被人尊敬到这种地步。

【解读】

“贫贱不能移，威武不能屈”，宗承是个有气节和坚守的人，在曹操发迹之前如此，在曹操发迹之后同样，这一点尤为可贵，很多人在面对威逼利诱时无法坚守内心的准则，但宗承却能够一如既往坚守最真的自己，这一点尤为难能可贵。在生活中，难免有些事情会和我们心目中的价值观和世界观产生冲突，这时我们要坚守原则，否则很可能会在这个混乱的世界里迷失自己。

在宗承受到曹操排挤之后，曹丕和曹植作为曹操的子嗣，却依然能够发自内心地尊重和钦佩宗承的为人，他们同样是值得尊重的。从本质上讲，他们的为人原则和宗承其实是一样的，都能够始终坚持自己的本性，坚持真正正确的选择，不管外界的情形是怎样的。这种坚守足以成为很多人的榜样。

【原文】

魏文帝受禅①，陈群②有戚容③。帝问曰：“朕应天受命，卿何以不乐？”群曰：“臣与华歆④服膺⑤先朝⑥，今虽欣圣化⑦，犹义形于色⑧。”

【注释】

①受禅：中国上古时期推举部落首领的一种方式，即部落各个人表决，以多数决定继任首领。后来中国的王朝更替，不乏以禅让之名，行夺权之实的。②陈群：字长文，陈寔之孙，三国时期著名政治家，曹魏重臣，历任丞相军事、御史中丞、吏部尚书等职。③戚容：忧郁的神情。④华歆：字子鱼，平原高唐（今山东禹城西南）人。东汉名士，三国时期任魏司徒。⑤服膺：心悦诚服，忠心信服。⑥先朝：前朝，指东汉王朝。⑦圣化：指魏朝的建立，恭词。⑧义形于色：指旧主之情流露在脸上。

【译文】

魏文帝曹丕即位，陈群面露忧愁。曹丕问道：“我顺应天命继位登基，你为什么不高兴呢？”陈群说：“我和华歆都忠心于前朝，现在虽然欣喜于魏朝建立，但怀念旧主之情依旧难以掩盖。”

【解读】

改朝换代是历史的大趋势，从整体上看来，在时代的不断变迁中，社会形态在不断地完善，生活水平在不断地提高，人们的意识和素养也在不断地进步，推陈方能出新，这一点儿错也没有。当然，新生事物的出现，通常意味着某些旧事物的沦落和逝去，这几乎是一个无法规避的过程，但这并没有什么好惋惜的，因为我们在抛弃旧有事物时，并非一股脑地将过往积攒的东西全部废弃，而是“去其糟粕，取其精华”，不断追求进步，这也是我们一直提倡改变和创新的原因。

陈群之所以面露忧愁，一方面可能确实对前朝倾注了太多情感，在行将告别时，心中难免有所不舍和怀念；另一方面也可能有些因循守旧，缺乏对新生事物的接受能力。这一点，是陈群包括其他许许多多的人应该摒弃的。因循守旧的人，通常有懒惰和胆怯的通病，他们不愿意付出，害怕改变带来的一切不确定因素，结果他们总是故步自封，致使自己与这个时代越来越远，直至被彻底淘汰。

【原文】

郭淮①作关中都督②，甚得民情，亦屡有战庸③。淮妻，太尉王凌④之妹，坐⑤凌事，当并诛，使者⑥征摄甚急。淮使戎装⑦，克日⑧当发。州府文武及百姓劝淮举兵，淮不许。至期遣妻，百姓号泣追呼者数万人。行数十里，淮乃命左右追夫人还，于是文武奔驰，如徇⑨身首⑩

之急。既至，淮与宣帝书曰："五子哀恋，思念其母。其母既亡；五子若殒，亦复无淮。"宣帝[⑪]乃表，特原淮妻。

【注释】

①郭淮：字伯济，太原阳曲（今山西太原）人，三国时期魏国名将，官至大将军，封阳曲侯。②关中都督：关中，指函谷关以西的广大地区；都督，古代军事长官。③战庸：战功。④王凌：字彦云，太原祁（今山西祁县）人，三国时期魏大臣，汉司徒王允之侄。⑤坐：因……获罪。⑥使者：指奉命缉拿郭淮妻子的官吏。⑦戎装：准备行装。⑧克日：限定日期。⑨徇：夺取，营救。⑩身首：指性命。⑪ 宣帝：指司马懿，字仲达，三国时期魏国杰出的政治家、军事家，司马炎称帝后，被追尊为宣皇帝。

【译文】

郭淮任职关中太守，很得民心，并多次立下战功。郭淮的妻子是太尉王凌的妹妹，因为王凌谋逆受到株连，依法将被处死，朝廷的官吏急于缉拿她。郭淮让妻子准备行装，按照限定的日期出发。州府里的文武官员还有关中的老百姓都劝郭淮起兵，但郭淮没有同意。到了郭淮妻子出发的日子，哭喊着追逐郭淮妻子的百姓有好几万人。走了几十里地，郭淮才命令手下的人把夫人追回来，于是文武官员奔驰着追上郭淮妻子一行，像营救她的性命一般着急。追回来之后，郭淮给司马懿写了封信说："五个儿子十分悲痛，思念他们的母亲，如果母亲死了，那他们也就没法活了；五个儿子没了，那郭淮我也活不下去了。"司马懿随即特别宽赦了郭淮妻子的罪。

【解读】

中国古代的权势之争是非常残酷而血腥的，"宁可枉杀千人，毋使一人漏网"，统治者为了铲除异己，消除隐患，常常不择手段，株连之罪可以算作其中的极端表现之一。显然，郭淮的妻子是无辜的，但因王凌谋逆受到牵扯，惹来杀身之祸，表面上已经难逃一死。郭淮肯定比其他任何人更想解救自己的妻子，但他在危急时刻表现出了超出常人的冷静和镇定，并没有听取老百姓的建议起兵造反，而是先利用群众制造足够的舆论压力，而写信给司马懿，动之以情，晓之以理，最终成功地救了自己的妻子。

以郭淮的实力，如果当初他选择起兵造反，结局大概十有八九会战败，作出这种基本的判断对于一个身处正常环境条件中的人来说并不困难，但对于危急时刻中的人来说却难能可贵，这也正是郭淮的高人之处。当我们遇到紧急状况时，一定不要盲目急促地采取行动，如果条件和实际允许，尽量给自己多一些选择和考虑的时间，让理性占据你的大脑之后，再作出判断和选择，当你的大脑失去理智时，思维会非常混乱单一，但当你冷静下来时，你却能想到更多的选择和解决问题的途径，而转机和机会，可能就隐藏在其中。

郭淮凭借什么打动了司马懿？是真情，是诚挚而毫不掺假的情感。生活中，很多争执和纠纷的起因其实正是双方彼此欺骗、隐瞒或者背叛，结果他们越纠缠，矛盾就越激化，直到一方忍无可忍而采取极端的处理方式。如果他们从一开始就坦诚相待，真诚地对待彼此，平静客观地承担自己的责任，承认自己不对的地方，问题早就迎刃而解了。

【原文】

诸葛亮之次[①]渭滨[②]，关中震动。魏明帝[③]深惧晋宣王[④]战，乃遣辛毗[⑤]为军司马[⑥]。宣王既与亮对渭而陈[⑦]，亮设诱谲[⑧]万方，宣王果大忿，将欲应之以重兵。亮遣间谍觇[⑨]之，还曰："有一老夫，毅然仗黄钺[⑩]，当军门立，军不得出。"亮曰："此必辛佐治也。"

【注释】

①次：驻扎。②渭滨：渭河岸边。③魏明帝：即曹叡（ruì），字元仲，三国时期曹魏的第二位皇帝，

曹操之孙。④晋宣王：即司马懿。⑤辛毗：辛毗，字佐治，颍川阳翟人。公元年，诸葛亮屯兵渭南，司马懿上表魏明帝，魏明帝任辛毗为大将军军师，监视魏军行动。⑥军司马：古代官名，大将军属官。⑦陈：通"阵"，指列阵，排兵布阵。⑧诱谲：引诱，欺诈。⑨觇：窥探，窥视。⑩黄钺：钺是一种古代兵器，黄钺指用黄金制作的钺，代表威严不可侵的皇权。

【译文】

诸葛亮驻兵在渭河岸边，关中人民大为震惊。魏明帝深怕司马懿出战，于是派遣辛毗担任司马懿的军司马。司马懿和诸葛亮在渭河两岸排兵布阵，诸葛亮多次引诱司马懿动兵，司马懿果然大怒，准备用重兵迎战诸葛亮。诸葛亮暗中派遣间谍刺探，间谍回来说："有一个老人，手持黄钺坚定地站在魏军军营门口，军队没法出发。"诸葛亮说："这人一定是辛毗。"

【解读】

诸葛亮多次用计，无非就是想激怒司马懿，结果司马懿果然落入圈套。由此可见，沉着冷静对于一个人来说是非常重要的，如果没有辛毗，司马懿可能已经为自己的鲁莽和冲动付出代价了。而另一方面，我们也可以看出诸葛亮的知人之明，他了解司马懿的性情，因此"对症下药"，专捏司马懿的软肋，结果事半功倍，很快就让战局出现了"转机"。

所谓"棋逢对手，将遇良才"，诸葛亮胜券在握，无奈魏军营中还有一个老谋深算的辛毗。当属下将情况告知诸葛亮时，他自然没有见过间谍口中的老人，但他却一口咬定对方就是辛毗，这再一次印证了诸葛亮的知人。"知己知彼，百战不殆"，诸葛亮是历史上杰出的军事、指挥家，他之所以能够运筹帷幄，胸有成竹，关键还是在于他善于了解对方，善于审时度势，根据对方的特点采取行动，从来不盲目决策。

【原文】

夏侯玄①既被桎梏②，时钟毓③为廷尉④，钟会⑤先不与玄相知，因便狎⑥之。玄曰："虽复刑余之人⑦，未敢闻命。"考掠⑧初无⑨一言，临刑东市⑩，颜色⑪不异。

【注释】

①夏侯玄：字太初，沛国谯（今安徽亳州）人，三国时期曹魏大臣、玄学家，才华出众，精通玄学，因卷入谋杀司马师的阴谋被司马师杀害。②桎梏：即脚镣手铐，中国古代的一种刑具，戴在脚上称为"桎"，戴在手上称为"梏"。③钟毓：字稚叔，魏国大臣，魏太傅钟繇的长子，钟会的哥哥。为人机敏，历任散骑侍郎、黄门侍郎、青州刺史、都督徐州、荆州诸军事等职，谥号惠侯。④廷尉：官职，九卿之一，秦汉到北齐时期是掌管司法的最高官吏。⑤钟会：钟毓的弟弟，字士季，因谋反失败被杀。⑥狎：亲近而态度不庄重，戏弄。⑦刑余之人：受过刑的人。⑧考掠：拷问。⑨初无：完全没有。⑩东市：指长安东市，汉代处决犯人的地方，后来专指刑场。⑪颜色：面色，脸色。

【译文】

夏侯玄被拘捕时，钟毓任职廷尉，他的弟弟钟会因为之前与夏侯玄存在过节，因此趁机戏弄侮辱夏侯玄。夏侯玄说："我虽然是个受过刑的人，但也不会听任你的摆布。"最终，夏侯玄受尽严刑拷打，没有说一个字，刑场临刑时，面不改色。

【解读】

"君子坦荡荡，小人长戚戚"，对号入座的话，夏侯玄可以称之为"君子"，钟会则是"小人"，从文中我们看到了夏侯玄的凛然正骨，也看到了钟会的阴险卑鄙、小人得志的模样。在某些历史时期，难免会有小人得志，正义迷失的时候，但时间终会证明，什么人会变成星光，什么人会烂在泥土里。

夏侯渊英勇献身，可谓“舍生取义”，生活中有些东西确实是比生命还要高贵的，譬如气节，譬如尊严。在大义面前，夏侯渊选择了牺牲自己，这种精神无疑值得后世借鉴和学习。当然，现实生活中，需要我们通过献出生命来捍卫气节和大义的事情毕竟是少数的，很多情况下，我们都会面临一些更琐碎的抉择。在那种情况下，有些的正义感可能会开始弱化或者倾斜，因为事情本身较小的负面影响，让我们疏于坚守，这是不可取的。做人要纯粹，无论什么时候都要一如既往，坚持原则不能动摇，任外界风云变幻，我自岿然不动。

【原文】

夏侯泰初①与广陵②陈本善③，本与玄在本母前宴饮，本弟骞行还，径入，至堂户④。泰初因起曰：“可得同，不可得而杂。”

【注释】

①夏侯泰初：即夏侯玄。②广陵：郡名。③善：友好。④堂户：厅堂的门。

【译文】

夏侯玄和陈本很要好。一次，陈本和夏侯玄在陈母面前喝酒，陈本的弟弟突然闯入厅堂的门，夏侯玄于是站起身说：“可以与人以礼相交，不可以违礼杂处。”

【解读】

“文质彬彬，然后君子”，一个人只有知节懂礼，才能成为一个君子，也才能得到别人的尊重，想要优雅和风度，首先要和蛮横和粗鲁断绝关系。夏侯玄虽然和陈本关系很要好，但他并没有因此纵容陈本弟弟的粗鲁和失礼，这就是他做人的坚守和原则，不因个人关系的亲疏发生任何的转移和改变。丁是丁，卯是卯，凡是牵扯到道德和为人原则的事情，一定不要含糊，这是对你自己负责。

【原文】

高贵乡公①薨②，内外喧哗。司马文王③问侍中④陈泰⑤曰：“何以静之？”泰云：“唯杀贾充⑥以谢天下。”文王曰：“可复下此不⑦？”对曰：“但见其上，未见其下。”

【注释】

①高贵乡公：指曹髦，魏文帝曹丕之孙，即位前为高贵乡公，三国魏第四皇帝，后被司马昭指使的贾允杀害，卒年二十。②薨：古代指诸侯或有爵位的官员死去。③司马文王：即司马昭，字子上，河内温（今河南温县）人，是司马懿的次子，曹魏权臣，通过杀害曹髦篡夺曹魏政权，死后被追尊为文皇帝。④侍中：古代官名，皇帝身边的侍从。⑤陈泰：字玄伯，魏国名将，司空陈群之子，官至尚书左仆射。

【译文】

曹髦被刺杀后，朝廷内外舆论哗然，司马昭问侍中陈泰：“怎样才能让这些人平静下来？”陈泰说：“只有杀了贾允，才能给天下人一个交代。”文王说：“难道没有别的办法吗？”陈泰说：“只有比这代价更大的方法，没有更轻的了。”

【解读】

斩草需要除根，曹髦是被贾允杀死的，因此要想彻底平息事态，只能将贾允杀死，这是最彻底，也是最有效的方式。有些人在解决身边的一些问题时，总是无法从根源上入手，这一方面可能是因为他们确实无法看清事情的缘由和根源，另一个更可能的原因则是不想从根本上做出改变，因为那会触动他们的利益或者破获他们的既有成果。这种人通常是不会取得太过人的成绩的，因为他们总是想着不劳而获，希望通过付出最小的代价获得最大的利益；他们往往沉溺于已经获得的东西，总是想着获得更多，却又不想改变之前的任何东西。做人要拿得起放得下，敢作敢当，做了有风险的事情就要敢于为可能的结果买单，如此，我们才能不断地尝试，同时不断地进步，直至成功。

【原文】

和峤[①]为武帝[②]所亲重，语峤曰："东宫[③]顷[④]似更成进[⑤]，卿试往看。"还，问何如。答曰："皇太子圣质[⑥]如初。"

【注释】

①和峤：字长舆，西晋汝南西平（今河南西平）人。历任太子舍人、颍川太守、给事黄门侍郎、中书令等职，深受武帝器重。②武帝：即司马炎，字安世，河内温（今河南温县）人，司马懿之孙，晋朝开国君主，谥号武皇帝。③东宫：指太子的居所。④顷：近来。⑤成进：长进。⑥圣质：指太子的资质、品质，恭词。

【译文】

和峤被晋武帝司马炎器重，司马炎曾对和峤说："太子进来似乎有所长进，你可以去看看。"和峤回来后，司马炎问他怎么样，和峤说："太子的资质和从前一样，没有改变。"

【解读】

司马炎知道太子生性愚笨，因此十分担心他能否继任王位，让和峤去观察太子其实是想让和峤给他一些心理上的支持。司马炎清楚太子并没有改观，但他肯定希望和峤给他一个太子已经变好的消息。然而，和峤并没有成为谎话和权势的附庸者，最终在司马炎的心头浇了一盆冷水。

无疑，和峤是一个有气节和坚守的人，没有在权贵面前露出丝毫阿谀奉承的相貌，坚持说真话、讲实情。而另一方面，我们也可以看出和峤说话的艺术，他并没有说太子像之前一样愚笨，而是说太子的资质和从前一样，但对太子的资质如何不作任何的评判，这就是他的高明之处。太子的资质如何司马炎心里自然清楚，和峤的这盆冷水够冷却也没有留下任何把柄和破绽，司马炎自然也就无从苛责了。

生活中，我们应该有自己的主张和观点，但这并不意味着就要为此和人针锋相对，直截了当地点明自己的立场，甚至不惜恶语伤人。我们完全可以采取一种迂回而间接的方式，委婉地表达自己的主张，最终在表面不伤害对方的情况下，让自己的立场和观点击垮对方。这就像打太极，太极的每一招每一式都是非常和缓的，但就是这些看似绵软无力的招式，最终却可以四两拨千斤，释放出惊人的力量。

【原文】

诸葛靓[①]后入晋，除[②]大司马，召不起。以与晋室有雠[③]，常背洛水而坐。与武帝有旧[④]，帝欲见之而无由，乃请诸葛妃[⑤]呼靓。既来，帝就太妃间相见。礼毕，酒酣，帝曰："卿故复忆竹马之好不？"靓曰："臣不能吞炭漆身[⑥]，今日复睹圣颜。"因涕泗[⑦]百行。帝于是惭悔而出。

【注释】

①诸葛靓：字仲思，琅邪阳都（今山东沂南）人，魏征东大将军诸葛诞之子。②除：任命。③雠：即仇，仇恨。④有旧：有旧交，有旧情。⑤诸葛妃：魏司空诸葛诞的女儿，诸葛靓的姐姐。⑥吞炭漆身：出自《战国策·赵策一》。战国时，智伯被赵襄子所杀，智伯的门客豫让为替智伯报仇，在身上涂漆以生。做了乞丐去行乞。他的妻子也认不出他了，说："您的长相面貌不像我的丈夫，说话的声音怎么这么像我丈夫啊。"豫让又吞咽木炭，使自己的声音变得沙哑。找准机会刺杀赵襄子，后来事情败露而死。⑦涕泗：流泪。

【译文】

诸葛靓后来到了晋都洛阳，被封为大司马，但不肯应诏。因为和晋王室有仇，常常背对洛水而坐。他和晋武帝司马炎有旧交，司马炎想见他，但是没有合适的理由，于是便让他的姐姐诸葛妃请他。诸葛靓到了后，司马炎去诸葛妃那里见到了他。叙礼之后，两人饮酒正酣，司马炎问道："你还记得我们小时候的友谊吗？"诸葛靓说："我不能像豫让一样吞炭漆身，所以才在今天又见到您。"随即泪流不止。司马炎听完惭愧不已，起身离去。

【解读】

诸葛靓的父亲被司马家族所害，杀父之仇终生不忘，这是诸葛靓始终如一的坚守；念及姐姐的邀请赴宴，这又体现了诸葛靓重视亲情、富有人情味的一面。可以说诸葛靓是个有情又有义的人，有自己的气节和坚守，同时又不会因此摒弃和遗忘身边的人。

而从诸葛靓的哭诉里，我们看出他对自己不够果决、不够勇武的悔恨和自责。从这一点我们可以看出，虽然他的性格确实多少有些软弱和犹疑，但他至少是个能够自我检省和自我审视的人。

人最难了解的就是自己，这句话颇有道理。现实生活中，很多人根本不了解自己，对于自己，不是纵容就是无视。这种人其实是最不负责的，因为他们可以将巨大的精力投入到周遭的事物上面，却从来不关心自己，一个对自己都不负责和关心的人，又何谈对其他人负责呢?

论语中曾提到"吾日三省吾身，为人谋而不忠乎？与朋友交而不信乎？传不习乎？"生活中我们应该时不时地停下脚步，静下心来想想自己做过什么，哪些做得不够好。当你不断地审视自己时，之前隐藏的过失和错误就会逐渐暴露出来，当你将他们都消灭和剔除之后，你的人生将走向真正的快车道。

【原文】

武帝语和峤①曰："我欲先痛骂王武子②，然后爵③之。"峤曰："武子俊爽④，恐不可屈。"帝遂召武子，苦责之，因曰："知愧不？"武子曰："尺布斗粟之谣⑤，常为陛下耻之！它人能令疏亲，臣不能使亲疏。以此愧陛下。"

【注释】

①和峤：字长舆，西晋汝南西平（今河南西平）人。为政清简，甚得民心，颇受武帝器重。②王武子：即王济，字武子，太原晋阳（今山西太原）人，西晋大将军王浑的次子。③爵：封爵。④俊爽：清俊豪爽。⑤尺布斗粟之谣：据司马迁《史记·淮南衡山列传》记载，汉文帝刘恒的弟弟刘长谋反失败，被押往蜀郡，途中绝食而死，百姓作歌云：一尺布尚可缝，一斗粟尚可舂，兄弟二人不相容。后用"尺布斗粟"讽喻兄弟间因利害冲突而不能相容。

【译文】

晋武帝司马炎对和峤说："我想先痛骂王济一通，然后再封他爵位。"和峤说："王济清俊豪爽，恐怕不会屈服。"司马炎随即召见王济，狠狠地骂了他一顿，然后说："你知道羞愧吗？"王济说："想到一尺布一斗粟这样的歌谣，我就会替你感到羞愧，他人可以和疏远自己的亲人亲近，我却不能使亲近的人疏远，因此愧对陛下。"

【解读】

晋武帝有意排挤自己的弟弟司马攸，和峤曾多次阻止，因此惹怒司马炎。面对司马衍的辱骂，和峤既没有忍气吞声，也没有暴跳如雷，而是照着司马炎的意思继续说下去，最后让晋武帝成了真正应该羞愧的人。和峤首先通过"一尺布一斗粟"的歌谣讽刺了晋武帝容不下自己的兄弟，这种通过既有的古训或者歌谣讽刺对方的方式，能够很大程度抵消和峤讽刺的主观性和恶意，但又能够比较深入透彻地影响对方；而紧接着，和峤又声明自己作为司马炎的辅臣，有责任帮助君主改变这种局面却没有成功，并承认这是值得自己羞愧的。这样一来，和峤既有力地回击了晋武帝，同时又体现了一个臣子对君主的尊重和忠诚。面对这样的臣子，想必晋武帝也没有什么好说的，一个既敢直言，又有意辅佐自己的人，他怎么会下得了手呢？

和峤处理矛盾和突发状况的能力的确突出，他能够最大限度地保持自己的尊严和处事原则，同时又能有力驳斥对方。这一方面要有一个处变不惊的心态，另一方面也要有一定的阅历和修养。一个人的外表可以是柔弱的，但内心一定要坚强。

【原文】

杜预之①荆州，顿②七里桥，朝士悉祖③。预少贱④，好豪侠，不为物⑤所许⑥。杨济既名氏，雄俊不堪，不坐而去。须臾，和长舆⑦来，问："杨右卫何在？"客曰："向来，不坐而去。"长舆曰："必大夏门⑧下盘马。"往大夏门，果大阅骑，长舆抱内车，共载归，坐如初。

【注释】

①之：前往，到某地去，这里指就任。②顿：停顿，休息。③悉祖：悉，全都；祖，践行，送行。④贱：出身贫贱。⑤物：指众人。⑥许：认可，赞许。⑦和长舆：指和峤。⑧大夏门：洛阳城门名。

【译文】

杜预前往荆州上任，中途停在七里桥休息，朝中的官吏纷纷前来送行。杜预出身贫寒，喜欢豪侠，不受世人赞许。杨济是出身名门的俊才，无法忍受杜预的出身，没坐下就走了。过了一会儿，和峤到了，问道："杨济在哪里？"客人回答说："刚才来了，没有坐下就走了。"和峤说："他现在一定在大夏门下骑马。"两人于是前往大夏门，果然见到杨济正在骑马阅兵，和峤将杨济抱到车里，一起拉着他回去，杨济坐下来，像刚来一样。

【解读】

杜预足智多谋，学识渊博，但出身贫贱，性情不羁，骑马射猎均不在行。杨济可以排斥杜预放荡不羁的性情，但只因杜预出身贫寒就看清对方却不免显得高傲。杨济是当时的名流，富有才气，却没有风度。一个人的身段和架子只会将他架空，与世隔离，如此一来，再多的才华和能力也终将因为没有土壤和养分逐渐地枯竭。

被和峤一番说服搬请之后，杨济重新回到席间落座，这说明他还没有到冥顽不化、不可一世的地步。一个人在一定的时期内难免会做出一些错误的事情，但只要我们能够悉心听取别人的指正和教诲，就能够回到正确的轨道上来。

【原文】

杜预拜镇南将军①，朝士悉至，皆在连榻②坐，时亦有裴叔则③。羊稚舒④后至，曰："杜元凯乃复连榻坐客！"不坐便去。杜请裴追之，羊去数里住马，既而俱还杜许。

【注释】

①镇南将军：晋朝将军名号，为方便征伐设立。②连榻：古代的一种坐具，可以同时坐几个人。③裴叔则：即裴楷，字叔则，博学多才，精通《周易》。④羊稚舒：即杨琇。

【译文】

杜预被任命为镇南将军，朝廷里的官吏全都登门庆贺。大家坐在连榻上，其中也包括裴楷。杨琇后到，说："杜预竟然让客人坐在连榻上。"说完便转身离去，没有入座。杜预让裴楷将杨琇追回来，杨琇当时已经走出去好几里地，这才和裴楷一起返回了杜预家里。

【解读】

杨琇不满杜预待客的礼节，于是转身离去，这不是他做作，而是他的气节和风骨本来如此。

其实在这种个人性质的聚会中，适当的随意是可以理解的，但生活中确实有一部分像杨琇一样的客人，任何时候都保持着自己的人生原则，他们无论在什么场合，都非常的严肃和认真。这种人虽然偶尔也会显得死板而缺乏灵活性，但他们很少犯错。

人应该有自己的处世原则，但一定要把持一个合理的度，该放松的时候要放松，该严肃的时候也应严肃起来。像杨琇那种情况，未免就有些严谨过头了。

【原文】

晋武帝时，荀勖为中书监①，和峤为令。故事②：监、令由来③共车。峤性雅正④，常疾⑤勖谄谀⑥。后公车⑦来，峤便登，正向前坐，不复容勖。勖方⑧更⑨觅车，然后得去。监、令各给⑩车，自此始。

【注释】

①中书监：古代官名，中书省副职。②故事：旧时的制度、规定。③由来：向来，一直。④雅正：正直正派。⑤疾：痛恨。⑥谄谀：阿谀奉承。⑦公车：官车，朝廷的车马。⑧方：还要。⑨更：另外，重新。⑩给：供给，提供。

【译文】

晋武帝时，荀勖是中书监，和峤任中书令。按照惯例，中书监和中书令向来都是乘坐同一辆车。和峤性情正直，常常痛恨荀勖阿谀奉承，不愿和他坐一辆车。后来官车来了，和峤就先上车，坐在前排中间，车里无法容下荀勖。荀勖只好另找一辆车，这才得以离开。从此以后，中书监和中书令要分别派官车接送。

【解读】

“道不同不相为谋”，偏偏和峤还要更进一步，连坐车都不想跟荀勖挨在一起。由此可以看出和峤的率真性情，喜欢就是喜欢，讨厌就是讨厌，绝不掩饰，绝不伪装。但不得不说，和峤虽然性情率直，但行动也未免有些过激。魏晋时期是门阀和政治争斗非常激烈的时期，有些人仅仅因为举止言行上的过失就招来杀身之祸，因此和峤的做法其实是很危险的。表明立场和观点的方式很多，而通过肢体上的动作和行为来表现通常是最鲁莽也是最危险的方式。

荀勖虽然被“排挤”，但并未因此与和峤爆发言语乃至肢体上的冲突，由此可见他用有一定的忍耐力和宽容心，这是值得我们借鉴的。宽容的人通常不会身处危险之中，因为他们与人不争、与世无争，总是能够给别人足够的空间和余地，很少与人发生争执。

【原文】

山公①大儿著短帢②，车中倚。武帝欲见之，山公不敢辞，问儿，儿不肯行。时论乃云胜山公。

【注释】

①山公：即山涛。②短帢：古时的一种短帽，通过颜色来区分贵贱，相传为曹操发明。

【译文】

山涛的大儿子山允带着便帽，倚在车边。武帝想要见他，山涛不敢推辞，于是询问儿子，儿子不肯去。当时的舆论认为山涛的儿子胜过父亲。

【解读】

表面上来看，山涛的儿子山允不畏权贵，坚守自己的选择，这看起来确实比惧怕权贵的山涛“更胜一筹”，但这可能也只是大部分人认同的一种观点而已。在魏晋时期，权贵通常掌控着生杀予夺的权力，山允这种不顾一切的处事方式其实无异于鲁莽，它虽然能够捍卫山允的原则和尊严，但同时也很可能会给自己带来杀身之祸，而一个人一旦失去了生命，他的原则和尊严也就无从谈起了。当然，这并非意味着我们就可以为了生存放弃自己的原则和尊严，只是很多事情的处理并非只有一个途径，如果能够以一种间接又相对安全的方式来捍卫自己的人格，我们就不要贸然赌上自己的性命。

在山允拒绝了司马炎的邀见后，山涛谎称山允患有疾病才使他“逃过一劫”。由此看来其实山涛还是胜过儿子，他并非没有正骨和傲气，他只是懂得以最合理的方式保全自己，他的智慧和通达，是山允欠缺并需要学习的。

【原文】

向雄为河内①主簿②，有公事不及③雄，而太守刘准④横怒⑤，遂与杖⑥遣之。雄后为黄门郎⑦，刘为侍中，初不交言。武帝闻之，敕⑧雄复君臣之好⑨。雄不得已，诣⑩刘再拜⑪曰：“向⑫受诏而来，而君臣之义绝，何如？”于是即去。武帝闻尚不和，乃怒问雄曰：“我令卿复君臣之好，何以犹绝？”雄曰：“古之君子，进人以礼，退人以礼；今之君子，进人若将加诸膝，退人若将坠诸渊。臣于刘河内⑬，不为戎首⑭，亦已幸甚，安复为君臣之好？”武帝从之。

【注释】

①河内：郡名，晋时指河南泌阳一带。②主簿：郡县属官。③及：涉及，告知。④刘准：字君平，生平不详。⑤横怒：非常生气，暴怒。⑥杖：杖刑，杖责。⑦黄门郎：古代官名，即黄门侍郎，皇帝身边的侍从，负责传导诏命等。⑧敕：特指皇帝下令。⑨君臣只好：指君臣之间的友谊。⑩诣：到某地去。⑪再拜：拜了两次。⑫向：刚才，刚刚。⑬刘河内：即刘准。⑭戎首：只挑起争端、发起战事的人。

【译文】

向雄任职河内主簿时，有一件公事本来和向雄没有关系，但太守刘准却无缘无故地大发脾气，对向雄施以杖刑并将其革职。后来，向雄任职黄门郎，刘准任侍中，两人从来不说话。晋武帝听说后，命令向雄重修君臣之好。向雄迫不得已，前往刘准门下拜了两次说：“我奉旨来你这里，但我们之间的君臣友谊已经决裂，你想怎么样？”说完不辞而别。武帝听说两人依旧没有和好，随即生气地问向雄：“我让你和刘准恢复君臣之好，可你为什么依旧和他断绝关系？”向雄回答说：“古代的君子，任用人的时候讲究礼仪，罢免人的时候也讲究礼仪。现在的君子，任用人的时候恨不得把对方抱到膝盖上，罢免人的时候却恨不得把人推进深渊里。我没有和刘准刀兵相见，已经万幸了，怎么可能重新恢复君臣之好呢？”武帝听从了向雄的话，从此不再强迫他和刘准和好。

【解读】

观察一个人品行的最佳方式之一，就是看他怎样对待一个对自己已经没有利益可言的人。因为已经失去利益的纠缠，一个人已经不需要再伪装和遮掩什么，这时候，他的本性通常会真实地展现出来。

不得不说，有时候，一个人在没有任何威胁和负担的情况下表现出来的言行是非常可怕的，肆无忌惮的辱骂和暴力，对他人的冷酷、轻蔑等。自我约束力的沦丧和缺失，将让一个人随时都可能成为一个疯狂而无所拘束的人，而长时间的恶行或者恶习终将给他们带来严重的后果。因此我们要学会约束管理自己，你的内心应该拥有一个道德的标尺，什么事情该做，什么事情不该做，都要有清晰的既定。很多人都追求“自由”，但自由不是放纵，自由也是有原则的。

【原文】

齐王冏为大司马，辅政，嵇绍①为侍中，诣冏咨事。冏设宰会②，召葛旟、董艾等共论时宜[3]。旃等白[4]冏："嵇侍中善于丝竹[5]，公可令操[6]之。"遂送乐器。绍推却不受，冏曰："今日共为欢，卿何却邪？"绍曰："公协辅皇室，令作事可法。绍虽官卑，职备常伯[7]。操丝比竹盖乐官[8]之事，不可以先王法服[9]为伶人[10]之业。今逼高命，不敢苟辞，当释[11]冠冕[12]，袭私服，此绍之心也。"旃等不自得而退。

【注释】

①嵇绍：字延祖，谯国铚（今安徽宿州）人，嵇康的儿子。②宰会：指安排酒席宴请官吏聚会。③时宜：指时政。④白：禀告，对……说。⑤丝竹：泛指乐器。⑥操：弹奏。⑦常伯：指侍中、散骑常侍之类的官职。⑧乐官：古时专门掌管音乐的官吏。⑨法服：按照礼法指定的标准服饰。⑩伶人：乐人，艺人。⑪释：脱去，褪去。⑫冠冕：帽子，这里指官服。

【译文】

齐王司马冏任职大司马，辅佐朝政。嵇绍任职侍中，到司马冏那里咨询事情。司马冏随即设置宴会，邀请官吏们集会，召集葛旃、董艾等人一起讨论时政。葛旃等人对司马冏说："听说嵇绍善于弹奏乐器，主公可以让他献奏一曲。"司马冏于是命人取来乐器，但嵇绍坚辞不受。司马冏说："今天我们一起玩乐，你为什么要推辞呢？"嵇绍回答说："主公辅佐皇室，命人做事应当合乎礼法，我虽然官职卑微，但也相当于周朝的常伯一职，演奏乐器是乐官们的事情，我不能穿着先王指制定的法服干伶人乐师们干的事情。但现在迫于您的命令，不敢轻易推辞，因此请让我先脱掉礼帽和官服，穿上便服，再弹奏乐器，这是我的意思。"葛旃等人听完，自觉没趣，起身退下。

【解读】

嵇绍不肯接受穿着法服奏乐，这可以视为他自尊自爱的一种体现，只不过在别人眼里可能有显得有些"别扭"乃至做作。每个人都有他的处事原则和坚守，区别在于，有的人活得自由无拘一些，有的人活得严谨周密一些，但不论你的人生精度在什么层面，你都需要坚守这种精度。就这一点而言，嵇绍做得十分出色，因为它能够时刻按自己的人生准则为人处事，这种执行力是值得众人学习的。

【原文】

卢志于众坐，问陆士衡[1]："陆逊[2]、陆抗[3]是君何物[4]？"答曰："如卿于卢毓[5]、卢珽[6]。"士龙[7]失色，既[8]出户，谓兄曰："何至如此，彼容不相知也？"士衡正色曰："我父、祖名播海内，宁有不知，鬼子[9]敢尔！"议者疑二陆优劣，谢公以此定之。

【注释】

①陆士衡：即陆机。②陆逊：字伯言，吴郡吴县（今江苏苏州）人。三国时期著名的军事家、政治家，历任吴国大都督、上大将军、丞相等职，世代为江东大族。③陆抗：字幼节，陆逊次子，陆机的父亲，三国时期吴国名将。历任建武校尉、镇军将军、都督西陵、大司马、荆州牧等职。④何物：什么人。⑤卢毓：卢志的祖父。⑥卢珽：卢志的父亲。⑦士龙：即陆云，与其兄陆机合称"二陆"。⑧既：等到，后来。⑨鬼子：骂人用语。

【译文】

卢志当着众人的面问路机："陆逊和陆抗是你的什么人？"陆机回答说："就好比你和卢毓、卢珽的关系一样。"陆云听完大惊失色，走出房门后对陆机说："何必要这样呢，他或许真的不知道呢？"陆机回答说："我们的祖父和父亲名扬海内，他怎么可能不知道呢？这个龟儿子竟敢如此无礼！"当时舆论一直无法判断二陆孰优孰劣，谢安据此做出了判断。

【解读】

陆逊和陆抗分别是陆机的祖父和父亲，因此卢志直呼姓名地提问无疑非常粗鲁和无理，而且他并非不知道陆逊和陆抗的身份，这也让他的提问无异于挑衅。面对挑衅，陆机并没有丝毫怯懦，而是毫不客气地予以还击，可谓“以其人之道，还治其人之身”，这足见陆机是富有血性的，不肯轻易地屈服于他人之下。相反，面对同一件事情，陆云表现出来的却是惊慌和软弱。对比来看，陆机显然比陆云更高一筹，想必这也是谢安做出的判断。

当个人的尊严或者利益受到损害时，首先想到的不应该是逃避和妥协，而是捍卫和斗争，逃避和妥协于事无补，实际上它只会让你越陷越深。陆云的做法其实就是在纵容卢志，这只会让卢志在日后越来越没有顾忌，肆意妄为。而陆机则选择一个正确的渠道，面对问题和挑战，他没有退缩和避让，而是迎难而上，勇敢地面对他们、克服它们，这种做法虽然可能会带来风险，但同样会希望和转机。

【原文】

羊忱性甚贞烈[①]，赵王伦[②]为相国[③]，忱为太傅长史[④]，乃版[⑤]以参相国军事。使者卒[⑥]至，忱深惧豫[⑦]祸，不暇被马[⑧]，于是帖骑[⑨]而避。使者追之，忱善射，矢[⑩]左右发，使者不敢进，遂得免。

【注释】

①贞烈：正直刚烈。②赵王伦：即司马伦，曾任赵王，后篡位夺权，自任相国，执掌朝政。③相国：即宰相，古代辅助国君处理政务的最高官职。④太傅长史：太傅佐吏。⑤版：指王公封拜官职。⑥卒：通“猝”，突然。⑦豫：参与。⑧被马：即被马，只给马配置马鞍等。⑨帖骑：贴着马背，指骑着没有马鞍的马匹。⑩矢：箭矢，弓箭。

【译文】

羊忱性情刚烈正直，司马伦当宰相的时候，羊忱做太傅长史，司马伦于是任羊忱做参相国军事。传达命令的使者突然赶到，羊忱生怕因此惹上灾祸，来不及备马，就骑着没有马鞍的马匹逃走了。使者一路追赶，羊忱善于射箭，箭矢左右齐射，使者不敢继续追赶，羊忱这才得以逃脱。

【解读】

魏晋时期的权势争斗非常激烈，但很多门派间的制约和排挤都是通过相对隐蔽和间接的方式进行的，包括在文学作品中进行各种的讽喻和映射，像羊忱这种直接将自己的反抗表现在行动上的人并不多见，由此可见他的性情有多么的刚烈耿直。

司马伦杀害贾后、司马张华等人，自立宰相，为了自己的权势和利益可以说不择手段，被当时很多的正义之士鄙视。羊忱不想与司马伦为伍，他的逃亡，不只是为了自由，也是在捍卫自己的品格和尊严。羊忱如果听从司马伦的安排，他或许能够过上荣华富贵的生活，但在物质上的满足以及生命的品质和尊严之间，他最终选择了后者。人并不是为了物质而活，人活着说到底还是为了精神上的满足和自由。

【原文】

王太尉[①]不与庾子嵩[②]交，庾卿之不置[③]。王曰：“君不得为尔。”庾曰：“卿自君我，我自卿卿；我自用我法，卿自用卿法。”

【注释】

①王太尉：即王衍。字夷甫，西晋大臣，琅邪临沂（今山东临沂）人，魏晋名士，官至太尉。②庾子嵩：即庾敳，字子嵩，西晋名士，擅清谈之学，时称“庾中郎”。③卿之不置：只不停地称对方为“卿”。

【译文】

王衍不和庾敳结交，但庾敳总是用“卿”称呼王衍。王衍说：“你不能这样称呼我。”庾敳说：“你用‘君’称呼我，我用‘卿’称呼你，你有你的叫法，我有我的叫法。”

【解读】

“卿”在古代是一种敬称，到了魏晋时期，则逐渐演化成同辈之间不拘礼节的称谓。庾敳有意和王衍交往，因此想通过“卿”这个称谓来拉近与王衍的关系；而王衍则恰恰相反，他并不想与庾敳结交，因此对庾敳的做法表现出抵触和反对。但庾敳的回应似乎又让王衍无从辩驳，每个人都有自己的习惯，你可以表达异议，但你无权强制他人改变。

生活中，人们难免会遇到一些像庾敳一样“难缠”的人，他们的行为影响了我们的生活，却也没有做出更加过分的举动来，因此我们无法直接地阻止他们继续“为非作歹”下去。对于这类人，比较好的方式是与他们保持一定的距离，不要与他们结成敌对关系，同时尽可能地约束好自己的言行，不要因为自己的举止不当而把自己推到一个不利的环境中去。此外，我们大可宽容大度一些，只要他们的言行还未损伤我们的根本利益。予人空间其实就是予己空间，当一个人得到足够的自由时，他就会倾向于自省和改变自己，一旦他们意识到自己的过失和不对之处，也就不会再来纠缠你了。

【原文】

阮宣子[①]伐社树[②]，有人止之，宣子曰：“社而为树，伐树则社亡，树而为社，伐树则社移矣。”

【注释】

①阮宣子：即阮修，字宣子，阮籍从子，好《易》《老》，善清言。②社树：指种在土地神坛附近的树木。

【译文】

阮修砍伐社庙附近的树，有人阻止他，阮修回答说：“如果为了树修建社庙，那砍了树之后，社神就会消失；如果种树是为了社庙，那伐完树后，社神就转移了。”

【解读】

面对他人的阻止，阮修并没有采取过激的行为，而是晓之以理，且不论他的道理是否正确，至少他这种处理问题的方式是正确的。生活中，我们难免要面对他人的指责和非议，这时，我们应该尝试以一种平和的心态去面对，任何冲动而盲目的行为都无益于问题的解决。我们应静下心来，努力思考是否真的是自己的过错导致了他人的不满，即使确信自己的言行没有不当之处，我们也应以一种和善的姿态回应对方，避免彼此间的分歧和矛盾升级，从而在最短的时间内解决问题。

【原文】

阮宣子论鬼神有无者。或以[①]人死有鬼，宣子独以为无，曰：“今见鬼者，云著生时衣服，若人死有鬼，衣服复有鬼邪？”

【注释】

①以：认为，以为。

【译文】

阮修和人谈论到底有没有鬼神，有人觉得人死了会成为鬼，阮修却认为没有。他说：“看到鬼的人说鬼穿着生前的衣服，如果人死了会变成鬼，难道衣服也有鬼吗？”

【解读】

人要学会思考，不停地思考，深入地思考，严谨地思考。那些认为有鬼的人就是典型的缺乏思考的人，他们想当然地认定这个世界上有鬼但却从来不去深入考虑这种理论是否站得住脚，结果他们的人生过得肤浅而杂乱，在很长的时间里甚至终其一生都没有什么作为和建树。深入的思考可以帮助我们远离荒谬的误区，培养自己的主见，当你认真地看待问题，开动脑筋时，所有的假象和谬论就会自动地开始崩塌，你不在被他人牵着走，开始真正属于自己的生活。

【原文】

元皇帝[①]既登阼[②]，以郑后[③]之宠，欲舍明帝[④]而立简文[⑤]。时议者咸谓："舍长立少，既于理非伦[⑥]，且明帝以聪明英断，益宜为储副[⑦]。"周、王[⑧]诸公并苦争肯切，唯刁玄亮[⑨]独欲奉少主以阿[⑩]帝旨。元帝便欲施行，虑诸公不奉诏，于是先唤周侯、丞相入，然后欲出诏付刁。周、王既入，始至阶头，帝逆遣传诏，遏使就东厢。周侯未悟，即却略[⑪]下阶。丞相披拨[⑫]传诏，径至御床前，曰："不审陛下何以见臣？"帝默然无言，乃探怀中黄纸诏裂掷[⑬]之。由此皇储始定。周侯方慨然愧叹曰："我常自言胜茂弘[⑭]，今始知不如也！"

【注释】

①元皇帝：指晋元帝司马睿。②登阼：登基。③郑后：小字阿春，简文帝生母。④明帝：即晋明帝司马绍，晋元帝长子。⑤简文：即简文帝。⑥非伦：不合，不像。⑦储副：即王位继承人。⑧周、王：指周敳和王导，晋元帝身边的重臣。⑨刁玄亮：指刁协，字玄亮，晋元帝宠臣。⑩逆：预先，事先。⑪却略：后退。⑫披拨：推开，拨开。⑬裂掷：指撕碎扔在地上。⑭茂弘：即王导。

【译文】

元皇帝司马睿登基之后，因为宠爱郑后，因此想废掉明帝，改立简文帝为皇位继承人。当时的舆论认为舍弃年长的而另立年幼的，不符合常理，而且明帝聪明机智，更适合成为皇储。周颉和王导等重臣苦心劝说元皇帝慎重，唯独刁协一人尊奉少主，以此来迎合元皇帝的心意。元皇帝想要实施计划，但又担心众臣不接受诏命，于是事先将周颉、王导传入宫中，然后再把诏书交给刁协。周颉和王导进入宫中后，刚刚到达宫殿门前台阶，元帝便派预先守候在此的使者传诏，让两人去东厢等候。周颉不明真相，随即顺着台阶往后退了几步，王导却一把推开使者，闯进宫里，径直来到御床前，说："不知道陛下因为何事想见微臣？"晋元帝无言以对，从怀里掏出另立太子的诏书，撕碎然后扔到了地上。从这以后，皇位继承人才确定了下来。周敳感慨说："我常常说自己比王导优秀，现在才知道比不上他啊！"

【解读】

晋明帝能够成为皇储，王导是"关键人物"，这种人在平日里可能与常人并没有什么两样，但在关键时刻却总是最富洞见力并敢于挺身而出。这种人在社会中并不多，为人处事也大都比较低调谨慎，但却是足以影响整个时代的人。

推而衍之，生活中有些富有才学和能力的人，无意展示自己，甘心在幕后付出和贡献，从不去追取名声和地位；相反一些没有真才实学的人，却可能整天都在忙着叫喧和炒作。因此我们实在应该培养一颗具有辨别力的眼睛，看清哪些人是绣花枕头，哪些人值得相信，否则我们很可能被假象迷惑，逐渐失去对真相和现实的感知能力。

【原文】

王丞相[①]初在江左，欲结援[②]吴人[③]，请婚[④]陆太尉[⑤]。对曰："培塿[⑥]无松柏，薰莸[⑦]不同器。玩虽不才，义不为乱伦[⑧]之始。"

【注释】

①王丞相：即王导。②结援：结交以获得援助。③吴人：江东人。④婚：通婚，联姻。⑤陆太尉：指陆玩，陆家是吴郡一代的大姓豪族之一。⑥培塿：指土丘，土山。⑦薰莸：薰，香草；莸，臭草。⑧乱伦：破坏人类伦理。

【译文】

王导初到江东一带，希望通过结交吴人以获得帮助，于是请求和陆玩家族通婚。陆玩回答说："小山丘上没有高大的松柏，香草和臭草不能放在同一个器皿中。我虽然没有什么才能，但也不会开乱伦的先例。"

【解读】

魏晋时期，名门望族之间的通婚是讲求"门当户对"的，王导的王氏家族是当时的名门望户，而陆氏家族则相对逊色许多。王导主动要求与陆氏家族通婚，这对陆家来说无疑是一个绝好的"高攀"机会，但在当时，这种婚姻将会让陆家背负巨大的批评和非议。最终，在利益和尊严之间，陆完选择了后者。人贵有自知之明，清楚你的位置，这不是一件坏事，虽然它可能让你清楚地看到自己的卑微，但它至少不会让你迷失方向。

为了拉拢吴人，王导就可以不顾自己家族的名望和地位。当尊严和地位成了利益的牺牲品，我们实在应该好好地反思一下自己活着究竟是为了什么。很多时候，利益可以通过其他的方式来获取，但尊严一旦被涂黑了，可能就很难回到当初了。

【原文】

诸葛恢大女儿适[①]太尉庾亮儿[②]，次女适徐州刺史羊忱儿。亮子被苏峻害，改适江虨[③]。恢儿娶邓攸女。于时谢尚书[④]求其小女婚，恢乃云："羊、邓是世婚[⑤]，江家我顾[⑥]伊，庾家伊顾我，不能复与谢裒儿婚。"及恢亡，遂婚。于是王右军往谢家看新妇[⑦]，犹有恢之遗法[⑧]：威仪[⑨]端详，容服光整。王叹曰："我在遣女[⑩]裁[⑪]得尔耳！"

【注释】

①适：指女子出嫁。②庾亮儿：即庾会，字会宗，太尉庾亮之子。③江虨（bīn）：字思玄，陈留（今河南）圉人，江统之子，博学善弈。④谢尚书：即谢裒。⑤世婚：指世代有通婚关系。⑥顾：顾念，想到。⑦看新妇：古时的一种风俗，初婚三日，新妇要见翁姑，众多宾客列坐观看。⑧遗法：遗留下来的法式、风度。⑨威仪：指容貌和举止。⑩遣女：嫁女。⑪ 裁：通"才"。

【译文】

诸葛恢的大女儿嫁给了太尉庾亮的儿子，二女儿嫁给了徐州刺史羊忱的儿子，庾亮的儿子被苏峻害死后，大女儿改嫁江虨。诸葛恢的儿子则娶了邓攸的女儿为妻。当时谢尚书请求诸葛家娶他的小女儿做儿媳，诸葛恢说："羊家、邓家和我们是世婚，江家是我顾念他们，庾家是他们顾念我，不能再和谢尚书的儿子结婚了。"等到诸葛恢死了，他的小女儿才嫁给了谢尚书的儿子。当时王羲之到谢家看诸葛恢的小女儿，见她热酒时留存着诸葛恢的风度和礼法，举止端详，着装整洁。王羲之随即感叹说："我嫁女儿时也不过如此啊！"

【解读】

"虎父无犬子"，诸葛恢的知礼懂法、恪守原则，很大程度上熏陶并促成了小女儿的端庄和风度，个人的修养和素质固然重要，但生活环境的影响同样不容小觑。这一方面提醒我们，要重视自身所处的环境，所谓"近朱者赤，近墨者黑"，不要认为自己的成长环境不重要，实际上它们无时无刻不在影响着你个人习惯和价值观的养成；另一方面也提醒我们，不要再将自己视为一个了无意义的路人甲，你的个人习惯和观点其实一直在潜移默化地影响和改变着他人。

魏晋时期的通婚有很多的讲究和禁忌，潜在的规则和约束亦堪称烦冗，而且有些规则也明显是封建而不合理的。从表面上看，诸葛恢确实非常遵守当时的通婚习俗和“原则”，但从一个更客观和宏远的角度来说，他又是一个墨守成规，拘泥于时代规则的人。

【原文】

周叔治作晋陵太守，周侯①、仲智②往别，叔治以将别，涕泗不止。仲治恚③之曰：“斯④人乃妇女，与人别，唯啼泣！”便舍去。周侯独留，与饮酒言话，临别流涕，抚其背曰：“奴⑤好自爱。”

【注释】

①侯：指周顗，字伯仁，晋安城（今河南汝南东南）人，官至尚书左仆射。②仲智：即周嵩，字仲智，周顗的弟弟，官至太守、御史中丞。③恚：愤怒，生气。④斯：这。⑤奴：即“你”，昵称。

【译文】

周叔治被任命为晋陵太守，周顗和周嵩前去送别。周叔治因为将要与兄弟分别，泪流不止。周嵩生气地说：“这个人和女人一样，和人分别，就知道哭。”说完起身离去。周顗一个人留下来，和周叔治喝酒聊天，临别时流着眼泪，抚着周叔治的背说：“你要珍重自己。”

【解读】

朋友有很多种，有的和你推心置腹，一起欢笑或者一起哭泣，温柔可亲，没有丝毫的疏离感和距离感，就像周叔治一样；有的则时刻保持理性，虽然是你的兄弟和哥们，但也从不纵容你，不允许你懦弱、做作，就像周嵩那样。可以说，两种朋友同样珍贵，同样是你生命中不可或缺的一部分。

其实，这两种朋友类型代表了两种不同的特质，即阴柔与阳刚，就像太极中的阴和阳一样。在太极哲学里，阴阳两仪互为补充和转化，最终组成了一个完整的世界。生活中，我们也应该有类似阴和阳的交糅和变化，始终刚硬或者始终阴柔都是一种不正确的生活方式，前者很容易让我们过度地消耗自己的精力和生命的韧度，后者则可能让我们陷入不思进取、怯懦无为的泥潭。

【原文】

周伯仁①为吏部尚书②，在省③内夜疾危急，时刁玄亮为尚书令，营救备④亲好之至，良久小损⑤。明旦⑥，报仲智，仲智狼狈⑦来。始入户，刁下床对之大泣，说伯仁昨危急之状。仲智手批⑧之，刁为辟易⑨于户侧。既前，都不问病，直云：“君在中朝⑩，与和长舆齐名，那与佞人刁协有情？”径便出。

【注释】

①周伯仁：即周顗。②吏部尚书：古代官名，吏部的最高级长官，相当于今日的人事部长。③省：指尚书省。④备：尽。⑤小损：指病情稍微减轻。⑥明旦：指明天一早。⑦狼狈：匆忙。⑧批：击，打。⑨辟易：躲避。⑩中朝：指西晋，晋室南渡后将渡江前的西晋称为中朝。和长舆：即和峤。佞人：奸佞之人，善于花言巧语、阿谀逢迎的人。

【译文】

周顗任吏部尚书时，在尚书省，夜里突然病重。当时刁协是尚书令，极尽友好之能事地救护他，过了很长时间后，周顗的病情稍稍好转。第二天清晨，周嵩得知哥哥的病情，慌忙赶来探望。周嵩刚刚进门，刁协就离开座榻，对着周嵩痛哭流涕，诉说周顗昨晚的危急状况。周嵩举手打他，吓得刁协躲到门边。周嵩来到哥哥跟前，也不问病情，直接说：“你在整个西晋，与和峤齐名，怎么能够与刁协这种奸佞之臣有交情呢！”说完径直走出去了。

【解读】

刁协一向善于阿谀奉承，为此可谓不惜卑躬屈膝，摇尾乞怜，周嵩身为吏部尚书，成为他的“重点关照对象”不足为奇。可是，周顗虽然没有排斥刁协的盛情，但他的哥哥周嵩却是个疾恶如仇，心里容不下奸佞小人的汉子。

为了远离小人，不顾病中的弟弟甚至不惜与之绝交，周嵩对小人的这份愤恨和唾弃实在是深刻而彻底。虽然周嵩的实际行动看起来有些绝情，但他这种疾恶如仇，充满正气和风骨的做人风格却是值得肯定和学习的。

【原文】

王含[①]作庐江郡，贪浊狼藉[②]。王敦护其兄，故于众坐称：“家兄在郡定佳，庐江人士咸称之！”时何充为敦主簿，在坐，正色曰：“充即庐江人，所闻异于此！”敦默然。旁人为之反侧[③]，充晏然[④]神意自若。

【注释】

①王含：字处弘，官至徐州刺史、光禄勋，是大将军王敦的哥哥。②狼藉：散乱的样子，这里指声名败坏。③反侧：不安。④晏然：平静的样子。

【译文】

王含任庐江太守时，贪赃枉法，声名狼藉。王敦为了袒护他的哥哥，对众人说：“我哥哥在庐江郡做官很不错，庐江的百姓都称赞他。”当时何允是王敦的主簿，也在座，严肃地说：“我就是庐江人，但我听到的和你说的不一样。”王敦听完，无言以对。旁边的人都替何允感到不安，何允却泰然自若，神色不变。

【解读】

敢说真话是一种境界，敢于当着造谎者的面说真话是一种大境界。在历史的某些时期，正义和骨气确实会成为权势的牺牲品，但“活着”和“没死”完全是两码事，何允是个“活着的人”。

【原文】

顾孟著[①]常以酒劝周伯仁，伯仁不受。顾因移劝柱，而语柱曰：“讵[②]可便作栋梁自遇[③]。”周得之欣然，遂为衿契[④]。

【注释】

①顾孟著：顾显。②讵：怎么，难道。③遇：看待。④衿契：指情投意合的朋友。

【译文】

顾显曾经劝周顗喝酒，周顗执意不肯，顾显随即转身对着柱子劝酒，并对柱子说：“你怎么能够以栋梁自居！”周顗听了，十分高兴，随即和顾显成了情意相投的好友。

【解读】

顾显口中的“栋梁”可谓一语双关，即指屋子里真实的栋梁，同时也寓指周顗这个栋梁之材。在各类人的交往中，文人间的交往通常是最富有幽默感和情趣的，他们的话语通常比较委婉含蓄，看似无意，但却别有用心，饱含智慧的光芒。这不失为一种人际交往的技巧。顾显的目的很简单，他就是想让周顗喝酒，但他并没有用强硬的方式逼迫“周顗”就范，而是采取一种间接却富有感染力的方法打动了他。这其中至少有两点是值得我们借鉴的，首先，即使你非常想达成一个目标，也不要让自己的行动和思维极端化；其次，在处理一件事情时，我们需要有执行力，但更重要的是要有谋略。

【原文】

明帝在西堂[①]，会诸公[②]饮酒，未大醉，帝问："今名臣共集，何如尧、舜？"时周伯仁为仆射[③]，因厉声曰："今虽同人主[④]，复那得等于圣治[⑤]！"帝大怒，还内，作手诏[⑥]满一黄纸，遂付廷尉令收，因欲杀之。后数日，诏出周，群臣往省[⑦]之。周曰："近知当不死，罪不足至此。"

【注释】

①西堂：指皇宫太极殿的西厅。②诸公：群臣。③仆射：尚书省主事官员。④人主：人君。⑤圣治：圣明时代。⑥手诏：指皇帝亲手书写的诏书。⑦省：探望，看望。

【译文】

晋明帝司马绍在西堂和众臣饮酒，还没有大醉，明帝问："今天名臣云集，比起尧、舜来怎么样呢？"周顗当时任仆射，严厉地回答说："虽然同样是君主，但我们怎么能和尧舜那个圣明的时代相比呢！"晋明帝听完大怒，回到内廷，亲手写了一份诏书，足有满满一纸，随即将它交给廷尉，准备逮捕周顗并将他杀掉。几天之后，周顗又被放了出来，众臣纷纷前去探望周顗，周顗说："我本来就知道罪不至死。"

【解读】

尧和舜是古代最有威望和作为的贤君，尧舜之治被视为古代君王统治的典范。晋明帝身边固然有一批名臣才子，但权势和门阀之争的泛滥，注定了那个时代与尧舜的圣治时代是存在差距的。周顗不畏强权，直言不讳，算得上是一个有骨气和血腥的大丈夫，却因此招来了杀身之祸——这件事本省就印证了那个时代与尧舜时代的差距。

晋明帝恼羞成怒，下诏除掉周顗，但最终又放了他，这说明晋明帝虽然有其暴戾蛮横的一面，但心中的正义和公正还没有完全泯灭。一个人只要还有良知和对正义的渴求，他就有机会变得更好。

【原文】

王大将军[①]当下，时咸谓无缘[②]尔。伯仁曰："今主非尧、舜，何能无过？且人臣安得称兵[③]以向朝廷？处仲狼抗[④]刚愎[⑤]，王平子[⑥]何在？"

【注释】

①王大将军：即王敦，字处仲。晋元帝永昌元年，王敦在武昌起兵造反。②无缘：没有缘由。③称兵：举兵。④狼抗：狂妄自大。⑤刚愎：倔强任性。⑥王平子：指王澄，字平子，太尉王衍的弟弟，勇武过人，王敦非常害怕他。

【译文】

王敦准备引兵东下，当时的人都说王敦起兵没有正当的理由。周顗说："当今的皇帝不是尧舜，难免会有些过错，但大臣怎么能够举兵攻打朝廷呢？王敦狂妄自大，刚愎自用，王澄在哪里呢？"

【解读】

世人看到了王敦起兵造反、谋权篡位的一面，但却没有看到自己所处时代并不完美，确实有值得推翻和改变的一面；而周顗则既意识到了王敦狂妄的一面，同时也看到了当朝者不足的一面，这足见他认识问题的全面性。

在评价一件事情时，我们应该努力看到事情背后的多种可能性，不妄断，不偏执，乐于听取不同的观点和声音。当你学会从多方面看待问题时，你会变得富有眼光，比他人更接近事实的真相。

【原文】

王敦既下[①]，住船石头[②]，欲有废明帝意。宾客盈坐，敦知帝聪明，欲以不孝废之。每言帝不孝之状，而皆云："温太真[③]所说。温尝为东宫率[④]，后为吾司马，甚悉之。"须臾，温来，敦便奋其威容，问温曰："皇太子作人何似？"温曰："小人无以测君子。"敦声色并厉，欲以威力使从己，乃重问温："太子何以称佳？"温曰："钩深致远[⑤]，盖非浅识所测。然以礼侍亲，可称为孝。"

【注释】

①下：指顺江而下。②石头：指石头城，位于京城建康的西面。③温太真：即温峤，字太真，东晋政治家。④东宫率：皇太子的门卫。⑤钩深致远：语出《周易·系辞上》："探赜索隐，钩深致远。"比喻探讨深奥的道理。

【译文】

王敦顺江而下，将船停靠在石头城，想要废除晋明帝。宾客满座时，王敦知道晋明帝很聪明，于是想用不孝的名义废除他。每次提到晋明帝不孝的时候，王敦都会说："这是温峤说的，他曾经做过东宫率，后来当我的司马，非常了解情况。"不一会儿，温峤赶到，王敦摆出一副威严的样子，问温峤："皇太子这个人怎么样？"温峤说："小人没有资格评价君子。"王敦想通过威力逼迫温峤就范，随即声色俱厉地重新问道："太子这个人哪里好？"温峤回答说："太子学识广博，不是我们这种浅薄的人可以测度的，他依照礼数侍奉亲人，算得上孝顺。"

【解读】

晋明帝司马绍才识过人，被当时的很多大臣看好，是储君的不二人选，王敦却担心他的继位会影响自己的地位和权势，因此有意废掉他。一个人的心中一旦起了歹念，那良知和正义感就只能让位了，王敦努力"罗织"罪名，想以不孝之名废除司马昭的太子之位，然而想好的如意算盘却因为温峤的不配合宣布泡汤。

威武不能屈，说的就是温峤这种人。面对王敦的各种威逼利诱，温峤始终不肯屈服，坚持讲真言，说真话，令人尊敬。实事求是、坚守良知本来应该是每个人都拥有的品质，但各种社会压力的影响下，却越来越成为一种难以达成的愿景和追求。在一个时代里，每个人都是相互制约和影响的，你不公地对待他人，他人将来就可能不公地对待你，因此不要纵容你身边的不公和虚假，坚守公平和正义，世界才会还你公平和正义。

【原文】

王大将军既反，至石头，周伯仁往见之。谓周曰："卿何以相负[①]？"对曰："公戎车[②]犯正[③]，下官忝[④]率六军，而王师不振[⑤]，以此负公。"

【注释】

①相负：负我。②戎车：指军队。③犯正：指侵犯、背叛朝廷。④忝：谦辞。⑤不振：指打了败仗。

【译文】

王敦造反后，来到石头城，周顗去见他。王敦对周顗说："你为什么要辜负我？"周顗回答说："你的军队侵犯朝廷，我没有率领王师打败你们，确实辜负了你。"

【解读】

痴人难免说梦，却还责怪清醒者没有帮助自己成就不切实际的美梦。这么说来，清醒者确实有负造梦者，因为没有及时地让他们从不切实际的梦中醒来。保持清醒，做任何事情之前都仔细考虑自己的策略和方法是否得当，包括你将要从事的这件事情本身是否是有意义的，否则我们很可能徒劳无功，就像做了一场黄粱美梦一样，自以为得到了一切，最终却一无所获。

【原文】

苏峻既至石头，百僚奔散，唯侍中钟雅[①]独在帝侧。或谓钟曰："见可而进，知难而退[②]，古之道也。君性亮直，必不容于寇雠[③]，何不用随时之宜[④]，而坐待其弊[⑤]邪？"钟曰："国乱不能匡[⑥]，君危不能济[⑦]，而各逊遁[⑧]以求免[⑨]，吾惧董狐[⑩]将执简而进矣！"

【注释】

①钟雅：字彦胄，晋颍川长社（今河南）人也，官至侍中，后被苏峻杀害。②见可而进，知难而退：语出《左传·宣公十二年》，指作战时见机行事，后泛指做事量力而行，有把握才行动。③寇雠：指敌人。④随时之宜：即随机应变，见机行事。⑤坐待其弊：即坐以待毙。⑥匡：匡扶，匡救。⑦济：救助，接济。⑧逊遁：逃避，躲避。⑨免：免于灾祸，保命。⑩董狐：春秋时期晋国史官，敢于秉笔直书，尊重史实，不阿谀权贵，被视为古代良史。

【译文】

苏峻的军队已经到达石头城，朝廷百官纷纷逃跑，唯独钟雅一人留在皇帝身边。有人对钟雅说："见机行事，量力而行，这是古时候传下来的道理。你生性耿直，必然无法被贼寇收容，为什么不随机应变，而在这里坐以待毙呢？"钟雅回答说："国家动荡而不能匡正，君王危险而不能救助，现在你们反而各自逃避以求保命，我害怕董狐会拿着竹简向我走过来啊。"

【解读】

钟雅的选择，可以说是出于一种"胆怯"。这种"胆怯"，更确切地说是一种敬畏，是一种对正义、良知、美德等毫无条件的遵循和跟随。

【原文】

庾公[①]临去，顾语[②]钟[③]后事，深以相委[④]。钟曰："栋折榱崩[⑤]，谁之责邪？"庾曰："今日之事，不容复言，卿当期克复[⑥]之效耳！"钟曰："想阁下不愧荀林父[⑦]耳。"

【注释】

①庾公：即庾亮。②顾语：叮嘱，嘱托。③钟：指钟雅。④委：托付，委托。⑤栋折榱崩：房屋倾塌，这里指国家倾覆。⑥克复：指收复失地。⑦荀林父：春秋时期晋平公身边的一名臣子，被视为将功赎罪的典范。

【译文】

庾亮出逃前，向钟雅叮嘱自己走后的事情，将朝廷的重任全部托付给他。钟雅说："国家灭亡，这是谁的责任呢？"庾亮说："现在的情况，容不得再谈论这些事情了，你应当期盼着收复失地，平定叛乱的那一天。"钟雅回答说："想来阁下不亚于荀林父啊！"

【解读】

国虽将亡，但还未亡，那就不要考虑灭亡之后的事情。推而衍之，希望还没有破灭，就不要绝望，只要还有机会，结果就有希望改变。即使国家灭亡了，我们要关注的也不是谁来担责，而是怎样才能东山再起，卷土重来。

形势悲观并不可怕，怕的是一个人失去了信念和决心，失败都是阶段性，如果说成功是条很长的路，那失败就是路途之中的水坑或者陷阱，我们难免偶尔会被失败困住，但只要不断地走下去，终有一天，会克服苦难和阻隔，获得成功。

【原文】

苏峻时①，孔群在横塘，为匡术②所逼。王丞相保存术，因③众坐戏语，令术劝群酒，以释横塘之憾。群答曰："德非孔子，厄同匡人④。虽阳和⑤布气，鹰化为鸠⑥，至于识者，犹憎其眼。"

【注释】

①苏峻时：指苏峻造反叛变时。②匡术：本为阜陵县令，后成为苏峻心腹大将，官至司徒中郎。③因：趁机。④德非孔子，厄同匡人：孔子出使宋国时，曾经被匡人围攻，后通过礼乐感化，方得解围。孙群借此暗指匡术威逼自己。⑤阳和：暖和。⑥鸠：即布谷鸟。

【译文】

苏峻叛乱时，孙群在横塘，一度受到匡术的威逼。匡术投降后，王导将匡术留了下来。趁着众人谈笑的机会，王导让匡术给孙群敬酒，以期化解两人在横塘结下的怨恨。孙群说："我的德行比不上孔子，但我受到匡人的困厄，却和孔子一样。春天的时候，大地回暖，万物复苏，老鹰也变成了布谷鸟，但认得他的人，还是会憎恨他的双眼。"

【解读】

"江山易改，本性难移"，一个人的本性是很难改变的。而"路遥便知马力，日久自见人心"，即使再善于伪装，人的本性也终有被识破和看穿的一天。生活中不乏虚伪之人，为了防止成为他们骗术的受害者，我们一方面要谨慎地对待不熟悉的人，不要轻易地相信对方；另一方面，也应学会观察和总结，从他人的言行举止间判断他的真实想法和意图，做一个像孙群一样，拥有眼光和洞察力的人。

【原文】

苏子高事平①，王、庾诸公欲用孔廷尉②为丹阳③。乱离之后，百姓凋弊④。孔慨然曰："昔肃祖⑤临崩，诸君亲临御床，并蒙眷识⑥，共奉遗诏。孔坦疏贱，不在顾命⑦之列。既有艰难，则以微臣为先，今犹俎⑧上腐肉，任人脍截⑨耳！"于是拂衣而去，诸公亦止。

【注释】

①事平：指平定叛乱。②孔廷尉：即孔坦，字君平，会稽山阴（今浙江绍兴）人，有文才，官至廷尉卿，卒于成帝咸康二年。③丹阳：指丹阳尹，官名。④凋弊：衰败。⑤肃祖：指晋明帝司马绍。⑥眷识：器重赏识。⑦顾命：指顾命大臣。⑧俎：砧板，肉案。⑨脍截：宰割，切割。

【译文】

苏峻的叛乱被平定之后，王导和庾亮等人打算任孔坦为丹阳尹。历经战乱和流离，此时的百姓凋敝不堪。孔坦感叹说："当初肃祖临终前，你们曾亲临御床旁边，受到先皇的器重，一起接受先皇遗诏。我才疏学浅，不在顾命大臣之列。现在遇到艰难，你们却把微臣摆在最前面，如今我就像案板上烂肉一样，任人宰割啊！"说完拂袖而去，王导等人只好作罢。

【解读】

该负责任的人不负责任，却让一个不相干的人来处理手头的烂摊子，孔坦的选择和想法，应该是很多人都赞同和持有的。孔子有言，"不在其位，不谋其政"，这其中有"安分守己"的意思，也有几分"明哲保身"的意味。当一件侵害个人利益的事情发生时，身为旁观者，第一反应通常是躲避而不是承担，这无可厚非。但反过来说，如果你本身有责任来做某一件事情，但最终选择了逃避和推卸，这就完全是一种懦弱的表现。可不为而为，是奉献；应为而为，是承担；应为而不为，则是懦弱。

【原文】

孔车骑与中丞共行，在御道①逢匡术，宾从②甚盛。因往与车骑共语。中丞初不③视，直云："鹰化为鸠，众鸟犹恶其眼。"术大怒，便欲刃之。车骑下车，抱术曰："族弟④发狂，卿为我宥⑤之！"始得全首领⑥。

【注释】

①御道：指皇帝车驾通行的道路。②宾从：指宾客和随从。③初不：一点也不。④族弟：指同宗兄弟。⑤宥：原谅，宽恕。⑥全首领：保全性命。

【译文】

孔愉和孔群一起出行，在御道上碰见匡术一行，匡术带了很多宾客和随从。匡术停下来和孔愉打招呼，孔群对匡术看都不看，并直接说："老鹰虽然变成了布谷鸟，但众鸟依旧憎恨它的眼睛。"匡术听完非常生气，当即就想杀掉孔群。孔愉见状，慌忙跳下车抱住匡术说："我堂弟发疯了，你看在我的面子上就饶他一命吧。"孔群这才得以保全性命。

【解读】

透过这个故事，我们可以看出孔群的刚正不阿和疾恶如仇。但孔群的做法，着实值得商榷，勇敢不同于鲁莽，更不是"不怕死"，明知对方是石头，就不要拿一个鸡蛋跟他碰，毕竟，正义的出路并非只有一条。

生活中，有些人心怀抱负和理想，性情刚正，他们眼中的世界是理想的，正义能够得到伸张，美德能够得到赞誉。这当然是好的，但现实通常并非如此，如果一味地以自己认可的方式来对待周围的人和事，就难免会因此引起冲突和矛盾，甚至像孔群一样惹来杀身之祸。当然，这并意味着我们就要去妥协和退让，而是提醒我们在行动之前要学会思考。

【原文】

梅颐尝有惠于陶公①，后为豫章太守，有事②，王丞相遣收③之。侃曰："天子富于春秋④，万机⑤自诸侯出，王公既得录⑥，陶公何为不可放！"乃遣人于江口⑦夺之。颐见陶公，拜，陶公止之。颐曰："梅仲真膝，明日岂可复屈邪？"

【注释】

①陶公：即陶侃。②有事：指犯事。③收：逮捕。④富于春秋：指年纪还轻。⑤万机：指众多政务。⑥录：逮捕。⑦江口：渡口。

【译文】

梅颐曾经有恩于陶侃，后来梅颐担任豫章太守时，犯了事，丞相王导派人抓捕他。陶侃说："天子年纪轻轻，众多政务全都由诸侯处理，王公既然可以抓他，那我为什么不能放他呢！"于是派人到渡口夺回梅颐。梅颐见到陶侃，准备下跪致谢，被陶侃制止了。梅颐说："我的膝盖，明天可就不会再弯曲了。"

【解读】

陶侃救梅颐，虽然有人情在里面，但也足见他的刚直敢为。

天子随意地将权力交给身边的大臣，身边的大臣也毫不客气地滥用权力，率先做了"不仁"的一方，陶侃这才做出了违背旨意营救犯人的"不义"之举。因此陶侃算不上无理取闹，他只是在遵循当时"游戏规则"的前提下，做了自己能够做的事情。梅颐通过跪拜答谢陶侃，可谓性情之致，陶侃的阻止对于梅颐来说无疑算得上一个考验，而最终梅颐通过一句略带调侃意味的话语，既给足了陶侃面子，又维护了自己的尊严，可谓"一箭双雕"。

【原文】

王丞相作[①]女伎[②]，施设床席[③]。蔡公[④]先在坐，不说[⑤]而去，王亦不留。

【注释】

①作：安排，安置。②女伎：指歌女，舞女。③床席：床榻坐席。④蔡公：指蔡谟。⑤说：通“悦”，高兴。

【译文】

王导安排歌女表演，并布置了床榻坐席。蔡谟开始也在座，见到歌女表演很不高兴，起身离去，王导不加阻拦。

【解读】

一个喜好分明，毫不掩饰，一个去留随意，绝不强求。可以说，王导和蔡谟都是性情中人，蔡谟率真，王导心宽，率直的人，从来不积压心事，想什么做什么，怎么看怎么说；心宽的人自在，笑脸常在，活得舒坦。

人活着，就要活得率真，活出真性情，活出真自我，虚情假意只会消磨你自己的个性，逐渐地让你不再是你自己。人也要活得大度，不轻易地迷恋一些东西，也不轻易地忌恨一些东西，待人接物学会宽容和谦卑。生活中充满形形色色的人，为了生存，我们无可避免地要与各类人接触，这些人中，有的成了你的朋友，有的则成了你的敌人。因为性格和人格的分歧，和他人成为对手是很正常的，但你要意识到学会肯定对手也是一种智慧，给予他人赞美，你得到的将是感激，而且，在你欣赏他人的同时，你其实也在不断提升和完善自我。

【原文】

何次道[①]、庾季坚二人并为元辅[②]。成帝[③]初崩，于时嗣君[④]未定。何欲立嗣子[⑤]，庾及朝议以外寇方强，嗣子冲幼[⑥]，乃立康帝。康帝登阼，会群臣，谓何曰：“朕今所以承大业，为谁之议？”何答曰：“陛下龙飞[⑦]，此是庾冰之功，非臣之力。于时用微臣之议，今不睹盛明之世。”帝有惭色。

【注释】

①何次道：即何充，字次道。②元辅：即宰相。③成帝：指晋成帝司马衍。④嗣君：指继位的国君。⑤嗣子：嫡长子。⑥冲幼：年幼。⑦龙飞：指帝王即位。

【译文】

何充和庾冰二人都是当朝宰相。晋成帝司马衍驾崩后，继位的国君还没定下来。何充想让嫡长子即位，但庾冰等人认为敌寇势力强大，嫡长子年纪尚小，于是拥立司马衍的弟弟康帝即位。康帝登基后，会见群臣，对何充说：“我今天能够继承大业，是谁的建议呢？”何充回答说：“陛下能够继位，全是庾冰的功劳，我没有出力。当时如果采纳了我的建议，现在就看得不到眼前的盛世了。”康帝听完，面露愧色。

【解读】

何充是诚实的，诚实的人从来不说谎，是非功过任人评论，我自坦荡无欺。康帝本想让何充难看，看他怎样狡辩，怎样阿谀，但何冲却毫不掩饰，也不辩驳，将事情的真相告诉康帝，结果倒显得康帝得势不饶人，居心不正。做错了事情要勇于承担责任，不掩饰，不欺瞒，当你将坦荡诚实的胸怀呈现在他人面前时，他人也会以一个公正宽容的心对待你。

言辞立其诚，一个人的言辞应该建立在诚信的基础上。做人应该诚实无欺，实事求是，守信义、不虚假。这不仅能得到别人的信任，本身也是你个人素养和道德品质的升华。所谓“人而无信，不知其可也"，不讲诚信的人可能会在一定的时间里蒙住他人的眼睛，掩盖真相，但他却很难欺人一世，一旦被识破和戳穿，他就很难在社会上立足，因为没有人愿意和虚伪狡诈的人相处。

【原文】

江仆射[①]年少，王丞相呼与共棋。王手[②]尝不如两道[③]许[④]，而欲敌道戏[⑤]，试以观之。江不即下。王曰："君何以不行？"江曰："恐不得尔。"傍有客曰："此年少戏乃不恶[⑥]。"王徐举首曰："此年少，非唯围棋见胜[⑦]。"

【注释】

①江仆射：指江虨。②手：指下棋的本领。③两道：指两个棋子。④许：指大约，大概，助词。⑤敌道戏：对等下棋。⑥不恶：不赖，不错。⑦见胜：胜过我。

【译文】

江虨年少时，王导叫他一起下棋。王导的棋艺输江虨两个子左右，但却想和江虨对等下棋，以此来观察他。江虨没有急着落棋。王导问道："你为什么不落子呢？"江虨说："我恐怕不能和你这样下。"旁边的人看出其中玄机，说："看来这个少年的棋艺确实不一般啊。"王导慢慢地抬起头，说："这个少年，岂止棋艺胜过我呀。"

【解读】

江虨确信自己的棋艺技高一筹，但又无意让王导输得太惨，因此久久不肯落子。以他的意思，自己还是先让王导两个子，王导事先承认自己技不如人，然后两人再对弈，不必收着手，恣意挥洒棋艺，下个痛快。生活就是这样，将胜负和名誉放到一边，没有了名利的困扰，我们才能活得痛快，江虨深谙其中的道理，这也是王导敬佩他的真正原因。

王导虽然在棋艺上略逊江虨一筹，但对人生的解读和透悟上其实一点都不输江虨，而且更难能可贵的一点是，他能够做到"知人"。对很多普通人而言，了解自己就已经够难了，但王导却能够发现其他人身上的优点和光辉，清楚他人的长处。这对他人来说意味着被发掘的机会，而对王导自己而言，也是非常有益的，他可以借此网罗天下的能士，为己所用。历史上的很多领袖和人物往往如此，他们或许没什么过人的才能，但却知人，能够识人用人，而恰恰是这一点成就了他们。

【原文】

孔君平[①]疾笃，庾司空[②]为会稽[③]，省[④]之，相问讯[⑤]甚至[⑥]，为之流涕。庾既下床，孔慨然曰："大丈夫将终，不问安国宁家之术，乃作儿女子相问[⑦]！"庾闻，回谢[⑧]之，请其话言[⑨]。

【注释】

①孔君平：即孔坦，字君平。②庾司空：即庾冰，字季坚。③会稽：指会稽内史。④省：探望，探访。⑤问讯：问候。⑥甚至：备至。⑦儿女子相问：指妇人间的问候。⑧谢：道歉，谢罪。⑨话言：指留遗言。

【译文】

孔坦病重，庾冰当时任会稽太守，前往探望。到了之后，庾冰关怀备至，并为孔坦哭泣。庾冰下了座榻后，孔坦感叹道："大丈夫行将就木，你不询问治国平天下的方法，却像个妇人一样哭哭啼啼！"庾冰听完，急忙转过身来，向孔坦道歉，并请他留下遗言。

【解读】

孔坦重病缠身，依旧心忧社稷和苍生，确实称得上是一名大丈夫。这种博大的情怀不是人人都能拥有的，因此孔坦实在没必要苛责庾冰，不是庾冰不想做，只是他根本做不到罢了。

大丈夫关心大问题，普通人则往往沉溺于小情怀。这两种人，活在同一个世界里，在人生的境界和高度上却可能有着天壤之别，促成这种差距的原因，有一部分是因为天赋上的差距，而另一部分不可忽视的原因就是人的惰性。很多人很早就固化了自己的思维和价值观，他们过早地失去了改变的动力，变得懒惰无为，觉得知晓一定的道理就足以生活，结果时间一长，连意识到这种缺陷的能力也消失了。而孔坦这样的人，却一直处于改变和学习之中，他们的人生感悟和价值观总是处于变化之中，结果他们总是能够不断地总结和进步，最终比其他人看得更长远，目光更高，认识更深刻。因此不要再说"一辈子就这样了"，真正扼杀你的未来和改变可能的，只有你自己。

【原文】

桓大司马[①]诣刘尹[②]，卧不起。桓弯弹[③]弹刘枕，丸迸碎床褥间。刘作色[④]而起曰："使君如馨[⑤]地，宁可斗战求胜？"桓甚有恨容[⑥]。

【注释】

①桓大司马：即桓温。②刘尹：指刘惔。③弯弹：拉弹弓。④作色：生气。⑤如馨：像这样，如此。⑥恨容：恼怒的神情。

【译文】

桓温拜访刘惔，刘惔故意卧床不起。桓温于是用弹弓打刘惔的枕头，弹丸在床褥里面迸碎了。刘惔生气地坐起来说："你这样难道就可以取得战斗的胜利吗？"桓温听完，一脸恼恨的神色。

【解读】

桓温与前燕交战失利，为此一直耿耿于怀，心中满怀不甘之情。刘惔为了试探桓温的胸怀和心性，所以想出卧床不起的计策，而从桓温恼羞成怒的表现看来，他显然还没有从战败的阴影中走出来，失败并不可拍，可怕的是一个人永远走不出失败的阴影。败就败了，大不了从头再来，江山依旧可能是你的，但当你长时间地沉浸在失败的阴影之中时，自信心和重头再来的动力就会不断被消耗，结果你越沉溺就越疲软，越疲软就越沉溺，最终陷入一个无止境的恶性循环之中。刘惔的一盆冷水，如果能够浇醒桓温，善莫大焉。

【原文】

后来年少，多有道深公者。深公谓曰："黄吻年少[①]，勿为评论宿士[②]。昔尝与元明二帝、王庾二公周旋[③]。"

【注释】

①黄吻年少：指幼稚的年轻人。②宿士：老前辈。③周旋：交往，打交道。

【译文】

后来的年轻人多有议论竺法深的，竺法深对他们说："你们这些黄毛小儿，不要评论我们这些老前辈。我当年可曾经和元帝、明帝两位皇帝，以及王导、庾亮等王公打过交道。"

【解读】

清者自清，浊者自浊，历史自会给每个人以公正的评价，因此实在没必要过于在乎他人对自己的评价，将一切交给时间就好了。况且，历史会记住一个人的丰功伟绩，但却不会记住一个人的闲言碎语，一个人倘若跟一些毫无意义与价值的言论纠缠，其实已经表现出了他的心虚，他或许在一番争论后勉强取胜，但他开始就已经"败了"，因为他已经承认或者意识到自己的不足。

竺法深是东晋时期的名僧，他和年轻人较真，为的是保全自己的名誉和地位，这无可厚非，但他的言语间却透出一副倚老卖老、盛气凌人的模样来，就这一点而言，他的品性显然还是存在缺憾的。一个人通过与他人的关系来标榜自己的成功或者显赫的地位，本身就是一种自信缺失的体现。

【原文】

王中郎[①]年少时，江虨为仆射，领选[②]，欲拟之为尚书郎。有语王者，王曰："自过江来，尚书郎正[③]用第二人[④]，何得拟[⑤]我！"江闻而止。

【注释】

①王中郎：指王坦之，字文度，东晋名臣，官至中书令。②领选：指负责选拔官吏。③正：只，仅。④第二人：指第二流的人。⑤拟：打算，想到。

【译文】

王坦之年少时，江虨任仆射，兼职选拔官吏，有意让王坦之任职尚书郎。有人将这件事告诉了王坦之，王坦之回答说："自从过江以来，尚书郎全都由二流的人才担任，江虨怎么能够让我去做这个官呢！"江虨听说之后，随即打消了原来的念头。

【解读】

王坦之的言下之意，是说自己是第一流的人才，不能做第二流的事情。这可以视为一种自信的体现，但这种自信是会付出代价的，它通常会让一个人在成功和被发掘之前付出额外的等待和忍耐，但如果他的意志力足够顽强，也可以选择等待。通常，这种人不鸣则已，一鸣惊人。

自己要看得起自己，只有你尊重自己时，别人才会尊重你。这里的看得起，除了对自己能力的肯定与信心，也包括许多为人处事的原则。

【原文】

王述[①]转[②]尚书令，事行[③]便拜[④]。文度曰："故应让杜、许。"蓝田云："汝谓我堪此不？"文度曰："何为不堪，但克让[⑤]自是美事，恐不可阙[⑥]。"蓝田慨然曰："既云堪，何为复让？人言汝胜我，定不如我。"

【注释】

①王述：字怀祖，太原晋阳人，为人直率，官职扬州刺史、尚书令。②转：调任。③事行：指公文到来。④拜：指接受官职。⑤克让：克己让人。⑥阙：通"缺"，缺少。

【译文】

王述调任尚书令，调令一到便走马上任。王述的儿子王坦之说："你本该把这个官位让给杜、许二人。"王述说："照你这么说，我胜任不了这个职位？"王坦之说："不是说你胜任不了，而是说克己让人是美德，不能缺少。"王述感叹说："既然能够胜任，为什么还要谦让呢？别人都说你会超过我，今天看来你不如我。"

【解读】

别人安排给你一件事情，你如果能干，而且确信比别人干得更出色，就没有必要让与他人，这是对你负责，也是对别人负责。从这一点上讲，王坦之确实比不上父亲。

人要学会谦让，但不能事事退让，该出手时就出手，这一方面是一种自信的体现，一方面也是一种敢于担当、勇于挑战的体现。成功的人生需要放手一搏，不要惧怕过程的艰辛，也不要过于考虑可能的失败结局，放开自己的手脚，不问结果。人生需要深思熟虑，但有时也需要激情和冲动。当你特别想做某件事并坚信自己能够做好时，就勇敢地去尝试和争取吧，人生中很多的美好都是因为我们的谨慎和不作为与我们擦肩而过的，冲动也许会让你付出代价，但错过争取和拼搏却会让一个人追悔一生。

【原文】

孙兴公[①]作《庾公诔》，文多托寄[②]之辞。既成，示庾道恩，庾见，慨然送还之，曰：

"先君[③]与君，自[④]不至于此。"

【注释】

①孙兴公：指孙绰。②托寄：假托，攀附。③先君：指死去的父亲，即庾羲的父亲。④自：本来，向来。

【译文】

孙绰写《庾公诔》，里面多有攀附之词。写成之后，孙绰将它拿给庾羲看。庾羲看完，愤慨地还给孙绰说："我父亲和你的交情还没有达到这种地步。"

【解读】

文贵在真，贵在诚，好的文字可能并不华美，但它必定是真实的。这就好比花朵，好的花朵或许并不漂亮，但它一定是有种子的，这种文字看起来似乎没有什么亮点和吸引人的地方，但它们确是长久存在的，会不断地传承和延续下去；而浮华却没有真情实感的文字就像结不出种子的花朵一样，或许非常美丽，但却只能光鲜一时，等到花季结束，等待它们的就是枯萎和消陨，而曾经的辉煌和耀眼，永不再来。

文学创作如此，做人处世同样如此，我们应该摒弃浮华而没有意义的东西，脚踏实地，自信而不虚浮，远离浮华和作弄。一个人只有脚踏实地，才能发现自己的优点和不足，从而扬长避短，不断地改变和完善自己，朝着自己的目标和理想进发。如果一味地追求浮华和名利，只会一步步地架空自己，最终就像一根断了线的风筝一样，彻底被外力所操纵，无法掌控自己的命运。

【原文】

王长史[①]求东阳[②]，抚军[③]不用。后疾笃[④]，临终，抚军哀叹曰："吾将负[⑤]仲祖。"于此命用之。长史曰："人言会稽王痴，真痴。"

【注释】

①王长史：指王濛，字仲祖，善清谈。②东阳：指东阳太守。③抚军：指晋简文帝司马昱。④疾笃：病危。⑤负：辜负，对不起。

【译文】

王濛求任东阳太守，简文帝没有同意。后来，王濛病危，临终之前，简文帝哀叹着说："我对不住你啊。"随即下令任用王濛。王濛说："人们都说简文帝性痴，现在看来果然如此。"

【解读】

"人之将死，其言也善"，王濛临终前的这一句"善言"，但愿能够点醒生性痴笨的简文帝。一个人或许觉悟的晚一些，但所谓"亡羊补牢，为时未晚"，只要问题还没有到完全无法改变的地步，我们就应该不放弃改变自我的信心和动力。即使损失已成定局，我们要做的也不是抱残守缺，碌碌无为，而是主动改变和行动，抓住一切可能的希望和转机，改变结果，挽回可能的损失。生活就是如此，只要希望尚存，就要努力去争取，不放弃任何可能。

【原文】

刘简作桓宣武[①]别驾，后为东曹参军[②]，颇以刚直见疏。尝听讯，简都无言。宣武问："刘东曹何以不下意[③]？"答曰："会[④]不能用[⑤]。"宣武亦无怪色。

【注释】

①桓宣武：即桓温。②东曹参军：官名，王公府内长管诸事的官员。③下意：发言，提建议。④会：必定，一定。⑤用：采纳，接受。

【译文】

刘简曾任桓温的别驾，后来又任东曹参军。因为生性耿直，刘简颇被疏远。一次，刘简在听取教令时，自始至终都没有说一句话。桓温问道："刘简，你为什么不发言？"刘简回答说："说了你也不会采纳。"桓温听完，丝毫没有责怪的意思。

【解读】

一个人的沉默无非就两种原因，一种是确实无话可说，另一种是自知说了也没有作用。刘简沉默的原因显然是后者，但多少又带点赌气的意味。从桓温的反应来看，在那个时代，真知灼见或许被遮盖，但至少还没有被埋葬，"敢谏言，善纳言"的愿景依旧还有希望。

生活中，有些人自认为事情的走向和结局无法改变，就主动放弃了争取和改变的努力，这其实无异于自暴自弃。做人应该百折不挠，意志坚强，无论受什么样的挫折都不退缩，即使失败一百次，我们也应该勇敢地做一百零一次的尝试。

【原文】

刘真长①、王仲祖②共行，日旰③未食。有相识小人④贻⑤其餐，肴案⑥甚盛，真长辞焉。仲祖曰："聊以充虚⑦，何苦辞？"真长曰："小人都⑧不可与作缘⑨。"

【注释】

①刘真长：即刘惔。②王仲祖：即王濛。③日旰：指天色已晚。④小人：即普通百姓，魏晋时期门阀制度森严，普通百姓均被称为"小人"。⑤贻：馈赠。⑥肴案：放菜的案板，这里代指菜肴。⑦充虚：充饥。⑧都：完全。⑨作缘：来往，打交道。

【译文】

刘惔、王濛一起出行，天色已晚还没有吃东西。有认识他们的普通百姓，为他们提供了丰盛的菜肴。刘惔推辞不受。王濛说："不过是临时充饥罢了，为什么要推辞呢？"刘惔说："凡是普通百姓都不能和他们打交道。"

【解读】

魏晋时期，身份差别和等级的悬殊往往决定着两个人是否能够相处和交好。相比于普通的老百姓，刘惔的身份地位无疑会更高一些，而这也正是他拒绝吃百姓家里的饭的原因。我们可以说刘惔的举止是有原则性的，是一种对魏晋时期规则的坚守和遵循，但他的作为其实谈不上"方正"。刘惔已经完全成为一个时代的附庸者，就像被拴在线上的木偶一样，任由时代操纵和左右。百姓热情地为他们提供菜肴，本是感人的义举，结果却被他严词拒绝，他已经失去了对善良和美好的最基本判断。

【原文】

王修龄①尝在东山②，甚贫乏③。陶胡奴④为乌程令⑤，送一船米遗⑥之，却不肯取。直答语："王修龄若饥，自当就谢仁祖⑦索食，不须陶胡奴米。"

【注释】

①王修龄：即王胡之，字修龄，王廙次子，琅邪临沂（今山东临沂）人。历任吴兴太守、侍中、丹阳尹等职位。②东山：位于今天的浙江。③贫乏：贫困。④陶胡奴：即陶范。⑤乌程令：指乌程县令。乌程县，指今天的浙江吴兴一带。⑥遗：馈赠。⑦谢仁祖：即谢尚。

【译文】

王胡之曾经住在东山一带，生活非常贫困。陶范当时任乌程令，送给他一船米。王胡之坚持不肯收下，直截了当地说："我如果饿的话，自然会去跟谢尚讨要，因此不需要你的米。"

【解读】

“志士不饮盗泉之水，廉者不受嗟来之食”，最困厄的时候，往往也是最能体现一个人气节与坚守的时候。跟谢尚讨要米食只是王胡之的一个的说法，他真正想要做的其实是维护自己的尊严。人应有骨气和气节，为此我们应该努力克制自己作为一个普通人自然而强烈的欲望，物质的满足是次要的，有时甚至连生命也是次要的。王胡之宁愿饿死，也不肯摧眉折腰，这种气节令人敬畏。

【原文】

阮光禄[①]赴山陵[②]，至都[③]，不往殷、刘许[④]，过事便还。诸人相与追之。阮亦知时流[⑤]必当逐己，乃遄疾[⑥]而去，至方山[⑦]不相及。刘尹时为会稽，乃叹曰：“我人，当泊安石渚下耳，不敢复近思旷傍。伊便能捉杖打人，不易。”

【注释】

①阮光禄：即阮裕，字思旷，曾任金紫光禄大夫，故名。有隐遁之志，以德著称。②山陵：指帝王陵墓。③至都：指到了京都建康。④许：住所。⑤时流：当时的名流。⑥遄疾：急速，迅速。⑦方山：位于今天的江苏江宁东南部，六朝时交通要道，商旅云集。

【译文】

阮裕去参加晋成帝司马衍的葬礼，到了京都建康，没有到殷浩、刘惔等人的住处，丧事一结束就离开了。众人听说后都去追赶他。阮裕料到当时的名流会追自己，于是便急速离去，众人追到方山都没有追上他。刘惔当时任会稽郡守，于是叹息道：“我如果去会稽，一定到谢安那里去居住，不敢再靠近阮裕了，否则他一定会拿棍子打我。”

【解读】

阮裕素来有遁隐之志，但如此不想见人却也算得上一则奇闻。魏晋时期的门阀氏族斗争十分激烈，很多人都因为卷入政治风波而惹来杀身之祸，因此，当时的许多知识分子都有逃避现实的心态——远离政治漩涡，遁世隐居，与世无争。

一个人不管是遁世也好，入世也好，真正珍贵和应当坚守的都是他的本性。内心的是非判断决定了一个人的选择，一旦失去了对本性的坚守，也就不再是自己，此时的遁世或者入世都将失去意义。

【原文】

王、刘[①]与桓公[②]共至覆舟山看。酒酣[③]后，刘牵[④]脚加桓公颈，桓公甚不堪，举手拨去。既还，王长史语刘曰：“伊讵[⑤]可以形色加人不？”

【注释】

①王、刘：指王濛和刘惔。②桓公：指桓温。③酒酣：指喝酒尽兴。④牵：引，拉。⑤讵：难道，哪里。

【译文】

王濛、刘惔还有桓温三人一起去覆舟山游玩，酒酣之时，刘惔将脚架到了桓温脖子上，桓温不堪其辱，用手将刘惔的脚拨开。回去之后，王濛对刘惔说：“他难道可以对我们发怒逞威吗？”

【解读】

不管刘惔喝醉与否，桓温似乎都没有办法跟对方较真，因为醉酒已经成了对方开脱自己的完美借口。在这种情况下，其实桓温没有必要和对方较真，他们既然已经喝醉了，也就失去了基本的判断力和约束力，所作所为也算是醉酒后的胡乱作为，不具备实际的参考价值。世人也不会将他们拿来作为一种立场和观点的依据。当然，桓温同样可以“以其人之道还治其人之身”，借醉酒之名"侮辱"王濛和刘惔，事后再用醉酒之名为自己开脱。但这并不是我们所提倡的方式，我们应该以善治恶，而不是以恶治恶。

【原文】

桓公①问桓子野②："谢安石料万石③必败，何以不谏？"子野答曰："故当④出于难犯⑤耳。"桓作色⑥曰："万石挠弱⑦凡才，有何严⑧颜难犯！"

【注释】

①桓公：即桓温。②桓子野：指桓伊，东晋音乐家、名士。为人谦素。中国十大古典名曲之一《梅花三弄》，就是根据他的笛谱改编而成。③万石：指谢万石，谢安的弟弟。④故当：当然是。⑤犯：冒犯，触犯。⑥作色：生气。⑦挠弱：懦弱无能。⑧严：庄严。

【译文】

桓温问桓伊："谢安明知谢万石会失败，为什么不劝他呢？"桓伊回答说："当然是因为不好触犯谢万石。"桓温生气地说："谢万石是个懦弱平庸之辈，有什么不能触犯的！"

【解读】

懦弱如果成了一个人的标签，那这个人就很难在其他人眼里留下地位了。真正决定你高度的，不是你的长处，而恰恰是你的劣势。行事需谨慎，但桓温快刀斩乱麻、无畏无惧的处事方式有时也不见得是件坏事，只要结果是好的，能一刀切的事情，何苦抽丝剥茧、顾及太多呢？

【原文】

罗君章①曾在人家，主人令与坐上客共语②，答曰："相识③已多，不烦复尔④。"

【注释】

①罗君章：即罗含，字君章，贵阳枣阳人。②共语：谈话。③相识：认识的人。④尔：如此，这样。

【译文】

罗含曾经在一户人家里，主人让他和在座的客人一起聊天，罗含回答说："我认识的人已经够多了，没必要这样做了。"

【解读】

罗含的做法不失为一种交友之道，朋友多了路好走，这话没错，但前提是对方要真的称得上是你的朋友。真正的朋友关系不是三言两语，或者见面时的一个招呼就可以建立起来的，而是需要双方长时间的感情投入和交流。我们的时间和精力的都是有限的，与其漫无目的地撒网式交友，倒不如静下心来，将自己的真诚和热情投放到较少的一些人身上。

【原文】

韩康伯①病，拄杖前庭②消摇③。见诸谢④皆富贵，轰隐⑤交路，叹曰："此复何异王莽⑥时？"

【注释】

①韩康伯：即韩伯，字康伯，历任豫章太守、丹阳尹、吏部尚书等职。②前庭：庭前。③消遥：即"逍遥"，指漫步散心。④诸谢：指谢安、谢奕、谢万等谢氏人物。⑤轰隐：指众多马车行进的声音。⑥王莽：字巨君，公元年，王莽代汉建新，推行新政，史称"王莽改制"。

【译文】

韩伯生病时，拄着拐杖在庭前散步，看到谢家各户一派富贵景象，车辆往来，喧嚣声不绝于耳，随即感叹道："这和王莽当政时有什么两样呢？"

【解读】

谢氏家族在当时十分烜赫，谢安任职尚书仆射和中书令，谢石和谢玄也是屡建战功，受到当时统治者的重视。然而所谓"丘也闻有国有家者，不患寡而患不均，不患贫而患不安"，贫富差距和权势的过度集中，都是社会动荡的重要诱因，当财富和权力聚集在少数人手里时，正义和公正就很可能失去，一个没有正义和公正可言的时代，暴乱乃至战事也就在所难免了。就这一点来说，韩伯无疑具有先见之明。

【原文】

王文度[①]为桓公[②]长史时，桓为儿求王女，王许咨[③]蓝田[④]。既还，蓝田爱念[⑤]文度，虽长大，犹抱着膝上。文度因言桓求已女婚。蓝田大怒，排[⑥]文度下膝，曰："恶[⑦]见，文度已复[⑧]痴，畏桓温面？兵，那可嫁女与之！"文度还报云："下官家中先得婚处。"桓公曰："吾知矣，此尊府君不肯耳。"后桓女遂嫁文度儿[⑨]。

【注释】

①王文度：即王坦之。②桓公：即桓温。③咨：询问。④蓝田：即王述，因袭爵蓝田侯，故称。⑤爱念：疼爱，喜爱。⑥排：推开。⑦恶：怎么。⑧已复：竟然。⑨桓女遂嫁文度儿：指桓温的次女嫁给王坦之的儿子王愉。

【译文】

王坦之做桓温手下的长史时，桓温想让王坦之的女儿做自己的儿媳妇。王坦之答应跟父亲王述请示一下。回到家里，王述因为疼爱儿子，虽然儿子已经成人，依旧把他抱在膝盖上。王坦之随即将桓温的意思转告了父亲。王述听完后非常生气，将王坦之从膝盖上推下来，说："你怎么这么糊涂，难道是因为顾忌桓温的颜面吗，我们怎么能够把女儿嫁给一个当兵的呢？"王坦之于是找到桓温，委婉地回答说："小女的婚事，家父已经定下来了。"桓温说："我知道，是你的父亲不同意这门婚事吧。"后来，反倒是桓温的二女儿嫁给了王坦之的儿子。

【解读】

在魏晋时期的门阀制度下，"门不当户不对"的亲事是很难被容忍的。桓温虽然执掌兵权，官居显位，却出身寒门，因此被当时的士大夫鄙视，桓温之子想娶王坦之的女儿自然也是困难重重。但在当时，寒门女子是可以嫁给士族大夫的儿子的，因此桓温的女儿得以嫁给王坦之的儿子。在一个扭曲的等级制度中，个体的牺牲难以避免。

【原文】

王子敬[①]数岁时，尝看诸门生[②]樗蒲[③]，见有胜负，因曰："南风不竞[④]。"门生辈轻其小儿，乃曰："此郎[⑤]亦管中窥豹，时见一斑[⑥]。"子敬瞋目曰："远惭荀奉倩[⑦]，近愧刘真长[⑧]！"遂拂衣而去。

【注释】

①王子敬：即王献之，字子敬，祖籍山东琅邪（今山东临沂），晋朝著名书法家、诗人，书圣王羲之子，以行书和草书闻名后世，与父亲并称为"二王"。②门生：指门下的杂役。③樗蒲：盛行于汉末的一种棋类游戏，因用于掷采的投子最初是由樗木制成，故名樗蒲。④南风不竞：指南风势弱，南边的玩家处于劣势。⑤郎：魏晋时期对少年的通称。⑥管中窥豹，时见一斑：指从管中看豹，只看到豹身上的一块斑纹。比喻只看到事物的一部分或者一面，寓指片面地看问题。⑦荀奉倩：即荀粲，字奉倩，三国魏玄学家，颍川（今河南）人，东汉名臣荀彧之子。善谈玄理，聪

慧过人。⑧刘真长：即刘惔。

【译文】

王献之很小的时候，曾经看一群门生在玩樗蒲这种游戏，看出胜负后，王献之说："南风处于劣势。"门生们听完，轻视他是个小孩，于是说："你这个小孩子，只是管中窥豹罢了，至多只能看到豹子身上的一个斑纹。"王献之听完，瞪着眼睛说："我远比不上荀粲，近愧对刘惔啊。"说完拂袖而去。

【解读】

荀粲"简贵不与常人交接，所交皆一时俊杰"，而刘惔也是"为政清整，门无杂宾"，王献之的言下之意，即是说自己结识了一些不三不四、目中无人的朋友，因此愧对荀粲、刘惔两人。"道不同则不相为谋"，王献之年龄虽小，却一身正气，他的拂袖而去，令人刮目。

王献之的门生仅仅因为荀粲是个小孩儿，就对他的言论全盘否定，这种明显带有主观情绪的论断是非常不正确的。我们在评判一件事情时，应保持一个客观公正的视角和立场，杜绝想当然和自以为是，否则我们很可能自己打自己的脸。

【原文】

谢公①闻羊绥佳，致意②令来，终不肯诣。后绥为太学博士③，因事见谢公，公即取④以为主簿。

【注释】

①谢公：即谢安。②致意：指将自己的意思传达给对方。③太学博士：官名，太学即中国古代的大学，太学博士类似于现在的教师、助教。④取：录用，任用。

【译文】

谢安听说羊绥很有才华，随即向他致意，想任用他为自己的幕僚，但羊绥始终不肯前去就任。后来，羊绥做了太学博士，因为有事会见谢安，谢安立即趁机录用他为主簿。

【解读】

"千里马常有，而伯乐不常有"，能够和求贤若渴的谢安生活在一个时代，也算魏晋人才的一大幸事了。人才，才是一个时代最宝贵的财富，曹操有诗"山不厌高，海不厌深，周公吐哺，天下归心"，唐太宗也有"不以卑而不用，不以辱而不尊"之语，历史上真正求贤若渴并付诸行的帝王和统治者并不是很多，但他们却大都取得了令人尊敬的成就。求贤若渴意味着不断地汲取和吸收，无论是一个人还是一个时代，只有不断地汲取营养，才能长久地存在下去。

【原文】

王右军①与谢公②诣阮公③，至门，语谢："故当共推④主人。"谢曰："推人正自⑤难。"

【注释】

①王右军：指王羲之。②谢公：指谢安。③阮公：即阮裕。④推：推崇。⑤正自：实在，的确。

【译文】

王羲之和谢安去探望阮裕，到了阮裕门前，王羲之对谢安说："一会儿进门之后，我们一定要共同推尊主人。"谢安回答说："推尊别人实在是难啊。"

【解读】

阮裕是东晋名士之一，生活精简，少与人来往，而且精于论难，王羲之和谢安想要在他身上打"人情牌"，恐怕是有难度的。

我们推崇和赞扬一个人，一方面可能因为对方确实拥有值得赞美和肯定的地方，从而发发自内心地对其产生崇敬之情；另一方面也可能迫于各种压力，言不由衷地对其进行赞美和歌颂。生活中，能够自由自在地生活当然是好的，但有时候，我们难免要做出一些有违真实想法的事情来，也算是无奈之举。但需要指出的是，追求自由和无拘无束的生活从来都不是一片坦途，期间我们肯定会遇到一些阻隔和障碍，这时适当地做出让步和妥协是可以接受，也是可以理解的。

【原文】

太极殿始成，王子敬时为谢公①长史，谢送版②，使王题之，王有不平③色，语信④云："可掷着门外。"谢后见王，曰："题之上殿何若？昔魏朝韦诞⑤诸人，亦自为也。"王曰："魏祚⑥所以不长。"谢以为名言。

【注释】

①谢公：指谢安。②版：指做匾额用的木板。③不平：指不满的神色。④信：使者，信使。⑤韦诞：字仲将，三国魏书法家、制墨家，京兆（今西安）人。⑥魏祚：魏朝国祚。国祚，即国运。

【译文】

太极殿刚刚造好时，王献之当时是谢安的长史，谢安让人送了一块匾让王献之题字。王献之面带不悦，对使者说："可以把匾扔到门外去。"谢安后来见到王献之，说："请你去殿上题写怎么样？以前魏朝的韦诞也是这么做的。"王献之回答说："所以说魏朝国运不长。"谢安将它视为名言。

【解读】

韦诞当年在殿上题字时已经须发尽白，行将就木，但将其和魏朝的国运联系起来，显然是句玩笑话。王献之不想题字，又不想直接拒绝谢安，因此想出这么一个委婉同时又不乏幽默感的借口。这就是拒绝的艺术，能够保全自己的立场，同时又不至伤害对方。谢安其实不是赞叹王献之话说得好，而是赞叹他做事漂亮。

【原文】

王恭欲请江庐奴为长史，晨往诣江，江犹在帐中。王坐，不敢即言。良久乃得及。江不应，直唤人取酒，自饮一碗，又不与王。王且笑且言："那得独饮？"江曰："卿亦复须邪？"更使酌与王。王饮酒毕，因得自解去。未出户，江叹曰："人自量①，固为难！"

【注释】

①自量：指自知之明。

【译文】

王恭想请江卢奴做自己的长史，于是在一天清晨造访他，江卢奴当时还没起床。王恭坐在一旁，等江卢奴醒过来，也不敢立即说明自己的意思，很久之后才开口。江卢奴没有回答他，而是让人取来酒，自顾自地喝了一碗，不给王恭喝。王恭边笑边说："难道你就这么一个人喝吗？"江卢奴回答说："你喝吗？"说完才让人给王恭倒了些酒。王恭喝完酒，起身告退，还没有走出房门，江卢奴就感叹说："人有自知之明，真是很难啊！"

【解读】

王恭和江卢奴的会面看似波澜不惊，却暗含较量。江卢奴没在第一时间回复王恭，包括无视王恭独自饮酒，其实都是在考验对方为人处事的胸襟和气度。显然，王恭的表现没有让江卢奴感到满意，好在王恭最终还算有自知之明，知道请不动江卢奴，于是起身告退。这份觉悟虽然来得晚了一些，但总比没有好。人贵有自知之明，它虽然无法帮助你做成事，但至少可以阻止你做傻事。

【原文】

孝武①问王爽②："卿何如卿兄？"王答曰："风流③秀出④，臣不如恭，忠孝亦何可以假人⑤！"

【注释】

①孝武：指孝武帝司马曜，字昌明，简文帝的第三个儿子，东晋的第九个皇帝，在位年。②王爽：字季明，王恭的弟弟。③风流：指才华。④秀出：突出，杰出。⑤假人：让给别人，借给别人。

【译文】

孝武帝问王爽："你和你的哥哥比起来怎么样？"王爽回答说："论才华，我比不上王恭，但论及忠孝怎么可以输给他呢！"

【解读】

人可以无才，但不能无德；人可以让才，但不能让德。王爽虽然才华不比哥哥，但在忠孝等待人处世的基本原则上却毫不含糊，不敢沦为一个没有道德和素养的人，这值得令人尊敬。

德重于才，《资治通鉴》里曾经提到，"才者，德之资也；德者，才之帅也。是故，才德全尽谓之圣人；才德兼亡谓之愚人；德胜才谓之君子；才胜德谓之小人"。这几句话可以说德才之间的关系说得一清二楚。无才可以培养和锻炼，即使真的不能改变，一个人也顶多是个碌碌无为的好人，对社会无害，却可以通过自己的美德和回馈社会；而无德者却犹如一颗定时炸弹，由于他们的价值取向就是不对的，因此他们的才华反而成了错误价值取向的帮凶，这种人的才华越突出，他们可能就越危险。

【原文】

王爽与司马太傅①饮酒，太傅醉，呼王为"小子"。王曰："亡祖长史②，与简文皇帝为布衣之交③；亡姑、亡姊，伉俪二宫④。何小子之有？"

【注释】

①司马太傅：指会稽王司马道子，简文帝司马昱幼子，初封琅邪王，后封会稽王，时称司马太傅。②亡祖长史：指王爽的祖父王濛，曾任司徒左长史。③布衣之交：特指贵族在显贵之前的交情和友谊。④伉俪二宫：指两宫太后。

【译文】

王爽和司马道子一起喝酒，司马道子喝醉之后，直呼王爽"小子"。王爽说："我的祖父王濛，和简文帝是布衣之交，先姑、先姊，则是两宫皇后，你怎么能喊我'小子'呢？"

【解读】

司马道子直呼王爽"小子"，自然有他过分的地方，但王爽因此就把祖上和皇室的交情全都搬出来，未免就有矫枉过正、大动干戈。别人的醉话或玩笑话，大可不必太过认真，做人还是宽容大度一些的好。

【原文】

张玄①与王建武②先不相识，后遇于范豫章③许，范令二人共语。张因正坐敛衽④，王孰视良久，不对⑤。张大失望，便去，范苦譬⑥留之，遂⑦不肯住。范是王之舅，乃让王曰："张玄，吴士之秀⑧，亦见遇⑨于时，而使至于此，深不可解。"王笑曰："张祖希若欲相识，自应见诣。"范驰报张，张便束带造之。遂举觞对语，宾主无愧色。

【注释】

①张玄：即张玄之，字祖希，历任吏部尚书、冠军将军、吴兴太守等职。②王建武：即王忱，字元达，王坦之子，官至荆州刺史、建武将军。③范豫章：指范宁，字武子，官至豫章太守。④正坐敛衽：指毕恭毕敬地坐好，正襟危坐。⑤不对：不说话。⑥譬：劝说。⑦遂：最后，终究。⑧秀：杰出的人才。⑨遇：赏识，礼遇。

【译文】

张玄和王忱起先并不认识，一次在范宁家里，两人偶遇，范宁于是让两人坐在一起交谈。张玄正襟危坐，毕恭毕敬，王忱却一言不发，只是盯着张玄看。张玄非常失望，起身便走，范宁苦留不住。范宁是王忱的舅舅，随即对他说："张玄是吴中的杰出人才，非常受人推崇，你为什么要这么对待他，简直无法理解。"王忱笑着说："张玄如果想认识我，应该到我家里拜访我。"范宁随后将王忱的话转告给了张玄，张玄听说后，整好衣冠，到王忱家里拜访他。之后，两人举杯痛饮，把酒言欢，毫无惭愧的神色。

【解读】

王忱一言不发，潜台词其实就是在告诉张玄。他之所以这样做，一方面可能是出于自我能力的极度自信，另一方面也可能源于他爱慕虚荣、喜欢摆架子或者"滥发淫威"的本性。而张玄在知道了王忱的想法后，没有显现出任何的抵抗和反感，毕恭毕敬地穿戴好衣服前往王忱的府第，对人的尊重和不与人计较的性格一览无余。

生活总有一些人，时刻都以一副盛气凌人抑的姿态生活，他们不见得有什么真才实学，但却处处咄咄逼人，以为自己是最厉害的。不可否认，这种人中有极少的一部分人确实拥有过人的天分和才学，但绝大部分都是"纵然生得好皮囊，腹内原来草莽"。而另有一部分人，不论拥有才学与否，待人接物都始终保持一种尊重对方的姿态，不与他人计较，宽容大度。我们应该努力成为后者。

雅量第六

【原文】

豫章太守顾劭，是雍之子。劭在郡卒①。雍盛集僚属自②围棋，外③启信至，而无儿书，虽神气不变，而心了其故，以爪掐掌，血流沾褥。宾客既散，方叹曰："已无延陵之高④，岂可有丧明之责⑤！"于是豁⑥情散哀，颜色⑦自若。

【注释】

①劭在郡卒：指顾劭在豫章太守任上去世，时年三十二岁。②自：正在。③外：指男仆、杂役。④延陵之高：延陵，指春秋时期吴国的季札。据《礼记》记载，季札的长子死后，季札葬之以礼，并说"骨肉归复于土，命也"，遂被视为"达死生知命"之人。⑤丧明之责：据《礼记》记载，子夏丧子后悲痛欲绝，而且竟然哭瞎了眼睛，曾子前往悼念时，深深地责备子夏。⑥豁：排遣。⑦颜色：神情。

【译文】

豫章太守顾劭，是顾雍的儿子。顾劭在任上去世了。当时顾雍正和幕僚们聚在一起下围棋，府里的差役禀告说郡上来信了，但里面没有儿子的信，顾雍神色未变，但心里却料到发生了什么事，随后用指甲掐自己的手掌，流出的血沾湿了衣服。等到宾客散去后，才哀叹道："我虽然没有季札那样的旷达胸怀，但也不能像子夏那样受人责备啊！"随后开豁胸怀，排遣哀痛，神色安然自若。

【解读】

生命中总有些东西是你无法左右的，与其沉溺其中不能自拔，倒不如顺其自然，乐天知命。丧子之痛不言而喻，但顾雍的所作所为其实还谈不上"雅量"，雅量是内心自然而然生发出的一种处世态度，毫不勉强，毫不伪装。

【原文】

嵇中散①临刑东市，神气不变。索琴弹之，奏《广陵散》。曲终，曰："袁孝尼②尝请学此散，吾靳③固不与，《广陵散》于今绝矣！"太学生三千人上书，请以为师，不许。文王亦寻④悔焉。

【注释】

①嵇中散：指嵇康，字叔夜，魏国谯郡铚县（今安徽宿州）人，著名思想家、音乐家、文学家，"竹林七贤"之一，后被司马昭处死。②袁孝尼：指袁准。③靳：吝惜。④寻：不久之后。

【译文】

嵇康即将被处死，神色不变，命人取来一张琴，弹奏了一曲《广陵散》，弹完之后，说："袁准曾经想跟我学这首曲子，我因为吝惜这首曲子，所有没有教给他。从今往后，《广陵散》就成为绝唱了！"当时，有三千多名太学生上书，请求拜嵇康为师，但没有得到朝廷的允许。嵇康死后不久，司马昭也心生悔意。

【解读】

嵇康是"竹林七贤"之一，崇尚老庄哲学，工书画，善鼓琴，是"正始文学"的代表人物，文风泼辣，恣意洒脱，诗文讲求“心写心声不失真”。后来，嵇康因得罪钟会，被钟会构陷，最终被司马昭杀害。

面对死亡，嵇康毫无惧色，独奏一曲《广陵散》，从容就义，正体现了他豪迈洒脱的性格。这种看淡生死的豁然，的确算得上是一种雅量。

【原文】

夏侯太初①尝倚柱作书②，时大雨，霹雳破所倚柱，衣服焦然，神色无变，书亦如故。宾客左右，皆跌荡③不得住。

【注释】

①夏侯太初：即夏侯玄。②作书：写信。③跌荡：跌仆摇晃，站不稳脚。

【译文】

夏侯玄曾经靠在一根柱子上写信，当时正下着大雨，一个闪电突然劈到柱子上，夏侯玄的衣服都被烧焦了，但他神色不变，继续倚着柱子写信。一旁的宾客和随从，全都吓得站不稳脚，跌倒在地。

【解读】

“泰山崩于前而色不变”，我们常常以此来形容一个人处变不惊、沉稳冷静的样子，但如夏侯玄一般，衣服被闪电劈焦了还镇定自若的人，确属罕见。在突发状况面前未尝仓皇失措，不失为一种气量宽宏的表现，算得上是一种雅量。

【原文】

王戎①七岁，尝与诸小儿游。看道边李树多子折枝，诸儿竞②走③取之，唯戎不动。人问之，答曰：“树在道边而多子，此必苦李。”取之，信然④。

【注释】

①王戎：字濬冲，西晋名士，琅邪临沂（今山东临沂）人，“竹林七贤”之一，官至司徒，封安丰侯。自幼聪慧，善清谈。②竞：竞相，挣着。③走：跑。④信然：果然如此。

【译文】

王戎七岁的时候，曾经和许多小孩子一起玩耍。一次，大家看到路边有一棵李子树，上面结满果子。孩子们看到后，争相去摘李子，唯独王戎站在原地不动，有人问他原因，王戎回答说：“李树种在路边而且结满果子，却没有人去摘，这李子一定是苦的。”大家摘了一尝，果然如此。

【解读】

王戎是“竹林七贤”之一，自幼聪颖过人，善于思考和论断。通过苦李这个故事，我们可以一窥他敏捷的思维能力。

以一个正常人的阅历而言，做出王戎般的判断并不难，真正让众人无法认清真相的，其实是果实带来的诱惑。在利益和诱惑面前，一个人很容易失去判断力和洞察力，而克服它们的方式其实有很多，最重要的一点就是和王戎一样，学会深入的分析和思考，凡事三思而后行，杜绝贸然行事。

【原文】

魏明帝于宣武场上断虎爪牙，纵①百姓观之。王戎七岁，亦往看。虎承间攀栏而吼，其声震地，观者无不辟易②颠仆③，戎湛然④不动，了无恐色。

【注释】

①纵：任凭，任由。②辟易：躲避。③颠仆：跌倒。④湛然：安定，镇定的样子。

【译文】

魏明帝在宣武场上拔掉老虎的爪子和牙齿，任由百姓参观。王戎当时七岁，也前往观看。老虎抓着缝隙爬上栏杆，吼声震地，观看的人全都吓得后退跌倒，唯独王戎镇定自若地站在原地，丝毫没有恐惧害怕的意思。

【解读】

王戎小小年纪，却能如此镇静，实在不易。“静而后能安，安而后能虑，虑而后能得”，王戎是一个“能静”的人，他的世界是安静的，很少被外界的喧嚣所干扰，成大事的人，大致都是这样的。

【原文】

王戎为侍中，南郡太守刘肇遗[①]筒中笺布[②]五端，戎虽不受，厚报其书。

【注释】

①遗：馈赠，赠送。②筒中笺布：一种质地细密、价格昂贵的上等布料。

【译文】

王戎作侍中的时候，南郡太守刘肇送给他十丈筒中笺布，王戎虽然没有接受，但还是给他写了一封诚恳的感谢信。

【解读】

拒绝对方不见得就要让两人的关系剑拔弩张，你完全能够以一个宽厚包容的姿态对别人说“不”，这就是交际的艺术。生活中的利诱很多，但你要清楚哪些是你该坚守的东西，否则很可能会为一时的所得付出高昂的代价。王戎拒绝了刘肇的笺布，到刘肇日后东窗事发时，他也因此免去了一场牢狱之灾。

【原文】

裴叔则[①]被收[②]，神气无变，举止自若。求纸笔作书，书成，救者多，乃得免。后位仪同三司[③]。

【注释】

①裴叔则：即裴楷。②收：拒捕，抓捕。③仪同三司：官职名，本意指非司马、司徒、司空三公而给以和三公同等的待遇，后成为一种官号。

【译文】

裴楷被拘捕后，神色不变，举止镇定。他向人要来纸笔写信，由于救助的人多，得以豁免。后来，他作上了仪同三司。

【解读】

人终有一死，与其惧怕和逃避它，倒不如安然地面对。而且，一个人安静地思考和面对事物时，通常能想出一些理性的观点和方法，有时，它们足以救人一命。

【原文】

王夷甫[①]尝属[②]族人事，经时[③]未行。遇于一处饮燕[④]，因语之曰：“近属尊事，那得不行？”族人大怒，便举樏[⑤]掷其面。夷甫都[⑥]无言，盥洗毕，牵王丞相臂，与共载去。在车中照镜，语丞相曰：“汝看我眼光，乃出牛背上[⑦]。”

【注释】

①王夷甫：指王衍。②属：通“嘱”，叮嘱，嘱咐。③经时：指过了很长时间。④燕：通“宴”。

⑤樏：古时的一种食具，类似于盘。⑥都：完全，一直。⑦乃出牛背上：牛背是通常是牛被鞭打的地方，王衍的话是指自己不计较挨打受辱之类的小事。

【译文】

王衍曾嘱咐一位族人办事，但对方过了很久也没有办。一次，王衍在一个宴会上碰到了那个人，于是就对他说："之前我嘱咐你办的那件事，你怎么到现在还没办呢？"族人听完非常生气，举起手中的食盆摔在王衍脸上。王衍一句话也没有说，洗完脸，拉着王导的胳膊，和他一起乘车离去。在车上，王衍照了照镜子，说："你看我的眼光，简直高过牛背。"

【解读】

愤怒是所有情绪，或者说处事方式中最愚昧、最粗鲁的一种，它常常会很大限度地暴露一个人的阴暗面，让众人避而远之。不要和愤怒的人动气，王衍的处理方式很值得借鉴和学习，与其和愤怒的人较真，倒不如以一种幽默自嘲的方式解决。用智慧的方式战胜他们，同时让他们无从还击，无力还击。

【原文】

裴遐[①]在周馥所，馥设主人[②]。遐与人围棋。馥司马行酒[③]。遐正戏，不时[④]为饮，司马恚[⑤]，因曳遐坠地。遐还坐，举止如常，颜色不变，复戏如故。王夷甫问遐："当时何得颜色不异？"答曰："直[⑥]是暗当故耳。"

【注释】

①裴遐：字叔道，河东闻喜（今山西）人，性谦和，善清谈，官至散骑侍郎。②设主人：指作东道主。③行酒：指巡行酌酒劝饮。④不时：没有及时的。⑤恚：愤怒。⑥直：只不过，只是。

【译文】

裴遐在周馥的住所，周馥做东请客。裴遐和人下棋。周馥的司马巡行劝酒，裴遐因为下棋投入，没有及时饮酒，结果司马非常生气，将他从坐榻上拽下来，裴遐摔倒在地。裴遐起身回到座榻上，举止和平常一样，脸色不变，继续下棋。后来王衍问裴遐："当时你为什么能够神色不变呢？"裴遐回答说："只是当时的光线太暗罢了。"

【解读】

对于他人满含褒奖意味的疑问，裴遐选择以一个貌似合理的借口予以回答，但实际情况显然不是如此。裴遐无意让他人知道自己的品行和胸怀，并以此赢得赞许和肯定，看透名利，方能快意地生活。

【原文】

刘庆孙[①]在太傅府，于时人士多为所构[②]，唯庾子嵩纵心事外，无迹可间[③]。后以其性俭家富，说[④]太傅令换[⑤]千万，冀[⑥]其有吝，于此可乘。太傅于众坐中问庾，庾时颓然[⑦]已醉，帻[⑧]堕几[⑨]上，以头就[⑩]穿取。徐答云："下官家故可有两娑[⑪]千万，随公所取。"于是乃服。后有人向庾道此，庾曰："可谓以小人之虑，度君子之心。"

【注释】

①刘庆孙：即刘舆，西晋司空刘琨的哥哥，官至中书郎、颍川太守。②构：构陷。③间：离间。④说：劝说。⑤换：借贷。⑥冀：期望，希望。⑦颓然：无力的样子。⑧帻：头巾。⑨几：几案，桌子。⑩就：靠近。⑪娑：方言，指"三"。

【译文】

刘舆在太傅府上任职，当时很多士大夫都被他构陷，唯独庾敳超然世外，因此没有把柄可供刘舆利用。后来因为他生性节俭而家中富裕，于是有人劝说太傅，让他向庾敳借一千万钱，希望庾敳能够因为吝惜钱财而拒绝他们，这样就可以乘机构陷。太傅于是趁众人在座时，向庾敳借钱。庾敳当时已经喝醉，浑身无力，头巾掉在桌子上。庾敳一边将头靠近头巾，一边缓缓地回答说："我家里确实有两三千万，随便你拿。"刘舆听完，心服口服。后来有人跟庾敳提起这件事，庾敳说："这可以说是以小人之心，度君子之腹。"

【解读】

用卑劣的想法去揣度正人君子，刘舆的做法实在可笑。而我们也不得不说，在一个构陷无所不用其极的时代，千万不要予人把柄。最好的方式，就是无愧于心，堂堂正正做人，所谓身正不怕影子歪就是这个道理。

【原文】

王夷甫与裴景声[①]志好不同，景声恶[②]欲取[③]之，卒[④]不能回。乃故诣王，肆言极骂，要王答已，欲以分谤[⑤]。王不为动色，徐曰："白眼儿[⑥]遂作[⑦]。"

【注释】

①裴景声：指裴邈，字景声，河东闻喜（今山西闻喜）人，少有通才，历任太傅从事中郎、左司马、监东海王军事等职。②恶：厌恶，讨厌。③取：任用。④卒：最终，终究。⑤分谤：批评。⑥白眼儿：翻白眼的人。⑦作：发作。

【译文】

王衍和裴邈志趣爱好不同，裴邈不喜欢王衍任用自己，但终究改变不了他的看法。于是，裴邈故意到王衍家里破口大骂，希望王衍回骂自己，从而让他和自己同时受到非议。结果王衍不动声色，缓缓地说："白眼儿终于发作了。"

【解读】

"道不同不相为谋"，既然和王衍兴趣不同，那裴邈不想和他共事是可以理解的；但为了让对方放弃任用自己的想法，到对方家里毫无顾忌地谩骂，这显然就是裴邈的不对了。从此来看，裴邈即使很有才华，但性情却不够沉稳和豁达，因此终究还是一个不完美的人。王衍并无意和裴邈计较，但他用自己的稳重打败了浮躁的裴邈。

【原文】

王夷甫长裴成公[①]四岁，不与相知[②]。时共集一处，皆当时名士，谓王曰："裴令令望[③]何足计！"王便卿[④]裴，裴曰："自可全[⑤]君雅志[⑥]。"

【注释】

①裴成公：即裴頠，字逸民，博学善言，官至尚书仆射。②相知：知己，知心。③令望：指声望高。④卿：指用"卿"称呼对方。⑤全：成全。⑥雅志：高雅的志趣。

【译文】

王衍比裴頠大四岁，两人交情不好。一次两人聚在一起，在场的都是当时的一些名流，有人对王衍说："裴頠的声望算不了什么。"王衍于是用"卿"称呼裴頠，裴頠说："完全可以满足你高雅的志趣。"

【解读】

在座者的那句话，明眼人一听就知真假，但王衍却偏偏信以为真，并以"卿"这个不怎么敬重的称谓直呼裴頠，这种伎俩实在不怎么样。裴頠倒是不以为然，是非公道自在人心。王衍自以为占了便宜，其实输得彻头彻尾。

【原文】

有往来者[①]云："庾公有东下意。"或谓王公："可潜[②]稍严[③]，以备不虞[④]。"王公曰："我与元规虽俱王臣，本怀布衣之好。若其欲来，吾角巾[⑤]径还乌衣[⑥]，何所稍严。"

【注释】

①往来者：指来往于京城和武昌的人。②潜：暗中。③稍严：略作戒备。④不虞：指出乎意料的事情。⑤角巾：古代男子戴在头顶的布巾。⑥乌衣：指乌衣巷，是东晋豪门世族聚集的地方。

【译文】

有来往于京城的人说："庾亮有顺江东下的意思。"有人于是对王导说："你可以暗中戒备着点，以防不测。"王公说："我和庾亮虽然都是皇帝身边的大臣，但心中从来没有忘记彼此的布衣之交，如果他真的想要东下，我立即辞官回乌衣巷，这有什么好戒备的呢？"

【解读】

庾亮和王导算得上真正的朋友吗？至少在王导这边是这样的。在王导心里，相比于友谊和交情，权势纷争终究都是过眼云烟，说到底，整个历史无非都是些成王败寇的事情，赢得了什么也赢不了时间，与其纠缠其中，倒不如关心一些实实在在，能够温润生活、改变生活的东西，譬如友谊，譬如亲情。可以说，王导不会成为一个输家，即使最后他真的因为庾亮东下丢了官职。

【原文】

王丞相主簿欲检校[①]帐下[②]，公语主簿："欲与主簿周旋[③]，无为[④]知人几案闲事[⑤]。"

【注释】

①检校：检查。②帐下：帐中，这里代指帐下的办公人员，幕僚。③周旋：交涉，打交道。④无为：不要，不必。⑤几案闲事：指案卷文牍之类的事情。

【译文】

王导的主簿想要检查幕僚的办公情况，王导对主簿说："如果我想和你交往，没必要知道你桌子上都有什么文书。"

【解读】

为人处事都讲究一个度，予人空间，对你我都好。不要过多地干涉别人，这是尊重他人的表现，也是建立互信的基本原则之一，两个人如果连互信都没有，何谈交情？

【原文】

祖士少[①]好财，阮遥集[②]好屐[③]，并恒自经营。同是一累[④]，而未判其得失。人有诣祖，见料视[⑤]财物。客至，屏当[⑥]未尽，余两小簏[⑦]，着背后，倾身障之，意未能平[⑧]。或有诣阮，见自吹火蜡[⑨]屐，因叹曰："未知一生当着几量[⑩]屐！"神色闲畅[⑪]。于是胜负始分。

【注释】

①祖士少：指祖约。②阮遥集：即阮孚。③屐：一种底部有齿的鞋子。④累：牵累。⑤料视：料理，查看。⑥屏当：收拾。⑦簏（lù）：竹箱。⑧平：舒展，平和。⑨蜡：打蜡，上蜡。⑩量：数量。⑪闲畅：悠闲舒畅。

【译文】

祖约爱财，阮孚喜欢木屐，并一直忙于经营自己的爱好。这都是一种嗜好之累，但人们却判断不出孰优孰劣。一次，有人去拜访祖约，见他正在打理自己的财物，客人到了，祖约来不及收拾好东西，剩下两个竹箱没有收起来，于是将它们藏在身体后面，同时斜着身子遮掩他们，而且脸上露出一副不放心的样子。有人去拜访阮孚时，阮孚正给木屐打蜡，他跟客人感慨说："我这辈子还不知能够穿上它们之中的几双呢！"神色悠闲舒畅。由此，两人高下得以分晓。

【解读】

阮孚沉溺于收藏木屐，的确花费了很多时间，但他却从中收获了很多乐趣，并乐意和人分享自己的收藏以及感悟，因此虽然"忙"，但谈不上"累"；而祖约爱财，却着实很累，就像一个守财奴一样，生怕别人抢走自己的好东西，将时间和精力典当给财物，却没有得到任何乐趣和享受，可怜。

【原文】

许侍中①、顾司空②俱作丞相从事③，尔时已被遇④，游宴集聚，略无⑤不同。尝夜至丞相许戏，二人欢极，丞相便命使入己帐⑥眠。顾至晓回转⑦，不得快孰⑧。许上床便咍台⑨大鼾。丞相顾诸客曰："此中亦难得眠处。"

【注释】

①许侍中：即许璪，字思文，义兴阳羡人。②顾司空：即顾和，字君孝，年少知名。③丞相从事：丞相府的属官。④被遇：指被赏识、器重。⑤略无：毫无。⑥帐：床帐。⑦回转：指辗转难眠。⑧孰：睡。⑨咍台：形容打鼾的声音。

【译文】

许璪和顾和都是王导府上的从事，当时已经很受器重和赏识，受到王导相同的礼遇。两人曾经在夜里前往丞相府作乐嬉戏，欢畅之极。夜深了，丞相让两人到自己的帐中睡觉过夜。顾和辗转难眠，直到清晨也没有睡着，许璪却一上床就睡着了，而且鼾声大作。丞相对诸位宾客说："看来这里不容易睡觉啊。"

【解读】

从故事看来，顾和还是比不上许璪，顾和依旧有所惦记，因为他有所求，他生怕自己的一些举动会让自己失去一些东西，但他并不知道，他为此付出的东西多于他想要的一切。而许璪呢，了无牵挂，活得痛快潇洒。有时候，一个人什么都放得开，反而也就什么都拥有了。

【原文】

庾太尉①风仪②伟长③，不轻举止，时人皆以为假。亮有大儿数岁，雅重④之质，便自如此，人知是天性。温太真尝隐幔⑤怛⑥之，此儿神色恬然⑦，乃徐跪曰："君侯何以为此？"论者谓不减⑧亮。苏峻时遇害。或云："见阿恭，知元规非假。"

【注释】

①庾太尉：即庾亮。②风仪：风度仪表。③伟长：壮伟优异。④雅重：端庄持重。⑤隐幔：指躲在帷幕后面。⑥怛：吓唬。⑦恬然：安详的样子。⑧减：逊色，输给。

【译文】

庾亮仪表堂堂，举止端庄，当时的人都认为他是装出来的。庾亮的大儿子庾会只有几岁，便已经显露出端庄持重的气质，人们知道庾会生性如此。温峤曾经躲在帷幕后面吓唬庾会，庾会神色安闲，慢慢地跪下说："你为什么要这样做呢？"议论这件事的人认为庾会不输给庾亮。后来，庾会在苏峻叛乱时被害，有人说："看见庾会，就知道庾亮没有装假。"

【解读】

庾会年幼知事，端庄持重，待人接物彬彬有礼，肯定能够大有可为，可惜被苏峻陷害，令人扼腕。常言道"有其父必有其子"，父母是孩子的人生导师，父母的教导和举止言行，将直接影响到孩子人生观、价值观的养成和建立，世人根据庾会的品行推测庾亮的为人也不无道理。

【原文】

褚公[①]于章安令[②]迁太尉记室参军[③]，名字已显[④]而位微，人未多识。公东出，乘估客船[⑤]，送故吏数人投钱唐亭[⑥]住。尔时，吴兴沈充[⑦]为县令，当送客过浙江，客出，亭吏驱公移牛屋[⑧]下。潮水至，沈令起彷徨[⑨]，问："牛屋下是何物[⑩]？"吏云："昨有一伧父[⑪]来寄亭中，有尊贵客，权[⑫]移之。"令有酒色，有遥问："伧父欲食𩝐不？姓何等？可共语。"褚因举手答曰："河南褚季野。"远近久承[⑬]公名，令于是大遽[⑭]，不敢移公，便于牛屋下修刺[⑮]诣公，更宰杀为馔具[⑯]，于公前鞭挞亭吏，欲以谢惭[⑰]。公与之酌宴，言色无异，状如不觉。令送公至界。

【注释】

①褚公：即褚裒，字季野，东晋大臣，持重少言，少时即以才扬名于世。②章安令：章安县令，章安，位于今浙江省。③太尉记事参军：太尉属官，主要掌管表章文书。④显：显赫。⑤估客船：商客船。⑥钱唐亭：即钱塘亭。亭，故事供旅客停留住宿的公舍。⑦沈充：字士居，曾任钱塘令。⑧牛屋：牛棚。⑨彷徨：徘徊，文中指散步。⑩何物：什么人。⑪伧父：六朝时南方人称北方男子为伧，有轻贱之意。⑫权：暂时，暂且。⑬久承：很早就听说。⑭遽：惶恐，害怕。⑮修刺：写名帖，以通报自己的姓名。⑯馔具：指酒食，饭食。⑰谢惭：谢罪，道歉。

【译文】

褚裒从章安令调任太尉记事参军，虽然名声在外，但地位卑微，没有几个人认识他。一次，褚裒从章安出行，搭乘商船，和为自己送别的几个官吏一起停驻在钱塘亭。当时，吴兴人沈充任钱塘县令，那天，褚裒正赶上沈充送别一位客人，客人到了江边，沈充手下的官吏便把褚裒等人暂时驱赶到一间牛棚里。之后，潮水涨了起来，沈充到外面散步，问道："牛棚里住的是些什么人？"官吏回答说："昨天有一个北方佬到亭中寄宿，因为有尊贵的客人到来，我便将他们安置到牛棚里面去了。"沈充带着几分醉意，远远地冲着牛棚里问："北方佬想吃饼吗？姓什么？出来聊聊吧。"褚裒随即举手回答说："我是河南的褚裒。"沈充早就听说过褚裒的大名，大为惊慌，但又不敢让褚裒挪换地方，于是在牛棚地下写了一封名帖，杀鸡宰羊置办酒菜，并在褚裒面前鞭打亭吏，以此谢罪。褚裒和沈充一起喝酒吃菜，神色没有变化，就像什么也没有发生一样。之后，沈充一直把褚裒送出了钱塘县界。

【解读】

"大人不记小人过"，褚裒的事例，可以算得上对这句话的一个生动阐释了。生活就是这样，不要太拿自己的面子当回事儿，否则你会有很多事儿。面子是个奇怪的东西，你天天惦着的时候，可能没人把他当回事儿，但当你把它放到一边的时候，却有很多人替你惦着它。

【原文】

郗太傅[①]在京口[②]，遣门生与王丞相书[③]，求女婿。丞相语郗信："君往东厢[④]，任意选之。"门生归，白郗曰："王家诸郎亦皆可嘉，闻来觅婿，咸自矜持[⑤]，唯有一郎在东床上坦[⑥]腹卧，如不闻。"郗公云："正[⑦]此好！"访之，乃是逸少，因嫁女与焉。

【注释】

①郗太傅：即郗鉴，字道徽，高平金乡（今山东金乡）人。东晋将领，东汉御史大夫郗虑的玄孙。②京口：今江苏镇江。③书：信。④东厢：即东厢房，指正方东侧的房屋。⑤矜持：庄重拘谨。⑥坦：通"袒"，袒露。⑦正：只，只有。

【译文】

太傅郗鉴在京都时，派人送信给王导，想在他家找一个女婿。王导对郗鉴说："你去东厢房吧，随便你挑。”信使回去对郗鉴说：“王家的许多少爷都很好，听说有人到府上挑女婿，全都正襟危坐，庄重拘谨，只有一个少爷在东床上露着肚皮睡觉，像是没有听说一样。”郗鉴说：“就是这个好！”随即派人打听，原来是王羲之，于是将女儿嫁给了他。

【解读】

王羲之不在乎这次招婿吗？不见得。他只是忠于自己的性情，不做戏，不假装，率性而为，顺应自然。这种人通常活得很自由，他们从来不苛求什么，反而比很多人得到的都要多。

【原文】

过江初，拜官，舆[①]饰[②]供馔。羊曼拜丹阳尹，客来蚤[③]者，并得佳设[④]，日晏[⑤]渐罄[⑥]，不复及精，随客早晚，不问贵贱。羊固拜临海[⑦]，竟日[⑧]皆美供，虽晚至，亦获盛馔。时论以固之丰华，不如曼之真率。

【注释】

①舆：都，全。②饰：整治，筹备。③蚤：通“早”。④佳设：美食。⑤晏：晚。⑥罄：空，尽。⑦临海：郡名，属章安县（今浙江临海）。⑧竟日：一整天。

【译文】

晋室渡江初期，封官的人都要置办宴席。羊曼被封为丹阳尹，来得早的客人，都得到精美的食物。等到天晚了，食物就不再精美了，依照客人的早晚，不问客人的贵贱。羊固被任命为临海郡太守时，一整天都为客人提供精美的食物，即使晚到的客人，也能够获得美味丰盛的食物。当时的舆论认为羊固的丰盛华美，比不上羊曼的真诚直率。

【解读】

真诚坦率的人，不会刻意去逢迎谁，照顾谁，羊曼就是这样，我准备精美的事物，不论贵贱，来得早的，能吃到的好东西便多一些；来得晚的，就要将就一些，但早晚都不关我，自由全在你。羊固呢，虽然早晚都给客人以美食，却反而显得不够自然随性，颇有心计。试想，他飞黄腾达时，你能够分得一杯羹，但如果他失意落魄时，你怎能保证自己就成不了对方的下脚石呢？美食并不重要，重要的是人心。

【原文】

周仲智[①]饮酒醉，瞋目[②]还面，谓伯仁曰：“君才不如弟，而横[③]得重名[④]！”须臾，举蜡烛火掷伯仁，伯仁笑曰：“阿奴[⑤]火攻，固[⑥]出下策耳！”

【注释】

①周伯智：指周嵩。②瞋目：瞪眼。③横：无缘无故。④重名：盛名、盛誉。⑤阿奴：第二人称昵称，通常用于长辈称呼幼辈，尊者称呼卑者。⑥固：实在是。

【译文】

周嵩喝醉酒之后，怒目圆睁，转过身瞪着周顗说：“你的才学根本比不上我，却无缘无故得到了这么高的盛名！”过了一会儿，周嵩拿起一根燃烧的蜡烛，向周顗扔去，周顗笑着说：“阿奴竟然用火攻击我，实在是下策啊。”

【解读】

姑且不论周嵩和周顗到底谁高，单论两人的品行和雅量，周嵩显然是输给周顗了。德重于才，其实相比于品行，才学本来就是次要的，德高而才疏不要紧，但才高而德低就麻烦了。甚至可以说，一个无德之人，才学越高就越危险。周嵩忌妒心理如此强烈，甚至还欲诉诸暴力，这么看来，他还是应该先好好修炼一下自己的品德，再跟人探讨才学才是。

【原文】

顾和始为扬州从事，月旦[①]当朝，未入顷[②]，停车州门外。周侯诣丞相，历[③]和车边，和觅虱，夷然[④]不动。周既过，反[⑤]还，指顾心曰："此中何所有？"顾搏[⑥]虱如故，徐应曰："此中最是难测地。"周侯既入，语丞相曰："卿州吏中有一令仆[⑦]才。"

【注释】

①月旦：农历初一。②顷：时刻，时候。③历：经过。④夷然：泰然自若的样子。⑤反：通"返"。⑥搏：捉。⑦令仆：尚书令和尚书仆射，泛指高官。

【译文】

顾和刚刚担任扬州刺史从事，月初就任，但还没有到进朝的时候，于是便将车停在州衙门外面等候。周顗去拜访王导，经过顾和的车边，股和正在车边抓虱子，泰然自若，没有动弹。周顗走过去之后，又折返回来，指着周顗的胸口说："这里面是什么东西？"顾和一边继续像之前一样捉虱子，一边徐徐回答说："这里面是世上最难揣摩的地方。"周顗听完，进到衙门里，找到王导说："你的州吏中有一个可做宰相辅官的人才。"

【解读】

一个能够把持自己性情的人，通常是有一定的修养和才学的，他们到哪里，都透着一股率真的劲儿，不管安静也好，活泼也罢，都是发自内心的呈现和展示，毫不做作。他们大多时候都忙碌在自己的世界里，与世无争，自得其乐，待人接物却毫无陌生感和疏离感。

【原文】

庾太尉[①]与苏峻战，败，率左右十余人乘小船西奔，乱兵相剥掠[②]，射，误中舵工，应弦而倒，举[③]船上咸失色分散。亮不动容[④]，徐曰："此手那可使着贼！"众乃安。

【注释】

①庾太尉：指庾亮。②剥掠：掠夺。③举：全。④容，面容，神色。

【译文】

庾亮和苏峻交战，战败，率领十多个手下乘小船向西奔逃。苏峻的乱兵争相剥夺追赶，船上的人射箭还击，结果有一个人误将舵手射死，舵手顺着船舷倒下，船上的人全都大惊失色。四散躲避。庾亮却不为所动，缓缓地说："这样的箭法怎么能够射中贼兵呢！"众人这才安静下来。

【解读】

处变不惊，临危不乱，庾亮是个压得住阵脚的人，这种人平日里可能并没有什么过人的举动，但关键时刻却能改变战局，左右结果。那庾亮到底是怎么做的呢？其实说来也简单，即把危机还原到一个最真实客观的层面上，不虚张声势，不添油加醋。很多时候，事情就是这样，吓怕你的不是事情本身，而是你的内心，你的内心强大了，恐惧感自然也就不复存在了。

【原文】

庾小征西[①]尝出未还，妇母[②]阮是刘万安[③]妻，与女上安陵[④]城楼上。俄顷[⑤]，翼归，策[⑥]良马，盛舆卫[⑦]。阮语女："闻庾郎能骑，我何由得见？"妇告翼，翼便为于道开卤簿[⑧]盘马[⑨]，始两转，坠马堕[⑩]地，意色自若。

【注释】

①庾小征西：指庾翼，庾亮的弟弟，兄弟两人均为征西将军，故称庾翼为小征西。②妇母：即岳母。③刘万安：即刘绥，字万安，晋朝高平人，官至骠骑长史。④安陵：晋代县名，位于今河南鄢陵西北一带。⑤俄顷：过了一会儿。⑥策：驾驭，乘骑。⑦舆卫：舆从护卫。⑧卤簿：古

时帝王出驾是随从的仪仗队，后亦用于王公大臣。⑨盘马：跨马盘旋。⑩堕：坠，掉。

【译文】

庾翼有一次出行未归。他的岳母阮氏是刘万安的妻子，和女儿一起登上安陵城楼。过了一会儿，庾翼归来，骑着一匹骏马，舆从护卫夹道护送。阮氏随即对女儿说："听说庾郎善于骑马，我能不能见识一下呢？"妻子于是将岳母的话告诉了庾翼，庾翼于是让扈从的仪仗队让开道路，策马盘旋，刚刚转了两圈，就从马上摔了下来，但他神情自若，好像什么事情都没有发生一样。

【解读】

庾翼到底善不善于骑马呢？从纯粹的骑术角度讲，他似乎还差了一点，至少没有达到技压群雄的地步；但从另一个角度讲，他又是善于骑马的，因为他敢于尝试，同时泰然自若地承受结果。这种人，将得失成败看得很轻，他们可能并没有什么天赋，却往往可以学一行，精一行。

【原文】

宣武[①]与简文、太宰[②]共载，密令人在舆[③]前后鸣鼓大叫，卤簿中惊扰。太宰惶怖，求下舆，顾看简文，穆然[④]清恬[⑤]。宣武语人曰："朝廷间故复[⑥]有此贤。"

【注释】

①宣武：指桓温。②太宰：指武陵王司马晞，曾任太宰。③舆：车厢，泛指车。④穆然：端庄严肃的样子。⑤清恬：安静闲适。⑥故复：仍然，还。

【译文】

桓温和简文帝、太宰司马晞一起乘车出行，暗中让人在车前击鼓叫喊，仪仗队惊慌不已。司马晞非常恐惧，请求下车；回头看简文帝，端庄娴静。桓温对人说："朝廷里仍然有这样的贤才。"

【解读】

处变不惊，临危不乱，简文帝无疑是稳重的。这可能是本性使然，当然也可能是简文帝自制力高，但无论哪一种情形，都足以证明其内心的强大。生活总会时不时出现一些突然的变故，正是那些稳重的人，让生活不至显得那么动荡和慌乱。

【原文】

王劭、王荟[①]共诣宣武，正值收[②]庾希家。荟不自安，逡巡[③]欲去；劭坚坐不动，待收信还，得[④]不定，乃出。论者以劭为优。

【注释】

①王劭、王荟：王导的儿子。②收：搜捕，拒捕。③逡巡：徘徊。④得：得知，听闻。

【译文】

王劭和王荟一起去拜访桓温，正赶上桓温抄收庾希家。王荟坐立不安，徘徊想要离去；王劭却安然不动，等到抄收的使者回来，知道没有定论，才起身来开。当时的评论认为王劭优于王荟。

【解读】

王劭优于王荟，不只体现在对事对物的坦然和镇定上，也体现在敢于担当上。王荟害怕抄收牵扯到自己，所以急于躲避，这是一种本能的保护反应。但如果一个人的为人处事只停留在服从本能的层面，他就和动物没有什么区别。人之所以为人，是因为他有自己的坚守和克制力，他清楚自己什么时候需要坚持，什么时候需要站出来，而不是一味地躲避和逃跑。

【原文】

桓宣武与郗超[①]议芟夷[②]朝臣，条牒[③]既定，其夜同宿。明晨起，呼谢安、王坦之入，掷疏[④]示之。郗犹在帐内。谢都无言，王直掷还，云："多！"宣武取笔欲除，郗不觉窃从帐中与宣武言。谢含笑曰："郗生可谓入幕宾[⑤]也。"

【注释】

①郗超：字景兴，一字嘉宾，高平金乡人。东晋大臣，郗鉴之孙，为桓温器重。②芟夷：铲除，消除。③条牒：授官用的名单。④疏：文书。⑤入幕宾：指参与机密商定的心腹幕僚。

【译文】

桓温和郗超商议着铲除一部分朝中大臣，名单定好之后，睡在一起。第二天清晨，桓温将谢安、王坦之叫过来，将文书扔给他们看，郗超还在帐里睡觉。谢安看完，一句话也没有说，王坦之则把文书扔回去说："人名太多了。"桓温拿起笔来，想要修改文书。郗超不自觉地在帐中和宣武说话，谢安笑着说："郗超真算得上入幕宾客了。"

【解读】

桓温想要让王坦之和谢安提意见，结果一个心情直率，毫无顾忌地提出自己的意见；一个则沉默不语，透出些明哲保身的意味。王坦之虽然刚烈正直，却很容易触犯权贵，因此并不见得是最明智的处世手段；谢安虽然没有明说自己的立场，却通过一句一语双关的玩笑话，点名了自己的想法：郗超是你的心腹幕僚，我们这些人，提了意见又有什么用呢？生活中有很多想法和观点是不能明说的，语言的魅力在于，一方可以不批评你，但却可以让你感觉的惭愧。有时候，这种委婉地进攻，要比真刀真枪的对峙更有成效。

【原文】

谢太傅[①]盘桓[②]东山时，与孙兴公[③]诸人泛海[④]戏。风起浪涌，孙、王[⑤]诸人色并遽[⑥]，便唱[⑦]使还。太傅神情方王[⑧]，吟啸[⑨]不言。舟人以公貌闲意说[⑩]，犹去不止。既风转急，浪猛，诸人皆喧动不坐。公徐云："如此，将无[⑪]归！"众人即承[⑫]响而回。于是审其量，足以镇安朝野[⑬]。

【注释】

①谢太傅：指谢安。②盘桓：逗留。文中指隐居东山。③孙兴公：指孙绰。④泛海：泛舟海上。⑤王：指王羲之。⑥遽：惊慌。⑦唱：高呼，高喊。⑧王：通"旺"，旺盛。⑨吟啸：高声吟唱，吟咏。⑩说：通"悦"，愉悦。⑪将无：莫非。⑫承：听闻，听到。⑬朝野：朝廷内外。

【译文】

谢安隐居在东山的时候，和孙绰等人乘船出海游玩。突然，风起浪涌，孙绰、王羲之等人全都神色慌张，高喊着回去。谢安兴致正浓，吟啸不语。船夫见谢安神情愉悦安闲，继续向海中划去。不久之后，风浪变大，众人全都坐不住了，不停地喧哗。谢安这才徐徐地说："这样的话，我们难道要回去吗？"众人立即回应点头，船夫随即掉头回去。根据这件事审视谢安的气量，足以镇守朝廷内外。

【解读】

沧海横流，方显英雄本色。谢安的"量"，可以镇住一船人的躁动，使他们不至因慌乱而引发不必要的危险，从这一点上讲，他是可以镇住风浪的。朝野的风云变幻一点也不逊于巨浪酣风，尽管虚实之间有所区别，但谢安的镇定自若却是客观而真实存在的，这一点不变，足以应对万千的变化。

【原文】

桓公[①]伏甲[②]设馔[③]，广延[④]朝士，因此欲诛谢安、王坦之。王甚遽，问谢曰："当作何计？"谢神意不变，谓文度曰："晋阼[⑤]存亡，在此一行。"相与俱前。王之恐状，转[⑥]见于色。谢之宽容愈表于貌。望阶趋席，方作洛生咏[⑦]，讽“浩浩洪流”。桓惮其旷远[⑧]，乃趣[⑨]解兵。王、谢旧齐名，于此始判优劣。

【注释】

①桓公：指桓温。②伏甲：埋伏士兵。③设馔：设置宴席。④延：宴请。⑤晋阼：晋朝政权。⑥转：转而。⑦洛生咏：洛阳书生吟咏时声调重浊，谢安善作洛生咏。⑧旷远：胸怀旷达高远。⑨趣：通“促”，急忙，立刻。

【译文】

桓温埋伏好士兵，设好宴席，遍请朝中大臣，想要借此机会，诛杀谢安和王坦之。王坦之非常惊恐，问谢安说：“我们该怎么办呢？”谢安声色不变，对王坦之说：“晋朝存亡，在此一举。”随后，两人一起赴宴。在酒宴上，王坦之惊恐的神态，显露在脸上。谢安神色从容，愈发显现在举止上，看着台阶径直走到宴上，而且模仿洛阳书生的声音吟咏长啸，诵读“浩浩洪流”。桓温畏惧他旷达高远的气节，于是急忙解散了埋伏的士兵。王坦之和谢安过去本来齐名，这件事之后，人们才分辨出二人的优劣。

【解读】

一个能够安然面对死亡威胁的人，是令人敬佩的。实际上，无论你选择躲避还是面对，威胁和挑战就在那里，不会加剧也不会消失。坦然面对，反而能让你理智深入的思考对策和方式，从这一点上讲，谢安不仅勇敢，而且聪明。真理往往掌握在少部分人手里，此言不差。

【原文】

谢太傅[①]与王文度[②]共诣郗超，日旰未得前[③]。王便欲去，谢曰：“不能为性命忍俄顷？”

【注释】

①谢太傅：即谢安。②王文度：即王坦之。③前：见面。

【译文】

谢安和王坦之一起去拜访郗超，天色已晚还没有见到对方。王坦之想要离去，谢安说：“你难道就不能为了性命多等一会儿吗？”

【解读】

郗超是权臣桓温的心腹幕僚，间接掌握着生杀予夺的大权。郗超没有信守时间，天晚未到，王坦之不告而别，按理说，理亏的在郗超这边，但实际上吃亏的却是王坦之。王坦之可能认为这样会显得自己很有骨气，但实际上这无异于鲁莽。我们敬畏生命，不只要维护生命的尊严，也要尽量让他持久地存在下去。鸡蛋碰石头的事情，不要做。

【原文】

支道林[①]还东[②]，时贤并送于征虏亭[③]。蔡子叔[④]前至，坐近林公；谢万石后来，坐小[⑤]远。蔡暂起，谢移就[⑥]其处。蔡还，见谢在焉，因合褥举谢掷地，自复坐。谢冠帻[⑦]倾脱，乃徐起，振衣[⑧]就席，神意甚平，不觉瞋沮[⑨]。坐定，谓蔡曰：“卿奇人[⑩]，殆[⑪]坏我面。”蔡答曰：“我本不为卿面作计[⑫]。”其后，二人俱不介意。

【注释】

①支道林：即支遁，本姓关，精通佛理，东晋高僧，佛学家，世称支公。②还东：指返回会稽。③征虏亭：亭名，东晋时征虏将军谢石所建，位于今江苏南京市南郊。④蔡子叔：即蔡系，生平不详。⑤小：稍微。⑥就：靠近，到。⑦冠帻：帽子和头巾。⑧振衣：整理衣服。⑨瞋沮：恼怒沮丧。⑩奇人：怪人。⑪殆：几乎，差点。⑫作计：考虑，打算。

【译文】

支遁返回会稽，当时的贤士全都去征虏亭送他。蔡系先到，坐得离支遁近一些；谢万后到，坐得离支遁稍远。蔡系暂时起身离开，谢万随即坐到蔡系的位子上。蔡系回来后，见谢万坐在自己的位置上，将谢万连同坐垫全都举起来扔到地上，重新坐回原来的位子，谢万的帽子和头巾全都掉在地上。谢万慢慢爬起来，将衣服整理好，重新坐回位子上，神色平静，丝毫没有变得恼怒沮丧。坐好之后，谢万对蔡系说："你这个怪人，差点伤了我的脸。"蔡系说："我本来就没有把你的脸放在心上。"之后，两人都不介意这件事情。

【解读】

当面受辱，而且是以一种非常难看的方式，这对很多人而言似乎是无法容忍的，但谢万忍了；希望通过一种和平的方式挽回一些颜面，却被一种毫不留情面的方式拒绝，谢万又忍了。谢万输了吗？没有，他做了他能做的事情，而且是以一种合理的方式。能忍能静，谢万的是有雅量的。

【原文】

郗嘉宾①钦崇②释道安③德问④，饷⑤米千斛⑥，修书⑦累纸，意寄殷勤⑧。道安答，直云："损⑨米，愈觉有待⑩之为烦。"

【注释】

①郗嘉宾，即郗超。②钦崇：钦佩，敬重。③释道安：本姓卫，东晋高僧。④德问：道德声望。⑤饷：馈赠。⑥斛（hú）：古代量器名，后被用作容量单位。一斛本等于十斗，后改为五斗。⑦修书：写信。⑧殷勤：诚恳亲切。⑨损：损失，破费，客套用语。⑩有待：人身。

【译文】

郗超钦佩道安和尚的德望，送给他一千斛米，写了一封好几页纸的长信，以示殷勤。道安回答说："让你破费米了，我更加觉得人身必须有可依赖的烦恼。"

【解读】

人都是凡体肉身，不吃不喝肯定活不下去，因此郗超如果执意送道安和尚一千斛米，道安还真不好拒绝。这就是道安的烦恼之源，倘若能无所寄托，了无牵挂，那该多好！此般情怀，令人敬佩。

【原文】

谢安南①免吏部尚书，还东；谢太傅赴桓公司马，出西，相遇破冈②。既当远别，遂停三日共语。太傅欲慰其失官，安南辄引以它端③。遂信宿④中涂，竟不言及此事。太傅深恨⑤在心⑥未尽，谓同舟曰："谢奉故⑦是奇士。"

【注释】

①谢安南：即谢奉，曾任安南将军，故名。②破冈：即破冈渎，水渠名。③信宿：连宿两夜。④恨：遗憾。⑤在心：本心，本意。⑥故：果然，的确。

【译文】

谢奉被免去吏部尚书的职务，返回东部故里；谢安则出任桓温司马，往西边京都赶去，两人相遇在破冈渎。因为即将远别，于是逗留三日，倾心长谈。谢安想要安慰谢奉不要将丢失官职的事情放在心上，谢奉每次都将事情引到其他话题上去。结果，两人虽然一起睡了两夜，但谢奉却一直没有提到这件事。谢安由于没能表达自己的心意，非常遗憾，对同船的人说："谢奉果然是个不一般的人。"

【解读】

有胸怀和气量的人，一来能容，而来能忘。忘却功名利禄，忘却世事烦恼，得意也好，失意也罢，都是过眼云烟。莫管他人多虑，我自风轻云淡。

【原文】

戴公[①]从东出，谢太傅[②]往看之。谢本轻[③]戴，见，但[④]与论琴书，戴既[⑤]无吝色[⑥]，而谈琴书愈妙[⑦]。谢悠然[⑧]知其量[⑨]。

【注释】

①戴公：指戴逵。②谢太傅：指谢安。③轻：轻视。④但：只。⑤既：竟然。⑥妙：精妙。⑦悠然：一下子，立即。⑧量：气量，度量。

【译文】

戴逵从会稽赶往京都，谢安前往探望他。谢安本来看不起戴逵，因此只和他讨论琴棋书画之类的东西，戴逵竟然丝毫没有为难的神色，谈论琴艺书法，见解精妙。谢安一下子就知道了戴逵的气量。

【解读】

自己无疑是最清楚自己的人，别人对你的评价和看法，至多只能作为一种参考。但不得不说，很多人会因为别人的评价，而动摇对自己的想法，这种人很难取得成就，因为他们终其一生都不曾发现自己；如果能正视自己的能力，坦然面对别人的品头论足，那你就是一个有气量的人，一个经得住考验的人。

【原文】

谢公[①]与人围棋，俄而[②]谢玄[③]淮上信至，看书竟，默然无言，徐向局。客问淮上利害[④]，答曰："小儿辈[⑤]大破贼。"意色举止，不异于常。

【注释】

①谢公：指谢安。②俄而：一会儿。③谢玄：字幼度，陈郡阳夏人，谢安之侄。东晋文学家，军事家。④利害：指战事胜负。⑤小儿辈：对己方士兵的戏称。

【译文】

谢安和人下棋，过了一会儿，谢玄从淮上派来的信使到了。谢安看完书信，默然无语，慢慢地转向棋局，继续下棋。客人追问淮上的战事如何，谢安回答说："我手下的兵卒，已经大败贼军。"说话间，神色举止，和往常没什么两样。

【解读】

淮上之战，指的就是淝水之战，结果很多人都知道，东晋以区区八万兵力，大败八十万前秦军，书写了一段以少胜多的战争佳话。面对如此令人振奋的消息，谢安却从容淡定，继续若无其事地与人下棋。这种器量和气度，一般人还真是做不到。

【原文】

王子猷、子敬[①]曾俱坐一室，上[②]忽发火[③]，子猷遽走避，不惶[④]取屐；子敬神色恬然[⑤]，徐唤左右，扶凭[⑥]而出，不异平常。世以此定二王神宇[⑦]。

【注释】

①王子猷、子敬：指王徽之和王献之。②上：屋顶。③发火：失火，着火。④不惶：来不及。⑤恬然：形容神色安闲的样子。⑥扶凭：服侍，搀扶。⑦神宇：气度，气宇。

【译文】

王徽之和王献之曾经坐在同一间屋子里。突然，房顶失火，王徽之慌忙逃避，鞋都来不及穿；王献之却神色安详，缓缓地叫过左右侍从将自己搀出屋子，和平常没有什么两样。世人以此判定两人气度高下。

【解读】

气度，其实也就是人的心理素质，从故事中看来，王献之的气度确实胜王徽之一筹。当然，王徽之急于逃跑也没有什么可指责的，生命在绝大多数时候都是最重要的，这一点毋庸置疑。但我们可以设想，如果两人面对的是千军万马的敌军，这时王徽之再逃跑，会被人容忍和接受吗？生活中总有些东西是比生命更重要的，你的气度，决定了你能否做出正确的选择。

【原文】

苻坚①游魂②近境③，谢太傅谓子敬曰："可将④当轴⑤，了⑥其此处。"

【注释】

①苻（fú）坚：前秦皇帝，字永固，公元至年在位。立志消灭东晋，后在淝水之战中战败，自此前秦势力渐弱。②游魂：指前秦军队像鬼魂一样游动。③近境：接近边境。④将：捉拿，铲除。⑤当轴：指当权者。⑥了：了却，解决。

【译文】

苻坚的部队像游魂一样骚扰边境，谢安对王献之说："可以将前秦的当权者拿下，以此了却边境的动荡。"

【解读】

射人先射马，擒贼先擒王。抓住事物的要害解决问题，往往是最快捷也是最有效的途径。在谢安眼里，苻坚的部队并没有什么可怕的，因为他清楚，只要取了上将首级，先秦的攻势就会瞬间瓦解。镇定自若，明智善思，这不失为一种雅量。

【原文】

王僧弥①、谢车骑共王小奴②许集。僧弥举酒劝谢云："奉③使君一觞④。"谢曰："可尔⑤。"僧弥勃然起，作色曰："汝故是吴兴溪中钓碣⑥耳！何敢诪张⑦！"谢徐抚掌⑧而笑曰："卫军，僧弥殊不肃省⑨，乃侵陵⑩上国也。"

【注释】

①王僧弥：即王珉，王导之孙。②王小奴：即王荟。③奉：劝，敬。④觞：古代的酒杯。⑤可尔：可以。⑥钓碣：钓鱼用的石头。⑦诪张：猖狂嚣张。⑧抚掌：击掌，拍手。⑨肃省：庄重自省。⑩侵陵：侵犯欺凌。

【译文】

王珉和谢玄曾经一起聚在王小奴家里，王珉举酒劝谢玄说："敬你一杯。"谢玄说："可以。"王珉勃然大怒地站起来，变了脸色，说："你本来不过是个吴兴溪中钓鱼用的石头，为什么这么嚣张无理？"谢玄拍手笑着说："王荟，你看王珉这么不庄重敬慎，竟然冒犯到我头上来了。"

【解读】

谢玄的回答虽然看似轻率，但也没有什么恶意。王珉的举动却无疑有些过分了，这足以看出其胸襟之狭小。面对王珉的诋毁和污蔑，谢玄却能半开玩笑地予以回应，足以称得上雅量了。

【原文】

王东亭[①]为桓宣武[②]主簿，既承藉[③]，有美誉，公甚欲其人地[④]，为一府之望[⑤]。初，见谢失仪，而神色自若，坐上宾客即相贬笑，公曰："不然。观其情貌，必自不凡，吾当试之。"后因月朝[⑥]阁下伏，公于内走马[⑦]直出突[⑧]之，左右皆宕仆[⑨]，而王不动。名价于是大重[⑩]，咸云："是公辅器[⑪]也。"

【注释】

①王东亭：指王珣。②桓宣武：即桓温。③承籍：继承先业并以此为凭借。④人地：人才和地位。⑤望：被人仰慕的人。⑥月朝：指每月初一幕僚朝拜长官。⑦走马：骑马。⑧突：突进，冲撞。⑨宕仆：站立不稳，摇晃跌倒。⑩重：被看重，被重视。⑪辅器：得力助手，可以辅佐三公和宰相的人才。

【译文】

王珣担任桓温的主簿，继承先业名声，同时又颇受美誉，桓温非常敬重他的人才和地位，幕僚们也很敬重他。刚刚到府里的时候，王珣致谢问候有失礼节，但神情自若，座上的宾客都贬低耻笑他，桓温说："事情不是这样的。我看他的神情和相貌，必定非同一般，应该试探一下。"后来，桓温趁着月初朝拜，众人都伏在衙门口的时候，从里面骑着一匹马，奔袭而出，左右见状，全都扑倒在地，唯独王珣动也不动。从此，王珣名声大振，人们全都称赞说："他真是个辅佐宰相的人才啊。"

【解读】

经得住动荡，耐得住惊吓，这就是王珣。一个时刻保持心平气和的人，是令人敬畏的，因为你无法揣测他们究竟隐藏着多少能力和才学。他们像一潭宁谧的湖水，没有任何波澜，但说不定什么时候就会掀起一阵惊涛骇浪。他们当然受得了大场面，因为他们本身就是制造大场面的人。

【原文】

太元[①]末，长星[②]见，孝武心甚恶之。夜，华林园中饮酒，举杯属[③]星云："长星！劝尔一杯酒，自古何时有万岁天子！"

【注释】

①太元：晋孝武帝司马曜的年号。②长星：彗星。③属：通"嘱"，劝请。

【译文】

太元末年，彗星出现，孝武帝司马曜非常讨厌这件事情。夜里，孝武帝在华林园中饮酒，举杯对着星空说："彗星啊，请你喝一杯酒吧，自古以来哪里有万岁的天子啊。"

【解读】

彗星出现在古代被视为一种不祥之兆，会发生兵革之事。孝武帝担心彗星的出现会带来废立之事，因此饮酒感怀。

世间哪里有万岁的天子，酒后的孝武帝似乎一下子顿悟了，天子即使做得再长久，也终有结束的一天，一味地忧心废立之事无异于杞人忧天，到最后只会空耗时光，徒劳无益。真正决定孝武帝是否能够长久稳坐太子之位的当然不是彗星，而是他是否是一位心存天下和社稷的明君。

【原文】

殷荆州[①]有所识，作赋，是束皙[②]慢戏之流。殷甚以为有才，语王恭："适见新文，甚可观[③]。"便于手巾函[④]中出之。王读，殷笑之不自胜[⑤]；王看竟，既不笑，亦不言好恶，但以如意[⑥]帖之[⑦]而已。殷怅然自失[⑧]。

【注释】

①殷荆州：即殷仲堪。②束皙：字广微，阳平元城人，博学多才。③可观：值得一看。④手巾函：古时用以放置文稿等物的袋子。⑤自胜：自止，自禁。⑥如意：古时的一种器物，最早被用作搔背工具，后成为权势以及吉祥的象征。⑦帖之：指用如意熨帖、抚平文稿。⑧怅然若失：形容心情失落的样子。

【译文】

殷仲堪有所识见和领悟，于是写了一篇文赋，类似于束皙轻慢诙谐的文风。殷仲堪自认文章很有才华，于是对王恭说："刚刚看到一篇文章，非常可观。"说完从一个袋子里取出文稿，个给王恭看。王恭看的时候，殷仲堪不禁在一边笑；王恭看完，既没有笑，也没有评论好坏，只是用如意在文稿上来回熨帖。殷仲堪怅然若失。

【解读】

满怀期待地等着别人的赞美和赏识，最终却没有听到一句想要的话，殷仲堪的失落之情可以想象。从王恭的表现来看，相信殷仲堪的文章被没有那么出彩，至少没有他自己想象中的那么出彩。王恭能够沉默以对，这实际上已经是对殷仲堪的一种尊重了，不知殷仲堪能否体会得到呢？

【原文】

羊绥第二子孚，少有俊才①，与谢益寿②相好。尝蚤往谢许，未食。俄而王齐、王睹来。既先不相识，王向席有不说色，欲使羊去。羊了不③眄④，唯脚委⑤几上，咏瞩⑥自若。谢与王叙寒温⑦数语毕，还与羊谈赏，王方悟其奇，乃合共语。须臾食下，二王都不得餐，唯属⑧羊不暇。羊不大应对之，而盛进食，食毕便退。遂苦相留，羊义不住，直云："向者不得从命，中国⑨尚虚。"二王是孝伯两弟。

【注释】

①俊才：卓越才智。②谢益寿：即谢混，谢安之孙，历任中书令、尚书仆射等职。③了不：一点儿也不。④眄：斜视。⑤委：放置。⑥瞩：看，望。⑦寒温：寒暄。⑧属：指劝羊孚吃饭饮酒。⑨中国：腹中，肚子。

【译文】

羊绥的次子羊孚，从小就有过人的才学，和谢混非常要好。羊孚曾经在早上前往谢混的住所，没有吃饭。不一会儿，王齐和王睹来到谢混的住处。因为不认识羊孚，两人在席上显露出不高兴的神色，想要让羊孚离开。羊孚目不斜视，只是把脚放在几案上，吟咏自若。谢混和二王寒暄了几句后，回去继续和羊孚交谈，二王这才意识到羊孚不是一般人，于是和他一起交谈。没过多久，饭菜端了上来，二王全都不吃，不停劝说羊孚吃菜饮酒。羊孚没怎么搭理他们，只是不停地吃菜，吃饱后便起身告辞。两人苦苦相留，羊孚坚持不肯留下，只说："刚才之所以没有听从两位的命令离开，是因为腹中空虚，没有吃饭。"二王，是王恭的两个弟弟。

【解读】

二王想当然地轻视羊孚，并想让对方离开，这怎么说都是过分的举动，即便在面对一个陌生人时，我们的排斥心理通常会比亲近心理更强烈一些也不该如此。羊孚虽然无意和二王较真，但显然也不是等闲之辈，譬如貌似无意地将脚放到几案上，但最强力同时又不失委婉地回击还要算临走前的那一句话。羊孚的意思实际就是说："我留下来并不是给你们两个留情面，而是给我的肚子留情面。"有时候，雅量并不是说一个人无欲无求，从来不争执什么计较什么，而是说他能够找到一种平和但有效的方式，维护自己的尊严和品格。

识鉴第七

【原文】

曹公①少时见乔玄②，玄谓曰："天下方乱，群雄③虎争，拨而理之④，非君乎！然君实是乱世之英雄，治世⑤之奸贼⑥。恨吾老矣，不见君富贵，当⑦以子孙相累。"

【注释】

①曹公：即曹操。②乔玄：东汉末名臣，梁国睢阳（今河南商丘）人，刚正不阿，为官清廉。③群雄：指东汉末年形成的各政治势力集团。④拨而理之：治理乱世。⑤治世：治理时代。⑥奸贼：歹人，野心家。⑦当：应该，需要。

【译文】

曹操年少的时候曾经拜见乔玄，乔玄对他说："天下正乱，群雄相争，治理乱世的人，非你莫属啊！你实在是乱世中的英雄，治世的奸贼啊。可惜我已经老了，无法看到你富贵的样子了，应当把子孙托付给你才是。"

【解读】

"乱世之英雄，治世之奸贼"，乔玄的话，算得上对曹操最具代表性的评价了。乔玄慧眼独具，很早就看出曹操身上治世之能。结果如他所说，曹操建立曹魏，军事上的才能锋芒毕露，政绩上也十分突出。想必曹操自己回想起当初乔玄的话，也会禁不住一声赞叹吧。

【原文】

曹公①问裴潜②曰："卿昔与刘备③共在荆州，卿以备才如何？"潜曰："使居④中国，能乱人，不能为治；若乘⑤边守险⑥，足为一方之主。"

【注释】

①曹公：即曹操。②裴潜：字文行，河东郡闻喜县（今山西闻喜）人，曹操平定荆归附曹操，谥号贞侯。③刘备：玄德，幽州涿郡涿县（今河北涿州）人，蜀汉开国皇帝，三国时期著名的政治家，公元年病逝于白帝城，谥号昭烈帝。④居：占据，占有。⑤乘：占据，凭借。⑥险：险要之地。

【译文】

曹操问裴潜说："昔日你曾经和刘备一起待在荆州，你觉得刘备的才能怎么样？"裴潜说："如果让他占据中原，那他只会扰乱民生，无法好好治理；但如果让他占据边疆，镇守险要的地方，他完全可以成为一方霸主。"

【解读】

看人看问题务求全面。现实生活中，其实有很多像刘备一样的人，在一些领域丝毫没有利用价值，但在另一些领域里却可以自由驰骋，崭露才华。在评价他人的时，不要因为对方在某一领域没有作为就对他们全盘否定，世上很少有样样精通的全才，但真正一无是处的人也是很少的。

汉末时期天下大乱，群雄割据，曹操雄踞中原地带，一统北方，和孙权、刘备的两股势力形成三足鼎立之势。作为曹操一统天下的最主要竞争对手之一，刘备自然倍受曹操的重视和关注。曹操的问话，看似波澜不惊，实际却充满了火药味。裴潜了解曹操奸诈多疑的性情，因此在回答时亦真亦假，投其所好：曹操志在夺取中原，因此如果裴潜承认刘备有能力夺取中原，很可能会惹怒曹操，甚至惹来杀身之祸，因此裴潜上来先说了半句谎话，谎称刘备不可能在中原有所作为，而只会扰乱中原格局，先给曹操打了一针镇定剂，随后才说刘备在边陲地带能够有所作为，这才是裴潜想要诉说的实情。

聪敏如曹操，显然能够听出裴潜的意思，一个能够在动乱的边疆有所作为的人，显然也能够在中原地带有所作为，而裴潜的高明之处就在于不直言刘备才能过人，而是通过话中套话的方式表明自己的看法。这样，他既没有得罪曹操，又能够传递自己的真实用意，果然高明。

【原文】

何晏①、邓飏②、夏侯玄并求傅嘏③交，而嘏终不许。诸人乃因④荀粲说合之，谓嘏曰："夏侯太初一时之杰士⑤，虚心于子，而卿意怀不可交。合则好成⑥，不合则致隙⑦。二贤若穆⑧，则国之休⑨。此蔺相如所以下⑩廉颇也。"傅曰："夏侯太初志大心劳⑪，能合虚誉，诚可谓利口⑫覆国⑬之人。何晏、邓扬有为而躁，博而寡要⑭，外好利而内无关籥⑮，贵同恶异，多言而妒前。多言多衅，妒前无亲。以吾观之，此三贤者，皆败德之人尔，远之犹恐罹祸⑯，况可亲之邪？"后皆如其言。

【注释】

①何晏：字平叔，魏国玄学家，后被司马懿所杀。②邓飏：字玄茂，南阳新野（今河南新野）人，东汉名将邓禹之后。③傅嘏：字兰石，三国时期魏国人，年轻时即知名于世。④因：凭借。⑤杰士：杰出的人。⑥好成：成为朋友。⑦致隙：造成隔阂。⑧穆：通"睦"，和睦。⑨休：福祉，吉祥。⑩下：谦让，居……以下。⑪心劳：内心劳累，劳苦。⑫利口：指能言善辩。⑬覆国：倾覆国家，使国家灭亡。⑭寡要：不精专。⑮关籥（yuè）：门闩，引申为约束，检点。⑯罹祸：遭遇灾祸。

【译文】

何晏、邓飏和夏侯玄都想和傅嘏交往，但傅嘏一直没有同意。三人于是让荀粲帮忙说和。荀粲对傅嘏说："夏侯玄是当今的杰出人才，虚心想要结识你，但你却认为不能和他交往。结交的话，你们会成为朋友；不结交的话，你们之间则会产生隔阂。如果两个贤能之士和睦相处，那就是国家的福气，这就是蔺相如对廉颇谦让恭敬的原因。"傅嘏回答说："夏侯玄志向高远但心力不足，只能迎合各种虚名，实际上是凭借能言善辩颠覆国家的人。何晏和邓飏有才能但很浮躁，博学但不精专，喜爱功名利禄而且不加约束，亲近同党，排除异己，话多而且嫉妒比自己能力出色的人。话语多便容易挑起事端，嫉妒能人就没有亲近的朋友。在我看来，这三个人全是道德败坏的人，我离他们远远的都害怕惹上灾祸，怎么可能和他们亲近呢？"后来，三人的结局和傅嘏说的一样。

【解读】

傅嘏知人善断，敢于批判名流，质疑权威，无论时代对某些的人或者事物的评价是怎样的，他始终保有自己的观点和想法，因此他从不迷失和盲从。人无论在什么时候都应拥有的独立自主的思考，盲目的接受和依赖只会让我们成为时代的附庸者，不见得能与时代同辉煌，但却一定会和时代同灭亡。

何晏和邓飏因党附曹爽被杀，夏侯玄则因与李丰等人意图谋杀大将军司马师被杀。何晏、邓飏和夏侯玄三个人不能说没有才华，但最终却全都如傅嘏预言的一样，惹祸上身，丢了性命。而他们之所有丢了性命，实际上是因为没有在才学和品性之间谋得一种平衡。生活中其实不乏像何晏等人一样的人才，恃才傲物，因为自己在才能方面的突出，而放纵了自己的品行和处事原则，结果品德的丧失与放纵，最终葬送了他们的未来甚至生命。一个人越有才能，就越要检省自己，很多人都在关注着你，你的每一个不当的举动都可能在人群中掀起轩然大波。我们甚至可以说，当一个人足够优秀时，决定他命运的不是他的长处，而是他的缺点，这可以算是人才的“木桶效应”。

【原文】

晋宣武①讲武于宣武场②，帝欲偃武修文③，亲自临幸④，悉召群臣。山公谓不宜尔，因与诸尚书言孙、吴用兵本意。遂究论，举坐无不咨嗟⑤，皆曰：“山少傅乃天下名言。”后诸王骄汰⑥，轻遘⑦祸难。于是寇盗处处蚁合⑧，郡国多以无备，不能制服，遂渐炽盛，皆如公言。时人以谓“山涛不学孙、吴，而暗与之理会”。王夷甫亦叹云：“公暗与道合。”

【注释】

①晋宣武：指晋武帝司马炎。②宣武场：讲武的场所。③偃武修文：停止武备，提倡发展文化教育。④临幸：指帝王亲临。⑤咨嗟：嗟叹，赞叹。⑥娇汰：骄纵奢靡。⑦遘：通“构”，造成，酿成。⑧蚁合：像蚂蚁一样聚集、汇合。

【译文】

晋武帝司马炎在宣武场讲武。武帝想要停止武备，发展文化教育，于是亲临现场，将大臣们全部召集起来。山涛认为不该这样，于是和诸位尚书谈起孙武、吴起用兵的原意，并进行了深入的探讨，在座的人全都赞叹惊呼，说：“山涛的话真是至理名言啊。”后来，诸多王侯骄纵奢靡，轻易地酿造了很多祸患。于是各地的强盗像蚂蚁一样聚集，郡国大都因为没有武备而无法制服他们，战乱随即愈演愈烈，全都如山涛所说。当时的人认为山涛虽然没学孙武、吴起的兵法，但见解和想法却和他们暗合。王衍也赞叹说：“山涛所思，和道相吻合。”

【解读】

“铸剑习以为农器，放牛马于原薮，室家无离旷之思，千岁无战斗之患”，《孔子家语》中曾经提到的愿景一直是我们所追求和向往的。但追求和平而美好的生活，并不代表就要放弃战备、铸剑为犁。历史从来都不是风平浪静的，在多数情况下，和平是需要捍卫的。晋武帝提倡放弃武备的初衷可能是好的，但这种做法显然过于绝对了，反而滋长了贵族阶层骄奢颓废的生活作风。将摒弃战事等同于放弃武备，这种做法无异于自欺欺人。

【原文】

王夷甫①父乂，为平北将军，有公事②，使行人论，不得。时夷甫在京师，命驾见仆射羊祜③、尚书山涛。夷甫时总角④，姿才秀异，叙致⑤既快，事加有理，涛甚奇之。既退，看之不辍⑥，乃叹曰：“生儿不当如王夷甫邪？”羊祜曰：“乱天下者，必此子也！”

【注释】

①王夷甫：指王衍。②公事：指诉讼等事。③羊祜：字叔子，泰山南城（今山东费县西南）人，博学多能。④总角：古人在未成年之前，习惯将头发扎成两结，向上分开，形状如角，故称。⑤叙致：陈述表达。⑥辍：停止。

【译文】

王衍的父亲王乂，任北平将军，派遣使者去解决一件公务，没有结果。当时王衍在京城，命人驾车带自己去见仆射羊祜以及尚书山涛。王衍当时还没有成年，但容貌和才华都非常优秀，陈述表达流利畅快，论述事理十分透彻，山涛对此很惊讶。等到王衍离开时，山涛依旧不停地盯着他看，并感叹说：“生儿子难道不应该像王衍一样吗？”羊祜回答说：“将来扰乱天下的人，必定是他！”

【解读】

羊祜的判断没有错，王衍后来因清谈而误国，最终导致了国破家亡的结局。山涛欣赏的是王衍的才华，而羊祜担心的也正是王衍的才华。什么样的时势便造就什么样的“英雄”，王衍的确富有才华，但却过早地暴露在公众面前，经受社会的影响和熏陶，他纯洁的生命品质被混乱的时局影响之后，王衍很可能失去对真善美的正确判断，而成为一个在时代操纵下成长起来的野心家。

【原文】

潘阳仲[①]见王敦[②]小时，谓曰：“君蜂目[③]已露，但豺声[④]未振耳。必能食人，亦当为人所食。”

【注释】

①潘阳仲：即潘滔，有才学，曾任河南尹，后被害。②王敦：字处仲，王导的从兄。③蜂目：胡蜂的眼睛，形容相貌凶悍。④豺声：豺狼的叫声，比喻凶恶残忍者的声音。

【译文】

潘滔见到小时候的王敦，评价说：“你凶恶的目光已经崭露出来，只是还没有发出豺狼般的吼叫声罢了。将来，你一定可以吃人，同时也会被别人吃掉。”

【解读】

潘滔是东海王司马越的心腹，和刘舆、裴邈合称“越府三才”，后因晋惠帝厌恶东海王专权，潘岳被牵累，被捕之际连夜遁逃，得以保全性命。王敦是王导的从兄，妻子是晋武帝的女儿，官至镇东大将军，执掌兵权后起兵造反，自立为丞相，后在起兵期间病死。

潘滔是逆臣身边的心腹之将，因此他品评人的优劣也是看对方够不够凶恶，有没有野心。然而，潘滔虽然崇尚凶恶和野心，但又知道富有野心的人最终难以逃脱一个悲惨的结局，算得上有“自知之明”。一个拥有自知之明的人，便能够对自己的能力乃至时局有一个客观清晰的判断，不高估自己，不肆意妄为。这种能力，最终促使潘滔成为一个有所作为的“人才”。

【原文】

石勒不知书，使人读《汉书》[①]。闻郦食其[②]劝立六国后，刻印将授之，大惊曰：“此法当失[③]，云何得遂有天下？”至留侯[④]谏，乃曰：“赖[⑤]有此耳！”

【注释】

①汉书：中国第一部纪传体断代史，由东汉历史学家班固编撰，和《史记》、《后汉书》、《三国志》并称为“前四史”，史料价值较高。②郦食其：秦朝人，性嗜酒，刘邦身边的谋士。③当失：一定会失败。④留侯：指张良，刘邦身边的谋士。⑤赖：多亏。

【译文】

石勒不识字，让人给他读《汉书》。听说郦食其劝刘邦扶立六国的后代，并要刻王侯玉玺授予他们的时候，石勒非常惊讶地说：“这样做一定会失败的，还提什么得天下啊！”后来得知张良谏阻了刘邦，随即说：“多亏张良的劝阻啊！”

【解读】

石勒不识字，没有什么学识，想法却和先朝的名士没有什么本质上的区别，这并不奇怪。读书识字可以教会人很多东西，但对是非的判断和人生道理的认识，并不一定非要从书本上获得，也可能来自一个人自身的感悟甚至于先天的眼界。实际上，有些人一辈子都没读过书，但他们依旧被人视为人生的智者。学识和悟性并没有必然的联系，每个人都可以成为我们人生的导师。

【原文】

卫玠[①]年五岁，神衿[②]可爱。祖太保[③]曰："此儿有异，顾[④]吾老，不见其大耳！"

【注释】

①卫玠：字叔宝，晋朝河东安邑人，善谈玄理。②神衿：胸怀气度。③太保：指卫瓘，卫玠的祖父。④顾：但，只是。

【译文】

卫玠时年五岁，神情风采非常可爱。祖父卫瓘说："这孩子不同寻常，可惜我已经老了，看不到他长大成人了！"

【解读】

卫玠出生于名门世家，年幼时便出落得清秀动人，后成长为魏晋时期著名的清谈名士和玄学家。从卫瓘的话语中，我们可以看出一个长辈对后辈的期许和赞美，也可以看出其中洋溢的家族自豪感和荣誉感。

年幼时便能彰显神采固然可贵，但更可贵的是在经历了生活的磨砺之后，一个人能够重新回到生命的纯粹和天真中去。一个人的成长，其实就是一个从天真到成熟再到天真的过程。前一种天真是纯粹的天真无邪，后一种天真则是在经历诸多变迁之后依旧对生活抱有童心和美好的期望。卫玠倘若在成年后依旧能够保持年少时那份讨人喜欢的神采，那才算是不辜负祖父对他的期望。

【原文】

刘越石[①]云："华彦夏识能[②]不足，强果[③]有余。"

【注释】

①刘越石：即刘琨，中山魏昌（今河北无极）人，西晋文学家，军事家。②识能：识别鉴赏能力。③强果：坚强果敢。

【译文】

刘琨说："华轶识鉴能力不足，但坚强果敢有余。"

【解读】

刘琨实际也就是在说华轶"有勇无谋"。有勇无谋的人，为人处事缺乏计划，不讲策略，喜欢蛮打蛮撞并自诩之为"勇气"，虽然实际上这种行为无异于"冲动"和"鲁莽"。相比之下，我们宁愿成为一个无勇的人，也不要做一个有勇而无谋的人：前一种人虽然很难成大器，但它至少不冲动，不贸然行事；后一种人虽然无所畏惧，但因为缺乏策略和冷静的思考，常常做出一些得不偿失的事情来，结果倒不如不做得好。不管什么时候，冷静的分析和深入的思考都是我们解决问题的不二法门，人区别于其他动物的地方就在这里，我们既然能够思考，就不要做一个冲动行事的无脑者。

【原文】

张季鹰[①]辟齐王东曹掾，在洛[②]，见秋风起，因思吴中菰[③]菜羹、鲈鱼脍[④]，曰："人生贵得适意尔，何能羁宦[⑤]数千里以要[⑥]名爵？"遂命驾[⑦]便归。俄而齐王败，时人皆谓见机[⑧]。

【注释】

①张季鹰：即张翰，博学善文，性至孝。②洛：指西晋都城洛阳。③菰：茭白。④脍：指切细的鱼、肉。⑤羁宦：指远在他乡做官。⑥要：通"邀"，求取。⑦命驾：命人驾着马车。⑧见机：指看到事物的苗头和迹象。

【译文】

张翰被授为齐王司马冏的东曹掾，在洛阳，见秋风吹起，想起了吴中的菰菜羹和鲈鱼脍，说："人生贵在顺心快意，怎么能够离家几千里来求取功名利禄呢？"随即命人驾车回家。不久之后，司马冏失败，当时的人都认为张翰能够预见事情的动向。

【解读】

"安能摧眉折腰事权贵，使我不得开心颜"，人不能离自己的本心太远，否则你就不再是你，而是一个没有灵魂的自我。很多人都说要活出自我，这并没有想象中的那么简单，毫不夸张地说，有些人一辈子也没有活出自己，因为他们忙着伪装，忙着奔波，忙着追求功名利禄。张翰最终做出了自己的选择，可以想见，他的生活可能会因此变得清贫，交际圈也变得越来越简单，但他却活得比原来自由。

【原文】

诸葛道明[①]初过江左，自名道明，名亚王、庾之下。先为临沂令，丞相谓曰："明府[②]当为黑头公[③]。"

【注释】

①诸葛道明：即诸葛恢。②明府：古时对太守的尊称。③黑头公：指头发尚黑便位列三公。

【译文】

诸葛恢刚到江东，自称道明，名声在王导和庾亮之下。当初做临沂令的时候，王导曾经对他说："一定可以在白头之前位列三公。"

【解读】

诸葛恢官至尚书令，而尚书令虽是内廷职务，但权力很大，因此王导的评判称得上是先见之明。能够在他人名声显赫之前给予对方褒奖和肯定，可见王导是一个兼具眼光和肚量的人，有眼光，则能识别和发现人才，有肚量，则能够容得下人才。王导作为东晋政权的奠基者之一，稳定政权，平息叛乱，功绩可谓卓越显著，而这一切的取得，和他善于识人知人是有很大关系的。

【原文】

王子平[①]素不知眉子[②]，曰："志大其量[③]，终当死坞[④]壁间。"

【注释】

①王子平：指王澄。②眉子：即王玄，曾任陈留太守。③量：才量，能力。④坞：一种防御性的小城堡。

【译文】

王澄向来不赏识王玄，说："志向大于才量，终将死在小城堡里。"

【解读】

"宰相肚里能撑船"，宰相不是空有一身才华就能胜任的，他还需要有与地位相称的心胸。满腔抱负却没有肚量，这种人是很难成大器的，或者说，这种人还不如不成器。心小就容易心生嫉妒，嫉妒会让人失去理智，这种人无疑是可怕的。无论什么时候，"德"都应是一个高于"才"的评价标准，在确定一个人好与坏的前提下，才高和才低才是一个有意义的划分和评判。

【原文】

王大将军[①]始下，杨朗[②]苦谏不从，遂为王致力[③]。乘中鸣云露车[④]径前，曰："听下官鼓音，一进而捷。"王先把其手曰："事克[⑤]，当相用为荆州[⑥]。"既而忘之。以为南郡[⑦]。王败后，明帝收朗，欲杀之。帝寻崩[8]，得免。后兼三公，署数十人为官属。此诸人当时并无名，后皆被知遇[9]。于时称其知人。

【注释】

①王大将军：即王敦。②杨朗：字世彦，有才华气量，官至雍州刺史。③致力：效力，出力。④中鸣云露车：古时打仗用的一种指挥车。⑤克：成功。⑥荆州：荆州刺史。⑦南郡：南郡太守。⑧崩：古时特指帝王亡故。⑨知遇：赏识礼遇。

【译文】

王敦刚开始顺江东下攻占建康时，杨朗极力劝谏但王敦不听，于是便竭尽全力地帮助王敦。杨朗乘坐中鸣云露车来到王敦面前，说："听我的鼓声，一次进攻就能获胜。"王敦握着杨朗的手说："事情成功后，一定任命你为荆州刺史。"过后，王敦把这件事忘了，只让杨朗做了南郡太守。王敦失败后，晋明帝司马昭拘捕了杨朗，想要杀掉他；不久之后，明帝驾崩，杨朗得以幸免。后来，杨朗兼任三公，任用好几十个人做他的属官。这些人当时并不知名，后来全都受到赏识和礼遇，当时的人都觉得杨朗知人善任。

【解读】

杨朗起先十分反对王敦的行动，在得知王敦决心已定后，又竭尽所能的帮助王敦，由此看来，杨朗称得上是个忠心耿耿的人；王敦事成后并没有兑现承诺，但杨朗并未因此而显出不满和反抗的情绪，由此看来，杨朗又是一个不斤斤计较的人；在之后，杨朗幸免于难，兼职三公，任人唯贤，足以体现他知人善任的一面。这样一个杨朗，着实算得上一个不可多得的人才了。

【原文】

周伯仁[1]母，冬至举酒赐三子曰："吾本谓度江托足[2]无所，尔家有相[3]，尔等并罗列[4]吾前，复何忧？"周嵩起，长跪而泣曰："不如阿母言。伯仁为人志大而才短，名重而识暗[5]，好乘人之弊[6]，此非自全之道；嵩性狼抗[7]，亦不容于世；唯阿奴碌碌[8]，当在阿母目下耳。"

【注释】

①周伯仁：即周𫖮。②托足：立足，生存。③有相：有吉祥之相，有福相。④罗列：站列、站在。⑤暗：暗弱，迟钝。⑥弊：不利，危难。⑦狼抗：高傲，狂妄自大。⑧碌碌：平庸无能。

【译文】

周𫖮的母亲，在冬至这天拿出酒来赐给三个儿子说："我本来以为渡江之后就没有立足的地方了，但你们家有福相，你们全都站在我跟前，还有什么好担忧的呢？"周嵩站起来，直着上身跪在母亲跟前，哭着说："不像母亲说的那样啊。周𫖮志向远大但才华疏浅，名声很高但见识短浅，喜欢乘人之危，这不是保全自己的方法；我生性狂妄自大，也不能被世人所容；只有弟弟平庸无能，能够留在母亲身边罢了。"

【解读】

一个平庸的人可能终其一生都无所作为，但他很可能也是活得最平坦、最平静的一类人，对他们而言，生活虽然未曾谱写什么精彩的华章，倒也安闲幸福。相较之下，那些富有能力和心计的人，虽然可能会谱写更精彩的人生篇章，却也更容易卷入漩涡甚至招来杀身之祸。我们当然不能甘于平庸，但也要不断地完善自己，剔除自己的阴暗面，因为葬送你的不是你的优点，而是你的缺点和不足。

【原文】

王大将军既亡，王应[1]欲投世儒[2]，世儒为江州；王含欲投王舒，舒为荆州。含语应曰："大将军平素与江州云何，而汝欲归之？"应曰："此乃所以宜往也。江州当人强盛时，能抗同异③，此非常人所行。及睹衰厄，必兴愍恻④。荆州守文⑤，岂能作意表⑥行事？"含不从，遂共投舒。舒果沈含父子于江。彬闻应当来，密具船以待之。竟不得来，深以为恨。

【注释】

①王应：字安期，王含之子。②世儒：即王彬，琅邪人，性情直爽雅正。③同异：偏指"异"，差异。④愍（mǐn）恻：怜悯恻隐。⑤守文：遵守礼法，寓指循规蹈矩，墨守成规。⑥意表：意外。

【译文】

王敦病死后，王应想要投靠王彬，王彬当时是江州刺史；王含则想要投靠王舒，王舒是荆州刺史。王含对王应说："王敦平时跟王彬关系怎么样呢？你为什么要投靠他？"王应说："这正是投靠他的原因。王彬在他人强盛的时候，敢于坚持主张，这不是一般人能够做出来的，等到目睹别人的衰落和厄运，他一定会生出恻隐之心。王舒遵守礼法，墨守成规，怎么可能不按成法办事！"王含不听，于是两人一起投奔王舒。王舒果然逼迫两人投江自杀。王彬听说王应想要投靠自己，秘密地准备了船等待他。最终，王应没有来，王彬非常遗憾。

【解读】

王含虽然扮演着一个父亲的角色，但较之于儿子，他对事情的洞察和分析反而显得肤浅。王彬与王敦不合，表面上看投靠他更加危险，但实际上他却是一个有原则、有担当的人，这种人是值得信赖和依托的。相反，王舒墨守成规，对王敦唯命是从，发生变故时必然会急于保全自己，这时候投靠他，只会让他视为累赘和负担。很不幸，王应虽然做出了正确的判断，但最终还是听从了父命，结果两人双双殒命。做出正确的选择很重要，坚守正确的选择同样很重要。

【原文】

武昌孟嘉作庾太尉州从事，已知名。褚太傅有知人鉴①，罢豫章，还过武昌，问庾曰："闻孟从事佳，今在此不？"庾曰："卿自求之。"褚眄睐②良久，指嘉曰："此君小异，得无是乎？"庾大笑曰："然。"于时既叹褚之默识③，又欣嘉之见赏。

【注释】

①鉴：鉴别的能力。②眄睐：顾盼，环视左右。③默识：指暗中识人的能力。

【译文】

武昌人孟嘉任庾亮的江州从事，已经颇有名声。褚裒有鉴别人才的能力，免去豫章太守之后，再回去的路途中经过武昌，问庾亮说："听说孟从事很好，今天他在这里吗？"庾亮说："你自己找吧。"褚裒顾盼很久，指着孟嘉说："这人看起来有些不同于常人，难道就是他吗？"庾亮大笑着说："是。"当时的人既赞叹褚裒暗中识人的能力，又替孟嘉被赏识感到高兴。

【解读】

一个人不可能在身上贴上"人才"的标签，而且很多人才的优点和长处是隐性的，因此生活中，我们很难一眼辨识出谁是人才，谁是庸才。但"难"并不代表"不能"，实际上，如果我们观察得足够仔细，是能够发现人才身上不一样的气质的，一个人的举止和言行都可以折射出他的才能和学识，一个灵动的人和一个木讷的人，肯定是不一样的。

【原文】

戴安道①年十余岁，在瓦官寺画。王长史②见之，曰："此童非徒能画，亦终当致名③。恨吾老，不见其盛时耳！"

【注释】

①戴安道：指戴逵。②王长史：指王濛。③致名：成名，出名。

【译文】

戴逵十几岁时，曾经在瓦官寺画画。王濛见到他后，说："这人不止能画画，也终将成名。可惜我已经老了，看不到他名望彰显的时候了。"

【解读】

戴逵是东晋时期著名的音乐家和美术家，博学多才，能书善画，曾多次被招出仕做官，但皆不就，终生淡泊名利。

对于一个善于识人相人的人来说，人生最大的遗憾无疑就是无法看见自己的预言和判断变为现实，王濛认识戴逵时年事已高，因此才有了上面的感慨。王濛自己在书画方面本身也有一定的造诣，因此他在发现"同道中人"在书画方面的造诣后，肯定有一种惺惺相惜的情感在里面。透过他既遗憾又抱有几分欣喜的慨叹，可以看出王濛是个率真的性情中人。而结果也正如他所预想的一样，戴逵在日后果然成了一名书法名家。

【原文】

王仲祖、谢仁祖、刘真长[①]俱至丹阳墓所省殷扬州[②]，殊[③]有确然[④]之志。既反，王、谢相谓曰："渊源不起[⑤]，当如苍生何？"深为忧叹。刘曰："卿诸人真忧渊源不起邪？"

【注释】

①王仲祖、谢仁祖、刘真长：指王濛、谢尚和刘惔。②殷扬州：即殷浩。③殊：颇，尤其，特别。④确然：指坚定的样子。⑤起：被举用。

【译文】

王濛、谢尚、刘惔一起去丹阳的墓地探望殷浩，殷浩意志坚定，想要继续隐居下去。回去之后，王濛和谢尚说："殷浩不被举用，我们怎么面对百姓呢？"深深地对此感到忧虑和哀叹，刘惔说："你们难道真的担心殷浩不出仕做官吗？"

【解读】

晋成帝时，征西将军庾亮聘请殷浩担任记室参军，殷浩就任后不久升任司徒左长史。庾亮去世后，他的弟弟安西将军庾翼聘请殷浩出任司马，殷浩以生病为由，推辞不就。辞官后，殷浩居住在祖宗墓地附近达十年之久。晋康帝建元初，会稽王司马昱征聘殷浩作建武将军、扬州刺史，殷浩仍然拒聘。司马昱不甘失败，多次写信劝说殷浩出仕做官，四个多月后，殷浩终于接受聘任。殷浩虽然谈不上淡泊名利，但对于做官也没有太多的渴望，因此在很长时间里都选择了隐居生活。

王濛和谢尚知道殷浩志向清高，同时富有才华，两人通过殷浩是否出山来判断晋室的兴旺，可见对殷浩尊崇之甚。相比之下，刘惔却要比王濛和谢尚更高一筹，他同样尊崇殷浩，但比两人更加了解殷浩的性情，他知道殷浩最终一定会重新出仕为官，只是机会或者实际没有成熟。

殷浩如果真的不再出仕，那王濛两人即便再哀叹感怀也于事无补。生活中类似王濛这种人，通常对生活抱有美好和期望，但却又缺乏深入的思考和改变自己的行动力，因此常常会空有一腔抱负却极少实施。而刘惔一类的人，则能够深入细致地观察了解事物，并能不断发现自身的局限和不足，因此他们总是比别人更有眼光和远见。

【原文】

小庾[①]临终，自表[②]以子园客[③]为代。朝廷虑其不从命，未知所遣，乃共议用桓温。刘尹[④]曰："使伊[⑤]去，必能克定[⑥]西楚[⑦]，然恐不可复制[⑧]。"

【注释】

①小庚：即庚翼。②表：写表，上表。③园客：即庚爰，庚翼之子。④刘尹：指刘惔。⑤伊：他。⑥克定：平定。⑦西楚：晋朝时期指荆州一带。⑧复制：重新被控制。

【译文】

庚翼临终前，上表推荐儿子庚爰接替他做荆州刺史。朝廷担心庚爰不服从命令，不知道派谁好，于是一起商议着任用桓温。刘惔说："让桓温去，必定能平复荆州一带，然而从此以后恐怕就无法再控制他了。"

【解读】

看重某位臣子的能力，却又害怕他将来势力起来后不再受自己控制，这是古时很多掌权者都十分苦恼的事情，不足为奇。在这里，刘惔的想法多少有些草木皆兵的意味了，庚氏后代倘若不启用，桓温再不任用，那还有没有合适的人选呢？悲观的人很难创造人生的大境界，因为他们自始至终都困囿在一个狭小的空间里。

【原文】

桓公[①]将伐蜀，在事诸贤咸以李势[②]在蜀既久，承藉累叶[③]，且形[④]据上流，三峡未易可克。唯刘尹云："伊必能克蜀。观其蒲博，不必得，则不为。"

【注释】

①桓公：指桓温。②李势：字子仁，洛阳临渭人，十六国成汉皇帝。③叶：世，代。④形：地形，地势。

【译文】

桓温将要讨伐蜀汉，执政的大臣全都认为李势在蜀地盘踞已久，累积了几代家业，而且地势上也占据着上游的优势，三峡不是那么容易攻克的。只有刘尹说："桓温一定能够拿下蜀汉。我看他玩蒲博的时候，没有把握的事情绝对不干。"

【解读】

蒲博是古代的一种博戏，和现在的很多博弈类游戏一样，非常注重策略和智慧。一个人骨子里的东西是不会变的，不管是在日常的游戏中，还是面临重大决策时，左右他判断和抉择的，永远是烙刻在心底深处的原则和处世态度。因此可以说，刘惔通过蒲博判断桓温的秉性，一点问题都没有，甚至可以说是英明的。

【原文】

谢公[①]在东山畜[②]妓[③]，简文曰："安石必出，既与人同乐，亦不得不与人同忧。"

【注释】

①谢公：指谢安。②畜：收养。③妓：歌女，古时贵族府中专门歌舞的女侍从。

【译文】

谢安在东山收养了一批女妓，简文帝司马昱说："谢安一定会出仕的，既然与人同乐，那就不得不与人同忧。"

【解读】

谢安隐居东山时，曾经收养了几名女妓，每次出游都带上她们，因此算得上"与人同乐"。人活一世，既然与人同乐，亦当与人同忧，但这种人与人之间的"同甘苦共患难"是有先决条件的，既双方都应拥有足够的担当和意气。简文帝能够以一条"人应该如此"的规则判断谢安一定会按照规则行事，这说明他非常了解谢安，知道谢安一定不会破坏约定俗成的处世规则。简文帝并不见得英明或者善于判断，他只是善于观察他人而已。能力比天赋更主要，因为能力可以塑造和培养，一个人只要不断地尝试和努力，完全可以不输“天才”。

【原文】

郗超与谢玄不善。苻坚将问晋鼎[①]，既已狼噬[②]梁、岐，又虎视[③]淮阴矣。于时朝议遣玄北讨，人间颇有异同之论。唯超曰：“是必济事[④]。吾昔尝与共在桓宣武府，见使才皆尽，虽履屐[⑤]之间，亦得其任。以此推之，容必能立勋。”元功[⑥]既举，时人咸叹超之先觉，又重其不以爱憎匿[⑦]善。

【注释】

①问晋鼎：指图谋东晋政权。②狼噬：像野狼一样吞噬，啃食。③虎视：虎视眈眈。④济事：成功。⑤履屐：履，鞋；屐，底部有齿的木鞋。文中借以比喻小事。⑥元功：大功。⑦匿：隐匿，埋没。

【译文】

郗超和谢玄关系不好。苻坚图谋东晋政权，已经吞噬了梁州、岐山，又对淮河以南虎视眈眈。当时的朝中大臣商议着让谢玄北上讨伐，人群中颇有不同意见。只有郗超说：“这样安排必能成功。我昔日曾经和谢玄在桓温府上共事，见他能够让人各尽其才，即使是非常小的事情，也能够任用合适的人选。以此推算，我决定谢玄必定能够建立功勋。”谢玄大功即成，当时的人全都赞叹郗超有先见之明，同时又敬重他不因个人恩怨埋没人才。

【解读】

意见不同是一回事儿，但这并不意味着争执的双方就必然有一个是错的，可能只是看待问题的角度不同而已。郗超并未因为谢玄和自己意见相左就全盘否定对方，相反，他却从两人的交往包括对峙中发现了对方的优点，这一点是非常值得肯定的。郗超肯定会有一番作为，因为他处世很纯粹，立场不同，但不交杂任何主观感情，别人的优点就是优点，喜不喜欢是你的事情，但推荐不推荐是你的原则。很庆幸，郗超坚持了正确的选择。

【原文】

韩康伯与谢玄亦无深好[①]。玄北征后，巷议疑其不振。康伯曰：“此人好名，必能战。”玄闻之甚忿，常于众中厉色曰：“丈夫提[②]千兵入死地，此事君亲故发，不得复云为名！”

【注释】

①好：交情。②提：率领。

【译文】

韩伯和谢玄没有什么很深的交情。谢玄北征之后，街头巷尾全都疑虑谢玄无法取胜。韩伯说：“这个人爱好名利，一定能够取得胜利。”谢玄听说后，非常生气，曾经在众人面前声色俱厉地说：“大丈夫率领千军万马出生入死，为了报效君王才出征，怎么能说为了名声呢！”

【解读】

谢玄真的热衷名利吗？从他的辩解来看，他似乎不热衷，但他的所作所为本身不就是在为自己的名利辩解吗？有些事情，只会越抹越黑，比较明智的选择是，让时间证明一切，但这需要一个人拥有足够的胸怀和度量。很遗憾，谢玄还没有达到这种人生境界。而韩伯其实也没有什么值得骄傲和炫耀的，他似乎取得了一场辩论的胜利，但他究竟得到了什么呢？他的骨子里依旧闪烁着斤斤计较甚至嫉贤妒能的影子，这无论放到哪里，都是为人不齿的。

【原文】

褚期生[①]少时，谢公甚知之，恒云："褚期生若不佳者，仆[②]不复相[③]士。"

【注释】

①褚期生：即褚爽，字茂弘，褚裒之孙。②仆：自谦用语，我。③相：品评。

【译文】

褚爽年少时，谢安非常欣赏他，常说："褚爽如果不成器的话，我就不再品评人物了。"

【解读】

谢安下了一个赌，这个赌分量究竟有多重，我们可以通过赌注进行判断。不再品评人物，这对一个人似乎并没有什么影响，但对于谢安来说却不是这样。"关中良相惟王猛，天下苍生望谢安"，谢安是魏晋时期杰出的政治家和军事家，被后世尊为"谢千岁"、"谢圣王"，知人善断，才识过人，放弃品评人物对谢安来说无异于放弃一种对自己而言最重要的能力和才华。通过谢安的言语，我们一方面可以看出他对褚爽的器重和赞赏，另一方面也可以看出他的担当和正气，一个敢于承担及对自己的言语负责的人，是令人尊重的。

【原文】

郗超与傅瑗[①]周旋[②]。瑗见其二子，并总发，超观之良久，谓瑗曰："小者才名皆胜，然保卿家者，终当在兄。"即傅亮兄弟也。

【注释】

①傅瑗：字叔玉，历任军长史，安城太守。②周旋：交往，往来。

【译文】

郗超和傅瑗交往甚密。傅瑗向郗超引荐他的两个儿子，两人全都没有成年，郗超端详很久，对傅瑗说："小的才华超过哥哥，但保全你们家的，终究还是哥哥。"这两个人，就是傅亮兄弟俩。

【解读】

傅瑗育有两子，长子傅迪，官至五兵尚书；次子傅亮，历任尚书令、仕光禄大夫等职，元嘉三年，因罪被诛杀。根据后来的事实可见，郗超的判断是非常准确的。郗超只是端详了两人一会儿就做出了自己的判断。由此看来，通过一个人的言行举止的确可以判断一个人的品格和性情。其实，一个人的举止就是他性格的一面镜子，豪放的人举止随性，言语铿锵，动作麻利，内向的人则表情温和，言语细腻，不张扬。因此，不要试图伪装和掩盖，如果认为自己做得不够好，不够优秀，就去改变自己，伪装是没有用的，因为你身上总有一些细节，会透露你的真是性情和品格，也必然有人能够看清你的真实面目。

傅亮比傅迪更有才学和能力，最终反而被杀，难道一个人富有才华反而是一种缺点和坏处吗？显然不是，一个人富有才学当然是好的，只是我们应该意识到，一个人的才学和声名越高，就越容易遭人嫉恨，也越容易膨胀自信心乃至恃才傲物。因此，一个有才华的人要自谦，要不断地检省并克制自己的言行，才学就像一把锋利的剑，他可以保护你自己或者让你更有力的战斗，同时也可能威胁到他人，最终给自己惹来灾祸。

【原文】

王恭随父在会稽，王大自都来拜墓，恭暂往墓下看之。为人素善，遂十余日方还。父问恭："何故多日？"对曰："与阿大语，蝉连[①]不得归。"因语之曰："恐阿大非尔之友，终乖[②]爱好。"果如其言。

【注释】

①蝉连：指连续不断地。②乖：背离。

【译文】

王恭和父亲一起住在会稽，王忱从京都赶来拜谒陵墓，王恭到墓地看望他。两人向来关系很好，于是王恭十多天之后才返回。父亲问王恭："怎么这么多天才回来？"王恭回答说："和王忱交谈，连续不断，因此回来晚了。"父亲因此对王恭说："王忱恐怕不是你的朋友，你们终将断绝友谊。"后来，果然和王恭的父亲说得那样。

【解读】

当局者迷，旁观者清，王恭和王忱关系很好，过度的信任和欣赏，让他们很难发现彼此价值观和人生观上的本质区别。而王恭的父亲作为一个冷静的旁观者，却能够比较准确地发现两人本质上的区别和分歧，并且做出了正确的判断。因此，在判断一件事情是，我们实在应该保持足够的冷静和泰然，以防主观因素影响了我们的客观判断。

【原文】

车胤[①]父作南平郡功曹，太守王胡之避司马无忌[②]之难，置郡于澧阴[③]。是时胤十余岁，胡之每出，尝于篱中见而异焉。谓胤父曰："此儿当致高名。"后游集，恒[④]命之。胤长，又为桓宣武所知。清通[⑤]于多士之世，官至选曹尚书[⑥]。

【注释】

①车胤（yìn）：字武子，博学多闻。②司马无忌：字公寿，河内温县人。③澧（lǐ）阴：县名。④恒：经常，一直。⑤清通：清明通达。⑥选曹尚书：即吏部尚书。

【译文】

车胤的父亲任南平郡功曹，太守王胡之为了躲避司马无忌的报复，将郡府设在澧阴。当时车胤十多岁，王胡之每次出行，经常在篱笆里看到车胤，感到十分奇异。王胡之对车胤的父亲说："你的儿子必将取得很高的名声。"后来，王胡之每次游玩集会，总是叫上车胤一起参加。车胤长大后，又得到桓温的赏识，在人才济济的时代以清明通达著称，官至选曹尚书。

【解读】

王敦曾经命令王胡之的父亲王廙杀害司马无忌的父亲，司马无忌因此和王胡之结下仇怨，立誓要替父亲报仇，王胡之这才选择躲避，也算是一种以退为进的周全之计。

车胤自幼聪颖好学，博览群书，而且相貌清秀，算得上一个美少年，只是他家境贫寒，为了节省灯油，曾在夏日将萤火虫收入囊中，用以照明夜读。王胡之第一眼看到车胤时，即被他的仪表吸引，觉得他身上有不凡之气，这本身并没有太多值得称道之处。难能可贵的是，王胡之认定了车胤的出众资质后，能够持之以恒地对他进行提携和帮助，最终帮助车胤成名。车胤的成名，固然和自己的勤奋好学有关，但王胡之的帮助同样功不可没，"好风凭借力，助我上青云"，一个人完全依靠自己取得成功是非常艰难的，我们应该学会借助外力获取成功。

【原文】

王忱死，西镇[①]未定，朝贵[②]人人有望。时殷仲堪在门下[③]，虽居机要，资名[④]轻小，人情未以方岳[⑤]相许。晋孝武欲拔亲近腹心[⑥]，遂以殷为荆州。事定，诏未出，王珣问殷曰："陕西[⑦]何故未有处分[⑧]？"殷曰："已有人。"王历问公卿，咸云："非。"王自计才地[⑨]，必应任已。复问："非我邪？"殷曰："亦似非。"其夜，诏出用殷。王语所亲曰："岂有黄门郎而受如此任！仲堪此举，乃是国之亡徵征。"

【注释】

①西镇：指荆州。②朝贵：朝中显贵。③门下：门下省。④资名：资历和名声。⑤方岳：指地方长官。⑥腹心：心腹，能够委以重托的人。⑦陕西：指荆州。⑧处分：安排，处置。⑨才地：才能、地位。

【译文】

王忱死后，荆州长官人选未定，朝中的显贵全都想要得到这个职位。当时殷仲堪在门下省，虽然身居机要机构，但资历浅薄，名声弱小，人们不会想到朝廷会将地方长官交给他。晋武帝想要提拔自己的心腹，于是任命殷仲堪为荆州刺史。事情敲定下来，诏书还没有颁布，王珣问殷仲堪："荆州的职位为什么还没定下来？"殷仲堪回答说："已经有人选了。"王珣于是挨个提出公卿的名字询问他，殷仲堪说："不是。"王珣自认才华和地位突出，觉得自己被任用了。于是又问："是我吗？"殷仲堪回答说："似乎也不是。"当夜，诏书颁布，殷仲堪获任荆州刺史。王珣对他亲近的人说："哪有黄门侍郎接受如此重任的！殷仲堪被举用，是国家灭亡的征兆啊。"

【解读】

晋武帝司马炎是晋朝的开国君主，起先逼迫魏元帝曹奂禅让给自己，之后又出兵灭吴并统一全国。建国初期，晋武帝曾采取一系列的经济手段发展生产，但灭吴之后逐渐变得怠慢朝政，奢靡无为。文中的故事，就是在晋武帝转向奢靡无为的历史背景下发生的。

殷仲堪军政才能一般，任官时纲目不举，好行小惠，颇为一些高洁之士不齿，后被桓玄袭击，被逼自杀。殷仲堪清楚以自己的名声和能力就任机要之位必定会招致群臣非议，因此在和王珣对话时可以说讳莫如深，闪烁其词，这无疑体现了他处事圆滑、富有心机的一面。相比之下，王珣则性情耿直，直言不讳。就两人对话时体现出来的性情和品格，王珣就比殷仲堪更适合担任荆州刺史这个职位。

赏誉第八

【原文】

陈仲举尝叹曰："若周子居[①]者，真治国者器。譬[②]诸宝剑，则世之干将[③]。"

【注释】

①周子居：即周乘，天资聪慧。②譬：譬如，比作。③干将：古代宝剑名。

【译文】

陈蕃曾经感叹说："像周乘这样的人，真是治理国家的人才啊。把他比作宝剑的话，就是世上的干将。"

【解读】

干将是春秋末年吴国的名匠，善于铸造兵器，尤其善于铸造宝剑。为了给吴王阖闾造剑，他"采五山之铁精，六合之金英"，其妻则削发剪指投入炼炉中，终于铸成两把宝剑，分别以他们的名字"干将"和"莫邪"命名。干将剑是古代的名剑之一，象征着果断和坚决。

古语中说"治大国若烹小鲜"，这是说处理事情要细致，要专注；但另一方面，治国者同时也应该具有快刀斩乱麻的气魄和果决，就这一点而言，用"干将"来形容周乘无疑非常合适。国家是个相当庞杂的系统，治理起来必然要面对非常多的琐事，如果一个统治者事无巨细地处理每一件事情，必然要耗费巨大的精力和时间，这显然是不合适乃至不切实际的。这种情况下，一个统治者或者权臣就应该有魄力和胆识，不拘泥于微小的事物和纠缠，用"干将"般锋利的决断力，果断地处理解决事情。

治大国如此，做人其实也是如此，该投入的时候我们绝不马虎，该果断的时候我们也绝不犹豫，该出手时就该出手，果断亮剑，斩断生活中的"乱麻"，切记不要拖延和犹疑，它们只会让你空耗时间，一无所获。

【原文】

世目[①]李元礼[②]："谡谡[③]如劲松下风。"

【注释】

①目：评价。②李元礼：即李膺，汉末名臣，历任河南尹、司隶校尉等职。③谡谡：象声词，形容风声。

【译文】

世人评价李膺说："像劲松下的风一样，清冽强劲。"

【解读】

从世人的评价来看，李膺应该是一个刚正不阿、铁骨铮铮的人。人不见得要多有才学和能力，但应该成为一个有气节和主见的人，什么事情该做，什么事情不该做，什么事情应该坚守，什么事情应该唾弃，心里都要有一个准则，并努力地坚持下去。做人要有傲气和傲骨，不管他人有什么样的观点和主张，我们都坚守自己的活法，不见风使舵，不见利忘义。一个拥有主见的人是有根基的，诚如一棵劲松一样，纵使外界狂风大作，自己仍然岿然不动，保持自己的风度和气节。

【原文】

谢子微[①]见许子将兄弟[②]，曰："平舆[③]之渊，有二龙焉。"见许子政弱冠[④]之时，叹曰："若许子政者，有干国[⑤]之器。正色忠謇[⑥]，则陈仲举之匹；伐恶退不肖[⑦]，范孟博[⑧]之风。"

【注释】

①谢子微：即谢甄，曾任豫章从事。②许子将兄弟：指许劭和许虔。③平舆：汉晋时县名，位于今河南境内。④弱冠：古时男子二十岁算作成年，行"冠礼"，即带上表示已成年的帽子。⑤干国：治理国家。⑥忠謇：忠诚正直。⑦不肖：不贤。⑧范孟博：即范滂，河南伊阳人。

【译文】

谢甄见到许劭兄弟，说："平舆县的滩水里，有两条龙。"见到许虔还年轻的时候，谢甄赞叹说："像许虔这样的人，有治理国家的能力。端庄正直，可与陈蕃媲美；疾恶如仇，有范滂的风范。"

【解读】

龙在中国民间享有崇高的地位和象征，《易经》里"潜龙勿用"、"飞龙在天"等说法，都是在用"龙"来比喻人才。谢甄将许劭兄弟比喻为龙，足见他对两人的赏识，同时也是希望他们像龙一样，飞出水潭，飞向青天。

什么样的统治者才能得人心？其实正如谢甄说的那样，要正直，要公允。维持一个时代和平的最关键因素，就是让普通的人感到公平，觉得自己的利益得到了保证。经营自己和经营一个国家是一样的，我们虽然不是统治者，但应该富有正义感，公平公正地对待身边的每个人，久而久之，我们便会在众人心中建立自己的威信和影响力。

【原文】

公孙度[①]目邴原[②]："所谓云中白鹤，非燕雀之网所能罗[③]也。"

【注释】

①公孙度：字叔济，历任冀州刺史、辽东太守等职。②邴原：字根矩，年少知名。③罗：用网捕捉。

【译文】

公孙度评价邴原说："他可以说是云中的白鹤，是捕捉燕雀的网抓不到的。"

【解读】

"燕雀安知鸿鹄之志哉"，鸿鹄的志向，是燕雀无法了解也无从企及的。一个向往蓝天，一个只关心地上的食物，两者之间有着天壤之别。

可以说，一个人的眼光高低，决定了他的人生高度，眼光是一种洞察力，同时也包含着对未来的预见和憧憬。你的眼光决定了你的未来是什么样子的，而如果将一个人的一生比作建造一栋大厦的话，你的眼光就是大厦依托的根基。我们应该拥有高远的眼光，要做到这一点，为此我们需要不断地学习。不管是读书也好，还是和他人交流也好，学会听取不同的声音，接纳不同的观点。将他人的智慧融入自己的思维里，这就像站在别人的肩膀上看世界一样，站得高，自然能够看得远。

【原文】

钟士季目王安丰："阿戎了了[①]解人意。"谓裴公之谈，经日不竭。吏部郎阙[②]，文帝问其人于钟会，会曰："裴楷清通，王戎简要，皆其选也。"于是用裴。

【注释】

①了了：形容聪明伶俐。②阙：通“缺”，缺少。

【译文】

钟会评价王戎说：“阿戎聪明伶俐，善解人意。”还说裴楷的清谈，一天到晚停不下来。吏部郎职位空缺，晋文帝司马昭问钟会该用什么人，钟会回答说：“裴楷清明通达，王戎言简意赅，全是合格的人选。”于是，司马昭任用了裴楷。

【解读】

钟会举贤若渴，司马昭从谏如流，人才倘若生活在那样一个时代，也算得上是一件幸事了。聪明伶俐是可以决定一个人生命高度的特质，但豁达通透却可以决定一个人生命的韧性和境界，一个是锦上添花的能耐，一个是则是决定人们为人处世方式的根基。在两者之间，司马昭选择了后者。我们不仅要提高和完善自己的才华，也要改善我们的性情和品格，能力和才华就像是一个人的衣服，而品格和性情才是才是一个人精神的依附。

【原文】

王濬冲、裴叔则二人，总角诣钟士季，须臾去，后客问钟曰：“向①二童何如？”钟曰：“裴楷清通，王戎简要。后二十年，此二贤当为吏部尚书，冀②尔时③天下无滞才④。”

【注释】

①向：刚才。②冀：希望。③尔时：那时。④滞才：被滞留、埋没的人才。

【译文】

王戎、裴楷两人在小的时候拜访钟会，不久之后就离开了，之后客人问钟会：“刚才的两个孩子怎么样？”钟会说：“裴楷清明通达，王戎言简意赅。二十年后，这两个人必定会成为吏部尚书，希望那时天下没有被埋没的人才。”

【解读】

通常，一个能够成器的人，从小就会露出一些端倪。当然，一个人到底能否成器，也要看自己的造化和秉性。方仲永的事情并非只有一件，被人赏识是一回事儿，但能否长久地进步和完善，全部取决于自己。我们首先要对自己负责，然后才有资格要求世界对我们负责。

“清明”指清淡明智，思维明朗，“通达”则指通情达理，洞达世事。清明通达，则能够看清事情的本来面目，不被很多事物的表象迷乱了双眼，总是能够高效直接地处理事务。吏部尚书需要执掌财政、司法、典礼等机要事务，正需要像裴楷这样的人才。

【原文】

谚曰：“后来领袖有裴秀①。”

【注释】

①裴秀：字季彦，河东闻喜人，裴潜之子。

【译文】

谚语说：“后辈中的领袖有裴秀。”

【解读】

品人识人当然不是社会名流的专利，普通的百姓也可以有他们的想法和评价，久而久之，这些言论就成了所谓的“谚语”。通常来说，群众的眼睛都是雪亮的，虽然他们中的一些人可能没有专业的学识和较高的素养，但他们对是非、才学的判断往往是没有什么问题的。我们应该时刻检省自己，总有些沉默的目光盯着你，他们虽然不说话，但他们会用他们的方式影响你。

【原文】

裴令公目夏侯太初："肃肃①如入廊庙中，不修②敬而人自敬。"一曰："如入宗庙，琅琅③但见礼乐器。见钟士季，如观武库，但睹矛戟。见傅兰硕，江廧④靡所不有。见山巨源，如登山临下，幽然深远。"

【注释】

①肃肃：恭敬的样子。②修：整理，装饰。③琅琅：美好的样子。④江廧（qiáng）：水势浩大的样子。

【译文】

裴楷评价夏玄说："恭恭敬敬，像是进入了庙堂之中，不需要修饰但自然而然地让人尊敬。"另一种说法是："像进了宗庙一样，只见到美好的礼器和乐器。见到钟会，就像参观武器库一样，只能看到刀剑。见到傅嘏，像汪洋大海一般无所不容。看到山涛，像是登上高山居高临下，深邃旷远。"

【解读】

夏玄是儒雅的人，钟会是刚硬强势的人，傅嘏是包容通透的人。这些人有各自的性情和特点，但通常而言，儒雅和通透的人，是较容易让人亲近的；但刚硬强势的人，却多少会让人产生一些敬畏感和疏离感。虽然这些人都可能取得成功,但我们还是应该努力成为一个易于亲近、平易近人的人。所有的事情都可以找到一个相对柔性的处理方式，我们即使拥有一颗强硬到底的心，同样可以和颜悦色地面对身边的每一个人。人们都是需要安全感的,我们应该努力变得圆融通达,而不是锋利逼人。

【原文】

羊公还洛，郭奕①为野王②令。羊至界，遣人要③之。郭便自往。既见，叹曰："羊叔子何必减④郭太业！"复往羊许，小悉还，又叹曰："羊叔子去人远矣！"羊既去，郭送之弥日⑤，一举数百里，遂以出境免官。复叹曰："羊叔子何必减颜子⑥！"

【注释】

①郭奕：字泰业，太原阳曲人，历任雍州刺史、尚书等职。②野王：县名。③要：拦截。④减：不如。⑤弥日：一整天。⑥颜子：指颜回，孔门七十二贤之一，春秋时期鲁国人。

【译文】

羊祜返回洛阳，郭奕任野王令，羊祜到了野王县界，郭奕派人拦住羊祜，随后亲自去迎接他。见到羊祜，郭奕感叹说："羊叔子哪里比不上我郭太业啊！"后来，郭奕又到羊祜的住所探望他，不一会儿返回来，再次感叹说："羊叔子比我好太多了！"羊祜离开的时候，郭奕送了他一整天，送出去几百里路，结果因为擅自出境被免去官职。郭奕又赞叹说："羊叔子哪里比不上颜渊！"

【解读】

郭奕可以说是惜才如命，求贤如渴了，即使因此丢了职位都全不在意，依旧沉浸在对人的赞美和赏识之中。这是他的价值观所决定的，在他眼里，功名利禄都是次要的，唯有才学和能力才是真正值得尊敬和追寻的。从大方向上说，这种价值观是正确的，它会让人关心真正能够改变世界的东西，而不是掩饰和伪装个人能力的事物。就这一点而言，郭奕值得我们尊敬和学习。

【原文】

王戎目山巨源："如璞玉①浑金②，人皆钦其宝，莫知名③其器。"

【注释】

①璞玉：未经打磨雕琢的玉石。②浑金：未经提炼的金子。③名：估量，判断。

【译文】

王戎评价山涛说："像璞玉和浑金一样，人人都钦佩羡慕他的珍贵，但又没人知道他到底有多大本领。"

【解读】

生活中确实存在一些名人名士，我们可以通过他们的名声间接地意识到他们的才学，但却从来没有和他们谋面，没有当面见识过他们的能力。这种人对我们来说，可以说是"神龙见首不见尾"。客观而言，单凭间接地认识和了解而言，我们很难断定他们是否真的本领过人，才高八斗。对于这种人，我们大可持一种观望的态度，淡然视之。况且，他人的立场和观点不见得就是正确的，每个人对生活和人生都有自己的了解和认识。

【原文】

羊长和父繇①与太傅祜②同堂相善，仕至车骑掾③，卒。长和兄弟五人，幼孤。祜来哭，见长和哀容举止，宛若成人，乃叹曰："从兄不亡矣！"

【注释】

①父繇：即羊繇，字堪甫，太山人。②太傅祜：即羊祜。③车骑掾：车骑将军的属官。

【译文】

羊忱的父亲羊繇和太傅羊祜是同族，关系非常好，官至车骑掾，很早就去世了。羊忱弟兄五个人，很小就成了孤儿。羊祜来哭吊羊繇，见羊忱哀伤的容貌和举止，像是一个成年人，于是感叹说："堂兄没死！"

【解读】

羊繇虽然已经亡故，但其子羊忱却继承了父亲的气质和处世风范，这样看来，说羊繇没死，似乎也没什么不妥。人的生命是有限的，但人的精神却可以长久的留存下去，影响更多的人。

【原文】

山公举阮咸①为吏部郎，目曰："清真②寡欲，万物不能移也。"

【注释】

①阮咸：字仲容，陈留人，竹林七贤之一。②清真：纯洁朴素。

【译文】

山涛举荐阮咸作吏部郎，评价说："纯洁朴素，没有什么贪欲，任何事物都不能改变他的意志。"

【解读】

"壁立千仞，无欲则刚"，欲望可以说是人的一种生理本能，人活在世，就难免会有各种各样的欲望。但凡事总要有个尺度和分寸，欲望多了就会产生贪心，欲望大了则必然会导致欲壑难填。一旦被贪欲迷住心窍，很快就将成为贪欲的奴隶，唯利是图，失去判断是非好恶的能力。

心无所念，无欲无求，阮咸这种人是最坚定的也是最难改变的。当外界的干扰和诱惑成了摆设，你将成为一个真正意义上的"自己"，你的所有判断都将完全倾听自己内心的声音，因而不会盲从和迷失，一个时代正需要这样的引路人和高明之士。

【原文】

王戎目阮文业①："清伦②有鉴识③，汉元以来未有此人。"

【注释】

①阮文业：即阮武，陈留尉氏人，学识渊博。②清伦：清高豁达。③鉴识：品评人物的能力。

【译文】

王戎评价阮武："清高豁达，有品鉴他人的能力，汉元以来还没有过这样的人。"

【解读】

对一个人的能力和才学的评价，足以和历史过往挂钩，这本身就是一种极大的褒奖和肯定。能在时间的洪流里，留下自己的名字，我们应该努力活出这样的一生。如果你想获得辉煌，就不要甘心做籍籍无名的路人甲。

【原文】

武元夏[①]目裴、王曰："戎尚约[②]，楷清通。"

【注释】

①武元夏：指武陔，年少知名，官至左仆射。②尚约：崇尚节约，节约。

【译文】

武陔评价裴楷、王戎说："王戎崇尚简约，裴楷则清明通达。"

【解读】

魏晋是个崇尚简约的时代，其实现在同样如此。人的生命都是有限的，能够用一种简单而有效的方式处理事情，就不要让它变得烦冗不堪。将时间消耗在不必要的环节和事情上，我们的生命质量就会在无形中降低了。

【原文】

庾子嵩目和峤："森森如千丈松，虽磊砢[①]有节目[②]，施[③]之大厦，有栋梁之用。"

【注释】

①磊砢：形容树木多节。②节目：指树木枝干交叉，纹理不顺。③施：用。

【译文】

庾顗评价和峤："高耸像千丈高的松树，虽然枝叶繁多，但如果用来建造大厦，则是栋梁之材。"

【解读】

"瑕不掩瑜"，倘若你真的有才华，有些瑕疵也没什么关系，你纵然有缺点，但人们可以利用你的优点和长处；怕的是你没有优点和能力又无心改变自己。

【原文】

王戎曰："太尉[①]神姿[②]高彻[③]，如瑶林琼树[④]，自然是风尘外物。"

【注释】

①太尉：指王衍。②神姿：神情仪态。③高彻：高雅澄澈。④瑶林琼树：传说中的仙树，形容人品格高洁。

【译文】

王戎说："王衍神情仪态高雅澄澈，像瑶林里的琼树，天生就是一个世俗之外的人物。"

【解读】

风尘和世俗，这是被人频繁提到的字眼，仿佛脱离了他们，就脱离了纠缠和烦嚣，这不无道理。但所谓"大隐隐于市"，真正的宁静不是靠脱离世俗达成的，活在世俗中，同时能摆脱纠缠和喧嚣，这才算得上一种人生大境界。

【原文】

王汝南①既除生服②，遂停墓所。兄子济每来拜墓，略不③过④叔，叔亦不候。济脱时⑤过，止寒温⑥而已。后聊⑦试问近事，答对甚有音辞⑧，出济意外，济极惋愕⑨；仍与语，转造⑩精微⑪。济先略无子侄之敬，既闻其言，不觉懔然⑫，心形⑬俱肃。遂留共语，弥日累夜。济虽俊爽，自视缺然⑭，乃喟然⑮叹曰："家有名士三十年而不知！"济去，叔送至门。济从骑有一马绝难乘，少能骑者。济聊问叔："好骑乘不？"曰："亦好尔。"济又使骑难乘马，叔姿形既妙，回策⑯如萦⑰，名骑无以过之。济益叹其难测，非复一事。既还，浑⑱问济："何以暂行累日？"济曰："始得一叔。"浑问其故，济具叹述如此。浑曰："何如我？"济曰："济以上人。"武帝每见济，辄以湛⑲调⑳之，曰："卿家痴叔死未？"济常无以答。既而得叔，后武帝又问如前，济曰："臣叔不痴。"称其实美。帝曰："谁比？"济曰："山涛以下，魏舒以上。"于是显名，年二十八始宦㉑。

【注释】

①王汝南：即王湛，性情沉默，官至汝南内史。②生服：指为悼念生身父母而穿的丧服。③略不：毫不。④过：探望，问候。⑤脱时：偶尔，偶然。⑥寒温：寒暄。⑦聊：暂且，姑且。⑧音辞：言辞。⑨惋愕：怅惋惊愕。⑩造：达到，至。⑪精微：精深高妙。⑫懔然：敬畏、忌惮的样子。⑬心形：指内心和外在。⑭缺然：感到不足、欠缺的样子。⑮喟然：感叹声。⑯回策：指骑马绕圈。⑰萦：萦绕，缠绕。⑱浑：指王浑。⑲湛：指王湛。⑳调：调侃。㉑宦：做官。

【译文】

王湛守丧期满后，除掉丧服，留在墓地。他的侄子王济每次来拜谒陵墓，从不探望叔叔，叔叔也不等候他。王济偶尔探望王湛，也不过寒暄几句而已。后来试着询问最近的情况，王湛对答非常有言辞，出乎王济的意料，让他感到十分的怅惋惊愕；继续和他交流，言辞更加精深高妙。王济之前丝毫没有子侄的敬意，听到王湛的言谈，不禁肃然起敬，从内心到外在举止都变得严肃起来。于是留下来和王湛交谈，从早到晚，夜以继日。王济虽然才能卓著，但自认比不上王湛，于是叹了口气说："家里有这样的名士，三十年了都没被发现！"王济离开时，叔叔送他到门外。王济的侍从有一匹很难骑的马，很少有人能够驾驭。王济随口问叔叔说："喜欢骑马吗？"王湛说："喜欢。"王济于是让叔叔骑那匹难骑的马，叔叔骑马的姿势神情非常优雅高妙，挥动马鞭环绕自如，著名的骑手也无法超越他。王济更加感叹叔叔难以预测，不只是一件事、一个方面而已。回去之后，王浑问王济："为什么说去那看看却停留了几天呢？"王济说："我今天才得到了一位叔叔。"王浑问他原因，王济于是感慨地把之前的事情说了一遍。王浑说："比起我怎么样？"王济说："至少在我之上。"晋武帝每次见到王济，都拿王湛来调侃他，说："你家的傻叔叔死了没有？"王济常常无以应答。自从了解叔叔之后，武帝又像以前一样问他，王济回答说："我的叔叔不傻。"并称赞他其实很优秀。武帝问道："那可以和谁相比呢？"王济说："他在山涛之下，魏舒以上。"于是，王湛的名声从此彰显，二十八岁时才出来做官。

【解读】

识人不易，即使是最亲近的人，可能都无法在短时间了解和赏识你。其实任何人才都要经历一段这样的"潜伏期"，在此期间，才学被尘世掩盖，如果坚持不过去，很可能会就此埋没。王湛的做法并不值得提倡，因为他太过保守，既然有才华和学识，就应该找到合适的途径宣传和包装自己，这是对自己负责，也只有自己对自己负责，别人才有可能对你负责。

【原文】

裴仆射，时人谓为“言谈之林薮[①]”。

【注释】

①林薮（sǒu）：山林和水流聚集的地方。形容事物汇集、聚集的地方。

【译文】

裴頠，当时的人称他是“言谈汇集的地方”。

【解读】

一个崇尚清谈和言论的时代，孕育出裴頠这种善言能言、通晓各种言论的人并不奇怪。我们改变了世界，世界也在改变我们，一个人和他的世界是息息相关的，相互影响。只是，很多人通常被时代所影响，却无力影响或者改变世界而已，相比于做一个时代的宠儿或者受益者，我们应该努力成为一个缔造者。

【原文】

张华见褚陶，语陆平原曰：“君兄弟龙跃云津[①]，顾彦先[②]凤鸣朝阳。谓东南之宝已尽，不意复见诸生。”陆曰：“公未睹不鸣不跃者耳！”

【注释】

①云津：指天河。②顾彦先：指顾荣，历任尚书郎、军司马等职。

【译文】

张华见到褚陶，对陆机说：“你们兄弟二人像蛟龙在云中腾跃，顾荣像凤凰迎着朝阳鸣叫，我以为东南方向的人才已经用尽了，没想到却见到了你们。”陆机说：“你只是没有看到不鸣叫、不腾跃的人才罢了。”

【解读】

不鸣叫也不腾跃的人才，这种人虽然富有才学，但很难被人发现。每个时代都有一部分这样的“隐形人才”，他们有的在默默地为时代贡献力量，有的则可能还被埋没在尘世之中。陆机的回答，一方面有谦让的成分在里面，一方面却也在为那些富有才华但不为人知的人鸣不平。一个时代能够兴盛，不仅在于能够利用才华彰显的人才，更在于能够发掘利用隐性的人才。

【原文】

有问秀才[①]：“吴旧姓如何？”答曰：“吴府君[②]圣王之老成[③]，明时之俊乂[④]。朱永长[⑤]理物[⑥]之至德[⑦]，清选[⑧]之高望。严仲弼[⑨]九皋[⑩]之鸣鹤，空谷之白驹[⑪]。顾彦先八音之琴瑟，五色之龙章[⑫]。张威伯[⑬]岁寒之茂松，幽夜[⑭]之逸光[⑮]。陆士衡、士龙鸿鹄之裴回[⑯]，悬鼓之待槌。凡此诸君，以洪笔[⑰]为锄耒[⑱]，以纸札为良田，以玄默[⑲]为稼穑[⑳]，以义理为丰年，以谈论为英华[㉑]，以忠恕为珍宝，著文章为锦绣，蕴五经为缯帛[㉒]，坐谦虚为席荐[㉓]，张义让为帷幕，行仁义为室宇，修道德为广宅。”

【注释】

①秀才：指蔡洪。②吴府君：指吴展，字士季，官至吴郡太守。③老成：德高望重。④俊乂（yì）：指优秀出众的人。⑤朱永长：即朱诞，三国时期吴国人。⑥理物：治理国民。⑦至德：道德高尚。⑧清选：清要职务。⑨严仲弼：即严隐，性情清正纯洁。⑩九皋：曲折深远的沼泽。⑪白驹：白马。⑫龙章：指龙形图纹。⑬张威伯：即张畅，吴郡人。⑭幽夜：深夜，黑夜。⑮逸光：逃逸、释放的光芒。⑯裴回：通“徘徊”。⑰洪笔：巨笔。⑱锄耒（chú lěi）：泛指农具。⑲玄

默：清静无为。⑳ 稼穑：泛指农业劳动。㉑ 英华：原指美好的事物，借指精华，精英。㉒ 缯帛：丝绸的统称。㉓ 席荐：草席，草垫。

【译文】

有人问蔡洪："吴地原来几个有名望的大姓现在怎么样了？"蔡洪回答说："吴展，是明君身边德高望重的辅臣，圣明时代的俊才；朱诞，从政治民道德高尚，是清要职务的权威人选；严隐，像深远沼泽中鸣叫的仙鹤，空谷中的白马；顾荣，是八种乐器里的琴瑟，在五色里是最耀眼的龙章；张畅，是严冬里茂密的松树，黑夜里放出的光明；陆机和陆云，是天空中徘徊的鸿鹄，等待被敲响的悬鼓。所有这些人，将巨笔当作农具，将纸张当作良田，将清静无为当作农事，将经义明理当作丰收，将清谈论道视为精华，将忠诚宽恕视为珍宝，将写文章视作织锦绣，研读五经视作积累丝绸，将谦虚谨慎视作坐垫，将张扬道义视作帷幕，将施行仁义视为房屋，将修养道德作为宽敞的住宅。"

【解读】

经营品德和才学，比经营地位和权势更加重要。对地位和权势的求取会让一个时代充满竞争和火药味，而追求品德和才学却会让一个时代显现出一派欣欣向荣的繁华景象。倘若各地的人才都如吴地的几个名门望族一般，那么时代离文明和教化的复兴也就不远了。"江山代有才人出，各领风骚数百年"，不必慨叹"兰亭已矣，梓泽丘墟"，盛宴终会散去，但人才却不会枯竭。

【原文】

人问王夷甫："山巨源义理何如？是谁辈[①]？"王曰："此人初不肯以谈自居，然不读《老》、《庄》，时闻其咏，往往与其旨合。"

【注释】

①谁辈：什么人，哪类人。

【译文】

有人问王衍："山涛的经义名理怎么样？是什么样的人？"王衍回答说："这个人一点都不以善清谈自居，然而他虽然不读《老子》和《庄子》，人们却常常听到他的讽咏，而且往往与老子和庄子的意旨相合。"

【解读】

很多生活的哲理其实都很简单，只要你懂得感悟和倾听，便能有所觉悟，并不一定需要太深的阅历和涉猎。就这一点而言，我们和圣人并没有什么本质的区别，生活在同一个世界里，目睹相同的人和事物。只要肯思考，能够在喧嚣的尘世中静下来，每个人都能成为一个有所领悟的人。

【原文】

洛中雅雅[①]有三嘏：刘粹字纯嘏，宏字终嘏，漠字冲嘏，是亲兄弟，王安丰甥，并是王安丰女婿。宏，真长祖也。洛中铮铮[②]冯惠卿，名荪，是播[③]子。荪与邢乔俱司徒李胤外孙，及胤子顺并知名。时称"冯才清，李才明，纯粹邢[④]"。

【注释】

①雅雅：温文尔雅。②铮铮：形容名声响亮。③播：指冯播，字友声。④粹邢：形容道德高尚。

【译文】

洛阳温文尔雅的人之中，有三个带"嘏"的人，刘粹字纯嘏，刘宏字终嘏，刘漠字冲嘏，这三人是亲兄弟，都是王戎的外甥，同时也都是王戎的女婿。刘宏是刘惔的祖父。洛阳名声响亮的冯惠卿，名荪，是冯播的儿子。冯荪和邢乔都是司徒李胤的外孙，和李胤的儿子李顺都非常知名。

当时有“冯荪才学清明，李顺通达明理，邢乔道德高尚”的说法。

【解读】

“一门父子三词客，千古文章四大家”，人才在门族里集中出现并不罕见，一个家族的风气和传统如果足够优秀，有多个有为之士是正常的。所谓“与善人居，如入芝兰之室，久而不闻其香；与恶人居，如入鲍鱼之肆，久而不闻其臭”，一个好的成长环境能够在很大程度上影响一个人的未来。就这一点而言，我们除了通过个人努力谋取进步和成长外，也要学会用一种长远的眼光观察自己，保证自己时刻能从周围的环境中汲取营养，而不是相反。

【原文】

卫伯玉为尚书令，见乐广与中朝名士谈议，奇之曰：“自昔诸人没[①]已来，常恐微言将绝。今乃复闻斯言于君矣！”命子弟造之，曰：“此人，人之水镜[②]也，见之若披[③]云雾睹青天。”

【注释】

①没：通“殁”，亡故。②水镜：指明镜。③披：拨开。

【译文】

卫瓘任尚书令，见到乐广和洛阳的名士畅谈议论，很惊讶，说：“自从何晏、邓飏等人去世之后，我常常担心精妙的言谈已经消失了，今天竟然在你们面前重新听到了精妙的言论！”于是命令身边的弟子拜访，说：“这个人，是人群中的水镜，见到他就像拨开云雾看到晴朗的天空一样。”

【解读】

对于自身而言，我们通常很难成为一个认知者，而是要通过与他人的交往和比对来看清楚自己的模样，了解自己的优点和不足。人人都可以成为他人的一面镜子，只是镜子的清晰和明亮程度不同而已。像乐广这种人，则不仅能够让人看清自己是什么，还能给人带来一种参透和顿悟，“一语点醒梦中人”，说的就是乐观这种人。

【原文】

王太尉曰：“见裴令公精明朗然，笼盖[①]人上，非凡识[②]也。若死而可作[③]，当与之同归[④]。”或云王戎语。

【注释】

①笼盖：高出……之上。②凡识：平庸的见识，寓指平庸的人。③作：指死而复生。④同归：与……为伍。

【译文】

王衍说：“我看裴楷精明而能够洞察事物，超出众人，不是凡人，如果死后可以复生，我愿意和他成为朋友。”也有人认为这是王戎说的。

【解读】

与卓越之人为伍的意念如此强烈，足见一个人敬贤爱能之甚。孔子曾说：“见贤思齐焉，见不贤而内自省也。”说的是人在见到贤人时要向他学习，希望能和他们一样优秀；见到不贤的人要从内心反省自己有没有跟他相似的毛病，有则改之，无则加勉。然而倘若长时间和不贤之人待在一起，可能难免会遭遇“入鲍鱼之肆，久而不闻其臭”的结果。因此，我们还是要尽量和贤人待在一起，如果追求卓越能够走捷径，那我们就不要大费周折。

【原文】

王夷甫自叹：“我与乐令谈，未尝不觉我言为烦[①]。”

【注释】

①烦：啰嗦，多余。

【译文】

王衍自己感叹说："我和乐广交谈，总是觉得自己言语啰嗦。"

【解读】

"蓬生麻中，不扶而直；白沙在涅，与之俱黑"，环境可以影响我们，而这里的环境不止指我们的生活环境，也指我们身边的人。和一个品行正直的人待在一起，你或多或少会变得更正派一些。他们就像是一面镜子，不仅可以让你看得到美好的东西，也可以让你时刻检视自己的不足和缺陷。因此，有时候，想让你变得更优秀其实很简单，想办法和优秀的人待在一起吧。当然，你本身也要有一定的自检能力以及改变自我的决心。

【原文】

郭子玄[①]有俊才，能言《老》、《庄》，庾敳尝称之，每曰："郭子玄何必减庾子嵩！"

【注释】

①郭子玄：指郭象，西晋玄学家，河南洛阳人。

【译文】

郭象才智卓越，善于谈论《老子》、《庄子》哲学，庾敳曾经夸赞他，总是说："郭象哪里比不上我庾敳啊！"

【解读】

能够愉快地承认别人比自己优秀，就这一点而言，庾敳本身就是一个足够优秀的人。做一个正视他人的优点的人，虚心而不自卑，不要总是怀着一种忌妒心理生活，别人的优点都是客观真实的，不会因为你有任何的增减。如果执意做一个埋怨者和诋毁者，最终活在阴影里的人，终究还是自己。

【原文】

王平子目太尉："阿兄形[①]似道[②]，而神锋[③]太俊[④]。"太尉答曰："诚不如卿落落穆穆[⑤]。"

【注释】

①形：神行，外貌。②道：僧人。③神锋：神采锋芒。④俊：俊秀。⑤落落穆穆：平和疏淡。

【译文】

王澄评价王衍说："你的神形像一个僧人，但神采太过俊秀明显。"王衍回答说："实在不如像你一样，平和疏淡。"

【解读】

每个人其实都会经历一段追求名声的阶段，但随着时间的推移和阅历的增加，我们会变得越来越内敛和含蓄。这并非表示我们变得不求进取或者安于现状，而是我们开始将更多的注意力放在内心修养的提升上。尖利的山风收住了劲，湍急的河水汇成了湖，它们看似平静，却拥有摧毁事物的能力。

【原文】

太傅[①]府有三才：刘庆孙长才，潘阳仲大才，裴景声清才。

【注释】

①太傅：指东海王司马越，字元超，官至司空、太傅。

【译文】

司马越府上有三个人才：刘舆是才华出众的人才，潘滔是博学的人才，裴邈是清廉方正的人才。

【解读】

“单丝不成线，独木不成林”，一个府第需要各种各样的人才才能够强盛，推演到一个人而言，则提醒我们要博采众长，汲取各方面的营养，吸取各家的长处和优点。《说苑·君道》中曾说：“凡处尊位者，必以敬下顺德规谏，必开不讳之门，蹲节安静以藉之，谏者勿振以威，毋格其言，博采其辞，乃择可观。”这和林则徐的“海纳百川，有容乃大”其实有异曲同工之意，一个人要想强盛，就该敞开胸怀，集众家所长为己所用。

【原文】

林下诸贤[①]，各有俊才子：藉子浑，器量弘旷[②]；康子绍，清远雅正；涛子简，疏通高素[③]；咸子瞻，虚夷[④]有远志，瞻弟孚，爽朗多所遗[⑤]；秀子纯、悌，并令淑[⑥]有清流；戎子万子，有大成之风，苗而不秀[⑦]；唯伶子无闻。凡此诸子，唯瞻为冠，绍、简亦见重当世。

【注释】

①林下诸贤：即竹林七贤，指嵇康、阮籍、山涛、向秀、刘伶、王戎和阮咸。②弘旷：宏远旷达。③高素：高雅朴素。④虚夷：清心寡欲。⑤所遗：不拘小节。⑥令淑：美好善良。⑦苗而不秀：语出《论语》，形容人未成年即去世。

【译文】

竹林七贤，各有一个才华卓越的儿子：阮籍的儿子阮浑，气量宏远旷达；嵇康的儿子嵇绍，清明高远，优雅正直；山涛的儿子山简，疏朗通达，高雅淳朴；阮咸的儿子阮瞻，清心寡欲，志向远大；阮瞻的弟弟阮孚，性情直爽，不拘小节；向秀的儿子向纯和向悌，全都善良美好，清高有名望；王戎的儿子王绥，有成大器的迹象，可惜英年早逝；唯独刘伶的儿子，没有什么名声。所有这些人，唯独阮瞻可以作为冠首，最为突出，嵇绍和山简也被当时的人看重。

【解读】

“时无英雄，使竖子成名”，然而这个世界绝大多数时候都是有“英雄”，有人才的。竹林七贤的后代们，就是那个时代的“英雄”，他们像是点亮这个世界的火种一样，照亮世界的角落。

【原文】

庾子躬[①]有废疾[②]，甚知名，家在城西，号曰：“城西公府。”

【注释】

①庾子躬：即庾琮，颍川人，官至太尉掾。②废疾：残疾。

【译文】

庾琮身体有残疾，名声很高，家住在城西，被称作“城西公府”。

【解读】

庾琮因为服用寒食散变成残疾，但这并没有危及他的名望，这表明魏晋时期的门阀斗争虽然非常激烈，地位的优劣评判也非常苛刻，但还没有失去一些基本的准则和坚守。不得不说，魏晋时期的风气在一定程度上说是病态的，当时不乏因服用“仙药”实际上也是毒药的寒食散而丧命的人，他们为了追求精神风貌和气色，已经丧失了基本的理性和判断力。这也注定了魏晋风气不可能持续太久。

【原文】

王夷甫语乐令："名士无多人，故当容[①]平子知[②]。"

【注释】

①容：让。②知：品评鉴赏人才。

【译文】

王衍对乐广说："名士没有几个人，因此应该让王澄品评人物。"

【解读】

究竟是千里马重要还是伯乐重要？这似乎一直是个值得思索的问题，如果没有千里马，也就无所谓"伯乐"；而空有千里马，缺少伯乐，结局大同小异。比较现实的一点是，一个时代通常是不缺千里马的，因此伯乐终究是一个相对重要的角色。千里马能够决定一个时代走多快，但伯乐却是决定一个时代走多远的人。

【原文】

王太尉云："郭子玄语议如悬河[①]泄写水，注而不竭[②]。"

【注释】

①悬河：指瀑布。②竭：尽，枯。

【译文】

王衍说："郭象的言谈就像瀑布倾斜水流一样，宣泄不停。"

【解读】

任何事情和道理，都可以找到一个言简意赅的阐释方式，或者至少相对言简意赅的方式。滔滔不绝并不是一个口才上好者的专利，实际上一个普通人也可以滔滔不绝地谈论某件事情，只是他的谈论可能显得烦冗而无趣罢了。口若悬河不是错，但言简意赅才是我们真正要追求的。从复杂到简单，返璞归真，这是人生的必修课之一。

【原文】

司马太傅府多名士，一时俊异。庾文康云："见子嵩在其中，常自[①]神王[②]。"

【注释】

①常自：常常，经常。②神王：精神旺盛、振奋，王通"旺"。

【译文】

司马越府上有很多名士，都是当时的优秀人才。庾亮说："看到庾敳在其中，精神常常很旺盛而自在。"

【解读】

一个人是否有精气，从他的外貌而神态就可以看出来。忧郁和懈怠可以传染周围的人，阳光和活跃则可以感染周围的人，相比于那些暮气沉沉的人，人们无疑更喜欢和神清气爽的人待在一起，庾敳定是一个受欢迎的人。能够在纷扰的人际交往中活得自在而精神饱满，这种人，恐怕就是庄子眼中的逍遥之人吧。

【原文】

太傅东海王镇许昌，以王安期[①]为记事参军，雅[②]相知重[③]。敕[④]世子毗[⑤]曰："夫学之所益[⑥]者浅，体之所安[⑦]者深。闲习[⑧]礼度，不如式瞻[⑨]仪形；讽味[⑩]遗言，不如亲承[⑪]音旨。

王参军人伦之表⑫，汝其师之。”或曰：“王、赵、邓三参军，人伦之表，汝其师之。”谓安期、邓伯道⑬、赵穆也。袁宏作《名士传》，直云王参军。或云赵家先犹有此本。

【注释】

①王安期：即王承，曾任东海王记事参军，封蓝田侯。②雅：非常，极其。③知重：赏识重视。④教：告诫。⑤毗：指司马毗，司马越的儿子。⑥益：受益，获益。⑦安：得到，获得。⑧闲习：熟悉，谙熟。⑨式瞻：瞻仰观察。⑩讽味：诵读玩味。⑪承：听闻，聆听。⑫表：表率，榜样。⑬邓伯道：即邓攸，官职尚书仆射。

【译文】

太傅东海王司马越镇守许昌，任王承为记事参军，非常欣赏看重他。司马越告诫儿子司马毗说：“从书本上学到的东西是十分肤浅的，亲身实践才能得到真正的成果。熟悉礼节和形式，不如亲眼瞻仰和观察别人的礼节举止；诵读玩味先人的遗言，不如亲自聆听贤士的教诲。王承是人们的表率，你要向他学习！”另一种说法是：“王、赵、邓是人们的表率，你一定要向他们学习。”说的是王承、赵穆、邓攸三人。袁宏写《名士传》，只提到王承。有人说赵家原先还有这个抄本。

【解读】

“纸上得来终觉浅，绝知此事要躬行”，司马越的话是非常有道理的，从书本或者别人口中获悉的知识和经验，毕竟不是最原始最真实的，任何事物在传播和转移的过程中，都难免会有磨损和消耗，而且传播者在中间环节都会多多少少地做出主观性地取舍，这无疑将直接影响你对事物的本来面目或者真相的认知。况且，即使你得到了最真实、最可靠的道理和知识，却只停留在纸上谈兵、走马观花的层面，没有获得任何实际的能力，只有亲身实践合作了，你才会从根本上了解和领悟一些东西。亲身实践时带给你的感触和领悟，是任何书本上的文字所无法取代和描绘的。

【原文】

庾太尉少为王眉子所知，庾过江，叹王曰：“庇①其宇②下，使人忘寒暑。”

【注释】

①庇：庇护，躲避。②宇：屋檐。

【译文】

庾亮年少的时候被王玄赏识，庾亮过江后，赞叹王玄说：“在他的庇护下，让人忘了寒暑。”

【解读】

让人忘掉寒暑的不光是物质生活上的优越和保障，精神上的满足和享受同样可以让人忘掉外在的不适抑或煎熬。这种内心的舒适不受外界事物的干扰，因此来得更自然，也坚持的更长久，这就是精神生活的富足。

【原文】

谢幼舆①曰：“友人王眉子清通简畅，嵇延祖弘雅劭长②，董仲道卓荦③有致度④。”

【注释】

①谢幼舆：指谢鲲。②弘雅劭长：大度儒雅，美好高尚。③卓荦（luò）：卓越出众。④致度：情趣，风趣。

【译文】

谢鲲说：“友人王玄清明通达，简约舒畅；嵇绍大度儒雅，美好高尚；董养卓越出众，有风采。”

【解读】

能够说出自己有几个朋友，同时又能言简意赅地说出他们的性格和长处，我们暂不论谢鲲善于品评，欣赏别人的优点，但他至少是个懂得结交朋友的人。朋友从来不是生活的点缀，他们能够影响你为人处事的方方面面，关注你身边的朋友，其实也就是关注你将成为一个什么样的人。

【原文】

王公目太尉："岩岩[1]清峙[2]，壁立千仞[3]。"

【注释】

①岩岩：形容巍峨高耸的样子。②峙：挺拔的山峰。③仞：古代长度单位。古时八尺或者七尺为一仞。

【译文】

王导评价王衍说："高耸秀拔，像屹立的千仞石壁。"

【解读】

高挺秀拔，这除了包含对别人品质的赞扬，也包含对人体外貌和体型的评价。在魏晋时期，一个外貌出众的人通常是很受欢迎和推崇的，一些富有才华的人有时只因其貌不扬就沉寂一生。这无疑是一件令人失望的事情，但它确实是当时的一个现实。庆幸的是，相比于魏晋时期，我们活在一个更开明的时代，相貌是次要的，只要你富有才华，你就可以施展你的抱负。

【原文】

庾太尉在洛下，问讯中郎，中郎留之云："诸人当[1]来。"寻温元甫[2]、刘王乔[3]、裴叔则俱至，酬酢[4]终日。庾公犹忆刘、裴之才俊，元甫之清中[5]。

【注释】

①当：将要。②温元甫：即温几，历任司徒右长史，湘州刺史等职。③刘王乔：即刘畴，官至司徒左长史。④酬酢：互相敬酒。⑤清中：清明中正。

【译文】

庾亮在洛阳，问候庾敳，庾敳挽留他说："几个人马上就赶过来。"不一会儿，温几、刘畴，以及裴楷全都过来了，大家饮酒畅谈了一整天。后来，庾亮一直记得刘畴、裴楷的才华，以及温几的清明中正。

【解读】

温几、刘畴以及裴楷都是当时的清谈名士，善谈玄理，庾亮留下来后，算是得到了一个不小的惊喜。只见一面，而念念不忘，一个人的好是可以长记于他人心中的。就这一点而言，我们应该更有自信，也应更努力地提高自己——你的优点和好处都在别人心里留有印记，甚至在潜移默化地影响着他们，虽然他们并不见得说出来。

【原文】

蔡司徒在洛，见陆机兄弟在参佐[1]廨[2]中，三间瓦屋，士龙住东头，士衡住西头。士龙为人文弱[3]可爱，士衡长七尺余，声作钟声，言多忼慨[4]。

【注释】

①参佐：部下，僚属。②廨（xiè）：官舍。③文弱：文静柔弱。④忼慨：慷慨激昂。

【译文】

司徒蔡谟在洛阳，见到陆机兄弟住在僚属的官舍里，三间瓦房，陆云住在东头，陆机住在西头。陆云为人文静柔弱，惹人喜爱；陆机身高七尺有余，谈论时常常慷慨激昂。

【解读】

一个文静，一个慷慨激昂，两人性情迥异，但都是当时不可多得的人才。人才各有不同，但他们并没有让世界显得杂乱不堪，相反，他们让世界变得异彩纷呈。

【原文】

王长史是庾子躬之外孙，丞相目子躬云："入理[①]泓然[②]，我已上人。"

【注释】

①入理：钻研、领悟玄理。②泓然：深入透彻。

【译文】

王濛是庾琮的外孙，王导评价庾琮说："探究玄理深入透彻，是在我之上的人。"

【解读】

能够坦然地承认一些人比自己优秀，就是一个值得尊重的人。这种人清楚自己所处的位置和高度，因此他们从来不会迷失；他们并不见得有很高的起点，但他们每一天都在进步。

【原文】

庾太尉目庾中郎："家从[①]谈谈[②]之许[③]。"

【注释】

①家从：本家的叔父。②谈谈：严肃深邃、深沉。③许：境界，境地。

【译文】

庾亮评价庾敳说："我家叔父的思想达到了深邃的境界。"

【解读】

思想深邃的人通常是沉默寡言的，因为他们洞悉生活中的很多道理，甘愿成为一个听者。如果觉得你说的有道理，他们很高兴继续沉默下去；而如果你说错了，他们才会开口，以正视听。

【原文】

庾公目中郎："神气融散[①]，差如[②]得上[③]。"

【注释】

①融散：豁达恬淡。②差如：很是，颇为。③得上：超脱向上。

【译文】

庾亮评价庾敳说："神态气质豁达恬淡，颇为超拔向上。"

【解读】

一个人倘若能够做到超脱，则能够不受琐事的羁绊和困扰，缘来不拒，缘走不留，悠然自在，洒脱快意。

【原文】

刘琨称祖车骑[①]为朗诣[②]，曰："少为王敦所叹。"

【注释】

①祖车骑：即祖逖，字士稚，东晋名将。官至镇西将军，豫州刺史。②朗诣：开朗豪放。

【译文】

刘琨称赞祖逖开朗豪放，说："他年轻的时候就得到了王敦的赞赏。"

【解读】

称赞别人，却要拿出他人的评价作为佐证。从这一点来看，刘琨是个自信心不够强烈的人，甚至言行举止间还透露着一些沽名钓誉的意味。无论在什么时候，你都应该相信自己，不要活在别人设定的世界里——要用自己的选择影响他们，而不是让他们左右你。

【原文】

时人目庾中郎："善于托大①，长于自藏②。"

【注释】

①托大：形容不被世事牵绕，超脱自在。②自藏：自我保护。

【译文】

当时的人评价庾敳："善于超脱世事，长于自我保护。"

【解读】

超脱世事的干扰，就会获得心灵上的安静。一个宁静的人很少招惹是非，所谓明哲保身，意思大抵如此。生活中总有很多乱事，我们如果能够从中解脱出来，人生就会自在一些。

【原文】

王平子迈世①有俊才，少所②推服③。每闻卫玠言，辄叹息绝倒④。

【注释】

①迈世：超脱世俗。②所：表被动。③推服：推崇佩服。④绝倒：因佩服而跌倒，形容十分钦佩对方。

【译文】

王澄超脱世俗，才智卓越，很少有被他推崇佩服的人。每次听说卫玠的言论，都赞叹不已，为之倾倒。

【解读】

我们佩服什么样的人？这样的问题仁者见仁，但有一点是肯定的，对方应该是一个比自我更优秀的人，至少在某些方面比我们优秀。一个优秀却几乎没有崇拜者的人只有两种可能：太过优秀；目中无人。从文中看来，王澄应该属于后者，由此可以推断，卫玠应该也是一个绝世奇才了。惺惺相惜，为之绝倒，知己就是这么一回事儿。

【原文】

王大将军与元皇①表云："舒风概②简正③，允④作雅人⑤，自多于邃⑥，最是臣少所知拔⑦。中间夷甫、澄见语：'卿知处明、茂弘。茂弘已有令名⑧，真副⑨卿清论；处明亲疏无知之者。吾常以卿言为意，殊未有得，恐已悔之？'臣慨然曰：'君以此试。'顷来始乃有称者。言常人正自⑩患知之使过，不知使负实。"

【注释】

①元皇：指晋元帝司马睿。②风概：风度气概。③简正：简朴端正。④允：的确，确实。⑤雅人：品行高尚的人。⑥邃：指王邃，字处重，琅邪人，王舒的弟弟。⑦知拔：赏识提拔。⑧令名：美名，盛名。⑨副：符合，切合。⑩正自：只是，仅仅。

【译文】

王敦上表给晋元帝司马睿说："王舒风度气概简朴正直，的确是个品行高雅的人，本来就胜过王邃，是我最赏识也最想提拔的一个人。其中王衍和王澄曾对我说：'你欣赏王舒和王导，王导已经享有盛名，的确符合你对他的评价；但王舒不管是亲近他的人，还是疏远他的人，没有一个欣赏他的。我曾经很重视你的话，现在却一无所获，恐怕已经开始后悔你对王舒的评价了。'我感慨地说：'你可以用我对王舒的评价应验一下。'最近才开始有人称赞王舒。我觉得人们通常担心对一个人的推崇和赏识超过了他的实际能力，却不考虑不赏识提拔他们，就辜负了他们的才华和能力。"

【解读】

王衍和王澄自称很重视、信任王敦，但实际上他们还做不到。信任一个人，不是说在你从对方那里谋得利益和长进时的亦步亦趋，而恰恰是遭受白眼和非议时的共同坚守和承担。王衍和王澄一遇到逆境和挫折就想放弃对他人的信任，这只能说明他们没有毅力，没有成大事的气候。

【原文】

周侯于荆州败绩①还，未得用。王丞相与人书曰："雅流②宏器③，何可得遗？"

【注释】

①败绩：战败。②雅流：高雅的人。③宏器：比喻才华突出的人。

【译文】

周顗在荆州之战中落败而还，没有得到任用。王导给人写信说："周顗是高雅的人士，才华凸显，怎么能够放着不用呢？"

【解读】

不以成败论英雄。即使是英雄，也难免有"马失前蹄"的时候，但他们的才华和能力是客观而真实的。如果仅仅因为一次失利就废弃他们，实在有些太过了。王导能够清醒客观地认识到这一点，难能可贵。

【原文】

时人欲题目①高坐②而未能，桓廷尉③以问周侯，周侯曰："可谓卓朗④。"桓公曰："精神渊著⑤。"

【注释】

①题目：品评。②高坐：指高坐僧人，西晋僧人。③桓廷尉：即桓彝，字茂伦，官至散骑常侍。④卓朗：卓越明朗。⑤渊著：深邃显著。

【译文】

当时的人想要品评高坐僧人但没有成功，桓彝以此询问周顗，周顗说："他可以说卓越郎明。"桓温说："高坐精神深邃显著。"

【解读】

有些事情，不是每个人都能胜任的，这恰好可以作为分别人才和庸才的标准。周顗和桓温能够对高坐僧人做出评价，并且二人的品评出入不大，可见二者均为当时的人才。

【原文】

王大将军称其儿云："其神候①似欲②可。"

【注释】

①神侯：精神面貌。②似欲：好像，看起来。

【译文】

王敦称赞他的嗣子王应说："他的精神面貌看起来还不错。"

【解读】

王应本来是王含的儿子，因王敦无子，被王敦收养为嗣。看着王应精神面貌不错，想必王敦因收养他人的儿子而悬着的心，可以恢复平静了。

精神面貌直接关系到一个人的信心和做一件事的热情，有时甚至可以说，一个人的精神面貌就是他的能力本身。一个人即使再有才华和能力，如果在精神上萎靡不振，毫无进取心和行动力，那么他也无法取得什么成就。

【原文】

卞令①目叔向②："朗朗③如百间屋。"

【注释】

①卞令：指卞壸，字望之，曾任尚书令。②向：指卞向，卞令的叔叔，生平不详。③朗朗：明朗豁亮。

【译文】

卞壶评价卞向说："明朗豁亮，像是一百间的屋子。"

【解读】

心胸如果通达，确实像是一间明亮的大屋子，不仅自己过得敞亮，连身边的人都感到通透和自由。不纠缠琐事，不计较是非，明朗豁达的人往往如此。其实，每个人的心原本都是一间阔达明亮的屋子，只是很多人过于纠缠是非和琐事，结果在这件心灵的屋子里填充了太多的杂物，使得屋子拥挤逼仄，别说他人，连自己待在里面都感觉喘不过气来。因此，我们可以说，予人空间就是予己空间，同样的，予己空间也是予人空间。

一个心胸阔达的人，不仅自己过得轻松舒畅，连身边的朋友亲人也会和他同享这份优渥和舒适。不要抱怨身边没有朋友，那是因为你的心灵不够宽敞，容不下他们而已。

【原文】

王敦为大将军，镇豫章，卫玠避乱，从洛投敦，相见欣然，谈话弥日。于时谢鲲为长史，敦谓鲲曰："不意永嘉之中，复闻正始之音①。阿平②若在，当复绝倒。"

【注释】

①正始之音：正始年间，王弼、何晏等人推崇老庄，崇尚清谈，开谈玄的风气。②阿平：指王澄。

【译文】

王敦做大将军时，镇守豫章，卫玠为了躲避战乱，从洛阳赶来投奔王敦。两人见面之后非常高兴，交谈了一整天。当时谢鲲是长史，王敦对谢鲲说："没想到在永嘉年间，又听到正始年间的清谈之音了。王澄如果还在的话，应当为你们绝倒。"

【解读】

卫玠是王澄的后辈，两人同为东晋名士，善于清谈。清谈之风在魏晋时期非常盛行，士族名流相遇，常常不谈国事，也不谈民生，而专谈老庄、周易，也即清谈。清谈的目的不是论政，不过是文人为了消遣而显示自己的清高而已，很多人对清谈之士的赞誉和肯定，也只是一种对自己品味和眼光的标榜而已。

【原文】

王平子与人书，称其儿“风气[①]日上，足散人怀[②]”。

【注释】

①风气：风度气质。②散人怀：使人开怀、高兴。

【译文】

王澄在写给别人的信中，称赞他的儿子“风度气质逐日长进，足以使人心情开阔”。

【解读】

王徽的进步令人高兴，但他毕竟是王澄的儿子。如果王澄看到一个和自己毫不相干的人取得进步，会不会也很高兴呢？为自己儿子的进步高兴只是人之常情，但如果一个人能够心忧天下，将时代的兴衰与自己的悲喜连接在一起，他才是一真正值得人敬重的人。

【原文】

胡毋彦国[①]吐佳言如屑，后进[②]领袖。

【注释】

①胡毋彦国：即胡毋辅之，性情放达，好饮酒，官至湘州刺史。②后进：后辈，晚辈。

【译文】

胡毋辅之妙语连珠，像木屑一样多，是晚辈中的领袖。

【解读】

魏晋名士们清谈，讲求自然和谐、流畅优美，清谈语言本身大多也经过着意地修饰。胡毋辅之能够口吐莲花，佳言不断，确实算得上是清谈之士中的佼佼者，而由于清谈在魏晋时期的特殊地位，胡毋辅之也自然被视为一名领袖。

抛开清谈不说，一个妙语连珠，思维敏捷的人，的确有成为一名领袖的潜质，这种人通常富有阅历和学识，善于表达自己的观点和态度，率性无拘，直言敢谏。

【原文】

王丞相云：“刁亮之察察[①]，戴若思[②]之岩岩，卞望之峰距[③]。”

【注释】

①察察：形容明辨是非，做事精明。②戴若思：指戴渊，东晋大臣，广陵人。③峰距：山岳高耸，形容为人严明有锋芒。

【译文】

王导说：“刁协明察是非，戴渊态度严峻，卞壸严正有锋芒。”

【解读】

对于身边人才的优点和性情了如指掌，王导的这种能力，无论对文化上的清谈还是政治上的人才选拔，都非常重要。一个时代需要人才，更需要识鉴和管理人才的人，王导无疑是一名后者，他是人才中的人才。

【原文】

大将军语右军：“汝是我佳子弟，当不减阮主簿[①]。”

【注释】

①阮主簿：指阮裕。

【译文】

王敦对王羲之说："你是王家的优秀子弟，应当不逊于阮裕。"

【解读】

阮裕以豪爽无私著称，曾被王敦器重知遇，因此王敦在评价王羲之时，才会拿阮裕来和他作比较。当时的人们认为，阮裕的骨气比不上王羲之，简秀不及刘惔，韶润不如王濛，思致不如殷浩，但能兼众人之美。

【原文】

世目周侯："嶷[①]如断山[②]"。

【注释】

①嶷（nì）：高峻。②断山：指断崖。

【译文】

世人评价周顗："高峻挺拔，向断崖一样。"

【解读】

周顗性格清高刚正，故被比作高俊的断崖，这种人严正而不可侵，富有正义感和原则，但又缺了几分温柔和通融之心，因此虽然正气凛然，却也难于靠近。

【原文】

王丞相召祖约夜语，至晓不眠。明旦[①]有客，公头鬓[②]未理，亦小倦。客曰："公昨如是，似失眠。"公曰："昨与士少语，遂使人忘疲。"

【注释】

①明旦：第二天清晨。②头鬓：头发。

【译文】

王导召来祖约夜谈，到了天亮还没有睡。第二天清晨，有客人拜访，王导来不及整理头发，面露倦色。客人说："你怎么这个样子，昨晚失眠了吗？"王导说："昨天晚上和祖约倾谈，竟然让人忘记了疲倦。"

【解读】

彻夜清谈而不知疲倦，反而觉得高兴和兴奋，魏晋人士对清谈就是这么的热衷和沉迷。后世对于魏晋时期的清谈是否误国一直存有争议，但作为一个局限于时代大背景中的人来说，王导能够以极大的热情和发自内心的欣喜投入到清谈之中去，也不失为一个富有追求、活出了生命意义的人。

【原文】

王大将军与丞相书，称杨朗曰："世彦识器理政[①]，才隐明断[②]。既为国器[③]，且是杨侯淮[④]之子。位望[⑤]殊为陵迟[⑥]，卿亦足与之处。"

【注释】

①识器理政：识鉴能力，义理情趣。②才隐明断：才学深邃，善于判断。③国器：治国栋梁。④杨侯淮：指杨准。⑤位望：地位和名望。⑥陵迟：衰微，低落。

【译文】

王敦给王导写信，称赞杨朗说："识鉴能力突出，才学深邃，明辨善断。既是治国人才，又是杨准的儿子，地位名声却很低，你值得和他交往。"

【解读】

能力和才学过人，地位和名声却很低，可以说每个时代都有这样被忽视乃至埋没的人才。在这种情况下，像王敦这种能够识鉴和发掘人才的人就显得尤为珍贵，他们是为一个时代提供新鲜血液的人。

【原文】

何次道往丞相许，丞相以麈尾[①]指坐，呼何共坐曰："来，来，此是君坐。"

【注释】

①麈尾：用麋鹿的尾毛做的拂尘，士族门阀的象征之一。

【译文】

何冲到王导的住处，王导用麈尾指着座位，叫他一起过来坐，说："来，来，这是你的座位。"

【解读】

魏晋时期，清谈之士喜欢手持麈尾，以彰显他们的容仪，透过王导的举止和说话的口气，他的那份自矜以及对他何冲的"溺爱"之情，可以说呼之欲出。

【原文】

丞相治扬州廨舍，按行[①]而言曰："我正为次道治此尔！"何少为王公所重，故屡发此叹。

【注释】

①按行：巡行。

【译文】

王导修治扬州的官舍，一边巡行一边说："我正在给何冲修理这里！"何充年少时就被王导看重，因此王导屡次发出这样的感叹。

【解读】

何充是王导妻子的姐姐的儿子，颇有文才，非常受王导器重。王导的言下之意其实就是说，自己找到了继承人。后继有人，这的确是一件令人欣喜的事情，但王导的眼光和追求未免有些短浅，他仅仅满足于后人接替他，却从没有想到过后人完全可以超越他。而早在初秋战国时期，孔子就曾经说过："后生可畏，焉知来者之不如今也？"由此来看，王导或许足够优秀，但离着圣人之治还有一段相当长的距离。

历史的推衍是开放而迅速的，简单地将自己所处的时代视为文明的最高峰无异于自欺欺人。眼光决定一个人的境界，我们宁愿做一只孤独的飞鸟，也不要做一只生活安逸的井底之蛙。

【原文】

王丞相拜[①]司徒而叹曰："刘王乔若过江，我不独拜公。"

【注释】

①拜：拜官，授官。

【译文】

王导在授官司徒之后，感慨地说："刘畴如果过江的话，我不会独自接受这个职位。"

【解读】

刘畴善谈玄理，颇有时名，官至司徒左长史。一个身处官场的人，应该非常清楚竞争对手对自己的影响，如果是一个普通人的话，看到对手无法和自己竞争应该是非常高兴的，但王导却体现除了惋惜慨叹之情。王导是能容的，他的气度决定了他的地位和价值。

对他人的肯定，其实也是对自己的一种肯定。通常，一个人只有足够自信，足够相信自己的能力，才会给别人足够的肯定与尊重，因为他们相信别人的能力不会影响到自己。而且，一个乐于肯定他人，懂得包容的人，很少顾虑他人对自己地位的影响，在他们眼中，两个人之间相处是互相学习和借鉴的过程，而不是互相诋毁和排挤。

【原文】

王蓝田为人晚成①，时人乃谓之痴。王丞相以其东海子，辟②为掾③。常集聚，王公每发言，众人竞赞之；述于末坐④曰："主非尧、舜，何得事事皆是？"丞相甚相叹赏。

【注释】

①晚成：成名较晚。②辟：征召。③掾：属官。④末座：靠后的席位。

【译文】

王述成名较晚，当时的人认为他痴呆。王导因为他是王承的儿子，于是招他做手下的属官。众人一次聚集在一起，王导每说一句话，众人竞相称赞；王述坐在后面说："主公不是尧、舜，怎么可能每件事都说得正确呢？"王导非常赞赏王述的话。

【解读】

人们常说"虎门无犬子"，这在一定程度上说不无道理，但将它作为准则来筛选人才却未免有失妥当。王导仅仅因为王述是王成的儿子就启用它，这其实是不可取的。一个人在做任何决定的时候，都不能让主观情感左右自己的思维，用客观事实来做出评判，拒绝想当然，我们才能少犯错误。

人非圣贤，孰能无过，一个人再博学，也难免会有说错话、办错事的时候。几乎可以断言，王导说的话肯定不是每句话都正确的，但却依旧得到了除王述以外所有人的肯定和赞誉。是其他人真的意识不到王道说错了什么吗？显然不是，对权势的惧怕和敬畏让他们成了没有主见的附庸者，当所有人都选择不说话的时候，坚守真相的竟然是生性"愚笨"的王述。王述一点都不愚笨，他聪明而富有胆识。

【原文】

世目杨朗："沈审经断①。"蔡司徒云："若使中朝不乱，杨氏作公②方未已。"谢公云："朗是大才。"

【注释】

①沈审经断：深沉明断。②作公：成为三公，位列三公。

【译文】

世人评价杨朗："深沉明断。"蔡谟说："如果中朝不发生动乱，杨家出任三公的人才将连续不断。"谢安说："杨朗是优秀的人才。"

【解读】

据《八王故事》中记载，杨淮育有六个儿子，分别为杨乔、杨髦、杨朗、杨琳、杨俊和杨仲，六个人在当时军均有美名，时人都认为他们有辅佐国政的能力。

【原文】

刘万安，即道真[①]从子，庾公所谓“灼然[②]玉举”。又云：“千人亦见[③]，百人亦见。”

【注释】

①道真：即刘宝，性嗜酒，善于歌啸，官至吏部郎。②灼然：魏晋科举之名。③见：显现，被注意。

【译文】

刘绥，是刘宝的侄子，就是庾琮所说的“灼然科目的优秀人才”。还有人说：“一百个人中引人注意，一千个人中也引人注意。”

【解读】

人才，是时代中的一抹亮色，他们是站在时代舞台中央的表演者，享受着他人的赞誉和掌声，同时也承受着他人的非议和排挤。可以说，优秀的人和平庸的人都是孤独的，后者是因为无人关注，前者则带着一丝“高处不胜寒”的意味。一个追求优秀的人，不仅要有勇气和毅力，也要有忍受寂寞和他人冷眼的能力。其实人生本来就是如此，很多事情别人是帮不了你的，大多数时候，你真正能够依靠的只有自己。因此不要再蜷缩在角落里，指望他人来帮助你解决问题，这无异于自欺欺人。生命是你的，只有你才能让它活出应有的光彩。

【原文】

庾公为护军[①]，属桓廷尉觅一佳吏，乃经年。桓后遇见徐宁而知之，遂致[②]于庾公，曰：“人所应有，其不必有；人所应无，己不必无，真海岱[③]清士[④]。”

【注释】

①护军：护军将军。②致：推荐，③海岱：东海和泰山之间的地带，古时指青州和徐州。④清士：高洁之士。

【译文】

庾亮作护军将军时，嘱托桓彝找一个优秀的属官，结果一年过去了也没有找到合适的人选。桓彝后来遇见了徐宁而且十分欣赏他，于是将他推荐给庾亮，并说：“人们应该拥有的，他不一定有；但人们不该拥有的，他一定没有，真是海岱一带的高洁之士啊。”

【解读】

选拔人才或挑选事物时，宁可少一些甚至没有，也不要不顾质量而贪多凑数。桓彝用自己的行动证明了什么叫作“宁缺毋滥”。宁缺毋滥的人是坚守原则的，他们不会因为外界的压力和干扰而降低心中的标准。这种人做任何事情都非常严谨，专注用心，在相同的时间里，他们处理事情的数量或许并不多，但却能够将每一件事情做好。宁愿自己遭受损失和处罚，也绝不滥竽充数，桓彝是一个值得统治者信赖的人。

【原文】

桓茂伦云：“褚季野皮里阳秋[①]。”谓其裁中[②]也。

【注释】

①皮里阳秋：指心中有结论和评价，但不说出来。②裁中：指在心里裁决、评断。

【译文】

桓彝说：“褚裒是皮里阳秋。”意思是说他在心里进行评价和判断。

【解读】

“皮里阳秋”指一个人在心里有言论但却不说出来，保留或者隐藏自己的观点。心知肚明的道理，不一定要挂在口上，每个人都有言论的自由权，说与不说全由自己决定。通常情况下，一个人在产生新的观点和想法之后，第一反应通常是诉诸表达；而如果他们选择“不说”，肯定有自己的考虑和理由。说也好，不说也罢，我们应时刻明白什么是正确的，什么是错误的。一个人可以选择沉默，这是的自由，但是否坚守原则和正义，决定了他们的沉默是一种纵容，还是一种随时都可能爆发的抗拒。

【原文】

何次道尝送东人①，瞻望②，见贾宁③在后轮中曰：“此人不死，终为诸侯上客④。”

【注释】

①东人：指从会稽、吴郡一带来的人。②瞻望：远眺。③贾宁：字建宁，长乐人，官至新安太守。

【译文】

何冲曾经送别东边来的客人，远远看见贾宁在后面的一辆车上，说：“这个人如果不死的话，终将成为诸侯身边尊贵的客人。”

【解读】

能够远远地通过他人的举止容貌判断对方能够显达，可见何冲是一个有识鉴能力的人。人要学会察己，如此方能无过，人也要学会察人，如此便不至盲从。

【原文】

杜弘治①墓崩②，哀容不称③。庾公顾谓诸客曰：“弘治至羸④，不可以致哀⑤。”又曰：“弘治哭不可哀。”

【注释】

①杜弘治：即杜乂，京兆人，年少知名，官至丹阳丞，英年早逝。②墓崩：指冢墓崩坏，倒塌。③称：指表情不够悲伤。④羸（léi）：瘦弱。⑤致哀：太过哀伤。

【译文】

杜乂的家墓倒塌了，杜乂不甚悲伤。庾亮环顾四周的宾客说：“杜乂非常瘦弱，不能太过悲伤。”又说：“杜乂可以哭，但不能太过哀痛。”

【解读】

杜乂性情纯和，相貌清秀，在江东一带享有盛名。祖坟倒塌后，杜乂因为身体较为虚弱抑或哀恸的神色本来就不明显，杜乂看起来似乎并不悲伤。但身为杜乂的朋友，庾亮却非常了解并能体会杜乂内心深处的悲痛之情，因此对身边的宾客解释说杜乂身体虚弱，不要再向他致哀，以免让他更悲痛。

庾亮着实是杜乂的知心朋友，他了解杜乂，同时发自内心地替杜乂着想。千金易得，知己难求，这份友谊和情分，真可谓千金不换。

【原文】

世称庾文康①为丰年玉②，稚恭为荒年谷③。庾家论云：“是文康称恭为荒年谷，庾长仁④为丰年玉。”

【注释】

①庾文康：即庾亮。②丰年玉：比喻太平时代的治国人才。③荒年谷：比喻乱世之中的得力

辅臣。④庾长仁：即庾统，官至寻阳太守。

【译文】

世人称赞庾亮是丰年玉，庾翼是荒年谷。庾家评论说："是庾亮称赞庾翼为荒年谷，庾统是丰年玉。"

【解读】

"丰年玉"寓指太平盛世里的人才，"荒年谷"则寓指流离乱世中的人才。荒年里的谷子非常难得，而且是直接可以救人性命的珍贵食物，对比来看的话，"荒年谷"比之"丰年玉"更显珍贵。

"丰年玉"式的人才，是一种锦上添花般的存在，有他们会让时代变得更美好，没有他们却不会给整个时代带来多大的损失；而"荒年谷"式的人才，却是一种雪中送炭般的存在，有他们会给时代带来转机，没有他们则是一个时代的一大损失。单从才学的高低来说，"丰年玉"式的人才可能和"荒年谷"式的人才并没有太大的区别，但因为两种人才所处的时代不同，造成了两类人拥有着不同的价值。这无疑是一种启示，即一个人仅仅拥有才学是不够的，必须还要找到最能体现和发挥其价值的平台。有时候，我们宁愿做小河里的一条大鱼，尽情地施展拳脚和抱负，也不做大海里的一条小鱼，碌碌无为，平淡一生。

【原文】

世目："杜弘治标鲜①，季野穆少②。"

【注释】

①标鲜：风采华美光鲜。②穆少：宁静少言，淡泊名利。

【译文】

世人评价："杜乂风采华美，褚裒宁静淡泊。"

【解读】

风采华美需要一定的学识甚至貌相作为基础，因此努力起来可能会存在一定硬性的问题和阻隔；但宁静淡泊却是一种人生修养上的豁达和淡然，无关你的学识，也无关你的相貌，只关乎你的心灵，关乎你对这个世界的态度和立场。我们不必勉强成为一个风采华美的人，但至少应该努力成为一个宁静淡泊的人，不喧嚣，不做作，不拘囿于名利，不身陷纷争。

【原文】

有人目杜弘治："标鲜清令①，盛德之风，可乐咏②也。"

【注释】

①清令：清秀美好。②乐咏：歌颂。

【译文】

有人评价杜乂："风采出众，清秀美好，有盛德，可以歌咏传诵。"

【解读】

名声到了一定程度，是可以写进旋律里传诵的，这是一种对人较高形式的尊崇和肯定，因此并不是每个人都可以做到和企及的，但我们不妨将其是为自己的人生目标。如果你想要成为一个优秀的人，就应该立志成为一个最棒的人，目标会为你带来足够的动力和与之相对应的耐性和毅力。

【原文】

庾公云："逸少国举①。"故庾倪②为碑文云："拔萃③国举。"

【注释】

①国举:整个国家所推崇的人。②庾倪:指庾倩,小字倪,庾冰之子,有才气,生平不详。③拔萃:出类拔萃,才华突出。

【译文】

庾亮说:"王羲之是国中被推崇的人物。"于是侄子庾倩给他写的碑文中说:"出类拔萃,举国推崇。"

【解读】

庾亮的评价,显然对庾倩撰写碑文产生了直接的影响。庾倩应该是十分敬重和推崇的庾亮的,这本身并没有什么,但需要警醒的是,我们不该进行任何形式的盲目崇拜和信仰。我们可以有自己的偶像,可以将他们的很多为人处事方式或者观点作为自己的标杆和准则,但我们必须拥有自己的判断力,拥有主见和自我意识。否则,终其一生你都是一个飘来飘去的人,像浮萍一样。

【原文】

庾稚恭与桓温书称:"刘道生①日夕②在事③,大小殊快④。义怀⑤通乐⑥,既佳,且足作友,正实良器,推此与君同济艰不⑦者也。"

【注释】

①刘道生:指刘恢,文武兼备,曾任车骑司马。②日夕:整天,从早到晚。③在事:在位上,工作。④殊快:很快,指处理事情流畅迅速。⑤义怀:胸怀道义。⑥通乐:通达乐观。⑦艰不(pǐ):艰难困苦。

【译文】

庾翼给桓温写信说:"刘恢整天忙于工作,大事小事处理迅速,胸怀仁义,通达乐观,完全可以和他结为朋友,确实是很难得的人才,推荐给您,因为他可以和你同甘苦,共患难。"

【解读】

整日忙于工作而不知疲惫,可见刘恢是个能够从工作中发现和寻找乐趣的人。兴趣是一个人最好的老师,没有了情绪上的强制感和胁迫感,一个人才更有可能将一件事做好。大事小事处理迅速,一方面表明了刘恢处事高效,另一方面也表明了刘恢凡事上心负责的人生态度,胸怀仁义,则能善意待人,知礼守礼;通达乐观,则易于相处,给人带来身心的愉悦。综合来看,刘恢着实是一个难得的朋友,这种朋友,实在不能拒绝。

【原文】

王蓝田拜扬州,主簿请讳①,教云:"亡祖、先君,名播海内,远近所知;内讳②不出于外。余无所讳。"

【注释】

①讳:家讳,中国历史上的一种现象和礼节。封建时代,人们通常需要避免直接说出或写出君主和尊长的名字。②内讳:指妇人之讳。

【译文】

王述作扬州刺史,主簿请教他的家讳,王述说:"我故去的祖父、父亲名扬海内,远近皆知;妇人之讳不出家门。其他的就没什么避讳了。"

【解读】

王述遵从家讳的基本原则,算得上孝敬长辈,但同时对"妇人之讳"没有什么强硬的要求。

由此来看，王述是个遵守原则同时又能灵活变通的人。人生最怕的就是墨守成规，就这一点而言，王述无疑值得很多人学习。

【原文】

萧中郎[①]，孙承公妇父[②]。刘尹在抚军[③]坐，时拟为太常。刘尹云："萧祖周不知便可作三公不？自此以还，无所不堪[④]。"

【注释】

①萧中郎：指萧轮，字祖周。②妇父：岳父。③抚军：抚军大将军司马昱。④堪：胜任。

【译文】

萧轮是孙统的岳父，刘惔在司马昱家里做客，商议着要让萧轮作太常卿。刘惔说："萧轮不知能不能直接作三公呢？从此以下的职位，没有他不能胜任的。"

【解读】

萧轮有才学，善于品谈《三礼》，从文中可知，刘惔非常器重欣赏萧轮，并敢于向抚君大将军司马昱举荐。我们暂且不论萧轮是否真的能够胜任三公以下的所有职位，但我们至少可以看出刘惔是个直言敢谏、看中人才的人。刘惔之所以被世人敬重，显然有这方面的因素在里面。

【原文】

谢太傅未冠，始出西[①]，诣王长史，清言良久。去后，苟子[①]问曰："向客何如尊？"长史曰："向客亹亹[③]，为来[④]逼人。"

【注释】

①出西：指前往京城。②苟子：指王脩，王濛之子。③亹（wěi）亹：形容说话滔滔不绝。④为来：指清谈的时候。

【译文】

谢安未成年时，刚到京城建康，拜访王濛，清谈了很久。谢安离开后，王脩问道："刚才的客人和父亲您比起来怎么样？"王濛说："刚才这位客人侃侃而谈，气势逼人。"

【解读】

从这则故事里，我们首先可以看出谢安的才学。自古英雄出少年，有志不在年高，谢安虽然没有成年，但却能够和清谈名士王濛侃侃而谈，才学着实不容小觑。其次，也可以看出王濛胸襟之豁达，为人之诚恳，面对儿子颇有些"童言无忌"意味的问题，王濛并没有为了维护自己的尊严和颜面而诋毁谢安的才学，而是将自己的想法如实地告诉了王脩，对谢安不吝赞美，令人尊敬。父母是孩子的第一任老师，有这样的父亲，王脩成长为一个为人正直、赏罚分明的人也就不足为奇了。

【原文】

王右军语刘尹："故当共推安石。"刘尹曰："若安石东山志立[①]，当与天下共推之。"

【注释】

①东山志立：指确定隐居东山的志向。

【译文】

王羲之对刘惔说："我们应该一起举荐谢安。"刘惔说："如果谢安决心隐居东山，那我们应该让全国的人举荐他。"

【解读】

谢安生于东晋，对汉末、西晋以来的名士风度有很大继承，加上先辈谢鲲就是玄学名士，这使得谢安成为承前启后的名士典范。他追求优雅从容的气度，简约玄澹，鄙薄功名利禄，率真通达，同时又富有文学素养，在音乐和书法方面也颇有造诣，算得上是魏晋风度的代表人物之一，备受时人尊崇，故“天下共推之”的说法并非夸张。

【原文】

谢公称蓝田：“掇皮[①]皆真。”

【注释】

①掇皮：去掉表皮，寓指去掉外在的东西。

【译文】

谢安称王述去掉外在的东西后，全是直率、爽直。

【解读】

魏晋时期，包括谢安在内的许多帝王将相对王述的评价几乎都一致，即认为王述很“真”。王导曾经感叹王述性痴——“痴”在魏晋时期并非指生理上的愚钝，而是说一个人率真人性，异于常人。晋文帝则认为王述有无才干或者荣辱之心都不重要，重要的是他的真率，单凭真率一点，他就胜过很多人。然而，率真既是王述的优点，同时也是他的软肋。一个人如果率性而没有节制，就会做出一些反常乃至过分的事情来，轻则遭人嘲笑，重则可能引来杀身之祸。

【原文】

桓温行经王敦墓边过，望之云：“可儿[①]！可儿！”

【注释】

①可儿：称心的人。

【译文】

桓温经过王敦的陵墓，看着它说：“称心的人！称心的人！”

【解读】

“可儿”是汉魏六朝时期的常用语，用以形容一个人出类拔萃，令人满意。王敦和桓温同为忤逆犯上的权臣，却因各种缘由而未能实行篡位之举。王敦谋反前因开朗朴实而获得“可儿”的好声名，死后却受人唾弃。桓温在王敦死后依旧称赞他，正反映了他视王敦为同类，图谋篡逆的野心。

【原文】

殷中军道王右军云：“逸少清贵[①]人，吾于之[②]甚至[③]，一时无所后[④]。”

【注释】

①清贵：清高尊贵。②于之：待他。③甚至：指关怀备至。④无所后：从来不曾怠慢。

【译文】

殷浩评价王羲之说：“王羲之是个清高尊贵的人，我对他关怀备备至，从来不曾怠慢他。”

【解读】

殷浩好老周哲学，善谈玄理，曾任建武将军等职，与桓温齐名，在被罢黜之前，算得上一个有名望和地位的权臣。而王羲之虽然在书法、文学等领域造诣颇深，但官职权势上却逊殷浩一筹。

就这一点而言，殷浩在品人誉人方面，并没有表现出目中无人的架势，值得借鉴。

《文章志》在评价王羲之是曾经提到："羲之高爽有风气，和常人不一样。"可见，《文章志》里的评价和殷浩的评价基本是一致的，都视王羲之为一个清高尊贵的人才，不同流合污的人。在古代，"清高"是对一个人的一种褒奖和肯定。"清高者"是纯洁高尚的，有自己的志趣和追去，不同流合污，不慕名利和权势，不阿谀奉承，更不会卑躬屈膝。

【原文】

王仲祖称殷渊源："非以长胜人，处长[①]亦胜人。"

【注释】

①处长：只看待自己长处的方式、态度。

【译文】

王濛称赞殷浩："不仅长处胜过别人，连对待长处的态度也超过常人。"

【解读】

本身已经很优秀，同时又不盛气凌人，谦虚地看待自己的长处，同时又乐于肯定别人的长处。殷浩这种人只会变得越来越优秀，因为他们总是以一种虚怀若谷的姿态活着，从不沉浸在自己的长处和成就里，时刻准备接受和学习新鲜的事物和道理。而有些人本身就没有什么优点和长处，却总是自认能力超群，出类拔萃，结果故步自封，不思进取，直至终老。优秀的越来越优秀，平庸的长久的平庸，由此可见，人与人之间的差距就是这样拉开的。人在什么时候都不能放弃进步和学习，一直努力都不见得赶得上优秀的人，何况是虚掷时光呢？

【原文】

王司州与殷中军语，叹云："己之府奥[①]，蚤已倾写[②]而见；殷陈势[③]浩汗[④]，众源未可得测。"

【注释】

①府奥：胸中蕴藏。②倾写：即"倾泻"。③陈势：阵势。④浩汗：即"浩瀚"，形容广大无边。

【译文】

王胡之和殷浩交谈，感叹说："我心中的蕴藏，早已经倾泻出来，完全可见；殷浩阵势广大无边，源头众多，无法测度。"

【解读】

王胡之学识广博，但心中的所见所感终究还有说尽道尽的时候，而殷浩学识之渊博，玄理之精深，却像汪洋大海一般，倾泻不尽。简单概括的话，我们可以说殷浩比王胡之更见多识广，但殷浩的学识"源头众多"也是他胜王胡之一筹的关键因素之一。"海纳百川，有容乃大"，大海之所有广阔无边，浩瀚无涯，正是因为它能够接受来自不同源头的水流。

同样的，一个人之所以有取之不竭的智慧和才学，正是因为它能够接受各种各样有益的知识和观点，不存在丝毫的主观取舍，只要是有益的正确的全部吸收利用，不存有任何的私心；而那些好恶判断严苛，只认同个别人观点和态度的人，虽然同样可能在一个领域取得建树，但知识和才学终究显得势单力薄，没有交织和融汇，就像一株孤立的大树，虽然高耸挺拔，直入云霄，却无法抵挡暴风雨的侵袭。而当我们通过各种渠道，从众多人那里汲取知识和营养时，我们的根系就成长为一个坚韧牢固的地下网络，那个时候，我们就不会再惧怕暴风雨的侵袭，而且由于拥有足够的营养供给，我们总是能够不断地生长和壮大，永不枯竭。

【原文】

王长史谓林公："真长可谓金玉满堂①。"林公曰："金玉满堂，复何为简选②？"王曰："非为简选，直致③言处④自寡⑤耳。"

【注释】

①金玉满堂：形容才学丰富。②简选：选择，挑选。③直致：只是因为。④言处：言语，话语。⑤自寡：本来就少。

【译文】

王濛对支遁说："刘惔可以说才学丰富。"支遁说："才学丰富，为什么还挑选言语。"王濛说："不是挑词捡句，只是因为话语本来就少罢了。"

【解读】

一个才学丰富、见多识广的人不见得就多言。实际上，一个人的学识和阅历越广博，通常言语就越精简，因为他们能够清楚地意识到自己究竟想要表达什么，从而用最简单直接的言语表达自己的观点和态度。生活中，无论是说话还是从事其他任何的事情，我们都应该努力做到精简高效，这会让我们拥有清晰的思路，从而最大限度地避免出现失误。精简不仅是一种处事技巧，也是一种人生哲学，"精"则能抓住事物的要害，"简"则能透析事情的真相。精简者，高效而洞察世事。

【原文】

王长史道江道群①："人可应有，乃不必有；人可应无，己必无。"

【注释】

①江道群：即江灌，官至尚书中护军。

【译文】

王濛评论江灌说："人能够拥有的，他不一定拥有；但人不该拥有的，他一定没有。"

【解读】

王濛的言下之意是，江灌或许没有其他人的优点，但他身上却一定没有人不该拥有的缺点。由此来说，江灌虽然不见得是个出类拔萃的人，但他至少是一个可塑之才。优点可以培养，只要他的本性是善良的，而如果一个人从本性上就是恶的，那么他的优点也就无从谈起。因此，不要急于表现和培养自己的长处和优势，我们首先应该学会的是怎样做人，怎样做一个于社会有益的人。

【原文】

会稽孔沈①、魏顗②、虞球③、虞存④、谢奉并是四族之俊，于时之杰。孙兴公目之曰："沈为孔家金，顗为魏家玉，虞为长、琳宗⑤，谢为弘道伏⑥。"

【注释】

①孔沈：字德度，会稽山阴人。②魏顗：字长齐，官至山阴令。③虞球：字和琳，会稽余姚人。④虞存：字道长，历任卫军长史，尚书吏部郎。⑤宗：敬仰。⑥伏：即"服"，佩服。

【译文】

会稽的孔沈、魏顗、虞球、虞存、谢奉都是四大家族的才俊，当时的杰出人才。孙绰评价他们说："孔沈是孔家的黄金，魏顗是魏家的宝玉，虞家尊崇虞球和虞存，谢家敬佩谢奉。"

【解读】

孔沈是孔子的二十六代孙，文思通达，曾被任命为司徒掾、琅邪王文学，但均未就任。魏顗、庾球、庾存、谢奉等人也各有各的才学，并各自任官，在当时颇有名气。正如孙绰评价的一样，这几个人，都是各自家族里的优秀人物，是最宝贵的“财富”，犹如黄金，犹如宝玉。人才的确是一个时代最宝贵的东西。

【原文】

王仲祖、刘真长造殷中军谈，谈竟，俱载去①。刘谓王曰：“渊源真可②。”王曰：“卿故堕其云雾中。”

【注释】

①俱载去：一起乘车离开。②真可：真不错。

【译文】

王濛、刘惔到殷浩家里清谈，谈完之后，一起乘车离开。刘惔对王濛说：“殷浩说得真是好。”王濛说：“你只是坠入他的迷雾中罢了。”

【解读】

从故事看来，刘惔还不够稳重和沉着，仅仅因为殷浩的一番言谈就失去了判断力和方向；而王濛却没有被殷浩的话语迷惑，依旧保持着清醒的思路和认识，难能可贵。要想不被别人的思想左右乃至蛊惑，我们要努力培养自己的质疑精神，不要迷信权威和真理，要有自己的判断和想法。

【原文】

刘尹每称王长史云：“性至通而自然有节①。”

【注释】

①节：节制。

【译文】

刘惔常常称赞王濛说：“性情非常通达而且举止自然，有节制。”

【解读】

举止自然则不做作，不装腔作势，率真诚恳；有节制则不肆意妄为，量力而行，尊重他人。人性之美说到底其实就那么几点，尊重、诚实、谦虚，这是一个人为人处事的根基，同时也是一个人飞黄腾达的基础。

【原文】

王右军道谢万石“在林泽中为自遒上①”，叹林公“器朗②神俊③”，道祖士少“风领毛骨④，恐没世不复见如此人”，道刘真长“标云柯⑤而不扶疏⑥”。

【注释】

①遒上：高迈挺拔。②器朗：胸怀开朗。③神俊：天资凸显。④风领毛骨：形容清爽超凡。⑤标云柯：比喻身份显贵。⑥扶疏：枝叶分散的样子。

【译文】

王羲之评价谢万“在隐居者中高迈挺拔”，赞叹支遁“器宇开朗，天资出众”，称祖约“清爽超凡，恐怕终身也不会再见到这样的人”，评价刘惔“身居显位而清闲自居”。

【解读】

身居显位而清闲自居，由此可见刘惔是个淡看名利的人。世间诸事，名利最让人心累，它好比一张网，网住了人们的时间和自由，让人逃也逃不出，空耗了青春与光阴。真正的智者从不追逐名利，他们总能悠然自得的生活，心无挂碍，以一颗淡泊名利的心面对纷繁世事，不为名动，不为利累，不为钱迷，不为色诱。他们不仅自己活得洒脱，待人接物也率性豁达，结果总是能够讨人喜欢乃至受人仰慕。名利有时就是这么奇怪，当我们拼命地追逐它时，它离我们很远，而当我们不再看重和在乎它时，它却主动地来找你了。

【原文】

简文目庾赤玉："省率①治除②"，谢仁祖云："庾赤玉胸中无宿物③。"

【注释】

①省率：减省率直。②治除：涤荡扫除。③宿物：过夜的东西，积存的东西。

【译文】

简文帝评价庾统"减省率直，常常地涤荡扫除内心"。谢尚说："庾统心中没有过夜的东西。"

【解读】

一个人胸无宿物，则能够忘掉过去的琐事，因为能够摆脱琐事的纠缠，所以他们总能够面对新鲜的事物，体验生命的快意和乐趣，同时不断地学习和进步。在生活中，人们难免会遇到挫折、矛盾等障碍和干扰，如果执意一一面对和解决他们，势必要消耗大量的精力和时间，而且，长时间地面对和接触给人带来负面和消极情绪的琐事，会很大程度上打击我们自信心和勇气。结果，我们付出了精力和时间，却丢失了进取的动力和勇气。

如果事情已经注定无法改变抑或本身就没有深究的必要和价值，那我们就当作了一场梦好了，安心地睡上一夜，将它们全部忘掉，然后开始崭新的一天。人生其实很短暂，将宝贵的时光用在有意义的事情上，不要再纠缠往事，不要再感时伤怀，要面向明天，拥抱未来。

【原文】

殷中军①道韩太常②曰："康伯少自标置③，居然④是出群器；及其发言遣辞⑤，往往有情致。"

【注释】

①殷中军：指殷浩。②韩太常：指韩伯。③标置：标榜宣扬。④居然：显然。⑤遣辞：用词。

【译文】

殷浩评价韩伯说："康伯很少标榜宣扬自己，显然是出类拔萃的人才；轮到他发言的时候，常常富有情致。"

【解读】

不事炫耀和张扬，这是一个人才所应当具有的品质。当一个人将荣耀和名利看淡的时候，就会自然而然地将更多的注意力放到提升和完善自己上去。而结果也常常证明，这种不带任何功利性质的自我提升，恰恰会给一个人带来意想不到的荣耀和赞誉。

【原文】

简文道王怀祖①："才既不长，于荣利又不淡；直以真率少许，便足对②人多多③许。"

【注释】

①王怀祖：指王述。②对：比。③多多：超出很多。

【译文】

简文帝评价王述："才能不算优秀，对名利看待的也不算淡泊，但仅凭他真诚坦率这一点，就比其他人好很多。"

【解读】

一个真诚坦率的人或许会做出蠢事、傻事来，或许有自己的小算盘和小聪明，但在关乎做人底线和道德底线的问题上却一点也不含糊，绝不允许自己做出有违良心的事情来。这无疑比那些通过欺诈和诱骗来谋取利益的人好许多。

真诚是一种美德，真诚的人开朗豁达，因此总是能够广结善缘，建立稳定而和谐的交际圈。人都是富有感情的，你待人真诚，坦白无欺，他人自然也会饱含诚意地与你沟通和交流，而这无疑会让我们的生活进入一个以善报善的良性循环。但不得不说，生活中真正能够做到真诚待人的人并不多，他们或多或少都希望能够通过欺骗和隐瞒的方式来谋取利益，结果导致双方互相欺骗，两败俱伤。相信这也正是简文帝感慨的。

【原文】

林公[①]谓王右军[②]云："长史[③]作数百语，无非[④]德音[⑤]，如[⑥]恨[⑦]不苦[⑧]。"王曰："长史自不欲苦物。"

【注释】

①林公：指支遁。②王右军：指王羲之。③长史：指王濛。④无非：全都。⑤德音：善言。⑥如：只是。⑦恨：遗憾。⑧苦：使人难堪、陷入困境。

【译文】

支遁对王羲之说："王濛说了几百句话，全都是善言，只是遗憾的是，不能使人理屈词穷。"王羲之回答说："王濛本来就不想使人难堪。"

【解读】

在支遁眼里，两个人的交流和沟通似乎像是打仗一样，必须分出一个胜负来。这种将生活中的每一件事情都视为一场比赛和战争的人，通常是富有斗志的，然而他们通常也是缺乏同情心和善意的，因此很多时候都不招人喜欢。而在王羲之看来，口才和学识可以分出高低来，但两个人之间的沟通并不是为了炫耀才能，让对方难堪，而是思路和想法的互惠和互换，是一个双赢的过程，而不是此消彼长，更不是此胜彼负。

生活中有一部分人总是喜欢让人难堪，以此来获得优越感和满足感，这种人的心胸通常比较狭窄，因此鲜有朋友和知己。生活中免不了竞争，但人与人之间更重要的是协作共赢，是宽容和理解。不让人难堪，给别人一定的空间和余地，这样你获得的不只是一个博大的胸怀，还有朋友。

【原文】

殷中军[①]与人书，道谢万："文理转遒[②]，成[③]殊不易。"

【注释】

①殷中军：指殷浩。②转遒：越来越遒劲。③成：通"诚"，实在。

【译文】

殷浩给人写信时说："谢万的文辞义理越来越遒劲，实在非常不容易。"

【解读】

谢万是太傅谢安的弟弟，颇有才气，善于著文，因此在当时颇有声誉。他的声誉，一方面来自于自己的才学，另一方面也是因为他善于炫耀和表现自己。一个炫耀自己的人，非常容易骄傲自满，不思进取，所以殷浩在给人写信时才会说"实在非常不容易"，因为他看到了谢万的进步和改变。

"天行健，君子以自强不息"，一个人应该不断地进步和追求，不断的审视并改变自己的缺点，不断地完善自己，尤其当一个人取得一定的成就之后，更不能放松对自己的要求。人生犹如逆水行舟，不进则退，如果你满足于已经得到的一切，不思进取，那时间终会带走你的所有。

【原文】

王长史[①]云："江思悛[②]思怀[③]所通[④]，不翅[⑤]儒域[⑥]。"

【注释】

①王长史：指王濛。②江思悛：即江惇，博学多才，手不释卷。③思怀：胸怀，心中。④通：通晓、知晓的学问。⑤不翅：不止，不仅仅。⑥儒域：儒学范畴。

【译文】

王濛说："江惇心中知晓的学问，不止局限于儒学范畴。"

【解读】

江惇博览群书，儒道兼综，称得上是一个博学之人。相比于专精于一个领域的人才来说，博学的人知识面更广，因此他们的观点和想法通常更全面、更有道理。虽然在术业的精专方面，他们或许比不上个别优秀的人才，但在整体的素质和能力方面，他们却是人群中的佼佼者。在精力和时间有限的时候，人们更倾向于发展和完善某一方面的能力和优势，但这不能成为我们放弃争取在其他领域取得突破和收获的借口，在条件允许的情况下，我们应该努力争取成为一个全才，而不只满足于做一个人才。

【原文】

许玄度[①]送母，始出[②]都，人问刘尹[③]："玄度定称所闻不？"刘曰："才情过于所闻。"

【注释】

①许玄度：指许询。②出：至，到。③刘尹：指刘惔。

【译文】

许询刚送母亲到京都，有人问刘惔："许询衬得上他的名声吗？"刘惔说："他的才情比他的名声还要高。"

【解读】

对于一个真正有才学的人来说，他的才情是无法被传闻和名声概括和形容尽的，名声终究只是才情的附属物和装饰品，它能够在一定程度上成为才情的标签，但却无法面面俱到地覆盖一个人才情的方方面面。因此，我们不必太过关心名声，一个人的才学不会因为名声而作一丝一毫的改变，我们要做的就是不断地学习和进步。当然，名声可以给我们提供一种鞭策，我们可以不追求名声，但至少应该让自己的才学和名声相称，如果你自认名声高出了才学，那就是你要努力进步和成长的时候了。

【原文】

阮光禄[①]云："王家有三年少[②]：右军、安期、长豫[③]。"

【注释】

①阮光禄：指阮裕。②年少：年轻人。③右军、安期、长豫：指王羲之、王应和王悦。

【译文】

阮裕说："王家有三个青年才俊：王羲之、王应和王悦。"

【解读】

王羲之、王应和王悦各有才华，年轻时就已经颇有声名，得到了很多人的赞誉。一个人能够在年幼时就崭露头角，一定程度上有其自身努力的原因，但更多的可能还是他生来便具有的特质和天分成全了他。对绝大多数人而言，天分都是非常有限的，很多人之所以成功，靠的都是后天不懈地拼搏和努力。

必须承认，有时在同一件事情上，我们的起点处于他人之后，但终点线却是和他人一样的。这肯定会在一定程度上打击我们的自信心，但人生的赛跑的特殊性在于，如果我们落后，那我们可以提前出发，在别人休息和懈怠的时候拼命追赶，如此，我们同样可以成为第一个到达终点的人。

【原文】

谢公[①]道豫章[②]："若遇七贤，必自把臂[③]入林。"

【注释】

①谢公：指谢安。②豫章：指谢鲲。③挽臂：拉着手臂。

【译文】

谢安评论谢鲲说："如果遇到竹林七贤，谢鲲一定会挽着他们的手臂一起到山林里游玩。"

【解读】

竹林七贤即指嵇康、阮籍、山涛、向秀、刘伶、王戎和阮咸七人，魏晋时期，这七个人时常共游山林，饮酒放歌，恣意狂欢。久而久之，竹林七贤也就成了放任不羁、不与世俗同流合污的一种象征。

谢鲲则是当时声名显赫的谢氏家族中的一员，高明有学识，不修威仪，不拘小节。据说他曾被邻家的一个织女断掉两颗牙齿，但回家后的谢鲲依旧长啸不绝，还说："这也不能阻止我吟啸歌唱。"其性情之肆意不羁，由此可见一斑。所谓"物以类聚，人以群分"，谢鲲和竹林七贤算得上同道中人，倘若他们见了面，应该诚如谢安所说，一定会一起共游山林的。

【原文】

王长史[①]叹林公[②]："寻微[③]之功，不减辅嗣。"

【注释】

①王长史：指王濛。②林公：指支遁。③寻微：指探讨玄学上精微深奥的义理。

【译文】

王濛赞叹支遁说："探寻玄学上的功夫，不比王弼差。"

【解读】

王弼喜好老庄哲学，曾经和何晏一起倡导玄学，开魏晋玄谈的风气，是魏晋玄学的主要代表人物之一。支遁不仅精通老庄哲学，在佛学上的造诣也颇为高深，他虽然是一名僧人，但对《庄子》等典籍却有着自己独到的理解，同样算得上魏晋清谈玄学的代表人物之一。

【原文】

殷渊源[①]在墓所几十年，于时朝野以拟管、葛[②]，起[③]不起以卜江左兴亡。

【注释】

①殷渊源：指殷浩。②管、葛：指管仲和诸葛亮。③起：出仕，作官。

【译文】

殷浩在墓地住了接近十年，当时朝廷内外将他比作管仲和诸葛亮。用他出仕不出仕来预测东晋王朝的兴亡。

【解读】

在历史的很多阶段和时期，确实有一些举足轻重的人物，直接影响和左右着整个时代，他们的见识和才学或许不是最突出的，却是当时的历史背景下最需要、最珍贵的。

放眼人类文明史，无论是在文化、教育还是科技领域，总有一些光耀千古的人物，用他们的成果和发现长久地影响着我们。当然他们并不见得比后来人更优秀，他们只是有幸成为真理的使者。其实，每个人都可以成为一个时代的开创者或者影响者，只要你敢于尝试和发现。有时候，勇气比能力更重要。

【原文】

殷中军①道右军②："清鉴③贵要④"。

【注释】

①殷中军：指殷浩。②右军：即王羲之。③清鉴：指鉴赏能力高明。④贵要：指地位尊贵显要。

【译文】

殷浩称赞王羲之说："鉴赏能力高超，地位尊贵显要。"

【解读】

识鉴能力指知人论世、鉴别是非、赏识人才的能力，是魏晋时期颇为看重的一种能力。要成为一个富有识鉴能力的人，一个人不仅要有眼光和能力，还要有肚量和风度，因为它涉及一个人对他人的能力的肯定和赞誉。一个只有眼光而容不下人才或者嫉妒人才的人，显然不会成为一个人才的发掘者，相反可能成为一个人才的掘墓人。因此，一个真正令人尊敬的识鉴高手，首先应该是一个懂得欣赏别人的人。这么看来，其实不止在魏晋时期，即使在今天，识鉴能力都应该被作为一种重要的能力予以推崇和发扬。

【原文】

谢太傅①为桓公②司马。桓诣谢，值谢梳头，遽③取衣帻。桓公云："何烦此。"因下共语至暝④。既去，谓左右曰："颇曾⑤见如此人不？"

【注释】

①谢太傅：指谢安。②桓公：指桓温。③遽：匆忙，急忙。④暝：天黑。⑤颇曾：可曾。

【译文】

谢安作了桓温的司马，桓温去拜访谢安，谢安正在梳头，慌忙去取头巾。桓温说："何必烦劳这样！"于是谢安放下头巾，和桓温谈论到天黑。离开之后，桓温对身边的人说："可曾见过像这样的人吗？"

【解读】

谢安待人严谨恭敬，至少对桓温如此。这就牵扯到一个饶有意思的话题，即彼此关系的亲疏是否和彼此间的尊重程度成反比？通常情况下，两个人的关系越亲密，对待对方越随意越率性，这并不奇怪，也无可厚非。但我们应该掌握一个合理的度，如果足够亲密和要好，我们在与朋友或者同事相处时，可以免除很多烦冗而没有实际意义的礼节，但这只是为了我们能够更方便、更快捷的沟通，而不是纵容我们不去尊敬对方，善待对方。

无论什么时候，与人交往的基本准则都不能丢，这其实和做人的道理是相通的，不管外界环境怎样，我们都要坚守一些东西。我们只有坚定地抓紧一些东西，才有资格轻松随意的放手一些东西。在这一点上，谢安虽然略显呆板和生硬，但他做得并没有错。

谢安能够和桓温畅谈一日而不绝，才学可想而知。待人恭敬，同时又富有才学，内在修养和外在的为人处事俱佳，像谢安这样的人，确实不多见。

【原文】

谢公[①]作宣武[②]司马，属门生数十人于田曹中郎赵悦子[③]。悦子以告宣武，宣武云："且为用半。"赵俄而悉用之，曰："昔安石在东山，缙绅[④]敦逼，恐不豫[⑤]人事。况今自乡选[⑥]，反违之邪？"

【注释】

①谢公：指谢安。②宣武：指桓温。③赵悦子：即赵悦，历任大司马参军，左卫将军。④缙绅：指士大夫。⑤豫：参预。⑥乡选：从乡里推荐人才。

【译文】

谢安做了桓温的司马，将几十个门生托付给田曹中郎赵悦。赵悦将这件事告诉了桓温，桓温说："暂时先任用一半。"赵悦不久之后将门生全部录用了，说："昔日谢安在东山的时候，士大夫不停地敦促，生怕他不参预世事。现在这些门生全是他亲自从乡里选出来的人才，我们难道要违背他的意愿吗？"

【解读】

赵悦对谢安的信任和依赖，已经接近一种信仰，在他看来，谢安挑选的门生一定全部是优秀可用的人才，显然，他还不够理智和英明。无论什么时候，我们都要有自己的判断力和鉴赏力，因为这世上几乎没有人能够保证一辈子不做错事。如果我们将一个人的所有话语都视为金科玉律，所有行为都视为行为规范，那难保有一天会替他的过失和错误买单。

相比之下，桓温的意见就显得理智许多。虽然门生都是谢安挑选出来的人才，但这并不能保证他们全是成大事、担重任的人才，先启用一半，以此观察和考量他们的真实能力，之后再根据结果定夺用还是不用。处理所有事情时，我们都要考虑给自己留条后路。

【原文】

桓宣武[①]表云："谢尚神怀[②]挺率[③]，少致民誉[④]。"

【注释】

①桓宣武：指桓温。②神怀：心胸怀抱。③挺率：直爽坦率。④民誉：百姓的称赞、赞颂。

【译文】

桓温上表说："谢尚胸怀直率，年少时就得到百姓的称赞。"

【解读】

"君子坦荡荡，小人长戚戚"，一个坦荡直率的人通常是受人尊敬和称赞的，因为他们从来不掩盖和伪装，有什么说什么，想什么说什么，直言不讳，话由心生。他们的内心就像一潭清澈的湖水，一望到底，让人感到舒畅和安心。我们应该努力成为一个坦荡直率的人，不必做到有一说一，但至少不应该拥有太多的心计。这是对自己的尊重，也是对他人负责。虽然有可能因此白白地失去些机会和利益，但却会让你变得越来越成熟，越来越受人信任。

【原文】

世目谢尚为"令达"。阮遥集云："清畅似达。"或云："尚自然令上[①]。"

【注释】

①令上：美好卓越。

【译文】

世人评价谢尚“美好通达”。阮孚说：“清明畅晓，接近通达。”有人说：“谢尚天生美好卓越。”

【解读】

通情达理的人，很少偏执，因为他们能够比较全面客观地看待事物，不会让自己的主观情感左右了自己的判断；同时他们又是富有善心的人，能够在不违背社会和自我基本原则的前提下，最大限度地包容他人的过错和失误。——他们的善良，来自于他们的正义，而不是纵容。我们常说“理解万岁”，这实际上就是提醒我们做一个通情达理的人，多从别人的角度考虑问题，给别人一定改过自新或者纠正错误的机会。这会让我们将更多的时间放在真正重要的事情上，而不是放在彼此钩心斗角、隐瞒过失或者批判过失上。

【原文】

桓大司马[①]病。谢公[②]往省[③]病，从东门入。桓公遥望，叹曰：“吾门中久不见如此人！”

【注释】

①桓大司马：指桓温。②谢公：指谢安。③省：探望。

【译文】

司马桓温生病，谢安前往探望，从东门进入。桓公远远地看见他，感叹说：“我的门中很久不见这样的人了！”

【解读】

在桓温的眼中，谢安就如同灰色背景中的一抹亮色，总是能够给人带来愉悦和惊喜。物以稀为贵，人的才学和能力达到一定的程度，是能够让人产生依赖感和仰慕之情的。当然，需要指出的是，我们努力成为一个优秀的人才，最大的目的并不是为了得到别人的赞赏和仰慕，而是为了完善自己，更好地释放自己的能量。很多人对荣誉充满了追求，但实际上，如果你足够努力，足够优秀，荣誉和成功自然会跟随在你的身边。

【原文】

简文[①]目敬豫[②]为“朗豫[③]”。

【注释】

①简文：指简文帝司马昱。②敬豫：指王恬。③朗豫：开朗快乐。

【译文】

简文帝评价王恬为“开朗快乐”。

【解读】

生活难免会遇到困境和挫折，那就开朗乐观地去面对他们，没有比这更好的处理方式了。生活就像一面镜子，你对它笑，它也对你笑。不管你用什么样的方式处理事情，它总是客观地存在着，与其愁眉苦脸地面对，不如乐观开朗地面对。

乐观说白了就是一种美好的憧憬和信念，无论在什么条件下，都保持积极的心态，坚信糟糕的处境和现状会过去。乐观除了能够让你保持信念，同时也可以让你勇敢地面对当前的问题。很多问题并没有想象的那么难以解决，当你直面问题时，寸步不前的局面可能瞬间就打破了。

【原文】

孙兴公[①]为庾公[②]参军，共游白石山[③]，卫君长[④]在坐。孙曰：“此子神情都不关山水，而能作文。”庾公曰：“卫风韵[5]虽不及卿诸人，倾倒处[6]亦不近[7]。”孙遂沐浴[8]此言。

【注释】

①孙兴公：指孙绰。②庾公：指庾亮。③白石山：山名，位于今江苏。④卫君长：指卫永，成阳人，官至左军长史。⑤风韵：风度气韵。⑥倾倒处：令人倾倒羡慕的地方。⑦近：浅。⑧沐浴：沉浸，佩服。

【译文】

孙绰是庾亮的参军，一起游览白石山，卫永也在。孙绰说：“这人神情完全不在山水之上，竟然能写出文章来。”庾亮说：“卫永风度气韵虽然比不上你们几个人，但令人钦佩的地方也不浅。”孙绰一直沉浸在这句话里。

【解读】

一个人不钟情山水，不见得就写不出好文章来，他完全可以从其他地方品悟道理，陶冶情操。孙绰之所以片面地对卫永作出评价，多少有一些忌妒的成分在里面。当一个人心存忌妒的时候，他看待事物的角度就很难做到合理，而眼光也很容易流于肤浅。这种人或许因为对他人的指责和否定获得些许虚无的成就感，但却让他们的人生观肤浅而偏执，最终导致他们很难有所作为。

庾亮的做法就体现出了一个人的宽宏和大度，他能够发现别人的优点同时不吝赞誉和肯定，这不仅让他富有公信力而令人尊重，同时也让他们的眼光格外宏远，看待事物透彻而有主见。

【原文】

王右军[1]目陈玄伯[2]：“垒块[3]有正骨”。

【注释】

①王右军：即王羲之。②陈玄伯：即陈泰。③垒块：形容心中郁结的不平之气。

【译文】

王羲之评价陈泰：“心中郁结有正气。”

【解读】

公元年，魏帝曹髦率兵攻打司马昭，事败被杀司马昭杀害。陈泰得知后，伏在魏帝身旁，悲痛万分。司马昭赶到现场后问陈泰如何谢天下之愤怒，陈泰说要斩杀贾允，但遭到司马昭拒绝。陈泰愤恨交杂，当场吐血而亡。由此看来，王羲之的评价其实颇为中肯，陈泰心怀正气，却无从施展和抒发，以致抑郁而终，此般郁结，算得上是一种极端的表现了。

一个人心中的正义感可以强烈到什么程度，相信陈泰的经历已经给了我们答案。有时候，一个人为了捍卫自己的正义感和尊严，会选择舍生取义，而陈泰并没有主动地“舍”，而是直接在追寻正义的过程中，献出了宝贵的生命。每个人都有自己的追求和坚守，但能够做到陈泰这种地步的却并不多，一个人并不一定非要像陈泰一样，但我们至少应该做到胸有正气，不盲从，不轻易屈服和让步。

【原文】

王长史[1]云：“刘尹[2]知我，胜我自知。”

【注释】

①王长史：指王濛。②刘尹：指刘惔。

【译文】

王濛说：“刘惔了解我，胜过我了解自己。”

【解读】

一个人对自己的了解胜过自己，其中原因可以从两方面考虑，一种是他人对自己的了解过于深入和透彻，以致自己都达不到那种境界；另一种则是自己对自己的了解不足，很少去审视自己，洞察自己。显然，第一种情况出现的可能性非常小，只要你想做，怎么可能有人比你还了解自己呢？人这一生最大的意义就是认识自己。在这个世界上，只有我们能够完整准确地认识了解自己，只有自己有能力给予自己客观公正的评价。

【原文】

王、刘①听林公②讲，王语刘曰："向高坐者，故是凶物③。"复更听，王又曰："自是钵钎④后王、何⑤人也。"

【注释】

①王、刘：指王濛和刘惔。②林公：即支遁。③凶物：恶人。④钵钎：即钵盂，多用于佛教徒化缘。⑤王、何：指王弼、何晏。

【译文】

王濛、刘惔听支遁讲道，王濛对刘惔说："刚才在讲台上高坐的，是个不好招惹的人物。"又听了一会儿，王濛又说："这真是佛门中王弼、何晏之流的人物啊。"

【解读】

支遁是东晋时期著名的高僧，颇有威望。世上确实有一批像支遁一样的人才，让人敬畏，当一个人的才华和能力达到一定的程度时，尊敬已经不足以代表其他人对他的感觉和想法了，停留在他们心中的，不只是敬，更有"畏"的成分在里面。其实这很容易理解，当无法判断一个人的能力究竟有多突出时，我们通常会对他人抱有一丝恐惧和敬畏，然而当我们清楚地了解到对方的能力之后，却能够比较从容而坦然地面对对方。

【原文】

许玄度①言："《琴赋》所谓'非至精②者，不能与之析理'，刘尹③其人；'非渊静④者，不能与之闲止⑤'，简文其人。"

【注释】

①许玄度：指许询。②至精：极其精通。③刘尹：指刘惔。④渊静：深沉。⑤闲止：闲居，居处。

【译文】

许询说："《琴赋》里说的'不是极其精通的人，不和他们分析义理'，说的就是刘惔这样的人；'不是深沉的人，不和他们闲处'，说的是简文帝这样的人。"

【解读】

当我们试图和一些人探讨和分析一些问题时，最主要的目的无非就是想从别人那里得到一些建设性的建议，以便自己更好地解决身边的问题。就这一点而言，你找的人对相关问题的认识越精专，越有经验，当然越好。

但这种人并不多见，所以类似刘惔的做法并非没有可取之处，但也不是我们要提倡的。多数情况下，我们要和一些经验和阅历相对较少的人群探讨问题，这无疑会增加你的时间和精力投入，因为你们彼此可能都不具有压倒性的思维优势，甚至很难说服对方相信自己，但这并不表明你就无法从中得到你想要的东西。而且"三人行必有我师"，普通群众中一定拥有足够的智慧和经验有待我们发觉，多和普通人交流，总比枯等寥寥无几的"极其精通的人"来的实际和划算。

刘惔、简文帝等人在为人处事方面是有原则的，他们追求生命品位和质量，但也因此失去了许多得到意外惊喜和收获的机会。实际上，只有我们的姿态足够低，我们的人生才能足够高，一味地摒弃底层的事物，只会架空自己。

【原文】

魏隐[1]兄弟少有学义[2]，总角诣谢奉，奉与语，大说之，曰："大宗[3]虽衰，魏氏已复有人。"

【注释】

①魏隐：字安时，历任义兴太守、御史中丞等职，弟弟名魏逷，官至黄门郎。②学义：学问，学识。③大宗：指嫡系长子。

【译文】

魏隐兄弟从小就有学识，未成年时拜访谢奉，谢奉和他们交谈一番后，非常高兴，说："你们家的大宗虽然已经衰落，但魏家现在后继有人了。"

【解读】

魏隐兄弟虽然年幼，但谢奉并没有因此而轻视他们，而是和他们真诚地交谈与沟通，并对他们的学识和才能予以褒奖，不吝赞美之词。由此可见，谢奉是一个不关心身价和地位的人，在他眼中，人才都是纯粹的，无关地位，无关身份，也无关年龄，优点就是优点，才学就是才学，就是这样简单。

无论到什么时候，人才都是一个时代最宝贵的财富之一。当今很多人都在竭尽全力的网罗人才，但他们中的很多人都为人才设定了或多或少的门槛和标准，结果一些本来非常富有才学和能力的人，就被他们心中的门槛和标准挡在了门外，最终人才没有被发觉，发觉人才的人也没有得到自己的得力助手，"两败俱伤"。而谢奉式的人物，则总是能够简单而高效地从人海中挑选出人才。他能够放得下身段和成就感，结果他们总是能够得到最真实而宝贵的东西。当一个人忘了自己的成就和地位，就是他最有成就和地位的时候。

【原文】

简文[1]云："渊源[2]语不超诣[3]简至[4]，然经纶[5]思寻处，故有局陈[6]。"

【注释】

①简文：即简文帝司马昱。②渊源：指殷浩。③超诣：高超卓越。④简至：简要精当。⑤经纶：指思想、观点的安排，构思。⑥局陈：布阵。

【译文】

简文帝司马昱说："殷浩的言论虽然不够高超精要，但思路的安排上，确实有阵势。"

【解读】

无论是说话还是做事，过程可以复杂曲折一些，但思路却一定要清晰明了。一件事情，如果没有一个合理的思路和流程，就会导致解决问题的低效和烦冗，最后虽然自己付出的很多，结果却可能并不理想。做事情思路清晰明确与否，有时并非决定于一个人的能力，而是一个人的态度。有些人，做很多事情都懒得去思考，懒得去设计一个高效合理的计划，喜欢敷衍了事，他们总是存有侥幸心理，以为这样就可以"不劳而获"，但这样其实无异于自欺欺人，最后的代价往往都由他们自己来买单。如果说成功是一把锁的话，思路就像一把钥匙，你的思路或许并不能保证你一下子就打开成功这把锁，但至少能够保证让你做合理的尝试和努力。

【原文】

初，法汰[1]北来，未知名，王领军[2]供养之。每与周旋，行来[3]往名胜[4]许，辄与俱。不得汰，便停车不行。因此名遂重。

【注释】

①法汰：即竺法汰晋朝僧人。②王领军：指王洽，王导之子。③行来：交往，往来。④名胜：社会名流。

【译文】

起初，竺法汰从北边过来，没有名气，王洽供养他。王洽常常和他亲密交往，每次拜访著名人士的住所，都和他一起去。见不到竺法汰，王洽就停车不走。于是竺法汰逐渐被人看重。

【解读】

竺法汰是东晋著名高僧之一，般若学派代表人物，自幼聪慧过人，好学多问，但年轻时并不知名。如果说竺法汰是一匹千里马的话，那王洽无疑就是一个发掘千里马的伯乐了，他发现了竺法汰的优点和长处，因此非常用心地培养他，同时给他提供彰显自己的机会和平台。可以说，竺法汰的成功，一方面归结于自己的能力，一方面也离不开王洽的推举和重视。

【原文】

王长史[①]与大司马[②]书，道渊源[③]“识致[④]安处[⑤]，足副时谈”。

【注释】

①王长史：指王濛。②大司马：指桓温。③渊源：指殷浩。④识致：见识情趣。⑤安处：安逸闲适。

【译文】

王濛在写给司马桓温的信中，说殷浩“见识情趣、安逸闲适，完全符合当时人们对他的评论”。

【解读】

什么样的时代孕育什么样的人才，什么样的人才就塑造什么样的时代。人才和时代可谓相互影响，相辅相成。作为时代中的一分子，殷浩能够迎合当时的趣味和风尚，成为一个受人欢迎和肯定的人，一方面可能是因为他的情趣和性情确实迎合当时百姓和大众的趣味和追求，另一方面也可能是因为殷浩善于处世和交往，善于投时代所好。生活中，像殷浩这样的人很多，他们有自己的处事原则，懂得收起自己的棱角，在不违背最基本原则的前提下，努力地适应和迎合时代。可以说，这并不是一种妥协，而是一种能攻能守、能进亦能退的智慧和策略。对峙和矛盾的解决不见得就要剑拔弩张，刀枪相见，它可以是柔性的，间接地。用最少的牺牲和损失换取最大的成功，这才是我们应该学习和提倡的。

【原文】

谢公[①]云：“刘尹[②]语审细[①]。”

【注释】

①谢公：指谢安。②刘尹：指刘惔。③审细：周密细致。

【译文】

谢安说：“刘惔的话语周密细致。”

【解读】

祸从口出，一个口无遮拦、说话无所顾忌的人，往往缺乏理性的判断和深入思考，结果常常因为一时的口舌之快惹出一些不必要的麻烦，害人不利己。其实不止言谈，一个人在为人处事的方方面面都应该做到周密而细致，精准而谨慎。一个人可以是洒脱和率性的，但也应该学会控制心中的表现欲和放荡不羁的性情，不要把自己的快乐和满足建立在别人的委屈和受挫之上，这是对他人的一种尊重，实际上也是在保护自己。

【原文】

桓公语嘉宾①："阿源②有德有言，向使③作令仆，足以仪行④百揆⑤。朝廷用违其才耳。"

【注释】

①嘉宾：指郗超。②阿源：指殷浩。③向使：假使，假如。④仪行：模范，典范。⑤百揆（kuí）：百官。

【译文】

桓温对郗超说："殷浩既有德行又有口才，假如让他作尚书令或者仆射，完全能够成为朝廷百官的典范，朝廷用他的方式和他的才能相违背。"

【解读】

孔子曾经说过："有德者必有言，有言者不必有德。"说的是一个有道德的人必定能说出有道德的话，但一个说话懂礼节的人，却并不见得是有道德的人。口才对于一个人而言，只是锦上添花的能力，品德才是一个人最关键的能力和特质，他决定着一个人给这个世界带来贡献还是磨难。这提醒我们，一方面要透过现象看本质，关注事物的本来面目，一方面也在告诫我们要从根本上确立一个正确的价值观和处事原则。

有德则能做善事，有口才则能说服更多的人做善事，殷浩德行和口才兼具，因此可以成为一个德行的推广者和发扬者。这种人足以成为一个合格的管理者乃至统治者，因为它能够引导人不断地向善，不断地提升自身修养。然而结果却并不是想象中的那样，殷浩虽然有能力却被放置在一个无法施展的职位上，殷浩没有被抛弃和无视，但其实这和被抛弃和无视并没有什么本质的区别。发掘人才固然重要，但怎样合理恰当地利用人才同样非常重要。

【原文】

简文①语嘉宾②："刘尹③语末后亦小异，回复④其言，亦乃无过。"

【注释】

①简文：即简文帝司马昱。②嘉宾：指郗超。③刘尹：指刘惔。④回复：回味。

【译文】

简文帝对郗超说："刘惔的话说到最后常常和开始有些差别，但反复回味后，也没有什么不对的地方。"

【解读】

生活中，我们常常听到有人会说，"这件事乍听起来怎样"或者"这件事乍看起来怎样"，之所有出现这种情形，往往是因为当事者刚开始对事物的了解相对肤浅而片面，但在经过深入的思考后又对事物有了不一样的认识，所以有感而发。初次接触一个人时，我们通常会在短时间内形成自己对对方的第一印象，这种感觉和印象通常能够在较长的时间里左右我们对一个人的评价。但我们应该意识到，这种印象可能从开始就是不合理甚至是完全错误的。

在足够了解一个人之前，我们不该对他人的品行做出判断和定性，不要轻易地相信他人，当然也不要贸然地否定排斥他人。我们应该学会深入地了解和分析，不妄下评论，不想当然。当我们学会深入和反复的思考时，就能从对人片面的第一印象中解脱出来，认识到他们真正在说或者在做的事情。懂得倾听，懂得思考，这可以视为一种知人的艺术，做到这些，我们便可以成为一个睿智的人。

【原文】

孙兴公、许玄度[①]共在白楼亭[②]，共商略先往名达[③]。林公[④]既非所关[⑤]，听讫云："二贤故自有才情。"

【注释】

①孙兴公、许玄度：指孙绰和许询。②白楼亭：亭名，位于会稽山阴县。③名达：名流贤士。④林公：指支遁。⑤关：介入，指参与讨论。

【译文】

孙绰、许询同在白楼亭，一同讨论过往的名流贤士。支遁一言不发，听完之后说："两位贤人确实有才华。"

【解读】

支遁虽然一言不发，但这并不意味着他没有自己的想法和观点，实际上他一直在通过孙绰和许询之间的交谈判断两个人的才华和学识。支遁沉得住气，静得下心，这种人无论是在动乱的时代，还是凋敝的时代，都能保持自己的生命活力，保持自己的判断力和悟性。他们或许不够优秀，但必定是富有韧性的。

人不仅要能动，更重要的是要学会"静"，于静中，审视自己和他人，不断地进步和完善自己。能静的人，通常沉着而冷静，没有贪心和欲念，因此活得洒脱而自由。当然，静不是死板，而是告诫一个人要心无旁骛，用心思考和看待问题；静也不是不行动，相反，它恰恰是让我们在充分的准备之后，做出决定性的一击。

【原文】

王右军[①]道东阳[②]："我家阿林，章清[③]太出[④]。"

【注释】

①王右军：指王羲之。②东阳：指王临之，字仲产，官至东阳太守。③章清：才思彰显。④太出：突出。

【译文】

王羲之说："我们本家的王临之，才思突出。"

【解读】

王临之曾任东林太守，是王羲之的本家，但是是晚辈，因此被王羲之称为"阿林"。王羲之非常欣赏王临之，对他有着很高的评价，从文中的话也可见一斑。王羲之的话里，不仅有对王临之才思的肯定，也包含着身为王临之同族人的自豪和荣誉感。一个人的优秀，其实也是整个家族的荣耀；而相反的，一个人的恶行，同样可以成为一个家族的耻辱。

【原文】

王长史[①]与刘尹[②]书，道渊源："触事[③]长易[④]。"

【注释】

①王长史：指王濛。②刘尹：即刘惔。③触事：处理事情。④长易：通常很平和、平易。

【译文】

王濛给刘惔写信，称赞殷浩："处理事情通常很平和从容。"

【解读】

勇者从容，智者淡定。通常，一个人越有能力和才学，就越从容淡定，越平和近人，因为他们有所得有所擅长，所以他们无所争。推而衍之，那些整日说自己快乐的人，可能是最缺乏快乐的；那些整日声称自己视金钱如粪土的人，可能是最看重钱财的，一个人越缺乏什么，往往就越记挂什么。

“行到水穷处，坐看云起时”，人应该学会淡定从容地面对这个世界，淡定从容地生活。得意时不忘形，失意时不悲伤，人誉之付之一笑，人辱之亦付之一笑，理解尊重别人，容得下别人的过失。淡定从容的人，能在喧哗的人群中保持清醒的头脑，能够客观地评价他人，也能够清醒地认识自己，因为活得明白，他们从来不会迷失。

【原文】

谢中郎①云：“王脩载②乐托③之性，出自门风④。”

【注释】

①谢中郎：指谢万。②王脩载：指王耆之，历任中书郎、鄱阳太守、给事中等职。③乐托：放荡不羁。④门风：家风。

【译文】

谢万说：“王耆之放荡不羁的性情，来自他的家风。”

【解读】

成长环境对一个人的影响其实是非常显著的。一个人即使再富有判断力和主见，如果长时间浸润在一个不良的生存环境中，也很难成长为一个有品行的人。一个富有名望的家族通常非常看重家庭教育，原因也在这里。

其实不止家庭环境，整个外界环境都能对一个人的成长产生深远而明显的影响，因此我们要避免和一些素质恶劣的人相处，不要认为自己不会变坏，很多改变是我们无法左右的。我们应该努力培养自己坚守自我的品格，但也应清醒地认识到环境对个人的影响，与正义、善良、忠诚的人为伍。

【原文】

林公①云：“王敬仁②是超悟③人。”

【注释】

①林公：即支遁。②王敬仁：即王脩。③超悟：绝顶聪明。

【译文】

支遁说：“王脩是绝顶聪明的人。”

【解读】

王脩少时便有美善的称誉，颇得支遁欣赏，曹操曾评价他“澡身浴德，流声本州，忠能成绩，为世美谈，名实相副，过人甚远”。

绝顶聪明固然很好，但我们也应知“难得糊涂”之道，不要聪明反被聪明误。

【原文】

刘尹①先推谢镇西②，谢后雅重③刘④，曰：“昔尝北面⑤。”

【注释】

①刘尹：即刘惔。②谢镇西：指谢尚。③雅重：极其推崇。④刘：指刘惔。⑤北面：古代向他人称臣称作北面。

【译文】

刘惔开始推崇谢尚，后来谢尚也极其推崇刘惔，说：“我曾经师事刘惔。”

【解读】

生活中没有绝对的老师，也没有永远的徒弟，每个人都有自己的优点和长处，因此学习永远是相互的。一方面，我们应该拿出一个师者的姿态，要知道，你的言行举止随时都可能成为他人学习的对象；另一方面，我们又要时刻保持一颗谦虚的心，努力从他人那里汲取营养。

【原文】

谢太傅[①]称王脩龄[②]曰："司州[③]可与林泽游[④]。"

【注释】

①谢太傅：指谢安。②王脩龄：指王胡之。③司州：即王胡之。④林泽游：做超脱世俗的朋友。

【译文】

谢安称赞王胡之说："王坦之，可以和他一起游览山林，做超脱世俗的朋友。"

【解读】

古代的隐者通常会选择隐居山水之间，因此山水在某种程度上也成了隐者情怀的象征。王胡之不问世事，素有遁世情怀，因此被谢安视为超脱尘世的方外之友。人们常说"酒逢知己千杯少"，而在魏晋时期，除了把酒欢颜，和一个人共游山林通常也被视为彼此性情和志趣相合的象征。

魏晋南北朝时期，因卷入政治风波而招致杀身之祸的名人志士大有人在，当时的许多知识分子多少都有一种逃避现实的心态，远离政治，乃至隐居山野的人并不在少数。面对纷繁的乱世，隐居虽然可以保全许多文人志士的性命，但终究有无奈消极的因素掺杂在里面，因此并不值得被提倡和推崇。

【原文】

谚曰："扬州独步[①]王文度，后来出人郗嘉宾[②]。"

【注释】

①独步：形容独一无二的人才。②郗嘉宾：即郗超。

【译文】

谚语说："王坦之是扬州独一无二的人才，郗超是后起之秀。"

【解读】

王坦之是王述之子，善书能文，是东晋名臣，郗超则是东晋著名的书法家，聪慧过人，年少知名。因此可以说，谚语里的评价还是颇为中肯的。

谚语通常出自民间，而且口气上多少会带着一些调侃的意味，但在很大程度上还是符合客观事实的。能够在谚语里得到世人的肯定和赞许，这对受者来说也算得上一种莫大的荣耀了。

【原文】

人问王长史[①]江虨兄弟群从[②]。王答曰："诸江皆复[③]足自[④]生活[⑤]。"

【注释】

①王长史：指王濛。②群从：子侄之辈。③皆复：全都。④足自：完全能够。⑤生活：存活、立足于世。

【译文】

有人问王濛江虨的兄弟、子侄过得怎么样，王濛回答说："全都能够立足于世。"

【解读】

能够立足于世，这似乎并不算什么太过值得言说的事情，但世上有多少人无法立足于世呢，或者有多少人能够真正地立足于世呢？立足于世并不是简单的活着，你必须要拥有自己的世界，一个能够养活自己同时影响他人的世界。如果你在别人眼里没有存在感，这种立足又有什么意义呢？

【原文】

谢太傅①道安北②："见之乃不③使人厌，然出户去，不复使人思④。"

【注释】

①谢太傅：即谢安。②安北：指王坦之。③乃不：并不。④思：思念，惦记。

【译文】

谢安评价王坦之说："见到他并不会使人生厌，但他离开后，你也不会思念。"

【解读】

活得既不让人讨厌，也不让人惦念，这也不失为一种境界。这种人，像是一溪清水，恬淡雅致，不会在人们心中留下什么痕迹，来去如风。他们不会在尘世荡起尘埃，因此他们总能一尘不染。

【原文】

谢公①云："司州②造胜①遍决②。"

【注释】

①谢公：指谢安。②司州：即王胡之。③造胜：指谈论玄理进入佳境。④遍决：解决所有疑难问题。

【译文】

谢安说："王胡之探究玄理一旦进入佳境，可以解决所有的疑难问题。"

【解读】

其实处理任何事情都有个所谓的"最佳状态"，人一旦达到了这种状态，处理起问题来会特别顺心，灵思和思路也非常多。许多人认为这种状态是"可遇而不可求"的，但实际情况可能并非如此，平日的积累和阅历将在一定程度上成为你获得此种状态的催化剂。此外，时刻保持一个活跃的头脑和一颗上进心，也能让你更接近完美状态。

【原文】

刘尹云："见何次道饮酒，使人欲倾家酿。"

【译文】

刘尹云说："看见何次道喝酒，真想把家里的酒全部拿出来跟他一起喝。"

【解读】

一个人做一件事，能让别人也想着跟他做，那这个人在做这件事的时候必定是全情投入的，而且表现出了一种极致的快乐，使旁观的人也受到感染。何次道能表现出这种让人想与之痛饮的魅力，就是因为他喝酒的时候很尽兴。他喝酒不仅是喝酒，而是以超然于物外的态度纵情于酒水之间犹如纵情于山水之间，所以让人觉得跟他一起喝是人生乐事。有超脱的人生态度，能饮酒，这就是魏晋名士的一大特征。

【原文】

谢太傅①语真长②："阿龄③于此事故欲④太厉。"刘曰："亦名士之高操者。"

【注释】

①谢太傅：谢安，字安石，陈郡阳夏人，后迁居会稽，东晋时期著名的政治家、军事家，官至宰相。未出仕时，隐居在会稽山，与王羲之、孙绰等人交往甚密。入朝为官后，政绩颇丰，成功挫败了桓温篡位。②真长：指刘惔，字真长。③阿龄：指王胡之，字修龄，王廙（yì）次子，琅邪临沂人。王胡之年轻时就美名远播，成人后才华出众，颇有作为。历任丹阳尹、西中郎将、平西将军、司州刺史等。④故欲：确实好像。

【译文】

谢安对刘惔说："在这件事上，王胡之做得确实有点过分了。"刘惔却说："这也体现出名士高尚的情操。"

【解读】

同一件事情的功过好坏，不同人的人会给出不同的评价。这是因为很多事物都是有两面性的，不同的角度看就会有不一样的结论。比如，魏晋时期的名士行为，多是放荡不羁，不符合传统礼仪的。保守一点的人看来，这样的行为就是过分了，而宽容一点或者有相同个性的人却不会觉得有什么不妥，相反还会称赞名士的行为表现出高尚情操。王胡之是当时的名士，估计他也是做了某件有违传统礼仪之行，所以才让谢安和刘惔得出了不同的结论。从这点可见，做了一件事，不能光听一人之见就对自己产生怀疑，也不应受到一人称誉就飘飘然。

【原文】

王子猷①说："世目②士少③为朗④，我家⑤亦以为彻⑥朗。"

【注释】

①王子猷（yóu）：王徽之，字子猷，东晋琅邪临沂人。大书法家王羲之的第五个儿子，王献之的兄长。东晋名士，书法家。书法方面的造诣很深，仅次于其弟王献之。为人不拘礼法，放浪形骸，嗜酒如命，自恃清高，行为怪诞，为世人所不解，被称为"伪名士"。历任车骑参军、大司马、黄门侍郎。传世书帖中有《承嫂病不减帖》、《新月帖》等。②目：评价。③士少：祖约，字士少，东晋范阳道县人。在其兄长镇西将军祖逖死后，接管兄长君权，任豫州刺史，但其才能远不如其兄祖逖，连连失败，最终使东晋丧失大片收复的失地。后来祖约背叛东晋，最终被石勒杀害。④朗：开朗豪爽。⑤我家：指我。⑥彻：极其，非常。

【译文】

王徽之说："世人都说祖约开朗豪爽，我也认为他极为开朗豪爽。"

【解读】

祖约的豪爽，在史书上并无太多记载，只在《世说新语·赏誉》中有一则故事隐约可见：王导曾邀祖约夜谈，两人竟谈了整整一宿，王导在第二天对人说与祖约谈得都忘记了疲劳。如果性格不开朗豪爽，说起话来扭捏拘束，不敢畅所欲言，那王导又怎会与之秉烛夜谈且感觉愉快呢？所以说，王徽之的评论应该不是空穴来风。况且，王徽之这个人一向清高，且直言不讳。他这次能够"人云亦云"，给祖约如此高的评价，也可以说明祖约这个人的确是很豪爽。

无论在朝在野，性格开朗豪爽之人更能结交朋友，古今中外都如此。现代的人际关系中也有这样的现象：性格阴郁孤僻之人，往往都没有多少朋友，而乐观开朗之人则呼朋唤友。

【原文】

谢公云："长史语甚①不多，可谓有令音②。"

【注释】

①甚：非常，很。②令音：好的，卓越的。

【译文】

谢安说："王濛虽然话不多，但往往能够说出高明的言论。"

【解读】

王濛的高明言论从他对戴安道的评论可见，他看见十多岁的戴安道作画时说："此童非徒能画，亦终当致名。恨吾老，不见其盛时耳！"感叹戴安道极具艺术造诣，自己却等不到戴安道创作的巅峰时期。结果证明，王濛的预言是对的，戴安道成了影响中国画风的一代名家。

王濛的话少而精，具有高明的见解，这基于他做人做事的低调和克制态度。他对世事洞察，但不论他人是非，而一旦要表达自己的观点，必定是一针见血地指出要害。刘惔评价他："性至通，而自然有节。"

话不在多，而在于话中的"理"能使人信服，能让人听得懂，在于说的结果是对的。像王濛一样，讲自然的、真实的、朴素的话，而且以一种有节制的不过分的方式说出来，这才是最高明的说话方式。所以说，说话要精妙。

【原文】

谢镇西道敬仁[①]："文学镞镞[②]，无能不新[③]。"

【注释】

①敬仁：指王修，字敬仁，东晋时期人，书法造诣很高。王仲祖之子。官至著作郎。王修少年时就有美善的声誉，他十六岁就写出来了《贤令论》，为世人所追捧。②镞镞：造诣超群。③新：创新。

【译文】

谢尚赞许王修说："他的文藻出类拔萃，没有什么他不能推陈出新的。"

【解读】

王修学东西，不满足于从前辈或者老师那学来的技巧和知识，而是结合自己的思考，创作出不同于人甚至更胜于前人的作品。他不止在文学创作上取得了成就，十六岁就写出《贤令论》，而且在书法上也推陈出新。王修曾向王羲之要书法墨迹，王羲之给他《东方朔画赞》让他临摹。后来王献之看到王修的书法，惊叹道："敬仁的书法进步特快，其势咄咄逼人！"

王修是个学习天才，可惜的是他二十四岁就去世了。然而，尽管他的生命只有短短几年，却能让后人为他做记录。这点说明，一个人的成就并不仅仅在于他留下了多少有价值的东西，还在于他的精神。能够推陈出新，活出自己的风范，这就是活得有价值，有意义。

【原文】

刘尹道江道群[①]"不能[②]言而能不言"。

【注释】

①江道群：江灌，晋朝时期的名士，陈留圉（今河南杞县）人。历任谘议参军、吴郡太守。擅长书法，他的字舒缓闲慢，而又气格自充。②能：擅长。

【译文】

刘惔说江灌这个人"不擅长说话，但擅长不说话"。

【解读】

不擅长说话的人，说起话来容易伤人，还容易使自己置于危险之中。江灌是否也如此，史书并无记载。但是从刘惔对他的评价可以看出，江灌擅长不说话。

自知自己不会说话的缺点，而适时选择沉默，事情的结局就会不一样。也是说，不擅长说话不要紧，只要擅长不说话，就可以弥补不擅长说话的缺点。擅长不说话，其实就是会自保，该沉默时保持沉默，不暴露自己的弱点，不让别人抓住自己的把柄。

【原文】

林公云："见司州[①]警悟交至，使人不得住[②]，亦终日忘疲。"

【注释】

①指王胡之。②住：停止。

【译文】

支遁说："和王胡之交流，他的言语中总能流露出让人佩服的智慧，而且他能很准确地理解你的话语，就算跟他谈论一天也不觉得累。"

【解读】

说话代表了一个人思想内涵的高度，从一个人说话的内容、方式，他与人交谈时对待他人的态度，就可以知道他的内在为人。每个人都喜欢跟有思想、有智慧的人交往，而不是跟粗俗不堪之人交往。像王胡之这样的人，既有自己的智慧，又善于理解他人言语的人，是难得的交谈对象，因为吸收智慧和被人理解都是令人愉悦的事情。而许多人在交谈中经常会犯一个错误：只顾着表达自己，而忘了听对方说，于是也就没能理解对方。只会说不会听，算不上交谈高手。谈话中，很多时候会听比会说还重要。因为人都有被理解、被尊重的需求，只有你听懂了别人的话，别人才会有跟你交谈的欲望。

【原文】

世称苟子[①]秀出，阿兴[②]清和。

【注释】

①苟子：指王修。②阿兴：指王蕴，字叔仁，历任太守、刺史、尚书仆射、旦阳尹等职。王修的弟弟。

【译文】

世人都赞美说王修优秀出众，王蕴性格清静平和。

【解读】

史书记载，王修十六岁写作《贤令论》。刘真长看到《贤令论》后，赞叹不止。此外，王修擅长书写隶书、行书，他的书法达到了神妙的境界。他曾向王羲之学书法，把王羲之的精妙指出都学到了，以至王献之都为之惊叹。

与王修的优秀出众不同，王蕴这个人在才华上则相对平庸。王蕴虽然无才，但他有美好的个性和操行。《晋书》记载王蕴"性平和，不抑寒素，每一官缺，求者十辈，蕴无所是非"。晚年时，王蕴嗜酒，少有清醒之日，但他"犹以和简为百姓所悦"。

王蕴清心寡欲的平和性情和清净无为的为政方式遮掩了他无才的短处，使得他被世人称道。这说明了一个道理：没有才华的时候，修养自身，使自己拥有美好的性格，那我们同样会受人赞美。

【原文】

简文云："刘尹茗柯[①]有实理。"

【注释】

①茗柯：似懂非懂的样子。茗：通“酩”，酩酊。

【译文】

简文帝说：“刘惔看上去懵懵懂懂的，其实他的思路很清晰。”

【解读】

刘惔是当时有名的清谈家，他交游广泛，与老一辈的王导、支遁、蔡谟、何充，以及同辈的王濛、桓温、殷浩、谢尚、许询、谢安等人都有所交往。他身居高位，曾任简文帝的宰相。一个人有着众多知名人士作为朋友，且又被一朝皇帝所看重，他不可能对人情世故是懵懂无知的。所以，刘惔看上去懵懂，应该只是他故作懵懂罢了。毕竟，自古官场险恶，太过于暴露自己的聪慧，可能会惹祸上身。有时候，睁一只眼闭一只眼，或者对所闻所见假装不知，是一种必要的保护自己的手段。

不仅在官场，在现代社会的人际交往中，一个人也应该在必要的时候“懵懂”一些。适当的懵懂，是圆润处理人际关系的必要手段。当然，假装懵懂的前提是你内心是清明的，思路清晰的。

【原文】

谢胡儿①作著作郎②，尝作《王堪传》，不谙堪是何似人，咨谢公③。谢公答曰：“世胄③亦被遇④。堪，烈之子。阮千里⑤姨兄弟，潘安仁⑥中外⑦。安仁诗所谓‘子亲伊姑，我父唯舅’。是许允⑧婿。”

【注释】

①谢胡儿：谢郎字长度，小名胡儿。谢据的长子，太傅谢安的侄儿。官至东阳太守。②著作郎：官名。主要职责是编修国史。③谢公：谢安。④世胄：指王堪，字世胄。⑤遇：受到重用。⑥阮千里：阮瞻字千里，陈留尉氏人。“竹林七贤”之一阮咸之子。性情高雅，精通玄理，又善丝竹之器。⑦潘安仁：潘岳，字安仁，西晋时期的文学家，官至给事黄门郎。今河南中牟人。容貌俊美，才华出众，善诗文，着有《闲居赋》、《秋兴赋》、《悼亡诗》等。赵王伦篡位后，孙秀专政，潘岳遭到杀害，夷三族。

【译文】

谢郎任著作郎时，想要为王堪做传。因不了解王堪，就去请教叔叔谢安。谢安回答说：“世胄也受到朝廷的重用。他是王烈的儿子，阮瞻的姨表兄弟，潘安仁的姑表兄弟，就是潘安仁诗中所说的‘子亲伊姑，我父唯舅’。王堪也是许允的女婿。”

【解读】

谢安的回答，其实已经概括了王堪的一生。也就是说，王堪的一生，毫无事情可言，根本没有为他写传记的必要。平平凡凡的一个人，几句“他是谁的谁”就足以论述他的一生了。

【原文】

谢太傅①重②邓仆射③，常言：“天道无知，使伯道无儿。”

【注释】

①谢太傅：指谢安。②重：器重，很欣赏。③邓仆射：指邓攸，字伯道，中庶子邓殷之孙。历任太子洗马、吏部郎、河东太守，官至尚书右仆射。死后赠光禄大夫。为人正直，有才干。胡人入侵京都时，邓攸曾为了保住弟弟的儿子，把自己的儿子抛弃了。

【译文】

谢安很欣赏邓攸的品格，常常说：“天地无知，竟然让邓攸没有子嗣。”

【解读】

邓攸生活的年代，社会动乱。邓攸带着自己的妻儿以及去世的弟弟留下来的儿子遗民逃亡他乡，食物吃光后，他对妻子说："我的弟弟死得早，只留下了遗民这么个孩子。如果我们带着两个孩子逃命，恐怕谁也保不住。"他决定撇下自己的孩子，只带遗民逃亡。他的妻子痛哭不肯，他劝慰妻子说："我们还年轻，日后还会有孩子的。"

从情感角度上来说，骨肉至亲，如果不是万不得已，邓攸根本没必要舍弃自己的孩子。在当时，道德声望好便有可能被举荐做官。所以邓攸弃子救侄，不免让有的人怀疑他是为了树德求官。

邓攸当时的处境和心境我们无法得知，但从历史记载来看，邓攸并非一个执着于功名利禄的人。这么看来，谢安的感叹是有道理的。在"不孝有三，无后为大"的古代，邓攸能忍痛弃子，舍生取义，实属大义无私。所以难怪谢安会为之钦佩，乃至哀叹他没有子嗣是"天地无知"。

【原文】

谢公与王右军书曰："敬和[①]栖托[②]好佳。"

【注释】

①敬和：指王洽，字敬和，东晋的书法家。历任司徒长史、建武将军、吴郡内史。②栖托：栖身，寄托。

【译文】

谢安在给王羲之的信中写道："王洽有很好的安身立命的本事。"

【解读】

王洽是东晋丞相王导的儿子，他年少有才，擅长书法，为晋穆帝所重，历任散骑中书郎、司徒左长史、建武将军、吴郡内史。后来他被征拜领军，官又升职，他却推辞不受，还无数次向晋穆帝上书，陈述理由，说明苦衷，词意十分恳切。晋穆帝称誉他"清裁贵令"，说他具有清淡的情操和优秀的品质。

王洽出身权贵之家，却不受名利束缚，在官位高升之时请求隐退。在生活有了保障乃至充裕之后，不再涉官场是非，而是遵循自己的乐趣过清净的生活。这就是王洽会安身立命的表现。

【原文】

吴四姓[①]旧目[②]云："张文，朱武，陆忠，顾厚。"

【注释】

①吴四姓：指的是三国时期吴国的四大望族，分别是张昭之族、朱桓之族、陆逊之族、顾雍之族。②目：评论。

【译文】

旧时评论吴郡的四大家族："张家出文臣，朱家出武将，陆家忠诚，顾家敦厚。"

【解读】

三国时期吴国有四大望族，分别是张昭之族、朱桓之族、陆逊之族、顾雍之族。

张昭擅长文书，曾在孙策创业时在他手下任长史、抚军中郎将，文武之事。孙权称帝后，张昭辞官，在家著《春秋左氏传解》及《论语注》。张昭的儿子张承同样有文采，年少时就以才学知名，曾为骠骑将军孙权的下属。

朱桓是吴国名将，他擅长带兵打仗，且为人重义轻财，深受士兵爱戴。他曾多次与曹魏军队交战，名震敌国。朱桓的儿子朱异同样威猛，孙权评价他有谋略而镇定。朱异曾代父领兵，后升任镇西将军时，击败魏将诸葛诞。

陆逊十岁丧父，随其从祖父庐江太守陆康生活。孙策攻打庐江城，陆康守城三年，最后因病而死。陆逊也不逊色。他长大后为吴国效命，历任吴国大都督、上大将军、丞相。陆逊一生耿直忠贞，晚年因力保被诬陷的太子孙和而被孙权责罚，忧愤而死。陆逊的儿子陆抗是东吴最后一名将领，曾力劝孙皓不要穷兵黩武，损耗不听，陆抗无奈，只好恪尽职守，力保疆土。陆抗的儿子陆机、陆云、陆耽后来为西晋效力，也都尽忠尽责，然而亦因此卷入政治斗争，在“八王之乱”中惨遭杀害。

顾雍是吴国重臣，曾任东吴宰相年，他以德辅政，不为权势所屈，使东吴邦内清肃，国富兵强。孙休在顾雍去世后称赞他说：“故丞相雍，至德忠贤，辅国以礼。”顾雍性格谦恭克己，他对子女的教育也很严格，他的子孙也都敦厚忠实。顾雍的长子顾邵博览群书，好乐人伦，少年时与舅父陆绩齐名，胜过陆逊、张敦、卜静等人。

吴国的四大家族各有各的家族优势，然而他们被称为名望之族并非他们各家的权势有多大，而都是因为他们能够以德服人。无论是文臣张昭、顾雍之族，还是武将陆逊、朱桓之族，他们的家族之人都有着诸如忠诚、善良、敦厚、正直、文雅、谦虚等方面的优点。如果只是有钱有势，他们必定无法在人们心中建立好的声名。这一点说明，人们无论是评论一个人也好还是评论他的家族也好，最终还是会以他们的内在修养为评判的要素。

【原文】

谢公语王孝伯①：“君家蓝田②，举体③无常人事④。”

【注释】

①王孝伯：王恭，字孝伯，小字阿宁，太原晋阳人。王濛之孙，王蕴之子，东晋时期的大臣。少有美誉，入朝为官后刚正直言，痛心朝事。历任前将军、青兖二州刺史。因不满朝政，曾两度起兵讨伐朝臣，第二次讨伐兵败被杀。桓玄把持朝政后，追赠王恭为侍中、太保，谥曰忠简。②蓝田：指王述，字怀祖，太原晋阳人。少年丧父，袭封蓝田侯，人称王蓝田。王述年轻时，在家侍奉母亲，甘守清贫，不求显达。后来王导以其门第为由，征召他入朝为官。历任扬州刺史、卫将军、尚书令、散骑常侍等官职。③举体：整个身体。举：整，整个。④常人事：普通人的事。指王述的行为跟普通人不一样。

【译文】

谢安对王孝伯说：“你们家的王述，整个人跟平常人不一样。”

【解读】

说一个人不同于常人，有可能是褒扬他超凡脱俗，也有可能是贬损他反常。从王述其人以及谢安对他的另一些评价之语来看，谢安对王孝伯评论王述的话，应该是褒扬之意。

王述的身上，有着明显的人性矛盾，然而他每做一件事情，都痛快淋漓，毫不扭捏地将自己的态度展现出来。王述丧母时，王羲之前去吊丧，到了门口看见王述出来迎接就故意不进去了。王述后来做了王羲之的顶头上司，让人检举王羲之为政中的错误，把王羲之逼得主动辞职。

王述的不同于人，大概在于他可好可坏，而无论是好是坏他都光明磊落。谢安还评论过他说：“掇皮皆真”——剥去他的皮，体内也全是真诚的。

【原文】

许掾①尝诣简文，尔时②风恬③月朗，乃共作曲室④中语。襟怀之咏⑤，偏是许之所长。辞寄清婉，有逾⑥平日。简文虽契素⑦，此遇尤相咨嗟，不觉造⑧膝，共叉手语，达于将旦。既而曰：“玄度才情，故⑨未易多有许⑩。”

【注释】

①许掾（yuàn）:指许询。字玄度,高阳人。少有才华,人称神童,善作五言诗。终身隐居不仕,与谢安、王羲之、孙绰、支度等人交往甚密，是东晋玄学诗的代表人物。②尔时：那时。③恬：恬静，柔和。④曲室：私人房间。⑤襟怀之咏：指抒发情怀。⑥逾：超过，超出。⑦契素：一贯交好，兴趣相投。⑧造：靠近，接触。⑨故：确实。⑩许：语气助词，没有实际意义。

【译文】

许玄度有一次拜访简文帝，当时正风清月朗，于是二人一起来到房间里畅谈。抒情咏诗是许玄度的特长。这个晚上，他的言辞清丽婉约，胜于往日。简文帝平日里就与他要好，这次更是赞叹许玄度的才华，不自觉地坐在许玄度的旁边，握着他的手交谈，一直到天明。后来简文帝赞赏说：“许玄度的才华，真是不可多得。”

【解读】

许玄度是东晋的清谈名家，也是才华卓越的文学家。他与当时的王羲之、孙绰等人齐名，和名士刘惔、王濛、王坦之、谢安等都有交往。许玄度好游山水，不争名利，为了逃避做官而隐居。他又擅长分析玄理,具有优雅清净的气质。时人赞誉他“询有才藻,善属文,时人士皆钦爱之”“能清言，于时士人皆钦慕仰爱之”。

简文帝对许玄度十分欣赏，经常找他聊天或者设话题进行辩论。当时的社会盛行玄谈之风，上至皇帝官员，下至平民百姓都以有文采学识，善于清谈为荣。简文帝“清虚寡欲，尤善玄言”，与许玄度有着相同的爱好。

【原文】

殷允①出西②，郗超③与袁虎④书云：“子思⑤求良朋，托⑥好足下，勿以开美⑦求⑧之。”世目袁为“开美”，故子敬⑨诗曰：“袁生开美度⑩。”

【注释】

①殷允:字子思，陈郡人。清雅谦卑，有儒士之风。②出西:到西边，这里指到京城。③郗超:字景兴，一字嘉宾，高平金乡人。东晋大臣，桓温的重要幕僚之一。东晋开国功臣郗鉴之孙。少年早熟，聪明过人，十几岁时被抚军大将军司马昱辟为椽。桓温死后，郗超去职。④袁虎:袁宏，字彦伯，小字虎，时称袁虎。陈郡阳夏人。东晋时期的文学家、史学家。曾做桓温大司马府记室参军，官至东阳太守。⑤子思：指殷允，字子思。东晋陈郡人。殷康第六子。恭敬谦卑，有儒士之风。官至吏部尚书。⑥托：托付，寄托。⑦开美：开朗美好性情。⑧求：要求。⑨子敬：指王献之。东晋时期的大书法家、诗人。“书圣”王羲之的第七子,以行书和草书闻名于世。历任主簿、秘书郎、秘书丞、长史、吴兴太守、中书令等官职。与其父王羲之并称“二王”。⑩度：风度。

【译文】

殷允到了京城，郗超写信把他介绍给袁虎，信中写道：“殷允想找个良友，我就把他委托给您了，请不要用‘豁达开朗’的标准要求他。”世人都认为袁虎气度豁达，为人开朗，所以王献之曾写诗说：“袁生开美度。”

【解读】

殷允是否豁达开朗，史上并无记载。时人何以以豁达开朗评价殷允，我们不得而知。郗超作为殷允的朋友，与殷允有过实际接触，相对于其他人，他更了解殷允本人。他知道人们的评价可能言过其实，所以才在信中特别嘱咐袁虎不要把世人对殷允的评价作为要求殷允的标准。

又或者，殷允本人确实是豁达开朗的，但为了确保袁虎能够接受这么个新朋友，郗超还是先提醒一下，让袁虎降低期望值。期望值降低了，到真正接触的时候，才不会因为预想过高而失落。

毕竟，被人捧得再高的优点，也难免有无法发挥的时候。而两个互相不认识的人相处，也是需要磨合的。从这点来说，郗超的介绍信写得十分好。他既指出了殷允的优点，也表明了自己希望袁虎宽容对新友这一期望。

【原文】

谢车骑①问谢公："真长②至峭③，何足乃重④？"答曰："是不见耳！阿⑤见子敬⑥，尚使人不能已⑦。"

【注释】

①谢车骑：指谢玄，字幼度，陈郡阳夏人，谢安之侄。东晋时期的著名将领、文学家、军事家。治国之才，善于治军。年少时就很聪明，被其叔父谢安所器重。太元二年，前秦苻坚举兵南侵。在宰相谢安的推荐下，谢玄被任命为建武将军、兖州刺史，领广陵相，在长江一带构筑防御工事。淝水之战中，一举打败苻坚。②真长：指刘惔，字真长，世称"刘尹"，善于玄学辩论，为政清廉。简文帝初任宰相，后累迁丹阳尹。着有文集二卷，《唐书经籍志》传于世。③至峭：非常苛刻严厉。至：很，非常。峭：严厉。④重：器重。⑤阿：指我。⑥子敬：指王献之。⑦已：停止。

【译文】

谢玄问谢安："刘惔非常苛刻严厉，为什么还这么推崇他？"谢安回答他说："你是没有见过他罢了！我见到子敬还禁不住赞美，更何况是刘惔呢！"

【解读】

谢玄因为刘惔苛刻严厉而否定他，谢安却认为刘惔优点多于缺点，值得赞美。谢安说出了做人、待人的真理：一个人不可能是完美的，他多多少少会有一些缺点，但我们能因为一个人的某个缺点就否定他所具有的优点吗？很明显，优点掩盖不了缺点，缺点也同样也不能抹杀优点的存在。所以说，要学会欣赏一个人，必须要与他有真实的接触和了解。

谢安看人，不以单方面的好坏做定论，而是从这么一个道理去论定：一个人即使他不如别人优秀，但只要他有优秀的一面，他就值得我们为那一面而赞美。

【原文】

谢公领①中书监，王东亭②有事应同上省③。王后至，坐促④，王、谢虽不通⑤，太傅犹敛膝容之。王神意⑥闲畅⑦，谢公倾目⑧。还谓刘夫人⑨曰："向⑩见阿瓜⑪，故自⑫未易有。虽不相关，正是使人不能已已⑬。"

【注释】

①领：任职。②王东亭：王珣，字符琳，小字法护，东晋琅邪临沂人。王导之孙，王洽之子。历任左仆射、加征虏将军、太子詹事、尚书令、散骑常侍等职位。死后谥献穆。③上省：到朝廷。④促：狭窄。⑤不通：不相往来，不交往。王、谢虽不通：王、谢两家不相往来有两个原因：一是王家依附桓温，而谢家支持晋室，两家的政治倾向不同；二是王家兄弟都娶了谢家女儿作妻子，谢安因猜忌，让谢家两女儿与王家绝婚，二族遂成仇。⑥神意：神态。⑦闲畅：安闲舒畅。⑧倾目：侧目而视。⑨刘夫人：谢安的妻子刘氏。⑩向：刚刚，不久前。⑪阿瓜：指王珣，小名阿瓜。⑫故自：确实，表示肯定。⑬已已：停止。

【译文】

谢安任中书监时，王珣有事要和他商量，和他一起坐车到中书省。王珣后来的，没有座位。谢安跟王珣虽然平日里不来往，但依然收拢膝盖让出空位给王珣坐。虽然很挤，王珣依然神情安定。谢安在旁边侧目注视。谢安回到家中，对刘夫人说："刚才我看到王珣，确实是不可多得的人才。

虽然我们平时不来往，但我还是不自禁地佩服他。”

【解读】

王珣和弟弟王珉都曾是谢家的女婿，后来两家互相猜忌，两兄弟就都与谢家女儿离了婚，自此两家成仇敌，不相往来。

王珣和谢安同坐车时，两人行同陌生人。然而，谢安却表现出了豁达，收拢膝盖让出空位给王珣，而王珣也表现出了非仇敌的友好，坦然自若地与谢安相对无语。他们两人对待仇敌的态度，优雅大方。王珣和谢安两人不因关系不好而在对方面前表现得粗俗无礼，而谢安更是能够欣赏与自己有间隙的人，他们这种处理人际矛盾的良好态度值得我们现代人学习。

【原文】

王子敬语谢公：“公故[①]萧洒。”谢曰：“身不萧洒，君道[②]身最得[③]，身正自调畅。”

【注释】

①故：确实。②道：说。③最得：很舒服，很得意。

【译文】

王献之对谢安说：“你确实洒脱。”谢安说：“我并不洒脱，你看到我身心惬意，只不过是因为我身心畅通罢了。”

【解读】

谢安的回答指出他并非天生洒脱，而是因为他善于调节自己，使自己身心畅通。

谢安的话，道出了洒脱的真相：人生不如意之事十有八九，人与人纵使境遇不同，但整体面对的喜怒哀乐比例并无多大差别。一个人，快乐不快乐，洒不洒脱，关键不在于他的天性，而在于他是否能够疏通自己的内心，让自己保持身心畅通。——学会平衡自己的情绪，调整自己的态度，让自己从容地面对所有的逆境，消除消极心态，这才是洒脱的由来和本质。

【原文】

谢车骑初见王文度[①]，曰：“见文度，虽萧洒相遇，其复愔愔[②]竟夕[②]。”

【注释】

①王文度：指王坦之，字文度，太原晋阳（今山西太原）人，东晋名臣。王述之子。敢于直言，与谢安、名僧支度交情很深。历任侍中、中书令、北中郎将等职位。死后赠安北将军。②愔愔：形容和悦的样子。③竟夕：一整天。

【译文】

谢玄初次见到王坦之后，对别人说：“初见王坦之，开始我觉得他风流潇洒、和颜悦色，后来发现他整个晚上都是这样的。”

【解读】

一个人能给另一个人良好的第一印象，已经十分难得。能在长时间都给对方好印象，那就更能难得了。所以说，如果不是王坦之平时就有好的素质和修养，并有着迷人的个性或风姿，他根本就不可能自然而然地做到一整晚都是风流倜傥、和颜悦色的样子。历史记载，王坦之有气魄，年轻时与郗超齐名，当时有谚云“盛德绝伦郗嘉宾，江东独步王文度”。从这点来说，谢玄的评价应该是正面的。

【原文】

范豫章[①]谓王荆州[②]：“卿风流俊望[③]，真后来之秀。”王曰：“不有此舅，焉有此甥？”

【注释】

①范豫章：即范宁，字武子，南阳顺阳人。东晋时期的经学家。《后汉书》作者范晔的祖父。曾任中书郎、豫章太守等职位。②王荆州：指王忱，字符达，小字佛大，东晋太原晋阳人。王坦之的第四子。弱冠知名，才华过人，与王恭、王珣名望相当。官至荆州刺史、建武将军。后卒于官，谥曰穆。③望：有名气。

【译文】

范豫章对王忱说："你才华横溢，名声雀起，真是后起之秀。"王忱说："没有您这样的舅舅，哪里会有我这样的外甥。"

【解读】

生活中，很多人都受到过别人的赞美，然而不一定人人都会正确回应他人的赞美，而又极少有人能做出精彩的回应。受到赞美时，更多的人会因为高兴而只想到礼貌简单地回复一句"谢谢"，如果是同辈的人赞美我们，那"谢谢"的回答只是刚好达到交际礼仪的要求而已。而如果是尊敬的长辈或者比我们更优秀的人赞美我们，那"谢谢"显然不够用。因为这些人的赞美是很难得的，他是对我们的极大肯定，甚至还带有一种厚望，所以在接受赞美的时候我们应该想着如何表示谦虚。这时候，自谦才是最好的礼貌，而不是代表感激的"谢谢"。王忱回答的高妙之处，就在于他在接受赞美的同时还表现出了谦虚，而他的谦虚中还有着对舅舅范宁的赞美，甚至可以说是奉承。

【原文】

子敬与子猷[①]书，道："兄伯萧索寡会[②]，遇酒则酣畅忘反[③]，乃自可矜[④]。"

【注释】

①子猷：指王徽之，王羲之的第五子。东晋时期著名的书法家。嗜酒如命，性格放荡，自恃清高，为世人所不解。其书法成就仅次于其弟王献之。历任车骑参军、大司马、黄门侍郎，政绩不佳。②萧索寡会：独自一人，不合群。萧索：孤单萧条的样子。寡会：很少参与集会。③反：同"返"。④可矜（jīn）：值得夸赞认可。矜：可贵，骄傲。

【译文】

王献之给兄长王徽之写信，写道："兄长平日里独自一人，很少与人交往。但遇到酒则开怀畅饮，流连忘返，很值得称赞。"

【解读】

王徽之是东晋时期出了名的清高之人，他爱竹、爱酒，且都爱出了非常自我的个性。他曾看上一家院子里的竹，院子主人扫了厅堂迎他进门，他却看够了竹子就要走人。他又曾夜访戴安道，乘酒兴出发，到了戴安道家门，酒兴已尽就直接返回。他在大将军桓温手下管马匹，却对马匹生死和数目一无所知，还借孔子"不问马"的话来替自己开脱。王徽之过于清高，性情怪诞嚣张，以致当时的人们都只是欣赏他的才华却鄙视他的行为。

即便与他人格格不入，王徽之还是有一个最好的朋友，那就是他的弟弟王献之。史书记载，王徽之"尝夜与弟献之共读《高士传赞》，献之赏井丹高洁，徽之曰：'未若长卿慢世也。'"兄弟俩一起秉烛夜读，互相讨论书中人物，可见他们感情甚好。而此篇短文描写王献之对王徽之发自内心的赞赏，也说明了这点。

【原文】

张天锡[①]世雄[②]凉州，以力弱诣[③]京师，虽远方殊类，亦边人[④]之桀[⑤]也。闻皇京多才，钦羡弥⑥至。犹在渚⑦住，司马著作往诣之。言容鄙陋，无可观听。天锡心甚悔来，以遐外⑧可以自固。王弥有俊才美誉，当时闻而造⑨焉。既至，天锡见其风神清令⑩，言话如流，陈说古今，无不贯悉。又谙⑪人物氏族中表，皆有证据。天锡讶服。

【注释】

①张天锡：字纯嘏，十六国时期前凉政权的最后一位君主。后来前凉被苻坚攻破，张天锡投降苻坚。淝水之战后，苻坚大败，张天锡又趁机降晋。②雄：称霸。③诣：来到。④边人：边疆地区。⑤桀：通“杰”，枭雄。⑥弥：及其，非常。⑦渚：江边的小洲。⑧遐外：边外，这里指凉州。⑨造：拜访。⑩清令：清雅秀美。⑪谙：熟悉。

【译文】

张天锡世代雄霸凉州，后来因为势力变弱，来到京都。他虽然是异族之人，但在边疆也算得上是一位枭雄。听说京都人才济济，张天锡羡慕至极。他还在江边的小岛上住着时，司马著作前去拜访。张天锡见司马著作言语鄙陋，没有一点值得欣赏的地方，很是后悔来这里，认为在凉州还能自守。王弥有俊才的美称，当时他听说张天锡的消息后就去拜访他。张天锡见他风度翩翩，说话机敏，谈论古今，无所不知，又对士族之间的关系很熟悉，讲起来有根有据。张天锡很惊讶也很佩服。

【解读】

人们都不愿与言语粗俗的人交往，而是愿意与有学识、口才的结交。因为跟这样的人在一起，你可以学到东西，甚至可以找到为人处事乃至建功立业的方法。所以，自古以来，有志之人都喜欢与有才之人结识，而英雄好汉、帝王将相也都会寻觅贤才来做自己的臣子下属。每个人都知道择友、择人才的标准，张天锡自然也不例外。他虽然流落京城，但他到底做过一朝之主，知道什么样的人值得交往，什么样的人是平庸无用之辈。所以，他对司马著作到来的失望，以及对王弥的欣赏，就有理可循了。

【原文】

王恭①始与王建武②甚有情，后遇袁悦③之间，遂至疑隙。然每至兴会④，故有相思。时恭尝行散⑤至京口射堂⑥，于时清露晨流，新桐初引⑦，恭目之曰：“王大故自濯濯⑧。”

【注释】

①王恭：字孝伯，小字阿宁，太原晋阳人。王濛之孙，王蕴之子，东晋时期的大臣。少有美誉，入朝为官后刚正直言，痛心朝事。历任前将军、青兖二州刺史。因不满朝政，曾两度起兵讨伐朝臣，第二次讨伐兵败被杀。桓玄把持朝政后，追赠王恭为侍中、太保，谥曰忠简。②王建武：指王忱。③袁悦：字符礼，东晋陈郡阳夏人。父亲是袁朗。曾为会稽王司马道子效力，桓玄击败司马道子后，被杀。④兴会：触发感慨。⑤行散：服药后散步，以便发散药力。⑥射堂：射箭取乐的地方。⑦引：发芽。⑧濯濯：明净的样子。

【译文】

王恭起初与王忱交情很好，后来他们受到袁悦的挑拨，彼此有了间隙。然而每次触景生情，王恭总会思念王忱。有一次，王恭服药后，走到京口射堂行散，见到晨露附着在梧桐新发的枝芽上，闪着光芒，说道：“王忱就像这新芽一样清雅明净。”

【解读】

关系不在了，情谊还在。在东晋，这种现象其实反映了当时文人名士内心的清高和矛盾。关系破裂了，心里又还有着对对方的欣赏或思念，这是他们内心矛盾的体现。然而纵使欣赏、思念，他们也不会主动示好、求和，这是源于他们内心的清高。

从另一个方面来说，在心里有间隙甚至可能记恨对方的同时，又还保留对对方的欣赏，这又是一种理性和宽容的性格体现。不把双方的矛盾、仇恨和对方的人品混为一谈，而是将它们分开，正确看待对方，承认对方的优点——能够做到这样，心必须是清明而宽厚的。所以说，王恭对王忱的赞赏，除了说明王忱本人的魅力之大外，也可见王恭这个人的大度。

【原文】

司马太傅①为二王②目曰："孝伯亭亭③直上，阿大罗罗④清疏⑤。"

【注释】

①司马太傅：指司马道子，河内温县人，简文帝的儿子，孝武帝亲弟，被封会稽王。孝武帝死后，司马道子趁机掌权，任用王国宝等宠臣，导致朝纲紊乱。后被桓温击败，遭流放，不久被杀。②二王：指王恭、王忱。③亭亭：耸立挺拔的样子。④罗罗：豁达开朗。⑤清疏：清雅稀疏。

【译文】

司马太傅评论王恭、王忱："王恭孤傲正直，如树之亭亭；王忱开朗豁达，如木之清疏。"

【解读】

司马道子是晋孝武帝的弟弟，王恭是晋孝武帝皇后的兄长，两人有亲家关系，经常来往。司马道子说王恭孤傲正直，是因为他多次见识王恭的孤高正直之行。司马道子曾任会稽王，手下有一人叫袁悦之。袁悦之受司马道子宠信，常劝司马道子专掌朝权。王恭于是将这事情上报孝武帝，袁悦之不久就被论罪处死。王恭还在司马道子面前批评过他的尚书令谢石，谢石醉酒后唱起粗俗的民谣，被王恭严正指责。司马道子喜爱有夫之妇裴氏，竟纵容她在宾客面前耍疯卖癫。众人慑于司马道子的权威，敢怒不敢言。王恭直接向司马道子抗议道："未听闻过宰相座上会有失行妇人。"

王忱曾是王恭的朋友，他为人真诚坦率，开朗豁达。王忱好饮酒，曾感叹"三日不饮酒，觉形神不复相亲"。他可以连醉数月，不管人世，甚至到了裸体行走而不自知的地步。他有一次拜访王恭，看上王恭一张竹席，于是直接开口索要。他的舅舅范宁一日同时接见他与张玄，范宁让王忱与张玄说话。张玄整好衣服等待王忱上前主动攀谈，王忱却一言不发，以至张玄羞愧离去。过后范宁责怪王忱，王忱说："他想要认识我的话，为何要等我上前呢？"

【原文】

王恭①有清辞简旨②，能叙说而读书少，颇有重出③。有人道："孝伯常有新意，不觉为烦。"

【注释】

①王恭：字孝伯，小字阿宁，太原晋阳人。王濛之孙，王蕴之子，东晋时期的大臣。②清辞简旨：清雅的辞藻，简约的旨意。③重出：重复出现。

【译文】

王恭口才很好，说话辞藻清雅，简明扼要，只是读书太少，经常重复引用某些典故。但是，人们常夸赞："王恭说话有新意，听多少遍也不觉得厌烦。"

【解读】

读书多的人不一定有口才，因为口才不是对知识的重复，而是个人思想的表达。王恭虽然书读得少，所知道的典故和别人的知识言论不多，但他有自己的思想见解。所以，即便是重复多次的典故，他也能讲出不一样的精彩。他言语之间透露的新意是个人思想的体现，他的头脑是灵活的，思想也是变通的，所以说出的话也不是死板的。

相对于读书多而没有自己思想主张的人来说，像王恭这样读书少但能够进行自我思考的人更让人喜欢。听这样的人说话，也是一种乐趣。

【原文】

殷仲堪[①]丧后，桓玄问仲文[②]："卿家仲堪，定[③]是何似人？"仲文曰："虽不能休明[④]一世，足以映彻九泉。"

【注释】

①殷仲堪：表字不详，陈郡长平人，殷融之孙。东晋末年重要官员，历任晋陵太守、太子中庶子，后都督荆、益、宁三州军事。他开始与桓玄及杨佺期结盟对抗朝廷，逼令朝廷屈服。后来与桓玄分道扬镳，最终被桓玄打败，自杀而亡。②仲文：指殷仲文，陈郡人，殷仲堪的从兄。年少时才华出众，善著文，有美貌。历任骠骑参军、新安太守。最初依附桓玄，桓玄兵败后，又归顺朝廷。③定：究竟。④休明：清明美好。一般形容德行美好。

【译文】

殷仲堪死后，桓玄问殷仲文："你哥哥仲堪到底是个什么样的人？"仲文说："虽然不能休明一世，也足可以照彻九泉。"

【解读】

殷仲堪生性质朴而忠孝。父亲重病卧床多年，他一直侍奉前后，还为了治好父亲的病而钻研医术。看见父亲深受病痛，他常垂泪不知，最后竟因用涂药的手抹眼泪而弄瞎了一只眼睛。殷仲堪又有报复之心，期望能尽一己之力为国家做贡献。他出任荆州刺史时，王珣怀疑他过于仁厚，无能为政，他回答说："帝舜时的法官皋陶制订了刑法，不算不贤德；孔子担任了司寇的职责，也不算不仁爱。"上任后，殷仲堪也因仁德为政而深受百姓爱戴。荆州常遭水旱之灾，殷仲堪吃饭时不敢有一粒剩余，还告诫他的孩子们说："人们以为我升官后就不会像以前那样简朴了，但我坚持不变。清贫本是一个人的操守，怎能登上树枝而损毁树根呢？你们千万不要忘本！"

殷仲堪的仁厚，即使是杀死他的桓玄也不得不承认。殷仲堪曾挟持桓玄兄长桓伟为人质。桓玄却不担心桓伟安危，说："仲堪这个人没有决心，也没有狠心，我的兄长一定不会有事！"殷仲堪果然没有伤害桓伟。

品藻第九

【原文】

汝南陈仲举，颍川李元礼二人，共论其功德，不能定先后。蔡伯喈[①]评之曰："陈仲举强于犯上[②]，李元礼严于摄下[③]，犯上难，摄下易。"仲举遂在"三君[④]"之下，元礼居"八俊[⑤]"之上。

【注释】

①蔡伯喈：蔡邕，字伯喈，陈留围人，东汉文学家、书法家。董卓当政时拜他为左中郎将，后人称他"蔡中郎"。②犯上：冒犯上司。③摄下：严厉要求部下。④三君：文中指的东汉时三个受人敬仰的人，分别是窦武、刘淑、陈蕃。⑤八俊：这里指东汉的李膺、荀昱、杜密、王畅、刘佑、魏朗、赵典、朱寓八人。

【译文】

人们评论汝南陈仲举和颍川李元礼时，认为二人都做出了瞩目的功绩，不分上下。蔡伯喈则评论说："陈仲举有胆量冒犯上司，李元礼对部下很严厉；敢于犯上很难，威慑部下容易。"所以，陈仲举位于在"三君"之末，李元礼位于"八俊"之首。

【解读】

自古以来，评论功绩时，人们都常常是只以结果论成败或主次排名。其实，这种论定方式是有失公正的。正如蔡伯喈所说的，论定一个人的功劳，不单要看他的结果，还要看他取得功劳的方式，他与其他伙伴包括上司的人际处理态度。也就是说，功绩的评定应该加入个人人格魅力这一项考核因素。同样的功劳，人格魅力更大的人，他的功劳也应该更高。因为人格魅力高的人，他能舍己为人，又能圆润地处理自己和部下、上级的关系，他在建功的时候所损耗的团队力量也必定是较少的，而他付出的努力也会更大。所以，相对于敢威慑部下的李元礼，敢于犯上的陈仲举应该功劳一筹。

【原文】

庞士元[①]至吴，吴人并友之[②]。见陆绩、顾劭、全琮[③]，而为之目[④]曰："陆子所谓驽马[⑤]有逸足[⑥]之用，顾子所谓驽牛[⑦]可以负重致远。"或问："如所目，陆为胜[⑧]邪？"曰："驽马虽精速，能致[⑨]一人耳。驽牛一日行百里，所致岂一人哉？"吴人无以难[⑩]。"全子好声名，似汝南樊子昭[⑪]。"

【注释】

①庞士元：庞统，字士元，号凤雏，汉时荆州襄阳人。三国时期，刘备的重要谋士，才智与诸葛亮齐名，官拜军师中郎将。后来不幸被流矢所中身亡，英年早逝，刘备悲痛万分，追赠关内侯，谥曰靖侯。②友之：和他交朋友。③陆绩、顾劭、全琮：陆绩，字公纪，吴郡吴县人，博学多识，通晓天文、历算，曾作《浑天图》等。顾劭，字孝则，三国时吴郡吴人，顾雍长子。全琮，字子璜，扬州吴郡钱唐县人，三国时期吴国名将。善军事，有谋略。④目：评论。⑤驽马：劣性的马，下等马。⑥逸足：跑得快。⑦驽牛：慢牛。⑧胜：胜出，优越。⑨致：到达，这里引申为运载。⑩无以难：没有反驳的话。难：诘问，诘难。⑪樊子昭：北汉末年汝南人，初为小商贩，

后被人推荐入朝为官。

【译文】

庞统来到吴国，吴人都把他当朋友。见过陆绩、顾劭、全琮后，庞统对三人评论说："陆绩就像驽马一样，跑得快；顾劭就像驽牛一样，能到远方。"有人问道："照你这么说，陆绩应该胜过顾劭？"庞统解释说："驽马虽然跑得快，也只能载一人而已；驽牛一日只行百里，但它能载动的岂止一人？"吴人无可反驳。庞统又说："全琮喜欢追求名声，和汝南的樊子昭一样。"

【解读】

按照庞统的比喻，驽马型的人即爆发型的人，而驽牛型的人属于脚踏实地型的。"驽马"追求速度，无法与多人合作，他的优秀能干即使能把他带向更远的境界，但却不能广泛地有益于他人。"驽牛"不急于前进，而是脚踏实地，有团队精神。他到达目的地没有那么快，但他能引领更多的人一起奔向成功，所以最终他的功劳会比"驽马"大得多。也因此，庞统认为顾劭比陆绩优秀。

在现代社会，很多企业都注重企业文化、团队精神。如果一个人在自己获得成功的同时，还能帮助其他同事一起进步。无疑，他属于驽牛型的人，而他也会更受欢迎。

【原文】

顾劭①尝与庞士元②宿语③，问曰："闻子名知人，吾与足下孰愈④？"曰："陶冶⑤世俗⑥，与时浮沉，吾不如子；论王霸之余策，览倚仗⑦之要害，吾似有一日之长。"劭亦安⑧其言。

【注释】

①顾劭：字孝则，三国时吴郡吴人，顾雍长子。②庞士元：指庞统。③宿语：夜谈。④愈：更胜一筹。⑤陶冶：教化。⑥世俗：指百姓。⑦倚仗：出自《老子》"祸兮福所倚，福兮祸所伏"。指祸福之间的相互依存，相互转化。⑧安：认可。

【译文】

顾劭曾经与庞士元秉烛夜谈。顾劭问庞士元："听说您以知人善用闻名，我跟足下比较，谁更胜一筹？"庞士元说："教化万民，与时俱进，这方面我不如你；但论帝王之策，观察祸福转化的关键，我更强一些。"顾劭也认可他说的。

【解读】

顾劭有知人善用的才能，庞统在评价他与陆绩时就把他比作一头"驽牛"，说他相对于"驽马"陆绩，能承载更多的人。从庞统的评价可见他十分欣赏顾劭，而两人能够秉烛夜谈又说明了他们情谊深厚。在两个交情至深的人之间，没有什么话是不可以公正说出来的。庞统对顾劭的回答，正是基于他们之间的理解和欣赏。当然，无论是不是朋友，当拿自己和别人比较时，也都应该是这样：同时看到双方的优缺点。只有看清了各自的优劣，才能取长补短，与时俱进。

【原文】

诸葛瑾①弟亮②，及从弟③诞④，并有盛名，各在一国。于时以为"蜀得其龙，吴得其虎，魏得其狗"。诞在魏与夏侯玄⑤齐名；瑾在吴，吴朝服其弘量⑥。

【注释】

①诸葛瑾：字子瑜，琅邪阳都人，三国时期东吴大臣。诸葛亮之兄。深得孙权器重。官至大将军，领豫州牧。②亮：指诸葛亮，诸葛瑾之弟。诸葛亮，字孔明，号卧龙。蜀国丞相。被封为武乡侯，死后追谥忠武侯。代表作有《出师表》、《诫子书》等。③从弟：堂弟。④诞：指诸葛诞，字公休，琅邪阳都人。三国时期魏将，官至征东大将军。后起兵造反，兵败被杀，夷三族。⑤夏

侯玄：字泰初。夏侯尚之子。受曹爽提拔官至征西将军。后曹爽一族被司马懿剿灭，夏侯玄等人欲发动政变诛杀专权的司马师，计划失败。夏侯玄、李丰、张缉等人皆被杀害，并夷灭三族。⑥弘量：宽宏的气量。

【译文】

诸葛瑾和弟弟诸葛亮，以及堂弟诸葛诞，各在一国，并都有很高的名望。当时的人们都说："蜀国得到了龙，吴国得到了虎，魏国得到了狗。"诸葛诞在魏国与夏侯玄齐名；诸葛瑾在吴国，吴国人都很佩服他宽宏的气量。

【解读】

诸葛亮蜀汉的丞相，同时是一名杰出的政治家、军事家。他为蜀汉鞠躬尽瘁，呕心沥血。诸葛亮在军事行动中为了帮助蜀汉赢得胜利，充分发挥他的才智，发明了木牛流马、孔明灯等，并改造连弩，使一弩可同时发射十支箭。

诸葛瑾是诸葛亮的兄长，他为东吴效力，深得孙权信赖。诸葛瑾的最大功劳就是帮助东吴建国，并努力缓和蜀汉与东吴的关系。孙权称帝后，诸葛瑾官至大将军。

诸葛诞是诸葛亮、诸葛瑾的宗族，他在曹魏做事，与夏侯玄等人交好。魏明帝曹叡不喜欢诸葛诞和夏侯玄，认为他们两人不过追求浮华的沽名钓誉之辈，于是将他们免职。

时人根据诸葛亮、诸葛瑾和诸葛诞的才能，分别把他们比作龙、虎、狗，这评定既是公平的，也是戏谑的。

【原文】

司马文王[①]问武陔[②]："陈玄伯[③]何如其父司空[④]？"陔曰："通雅博畅，能以天下声教为己任者，不如也；明练简至，立功立事，过之。"

【注释】

①司马文王：司马昭，字子上，河内温人。西晋王朝的奠基人之一。司马懿的次子，司马师的弟弟，西晋开国皇帝司马炎的父亲。司马昭继承父兄的权力，弑魏帝曹髦，控制了曹魏政权。其子司马炎称帝后，追尊司马昭为文皇帝。②武陔：字符夏，沛国竹邑人，与陈泰交好。③陈玄伯：指陈泰，字玄伯，颍川人。三国时期曹魏武将，司空陈群之子。魏文帝时官至尚书令。魏明帝时为司空。④司空：指陈群，字长文，颍川许昌人。三国时期著名政治家。深得曹操器重，曹魏重臣。创建了"九品中正制"和曹魏律法。历任御史中丞、吏部尚书等职位，封昌武亭侯。后任尚书令、镇军大将军等职。曹丕死后，陈群受诏辅政，成为顾命大臣。公元年，陈群病逝，谥靖侯。

【译文】

司马昭问武陔："陈泰比起他的父亲来，怎么样？"武陔说："通达事理，清雅博学，能够把教化百姓为己任，从这方面比，陈泰不如他父亲；但陈泰精明干练，能够建功立业，这方面远胜过他父亲。"

【解读】

陈群和陈泰都是曹魏重臣，为曹魏做出了巨大贡献。虽然是父子，但他们个性、才能有所不同，所立的功劳也不一样。

《三国志》评价陈群："动仗名义，有清流雅望。"相对于做将领的陈泰，陈群更博学而有清雅之风度。他做官的时候，对人对事都没有厚薄之分，而是"贵雅而执名杖义，不会为媚人而违背道德。"他知人善用，曾推荐广陵人陈矫、丹阳人戴干，这两人都被曹操加以任用。此外，曹魏建国后，陈群还帮助曹操制定了法度，著有《魏律》。曹丕即位后，陈群又制定了九品官人法，这一选举制度是中国封建社会三大选官制度之一，约存在了年之久。

陈群的功劳不在于建功立业，而在于利用自己的学识做了有益于当时乃至后世的事情。陈群的功劳可以说是“文功”，而陈泰的功劳则是“武功”。他是领兵打仗的将领，其最大的贡献就是镇守魏国的西陲边境，多次成功防御蜀将姜维的进攻。后来陈泰被调回中央，不断升迁，直至尚书左仆射。

【原文】

正始①中，人士比论②，以五荀方③五陈：荀淑④方陈寔⑤，荀靖方陈谌⑥，荀爽⑦方陈纪⑧，荀彧⑨方陈群⑩，荀觊方陈泰⑪。又以八裴方八王：裴徽⑫方王祥⑬，裴楷⑭方王夷甫⑮，裴康方王绥⑯，裴绰方王澄⑰，裴瓒方王敦⑱，裴遐⑲方王导⑳，裴頠㉑方王戎，裴邈方王玄㉒。

【注释】

①正始：三国时期，魏齐王曹芳在位的年号。②比论：比较评论。③方：比较，对比。④荀淑：字季和，东汉颍川颍阴人。博学多才，高洁清雅，弱冠知名。其孙子荀彧是曹操手下重要的谋臣。荀淑生有八子，人称“八龙”。⑤陈寔（shí）：陈太丘，字仲弓，颍川人。东汉官员、学者。家贫，出身卑微。官至大将军。与二子陈纪、陈谌并称“三君”。⑥陈谌：字季方，陈寔之子。⑦荀爽：字慈明，东汉颍阴人，荀淑之子。官至司空。⑧陈纪：字符方，陈寔之子。有德行，以孝著称。历任平原相、侍中、大鸿胪。⑨荀彧（yù）：字文若，颍川颍阴人。三国时期曹操的重要谋臣。官至侍中，守尚书令。⑩陈群：字长文，颍川许昌人。三国时期著名政治家。深得曹操器重，曹魏重臣。创建了“九品中正制”和曹魏律法。⑪陈泰：字玄伯，颍川人。三国时期曹魏武将，司空陈群之子。魏文帝时官至尚书令。魏明帝时为司空。⑫裴徽：字文秀，三国时期魏国河东闻喜人。官至冀州刺史。⑬王祥：字休征，晋朝时期琅邪人。官至太尉、太保。以孝著称，留下“卧冰求鲤”的美谈。⑭裴楷：字叔则，西晋时期河东闻喜人。西晋重臣。⑮王夷甫：王衍，字夷甫，西晋大臣，琅邪临沂人。魏晋名士。官至尚书令、太尉。好老庄之说，善清谈。⑯王绥：字彦猷，太原人，王坦之之孙，王愉之子。少有美名。官至中书令、荆州刺史。⑰王澄：字平子，琅邪临沂人，晋太尉王衍之弟，王戎堂弟，王敦族弟。勇力过人，好清谈。历任从事中郎、荆州刺史，封南乡侯。⑱王敦：字处仲，琅邪临沂人，小字阿黑。东晋丞相王导的堂兄，与王导协助司马睿建立东晋政权。官至大将军。后起兵反，兵败被杀。⑲裴遐：字叔道，河东闻喜人。善玄理。官至司空掾、散骑侍郎。⑳王导：字茂弘，琅邪临沂人，东晋的大臣，辅佐过晋元帝、晋明帝、晋成帝三位皇帝，是东晋政权的奠基者之一。病逝后，谥文献。㉑裴頠（wěi）：字逸民，河东闻喜人。年少有美名，善清谈。历任太傅从事中郎、左司马。㉒王玄：字眉子，王衍之子，王澄的侄儿。少有美誉。任陈留太守时，滥用酷刑，为人所杀。

【译文】

正始年间，人们谈论人才时，常常拿五荀比五陈：荀淑比陈寔，荀靖比陈谌，荀爽比陈纪，荀彧比陈群，荀觊比陈泰。又拿八裴对八王：裴徽对王祥，裴楷对王夷甫，裴康对王绥，裴绰对王澄，裴瓒对王敦，裴遐对王导，裴頠对陈王戎，裴邈对王玄。

【解读】

曹魏后期流行品评之风，在众多名士乃至普通百姓的推波助澜之下，品评他人的手法已经被练到了炉火纯青的地步。人们不仅拿人与人比，也拿各大家族相比。难得的是，时人的比较并不是从粗略的，而都是有根据的。荀淑和陈寔两人就有相同之处，他们同样有高尚的德行和渊博的学识，此外他们做官都刚正不阿，善于治理，被百姓称道。荀淑被百姓称为“神君”，而陈寔为政，“德及士庶，贤士倚赖，百姓以安，声闻朝野”。

以人比人这一风气的盛行说明了乱世时期的言论更为自由，从这点来说，这一风气是带有进步性的。有句话说，“以人为镜，可以明得失。”无论是做人也好还是看待他人也好，不只从个人方面去看他的好坏，而是拿其他人来对比，则好坏就会更加鲜明，优劣也会更加真实。

【原文】

冀州刺史杨准[①]二子乔与髦，俱总角[②]为成器。准与裴頠、乐广[③]友善，遣见之。頠性弘方[④]，爱乔之有高韵，谓准曰：“乔当及[⑤]卿，髦小减也。”广性清淳，爱髦之有神检[⑥]，谓准曰：“乔自及卿，然髦尤精出。”准笑曰：“我二儿之优劣，乃裴、乐之优劣。”论者评之，以为乔虽高韵，而检不匝[⑦]；乐言为得。然并为后出之俊。

【注释】

①杨准：字始立，东晋弘农华阴人。官至冀州刺史。②总角：比喻未成年。古代男女未成年时，把头发扎成两结，形如头角，故称总角。③乐广：字彦辅，西晋南阳淯阳人。历任中书侍郎、太子中庶子、河南尹。④弘方：宽宏大方。⑤及：赶得上。⑥神检：清秀超逸的仪表。⑦匝：周全。

【译文】

冀州刺史杨准的两个儿子杨乔和杨髦，都在未成年时就已经成才。杨准跟裴頠、乐广很要好，叫两个儿子去拜见他们。裴頠性格宽宏大方，很欣赏杨乔的高贵神韵，对杨准说：“杨乔会赶得上你，杨髦稍微差点。”乐广性情清雅淳朴，很喜欢杨髦的清秀超逸，他对杨准说：“杨乔自然会赶得上你，但杨髦更胜一筹。”杨准听后笑着说：“我两个儿子之间的差别，不就是裴頠跟乐广之间的差别吗？”后来人们评论，认为杨乔虽然神韵高贵，但外表有些不足；乐广说得更准确。杨乔和杨髦都是后辈中出类拔萃的人。

【解读】

裴頠因为杨乔跟自己相像而觉得杨乔比杨髦优秀，乐广则看中杨髦跟自己同样的气质而觉得杨髦比杨乔更胜一筹。裴頠和乐广对杨乔、杨髦的不同评价说明了一个人际交往定律：一般说来，人都更喜欢跟自己相像的人。

喜欢并欣赏跟自己相像的人，其实是人看到自己优点并以此为荣的表现，通俗点说，就是自恋。适当的自恋是必需的，这是一个人自信的证明，但过度自恋而贬低同样有优点的其他人，则是一种小气的行为。

【原文】

刘令言[①]始入洛，见诸名士而叹曰：“王夷甫[②]太解明，乐彦辅[③]我所敬，张茂先[④]我所不解，周弘武[⑤]巧于用短，杜方叔拙于用长。”

【注释】

①刘令言：刘讷，字令言，西晋寸彭城丛亭里人，刘茂五世孙，官至司隶校尉。刘讷善于识人，有“人伦鉴识”美称。②王夷甫：指王衍。③乐彦辅：指乐广，字彦辅，西晋南阳淯阳人。历任中书侍郎、太子中庶子、河南尹。④张茂先：字茂先，西晋范阳方城（今河北固安）人。官至司空。博学多才，文藻卓越，代表作有《鹪鹩赋》、《博物志》等。晋惠帝时期，因皇后贾南风乱政，暴发八王之乱，张华最终被赵王司马伦杀害。⑤周弘武：晋武帝时期任常侍，与石崇、潘岳、陆机、左思等人交往甚密，时称二十四友。

【译文】

刘讷到了洛阳，见到很多名士，感叹说：“王夷甫过于清谈，乐彦辅是我所敬佩的人，张茂先是我不了解的人，周弘武能巧妙地运用自己的短处，杜方叔则不擅长用自己的长处。”

【解读】

善于清谈是好，而“过于清谈”则不一定。人本来各有长短，但若能巧用短处，则短处可能就不再是短处，而如不善用长处，长处也就不能再称为长处。刘讷对他人的评价，其实秉持了一种中庸的态度。评论乐彦辅和张茂先时，他也不说他们的优劣，只说自己的感觉。这仍是中庸的表现。

中庸而客观，往往准确。刘讷看人非常精确，说明他眼光敏锐，善于观察。他评人公正，又说明他实事求是，不说他人是非。刘讷这种观人知人的客观态度值得我们学习。很多人，出于个人的喜好，往往会过于褒扬自己喜欢的人，而贬低自己不喜欢的人。这样评人，因为主观性太强而容易有失公正，一旦所说言论传出去，还可能会对他人造成不良影响。很多流言蜚语就是这么制造出来的。所以，品评他人应该学习刘讷的这种方式：从公正客观的角度去简短评说，不褒不贬。

【原文】

王夷甫云：“闾丘冲①优于满奋②、郝隆③。此三人并是高才，冲最先达。”

【注释】

①闾丘冲：字宾卿，西晋高平人。文藻卓越，善诗文，诗风清新自然，代表作有《三月三日应诏》、《招隐诗》等。出身于官宦世家，博学，并有鉴识之才。官至太傅长史、光禄勋。②满奋：字武秋，晋山阳昌邑人，昌邑侯满宠之孙。生性平和，才学出众，有满宠的风采。官至尚书令、司隶校尉。③郝隆：字佐治，东晋名士。生性诙谐，有博学之名。后投奔桓温，官至南蛮府参军。

【译文】

王夷甫说：“闾丘冲的才能超过了满奋、郝隆。他们三人都是才高八斗的人，闾丘冲最有名望。”

【解读】

满奋、郝隆和闾丘冲三人同样才高八斗，但闾丘冲在当时是最为有名望的。闾丘冲博学多才且个性通达，此外，他身上还具有当时人们所推崇的名士气节。他看淡名利，不执着于功名利禄，所以官爵并不高。王衍给他们三人做评价时，他的官爵比其他两位都低。闾丘冲出门喜欢坐高耸的车子，当时的人也不觉得的他奢侈或有失礼仪，名士们更是欣赏他的这种清高个性。

闾丘冲比满奋、郝隆能够获得更大的好评，说明活出自己的风范最为难得，而能做到这样的，当然就更“显达”。

【原文】

王夷甫以王东海①比乐令②，故王中郎③作碑云：“当时标榜④，为乐广之俪⑤。”

【注释】

①王东海：指的是王承，字安期，太原晋阳（今山西太原）人。王昶之孙，王湛之子，王述之父。年少时有美名，被王衍比作南阳乐广。善清谈，被称为东晋初年第一名士。历任骠骑参军、司空从事中郎，爵蓝田侯。②乐令：指乐广。③王中郎：指王坦之，字文度，太原晋阳（今山西太原）人，东晋名臣。王述之子。敢于直言，与谢安、名僧支度等人交情很深。历任侍中、中书令、北中郎将等职位。死后赠安北将军。④标榜：赞美。⑤俪：成对。

【译文】

王夷甫曾把王承比作乐广。所以王坦之写碑文道：“当时人们赞美王承，说他跟乐广不分上下。”

【解读】

乐广是西晋人物，《晋书》记载他“有远识，寡嗜欲，与物无竞。尤善谈论，每以约言析理，以厌人之心，其所不知，默如也”。王承生于两晋交替时期，他“清虚寡欲，无所修尚。言理辩物，但明其指要而不饰文辞，有识者服其约而能通”。可见，乐广和王承确有相像之处，也难怪王衍会拿他们做类比。

【原文】

庾中郎①与王平子②雁行③。

【注释】

①庾中郎：庾敳，字子嵩，西晋名士。善清谈，名望很高。官至豫州刺史。时人称之为“庾中郎”。②王平子：王澄，字平子，琅邪临沂人。勇力过人，好清谈。③雁行：分不出高低。

【译文】

庾中郎与王平子并列，分不出高低。

【解读】

庾敳出身世族，是西晋名士，擅于清谈，时人称之“庾中郎”。庾敳擅长在乱世之中使自己身居高位而明哲保身。他有一句名言：“意在有无之间耳。”也就是说以模棱两可的中间态度，冷眼旁观政治争斗。当时，司马氏集团内部杀得天昏地暗，以致后来发生骨肉相残的“八王之乱”，很多名人将士死于其中，而庾敳却能坚持到最后，还凭借自己的名士声望加入了入东海王司马越的王府。王澄同样出身世族，是琅邪王氏的族人。他跟庾敳一样好清谈，同样身居要职，后来也依托东海王司马越，而他为官的态度也是不理政务，无所事事。稍微不同的是，王澄的行为举止比较放诞，不拘礼俗。

总的来说，庾敳和王澄子的做人处世理念是一样的，他们都擅长在高职位中明哲保身。

【原文】

王大将军①在西朝时，见周侯②，辄扇障面不得住③。后度江左④，不能复尔，王叹曰：“不知我进，伯仁退？”

【注释】

①王大将军：王敦，字处仲，琅邪临沂人，小字阿黑。东晋丞相王导的堂兄，与王导协助司马睿建立东晋政权。官至大将军。②周侯：周顗，字伯仁，晋安城人。历任荆州刺史、尚书左仆射。王敦举兵攻入建康，因王导的疏忽，周顗被杀。王导惜其才能，大哭说：“我虽不杀伯仁，伯仁由我而死。”③不得住：不停地。④度江左：渡江东，指建立东晋。度，通“渡”。江左，即江东，指长江下游以东地区。

【译文】

王敦在西晋时，见到周顗，不停地用扇子扇风。到了江东，就不再这样了。王敦叹道：“不知道是我进步了，还是伯仁退步了？”

【解读】

职位的高低、权力的多少，影响自信心的建立。王敦此前权位不如周顗，所以在他面前战战兢兢。到了江东，王敦协助司马睿建立东晋，成为当时的权臣。他的权力职位都高于周顗，理所当然就不会“辄扇障面不得住”。王敦还自问：“不知我进，伯仁退？”其实他心里已有了答案，是“我进”了。从这里可以看出王敦已经步入权力的怪圈，变得飘飘然了。

权力给了王敦自信，给了他满足感，也给了他一种恐惧感。他不再害怕周顗，反而中了权势的魔咒，害怕有朝一日会失去现有的高官厚禄。自信从权利中来，然恐惧也由权利而起，从此王敦已经变成权利的奴仆，在恐惧与欲望中挣扎，不得解脱。

【原文】

会稽[①]虞骙，元皇[②]时与桓宣武[③]同侠[④]，其人有才理胜望。王丞相[⑤]尝谓骙曰："孔愉[⑥]有公才[⑦]而无公望，丁潭[⑧]有公望而无公才，兼之者其在卿乎？"骙未达[⑨]而丧。

【注释】

①会稽：古郡名，因会稽山得名。今浙江绍兴。②元皇：指晋文帝司马睿，字景文，东晋的开国皇帝。司马懿曾孙，司马觐之子。谥号元皇帝，庙号中宗。③桓宣武：桓温。④同侠：同朝为官。⑤王丞相：指王导，字茂弘，汉族，琅邪临沂人。东晋初年的大臣，服侍过三位皇帝，是东晋政权的奠基者之一。⑥孔愉：字敬康，晋会稽山阴人。官至尚书左仆射。与同乡的张茂、丁潭齐名，时人号称"会稽三康"。⑦公才：指"三公"之才。三公指太师、太傅、太保。⑧丁潭：字世康，晋会稽山阴人。官至散骑常侍。死后赠侍中大夫，谥曰简。⑨达：发达，显贵。

【译文】

会稽虞骙，在晋元帝时与桓武同朝为官，此人很有才华，名声远播。王导曾经对他说："孔愉有做三公的才能，只是没有做三公的名声；丁潭有做三公的名望，但没有做三公的才能。才能与名望都有的人，大概就是你吧？"可惜虞骙还未显达就死了。

【解读】

天地之间所发生的遗憾诸多，而遗憾的发生往往是不论对象的。在不可知的命运面前，人才也是普通人，命运的变化也会发生在他身上。所以，英才早逝的遗憾，说到底也属于普通的遗憾。

浩瀚宇宙中，所有的事物有来有去，有生有死，所以遗憾注定存在。个人既然改变不了现实，也只有接受遗憾，才不会过于执着于自己或他人生命中的得与失。

【原文】

明帝[①]问周伯仁[②]："卿自谓何如郗鉴[③]？"周曰："鉴方臣，如有功夫[④]。"复问郗，郗曰："周顗比臣，有国士[⑤]门风。"

【注释】

①明帝：指晋明帝司马绍。司马绍，字道畿，晋元帝之子，庙号肃宗。在位期间成功平定了王敦的叛乱，并很好地善后。②周伯仁：指周顗，字伯仁，晋安城人。历任荆州刺史、尚书左仆射。王敦举兵攻入建康，周顗被杀。③郗鉴：字道徽，高平金乡人。东晋著名将领。历任安西将军、车骑将军，官至司空、太尉。辅佐过晋惠帝、晋明帝、晋成帝。死后追赠太宰，谥文成。④功夫：指修养、造诣。⑤国士：国家中的俊杰。

【译文】

晋明帝问周顗："你和郗鉴比起来怎么样？"周顗说："郗鉴的修养比我深。"又问郗鉴，郗鉴说："周顗和我比起来，更有国士之风。"

【解读】

周顗和郗鉴在比较他人和自己时不做啰唆的评论，而是以一句简短的评论推崇他人。这样的言简意赅，其实是建立自信且自知的基础上。自信而知道自己的优势，所以敢于说出他人所有而自己没有的优点。这么做，既表现出了赞赏他人的谦虚气度，同时也不会有贬低自我之嫌。可见，他们都是聪明且自谦之人。而这样的回答技巧，也值得我们学习。

【原文】

王大将军[①]下[①]，庾公[②]问："闻卿有四友，何者是？"答曰："君家中郎[③]、我家太尉[④]、阿平[⑤]、胡毋彦国[⑥]。阿平故当最劣。"庾曰："似未肯[⑦]劣。"庾又问："何者居其右[⑧]？"王曰："自有人。"又问："何者是？"王曰："噫！其自有公论。"左右蹑[⑨]公，公乃止。

【注释】

①王大将军：指王敦。②下：指王敦从武昌到京都建康。武昌在上游，从上游到下游称下。③庾公：指庾亮。④君家中郎：指庾敳，字子嵩，西晋名士。善清谈，名声很高，人称"庾中郎"。官至豫州刺史。因不满朝廷内部争斗，整日饮酒空度，不理政事。后在护送东海王司马越灵柩时，遭石勒的军队袭击，庾敳等人被杀。⑤我家太尉：指王衍。⑥阿平：指王澄。⑦胡毋彦国：胡毋辅，字彦国，晋泰山人。性情豁达，嗜酒如命，又不拘小节，与王敦交好，官至湘洲刺史。⑧未肯：未必。⑨右：之上。⑩蹑：踩脚。

【译文】

王敦来到京都建康，庾亮问他："听说你有四位好友，都是哪几位？"王敦回答说："你家的中郎庾敳，我家的太尉王衍、阿平、胡毋彦国。阿平的才能是应该是最差的。"庾亮说："未必是最差的。"又问："谁是最好的？"王敦说："自然有人。"庾亮又问："是谁？"王敦说："噫！是谁自有公论。"旁边的人踩庾亮的脚，庾亮才不再问下去。

【解读】

王敦主动说自家阿平的才能是最差的，而当庾亮问到庾敳、王衍、阿平、胡毋彦国这四人谁是王敦心中的"第一名"时，王敦却不做回答。为何会这样呢？从庾亮被踩脚后不再追问这一情况来看，王敦的答案可能是庾敳。庾亮当时权位比王敦高，而庾敳和庾亮是一家族的人，如果王敦在庾亮面前赞赏庾敳，可能会使庾亮不高兴。庾亮得到了旁人的提醒，为了避免尴尬，也不再追问了。

【原文】

人问丞相[①]："周侯[②]何如和峤[③]？"答曰："长舆嵯櫱[③]。

【注释】

①丞相：指王导，字茂弘，琅邪临沂人，东晋的大臣，辅佐过晋元帝、晋明帝、晋成帝三位皇帝，是东晋政权的奠基者之一。病逝后，谥文献。②周侯：指周顗，字伯仁，晋安城人。历任荆州刺史、尚书左仆射。③和峤：字长舆，西晋汝南西平人。历任太子舍人、颍川太守，为政清简，甚得百姓欢心。④嵯櫱（niè）：山岭高大峻拔的样子。

【译文】

有人问王导："和峤与周顗相比怎么样？"王导说："长舆像山一样俊朗高大。"

【解读】

为何王导说和峤俊朗而有才呢？历史记载，和峤"少有风格"，"为政清简，甚得百姓欢心"，"帝深器遇之"。和峤秉直刚正，他看到皇太子司马衷不够聪明，就向晋武帝直言提出太子司马衷难以承担继承皇帝大业的重任，应该更换，另选有才能、品行好的皇子立为太子。

和峤鄙视中书监荀勖，但他身为中书令，按规定又必须与荀勖同坐一车入朝。和峤爱憎鲜明，不管制度，遂乘坐专车，以表对荀勖的不屑。

【原文】

明帝[①]问谢鲲[②]："君自谓何如庾亮？"答曰："端委庙堂，使百僚准则[③]，臣不如亮；一丘一壑[④]，自谓[⑤]过[⑥]之。"

【注释】

①明帝：指简明帝司马绍。②谢鲲：字幼舆，陈郡阳夏人，官至豫章太守，故有称谢豫章。③准

则：作表率。④一丘一壑：指纵情山水，陶冶情操。⑤谓：认为。⑥过：超过。

【译文】

晋明帝问谢鲲："你认为自己与庾亮相比怎么样？"谢鲲回答说："在朝为官，作为百官的表率，这方面我不如庾亮；但纵情山水，修身养性，我自以为比他强。"

【解读】

这世上，个人有个人的性格和才能，也因此各有追求。有人善于为官，在官场中找到乐趣和满足，有人善于纵情山水，以修身养性为人生目的。出发点和满足点不同，所以，从某种程度上来说，人与人是无法比较，也不必比较的。做人的成功，不在于在某方面比别人做得更好，而在于自己喜好的方面能做到最起码令自己满意。当然，要做到这点的前提，应是懂得自己的出发点在哪里，追求的满足点又是什么。

【原文】

王丞相[①]二弟不过江[②]，曰颍、曰敞。时论以颍比邓伯道[③]，敞比温忠武[④]，议郎[⑤]、祭酒[⑥]者也。

【注释】

①王丞相：指丞相王导。文中所说的王导的两个弟弟分别指王颍和王敞。王颍字茂英，官至议郎，去世时年仅岁；王敞字茂平，袭爵堂邑公，去世时年仅岁。②过江：指到东晋的京都建康。③邓伯道：指邓攸，字伯道，平阳襄陵人。历任汝阳太守、太子中庶子。④温忠武：指温峤。⑤议郎：官名。掌顾问应对，无常事。⑥祭酒：为国子学或国子监的主管官。

【译文】

王导的两个弟弟都没有过江，一个叫王颍，另一个叫王敞。当时的人们把王颍比作邓攸，把王敞比作温忠武，就是做议郎、祭酒的那两位。

【解读】

《晋书·良吏列传》记载，邓攸才德兼备，"以孝致称"，且为人"清和平简，贞正寡欲"。邓攸最为人称道的事情，是他在逃亡途中舍弃自己的孩子，带走已故弟弟的孩子。

温峤是东晋政治家，起初名声不大，后来在王敦第二次兵变以及苏峻之乱中立功，声名渐显。温峤为人谦虚，善于洞察世事，做人低调，又对国家十分忠诚。

至于工导的两个弟弟王颖和王敞，史书并无相关记载。从人们把他俩和邓攸、温峤类比来看，大概是因为王颖跟邓攸一样有舍己救人的宽仁德行，而王敞跟温峤可能也有相似之处。

【原文】

明帝[①]问周侯[②]："论者以卿比郗鉴[③]，云何？"周曰："陛下不须牵[④]颉比。"

【注释】

①明帝：指简明帝司马绍。②周侯：指周顗。③郗鉴：字道徽，高平金乡人。东晋著名将领。④牵：拉出。

【译文】

晋明帝问周顗："人们议论时把你跟郗鉴比较，你觉得怎么样？"周顗说："陛下不必拉我出来比较。"

【解读】

人各有优劣长短，明白这点的人不会拿自己和他人作对比。他有自知之明，也有知人的智慧，不用比就可知道自己与他人的优劣。周顗对晋明帝做出的回答，正是基于他有这样的认识。

人比人气死人。一旦陷入比较的心态中，一个人不是表现得满足自傲，就会因为觉得自己处处不如人而愤怒不满。所以，何必与人比呢？做自己，取长补短，每天进步一点，这就是做人的最高境界了。

【原文】

王丞相云："顷下论以我比安期①、千里②。亦推此二人；唯共推太尉③，此君特秀。"

【注释】

①安期：指王承，字安期，生活于两晋时期，太原晋阳人。②千里：指阮瞻，字千里，陈留尉氏人。魏晋时期"竹林七贤"之一阮咸之子。③太尉：指王衍。

【译文】

王导说："时下人们都把我跟王承、阮瞻相比，都推荐他们俩。但大家应该一起推荐王衍，这个人太优秀了。"

【解读】

王衍是著名的清谈家，他博学多才，个性儒雅。他解读老庄玄理的时候，手里总是拿着一把玉拂尘，神态从容潇洒，谈论精辟透彻，倾动当时。王衍曾托族人办事，但久未得到回复，于是在一次宴会上问那个人怎么回事。没想到那个人突然恼怒，举起酒器就砸王衍的脸。王衍一言不发，清洗完毕，领着当时还年少的王导乘牛车离去。

也许是同属一族人，王导对王衍推崇有加。但其实王衍本身并不如王导，王导是东晋政权的奠基者，功劳巨大。而王衍却因清谈误国，在国土失陷时没有抗敌救国的念头，他因此备受后人非议。从这点来说，王导推崇王衍，其实是有点盲目的。不过这也说明了每个人对人事的看法都不同，而每个人也都有各自的偶像。

【原文】

宋祎曾为王大将军①妾，后属谢镇西②。镇西问祎："我何如王？"答曰："王比使君，田舍、贵人耳。"镇西妖冶③故也。

【注释】

①王大将军：指王敦。②谢镇西：谢尚，字仁祖。历任江州刺史、尚书仆射，后进号镇西将军，累官至散骑常侍，卫将军，并开府仪同三司。世称谢镇西。③妖冶：仪容美貌。

【译文】

宋祎曾经是王敦的妾，后来服侍谢尚。谢尚问她："我跟王敦比怎么样？"宋祎回答说："王敦跟你比，好像田间农夫跟贵人比。"这是因为谢尚容貌俊美的缘故。

【解读】

人与人，可以从诸多方面来比较，如才情、相貌、地位、个性等。所以，当谢尚问宋炜时，宋炜的回答可以是很多种。宋炜做过王敦的妾，如今又来服侍谢尚，在男尊女卑的古代，这样的经历必定又使得她的地位降低了一等。宋炜很聪明，她知道谢尚的相貌明显优于王敦，所以只从这方面回答。她聪明的回答大大满足了谢尚的自尊心，也避免了自己因回答不当而可能遭到的恶劣后果。

【原文】

明帝①问周伯仁①："卿自谓何如庾元规②？"对曰："萧条方外③，亮不如臣；从容廊庙④，臣不如亮。”

【注释】

①明帝：晋简明帝司马绍。②周伯仁：指周顗。③庾元规：指庾亮。④萧条方外：指退隐山林，逍遥世外。⑤从容廊庙：指在朝为官。

【译文】

晋明帝问周顗：“你自己认为和庾亮比起来怎么样？”周顗回答说：“退隐山林，逍遥世外，庾亮不如我；在朝为官，我不如庾亮。”

【解读】

庾亮在司马睿未做皇帝时曾在其手下做事，其才能卓越，颇受司马睿器重。后来王敦叛乱，庾亮平乱有功。庾亮有治世之才，也有抱负。晋明帝即位后，他曾上书说：“愿陛下垂天地之鉴，察臣之愚，则臣虽死之日，犹生之年矣。”庾亮历任元帝、明帝、成帝三朝大臣，他参与讨平王敦之乱，攻灭吴兴豪族沈充，后又与王导共辅岁太子司马衍（晋成帝）继位。相比庾亮，个性孤高清傲、淡泊名利的周顗则更适合也更擅长退隐山林。个人根据个人的才华、性格选择适合自己的事情，这本来就没什么好比的。

【原文】

王丞相①辟②王蓝田为掾③，庾公④问丞相：“蓝田何似？”王曰：“真独简贵，不减⑤父祖，然旷澹⑥处，故当不如尔。”

【注释】

①王丞相：王导。②辟：任命、征召。③王蓝田：指王述。为掾：当官。④庾公：庾亮。⑤不减：不比……差。⑥旷澹：心胸开阔、淡泊名利。旷：开阔。

【译文】

王导委任王述官职，庾亮问王导：“王述是什么样的人？”王导说：“率真孤傲、简单高贵，不比他的父祖差。然而胸襟开阔、淡泊名利这方面，就不如他父祖了。”

【解读】

王述个性率真，晋简文帝司马昱也评价他：“才既不长，于荣利又不淡；直以真率少许，便足对人多许。”从“足对人多许”可见他的率真程度。

一个率真的人，做事说话往往不会拐弯抹角，而是简单直接的。王述看不起武将桓温，桓温曾向王述的儿子王坦之提亲，让自己的儿子娶王坦之的女儿。王坦之回到家中跟王述商量，他同儿时一样坐在王述的膝盖上，将事情告之王述。王述听完当即把王坦之推下膝，指责他不应该畏惧桓温的权威而嫁女。从此事亦可见王述的清高。

王述与王羲之有矛盾，官位高于王羲之后，他借助职权公报私仇，逼王羲之辞职。王述在胸怀以及名利方面的追求，确实不如他的祖父王湛。

【原文】

卞望之①云：“郗公②体中有三反③，方④于事上，好下佞己，一反；治身清贞⑤，大修⑥计校，二反；自好读书，憎人学问，三反。”

【注释】

①卞望之：指卞壸（kǔn），字望之，济阴冤句人。东晋初著名政治家、军事家、书法家。官至尚书令。后在抵抗叛臣苏峻时战死，追赠侍中、骠骑将军，谥曰忠贞。②郗公：指郗鉴。③反：

矛盾。④方：正直，坚持原则。⑤治身清贞：以好的德行要求自己。⑥大修：很、非常。

【译文】

卞壶说："郗鉴身上有三个矛盾：对上级坚持原则、正直不阿，却喜欢下属的奉承，这是第一个矛盾；以好的德行要求自己，却很计较利害得失，这是第二个矛盾；自己喜欢读书，却讨厌别人做学问，这是第三个矛盾。"

【解读】

郗鉴严格要求自己的上级和作为下属的自己，而当自己作为上级时，他却不那么要求自己和他的下属。他的第一个矛盾叫作严以待人，宽容对己。郗鉴的第二个矛盾其实是建立在第一个矛盾的基础上，两者都表现出了郗鉴的一个性格缺陷：他有提高自我修养的追求，却放不下世俗利害、得失。郗鉴的第三个矛盾，可以说是自大的表现。他讨厌别人做学问，根本原因是不觉得别人做的学问有用。

郗鉴的矛盾其实是很多人的矛盾，因为这些矛盾所体现出了人们常具有的惰性、无恒心、对人对己的不公正、傲慢以及行动力不足等缺点。人本身就是一个矛盾体，因为我们的性格、思想是多面的、会变的。所以说，卞壶评价的郗鉴，其实正是我们自己。

【原文】

世论温太真①是过江第二流之高者②。时名辈共说人物，第一将尽之间，温常失色。

【注释】

①温太真：指温峤。②高者：出众的，佼佼者。

【译文】

世人评论温峤，说他是第二流过江名士中的佼佼者。当时名流一起谈论人物，每当将要谈论完第一流名士时，温峤常常变了脸色。

【解读】

晋时盛行人物品鉴，当时的过江人物王导、王敦、庾亮、郗鉴、何充、卞壶、陶侃、祖逖等被评为第一流人物。第一流人物要么有家世背景，要么就是带着一批流民过江，又或者在未过江之时就身居要职。温峤被评为第二流人物，这可能跟他最初的身份有关。他原是并州刺史刘琨手下的右司马，被刘琨派到江南，他孤身一人，不像第一流人物有权有势有帮派，所以自然更不被人看重。

然而温峤却是有才华的，他后来在王敦第二次兵变和苏峻之乱中充分发挥了中流砥柱的作用，为晋室稳定立下汗马功劳。

温峤二次救晋室于危乱之中，在江州任上后施行仁政，施惠于百姓，深受民众爱戴，在他死后"江州士庶闻之，莫不相顾而泣。"房玄龄修《晋书》，将温峤评为东晋一朝真正的"社稷之臣"。可见，温峤其实可以位列当时第一流人物之中。

温峤大概也知道自己的能力吧，但又因为出身背景不足，所以他也不敢高攀第一流之内，只求是第二流中的第一名。故此，在第一流人物被说尽时，他就特别慌张，以至脸都变色了。温峤对自己排名结果的惶恐，非但没有让人觉得他可笑，反倒让人觉得他很可爱。很多时候，人一旦有了功绩，就会得意忘形而高估自己。温峤不争第一流，只唯恐自己连二流都排不上，他的惶恐既是谦虚，也是上进的表现。

【原文】

王丞相云："见谢仁祖①，恒②令人得上③。"与何次道语，唯举手指地曰："正自尔馨④。"

【注释】

①谢仁祖：指谢尚。②恒：常常。③得上：精神振奋。④尔馨：这样。

【译文】

王导说："见到谢尚，总是让人精神振奋。"但王导跟何次道交谈时，只是用手指着他说："正是这样。"

【解读】

根据史料，谢尚和何次道都是王导欣赏的人。王导曾赞谢尚有王戎的清逸气质，让人喜欢。他又与庾亮同赞何次道，说他"器局方概，有万夫之望"，如果能做辅政之臣，必定能使"外誉唯缉，社稷无虞"。从王导对两人不同的称赞可以看出，王导对谢尚、何次道的欣赏和喜欢有所不同。谢尚是以风度气质让王导愉悦的，而何次道则以见识才华让王导折服。也就是说，他对谢尚的欣赏可能是出于纯粹的喜欢，而对何次道的欣赏还多了一层敬重。纯粹而没有压力的喜欢一个人时，会在他面前袒露情绪。而一个人敬重一个人的时候，是不敢在对方面前过于明显地坦露自己的情绪的。所以，当王导表达对何次道的认同时，他只是一连用手势表示自己极力赞同。

【原文】

何次道为宰相，人有讥其信任不得其人。阮思旷[①]慨然曰："次道自不至此。但布衣[②]超居宰相之位，可恨[③]唯此一条而已。"

【注释】

①阮思旷：阮裕，字思旷。弱冠知名，被辟为太宰掾。深得大将军王敦的器重，提拔其为主簿。官至金紫光禄大夫。②布衣：平民百姓。③恨：遗憾。

【译文】

何次道当宰相时，有人讥笑他不会用人。阮裕感慨地说："次道不至于如此。但是他一个布衣之身越居宰相职位，只是这一点很遗憾。"

【解读】

何充有用人才能，做了宰相之后，他"以社稷为己任，凡所选用，皆以功臣为先，不以私恩树亲戚，谈者以此重之"。

阮裕既然肯定何充又为何说他做宰相有点遗憾呢？史书记载，何充"性好释典，崇修佛寺。供给沙门以百数，靡费巨亿而不吝也"。阮裕还因此讥讽过何充的志向远大，竟然想曾为超脱宇宙万物的人，"勇迈终古"。大概在阮裕看来，何充既然追崇佛家思想，那么入世做官总是有点不合常理吧。

【原文】

王右军[①]少时，丞相[②]云："逸少何缘复减[③]万安[④]邪？"

【注释】

①王右军：王羲之。②丞相：指王导。③复减：不如。④万安：刘绥，字万安，晋高平人。官至骠骑长史。

【译文】

王羲之年轻时，丞相王导说："王羲之哪里不如万安呢？"

【解读】

万安即"兖州八伯"之委伯刘绥。晋时的"兖州八伯"指同是山东人的八个地区官员：金石为宏伯，郗鉴为方伯，胡毋辅之为达伯，卞壶为裁伯，蔡谟为朗伯，阮孚为诞伯，刘绥为委伯，羊曼为黯伯。“兖州八伯”又号为“八达”，是时人对他们的褒扬之称。关于刘绥的记载很少，但他既是“八伯”之一，可见他也是一个通达有名之士。王羲之年轻时就被王导比为刘绥，可见他才华极高以及王导对他的欣赏。

【原文】

郗司空①家有伧奴②，知及文章，事事有意。王右军向刘尹③称之。刘问：“何如方回④？”问曰：“此正小人有意向⑤耳，何得便比方回？”刘曰：“若不如方回，故是常奴耳。”

【注释】

①郗司空：郗鉴。②伧奴：北方的奴仆。当时人们鄙视北方的少数民族。③刘尹：指刘惔，字真长，世称“刘尹”。④方回：指郗愔，字方回，高平金乡人，东晋大臣，太尉郗鉴长子，王羲之妻弟，性情清雅纯良，与人无争。历任会稽内史、侍中、司徒、平北将军、徐兖二州刺史等职。⑤有意向：有心，有心思。

【译文】

郗鉴家有个北方的奴仆，知书达理，办起事来很用心。王羲之在刘惔面前称赞他，刘惔问：“跟方回比起来怎么样？”王羲之说：“他只是一个用心的小人罢了，怎么能跟方回比呢？”刘惔说：“如果不如方回，就是普通的奴仆。”

【解读】

王羲之对一个人前后不同的评论说明，很多时候，一个人能够得到的评价不是固定的。有参照物和没参照物的情况下，评论也许是相反的。而与不同的参照物对比，结果也不一样。从这点来说，优秀永远可以再优秀，而不优秀的人，也不见得就毫无可取之处。因为，也许有比他更糟的人。

刘惔的回答明显有赞赏郗愔的意思在里头，也说明他定义优秀的标准，要比王羲之高很多。

【原文】

时人道阮思旷①：“骨气②不及右军③，简秀④不如真长⑤，韶润⑥不如仲祖⑦，思致⑧不如渊源⑨，而兼有诸人之美。”

【注释】

①阮思旷：指阮裕。②骨气：风骨正气。③右军：指王羲之。④简秀：简约俊秀。⑤真长：指刘惔。⑥韶润：清雅有韵。⑦仲祖：指王濛。⑧思致：思想情趣。⑨渊源：殷浩。

【译文】

当时的人评论阮裕，说他有风骨之气但不如王羲之，简约俊秀但不如刘惔，清雅有韵味但不如王濛，有思想有情趣但不如殷浩，却拥有有这些人的优点。

【解读】

拥有众多不突出的优点和拥有一个突出的优点，这两个情况到底哪种更有利或者更吸引人？这个问题很难回答。毕竟，优点不是才能。才能的话，当然是一个拔尖的才能胜过很多平庸无奇的才能。然而优点本身并无拔尖之说，只要是优点就能使人格魅力提高一个档次。所以可以说，优点不在于突出，而在于多。基于此，我们可以认为当时人评价阮裕“兼有诸人之美”，其实是一种称赞。

【原文】

简文①云：“何平叔②巧③累④于理，嵇叔夜⑤俊伤其道。”

【注释】

①简文：指简文帝司马昱。②何平叔：指何晏。③巧：巧妙，这里引申为聪明。④累：妨碍，伤害。⑤嵇叔夜：嵇康。

【译文】

简文帝说："何晏太聪明，有违于理；嵇康太秀美，有违于道。"

【解读】

史书记载，何晏七岁被称神童，深得曹操宠爱，视为己出，后来曹操把自己的女儿嫁给了他。能够让曹操这么一个善于嫉妒和怀疑的人宠爱，可见何晏之聪明伶俐。何晏后来成为三国时期的玄学家，著有《论语集解》、《景福殿赋》、《道论》等。何晏最著名的言论是无为论："天地万物，皆以无为为本。无也者，开物成务，无往不成者也。阴阳恃以化生，万物恃以成形，贤者恃以成德，不肖恃以免身。故无之为用，无爵而贵矣。"

嵇康是"竹林七贤"的中心人物，他不仅长得俊美，而且个性清高，傲然于世。他因不与司马氏苟合而又得罪司马懿的手下钟会，最终被处死。嵇康获罪后，三千名太学生联名上书，请求司马昭释放嵇康，然而未获批准。刑场上，嵇康从容弹奏《广陵散》赴死，其从容不迫震撼人心。嵇康的俊美是由内到外的。

何晏和嵇康的智慧和俊美，其实是人格和素养的体现，难怪简文帝会做出如此夸张的称赞。

【原文】

时人共论晋武帝①出②齐王③之与立惠帝④，其失孰多？多谓立惠帝为重。桓温曰："不然，使子继父业，弟承家祀，有何不可？"

【注释】

①晋武帝：指司马炎。②齐王：司马攸，字大猷，小字桃符。司马昭之次子，被过继给司马师。封齐王。武帝晚年，朝廷内外要求齐王继位的呼声高涨，荀勖、冯紞趁机进谗言将攸排挤出朝。③出：驱逐。④惠帝：指司马衷，字正度，河内温县人。晋武帝司马炎第二子，西晋的第二代皇帝。他为人痴呆不任事，初由太傅杨骏辅政，后皇后贾南风杀害杨骏，掌握大权。在八王之乱中，晋惠帝的叔祖赵王司马伦篡夺了惠帝的帝位，认晋惠帝为太上皇，囚禁于金墉城。

【译文】

当时的人评论晋武帝驱逐齐王与立惠帝为嗣二者哪个错误更大。很多人说立惠帝为嗣比较严重。桓温说："不对，让儿子继承父业，让弟弟接任家族的祭祀，有什么不对？"

【解读】

时人口中的齐王是晋武帝的弟弟司马攸，司马攸个性温和，有治政之才，在西晋建立之初颇有政治建树，深得人心。武帝晚年，朝廷内外要求齐王继位的呼声高涨。晋武帝的宠臣荀勖、冯紞因遭司马炎厌恶而向晋武帝进谗言，晋武帝听信谗言，将司马攸排挤出朝廷，立了儿子司马衷为继承人。司马攸当时有病在身，心又有怨愤，不久便吐血而死。

司马衷无才无德，只懂吃喝玩乐。他曾经说过一句话："百姓吃不上饭为何不喝肉粥呢？"足见其愚蠢白痴。司马衷做皇帝后，无法解决他统治时期的政治困难，造成了八王之乱，使西晋走向穷途末路。他本人也成为他人的傀儡，最后被东海王司马越毒死。

晋武帝驱赶齐王和让自己的儿子继位，这两个错误，其实本是一个错误。然而桓温站在晋武帝的立场，认为自己家的东西就是自己家的，所以不觉得晋武帝做错。他的解释听起来合情合理，实则冠冕堂皇。

【原文】

人问殷渊源[①]："当世王公以卿比裴叔道[②]，云何？"殷曰："故当以识通暗处[③]。"

【注释】

①殷渊源：殷浩。②裴叔道：指裴遐，字叔道，东晋官员。河东闻喜人。历任官司空掾、散骑侍郎。性情高雅谦和，善玄理。③暗处：隐晦微妙之处。

【译文】

有人问殷浩："当下王公大臣，拿你跟裴遐相比，这是为什么？"殷浩说："当然是因为我们都能领略到隐晦微妙之处。"

【解读】

殷浩和裴叔道都是东晋官员，他俩都擅长玄谈，为当时人推崇，所以殷浩回答说自己和裴叔道都能领会奥妙深邃的玄理。从殷浩的回答可以看出他对自己的优势很有把握和自信，甚至还有点得意。不过，这也是他爽朗率真的表现。

【原文】

抚军[①]问殷浩："卿定何如裴逸民[②]？"良久答曰："故当胜耳。"

【注释】

①抚军：这里指简文帝司马昱。②裴逸民：指裴頠，裴秀之子。博学，善玄理，官至尚书左仆射。

【译文】

简文帝问殷浩："你跟裴頠比怎么样？"过了很久殷浩回答说："我应该比他强。"

【解读】

殷浩的回答不同于周顗说的："皇上你何必拉我出来比。"也不同于那些分别评说自己和对方优劣的回答。殷浩在思考很久之后才做出回答，这说明他的回答是真诚的。而他敢于在皇帝面前直言自己比他人优秀，也足见他是个率真之人。

【原文】

桓公[①]少于殷侯[②]齐名，常有竞心。桓问殷："卿何如[③]我？"殷云："我与我周旋[④]久，宁作我。"

【注释】

①桓公：指桓温。②殷侯：指殷浩。③何如：与……比起来怎么样。④周旋：交往。

【译文】

桓温年少时与殷浩齐名，经常有一争高低之心。桓温问殷浩："你怎么能比得上我？"殷浩说："我跟我自己周旋很久了，宁愿做我自己。"

【解读】

人比人气死人，被气死的原因有一种：互相不服，互相争高。然而，纵使你果真比对方高一等，对方坚决不服你也没办法。殷浩就是这么气桓温的。

另外，"我与我周旋久，宁作我"一句，其实是唯心主义说法，等同于"我说我比你好，那我就比你好"。这样的说辞根本让桓温没有反驳的余地，而如果非要反驳的话，桓温也只能以同样的一句话来辩论。如此一来，比较的结果还是各自以为各自比对方好，也就是没有结果。所以说，殷浩的回答也说明了一个道理：纯粹以自我为中心的争论比较是没有结果的。

【原文】

抚军①问孙兴公②："刘真长③何如？"曰："清蔚简令④。""王仲祖⑤何如？"曰："温润恬和⑥。""桓温何如？"曰："高爽迈出。""谢仁祖⑦何如？"曰："清易令达⑧。""阮思旷⑨何如？"曰："弘润通长⑩。""袁羊⑪何如？"曰："洮洮⑫清便。""殷洪远⑬何如？"曰："远有致思。""卿自谓何如？"曰："下官才能所经，悉不如诸贤；至于斟酌时宜，笼罩当世⑭，亦多所不及。然以不才，时复托怀玄胜，远咏《老》、《庄》，萧条高寄，不与时务经怀⑮，自谓此心无所与让⑯也。"

【注释】

①抚军：指简文帝司马昱。②孙兴公：指孙绰，字兴公，中都人。东晋名士。博学善文，好游山水。曾任临海章安令，在任时写过著名的《天台山赋》。③刘真长：指刘惔。④清蔚简令：指文藻清雅简约，很美好。⑤王仲祖：指王濛。⑥温润恬和：形容人温和。⑦谢仁祖：指谢尚。⑧清易令达：清雅淡然，通达美好。⑨阮思旷：指阮裕。⑩弘润通长：恭敬谦和，很大度。⑪袁羊：指袁乔，字彦叔，小字羊。东晋陈郡人。因跟从桓温平蜀有功，被封为湘西伯。死后追赠益州刺史，谥曰简。⑫洮洮：通"滔滔"，指话多。⑬殷洪远：殷融，字洪远，陈郡人。历任吏部尚书、太常卿等职位。着有文集《隋书》、《唐书经籍志》等。⑭笼罩当世：指管理国家事务。⑮经怀：扰乱情怀。⑯与让：这里的意思是比不上。

【译文】

简文帝作抚军将军时，曾问孙绰："刘惔怎么样？"回答说："他的文藻清雅简约，很美好。"又问："王濛怎么样？"回答说："他性情温和。"又问："桓温怎么样？"回答说："高昂豪爽，很出众。"又问："谢尚怎么样？"回答说："清雅淡然，通达美好。"又问："阮裕怎么样？"回答说："恭敬谦和，很大度。"又问："袁乔怎么样？"回答说："条理清晰，善谈论。"又问："殷融怎么样？"回答说："旷远，有独到的见解。"又问："你自己怎么样？"回答说："下官的才能特长，都不如诸位贤士；至于评论时事，治理国家，也不如他们。虽然我没有才华，但常常寄情于玄理，沉浸在《老子》、《庄子》的吟咏声中，清闲自得，有所寄托，不让时务扰乱情怀。自认为这种心境谁也比不上我。"

【解读】

孙绰知人知己，又不因各方面比不上诸多人而自卑，而以自己所擅长的为荣，自得其乐。他具有不与他人比较的悠然心境，所以可以清闲自得地做自己。他寄情于玄理，沉醉于《老子》、《庄子》中，使得自己的文采横绝一世，被时人称誉，当时的王公大臣都以得到孙绰的诗文为荣。孙绰擅长写玄言诗，被后代史学家认为玄言诗的大师。

从孙绰这个人的身上，我们可以学到一个做人的道理：既要看到别人的优点，也要善于挖掘并利用自己的长处。悠然自得地做最好的自己，无愧于天地则足矣。

【原文】

桓大司马①下都②，问真长③曰："闻会稽王④语⑤奇进，尔邪？"刘曰："极进，然故是第二流中人耳。"桓曰："第一流复是谁？"刘曰："正是我辈耳！"

【注释】

①桓大司马：指桓温。②下都：顺流而下，到都城建康。③真长：指刘惔。④会稽王：指司马昱。⑤语：指清谈。

【译文】

桓温顺流而下，来到都城建康，问刘惔："听说会稽王的清谈有很大的进步，是真的吗？"

刘惔说："是有很大的进步，但仍旧是第二流的人。"桓温说："第一流又是谁？"刘惔说："正是我们这些人！"

【解读】

刘惔确实是当时清谈名士中的一流人物，相对于他，会稽王司马昱虽有所长进，但仍只算是二流。不过，司马昱毕竟是皇室族人，且问刘惔话的是功高权大，有图谋之心的桓温，而刘惔却敢于如此夸赞自己，说明他并不畏惧桓温。此外，也有可能是因为当时的社会重文不重武，桓温虽然位高权重，但他是武将出身，刘惔作为一流名士，在他面前不免有孤高自傲的心态。

【原文】

殷侯①既废，桓公②语诸人曰："少时与渊源③共骑竹马，我弃去，己④辄⑤取之，故当出我下。"

【注释】

①殷侯：殷浩。②桓公：指桓温。③渊源：指殷浩。④己：他，这里指殷浩。⑤辄：就，立刻。

【译文】

殷浩兵败被废，桓温对别人说："小时候与渊源一起骑竹马，我丢弃了，他却拾起来。所以在我之下。"

【解读】

桓温出身名将之家，这样的身份在当时是难以被人看重的。纵使后来他权倾一时，他心里仍是有自卑。所以，当与他齐名的殷浩兵败被免时，他便旧事重提，以此讥讽殷浩不如自己。桓温将他与殷浩童年时期的情谊丑化，贬低当年的玩伴即现在的对手，这一行为其实是落井下石。拿不相关的事情来说事，可见桓温的自卑已经到了偏执的地步。他即使确实在殷浩之上，却不是个可以超越自己的人。这样的人，即使有野心，也难成大事。

【原文】

人问抚军①："殷浩谈竟何如？"答曰："不能胜人，差可②献酬③群心。"

【注释】

①抚军：指简文帝司马昱。②差可：尚可。③献酬：饮酒时相互劝酒，这里指让大家愉悦、尽兴。

【译文】

有人问司马昱："殷浩的清谈究竟如何？"司马昱回答说："不能胜过别人，但可以让众人愉悦。"

【解读】

殷浩善谈玄理，但并没有列入当时的名士之列。正如司马昱所说，他的清谈胜不过别人。然而殷浩个性率真爽朗，他的言语常让人开怀，令人听得入神忘我。镇西将军谢尚与殷浩年龄相仿，他听说殷浩擅长清谈，特意去拜访他。谢尚被殷浩丰富生动的语言吸引，听得全神贯注，不觉汗流满面。殷浩从容地吩咐手下人："拿手巾来给谢郎擦擦脸。"

殷浩虽不是清谈名士，但他说话能愉悦人，也算是很成功的吧。从司马昱的评价可以看出他还是很欣赏殷浩的。由此可见，如果我们在与人交谈时无法说出高明的见解，那说出让人开心的话也不失为上策。

【原文】

简文①云："谢安南②清令③不如其弟④，学义不及孔岩，居然⑤自胜。"

【注释】

①简文：指简文帝司马昱。②谢安南：指谢奉，字弘道，东晋会稽山阴人。因曾任安南将军，所以称谢安南。③清令：指风姿清雅，举止美好。④其弟：指谢奉的弟弟谢聘。⑤然：显然。

【译文】

简文帝说："谢奉在清雅美好方面不如他的弟弟，学问上不如孔岩，但显然有过人之处。"

【解读】

简文帝的评价说明，一个人可以在某一两个乃至多个方面不如人，但只要有明显的过人之处，那他还是会被人赏识的。过人之处是我们不同于他人的证明，它等同于我们自己的标志。过人之处无须多，因为一个就足够了。过人之处也不一定是某方面的特长，也可以是我们拥有的比其他人更明显的优点。

谢奉的过人之处是什么，简文帝并没有说，本书中也无记载，而相关时代的史书也不见有他的记录。从这点来说，没有名声的谢奉因被简文帝称道而为后世所知，也可以说明个人有独特性的意义之大。

【原文】

未废海西公①时，王元琳②问桓元子③："箕子④、比干⑤迹异心同，不审⑥明公孰是孰非？"曰："仁称不异，宁为管仲⑦。"

【注释】

①海西公：指司马奕，字延龄。东晋的第七位皇帝，称海西公。在位年，为桓温所废。②王元琳：指王珣。③桓元子：指桓温。④箕子：商纣王的叔父，纣王残暴，箕子苦谏不听，便装疯卖傻躲过纣王的迫害。⑤比干：商朝末年大臣。因强谏被纣王剖心而死。与微子、箕子并称"殷之三仁"。⑥审：知道、了解。⑦管仲：辅佐齐桓公创立霸业，是春秋时期的大政治家。

【译文】

没有废黜海西公时，王珣问桓温："箕子、比干行事途径不同，但心意却一致，不知道您认为谁对谁错呢？"桓温说："他们都很仁义，这无可争议。但我宁肯做管仲。"

【解读】

箕子和比干都是仁义正直的臣子，箕子因力劝暴虐的商纣王而惨遭囚禁，后来他假装疯癫，逃过了一死。比干是商纣王的亲生儿子，他同样苦谏纣王停止暴行，却遭纣王剖心。箕子和比干都是忠臣，他们的所作所为都是为了国家社稷，出发点并没有错。但从理智上来看，他们的做法却不是最好的。商纣王当时暴虐成性，根本已无挽回的余地。面对这么一个滥杀无辜的恶魔，劝谏是毫无用处的。桓温回答自己都不愿做他们两人，而愿意做如同管仲一样可以在明君手下效劳的忠臣，意即表明自己不是个愚蠢的忠臣，不会做不必要的牺牲。

【原文】

刘丹阳①、王长史②在瓦官寺集③，桓护军④亦在坐，共商略西朝⑤及江左⑥人物。或问："杜弘治⑦何如卫虎⑧？"桓答曰："弘治肤清，卫虎奕奕神令。"王、刘善其言。

【注释】

①刘丹阳：指刘惔。②王长史：指王濛，曾任司徒左长史。③集：聚会。④桓护军：指桓伊，东晋音乐家、名士。为人谦素。著名琴曲《梅花三弄》是根据他的笛谱改编的。⑤西朝：指西晋。⑥江左：指江东的东晋王朝。⑦杜弘治：指杜乂（yì），字弘理，成恭皇后的父。性情纯和，美貌俊朗，盛名于江左。⑧卫虎：指卫玠，字叔宝，西晋河东安邑人。他是魏晋之际继何晏、王弼之后的著

名的清谈名士和玄学家。历任太傅西阁祭酒、太子洗马。中国古代著名的美男子。

【译文】

刘惔、王濛在瓦官寺聚会，桓伊也在其中。他们评论西晋和东晋的人物。有人问："杜乂和卫玠相比怎么样？"桓伊说："杜乂外表美貌清秀，卫玠神采奕奕精神焕发。"王濛、刘惔都同意他的观点。

【解读】

杜乂和卫玠都是美男子。杜乂是东晋人士，王羲之曾评价杜乂："肤若凝脂，眼如点漆，此神仙人也。"卫玠是魏晋之际继何晏、王弼之后的著名的清谈名士和玄学家，他的美则更胜于杜乂，是从内散发出来的。他被时人称誉"见者皆以为玉人，观之者倾都。"他的舅舅说站在卫玠旁边时，"珠玉在侧，觉我形秽。"

【原文】

刘尹抚王长史背曰："阿奴①比丞相②，但有③都长④。"

【注释】

①阿奴：王濛的小名。阿奴是当时一个很普遍的乳名。②丞相：指王导。③但有：确实。④都长：美好。

【译文】

刘惔抚着王濛的背说："阿奴比起丞相来，的确美好。"

【解读】

能够拍着一个人的背称赞他，可见拍背的人与被拍的人关系很好。王濛与刘惔正如是如此。《晋书》载，王濛与沛国刘惔齐名友善，惔常称濛性至通，而自然有节，濛每云："刘君知我，胜我自知。时人以惔方荀奉倩，濛比袁曜卿，凡称风流者，举濛、惔为宗焉。"

【原文】

刘尹、王长史同坐，长史酒酣起舞。刘尹曰："阿奴今日不复减向子期①。"

【注释】

①向子期：向秀，字子期。魏晋之际哲学家、文学家。河内怀人。与嵇康、吕安交情很深，是竹林七贤之一。为人直率，好老庄之说。

【译文】

刘惔、王濛坐在一起喝酒。王濛酒兴正浓，翩翩起舞。刘惔说："今天阿奴的率真不亚于向子期。"

【解读】

做人最难的往往就是完完全全地表露自己内心的喜怒哀乐。当一个人笑的时候，他不一定快乐，当他哭的时候，也不一定悲伤。由于人际交往礼仪的存在，我们很难看出别人展示出来的情绪到底有几分是真，有几分是假。所以，即便是最好的朋友，也有对你隐藏的时候。而当你一个人最不隐藏，最不设防，最无所顾忌时，他就是率真的。正如酒兴正浓的王濛，他翩翩起舞，完全失去吃饭、交往的礼仪和作为一个正常人的风范。他其实正是在以一种反常的方式，完全地袒露自己的愉悦。

【原文】

桓公①问孔西阳②："安石③何如仲文④？"孔思未对，反问公曰："何如？"答曰："安石居然不可陵[⑤]践其处，故乃胜也。”

【注释】

①桓公：指桓温。②孔西阳：指孔岩，东晋人。官至吴兴太守，封西阳侯。③安石：指谢安，字安石，陈郡阳夏人，后迁居会稽，东晋时期著名的政治家、军事家，官至丞相。④仲文：指殷仲文，陈郡人。少有才藻，美容貌。桓温的女婿。⑤陵：通“凌”，欺凌的意思。

【译文】

桓温问孔岩：“谢安和殷仲文比起来怎么样？”孔岩想了很久没有回答，反问桓温：“你觉得怎么样？”桓温说：“谢安显然有不可欺凌轻贱之处，所以比仲文更胜一筹。”

【解读】

孔岩想了很久没有回答，并非因为他不知道，而是他不敢说。殷仲文是桓温的女婿，他的才能明显不如大名鼎鼎的谢安。然而，桓温位高权重，独揽朝政，孔岩怎敢评说他的女婿不如谢安呢？况且，谢安当时是跟桓温对立的。桓温有谋权篡位之心，谢安一直忠心匡扶朝廷，竭力不让桓温篡权的图谋得逞。因为桓温与谢安这层关系，孔岩更不敢做回答。所以说，他的反问是很聪明的。

【原文】

谢公[①]与时贤共赏说[②]，遏、胡儿[③]并在坐，公问李弘度[④]曰：“卿家平阳[⑤]何如乐令[⑥]？”于是李潸然流涕曰：“赵王篡逆[⑦]，乐令亲授玺绶[⑧]。亡伯雅正[⑨]，耻处乱朝，遂至仰药[⑩]，恐难以相比！此自显于事实，非私亲之言。”谢公语胡儿曰：“有识者果不异人意[⑪]。”

【注释】

①谢公：指谢安，字安石。②赏说：谈论义理，评论人物。③遏、胡儿：指谢安两位兄长谢奕子、谢据子。④李弘度：指李充，字弘度，江夏人。东晋著名的文学家、评论家、目录学家。历任记室参军、剡县令、大著作郎。⑤平阳：指李重，字茂曾，江夏钟武人，李充的伯父。年少时就以清谈著称，历任吏部郎、平阳太守。⑥乐令：指乐广。⑦赵王篡逆：指东晋“八王之乱”中，赵王司马伦在永康元年起兵，攻入京都，废贾后，杀大臣，篡位称帝。⑧玺绶（xǐ shòu）：指古代玉玺上所系的丝带，代指玉玺。绶，丝带。⑨雅正：正直。⑩仰药：服毒自杀。⑪ 不异人意：不让人失望。人，指我。

【译文】

谢安与当时的贤士们一起评论时事人物，谢奕子、谢据子都在座。谢安问李充：“你家的李重和乐广相比怎么样？”李充听了潸然泪下，说：“赵王叛逆篡位，乐广亲自把玉玺交出去。我死去的伯父为人正直，耻于偷生乱朝，才服毒自杀，恐怕这是乐广难以相比的。这是显而易见的事实，不是因为李重是我的亲戚才这样说。”谢安对谢据子说：“有见识的人不会让人失望。”

【解读】

李充的回答没有对乐广和李重做全面的评价，而只以乐广对国家不忠一事，反衬自己的伯父李重为人正直。他的回答机智地避开了说自己家人坏话的尴尬，却也没有对乐广造成恶意的诽谤，所以谢安称赞他有见识。

【原文】

王修龄[①]问王长史[②]：“我家临川[③]，何如卿家宛陵[④]？”长史未答，修龄曰：“临川誉贵[⑤]。”长史曰：“宛陵未为不贵。”

【注释】

①王修龄：指王胡之，字修龄，王廙次子。琅邪临沂人。王胡之年少即有声誉，成人后才能

卓著，历任吴兴太守、侍中、丹阳尹，颇有作为。②王长史：指王濛。③临川：指王羲之，因曾临川太守，故文中称其“临川”。④宛陵：指王述，曾任宛陵令。⑤誉贵：声名远播显贵。

【译文】

王修龄问王濛：“我家王羲之，比你家王述怎么样？”王濛没回答，王修龄说：“王羲之声名远播。”王濛说：“王述未必不出名。”

【解读】

王羲之因为书法造诣极高，且又与当时的军政高官谢安、孙绰等交往密切，所以极负盛名。王述才华不及王羲之，且他年轻时不求闻名显达，所以直至三十多岁仍未出名。王羲之和王述关系不和，所以，王修龄的问话明显有挑衅的意思。王濛可能不想贬低自己人，又或者他不想斤斤计较，所以一开始没有回答。但王修龄非要争个高下，后来竟自问自答，从中可见他的虚荣。

在王修龄的挑衅下，王濛做了个委婉却非常有力量的回答。他的回答暗含了“王述未必不如王羲之”这层意思。后来事实证明确实如此，王述后来出来做官，官职比王羲之还大。王羲之不甘屈于王述之下，又因得罪过王述而被他检举为政不利，最后只好称病辞职。

从王濛的回答，可见他做人的高妙。人与人，确实不必急于相比。有句话说，“但行好事，莫问前程。”做人做事也应如此，只需努力做自己。是非功过，留给后人比。

【原文】

刘尹[①]至王长史[②]许[③]清言[④]，时苟子[⑤]年十三，倚床边听。既去，问父曰：“刘尹语何如尊[⑥]？”长史曰：“韶音令辞[⑦]，不如我，往辄破的[⑧]，胜我。”

【注释】

①刘尹：指刘惔。②王长史：指王濛。③许：住所。④清言：指清谈。⑤苟子：指王修，小名苟子，字敬仁，王濛之子，官至著作郎。⑥尊：敬称，相当于“您”。⑦韶音令辞：美妙的声音，美好的言辞。令，美好。⑧破的：命中靶心，文中指说话切中旨要。

【译文】

刘惔到王濛那里清谈，当时王修十三岁，靠在床边听。刘惔走后，王修问他父亲：“刘惔清谈跟父亲相比怎么样？”王濛说：“辞藻方面他不如我的美妙，但他说话往往能一语中的，这方面他胜过我。”

【解读】

刘惔和王濛是好友。最好的朋友之间是不用顾忌拿彼此的优缺点进行对比的，所以王濛会直言告诉王修自己与刘惔的优劣之处。

王濛的回答还向王修说明了说话的一个玄妙之处：当一个人把话讲得好听美妙时，往往更不容易一语中的。因为过于注重辞藻华丽的话，总是说得委婉、玄妙，且悠长。而犀利的话一针见血，更简短有力。

【原文】

谢万寿春败[①]后，简文[②]问郗超[③]：“万自可败，那得乃尔失士卒情[④]？”超曰：“伊以率任之性，欲区别智勇。”

【注释】

①谢万寿春败：谢万，字万石，谢安之弟。晋穆帝升平三年，朝廷命谢万统领大军北伐。因谢万高傲，不得军心，在寿春大败。晋国失去大片土地。谢万被废为庶民。②简文：指简文帝司

马昱。③郗超：字景兴，一字嘉宾，高平金乡人，东晋大臣。大司马桓温的重要幕僚，权倾一时。④失士卒情：丢失军心。

【译文】

谢万在寿春战败后，简文帝问郗超："谢万本该败，但为什么如此不得军心呢？"郗超说："他把率真的性情当作大智大勇。"

【解读】

谢万是个在军事史上备受争议的人物。他没有军事才能，却因为擅长表现自我而年少有名，后来被桓温重用，领兵北伐。在战场上，谢万把自己文人的傲气用在军事管理中。他骄傲自夸，轻视将领。幸亏有谢安为他向各位将领谦虚谢罪，他早就在兵败时被将领们趁乱杀死了。

率真的性情固然是心里想什么就说什么，但智慧的率真应是敢于说正确的话，而傲慢的率真却是说自以为是的话。谢万自以为是，把傲慢无礼的率真当成勇敢，伤害了他手下将领的自尊，所以才会如此不得人心。这是他的不自知，也是做人的失败之处。

【原文】

刘尹①谓谢仁祖②曰："自吾有四友③，门人加亲。"谓许玄度④曰："自吾有由⑤，恶言不及于耳。"二人皆受而不恨⑥。

【注释】

①刘尹：刘惔。②谢仁祖：谢尚。③四友：据王先谦考证，这里应该是"回也"，指颜回，孔子的得意弟子。④许玄度：许询，字玄度，东晋高阳人。有才藻，善著文，东晋时期文学家。好游山水，终身不仕，擅长谈论玄理，是当时清谈家的领袖之一。⑤由：仲由，孔子得意门生。以政事见称。⑥不恨：不满意，不同意。

【译文】

刘惔对谢尚说："自从我有了颜回，人们更加亲近我了。"对许询说："自从我有了仲由，就听不到恶言恶语了。"二人听了都接受，没什么不满意。

【解读】

颜回和仲由都是孔子的学生。孔门诸弟子中，孔子对颜回最为称赞，说他不仅"好学"，还称他是一个"仁人"。孔子对仲由的评价也很高，说他善于管理，"千乘之国可使治其赋"，又说仲由可使他自己"恶言不闻于耳"。

刘惔把谢尚比作颜回，把许玄度比作仲由，表明自己欣赏谢尚的"仁"，看重许玄度的克己奉事，能使他自我约束。

刘惔借用孔子的话，虽然主要是称赞谢尚、许玄度，但仍带有自比孔子，把自己放在一个更高位置的嫌疑。然而，尽管如此，谢尚和许玄度并不因此而觉得不满。也许在他们看来，刘惔的修养确实比自己高一层。

【原文】

世目殷中军①："思纬②淹通，比羊叔子③。"

【注释】

①殷中军：指殷浩。②思纬：思路。③羊叔子：羊祜。

【译文】

世人评价殷浩："思路开通广大，堪比羊叔子。"

【解读】

羊祜是西晋开国功臣，殷浩是东晋的名臣，两人都曾带兵打仗。个性方面，他们的相同之处在于都忠诚爱国，清心寡欲。司马炎评价羊祜"蹈德冲素，思心清远"，"乃心笃诚，左右王事，入综机密，出统方岳"。《晋书》则说殷浩："清徽雅量"，"是知风流异贞固之才"。

至于思维的开放通达，羊祜确实有这方面的优点。西晋灭吴时，羊祜施行宽仁治军的政策，命令士兵不准伤害东吴百姓，就连东吴将领陆抗也十分欣赏他。但是从史料来看，殷浩的通达个性则不明显，甚至可以说他个性纠结。他领兵北伐失败后被黜免，心里愤愤不平，终日写"咄咄怪事"来发泄愤懑。

可见，时人把殷浩比作羊祜，并不十分妥当。为《世说新语》作注的南朝刘孝标也对此不平，说："羊祜德高一世，才经夷险；渊源蒸烛之曜，岂喻日月之明也。"

【原文】

有人问谢安石①、王坦之②优劣于桓公③。桓公停④欲言，中悔，曰："卿喜传人语⑤，不能复语卿。"

【注释】

①谢安石：指谢安。②王坦之：王述之子。③桓公：指桓温。④停：正要。⑤传人语：转述别人说的话。

【译文】

有人问桓温，谢安、王坦之谁优谁劣。桓温正要回答，中间又后悔了，说道："你喜欢传谣言，我不能告诉你。"

【解读】

东晋时盛行品评他人，一个人在背后说他人的好坏成为一种风尚。桓温作为一个独揽朝政的大臣，却不敢随随便便在一个人面前品评他人，这首先说明他是一个十分谨慎的人。

桓温的谨慎其实跟他的处境和对谢安的态度有关。孝武帝司马曜即位后，谢安和王坦之辅政。桓温曾想设计杀死他们俩，没想到谢安却坦然赴会，并暗指桓温不够光明磊落，由此震慑了桓温。桓温因此曾说过谢安具有"居然不可陵践其处"的优点，可见他对谢安确实是有敬畏的。

其实，在那个盛行品评的年代，很多人并不畏惧自己对他人的评论四处传播。桓温谨慎如此，也证明了他不敢得罪谢安和王坦之。

【原文】

王中郎①尝问刘长沙②曰："我何如苟子③？"刘答曰："卿才乃当不胜苟子，然会名处④多。"王笑曰："痴！"

【注释】

①王中郎：指王坦之。②刘长沙：指刘奭（shì），刘济之子，历任车骑咨议、长沙相、散骑常侍等职。因曾任长沙相，故称刘长沙。③苟子：指王修。④会名处：领会、能融会贯通的地方。

【译文】

王坦之曾经问刘奭："我与王修相比，怎么样？"刘奭回答说："你的才能不如王修，然而你比他更擅长领悟玄妙的道理。"王坦之笑着说："傻话！"

【解读】

王修六岁就写出了令名士刘惔赞叹的《贤令论》，后向王羲之学习书法，能很快领悟王羲之的书法奥妙，进步之势咄咄逼人，就连一向清高的王献之也称赞他。王修才华盖世，可惜他英年早逝，二十四岁就去世了。

王坦之年轻时与郗超齐名，时人称"盛德绝伦郗嘉宾，江东独步王文度"。王坦之虽然同样有才，但他的《废庄论》的完成明显晚于王修的《贤令论》。早逝的天才总更令人惋惜，大概因此，刘爽更加赏识王修。但为了不让王坦之觉得没面子，他又点出王坦之的另一个优点。这个优点，也许是刘爽杜撰出来的。王坦之大概也知道刘爽的用意，不过他并没有生气，只是笑着说刘爽所言是"傻话"。笑着，表明王坦之其实是有自知之明的。

【原文】

支道林[①]问孙兴公[②]："君何如许掾？"孙曰："高情远致，弟子蚤[③]已服膺[④]；一吟一咏，许将北面[⑤]。"

【注释】

①支道林：支遁。②孙兴公：孙绰。③蚤：通"早"。④服膺：佩服。⑤北面：古代拜师行礼，面向北面。这里指拜师。

【译文】

支遁问孙绰："你跟许掾比起来，怎么样？"孙绰说："许掾情操高尚，弟子很早就佩服；至于吟诗写作，他要拜我为师。"

【解读】

在某方面，我很佩服某人。但另一方面，某人应拜我为师。这种形式的品评，是东晋时期很多文人名士常用来了应付他人提问的回答。虽说它因被泛滥使用已经落入俗套，但却永远不过时。因为，这种回答道出了一个真理：人，各有长短，我们应看到他人的长处并学习，同样也应看到自己的优点，才不会陷入自卑。

【原文】

王右军[①]问许玄度[②]："卿自言何如安石[③]？"许未答，王因曰："安石故相为雄，阿万[④]当裂眼争邪？"

【注释】

①王右军：王羲之。②许玄度：许询。③安石：谢安和谢万。④阿万：谢万。

【译文】

王羲之问许询："你认为你和谢安、谢万比怎么样？"许询没有没答，王羲之说："谢安比你自是英雄豪杰，阿万应该会与你怒目相争吧。"

【解读】

谢万清高自傲，热衷表现自己。他领兵北伐时，不会安抚士兵，还称他的手下将领为"精锐的兵"。而谢安则亲自抚慰、勉励谢万的部下，代替谢万向他们道歉。谢万北伐，以失败告终。他军中的人因愤恨而想除掉他，幸亏谢安求情，谢万才没有被杀。

谢安出山后参与淝水之战，作为决策者，他指挥冷静从容。在与桓氏家族有矛盾的情况下，他仍能使军队团结一心，并最终使得东晋取得了胜利。

许询是一个隐士，他爱游山玩水，终生不做官。在功业方面，可以说他是个没有成就的人。因此，王羲之认为谢安在许询面前算是英雄。而如果许询和同样没有什么功绩的谢万相比的话，以谢万那种傲慢清高的性格，他应该会不服居于许询之下而怒目相争。

【原文】

刘尹[①]云："人言江虨[②]田舍[③]，江乃自田[④]宅屯。"

【注释】

①刘尹：刘惔。②江虨：字思玄，江统之子。博学多才，是东晋中兴大臣。哀帝时，官至尚书仆射。③田舍：种田的人。这里指江虨有种田人的作风。④自田：亲自耕种。

【译文】

刘惔说："人们谈论江虨土气，有种田人的气质，江虨确实是在村庄里自营田地，自建房舍。"

【解读】

一个人的气质跟他的生活环境有关，所以，一个人是农人还是商人、官员、学者，是很容易看出来的。可以说，人创造了自己的生活，也同时被自己的生活环境塑造成了现有的形象。

【原文】

谢公云："金谷[①]中苏绍[②]最胜。"绍是石崇[③]姊夫，苏则孙，愉子也。

【注释】

①金谷：又称金谷涧，在今河南洛阳西北处。石崇曾在此建筑园林，邀请当时三十多位名人在此聚宴赋诗，汇编成册，这就是著名的《金谷诗集》。②苏绍：石崇的姊夫。③石崇：字季伦，晋代富豪，历任散骑常侍、侍中、荆州刺史。在荆州靠掠夺客商成为巨富。喜欢奢华，曾与贵戚王恺等人斗富。"八王之乱"中，被赵王伦杀害。

【译文】

谢安说："金谷群宴的名士中，苏绍最出众。"苏绍是石崇的姐夫，苏则的孙子，苏愉的儿子。

【解读】

富豪石崇修建金谷园林后，在金谷园大宴宾客，计三十人，一起饮酒赋诗。谢安认为这三十人中数五十岁的苏绍最为出众。他之所以这么评论，除了跟苏绍的才华有关，也许还跟苏绍的家世背景有关。苏绍的祖父苏则是曹魏时期的官员，他曾在曹操手下做事，为人秉直，敢于直言进谏，就连曹丕也不得不敬畏他，说他是"直臣"。苏绍的父亲苏愉曾任凉州刺史、尚书、都亭侯、太常、光禄大夫。

【原文】

刘尹目庾中郎[①]："虽言不愔愔[②]似道，突兀[③]差[④]可以拟[⑤]道。"

【注释】

①庾中郎：庾敳。②愔愔：安静幽深的样子。③突兀：突出、奇特。④差：勉强、尚可。⑤拟：相比。

【译文】

刘惔评论庾敳："他的言谈虽然没有表现出道的宁静致远，但是其中仍有突出之处，大体反映出道的精神。"

【解读】

《世说新语》中记载，庾敳"善于托大，长于自藏"。说他善于让自己隐藏在高官职位上，不管政事，明哲保身。庾敳在东海王司马越府下任职，却慵懒无为，不管事务。他的隐居方式跟汉时的东方朔很像，有"大隐隐于朝"的意思。在乱世中位居高官却"无为"，这点与道家倡导的"寂静无为"思想核心有外表上的相似之处。

庾敳的慵懒无为曾被崇尚玄谈的刘舆看不惯，刘舆认为庾敳是在投机取巧地活着，于是他出计让司马越考验庾敳。司马越开口向庾敳借钱一千万，说是有救国之用，没想到庾敳开口说："我家产两三千万，全给你了。"——庾敳在无为中表现出了自己有所作为的一面。

庾敳位居高官却无为，而他的无为却不是"无心"。这个矛盾在他身上的体现，也许是刘惔对他做出矛盾的评价的原因。此外，庾敳在得知借钱事件的原委后，对人说："刘舆这个人，以小人之心，度君子之腹啊！"从这句话也可见庾敳的豁达。

【原文】

孙承公①云："谢公②清于无奕③，润④于林道⑤。"

【注释】

①孙承公：指孙统，字承公，东晋太原中都人，孙楚之孙。善著文，当时的人品论说他的文章有祖上的风范。官至余姚令。②谢公：指谢安。③无奕：谢奕，字无奕，陈郡阳夏人。东晋大臣，谢安兄。曾为桓温幕府司马，官至安西将军、豫州刺史。④润：文雅甜润。⑤林道：指陈逵，字林道。

【译文】

孙统说："谢安比谢奕清逸高洁，比林道温和宽厚。"

【解读】

谢安机智沉着，性情温和。他曾在会稽坐船出行，船夫驾船技术不高，船驶得跌跌荡荡，谢安也不责骂船夫。他的侄子们犯错了，他从不当满斥责他们，而是委婉地教导他们。

根据史料，谢奕性格粗鲁，他有一次被王述惹怒后跑到王述家里，对王述一顿咒骂。王述面壁不理他，他还是坚持了骂了半天才离去。

两相对比，可见谢安确实比谢奕清逸高洁。至于林道其人，史书上并无相关记载，也许只是个泛泛之辈。这么说来，谢安比他突出，也就理所当然的了。

【原文】

或①问林公②："司州③何如二谢？"林公曰："故当攀安提万④。"

【注释】

①或：有的人。②林公：支遁。③司州：指王胡之。④攀安提万：指不及谢安，强于谢万。攀：攀缘，这里指赶上。提：提携，这里指超过。

【译文】

有人问林公："王胡之比起谢安、谢万来怎么样？"林公说："当然比不上谢安，但比谢万强。"

【解读】

拿某人和谢安、谢万相比，成为东晋时期名士品评他人的方式之一。从这一点可以看出，谢安和谢万在当时极负盛名。其实他们俩优劣分明，提问题的人已经知道了答案。王羲之就拿许询和"安万"比过，此篇支遁又比王胡之和"安万"，结果许询和王胡之都是"比安不足，比万有余"。

【原文】

孙兴公①、许玄度②皆一时名流。或重许高情③，则鄙孙秽行，或爱孙才藻，而无取于许。

【注释】

①孙兴公：指孙绰。②许玄度：指许询。③高情：高尚的品行。

【译文】

孙绰、许询都是当时的名士。有的人看中许询高尚的品格，鄙视孙绰污秽的行径；有的人喜欢孙绰的才华，而对许询不屑一顾。

【解读】

一个人再优秀，也无法让所有人都认同你、欣赏你。有人赏识你，就会有人对你不屑一顾。所以，有人称赞与世无争的许询，也有人更看重孙绰的文才。

其实，人不是完美的。有的人之所以赏识你，是因为他们更看重你的优点。而不屑于你的人只是觉得你的缺点更明显，以至掩盖了你的优秀。从这点来说，别人对我们的态度，都不会是莫名其妙的。

再者，每个人的思维观念都不同，因此一个人不可能迎合所有人。这么说来，别人的看法有时候并不重要。最重要的是好好地活出自己的风采，做最优秀的自己。

【原文】

郗嘉宾①道谢公："造膝②虽不深彻，而缠绵③纶至④。"又曰："右军⑤诣⑥嘉宾。"嘉宾闻之曰："不得称诣，政得谓之朋⑦耳。"谢公以嘉宾言为得⑧。

【注释】

①郗嘉宾：郗超。②造膝：促膝，指谈论。③缠绵：周密。④纶至：极有条理。⑤右军：指王羲之。⑥诣：造诣深。⑦朋：等同，一个层面上。⑧得：得当、恰当。

【译文】

郗超评论谢安说："谈论玄理虽然不够透彻深刻，但却周密有条理。"又有人说："王羲之的造诣比郗超深。"郗超听到后说："不能说有造诣，只能说与谢安差不多在一个层面上。"谢安听说后认为郗超说得很恰当。

【解读】

谢安并非玄谈名士，有关他的玄谈语句在史书上也不多见，最能代表他玄谈功夫的是他与妻子的一次对话：谢安的妻子刘氏曾想劝告谢安出山做官，他以谢氏家族中的谢尚、谢奕、谢万等人都已取得功名来劝诫谢安，说："大丈夫不就是应像他们一样吗？"谢安掩鼻答道："那只恐怕我也难免当大丈夫吧。"谢安此句，意味深远，其中有谦虚、自信、无奈之复杂感受，又有洞察世事，明了自己命运的彻悟。虽然是简短的一句话，却语意庞杂，思想玄妙。

谢安是个实事求是的人，他很少夸赞自己，对别人的评价也都很中肯。他肯定郗超的评论，也就说明了在他看来王羲之和自己在玄谈方面确实是同等级的人物。

【原文】

庾道季①云："思理伦和②，吾愧③康伯④；志力强正⑤，吾愧文度⑥。自此已还⑦，吾皆百之⑧。"

【注释】

①庾道季：庾龢，字道季，颍川鄢陵人。晋太尉庾亮之子。善清谈，官至丹阳尹、兼中领军。②伦和：周密有条理。③愧：不如。④康伯：韩伯，字康伯，东晋玄学思想家，颍川长社人。官至丹阳尹、吏部尚书，死后赠太常。⑤志力强正：意志坚强刚正。⑥文度：指王坦之。⑦自此已还：除此之外。⑧百之：比他们强百倍。

【译文】

庾龢说："思索道理周密有条理，这方面我不如康伯；意志坚强刚正，我不如文度。除此之外，我都比他们强百倍。"

【解读】

从庾道季的话可以看出，韩康伯善于思考，王文度意志坚强，庾道季很自负。为何这么说呢？韩康伯和王文度都是东晋有名望的人物，韩康伯是一个玄学思想家，而王文度（王坦之）是玄谈名士，他为官辅政，与谢安一起阻挠桓温谋反，为东晋后期稳定做出了贡献。至于庾道季，关于他的记载相对来非常少，当时也很少有人拿他来议论。一个人没有名气的人却自论自夸，认为自己比两个有名气的人强一百倍，足见他的自负。

【原文】

王僧恩[①]轻林公[②]，蓝田[③]曰："勿学汝兄，汝兄自不如伊。"

【注释】

①王僧恩：王祎之，字僧恩，王述次子，王坦之的弟弟。受兄长王坦之的影响，轻视林公。官至中书郎，未三十而卒，赠散骑常侍。②林公：指支遁。③蓝田：指王述。

【译文】

王祎之轻视林公，王述说："不要学你哥哥，你哥哥自己还不如林公呢。"

【解读】

王祎之是王坦之的弟弟，王坦之与林公（支遁）不和，王祎之也跟着轻视支遁。王述不站在两个儿子的一边，而是批评他们不谦虚，反称赞支遁更为优秀。王述不偏颇自家人，而是以公正客观的态度去评价支遁，足见他的谦虚真挚。

一个真诚坦率的人，即使他没有才华也会赢得他人的尊重。王述就是个例子。他的率真是出了名的，谢安曾说他："掇皮皆真。"司马昱称赞他："才既不长，于荣利又不淡；直以真率少许，便足对人多许。"

【原文】

简文[①]问孙兴公[②]："袁羊[③]何似？"答曰："不知者不负其才，知之者无取其体[④]。"

【注释】

①简文：指简文帝司马昱。②孙兴公：指孙绰。③袁羊：袁乔。④体：指德行。

【译文】

简文帝问孙绰："袁乔怎么样？"孙绰回答说："不了解他的人不会辜负他的才干；了解他的人瞧不起他的德行。"

【解读】

听闻袁乔才能的人会重用他，所以不会辜负他的才干，而一旦与袁乔深入接触，就会发现他没有德行。孙绰这一回答指出了袁乔是个有才无德之人。

有关袁乔的德行记载没有相关事例，所以孙绰为何对他做出如此评论不得而知。袁乔的才华倒有一例可证。桓温伐蜀时，他理性分析敌我形势，力排众议，让桓温主动进攻。在战场上，他勇猛率军，集中兵力于一点，最终大破敌军。袁乔英年早逝，桓温对此十分惋惜，从中也可见袁乔的才华卓越。

如果袁乔确如孙绰所言，自然十分可惜了。才德兼备是一个人优秀的标志，退而求其次，优秀的标准也是要有德行。有才无德，远远称不上优秀。做人，终归德行是最重要的。

【原文】

蔡叔子[①]云："韩康伯[②]虽无骨干，然亦肤[③]立。"

【注释】

①蔡叔子：当作“蔡子叔”。蔡系，字子叔。东晋人。官至抚军长史。②韩康伯：韩伯。③肤：从外观上看。

【译文】

蔡叔子说：“韩康伯虽然没有宽大的骨架，但看上去还很挺拔。”

【解读】

韩康伯的胖是出了名的，时人曾说他“将肘无风骨”，肥胖到摸不着骨头。蔡叔子对他的评价也证明了韩康伯肥胖这一事实。不过，蔡叔子得饶人处且饶人。他的评论说韩康伯的体型也是有可取之处的，由此给韩康伯留了点面子。

在评论他人缺点时，附带说对方的优点。蔡叔子这一评论他人的方式值得我们学习。因为人都喜欢别人说自己好，所以评论他人不要把话说得太难听。

【原文】

郗嘉宾[①]问谢太傅曰：“林公[②]谈何如嵇公[③]？”谢云：“嵇公勤着脚[④]，裁[⑤]可得去[⑥]耳。”又问：“殷[⑦]何如支？”谢曰：“正尔[⑧]有超拔，支乃过殷；然亹亹[⑨]论辩，恐殷欲制[⑩]支。”

【注释】

①郗嘉宾：郗超，小字嘉宾。②林公：支遁。③嵇公：指嵇康。④勤着脚：不断走路，比喻勤奋努力。⑤裁：通“才”。⑥去：摆脱，这里指把某人落在后面。⑦殷：指殷浩。⑧正尔：恰好，正好。⑨亹（wěi）亹：说话滔滔不绝的样子。⑩制：胜出，战胜。

【译文】

郗超问谢安：“支遁的清谈跟嵇康比起来如何？”谢安说：“嵇康需要勤奋努力，才能超过支遁。”郗超又问：“殷浩怎么样？”谢安说：“遇到超凡脱俗的辩论时，支遁胜过殷浩；但侃侃而谈的辩论，恐怕殷浩胜过支遁。”

【解读】

嵇康最突出的方面在于他鄙视权贵的清高和音乐方面的造诣，与精通老庄学说又知晓佛学奥妙的支遁比起来，他的清谈当然相形见绌。所以，谢安说嵇康需加倍努力才能赶得上支遁。

殷浩的学识本就不如支遁，此外，他也不具备支遁长期隐居的气质，因此清谈时就无法比支遁更显超凡脱俗。但殷浩性情秉直，有话直说。他不受限于辞藻的华丽，也不受某套思想体系的束缚，所以更能侃侃而谈。

【原文】

庾道季[①]云：“廉颇[②]、蔺相如[③]虽千载上死人，懔懔[④]恒如有生气；曹蜍[⑤]、李志[⑥]虽见在，厌厌[⑦]如九泉下人。人皆如此，便可结绳而治[⑧]，但恐狐狸猯貉[⑨]啖尽。”

【注释】

①庾道季：庾龢，字道季。②廉颇：战国末期赵国的名将，山西太原人。以勇气闻于诸侯。战功显赫，拜为上卿，与白起、王翦、李牧并称“战国四大名将”。③蔺相如：战国时赵国上卿，著名的政治家、外交家。④懔懔：刚烈的样子。⑤曹蜍：指曹茂之，字永世，小字蜍，东晋彭城人。官至尚书郎。⑥李志：字温祖，东晋江夏钟武人。官至员外常侍、南康相。⑦厌厌：同“奄奄”，萎靡的样子。⑧结绳而治：指上古没有文字，用结绳记事的方法治理天下。⑨猯貉（tuān hé）：野猪、貉子。

【译文】

庾龢说：“廉颇、蔺相如虽然死了将近千年，却凛然如生；曹蜍、李志虽然活着，却精神萎靡，像坟墓里的死人一样。如果人人都像曹、李那样，就可以回到结绳而治的原始时代去，不过恐怕人们会被狐狸、野猪以及貉子吃光了。”

【解读】

曹茂之、李志都是当时的官员，庾龢将他们比作死人，意指他们平庸无能，没有作为。庾龢又同时指出，如果世人皆如曹、李般行尸走肉，天下无奸民，就可以用原始的方法治理天下。可是，既然人类不再主宰世界，那么势必最终会被野兽消灭。

从庾龢的观点中可见他有理想抱负，推崇像廉颇、蔺相如等同时具有德行和功业的英雄，而鄙视一事无成，最终被历史淹没的平庸之辈。

【原文】

卫君长[①]是萧祖周[②]妇兄，谢公问孙僧奴[③]：“君家道卫君长云何？”孙曰：“云是世业人[④]。”谢曰：“殊不尔，卫自是[⑤]理义人。”于时以比殷洪远[⑥]。

【注释】

①卫君长：指卫永，字君长，晋成阳人。官至左军长史。②萧祖周：萧轮，字祖周。历任散骑常侍、太常博士。③孙僧奴：指孙腾，字龙雀，晋咸阳石安人。④世业人：做事业的人。⑤自是：本来就是。⑥殷洪远：指殷融，字洪远，晋东郡人，历任尚书、太常卿。

【译文】

卫永是萧轮妻子的哥哥。谢安问孙腾：“你们家认为卫永怎么样？”孙腾说：“卫永是个能做事业的人。”谢安哀叹说：“太不对了，卫永本是个精通道义的人。”当时的人都拿卫永跟殷融比较。

【解读】

有关卫永的事迹记录在《世说新语》中较少，但有关他的评价却不少。东晋将领祖约见他第一面后评说：“这个人有将帅的风度。”卫永曾任温峤的长史，温娇非常赞许他。二人经常喝酒聊天，一喝就是一天。温峤的德行被时人乃至后人称赞，卫永能得到温峤的赏识，可见他不是个普通人。庾亮也曾赞赏卫永，说卫永虽然其貌不扬，但有许多令人钦佩之处。

从众人对卫永的评价看来，卫永这个人可能与温峤、罗含一样，具有通达的智慧，能够巧妙地周旋于不同势力之间。而殷融这个人也有相似的性格特点，他“饮酒善舞，终日啸咏，不以世事自缚”。

能够在乱世中有所为而不被世俗和他人束缚，同时还能获得各方面的好评。这样的人必定是精通道义、善于为人处事的。卫永、殷融、谢安都是这样的人。从这点来说，谢安对卫永的理解就很自然了。因为属于同道中人，所以更了解对方的突出特点。

【原文】

王子敬[①]问谢公：“林公[②]何如庾公[③]？”谢殊[④]不受，答曰：“先辈初[⑤]无论，庾公自足没林公。”

【注释】

①王子敬：王献之。②林公：指支遁。③庾公：指庾亮。④殊：不情愿、不愿意。⑤初：本来。

【译文】

王献之问谢安：“支遁和庾亮比起来怎么样？”谢安很不想发表评论，说道：“先辈们本来就没有评论过，庾亮应该超过支遁。”

【解读】

庾亮曾参与平定王敦叛乱，后与王导辅佐晋成帝执掌朝政，因一意孤行而引起苏峻叛乱。苏峻叛乱平息后，庾亮反省自身，退居低位，后平定郭默叛乱，任征西大将军，领兵北伐。庾亮一生虽然有功有过，但整体来说他功大于过。支遁的身份是崇尚玄谈的名士兼探究思想奥妙的高僧，他在自己擅长的领域方面也有所成就，著有禅学诗作《支遁集》等作品。但从实用角度来说，支遁的成就远没有庾亮的功绩大。

支遁和庾亮是两个不同时代，不同特性的人。所以正如谢安所说，此前无人拿他们来对比过。然而问谢安问题的人，他的本意就在刁难谢安。支遁是谢安的好友，他明显不如庾亮。谢安答支遁更优秀则落入无知、虚伪之流，答庾亮比朋友优秀则的话，传到支遁耳朵，则有可能让朋友不高兴。不过，从谢安的回答来看，他是个实事求是的人。

【原文】

谢遏[①]诸人共道“竹林[②]”优劣，谢公曰：“先辈初不臧贬[③]‘七贤’。”

【注释】

①谢遏：谢玄。②竹林：指竹林七贤，他们常常聚于竹林下，豪饮畅谈，放浪形骸。③臧贬：褒贬，指评价。

【译文】

谢玄和诸人一起评论“竹林七贤”的优劣，谢安说：“先辈们从来不评论‘竹林七贤’。”

【解读】

竹林七贤个个不拘礼法，崇尚自然，坚持自我。他们追求清静无为的生活，除了山涛和王戎先后投靠司马氏，其他五位在政治上都采取不合作的态度，嵇康甚至因此被杀。

竹林七贤以志同道合相聚，他们虽然在思想上略有不同，但整体来说都属于推崇玄学思想的代表人物。他们的思想境界代表了那个时代的高峰，此外，他们在文学方面也有所成就，其中又以阮籍、嵇康为代表。两人借助诗文揭露了最高统治集团司马氏家族的黑暗统治，讽刺当时虚伪的礼法制度，表达了自己高尚的思乡情怀。阮籍的《咏怀》，以及嵇康的《与山巨源绝交书》都颇负盛名，而“酒仙”刘伶的《酒德颂》，向秀的《思旧赋》等也都是让人玩味的佳作。

总而言之，因思想、文学方面的成就，以及他们的行为作风的影响力，竹林七贤在当时乃至后世都极具声望，所以一般人都不评论他们的优劣。

【原文】

有人以王中郎[①]比车骑[②]，车骑闻之曰：“伊窟窟[③]成就。”

【注释】

①王中郎：指王坦之。②车骑：指谢玄。③窟窟：用力的样子，形容勤奋。

【译文】

有人拿王坦之和谢玄相比，谢玄说道：“他很勤奋，而且有成就。”

【解读】

谢玄比王坦之晚出生年，两人在世的时间一样，都是年。王坦之一生的作为，最重要的是与谢安一起抗衡桓温，及至桓温死后又累迁中书令、领北中郎将、徐、兖二州刺史。在文学成就上，王坦之的主要著作有《废庄论》。王坦之还擅长书法，在中国最早的一部汇集各家书法墨迹的法帖《淳化阁帖》中，有王坦之书写的四行行书。

谢玄自幼聪明，被谢安喜爱。他善于治军，有政治、军事才能。在淝水之战中，谢玄组建训练了一支号为“北府兵”的精锐部队，他指挥部下以少敌众，最终取得胜利。

王坦之和谢玄在政治上的成就可以说不相上下，但在个人修为上，王坦之明显更有所得。因此，谢玄对王坦之的称赞就可以理解了。谢玄就事论事，不以抬高别人而自行惭愧，从中可见他的修养极高。

【原文】

谢太傅[1]谓王孝伯[2]："刘尹亦奇自知，然不言胜长史[3]。"

【注释】

①谢太傅：指谢安。②王孝伯：指王恭。③长史：王濛。

【译文】

谢安对王恭说："刘惔也深知自己的才学，然而从来不说超过王濛。"

【解读】

谢安的话，指出了刘惔两种性情：他一方面很自信，但同时又性情谦虚，不自夸自大。谢安为何会做出如此评论呢？有事实为证。

王濛与刘惔是好友，两人别后重逢，王濛对刘真长说："你更有长进了。"刘真长回答说："我就像天一样，本来就那么高啊。"自比天高，虽是朋友之间的戏谑，也可见刘惔的自信乃至自负。但正如谢安所说，刘惔从不会说自己超过王濛。这也许是因为刘惔和王濛是好友，也可能是因为他深知自己与王濛不相上下。又或者，真正的名士之间的情谊是高尚的，不掺杂世俗对比的。他们知道自己，也知道对方，同时他们也接受自己和对方的样子，所以不会互相比较。

【原文】

王黄门兄弟[1]三人俱诣谢公，子猷、子重多说俗事，子敬寒温[2]而已。既出，坐客问谢公："向三贤孰愈[3]？"谢公曰："小者最胜。"客曰："何以知之？"谢公曰："吉人[4]之辞寡，躁人[5]之辞多。推此知之。"

【注释】

①王黄门兄弟：指王羲之的三个儿子：王徽之字子猷、王操之字子重、王献之字子敬。他们都是当时的名士。②寒温：嘘寒问暖，说客套话。③愈：优秀。④吉人：指贤士。⑤躁人：浮躁的人。

【译文】

王氏三兄弟拜访谢安。王徽之和王操之说了很多俗事，王献之只是嘘寒问暖。他们走后，座上的客人问谢安："刚才的三位贤士谁更优秀？"谢安说："小的最优秀。"客人问："从哪里可以看出？"谢安说："贤人话少，浮躁的人话多。由此推知。"

【解读】

不聪明的人为了证明自己聪明，往往滔滔不绝。而聪明的人无须证明自己，说话会更少。谢安的评论正是基于这个原理得出的。

古人说"言多必失"，"讷于言而敏于行"，这也证明了贤人话少这一道理。孔子也说过类似的话："无多言，多言多败；无多事，多事多患。"说话多，容易出错。少说话，才能说重要的话，聪明的话，不说不该说的话。所以说，少说话的人才是聪明之人。

与人交往时，做一个少说话的聪明人，还不会至于引人厌烦。在我们身边，那些话匣子一打开就止不住的人，不顾他人听的感受，还自以为口才极好，殊不知别人早就反感他。

【原文】

谢公问子敬[1]："君书何如君家尊[2]？"答曰："固当不同。"公曰："外人论殊不尔[3]。"

王曰："外人那得知。"

【注释】

①子敬：指王献之。②家尊：对别人父亲的尊称。文中指王献之的父亲王羲之。③殊不尔：不是这样。

【译文】

谢安问王献之："你的书法和你父亲比起来怎么样？"王献之说："一定不相同。"谢安说："外面的人的评论可不是这样。"王献之说："外人懂什么！"

【解读】

王献之自幼学习书法，一开始他跟随父亲王羲之，后来兼学东汉书法家张芝的书法艺术。他不局限于学一门一体，而是"兼众家之长，集诸体之美"，在此基础上创造出自己独特的书法风格。王献之能够突破，在书法上进行创新，他的草书和行书尤为著名。当时人评论说，王献之的草书、隶书，连他父亲也比不上。他们同时认为王献之的字虽然好看，但在力度上远远比不上王羲之。不过，总的来说，当时外界对王献之的赞誉几乎超过了对王羲之的赞誉。从人们将他与王羲之合称"二王"可见。

谢安有意刁难王献之，让他自比其父亲王羲之。王羲之从艺术角度来分析，以无可辩驳的"固不当同"来回应谢安。没想到谢安咄咄逼人，非要王献之与自己父亲比个高低。王献之很聪明，干脆以一句"外人懂什么"来否定所有人对他们父子的对比。

【原文】

王孝伯[①]问谢太傅："林公[②]何如长史[③]？"太傅曰："长史韶兴[④]。"问："何如刘尹[⑤]？"谢曰："噫！刘尹秀。"王曰："若如公言，并不如此二人邪？"谢云："身[⑥]意正尔[⑦]也。"

【注释】

①王孝伯：王恭。②林公：支遁。③长史：指王濛。④韶兴：美好的品德。⑤刘尹：刘惔。⑥身：指我。⑦尔：这样。

【译文】

王恭问谢安："支遁跟王长史比怎么样？"谢安说："王濛清谈时言语清新优美。"又问："跟刘惔比起来呢？"谢安说："噫！刘惔更优秀。"王恭说："如果按你这么说，支遁不如这两位了？"谢安说："我正是此意。"

【解读】

王濛、支遁、刘惔都是谢安的朋友，谢安自然不愿说他们任何一人的坏话，所以他不直言支遁不如王濛、刘惔，而只赞后两人更优秀。谢安的委婉是对支遁的尊重，但王恭却不依不饶，非要把话挑明了问。面对王恭的咄咄逼人，谢安干脆也挑明了回答。谢安无论是委婉还是直接，其实都没有违背他做人的光明磊落。他在不同的形式下选择不同的应对方式，是一种随机应变的聪明。

【原文】

人有问太傅[①]："子敬[②]可是先辈谁比？"谢曰："阿敬近撮[③]王、刘[④]之标[⑤]。"

【注释】

①太傅：指谢安。②子敬：指王献之。③撮：撮取，吸取。④王、刘：指王濛、刘惔。二人都是当时的名士，都有盛名。⑤标：风格。

【译文】

有人问太傅谢安："王献之可以跟哪位先辈相比？"谢安说："王献之最接近王濛、刘惔的风格。"

【解读】

在王献之年幼拜访谢安时，谢安就透露出自己对王献之的欣赏和喜欢，称赞他说话少而有才华。谢安曾对说王献之"实自清立，但人为尔多衿咳，殊足损其自然"，这句话虽是批评王献之，但从中也可见谢安认为王献之有自然的清秀之气。大概正是因为王献之具有这超凡脱俗的气质，谢安才会认为他跟同样有高洁风骨的王濛、刘惔相像。

【原文】

谢公语孝伯①："君祖②比刘尹，故为得逮③。"孝伯云："刘尹非不能逮，直④不逮。"

【注释】

①孝伯：指王恭。②君祖：指王恭的祖父王濛。③逮：赶上、追上。④直：通"只"。

【译文】

谢安对王恭说："你的祖父王濛跟刘惔比起来，应该能赶得上。"王恭说："并非不能赶上刘惔，只是不想赶上。"

【解读】

谢安的话看似称赞王濛，其实意在指出王濛不如刘惔。王恭听出谢安话中之意，于是做出了"非不能逮，直不逮"的回答。这一回答表达了一个意思：王濛的能力本在刘惔之上，只是他不想赶超刘惔罢了。

【原文】

袁彦伯①为吏部郎，子敬②与郗嘉宾③书曰："彦伯已入④，殊足⑤顿兴往之气。故知⑥捶挞⑦自⑧难为人，冀小却⑨，当复⑩差⑪耳。"

【注释】

①袁彦伯：袁弘。②子敬：王献之。③郗嘉宾：郗超，字嘉宾。④入：指入朝为官。⑤殊足：能够。⑥故知：很早就知道。⑦捶挞：指杖刑。当时规定官员犯了错误，要受杖刑。⑧自：确实。⑨小却：往后，以后。⑩当复：应该、应当。⑪差：减少。

【译文】

袁弘入朝做了吏部郎，王献之写信给郗超说："袁弘已经入朝为官，这个官职特别能挫伤人的仕进志气。原先就听说杖责很让人难堪，所以希望他能稍为辞让一下，这样希望以后或许能减少对官员的责罚。"

【解读】

晋时"捶挞"（即杖刑）是一种处分官吏的杖刑，到了某一个职位高度的官员一旦犯错就会受罚该刑。名士王濛曾被征召任司徒左西属，但他以此职有过失则被杖打而推辞不接受升迁，即使朝廷下诏暂停杖刑处罚仍然不就。由此可见"捶挞"这一刑罚可能较为严重。王献之因此也在信中痛斥这种处分，并表明自己的心愿：希望袁宏也推辞不接受，借此让朝廷停止这种刑罚。

【原文】

王子猷、子敬①兄弟共赏《高士传》②人及赞，子敬赏"井丹高洁③"。子猷云："未若'长卿慢世'④。"

【注释】

①王子猷、子敬：指王徽之、王献之。②《高士传》：嵇康写的一本书，记录了一些隐居名士的轶事。③井丹高洁：《高士传》称赞东汉隐士井丹品行高洁。④长卿慢世：指司马相如玩世不恭的故事。

【译文】

王徽之、王献之兄弟二人一起欣赏《高士传》中的人及评论，王献之很欣赏"井丹高洁"，王徽之说："不如'长卿慢世'。"

【解读】

井丹是东汉隐士，他为人清高，据说他从不会伺候人，更不屑攀权结贵。"长卿"是指西汉辞赋家司马相如。司马相如也是清高之人，他不拘世俗礼法。王献之清高独立，有井丹风骨。王徽之为人傲慢，我行我素，有司马相如之风流。所以说，王献之赞井丹高洁，王徽之赞赏司马相如不拘世俗，其实都是从自己的个性出发。

【原文】

有人问袁侍中[①]曰："殷仲堪[②]何如韩康伯[③]？"答曰："理义所得，优劣乃复未辨；然门庭萧寂，居然有名士风流，殷不及韩。"故殷作诔[④]云："荆门[⑤]昼掩，闲庭晏然[⑥]。"

【注释】

①袁侍中：袁恪之，字元祖，曾任黄门侍郎、侍中。②殷仲堪：陈郡长平人。殷融之孙。善清谈，有文才。东晋末年官员，官至荆州刺史。后来却被桓玄袭击，逼令其自杀。③韩康伯：韩伯。④诔（lěi）：哀悼死者的祭文。⑤荆门：柴门。⑥晏然：悠闲自得的样子。

【译文】

有人问袁侍中："殷仲堪跟韩康伯比怎么样？"袁侍中回答说："在理义方面，他们分不出高下；然而韩康伯的门庭萧条寂静，显然有名士的风情，殷仲堪比不上韩康伯。"所以殷仲堪给韩康伯写祭文说："柴门白天也关闭着，清幽的庭院安静悠然。"

【解读】

殷仲堪擅长清谈和写文章，韩康伯在这一方面跟他不相上下。袁恪之避开义理问题，只从个性上比较他们。从他的评论中可以看出韩康伯为人更加洁身独立，也更有名士风流。事实上，从殷仲堪和韩康伯两人的个人成就来看，袁恪之的评论的确公正。韩康伯静心潜学，在玄学和周易研究方面都有所得。他写作的解释《周易》的文献有《系辞》、《说卦》、《序卦》、《杂卦》等注，至今仍有价值，而殷仲堪写作较少，只有为数不多的杂论。门庭悠然，说明内心清净，内心清净则能钻研事业。殷仲堪改编袁恪之对韩康伯的称赞，写成祭文悼念韩康伯，这表明了他对韩康伯的认同。

【原文】

王子敬[①]问谢公："嘉宾[②]何如道季[③]？"答曰："道季诚复[④]钞撮[⑤]清悟，嘉宾故自[⑥]上。"

【注释】

①王子敬：指王献之。②嘉宾：指郗超。③道季：庾龢。④诚复：确实，诚然。⑤钞撮：摄取，汲取。⑥故自：确实。

【译文】

王献之对谢安说："郗超跟庾龢比起来怎么样？"谢安回答说："庾龢诚然能汲取各个人的好处，也很机敏有悟性，但郗超确实比他强。"

【解读】

谢安擅长就事论事，从他对众多人的评价可以看出来。此外，他还擅长不伤害他人的感情。即使在评论某人不如另一个人时，他也总会先说那个人的优点。此次评价郗超和庾龢，他又运用了高妙的说话技巧，说出了自己内心的真实想法。

谢安的评论中有一处值得人思索的地方：既然庾龢能吸收其他人的优点，且又机敏而有悟性，为何他还不如郗超呢？一个人，他可以集众人的优点长处，但如果他没有自己的东西，那他充其量不过是别人的结合体。也就是说，他什么都是，结果只能是他什么都不是。

【原文】

王珣①疾，临困，问王武冈②曰："世论以我家领军③比谁？"武冈曰："世以比王北中郎④。"东亭⑤转卧向壁，叹曰："人固不可以无年⑥！"

【注释】

①王珣：字符琳，小字法护，东晋琅邪临沂人。著名书法家王导之孙，王洽之子，王羲之再从侄。有文才，善属文。曾任尚书左仆射、尚书令，封东亭侯。②王武冈：王谧，字稚远，王导之孙，王劭之子，王珣的堂兄弟。有才器，袭武冈侯，官至司徒。③领军：指王珣的父亲王洽。④王北中郎：指王坦之。⑤东亭：指王珣，封东亭侯。⑥无年：短寿、早亡。

【译文】

王珣生病，临危时问王谧："世人把我父亲和谁相比？"王谧说："世人都拿王坦之相比。"王珣转身面对着墙壁，叹息说："人实在不能短命呀！"

【解读】

世人拿王珣的父亲王洽比王坦之，王珣心里不服，认为自己父亲胜过王坦之，所以他才叹气。他感叹所说的话表明王洽是因为死得早才没有声望，如果他活得够长的话，名望肯定大过王坦之。

王珣的感叹有一定道理的。王导有六子，王洽是他所有孩子中名声最大的，深受世人称赞。王洽擅长行书和草书，他的从兄王羲之曾赞他："弟书遂不减吾"。王洽才华卓越，可惜寿短。王坦之同样有书法才华，后来在政绩上有所建树，取得的成就超过了王洽。

【原文】

王孝伯①道②谢公："浓至③。"又曰："长史④虚，刘尹秀，谢公融。"

【注释】

①王孝伯：王恭。②道：评论。③浓至：很厚重。④长史：指王濛，曾任司徒左长史。

【译文】

王恭评价谢安："很厚重。"又说："王濛清虚，刘惔秀气杰出，谢安大度通达。"

【解读】

王恭说王濛清虚，是从精神方面评论，指出王濛有超凡脱俗的气质。说刘惔，王恭从才华方面进行评价，指明刘惔才智出众。对于谢安，他则是从道德个性方面进行评说，认为谢安道德深厚而个性大度。

王恭抓住各人的优势，分别指出了王濛、刘惔、谢安三人的鲜明个性。这样的评价言简意赅而又正中要害，说明王恭是个善于观察也善于总结的人。

【原文】

王孝伯问谢公："林公①何如右军②？"谢曰："右军胜林公，林公在司州③前亦贵彻④。"

【注释】

①林公：支遁。②右军：王羲之。③司州：指王胡之。④贵彻：高贵清澈。

【译文】

王恭问谢安："支遁跟王羲之比起来怎么样？"谢安说："王羲之胜过支遁，支遁在王胡之面前也很尊贵通达。"

【解读】

很多人都请谢安评价过支遁。有人让他比支遁和庾亮，谢安说支遁当然不如庾亮。又有人请他比支遁和王濛、刘惔，谢安说支遁在王、刘二人之下。此篇，谢安是第一次赞誉支遁。

【原文】

桓玄[①]为太傅，大会，朝臣毕集，坐裁[②]竟，问王桢之[③]曰："我何如卿第七叔[④]？"于时宾客为之咽气[⑤]。王徐徐答曰："亡叔是一时之标，公是千载之英。"一坐欢然。

【注释】

①桓玄：字敬道，一名灵宝，东晋谯国龙亢（今安徽怀远）人，桓温之子。历任侍中、都督中外诸军事、丞相、录尚书事、扬州牧、徐州刺史、相国、大将军、楚王等职。东晋晚期的权臣，后来篡位失败，被杀。②裁：通"才"，刚刚。③王桢之：字公干，王徽之的儿子，王献之的侄子。④卿第七叔：指王献之。⑤咽气：屏住呼吸，形容气氛很紧张。

【译文】

桓玄升任太傅，宴请宾客，朝廷的官员们都来了。人们刚刚入席，桓玄问王桢之："我比你七叔王献之怎么样？"宾客们听到后，都屏住了呼吸。王桢之不慌不忙地说："亡叔是一代楷模，您是千载英豪。"满座都欢欣喜悦。

【解读】

桓玄得势时，王家的势力早已衰弱。桓玄恃强凌弱，有意刁难王桢之。众人都为王桢之捏把汗，王桢之却表现出了冷静从容的智慧。他的回答既没有损坏自家人的声誉，又满足了桓玄的虚荣心，让桓玄羞辱王家的企图无法得逞。

【原文】

桓玄问刘太常曰："我何如谢太傅[①]？"刘答曰："公高[②]，太傅深[③]。"又曰："何如贤舅子敬？"答曰："楂、梨、橘、柚，各有其美。"

【注释】

①谢太傅：指谢安。②高：高洁。③深：深远。

【译文】

桓玄问刘太常："我跟谢安比起来怎么样？"刘太常说："你高洁，谢太傅深远。"桓玄又问："跟你舅舅王献之相比呢？"刘太常说："楂、梨、橘、柚，各有美好之处。"

【解读】

谢安和是一流名士，王献之是刘太常的舅父。桓玄自然比不上谢安，为了应付桓玄的故意刁难，他巧妙地敷衍了第一问。到第二问时，刘太常不愿意说自家人不如桓玄，于是干脆以"各有千秋"来结束桓玄的刁难。

刘太常的回答大方得体，且一言以蔽之，让桓玄再也没有发作的余地。他从容不迫应付上级领导刁难，从中表现出的不惊不乍和口才能力，令人佩服，也值得学习。

【原文】

旧以桓谦[①]比殷仲文[②]。桓玄时[③]，仲文入，桓于庭中望见之，谓同坐曰："我家中军那得及此也！"

【注释】

①桓谦：字敬祖，东晋末人，谯国龙亢人，桓冲第二子。器量大，有才华。官至尚书仆射、中军将军。②殷仲文：东晋陈郡人。官至新安太守。随桓玄叛变，失败后又归朝。③桓玄时：指桓玄把持朝政时。

【译文】

原先人们拿桓谦与殷仲文相比较。桓玄把持朝政时，殷仲文走进来，桓玄在房中远远地望到后，对同座的人说："我家桓谦哪里比得上他啊！"

【解读】

桓玄的赞叹说明了殷仲文的外貌、风度给他的感觉十分好，使他都忍不住惭愧自家人不如对方。为何桓玄会对殷仲文发出如此感叹呢？《晋书》记载，殷仲文"少有才藻，美容貌"。才貌兼备的男子，往往会令他的同胞也倾倒。当年司马相如到卓文君家做客，他一到场，在座之人无不为之风度震惊。

从另一角度来说，一个人的外貌风度是由内在散发出来的，所以外表美还不足以吸引人，内在美更重要。

规箴第十

【原文】

汉武帝乳母尝于外①犯事，帝欲申宪②，乳母求救东方朔③。朔曰："此非唇舌所争，尔必④望济者，将去时，但当⑤屡顾帝，慎勿言！此或可万一冀⑥耳。"乳母既至，朔亦侍侧，有谓曰："汝痴耳！帝岂复忆汝乳哺时恩邪！"帝虽才雄心忍⑦，亦深有情恋，乃凄然愍⑧之，即赦免罪。

【注释】

①外：指宫外。②申宪：依法处置。③东方朔：字曼倩，西汉辞赋家、阴阳家。历任任常侍郎、太中大夫等职。④必：一定。⑤但当：只要。⑥冀：希望。⑦才雄心忍：才能雄武，心肠刚硬。心忍：指心肠硬。⑧愍（mǐn）：怜悯。

【译文】

汉武帝的乳母曾经在宫外犯了罪，汉武帝想要依法处置。乳母向东方朔求救。东方朔说："这不是靠言辞争辩的事，你一定想要得到救助的话，应该在将要离开时，只管多看几眼皇帝，千万不要说话，还可能还有一线希望。"乳母来到汉武帝身边，东方朔站在一边对乳母说："你痴啊！皇帝怎么还会记起你哺乳时的恩情呢？"汉武帝虽然才能雄武，心肠硬，但对乳母的感情很深，听到这句话，很痛心地怜悯乳母。于是立即赦免了乳母的罪。

【解读】

道德、感情和法律总是对立的，汉武帝作为一个皇帝，要想树立威望，有时候必须舍弃道德和情感。他深知这个道理，所以一开始要不顾情面，严惩乳母。东方朔非常了解汉武帝，他知道汉武帝纵使心肠再硬，也无法扼杀心中对乳母的感情。因此，他出了一个"苦情计"，让汉武帝重新回忆起乳母对他的恩情，由此内心产生怜悯和宽容。

东方朔这一计策的巧妙之处在于，他抓住了皇帝的心理。一般说来君无戏言，惩罚令一旦下达了就不好再收回。而如果让乳母开口求情的话，啰啰唆唆地叙旧可能会引起汉武帝的反感。

【原文】

京房①与汉元帝②共论，因问帝："幽、厉之君③何以亡？所任何人？"答曰："其任人不忠。"房曰："知不忠而任之，何邪？"曰："亡国之君各贤④其臣，岂知不忠而任之？"房稽首曰："将恐今之视古，亦犹后之视今也。"

【注释】

①京房：字君明，西汉学者，东郡顿丘人。精通音律，善玄学。汉元帝时任魏郡太守。②汉元帝：刘奭，汉宣帝刘询的儿子。③幽、厉之君：指两个亡国君主周幽王、周厉王。周幽王昏庸荒淫，为博得褒姒一笑，点燃烽火戏诸侯，后被西部犬戎所杀。周厉王暴虐，法令苛刻，被国人放逐到彘（今山西霍县东北）地，并死在那里。④贤：以……为贤。

【译文】

京房与汉元帝一起讨论。京房问汉元帝："周幽王、周厉王二君为什么败亡？他们任命的臣子都是什么人？"汉元帝说："他们任用的人不忠。"京房说："明明知道不忠，却又任用，这是为什么？”汉元帝说：“亡国之君都认为他们的臣子是贤臣，怎么会是知道他们不忠而任用呢？”京房叩头说：“恐怕我们今天看古人，如同后人看今天。”

【解读】

京房以古喻今，意在提醒汉元帝用人要小心，以免误用奸臣。京房何以对汉元帝发出此番言论呢？这跟他当时所处的环境有关。当时，京房被汉元帝赏识，任为改革官员。京房的改革有理想主义色彩，他认为制度不好是因为制定制度和负责管理的官员不是能人贤臣，因此将人事制度作为改革的重中之重。又因当时中书令石显以及其党羽反对京房的改革，使得京房提出的《考功课吏法》被搁置，所以他才借助与汉元帝交谈的契机，婉转指出朝中有不忠之臣。

虽说京房进谏的出发点带有私人目的，但他的言论确有可取之处。俗话说，当局者迷，旁观者清。帝王用人有时候就是凭一己之见，往往不能看清所用之人。以史为镜，关照自身，也许会更能看清所见人事物。

【原文】

陈元方[①]遭父丧，哭泣哀恸，躯体骨立。其母愍[②]之，窃[③]以锦被蒙上。郭林宗[④]吊而见之，谓曰：“卿海内之俊才，四方是则[⑤]，如何当丧，锦被蒙上？孔子曰：‘衣夫锦也，食夫稻也，于汝安乎？’吾不取也！”奋衣而去。自后宾客绝百所日[⑥]。

【注释】

①陈元方：陈纪，字符方，东汉颍川许人。有德行，以孝著称。官至太鸿胪，后卒于官。②愍(mǐn)：怜悯。③窃：偷偷地，私下里。④郭林宗：郭泰，字林宗，东汉太原介休人。著名学者、思想家及教育家，人称“有道先生”，为东汉太学生领袖。与春秋时晋国介子推以及宋朝宰相文彦博合称“介休三贤”。⑤则：榜样，标杆。⑥百所日：百日左右。所：左右。

【译文】

陈元方在父亲去世时，因过度悲伤哭泣，身体消瘦。他的母亲怜悯他，偷偷地给他盖上锦被。郭林宗前来吊丧，看见后对他说：“你是海内的俊才，是天下人的榜样，为什么居丧时盖着锦被？孔子说：‘穿着锦衣，吃着精粮，你觉得安心吗？’我不认可。”说完甩袖而去。此后宾客们与陈元方断绝往来百余天。

【解读】

陈元方和他的弟弟陈谌都以德行著称，二人与他们的父亲陈寔被时人称为“三君”。陈元方既以德行闻名于当时，郭林宗不应该不知道。然而郭林宗以表象为真相，在陈元方承受丧父之痛时狠批他没有良心，以至陈元方臭名远扬，被人唾弃。虽说郭林宗是为了规谏陈元方恪守礼仪孝道才说斥责的话，但他的冲动无礼和自以为是却让人感觉不舒服。况且，稍有常识的人，就应该看出陈元方的反常是有原因的。

【原文】

孙休[①]好射雉[②]，至其时，则晨去夕反。群臣莫不上谏：“此为小物，何足甚耽[③]？”休曰：“虽为小物，耿介[④]过人，朕所以好之。”

【注释】

①孙休：吴太宗景皇帝孙休，字子烈，吴国的第三位皇帝，孙权的第六子。在位期间，创建国学，设太学博士制度，积极颁布良制，恩惠百姓，促进了东吴的繁荣。②雉：一种鸟，属鹑鸡类，俗称“野鸡”。性情耿介，为人所获，则自折颈骨而死。③耽：沉溺。④耿介：耿直，矢志不渝。

【译文】

孙休喜欢打猎飞鸟，到了射猎那天，就会早晨去，晚上回。群臣都来劝谏说："这是小东西，有什么好沉溺其中的？"孙休说："虽然是小东西，却比人矢志不渝，是我所喜欢的。"

【解读】

孙休其实不是在说飞鸟，而是在说人。人，可以平凡，但不能没有志向，有了志向还要有坚持理想的精神气节。再卑微的一个人或者一个生命，只要他有了这种精神能量，他也会变得强大。孙休正是这么一个人。他即位之后，不堪被专掌朝政的孙綝集团玩弄于股掌之间，于是联合大臣张布、名将丁奉等一举诛灭孙綝集团，重掌皇权。在位期间，他又施行仁政，颁布良制，促进了东吴的繁荣。

作为一个皇帝，孙休做到了皇帝该有的样子。他即使面对困难，也不改自己的精神气节，而是坚持用行动证明自己。由此可见，他对小鸟的评价，其实正是基于他本人的精神气质而发的。

【原文】

孙皓[①]问丞相陆凯[②]曰："卿一宗在朝有人几？"陆曰："二相[③]、五侯[④]、将军[⑤]十余人。"皓曰："盛哉！"陆曰："君贤臣忠，国之盛也；父慈子孝，家之盛也。今政荒民弊，覆亡是惧[⑥]，臣何敢言盛！"

【注释】

①孙皓：字符宗，三国时期吴国末代皇帝。孙权之孙，孙和之子。在位初期虽施行过明政，但不久即沉溺酒色，专于杀戮，变得昏庸暴虐。公元年，吴国被西晋所灭，孙皓投降西晋，被封为归命侯。②陆凯：吴郡吴县人，三国时吴国后期大臣，丞相陆逊族子、大司马陆抗族兄。以直言进谏闻名。官至左丞相，封嘉兴侯。③二相：指陆逊、陆凯。陆逊在赤乌七年拜为相；陆凯在孙皓在位时任左丞相。④五侯：指陆胤等人。⑤将军：指陆抗等人。⑥是惧：实在令人担忧。是，语气助词，起强调作用。

【译文】

孙皓问丞相陆凯说："你们陆家在朝为官有几人？"陆凯说："二相、五侯，将军有十余人。"孙皓说："兴盛啊！"陆凯说："君贤臣忠，国家才会兴盛；父慈子孝，家族才会兴盛。如今政事荒废，民不聊生，有覆亡的征兆，实在令人担忧。臣怎么敢说兴盛。"

【解读】

陆凯之话，意在规谏孙皓要关心百姓民生，做一个有德行、有作为的君主。他的规谏有理有据，且诚恳至极，所以听起来让人动容。

从陆凯的规谏可以看出来他是个忠君忠国之人。陆凯身居要职数十年，他以忠厚且刚正不阿著名，被人称为良吏。

【原文】

何晏[①]、邓飏[②]令管辂[③]作卦，云："不知位至三公不？"卦成，辂称引古义，深以戒之。扬曰："此老生之常谈。"晏曰："知几[④]其神乎，古人以为难，交疏吐诚，今人以为难。今君一面，尽二难之道，可谓'明德惟馨[⑤]'。《诗》[⑥]不云乎，'中心藏之，何日忘之[⑦]！'"

【注释】

①何晏：字平叔，三国时期魏国人。倡导玄学，崇尚清谈，开魏晋之风。后因依附曹爽，被司马懿杀害。②邓飏：字玄茂，南阳新野人。历任尚书郎、洛阳令、中郎、颍川太守、大将军长史等职。后因党附曹爽，被司马懿杀害，夷三族。③管辂：字公明，三国时期魏国平原人。精通

《周易》，善于卜筮、相术，被后世奉为卜卦观相的祖师。④知几：洞悉事物变化的征兆。几（jī）：苗头，征兆。⑤明德惟馨：能够真正发出香气的是美德。出自《尚书·君陈》：至治馨香，感于神明。黍稷非馨，明德惟馨。⑥《诗》：指《诗经》。⑦中心藏之，何日忘之：藏在心中，永远不忘。出自《诗经·小雅·隰桑》：心乎爱矣，遐不谓矣，中心藏之，何日忘之。

【译文】

何晏、邓飏让管辂算卦，问："不知道我们能不能位列三公？"卜卦完成后，管辂引用先人的故事，深刻地劝诫他们。邓飏说："这是老生常谈。"何晏说："洞悉事物变化的征兆，是很玄妙的，古人认为很难；交情不深，吐露真诚，现在的人认为很难。今天您第一次见到我们，行尽了二难之道，可以称得上'明德惟馨'。《诗经》里不是说吗，'中心藏之，何日忘之！'"

【解读】

何晏、邓飏两人都是曹爽的心腹，他们倚仗权势，作恶多端，因此管辂趁机劝诫他们。听了管辂的话后，两人却有不同的表现。从何晏、邓飏的不同表现可以看出这两人具有不同的个性。何晏更能听进别人的教导，如果他有心改正的话，也许可以改变自己的命运。而邓飏不思悔改，一意孤行，得到忠告也不以为然，结果堪忧。历史结局证明管辂的忠告是对的，何晏和邓飏两人最后都因与曹爽谋反而被诛杀。

【原文】

晋武帝①既不悟太子②之愚，必有传后③意，诸名臣亦多献直言。帝尝在陵云台上坐，卫瓘④在侧，欲微申其怀，因如醉跪帝前，以手抚床曰："此坐可惜！"帝虽悟，因笑曰："公醉邪？"

【注释】

①晋武帝：司马炎，字安世，河内温县人，晋朝开国君主。司马懿孙，司马昭长子。司马炎能纳直言，勤俭节约，重视法律，并采取了一系列休养生息的政策，出现了"太康繁荣"的景象。可惜晚年荒淫无度，怠惰朝政。②太子：指晋惠帝司马衷，字正度，河内温县人。晋武帝司马炎第二子，西晋的第二代皇帝。因为人痴呆，皇后贾南风趁机掌握大权，滥杀无辜，直接导致"八王之乱"。③传后：指传皇位。④卫瓘：字伯玉，河东安邑人。三国时期魏国、西晋的大臣。后被贾南风杀害。

【译文】

晋武帝不领悟太子愚钝，坚决把皇位传给太子，诸臣纷纷直言相谏。晋武帝在凌云台上坐着，卫瓘在旁边，想要申述自己的想法。于是假装喝醉，跪在晋武帝前面，用手抚摸皇帝的坐榻，说："这个座位真是可惜了！"晋武帝虽然领悟了他的意思，但仍然笑着说："你喝醉了吧？"

【解读】

皇帝选继承人这样的事情，虽说属于国家大事，但它同时也是皇帝的家事，外人是不便插手的。帮助刘邦建立汉朝的功臣张良，在吕后来找他劝谏刘邦不要改立太子时，他就说过："外人再如何有才能，也无法插手帝王的家事。"然而，继承人的选择事关一个皇朝的生死存亡。作为一名忠臣，又不能眼看着皇帝将要犯错而不提醒。因此，如何劝谏皇帝选择正确的继承人，就成了一门学问。卫瓘假装醉酒说出心里话，这种规谏正是有技巧的方法之一。他以无意识的形态说最真诚、最正经的话，即使触犯了皇帝，也只不过被处以"酒后失言"的惩罚。这样，就保全了自己的性命。

生活中，当我们规谏他人的时候，也可以学习卫瓘的方法。在不便发言的情况下，掩藏规谏的意图，说规谏的话。这样一来，没有明摆着指出对方的错误，也许更容易让对方思考和接受。

【原文】

王夷甫[①]妇[②]，郭泰宁女，才拙而性刚，聚敛无厌，干预人事[③]。夷甫患[④]之而不能禁。时其乡人幽州刺史李阳，京都大侠，犹汉之楼护[⑤]，郭氏惮之。夷甫骤[⑥]谏之，乃曰："非但我言卿不可，李阳亦谓卿不可。"郭氏为之小损[⑦]。

【注释】

①王夷甫：王衍。②妇：指妻子。③人事：别人的事。④患：担心，忧虑。⑤楼护：字君卿，齐人。⑥骤：屡次。⑦小损：稍减。

【译文】

王夷甫的妻子是郭泰宁的女儿，才学低略，性情刚烈，喜欢聚敛钱财，常常干预别人家的事。王夷甫对此很担心，却不能制止她。当时郭氏的同乡幽州刺史李阳在京都，是出了名的侠客，很像汉代的楼护，郭氏很怕李阳。王夷甫屡次劝诫妻子说："非但我说你这样做不对，李阳也说你不对。"郭氏听后，稍微有所收敛。

【解读】

彪悍如郭氏，连自己丈夫的话都不听，却也有畏惧的人。可见，世上的事情，一物降一物。当遇到自己无法对付的人时，不如找来他惧怕的人或事。借力使力，不用自己出手就可以达到比自己出手更好的效果。这是解决问题的最聪明的方法。

【原文】

王夷甫雅尚玄远[①]，常疾[②]其妇贪浊[③]，口未尝言"钱"。妇欲试之，令婢以钱绕床，不得行。夷甫晨起，见钱阂[④]行，令婢："举却[⑤]阿堵物[⑥]！"

【注释】

①玄远：玄妙深远。②疾：讨厌，厌恶。③贪浊：贪婪污浊。④阂：阻碍。⑤举：拿走，拿开。⑥阿堵物：这些东西。

【译文】

王夷甫高雅清远，常常厌恶妻子贪婪之性，口中从来没说过"钱"字。他的妻子想要试试他，吩咐婢女用钱把丈夫的床围起来，让他不能走出去。王夷甫早晨起床，看见周围的钱阻碍行走，叫来婢女说："拿走这些东西！"

【解读】

虽说王衍妻子对钱的贪婪让人不敢苟同，但王衍清高到了洁癖的地步，也不值得推崇。因为，一个人对钱的正确态度应该是"君子爱财，取之以道"，应是敢于说钱，理性赚钱、花钱，不以钱为最重要之事，也不对钱嗤之以鼻——毕竟，钱虽然不是万能的，但没有钱是万万不能的。总之，钱是生活中必需品，它的名字也很普通。话中有"钱"字，并不代表一个人就是贪婪势力之人。所以说，王衍故意不提"钱"字，有作秀之嫌。

【原文】

王平子[①]年十四、五，见王夷甫妻郭氏贪欲，令婢路上檐[②]粪。平子谏之，并言诸不可。郭大怒，谓平子曰："昔夫人临终，以小郎嘱新妇，不以新妇嘱小郎。"急捉衣裾，将与杖[③]。平子饶[④]力，争得脱，逾窗[⑤]而走。

【注释】

①王平子：指王澄，字平子，王衍的弟弟。有盛名，好清谈，勇力过人。后被王敦所杀。②檐：通"担"。③杖：指杖责。④饶：多。⑤逾窗：跳窗。

【译文】

王澄十四五岁时，见王夷甫的妻子郭氏贪婪爱财，让婢女在路上担粪。王澄劝谏郭氏，并说这样做不可取。郭氏很愤怒，对王澄说："昔日夫人临终时，把你托付给我，不是把我托付给你。"郭氏抓住王澄的衣裙，想要用棍子打他。王澄有力气，挣脱出去，从窗子里逃跑了。

【解读】

有些人粗俗不堪，自私自利，又因没有见识，所以凡事以自我为中心。这样的人，别人的任何看法对他来说都是没有意义的。郭氏正是这么一种人，她听不进他人的劝谏，还会抓住把柄，说对方没有资格。于是，王澄对她的规谏，简直如同对牛弹琴。弹得多了，让"牛"变得狂躁，最后反招致"牛"的反攻。所以说，即使确定某人的言行是错误的，规谏也要看对象。

【原文】

元帝[①]过江[②]犹好酒，王茂弘[③]与帝有旧，常流涕谏，帝许之，命酌酒一酣[④]，从是遂断。

【注释】

①元帝：晋元帝司马睿，字景文，东晋的开国皇帝。司马睿在晋朝贵族与江东大族的支持下于公元年称晋王，为晋元帝，建都建康，年号建武。公元年去世，谥号元皇帝，庙号中宗。②过江：指西晋王朝渡过长江东迁，建立东晋，定都建康。③王茂弘：指王导。④一酣：一饮而尽。

【译文】

晋元帝过江后依然喜欢喝酒，王导与晋元帝有交情，常常流泪劝谏。晋元帝最终答应了他，让人斟满一杯酒，一饮而尽，从此就戒掉了。

【解读】

自古以来，忠言逆耳，正常人都不喜欢也不愿意接受别人说自已的不是。皇帝高高在上，掌握生杀大权，是最能随心所欲，也是最难劝谏的一类人。劝谏皇帝是需要一套方法的。如果把他说急了，则有可能引来杀身之祸。而如果不指出要害，又达不到劝谏的目的。历史上，不乏有忠臣因为劝谏皇帝而被惩罚乃至诛杀的。如被挖心的比干。

王导坚持不懈，以泪苦劝晋元帝戒酒。他的方法虽然笨拙，却非常用心。笨拙而用心，且持之以恒，这就是王导能劝谏成功的奥妙。当然，王导的成功必须建立在晋元帝可劝的基础上。

【原文】

谢鲲[①]为豫章太守，从大将军[②]下至石头[③]。敦谓鲲曰："余不得复为盛德之事矣！"鲲曰："何为其然[④]？但使自今以后，日亡日去[⑤]耳。"敦又称疾不朝，鲲谕[⑥]敦曰："近者，明公[⑦]之举，虽欲大存[⑧]社稷，然四海之内，实怀未达[⑨]。若能朝天子，使群臣释然，万物之心，于是乃服。仗民望以从众怀，尽冲退[⑩]以奉主上，如斯则勋侔[⑪]一匡[⑫]，名垂千载。"时人以为名言。

【注释】

①谢鲲：字幼舆，晋阳夏人。镇西将军谢尚之父，丞相谢安的伯父。官至豫章太守，人称"谢豫章"。②大将军：指王敦。晋元帝永昌元年，王敦以诛刘隗之名，起兵攻陷石头城，杀戮大臣，自封丞相。谢鲲因有名望，被逼跟随王敦。③石头：指石头城。④然：这样。⑤日亡日去：指日复一日，淡忘前嫌。⑥谕：劝告，劝诫。⑦明公：对地位高的人的尊称。⑧存：保存。这里是挽救、拯救的意思。⑨实怀未达：心中不能理解。怀：内心。达：了解，明了。⑩冲退：谦虚退让。⑪侔（móu）：等同。⑫一匡：指匡正天下。

【译文】

谢鲲任豫章太守时，与大将军王敦来到石头城。王敦对谢鲲说："我不能再做辅佐王室的事了！"谢鲲说："为什么这样说？只要从今以后，日复一日，让群臣淡忘前嫌就行了。"王敦称病不去上朝，谢鲲对他说："最近你的行为，虽然想要救助国家，但四海之内，都不理解你。如果你能朝见天子，让群臣释怀，万民才会归心。依仗民意顺从了众人的心愿，谦虚退让地侍奉君王，这样的成就和匡正天下一样伟大，名垂千年。"当时的人认为此话是名言。

【解读】

谢鲲本为王敦长史，他因劝诫王敦不要谋反而被贬为豫章太守。王敦爱惜他的才华，没有让他上任，仍把他留在身边。谢鲲虽然遭过王敦贬职，却"不思悔改"，依旧对王敦动之以情，晓之以理，一心想说服王敦放弃谋反。谢鲲的刚正不阿，是其为时人称道的主要原因。

谢鲲对王敦劝阻的话之所以被人视为名言理论，原因有三：他没有直接说出王敦的叛逆罪行，反说王敦所作所为是为了救助国家。将不好听的话说得很好听，这是谢鲲的高明之处。其二，他说王敦不受广大人民的理解，其实是指出了王敦的形势非常不利。其三，他劝诫王敦放弃谋反，并为王敦假设了一个美好的结果，虽然这种假设主要是为了诱使王敦，但从中也可见谢鲲的宽容，以及他具有远见。最主要的是，他指出了作为臣子的一个真理：顺应民心，对君主忠贞不二。

【原文】

元皇帝①时，廷尉②张闿③在小市居，私作都门，蚤④闭晚开。群小患⑤之，诣⑥州府诉，不得理；遂至檛登闻鼓⑦，犹不被判。闻贺司空⑧出，至破冈，连名诣贺诉。贺曰："身被征作礼官，不关此事。"群小叩头曰："若府君复不见治，便无所诉。"贺未语，令："且去，见张廷尉当为及之。"张闻，即毁门，自至方山迎贺，贺出辞见之，曰："此不必见关⑨，但与君门情⑩，相为惜之。"张愧谢曰："小人有如此，始不即知，早已毁坏。"

【注释】

①元皇帝：晋元帝司马睿。②廷尉：官署名，主要职责是管理天下刑狱。③张闿：字敬绪，东晋丹阳人，张昭之孙。历任晋陵内史、廷尉。因平定苏峻叛乱有功，封宜阳伯。④蚤：通"早"。⑤患：讨厌，不满。⑥诣：到……去。⑦登闻鼓：悬挂在朝堂外的一面大鼓。击登闻鼓，是中国古代重要的直诉方式之一。⑧贺司空：贺循，字彦先，会稽山阴人。博学多才，善属文。官至太常卿，死后赠司空。⑨见关：关系到我。⑩门情：指世交关系。

【译文】

晋元帝时，廷尉张闿在小市居住，私自建了一道城门，早上很晚开，晚上很早关，这引起周围百姓的不满。他们到州府申诉，没人理会；又敲打登闻鼓，还是没人管。听说贺司空出行，来到了破冈，百姓们联名向贺循申诉。贺循说："我被征为礼官，不管这种事。"百姓们叩头说："如果你也视而不见，我们就无处诉讼了。"贺循没有说话，过了一会儿，吩咐说："你们先回去。我见了张廷尉会跟他提起此事。"张闿听说此事后，立即把门毁了，并亲自来到方山迎接贺循。贺循拿出百姓的诉状，交给张闿，并说："这件事跟我没关系，但因为我家跟你家是世交，为你惋惜。"张闿很惭愧地说："百姓们有这种情况，我开始不知道，现在早就把门毁了。"

【解读】

《晋书》记载，贺循"操尚高厉，童龀（chèn）不群，言行进止，必以礼让。以宽惠为本，不求课最。政教大行，邻城宗之。"贺循是个具有儒家思想的官员，他做官不贪图名利，做事以百姓为出发点。

贺循与张闿有家族世交，他听说张闿管辖的地区有问题，而这问题正是因为张闿自己。以他的个性及与张闿的交情，他自然会来更正张闿的做法，帮助当地百姓解决困难。所以，他路过破冈并非偶然。但是，又因为他并非当地官员，为了不伤害张闿的面子，所以他一开始只得对当地群众推托不管。从贺循的这个做法来看，可见他做事有分寸，不会擅自越权。张闿听闻贺循到来之后就把那扇不利于百姓的门给关闭了，可见他对贺循十分敬重。

【原文】

郗太尉①晚节好谈，既雅非所经②，而甚矜③之。后朝觐，以王丞相末年多可恨，每见必欲苦相规诫。王公知其意，每引作他言。临还镇④，故命驾诣丞相。翘须厉色，上坐便言："方当乖别⑤，必欲言所见。"意满口重，辞殊不流。王公摄其次⑥曰："后面未期，亦欲尽所怀，愿公勿复谈！"郗遂大瞋⑦，冰衿⑧而出，不得一言。

【注释】

①郗太尉：指郗鉴。②既雅非所经：完全不是他平常所擅长的。既：完全。雅：平日，平时。经：擅长。③矜（jīn）：自负，自我炫耀。④还镇：返还镇守的地方。⑤方当乖别：就要分别了。⑥摄其次：抓住他说话停顿的时刻。摄：抓住。次：指说话停顿。⑦瞋：生气的样子。⑧冰衿：形容脸色难看，很阴沉。

【译文】

郗鉴晚年喜欢谈论，这完全不是他平日里擅长的，他却以此为耀，很自负。后来入京朝见皇帝，因为觉得丞相王导晚年做了很多不让人满意的事，每次见到王导，郗鉴一定会苦口婆心地规劝他。王导知道他的意图，总是把话题引到别处。将要返回地方时，郗太尉坐车来拜访王导。王导翘着胡须，脸色阴沉。郗鉴坐定后说道："将要分别了，我一定要说说我所见的事情。"郗鉴情绪激动，说话不流畅。王导抓住他停顿的时刻，说："以后我们还会见面，那时我一定会畅谈心中所想，现在希望你不要再说了！"郗鉴非常生气，脸色很难看地走了，想说的话一句也没说出来。

【解读】

郗鉴以刚好在仕途上犯错的王导为谈论、训导对象，这就是他的失策了。王导晚年仕途不利，本来就抑郁不得志。他为官多年，当然知道自己的功过，不必他人言说。郗鉴不会照顾他人，一厢情愿地以自己的爱好出发，且不顾自己的谈话技巧的拙劣，所以就触到了王导的痛处。

人都想受到尊重，听好听的话。即使犯错了，也不想被人一再揭伤疤。郗鉴却以不正确的强硬态度说不该说的话。他这么做，自然是自讨无趣。

【原文】

王丞相①为扬州②，遣八部从事③之职，顾和④时为下传，还，同时俱见，诸从事各奏二千石⑤官长得失，至和独无言。王问顾曰："卿何所闻？"答曰："明公作辅⑥，宁使网漏吞舟⑦，何缘采听风闻，以为察察之政？"丞相咨嗟⑧称佳，诸从事自视缺然⑨也。

【注释】

①王丞相：指王导。②为扬州：做扬州刺史。③八部从事：当时扬州统领丹阳、会稽、吴兴、东阳等八郡，每郡设有属官。④顾和：字君孝，吴郡吴县人。官至尚书令，死后赠司空。⑤二千石：官署名，为郡守的通称。汉晋时期郡守俸禄为两千石，因有此称。⑥作辅：做宰相。此时王导以辅相之职兼任扬州刺史。⑦网漏吞舟：网眼太宽，把能吞舟的大鱼漏掉了。比喻法律太宽，重大的罪犯也能漏网。⑧咨嗟：称赞，赞叹。⑨缺然：欠缺，不足。

【译文】

王导任扬州刺史时，命所统八部从事到各郡勘察，顾和是其中一名。诸从事回来后，王导同时接见他们，让他们各奏诸郡守的当政情况。轮到顾和禀奏时，顾和不说话。王导问他："你听到了什么？”顾和回答说：“明公做宰相，宁可网漏吞舟。怎么能够以传闻来苛察政绩呢？”王导啧啧称赞，其他从事都感到自己不足。

【解读】

历朝官员、帝王，在搜集地方政务情况时经常以派官员勘察、回报信息的方式进行。王导的做法，并没有突破这个传统，而其他官员领命之后也是按照常规做事。顾和却能发现传统做法的疏漏，并大胆地提出自己的见解。像顾和这种善于在工作中发现问题、提出问题的人，是最容易受领导赏识、重用的。

此外，顾和提出的见解还暗含了一个道理：如果想知道一件事情的真相，应该实地考察，亲眼见证，而不应单凭他人的传闻来论定。也就是说，要实事求是，才能准确无误。

【原文】

苏峻①东征沈充②，请吏部郎③陆迈④与俱⑤。将至吴，峻密敕左右，令入阊门⑥放火以示威。陆知其意，谓峻曰：“吴治平未久，必将有乱。若为乱阶⑦，请从我家始⑧。”峻遂止。

【注释】

①苏峻：字子高，长广郡掖县人，晋朝将领。晋元帝时，因讨王敦有功，官拜历阳内史。后来庾亮执政，欲夺其兵权，苏峻起兵反，攻入京都建康，大肆杀掠。后来战败，被部下所杀。东征沈充一事，发生在王敦叛乱时期，沈充助王敦为逆，庾亮督苏峻讨伐。②沈充：字士居，吴兴人。晋代武康人。深得王敦器重。太宁二年，王敦阴谋篡位，约沈充共同起兵。③吏部郎：古代官职名。主要负责选拔官吏。④陆迈：字公高，晋吴郡人。清雅简朴，才华出众。⑤俱：一起。⑥阊门：吴郡城门名，今苏州古城的西门，以繁荣著称。⑦乱阶：祸乱。⑧请从我家始：陆迈是吴郡人，其家便在吴城内。

【译文】

苏峻东征沈充，吏部郎陆迈跟他一起前往。将要到达吴郡城时，苏峻秘密地命令部下，让他们进入阊门后放火示威。陆迈知道苏峻的意图后，对他说道：“吴郡刚刚安定，这样做一定会引起骚乱；如果想要制造祸乱，就从我家开始吧。”苏峻听后放弃了放火的想法。

【解读】

战争伤害最大的往往是无辜的平民百姓，这个道理显而易见。然而，很多将领在带兵打仗时为了求胜，很容易忽略百姓的安危。战争使得很多权力欲望极大的人失去了人性，而通常，一旦将领如此，其手下士兵也会跟着变成惨无人道的人。陆迈虽然是一个下属，但他却能保持理智和起码的人性道德。他把百姓当成自己人，把自己也当百姓，甚至舍身进谏。这样的勇敢和正值，是从内心深处的善良散发出来的力量，是最为难得的善良。

【原文】

陆玩①拜司空②，有人诣③之，索美酒，得，便自起，泻著梁柱间地，祝曰：“当今乏才，以尔为柱石之用，莫倾人栋梁。”玩笑曰：“戢卿良箴④。”

【注释】

①陆玩：字士瑶，东晋吴郡吴县人。卫将军陆晔之弟。晋元帝咸康六年，官至司空，封兴平伯。死后谥康侯，追赠太尉。②司空：古代官名，魏晋时三公之一。③诣：拜访。④戢卿良箴：我记住你的良言了。戢：收藏，指记下。箴：忠告，告诫。

【译文】

陆玩升任司马，有个人去拜访他，向他要美酒。此人拿到美酒后，起身将酒洒在梁柱边，祷告说："当今世上缺乏良材，把你当作柱石用，不要倾覆了人家的房梁。"陆玩笑着说："我记住你的良言了。"

【解读】

陆玩有才能而品性谦虚，他参与平定苏峻之乱，因对朝廷贡献巨大而位居三公。听了那人的赞扬后他不仅自谦说记住了教诲，还补充说："以我为三公，是天下为无人。"

陆玩位高而有雅量，其做人谦虚慎行，能够听从他人的指导。这样的官员被夸赞为栋梁之材，并不奇怪。

【原文】

小庾[①]在荆州，公朝[②]大会，问诸僚佐曰："我欲为汉高、魏武，何如？"一坐莫答。长史江虨曰："愿明公为桓、文之事[③]，不愿作汉高、魏武[④]也。"

【注释】

①小庾：庾翼，字稚恭，颍川鄢陵人。东晋将领、书法家，权臣庾亮之弟，官至征西将军、荆州刺史。②公朝：古代官员处理事务的场所。③桓、文之事：指齐桓公、晋文公的事业。齐桓公、晋文公都曾称霸诸侯。④汉高、魏武：指汉高祖刘邦和魏武帝曹操。

【译文】

庾翼任荆州刺史时，在一个官员聚会上，对诸位官员说："我想做汉高祖、魏武帝，怎么样？"在座的所有人都不吭声。唯独长史江虨说："希望明公成就齐桓公、晋文公的事业，不希望您做汉高祖、魏武帝。"

【解读】

汉高祖刘邦被称为一带枭雄，他在秦末乱世中与项羽争夺天下，最后凭借其手下各路贤才而夺得天下，建立了汉朝。魏武帝曹操同样是乱世英雄，他以奸诈著称，被后人称为一带奸雄。曹操和刘邦的相似之处，都是在乱世中起家，最终建功立业。此外，他们都有心狠手辣的一面。刘邦在称帝后为了巩固霸业，诛杀功臣。曹操则一生多疑，滥杀无辜。

齐桓公和晋文公分别是春秋时期的齐国国君和晋国国君。虽然同处乱世，他们获得王位的手段却与刘邦、曹操不同。如果说刘邦、曹操是靠打打杀杀得来的，那他们就是靠自身的才能和品德而被人拥立的。且即位后，他们都施行仁政，善用贤臣，使得自己的国家称霸一时，而他们自己也都被列入"春秋五霸"之中。

刘邦、曹操以武力在乱世中称霸，齐桓公、晋文公以德行在乱世中建功。很明显，后者才是贤明君主的代表。庾翼当众表明自己要成为刘邦、曹操那样的人，说明他有武力篡位之野心。因为当时庾翼的权势较大，所以众人不敢回应他的话。江虨"不识好歹"，表明自己不认同庾翼的理想。然而他的回答是机智的，因为他并没有表现出自己对庾翼理想的完全否定，而是换了一种说法，提醒庾翼的理想可以更高一层。

【原文】

罗君章[①]为桓宣武[②]从事，谢镇西[③]作江夏，往检校之。罗既至，初不[④]问郡事，径就[⑤]谢数日，饮酒而还。桓公问："有何事？"君章云："不审公谓谢尚是何似人？"桓公曰："仁祖是胜我许人。"君章云："岂有胜公人而行非者，故一无所问。"桓公奇其意而不责也。

【注释】

①罗君章：罗含，字君长，号富和，东晋桂阳郡耒阳人。官至征西参军。②桓宣武：指桓温。③谢镇西：谢尚，字仁祖。东晋人，豫章太守谢鲲的儿子，东晋太傅谢安从兄。精通音律，善舞蹈，

工书法，尚清谈。历任江州刺史、尚书仆射，后进号镇西将军，累官至散骑常侍，卫将军，并开府仪同三司。世称谢镇西。④初不：一点也不。⑤就：到。

【译文】

罗含做桓温的从事时，谢尚做江夏相。罗含前往江夏，考察谢尚政绩。罗含到了后，完全不问郡事，径直到谢尚那里喝酒，数日后才回来。桓温问："考察得怎么样了？"罗含说："不知道你认为谢尚是个什么样的人？"桓温说："谢尚比我们这些人强。"罗含说："比您强的人怎么会做坏事呢？所以我什么也没问。"桓温觉得罗含的说法很新奇，便没有责怪他。

【解读】

罗含是东晋思想家、哲学家、文学家、地理学家，被称为东晋第一才子。谢尚赞他为"湘中之琳琅"，而桓温亦当众说他是"荆楚之材"，还是"江左之秀"。罗含的才华，从他考察谢尚政绩一事可见。

桓温派罗含去考察谢尚，本是为了揪出谢尚的为政错误以便弹劾他。罗含与谢尚交好，不愿给朋友难堪，所以到了江夏郡却不向谢尚询问有关工作的事情。交差时，为了不让自己受桓温指责，他充分发挥自己的哲学辩论思想，给了桓温一个没有结果的考察结果。罗含的回答，充分体现了他做人处事的智慧。

【原文】

王右军与王敬仁、许玄度并善①，二人亡后，右军为论议更克②。孔岩③诫之曰："明府④昔与王、许周旋⑤有情，及逝没⑥之后，无慎终⑦之好，民所不取。"右军甚愧。

【注释】

①并善：都很友好。并：都。善：友好，有交情。②更克：变得苛刻。更：改变，变更。克：通"刻"。③孔岩：字彭祖，会稽山阴人。历任丹阳尹、吴兴太守，封西阳候。④明府：魏晋时期，人们称太守、牧尹为府君或明府君，简称明府。王羲之曾任会稽内史，而孔岩是王羲之的部下，所以孔岩称他明府，自称民。⑤周旋：往来。⑥没：通"殁"，指去世。⑦慎终：指居丧期间恭敬虔诚，完尽礼节。这里指恭敬地对待死去的朋友。

【译文】

王右军与王敬仁、许玄度交情都很好。王敬仁、许玄度死后，王右军对二人的评论变得很苛刻。孔岩告诫他说："您过去跟王敬仁、许玄度交情很深，等他们去世后，却没有像以前一样恭敬地对待二人，我认为这样做不可取。"王右军听后很惭愧。

【解读】

王羲之对还在世的朋友没有什么看法，却在对方死后才严苛地评论对方。从王羲之本人的性格来看，这样的行为与其说是无礼，不如说是反常。他被孔岩告诫后所表现出的羞愧，也说明他的行为是一种反常。

【原文】

谢中郎①在寿春败，临奔走，犹求玉帖镫②。太傅③在军，前后初无损益之言④。尔日犹云："当今岂须烦此⑤！"

【注释】

①谢中郎：谢万。②玉帖镫：骑马时踏脚的用具，上面有玉片装饰。③太傅：指谢安。④损益之言：批评的话。⑤烦此：为此事烦劳。

【译文】

谢万在寿春战败，逃跑时，还要求用玉帖镫。谢安在军中，前后没有说一句批评的话。这天只是说："现在都到这节骨眼儿上了，还需要为这个东西烦忧吗？"

【解读】

生命垂危之际，正常的人都知道最重要的事情是保住性命，钱财、排场等身外之物都已属于负累品。谢万却不如此，他居然在逃命时还想着一个可有可无的骑马用具。谢安一句话，指出了谢玄的愚痴。愚痴者，不知道事情的缓急轻重，看不清当前局势，而只是一味地本着自己的性情爱好为所欲为。这样的人，必定一事无成。

【原文】

王大①语东亭②："卿乃复③论成④不恶，那得与僧弥⑤戏？"

【注释】

①王大：指王忱，字符达，小字佛大，太原晋阳人。②东亭：指王珣。字符琳，小字法护，东晋琅邪临沂人。封东亭侯。③乃复：的确，确实。④论成：评论，下定论。⑤僧弥：指王珉，字季琰，小字僧弥。王珣的弟弟。

【译文】

王忱对王珣说："世人对你的品论不错，你怎么还跟王珉相争？"

【解读】

王珉和王珣是兄弟，王珉的名声超过王珣。当时人们评论说："法护非不佳，僧弥难为兄。"法护是王珣的小名，僧弥是王珉的小名。王忱对王珣所说的话，意在劝诫王珣不要自不量力去挑战王珉，以免挫败之后自降声誉。

王忱话中的道理，总结起来就四个字：量力而行。做人，不要太高估自己，要实事求是。本身具有什么样的能力，就做同等程度的事情，接受同等程度的名声。否则，自不量力，不懂得隐藏自身的拙劣，最终只会输得一败涂地。

【原文】

殷觊①病困，看人政②见半面。殷荆州③兴晋阳之甲，往与觊别，涕零，属以消息④所患。觊答曰："我病自当差⑤，正⑥忧汝患耳！"

【注释】

①殷觊：字伯通，陈郡人，殷融之孙。性情通率有才气，与堂弟殷仲堪俱知名。仲堪将兴兵时，殷觊苦谏，殷仲堪不从。②政：只是。③殷荆州：指殷仲堪。④消息：调养，将息。⑤差：通"瘥（chài）"，痊愈。⑥正：只是。

【译文】

殷觊病重之时，看人只看半边脸。殷仲堪在晋阳起兵，前往殷觊家辞别。眼泪流了出来，并嘱咐殷觊好好调养身体。殷觊说："我的病自然会好，只是担心你。"

【解读】

殷仲堪打算起兵时，曾请堂兄殷觊一同起兵，殷觊不答应，且多次劝说殷仲堪放弃。殷仲堪不听殷觊劝告，殷觊不想殷仲堪送死，于是趁他来拜访自己时最后一次忠告他。按照《晋书》记载，殷觊当时还说了一句："我病不过身死，但汝病在灭门，幸熟为虑，勿以我为念也。"殷觊一语成谶，殷仲堪兵败，自己被桓玄逼令自杀，他的侄儿殷道护牵连丧命。

殷觊的病是有形的，可以医治的，殷仲堪的病是无形的，他本人却不知道自己已经生病。很多时候，人犯错就是生病。从殷仲堪的“病例”，我们可以悟出一个道理：当局者迷，旁观者清。有时候，不妨把旁观者当成我们的医生。

【原文】

远公[①]在庐山中，虽老，讲论不辍。弟子中或有惰者，袁公曰：“桑榆之光[②]，理无远照，但愿朝阳之晖，与时并明耳。”执经登坐，讽咏[③]朗畅，词色甚苦[④]，高足之徒[⑤]，皆肃然增敬。

【注释】

①远公：指慧远和尚，拜道安为师。后隐居庐山东林寺，世称远公。②桑榆之光：太阳照在桑树、榆树上的余晖。比喻垂暮之年。③讽咏：朗诵。④苦：竭尽全力的样子。⑤高足之徒：有才能的弟子，对别人徒弟的敬称。

【译文】

远公在庐山中，虽然年老体衰，依旧传经论道，从不懈怠。弟子中有些懒惰的，远公说：“落日照在桑树、榆树上，其光亮不会太久。但愿朝阳的光辉能够随着时间的推移，越发明亮。”远公拿起经书，登上坐榻，咏诵经文，言辞神态都很恳切。子弟们都肃然起敬。

【解读】

此篇中，慧远不以威严之词批评他那些不上进的子弟，而是以深邃的生命哲理表达自己的期望。他言传身教，用心良苦，其言行举止和表现出的仪态完全出自于自己内在的智慧和感情，因此让弟子们受到了感染。由此可见，感人教化的事情，不是任何人都做得来的。

【原文】

桓南郡[①]好猎，每田狩[②]，车骑甚盛，五六十里中，旌旗蔽隰[③]。骋良马，驰击若飞，双甄[④]所指，不避陵壑。或行陈[⑤]不整，麏[⑥]兔腾逸[⑦]，参佐[⑧]无不被系束。桓道恭[⑨]，玄之族也，时为贼曹参军[⑩]，颇敢直言。常自带绛绵着绳腰中，玄问：“此何为？”答曰：“公猎，好缚人士，会当被缚，手不能堪芒也。”玄自此小差[⑪]。

【注释】

①桓南郡：指桓玄，因袭封南郡公，故称桓南郡。②田狩：指打猎。③隰（xí）：低湿地方。④双甄（zhēn）：列队左右两翼。甄：鸟飞的样子。⑤陈：通“阵”。⑥麏（jūn）：獐子。⑦腾逸：逃跑，逃脱。⑧参佐：指下属、僚属。⑨桓道恭：字祖猷，桓温的同族兄弟。历任淮南太守、江夏相，后因助桓温篡位被杀。⑩贼曹参军：古代官名，主要负责捕捉盗贼的属官。⑪小差：稍微减少。

【译文】

桓玄喜欢打猎，每次狩猎，车马众多，前后五六十里，旌旗飞扬。他骑着良马，让左右两翼队伍严整分开，自己则驰骋如飞一样，不避沟壑山陵。有时行列不整，有獐子兔子逃脱的事情发生。桓玄便大发雷霆，令人把左右参军绑起来。桓道恭是桓玄的族人，任贼曹参军，有胆量，也很会说话。他常常将一条绛红的绵绳系在腰间。桓玄问他：“这是为什么？”桓道恭回答说：“你打猎时，喜欢绑人。我终究要被你绑，我的手忍受不了麻绳的芒刺，所以自己带了一根绵绳。”桓玄自此对部下宽松了。

【解读】

劝谏权势比自己高的人其中的困难之处在于：对方总认为自己是对的，对于你的劝诫，他可能非但听不进去，还会给你套上违令、不忠的罪名加以惩治。所以，聪明的劝谏会避免这两种可能的发生。劝谏的时候既要表现出自己对领导的恭顺，又要表达出自己对领导某些行为的不满。桓道恭正是用这一方法来规劝桓玄的。他没有说一句桓玄的不是，而是表演出做好挨打的准备，他看似认同桓玄，实则表明了相反的意思。

【原文】

王绪、王国宝①相为唇齿②，并上下权要。王大③不平其如此，乃谓绪曰："汝为此欻欻④，曾不虑狱吏之为贵⑤乎？"

【注释】

①王绪、王国宝：晋安帝隆安初年，会稽王司马道子宠臣。②相为唇齿：这里指勾结在一起。③王大：指王忱。④欻（xū）欻：轻忽。这里指轻举妄动的行为。⑤狱吏之为贵：汉文帝时，周勃被人诬告谋反入狱。为了求得平安，周勃用千金贿赂一位狱吏，才有机会托人让身为当朝公主的儿媳妇出面疏通，最终被释放出狱。周勃被放出来后，不胜感慨地说："吾尝将百万军，然安知狱吏之贵乎！"

【译文】

王绪、王国宝勾结在一起，玩弄权势。王忱对他们的所作所为愤愤不平，对王绪说："你这么胡作非为，难道没有想过狱吏的尊贵吗？"

【解读】

王忱的话同时指出了两个道理：恶有恶报，善有善报；好运总是用尽的，为人处事，要给自己留条后路。王绪和王国宝的结局证明了王忱的劝告是对的。他们两人不听忠告，继续在会稽王司马道子面前妖言惑众，玩弄权势。时任青兖二州刺史的王恭素与王国宝有仇，他以王国宝乱政为由，起兵讨伐王国宝。司马道子为了息事宁人，赐死王国宝，又斩杀王绪。

【原文】

桓玄欲以谢太傅宅为营，谢混①曰："召伯②之仁，犹惠及甘棠；文靖③之德，更不保五亩之宅④？"玄惭而止。

【注释】

①谢混：字叔源，小字益寿，陈郡阳夏人，东晋文学家。谢安之孙，谢琰之子。②召伯：指周召公。③文靖：谢安的谥号。④五亩之宅：指住宅。古代井田制中规定，一名士大夫所受住宅为五亩。

【译文】

桓玄想占用谢太傅的家宅作为军营，谢混说："周召公的仁义，还能惠及甘棠树；谢太傅的德行，难道保不住五亩之宅吗？"桓玄很惭愧，放弃了这个想法。

【解读】

谢混拿自己的祖父谢安和周公相比，提醒桓玄对有德行的贤臣应有起码的尊敬。桓玄自知理亏，于是放弃了原本的打算。

捷悟第十一

【原文】

杨德祖①为魏武②主簿③，时作④相国门，始构榱桷⑤，魏武自出看，使人题门作“活”字，便去。杨见，即令坏之。既竟，曰：“‘门’中‘活’，‘阔’字，王正嫌门大也。”人饷⑥魏武一杯酪⑦，魏武啖少许，盖头上提“合”字以示众，众莫能解。次⑧至杨修，修便啖，曰：“公教人啖一口也，复何疑？”

【注释】

①杨德祖：杨修，字德祖，弘农华阴人。东汉末期文学家，太尉杨彪之子，以学识渊博而著称。建安年间被举为孝廉，任郎中，后为汉相曹操主簿。公元年，被曹操杀害。②魏武：指曹操，字孟德，小字阿瞒，沛国谯人。东汉末年著名政治家、军事家、文学家、书法家。③主簿：古代官名，各级主官属下掌管文书的佐吏。魏晋时期，逐渐演变成幕僚。④作：修建。⑤榱桷（cuī jué）：椽子。⑥饷：馈赠。⑦酪：用动物的乳汁做成的半凝固食品。⑧次：依次。

【译文】

杨修在曹操手下当主簿，当时正在修建相国府大门，刚开始架椽子。曹操亲自出来看，让人在门上写了一个“活”字，便离开了。杨修看到后，立即让人把门拆了，说：“‘门’中写个‘活’字，是‘阔’，魏王是嫌门太大了。”

有人赠给曹操一杯奶酪，曹操吃了一点，在盖子上写了个“合”字给众人看，大家都不理解其中的意思。轮到杨修，他便吃了起来，说道：“曹公让我们每人吃一口，还疑虑什么？”

【解读】

杨修以学识渊博著称，这应该也是他能得到曹操重用的原因。以前的将领、君王喜欢有一个懂得自己的下臣，以现代职场角度来说，每个领导也都喜欢都喜欢有一个了解自己心思的亲近下属。这么一个下属，领导不必对传达的命令做多余解释，他也能快速领悟、贯彻实施，让领导省心省力。不过，从另一方面来说，杨修因太过于了解曹操而做出的某些举动也很危险。比如，他猜出了门上写“活”字的寓意而直接拆掉大门，此举就太过于草率而自负。虽说你猜出了领导的意图，但在行动前应该请示一下领导的意思。作为下属，这一规则无论在任何年代都使适用。

【原文】

魏武尝过曹娥碑①下，杨修从。碑背上见题作“黄绢幼妇，外孙齑②臼”八字，魏武谓修曰：“解不？”答曰：“解。”魏武曰：“卿未可言，待我思之。”行三十里，魏武乃曰：“吾已得。”令修别③记所知。修曰：“黄绢，色丝也，于字为‘绝’；幼妇，少女也，于字为‘妙’；外孙，女子也，于字为‘好’；齑臼，受辛④也，于字为‘辞’；所谓‘绝妙好辞’也。”魏武亦记之，与修同，乃叹曰：“我才不及卿，乃觉⑤三十里。”

【注释】

①曹娥碑：是东汉年间人们为颂扬曹娥的美德，纪念她的孝行而立的石碑。由蔡邕书写。②齑（jī）臼：捣碎姜、蒜、韭菜等的器具。③别：另外。④受辛：接触辛辣的东西。⑤觉：通“较”，指比较，相差的意思。

【译文】

魏武帝曾经从曹娥碑前经过，杨修跟随其后。碑背上题有“黄绢幼妇，外孙齑臼”八个字，魏武帝问杨修：“理解吗？”杨修回答说：“理解。”魏武帝说：“你不要说出来，等我思考一下。”走了三十里后，魏武帝才说：“我已经得到答案了。”让杨修在别处写下他的见解。杨修写道：“黄绢，有颜色的丝，组成‘绝’字；幼妇，既少女，组成‘妙’字；外孙，是女儿的儿子，组成‘好’字；齑臼是用来容受辛辣物的，便是个‘辞’字。连起来就是‘绝妙好辞’。”魏武帝也写下了其中的含义，跟杨修的一样。于是魏武帝感叹说：“我的才能不及你啊，相差三十里。”

【解读】

杨修的聪明自不必多言，然而曹操的谦虚更令人称赞。作为一个君王，他有着不可触犯的威严，却在一个下臣面前感叹自己的才能与之相差三十里。这样直接的感叹，是历代君王中很少有的。从这点来说，曹操的谦虚行为是难能可贵的，也足以见他的度量之大。

【原文】

魏武征袁本初①，治装②，余有数十斛③竹片，咸④长数寸，众并谓不堪用，正令烧除。太祖，思所以用之，谓可为竹椑楯⑤，而未显其言，驰使问主簿杨德祖⑥。应声答之，与帝心同。众⑦伏其辩悟⑧。

【注释】

①袁本初：袁绍，字本初，汝南汝阳人。出身名门望族，其家族有“四世三公”之称。汉末，群雄割据，袁绍先后占据冀州，青、并二州，以及幽州，一度成为势力最强大的军阀，但是，后来，在官渡之战，败给曹操。②治装：整治装备。③斛：中国旧量器名，也是容量单位，一斛本为五斗。④咸：都，全部。⑤椑楯（pí dùn）：椭圆形盾牌。椑：椭圆形。楯：通“盾”。⑥杨德祖：指杨修，字德祖。⑦众：佩服，心服。⑧辩悟：敏捷的思维。

【译文】

魏武帝征伐袁绍，整治装备，剩下数十斛竹片，都只有几寸长，众人都说没有什么用，正要烧掉。魏武帝考虑这些竹片怎么用，认为可以用来制作竹盾牌，却没有说出来，而是让人赶快去问主簿杨修。杨修随口回答，与魏武帝的想法一致。大家都佩服杨修的思维敏捷。

【解读】

杨修屡次猜中曹操心中所想，虽说足以证明他很聪明和他对曹操的了解至深，但他屡次道出曹操的心思，却不是聪明之举。

【原文】

王敦引军垂①至大桁②，明帝自出中堂。温峤为丹阳尹，帝令断大桁，故未断，帝大怒瞋目，左右莫不悚惧。召诸公来。峤至，不谢，但求酒炙。王导须臾至，徒跣③下地，谢曰：“天威在颜，遂使温峤不得谢④。”峤于是下谢，帝乃释然。诸公共叹王机悟名言。

【注释】

①垂：将要。②大桁（háng）：又称大航、朱雀航、朱雀桁、朱雀桥，为六朝古都建康城南城门朱雀门外的一座浮桥，横跨秦淮河。在秦淮河上二十四航中，这座桥最大，因此又称“大航”。③跣（xiǎn）：脱下鞋子，光着脚。④谢：谢罪。

【译文】

王敦率领军队将要来到大航浮桥，明帝亲自来到中堂。温峤当时做丹阳尹，明帝让他拆掉大航浮桥，但一直没有拆。明帝很愤怒，大发雷霆，旁边的人没有不害怕的。明帝招来诸位大臣，温峤来了，不但没有请罪，反而要吃酒肉。王导来了，脱下鞋子，光着脚跪在地上说："请陛下息怒，好让温峤得以谢罪。"温峤于是下跪谢罪，明帝才息怒。诸位公卿都赞叹王导机敏有悟性，善于言辞。

【解读】

君威不可犯，所以做臣子的在皇帝发怒时多是保持沉默，唯恐一张嘴就引火烧身。王导敢于替犯了错的他人谢罪，说明他是个很有胆量的人。王导不仅是有胆量，还有智谋。晋明帝召来大臣，实则是想当众问罪温峤。事情已经到了一触即发的势态，王导根本没有时间跟温峤耳语说明。因此，他只有趁晋明帝还未发作时光脚跪下，在言语之中直接让温峤谢罪。王导既体现出了对皇帝心思的了解，也表达了希望皇帝宽恕温峤的希望。最重要的是，他让温峤主动谢罪，让皇帝平息了愤怒。

【原文】

郗司空[①]在北府，桓宣武[②]恶其居[③]兵权。郗于事机[④]素暗[⑤]，遣笺[⑥]诣桓："方欲共奖[⑦]王室，修复园陵。"世子嘉宾[⑧]出行，于道上闻信至，急取笺，视竟，寸寸毁裂，便回。还更作笺，自陈[⑨]老病，不堪人间，欲乞闲地自养。宣武得笺大喜，即诏转公督五郡，会稽太守。

【注释】

①郗司空：指郗愔，字方回，高平金乡人，东晋大臣，太尉郗鉴长子，郗超之父。官至平北将军、徐兖二州刺史。②桓宣武：指桓温。③居：持有，掌握。④事机：指处事的机宜。⑤暗：迟钝，反应不快。⑥笺：信件。⑦奖：辅佐。⑧嘉宾：指郗超，字景兴，一字嘉宾，高平金乡人，东晋大臣，是东晋开国功臣郗鉴之孙。⑨陈：表述。

【译文】

郗愔在北府，桓温厌恶他握有兵权。郗愔在处事方面比较直率，他派人给桓温送去一封信，说想与桓温共同辅佐王室、收复失地。郗愔的长子郗超外出，在路上遇到信使，急忙取出信，看完，撕个粉碎，返回家代父另外写了一封信。信中陈述说自己年老多病，不能承受繁重的职务，想求个闲逸的地方养老。桓温读完信后大喜，立即下令升任郗愔都督五郡，任会稽太守。

【解读】

桓温是权欲心极重的人，自永和二年（公元年）剿灭成汉政权后，他名声大震，逐起独揽朝政的野心。太和四年（公元年），桓温北伐前燕，请郗愔一同出兵北伐。郗愔以为桓温对自己有赏识之心，根本没想到桓温请他出兵的本意是想夺他的兵权。郗愔不明就里，还写信给桓温表明自己有志于跟桓温一起建功立业。这封信如若被桓温看到，桓温必定防范有志气的郗愔。郗愔的儿子郗超在桓温手下做事，他深知桓温的个性和野心，所以以相反的意思改动了郗愔的书信。郗超这一改，其实是表明郗愔没有什么志向野心，消除桓温的防范。

【原文】

王东亭[①]作宣武[②]主簿，尝春月与石头[③]兄弟乘马出郊。时彦[④]同游者连镳[⑤]俱进，唯东亭一人常在前，觉[⑥]数十步，诸人莫之解。石头等既疲倦，俄而乘舆回，诸人皆似从官，唯东亭奕奕在前，其悟捷如此。

【注释】

①王东亭：指东亭侯王珣。②宣武：指桓温。③石头：桓熙，字道伯，小字石头，桓温长子，官至豫州刺史。④时彦：当时的名流俊杰。彦，美好的，这里指俊杰。⑤连镳（biāo）：并马一起前行。镳：马嚼子。⑥觉：通"较"，相差。

【译文】

王珣任桓温主簿时，曾在一个春日与桓熙兄弟骑马外出郊游。当时一起游玩的名流俊杰都并马前行，唯独王珣一个人在前面，大概有数十步远。大家都不理解。过了不久，桓熙兄弟游累了，转乘车前行，诸人都好像桓熙兄弟的侍从，唯独王珣神采奕奕地走在前面。由此可以看出他高人一等的机敏才智。

夙慧第十二

【原文】

宾客诣陈太丘[①]宿，太丘使元方、季方[②]炊。客与太丘论议，二人进火，俱委而窃听。炊忘著箄[③]，饭落釜[④]中。太丘问："炊何不馏[⑤]？"元方、季方长跪曰："大人与客语，乃俱窃听，炊忘著箄，饭今成糜[⑥]。"太丘曰："尔颇有[⑦]所识不？"对曰："仿佛志之。"二子长跪俱说，更相易夺[⑧]，言无遗失。太丘曰："如此但糜自可，何必饭也？"

【注释】

①陈太丘：陈寔（shí），东汉官员、学者。②元方、季方：分别指陈太丘的两个儿子陈纪、陈谌。③着箄：放竹箄。箄（bì）：古代盛饭用的圆形竹器。④釜：指大锅。⑤馏：蒸饭。⑥糜：粥。⑦颇有：可有，是否有。⑧更相易夺：相互补充，相互修整。更相，相互。易，修整，修改。夺，遗漏。

【译文】

宾客拜访陈寔，留宿在陈家。陈寔让陈纪、陈谌做饭。客人与陈寔讨论义理，陈纪、陈谌正在烧火，都丢下手里的活偷偷地听。蒸饭时忘了放竹箄，饭落进锅里。陈寔问："怎么没有蒸饭。"陈纪、陈谌直身而跪说："父亲与客人谈话，我们因为都在偷听，做饭时忘记放竹箄，饭已经成了粥了。"陈寔说："你们记得什么？"二人回答说："好像记得。"两个孩子一起说了一遍，并相互补充，没有一点遗漏。陈寔说："既已如此，喝粥又何妨？"

【解读】

陈纪和陈谌蒸饭成粥，虽说有错，但他们错的出发点是好的：他们想学习义理，汲取前辈的智慧。陈寔考察他们学习的效果，看出他们确实有认真学习的态度，并且学有所得，于是就不再追究孩子们的过错。

陈纪和陈谌能得到原谅，说明了为人父母始终更注重孩子的学习能力。如果孩子犯错的结果是收获比损失大得多，那错也是值得。另外，陈寔在孩子做错的时候采取的处理方式也值得我们学习。当别人犯错时，不急于兴师问罪，而是先搞清楚对方犯错的缘由。心平气和，才会得到真相。

【原文】

何晏七岁，明慧若神，魏武奇爱之，因晏在宫内，欲以为子。晏乃画地令方[①]，自处其中。人问其故，答曰："何氏之庐也。"魏武知之，即遣还[②]。

【注释】

①方：方框。②遣还：遣送到家。

【译文】

何晏七岁时，非常聪慧，魏武帝特别地喜欢他，他把何晏留在宫中，想要收他作义子。何晏在地上画了一个方框，自己站在里面。有人问他缘故，他回答说："这是何氏家的房子。"魏武帝知道后，立刻把他送回家。

【解读】

何晏年幼，无心于攀权富贵，作为一个孩子，他当然只念自家的好。虽然得到曹操的看重，他却已知道有些话是不能直接说的，于是借助作画传达自己的心愿。由此可以看出，何晏是个早慧的人。

【原文】

晋明帝[①]数岁，坐元帝[②]膝上。有人从长安来，元帝问洛下[③]消息，潸然流涕。明帝问何以致泣，具以东渡[④]意[⑤]告之。因问明帝："汝意长安何如日远？"答曰："日远。不闻人从日边来，居然可知。"元帝异之。明日，集群臣宴会，告以此意，更重问之。乃答曰："日近。"元帝失色，曰："尔何故异昨日之言邪？"答曰："举目见日，不见长安。"

【注释】

①晋明帝：指司马绍绍，字道畿，晋元帝之子，庙号肃宗。在位期间成功平定了王敦的叛乱。②元帝：晋元帝司马睿，字景文，东晋的开国皇帝。死后谥号元皇帝，庙号中宗。③洛下：指洛阳。④东渡：指西晋灭亡，王室东迁，在江东建康定都。⑤竟：缘故。

【译文】

晋明帝几岁时，坐在元帝的膝上。有人从长安来，元帝询问洛阳的消息，潸然流泪。明帝问发生什么事以至于掉眼泪，元帝把东渡的缘故告诉了明帝。随后问明帝："你觉得长安远还是太阳远？"明帝回答说："太阳远。没有听说过有人从太阳那边来。"元帝很惊异。第二天，元帝召集大臣宴会，把这件事告诉了诸官员，又重新问明帝。明帝回答说："太阳近。"元帝脸色变了，说："你为什么与昨日说得不一样？"明帝回答说："抬头可以见到太阳，却看不见长安。"

【解读】

晋元帝司马睿曾是西晋丞相，他在西晋灭亡前东渡建康。西晋最后一个皇帝晋愍帝被俘后，司马睿在晋朝贵族与江东大族的支持下称王，建立东晋。也就说，晋王朝虽说还是王朝，但实则已经摇摇欲坠，而晋室子弟也都成为流浪他乡的人儿。听闻原都城洛阳陷落后，晋元帝有感于国家已不再是国家，心中更是思念家乡，于是向年幼的儿子提了一个问题。

晋明帝的第一次回答很有意思，且说得挺有道理，让做父亲的晋元帝不免想对众臣炫耀一下自己有个聪明的儿子。晋晋明帝的第二次回答其实更显出他的聪明，他说出了一个真理：回不去的故乡，比太阳更远。这一回答道出了在场的官员的境遇或者还有心情。

【原文】

司空顾和[①]与时贤共清言[②]。张玄之[③]、顾敷是中外孙[④]，年并七岁，在床边戏。于时闻语，神情如不相属[⑤]。瞑[⑥]于灯下，二小儿共叙客主之言，都无遗失。顾公越席而提其耳曰："不意衰宗[⑦]复生此宝。"

【注释】

①顾和：字君孝。官至尚书令。死后赠司空。司空：官名，三公之一。②清言：清谈，辩论玄学。③张玄之：即张玄，字祖希。曾任冠军将军、吴兴太守。④中外孙：孙子和外孙。中孙，儿子所生。外孙，女儿所生。⑤不相属：不注意旁边的人。相属：专注。⑥瞑：通"暝"。夜晚。⑦衰宗：衰落的宗族。

【译文】

顾和与当时的贤士们一起清谈。张玄之和顾敷，一个是顾和的外孙，一个是顾和的孙子，两个小孩都七岁，在床边玩耍。他们边玩边听贤士们的交谈，看上去并不用心。等到晚上送走客人后，顾和看见张玄之和顾和在灯下分别扮演起主人和宾客，将顾和与宾客的交谈重演了一遍，居然没有一点遗漏。顾和见状，走过去提起两小孩的耳朵说："没想到衰落的家族又生了这样的宝贝。"

【解读】

顾和把张玄之和顾敷称为宝贝，可见他看到他们两人的表演后十分高兴为何张玄之和顾敷的扮演足以让顾和如此高兴？小孩天生都有模仿力，而模仿力的能力高低证明了他的学习能力。也就是说，模仿是学习的基础。通过模仿，小孩逐渐学到东西，将所学变为己有，继而灵活运用，人才就诞生了。所以说，顾和的高兴，其实是看到了家中可能出人才的高兴。

【原文】

韩康伯①年数岁，家酷贫，至大寒②，止得襦③，母殷夫人自成之④，令康伯捉⑤熨斗，谓康伯曰："且著襦，寻作复裈⑥。"儿云："已足，不须复裈也。"母问其故，答曰："火在熨斗中而柄热，今既著襦，下亦当暖，故不须耳。"母甚异之，知为国器⑦。

【注释】

①韩康伯：韩伯。②大寒：二十四节气中的最后一个节气，大约在每年的月日前后，是中国大部分地区最冷的时候。③襦（rú）：短袄。④自成之：亲自缝制。⑤捉：拿着。⑥复裈：夹裤。⑦国器：治理国家的栋梁之材。

【译文】

韩伯几岁的时候，家里很贫穷，到了大寒的时节，只穿了件短袄。他的母亲殷夫人亲自为他缝制衣服，让康伯拿着熨斗，并对他说："暂且穿着短袄，一会就做夹裤。"韩伯说："已经够了，不需要做夹裤了。殷夫人问他缘故，他回答说："火在熨斗中，柄也热了。我现在上身穿着短袄，下身也会暖和，所以不需要了。"殷夫人很惊讶，认为韩伯是治国之才。

【解读】

韩康伯小小年纪就懂得剖析事物的内在关联，在生活中能节约有道，所以他的母亲惊叹他有治国之才。从韩康伯成长后的历程来看，他并无让人赞颂的治国功绩，不过倒是成为当时著名的思想家。

韩康伯从熨斗可传热这一现象出发，提出上身会把热量传给下身这一理论。这一理论看似浅显，实则深奥。如果运用发散思维可以得出一个事理：天地万物无不是一个整体，都是有内在联系的。局部可以影响全局，一个客体可以影响另一个客体，由此影响整体。从本质上来说，没有什么东西是单独存在的。

【原文】

晋孝武①年十二，时冬天，昼日不著复衣②，但著单练衫③五六重；夜则累④茵褥。谢公⑤谏曰："圣体宜令有常。陛下昼过冷，夜过热，恐非摄养之术⑥。"帝曰："昼动夜静。"谢公出，叹曰："上理不减先帝。"

【注释】

①晋孝武：晋孝武帝司马曜，字昌明，简文帝第三子。②复衣：夹衣。③单练衫：用熟绢做的单层衣衫。练：熟绢。④累：重叠。⑤谢公：指谢安。⑥摄养之术：养生之道。

【译文】

晋孝武帝十二岁，在冬日里，白天不穿夹裤，只穿五六层熟绢做的单衫，夜里却盖着好几层被褥。谢安进言说："圣体应该有规律，陛下白天太冷，晚上太热，恐怕不是养生之道。"孝武帝说："白天走动多，晚上安静。"谢安出来，感叹说："陛下说理的本领不比先帝差。"

【解读】

谢安劝说孝武帝的话虽然被反驳了，但它确有一定道理。白天太冷，晚上太热，其实都是极端做法。极端的生活方式不是养生之道，因为人身体的健康是建立在营养、体温、劳作和休息等各方面都平衡的基础上。所以说，保持健康，不应使自己处于任何一种极端状态中。

【原文】

桓宣武薨[①]，桓南郡[②]年五岁，服始除[③]，桓车骑[④]与送故文武别，因指语南郡："此皆汝家故吏佐。"玄应声泣恸，酸感傍人。车骑每自目己坐曰："灵宝[⑤]成人，当以此坐还之。"鞠爱过于所生。

【注释】

①桓宣武薨(hōng)：指桓温离世。薨：古代称皇帝或者诸侯死去。②桓南郡：指桓玄，袭南郡侯。③服始除：丧服刚刚脱掉。服：丧服。④桓车骑：指桓温弟弟桓冲。东晋军事将领，字幼子，小字买德郎，谯国龙亢人。曾任车骑将军，故称桓车骑。⑤灵宝：指桓玄，字敬道，一名灵宝。

【译文】

桓温死时，桓玄只有五岁，丧服刚除，桓冲跟送葬的文武百官道别。桓冲指着文武百官，对桓玄说："这些人都是你家的旧部下。"桓玄听后恸哭起来，其辛酸感动了旁边的人。桓冲常常看着自己的座位说："桓玄长大成人后，应该把此座还给他。"桓冲爱护桓玄胜过了亲生儿子。

【解读】

桓冲是桓温的弟弟，也就是桓玄的叔父，他的职位是在桓温死后继任而得，因此他对桓玄说那些官员都曾是桓温的部下。桓玄听后恸哭，既是有感悟父亲逝去后物是人非，也是感叹本是自己家的"东西"如今成了别人家的。桓玄小小年纪就如此看重权利地位，竟不以叔父为自家人，可见他人虽小志气却很高。

桓玄虽有志向，但从他的恸哭中也可见他的得失心也很重。然而桓冲看不到后一点儿只看到前一点，因此非常欣赏桓玄。桓玄长大后果然蓄势以待，后来发动兵变，建立桓楚政权。遗憾的是，这个政权仅存在了两年。

得失心太重的人，性情浮躁，做事急于求成，结果往往是败给了自己。

豪爽第十三

【原文】

王大将军[①]年少时，旧有田舍[②]名，语音亦楚[③]。武帝[④]唤时贤共言伎艺事，人皆多有所知，唯王都无所关，意色殊恶[⑤]，自言知打鼓吹，帝即令取鼓与之。于坐振袖而起，扬槌奋击，音节谐捷，神气豪上，傍若无人，举坐叹其雄爽。

【注释】

①王大将军：指王敦。②田舍：乡下人。③楚：指楚音。楚地开化晚，被士人轻视。④武帝：指晋武帝司马炎。⑤恶：不愉快。

【译文】

王敦年少时，有乡巴佬的称呼，说话的口音也很土气。武帝招来贤士一起谈论技艺，人人都能知道些，唯有王敦没有接触过，神情脸上都很难看。王敦自己说能打鼓，武帝让人取出鼓给王敦。于是王敦从座位上起来，扬袖击鼓，音节都很迅速，神气高昂，旁若无人，满座赞叹他雄武豪爽。

【解读】

别人怎么称呼你并不重要，因为别人的看法始终是别人的。只要你认识自己，认可自己，以自信爆发出自己的能量，那最终满座都会为你喝彩。所以说，即使真是个乡巴佬也不必自卑。大胆地挥洒出自己的本色，爽朗地面对他人，那你就是那个让人瞩目的英雄。王敦正是以自己的豪爽自信赢得了满堂喝彩。

【原文】

王处仲[①]，世许高尚之目[②]。常荒恣于色，体为之弊[③]，左右谏之，处仲曰："吾乃不觉尔。如此者甚易耳！"乃开后阁[④]，驱诸婢妾数十人出路，任其所之，时人叹[⑤]焉。

【注释】

①王处仲：指王敦，字处仲。②目：评价。③弊：衰落，疲敝。④后阁：内室。⑤叹：赞叹。

【译文】

世人评价王敦很高尚。但他曾纵情于女色，身体因此衰弱。身边的人劝诫他，王敦说："我自己竟没察觉，如果真的是这样也很好办。"于是他打开内室的门，让数十个婢妾出走，任由她们另谋生路。当时的人为此称赞他。

【解读】

大丈夫是做事就是要干脆利落，不拖泥带水。王敦遣散奴婢一事，再次彰显了他大丈夫的风范。王敦这样的性格是成大事的性格，又或者说是因为他本人想成大事所以才具有这一个性。

有高远志向的人，他会下定决心不惜一切实现自己的理想。他知道什么是对自己有利的，什么是对自己有害的，会果断地采取相应措施，拯救自己于危险发生之前。

【原文】

王大将军自目："高朗疏率[①]，学通《左氏》[②]。"

【注释】

①疏率：豁达直率。②《左氏》：指《春秋左氏传》，简称《左传》，春秋末年左丘明所著。

【译文】

王敦评价自己高尚、爽朗、豁达、直率，学通《左传》。

【解读】

每个人都拥有自己的优点，但是很少人能看到自己的优点。一旦直视自己的优点，我们就很难无视那些可能会腐蚀我们优点的坏本性，如懒惰、狡猾、自私等。同时，发现自己的优点还会激发我们追求完美或成功的欲望。从这方面来说，能看到自己优点的人，既是敢于正视自己、有理想抱负的人，也必定是个自信之人。所以，从王敦对自己的评论看来，他是一个有自信和志气的人。

另外，《左传》是一部以儒家思想讲述政治、历史的著作，王敦能学通此书，足以说明他具有政治抱负。他后来发动叛乱也证明了这一点。

【原文】

王处仲每酒后，辄[①]咏“老骥伏枥，志在千里。烈士暮年，壮心不已[②]”。以如意打唾壶，壶口尽缺。

【注释】

①辄：就会。②老骥伏枥，志在千里。烈士暮年，壮心不已：取自曹操的《龟虽寿》。

【译文】

王敦每次饮完酒，就会咏诵“老骥伏枥，志在千里。烈士暮年，壮心不已”，并用如意敲打唾壶作节拍，壶上都是缺口。

【解读】

王敦吟咏的诗句出自曹操。曹操统一北方后，意气风发，威震四方。班师回朝途中，他来到了东临碣石，西邻沧海的河北昌黎。曹操屹立于山巅眺望大海，眼看着夕阳西垂，海浪滚滚，他有感而发：“……神龟虽寿，犹有竟时。螣蛇乘雾，终为土灰。老骥伏枥，志在千里。烈士暮年，壮心不已……”曹操当时的豪情壮志，显而易见。他蔑视天命，不惧老死，一心只想着建功立业，成就自己。曹操表达的是志在必得的雄心豪气，然而王敦的感慨却跟曹操有所不同。王敦建功后，手握兵权。他的野心渐露，让晋元帝对他产生了防范之心。晋元帝有意疏远了王敦，另将刘隗、刁协引为心腹。王敦对此愤恨不平，于是每次喝酒时都吟诵曹操的诗句，借此表达自己的愤慨和志向。

王敦吟咏曹操诗句并用如意将唾壶打出缺口这一故事，被后人称为“唾壶击缺”，用来形容一个人的心情愤慨、感情激昂。

【原文】

晋明帝[①]欲起[②]池台，元帝[③]不许。帝时为太子，好养武士，一夕中[④]作池，比晓便成。今太子西池是也。

【注释】

①晋明帝：指晋明帝司马绍。②起：建造。③元帝：指晋元帝司马睿。④一夕中：一夜间。

【译文】

晋明帝想建造池台，元帝不允许。明帝当时为太子，喜欢养武士，让他们一夜间建成池台，早上就修成了。就是现在的太子西池。

【解读】

晋元帝是晋明帝的父亲，又是一个君王。按道理，晋明帝是不该违抗晋元帝的命令的。晋明帝在晋元帝不允许的情况下修建池台，明显违反了君令，触犯了君威。他的行为是固执而草率、不顾后果的。但结合晋元帝宠爱晋明帝这点来看，确也可以理解。

【原文】

王大将军始欲下都[①]，处分树置[②]，先遣参军告朝廷，讽[③]旨时贤。祖车骑[④]尚未镇寿春，瞋目厉声语使人曰："卿语阿黑[⑤]：何敢不逊！摧摄面[⑥]去，须臾不尔，我将三千兵，槊脚[⑦]令上！"王闻之而止。

【注释】

①下都：到京都去。下：顺流而下。②处分树置：安排建立。这里指变更朝廷官员。③讽：委婉，暗示。④祖车骑：指祖逖，字士稚，范阳遒县人，东晋名将。祖逖因朝廷内明争暗斗，国事日非，忧愤而死，追赠车骑将军。⑤阿黑：王敦的小名。⑥摄面：收起脸面。⑦槊脚：用长矛戳他的脚。

【译文】

王敦想到京都安排朝廷官员，先派参军通知朝廷，暗示当时的贤士。祖逖还没有镇守寿春，睁大眼睛厉声厉色地对使者说："你告诉阿黑：怎么这么放肆！赶快收起脸面，稍有耽搁，我就领三千兵用长矛戳他的脚，让他回去。"王敦听后放弃了此想法。

【解读】

王敦有篡逆之心时，手中兵权比祖逖大得多，但他听说祖逖的训斥后，竟然暂时放弃了谋反的打算，可见他很敬畏甚至惧怕祖逖。王敦一向敢想敢做，且心狠手辣，他这样的人都惧怕祖逖，说明祖逖这个人的人格足以威慑他人。祖逖的人格从他训斥王敦的话中可以看出。他说王敦的行为放肆且失去脸面，这表明在他看来，作为臣子的应忠君忠国，不应做叛逆之事。也就是说，祖逖是个忠臣正直之人。祖狄威震桓温的事例说明，当一个人有同时具有正义和勇猛的能量时，他是最令人折服的。

【原文】

庾稚恭[①]既常有中原之志[②]，文康[③]时权重，未在己。及济坚[④]作相，忌兵畏祸，与稚恭历同异者[⑤]久之，乃果行。倾荆、汉之力，穷舟车之势，师次于襄阳，大会参佐[⑥]，陈其旌甲，亲授弧矢曰："我之此行，若此射矣！"遂三起三叠[⑦]。徒众属目，其气[⑧]十倍。

【注释】

①庾稚恭：指庾翼。②中原之志：指收复中原的志向。③文康：指庾亮。④济坚：指庾冰，字季坚，颍川鄢陵人。东晋官员，中书令庾亮之弟。王导死后以中书监身份在内朝掌权。⑤同异者：政见不同。同异：偏义复词，指异。⑥参佐：僚属，部下。⑦三起三叠：三发三中。叠：击鼓。古代阅箭，中的则以击鼓为号。⑧气：士气。

【译文】

庾翼一直都有收复中原的志向。庾亮当政时，权力不在自己手上。等到庾冰做丞相后，忌讳用兵，害怕起祸端，与庾翼的政见不同，很长时间后才同意北伐。倾尽荆州、汉水之力，出动所有船只战车，集师于襄阳，大会部下。庾翼陈列旌旗甲兵，亲自抓起弓箭说："我此次北伐，就像这支箭一样。"遂三发三中。众部下看到后，士气高涨。

【解读】

庾翼屡受阻挠却从不放弃自己的志向，他具有坚持不懈的精神。根据《晋书》记载，庾翼接替庾亮的职位，他为政业绩深得百姓认可，自己也受朝廷重用。但他始终不忘北伐之志，为了一步步实现自己的理想，他先上表请求移镇安陆（湖北孝感地区）。当时朝中大臣都不认同庾翼的行为并阻止他，庾翼不惜违背诏令，擅自北行。到了夏口后又上表请求移镇襄阳，朝廷最终答应庾翼北伐的请求，并任他为征西将军。不久，康帝和兄长庾冰先后逝世，庾翼终于等来了北伐的诏命。

坚持不懈的精神是实现理想的必备条件，庾翼正是因为具有这种精神才等来了实现理想的机会。也许很多人都有理想，但像庾翼一样坚持理想的人却很少。

【原文】

桓宣武平蜀①，集参僚置酒于李势②殿，巴蜀缙绅③莫不来萃④。桓既素有雄情爽气，加尔日音调英发，叙古今成败由人，存亡系才，其状磊落⑤，一坐叹赏。既散，诸人追味余言。于时寻阳周馥曰："恨⑥卿辈不见王大将军⑦。"

【注释】

①桓宣武平蜀：指晋穆帝永和二年，桓温率军伐蜀。②李势：字子仁，李寿长子。十六国成汉皇帝，在位四年，后降晋，③缙绅：代指士大夫。缙：插。绅：大带。古代官员垂绅搢笏，因此称士大夫为搢绅。④萃：聚集。⑤磊落：洒脱坦荡。⑥恨：遗憾。⑦王大将军：指王敦。

【译文】

桓温平定蜀地，在李势的殿中召集部下宴会，巴蜀的士大夫们都来了。桓温本来就透露出一股雄伟的神态和豪爽的气息，再加上那天声音高昂，雄姿英发，谈论古今成败、国家存亡之理。桓温仪态洒脱，心胸坦荡，在场的所有人都对他赞叹不已。聚会散后，大家都回味他的话。当时寻阳周馥说："遗憾的是你们都没见过王大将军。"

【解读】

在平常的时候，我们大多数人被生活琐碎磨平了志气。而一旦看到那些取得成功的人慷慨陈词，意气风发，就会意气风发。所以说，英雄豪气是一种感染人的巨大能量，这是因为人的内心里其实都有一种争取成功的欲望。从这个角度来说，周馥所说的"没见过王大将军"的遗憾，更像是一种没有发现自己的遗憾。这意即，如果看到了那天的王敦，说不准"你们"也会受到感染，有所思考，给自己重新定位人生理想。

虽说人不能老是以别人的成功来激励自己，而是应以实际行动来证明自己并鼓励自己。但以"近朱者赤近墨者黑"这一理论来说，经常接触那些成功的人，确实有助于培养自己具有成功的性格、思想。

【原文】

桓公①读《高士传》②，至於陵仲子③，便掷去，曰："谁能作此溪刻④自处！"

【注释】

①桓公：指桓温。②《高士传》：魏晋时皇甫谧所著的一本书。记载了古代高隐之士的生平事迹。③於陵仲子：陈仲子，战国时齐国人，其先祖为陈国公族，先祖避战乱逃到齐国，改为田氏，所以陈仲子又叫田仲。陈仲子先后坚辞不受齐国大夫、楚国国相等职，先迁居於陵，后隐居长白山中，以示"不入污君之朝，不食乱世之食"，最终饥饿而死。后遂以"於陵仲子"咏隐士。④溪刻：苛刻。

【译文】

桓温读《高士传》，读到於陵仲子时，就把书扔掉，说："谁能这样苛刻要求自己呢！"

【解读】

《高士传》主要讲的隐士、高僧的事迹，表达的是清净无为的思想。《高士传》中记录的不少隐士，有的为了遵循自己的志向爱好，而选择自残自虐的行为。陈仲子就是这么一个隐士，他辞官隐居后，坚持“不入污君之朝，不食乱世之食”，最终饥饿而死。这样的行为在对权威名利看得很重的桓温看来，自是不可理解，所以他扔书表示自己的不认同。

不认同而表现出来，即使对方是书上的一个人，也要向“他”表达自己的观点。桓温这样的个性，既显率真，又可见他在学习时具有独立思考的能力。有句话说，“尽信书不如无书”。书中的教诲也是人写出来的，别人的思想见解也许并不符合你的生活理念。所以，对于书中知识，我们应该先思考再吸收，不可未经思考就直接吸收，奉为教条、真理。

【原文】

桓石虔①，司空豁②之长庶也，小字镇恶，年十七八，未被举③，而童隶④已呼为镇恶郎。尝住宣武⑤斋头⑥。从征枋头⑦。车骑冲⑧没陈⑨，左右莫能先救。宣武谓曰：“汝叔落贼，汝知不？”石虔闻之。气甚奋，命朱辟为副，策马于万众中，莫有抗者，径致冲还，三军叹服。河朔后以其名断疟⑩。

【注释】

①桓石虔：表字不详，小字镇恶，谯国龙亢人。东晋猛将，桓彝之孙，桓豁庶长子，以勇猛矫捷闻名，官至豫州刺史。②司空豁：桓豁，字朗子，谯国龙亢人。东晋将领，桓彝次子，大司马桓温之弟。③举：庶长子被正式承认地位。④童隶：年小的仆役。⑤宣武：指桓温，死后谥宣武。⑥斋头：指书房。⑦枋头：桓温的第三次北伐中的一次战役。⑧车骑冲：指桓温的弟弟桓冲。⑨没陈：陷于地方阵营中。陈，通“阵”。⑩断疟：断绝疟鬼。

【译文】

桓石虔是司空桓豁的庶长子，小名镇恶，年龄十七八，没有被正式承认地位和身份。年幼的仆人都称呼他镇恶郎。他曾经住在桓温的书房里。桓温北伐，在枋头之战，车骑将军桓冲陷入敌人的阵营，左右没有人能够救出来。桓温对桓石虔说：“你叔叔陷落贼兵阵营，你知道吗？”桓石虔听后，振奋勇气，任朱辟为副将，策马于万众中，没有人敢抵抗，直接把桓冲救出来了，让全军赞叹佩服。

【解读】

桓石虔的勇猛是一种什么都不怕的勇猛，虽然这种勇猛带有不顾性命危险的草率，但它仍是一种值得钦佩的英勇。因为，一个能将性命豁出去的人是最让人恐惧的，而能将这种勇敢用在正义上的话，那他就会使众人佩服。他什么都不怕，就会使得别人都怕他。桓石虔救叔父一事体现了他这种英勇，所以才使得人们对他的态度发生改变。原先，人们因为他年幼而没有身份地位，只是以他的小名称呼他。自他勇闯敌营救桓冲后，人们直接呼唤他的名字。后来，人们还以“桓石虔”来恐吓患疟疾的人。据说，患病的人多数吓得把病气都涌出来了。

【原文】

陈林道在西岸①，都下诸人共要至牛渚②会。陈理既佳，人欲共言折③，陈以如意拄颊，望鸡笼山叹曰：“孙伯符④志业不遂！”于是竟坐⑤不得谈。

【注释】

①陈林道在西岸：指陈逵任淮南太守。陈逵，字林道。②牛渚：指牛渚山。③折：通“析”。④孙伯符：孙策，字伯符，吴郡富春人。孙坚长子，孙权长兄。三国时期吴国的奠基者之一。⑤竟坐：指到聚会结束。

【译文】

陈逵任淮南太守时，京都里的一些人一起邀请他到牛渚山相聚。陈逵很会论理，人们都想让他分析义理。陈逵用如意支着腮帮，望着鸡笼山叹息说："孙策的立志要做的事业还没有成功。"于是直到聚会散去也没有人再谈论。

【解读】

众人只想以理论理，驳倒陈逵的理论。众人还停留在嘴巴的争斗中，然而陈逵却不想与众人争论。他一句"孙伯符志业不遂！"的感叹,表达自己心中的豪气。陈逵有的不仅是理,还有"气"。众人被他的气概所折服，于是不再跟发言谈论。

【原文】

王司州①在谢公坐②，咏"入不言兮出不辞，乘回风兮载云旗③"。语人云："当尔时，觉一坐无人。"

【注释】

①王司州：指王胡之。②在……坐：指在某人家中做客。③入不言兮出不辞，乘回风兮载云旗：出自《离骚》，意思是进来不说话，出去也不辞别，乘着风，舞着云旗。

【译文】

王胡之在谢安家做客，咏唱"入不言兮出不辞，乘回风兮载云旗"。对别人说："每当咏诵到此处，就觉得满座无人。"

【解读】

"入不言兮出不辞，乘回风兮载云旗"是一种超乎现实，逍遥自在的精神境界。要想做到这种境界，须得一个人具有我行我素，不拘世俗的旁若无人之精神。王胡之吟咏此句而觉得满座无人，表达了他对这种乘风驾云，来去自由的向往。这也是他追求超脱自我，内心放达的表现。

【原文】

桓玄西下①，入石头，外白②司马梁王③奔叛。玄时事形已济④，在平乘⑤上笳鼓⑥并作，直⑦高咏云："箫管有遗音，梁王安在哉？⑧"

【注释】

①桓玄西下：桓玄从西边顺流而下。安帝元兴元年，桓玄率军从江陵东下，攻入健康。第二年，废晋称帝，改国号为楚。②白：禀报。③司马梁王：指司马珍之，东晋宗室，晋元帝司马睿玄孙，梁王司马和之子，嗣梁王。桓玄篡位，司马珍之逃奔寿阳。后来刘裕欲削弱东晋王室的势力，诬其罪害之。④济：成，成功。⑤平乘：大船。⑥笳鼓：笳和鼓，笳是一种类似笛子的乐器。⑦直：只是。⑧箫管有遗音，梁王安在哉：出自阮籍《咏怀》。此处的梁王指魏王曹操，因为魏都城在大梁，故亦称梁王。

【译文】

桓玄率军从西边顺流而下，攻入石头城，部下报告说司马梁王背叛逃跑了。当时桓玄自认为灭晋的大局已定，他正在大船上吹笳击鼓，只是高声咏诵："箫管有遗音，梁王安在哉？"

【解读】

桓玄吟咏"萧管"的诗句出自阮籍《咏怀》，大意是：萧管奏出的乐曲里仍有魏国时的音调，可是如今魏王又在哪里呢！原本，梁王是指魏王曹操，而阮籍表达的是历史的沧桑无奈。桓玄听说司马梁王逃跑后，借用阮籍的诗句，改"梁王"曹操为梁王司马珍之，其实是骄傲地感叹自己大业将成，"梁王"不再。从中可见桓玄当时的傲气和豪爽。虽说桓玄兵变以失败告终，但他的豪气仍让人佩服。

容止第十四

【原文】

魏武[1]将见匈奴使，自以形陋[2]，不足雄远国，使崔季珪[3]代，帝自捉刀立床头。既毕，令间谍问曰："魏王何如？"匈奴使答曰："魏王雅望非常，然床头捉刀人，此乃英雄也。"魏武闻之，追杀此使。

【注释】

①魏武：曹操。②形陋：相貌丑陋。③崔季珪：崔琰，字季珪，清河东武城人。崔琰相貌俊美，很有威望，曹操对他也很敬畏。据《三国志·魏书·武帝纪》记载，曹操晋爵为魏王，匈奴派使者来朝。同年崔琰被曹操赐死。

【译文】

魏武帝将要接见匈奴使者，认为自己相貌丑陋，不足以威慑远国，便让崔琰代替他，自己则持刀立于坐榻边。接见完毕后，魏武帝让间谍问匈奴使者："魏王怎么样？"匈奴使者回答说："魏王仪容不凡，很有雅量，但坐榻边持刀的人，才是英雄。"魏武帝听后，立即派人追杀使者。

【解读】

匈奴赞曹操是个英雄，却遭曹操杀害。这篇故事的结局是很多人议论的话题。有人说使者说崔琰"雅望非常"一句，特别是"非常"一词让本就貌丑的曹操十分不爽，因此起了杀心。又有人认为，曹操恐怕匈奴使者认出了自己才是真正的帝王，怕他回去以后宣传自己貌丑且自卑。另有说法是，曹操觉得这个匈奴使者的眼光非常犀利，是个人才，留着是个祸害，于是杀了他。

回头看看曹操让催琰假扮自己的原因，更为合理的解释应该是：如果匈奴使者误认为崔琰就是曹操，那么他回去以后可能散布这样的舆论：传说中的英雄曹操还不如曹操身边的一个侍卫。这样一来，曹操本想威慑远国的目的就达不到了。与其让匈奴造谣，不如杀了他威慑匈奴族，因此曹操毫不犹豫地杀了使者。

【原文】

何平叔[1]美姿仪，面至白。魏明帝[2]疑其傅粉，正夏月，与热汤饼[3]。既啖，大汗出，以朱衣自拭，色转[4]皎然[5]。

【注释】

①何平叔：何晏。②魏明帝：曹叡，字元仲，曹操之孙，曹丕之子，三国时期曹魏的第二位皇帝，史称魏明帝。善诗文，与其祖父曹操、父曹丕并称魏之"三祖"。③热汤饼：指热汤面。④转：更加。⑤皎然：白净的样子。

【译文】

何晏仪容美貌，脸色白皙。魏明帝怀疑他擦了粉，正当夏天，就给何晏吃热汤面。何晏吃完后，大汗淋漓，就用红衣服擦，脸色更加白净明亮了。

【原文】

魏明帝使后弟毛曾[1]与夏侯玄[2]共坐，时人谓"蒹葭倚玉树[3]"。

【注释】

①后弟毛曾：魏明帝毛皇后之弟，历任郎中、骑都尉。因出身低微，被贵族轻视。②夏侯玄：字太初，沛国谯人。三国时期曹魏官员、玄学家，夏侯尚之子。有名望，仪表出众。他与何晏等人开创了清谈的社会风气，是玄学的早期领袖。后来因参与暗杀司马师，失败后被杀，夷三族。③蒹葭倚玉树：出自《诗经·国风·秦风》。意思是芦苇挨着玉树。

【译文】

魏明帝让皇后的弟弟毛曾与夏侯玄坐在一起，当时的人评论说“芦苇挨着玉树”。

【解读】

美和丑在一起的时候，强烈的对比往往会让美更显得美丽，丑显得更加丑陋。毛曾没有身份地位也没有才华，且相貌一般，而夏侯玄才貌双全，气质突出，他俩凑在一起，自然就对比鲜明。于是，人们拿芦苇比毛曾，而以玉树比夏侯玄。

【原文】

时人目[①]夏侯太初[②]“朗朗如日月之入怀”，李安国[③]“颓唐如玉山之将崩”。

【注释】

①目：评论。②夏侯太初：指夏侯玄，字太初。③李安国：指李丰，字安国，冯翊东县人。三国时期魏国中书令、谏议大夫。曹爽被杀后，与夏侯玄等意图谋杀司马师，事败被杀。

【译文】

当时的人评论夏侯玄“神态朗朗，如日月入怀”，评价李安国“颓废不振，如玉山将崩”。

【解读】

长得俊美，给人的感觉不一定都是赏心悦目的。因为，一个人的整体视觉印象不仅跟外貌有关，还跟他本人的精神状态有关。如果只是貌美，但心情不佳或者没有乐观的处事心态，又或萎靡颓废，不思进取，那原有的美就被浪费了。从时人对夏侯玄和李安国的评价看来，他们都是俊美之人，但因为他们各自的精神状态有天壤之别，所以给人的感觉完全不同。李安国精神颓废，即使原本是一棵“玉树”，也是一颗摇摇欲坠的玉树。而夏侯玄神态朗朗，让人见之如见日月。

一言蔽之，外貌不是决定一个人真正美丽的关键因素，内在的精神和气质才是最主要的。其实，只要保持积极良好的心态，活出自己的精彩，就是美的。

【原文】

嵇康身长七尺八寸，风姿特秀。见者叹曰：“萧萧肃肃[①]，爽朗清举。”或云：“肃肃[②]如松下风，高而徐引[③]。”山公[④]曰：“嵇叔夜之为人也，岩岩[⑤]若孤松之独立；其醉也，傀俄[⑥]若玉山之将崩。”

【注释】

①萧萧肃肃：形容风姿潇洒。②肃肃：形容风的声音。③徐引：慢慢地舒展。④山公：指山涛。⑤岩岩：高耸的样子。⑥傀俄：倾倒颓废的样子。

【译文】

嵇康身长七尺八寸，风姿秀美。看见他的人赞叹说：“风姿潇洒，俊朗清雅。”有的人说：“如松下飒飒之风，清高悠长。”山涛说：“嵇叔夜的为人，若孤松之独立，洒脱高耸；他酒醉时，如玉山之将崩，潦倒颓废。”

【解读】

《晋书》上说嵇康“有奇才，远迈不群。身长七尺八寸，美词气，有风仪，而土木形骸，不自藻饰，人以为龙章凤姿，天质自然”，嵇康的美在他所生活的年代众所周知，赞他美貌的人很多。然而众人都只看到嵇康的片面之美，而嵇康的好友阮籍却能看到他的全面之美，乃至他不美时候的美。阮籍对嵇康的评价，不是从容貌上赞美嵇康，而是从嵇康的精神上去说他的美。所以说，最了解你的人还是和你有心灵之交的人。

【原文】

裴令公[①]目王安丰[②]："眼烂烂[③]如岩下电。"

【注释】

①裴令公：指裴楷，字叔则，河东闻喜人。西晋时期重要官员，也是当时的名士。②王安丰：指王戎，字浚冲，琅邪临沂人。西晋名士，"竹林七贤"之一。官至司徒。因封安丰侯，文中故称王安丰。③烂烂：明亮闪烁的样子。

【译文】

裴楷评论王戎："眼睛明亮闪烁，如山崖下的闪电。"

【解读】

《晋书》记载王戎："幼而颖悟，神彩秀彻。视日不眩……"王戎的美不在于貌，而在于神采，而最能突出神采的地方莫过于眼睛。时人评价王戎视力好，裴楷说他眼睛明亮闪烁，说到底他们都是在说王戎聪明而内心透彻。因为，眼睛是心灵的窗户。唯有心灵纯净，眼睛才会明亮，而唯有脑袋聪明才会使这明亮闪耀如闪电。

【原文】

潘岳[①]妙有姿容，好神情。少时挟弹[②]出洛阳道，妇人遇者，莫不连手共萦[③]之。左太冲[④]绝丑，亦复效岳游遨，于是群妪齐共乱唾之，委顿[⑤]而返。

【注释】

①潘岳：字安仁，晋荥阳人，官至给事黄门侍郎。后被孙秀所杀。②弹：弹弓。③萦：缭绕。④左太冲：左思，字太冲，齐国临淄人。西晋著名文学家。左思其貌不扬却才华出众，著《三都赋》，一时间"洛阳纸贵"。⑤委顿：狼狈的样子。

【译文】

潘岳天生貌美，神态美好。年少时拿着弹弓走在洛阳的街道上，妇女们遇到他，都拉着手一起围着他。左太冲长得很丑陋，也效仿潘岳出去游玩，却被一群妇女胡乱唾弃了一番，尴尬而回。

【解读】

为什么"东施"总爱"效颦"，甚至如左太冲一样有才华的人都要为自己的丑陋外貌争一口气？这跟人的本性有关。人天性爱美，喜欢被人喜爱，这是任时代进步也改变不了。所以，换个角度想想的话，"东施效颦"这件事虽说可笑，但其实也很正常。因为，即使长得貌丑，一个人也有争取他人喜爱和认同的权利。只是，"效颦"的"东施"用的方式是错的。效颦者被自己的嫉妒心蒙蔽，忘记了这么一层道理：人获得他人认同和称赞不是因为他像谁，而是因为他是他自己。做自己，再丑也不会遭人唾弃。模仿别人，既不成别人也丢了自己，才遭人唾弃，让自己尴尬。

【原文】

王夷甫[①]容貌整丽，妙于[②]谈玄，恒[③]捉白玉柄麈尾[④]，与手都无分别。

【注释】

①王夷甫：王衍。②妙于：善于。③恒：常常。④白玉柄麈（zhǔ）尾：玉做的手柄和鹿的尾巴。

古人清谈时必执玉柄麈尾，相沿成习，为名流雅器，不谈时，亦常执在手。

【译文】

王衍容貌端庄美丽，善于清谈，常常拿着白玉柄的麈尾，玉柄和他手的颜色没什么区别。

【解读】

王衍貌美，在《晋书》中有记载："王衍，字夷甫，神清明秀，风姿详雅。"王衍还小的时候去拜访"竹林七贤"中的山涛，山涛看到他后为他的美貌感叹良久，等王衍离去了，山涛说："何物老妪，生宁馨儿！然误天下苍生者，未必非此人也。"——是什么样的老太婆，生下这个尤物啊，但是这个小孩将来很有可能误了天下百姓。王敦也曾赞王衍貌美，并把他比作"玉"，说："夷甫处众中，如珠玉在瓦石间。"

然而，王衍虽然如"玉"，但他正如山涛所言，长大后了误了苍生。王衍做官，位居三公，却在西晋灭亡时说："我本来就不想做官的，西晋灭亡跟我一点关系都没有。"王衍还劝灭亡西晋的石勒自称皇帝，让石勒放过自己。石勒听王衍这么一说后顿生鄙意，令人杀了王衍。

【原文】

潘安仁[①]、夏侯湛[②]并有美容，喜同行，时人谓之"连璧"[③]。

【注释】

①潘安仁：指潘岳。②夏侯湛：字孝若，沛国谯县人，西晋文学家。名将夏侯渊的第四子。官至中书侍郎。貌美，善著文，与潘岳往来密切。③璧：中间有孔的圆形的玉。在我国古代，常作祭祀之物或者饰物。

【译文】

潘岳、夏侯湛都有美好的容貌，喜欢同行，当时的人称之为"连璧"。

【解读】

连璧指并列在一起的两个美好东西。"璧"即指美好，说明所指事物不仅具有外在的美，还具有内在的美。时人把潘岳和夏侯湛合称"连璧"，不仅可见人们对他们的外貌给予了很高的评价，也可见他们两人同时具有内在美，且他们之间存在着很深的情谊。事实上，两人确实如此。史书记载，夏侯湛"幼有盛才，文章宏富，善构新词，而美容观，与潘岳友善"，而潘岳除了以貌美闻名，他的文采也享誉一时。南朝梁批评家钟嵘曾在《诗品》中有言："陆才如海，潘才如江。"

【原文】

裴令公[①]有俊容姿，一旦有疾，至困[②]，惠帝使王夷甫[③]往看。裴方向壁卧，闻王使[④]至，强回[⑤]视之。王出，语人曰："双眸闪闪若岩下电，精神挺动[⑥]，体中故小恶[⑦]。"

【注释】

①裴令公：指裴楷。②困：病重。③王夷甫：指王衍，字夷甫。④王使：君主帝王派来的使者。⑤强回：勉强转身。⑥挺动：晃动，这里形容精神恍惚。⑦小恶：小病。

【译文】

裴楷容姿俊美，有一天生了病，病重时，晋惠帝派王衍前去看望。裴楷面壁而卧，听说王衍到了，就勉强转过身来看。王衍出来，对别人说："裴楷双眸闪闪，如山崖下的雷电，但精神恍惚，身体确实有点小病。"

【解读】

生病的人精神状态都不好，萎靡不振，眼神黯淡。然而裴楷却不同，他即使病重，双眸仍旧闪闪发亮，以至王衍认为他只是有点小毛病。这说明的裴楷的美是一种不可抵挡的美，以至病魔都无法掩盖其光芒。《晋书》中对裴楷的美有描述："楷风神高迈，容仪俊爽，博涉群书，特精理义，时人谓之'玉人'，又称'见裴叔则如近玉山，映照人也'。"

【原文】

有人语王戎曰："嵇延祖[①]卓卓[②]如野鹤之在鸡群。"答曰："君未见其父[③]耳。"

【注释】

①嵇延祖：嵇绍，字延祖，谯国铚人，嵇康之子。晋朝大臣，官至侍中。后因舍身保卫晋惠帝而身亡。②卓卓：超然挺拔的样子。③其父：指嵇绍的父亲嵇康。

【译文】

有人对王戎说："嵇延祖超然挺拔，如鹤立鸡群。"王戎说："你是没有看见他的父亲。"

【解读】

当看到一个人出类拔萃时，人们往往不由感叹自己见到了"鹤立鸡群"的人物。殊不知，天外有天，人外有人，一山更比一山高。王戎的回答，正指出了这个道理。不过，王戎本意并不在于说明这一点，而更在于赞叹嵇康的美貌和自己对他的高度认同。王戎的话，大有"曾经沧海难为水，除却巫山不是云"的感慨。

【原文】

裴令公[①]有俊容仪，脱冠冕，粗服乱头[②]皆好，时人以为"玉人"。见者曰："见裴叔则，如玉山上行[③]，光映照人。"

【注释】

①裴令公：指裴楷。②粗服乱头：穿粗布衣服，头发蓬乱。③上行：在上面行走。

【译文】

裴楷仪容俊美，脱去精致的帽子，穿着粗布衣服，头发蓬乱，依然美好。当时的人称他"玉人"。见到他的人说："看见裴楷，就像走在玉山上，光彩照人。"

【解读】

真正的美，无论你穿什么，头发怎么乱，别人也能看出你的美。当然，真正的美除了要有外貌的铺垫，还需要跟人的精神气质做衬托。即使长得貌若天仙，但如果精神颓废，别人也不可能说你美。裴楷不仅人长得好看，还非常有气质，他的美好当然就势不可挡。

【原文】

刘伶[①]身长六尺，貌甚丑悴[②]，而悠悠忽忽[③]，土木形骸[④]。

【注释】

①刘伶：字伯伦，魏晋时期沛国人。"竹林七贤"之一。喜欢喝酒，曾作《酒德颂》，宣扬老庄思想和纵酒放诞之情趣，对传统"礼法"表示蔑视。②丑悴：丑陋。③悠悠忽忽：酒醉的样子。④土木形骸：如土木般自然质朴，不加修饰。

【译文】

刘伶身长六尺，相貌很丑陋，但他飘忽自在，如土木般自然质朴。

【解读】

刘伶是"竹林七贤"之一，他个性放荡不羁，嗜酒如命。在思想上，他推崇无为而治，崇尚自然，对人情世事很冷漠。刘伶曾对仆人说，如果他醉死了，醉在何处就将他葬在何处。他还曾赤裸于屋内饮酒，被人讥讽后他说："我以天地为屋，以屋为衣裤，你为何闯入我的裤裆来？"这两句话表现出了刘伶超然于万物的智慧。这样一个人，他从天地之大而知自己的渺小，又从一己之小而知自己的重要。所以，他既不会自大也不自卑。外貌对他来说，不过是一层皮，他是不会以外貌论英雄的。刘伶就在他的著作《酒德颂》里提到这一思想智慧，他自称“大人先生者”，说自己“以天地为一朝，万朝为须臾”，“行无辙迹，居无室庐，暮天席地，纵意所如”。

虽然貌丑，但刘伶不卑不馁，他只管做简单通透的自己，把一身才情寄于酒中，因此给人以飘忽而自然质朴的感觉。

【原文】

骠骑王武子[①]是卫玠[②]之舅，俊爽有风姿。见玠，辄叹曰：“珠玉在侧，觉我形秽。”

【注释】

①骠骑王武子：指王济，字武子，太原晋阳（今山西太原）人，名士。西晋大将军王浑的次子。性情豪放，有才华，善清谈。官至太仆，死后赠骠骑将军，故称骠骑王武子。②卫玠：字叔宝，河东安邑人。魏晋著名的清谈名士和玄学家，曾任太子洗马。有美貌，但瘦弱多病，死时年仅岁。

【译文】

骠骑王武子是卫玠的舅舅，风姿俊朗洒脱。见到卫玠，他却叹息说：“珍珠美玉在一旁，让我觉得自己很丑陋。”

【解读】

王武子长得英姿飒爽，在卫玠面前尤叹自己丑陋，由此可见卫玠是个极其俊美的人。《晋书》中描写卫玠“风神秀异”，连他祖父卫瓘都不由夸赞说：“此儿有异于众，顾吾年老，不见其成长耳！”又说每当卫玠乘车入市时，“见者皆以为玉人，观之者倾都”。

【原文】

有人诣王太尉[①]，遇安丰、大将军、丞相[②]在坐。往别屋，见季胤、平子[③]。还，语人曰：“今日之行，触目见琳琅珠玉。”

【注释】

①王太尉：王衍。②安丰、大将军、丞相：指王戎、王敦、王导。③季胤、平子：指王诩、王澄。二人都是当时的名士。

【译文】

有人拜见王衍，遇到王戎、王敦、王导都在座。到了另外一个房间，看见王诩、王澄。回来后，对人说：“我这次出行，看到的都是珠宝和美玉。”

【解读】

说自己“今日之行，触目见琳琅珠玉”的人，心里必定异常开心，感觉不虚此行。从他的感叹中可以看出来，王衍、王导等人都是极其优秀的人，他们有的有才，有的有貌，有的则才貌兼备。这不并奇怪，这些人本是一族人。王诩、王澄是王衍的弟弟，王戎、王敦是他们的堂兄，而王敦也是王导的堂兄。这些人同出于有名的琅邪王氏，是魏晋时期的一大家族，在朝中掌有重要政权，地位名望之高，其他家族根本没法相比。

【原文】

王丞相[①]见卫洗马[②]，曰：“居然有羸[③]，虽复终日调畅，若不堪[④]罗绮[⑤]。”

【注释】

①王丞相：王导。②卫洗马：指卫玠，曾任太子洗马。③羸（léi）：形体瘦弱。④不堪：不能承受。⑤罗绮：指丝绸制的衣裳。

【译文】

王导见到卫玠，说："居然有这么瘦弱的身体，虽然终日调理，好像也不能承受罗绮衣衫。"

【解读】

卫玠被人比作玉，传闻他一进城，百姓蜂拥观之，他的美可以"倾都"。卫玠美而虚弱，这大概是他的美不同于常人的原因。

然而，独特性的美是不可以靠刻意追求得来的。它应是来自于天然，又或者出自个人的习性、志向。一旦刻意，美也就假了。

【原文】

王大将军[①]称太尉[②]："处众人中，似珠玉在瓦石间。"

【注释】

①王大将军：指王敦。②太尉：王衍。

【译文】

王敦称赞太尉王衍："伫立在众人中，好似珠玉在瓦砾石头之间。"

【解读】

魏晋时期形容一个人美的时候，常拿众人跟他比较，以突出其外貌。嵇绍的美被赞为如"鹤立鸡群"，王衍的美被王敦比作"珠玉在瓦"，都是如此。比较产生好坏、美丑、黑暗、善恶、高低，从这点来说，世界万物的性质无不是在比较得出的。有比较才有鉴别，也才有事物的真面目。

【原文】

庾子嵩[①]长不满七尺，腰带十围[②]，颓然[③]自放。

【注释】

①庾子嵩：庾敳。②围：量词，一围大约五尺。腰带十围，形容腰围粗大。③颓然：奔放洒脱的样子。

【译文】

庾子嵩身长不满七尺，腰带有十围，但为人优雅，奔放洒脱。

【解读】

人是由肉体和思想灵魂组成的，外貌作为肉体的一部分，在整体中所占比例很小，它也不是最终决定一个人本质的因素。最终决定一个人是什么人的，是他人内在的部分，包括思想、情感、个性、才能等。因此。当外貌长得不尽如人意时，大可不必失魂落魄，自惭形秽，更不应自卑自弃。修身养性，培养良好的心态、性格，那么内在的优点可以掩盖外貌的缺陷。庾敳虽然长得身矮体胖，但人们还是欣赏他，就是以为他的个性迷人。

【原文】

卫玠从豫章至下都[①]，人闻其名，观者如堵墙[②]。玠先有羸疾[③]，体不堪[④]劳，遂成病而死，时人谓"看杀卫玠"。

【注释】

①下都：到都城建康。②堵墙：墙壁。③羸疾：瘦弱多病。④不堪：不能承受。

【译文】

卫玠从豫章来到京都建康，人们久闻他的名气，观看者如一堵墙。卫玠本来体弱多病，不堪劳苦，遂生病死了，当时的人评论说“看杀卫玠”。

【解读】

卫玠美而体弱，他的舅舅王武子把他比作“玉人”，王导曾说真担忧他的身体撑不起一件衣衫。从“美应该是健康美好的”这一前提来说的话，卫玠的美其实是一种病态的美。这样的美是不值得推崇的。因为，凡是“病”都是危险的。一旦生命堪忧，美也将不存在。我们当然可以追求美，但应该要知道，真正的美丽会使别人敬重你，而不是好奇。此外，真正的美丽是健康的，而不是以生命为代价获得某种名声。

【原文】

周伯仁①道桓茂伦②：“嵚崎③历落，可笑人④。”或云谢幼舆⑤言。

【注释】

①周伯仁：指周顗。②桓茂伦：即桓彝，字茂伦，晋谯国龙亢人，大司马桓温之父。历任州主簿、骑都尉、安东将军、丞相中兵属、拜散骑常侍等职位。晋成帝初，苏峻起兵作乱，桓彝为报国而死。追赠廷尉，谥曰简，后改赠太常。桓彝有识鉴，善于提拔人才。③嵚崎：山高俊的样子。④可笑人：了不起的人，能够傲视别人的人。⑤幼舆：谢鲲。

【译文】

周顗赞美桓彝：“挺拔磊落，是个了不起的人。”有人说这句话是谢鲲说的。

【解读】

周顗对桓彝的评价，是从桓彝的个性上说的。桓彝是东晋功臣，他在苏峻叛乱时领兵抵抗叛军。因前锋部队败给了叛军，桓彝的部下唯恐无法取胜，建议桓彝向敌人求和，暂且避开敌人的锋芒。桓彝听下属们的建议后痛斥说：“吾受国厚恩，义当致死焉，能忍垢蒙辱，与丑逆通问，如其不济，此则命也。”他坚持抗战，死守城池，最终在撤退时被叛军所杀。

【原文】

周侯①说王长史父②：“形貌既伟③，雅怀有概④，保⑤而用之，可作诸许物⑥也。”

【注释】

①周侯：指周顗。②王长史父：指王濛的父亲王讷。③伟：指身材魁梧。④概：非凡的气度。⑤保：珍惜。⑥诸许物：很多事。诸许，很多，诸多。

【译文】

周顗评价长史王濛的父亲王讷：“形貌伟岸，有高雅的情怀，卓越的气度。珍惜并能运用这些优点，可以成就很多事。”

【解读】

即使不是像王讷一样情怀高远、气度不凡，只要有效利用自身的优点，也可以成就大事。每个人都是有优点的，只是很多时候我们没有把那些优点当回事，又或者我们更多的时间里被缺点束缚了，施展不出优点。也许正是因为这样，周顗才为之遗憾。

【原文】

祖士少①见卫君长②云：“此人有旄仗③下形④。”

【注释】

①祖士少：祖约。②卫君长：指卫永，字君长，官至左军长史。③旄（máo）仗：旄节，使臣或者镇守一方的军政长官的信物。④形：形貌风范。

【译文】

祖约见到卫永，说道："此人有做将帅的相貌风范。"

【解读】

一个人的外貌不仅是他面容、服饰的体现，还是他内在气质的反映。气质即品行、人格、志向、精神等方面综合起来后给人的感觉。从一个人的外貌可以看出来他可能成为什么样的一个人，以及他是个什么样的人。在平时生活中，我们要想给人良好的印象，就要在注重自己的外貌打扮的同时也注重自身的修养。

【原文】

石头事故[①]，朝廷倾覆，温忠武[②]与庾文康[③]投陶公[④]求救。陶公云："肃祖顾命不见及[⑤]。且苏峻作乱，衅[⑥]由诸庾，诛其兄弟，不足以谢天下。"于时庾在温船后，闻之，忧怖无计。别日，温劝庾见陶，庾犹豫未能往。温曰："溪狗[⑦]我所悉，卿但见之，必无忧也。"庾风姿神貌，陶一见便改观[⑧]，谈宴竟日，爱重顿至[⑨]。

【注释】

①石头事故：指的是晋咸和二年，历阳太守苏峻以诛杀庾亮为名，举兵叛乱，攻陷都城建康，挟持晋成帝到石头城。后被陶侃、温峤等剿灭。②温忠武：指温峤。③庾文康：指庾亮。④陶公：陶侃。⑤肃祖顾命不见及：指晋明帝临终前委任的顾命大臣中不包括陶侃。肃祖：晋明帝的庙号。⑥衅：罪责。⑦溪狗：陶侃的小名。⑧改观：改变看法。⑨爱重顿至：喜爱和器重一下子都来了。顿，立刻，一下子。

【译文】

苏峻叛乱，京都被攻陷，晋成帝被挟持到石头城。温峤与庾亮向陶侃求救。陶侃说："肃祖临终前委任的顾命大臣中不包括我。况且苏峻作乱，诸庾姓人应该负责任，杀了庾家兄弟也不足以向国人谢罪。"当时庾亮在温峤的船后舱，听到后，很是忧虑害怕，一点办法都没有。过了几天，温峤劝庾亮去见陶侃，庾亮犹豫不决，不敢去。温峤说："陶侃这个人我了解，你只管去，一定没事。"庾亮风姿超凡，陶侃见到后便改变了看法，畅谈了一天，一下子就喜欢他了。

【解读】

陶侃本想杀庾亮，却在见到庾亮后没有了杀心，反倒对庾亮起了钦佩、欣赏之意。其中的原因，固然跟他之后对庾亮的了解，以及对大局的判断有关。但从另一方面来说，庾亮能让苏峻接受谈判，却是得益于他能使陶侃"一见便改观"的"风姿神貌"。也就是说，如果庾亮长得猥琐阴险，没有英雄的气质，估计陶侃也不会对他产生好感。由此可见，是否拥有良好的外貌气质，影响做事的成败。要想说服某个比自己强大的人，或者取得别人的信任，你不能以一副吊儿郎当的寒碜样去与人打交道，而应力使自己的形象显得可观、正直。当然，这样的气质并非单靠服饰就能呈现出来的，而是与个人平时的休养、人格有关。《晋书》记载庾亮"风格峻整，动由礼节"。庾亮能展现出这样的"风姿神貌"，是因为他本来就气度不凡。

【原文】

庾太尉[①]在武昌[②]，秋夜气佳景清[③]，佐吏[④]殷浩、王胡之之徒登南楼理咏[⑤]，音调始遒[⑥]，闻函道中[⑦]有屐声甚厉[⑧]，定是庾公。俄而率左右十许人步来，诸贤欲起避之，公徐云："诸君少住[⑨]，老子于此处兴复不浅。"因便据胡床[⑩]，与诸人咏谑[⑪]，竟坐甚得任乐。后王逸少[⑫]下，与丞相言及此事，丞相曰："元规[⑬]尔时风范，不得不小颓[⑭]。"右军答曰："唯丘壑[⑮]独存。"

【注释】

①庾太尉：指庾亮。②武昌：郡名。③气佳景清：天气好，景色也清丽。④佐吏：僚属，处于辅佐地位的人。⑤理咏：咏唱诗歌。⑥遒（qiú）：雄健有力。⑦函道中：楼道里。⑧厉：急促。⑨少住：稍作停留。⑩胡床：亦称“交床”、“交椅”、“绳床”，是古时一种可以折叠的轻便坐具。⑪咏谑：吟咏戏谑，开玩笑。⑫王逸少：指王羲之。⑬元规：指庾亮，字元规。⑭小颓：稍微减弱。⑮丘壑：指纵情山水之间的情怀。

【译文】

庾亮镇守武昌时，秋天夜里空气爽快，景色清朗，属下官吏殷浩、王胡之等人登上南楼咏唱诗歌。音调刚刚到了高昂的时候，听到楼道里有很重的木屐声，一定是庾亮。过了一会，庾亮带着十几个人走上来，诸位贤士想起身回避。庾亮不急不忙地说：“诸位稍请留步，我对这方面的兴趣也不浅。”于是依靠在胡床上与诸人吟咏戏谑，满座都尽情欢乐。后来王羲之来到建康，把此事告诉丞相王导，王导说：“庾亮那时的风姿不得不减退了。”王羲之说：“不过超脱的情怀还在。”

【解读】

庾亮原来执掌朝政，有重权在手，可谓春风得意。然而，苏峻之乱后，他深感自己失责，于是引咎从高位退居下来，镇守武昌。这时，他春风得意的时光已去。殷浩、王胡之等恐怕庾亮失意怅然，于是在进行高昂欢快的闲谈时不敢让庾亮看到。庾亮知道下属们的心意，但他却表现出了超脱豁达的一面，大方地说自己同样对吟诗唱歌有兴趣。庾亮原本是一个专注于政事、有理想抱负的人，如今却甘于同清谈名士吟诗闲谈，并以此为乐。王导因此说他风姿减退了，没有了当年的豪迈壮志。王羲之却指出了庾亮的超脱放达的一面，说明庾亮不以境遇为悲喜的精神难能可贵。王羲之所指其实道出了一个人生真谛：境遇随时会变，但只要高贵超脱的精神不变，一个人就值得人钦佩。

【原文】

王敬豫[①]有美形，问讯[②]王公[③]。王公抚其肩曰：“阿奴恨才不称[④]！”又云：“敬豫事事似王公。”

【注释】

①王敬豫：王恬，字敬豫，东晋琅玡临沂人。王导次子。多技艺，尤其擅长围棋。因少时尚武，不被王导看好。后官至中军将军、会稽内史。②问讯：问候。③王公：王导。④不称：不相称。

【译文】

王恬外表美好，有一次他去问候父亲王导，王导拍着他的肩膀说：“阿奴，遗憾的是你的才能跟你的外表不相称！”又有人说：“王恬每个地方都像王导。”

【解读】

王恬多才艺，爱武术，善隶书，又精通棋艺，是当时的围棋高手。王导却仍认为王恬的才能赶不上他的外貌，可见王恬的外貌极其俊美。从这一角度来说，当时人认为王恬就是王导的模子，是一种反驳王导的评论。它说明了王导对王恬的评价正是对他自己的评价。

【原文】

王右军[①]见杜弘治[②]，叹曰：“面如凝脂，眼如点漆，此神仙中人。”时人有称王长史[③]形者，蔡公[④]曰：“恨诸人不见杜弘治耳！”

【注释】

①王右军：王羲之。②杜弘治：指杜乂，字弘理，成恭皇后之父，尚书左丞杜锡之子。性情温和，有美貌，盛名于江东。③王长史：指王濛。④蔡公：指蔡谟，字道明，陈留考城人。东晋

大臣，官至司徒。

【译文】

王羲之见到杜乂，感叹说："面如凝脂，眼如点漆，像一位神仙。"当时有称赞王濛外貌姣好的人，蔡公说："遗憾的是你们没有见过杜乂啊！"

【解读】

极致的美能让人生出超乎寻常的崇拜，和对美消逝的遗憾。正如王羲之、蔡公感叹杜乂的美。不过，因为本来人们对美的审美定义就不同，所以他们两人的感叹也可能有偏颇之嫌。也就是说，可能是杜乂并没有他们夸赞的那样美，只不过他体现出来的气质刚好符合王羲之和蔡公的审美标准罢了。

【原文】

刘尹①道桓公②：鬓如反猬皮③，眉如紫石棱④，自是孙仲谋⑤、司马宣王⑥一流人。

【注释】

①刘尹：刘惔，字真长。②桓公：桓温。③反猬皮：指刺猬的鬃毛向上竖起。④紫石棱：紫石英的棱角。⑤孙仲谋：指孙权，字仲谋，吴郡富春（今浙江富阳）人，三国时期东吴的建立者。⑥司马宣：指司马懿，字仲达，河内郡温县孝敬里人。三国时期魏国的权臣，西晋王朝的奠基人，被封为宣王。其孙司马炎称帝后，追尊司马懿为宣皇帝。

【译文】

刘惔评论桓温："鬓毛像刺猬竖起来的鬃毛，眉毛像紫石的棱，应该是孙仲谋、司马宣王一类的人。"

【解读】

从外貌可见一个人的气质，从气质可知一个人有无理想抱负。所以，有的人即便其貌不扬，但因它内心有着远大的志向，所以仍能让人一眼看出他的不平凡。刘坦对桓温鬓毛、眉毛的评论，以及拿他与孙权、司马懿比较，就是为了说明桓温这个人具有高远的志向。

总之，精神气质全在外貌上。因此，注重自己的外貌气质是很重要的。精神面不好，给人的感觉也不好。

【原文】

王敬伦①风姿似父。作侍中②，加授桓公，公服③从大门入。桓公望之曰："大奴固自有凤毛④。"

【注释】

①王敬伦：指王劭，字敬伦，小字大奴。琅邪临沂人。东晋大臣及书法家，丞相王导第五子。历任东阳太守、吏部郎、司徒左长史、丹阳尹。桓温很器重他，迁任吏部尚书，后转尚书仆射，领中领军。后来调到边关，任建威将军。死后赠车骑将军，谥号为简。②作侍中：此处疑有误。王劭未曾做过侍中。③公服：官服。这里指穿着官服。④凤毛：先人的气度风采。魏晋时，人们对有才能并且能跟父辈一比高下的人，称为"有凤毛"。

【译文】

王劭的风姿很像他的父亲王导。他做侍中时，给桓温加授官爵，穿官服从大门而入。桓温远远地看着他说道："大奴确实有他父亲的气度。"

【解读】

世间的美有多种。家庭遗传的美浑然天成，还彰显了生命传递的真理，弥补了美逝去的遗憾，往往更令人心生敬畏。从桓温对王劭的赞叹中可以听出他对这种美的由衷欣赏，以及对王导的风度魅力的褒扬。

【原文】

林公[①]道王长史[②]："敛衿[③]作一来[④]，何其轩轩韶举[⑤]！"

【注释】

①林公：支遁。②王长史。③敛衿：提起衣襟。④作一来：做一个动作时。来：……的时候。⑤轩轩韶举：指气度不凡，仪态轩昂，举止美好。韶：美好。

【译文】

支遁评论王濛："看他整理衣襟，每个动作都是那么的轩昂美好。"

【解读】

王濛性情优雅，为人随和，支遁因此说他的动作美好。然而，从支遁和王濛的关系来看，支遁的评价可能掺杂了个人感情而言过其实。支遁和王濛本是相交至深的一对朋友，他们互相欣赏，很少评论对方的坏。所谓爱屋及乌，支遁说王濛每个动作都美好，难免有夸张之嫌。

【原文】

时人目[①]王右军[②]"飘如游云，矫如惊龙"。

【注释】

①目：评价。②王右军：指王羲之。

【译文】

当时的人评论王羲之"如游云般飘逸，如惊龙般矫健"。

【解读】

王羲之是有名的书法家，他的字气势遒劲而委婉，世人常用曹植《洛神赋》中的"翩若惊鸿，婉若游龙"来赞美其书法之美。对比时人对王羲之个人的评价，可见他的字的美跟他个人品性、人格的美是相似的。也就是说，其书法的美源于他人格的美。

【原文】

王长史[①]尝病，亲疏不通[②]。林公来，守门人遽启之[③]曰："一异人在门，不敢不启。"王笑曰："此必林公[④]。"

【注释】

①王长史：指王濛。②不通：不接待。③遽（jù）启之：急急忙忙禀报王濛。遽：急忙。启，禀报。④林公：支遁，字道林，世称支公，也称林公。

【译文】

有一次王濛生病，亲戚朋友一律不见。支遁来拜访他，守门人急急忙忙地禀报王濛说："门外有一个怪人，不得不禀报您。"王濛笑着说："此人一定是支遁。"

【解读】

支遁的外貌怪在何处，本段短文并无记载，史书也没有相关记录。支遁的五官也许并不奇怪，只是他的气质与众不同而已。在魏晋，一个人具有与众不同的气质就会被人称为"异人"。支遁是王濛的好友，王濛自然知道他的气质，所以他不用守门人告知外貌，而只听"异人"一词就可以判断来人是支遁。

【原文】

或[1]以方谢仁祖[2]不乃重[3]者，桓大司马[4]曰：“诸君莫轻道[5]，仁祖企脚[6]北窗下弹琵琶，故自有天际真人想[7]。”

【注释】

①或：有的人。②谢仁祖：谢尚。③重：看重，重视。④桓大司马：指桓温。⑤轻道：瞧不起，轻视。⑥企脚：踮起脚。⑦天际真人想：天边得道真人的情怀。想：情怀，心境。

【译文】

有的人谈论起谢尚有点不尊重，桓温说：“诸位不要轻视谢尚，他曾经在北窗下踮着脚弹琵琶，很有天边得道真人的情怀。”

【解读】

谢尚个性放荡不羁，因此可能会使得别人对他的尊重降低了一等。然而他才华卓越，深受桓温器重。从桓温的话还可以看出来他对谢尚的气质非常欣赏。他把谢尚喻为得道真人，说明在他看来，谢尚的超然自在足以让众人折服。

桓温虽没有点明谢尚外貌上的特点，然而谢尚的形象却生动地展现出来了。这又表明了，一个人的形象，重在“神”，而不在于“形”。而一个人值不值得尊重，也在于他整体给人的感觉，而不是以点出发，从单方面论定。

【原文】

王长史[1]为中书郎[2]，往敬和[3]许[4]。尔时积雪，长史从门外下车，步入尚书，著公服，敬和遥望，叹曰：“此不复似世中人！”

【注释】

①王长史：指王濛。②中书郎：古代官名，即中书侍郎，主要负责编撰史书。③敬和：指王洽。④许：指住所。

【译文】

王濛做中书郎时，去拜访王洽。当时地上有积雪，王濛在外面下了车，穿着公服，来到尚书省。王洽在远处望着他，赞叹道：“此人不是凡间的人吧。”

【解读】

王濛本就超凡脱俗，支遁曾赞他每一个动作都美好至极。这样一个人，有遍地白雪这样的背景做衬托，以白雪的纯洁之美配上自己的超脱清逸之美，必定是一幅美得令人心仪的画面。所以难怪王洽会发出这样的感叹。

【原文】

简文[1]作相王时，与谢公[2]共诣桓宣武[3]。王珣先在内，桓语王：“卿尝欲见相王，可住[4]帐里。”二客既去。桓谓王曰：“定[5]何如？”王曰：“相王作辅，自然湛若神君[6]。公亦万夫之望，不然，仆射[7]何得自没[8]？”

【注释】

①简文：指简文帝司马昱。②谢公：指谢安。③桓宣武：指桓温。④住：停留，停下。⑤定：究竟，到底。⑥湛若神君：清澈得像神君一样。⑦仆射：这里指谢安。⑧自没：自我委屈，甘心在别人之下。

【译文】

简文帝做相王时，与谢安一起去拜访桓温。王珣先到了桓温那里，桓温对他说：“你一直想见相王，可以躲在帐幕后面。”简文帝、谢安走后，桓温问王珣：“究竟怎么样？”王珣说：“相王辅政，自然会像神君一样清澈。而您也是受到万民敬仰的，不然谢安怎么会甘心屈居您之下？”

【解读】

桓温一直有谋逆之心，想取代司马氏，登上君王之位。简文帝是晋元帝的少子，此时虽是相王，但继位成为新皇帝不无可能。桓温让王珣拿他与简文帝比较，其意并不在于比较相貌，而是通过相貌比较谁更有称王的气质。

王珣的回答指出了简文帝有做明君的神韵，等同于表明了自己的政治立场。然而为了不得罪桓温，他又拿出众的谢安对比桓温，以谢安甘于屈居桓温之下说明桓温的优势也很鲜明。

【原文】

海西①时，诸公每朝，朝堂犹暗；唯会稽王②来，轩轩③如朝霞举④。

【注释】

①海西：指海西公司马奕，字延龄。东晋的第七位皇帝，晋成帝之子，在位六年。后被桓温废为东海王，又降为海西公。②会稽王：这里指司马昱。③轩轩：气宇轩昂的样子。④举：升起。

【译文】

司马奕在位时，诸位官员每次上朝，朝堂上都会暗淡无光。唯有会稽王司马昱来到，气宇轩昂，生气勃勃，如同朝霞升起。

【解读】

司马奕被拥有强权的桓温所威慑，成为一个不敢抵抗的傀儡皇帝。他的精神是颓靡不振的，无法令观者振奋起来，甚至还造成了全场黯淡无光的局面。司马昱本来就清秀俊美，气质突出。此外，他对待桓温的态度还跟司马奕不同。他积极地想方设法，力图与桓温抗衡，这又使得他的美具有了感染人的力量。所以，群臣看到他时感觉好像看见朝阳升起。

【原文】

谢车骑①道②谢公：“游肆③复无乃高唱，但恭坐捻鼻顾睐④，便自有寝处山泽间⑤仪。”

【注释】

①谢车骑：指谢玄。②道：评论。③游肆：走在集市上。肆：集市。④顾睐：环顾四周。⑤寝处山泽间：在山林水泽之间栖息，指隐居生活。谢安隐居四十年才出仕。

【译文】

谢玄评论谢安：“走到集市上，他只需正襟危坐，做洛下书生咏的神情，不需向世人表达自己的思想，就能给人一种隐居山林之间的仪态。”

【解读】

真性情无须表演，也无须多说，一言一行，甚至无言无行，就足以让人看出他的个性。相反，虚伪的或者分量不足的东西，才会借助外物的修饰。所以说，如谢安一样的超脱也好，其他如率真、真诚、优雅之类的品性也好，只要是纯度够真，浓度够高，无须表演，只需自然而然，就能让人承认它的真实性。而唯有这样的呈现，才足以让真成为真。否则，太过于求真，反回失真。

【原文】

谢公①云：“见林公②双眼黯黯明黑③。”孙兴公④见林公：“棱棱⑤露其爽。”

【注释】

①谢公：指谢安。②林公：指支遁。③黯黯明黑：形容眼睛又黑又亮。黯黯：幽黑的样子。④孙

兴公：指孙绰。⑤棱棱：威严的样子。

【译文】

谢安说："林公的双眼幽黑明亮。"孙绰见到林公说道："威严中露着豪气。"

【解读】

眼睛最传神，从眼睛可以看出一个人的为人。眼睛明亮的人，内心也清亮。这样的人，他可能像一个内心无比纯洁、不谙世事的婴儿，也可能如支遁一样，能看透世事，不为世俗所束缚。

眼神还决定一个人的表情，由表情可知一个人的性格。所以说，一个人为人如何，其实全写在脸上。孙绰对支遁的评价也正是基于这个道理。

【原文】

庾长仁①与诸弟入吴，欲住亭②中宿。诸弟先上，见群小③满屋，都无相避意。长仁曰："我试观之。"乃策杖将④一小儿，始入门，诸客望其神姿⑤，一时退匿⑥。

【注释】

①庾长仁：指庾统，字长仁，小字赤玉。少有美名，才华横溢，有容貌。历任建威将军、宁夷护军、寻阳太守等职。②亭：指驿亭。③群小：指老百姓。④将：领着，带领。⑤神姿：神情仪态。⑥一时退匿：立刻避让。一时：一下子，顿时。匿：躲避。

【译文】

庾统与几个弟弟来到吴郡，想在驿亭中留宿。几个弟弟先进去，发现满屋的老百姓，谁都不想回避。庾统说："我去看看。"于是手拿一只拐杖，带着一个小孩，进了门。其他客人看到他的风姿，一下子躲开了。

【解读】

在别人对你不了解的情况下，即使你的德行足以令人敬仰，但你原有的外貌气质也许仍较难将你美好的内在完全展露出来。这时候，必要的场景、道具是必不可少的。在文学上，这叫以景衬人。庾统正是用了这一手法，将自己的威严用一只拐杖和一个小孩衬托出来。

【原文】

有人叹王恭①形茂②者，云："濯濯③如春月④柳。"

【注释】

①王恭：字孝伯，小字阿宁，太原晋阳人。东晋大臣，王濛之孙，王蕴之子。官至前将军、青兖二州刺史，曾两次起兵讨伐权臣，但第二次起兵时，因军中叛乱，兵败身死。②形茂：外形美好。茂：美好的意思。③濯（zhuó）濯：明亮的样子。④春月：指春天，春季。

【译文】

有人赞叹王恭的相貌美好，说："像春日里的柳树一样明亮清新。"

【解读】

赞誉王恭为春天的柳树，其实不再是从身形上去赞美他，而是从内在上。春日之柳最明显的特点就是生机勃勃，飘逸自如。王恭的性格开朗清澈，他为人最大的特点就是刚正秉直，坦率真诚。他最后也因这一性格而被执掌朝政的司马道子所杀，临死时他仍保持自身高风亮节的精神，说自己一生所为无愧于天地。如此洒脱奔放的性格，与春柳呈现出的生气和飘逸是相似的。所以，人们拿他与春柳相比。

自新第十五

【原文】

周处①年少时，凶强侠气②，为乡里所患，又义兴水中有蛟③，山中有邅迹虎④，并皆暴犯百姓，义兴人谓为"三横⑤"，而处尤剧。或说处杀虎斩蛟，实冀⑥三横唯余其一。处即刺杀虎，又入水击蛟，蛟或浮或没，行数十里，处与之俱，经三日三夜，乡里皆谓已死，更相庆。竟杀蛟而出。闻里人相庆，始知为人情⑦所患，有自改意。乃自吴寻二陆⑧，平原⑨不在，正见清河⑩，具以情告，并云："欲自修改而年已蹉跎，终无所成。"清河曰："古人贵朝闻夕死⑪，况君前途尚可。且人患志之不立，亦何忧令名⑫不彰邪？"处遂改励⑬，终为忠臣孝子。

【注释】

①周处：字子隐。东吴吴郡阳羡人，鄱阳太守周鲂之子。吴亡后周处仕西晋，因刚正不阿，得罪权贵，被派往西北讨伐氐羌叛乱，战死于沙场。②凶强侠气：凶狠强悍，横行乡里。③蛟：蛟龙。古代传说的一种龙，能够发水。④邅（zhān）迹虎：跛足老虎。⑤三横：三种祸害。⑥冀：希望，期望。⑦人情：人心。⑧二陆：陆机、陆云兄弟二人。陆机，字士衡，西晋文学家、书法家，归晋后官至平原内史；陆云，字士龙，官至清河内史。陆机是陆云二人都以文学著称，合称"二陆"。⑨平原：指陆机。⑩清河：指陆云。⑪ 朝闻夕死：语出《论语·里仁》，子曰："朝闻道，夕死可矣。"意思是早晨得知真理，晚上死了都行。⑫ 令名：美好的名声。令：美好的。⑬ 改励：改过自新，努力上进。励：激励，勉励。

【译文】

周处年少时，凶狠强悍，横行乡里，为害一方。当时人们把他和义兴水中的蛟龙，山中的跛脚老虎，合称"三横"，而周处危害最大。有人说服周处去杀老虎斩蛟龙，实际上是希望只留下一个祸害。周处上山杀了老虎，又入水去杀蛟龙。蛟龙在水中起起伏伏，行了数十里，周处也跟蛟龙一起去了。三天二夜后，人们以为蛟龙和周处都死了，就相互庆贺。等周处杀了蛟龙回来，听到乡人们的庆祝声，才知道自己被人们视为祸害，才有悔改的意愿。于是周处到吴郡寻找陆机和陆云。周处没有见到陆机，正好见到陆云，就把实情告诉了陆云，并说："我很悔恨，决定改过自新，只是很多年蹉跎而过，恐怕不会有什么成就。"陆云说："古人看重'朝闻道夕死可矣'，况且你的前途很有希望。人怕的是不能立志，你何必担心能不能扬名呢？"周处于是改过自新并勉励自己，最终成了忠臣孝子。

【解读】

有一句话说，浪子回头金不换。最好且令人高兴的事情，莫过于一个误入歧途的人走回正道。因此古人说，"知错能改，善莫大焉"。然而，知错想改的人又常怕自己已经改得太晚了，又或者担心自己改不了，于是在犹豫、害怕中又做回了此前的自己。正如陆云所说，改正错误其实是需要立志的。明白道理还不行，还须用行动来贯彻道理。如果只是想而不做，那么就一点意义都没有。"朝闻道夕死可矣"，"可"的要点是你"闻道"之后按照"道"的理去做。要想做一个与此前完全不同的自己，是一件不容易的事，所以人改错也需要立志。有心悔改、立志而付诸行动，才能有所成就。扬不扬名，那已经是其次。

【原文】

戴渊[①]少时，游侠不治行检[②]，尝在江淮间攻掠商旅。陆机赴假[③]还洛，辎重甚盛。渊使少年掠劫，渊在岸上，据[④]胡床[⑤]指麾[⑥]左右，皆得其宜。渊既神姿峰颖[⑦]，虽处鄙事[⑧]，神气犹异。机于船屋上遥谓之曰："卿才如此，亦复作劫邪？"渊便泣涕，投剑归机，辞厉非常。机弥重之，定交[⑨]，作笔荐焉。过江，仕至征西将军。

【注释】

①戴渊：字若思，东晋大臣，广陵人。官至征西将军。王敦起兵反叛后，攻入京都，杀戮大臣，戴渊被杀。②不治行检：不修品行操守。③赴假：过完假期赶赴上任。④据：靠着。⑤胡床：在古代由胡地传入中原的一种交椅，很轻便。⑥指麾：同"指挥"。⑦峰颖：挺拔突出。⑧鄙事：肮脏之事。⑨定交：结为朋友。

【译文】

戴渊年少时，喜欢行侠仗义，不修品行操守，常常在江淮一带打劫客商。陆机休完假回洛阳，带着很多财物，戴渊带着一群年轻人打劫掠夺。戴渊在岸上，倚在胡床上指挥，安排得很得当。戴渊身姿挺拔突出，虽然处理打劫这种事，神色很不寻常。陆机在船屋上远远地对戴渊喊："你有这么好的才能，为什么做打劫之事？"戴渊听后便哭了，丢掉剑投奔陆机。他言辞激动，陆机也很看重他，跟他成了朋友，并写书信推荐他。渡江后，戴渊官至征西将军。

【解读】

在乱世之中，有的人为了过日子或者为了保全自身，会做出一些不符合自身品性的有违伦理道德的事情。戴渊行侠仗义，打劫客商，就属于这样的例子。此外，乱世之中，各种道德规范会降低，人也会比较放纵自己。所以，戴渊的所作所为，在原本的他看来，也许并没有什么不妥。然而，也正是因为他觉得自然、正常，将精力用在不正道的事情上，才忽略了自身的才能。当陆机一语点醒他后，他本性中做善、正直、有理想的部分被唤醒。他重新给自己定位，才发现自己原本的自己，以及自己可以做什么。戴渊由一个劫匪变成将军，固然有机遇的恩宠。但如果不是他改过自新，也无法取得这样的成就。所以说，做一个什么样的人，最终还是要靠自己决定。只要有能力，即便不用他人点拨，也应该积极地做更好的自己。

企羡第十六

【原文】

王丞相①拜司空②，桓廷尉③作两髻，葛裙④策杖，路边窥之，叹曰："人言阿龙⑤超⑥，阿龙故自超！"不觉至台门⑦。

【注释】

①王丞相：指王导。②司空：古代官名。魏晋时为三公之一。③桓廷尉：指桓彝。④葛裙：用葛布做的衣裙。⑤阿龙：王导的小名叫赤龙。⑥超：突出，超出平常人。⑦台门：晋朝时，朝廷禁省委台，禁城为台城，禁城门为台门。

【译文】

王导任司空时，桓彝头上扎了两个发髻，身穿葛布衣，手拿拐杖，假装成普通百姓，混迹在人群里偷窥王导的风采。看到王导后他赞叹说："人们都说王导不凡，王导确实不凡。"不觉得走到了台门。

【解读】

桓彝跟王导同年出生，他称呼王导的小名，可见他跟王导本是很熟悉的。那么，他为何要乔装打扮，混在人群中偷窥王导呢？也许是因为他原本就听别人评说王导的风采不凡，但他一直不服气，所以要以另一种身份远远地观看王导。摆脱了他原有的执念，他才发现王导确实不凡，由此发出感叹。这说明，一个人只有站在一个客观的角度，才能真正认识到自己和他人。

【原文】

王丞相过江，自说昔在洛水边，数与裴成公①、阮千里②诸贤共谈道。羊曼③曰："人久以此许卿，何须复尔？"王曰："亦④不言我须此，但⑤欲尔时⑥不可得耳！"

【注释】

①裴成公：指裴頠，字逸民，河东闻喜人。西晋名士，少有美名，善清谈。历任太傅从事中郎、左司马。封钜鹿公，死后谥成。②阮千里：阮瞻，字千里，陈留尉氏人。"竹林七贤"之一阮咸之子。性情高雅，精通音律，善清谈。③羊曼：字祖延，晋新泰县人。晋中兴之臣，官至丹阳尹。④亦：并。⑤但：只是。⑥尔时：那时。

【译文】

王导渡江后，自己说起昔日在洛水边多次与裴頠、阮瞻等贤士论道。羊曼说："人们很早就以此赞美你了，何须再重复此事？"王导说："并不是我要标榜自己，只是感叹那些时光不能再有了。"

【解读】

王导跟随晋世东渡，眼看着时过境迁，物是人非，心中自然感慨万千。对往日的好时光，他怎能不追忆？然而旁人只以为他的追忆是炫耀，并不懂得他心里的怅然和伤感。然而，又真的是旁人不懂吗？如果旁人不是羊曼，而是裴頠或者阮瞻之类曾跟王导相谈甚欢的人，或许不会做如此解释。所以说，羊曼的曲解可能是来自于他对王导的不理解。人与人的交际玄妙之处正在于此，你的言行，在不同的人眼中有不同的释义。所以，为了避免不必要的误会和麻烦，在什么样的人面前要说什么样的话。

【原文】

王右军[①]得人以《兰亭集序》[②]方《金谷诗序》[③]，又以己敌[④]石崇，甚有欣色。

【注释】

①王右军：王羲之。②《兰亭集序》：晋穆帝永和九年，王羲之与谢安、孙绰等名士在会稽举行兰亭聚会。王羲之为诸名士的诗写的序文，后人称《兰亭集序》。《兰亭集序》中记叙了兰亭周围山水之美和聚会的欢乐之情，内容、笔法都很完美，是王羲之的得意之作。③《金谷诗序》：晋惠帝元康六年，石崇、苏绍等名士在金谷涧饮酒作诗，集诗成册，由石崇作序，这就是有名的《金谷诗序》。④敌：比。

【译文】

王羲之得知有人以《兰亭集序》比《金谷诗序》，又把自己跟石崇比较，欣喜之情溢于言表。

【解读】

大多数人的人都有与人比较的心理，特别是想要确认自己某方面的好时，人们更想通过比较来加强这种确认感。这种比较的心理，说到底是一种不够自信同时又执着于名誉的心理。如果自信，他知道自己好在何处，不足又在哪里。他根本不想也无须与他人相比，而是会承认自己，取长补短，再接再厉。不自信，害怕自己不够好，才会以别人的好来衬托自己。

爱比较的人，被众人意见左右，执着于胜负，患得患失。从这点来说，不比较是自信，也是自谦。然而，连才学兼备的王羲之都不免会与人比较，足见拥有不与人比的心态不是一件容易的事情。因为，自信和谦虚，本就难得。不过，只要认识到人各有长短，这两中心心态还是可以培养的。

【原文】

王司州[①]先为庾公[②]记室参军，后取[③]殷浩为长史，始到，庾公欲遣王使下都[④]，王自启求住曰：“下官希见盛德[⑤]，渊源[⑥]始至，犹贪与少日周旋[⑦]。”

【注释】

①王司州：指王胡之。②庾公：指庾亮。③取：录用。④使下都：指到京都建康。⑤盛德：有大德之人。⑥渊源：指殷浩，字渊源。⑦周旋：指朋友间的往来。

【译文】

王胡之先来到庾公门下做记室参军，后来王胡之又任命殷浩为长史。殷浩刚到任，庾公想要派遣王胡之到京都建康。王胡之亲自请求留下，说：“下官一直希望能见到大德之人，殷浩才来，我还想再留几日与他交往。”

【解读】

人生路上，能找到一个自己真正喜欢欣赏的人不容易。如果有这么一个人出现，这样的机会如同升官发财的机会一样珍贵。理解这一点的人当然会抓住机会，因为他明白：机不可，失不再来。所以说，王胡之的行为是可以理解的。

从另一方面来说，他胆敢违抗领导的命令，还斗胆陈述自己违令的理由是想见一个钦慕已久的人——这样的行为是十分不妥的。一个人可以直爽，但在领导面前还是要顾及领导的面子为好。不过，王胡之敢这么做，也说明庾亮这个人的度量很大，不会因此而怪罪他。

【原文】

郗嘉宾[①]得人以己比苻坚[②]，大喜。

【注释】

①郗嘉宾：指郗超。②苻坚：字永固，十六国时期前秦的皇帝。苻坚在位前期励精图治，使前秦基本统一北方。但后来在伐晋的“淝水之战”中大败，自此前秦一蹶不振。

【译文】

郗超得知有人拿自己和苻坚相比，非常高兴。

【解读】

郗超只是桓温手下一个臣子，他虽有名望，然而远远比不上作为皇帝的苻坚。他被人们拿来与一个地位、名望成就都高于自己的人相比，心中自然大喜。这样的欢喜是正常的，它最起码表明了一个人有上进心理，想成为一个更优秀的人。所以，这时候喜形于色并无不妥。

【原文】

孟昶[①]未达[②]时，家在京口[③]。尝见王恭乘高舆，被鹤氅裘[④]。于时微雪，昶于篱间窥之，叹曰：“此真神仙中人！”

【注释】

①孟昶：晋朝著名的忠臣，官至尚书仆射。刘裕北伐后，京城受叛军威胁，他上书请罪，称自己对京城陷入危机和朝廷危难负责，自尽殉职。②达：显达，显贵。③京口：东晋都城建康的门户，是军事重镇，今江苏镇江。④鹤氅裘：一种用水鸟的羽毛做成的衣服。

【译文】

孟昶还未显贵时，家住京口。曾看到王恭乘着高大的轿子，身披鹤氅裘经过。当时正下着小雪，孟昶在篱笆间偷看，赞叹说：“这真是神仙中人啊。”

伤逝第十七

【原文】

王仲宣[①]好驴鸣，既葬，文帝[②]临其丧，顾[③]语同游曰："王好驴鸣，可各作一声以送之。"赴客皆一作驴鸣。

【注释】

①王仲宣：王粲，字仲宣，山阳郡高平人。东汉末年著名文学家，"建安七子"之一，文才出众，被称为"七子之冠冕"。②文帝：指魏文帝曹丕，字子桓，魏武帝曹操的长子。三国时期著名的政治家、文学家，曹魏的开国皇帝。③顾：回头看。

【译文】

王仲宣喜欢学驴叫。他下葬时，魏文帝曹丕亲临他的丧礼。曹丕回头对同行的人说："王仲宣喜欢学驴鸣，可以每人作一声驴鸣送他。"于是到场的人都作了一声驴鸣。

【解读】

王仲宣原本在蜀汉刘表手下做事，后来投奔曹操。在曹操幕府，王粲不但受到曹操的赏识和重用，他同曹丕、曹植的关系也相当密切，与他们建立了至深的友谊，成为"建安七子"之冠。

曹丕让众人学驴叫，一是因为他再也听不到王仲宣学驴叫，一是以此承认王仲宣的价值。承认死者生前最喜欢做的事情而模仿他，做他生前最喜欢做的事情，这是给死者最好的礼物，也是怀念死者的最好方式。

【原文】

王濬冲[①]为尚书令，著公服，乘轺车[②]，经黄公酒垆[③]下过。顾谓后车客："吾昔与嵇叔夜[④]、阮嗣宗[⑤]共酣饮于此垆。竹林之游，亦预其末。自嵇生夭[⑥]、阮公亡以来，便为时所羁绁[⑦]。今日视此虽近，邈[⑧]若山河。"

【注释】

①王濬冲：王戎，字濬冲，琅邪临沂人。西晋名士，"竹林七贤"之一。官至司徒，封安丰侯。②轺（yáo）车：古代的一种轻便的马车。③酒垆（lú）：小酒店，小酒家。④嵇叔夜：指嵇康。⑤阮嗣宗：指阮籍。留尉氏（今属河南）人。阮瑀之子。⑥夭：早逝。⑦羁绁：亦作"羁紲"，马缰绳。引申为束缚，羁绊。⑧邈：遥远的样子。

【译文】

王戎任尚书令时，穿着公服，乘着马车，经过黄公的酒店，回头对车上的人说："昔日，我与嵇叔夜、阮嗣宗一起在此处饮酒。竹林之游中，我的年龄也是排在末位。嵇叔夜早逝、阮嗣宗离世之后，我被时事羁绊。今天这酒家尽在眼前，却感觉如隔着山河一样遥远。"

【解读】

通常情况下，人们喜欢、留恋一个地方，并非那个地方的景观、环境有多么吸引自己，而是因为那个地方有我们与某些人欢乐的记忆。从这个度来说，王戎在阮籍、嵇康死后没有再到原先的酒馆处逍遥，并非公事缠身，而只是因为物是人非，当年能与他饮酒畅谈的人已经不在了。如果去，无非空添伤感罢了。所以，当他再次路过酒馆时，只觉好友的音容及往日情景历历在目，但因没真实的视觉、触觉质感，美好的记忆也不过加重了生死距离之间的无奈罢了。所谓逝者不可追，就是这个意思。

【原文】

孙子荆[①]以有才，少所推服[②]，唯雅敬王武子[③]。武子丧时，名士无不至者。子荆后来，临尸恸哭，宾客莫不垂涕。哭毕，向灵床[④]曰："卿常好我作驴鸣，今我为卿作。"体[⑤]似真声，宾客皆笑。孙举头曰："使君辈[⑥]存[⑦]，令此人死！"

【注释】

①孙子荆：孙楚，太原人。西晋名士，有才气，善著文。与王济交往甚密。孙楚为人孤傲不群，瞧不起别人，唯独与王济友善。②推服：推崇佩服。③王武子：指王济，字武子，太原晋阳人。西晋大将军王浑的次子。善清谈，有才华，好老庄之说。风姿飒爽，勇力过人，被晋武帝司马炎选为驸马，配于常山公主。④灵床：放尸体的床。⑤体：模仿。⑥君辈：你们。⑦存：活着。

【译文】

孙楚因为有才气，很少佩服推崇别人，唯独敬佩王济。王济死时，所有的名士都参加了丧礼。孙楚后来才到，在王济的尸体前大声痛哭，宾客们无不落泪。哭完后，对着灵床说："卿平常喜欢听我学驴叫，现在我为卿作驴鸣。"模仿得惟妙惟肖，很逼真，客人们都笑了。孙楚抬起头说："竟然让你们这些人活着，让此人死掉。"

【解读】

虽说孙楚对王济的至深感情让人动容，然而他在葬礼上对别人的无礼却不值得我们学习。众人的笑并无恶意，然而孙楚所说的话却明显藐视了所有人。这纵然能够表现出他对孙楚的敬佩，然而却是一种非常傲慢无礼的行为。

【原文】

王戎丧儿万子，山简[①]往省之，王悲不自胜。简曰："孩抱中物[②]，何至于此？"王曰："圣人忘情[③]，最下[④]不及情。情之所钟，正在我辈。"简服其言，更[⑤]为之恸。

【注释】

①山简：字季伦，河内怀人，山涛第五子，好饮酒。官至尚书左仆射，后任镇南将军，镇守襄阳。②抱中物：抱在怀里，形容孩子幼小。③圣人忘情：指圣人不为情感所动。④最小：最下等的人。⑤更：变更，转变。

【译文】

王戎死了儿子万子，山简前来探望他。见王戎不胜悲痛，山简安慰他说："孩子还年幼，何必这么伤心！"王戎说："圣人不为情所动，最低下的人不触及情感。对情感最专注的人，恰是我们这类。"山简很佩服他说的话，转变态度，也为他悲痛起来。

【解读】

当某人失去了某一亲朋好友时，别人常会对他说："节哀"。这虽说是一种其实已经失去了实际效用的劝慰方式，但从礼仪的角度来讲，它永远不过时。山简并非不懂礼仪，相反正是因为他懂得礼仪的无用才说出了不同于常人的劝慰之话。他本是出于好意，想以最现实的说法来减少王戎的痛苦。他言语之意:死去的孩子还年幼,跟王戎的感情还不深,悲痛可以少一点。无论是何人，听到这样的话未免都觉刺耳。王戎虽然不乐意听，因知道山简的本意是好的，所以并没有斥责他。

王容反驳的话，其意思通俗点说就是：人非草木，孰能无情？我等芸芸众生，既无法做看透生死的圣人，又不是无情如草木，注定为情所困，为得失所悲苦。

【原文】

有人哭[①]和长舆曰[②]："峨峨[③]若千丈松崩。"

【注释】

①哭：哭吊。②和长舆：指和峤，字长舆，西晋汝南西平人，有盛名。官至颍川太守，为政清廉，甚得民心。后任给事黄门侍郎，迁中书令，深得武帝器重。③峨峨：高大的样子。

【译文】

有人哭吊和峤说："如巍峨高大的千丈松倒塌了。"

【解读】

和峤出身名门世家，他年少有才而气质不凡。后来做官，他清简为政，政绩突出，甚得百姓爱戴。庾敳曾赞叹他说："峤森森如千丈松，虽磥砢多节目，施之大厦，有栋梁之用。"晋武帝亦听说他有才而重用他，升他做中书令。和峤并不像当时的某些官员一样，身居高位却不理政事，而只是为了明哲保身。他刚正不阿，常不顾个人性命进谏忠言。和峤的个性正如高挺的松树坚毅不屈，所以他死后才被人喻为"千丈松崩"。

【原文】

卫洗马[①]以永嘉六年丧，谢鲲哭之，感动路人。咸和[②]中，丞相王公教曰："卫洗马当改葬。此君风流名士，海内所瞻[③]，可修薄祭，以敦[④]旧好。"

【注释】

①卫洗马：指卫玠。②咸和：晋成帝司马衍的年号。③瞻：仰慕，佩服。④敦：加深。

【译文】

卫玠在永嘉六年去世，谢鲲前去哭吊，感动了路边人。咸和年中，丞相王导教导说："卫玠应该改葬。他是风流名士，受国人瞻仰，可设置简单的祭奠，以加深往日的情谊。"

【解读】

卫玠是美男子，在世时受到了当时很多人的追捧。然而，从谢鲲、王导等人对卫玠逝世的痛惜来看，卫玠必定不仅有外貌之美。只有内在同时美，一个人才能深入人心。否则，等他的美凋零时，人们最多不过一句叹息罢了。

当一个人同时具有里外之美时，他无疑是一件很美好的"东西"。有句话说，悲剧就是把美的东西打碎给人看。卫玠去世，正如悲剧发生，让人心碎。然而这个悲剧能让谢鲲心碎到让路人为之动容的地步，说明谢鲲和卫玠的关系不平常。事实上，谢鲲与卫玠的确是相知非常深的一对知己。谢鲲曾与卫玠秉烛夜谈，两人都不觉累。

【原文】

顾彦先[①]平生好琴，及丧，家人常以琴置灵床上。张季鹰[②]往哭之，不胜其恸，遂径上床，鼓琴作数曲竟，抚琴曰："顾彦先颇[③]复赏此不？"因[④]又大恸，遂不执孝子[⑤]手而出。

【注释】

①顾彦先：顾荣，字彦先，吴郡吴县人。吴国丞相顾雍之孙。吴亡归晋，任尚书郎等职。②张季鹰：张翰，字季鹰，吴郡吴县人，是顾荣的同乡。西晋著名的文学家。因性情豁达，奔放不羁，时人常常拿阮籍与他相比，称之为"江东步兵"。③颇：可，还。④因：于是。⑤孝子：子居父母之丧，称为孝子。以丧礼，凭吊者要手执孝子之手，以示慰问。

【译文】

顾荣平时喜欢弹琴，他死时，家人把琴放在灵床上。张翰前去哭吊，恸哭不能自已，直接上了灵床，弹起琴来。弹完几首曲目后，手抚琴身说："顾彦先可还喜欢这几首曲子吗？"于是又大哭起来，没有执孝子之手就出去了。

【解读】

哀痛至极，不想再触景生情，而悲痛亦需要释放，于是赶快逃离现场。那时候，整个人的心都被"逝去的再也回不来"这样的绝望所浸泡，根本无心关注世事和他人，甚至无法关注自己。失魂落魄的逃亡之中，那还顾得上什么礼仪？所以说，当情绪到某一顶点时，人是会失常的。要想控制自己，避免自己做出失常的行为，就要学会控制自己的喜怒哀乐。

【原文】

庾亮儿①遭苏峻②难遇害。诸葛道明③女为庾儿妇，既寡，将改适④，与亮书及之。亮答曰："贤女尚少，故其宜⑤也。感念亡儿，若在初没⑥。"

【注释】

①庾亮儿：指庾亮的儿子庾会，字会宗，小字阿恭。②苏峻：字子高，长广郡掖县人，晋朝将领。庾亮执政时，想解除苏峻兵权，征其为大司农，引起苏峻不满，于咸和三年以讨庾亮为名起兵反晋，攻入京都建康。后来温峤、陶侃起兵讨伐，苏峻战败被杀。③诸葛道明：指诸葛恢，字道明，琅邪阳都人。东晋官员，官至尚书令。曹魏征东大将军诸葛诞之孙，吴大司马诸葛靓之子。在地方任职期间，政绩极佳。其长女诸葛文彪初嫁庾亮之子庾会，后改嫁。④改适：指改嫁。⑤宜：应该。⑥初没：刚刚死去。

【译文】

庾亮的儿子在抗击苏峻叛乱时被杀，庾亮的儿媳是诸葛恢的女儿，成了寡妇，将要改嫁。诸葛恢写信向庾亮提出此事。庾亮回信说："贤女还很年轻，本来就应该这样。但我很怀念我死去的儿子，就好像他刚刚死去。"

【解读】

庾亮还处于丧子之痛中，根本没有觉察到时间已经过去了很久。相对来说，诸葛恢犹如外人，他对女婿的死自然无多大感觉。时间流转的速度对他来说，仍是一样的。他不会像庾亮一样，仍觉昨日犹在，觉得死去的人只是刚刚死去。从庾亮和诸葛恢对庾亮之子的死的不同感觉可以得出一个结论：

人死这件事，也正如这个人的存在一样，对于不同的人来说意义是不同的。无论生也好死也罢，我们每个人，终究只是在很少的一部分人心里占有一席之席。而这少数人，家人就是最惦记我们的那些人。

【原文】

庾文康①亡，何扬州②临葬云："埋玉树著土中，使人情③何能已已④！"

【注释】

①庾文康：指庾亮。②何扬州：指何充，字次道，庐江郡灊县人。晋朝重臣。历任中书监、骠骑将军、录尚书事等官职，封都乡侯。因曾作扬州刺史，故称何扬州。③人情：人的感情。④已已：停止。第二个"已"是语气词。

【译文】

庾亮死时，何充在他的丧礼上说："把玉树埋在土中，人的心情怎么能平静呢？"

【解读】

庾亮德行美好，善于为政。他对东晋的贡献虽说没有如后来的谢安那么大，但他参与平定王敦之乱，又出镇外省，发动北伐，同样为东晋立下了汗马功劳。此外，他具有超脱的个性，修养极好。陶侃在苏峻之乱时本欲杀死庾亮，却在见到他后心生敬佩，可见庾亮的人格魅力之大。何充以玉树比喻庾亮，正是基于他的为人品性和他生前的作为。

美好事物的消逝会让一些钟爱美的人愤慨不平，从何充的感慨看来，他正是这么一个对美极其贪恋的人。何充本人也是个外貌俊美而气质优雅的人，结合这一点来看，他的感慨也可能同时是对自己结局的感慨。

【原文】

王长史①病笃②，寝卧灯下，转麈尾③视之，叹曰："如此人，曾不得四十！"及亡，刘尹④临殡，以犀柄麈尾⑤著柩⑥中，因恸绝⑦。

【注释】

①王长史：指王濛。②病笃：病情加重。③麈（zhǔ）尾：用麈的尾毛做的拂尘。魏晋六朝清谈家习用犀柄麈尾，善于清谈的大名士，方有执犀柄麈尾的资格，这是士族门阀身份的象征。④刘尹：指刘惔。⑤犀柄麈尾：犀牛角手柄的麈尾。麈，鹿的一种，尾巴可以用来做拂尘。麈鹿用尾巴指挥鹿群的行动方向，魏晋名士清谈时手持麈尾有领袖清谈之义。⑥柩：棺材。⑦绝：昏厥过去。

【译文】

王濛病重时，躺卧在灯下，一边看着麈尾一边转，叹息说："我这样的人，竟然不能活到四十岁。"死后，刘惔来到丧礼上，把犀柄麈尾放在棺材里，后因为太悲痛，晕厥过去。

【解读】

王濛才德兼备，个性放达不羁，为人却清静寡欲，克己厉行，谦虚平和，深受当时名士称赞。这样的人，在任何人看来，都应该是长寿的。所以，就连王濛也不免对自己的短命发出不平的感叹。王濛的感叹虽有对命运的抱怨，但更多的却是对命运的无奈之感。一句简单的话，包含了王濛将死时的所有复杂心绪，让任何人听了为之动容。刘惔作为他最好的朋友，自然更加感同身受，更为王濛的逝去而痛惜万分。

【原文】

支道林①丧法虔之后，精神霣丧②，风味转坠。常谓人曰："昔匠石废斤于郢人③，牙生辍弦于钟子④，推己外求⑤，良⑥不虚也。冥契⑦既逝，发言莫赏，中心蕴结⑧，余其亡矣！"却后一年，支遂殒⑨。

【注释】

①支道林：指支遁。②霣（yǔn）丧：颓废消极。③昔匠石废斤于郢人：出自《庄子》："郢人垩慢其鼻端若蝇翼，使匠石斲之。匠石运斤成风，听而斫之，尽垩而鼻不伤，郢人立不失容。"后用"郢人"喻知己。斤：指斧头。④牙生辍弦于钟子：指俞伯牙与钟子期的故事。俞伯牙在汉江边鼓琴，钟子期感叹说："巍巍乎若高山，荡荡乎若流水。"两人就成了至交。钟子期死后，俞伯牙认为世上已无知音，终身不再鼓琴。辍：停止，放弃。⑤推己外求：根据自己的心情，推究别人。⑥良：果然。⑦冥契：指知音。⑧中心蕴结：指心中情丝郁闷成结。⑨殒：去世。

【译文】

支遁在法虔死后，精神颓废，风采逐渐衰退。他常对人说："当初匠石因为郢人之死，而放下斧头，俞伯牙因钟子期的离世而不再弹琴，推己及人，我现在才知道这不是虚言。知音已离去，我说的话没人赏识，心中有了郁结，恐怕死期就要到了！”一年后，支遁便去世了。

【解读】

古人有云：“人生得一知己足矣。”知己在一个人人生中的地位不亚于亲人。知己为何物？这个问题，恐怕只有有知己的人才能回答出来。然而，从各种故事中可见，知己到最后其实代表了一种情意。这种情意深到一定地步，知己间不分你我，如同连体，胜似亲人。

【原文】

郗嘉宾[①]丧，左右白郗公[②]：“郎丧。”既闻不悲，因语左右：“殡时可道。”公往临殡[③]，一恸几绝。

【注释】

①郗嘉宾：指郗超。②郗公：郗愔。③殡：殡葬。

【译文】

郗超死后，身边的人告诉郗愔：“公子去世了。”郗愔听到后没有悲哭，只是说：“出殡的时候可以告诉我。”郗愔来到丧礼上，哭得晕厥过去好几次。

【解读】

人对死亡有两种态度，一种是“看透了，把它当成平常之事，所以冷漠对待”，一种是“看不透，痛惜生命的消逝，摆脱不了对他人死去或自己将死带来的痛苦”。这两种态度在郗愔的身上得到了充分的体现，这并非是他有意为之，他本想选择第一种态度，让自己好受点，然而到最后他发现自己还是看不透。

郗愔的矛盾再次证明了一点：看透生死没有那么容易。正如王戎说过的，我们大多数凡人，无法如圣人或绝情到底的恶人一般能够扼杀感情，只能在生死得失之间感受喜怒哀乐。

【原文】

戴公[①]见林法师[②]墓，曰：“德音未远，而拱木[③]已积。冀神理[④]绵绵，不与气运俱尽[⑤]耳！”

【注释】

①戴公：指戴逵，字安道，东晋著名美术家、音乐家。谯郡铚县（今安徽濉溪）人。②林法师：指支遁。③拱木：指坟墓上的草木。④神理：精神义理。⑤尽：消失。

【译文】

戴逵拜见林法师的坟墓，说道：“美妙的谈论还响彻耳边，坟墓上的草木却茂盛起来。希望您的精神义理绵绵长存，不要像人的气运一样消失不见。”

【解读】

一个人死得有没有价值，看人们会对他评论多久，他的思想言论以及相关著作又会在世上流传多长时间，就可以知道。死得越有价值，他的名字流传越久。支遁坟地周边的草木虽然已经茂盛，但他的相关言论还被世人转述，这说明支遁生前所作的贡献不小。

【原文】

王子敬[①]与羊绥[②]善。绥清淳简贵[③]，为中书郎[④]，少亡。王深相痛悼，语东亭[⑤]云：“是国家可惜人。”

【注释】

①王子敬：指王献之。②羊绥：字仲彦，晋羊楷之子，官至中书侍郎。③清淳简贵：清雅淳朴，简约高贵。④中书郎：古代官名，即中书侍郎。中书令的副职。⑤东亭：指东亭侯王珣。

【译文】

王献之和羊绥的关系很好。羊绥清雅淳朴，简约高贵，任中书郎，可惜年纪轻轻就死了。王献之为此非常悲痛，他对王珣说："羊绥是整个国家所痛惜的人才啊。"

【解读】

无论哪个年代，人才都是十分可贵的。所以古代的皇帝或君主会一再寻访、邀请隐居的才华卓越之人出来做官，辅佐自己为政。

人才可以创造业绩，可以改变困境，可以使一个人、一个团体或一个国家获得成功。从这点来说，王献之其实已不仅是痛惜羊绥之死，而是可惜一个国家失去了一次改变的机会。

人才之贵，不亚于黄金。从这点来说，一个人要想给世界留下有现实意义和价值的东西，他必须让自己成为人才。

【原文】

王东亭[①]与谢公[②]交恶[③]。王在东闻谢丧，便出都[④]，诣子敬[⑤]道："欲哭谢公。"子敬始卧，闻其言，便惊起曰："所望于法护[⑥]。"王于是往哭。督帅刁约不听前[⑦]，曰："官平生在时，不见此客。"王亦不与语，直前哭，甚恸，不执末婢[⑧]手而退。

【注释】

①王东亭：指王珣。②谢公：指谢安。③交恶：指两家结仇，交情不好。④出都：赶赴京都。⑤子敬：指王献之。⑥法护：指王珣，小字法护。⑦不听前：不让他上前。听：听认，让。⑧末婢：指谢安的小儿子。依据丧礼，哭吊者需执孝子之手。

【译文】

王珣与谢安交情不好。王珣在会稽听说谢安的死讯后，便赶赴京都，来到王献之家中，说："我要去拜祭谢安。"王献之开始躺着，听了王珣的话，很惊讶地跳起来说："这正是我对你所期盼的。"王珣于是来到谢家哭吊。督帅刁约不肯让他进去，说："大人在世时，不见此客。"王珣也没有说话，径直先前哭吊，非常悲痛。哭完，没有执孝子的手就退出来了。

【解读】

在魏晋，交情不好并不代表一个人嫌恶另一个人。两个人关系不好，也可能一方很欣赏另一方。王珣曾是谢安的女婿，后来因有仇隙才和谢家断绝了关系。这一层关系说明他曾经得到过谢安的认可。谢安是心胸豁达的人，即使断交了关系，他也不会因此否认一个人原本的优点。王珣其实一直都是谢安欣赏的人，而王珣自然也该了解谢安的为人。他们两人虽然断绝了情谊，却没有扼杀内心对彼此的欣赏和喜欢。如此说来，王珣哭吊谢安，并非在演戏，而是内心感情的真诚袒露。

【原文】

王子猷[①]、子敬[②]俱病笃，而子敬先亡。子猷问左右："何以都不闻消息？此已丧矣！"语时了不悲。便索舆[③]奔丧，都不哭。子敬素好琴，便径入坐灵床[④]上，取子敬琴弹，弦既不调，掷地云："子敬！子敬！人琴俱亡。"因恸[⑤]绝良久。月余亦卒。

【注释】

①王子猷：指王徽之。②子敬：指王献之。③索舆：要了一辆车子。④灵床：停放尸体的床。⑤恸：极度悲伤。

【译文】

王徽之、王献之都得了很重的病，而王献之先去世。王徽之问左右之人："为什么没有听到他的消息？一定是他已经死了！"说此话时，王徽之没有悲伤。他要了一辆马车前去奔丧，一直没有哭。因为王献之喜欢弹琴，王徽之直接坐在灵床上，取来王献之的琴来弹。发现音调不对，便把琴扔在地上说："子敬！子敬！人和琴都亡了。"悲恸很久。王徽之一个月后也死了。

【解读】

不是琴的音调不对，而是王献之死后王徽之没有了谈弹琴的心。他的灵魂已经跟着王献之去了，他的手指因为悲痛而哆嗦，又怎能弹得出和谐的音律？所以说，不只是王献之与琴俱亡，而是王徽之与王献之俱亡矣。

王徽之为何对王献之的逝世如此悲痛？王徽之孤傲清高，不拘礼节而被诸多名士所排挤，唯有王献之认为他有高雅的情怀，对他十分崇拜。俩兄弟还曾彻夜读书，谈古论今。王献之一死，世界上唯一懂得王徽之的人没了，王徽之自然悲恸。

【原文】

孝武山陵夕[①]，王孝伯[②]入[③]临，告其诸弟曰："虽榱桷[④]惟新，便自有《黍离》之哀[⑤]！"

【注释】

①山陵夕：指皇帝的丧礼。②王孝伯：指王恭，字孝伯，小字阿宁，太原晋阳人。王濛之孙，王蕴之子，东晋时期的大臣。历任前将军、青兖二州刺史。因不满朝政，曾两度起兵讨伐朝臣，第二次讨伐兵败被杀。桓玄把持朝政后，追赠王恭为侍中、太保，谥曰忠简。③入：指进入京都。④榱桷：指椽子。文中指担负国家重担的人。⑤黍离之哀：出自《诗经·王风》，说的是两千多年前，周大夫行役路过镐京，看到埋没在荒草中的旧时宗庙遗址，有感于周室的被颠覆，悲伤而作《黍离》。后用来表达国破家亡的悲痛之情。

【译文】

晋孝武帝驾崩时，王恭入都哭吊，告诉几个弟弟说："虽然屋椽是新的，却让人有如处陈旧宗庙宫室的悲哀之感。"

【解读】

王恭感慨之意：皇室易主，宫廷"变新"，然而我觉得这宫室更加苍凉颓败了。

王恭其实话里有话。晋孝武帝是王恭的姐夫，王恭因此深得他的重用。他死后，晋安帝继位，然而掌权的却是司马道子。司马道子跟王恭不是一路人，王恭还得罪过他，王恭自然担心自己的势力不如以前。所以，面对晋孝武帝的死，他深感物是人非，自己可能受环境变化的牵连而颓败。

【原文】

羊孚[①]年三十一卒，桓玄与羊欣[②]书曰："贤从情所信寄，暴疾而殒，祝予[③]之叹，如何可言！"

【注释】

①羊孚：字子道，泰山南城（今山东费县西南）人，羊祜的后人。东晋官员，文人。历太学博士、兖州别驾，桓玄为太尉时，以之为记室参军。②羊欣：字敬元，泰山南城人，羊绥之子。桓玄的心腹。③祝予：断绝我，亡我。出自《公羊传》："子路死，子曰：'噫，天祝予！'"

【译文】

羊孚年仅三十一岁就死了，桓玄写信对羊欣说："你的堂兄是我能够信任而能够寄托大事的人，他暴病而亡，这是老天对我的惩罚，我的悲痛怎么是用言语表达得了的？"

【解读】

无法用言语表达的悲痛，那就是沉默的。如张翰凭吊顾彦先时的沉默痛哭，又如王珣凭吊谢安时的哀嚎无语，还如阮籍在失去母亲后一言不发而只顾痛饮大醉。所以说，最深沉的悲痛，全从无声处来。

【原文】

桓玄当篡位①，语卞鞠②云："昔羊子道③恒④禁吾此意。今腹心丧羊孚，爪牙⑤失索元，而匆匆作此诋突⑥，讵允⑦天心？"

【注释】

①桓玄当篡位：晋安帝元兴二年，桓玄废黜晋安帝篡位，改国号为楚，年号为永始。三个月后刘裕举义兵反抗桓玄，桓玄不敌而逃，后遭益州督护冯迁杀害。当：即将，将要。②卞鞠：指卞范之。原任桓玄的长史，后桓玄举兵攻入京都，委派他任丹阳尹。③羊子道：指羊孚，桓温的心腹。④恒：一直。⑤爪牙：指辅佐的人。⑥诋突：冒犯的事。指犯上作乱之事。⑦讵（jù）允：哪里符合，怎么能够合乎。讵：哪里。允：合乎，符合。

【译文】

桓玄即将篡位，对卞范之说："当时，养子道一直禁止我这种想法。现在心腹中失去了羊孚，爪牙中没有了索元。我却匆忙作这种犯上的事，怎么能够合乎天意呢？"

【解读】

桓玄是矛盾，他明知道不该做某件事情而还是做，在做之前还坦诚自己的知错之心。为何他会这样呢？从他所说的话来看，当时的形势应该是紧迫的，他到了不得不谋反篡位的地步。也就是说，他可能此前做了太多的铺垫，即使放下野心，也会成为公众的敌人而被追杀。当事情到了无可挽回的地步时，也只能将错就错，侥幸取胜。

桓玄知道自己急功近利，担心天也不会帮助自己。其实，他不过是为了从卞范之的口中听到一丝支持的话。然而，连自己都觉得不符天理了，别人还能说什么？

栖逸第十八

【原文】

阮步兵[①]啸[②]闻数百步。苏门山[③]中，忽有真人[④]，樵伐者[⑤]咸共传说。阮籍往观，见其人拥膝岩侧，籍登岭就[⑥]之，箕踞[⑦]相对。籍商略终古，上陈黄、农[⑧]玄寂之道[⑨]，下考三代[⑩]盛德之美以问之，仡然[⑪]不应。复叙有为之教[⑫]、栖神导气之术[⑬]以观之，彼犹如前，凝瞩[⑭]不转。籍因对之长啸。良久，乃笑曰："可更[⑮]作。"籍复啸。意尽，退还半岭许，闻上㕮[⑯]然有声，如数部鼓吹，林谷传响，顾看，乃向人啸也。

【注释】

①阮步兵：指阮籍。因曾任步兵校尉，故称阮步兵。②啸：吟啸。③苏门山：在河南新乡境内，属于太行山支脉。④真人：道教中称得道的人为真人。⑤樵伐者：以打柴为生的人。咸：都，全。⑥就：接近，靠近。⑦箕踞：两脚张开，两膝微曲地坐着，形状像箕。这是一种不拘礼节的坐法，比喻轻慢傲视对方的姿态。⑧黄、农：指黄帝轩辕氏和炎帝神农氏。道家认为，这两位上古贤君是无为而治的典范。⑨玄寂之道：指道家无为而治的理论。⑩三代：指夏、商、周。⑪仡然：昂着头不理睬的样子。⑫有为之教：指儒教理论，主张人生在世要有所作为。⑬栖神导气之术：保存元气，引导气息循环，指道家学术。⑭凝瞩：眼睛凝视一个地方。⑮更：再次。⑯㕮（qiú）然：形容声音悠长。

【译文】

阮籍吟啸声能传百步远。苏门山中，忽然来了一位得道的真人，樵夫们都向人说他的事。阮籍前去观看，见那人抱膝坐在岩石旁边。阮籍登上山岭靠近他，岔开双脚坐在那人对面。阮籍开始评论古人之事，上至黄帝轩辕氏和炎帝神农氏的无为之治，下至夏、商、周三代的盛德之事，并考问那人。那人昂着头，不予理睬。阮籍又陈述儒家经典、道家学术，并观察那人，依然和刚才一样，凝神不动。阮籍于是对着他吟啸。过了很久，那人才笑着说："可以再来一次。"阮籍又吟啸一遍。兴致消退后，阮籍下山，走到一半，听到山上传来悠长的声音，如同数支乐队在鼓吹，山林溪谷中也传来回音。阮籍回头看，原来是先前那人在吟啸。

【解读】

阮籍一开始对那位得到真人谈古论今，他挑起的话题根本不对真人口味，自然无法引起真人的兴趣。所以说，与陌生第一次见面，要想对方有兴趣跟你结交，选择什么样的话题很重要。要想选择正确的话题，就应该根据对方的身份、性格、爱好、志向等来筛选。阮籍多次碰壁后终于摸清了真人的兴趣，所以才会得到真人"可再来一曲"的邀请。阮籍下山后真人对他吟啸相送，其实是真人对阮籍的认可。

【原文】

嵇康游于汲郡山中，遇道士孙登[①]，遂与之游[②]。康临[③]去，登曰："君才则高矣，保身之道不足。"

【注释】

①孙登：字公和，魏晋时期的道士。②游：游学，求学。③临：即将，将要。

【译文】

嵇康在汲郡山中游玩，遇到道士孙登，遂与他同求学。嵇康将要离去时，孙登说："你的才情很高，只是自保的本领不足。"

【解读】

才情高的人多有孤傲之气，而孤傲就容易得罪他人，引来杀身之祸。嵇康才高八斗，性情也孤傲。他与孙登一起游学三年，孙登对他自是了解。最了解你的朋友，对你也是最剖心的。人在相别时，说的话也分外真诚。所以，孙登对嵇康说的话，嵇康本应放在心上，引以为戒。然而，嵇康始终不改孤傲之气，一再得罪当权者，最终被钟会冠上罪名而遭杀害。

【原文】

山公①将去选曹②，欲举③嵇康，康与书告绝④。

【注释】

①山公：指山涛。②选曹：官名，主要职责是选拔官员。③举：举荐。④告绝：指绝交。告：通知，告诉。嵇康因对权臣司马昭存有戒心，不愿出仕。

【译文】

山涛将要离开选官的职位，想要推荐嵇康接任，嵇康写了一封书信跟他绝交。

【解读】

嵇康不愿与司马氏妥协的心志，他的朋友都知道。山涛作为嵇康的好朋友之一，按理说应该是对嵇康了解而支持的，然而他却推荐嵇康接任自己的职位。他这一做法无疑是跟嵇康对着干的，所以嵇康因此写了著名的绝交书《与山巨源绝交书》，表明自己坚持不愿与世俗同流合污的志向。

【原文】

李廞是茂曾①第五子，清贞②有远操，而少羸病③，不肯婚宦。居在临海，住兄侍中墓下。既有高名，王丞相欲招礼之，故辟④为府掾⑤。廞得笺命⑥，笑曰："茂弘⑦乃复⑧以一爵假⑨人。"

【注释】

①茂曾：指李重字，官至平阳太守。②清贞：清雅廉洁，有节操。③羸病：体弱多病。④辟：征召。⑤府掾：府中的僚属。⑥笺命：指授官的文书。⑦茂弘：指王导。⑧乃复：竟然。⑨假：借，给予。

【译文】

李廞是茂曾第五子，清雅高远，有美好的情操，但从小体弱多病，不肯结婚，也不肯入朝为官。李廞在临海郡，居住在兄长李侍的墓地里。因为有很高的名望，丞相王导想要招他做官，任他做府掾。李廞看到授他做官的文书，笑道："茂弘竟然把一个官位送给了我。"

【解读】

一个人可以有自己的理想志向，但当别人出于好意而送上一份与你的理想志向相违背的"好礼"时，也不应为此动怒。笑对他人的好意，是懂得感激，且有修养的表现。从这方面来说，李廞笑王导给自己送官位这一事，和嵇康写绝交书给山涛这一事，前者更显旷达。

从另一个角度来说，一个人如有毅力坚持做自己，那别人的言行是无法构成干扰的。王戎就对阮籍说过："你们这些人的高雅情趣，是我这等俗人能打扰的吗？"所以说，只需时刻保持淡定，则自可从容地坚持信仰。

【原文】

何骠骑弟[1]以高情避世[2]，而骠骑劝之令仕[3]，答曰："予第五之名，何必减骠骑？"

【注释】

①何骠骑弟：指何准，字幼道，卢江人，骠骑将军何冲弟。一生不仕。②避世：指过隐居生活。③令仕：让他做官。

【译文】

何充的弟弟何准因为有高雅的情志，过着隐居的生活。他的哥哥骠骑将军劝他入朝为官，何准说："我老五的名望，不见得逊于骠骑将军。"

【解读】

萝卜青菜，各有所爱。人的兴趣爱好是各不相同的，你以为好的东西，别人不一定就觉得好。你苦苦相劝，不顾他人的心意，结果只会讨无趣。何充苦劝何准，最后遭何准反讽的事例就是证明。当你不认为别人的选择是对的、好的时，别人也可能觉得你眼里的好一文不值。所以说，何必苦劝他人改变志向？只管做你自己，也让别人做自己。

【原文】

阮光禄[1]在东山[2]，萧然[3]无事，常内[4]足于怀。有人以问王右军[5]，右军曰："此君近不惊宠辱，遂古之沈冥[6]，何以过此？"

【注释】

①阮光禄：指阮裕，字思旷。弱冠辟太宰掾。大将军王敦很器重他，辟为主簿。阮裕发现王敦有不臣之心，以酒废职。②东山：指会稽剡山。③萧然：冷清的样子。④内：向内。⑤王右军：指王羲之。⑥沈冥：既"沉冥"，指隐居避世的人。

【译文】

阮裕在东山隐居，冷清无事，心中却很充实。有人以此人问王羲之，王羲之说："此君几乎不被宠辱得失所惊扰，就算古代隐居避世的人，也不过如此！"

【解读】

最充实的心并非靠繁杂的生活琐事和内心情绪来填补的，而是清净。也就是说，只要心静了，平和的喜悦和充实就会油然而生。这就是隐居的真意。从这点来说，隐居的关键并不在于你在哪里，而在于隐者的心态。古人说的"小隐隐于野，大隐隐于市"正是这个意思。一个人，如果能保持这样的状态，不用隐居也类似隐居，没有隐居的圣名也如同得到真人。

【原文】

孔车骑[1]少有嘉遁[2]意，年四十余，始应安东[3]命[4]。未仕宦时，常独寝，歌吹自箴诲[5]。自称孔郎，游散名山。百姓谓有道术，为生立庙[6]，今犹有孔郎庙。

【注释】

①孔车骑：指孔愉，字敬康，山阴人。与同郡张茂、丁潭齐名，时称"会稽三康"。早年在会稽山中隐居不仕，死后赠车骑将军。②嘉遁：合乎时宜的避世。③安东：指晋元帝司马睿。④命：授官。⑤箴诲：规诫。⑥生立庙：立生祠，指为活着的人建立祠庙，加以侍奉。

【译文】

孔愉年轻时就有隐居避世的意向，到了四十岁时，才应了晋文帝的征召，入朝为官。他未做官时，常常独处，并咏歌告诫自己。自称孔郎，游历名山。百姓认为他有道术，为他修了庙，到现在还有孔郎庙。

【解读】

孔愉有隐居之志并坚持多年，到了四十岁时还是出来做了官。很多时候，我们不得不做违背自己志向的事情。为什么呢？因为一个人是不可能完全脱离社会的。古代的隐士，大多是才情极高的人，即使隐居了也会被当权者请出来。所以说，人生在世，总有身不由己的时候。当然，我们也不必为此悲观。即使是处在一种不合自己意愿的环境之下，我们也可以保持积极向上的生活态度，尽量做有意义的事情且不辜负自己。

【原文】

南阳刘驎之①，高率善史传②，隐于阳岐。于时苻坚临江③，荆州刺史桓冲④将尽吁谟之益⑤，征为长史，遣人船往迎，赠贶⑥甚厚。驎之闻命，便升舟，悉不受所饷，缘道⑦以乞穷乏，比至上明亦尽。一见冲，因陈⑧无用，翛然⑨而退。居阳岐积年，衣食有无，常与村人共，值⑩已匮乏，村人亦如之。甚厚为乡闾所安。

【注释】

①刘驎之：字子骥，南阳安众人。生卒年不详。年轻时就崇尚美德，谦虚寡欲，好游山泽。②善史传：对史传很了解。③于时苻坚临江：指前秦苻坚率军南侵，攻打晋朝的荆州。④桓冲：东晋军事将领，桓温弟。历征虏将军、振威将军、江州刺史、丰城公等。⑤吁谟之益：指桓冲竭力实施地狱苻坚的重大谋划。吁谟：重大的计划。⑥赠贶：赠给，赠送。⑦缘道：沿路。⑧陈：表明，说明。⑨翛（xiāo）然：超脱自在的样子。⑩值：当……的时候。

【译文】

南阳的刘驎之，高尚率真，善于谈论史传，隐居在阳岐。当时苻坚率军打到长江沿岸，靖州刺史桓冲将要竭尽全力实施防御计策。桓冲招刘驎之做长史，派人用船去接他，并赠给他很厚的礼品。刘驎之听了征召文书后就登上了船，所有的礼品都没有接受，沿路把这些礼物给了穷人，等到了上明全赠送完了。一见到桓冲，就陈述自己没有才能，然后翛然而退。他在阳岐居住多年，衣食常给村上的人用，等到了自己匮乏时，村子里的人也会帮助他。乡里人跟他相处得非常安适。

【解读】

隐居之士中有很多人都遵循这一处世原则：不问世事，即使关心天下苍生，也不会把自己放在一种与社会互动的处境中。像刘驎之这样的隐士很少，也很难得。他只隐自己的身躯和欲望，而不隐藏自己的美好德性，他敢于将德行付诸行动。可以说，刘驎之这样的隐才是真正的隐。这就叫作“隐而不匿”，也是为“能出世而入世”。

【原文】

南阳翟道渊①与汝南周子南②少相友，共隐于寻阳。庾太尉③说周以当世之务，周遂仕。翟秉志弥固。其后周诣翟，翟不与语。

【注释】

①翟道渊：翟汤，字道渊，柴桑县人。西晋末年，为逃避乱世而厌弃仕途，隐居于山林。②周子南：周邵，字子南，少与翟汤交友，后入朝为官，官至西阳太守。③庾太尉：指庾亮。

【译文】

南阳翟道渊与汝南周子南年轻时交情很好，一起隐居在寻阳。庾太尉以时务劝说周子南，周子南随后入仕做了官。翟道渊隐居之志更加坚定。后来周子南拜访翟道渊，翟道渊不和他说话。

【解读】

翟道渊对曾经的好友保持沉默，从礼节角度来说，是有失礼仪的。即使是对待陌生人的拜访，也应以礼相待，更何况是曾经的朋友？然而从另一个角度来看，道不同不相与谋，翟道渊不再把周子南当成自己的朋友就直接地表现出来，毫不掩饰自己的态度，这又体现了他的率真。

【原文】

孟万年①及弟少孤②，居武昌阳新县。万年游宦③，有盛名当世。少孤未尝出，京邑人士思欲见之，乃遣信报少孤，云："兄病笃。"狼狈至都，时贤见之者，莫不嗟重④。因相谓曰："少孤如此，万年可死。"

【注释】

①孟万年：指孟嘉，字万年。阳新县阳辛（隶属江夏）人。②少孤：孟陋，字少孤，孟嘉之弟。为人高洁，博学多才，一生隐居不仕。③游宦：外出做官。④嗟重：赞许器重。

【译文】

孟嘉和弟弟孟陋居住在武昌阳新县。后来孟嘉外出做官，有了很高的名望。孟陋从未入仕，京都的人很想见见他，于是派人给孟陋送去一封信，信中说："你的兄长病重。"孟陋赶忙来到京都，当时的贤士见到他，没有一个不赞美推崇的。他们相互说："孟陋如此出众，孟嘉后继有人了。"

【解读】

大众的好奇心可以是一种正面的力量，也可以是一种负面的力量。当众人把好奇心变成没有节制的观赏之心时，被好奇的对象有可能因此遭殃，这时好奇心就是负面的力量。当众人将好奇与应有的礼节和对人的尊敬结合起来，给被好奇对象相应的自由，那好奇心可以成为一种宣传手段，帮助某人获得声名。孟陋很幸运，他没有像卫玠一样被观赏至死，还赢得众人的高度认可。

【原文】

康僧渊①在豫章，去郭②数十里立精舍③，旁连岭，带长川，芳林列于轩亭，清流激于堂宇。乃闲居研讲，希心理味④。庾公⑤诸人多往看之。观其运用吐纳，风流转⑥佳，加已处之怡然，亦有以自得，声名乃兴。后不堪⑦，遂出。

【注释】

①康僧渊：东晋僧人，曾在豫章立寺讲经，一时名声大噪。②郭：外城。③精舍：指僧人讲经居住的处所。④希心理味：全心研究佛法义理。系心：潜心。⑤庾公：指庾亮。⑥转：更加，愈发。⑦堪：忍受。

【译文】

康僧渊在豫章，在离城几十里的地方建了一座讲经的处所，依傍山岭，临着长河，芳草树木陈列在庭院之中，还有清澈的溪流激荡地流过堂前。他在此地独居，讲习经文，潜心研究义理。庾亮等人前去拜访他，见他谈吐自由顺畅，风姿美好，加上此地风景怡人，所以他的名声大振。后来，康僧渊因为忍受不了寂寞，就出山了。

【解读】

康僧渊的出山无可厚非，因为他原本就没有隐居的志向。他入山独处是为了自得其乐，修身养性，他出山是因为不堪寂寞，想重新找回与人互动的乐趣。他做什么都是以自己的性情出发，只为自己快乐。这样的逍遥自在，是很多人无法做到的。所以，无论是独居于山野还是出山入世，他都值得钦佩。

【原文】

戴安道[①]既厉操[②]东山，而其兄欲建式遏之功[③]。谢太傅[④]曰："卿兄弟志业，何其太殊？"戴曰："下官不堪[⑤]其忧，家弟不改其乐。"

【注释】

①戴安道：戴逵。②厉操：磨砺节操。这里指隐居生活。③式遏之功：出自《诗·大雅·民劳》："式遏寇虐，无俾民忧。"后来指入朝做官建功立业。式：助词。遏：阻止。④谢太傅：指谢安。⑤堪：忍受。

【译文】

戴逵隐居在东山，历练操守，而他的兄长想要入朝做官，建功立业。谢太傅说："你们兄弟二人的志向，怎么有这么大的差异？"戴逵的哥哥说："下官不堪忍受隐居时的忧愁，家弟不想舍弃隐居的快乐。"

【解读】

有的人认为隐居是寂寞的，使人"不堪甚忧"，而有的人则认为隐居能带来内心的寂静平和，让人觉得快乐。其实，这两种观点都有道理。因为，本来一件事情就会有两面性。此外，人与人本来就存在差异性。每个人都是独立的，只要会自己思考，就会有自己的观念。所以，世界上的任何事情，在不同的人眼里有不同的意义，所谓"仁者见仁，智者见智"。

【原文】

许玄度[①]隐在永兴南幽穴中，每[②]致四方诸侯[③]之遗[④]。或谓许曰："尝闻箕山人[⑤]似不尔耳。"许曰："筐篚苞苴[⑥]，故当轻于天下之宝耳！"

【注释】

①许玄度：许询。②每：常常。③四方诸侯：指各方的官员。④遗：馈赠。⑤箕山人：指许由。相传许由隐居在箕山，尧帝想要把天下让给许由，许由不受。⑥筐篚苞苴（jū）：指竹筐草包。苞苴：包装鱼肉等用的草袋。

【译文】

许询隐居在永兴南幽的洞穴中，常常有官员赠送他礼物。有的人对他说："听说箕山许由似乎不是这样的。"许询说："许由比我贤能，所以能够召来帝尧的禅位之心。我召来的这些竹筐草包，不是比许由召来的更轻吗？"

【解读】

隐居的真谛是内心的清静寡欲，这一真谛只有达到了真正隐居境界的人才懂，外人是不知道的。然而人们往往容易犯一个错误：对某件非亲身经历的事情不知道而自以为知道，于是一旦发现不符合自己所理解的行为，就发出质疑，认为是别人没有做对。那个对许询发出质疑的人正属于这么一种情况，由此得到了许询的辩驳。或许，他根本无法听懂许询的辩驳，因为他根本不了解到底怎样才算是隐居。

【原文】

范宣[①]未尝入公门[②]。韩康伯[③]与同载[④]，遂诱俱入郡，范便于车后趋[⑤]下。

【注释】

①范宣：字宣子，陈留人。东晋儒生，一生隐居不仕。②公门：官府的门。③韩康伯：韩伯。④同载：同车。⑤趋：逃跑。

【译文】

范宣从未踏入过官署的大门。韩伯某次他同车，引诱他一起进入郡守官邸，范宣在车后面逃跑了。

【解读】

从未踏过官府大门，可见范宣十分厌恶官场。他不喜欢就坚决不靠近，内心爱憎分明。这样的性情是一种执着，也是坦率。一个人在世上，有时候需要像范宣这样，大胆且不顾一切地做自己。因为只有这样，我们才不会被别人的看法所左右，才能坚持自我，不随波逐流。

【原文】

郗超每闻欲高尚[①]隐退者，辄[②]为办百万资，并为造立居宇。在剡[③]，为戴公[④]起宅，甚精整。戴始往旧居，与所亲[⑤]书曰："近至剡，如官舍。"郗为傅约亦办百万资，傅隐事差互[⑥]，故不果遗[⑦]。

【注释】

①高尚：崇尚高远的节操，不入朝为官。②辄：就。③剡：指剡县。④戴公：指戴逵。⑤所亲：所亲近的人。⑥差（cī）互：错过时机。⑦遗：赠送，馈赠。

【译文】

每当郗超听说有辞官隐居追求高德的人，就会为他置办百万钱财，并为其建造住房。在剡县，郗超为戴逵建造了一座宅院，非常精致工整。戴逵开始住在此处时，给亲近的人写信说："来到剡县，如同到了官邸。"郗超也为傅约置办了百万钱财，因为傅约隐居之事没有实现，所以没有馈赠给他。

【解读】

隐居者不需要一个精美的宅院来束缚自己，而是需要一颗清净的内心装下广阔寂静的天地。戴逵虽然可能也不懂得何为隐居，但他知道什么事情绝对不是隐居之行。所以，他戏谑郗超的精美屋子是官舍，犹如又把他送回了官场。

不过，从另一方面来说，郗超这么做也许是故意的。他本人很聪明，《晋书》评价他："卓荦不羁，有旷世之度，交游士林，每存胜拔，善谈论，义理精微。"所以，他送有志隐居的人大宅大院，很有可能是为了考验他们的隐居志向到底有多坚定，或者考察这些人到底是不是真正地想隐居。

【原文】

许掾[①]好游山水，而体便登陟[②]。时人云："许非徒有胜情[③]，实有济胜[④]之具。"

【注释】

①许掾：指许询。②登陟：指爬山，攀登。③胜情：美好的情趣。④济胜：成功，成就。

【译文】

许询喜欢游山玩水，而且身体轻盈便于攀登。有人说："许询不但有游山玩水的兴致，还具备这方面的身体条件。"

【解读】

有兴致爱好固然好，然而没有相应的硬件、能力的话，是无法让爱好成为现实行动的。人们常说的"身体是革命的本钱"一句意即这个道理：做什么事情，都要有基础，即最起码的资本。只有打好了坚实的基础，我们才有更上一层楼的资本。

【原文】

郗尚书[①]与谢居士[②]善，常称："谢庆绪识见虽不绝[③]人，可以累心处[④]都尽[⑤]。"

【注释】

①郗尚书：郗恢，字道胤，祖父是东晋名臣郗鉴。历任散骑侍郎、给事黄门侍郎、领太子右卫率等。②谢居士：谢敷，字庆绪，归隐于会稽山中，一生未入仕。③绝：超越。④累心处：指世俗羁绊。⑤尽：摒弃，抛弃。

【译文】

郗恢与谢敷交情很好，常常称赞谢敷说："谢庆绪的见识虽然不能超越别人，但他能把世俗的烦恼羁绊彻底抛弃掉。"

【解读】

一个人的见识原本就是有限的，他不可能在任何方面都能发表出一番超越别人的言论。所以不必非要以高于某个人或多少人来衡量自己的价值，而只需把自己的优势发挥到最好的状态就行了。纵使别无所长，很多方面都不如比别人，但如果能如谢敷一样拿得起放得下，那也是一种成功。人生在世，快乐最重要。一山总有一山高，攀比不过是徒增怅然罢了。所以不如将比较的心和所有烦恼全部抛掉，自然自在做自己。

贤媛第十九

【原文】

陈婴[①]者，东阳人。少修德行，著称乡党。秦末大乱[②]，东阳人欲奉婴为主，母曰："不可。自我为汝家妇，少见[③]贫贱，一旦富贵，不祥。不如以兵属[④]人，事成，少受其利；不成，祸有所归。"

【注释】

①陈婴：秦末东阳县人，任县令史，为人谨慎。由于秦朝统治残暴，东阳县人杀了县令，打算立陈婴为王。婴母阻止作罢。后陈婴率众投奔项梁，任上柱国，封五县；项羽死后陈婴投靠刘邦，封堂邑侯。死后谥号安侯。②秦末大乱：秦朝末年，陈胜吴广起义在大泽乡起义，随后，兴起了一些列推翻秦王朝统治的农民战争。③见：遭受。④属：交给。

【译文】

陈婴是东阳县人，从小修身养性，有德行，闻名乡里。秦末年，天下大乱，东阳人想推举陈婴为首领,起兵反秦。他母亲说:"不可以。自从我嫁到你们家,很早就遭受贫穷。一朝富贵,不祥。不如把兵权交给别人，事成多少也能获得些利益，不成灾祸也有人担着。"

【解读】

天下做父母的，无人不希望自己的孩子能够出人头地。然而，相对于孩子的安危，出人头地又不是最重要的。孩子能够平安快乐地度过一生，这才是父母最看重的。所以，陈婴的母亲很理智地让陈婴放弃权利。因为在乱世中出头的人，也往往容易惹来杀身之祸。陈婴之母深知这点，她的聪明与其说是来自她人生的经验，不如说来自她对孩子的爱。如她所说，一朝富贵这种事情，任何时候都应该谨慎对待。突如其来的福、祸，会暗藏动荡的因素，福可变祸，祸可变福。古人说的"祸兮福之所倚，福兮祸之所伏"正是这个意思。

【原文】

汉元帝[①]宫人既多，乃令画工图之，欲有呼者，辄[②]披[③]图召之。其中常者[④]，皆行货赂[⑤]。王明君[⑥]姿容甚丽，志不苟求，工遂毁为其状。后匈奴来和，求美女于汉帝，帝以明君充行。既召，见而惜之，但名字已去，不欲中[⑦]改，于是遂行。

【注释】

①汉元帝：刘奭，汉宣帝刘询之子。②辄：就。③披：翻开，翻阅。④常者：指相貌平平的人。⑤货赂：用钱财贿赂。⑥王明君：即王昭君，名嫱，字昭君，乳名皓月，中国古代四大美女之一。汉元帝时期宫女，因和亲嫁给匈奴呼韩邪单于阏氏。晋朝时为避司马昭讳，又称"明妃"。⑦中：中途。

【译文】

汉元帝后宫人数太多，于是让画师画出她们的相貌，想召见她们时，就翻看图像选择。相貌一般的人，都向画师行贿赂。王昭君姿态容貌非常美好，立志不苟求，画师便丑化了她。后来匈奴来和亲，向汉元帝求美女。汉元帝就让王昭君充数。汉元帝召见王昭君后，非常可惜，但名字已经送出去，不能中途更改，于是王昭君就出塞了。

【解读】

有的人只是徒有外表，内心其实卑微低贱，他看不起自己，不相信自己，所以使尽手段证明自己。而能认清自己，相信自己的人，如莲花出淤泥而不染，不会参与世俗的蝇营狗苟之事。当然，那些贿赂画师的宫女也有环境因素造成的迫不得已的因素在内。在女子地位卑微的古代，宫女有几个不想成为皇帝的宠妾？她们明争暗斗，都是为了让自己看起来尊贵一点。只是她们不知道，真正的尊贵首先来源于自我承认，而不是地位高人一等。

【原文】

汉成帝①幸赵飞燕②，飞燕谗③班婕妤④祝诅⑤，于是考问。辞曰："妾闻死生有命，富贵在天。修善尚不蒙福⑥，为邪⑦欲以何望？若鬼神有知，不受邪佞之诉；若其无知，诉之何益？故不为也。"

【注释】

①汉成帝：刘骜，西汉第十二位皇帝，②赵飞燕：原名宜主，西汉汉成帝的皇后，汉哀帝时的皇太后。出身卑微，后被汉成帝宠幸，立为皇后。善歌舞，身段婀娜多姿，与唐代杨玉环的丰腴不同，她纤弱细腰，楚楚动人，有"环肥燕瘦"一说。③谗：诬告。④班婕妤：汉成帝的妃子，善诗赋，有美德。她的作品很多，但大部分已丢失，仅存《自伤赋》、《捣素赋》和一首五言诗《怨歌行》。⑤祝诅：向鬼神诉说，求降灾难于他人。⑥蒙福：蒙受保佑。⑦为邪：指做坏事。

【译文】

汉成帝宠幸赵飞燕，赵飞燕诬告班婕妤通过鬼神毒害她，于是班婕妤被审问。班婕妤的供辞说："我听说生死有命，富贵在天。修善不能得到保佑，那做坏事还会有指望吗？如果鬼使有知，就不会听奸佞之人的诉说；如果鬼神无知，诉说又有什么用？所以我不会做这种事。"

【解读】

班婕妤的聪明在于她处乱不惊，没有被突发事件吓得六神无主，失去理智。所以，她的辩词说得有情有理。作为一个女子，她能够在生命面临危险时还保持这种镇静，这跟她的个人性格有关，也跟她的文化修养有关。班婕妤是中国历史上罕见的擅长辞赋的女作家之一，文才卓越，连太后都对她欣赏有加，赞曰："古有樊姬，今有班婕妤。"

【原文】

魏武帝崩，文帝①悉取武帝宫人自侍②。及帝病困，卞后③出看疾。太后入户，见直侍并是昔日所爱幸者。太后问："何时来邪？"云："正伏魄④时过。"因不复前而叹曰："狗鼠不食汝余⑤，死故应尔！"至山陵⑥，亦竟不临⑦。

【注释】

①文帝：指魏文帝曹丕。②自侍：侍奉自己。③卞（biàn）后：指卞太后，魏武宣皇后卞氏，琅邪开阳人，魏武帝曹操的正妻。④伏魄：古代迷信，谓人始死时魂魄离体未久，可持死者之衣升屋，北面三呼，招其魂魄归体，称为"伏魄"。⑤狗鼠不食汝余：狗和老鼠都因瞧不起你而不吃你剩下的食物。比喻被人轻贱、唾弃。⑥山陵：帝王的陵墓。引申为帝王驾崩。⑦临：哭吊。

【译文】

魏武帝驾崩后，文帝把武帝的宫人全部召来侍奉自己。文帝病重后，卞太后来探视。太后进门后，看到侍奉曹丕的人都是昔日魏武帝曹操所宠幸的人。太后问："什么时候来的？"回答说："为武帝招魂的时候来的。"太后于是不再前去探望，并叹息说："你这样做，死了狗鼠都不会吃你！死了活该！"文帝驾崩后，卞太后也没有去哭吊。

【解读】

不是卞太后无情，而是她用情至深，对儿子的期望太大，然而儿子却辜负了她，她便只能斩断母子之情。儿子不成器，没有一个母亲会好受。所以说，卞太后的内心之痛，也许只有她自己知道。然而，即使她内心悲痛，她仍然不肯在曹丕死后原谅他的行为。可见，她的道德观强烈，是非分明。

【原文】

赵母[①]嫁女，女临去，敕[②]之曰："慎勿为好[③]！"女曰："不为好，可为恶[④]邪？"母曰："好尚不可为，其况恶乎！"

【注释】

①赵母：三国时期吴国人，有才学。后被孙权诏入宫中，称赵姬。②敕：告诫。③慎勿为好：不要做得太好。④为恶：指做坏事。恶：坏事，不好的事。

【译文】

赵母嫁女儿，女儿临走时，赵母告诫她说："一定不要做得太好！"女儿说："不能做得太好，可以做坏事吗？"赵母说："好事尚可不能做，何况坏事呢？"

【解读】

在妇女地位低微的古代，做好事不一定会有好报。当时，一夫可以多妻，一个女人即使成为某个人的妻子，也可能还会与其他女人有竞争关系。如果她事事都做得尽善尽美，势必招来竞争者的嫉妒乃至仇恨，如此就会惹祸上身。另外，人善被人欺，马善被人骑。你表现出了一个老好人的样子，就会让人觉得你是懦弱的。无论如何，这两种情况都对一个女人不利。在现代社会，无论是男人还是女人，都不宜"为好"过度。为人处事，该做好人时为好，该做"恶人"时就表现出自己不完美的一面。

【原文】

许允[①]妇是阮卫尉[②]女，德如[③]妹，奇丑。交礼竟，允无复入理，家人深以为忧。会允有客至，妇令婢视之，还答曰："是桓郎。"桓郎者，桓范[④]也。妇云："无忧，桓必劝入。"桓果语许云："阮家既嫁丑女与卿，故当有意，卿宜察之。"许便回入内，既见妇，即欲出。妇料其此出无复[⑤]入理，便捉裾停[⑥]之。许因谓曰："妇有四德[⑦]，卿有其几？"妇曰："新妇所乏唯容尔。然士[⑧]有百行[⑨]，君有几？"许云："皆备。"妇曰："夫百行以德为首。君好色不好德，何谓皆备？"允有惭色，遂相敬重。

【注释】

①许允：字士宗，高阳（今河北高阳）人。三国时期魏国人，许据之子。官至领军将军。后卷入夏侯玄谋杀司马师的事件而被流放至乐浪，途中死去。②阮卫尉：阮共，字伯彦，晋尉氏人。性情温和，清真守道，恭敬礼让。阮侃之父。官至卫尉卿，故称阮卫尉。③德如：阮侃，字德如，阮共之子。有俊才，善清谈，风度雅润，与嵇康等人友善。官至河内太守。④桓范：字符则，曹魏大臣，很有才能。历任中领军、尚书、征虏将军、东中郎将、兖州刺史等。司马懿起兵讨伐曹爽时，桓范劝曹爽挟魏帝到许昌，曹爽不听。曹爽被司马懿所杀，桓范亦被诛。⑤复：再次。⑥停：使……停下来。⑦四德：封建社会对女子要求的礼教，分别从品德、言语、容仪、女功四方面要求女子。⑧士：指成年男子。⑨百行：许多品行。百：多的意思。

【译文】

许允的妻子是阮共的女儿，阮侃的妹妹，相貌很丑。行过夫妻之礼后，许允没有入洞房的意思，家人很为他担忧。这时许允的一个客人来了，妇人让婢女看是谁。婢女回来后回答说："是桓公子。"桓公子就是桓范。妇人说："不用担心了，桓公子一定能把他劝进来。"桓范果然对许允说："阮家既然把丑女嫁给你，一定有原因，你应该仔细体会。"许允便回到洞房，见到妇人，又想出来。妇人料到他出去就再不会进来，便抓住许允的衣襟留住他。许允说道："妇人应该有四德，你有几个？"妇人说："新妇缺少的只有容貌而已。但男子应该有许多品行，你有几个？"许允说："都有。"妇人说："所有的品行中，以德为首。你好色不好德，怎么能说全部具备呢？"许允很惭愧，从此很敬重妻子。

【解读】

孔子说："吾未见好德如好色者。"可见，把"德"和"色"并列对待，已是很难。男人好色，情有可原，所以许允一开始的逃避也是可以理解的。然而，无论在哪个年代，任何一个正常的男人也都知道：一个女人的德行才是决定她整体价值的关键因素。因为，没有德行的泼妇或者恶妇，娶回家也不过添乱罢了。如果一个男人迫不得已非要在外貌和德行之间做选择的话，他应该会选择德行好而不只是外貌好的女人做妻子。许允最终敬重了貌丑的妻子，说明他以德为重，是个会取舍的智慧之人。

【原文】

许允为吏部郎①，多用其乡里②，魏明帝遣虎贲③收之。其妇出诫④允曰："明主可以理夺⑤，难以情求。"既至，帝核问⑥之，允对曰："'举尔所知⑦'，臣之乡人，臣所知也。陛下检校⑧，为称职与不？若不称职，臣受其罪。"既检校，皆官得其人⑨，于是乃释。允衣服败坏，诏赐新衣。初，允被收，举家号哭。阮新妇自若，云："勿忧，寻⑩还。"作粟粥待。倾之，允至。

【注释】

①吏部郎：官名，吏部尚书副职，只要负责选拔官员。②乡里：乡里人，同乡。③虎贲（bēn）：勇士，护卫王宫、君主的人。④诫：告诫。⑤理夺：意思是用道理使他改变想法。⑥核问：核实询问。⑦举尔所知：举荐你所了解的人。⑧检校：检查。⑨皆官得其人：意思是所有的推举的官员都很称职。得：适合。⑩寻：不久，一会儿。

【译文】

许允做吏部郎时，选用了许多同乡，魏明帝派卫士来捉拿他。他的妻子出来告诫说："贤明的君主可以用道理来规劝，不可以用人情哀求。"许允到了朝廷上，魏明帝审问他，许允说："'举尔所知'，我的同乡，正是我所了解的。陛下可以检查，看看他们是不是称职。如果不称职，我甘受其罪。"明帝检查后，各个都很称职，于是把许允释放了。许允的衣服破了，明帝下诏赐给他一件新衣。许允开始被捕时，全家都大哭。新妇阮氏神情自若，说："不用担心，一会就回来了。"并做小米粥等着。不久，许允果然回来了。

【解读】

为人妻子必备的素质之一：相信自己的丈夫。唯有相信，才不会在家庭突遭灾祸时乱了分寸，让一家子失去了安稳祥和。然而，相信却不是简简单单能做到。这需要一个妻子必须了解丈夫的为人品质，在任何时候都支持他，而不是像一棵脆弱的小草一样，闻风就动。只有做到了相信和支持，妻子才有可能在丈夫面临突发灾祸时保持镇静。而这种镇静是解决问题的前提，也是一个人有高素质修养的体现。一个女人能做到这样的话，她就可以称为贤妻了。

【原文】

许允为晋景王①所诛，门生②走入告其妇③。妇正在机中④，神色不变，曰："蚤知尔耳！”门人欲藏其儿，妇：“无豫[⑤]诸儿事。”后徙居墓所，景王遣钟会[⑥]看之，若才流[⑦]及父，当收[⑧]。儿以咨[⑨]母，母曰：“汝等虽佳，才具[⑩]不多，率[⑪]胸怀与语，便无所忧；不须极哀，会止便止；又可少问朝事。”儿从之。会反，以状[⑫]对，卒免。

【注释】

①晋景王：司马师，字子元。三国时期曹魏权臣，官至大将军。西晋王朝的奠基人之一。司马炎称帝后，追尊司马师为景皇帝，庙号世宗。当时司马氏为夺取曹氏的权利，将曹爽、夏侯玄、李丰等亲曹重臣杀害，许允因与夏侯玄、李丰等人交往密切，也被司马师借故杀害。②门生：古时仕宦之人所招募的门客幕僚。③其妇：指许允的妻子阮氏。④在机中：正在织布。⑤豫：牵连。⑥钟会：字士季，颍川长社人。三国时期魏将，太傅钟繇之子。公元年，钟会与邓艾领兵灭亡蜀国。后来钟会想在蜀地自立而起兵，因部将反叛而失败，被杀。⑦才流：才能。⑧收：抓捕。⑨咨：咨询。⑩才具：才能。⑪率：坦率。⑫状：情况。

【译文】

许允被晋景王杀害，门生跑来把这件事告诉他的妻子阮氏。阮氏正在织布，听后，神色不变，说：“早就知道会这样！”门人想把许允的儿子藏起来，阮氏说：“不会连累到孩子。”后来迁往墓地居住，晋景王派钟会去察看，称如果发现许允儿子跟他父亲一样优秀，就捉起来。许允的儿子请教阮氏，阮氏说：“你们虽然都很优秀，但才能不及你们父亲。只需坦率地跟他交谈，便没什么忧虑的；不需要极度悲哀，钟会不哭了你们就停止哭泣；还可以稍微问问朝中之事，但不要抨击朝政。”儿子听从了母亲的建议。钟会回去后，把情况告诉了晋景王，最终许允的儿子免于一死。

【解读】

才华卓越的人不一定聪明，他们的不聪明在于毫不顾忌地显露自己的才华，召来他人的嫉妒和防范，甚至是杀身之祸。最阮氏对她儿子所说的话揭示了一个道理：聪明的有才之人，应该根据自身的处境来表露或隐藏自己的才华。当他人是为了杀你的才而来杀你时，那就该扮演一个平庸之辈。平庸的人，在某种程度上来说是最安全的。

【原文】

王公渊[①]娶诸葛诞[②]女，入室，言语始交，王谓妇曰：“新妇神色卑下，殊不似公休[③]。”妇曰：“大丈夫不能仿佛彦云[④]，而令妇人比踪[⑤]英杰！”

【注释】

①王公渊：王广，字公渊，三国时魏国人。因拥戴曹氏政权，后被司马懿杀害。②诸葛诞：字公休，琅邪阳都人。三国时期魏将，官至扬州刺史、镇东将军、司空。后因造反被杀。③公休：指诸葛诞，字公休。④彦云：王凌，字彦云，太原祁人。汉末年司徒王允之侄。后被曹操辟为丞相掾属。文帝即位，历任散骑常侍、兖州刺史，与张辽等至广陵讨孙权，以功封宜城亭侯，加建武将军。后与其甥令孤愚谋废曹芳，事情败露，服毒死。⑤比踪：与……看齐。

【译文】

王广娶了诸葛诞的女儿。进入房间后，开始交谈，王广对妇人说：“新妇神色低下，很不像你父亲诸葛诞！”妇人说：“大丈夫不向彦云学习，却让夫人向英杰看齐。”

【解读】

自己做不到的事却要求别人做到，这等同于让别人有机会搬起石头砸你自己的脚。王广的例子是最好的说明人不要随意对别人提高要求，也不要随意贬低他人。在你开始谈论别人之前，先想想自己将说的话是否符合情理，是否有意义。否则，出口就贬低他人，而你自己又没有更高的能力，就会被人反驳得无言以对。

【原文】

王经[①]少贫苦，仕至二千石[②]，母语之曰："汝本寒家子，仕至二千石，此可以止乎！"经不能用。为尚书，助魏，不忠于晋，被收[③]，涕泣辞母曰："不从母敕[④]，以至今日！"母都无慽容[⑤]，语之曰："为子则孝，为臣则忠，有孝有忠，何负[⑥]吾邪？"

【注释】

①王经：字彦纬，冀州清河郡人，三国时代曹魏大臣。出身贫寒，历任江夏太守、雍州刺史。后死于高贵乡公之难，其母一同被逮捕并被处死。②二千石：指俸禄是二千石粮食。汉魏时期，郎将、郡守和知府等同级别的官员俸禄都是二千石。③收：逮捕。④敕：劝告，告诫。⑤慽容：悲伤的脸色。⑥负：辜负。

【译文】

王经年轻时很贫苦，后来做到二千石的官时，母亲对他说："你本是贫穷人家的孩子，官做到二千石，可以到此为止了！"王经没有听从。后来王经做了尚书，协助魏室，不忠于晋室，最终被捕。王经流着泪向母亲道歉说："没有听从母亲的告诫，才导致今日结局。"母亲没有一点悲伤的脸色，对王经说："为人子则尽孝，为人臣则尽忠，你尽了孝又尽了忠，还辜负我什么？"

【解读】

"见好就收"的道理，听着人人都懂，然而却很少有人能做到。对于钱财、功名、地位、虚荣、成就等一切看起来美好的东西，人天生都有贪欲，好了只想更好、最好，有了还想更多、更大。然而，无止尽追求的结果并不一定都是原以为的那么美好。很多人会在不断追逐的路上迷失自己，或者卷入生死争斗。其实，只要退一步，少一点欲望，多一丝对现状的满足，人就可以安度一生——这并非是在宣扬"得过且过"。当然，如果如王经之母所说，前进之后的危险是值得的，你所做的一切都无愧于心，那也不必为自己选择的后悔。

【原文】

山公与嵇、阮[①]一面，契若金兰[②]。山妻韩氏，觉公与二人异于常交，问公，公曰："我当年可以为友者，唯此二生耳。"妻曰："负羁之妻亦亲观狐、赵[③]，意欲窥[④]之，可乎？"他日，二人来，妻劝公止之宿，具酒肉。夜穿墉[⑤]以视之，达旦忘反[⑥]。公入曰："二人何如？"妻曰："君才致殊[⑦]不如，正当[⑧]以识度相友耳。"公曰："伊辈亦常以我度[⑨]为胜[⑩]。"

【注释】

①山公与嵇、阮：指山涛、嵇康、阮籍，他们都是"竹林七贤"中的人物。②契若金兰：形容情投意合，感情非常好。金兰源于《易·系辞上》："二人同心，其利断金；同心之言，其臭如兰。"契：指人与人很投合。③负羁之妻亦亲观狐、赵：负羁的妻子也曾经亲自见过狐偃、赵衰。负羁：喜负羁，春秋时曹国大夫。狐、赵：指晋公子重耳的跟随者狐偃、赵衰。二人跟随公子重耳出逃他国，重耳做晋国君后，任二人为晋国大夫。据《左传》记载，公子重耳出逃，经过曹国，遭曹君的无礼对待。曹国大夫喜负羁的妻子对丈夫说："我看晋公子重耳的跟随者都是足以做相国的人。如果这些人做了相国，重耳一定会返回晋国做国君，必得志于诸侯。得志于诸侯后他一定会讨伐无理之国，而曹国一定他首选。你还是早点做准备吧！"于是喜负羁善待重耳，并送来食物和璧玉。④窥：在隐蔽的地方偷看。⑤墉：墙壁。⑥反：通"返"。⑦殊：及其，非常。⑧正当：只是，只因。正，只。⑨度：器量、器度。⑩胜：好，优秀卓越。

【译文】

山涛与嵇康、阮籍见了一面，就成了形同兄弟的朋友。山涛的妻子韩氏，觉得丈夫与二人的交情不一般，就问山涛缘故，山涛说："现在能称得上是我朋友的，只有这两位。"妻子说："当年喜负羁的妻子曾亲自见过狐偃、赵衰，我想看看他们俩，可以吗？”他日，嵇康、阮籍二人来到山涛家，妻子劝山涛让他们留下，准备了酒肉。夜里，山涛妻子穿透墙壁观察他们，直到天亮，竟忘了回去。山涛走进房内说：“二人怎么样？”妻子说：“你的才能情致都不如他们，只是因见识和气度结交他们。”山涛说：“他们也常常说我气度超出常人。”

【解读】

山涛妻子一句“君才致殊不如，正当以识度相友耳”指出了山涛和阮籍、嵇康的鲜明不同，可见她既对自己的丈夫很了解，也很擅长从他人的言行举止中剖析一个人。她的话还说明了人际交往的一个道理：有时候，人与人的相交，可能并不是建立在才情学识对等的基础上，而是基于个性相辅相成，互相吸引。山涛正是因度量不凡，才得到才情比自己高的阮籍、嵇康的认同。

【原文】

王浑①妻钟氏生女令淑②，武子③为妹求简④美对而未得，有兵家⑤子，有俊才，欲以妹妻之，乃白⑥母，曰：“诚是才者，其地⑦可遗⑧，然要令我见。”武子乃令兵家儿与群小杂处，使母惟⑨中察之。既而母谓武子曰：“如此衣形者，是汝所拟者⑩非邪？”武子曰：“是也。”母曰：“此才足以拔萃；然地寒⑪，不有长年，不得申⑫其才用。观其形骨，必不寿，不可与婚。”武子从之。兵儿数年果亡。

【注释】

①王浑：字玄冲，太原晋阳人。三国至西晋时期的大臣，历任散骑黄门侍郎、散骑常侍、越骑校尉，官至司徒。辅佐过晋武帝和晋惠帝两代君主。②令淑：美好贤淑。③武子：王济，字武子，太原晋阳（今山西太原）人，名士。西晋大将军王浑的次子。被晋武帝司马炎选为女婿，配常山公主。④求简：寻找。⑤兵家：当兵的人家，军人。⑥白：告诉。⑦地：指门第。⑧遗：抛弃，这里引申为不管，不顾。⑨惟：帷幕。⑩拟者：挑选的人。⑪地寒：出门卑微。⑫申：施展。

【译文】

王浑的妻子钟氏所生的女儿美丽贤淑，王济想要为妹妹寻一佳偶，却一直没找到。有一个军人的儿子，俊朗有才华，王济想把妹妹嫁给他，就把这件事告诉了母亲。母亲说：“如果真有才能，他的出身门第可以暂且不考虑。但我要亲自见见他。”于是王济让那个军人的儿子跟一群普通人站在一起，让母亲在帷幕后察看。过了一会，母亲对王济说：“穿这样衣服，长这样相貌的人，是你挑选的那个吗？”王济说：“是的。”母亲说：“他的才能足以出类拔萃，只是出身寒微，活不久，不能施展他的才能。看他的外貌和骨骼，一定不会长寿。不能跟他结婚。”王济听从了母亲。几年后那个军人的儿子果然死了。

【原文】

贾充①前妇，是李丰②女。丰被诛，离婚徙边③。后遇赦得还，充先已娶郭配④女，武帝⑤特听置左右夫人。李氏别住外，不肯还充舍。郭氏语充，欲就省⑥李，充曰：“彼刚介⑦有才气，卿往不如不去。”郭氏于是盛威仪⑧，多将⑨侍婢。既至，入户，李氏起迎，郭不觉脚⑩自屈，因跪再拜。既反⑪，语充。充曰：“语卿道何物⑫？”

【注释】

①贾充：字公闾，平阳襄陵人，曹魏至西晋时期大臣，曹魏豫州刺史贾逵之子。很受司马家族的信任，官至尚书令。他协助司马昭夺取曹魏政权，杀曹氏官员，废魏立晋，是西晋的开国元勋。②李丰：字安国，冯翊东县人。三国时期魏国中书令，魏谏议大夫，李义之子。因忠于曹氏，被司马师杀害。③徙边：流放到边远地带。④郭配：字仲南，有重名，位至城阳太守。名将郭淮之弟。有才干，器量非凡。官至城阳太守。⑤武帝：指晋武帝司马炎。⑥省：探望。⑦刚介：刚直耿介。

⑧盛威仪：使举止仪容高贵端庄。⑨将：带领。⑩脚：指双腿。⑪反：通“返”。⑫何物：什么。

【译文】

贾充的前妻是李丰的女儿。李丰被杀后，李氏与丈夫离婚，并被流放到远方。后来遇到赦免才得以归来，此时贾充已经娶了郭氏女儿为妻。晋武帝特意允许贾充设有左右两夫人。李氏住在别处，不肯回到贾充那里居住。郭氏想去拜访李氏。贾充说：“她刚直耿介，有才气，你还是不要去了。”郭氏于是盛装打扮，并带了很多婢女，来到李氏家里。郭氏进门，李氏起来迎接。郭氏见到李氏，不觉得两脚发软，于是跪下来拜见李氏。郭氏回来后，把情况告诉了贾充。贾充说：“我说什么来着？”

【解读】

不自量力的人，非要自顾向敌人冲去，结果只能是腿脚发软。本身没有气场，再大的排场，再隆重的乔装打扮，也不会显出真正的尊贵。而自身有尊贵资本，且内心也尊贵的人，她即使孤单影只，也足以威慑前者。所以，虽说“人靠衣装”，但更需可彰显实力的才情学识、良好的性格、尊贵的精神来“装”。

【原文】

贾充妻李氏作《女训》①，行于世。李氏女②，齐献王③妃；郭氏女，惠帝④后。充卒，李、郭女各欲令其母合葬，经年不决。贾后⑤废，李氏乃祔葬⑥，遂定。

【注释】

①《女训》：即《女诫》，教导女性如何为妇的封建理论的书。②李氏女：指李丰的女儿，名婉，字叔文。③齐献王：字大猷，小字桃符。河内温县人，司马昭次子。封齐王。性情温和，有治世之才，深得人心。后被晋武帝司马炎排挤出朝廷，司马攸气愤而死，享年三十六岁，谥为“献”。④惠帝：司马衷，字正度，河内温县人。晋武帝司马炎第二子，西晋的第二代皇帝。他为人痴呆，不理政事，皇后贾南风趁机掌握朝政大权。⑤贾后：小名旹（shí），平阳襄陵人。晋惠帝司马衷的皇后，贾充的女儿。相貌丑陋，嫉妒心极强。因晋惠帝懦弱而趁机把持朝政，导致“八王之乱”。后被司马伦杀害。⑥祔（fù）葬：合葬。祔：合。

【译文】

贾充的妻子李氏作《女训》流传于世。李氏的女儿是齐献王的妃子；郭氏的女儿是晋惠帝的皇后。贾充死后，李氏和郭氏的女儿都想让自己的母亲与贾充合葬，争论多年没有结果。贾后被废后，才决定李氏与贾充合葬。

【解读】

郭氏女位高权重，以势压人。她正如生前的郭氏，满心的嫉妒，一身的蛮横。这母女俩，做母亲的使得李氏自返回后都无法进入贾充的家门，而做女儿的仍想依靠自己的地位，强行拆散死后的李氏和贾充。然而，蛮横的势力最终会在邪恶的争斗中耗尽自己，正义的力量却保持下来。

【原文】

王汝南①少无婚，自求郝普女。司空②以其痴，会无婚处③，任其意，便许之。既婚，果有令姿淑德④，生东海⑤，遂为王氏母仪⑥。或问汝南：“何以知之？”曰：“尝见井上取水，举动容止不失常，未尝忤观⑦，以此知之。”

【注释】

①王汝南：王湛，字处冲，王昶之子。因为不爱说话，人误以为其痴傻。官至汝南内史。②司空：指王湛的父亲王昶，官至司空。③会无婚处：恰好没有婚配的对象。④令姿淑德：容姿美好，贤

良淑德。⑤东海：指王承，字安期，生活于两晋时期，太原晋阳人，王昶之孙，王湛之子，王述之父。深得东海王司马越的赏识，称赞他"王参军人伦之表"。被推许为东晋初年第一名士，在王导、卫玠、周颉、庾亮等名臣名士之上。⑥母仪：为人母的典范。⑦忤观：抬头观望。在古代不仰头直视是有妇德的表现。

【译文】

王湛年少未婚时，自己要求娶郝普的女儿。他的父亲王昶认为他痴傻，恰好又没有婚配，就随了他的心意，允许了他。婚后，郝氏果然美好有淑德，生了王承，成了王家良母的典范。有人问王湛："你怎么识得她的？"王湛说："我曾经看见她在井边取水，一举一动不失规矩，也不会举目直视，由此得知。"

【解读】

王湛并不痴傻，他娶妻不是乱来的，而是通过一番细致的观察和评定后才做出的决定。你的一举一动都可见你的性格和为人处事的态度，所以注意自己的言行是很重要的。要想了解一个人并不难，只需在平常生活中观察他的一言一行就可知道。总之，生活中观人察己，可以了解别人和自己的优点和不足。

【原文】

王司徒[①]妇，钟氏女，太傅[②]曾孙，亦有俊才女德。钟、郝为娣姒[③]，雅[④]相亲重[⑤]：钟不以贵陵[⑥]郝，郝亦不以贱下钟。东海[⑦]家内，则[⑧]郝夫人之法，京陵[⑨]家内，范[⑩]钟夫人之礼。

【注释】

①王司徒：王浑。②太傅：指钟繇，字符常，颍川长社人。三国时期曹魏著名书法家、政治家。官至太傅。与名士华歆、王朗并为"三公"。在书法方面造诣很深，与晋代书法家王羲之并称为"钟王"。③娣姒（sì）：妯娌。兄妻为姒，弟妻为娣。④雅：很，非常。⑤重：尊重。⑥陵：通"凌"，欺凌，欺负。⑦东海：指王承。⑧则：以……为准则。⑨京陵：指王浑，袭父亲京陵侯之位。⑩范：以……为规范。

【译文】

王浑的妻子是钟家的女儿，太傅钟繇的曾孙女，有出众的才华和美好的妇德。钟氏、郝氏是妯娌关系，她们亲近又相互尊重：钟氏不以身份高贵而欺凌郝氏，郝氏也不因为出身低微而卑躬屈膝于钟氏。王承家中以郝夫人制定的家规为准则，王浑家中以钟夫人制定的礼法为规范。

【解读】

夫妻之间能够相敬如宾已非常难得，妯娌之间能够做到相互尊重、礼让的更是少之又少。因为女人本来就善妒，不是一方瞧不起一方，就是一方嫉妒另一方。所以，像钟氏、郝氏这样的关系，实属妯娌关系的楷模。

尊敬他人就是尊敬自己。只有你尊敬了他人，他人才会尊敬你。无论什么关系，起码的交际之道还是应该遵循的。这并不是束缚，而是为了塑造良好和谐的关系，让自己有一个快乐平和的生活环境。生活本就不容易，何必无事生非，自添烦恼？尊敬别人，其实是为了成全自己的生活。

【原文】

李平阳[①]，秦州子[②]，中夏[③]名士，于时以比王夷甫。孙秀[④]初欲立威权，咸云："乐令[⑤]民望，不可杀，减[⑥]李重者又不足杀。"遂逼重自裁。初，重在家，有人走从门入，出髻中疏[⑦]示重，重看之色动。入内示其女，女直叫"绝"，了其意，出则自裁。此女甚高明，重每咨[⑧]焉。

【注释】

①李平阳：李重，字茂曾，官至平阳太守。②秦州子：李秉，字玄胄，官至秦州刺史。③中夏：指中原地区。④孙秀：字俊忠，琅邪人。善谄媚，被司马伦宠信。⑤乐令：指乐广。⑥减：比不上。⑦疏：文书。⑧咨：咨询。

【译文】

李重是李秉的儿子，中原的名士，当时的人拿他跟王夷甫相比。孙秀想要树立自己的威信，都说："乐广被百姓爱戴，不能杀。才能不及李重的又不值得杀。"于是孙秀逼李重自杀。开始，李重在家中，有人从门外跑进来，从发髻中取出一份文书给李重看。李重看后脸色都变了。进了房间给他女儿看，女儿只叫了一声"完了"！李重明白其中的意思，走出房间自杀了。李重的这个女儿很精明，李重常常向她讨教。

【解读】

我们不知道李重收到的信件里讲什么，但从他们父女的反应来看，应是写有让李重自杀之类的暗语。其实，真的是李重不懂书信之意吗？也未必。只是，作为当事人，他有不愿面对残酷现实的心理，所以不敢往下想。人都这样，最糟的事情发生在自己身上时，自己难以置信，想着让别人给自己确认下。其实潜意识里是期望别人的想法和提议，能让自己看到希望。

李重之女的一句"绝"很有深意：最简单最痛快的话，往往一针见血。

【原文】

周浚[①]作安东[②]时，行猎，值暴雨，过汝南李氏。李氏富足，而男子不在。有女名络秀，闻外有贵人，与一婢于内宰猪羊，作数十人饮食，事事精办[③]，不闻有人声。密觇[④]之，独见一女子，状貌非常，浚因求为妾。父兄不许。络秀曰："门户殄瘁[⑤]，何惜一女？若联姻贵族，将来或大益。"父兄从之。遂生伯仁[⑥]兄弟。络秀语伯仁等："我所以屈节为汝家作妾，门户计[⑦]耳！汝若不与吾家作亲亲[⑧]者，吾亦不惜余年[⑨]！"伯仁等悉从命。由此李氏在世，得方幅齿遇[⑩]。

【注释】

①周浚：字开林，西晋时汝南安城，官至安东将军、侍中、少府、将作大匠。晋武帝时都督扬州诸军事，拜安东将军。②安东：指安东将军。③精办：做得很精细。④觇(chān)：窥视。⑤殄瘁：指衰败。⑥伯仁：周顗，字伯仁，晋安城人。官至尚书左仆射。⑦计：计划，谋划。⑧亲亲：指亲戚关系。⑨不惜余年：不吝惜余生。指自杀。⑩得方幅齿遇：得到正规的礼遇地位。方幅：截木为方，裁帛为幅。

【译文】

周浚做安东将军时，外出打猎，遇到暴雨，经过汝南李家房舍。李家很富足，男子都不在家。有个女子叫络秀，听到外面有贵人来，就和一位婢女在房内杀猪宰羊，做了数十人的饭，每件事办得有条有理，屋外面的人没听到一点声音。周浚偷偷地观察，只见一女子，相貌出众。周浚便要娶她为妾，后来络秀的父亲和兄长都不肯答应。络秀说："门户衰落，何必怜惜一个女子！如果能与贵族联姻，将来或许有益处。"父亲和兄长答应了她。后来络秀生了周伯仁兄弟。络秀对周伯仁等人说："我之所以屈身到你们家作妾，是为门第考虑。你们如果不与我家做亲戚，我也没有什么理由活下去了！"周伯仁等都依从了母亲。从此，李家在社会上得到公正的礼遇。

【解读】

络秀的聪明在于她知道自己要什么，也知道什么是更重要的。一个将军府中的妾，地位高于一个富户之家的正妻。地位在古代基本上就代表了一切。如果络秀嫁给周浚，不仅她的地位得到提升，她的家族地位也会得到提升。所以，络秀舍身做妾，与其说牺牲自己，不如说是一种成全自己和家族的聪明之举。

【原文】

陶公[①]少有大志，家酷贫，与母湛氏同居。同郡范逵[②]素知名，举孝廉，投侃宿。于时冰雪积日，侃室如悬磬[③]，而逵马仆甚多。侃母语侃曰："汝但[④]出外留客，吾自为计。"湛头发委[⑤]地，下为二髲[⑥]。卖得数斛米，斫[⑦]诸屋柱，悉割半为薪，剉[⑧]诸荐[⑨]以为马草。日夕，遂设精食，从者无所乏。逵既叹其才辩，又深愧[⑩]其厚意。明旦去，侃追送不已，且百里许。逵曰："路已远，君宜还。"侃犹不返。逵曰："卿可去矣。至洛阳，当相为美谈。"侃乃返。逵及洛，遂称之于羊晫、顾荣[⑪]诸人，大获美誉。

【注释】

①陶公：陶侃。②范逵：西晋鄱阳人，曾举孝廉，生平事迹不详。③室如悬磬：家里像悬挂的磬一样，一无所有。磬：古代的一种乐器，悬挂在架子上敲击。④但：只管。⑤委：垂下。⑥髲（bì）：假发。⑦斫（zhuó）：用刀、斧等砍劈。⑧剉（cuò）：铡碎。⑨荐：草席。⑩愧：感谢。⑪顾荣：字彦先，吴郡吴县（今江苏苏州）人，顾雍孙。年少时就在吴国任官，吴亡后归晋。惠帝征其为散骑常侍，怀帝永嘉元年为司马睿军司，加散骑常侍。死后追赠骠骑将军，谥元。

【译文】

陶侃年少时就有大志向，家里非常贫寒，跟他的母亲湛氏住在一起。同郡的范逵很有名气，被举为孝廉。范逵投宿到陶侃家中。当时下了好几天的雪，陶侃家一无所有，而范逵的仆人和马匹很多。陶侃的母亲湛氏说："你只管出去招待客人，我自有办法。"湛氏把头发垂到地上，剪下来做成两个假发，卖掉的钱买了几斛米。把房间的柱子砍掉一半，当作柴。把所有的草席铡成马草。晚上，置办了精美的食物，范逵的随从们没什么可缺的。范逵很赞叹陶侃的才能，又非常感谢他的厚礼相待。第二天早上范逵离开时，陶侃追送不止，走了百余里。范逵说："已经走了很远了，您该回去了。"陶侃依然不返回。范逵说："你回去吧。到了洛阳我一定为你美言的。"陶侃才回去。范逵到了洛阳，就向羊晫、顾荣等人称赞陶侃，陶侃大大获美誉。

【解读】

陶侃母亲为了成就儿子，想尽办法，抓住这难得的机会。她的聪明既源于她的生活积累，也源于她的对儿子深沉的爱。天下父母心，因着有爱的支撑，所以最有力量。

【原文】

陶公[①]少时，作鱼梁[②]吏，尝以坩[③]鲊[④]饷[⑤]母。母封鲊付使，反书[⑥]责侃曰："汝为吏，以官物见饷，非唯不益，乃增吾忧也。"

【注释】

①陶公：指陶侃。②鱼梁：一种捕鱼的器具。③坩（gān）：盛物的陶器。④鲊（zhǎ）：一种用盐和红曲腌的鱼。⑤饷：赠送。⑥反书：回信。反，同"返"。

【译文】

陶公年少时，做管理鱼梁的小官，曾经把一坩腌鱼送给母亲。母亲把腌鱼封好交给送来的人，并给陶公回了一封信责备说："你作为官吏，用官家的东西作为赠品，不但没有益处，反而增添了我的忧愁。"

【解读】

母爱之伟大，在于一个母亲能够言传身教，教会自己的孩子正直做人，培养孩子一身的正义能量。因为她知道，只要孩子有了这股能量，有一天即使她不在了，她的孩子也能靠这份力量在这动荡的世界里好好地存活下去。反过来说，一个会爱孩子的母亲，她会教育孩子什么事情是正确，什么又是错的，不能做的。由此推及，一个真正懂得孝的人，他也应该知道怎么做才能报答母亲。真正的孝，是首先让自己的父母放心，不受牵挂担忧之苦。

【原文】

桓宣武[①]平蜀，以李势[②]妹为妾，甚有宠，常著斋后。主[③]始不知，既闻，与数十婢拔白刃袭之。正值李梳头，发委藉地[④]，肤色玉曜[⑤]，不为动容，徐曰："国破家亡，无心至此，今日若能见杀，乃是本怀[⑥]。"主惭而退。

【注释】

①桓宣武：指桓温。②李势：字子仁，李寿长子，十六国成汉皇帝。后降晋，封归义侯。③主：指桓温的妻子南康公主。④发委藉地：头发垂到地上。委：垂落。藉：铺，垫。⑤玉曜：像玉色一样光艳夺目，比喻外表美。⑥本怀：本意。

【译文】

桓温平定蜀地，把李势的妹妹纳为妾，非常宠爱她，常常把她安置在书斋后面。南康公主开始不知道这件事，后来听说后，就带着数十名奴婢拿着刀想要去杀她。恰好碰到李氏在梳头，头发垂到地上，肤色像玉一样光鲜夺目。李氏见到南康公主，毫不动容，徐徐地说："国破家亡，我无心来此，今日如果能被你杀，也是我的本意。"南康公主惭愧而退。

【解读】

南康公主因妒生恨，杀心顿起。她的见识只是妇人之见。而李氏在经历了国破家亡后，已经认识到了何为生、何为死，生死之意义又在于何处，她的思想境界跟南康公主根本不是一个级别。李氏女有着一股忠诚的家国情怀，这种情怀比女人的小肚鸡肠宽广雄厚万倍。在这股情怀面前，争风吃醋的李氏自然羞愧。一个人连死都不怕了，她无疑就是强大的。所以，南康公主的羞愧退却，既是羞愧，也是诚服。

【原文】

庾玉台[①]，希[②]之弟也。希诛，将戮玉台。玉台子妇[③]，宣武[④]弟桓豁[⑤]女也，徒跣[⑥]求进。阍[⑦]禁不内。女厉声曰："是何小人！我伯父门，不听我前！"因突入，号泣请曰："庾玉台常因[⑧]人脚短三寸，当复[⑨]能作贼不？"宣武笑曰："婿故自[⑩]急。"遂原[⑪]玉台一门。

【注释】

①庾玉台：庾友，庾冰之子。②希：指庾希，字始彦，颍川鄢陵人，庾冰之子，庾亮的侄子。东晋官员，官至北中郎将、徐兖二州刺史。后举兵讨伐桓温，兵败被杀。③子妇：儿媳妇。④宣武：指桓温。⑤桓豁：字朗子，谯国龙亢人。东晋将领。桓彝次子，桓温之弟。⑥徒跣：光着脚。⑦阍（hūn）：守门人。⑧因：依靠。⑨当复：还。⑩故自：的确，确实。⑪原：宽恕。

【译文】

庾友是庾希的弟弟。庾希被杀后，将要杀庾友。庾友的媳妇是桓温弟弟桓豁的女儿，她光着脚要求见桓温。守门人禁止她入内，女子厉声说："哪个小人！我伯父家的门，不让我进？"于是冲了进去，大哭，说道："庾友常常依靠别人走动，腿比别人短三寸，还能造反吗？"桓温笑着说："侄女婿确实是着急了。"随后放了庾友一家。

【解读】

最危急的情况下，一个人可能退缩，也可能像庾友的媳妇一样勇往直前，说出最质朴而聪慧的话来，教敌人放弃杀心。这就是所谓的“情急生智”。从这点来说，遇到危急状况时，如无法做到处乱不惊，“就事论事”也不失为一个好方法。

【原文】

谢公①夫人帏诸婢，使在前作伎②，使太傅暂见便下帏。太傅索③更开④，夫人云：“恐伤盛德。”

【注释】

①谢公：指谢安。②作伎：跳舞歌唱。伎：歌女，舞女。③索：要求。④更开：再次打开。

【译文】

谢安的夫人用帷帐把婢女们围起来，让他们在帐前跳舞唱歌，让谢安看了一会就放下帷幕。谢安要求打开，夫人说：“恐怕会影响你的大德。”

【解读】

最了解你且最为你好的人，对你可能是最苛刻的。因为他对你的好是深沉的，不像别人对你的好只停留在表面。表面之好的其一表现就是放纵你，任由你沉醉在快乐中。然而深沉的好却知道快乐也应该是克制的，无休止的快乐放纵可能会耽误你的正事。谢安之妻对谢安所说的话，正是基于她对谢安的真心。歌舞表演固然好看，让人开心，但看多了，沉醉不知归路，人也就堕落了。

【原文】

桓车骑①不好著新衣，浴后，妇故送新衣与。车骑大怒，摧使持去。妇更持还，传语云：“衣不经②新，何由而故？”桓公大笑，著之。

【注释】

①桓车骑：指桓冲。②经：经过，经历。

【译文】

桓冲不喜欢穿新衣服，洗完澡后，妻子让仆人送来一身新衣服给他。桓冲很生气，让仆人拿走。妻子又让人拿给他，传话说：“衣服不经历新，怎么能够变旧？”桓冲大笑，穿上了新衣服。

【解读】

劝服一个人接受一件他不愿意做的事情，不能靠强硬的态度，而是应晓之以理、动之以情。不是以“我认为”去说服对方，因为各人有各人的认为，凭什么你认为的就是对的？而是以不可辩驳的道理，让对方明白事情怎么做才是对的。学会以理服人，态度谦和，别人也更容易接受你的建议。

【原文】

王右军①郗夫人②谓二弟司空、中郎③曰：“王家见二谢④，倾筐倒庋⑤；见汝辈来，平平尔⑥。汝可无烦复往。”

【注释】

①王右军：指王羲之。②郗夫人：郗鉴的女儿，王羲之的夫人。③司空、中郎：分别指郗愔、郗昙。④二谢：指谢安和谢万。⑤倾筐倒庋（guǐ）：形容把家里所有的东西都拿出来。庋：放器物的架子。⑥平平尔：平平淡淡罢了，不重视。尔：通“耳”，罢了。

【译文】

王羲之的妻子郗夫人对她的两个弟弟司空郗愔、中郎郗昙说：“王家见到谢安和谢万，恨不得把家中所有的好东西拿出来招待；见你们来，平平淡淡地接待而已。你们不必再去了。”

【解读】

乐意接待一个人时，跟他毫不见外，好吃好喝的拿上来，与他畅谈很久。而对于没有什么好感的人，只是尽平平常常的礼仪，笑起来都是客气的。察言观色是人们在交往中必须要学会的技巧，学会了它你就知道你在他人心里的分量。根据这个分量，你才知道应该跟对方保持何等程度的关系王羲之的妻子劝两个弟弟不要再登门拜访，就是以王家的待客方式为依据的。当然，她的本意不在贬低他们，而是激将他们，大概也发泄自己心中“怒其不争”的愤慨。

【原文】

王凝之①谢夫人既往王氏，大薄②凝之。既还谢家，意大不说③。太傅④慰释之曰："王郎，逸少⑤之子，人身⑥亦不恶⑦，汝何以恨乃尔？"答曰："一门叔父，则有阿大、中郎⑧；群从兄弟，则有封、胡、遏、末⑦。不意天壤之中，乃有王郎！"

【注释】

①王凝之：字叔平，王羲之次子，善草书、隶书。历任江州刺史、左将军、会稽内史等。谢道韫的丈夫。②薄：瞧不起，轻视。③说：通“悦”。高兴。④太傅：指谢安。⑤逸少：指王羲之。⑥人身：人才。⑦不恶：不坏，不差。⑧阿大、中郎：指谢安的两个堂兄谢尚、谢据。⑨封、胡、遏、末：分别指谢韶、谢朗、谢玄、谢渊。他们都是谢道韫的堂兄弟。

【译文】

王凝之的妻子谢氏嫁到王家，很看不起王凝之。回到娘家，很不高兴。太傅谢安安慰她说："王郎，是王羲之的儿子，品行也不错，你为何还这么不满意呢？"回答说："我们谢家，叔父中有阿大，中郎；我堂兄中有谢韶、谢朗、谢玄、谢渊。想不到这天地间，还有王郎这样的人。"

【解读】

“曾经沧海难为水，除却巫山不是云。”看惯了高山大海的人，又怎会把丘陵、小溪这样的景致放在眼里？一个人的眼界越高，他对人事物的评判标准也越高。谢道韫本就才情极高，而她的家人也各个才华卓越，她对她夫君的不屑正源于此理。

【原文】

韩康伯①母隐②古几③毁坏。卞鞠④见几恶⑤，欲易之。答曰："我若不隐此，汝何以得见古物？"

【注释】

①韩康伯：韩伯。②隐：靠，倚靠。③几：小桌子，几案。④卞鞠：即卞范之，字敬祖，济阴宛句人，韩康伯的侄儿。桓玄重要幕僚之一，曾为丹阳尹。桓玄篡位失败后被杀。⑤恶：损害，破掉。

【译文】

韩伯母亲倚靠的几案破旧了，卞范之见到后，想要给她换一个新的。韩伯的母亲说："我如果不一直倚靠这个古几，你怎么能见到古物呢？"

【解读】

“物不经用如何成古物”跟桓冲妻子所说“衣不经新如何变旧”的道理是一样的：每样事物的成型都有一个过程，过程就是它的根本。我们既不能舍本逐末，也不能只取其本而扔其末。桓冲只喜旧衣服，那是舍本逐末、不切实际的浪费。而卞范之见旧则换新，也同样是浪费。因为旧也有旧的价值，只要东西还能用，何必直接扔弃？

【原文】

王江州①夫人语谢遏②曰："汝何以都③不复进④？为是尘务经心⑤，天分有限？"

【注释】

①王江州：指王凝之。因曾任江州刺史，故称王江州。夫人谢道韫是谢玄的姐姐。②谢遏：指谢玄，小字遏。淝水之战中大败苻坚，死后赠车骑将军。③都：完全。④不复进：没有长进。复，再，更上。⑤尘务经心：为世间俗事烦心。

【译文】

王凝之的夫人对谢玄说："你为何不肯努力上进呢？是因为世间俗事而烦心，还是因为天分不够？"

【解读】

批评人的话要委婉地说，如谢道韫对她弟弟谢玄的批评。如果谢玄是俗事烦心，那情有可原，可以解决。如果是天分不够，那也就算了。而如果两者都不是，那就是谢玄不跟努力上进。看上去，是谢道韫替谢玄寻找开脱的理由，其实暗中有自己对谢玄不够优秀的不满和希望他再接再厉的警醒。

【原文】

郗嘉宾[①]丧，妇兄弟欲迎妹还，终不肯归。曰："生纵不得与郗郎同室，死宁不同穴[②]！"

【注释】

①郗嘉宾：指郗超，小字嘉宾，郗愔之子。大司马桓温的重要谋臣，权重一时。②穴：坟墓。

【译文】

郗超死后，他夫人的兄弟们想要把妹妹迎回娘家，郗超妻子始终不肯，说："即使活着的时候不能同郗郎居一室，死了还不能葬在同一坟墓里吗？"

【解读】

对一个人爱到情深之处时，人往往会这样：不求生前如何如何，但求死后相依相随。爱情如此，友情也如此。这种爱，其实已经超越了感情的定义，变成了一种个人的信仰。而坚持这个信仰的人，唯有一条走到头，才觉得自己的死是有意义的。感情的神圣正在于此它可以让一个人全身心地充满力量。即使这种力量是悲痛的，他也宁愿沉浸其中，自得其乐。

【原文】

谢遏[①]绝重其姊，张玄[②]常称其妹，欲以敌[③]之。有济尼者[④]，并游[⑤]张、谢二家，人问其优劣，答曰："王夫人神情散朗，故有林下风气；顾家妇[⑥]清心玉映，自是闺房之秀[⑦]。"

【注释】

①谢遏：指谢玄。②张玄：即张玄之，字祖希，官至吴兴太守。③敌：比较，匹敌。④尼者：指尼姑。⑤游：交往。⑥顾家妇：指王玄之的妹妹，嫁于顾氏。⑦闺房之秀：指女子中的佼佼者。闺房：指女子的房间。

【译文】

谢玄很敬重他的姐姐。张玄之常常称赞自己的妹妹，想跟谢氏比较一下。有个姓济的尼姑，跟张、谢两家都有交情，有人问她两人的优劣之处，回答说："王夫人神情洒脱，有竹林贤士的风采；顾家的儿媳心地纯净，如玉般闪耀，当然是闺房中的佼佼者。"

【解读】

美好的女子如不同的香水，各有各的"味儿"。再平凡的女子，只要活出自己的"味儿"，就是不平凡的、美丽的。所以，别人拿你和别人怎么比，这并不重要的。重要的是，做你自己，活出你独特的风姿韵味。即使没法做香水，做一滴平淡无味的白水，你也可以让自己不同于其他的水滴。

【原文】

王尚书惠①尝看王右军②夫人，问："眼耳未觉恶③不？"答曰："发白齿落，属乎形骸④；至于眼耳，关于神明⑤，那可便与人隔？"

【注释】

①王尚书惠：王惠，字令明，琅邪临沂人。王羲之是他的从祖父。死后赠太常。②王右军：指王羲之。③恶：变坏，衰退。④形骸：指人的形体，躯体。⑤神明：指人的精神。

【译文】

王惠曾经看望王羲之的夫人，问："眼睛耳朵都还好使吧？"回答说："头发白了，牙齿落了，这是属于躯体的原因；至于眼睛和耳朵，都和精神有关系，我能让它们失去作用？它们跟别人还有感应呢！"

【解读】

真正懂得生命真谛的人，知道人与外界的互动不在于言语之交，而在于个人内心、精神的感应。所以，只是与吃饭、说话有关的嘴巴，在个人的生命中起到的作用其实是很小的。王羲之夫人所说之话，正是此意。一个人，只要精神清朗，内心有自己的一片天地，那他就是健康的。

【原文】

韩康伯①母殷，随孙绘之②之衡阳，于阖庐州③中逢桓南郡。卞鞠是其外孙，时来问讯④。谓鞠曰："我不死，见此竖二世作贼⑤！"在衡阳数年，绘之遇桓景真之难⑥也，殷抚尸哭曰："汝父昔罢豫章，征书⑦朝至夕发。汝去⑧郡邑数年，为物不得动，遂及于难，夫复何言！"

【注释】

①韩康伯：指韩伯。②绘之：韩绘之，字季伦，官至衡阳太守。③阖庐州：长江中的一个小洲。④问讯：探望。⑤见此竖二世作贼：看见这父子俩造反。竖：竖子，小人。二世：指桓温、桓玄父子俩。作贼：造反。⑥桓景真之难：桓玄篡位失败后，他的侄儿桓亮在长沙造反，杀了衡阳太守韩绘之。⑦征书：朝廷下发的征召的文书。⑧去：离开。

【译文】

韩康伯的母亲殷氏，跟随孙子韩绘之来到衡阳上任，在阖庐州遇到桓玄。卞鞠是殷氏的外孙，常常来探望她。殷氏对卞鞠说："我不死，会看到桓温、桓玄这父子俩造反。"在衡阳住了数年后，韩绘之被桓亮杀害。殷氏抚着韩绘之的尸体哭着说："你父亲当年被罢免豫章太守的职位时，公文早上送到，晚上就出发走了。你离官数年，不被外物所动，如今仍遭到这种难事。我还有什么好说的呢？"

【解读】

殷氏预料到了别人家的事情，却预料不到自家人的结局。人往往这样，旁观别人，别人的一切都清楚在眼。但对自己的命运，却是无论如何也拿捏不准。儿子升迁，一日之内就调职出发。孙子被杀，也是转眼之间就成定局。世事难料，天命难违。所以，殷氏一个柔弱女子，除了感叹"夫复何言"，又能说什么呢？

术解第二十

【原文】

荀勖[①]善解音声[②]，时论谓之“闇解[③]”，遂调律吕[④]，正雅乐[⑤]。每至正会[⑥]，殿庭作乐，自调宫商[⑦]，无不谐韵。阮咸[⑧]妙赏，时谓“神解[⑨]”。每公会[⑩]作乐，而心谓之不调。既无一言直[⑪]勖，意忌之，遂出[⑫]阮为始平太守。后有一田父耕于野，得周时玉尺，便是天下正尺，荀试以校己所治钟鼓、金石、丝竹，皆觉短一黍[⑬]，于是伏阮神识。

【注释】

①荀勖(xù)：字公曾，晋颍川颍阴人，荀爽的曾孙。善识音律。因封济北公，后人称之为荀济北。历任中书郎、侍中、领著作。②音声：音乐声律。③闇（ān）解：精通，深入了解。闇：熟悉，深入。④律吕：指中国古代音律体系中的十二律，六吕和六律的总称。⑤雅乐：指中国古代在宫廷里吹奏的音乐。⑥正会：元旦时，皇帝朝会群臣、接受朝贺，称为正会或者元会。⑦宫商：古代音律体系中的宫音和商音。⑧阮咸：字仲容，西晋陈留尉氏人。官至散骑侍郎。精通音律，是当时著名的音乐家。⑨神解：通过精神领悟而理解。⑩公会：因公事而集会。⑪直：认为正确，赞同。⑫出：指官员离都外调。⑬一黍：一粒米的长度。黍：古代长度单位，一粒米的长度。

【译文】

荀勖精通音律，当时有人称赞他“闇解”，于是朝廷让他调整音律，校正宫廷音乐。当正会时，宫殿之中吹奏音乐，他亲自调整音律，都非常和谐。阮咸很擅长鉴赏音乐，当时人们称他“神解”。每次公会作乐，他都觉得音乐有点不协调，所以没有一句肯定荀勖的话。荀勖私底下很忌恨阮咸，把他调出京都作了始平太守。后来有一位农夫在田间耕种，得到了一把周朝时的玉尺，是制定音律的标准尺。荀勖用此尺校正自己所治的钟鼓、金石、丝竹等乐器，发现都短了一黍，于是很佩服阮咸神妙的鉴赏能力。

【解读】

通常，一个人在某方面有所成就，被众人认可后，都会以为自己是这方面的权威。认为自己的所有定论都是对的，很难听进去别人的非议。然而，天外有天，人外有人。殊不知，骄傲自负于已取得成就，甚至因他人的否定而心生嫉恨，最终只会禁锢自己。只有虚心听取他人意见，才能发现问题，使自己更加优秀。荀勖虽然一开始禁锢自己，但他在得知自己的错误后由衷地佩服阮咸，说明他最终明白了这个道理。

【原文】

荀勖尝在晋武帝坐上食笋进饭，谓在坐人曰：“此是劳薪[①]炊也。”坐者未之信，密遣问之，实用故车脚[②]。

【注释】

①劳薪：指用车轴、车轮劈成的柴。②故车脚：旧车轮。

【译文】

荀勖在晋武帝旁边吃竹笋下饭，对在座的人说：“这菜是用劳薪烧的。”在座的人都不相信，秘密地派人去问，确实是用旧车轮烧的。

【解读】

荀勖天生敏感，不仅听觉厉害而精通音律，嗅觉也很灵敏，可“食辨劳薪”。然而，人们只习惯相信自己见过的，经历过的事情。因为天才的才能超乎寻常，所以一开始总是难以让众人相信。即使说对了，也可能会被人们说成是幸运。当然，久而久之，人们不得不相信天才的才能确实不一般。

【原文】

人有相羊祜父墓，后应出受命君①。祜恶②其言，遂掘断墓后以坏其势。相者立视之，曰："犹应出折臂三公③。"俄而祜坠马折臂，位④果至公。

【注释】

①受命君：受命于天的君主。②恶：厌恶。③三公：晋朝时期的官职，职位很高，指太尉、司徒、司空。④位：官位。

【译文】

有人相羊祜父亲的坟墓，说羊家要出个受命于天的君王。羊祜很厌恶此话，就掘断墓穴后面的风水。相墓的人观察后说："仍然能出个断臂的三公。"不久，羊祜坠马，折断了手臂，而且官位果然至三公。

【解读】

有时候，人不得不信命。不信命的人，与命运对抗，最终发现命运是无法抵抗的。所谓天数，就是这个意思。所以，有时候不如安然地接受命运的安排，何必在乎别人说什么，又何必刻意去改变什么呢?

【原文】

王武子①善解马性。尝乘一马，著②连钱障泥③，前有水，终日不肯渡。王云："此必是惜障泥。"使人解去，便径④渡。

【注释】

①王武子：王济，字武子，太原晋阳人。西晋大将军王浑的次子。好弓箭骏马。官至太仆。②著：披着。③连钱障泥：钱币花纹的马鞍。障泥：指马鞍。④径：直接，径直。

【译文】

王济熟悉马性。曾经骑着一匹马，这匹马披着钱币花纹的新马鞍，看到前面有水，整天不肯渡过去。王济说："这匹马一定是舍不得新马鞍。"让人解去后，马就直接渡水了。

【解读】

一个人，即使熟知另一个人，也难以时时猜透对方的心思。王济知马性到这种地步，也许除了说明他对马很熟悉之外，还说明马比人还简单，一举一动都透露着它的意图。然而，人却不是如此，人会演，会装，会口是心非，会笑里藏刀，会以退为进……

【原文】

陈述为大将军①掾②，甚见爱重。及亡，郭璞③往哭之，甚哀，乃呼曰："嗣祖④，焉知非福！"俄而大将军作乱，如其所言。

【注释】

①大将军：指王敦。②掾(yuàn)：辅佐的小官。③郭璞：字景纯，河东闻喜县人。东晋著名学者、文学家、训诂学家，中国风水学鼻祖，著有《葬经》。④嗣祖：指陈述，字嗣祖。

【译文】

陈述是大将军王敦的属官，王敦非常器重他。陈述死后，郭璞前往哭吊，非常哀痛，他呼喊说："嗣祖啊，怎么知道这不是你的福气呢！"不久大将军王敦造反，真中了郭璞所说的话。

【解读】

古人说："塞翁失马，焉知非福？"人的境遇有好有坏，好运降临时切不要得意过头，厄运到来时也不必捶胸顿。因为，好运过后的灾祸也许大于好运带来的益处，而厄运过后则可能柳暗花明，境遇比厄运之前更好。所以，不必为自己或他人一时的境遇所困。郭璞吊念陈述时的哀叹正是源于此，而陈述死后发生的事情也证明了郭璞的哀叹是对的。

【原文】

晋明帝解占冢宅①，闻郭璞为人葬，帝微服②往看，因问主人："何以葬龙角？此法当灭族！"主人曰："郭云此葬龙耳，不出三年，当致③天子。"帝问："为④是出天子邪？"答曰："非出天子，能致天子问耳。"

【注释】

①占冢宅：指相墓地风水。②微服：装扮成百姓摸样。③致：招来。④为：通"谓"，说。

【译文】

晋明帝会相墓穴风水，他听说郭璞给人选了墓地，就装扮成百姓摸样前往墓地观察。他问墓地主人："为什么葬在龙角上？这样会被灭族！"主人说："郭璞告诉我葬在龙耳上，不出三年，就会招来天子。"晋明帝问："是说要出天子吗？"回答说："不是出天子，是能把天子招来相问而已。"

【解读】

郭璞能够猜出晋明帝的行动，这跟他擅长看风水已经没有什么关系，而是跟他擅于洞察世事的能力有关。他为人选择了一处龙耳之地作为墓地，因龙耳靠近龙角，爱造谣的外行人必定会将这件事传出去，而晋明帝就会闻风而来。事实证明，一切尽在郭璞的预料之中。这并不意外，因为郭璞本就是个洞察世事，知因果关系的人。

【原文】

郭景纯①过江②，居于暨阳，墓去水不盈③百步，时人以为近水。景纯曰："将当为陆。"今沙涨，去墓数十里皆为桑田。其诗曰："北阜烈烈，巨海混混；垒垒三坟，唯母与昆④。"

【注释】

①郭景纯：指郭璞，字景纯。②过江：指西晋灭亡，皇室东迁，在建康重建政权。很多王公贵族和大批百姓也跟随过来。③盈：足，满。④阜：山。垒垒：堆积的样子。昆：哥哥。

【译文】

郭璞随晋室东渡后，住在暨阳，家族的墓地离水不足百步远。有人认为太靠水，郭璞说："不久就会变成陆地。"现在沙土冒出，墓地周围数十里的地方都成了田野。郭璞作诗说："北山高峻挺拔，大海巨浪滚滚，堆叠的坟墓，只埋葬着母亲与哥哥。"

【解读】

当别人还以为此地是不宜做墓地的水域时，郭璞已经从土壤肥沃这一点看到了未来的人们在此耕作的景象。这样的人，他因洞察世事，知了生死、过往与未来的关系，所以天生有着一种历史沧桑感。郭璞在吟咏诗句的时候，也许既有着对自己擅长风水的自傲，也有着对沧海变桑田的感慨。

【原文】

王丞相[1]令郭璞试作一卦。卦成，郭意色[2]甚恶[3]，云："公有震厄[4]！"王问："有可消伏[5]理[6]不？"郭曰："命驾西出[7]数里，得一柏树，截断如公长，置床上常寝处，灾可消矣。"王从其语，数日中，果震柏粉碎。子弟皆称庆。大将军云："君乃复[8]委[9]罪于树木。"

【注释】

①王丞相：指王导。②意色：神情脸色。③恶：不好。④震厄：遭受雷击的灾祸。震：雷击。⑤消伏：消除。⑥理：方法。⑦西出：向西走。⑧乃复：竟然。⑨委：推给。

【译文】

王丞相让郭璞试着给卜一卦。卦成，郭璞脸色很不好，说："您有雷击之灾。"王丞相问："有没有消除此灾的方法？"郭璞说："让人驾车向西走数里地，取一棵柏树，截成和您身高一样长，放在您常睡觉的床上，灾祸可以消除。"王丞相听从了他说的话，几日内，果然有一道雷电将柏树击得粉碎。子弟们都拍手称庆。大将军王敦说："你竟然把灾祸推给了树木！"

【原文】

桓公有主簿[1]善别[2]酒，有酒辄[3]令先尝，好者谓"青州从事[4]"，恶者谓"平原督邮[5]"。青州有齐郡，平原有鬲县；"从事"言到脐[6]，"督邮"言在鬲[8]上住。

【注释】

①主簿：古代官名，主要负责编写文书。②别：鉴别。③辄：就。④从事：古代官名，主要工作是管理文书、检举违法行为等。⑤督邮：古代官名，主要负责传达宣读司法政令。⑥脐：与"齐"谐音，肚脐。⑦鬲：与"膈"谐音，指人体的膈部位，胸腔与腹部之间。

【译文】

桓温的一个主簿擅长鉴别酒，有酒就让他先品尝，好酒称"青州从事"，差酒称"平原督邮"。青州有个齐郡，平原有个鬲县；"从事"是说酒力能渗到肚脐，"督邮"是说酒力在膈部就停住了。

【解读】

鉴赏的最高境界，是不把所鉴之物当成物，而是把它当成任何更形象的东西。如桓温那位对酒十分在行的主簿，他把酒当成人，以"从事"和"督邮"区分酒的高低等，又以人体不同部位对酒的感受力来鉴别酒力的浓淡。酒在他分明成了一个可见观高矮，可让人觉其力的大小的"人"。如不是对酒了解至深，肯定不能做出如此生动的比喻。唯有深知一样东西，才有可能生动、形象且真实地将它描绘出来，没有丝毫之差。

【原文】

郗愔信道[1]甚精勤，常患腹内恶[2]，诸医不可疗，闻于法开[3]有名，往迎之。既来便脉[4]，云："君侯所患，正时精进[5]太过所致耳。"合[6]一剂汤与之。一服，即大下[7]，去数段许纸，如拳大，剖看，乃先所服符[8]也。

【注释】

①道：指道教。②恶：不舒服。③于法开：晋代医家，剡县人。医术精湛，并通晓佛理。④脉：诊脉。⑤精进：佛教用语，有勤快努力修行之意。⑥合：配。⑦大下：指腹泻。⑧符：道教中用来驱赶鬼神的图形或文字。

【译文】

郗愔信奉道教，而且很虔诚。他常常腹痛，请了很多医生都没有治好。听说于法开很有名望，便派人前去迎接。于法开来到后便诊脉，说："您所患的病是修行太急导致的。"配了一剂汤药给他。郗愔服下药后就腹泻，泻出很多纸，拳头般大小，剖开一看竟是自己所吞的符。

【解读】

有信仰不是件坏事，但抱着急功近利的心态则歪曲信仰的真意。真正的信仰，不管所信仰事物是什么，心态都应该是平和的。想要以不正确的手段使自己快速达到所信仰宗教或某种理念的极致状态，只能说明这个人很无知或者急功近利。这么做的人是盲目的，他根本不理解信仰为何物。郗愔追求信仰的过程中采取吞符的方法，就是一种极端而急功近利的表现。他的行为既不符合修身养性的法则，也与道教追求自然和谐、崇尚返璞归真的道义相违背。所以，他的结果也只能适得其反。

【原文】

殷中军①妙解经脉②，中年都废。有常所给使③，忽叩头流血。浩问其故，云："有死事，终不可说。"诘问④良久，乃云："小人母年垂百岁，抱疾来久，若蒙官一脉，便有活理⑤。讫⑥就屠戮无恨。"浩感其至性⑦，遂令舁⑧来，为诊脉处方。始服一剂汤，便愈。于是悉焚经方。

【注释】

①殷中军：指殷浩。②经脉：中医里所说的人体内通行气血的经络。③给使：服侍，差遣的人。④诘问：盘问、追问。⑤理：方法。⑥讫：完毕。⑦至性：性情至善。这里指有孝心。⑧舁（yú）：抬。

【译文】

殷浩精通把脉，熟悉人体经络，但在中年时全部荒废了。有个常在身边的仆人，突然给他跪下来叩头，直到头破血流。殷浩问缘故，回答说："有关生死之事，始终不敢说。"殷浩追问很久，那人才说："小人的母亲年纪将近百岁，病了很久，如果得到主人诊脉，就会有活下去的方法。事后，就算让我死我也没有遗憾。"殷浩被他的孝心感动，就让他把他的母亲抬来，为她把脉开处方。开始吃了一剂汤药就痊愈了。后来殷浩把他所有的医书都烧了。

【解读】

殷浩本来是个医学人才，可惜他作为当时的一流清谈名士，是瞧不起行医这门行当的，所以将一身的医学才华白白浪费。诊脉救人本是一件好事，照理说殷浩应该重拾医书，继续深造，但他却出乎意料地把书给烧了。殷浩这么做，或许是自傲于自己的才华，或许只是不想因为行医的事情毁了他的清谈之名。

巧艺第二十一

【原文】

弹棋[①]始自魏宫内，用妆奁[②]戏。文帝[③]于此戏特妙，用手巾角拂[④]之，无不中。有客自云能，帝使为之。客著葛巾[⑤]角，低头拂棋，妙逾于帝。

【注释】

①弹棋：古代的一种棋类游戏。②妆奁（lián）：古代女子用来放置梳妆用品的匣子。③文帝：魏文帝曹丕。④拂：轻轻拨动。⑤葛巾：用葛布做成的头巾。

【译文】

弹棋最初是从三国魏朝的宫室兴起的，是一种在梳妆的镜匣上玩的游戏。魏文帝非常擅长这个游戏，用手巾拨动棋子，都能打中。有一个客人说他的技艺也很高，文帝便让他当场试玩。这个客人戴着葛巾，低下头用葛巾角拨动棋子，比魏文帝的技艺更加巧妙。

【解读】

才能是不论身份、地位的。皇帝能做的事情，平民可能比他做得更好。出于宫室的游戏，不一定宫室内的人更会玩。俗话说，“山外有山，人外有人”、“青出于蓝而胜于蓝”。所以，当自己擅长某项技能时，不要就自以为天下无敌。中国不是还有古话：“书山有路勤为径，学海无涯苦作舟。”学习的最高境界是永远在学习，不奢望做最厉害的人，但求自己能一天比一天进步。

【原文】

陵云台楼观[①]精巧，先称平众木轻重，然后造构，乃无锱铢[②]相负揭[③]。台虽高峻，常随风摇动，而终无倾倒之理。魏明帝[④]登台，惧其势危，别以大材[⑤]扶持之，楼即颓坏。论者谓轻重力[⑥]偏故也。

【注释】

①楼观：高大的楼台。②锱铢：比喻数量及其微小。③负揭：高低轻重。④魏明帝：曹睿。⑤大材：长大的木头。⑥轻重力：重心。

【译文】

凌云台楼观建造得非常精细巧妙。先称量所用木料的重量，使之平均，之后才会用来建造楼台，所以高低轻重没有丝毫误差。楼台很高大，经常会随着风摇动，但绝对不会倒塌。魏明帝曹睿登上这座楼台，担心它会被风吹倒，就命人用长大的木头支撑楼台。可是没多久，楼台倒塌了。议论的人都说楼台失去了重心，再也不能保持平衡，所以才会倒塌。

【解读】

万事万物都有一个平衡点，只有处在那个平衡点时，人、事、物才能稳住自身，不至于倒塌崩溃。根据事物的平衡原理来为人处事，是保证自己不会受损，事情不会失败的前提。懂得这个道理的人，他会保持自身的平衡，不会让自己过于骄傲、放肆，为所欲为，也不会让自己太过于保守、谨慎、做事畏畏缩缩。这样的人，他在处理事情时也不会只根据一己之见，而是悉心听取别人的建议，综合历史经验。

保持事物的平衡，第一要做到的就是不要去干涉自己不知道的事情。因为不知道，我们往往容易弄巧成拙。

【原文】

韦仲将能书[①]。魏明帝起[②]殿，欲安榜[③]，使仲将登梯题[④]之。既下，头鬓皓然[⑤]，因敕[⑥]儿孙勿复学书。

【注释】

①书：书法。②起：建造。③榜：牌匾。④题：书写。⑤皓然：洁白。⑥敕：告诫。

【译文】

韦仲将擅长书法。魏明帝修建了宫殿，想要安放牌匾，让韦仲将登着梯子去写字。韦仲将书写完毕，下来之后，头须都变白了。他告诫子孙，不要再学习书法。

【解读】

韦仲将对子孙的劝诫本意，其实是让他们不要在皇帝手下做事。为什么这么说呢？因为皇帝总是喜怒无常，为所欲为。牌匾本来是写好了字再挂上去的，然而皇帝让你爬梯子写你就不得不写。所谓伴君如伴虎，高处不胜寒。皇帝的一句话说得轻松，臣子领命后却心惊胆战。哪怕如在牌匾上写字这样的小事，也要谨而慎之再慎之。于是，从拿笔到完成，头发胡子都吓白了。写字不辛苦，辛苦的其实是那颗战战兢兢的心。

【原文】

钟会是荀济北[①]从舅[②]，二人情好不协[③]。荀有宝剑，可直[④]百万，常在母钟夫人许[⑤]。会善书。学荀手迹，作书与母取剑，仍窃去不还。荀勖知是钟而无由得也，思所以报之。后钟兄弟以千万起一宅。始成，甚精丽，未得移住。荀极善画，乃潜往画钟门堂[⑥]，作太傅[⑦]形象，衣冠状貌如平生。二钟[⑧]入门，便大感恸[⑨]，宅遂空废。

【注释】

①荀济北：即荀勖，曾被朝廷封为济北郡公。②从舅：指母亲的叔伯兄弟，即堂舅。③不协：不一致，不和。④直：通“值”，价值。⑤许：住处，地方。⑥门堂：门与堂。指家中。⑦太傅：即钟繇。钟会的父亲。⑧二钟：钟会、钟毓两兄弟。⑨恸：悲伤、悲痛。

【译文】

钟会是荀勖的堂舅，两人相处得并不好，感情一直不和。荀勖有一把宝剑，价值百万钱，经常放在母亲钟夫人的住所。钟会的书法很高明，偷偷模仿荀勖的笔迹，写信给钟夫人索要宝剑。钟会得到宝剑，就不再归还给荀勖。荀勖知道是钟会所为，但无法要回宝剑，就寻思着找机会报复。后来，钟氏兄弟花千万钱建了一座精美、华丽的新宅，暂未搬进去住。荀勖画技高超，潜入钟会的新宅，在屋里画了一幅太尉钟繇的画像，衣冠容貌跟钟繇在世之时一模一样。钟氏兄弟进门看到画像，感到非常悲伤，就没有搬进宅子，于是这所新宅就空置荒废了。

【解读】

兵书上说，“知彼知己，百战百胜”。钟会和荀勖斗智，两人知彼知己，每一步每都是建立在充分了解对方的基础上，以我方的优势攻取对方的弱点。所以他们难分胜负，各有输赢。

从这则故事中可见，钟会和荀勖各自的技艺都已经达到了一定的高度，也可见他们相知甚深。可惜的是，他们的相知是对敌关系的相知。他们各有才情，还有着家族关系，却结怨结仇，让最懂得自己的人成为冤家。钟会和荀勖两个人的才情如果能够配上友谊而不是相互的仇恨，那他们的相交将会是一段令人感动的“管鲍之交”。

【原文】

羊长和博学工书，能骑射，善围棋。诸羊后多知书，而射、奕[①]余蓺[②]莫逮[③]。

【注释】

①奕：通“弈”。指围棋。②蓺：即“艺”。技艺。③逮：比得上。

【译文】

羊长和博学多才，精于书法，善于骑马射箭，并且精通围棋。羊家的后代子孙大多数都懂得书法，但是射箭、下围棋等技艺都比不上羊长和。

【解读】

一个家庭背景的传承，不仅金钱财富会发生这种代代递减的情况，天资才能也可能如此。这其实还是跟个人的努力程度有关系。才华即便会遗传，但如果当事人不好好学习、深造，那他的才也不过是泛泛之才。也就是说，会不会作画，能不能骑马，最终还是看个人后天的努力。没有天才，也没有会永远传承的才华，只有勤奋的人才。所以说，一代不如一代，不过因为一代不如一代努力罢了。

【原文】

戴安道就范宣学，视范所为，范读书亦读书，范抄书亦抄书。唯独好画，范以为无用，不宜劳思[①]于此。戴乃画《南都赋》[②]图，范看毕咨嗟[③]。甚以为有益，始重画。

【注释】

①劳思：苦思苦想。②《南都赋》：东汉张衡作。描述了汉朝旧都南阳的盛况。③咨嗟：赞叹。

【译文】

戴安道跟随范宣学习，完全以范宣为榜样。范宣读书，戴安道跟着读书；范宣抄书，戴安道也跟着抄书。唯独对于绘画这一方面，范宣认为没有一点用处，不应该在这方面浪费精力。戴安道画了一幅《南都赋》图，请范宣欣赏。范宣看后赞不绝口，认为绘画非常有益，于是开始重视画画了。

【解读】

戴安道是范宣的学生，他却能够以行动来反驳乃至改变范宣的观点，这种不盲目学习榜样，敢于质疑权威的精神值得我们每一个人学习。生活中，如“老师”、“学者”、“长辈”等代表权威的人也经常会给我们传达某种知识或理念，他们说的也并非都是对的，或者是不符合我们生活方式和做人原则的。这时候，只要我们的想法或选择正确，就应该像戴安道一样坚持自己的立场和观点，如果有能力且有必要，我们也可以试着以行动来质疑所谓的权威。

【原文】

谢太傅[①]云：“顾长康[②]画，有苍生[③]来所无。”

【注释】

①谢太傅：即谢安。②顾长康：即顾恺之，东晋著名绘画家。③苍生：人类。

【译文】

谢太傅说：“顾恺之的画，自古以来没有人能比得上。”

【解读】

顾恺之，字长康，东晋才子，擅长诗赋、书法，尤精通绘画，时人称之为“画绝”、“文绝”和“痴绝”，与曹不兴、陆探微、张僧繇合称“六朝四大家”。顾恺之的画涉及人像、佛像、禽兽、山水等，较著名的作品有《女史箴图》、《洛神赋图》等。顾恺之的画在当时享有极高的声誉，这从谢安对他的一句至高无上的赞赏可以看出来。

【原文】

戴安道中年画行像①甚精妙。庾道季②看之，语戴云："神明③太俗，由卿世情④未尽。"戴云："唯务光⑤当免卿此语耳。"

【注释】

①行像：佛像。②庾道季：即庾龢，晋太尉庾亮之子，官至中领军。③神明：神韵。④世情：世俗的情欲。⑤务光：古代的隐士。据说商汤要将天下让给他，不肯接受，负石投水而死。

【译文】

戴安道中年之时，画佛像更加精妙绝伦。庾道季看了画像，对戴安道说："佛像的气韵太世俗了，因为你还不能摆脱世间的俗事。"戴安道说："也许仅有务光才不会受到你的批评。"

【解读】

《晋书·戴逵传》称戴安道"少博学，好谈论，善属文，能鼓琴，工书画，其余巧艺靡不毕综"。他有画技，也有作画的清净之心。他一生不愿做官，却曾为了改进自己的作品而暗坐帷帐中听取他人对自己作品的议论，如此研习三年，铸造了一丈六尺高的无量寿佛木像及菩萨像。戴安道被称为创造了中国式佛像的艺术家。

就是这么一个淡泊名利的"大家"的作品，却被庾道季批评说"太世俗了"。不在自己专业领域内，何必摆出一副专业的姿态对他人评头论足呢？不懂装懂只会惹笑话。

【原文】

顾长康画裴叔则①，颊上益②三毛。人问其故，顾曰："裴楷俊朗有识具③，正此是其识具。"看画者寻之，定觉益三毛如有神明，殊④胜未安时。

【注释】

①裴叔则：即裴楷，西晋时期重要的朝臣，当时的名士。②益：增添。③识具：见识和才能。④殊：极。

【译文】

顾恺之给裴叔则画像，在他的脸颊上多画了三根毫毛。人们问顾恺之缘故，他说："裴叔则英俊爽朗，有见识，有才能，这三根毫毛正好能表现出他的见识和才能。"欣赏画的人寻思了一会儿，确实觉得三根毫毛更能彰显裴叔则的神韵，远远胜过没有增添毫毛的时候。

【解读】

作画讲究要有"点睛之笔"，所谓点睛之笔，即突出所画人、物、景特色的那一笔或几笔。没有"点睛之笔"的画作没有灵魂，看起来平庸无奇。不仅作画，写文章、说话也要有"点睛之笔"，在关键的地方，以生动形象的某个"点"来吸引读者、听者的注意力。有"点睛之笔"的作品，总是更能让欣赏它的人领悟它的神韵，也因此更容易赢得大众的喜欢。而擅长"点睛"的创作者，也才能算是一个真正的大师。

【原文】

王中郎①以围棋是坐隐②，支公③以围棋为手谈④。

【注释】

①王中郎：即王坦之。晋朝名臣，官至中书令，曾任北中郎将之职。②坐隐：座上隐居。③支

公：即支遁。④手谈：用手交谈。

【译文】

王坦之认为围棋是座上隐居，支遁认为围棋是用手交谈。

【解读】

王坦之是东晋名臣，支遁是东晋高僧，二人的关系不是很好。王坦之曾写作《废庄论》，说“庄子之利天下也少，害天下也多”。他认为，“人以克己为耻，士以无措为通”。真正的圣德之行应该是“为而不争”，而不是像支遁一样只会巧言诡辩，逃避世事的隐居。然而，当时的风气是士人阶层都好玄学，尚清谈，把做官为政当庸俗，把放荡无为当高妙，在他们看来，下棋、饮酒、作诗才是人生的正经事。王坦之对当时这种风气非常不满。当现实与自己的理念冲突，一个人就很容易敏感，把所听、所见都看成是与自己理念对立的。大概因此，王坦之才认为下围棋是支遁之类的人物逃避世事的隐居之行，于是称之为“座上隐居”。

从客观角度来说，支遁对围棋的看法更为贴近事实。围棋古时称“弈”，下围棋是一种博弈活动。所谓搏，双方以智谋相拼，争个胜负。下棋者，以脑指挥手，以手运棋，虽互不言语，实则已在交谈。所以说它是“交谈”更为贴切。

【原文】

顾长康好写起人形①。欲图殷荆州②。殷曰：“我形恶，不烦耳。”顾曰：“明府③正为眼尔。但明点童子④，飞白⑤拂其上，使如轻云之蔽日。”

【注释】

①人形：人的外貌。②殷荆州：即殷浩，曾做荆州刺史，一只眼失明。③明府：汉魏时期对太守的尊称。④童子：童通“瞳”，即瞳孔。⑤飞白：书法中一种特殊的笔法。

【译文】

顾恺之喜欢画人物肖像，想给荆州刺史殷浩画像。殷浩说：“我的外貌不好，就不必劳烦你了。”顾恺之说：“您只是因为眼睛的缘故所以才这样说。我只要清楚地画出你的瞳孔，再用飞白笔法轻轻掠过上面，就会使眼睛看起来如一抹轻云遮住太阳一样。”

【解读】

有能力的艺术家，总是善于从不完美的生活里勾勒出美的画面。以美的形式，将不美的东西呈现出来，这是艺术的美，也是艺术的善。当然，我们也不必为自己的某个缺陷而自卑，只要装饰得当，丑也可以变成美。人一旦对自己产生了自信，神韵气质就会给人以美感。如果说化妆是外在的装饰，则自信则是一种内在的装饰，它比外在的装饰更有力。

【原文】

顾长康画谢幼舆①在岩石里。人问其所以，顾曰：“谢云：‘一丘一壑，自谓过之②。’此子宜置丘壑中。”

【注释】

①谢幼舆：即谢鲲。②一丘一壑，自谓过之：出自《品藻》第十七条，意思是隐居山林，寄情山水，无人能及。

【译文】

顾恺之把谢幼舆画在岩石之中。有人问他原因，他回答说：“谢幼舆自己说过‘一丘一壑，自谓过之。’所以理应让谢幼舆在画里置身于山谷中。”

【解读】

艺术来源于现实。有创新思维、能够做出成就的艺术家，总是能够善于在生活中观察、倾听、发现。正如顾恺之。只因听谢幼舆说他自己是“纵情山水第一人”，顾恺之便将他画在岩石中。这样的创作，必定能使得画中的人物有着鲜明的个性，栩栩如生。这样的作品，既是艺术，也是生活的写照。

【原文】

顾长康画人，或数年不点目精①。人问其故，顾曰：“四体②妍蚩③，本无关于妙处；传神写照，正在阿堵④中。”

【注释】

①目精：眼珠、眼睛。②四体：整个身体，身躯。③妍蚩：同“妍媸”，美丑。④阿堵：这个。此处指眼珠。

【译文】

顾恺之画人，有时几年过去了，还没画上人的眼珠。人们问他缘故，他回答说：“身体的美丑，本来跟画的奥妙无关，画像的传神之处，只在于眼睛这一点。”

【解读】

眼睛是心灵的窗户。看一个人美不美，只看他的眼睛就足够了。凶神恶煞的人，眼睛透出杀气。善良温柔的人，眼睛会散发出春天般的温暖气息。而天真纯洁的人，眼睛如一片清泉，清澈明亮。眼睛传神，可见人心，可窥人的灵魂。所以说，真实的一个人也好，人物画像也好，其神韵都跟眼睛有关。而要想把眼睛画得传神，须对所画人物的精神面貌有透彻的了解。顾恺之画人，几年过去才“点睛”，正是因为基于这种认识才这么做的。

【原文】

顾长康道：“画‘手挥五弦’易，‘目送归鸿’难①。”

【注释】

①“手挥五弦”两句：出自东晋名士嵇康的《赠秀才入军诗》。

【译文】

顾恺之说：“画手指拨动琴弦的动作很容易，画目送归鸿的神态很难。”

【解读】

画动作，只要画出人物在干什么就行了，这是将实的东西画出来。画神态，其实是要画出人物的思想、情绪，画出他内心里不为人知的喜怒哀乐，甚至画出他的灵魂。这是将虚的东西画成实在可见。画神态之难，难于上青天。能够将这一工夫练到极致的艺术家，他的画作也堪称顶级杰作。

宠礼第二十二

【原文】

元帝[①]正会[②]。引王丞相[③]登御床，王公固辞。中宗[④]引之弥苦。王公曰："使[⑤]太阳与万物同辉。臣下何以瞻仰！"

【注释】

①元帝：晋元帝司马睿。②正会：指元旦，也是正月初一。③王丞相：即王导。④中宗：司马睿的庙号。⑤使：连词，假如。

【译文】

晋元帝在元旦那天朝会见大臣，拉着王导一起坐皇帝宝座，王导坚决推辞不肯就座。晋元帝又极力拉着王导就座，王导说："假如太阳和万物都释放光辉，做臣子的还能瞻仰什么呢？"

【解读】

没有规矩不成方圆，无礼仪没有上下，没有上下则容易乱套。所以古代讲君臣之礼，为臣之道。君臣之礼既是一种礼仪，也是一种国家制度。作为臣子，就要懂得礼仪的重要，遵守礼仪，不做违背礼仪、规矩之事。即使是国君礼让，也要谨慎行之，否则容易招惹灾祸。

【原文】

桓宣武[①]尝请参佐[②]入宿，袁宏[③]、伏滔相次而至，莅名[④]，府中复有袁参军，彦伯疑焉，令传教[⑤]更质[⑥]。传教曰："参军是袁、伏之袁，复何所疑？"

【注释】

①桓宣武：即桓温。②参佐：属下。③袁宏：字彦伯，小字虎，很有才华，曾和伏滔共同担任大司马桓温的参军，人称袁伏，袁宏却以此而感到羞耻。④莅名：点名。⑤传教：传达命令的小官吏。⑥更质：更，再、又。质：询问。

【译文】

桓温曾经请幕僚到府里过夜，袁宏、伏滔二人相继到达。点名之时，府中还有个姓袁的参军，袁宏不能确定名单上的袁参军是不是自己，于是就让小吏再次询问一下。小吏说："参军就是袁伏的袁，还有什么可怀疑的呢？"

【解读】

袁宏、伏滔都是桓温手下的参军，当时被并称为"袁伏"。袁宏只是个小小的参军，没有想到自己也会被桓温邀请到府中过夜。他对自己能得到这样的礼遇有所怀疑，于是先去确认一下有没有搞错。这种谨慎，既是一种礼节，也是对自己的保护。想想看，如若搞错，后果轻则让自己出笑话，重则也许会被桓温视为不知好歹，论罪处罚。

【原文】

王珣、郗超并有奇才，为大司马[①]所眷拔[②]。珣为主簿，超为记室参军。超为人多髯[③]。珣状短小。于时荆州为之语曰："髯参军，短主簿。能令公喜，能令公怒。"

【注释】

①大司马：指桓温。②眷拔：因宠信而大力提拔。③髯：长在脸颊上的胡须。

【译文】

王珣、郗超才华出众，受到大司马桓温的器重和提拔。王珣担任主簿，郗超担任记室参军。郗超满脸胡须，王珣身材矮小。当时荆州人为他们两个人编了几句歌谣："满脸胡须的参军，身材矮小的主簿，能让桓温欢喜，也能让桓温发怒。"

【解读】

人们习惯以貌取人，然而才华与长相并没有必然的联系。相貌不是评价一个人的标准，长得丑的人不一定无能，长得玉树临风的人也不一定是"花瓶"。客观地看待他人，是认识对方的前提。一个当领导的人，也必须有这样的认识，才能得到真正的人才。

【原文】

许玄度[①]停都一月，刘尹[②]无日不往，乃叹曰："卿复少时不去，我成轻薄[③]京尹[④]！"

【注释】

①许玄度：即许询。②刘尹：指刘惔。③轻薄：轻佻放荡、不正经。④京尹：即京兆尹。中国古代官名，是管理京畿地区的行政长官。

【译文】

许玄度在京城逗留了一个月，刘惔每天都去看望他。刘惔感叹说："你若是还不走，我就要成为空有头衔的京兆尹了。"

【解读】

许玄度没有官职，以游山玩水为乐。这样一个人，也许难以体会到刘惔有公务在身的痛苦。刘惔明知因私事放下公务不对，还每天接待许玄度，可见他与许玄度的感情很深。自古忠孝难两全，公私难兼顾。在无奈之下，刘惔只好以一种幽默的戏谑方式来坦白自己的尴尬。

【原文】

孝武[①]在西堂[②]会，伏滔预坐。还，下车呼其儿，语之曰："百人高会，临坐未得他语，先问'伏滔何在？在此不？'此故未易得。为人作父如此，何如？"

【注释】

①孝武：指晋孝武帝司马曜。②西堂：西厢的前堂。

【译文】

晋孝武帝司马曜在西堂会见群臣，伏滔也在场。伏滔回到家里，一下车就唤出儿子，对他说："在这次百余人的大会上，皇帝坐下之后什么都没说，先问'伏滔在哪里？是否在场？'这种荣誉非常难得啊！为父做人能做到这种地步，你觉得怎么样？"

【解读】

得到皇上的器重，不向别人炫耀，不在心里沾沾自喜，而是回到家中跟儿子分享，征求儿子对于自己所获荣誉的意见。这样一个父亲，实在可爱。他的可爱在于，他不隐藏自己的喜悦和得意，而是率真地将它们呈现出来。

开心就面露喜悦，悲痛时也不要强颜欢笑，这是一种自然率真的生活态度。

【原文】

卞范之[①]为丹阳尹，羊孚[②]南州暂还，往卞许，云："下官疾动[③]，不堪坐。"卞便开帐拂褥，羊径上大床，入被须枕。卞回坐倾睐[4]，移晨达莫[5]。羊去，卞语曰："我以第一理[6]期卿，卿莫负我！"

【注释】

①卞范之：字敬祖，与桓玄友好。桓玄篡位兵败之后，卞范之也被杀。②羊孚：字子道，泰山人。官至兖州别驾，记室参军，后来成为桓玄心腹。③疾动：疾病发作。④倾睐：侧着身子向旁边看。⑤莫：通"暮"。傍晚，太阳落山的时候。⑥第一理：首要的事理。

【译文】

卞范之任丹阳尹的时候，羊孚从南州暂时回到京城，顺便到卞范之家去看望他。羊孚说："我的疾病发作了，不能坐。"卞范之拉开床帐子，拂拭干净褥子，接着羊孚就上了床，钻进被子靠着枕头睡觉。卞范之坐下，侧身对着羊孚，从早晨一直到傍晚都没有离开。羊孚临走之际，卞范之对他说："我希望你能坚持头等重要的事理，一定不要辜负我啊。"

【解读】

真正的朋友，为你屈尊身份，在你需要时侍奉前后，犹如你忠贞的臣子。但是他却不求任何回报，只希望你能够以大事为重，在自己的职责范围内做出一番业绩。当年齐桓公让鲍叔牙做宰相，鲍叔牙力推管仲，让管仲坐上了相位，自己却屈尊其下，也不觉得有什么。而管仲也不辜负鲍叔牙的一番推荐，帮助齐桓公整治国家，为国君出谋划策，使齐国率先称为了中原霸主。相知的朋友，就是如鲍叔牙、卞范之一样，知道你心里所想，并甘愿为你的理想忍让的人。

任诞第二十三

【原文】

陈留阮籍、谯国嵇康、河内山涛三人年皆相比[①]。康年少亚[②]之。预[③]此契[④]者，沛国刘伶、陈留阮咸、河内向秀、琅邪王戎。七人常集于竹林之下，肆意酣畅，故世谓“竹林七贤”。

【注释】

①相比：相近，差不多。②亚：次于。③预：通“与”，参加，参与。④契：集会。

【译文】

陈留人阮籍、谯国人嵇康、河内人山涛三人年龄差距不大，嵇康比另外两人稍微小一些。参与他们集会的还有沛国的刘伶、陈留的阮咸、河内的向秀、琅邪郡的王戎。七个人时常在竹林下集会，纵情饮酒，人们称他们为“竹林七贤。”

【解读】

“竹林七贤”追求清静无为的生活，不以礼法、功名束缚自已。他们都“非汤武而薄周孔，越名教而任自然”，“弃经典而尚老庄，蔑礼法而崇放达”。在这样的思想下，个人的身份、地位、年龄根本不是成为他们挑选朋友的参考要素，志同道合才是他们心中对朋友的标准要求。

【原文】

阮籍遭母丧，在晋文王[①]坐，进酒肉。司隶[②]何曾[③]亦在坐，曰：“明公方以孝治天下，而阮籍以重丧[④]显于公坐饮酒食肉，宜流之海外[⑤]，以正风教。”文王曰：“嗣宗[⑥]毁顿[⑦]如此，君不能共忧之，何谓？且有疾而饮酒食肉，固丧礼也[⑧]！”籍饮啖不辍[⑨]，神色自若。

【注释】

①晋文王：即司马昭。②司隶：古代官名，即司隶校尉。监督京师和京城周边地方的监察官。③何曾：字颖考，官至司隶校尉。与司马昭的父亲司马懿交往深厚，为司马家族夺取曹魏政权立下了大功劳。④重丧：指父母死亡。⑤海外：四海之外，泛指边远的地方。⑥嗣宗：即阮籍。⑦毁顿：因为丧事而过于悲伤，以致精神颓废，身体劳累。⑧有疾而饮酒食肉，固丧礼也：出自《礼记·曲礼》。意思是说，一个人居丧之时身体劳累可以喝酒吃肉，这种行为并不违背丧礼。⑨辍：中止，停止。

【译文】

阮籍为母亲守孝期间，在司马昭的酒席上喝酒吃肉。司隶校尉何曾也在场，对司马昭说：“您主张以孝治天下，阮籍却在服丧之时公然在您的酒席上喝酒吃肉，理应把他流放到边远地区，以端正风俗教化。”司马昭说：“阮籍因为丧母而过度悲伤，已经非常劳累了，你不能和我一起为他分担忧愁也就罢了，为什么还要说这种话呢？况且生病的人喝酒吃肉，本就合乎丧礼！”阮籍依旧吃喝不停，神情毫无异样。

【解读】

阮籍以放浪形骸的个性闻名于当时乃至后世，他的很多行为在别人看来都是怪诞嚣张的。然而这正是他真诚坦率，不受世俗限制的不羁表现。母亲死去，难道他不难过吗？只是，世俗之人将心中悲痛流露在外，而阮籍有自己的方式。他照常吃喝，甚至比以往更加畅怀。这看似没心没肺，实则如司马昭所说，是因悲伤过度以致身体生病，继而又借酒肉消愁、解乏。

在当时的社会，像阮籍这种不符礼数的大逆不道的出格行为，很有可能会召来与他对立的人的弹劾。阮籍并非不知道，但他还是选择按照自己的思维和个性来行事。他不管别人非议，即使可能会使自己遭到批判甚至处罚也我行我素，坦然自若。

【原文】

刘伶[①]病酒[②]，渴甚，从妇求酒。妇捐酒毁器，涕泣谏曰："君饮太过，非摄生之道，必宜断之！"伶曰："甚善。我不能自禁，唯当祝鬼神自誓断之耳。便可具酒肉。"妇曰："敬闻命。"供酒肉于神前，请伶祝誓。伶跪而祝曰："天生刘伶，以酒为名；一饮一斛[③]，五斗解酲[④]。妇人之言，慎不可听。"便引酒进肉，隗然已醉矣。

【注释】

①刘伶：字伯伦，竹林七贤之一，平生好酒，曾作《酒德颂》，宣扬纵酒任诞的情趣。②病酒：饮酒过量而生病。③斛：古代的容量单位，一斛等于十斗。④酲：酒醉昏沉的样子。

【译文】

刘伶喝醉了酒，感到身体不适，十分口渴，就向夫人要酒喝。夫人倒掉酒，砸了酒具，哭着劝说刘伶："过度饮酒，不是养生的方式，你一定要把酒戒掉才行。"刘伶说："你的话很有道理，可是我自己戒不掉，只有先向鬼神祷告，之后发誓戒酒才可以。你去准备祷告用的酒肉吧。"夫人说："我遵命照办。"把酒肉供奉在神像前，请刘伶祷告发誓。刘伶跪下祷告说："刘伶天生以酒为命，一喝就是一斛，五斗酒就能除去我的病症。女人的话万万不能听啊。"说完，便喝酒吃肉，没一会儿又喝得烂醉如泥。

【解读】

刘伶曾经在将军王戎手下做过参军，他为官强调无为而治，最终因无能被罢免。刘伶平时不爱说话，对人情世事漠不关心，是个冷漠寡交的人。他只跟阮籍、嵇康交往密切。

刘伶对酒的依赖，在当时乃至后世人都可以说无人能及。他曾在出游时对仆人说，他要是在哪里醉了就将他埋在哪里。也因此，刘伶被称为"酒仙"。对于一个嗜酒如命的人来说，酒就是他，他就是酒。然而他的妻子却以饮酒伤身为由苦劝他戒酒。妻子不了解自己的心病，刘伶大概也不想伤妻子的心，所以撒谎骗酒喝。

【原文】

刘公荣[①]与人饮酒，杂秽[②]非类，人或讥之。答曰："胜公荣者不可不与饮，不如公荣者亦不可不与饮，是公荣辈者又不可不与饮。故终日共饮而醉。"

【注释】

①刘公荣：即刘昶。晋沛国人，为人放纵，喜好喝酒，官至兖州刺史。②杂秽：杂乱、混杂。

【译文】

刘公荣和别人喝酒，各种身份与地位的人都有，杂乱不纯，有人因此而指责他。刘公荣回答说："胜过我的人，我不能不和他喝酒；不如我的人，我也要和他喝酒；和我属于同一类的人，更不能不和他一起喝酒。所以天天和别人一起喝得大醉。"

【解读】

喝酒这件事情本身很单纯，爱喝酒的人无非是为了图个痛快。何为痛快？就是"喝遍天下无敌手"。比自己能喝的，我敬仰他，所以跟他喝。跟自己同类的人，是难得的知己，我珍惜他，要与他喝。不如我的，难得他也爱喝酒，而我又比他厉害，何不共饮一番？

喝酒其实已经不是喝酒，而是交友了。凡是跟我一样爱喝酒的，我就跟他结为朋友。他是高官贵族，我在他面前也不卑怯。他是平民穷人，我也不认为他低贱。在酒面前，人人平等。

【原文】

步兵校尉[①]缺，厨中有贮酒数百斛，阮籍乃[②]求为步兵校尉。

【注释】

①步兵校尉：官名，汉武帝设置八校尉之一。掌管卫兵，下设司马等。②乃：副词。于是、就。

【译文】

步兵校尉一职空缺，步兵衙署的厨房里藏有几百斛美酒，阮籍要求调任去当步兵校尉。

【解读】

在政权交替的动荡社会，天下变故之多，文人名士很少能保全自身。阮籍虽有济世情怀，但他深知乱世“时无英雄，使竖子成名”——时代的统治者不是英雄，自己又能有什作为？他不愿在朝为官，然而事与愿违，在司马氏的威逼之下，为了明哲保身，阮籍也只能揽上一官半职，以表明自己对当权者没有对立态度。做了官的他经常游走于是非之间却不问世事，有时候为了应付当权者的招纳，他还醉酒装傻，蒙混过关。阮籍为酒申请步兵校尉一职，不为当官，只为好酒。

【原文】

刘伶恒[①]纵酒放达，或脱衣裸形在屋中，人见讥之。伶曰：“我以天地为栋宇[②]，屋室为裈[③]衣。诸君何为入我裈中！”

【注释】

①恒：经常。②栋宇：房屋的正中和四垂。亦指房屋。③裈：裤子。

【译文】

刘伶经常毫无节制地饮酒，行为放任不羁，有的时候在屋里赤身裸体开怀喝酒。有人见到这种情况，就讥笑他。刘伶说：“我把天地当成房屋，把居室当成衣裤，为什么你们都进到我的裤子里呢？”

【解读】

刘伶的狂放和机智让人佩服。他的狂放已经到了超脱于天地之间的地步了，这并非言过其实。他曾经对人说过，醉死何处葬于何处。一个人，看透了生死，以天地为家，人世间就没有了让自己牵挂的东西，他人的是非议论更不值一提。做人洒脱至此，与人生和际遇，他不过是个旁观者。

【原文】

阮籍嫂尝还家，籍见与别，或[①]讥之。籍曰：“礼[②]岂为我辈设也？”

【注释】

①或：有人。②礼：礼制、礼法。

【译文】

有一次，阮籍的嫂子要回娘家，阮籍去看她并同她告别。有人以此讥笑他，阮籍说：“难道礼法是为我们这样的人制定的吗？”

【解读】

古代讲究“男女有别”，按照礼数，阮籍是不该去给嫂子送行的。但在阮籍看来，各种世俗礼数不过是给想遵守或者该遵守这些礼数的人制定的，而自己不属于其中。

确实，不同的阶层有不同的生活方式和礼仪标准，而不同的人亦有不同的思维方式。在不违背法律，不伤害他人的前提下，各人有各人的处世之道。有时候，不必过于以各种礼数、规矩来束缚自己。只要自己喜欢、愿意以某种方式处事，即使被讥笑又何妨？

【原文】

阮公[①]邻家妇有美色，当垆[②]酤酒[③]。阮与王安丰常从妇饮酒，阮醉，便眠其妇侧。夫始殊疑之，伺察[④]，终无他意。

【注释】

①阮公：即阮籍。②垆：酒店。③酤酒：卖酒。④伺察：观察。

【译文】

阮籍的邻居有一个妇人，长得很漂亮，在酒店里卖酒。阮籍和王安丰经常去妇人那里买酒喝，喝醉了就睡在妇人身旁。起初，妇人的丈夫怀疑阮籍行为不轨，后来经过认真观察，才得知阮籍根本就没有不良意图。

【解读】

阮籍买酒看美人，醉后卧躺美人旁。看也看过了，靠也靠近了，夫复何求？阮籍酒醒后，必定是告别妇人，知足离去。等哪日想起来这位美人，就又来找她买醉，再睡靠她身旁。阮籍这种爱，如爱一朵花，但闻花、看花，却不采花。这样率真坦诚的性情，使人只见他的纯洁而无法说其是非。所以说，心中清明的人，他做的事情即使不符合传统礼仪，也不会受人指责。

【原文】

阮籍当葬母，蒸一肥豚[①]，饮酒二斗，然后临诀，直[②]言“穷矣[③]！”都得一号，因吐血，废顿[④]良久。

【注释】

①豚：小猪。②直：通“只”，只是。③穷矣：古代的一种风俗，孝子为父母办丧事，按照惯例要说奈何、穷等。④废顿：僵卧不起。

【译文】

阮籍要安葬母亲，蒸了一只小肥猪，喝了两斗酒，之后跟母亲遗体告别，只说了一句：“完了。”阮籍总共就哭了这么一声，接着口吐鲜血晕倒在地，很长时间都没有起来。

【解读】

任何一个人，都是有喜怒哀乐的。任何一个正常人，只要他不是大逆不道，在母亲去世时，他都是会悲痛的。然而，不同的人有不同的悲伤方式。有的人习惯把悲伤表露出来，将负面的情绪发泄。而有的人悲伤的方式不符礼节，甚至看起来大有不孝之嫌疑。然而，这其实可能是一种更深层的悲痛。或者可以说，因为常规的方式已经无法表达他内心的痛楚，所以他只能以自己特有的方式来释放悲伤。就如阮籍。母亲死后，他一句“完了”，看似简单，实则汇聚了所有的痛苦。

【原文】

阮仲容[①]、步兵[②]居道南，诸阮居道北；北阮皆富，南阮贫。七月七日，北阮盛晒衣，皆纱罗锦绮；仲容以竿挂大布犊鼻裈[③]于中庭[④]。人或怪之，答曰：“未能免俗，聊复尔耳！”

【注释】

①阮仲容：即阮咸。阮籍的侄子。②步兵：即阮籍，曾任步兵校尉。③犊鼻裈：短裤。④中

庭：院子。

【译文】

阮仲容和叔叔阮籍住在路南，其他阮姓人住在路北。住在路北的阮姓人都很富有，南边的则很穷。七月七日那一天，路北阮家晾晒衣服，晒得都是名贵的丝织品。阮仲容把粗布短裤挂在竹竿上在院子中晾晒。有人对此感到很奇怪，阮仲容告诉他们说："这个习俗是免不了的，就暂时用它们应付应付吧。"

【解读】

七夕晒衣的风俗起源于汉代。据说汉朝建章宫的北边有个太掖池，池的西边是汉武帝的晒衣阁，每到七月七日，宫女就会拿出皇帝皇后的衣服出来晒。

汉代晒衣的风俗后来演变成了豪门富士夸耀财富的手段，魏晋时的有钱人家更是非常钟爱这个习俗。阮咸瞧不起这种作风，所以，当他看到路北阮家拿出昂贵的陵罗绸缎出来炫耀时，就故意用竹竿挂起破旧的衣服。

阮仲容的炫耀，除了表现对追求浮华的富贵人家的嘲讽，还表现对自己所选择的道路的坚定信念。每个人所拥有的都不一样。因为每个人做出了不同的选择。世俗有世俗的看法，我有我的追求。我既然不稀罕世俗主人所追求的，又何惧自己做出另类选择的"后果"？

【原文】

阮步兵[①]丧母，裴令公[②]往吊[③]之。阮方醉，散发坐床，箕踞[④]不哭。裴至，下席于地。哭，吊唁毕，便去。或问裴："凡吊，主人哭，客乃为礼。阮既不哭，君何为哭？"裴曰："阮方外之人，故不崇礼制；我辈俗中人，故以仪轨[⑤]自居[⑥]。"时人叹为两得其中。

【注释】

①阮步兵：即阮籍。②裴令公：即裴楷，曾做过中书令，故称裴令公。③吊：吊丧，祭奠死者或慰问死者家人。④箕踞：两脚张开，两膝微曲地坐着，形状像箕。这种坐法不合礼法，是对人的一种轻视。⑤仪轨：礼法规矩。⑥自居：自处。

【译文】

步兵校尉阮籍的母亲去世了，中书令裴楷前去吊丧。阮籍刚刚喝醉，披头散发，伸开两腿坐在床榻上，也没有哭，直到裴楷前来，才离开座位。裴楷哭着吊完丧以后，就转身走了。有人问裴楷："吊丧的时候，只有主人先哭，客人才能按照礼仪哭。阮籍没有哭，您为什么哭了呢？"裴楷回答说："阮籍超脱了世俗，因而不必尊崇礼法和制度。我们都是俗人，理应遵循世俗的礼仪。"当时的人称赞他们两个人的行为都很得当。

【解读】

人们常说，做事要"量力而为"，不要勉强自己。其实，做事也需要"依性而为"，各人按各人的个性、胆量做事。阮籍一向超脱世俗，所以他不以不遵礼仪为耻。凡夫俗子放不下面子，不能超越世俗，那就只能按世俗规则办事。裴楷的回答体现了他有自知，以自己的个性出发选择适合自己的方式做事，而不是为谁改变自己的做人理念和处事方式，也不强求别人都像他一样。

【原文】

诸阮皆能饮酒，仲容[①]至宗人[②]间共集，不复用常杯斟酌，以大瓮盛酒，围坐相向大酌。时有群猪来饮，直接去上，便共饮之。

【注释】

①仲容：阮咸，字仲容。②宗人：同一个家族的人。

【译文】

阮家的人都能喝酒，阮仲容到族人那里参加集会，不用平常的小杯子盛酒，而是用大瓮装酒。众人围在酒瓮旁边，面对面大喝。当时有一群猪也来喝酒，直接走到酒瓮跟前，于是阮仲容就和它们一同畅饮。

【解读】

阮仲容等人以豪迈粗犷的“无礼”之行来反抗当时社会中的种种桎梏，表达自己不屑于士大夫阶层的庸俗，以及对社会的不满。然而这种反抗俨然无力，因为一小撮人以酒买醉是改变不了现实的。这一场反抗的闹剧其实已经走到了悲剧的尽头。

【原文】

阮浑①长成，风气韵度似父，亦欲作达②。步兵③曰：“仲容④已预之，卿不得复尔！”

【注释】

①阮浑：阮籍之子。②作达：效仿放达的行为。③步兵：即阮籍。④仲容：即阮仲容，阮籍侄子。

【译文】

阮浑长大成人，气质风度跟他的父亲阮籍都很相像，也想放达不羁。阮籍说：“阮仲容已经这样做了，你就不能再这样了。”

【解读】

邯郸学步，东施效颦，结果只会既不像别人，也不像自己。表面的东西犹学不来，何况内在的？气质是个人外貌和内在修养的综合体现，它不是想学就能学会的，而是经由一定的阅历沉淀后得以自然形成的。想具备某种气质，内心必须具有相应的情怀。比如，想具备娴静优雅的气质，须内心平和，不斤斤计较，时常保持安静和愉悦。总之，气质与个性是紧密联系的，而这两者都不是靠学习别人就能得来的。阮浑想放达不羁，说明他本身并非放达不羁之人。既然不是，学也不会。所以，阮籍会阻止他。而阮仲容不会遭到阮籍的阻止，是因为他本人就是放达不羁的。

【原文】

裴成公①妇，王戎②女。王戎晨往裴许③，不通径前。裴从床南下，女从北下，相对作宾主，了无④异色。

【注释】

①裴成公：即裴頠。西晋时期重要的朝臣，著名的清谈家，死后谥曰成。②王戎：字濬冲。西晋名士，官至司徒，封安丰侯。③许：住处。④了无：副词，完全，全然。

【译文】

裴成公的夫人是王戎的女儿。一天清早，王戎到裴成公家，没有经过通报，就直接到了屋里。裴成公先从床上下来，夫人紧随其后也下了床。几人分主客相对而坐，完全没有一点儿不自在的神色。

【解读】

王戎是“竹林七贤”中年龄最小的一员，裴成公是当时的思想家，同样属于“蔑礼法而崇放达”的清淡名士。这两个人都不是以世俗礼仪为生活导向的凡夫俗子，在他们看来，凡是人之所为，都是合乎常理而自然存在的。一些无关痛痒的礼节，遵守不会使一个人变得更好，不遵守也不会降低一个人的品质。所以，即使两人有岳婿关系，且又是在卧室中相见，也不觉得有何尴尬。

【原文】

阮仲容先幸[①]姑家鲜卑[②]婢。及居母丧，姑当远移，初云当留婢，既发，定将去。仲容借客驴，著重服[③]自追之，累骑而返。曰："人种不可失。"即遥集[④]之母也。

【注释】

①幸：宠幸。②鲜卑：中国古代北方的游牧民族。③重服：父母去世后子女所穿的孝服。④遥集：即阮孚，字遥集，阮咸之子。

【译文】

阮仲容很早就宠幸姑姑家里的鲜卑族侍女。阮仲容为母亲办丧事期间，他的姑姑要搬到远方去住，起初说要让那个侍女留下，但启程之时还是带走了她。阮仲容骑着客人的驴，穿着孝服去追赶侍女。最后，两个人共同骑着驴子回来了。阮仲容说："传宗接代的种子可不能丢啊！"这个侍女就是阮遥集的母亲。

【解读】

阮仲容的特立独行自不必再说，他的"借口"倒是令人深思。母亲已失去，不可复还。如"我"守孝，则有可能失去那个"我"所爱的女子，亦可能失去传宗接代的"人种"。而只要"我"抛开礼数，就能挽救这个局面。是礼数不可失，还是"人种"不可失？

其实，"可失"或"不可失"本来就不是别人决定的，更不是由世俗礼仪之类的框框来决定的，关键看你想要什么。为自己的追求做出选择，即便为此放弃礼节和身份，也不算为荒诞。

【原文】

任恺[①]既失权势，不复自检括[②]。或谓和峤[③]曰："卿何以坐视元裒败而不救？"和曰："元裒如北夏门[④]，拉攞[⑤]自欲坏，非一木所能支。"

【注释】

①任恺：字元裒（póu）。为人正直、忠诚，才华出众。深得晋武帝赏识，同和峤私交很好。②检括：检点，约束。③和峤：字长舆，晋武帝时任中书令，深受皇帝器重。④北夏门：即大夏门，洛阳城城门之一。因为在北面，故称北夏门。⑤拉攞（luó）：折断，撕裂。

【译文】

任恺失去权势后，就不再严格要求自己。有人对和峤说："你为什么任由元裒颓废而不去帮他一把呢？"和峤回答说："元裒就像是必定会断裂的城门一样，不是一根木头就能支撑住的。

【解读】

当年扁鹊给蔡桓公看病，说他"有疾在腠理，不治将恐深。"蔡桓公一直不相信。等到蔡桓公病入"骨髓"，扁鹊说这种情况已经是"司命之所属，无奈何也"。于是不再请求给他医治。一个人，有病要及时医，不要耽误最佳时机。否则，等到病入膏肓之时，纵使神医也回天无力。

身体的疾病要及时发现、医治。心灵、德行的疾病也如此。自甘堕落，任由自己颓废放纵，天长日久也会变成不可医治的疾病。正是因为这样，和峤才说元裒就像是必定会断裂的城门一样，不是一根木头就能支撑住的。做人，保重心灵、德行的健康亦如保重身体的健康一样。

【原文】

刘道真[①]少时，常渔[②]草泽，善歌啸[③]，闻者莫不留连。有一老妪，识其非常人，甚乐其歌啸，乃杀豚进之。道真食豚尽、了不谢。妪见不饱，又进一豚。食半余半，乃还之。后为吏部郎[④]，妪儿为小令史，道真超用之。不知所由，问母，母告之。于是赍[⑤]牛酒诣[⑥]道真，道真曰："去，去！无可复用相报。"

【注释】

①刘道真：即刘宝，字道真，西晋军事家，文学家，能歌善箫。②渔：捕鱼。③歌啸：唱歌、吹口哨。④吏部郎：古代官名，主管选举。⑤赍：携带。⑥诣：前往造访。

【译文】

刘道真年轻时，常常在草泽地里捕鱼。他擅长唱歌和吹口哨，听到的人都舍不得离去。有一个老妇人，知道他不是一般人，又喜欢听他唱歌和吹口哨，就杀了小猪让他吃。刘道真吃完小猪，没有表达谢意。老妇人见他没有吃饱，就又杀了一只小猪让他吃。刘道真只吃了一半，将剩余的部分还给了老妇人。后来刘道真当上了吏部郎，老妇人的儿子当时是一个小官吏，刘道真越级提拔了他。小官吏不知道是什么原因，就问自己的母亲。他的母亲把经过说给他听，于是他带着牛、酒去拜访刘道真。然而刘道真却说："走吧！走吧！我没有什么可以再用来回报你的了。"

【解读】

大爱无言，大恩无痕。人世间最美的感情，总是默默无语的。正如老妇人给刘道真肉吃，她在施惠的过程中不计回报，只是随心付出。哪怕刘道真表现得毫不感激，她也照常施惠。这种德行之美，美在它毫不掺杂计较之心，美在双方都心知肚明自己在做什么并且带着愉悦和感激。所以，刘道真会一直记得老妇人对自己的好。

老妇人的"好"并不是出于"善"的救济心理，而是出于"知"和"喜欢"。因为喜欢刘道真的歌声和口哨，知道他优秀的一面，所以老妇人并不觉得自己在"施"。刘道真亦知道老妇人对自己的欣赏，所以心安理得地享受"嗟来之食"。也许只有他们自己清楚，这种跨越了身份、年龄的交情其实已经是一种无言的友情。这样的友情平淡如水，却是他们各自人生中的一汪清泉，滋润他们的心灵和生命。所以，岂是用物质就能来给对方回报的呢?

【原文】

阮宣子[①]常步行，以百钱挂杖头，至酒店，便独酣畅。虽当世贵盛[②]，不肯诣也。

【注释】

①阮宣子：即阮修，阮籍堂兄弟的儿子。②贵盛：高贵显赫。

【译文】

阮宣子时常步行出门，把一百钱挂在手杖之上，到了酒店里，一个人尽情喝酒。当时的显贵人物有很多，可是阮宣子不会前去拜访他们。

【解读】

一个人最难得就是有闲情逸致。乱世之中，执一根杖，把一百钱挂在杖上，然后一个人悠哉地走一段路，不紧不慢去到酒店，也不与他人说话，只顾自己尽情地喝。这样的逍遥自在，即使是神仙也未必能有。可见，阮宣子是个会享乐之人，而他最拿手的娱乐不是跟别人寻欢作乐，而是跟自己相处，跟酒相处，在一个人的世界里找到清静无为的快乐。这种乐趣，是人生最高境界的乐趣。

【原文】

山季伦[①]为荆州，时出酣畅。人为之歌曰："山公时一醉，径造高阳池[②]。日莫[③]倒载归，茗艼[④]无所知。复能乘骏马，倒著白接篱[⑤]。举手问葛彊，何如并州儿[⑥]？"高阳池在襄阳。彊是其爱将，并州人也。

【注释】

①山季伦：即山简，字季伦。竹林七贤之一山涛的儿子。曾为镇南将军，镇守襄阳。②高阳

池：池名，在湖北襄阳，原是养鱼的地方。山季伦镇守襄阳，将其命名为高阳池。③莫：通“暮”，傍晚。④茗艼：同“酩酊”，大醉的样子。⑤接篱：古代的一种帽子。⑥并州：地名，山西地区。

【译文】

山季伦在荆州当官期间，常常出去开怀畅饮。人们给他编写了一首歌：“山季伦去高阳池喝酒，傍晚时分归来之时，早已醉得不省人事，没有一点儿知觉。酒劲儿稍微下去一点儿，他又骑着骏马，倒戴着帽子，挥手问葛彊，我比你这个并州人怎么样啊？”高阳池在襄阳。葛彊是他的得力手下，并州人氏。

【解读】

有的人醉态丑陋，有的人醉态可掬。一个人醉了会成什么样，看看他平时的为人就可知道了。山季伦为人性情文雅，有其父山涛（竹林七贤）的风骨。从他醉后与手下相比这一点就可以看出他的个性温和，善与人交。

【原文】

张季鹰[①]纵任不拘，时人号为“江东步兵[②]”。或谓之曰：“卿乃可纵适[③]一时，独不为身后名邪？”答曰：“使我有身后名，不如即时[④]一杯酒！”

【注释】

①张季鹰：即张翰，字季鹰。晋江东吴郡人，曾任大司马东曹掾，因为晋王室祸乱将起，所以没多久就辞官归隐。其行为放荡不羁，时人将其比作阮籍。②江东步兵：即阮籍，江东人氏，当过步兵校尉，故称。③纵适：不加节制地享乐。④即时：当下、立即、马上。

【译文】

张季鹰纵情放任，不拘泥于礼法，被当时的人称为“江东步兵”。有人对他说：“你可以尽情享乐一时，难道就不为今后的名声打算了吗？”张季鹰回答说：“与其今后有一个好名声，不如此刻眼前有一杯美酒。”

【解读】

“与其今后有一个好名声，不如此刻眼前有一杯美酒。”用现在的话说就是“活在当下”。活着是为了追求快乐幸福的，唯有活在当下，乐于当下，才能体会到真实的幸福。张季鹰不因未来的功名放弃当下的一杯美酒，这是他会活在当下的体现。张季鹰不贪婪名声，但求享受当下的一杯美酒，他个虔诚的受馈者，也是一个“活在当下，及时行乐”的践行者。

知道自己想要什么，哪怕自己所追求的是别人不以为然甚至以为荒唐的东西，也不管不顾，随心而活，这是真正的旷达不羁，也是真正地在活着。

【原文】

毕茂世[①]云：“一手持蟹螯[②]，一手持酒杯，拍浮[③]酒池中，便足了一生。”

【注释】

①毕茂世：毕卓，字茂世，东晋官员，晋元帝时期被任命吏部郎、平南长史，因为饮酒而玩忽职守。②蟹螯：螃蟹的第一对足，像钳子，可以用来夹食物、御敌。③拍浮：游泳。

【译文】

毕茂世说：“一手拿着螃蟹腿，一手端着酒杯，在酒池中游泳，这一辈子就够了。”

【解读】

世间的诱惑很多。有人为财富拼命，有人为功名舍身，有人追求美女，有人追求爱情。欲望以不同的面目现形，芸芸众生总是沉迷其中而不自知。然而，回头想想，人的一生如白驹过隙，每个人不过一个匆匆的过客，所追求的一切名利财富不过是虚幻。

什么才不是虚的？一颗看清了人生虚无的心。真心有什么用？真心可以发现自己，让自己在万物的虚空中找到内心里追求的单纯的快乐。“一手持蟹螯，一手持酒杯，拍浮酒池中，便足了一生。”这便是毕世茂了悟人生虚无之后的真心之愿。

【原文】

贺司空[①]入洛[②]赴命，为太孙舍人[③]，经吴阊门[④]，在船中弹琴。张季鹰本不相识，先在金阊亭[⑤]，闻弦甚清，下船就贺，因共语，便大相知说。问贺：“卿欲何之？”贺曰：“入洛赴命，正尔进路。”张曰：“吾亦有事北京[⑥]。”因路寄载[⑦]，便与贺同发。初不告家，家追问乃知。

【注释】

①贺司空：即贺循，字彦先，学识渊博，德高望重，深受皇帝赏识，死后追封为司空。②洛：洛阳，西晋的都城。③太孙舍人：在皇太孙手下办事的官员。④吴阊门：城门名，在今苏州。⑤金阊亭：亭名，在苏州。⑥北京：指洛阳。南方人对京城的称呼。⑦寄载：搭乘他人的交通工具。

【译文】

贺司空要到京城洛阳任职，担任皇太孙的属官，路过吴阊门时，在船上弹起了琴。张季鹰原本不认识他，在金阊亭中听见琴声非常清爽，就下船拜访贺司空。两个人一起谈天说地，彼此感到非常契合。张季鹰问贺司空：“你要去哪里啊？”贺司空说：“我要到洛阳上任，如今正在赶路呢。”张季鹰说：“我也要到洛阳忙一些事情。”两个人便同乘船上路了。张季鹰并没有把这件事告诉家里人，家里人经过多方打听才得知此事。

【解读】

人生难得一知己，千古知音最难觅。知己是什么？是能通过你的音、貌、行为，甚至通过你的沉默就能了解你内心的人。当年伯牙鼓琴，钟子期倾听。钟子期一死，伯牙谓世再无知音，乃破琴绝弦，终身不复鼓。张季鹰与和贺司空只有一面之交，两人短暂交谈后，张季鹰觉得对方与自己情投意合就“离家出走”，他们两人同样是知己。因知己难得，所以伯牙为钟子期的逝去而摔琴，张季鹰为贺司空而相随到洛阳。

【原文】

祖车骑[①]过江时，公私俭薄[②]，无好服玩。王、庾[③]诸公共就祖，忽见裘袍重叠，珍饰盈列。诸公怪问之，祖曰：“昨夜复南塘[④]一出。”祖于时恒自使健儿[⑤]鼓行[⑥]劫钞[⑦]，在事之人亦容而不问。

【注释】

①祖车骑：祖逖，字士雅，东晋名将，死后被追赠为车骑将军。②俭薄：不宽裕。③王、庾：指东晋的权臣王导、庾亮。④南塘：地名。古时是秦淮河南岸，今属南京。⑤健儿：英勇善战的人。指勇士。⑥鼓行：本意是击鼓进军，此处引申为大张声势地前往。⑦劫钞：抢劫、掠夺。

【译文】

祖逖刚过江的时候，府库和个人都很贫穷，没有贵重的衣服和玩物。有一次，王导、庾亮等大臣一同去看望祖逖，发现他的家中堆满了皮衣和珍贵的饰品。王导等人觉得很奇怪，就问祖逖是怎么回事儿。祖逖回答说：“昨晚我又去了一趟南塘。”祖逖经常派军中勇士公开抢劫，相关官员对此都能容忍而不究问。

【解读】

自古以来，名人英雄最看重的就是名誉，他们不做污名之事，即使迫不得已做了也会想办法隐藏事实或者给自己找理由。祖逖却不同，他直言相告，陈述事实。是所谓光明磊落。相对于面对绝境就退缩或者做了事情不敢承认，能够坦然自己面对的无奈和不得已的“无耻”，更是英雄的表现。祖逖的坦荡让王导等人了解到了他的苦处，知道他是出于无奈，也因此没有追究他的抢劫盗窃之行。

【原文】

鸿胪卿[①]孔群[②]好饮酒。王丞相语云：“卿何为恒饮酒？不见酒家覆瓿[③]布，日月糜烂？”群曰：“不尔。不见糟肉[④]，乃更堪久？”群尝书与亲旧：“今年田得七百斛秫米[⑤]，不了麴糵[⑥]事。”

【注释】

①鸿胪卿：官名。掌管朝会、筵席、祭祀等相关礼仪的官员。②孔群：字敬林，性嗜酒。曾经担任鸿胪卿、御史中丞等职位。③瓿（bù）：古代的一种小瓮，一般是青铜制或陶制，用来盛放水或酒。④糟肉：用酒腌渍过的肉。⑤秫米：高粱米。⑥麴糵（qǔ niè）：指用酒曲酿酒。

【译文】

鸿胪卿孔群非常喜欢喝酒，王丞相劝他说：“你为什么不停地喝酒呢？你难道看不见盖酒坛子的布时间长了就会烂掉吗？”孔群说：“不是这样的。你难道没看见用酒腌制过的肉能保存更长时间吗？”孔群曾经给亲友写信说：“今年收获了七百斛高粱，用来酿酒还不够用呢！”

【解读】

正如“水可载舟，亦可覆舟”，酒会腐蚀物品，缩短它的寿命，却也可以延长其他物品的寿命。用法不一样，效果就会不一样。所以说，不能对某样东西或者某件事一概定论，而应从多角度去看待它，并根据它不同的功效利用它。此外，人的思维方式以及喜好不一样，对事物的看法也不一样，处世之道也就不同。有的人忙升官发财，有的人忙生计，有的人帮国仇家恨，有的人则忙着酿酒。爱什么就忙什么，这本就无可厚非。

【原文】

有人讥周仆射[①]与亲友言戏秽杂[②]无检节[③]。周曰：“吾若万里长江，何能不千里一曲[④]！”

【注释】

①周仆射：即周顗，字伯仁。随晋王室渡江后，任荆州刺史，官至尚书左仆射。②秽杂：污浊而杂乱。③检节：检点节制。④千里一曲：比喻行为举止不受约束，不拘小节。

【译文】

有人嘲笑周仆射和亲友说笑之时言语污秽，一点儿也不检点。周仆射说：“我就像那万里长江一样，哪能流了千里而不拐个弯呢？”

【解读】

周顗向来心直口快，估计他也知道自己本是个口无遮拦，想到什么说什么的人。所以他做了一个生动的比喻，既生动地彰显了自己奔放不羁的性格，同时又不避讳自己的过错，说那是“千里一曲”。有自知之明，敢做敢当，这样的真性情让人莞尔。

人非圣贤，孰能无过？犯错之后，学一学周顗，对自己宽容一点，不失为一种愉悦自己的方式。如果一旦犯错，被人指责，就愧疚难当，陷于深深的自责中，不但毫无用处，反倒还会毁了自己的生活。

【原文】

温太真[①]位未高时，屡与扬州、淮中估客[②]樗蒱[③]，与辄[④]不竞。尝一过，大输物戏屈，无因得反[⑤]。与庾亮善，于舫中大唤亮曰："卿可赎我！"庾即送直[⑥]，然后得还。经此数四[⑦]。

【注释】

①温太真：即温峤。②估客：商人、商贩。③樗蒱（chū pú）：汉末时期盛行的一种棋类游戏，多用于赌博。④辄：总是。⑤反：通"返"。⑥直：通"值"。此处指赎金。⑦数四：指再三再四，犹言多次。

【译文】

温太真还没有做到高官的时候，多次跟扬州、淮中的商贩们赌博，一次也没有赢过。有一回，他下了大赌注，结果输得精光，没办法脱身。他和庾亮关系不错，在船上冲着庾亮大声喊："你能把我赎走吗？"庾亮立即送去赎金，温太真才得以离开。类似这样的情况还有很多次。

【解读】

人们常说，患难见真情。在你走投之路时，为你伸出援手的朋友，必定是你真正的朋友。这样的朋友，甘愿为你的过错买单，只因他了解你的为人，知道你的优点，从心底欣赏你。

史书记载，温太真刚到江南时，"王导、周颛、庾亮等皆爱峤才，争与之交"。虞亮看重温太真的才华，不因他的赌博嗜好和屡次输钱而疏远他，而是三番五次赎回他。虞亮虽不言说，但想必温太真也能体会虞亮的心意。

【原文】

温公[①]喜慢语，卞令[②]礼法自居。至庾公[③]许，大相剖击。温发口[④]鄙秽[⑤]，庾公徐曰："太真终日无鄙言。"

【注释】

①温公：即温峤。②卞令：即卞壸。③庾公：指庾亮。④发口：开口。⑤鄙秽：鄙陋浊秽。

【译文】

温太真喜欢说傲慢放肆的话，尚书令卞壶则看重礼法。两人到庾亮那里，相互激烈地批评、揭发对方。温太真出口庸俗，庾亮非但不觉得他粗鄙，反而缓缓地称赞说："温太真一整天都没有说粗俗的话。"

【解读】

俗话说，"道不同不相为谋"。不相为谋的双方，话不投机半句多。同样的话，在道同者看来并不无礼，而在道不同者看来则粗鄙庸俗。这就是朋友与非朋友的区别。朋友支持你的言行，非朋友特别是那些与自己对立的人，则认为你言行有失礼节。

其实，合不合"礼"岂是外人说了算的。礼制是死的，人是活的。合不合"礼"，个人有个人的看法。把持中立，却又表明了观点，这是庾亮的机智表现。从中，还可见庾亮和温太真的交情之深。

【原文】

周伯仁[①]风德[②]雅重[③]，深达危乱[④]。过江积年，恒大饮酒，尝经三日不醒。时人谓之三日仆射[⑤]。

【注释】

①周伯仁：即周颛。曾当过尚书左仆射。②风德：风范德行。③雅重：持重、稳重。④危乱：危机动乱。⑤三日仆射：仆射，古代官名。旧指纵情于酒的人。

【译文】

周伯仁的风范德行高尚庄重，对国家的危乱形势了如指掌。过江以后，他常年无节制地饮酒，有一次醉了三天都不醒，当时的人以“三日仆射”称呼他。

【解读】

一般说来，如不是像“竹林七贤”一样是因性情而爱酒，那一个不嗜酒的人突然变成了酒鬼必定是因为心中郁闷，以酒消愁。想必周伯仁也是因这个缘由才变成“三日仆射”的。他洞悉国家大事，为人正直，是个尽职尽责的官员。然而他担任荆州刺史时率军作战不利，屡吃败仗。在无法改变的大局面前，除了饮酒又能做什么呢？人们只看到他饮酒，却不知道他的忧愁

【原文】

卫君长[①]为温公长史，温公甚善之。每率尔[②]提酒脯[③]就卫，箕踞相对弥日[④]。卫往温许亦尔。

【注释】

①卫君长：即卫永，字君长。官至右军长史。②率尔：随便、无拘束。③酒脯：酒和干肉。④弥日：全天。

【译文】

卫君长做温公长史之时，温公对他非常好。温公经常带着酒肉去卫永那里，一点也不拘束。两个人就地相对而坐畅饮，一喝就是一天。卫君长到温公那里也是这样。

【解读】

酒逢知己千杯少，与友饮酒时日短。相向而坐，毫不拘束，彼此或针砭时弊或闲聊文章，又或者什么都不说，只是欢心对饮。这样的交情，已经不再是简单的友谊，而是相知相惜的珍重和逍遥。人生得一知己，夫复何求。

【原文】

苏峻乱，诸庾逃散。庾冰[①]时为吴郡，单身奔亡，民吏皆去，唯郡卒独以小船载冰出钱塘口，蘧篨[②]覆之。时峻赏募觅冰，属[③]所在搜检甚急。卒舍船市渚，因饮酒醉还，舞棹向船曰：“何处觅庾吴郡，此中便是！”冰大惶怖，然不敢动。监司[④]见船小装狭，谓卒狂醉，都不复疑。自送过淛江[⑤]，寄山阴魏家，得免。后事平，冰欲报卒，适其所愿。卒曰：“出自厮下[⑥]，不愿名器[⑦]。少苦执鞭，恒患不得快饮酒；使其酒足余年，毕矣。无所复须。”冰为起大舍，市奴婢，使门内有百斛酒，终其身。时谓此卒非唯有智，且亦达生[⑧]。

【注释】

①庾冰：字季坚，庾亮的弟弟。②蘧篨（qú chú）：用芦苇或竹子编成的粗糙的席子。③属：通“嘱”，嘱咐、嘱托。④监司：搜查人员。⑤淛江：即浙江。⑥厮下：地位低下。⑦名器：名号与车服。古代用来表示一个人身份的尊卑贵贱。⑧达生：就是通达生命的意思。

【译文】

苏峻起兵作乱之时，庾氏家族的兄弟都逃散了。庾冰当时是吴郡的内史，独自一人奔逃。城里的百姓和官吏都逃跑了，只有一个小吏用小船载着庾冰逃到了钱塘江口，用席子把他盖住。当时，苏峻悬赏捉拿庾冰，要求各个地方都搜索他，催得非常紧急。小吏离开船，上岸买东西，喝醉了酒。回来之后，他挥舞着船桨对着小船说：“还要到哪里找庾冰呢？他就在这里面。”庾冰感到很害怕，不敢弄出一点儿动静。搜查人员见船上的地方很狭窄，认为小吏酒后胡言乱语，完全不相信船上藏着人。小吏把庾冰送过浙江，让他在山阴县魏家暂住，就这样庾冰逃过了一劫。苏峻叛

乱被平定后，庾冰想要报答那个小吏，任由小吏提出愿望。小吏说："我的出身不高，不想做官。只是我从小就当了奴役，一直为了不能畅饮而发愁，如果你能让我这辈子有充足的酒喝，我就没有遗憾了。除此之外，我没其他要求。"庾冰为小吏盖了一所大房子，买了一些奴婢，保证他家里有几百石酒，直到他死去。当时的人都觉得这个小吏既机智又通达人生。

【解读】

醉鬼的话，有人信以为真，有人听成胡言乱语。疑心重的人，会对醉鬼之话追究到底，他也许会发现自己上当了。没有心机，只看表面的人，他大意疏忽，却可能错过真相，就如上文中的搜查兵。很多时候，亲耳听到的不一定是事实，亲眼看到的也不一定是真相。人们认为小吏机智，也许正因为他懂得混淆视听，既施之以假（变成不可信的醉鬼）又施之以真（说出真相），最终使搜查兵更加真假难辨。以兵法来说，他就是兼施"以实就虚"和"以虚就实"之计策，让敌人虚实难分。

大隐者隐匿于尘世之中，甚至进入朝廷参与政务，却能够以"若愚"的"大智"淡然处之。把最不安全的地方当成最安全的地方，以最不"隐"的方式隐居。小吏的做法同样体现了这个智慧。而当他索要回报时只求"使其酒足余年，毕矣"，不做多余奢求，也可见他的机智达观。

【原文】

殷洪乔①作豫章郡②，临去，都下人因附百许函书③。既至石头④，悉掷水中，因祝⑤曰："沉者自沉，浮者自浮，殷洪乔不能作致书邮⑥！"

【注释】

①殷洪乔：即殷羡，字洪乔，东晋大臣，官至豫章太守、光禄勋。②豫章郡：郡名，在今江西。③函书：书信。④石头：即石头城。古代的军事重镇。⑤祝：祷告，向鬼神祈福。⑥致书邮：传送书信的人。

【译文】

殷洪乔要到豫章郡当太守，临走之际，京城的人托他捎带百来封信。到了石头城，殷洪乔把信都扔到了江水中，还祷告说："该沉的必定会沉下去，该浮的必定会漂浮。殷洪乔不能当送信的邮差。"

【解读】

魏晋时期，政权交替频繁，社会动荡不安。有的人争名夺利，有的人好清静无为。殷羡属于第二类。他看不惯那些官员为了名利而互相勾结，更看不惯人们为了攀权富贵而书来信往。然而，他最不能容忍的是自己要给这些人当邮差。所以，他不顾对错而任性地将他人嘱咐捎带的书信全扔到了水里。"沉者自沉，浮者自浮，殷洪乔不能作致书邮！"换而言之即：你们这些当官的就遵循优胜劣汰的生存规律吧，我不管你们谁沉谁浮，谁生谁死。反正我是不会给你们当信差的。

【原文】

王长史①、谢仁祖②同为王公③掾④。长史云："谢掾能作异舞。"谢便起舞，神意甚暇⑤。王公熟视，谓客曰："使人思安丰⑥。"

【注释】

①王长史：即王濛。②谢仁祖：即谢尚。③王公：即王导。④掾：助手。古代副官、佐吏的通称。⑤暇：悠闲。⑥安丰：即王戎，封安丰侯，故称王安丰。

【译文】

王长史和谢仁祖都是王导的助手。王长史说："谢仁祖会跳奇异的舞蹈。"谢仁祖跳了起来，神色非常悠闲。王导仔细看了一会儿，对宾客说："他让我想起了王安丰。"

【解读】

王戎自幼聪慧，身材短小而风姿秀彻，尚清谈，思想脱俗。也许，谢尚跳舞时表露出的那种悠闲神态与王戎的精神是有相似之处的，所以王导看到他就想起了王戎。又也许，谢尚和王戎本不相像，只是有微妙的相似，如果不注意，这微妙的相似也是看不出来的。所以王导仔细地欣赏了跳舞的谢尚，才从这微妙的相似中看到了王戎的影子。其实，在谢尚出生的前三年，王戎就去世了。王导把谢尚和王戎微妙的相似之处联系在一起，大概是想表达他思念王戎吧。

【原文】

王、刘①共在杭南，酣宴于桓子野②家。谢镇西③往尚书墓还，葬后三日反哭④。诸人欲要⑤之，初遣一信，犹未许，然已停车；重要，便回驾。诸人门外迎之，把臂⑥便下。裁得脱帻著帽酣宴。半坐，乃觉未脱衰⑦。

【注释】

①王、刘：东晋的王濛和刘惔。两人都善清谈，时人称之为王、刘。②桓子野：即桓伊，字叔夏，小字子野。善于吹奏笛子，官至护军将军。③谢镇西：即谢尚。④反哭：古代的一种丧葬仪式。安葬死者之后，丧主奉神主返回庙而哭。⑤要：通"邀"。邀请的意思。⑥把臂：相互挽着手臂，表示两人之间关系密切。⑦衰：同"缞"。古代用粗麻布制成的丧服。

【译文】

王濛和刘惔住在杭南，两人一起到桓子野家里喝酒。镇西将军谢尚从尚书的陵墓回来，按照丧礼，三天以后要奉神主回祖庙哭祭。大家都想请他来喝酒，先派人去送信邀请他，谢尚没有答应，可是已经把车停住了。大家第二次邀请他，谢尚就立即掉转车头回来了。大家都到门外迎接他，挽着他的手臂下了车。谢尚摘掉帽子，带着发巾就喝起了酒，痛饮到中途，才发觉自己没有脱掉丧服。

【解读】

如果内心难以抑制地想做一件事，不如从一开始就付诸行动。跟随内心的愿望，干脆利落地实施，才才不至于让自己陷入犹豫的痛苦之中。当然，谢尚也未必有痛苦。只是，犹豫既然最终是不必要的，又何必多此一举呢？只要所做之事不危害社会，不违背道德伦理，那就遵循自己的内心，做自己想做的事情。

很多时候，只有做自己想做的事情才能全情投入。如谢尚痛饮到中途才发现没脱掉丧服，可见他喝得十分忘我，是一个有真性情的人。这种全身心投入一件事情的态度，是乐观的生活态度。

【原文】

桓宣武①少家贫，戏②大输，债主敦求甚切，思自振之方，莫知所出。陈郡③袁耽④俊迈多能，宣武欲求救于耽。耽时居艰⑤，恐致疑，试以告焉，应声便许，略无慊吝⑥。遂变服，怀布帽随温去，与债主戏。耽素有蓺⑦名，债主就局曰："汝故当不办作袁彦道邪？"遂共戏。十万一掷，直上百万数。投马绝叫，傍若无人⑧。探布帽掷对人曰："汝竟识袁彦道不？"

【注释】

①桓宣武：即桓温。②戏：游戏，赌博。③陈郡：古代郡名。其中心地区在今河南周口一带。④袁耽：东晋人，字彦道。年轻时爽朗不羁，后来做到了司徒从事中郎。⑤居艰：居丧，守孝期间。⑥慊吝：觉得为难的样子。⑦蓺：同"艺"，技艺。⑧傍若无人：好像旁边没有人在。形容人的神情、

态度高傲。

【译文】

桓温年轻之时家里经济条件不好，赌博输了很多钱，债主催债又催得非常紧，想来想去，也想不出好方法。陈郡的袁耽豪迈英俊，具有多种才艺，桓温想要找他帮忙。当时袁耽正在守孝，桓温担心他不同意，不过还是试着将自己的想法告诉了他。袁耽立即答应了桓温，丝毫没有为难。他换掉孝服，揣着布帽，跟着桓温去找债主赌博。袁耽向来就有技艺高超的名声，债主开赌之前，说："你该不会是袁彦道吧？"接着就跟他赌了起来。最初每一局的赌注是十万钱，后来一直增加到一百万钱。袁耽投掷筹码，大声喊叫，当周围的人不存在似的。赢了钱，他从怀中拿出布帽扔给债主，问："你到底认不认识袁彦道啊？"

【解读】

在守孝期间去赌博，袁耽为什么如此"不孝"？也许只能用《晋书·袁耽传》中的原话解释："少有才气，俶傥不羁。"

魏晋时期众多的狂放人物所做出的事情，很多都超乎了常理，违背了正常的礼节。然而，结合那个时代的整体氛围去理解他们的所作所为，却又觉得合乎情理。无论是谢尚的丧服赴宴，还是袁耽的守丧期去赌，除了让我们看到他们的狂放不羁，也让我们隐约感觉到那个时代的畸形之气。换句话说，也许反常、超常、脱俗、旷荡、不羁等行为，都不过是一种对时代的反抗，是思想叛逆之人发出的无声抗议。

【原文】

王光禄①云："酒正使人人自远②。"

【注释】

①王光禄：即王蕴，字叔仁，王濛之子。生前曾任尚书吏部郎，尚书左仆射，会稽内史，死后追赠左光禄大夫、开府仪同三司。②自远：远离自己。

【译文】

王蕴说："酒能让人远离自己。"

【解读】

俗话说的"借酒消愁"，其实不如王蕴的说的"酒正使人人自远"好。消愁，只是让自己远离忧愁而已。对于真正的"以酒为生"的人来说，酒不是消愁，而是"消自己"——或者喝得忘我，或者醉得不省人事。这是远离自己，也是远离现实世界。

【原文】

刘尹①云："孙承公②狂士③，每至一处，赏玩累日④，或回至半路却返。"

【注释】

①刘尹：即刘惔。②孙承公：即孙统，字承公，为人放荡不羁，性好山水，纵游名山胜川。曾经做鄞令，后为余姚令。③狂士：泛指狂放的人。④累日：多日，数日。

【译文】

丹阳尹刘惔说："孙承公是一个狂放的人，每到一个地方，都要连续游玩几天。有的时候，他走在归途的半路上就又折返回去了。"

【解读】

很多人会"流连忘返"，却很少人会"流连折返"。孙承公的狂放，正在于他对喜爱的风景、事物有一种不嫌麻烦的“折腾精神”。已经走到了归途的一半，想想风景还没享受够，于是又回去了。这么一种行为，常人会觉得不理智”，然而孙承公却不这么认为。他兴尽而归，又兴起而返，随心随兴做一件事情，毫无理由却已足够解释种种“怪诞”的行为。

做人，有时需要像孙承公一样随心随兴，不要怕麻烦和折腾。跟着自己的心走，才能享受到真正的快乐。

【原文】

袁彦道[①]有二妹：一适殷渊源[②]，一适谢仁祖[③]。语桓宣武云：“恨不更有一人配卿！”

【注释】

①袁彦道：袁耽，字彦道，东晋名士。②殷渊源：殷浩，字渊源，曾做中军将军。③谢仁祖：谢尚，字仁祖，官至镇西将军。

【译文】

袁彦道有两个妹妹：一个嫁给殷渊源，一个嫁给谢仁祖。他对桓温说：“真遗憾啊，我再也没有妹妹可以嫁给你了。”

【解读】

袁彦道“恨不更有一人配卿！”，大有“恨不相逢（吾妹）未嫁时”之感。一个人要是喜欢某个人，就会想把自己最好的东西送给他。然而好东西已经送出去了，那也只能遗憾。

【原文】

桓车骑[①]在荆州，张玄[②]为侍中，使至江陵，路经阳岐村，俄见一人持半小笼生鱼，径来造船，云：“有鱼，欲寄作脍[③]。”张乃维舟[④]而纳之。问其姓字，称是刘遗民[⑤]。张素闻其名，大相忻待。刘既知张衔命，问：“谢安、王文度[⑥]并佳不？”张甚欲话言，刘了无停意。既进脍，便去，云：“向得此鱼，观君船上当有脍具，是故来耳。”于是便去。张乃追至刘家。为设酒，殊不清旨[⑦]，张高其人，不得已而饮之。方共对饮，刘便先起，云：“今正伐荻[⑧]，不宜久废。”张亦无以留之。

【注释】

①桓车骑：即桓冲。②张玄：又名张玄之，字祖希，官至冠军将军，吴兴太守。③脍：细切的肉。④维舟：停船。⑤刘遗民：本名刘程之，具有高洁的德行，因不屈服于官禄，被当时的皇帝称为刘遗民。⑥谢安、王文度：两人都是东晋名臣，曾共同执掌朝政，辅佐晋王室。⑦清旨：清雅美好。⑧荻：即荻草，形状跟芦苇相似。

【译文】

桓冲做荆州刺史之时，张玄是侍中，奉命到江陵办事，乘船路经阳岐村。没一会儿，他看见一个人带着半笼活鱼来到船边，说：“我想借用你的刀具把鱼切成细肉。”张玄把船停稳让他上来，问他的姓名，自称是刘遗民。张玄对他的名声早有耳闻，非常殷勤地招待了他。刘遗民得知张玄背负使命，问：“谢安、王文度都还好吗？”张玄很想和他深谈，可是刘遗民一点儿也没有停留的意思。细肉切好后，刘遗民要走，说：“刚才我抓了一些鱼，想您的船上大概有切鱼的刀具，所以我就来了。”说完就转身离开了。张玄一直追到刘遗民的家里，刘遗民拿出酒招待他。这些酒很浑浊，可是张玄崇敬他，不得已喝了下去。张玄刚想要和他对饮，刘遗民先站起来说：“现在正是收割荻草的时候，不能耽误太长的时间。”张玄无法挽留他。

【解读】

俗与不俗的区别，往往从一件事中就可看得出来。俗者，内心纷扰，心境容易随外界的干扰而波动。不俗者，内心清净，不易被人打扰，外界也难以改变他的生活状态。刘遗民不俗的高洁德行可从他对张玄的招待中看出来。

虽然知道张玄有恩于他(借刀具给他),但他并不因为这层关系而改变自己的计划。借刀已毕，即使张玄盛情邀请留下，他也坚决辞行，并坦白告知自己的目的。不做计划之外的事，哪怕这些事看起来会让自己显得高人一等，带来优越感。这样的德行就是谦虚、高洁。等到张玄追到家里，刘遗民拿酒招待他，却不和他对饮。这看似无礼之行，其实仍是刘遗民心中清净的高洁表现。对外物的到来不怒不喜，不迎不拒，这就是“不以物喜，不以己悲”。如不是清心寡欲之人，很难达到这种境界。

【原文】

王子猷①诣郗雍州②，雍州在内，见有𣰆㲪③，云：“阿乞④那得此物！”令左右送还家。郗出觅之，王曰：“向有大力者负之而趋。”郗无忤色⑤。

【注释】

①王子猷：即王徽之。②郗雍州：即郗恢，字道胤，东晋名臣郗鉴的孙子，曾做雍州刺史。③𣰆㲪（tà dēng）：古代西域的一种高质量、有花纹的细毛毯，很珍贵。④阿乞：郗恢的小名。⑤忤色：怨怒的神色。

【译文】

王子猷拜访雍州刺史郗恢，当时郗恢正在室内。王子猷看见客厅珍贵的毛毯，说：“郗恢怎么会有这么好的东西！”随即让自己的手下把毛毯送到自己家里。郗恢出来寻找毯子，王子猷对他说：“刚才有个力气很大的人背着它跑了。”郗恢并没有因此而不高兴。

【解读】

王徽之并非没有品德，而是不以常人之品德为品德。他遵循内心的喜好和厌恶，对所做之事、所见之物采取分明的态度。他像个单纯而直接的孩童，喜欢某样事物就尽力拥有它。按着自己心里的想法做事，不管别人怎么想，哪怕有时候会有损于自己的品德，也坚持自己的喜好或厌恶，这种爱憎分明的单纯和任性的坚定，是难得的自我坚持，也是王徽之旷达不羁的原因所在。

【原文】

谢安始出西，戏，失车牛，便杖策①步归。道逢刘尹，语曰：“安石将无伤！”谢乃同载而归。

【注释】

①杖策：拄着拐杖。

【译文】

有一次，谢安出去游玩，丢了牛和车，就拄着拐杖步行回家，路上遇到了刘惔。刘惔问谢安：“你没有受伤吧？”谢安搭载刘惔的车，一同回去了。

【解读】

《论语·乡党》中记载，孔子听说马厩失火后不问马损伤如何，第一反应是先问伤人了没有。刘惔听说谢安的马车丢了，也不问丢失的原因，而是问谢安本人是否受伤。刘惔的问和孔子的问是一样的，都是以人为本的问。

以人为本的思想其实是很平常的一个思想，并不高深，它是指要把人放在第一位。无论何时，人的生命安全是最重要的。社会是由人组成的，各种事业也都是由人来创造的。功名利禄等身外之物失去了都可以再要回来，然而一旦失去“人”，一切都将不再有意义。

【原文】

襄阳罗友[①]有大韵[②]，少时多谓之痴。尝伺人祠，欲乞食，往太蚤[③]，门未开。主人迎神出见，问以非时何得在此，答曰："闻卿祠，欲乞一顿食耳。"遂隐门侧。至晓，得食便退，了无怍容[④]。为人有记功，从桓宣武平蜀，按行蜀城阙簿[⑤]观宇[⑥]，内外，道陌广狭，植种果竹多少，皆默记之。后宣武溧洲与简文[⑦]集，友亦预焉；共道蜀中事，亦有所遗忘，友皆名列，曾无错漏。宣武验以蜀城阙簿，皆如其言，坐者叹服。谢公云："罗友讵[⑧]减魏阳元[⑨]！"后为广州刺史，当之镇，刺史桓豁[⑩]语令莫[⑪]来宿，答曰："民已有前期，主人贫，或有酒馔之费，见与甚有旧，请别日奉命。"征西[⑫]密遣人察之，至日，乃往荆州门下书佐[⑬]家，处之怡然[⑭]，不异胜达。在益州，语儿云："我有五百人食器。"家中大惊。其由来清，而忽有此物，定是二百五十沓乌樏[⑮]。

【注释】

①罗友：字宅仁，东晋时人。先在桓温手下办事，后来出任襄阳太守，广州、益州刺史。②大韵：出众的气度。③蚤：通"早"。④怍容：羞愧的样子。⑤阙簿：登记官吏缺额的簿册。⑥观宇：宫殿楼阁。⑦简文：即简文帝司马昱。⑧讵：副词，表示反问，岂、怎。⑨魏阳元：魏舒，字阳元，东晋司徒。⑩桓豁：字朗子，东晋将领。大司马桓温之弟，曾做荆州刺史，征西大将军。⑪莫：通"暮"。⑫征西：指桓豁。⑬书佐：官名。主要负责文书的佐官。⑭怡然：安适自在的样子。⑮乌樏（lěi）：古代一种黑色的盛食物的器具，中间有隔档，可以装两个人的饭食。

【译文】

襄阳的罗友有大气度，不同于常人，年少时很多人认为他傻。有户人家要祭祀，罗友得知之后，想去乞讨一点儿吃的，可是去得太早，人家还没开门。主人出来迎神时看到他，问他："为什么还不到祭祀的时刻，你就出现在这里呢？"罗友回答说："听说你家祭祀，我想讨顿饭吃。"说完就躲在大门一旁，等天亮拿到食物就走开了，没有一丝的惭愧之情。罗友的记忆力很强，跟随桓宣武平定蜀地，巡视当地的城池楼台之时，把道路的宽窄、种植果树竹子的数量全都默默记在了心里。后来桓宣武和简文帝在溧洲碰面，罗友也参加了。他们一起谈论蜀国的事情，有遗忘的地方，罗友都能如实说出来，没有丝毫的差错。桓宣武拿出蜀王官中的簿册来看，证实罗友说得非常正确。在场的人都十分佩服他。谢公曾说："罗友怎么会比魏阳元差呢？"后来罗友当上了广州刺史，上任之前，荆州刺史桓豁让他晚上过去住。罗友说："我已经和别人约好了。他家条件不好，也许还需要我破费准备酒菜呢，不过我们的交情很深。改天我再来拜访您。"桓豁悄悄派人跟踪他。到了晚上，罗友去了荆州刺史门下掌管文书的小吏家里，在那里安适自得，跟达官贵人们在一起相处没什么两样。在益州时，他对儿子说："我有五百人的餐具。"家里人对此很吃惊。罗友向来为官清廉，却突然有了这么多东西，家人猜想一定是那二百五十套黑色食盒。

【解读】

与其说罗友是个不拘小节的人，不如说他是个敢于大胆地说出自己真实想法的猛士。他不虚伪，在对人有所求时不隐藏自己的意图，在拒绝别人时敢坦率地说出拒绝的理由。换句话说，就是他做人很直接，也很自我。不管别人怎么看自己，坚持按照自己的所思所想行事，并光明正大地将它们表现出来，这是一种坦荡。这样的坦荡可以让一个人永远对得起自己的灵魂。此外，因为没有了隐藏，少了钩心斗角，也会让他在人际交往中免掉很多烦恼。

古语说："君子坦荡荡"。罗友不仅是个坦荡荡的君子，还是个有着坚定的交友理念，不为权势放弃朋友的人。他不为了攀权富贵而毁约，亦不因为自己有了地位而看低身份卑微的朋友。

【原文】

桓子野[①]每闻清歌[②]，辄唤"奈何"！谢公[③]闻之，曰："子野可谓一往有深情[④]。"

【注释】

①桓子野：即桓伊，小子子野，擅长音乐。②清歌：挽歌。③谢公：即谢安。④一往有深情：一直都有深厚的感情。后演化为一成语“一往情深”。

【译文】

桓子野一听到挽歌，就会喊“奈何”！谢安听说之后，说：“桓子野称得上一往情深啊！”

【解读】

《晋书》上说桓子野“善音乐，尽一时之妙，为江左第一”。桓子野的音乐造诣很高，现代的著名琴曲《梅花三弄》就是根据他为王徽之演奏的《笛上三弄》改编的。

一个人擅长某方面的技能，往往会对那项技能格外热爱，所以桓子野一听到别人演奏优美的歌曲就会情不自禁地赞叹起来。然而，一个人难得的是长久的热爱，也就是谢安所说的“一往情深”。从谢安对桓子野的评价中可以看出桓子野的音乐造诣之高，还可见他用情至深。

【原文】

张湛[①]好于斋前种松柏；时袁山松[②]出游，每好令左右作挽歌[③]。时人谓“张屋下陈尸[④]，袁道上行殡[⑤]”。

【注释】

①张湛：字处度，东晋学者、养生学家。官至中书侍郎、光禄勋，写有《冲虚至德真经注》、《养生要集》、《列子注》等。②袁山松：擅长音乐，曾改作旧歌《行路难》，听者莫不流涕，被时人称之为一绝。③挽歌：古人送葬时所唱的歌。汉魏以后，唱挽歌成为一项丧葬礼俗。④张屋下陈尸：古人死后讲究重生，因而在墓地里种植象征万古长青的松柏。张湛在屋前种植松柏，意思是说他的住所就像墓地一样。⑤行殡：举行葬礼。

【译文】

张湛喜欢在屋前种墓前常见的植松树和柏树。袁山松外出游玩之时，时常喜好让手下人唱挽歌。当时的人说：“张湛在屋前陈列尸体，袁山松在路上举行葬礼。”

【解读】

“屋前陈尸”和“路上行丧”本质上都是在靠近死亡，如果张湛和袁山松不是故意做出这种个性之事来标新立异，那么可以说他们都是一类“向死而生”的人。

所谓“向死而生”，即“未知死焉知生”。不理解死亡的本质，又怎么谈生存呢？也就是说，只有看透了死亡，不再畏惧死亡的那一天，一个人才会在生活中无所畏惧地做自己，勇往直前。

【原文】

罗友[①]作荆州从事[②]，桓宣武[③]为王车骑[④]集别，友进坐良久[⑤]，辞出[⑥]，宣武曰：“卿向欲咨事，何以便去？”答曰：“友闻白羊肉美，一生未曾得吃，故冒求前耳，无事可咨。今已饱，不复须驻[⑦]。”了无[⑧]惭色。

【注释】

①罗友：东晋人，桓温当荆州刺史时，他任刺史从事。②从事：古代官名，州郡的属官。③桓宣武：指桓温。④王车骑：指王洽，字敬和。王导的儿子，死后追赠车骑将军。⑤良久：很长时间。⑥辞出：辞别主人离开。⑦驻：在某个地方停留。⑧了无：完全没有。

【译文】

罗友当荆州从事的时候，有一次桓温召集大家为车骑将军王洽送别。罗友到来后坐了很长时间，之后就告辞出来了。桓温问："刚才你要跟我谈什么事情啊？为什么你现在要走呢？"罗友回答说："我听说白羊肉很好吃，一直没有机会品尝，所以才冒昧请求前来。其实我没有什么事情要问你。现在我已经吃得很饱，没有留下的必要了。"说这些话之时，脸上没有丝毫羞愧之色。

【解读】

只是想吃未曾吃过的羊肉，没有其余理由。为吃而吃，追逐最单纯的欲望，享受最简单的快乐。一个人，如果能持着这种简单的生存理念去生活，那他已经超越了世俗的束缚，不再被带有功利性的繁文缛节所捆绑。

【原文】

张驎①酒后，挽歌甚凄苦。桓车骑②曰："卿非田横③门人④，何乃顿尔⑤至致？"

【注释】

①张驎：即张湛，小字驎。②桓车骑：即车骑将军桓冲。③田横：秦末齐国的贵族。韩信攻破齐国后，田横自立为王，带领五百门客逃到海岛之上躲避灾难。刘邦建立西汉后，派人招降田横，可就在赶赴洛阳途中，田横选择了自杀。④门人：指门客、食客。⑤顿尔：突然。

【译文】

张湛酒后唱起了挽歌，歌声非常凄苦悲凉。车骑将军桓冲说："你又不是田横的门客，为什么突然悲伤到这种境地了呢？"

【解读】

田横门客之悲，是一种穷途末路的忠臣之悲。韩信破齐后，自立为王的田横带领五百门客逃到海岛之上躲避灾难。后汉高祖刘邦统一天下后，招降田横。在赶赴洛阳途中，田横不甘称臣受辱，选择了自杀。海岛上他的五百门客听说田横死讯，也全部自杀。张湛虽然不是田横门客，但他生在乱世，所以，他唱起挽歌来竟有了一种田横门客之悲的味道。

【原文】

王子猷①尝暂寄人空宅住，便令种竹。或问："暂住何烦②尔③！"王啸咏④良久，直指竹曰："何可一日无此君！"

【注释】

①王子猷：即王徽之。②何烦：何必，何须。③尔：如此，这样。④啸咏：歌咏。

【译文】

王子猷曾经暂住别人闲置的房子，总会吩咐手下人种竹子。有人问他："你只不过是暂住，为什么还要这么麻烦呢？"王子猷歌咏很久，用手指着竹子说："我一天也不能没有它啊！"

【解读】

一日不读书，便觉面目可憎。王子猷却认为竹子才是人生必需品。他对竹子的痴爱超乎了常人的理解，不懂竹子风骨的人难以体会其中的奥妙。其实，爱什么不重要，重要的是深爱。

对自己所爱之物毫不留余力，爱得彻底，爱得疯狂，爱得不可一日少之。这种爱就是深爱，正如王子猷对竹子的爱。虽然痴傻，却很执着。然而，这种执着却又不是放不下的执着，而是"既然可以爱，何不好好好爱，找机会去爱"的时时刻刻的追求。

【原文】

王子猷居山阴，夜大雪，眠觉①，开室命酌酒。四望皎然②，因起彷徨，咏左思《招隐》③。忽忆戴安道，时戴在剡，即便夜乘小船就之。经宿方至，造门不前而返。人问其故，王曰：

"吾本乘兴而行，兴尽而返，何必见戴！"

【注释】

①眠觉：睡醒。②皎然：明亮、洁白的样子。③《招隐》：左思所写的关于隐士生活的诗。

【译文】

王子猷在山阴县居住，有一天夜里下起了大雪，一觉醒来，打开屋里的门，让人给他斟酒。他环视四周，看到处处都是洁白的雪，于是起身徘徊，咏唱左思的《招隐》诗。忽然间，他想起了戴安道。当时戴安道在剡县居住，王子猷连夜乘船要去拜访他。经过一宿的时间，他来到戴安道家门口，却没有进门，反而按照原路返回了。有人问他原因，他回答说："我原本就是乘着一时兴致去的，兴致没有了就返回来，为什么非得见戴安道呢？"

【解读】

做人，最重要的是快乐。乘兴而来，兴尽而返，就是一种快乐之道。当自己兴致来临时，不必瞻前顾后，左思右量，而是马上行动，让自己投入到那个兴致中并实现它。这个过程，本是就会给人带来极致的满足。所以说，做人何必太拘束？不如抛开计划，扔掉常规。没有了拘束，只是跟随自己的兴致来生活，快乐就会浮现。当兴致消失时，也不要勉强自己照着原计划坚持做某件事情。计划不如变化快，洒脱一点，自在一点，不强求自己。

【原文】

王卫军[①]云："酒正自引人著[②]胜地。"

【注释】

①王卫军：即王荟，东晋大臣、书法家，丞相王导的第六子。曾经当过会稽内史，进号镇军将军，加散骑常侍，死后朝廷追赠卫将军。②著：到达。

【译文】

王卫军说："酒的确能引导人进入绝妙的境界啊！"

【解读】

"慨当以慷，忧思难忘，何以解忧，唯有杜康。"以酒消愁，忘乎所以，是人们爱酒的原因，这大概也是王卫军感慨的由来。

酒能把人引入何等的妙境？"酒仙"刘伶的故事也许可以回答这个问题。据说刘伶出游时曾让仆人扛把镢头跟在其后，并叮嘱道："我醉死何处，就将我埋在何处。"将人生引入一种彻底虚无的境界，并由此使人变得超然于万物，超脱了生死。也许，这就是酒带来的妙境。

【原文】

王子猷[①]出都，尚在渚下。旧闻桓子野[②]善吹笛，而不相识。遇桓于岸上过，王在船中，客有识之者，云是桓子野。王便令人与相闻[③]，云："闻君善吹笛，试为我一奏。"桓时已贵显，素闻王名，即便回下车，踞[④]胡床[⑤]，为作三调。弄[⑥]毕，便上车去。客主不交一言。

【注释】

①王子猷：即王徽之。②桓子野：即桓伊。③相闻：互通信息，相互通报。④踞：依靠。⑤胡床：古代的一种坐具，类似马扎。⑥弄：演奏乐器。

【译文】

王子猷乘船要去京都，出发之前，船在码头上停泊。他曾经只是听说桓子野擅长吹笛子，却并不认识他。碰巧桓子野从岸边路过此地，王子猷在船中。船上有个客人认识桓子野，便告诉了王子猷。王子猷命人传话给桓子野："听说你擅长吹笛子，还望你能为我吹奏一曲。"桓子野当时地位很显赫，早已听说过王子猷的名声，立即转身下车，坐在胡床上为王子猷吹奏了三支曲子。吹奏完毕后，桓子野上车离开了。宾主两人没有说过一句话。

【解读】

古人说，君子之交淡如水。真正的知己，无须多言，不必交流。如王子猷和桓子野，只一首曲子，就可以知道对方的心思。这样的交往，干脆利落，简洁纯净。人与人的交往，如果不是因为彼此有心知肚明的惺惺相惜，必定都带有利益的算计。而淡如水的君子之交，则不掺杂名利是非，也没有尔虞我诈。这样的交情，犹如泥泞肮脏的一池绿水中开出的一朵莲花，让人眼前一亮，使人心生欢喜。

【原文】

桓南郡①被召作太子洗马②，船泊荻渚。王大③服散④后已小醉，往看桓。桓为设酒，不能冷饮，频语左右："令温酒来！"桓乃流涕呜咽，王便欲去。桓以手巾掩泪，因谓王曰："犯我家讳⑤，何预卿事！"王叹曰："灵宝故自达！"

【注释】

①桓南郡：即桓玄。②太子洗马：古代的官名，是太子的侍从官，主要辅佐太子。③王大：即王忱。④散：即"五石散"。⑤家讳：家族内部父祖的名讳。触犯了家讳，就是对父祖的大不敬。

【译文】

南郡公桓玄被朝廷任命为太子洗马，乘船赴任途中，船在荻渚停泊。王大服用五石散后有些醉意，到船上看望桓玄。桓玄为他准备了美酒，但是王大不能喝冷酒，于是他多次吩咐下人说："温酒。"桓玄听到这话，低声哭泣起来，王大见状，就想离开。桓玄用手巾擦干眼泪，对王大说："你犯了我的家讳，不过跟你没什么关系。"王大赞叹说："你的确是个旷达的人啊！"

【解读】

在古代，直呼一个人的名字是对人不尊重。一个家庭里，晚辈更不允许直呼长辈的名字，这就叫家讳。如果你直呼对方长辈的名字，那你就犯了对方的家讳，这是一种无礼之行。

王大微醉时说"温酒"，无意中触犯了桓玄的父亲桓温的名讳。六朝时重视家讳，如果外人触犯了，孝子贤孙就要流涕呜咽才符合当时礼节。因此，桓玄一听就痛哭起来。王大最初并没有意识到自己犯了桓玄的家讳，等他酒醒过来，意识到自己犯了错，就想离开。同一个王大，在桓玄看来却已前后不是一个人。此前的王大是无意犯错的王大，而此时的王大是知错改错于是不再有错的王大。因此，桓玄会说错虽是你犯的，但已经跟你没什么关系了。在讲究忠孝的古代，犯家讳是一种大不敬的行为。而桓玄却能对王大所犯过错给予原谅，可见他的旷达。

【原文】

王孝伯①问王大②："阮籍③何如司马相如④？"王大曰："阮籍胸中垒块⑤，故须酒浇之。"

【注释】

①王孝伯：即王恭。②王大：即王忱。③阮籍：竹林七贤之一，喜欢纵酒玄谈，不问世事。④司马相如：字长卿，汉武帝时期伟大的文学家、杰出的政治家，越礼自放，蔑视卿相。⑤胸中垒块：比喻郁积在心中的气愤或愁闷。

【译文】

王孝伯问王大："阮籍和司马相如相比怎么样啊？"王大回答说："阮籍心中愁闷，所以必须要借酒浇愁。"

【解读】

西汉大文豪司马相如和阮籍一样，都擅长作赋写诗，性格也都狂放不羁。王大的回答，指出两个人在文才、个性上本无大的不同，而最大的不同是阮籍心中有“垒块”。

垒块，意指心中郁愤不平之事。和司马相如只有过一时穷困潦倒相比，阮籍的处境更为压抑。在他所处的时代看，曹氏和司马氏两大家族明争暗斗，政治形势十分险恶。阮籍本来在政治上倾向于曹魏皇室，对司马氏集团怀有不满，但他迫于司马氏的淫威，也只能采取明哲保身的态度，或游山玩水，或读书写作，或以酒装醉卖傻。酒成了他最好的朋友，是他心中垒块的最好解药，喝酒甚至成为他生存的手段。

【原文】

王佛大①叹言："三日不饮酒，觉形神不复相亲②。"

【注释】

①王佛大：即王忱。②相亲：互相亲爱。

【译文】

王佛大感叹说："我三天不喝酒，就感觉到身体和精神不再相互依附了。"

【解读】

爱好某样事物，可以让一个人的心灵有所依靠。世间之物，都可能让一个人上瘾。也许是酒，也许是书，也许其他的东西。一旦对某样东西上瘾，就会时时想着它，刻刻需要它。一旦瘾发作起来，正如王佛大所说，便会“觉形神不复相亲”。

【原文】

王孝伯①言："名士不必须奇才，但使常得无事，痛饮酒，熟读《离骚》②，便可称名士。"

【注释】

①王孝伯：即王恭。②《离骚》：战国时期著名诗人屈原的代表作，是一篇政治抒情诗。屈原在诗中抒发了自己的苦闷与矛盾，表现了诗人与邪恶势力作斗争的精神和爱国热情。

【译文】

王孝伯说："名士不一定要有特殊的才华，只要能时常无所事事，尽情畅饮，熟读《离骚》，就称得上是名士了。

【解读】

王恭这句话指出了当时的名士出名的捷径就是背《离骚》，然后做出一副逍遥自在的样子，用喝酒来表现出不问世事的态度。王恭是在抨击当时社会上已经糜烂的名士风气。

【原文】

王长史①登茅山，大恸哭②曰："琅邪王伯舆，终当为情死！"

【注释】

①王长史：即王廞，字伯舆，琅邪人氏。曾经做过司徒长史，故称王长史。②恸哭：放声痛哭。

【译文】

王长史登上茅山，非常伤心地哭道："琅邪的王伯舆终归要为情而死！"

【解读】

“问世间情为何物，直叫人生死相许。”我们不知道王长史甘愿为之而死的“情”是哪一种情，史书上也没有记载王长史是怎么死的，但从他发出的一声感叹可见他是个重情义的人。

简傲第二十四

【原文】

晋文王[①]功德盛大，坐席严敬，拟于王者。唯阮籍在坐，箕踞啸歌[②]，酣放[③]自若。

【注释】

①晋文王：指司马昭，生前被封为晋公，死后谥曰文王。②啸歌：流行于魏晋时期的一种文化现象，也称歌啸、长啸等。③酣放：恣意狂放。

【译文】

晋文王司马昭的功德很大，满座的客人在他面前都很庄重，把他比拟成帝王。只有阮籍一人伸开腿坐在座位上，任意歌唱，痛饮放纵，神色不改。

【解读】

阮籍在司马昭面前放浪形骸，不拘礼节，可见他具有坚持自我的胆量，而这种胆量必定是因为他心中有着与常人不一样的坚定的自我追求和信仰。他不以权势为贵，所以不以身份地位看人。说到底，在权贵面前坦然自若地做自己，须自已有一颗平常心，不做名利的奴隶。同时，还需要极大的自信，不因他人的显赫身份而自我贬低。

【原文】

和王戎弱冠[①]诣阮籍，时刘公荣[②]在坐，阮谓王曰："偶有二斗美酒，当与君共饮，彼公荣者无预[③]焉。"二人交觞[④]酬酢[⑤]，公荣遂不得一杯；而言语谈戏，三人无异。或有问之者，阮答曰："胜公荣者，不得不与饮酒；不如公荣者，不可不与饮酒；唯公荣可不与饮酒。"

【注释】

①弱冠：古代男子岁叫作"弱"，这时就要举行"冠礼"，戴上成人的帽子，表示已经成年。②刘公荣：即刘昶，为人旷达，嗜好喝酒。③预：参与。④觞：古代盛酒的器具。⑤酬酢：指宾客和主人相互敬酒。

【译文】

王戎成年的时候去拜访阮籍，当时刘公荣也在场。阮籍对王戎说："我恰巧有两斗好酒，应当和你一起畅饮，没有刘公荣的份儿。"两人频频举杯，相互敬酒，刘公荣一杯酒也没有喝到。三个人言谈说笑，跟平时没什么区别。有人问为什么不让刘公荣喝酒，阮籍回答说："比刘公荣强的人，我必须要和他一起喝酒；比不上刘公荣的人，我也要和他喝酒；只有刘公荣这个人，可以不与他喝酒。"

【解读】

在这个故事之前，刘公荣曾被人讥笑喝酒不择友，刘公荣当时回答说："胜公荣者不可不与饮，不如公荣者亦不可不与饮，是公荣辈者又不可不与饮。故终日共饮而醉。"阮籍以他说过的话为把柄，得出"胜公荣者，不得不与饮酒；不如公荣者，不可不与饮酒；唯公荣可不与饮酒"的理论。阮籍对刘公荣的反驳，正是当时清谈之风盛行的例证。

阮籍对刘公荣并无恶意，而只是以其人之道还治其人之身，算是朋友之间的一种交流。阮籍以行动来反驳了刘公荣，但刘公荣却不以为意，三人仍旧说说笑笑。从这个故事中可见当时阮籍以及当时的名士之间的交流是奔放的，他们不拘礼节，有时候甚至针锋相对，但他们的交情却不会因此受影响。

【原文】

钟士季[1]精有才理，先不识嵇康；钟要[2]于时贤俊之士，俱[3]往寻康。康方大树下锻[4]，向子期[5]为佐鼓排[6]。康扬槌不辍，傍若无人，移时[7]不交一言。钟起去，康曰："何所闻而来？何所见而去？"钟曰："闻所闻而来，见所见而去。"

【注释】

①钟士季：即钟会。②要：同"邀"，邀请。③俱：全，都。④锻：打铁。⑤向子期：指向秀，竹林七贤之一。⑥鼓排：拉风箱。⑦移时：很久。

【译文】

钟会非常有才，之前和嵇康并不认识。他邀请了当时的贤人名流，一起去拜访嵇康。嵇康正在大树下打铁，向秀给他打下手拉风箱。嵇康不停地挥舞铁槌，就当周围没有人存在一样，过了很久，也没有跟钟会说一句话。钟会正要转身离开之时，嵇康说："你听到了什么才来的？看到了什么才走的？"钟会说："我听到了所听到的而来，看到了所看到的才离开。"

【解读】

钟会是司马昭的心腹，向来仰慕嵇康的才华。他专程去拜访嵇康，没想到却遭到嵇康的冷漠招待。他对嵇康做出回答时，想必已经因为嵇康桀骜不驯的个性而恼羞成怒了。其实，嵇康提出那样的问题是有理由的。如钟会一样"慕名而来"拜访他的人估计有很多，而他自己早就对这种拜访不以为然了。然而，这绝不是两人简单的问答。嵇康鄙视权贵，在政治上又倾向于曹魏家族而不是司马氏。钟会拜访他，他肯定不欢迎，故此以一贯的从容不迫来沉默应对。钟会既是司马昭的重臣，必定对嵇康的冷漠表现怀恨在心。但他同样没有表现出愤怒，而是以一句机智而具有禅意的回答应对嵇康。这一次短暂的只有两句话的拜访犹如一场战争，只是当时胜负未分。过后钟会向司马昭说稽康的坏话，司马昭便把稽康杀了。

【原文】

嵇康与吕安[1]善，每一相思，千里命驾[2]。安后来，值[3]康不在，喜[4]出户延[5]之，不入，题门上作"凤（鳳）"字而去。喜不觉，犹以为欣。故作"凤"字，凡鸟[6]也。

【注释】

①吕安：魏晋时名士，恃才傲物，蔑视礼法，与嵇康是至交好友。②千里命驾：指路远的好友造访，多形容友情深厚。③值：遇到，赶上。④喜：指嵇喜，嵇康的兄长。⑤延：迎接、接待。⑥凡鸟：意思是平凡的鸟，比喻庸才。

【译文】

嵇康和吕安的关系非常好，每当想念对方的时候，即使对方在千里之外，也会动身前去看望。后来，吕安去拜访嵇康，恰巧赶上嵇康不在家，嵇康的兄长稽喜出门迎接他。吕安没有进门，只在门上写了一个"凤（鳳）"字，接着就转身离开了。稽喜不明白其中的含义，还感到很高兴。"凤（鳳）"字拆开来就是凡鸟，吕安写这个字，讽刺稽喜是个庸才。

【解读】

吕安对嵇康，不惜"每一相思，千里奔访"。然而对嵇康的哥哥，只因他不是自己喜欢的人，即便是受到对方盛情接待也不领情，还要暗中讥讽对方。吕安的行为，可谓把当时名士的狂放、傲慢风气发挥到极致了。

【原文】

陆士衡[1]初入洛[2]，咨张公[3]所宜诣，刘道真[4]是其一。陆既往，刘尚在哀制[5]中。性嗜酒，礼毕，初无他言，唯问："东吴有长柄壶卢[6]，卿[7]得种来不？"陆兄弟殊失望，乃悔往。

【注释】

①陆士衡：即陆机，字士衡，西晋吴郡人，官至平原内史。②洛：指洛阳。③张公：指张华，字茂先，西晋时期政治人物、文学家，官至司空。陆机、陆云兄弟钦慕张华的品德风范，以师礼待之。④刘道真：刘宝，字道真，西晋军事将领、文学家，文武双全。⑤哀制：即丧制，治丧的礼制。⑥壶卢：亦作"壶芦"，即葫芦。古人用来装酒的器具，便于携带。⑦卿：对人的敬称。

【译文】

陆机刚到京都洛阳，向张华征求意见，问他该去拜访哪些人。张华认为其中之一就是刘道真。陆氏兄弟来到刘道真的家时，刘道真还在守孝。他生性喜欢喝酒，双方行过见面礼之后，没有说一句话，只是问陆氏兄弟："东吴盛产长把儿的葫芦，你们有没有带种子来啊？"陆氏兄弟感到特别失望，后悔去拜访刘道真。

【解读】

一个真性情的人，他不拘泥于形式。一个真正的勇士，敢于乐观地面对死亡。所以，刘道真在守孝期间仍不忘盛酒的东吴长把儿葫芦，不忘生活中的乐趣（喝酒），而不是让传统和悲痛阻挡了生活的希望。可惜，陆氏兄弟只看到刘道真的好酒的一面，却没看到他乐观直率的自我性情，于是为之失望。

【原文】

王平子[1]出为荆州，王太尉[2]及时贤送者倾路[3]。时庭中有大树，上有鹊巢。平子脱衣巾，径上树取鹊子，凉衣[4]拘阂[5]树枝，便复脱去。得鹊子还，下弄，神色自若，傍若无人。

【注释】

①王平子：即王澄。②王太尉：即王衍。③倾路：满路。④凉衣：贴身的衣服。⑤拘阂：束缚阻碍。

【译文】

王平子要到荆州做刺史，太尉王衍和当时的社会名流都来为他送行。庭院里有一棵大树，上面有一个喜鹊窝。王平子脱去外衣和头巾，爬上树掏小喜鹊。贴身的衣物被树枝挂住了，他就脱去衣物。他得到小喜鹊又下树来继续逗弄，神情脸色毫无异样，仿佛周围的人都不存在似的。

【解读】

专注于自己的事情，旁若无人，这种为人处世的态度是以奔放不羁为傲的魏晋名士常有的姿态。

王平子向来不拘礼俗，举止放诞。脱衣服掏鸟窝这件事在他看来也许根本不算什么，他以旁若无人的狂放精神回到了纯真的童年时代，把自己变成了一个玩性未改的小孩，所以树底下的"大人"对他根本构不成威胁。

【原文】

高坐[1]道人于丞相[2]坐，恒偃卧[3]其侧；见卞令[4]，肃然改容，云："彼是礼法人。"

【注释】

①高坐：精通佛理的高僧。此处指尸黎密，西域人，曾来东土与名士交游。②丞相：指王导。③偃卧：仰卧。④卞令：指卞壸，晋明帝、晋成帝时为尚书令，故称卞令。

【译文】

高僧尸黎密在丞相王导家做客时，常常仰卧在王导一旁；见到尚书令卞壸，神态就变得严肃恭敬，说："他是讲究礼法的人。"

【解读】

尸黎密在丞相王导面前可以随意仰卧，不拘礼法，对于丞相的手下官员卞壶，他却不能不重拾礼节，变得严肃正经起来。可见，卞壶这个人是个对世俗礼教很严肃认真的人，他是不容许别人侵犯传统的。并且，他必定有着足够的魄力让别人信服他的这种坚守，否则不能使得尸黎密见了他也要敬重三分。尸黎密的变通值得学习。见什么人说话什么话，在不同的人面前有不同的姿态。这并不是迎合他人的口味，而是圆润地和不同的人打交道。这样做能够使你的人际关系免去很多不必要的摩擦和矛盾。

【原文】

桓宣武①作徐州，时谢奕②为晋陵，先粗经虚怀，而乃无异常。及桓迁③荆州，将西之间，意气甚笃，奕弗之疑。唯谢虎子④妇王悟其旨⑤，每曰："桓荆州用意殊异，必与晋陵俱西矣。"俄而⑥引奕为司马。奕既上，犹推布衣交⑦，在温坐，岸帻⑧啸咏，无异常日。宣武每曰："我方外司马。"遂因酒，转无朝夕礼。桓舍入内，奕辄复随去。后至奕醉，温往主⑨许避之。主曰："君无狂司马，我何由得相见！"

【注释】

①桓宣武：指桓温。②谢奕：字无奕，东晋大臣，曾做晋陵太守，桓温幕府司马，后为安西将军、豫州刺史。③迁：古代称调动官职，一般指升职，升迁。④谢虎子：即谢据，小字虎子，谢奕的弟弟，娶妻王氏。⑤旨：目的、意图。⑥俄而：不久、一会儿。⑦布衣交：平民之间的交往。也指达官显贵与平民的交往。⑧岸帻（zé）：掀起头巾，露出额头。形容一个人态度洒脱。⑨主：指公主，即桓温的妻子南康长公主。

【译文】

桓温当徐州刺史时，谢奕任晋陵郡太守，最初两人交往并不深，等到桓温升职当了荆州刺史，将要西去上任之时，两人的交情已经变得特别深厚了。谢奕对此并没有什么疑问，只有谢虎子的夫人王氏体会到了桓温的真实想法，经常说："桓温的用意很特别，一定会同谢奕西行的。"没多久，在桓温的推荐下，谢奕当上了司马。上任之后，谢奕还是和桓温保持着布衣之交，到桓温那里拜访时，掀起头巾，大声歌唱，跟平时没有什么不同。桓温常说："他是我超俗的司马。"谢奕醉酒到了不顾礼节的地步，桓温为了躲避他走到内室，谢奕总是跟进去。此后，每当谢奕喝醉了，桓温就躲到公主那里。公主说："要是没有这个狂放的司马，我怎么能见到你呢？"

【解读】

谢奕狂放，爱饮酒。桓温的个性与之不同，且本来和谢奕并无深交之情，但他却在要升职时与谢奕交往密切起来，可见他很欣赏谢奕的才华，有打算提携谢奕的意思。桓温的改变，连外人都看得出来是缘于何故，而谢奕却对此没有"感觉"。他的没感觉其实是因为他没有功利之心。

谢奕的不拘小节大概是桓温对他欣赏有加的原因，所以也对他的放荡行为给以包容。即使做了高官，还身为谢奕的顶头上司，桓温也没有对谢奕表露出威严的领导面目。朋友之间总是少不了这种一方的欣赏和包容。

【原文】

谢万[①]在兄前，欲起索便器[②]。于时阮思旷[③]在坐，曰："新出门户[④]，笃[⑤]而无礼。"

【注释】

①谢万：字万石，晋朝的名士，宰相谢安之弟，曾做豫州刺史。②便器：尿壶。③阮思旷：阮裕，字思旷，东晋名士。④门户：指门第，家庭在社会上的等级地位。⑤笃：十分。

【译文】

谢万在哥哥面前，想要起身找尿壶。当时阮思旷在场，说："新兴的家族，真是不懂礼数啊！"

【解读】

新事物的出现总是会引起一部分人的恐慌和排斥，这些人通常被叫作保守派。不能一概定论，说新事物就是对的，保守派就是错的。因为，任何一个保守的观念在它最初出现之时也是新的，它也是被人提出来的才存在的。也就是说，存在即合理。以这则短故事来说，当着客人的面起身找尿壶这样的行为，阮思旷认为是不懂礼数的，他的见地也自有道理。谢万之行就全错了吗？也不是。因为，他内心并没有对阮思旷不尊之意，而只是真的因为不拘礼节而不拘礼节。不拘礼节之人和拘礼之人打交道，出现矛盾是在所难免的。

【原文】

谢中郎[①]是王蓝田[②]女婿，尝著白纶巾，肩舆[③]径至扬州听事[④]见王，直言曰："人言君侯[⑤]痴，君侯信自痴。"蓝田曰："非无此论，但晚令耳[⑥]。"

【注释】

①谢中郎：指谢万，曾任从事中郎。②王蓝田：即王述，因为袭封蓝田侯，所以人称王蓝田。③肩舆：古代的代步工具，跟轿子相似。④听事：古代官府办公的地方。⑤君侯：汉代以后对达官贵人的一种称呼，带有敬意。⑥耳：罢了。

【译文】

谢万是蓝田侯王述的女婿，曾经带着白色头巾，坐着轿子直接来到扬州府的大厅见王述，毫无避讳地说："人们都说你傻，你确实傻啊。"王述说："这样的议论早就有，我只不过成名比较晚罢了。"

【解读】

在自己岳父面前说岳父愚蠢，这样的直言不讳已经不是所谓的不拘礼节，而是"越矩"。谢万傲慢无礼，纵使他有才华，也让人觉得无趣。所以，就连他的侄子谢玄也批评他没有谦虚之态，说他"衿抱未虚"，算不上什么独一无二的人才。

王述的表现则让人称赞。面对傲慢无礼的女婿，他不批评不愤怒，倒以一种一边肯定又一边否定的态度来反驳女婿。肯定女婿的说法不是空穴来风，而是早已有之。同时又否定这种说法的正确性，以自己大器晚成来说明自己傻的原因。在王述的反驳中，可以看出他的宽容，还有一种不为他人言论左右的自信。

【原文】

王子猷[①]作桓车骑[②]骑兵参军。桓问曰："卿何署？"答曰："不知何署，时见牵马来，似是马曹[③]。"桓又问："官有几马？"答曰："不问马，何由[④]知其数！"又问："马比[⑤]死多少？"答曰："未知生，焉[⑥]知死！"

【注释】

①王子猷:即王徽之。②桓车骑:指桓冲,曾任车骑将军。③马曹:管马的官署。④何由:怎能。⑤比:副词,近来。⑥焉:哪里,怎么。

【译文】

王子猷担任车骑将军桓冲的骑兵参军。有一次,桓冲问:"你在哪个官署当差啊?"王子猷回答说:"我不知道是什么官署,只是经常看到有人牵马来,大概就是马曹吧。"桓冲又问:"官府里有多少匹马?"王子猷说:"不问马,怎么可能知道马的数量呢?"桓冲继续问:"最近死了多少马?"回答说:"马活着的时候,我尚且不知道,怎么能知道死的呢?"

【解读】

《论语·乡党》记载,孔子得知马棚失火后,"曰:'伤人乎?'不问马。"孔子"不问马"是因为他更关心人,王徽之却借孔子的"不问马"来搪塞自己的失责。"未知生,焉知死。"同样语出孔子,讲的是孔子只看重现实人事,不问死后鬼神之事。王徽之借用此话,再次为自己工作的失责找了个冠冕堂皇的借口。从这则故事中可见王徽之对"马曹"一职没有兴趣,还可以看出他善于诡辩。不过,他的这种工作态度并不值得学习。王徽之以名人语录搪塞自己失责,这还是他狂妄和清高的表现。不过这种狂妄清高并没有给他带来多好的名声,他因无所作为被后世人称为"伪名士"。

【原文】

谢公[①]尝与谢万共出西,过吴郡,阿万欲相与共萃[②]王恬[③]许,太傅云:"恐伊[④]不必酬汝,意不足尔。"万犹苦要,太傅坚不回,万乃独往。坐少时,王便入门内,谢殊有欣色,以为厚待己。良久,乃沐头散发而出,亦不坐,乃据胡床,在中庭晒头,神气傲迈,了无相酬对意。谢于是乃还,未至船,逆呼太傅。安曰:"阿螭[⑤]不作尔。"

【注释】

①谢公:指谢安,当时官至太傅。②萃:聚集、聚拢。③王恬:字敬豫,丞相王导之子,曾任中军将军。④伊:代词,指代第三人称,相当于他、她。⑤阿螭:王恬的小字。

【译文】

太傅谢安曾和谢万一同西行到京城去。路过吴郡之时,谢万建议到王恬家里聚会。谢安说:"恐怕他不一定会用酒食招待你,我看没有必要去拜访他。"谢万极力要求谢安前去,但谢安坚决不去,于是只好独自前往。谢万在王恬家坐了片刻,王恬就进了内屋。谢万感到非常高兴,以为他会厚待自己。很久之后,王恬洗完头,散着头发出来了,也不上座,就倚靠在胡床上,在院中晾晒头发,神态非常傲慢,根本就没有招待谢万的意思。谢万返回岸边,还没上船就大喊太傅。谢安说:"王恬没有做作而随意应酬你吧!"

【解读】

王恬是个爱下棋之人,不喜为世俗事务打扰。谢安了解他的这一性格,因此不自讨没趣去拜访他。谢万却自以为是,非要自讨无趣,结果"如愿以偿"。

生活中总有这么些人,认为人人都喜欢自己。其实,这不过是一种极度的自恋罢了。自恋者,看不见他人,只看见自己,一切行动以自己所想为中心。不结合实际情况,不考虑他人的感受,拿自己的个性来与他人较量,结果只会像谢万一样,自己气坏自己罢了。

【原文】

王子猷作桓车骑参军。桓谓王曰:"卿在府久,比当相料理[①]。"初不答,直高视,以手版[②]拄[③]颊云："西山[④]朝来，致有爽气。"

【注释】

①料理：提拔、提携。②手版：即"笏"。古代大臣上朝拿着的手板，一般是用玉、象牙或竹片制成，可以记事。③拄：支撑。④西山：指首阳山。商代属于孤竹国的国土范围，孤竹国君的两个儿子伯夷和叔齐认为周武王伐纣不义，故不食周朝的粮食，在首阳山上隐居，最后饿死。

【译文】

王子猷担任车骑将军桓冲的参军，桓冲对他说："你来我府中的时间也不算短了，我近期会提拔你。"王子猷没有立即回答，眼睛望着远处，用笏板支着脸颊说："西山的早晨，有一股清爽的气息啊！"

【解读】

俗话说，萝卜白菜，各有所爱。有的人以升官发财为人生之喜，有的人以山水天地为人生之乐。人的追求不同，所引以为喜乐的事物也不同。王徽之放诞不羁，自由散漫，他知道自己不宜做官，也不愿做官。他向来自恃清高，所以在桓冲说要提拔他时他也要"卖弄"一番自己的清心寡欲。王徽之的卖弄不无道理。官场就是名利场、生死场，在官场里混，人须提心吊胆做到左右逢源，才不会招致是非。这么一说来，再高的官位又有什么用处呢？与其过着天天战战兢兢的日子，不如到西山的早晨里呼吸一下清爽的空气，感受大自然的奥妙乐趣。

【原文】

谢万北征，常以啸咏自高[①]，未尝抚慰众士。谢公甚器爱[②]万，而审其必败，乃俱行。从容谓万曰："汝为元帅，宜数唤诸将宴会，以说[③]众心。"万从之。因召集诸将，都无所说，直以如意指四坐云："诸君皆是劲卒。"诸将甚忿恨之。谢公欲深著恩信，自队主[④]将帅以下，无不身造，厚相逊谢[⑤]。及万事败，军中因欲除之；复云："当为隐士[⑥]。"故幸而得免。

【注释】

①自高：自傲，抬高自己。②器爱：器重、爱护。③说：通"悦"，使高兴。④队主：即队长。⑤逊谢：道歉、谢罪。⑥隐士：此处指谢安。当时谢安在会稽隐居，还没有出山。

【译文】

谢万带兵北伐之时，经常以啸咏来抬高自己，不曾安抚军中的将士。谢安非常看重并且爱护谢万，心里很清楚他定会打败仗，于是就随他出征。谢安温和地对谢万说："你是军中元帅，应该常常宴请手下将领，让大家都高兴才对。"谢万采纳了谢安的建议，召集所有的将领前来赴宴，什么话也没说，只用如意指着在场的人说："你们都是精锐的士兵。"将领们听了非常怨恨他。谢安想要对将领多加恩惠与信任，便亲自看望了主帅以下所有的将领，并向他们真诚地道歉。谢万兵败之后，将士们想乘机杀死谢万，谢安说："你们应当看我的面子。"谢万因此侥幸逃过一劫。

【解读】

一个人可以无才，但不能无德。才是身外之物，德是成身之物。无才但有德不会被人看不起，有才无德却容易惹是生非，乃至招致杀身之祸。正如谢万。他狂妄无知，不把任何人眼看在眼里，贬低了在战场上出生入死的将领们，最终引起众人杀心。相反，谢安有才有德，不以自我为中心。他不把自己放在一个高高的位置上，而是用真诚谦虚的态度对待他人，最终以德服众。

一个人强不强大，从来不是自己说了算的。通常，令人折服的才华能力往往不是通过自以为是的高姿态表现出来的，而是通过谦虚的低调姿态来表现。换句话说，只有把自己放低，才能让别人毫不费力地看见你。

【原文】

王子敬[①]兄弟见郗公[②]，蹑履[③]问讯，甚修外生[④]礼。及嘉宾[⑤]死，皆着高履，仪容轻慢。命坐，皆云："有事，不暇坐。"既去，郗公慨然曰："使[⑥]嘉宾不死，鼠辈[⑦]敢尔！"

【注释】

①王子敬：即王献之。②郗公：即郗愔，字方回，东晋大臣，王羲之妻弟，曾做过平北将军，徐州、兖州刺史。③蹑履：穿鞋。④外生：即外甥。⑤嘉宾：郗超，字景兴、嘉宾，东晋大臣，王羲之的夫人是他的亲姑姑。⑥使：假若。⑦鼠辈：对人的一种蔑称。

【译文】

王子敬兄弟去拜见舅舅郗愔，穿着鞋问候舅舅，非常遵守做外甥的礼节。等到郗超死后，王子敬兄弟拜见舅舅之时，穿着高齿木屐，态度非常傲慢。郗愔让他们坐，他们都说："我们还有事情，没有时间坐。"离开之后，郗愔感慨说："如果郗超还在世，你们这些家伙怎么敢这样呢？"

【解读】

郗超自幼入桓温幕府，做桓温的顾问二十年，深受桓温器重。晋书说郗超自幼"卓荦不羁，有旷世之度，交游士林，每存胜拔，善谈论，义理精微"。可见，他的才华是让王献之兄弟俩佩服的。所以在他生前，他们会对他的父亲也多一丝敬重。然而这敬重是表面的。

【原文】

王子猷尝行过吴中，见一士大夫家极有好竹。主已知子猷当往，乃洒扫施设，在厅事[①]坐相待。王肩舆径造竹下，讽啸[②]良久，主已失望，犹冀[③]还当通，遂直欲出门。主人大不堪，便令左右闭门，不听出。王更以此赏主人，乃留坐，尽欢而去。

【注释】

①厅事：大厅。②讽啸：即啸咏。③冀：希望。

【译文】

王子猷曾经路过吴中，看到一个士大夫家有上好的竹园。园子主人已经得知王子猷会来，便打扫庭院，备好酒食，在大厅中恭候。王子猷乘着轿子直接去了竹园，啸咏了很长时间。主人感到非常失望，可还是希望他能在临走之前问候自己。谁知王子猷竟然想直接离开园子，主人实在不能容忍，就让手下关闭大门，不让他离开。王子猷因为此举更加赏识主人，留下来坐了一段时间，尽情欢乐之后才离去。

【解读】

王徽之知道自己的狂放并能容忍他人对自己的狂妄进行驳斥，哪怕那个人用更任性狂放的举动来斥责他，他也能够以欣赏的眼光来看待他人。换句话说，王徽之的奔放不羁中还有包容性，使他不至于一意孤行，走入绝路。他再怎么狂放，他的世界还是能够容得下别人的。所以，他不会对园林主人"绑架"自己的行动不满，相反还因此赏识他。

王徽之由狂放的无礼转变为识趣的友好，这绝不是任性使然，而是因为他对人包容、理解，并善于从对立的关系中找到相同点。园林的主人想必也是这样一个人，所以才会对王徽之的无礼不计较，最后不惜闭门拦截，非要留他作客。这两个人，把任性和包容同时展现出来，使得一场即将发生的"恶交"变成了一次友好的会谈。

【原文】

王子敬[①]自会稽经吴，闻顾辟疆[②]有名园，先不识主人，径往其家。值顾方集宾友酣燕[③]，而王游历既毕，指麾好恶，傍若无人。顾勃然不堪曰："傲主人，非礼也；以贵骄人，非道也。失此二者，不足齿之伧[④]耳！”便驱其左右出门。王独在舆上，回转顾望，左右移时不至。然后令送著门外，怡然[⑤]不屑。

【注释】

①王子敬：即王献之。②顾辟疆：字不传，历仕郡功曹、平北将军参军。③酣燕：燕同“宴”。纵情饮宴。④伧：古人讥讽别人粗俗。⑤怡然：安适自在的样子。

【译文】

王献之从会稽出发，路过吴郡，听闻顾辟疆有座名园，之前和园子主人并不认识，可还是直接到了顾府。当时顾辟疆和宾客正在畅饮，王献之游览完园子，只在那里评论园子的优劣，当周围的人不存在似的。顾辟疆非常气愤，忍不住大怒，说：“你对主人傲慢，不合礼节；你仗着地位高而看不起别人，不合道义。失去了礼节和道义的人，就是不值一提的粗人罢了。”于是把他的随从赶了出去。王献之一人坐在轿子里，四处张望，等了很久不见随从前来。接着，顾辟疆吩咐手下把他送出门外，王献之则是一副完全不在乎的样子。

【解读】

王献之不懂得为客之道吗？想必不是。他其实知道什么该说，什么不该说。但他又为何非好坏都说，让主人讨厌，自讨无趣呢？这固然有他清高傲慢的因素在内，但另一方面大概也因为他不吐不快的个性。王献之也许认为自己不过做了一件很正常的事，说了一些很合理的话罢了。然而真话总是伤人的。因为真话不一定全是好话，而人向来只喜欢听好话，不喜欢别人说自己的坏话。园林的主人因此对王献之的无礼愤怒了。

人与人的思维不同，处事方式不同。一个人认为自然合理的做法，也许在别人看来是粗鲁无礼。到底谁对谁错，有时候并不好下结论。只要你坚信你的言行是对的，那就以从容不迫的态度坦然对待他人的非议。从这点来说，王献之虽然可能确实无礼，但他的表现却是明智而令人佩服的。

排调第二十五

【原文】

诸葛瑾[①]为豫州，遣别驾[②]到台[③]，语云："小儿知谈，卿可与语。"连往诣恪[④]，恪不与相见。后于张辅吴[⑤]坐中相遇，别驾唤恪："咄咄[⑥]郎君[⑦]！"恪因嘲之曰："豫州乱矣。何咄咄之有？"答曰："君明臣贤。未闻其乱。"恪曰："昔唐尧[⑧]在上。四凶[⑨]在下。"答曰："非唯四凶，亦有丹朱[⑩]。"于是一坐大笑。

【注释】

①诸葛瑾：字子瑜，三国时期吴国大臣，孙权称帝后，官至大将军，豫州牧。②别驾：官名。汉时辅佐刺史的官吏。③台：古代中央官署名，指朝廷。④恪：即诸葛恪，字元逊，诸葛瑾之子。⑤张辅吴：即张昭，字子布，三国时期吴国重臣，曾做辅吴将军。⑥咄咄：表示惊讶或感叹，哎呀的意思。⑦郎君：汉朝时期，两千石以上官员得任其子为郎，之后门生故吏便称呼上级或师门弟子为郎君。⑧唐尧：即尧，传说中的上古帝王之一，因为封地在唐，所以称为唐尧。⑨四凶：上古时期的四大凶兽，是由三苗、驩兜、鲧与共工四名"大恶人"之身化成。因不服从唐尧的管理而被流放。⑩丹朱：唐尧之子，不肖且有恶名。

【译文】

诸葛瑾担任豫州牧之时，让别驾到京城办事，还告诉他说："我的儿子很善谈，你们可以聊一聊。"别驾连续多次拜访诸葛恪，但是诸葛恪都没有见他。后来别驾在辅吴将军张昭家里见到了诸葛恪，说："哎呀，好一个郎君。"诸葛恪嘲讽他说："豫州都不稳定了，你还惊叹什么啊？"别驾回答说："上级圣明、下属贤良，没有听说那里乱了呀。"诸葛恪说："古时虽然上有唐尧，但是下还有四凶啊。"别驾回答说："唐尧不仅只有四凶，而且还有丹朱。"在座之人听完之后，都哈哈大笑起来。

【解读】

一个人，不能因为自己的身份高别人一等就认为自己的智慧也高人一等。否则，自以为高人一等而对他人傲慢无礼，就有可能被人抓住把柄，让自己的傲慢变成笑话。

别驾以为之前收到诸葛恪的冷招待而在再次碰面时戏谑他"好郎君"，诸葛恪听出别驾的嘲弄，于是根据时事来反击他"称赞"的不是时候。别驾的上级是诸葛恪的父亲，于是他以"君明臣贤，未闻其乱"来反驳诸葛恪，还同时指出自己是个贤能之臣。诸葛恪也不示弱，又借用尧帝在世时有四个乱臣贼子的例证来反击别驾。别驾顺水推舟，说尧帝不成材的儿子朱丹也不是个好东西，暗指诸葛恪没有才能。

众人并不知道诸葛恢和别驾此前的恩怨，只见他们一相见就打嘴架，于是众人便都引以为乐。

【原文】

晋文帝[①]与二陈[②]共车，过唤钟会[③]同载，即驶车委去。比出，已远。既至，因嘲之曰："与人期行，何以迟迟？望卿遥遥[④]不至。"会答曰："矫然懿实，何必同群[⑤]！"帝复问会："皋繇[⑥]何如人？"答曰："上不及尧、舜，下不逮周、孔，亦一时之懿士[⑦]。"

【注释】

①晋文帝：指司马昭，生前为晋王，死后追尊为文皇帝。②二陈：指陈骞与陈泰。陈骞字休渊，魏司徒陈矫之子。陈泰字玄伯，尚书令陈群之子。③钟会：字士季，魏太傅钟繇之子。④遥遥：遥与繇同音，繇是钟会父亲之名，司马昭以此来嘲笑钟会。⑤矫然懿实，何必同群：矫然懿实：出众、美好的样子。陈骞的父亲名矫，司马昭的父亲名懿，陈泰的父亲名群。钟会以此回击司马昭的嘲笑。⑥皋繇：即皋陶，传说是上古帝王舜的大臣，专管刑狱。司马昭再次用家讳嘲笑钟会。⑦懿士：有美德之人。钟会用司马家的家讳回击司马昭。

【译文】

晋文帝司马昭和陈骞、陈泰同车而行，路过钟会家门口，喊他一起乘车，随即驾车离开了。等到钟会出来，车已经没有了踪影。钟会达到之后，晋文帝嘲笑他说："你和别人约好了一起乘车，为什么这么慢呢？我们遥遥相望，你却迟迟不到。"钟会说："我'矫'然出众，'懿'行美好，没有必要与你们'群'而聚之。"晋文帝又问："皋'繇'这个人怎么样啊？"钟会回答说："他比不上之前的唐尧、虞舜，也不如之后的周公、孔子，但也算是一个具有'懿'德之人了。"

【解读】

钟会一人斗三人，在晋文帝的步步相逼之下，他几次妙语连珠，不仅反击了对方，也借着回答提高了自己。这一场辩论赛，钟会无疑是大赢家。司马昭才学不如钟会，只因钟会迟到，他就凭仗人多嘲讽"欺负"他，没想到却输得一败涂地。可见，与人斗嘴要量"才"而为，明知说不过就不要主动挑战了。当然，这则故事里，司马昭也许只不过是想见识一下钟会的才华罢了。

【原文】

钟毓[①]为黄门郎[②]，有机警，在景王[③]坐燕[④]饮。时陈群[⑤]子玄伯[⑥]、武周[⑦]子元夏[⑧]同在坐，共嘲毓。景王曰："皋繇何如人？"对曰："古之懿士。"顾谓玄伯、元夏曰："君子周而不比[⑨]，群而不党[⑩]。"

【注释】

①钟毓：字稚叔，魏太傅钟繇的大儿子，钟会的兄长。②黄门郎：官名，又称黄门侍郎，专门负责皇帝诏令的传达。③景王：指司马师，魏权臣司马懿之子，司马昭的兄长。④燕：通"宴"。⑤陈群：字长文，三国时期魏国著名的政治家。⑥玄伯：即陈泰，陈群之子。⑦武周：字伯南，三国时期官吏，官职光禄大夫，封南昌侯。⑧元夏：即武陔，字元夏，武周长子。⑨君子周而不比：出自《论语・为政》："君子周而不比，小人比而不周。"意思是君子团结，不会拉帮结派营私。此处的"周"是元夏的家讳。⑩群而不党：出自《论语・卫灵公》："君子矜而不争，群而不党。"意思是和谐相处，不结党营私。此处的"群"是陈玄伯的家讳。

【译文】

钟毓是黄门侍郎，为人非常机警。有一次，他去景王那里喝酒，当时陈群的儿子玄伯、武周的儿子元夏也都在场，他们一起调笑钟毓。景王说："皋陶为人怎么样啊？"钟毓回答说："他是古代德行美好的贤士。"又对玄伯、元夏说："君子周而不比，群而不党。"

【解读】

钟毓一句"君子周而不比，群而不党。"不仅暗含玄伯、元夏两人的家讳，反击了对方的无礼，而且表明了自己是君子，而不是个只会拉帮结伙的小人。

钟毓的机智善辩，体现在于他结合事实现状，从自己当前一人对两人的局势中抓住要点，以相应的名言理论有力地反击了对方。

其实，正如钟毓指出的，一个坦荡正直的君子，他会跟自己志趣相投的人团结互助，但绝不会拉帮结派，把自己限制于某个狭小的团体中。因为君子的言行是光明磊落的，他无须借助团伙的力量来证明自己，更不会仗着人多欺负他人。拉帮结派是一个人能力不足的表现，还表明一个人只会恃强凌弱，没有实质能力。

【原文】

嵇、阮、山、刘[1]在竹林酣饮，王戎[2]后往，步兵[3]曰："俗物[4]已复来败人意！"王笑曰："卿辈意亦复可败邪？"

【注释】

①嵇、阮、山、刘：即嵇康、阮籍、山涛、刘伶，皆为竹林七贤人物。②王戎：亦是竹林七贤人物，后来步入仕途，做到了司徒，封安丰侯。③步兵：指阮籍，曾做步兵校尉，故得此称。④俗物：对世俗庸人的称呼，带有鄙视之意。

【译文】

嵇康、阮籍、山涛、刘伶在竹林里痛快地喝酒，王戎稍后才去。阮籍说："庸人竟然扫了我们大家的兴致。"王戎笑着说："你们这样的人的兴致也是能够败坏的吗？"

【解读】

王戎生在门阀世家，凭借着深厚的家庭背景，年纪轻轻就进入了官场，相比嵇康、阮籍、山涛、刘伶，他的官宦之气难免更浓。所以阮籍笑他为"俗物"。这自然是朋友之间的戏谑。不过，从对话中可见出王戎的回答是机智的。

确实，真正的雅致是不会被俗人打搅的。因为一个有高尚情操的人，必定有着笃定的信仰。他的信仰就是他应对生活中各种冲突、困境的有力后盾，是支撑他在不同道路上继续前行的支柱。真正的雅致就是一个人坚守真善美的信仰，这种信仰是不会屈服于庸俗甚或邪恶的，所以不会被打扰。

【原文】

晋武帝[1]问孙皓[2]："闻南人好作《尔汝歌》[3]。颇能为不？"皓正饮酒，因举觞劝帝而言曰："昔与汝为邻，今与汝为臣。上汝一杯酒，令汝寿万春！"帝悔之。

【注释】

①晋武帝：即司马炎，西晋第一代君主，谥号武皇帝。②孙皓：三国时期吴国末代皇帝，投降西晋，被封为归命侯。③尔汝歌：魏晋时一种带有亲狎情调的民歌。五言四句，每句有汝。尔、汝都是古代尊长对卑幼者的称呼，表示亲昵之意，但有时带有轻蔑之意。

【译文】

晋武帝司马炎问孙皓："我听说你们南方人喜欢作《尔汝歌》，你能不能作一首呢？"孙皓正在喝酒，举起酒杯向晋武帝劝酒，说："当年我们是邻邦，如今我是你的臣子。我敬你一杯酒，祝你长寿万年。"晋武帝听完之后，非常后悔让他作《尔汝歌》。

【解读】

孙皓是东吴的最后一位皇帝，他刚即位时施行仁政，一时被誉为贤君，然而他很快变得骄横粗暴，暴虐治国，最终使东吴灭亡，自己也成了晋武帝的俘虏。

晋武帝说出《尔汝歌》，借"尔"、"汝"二字轻蔑讥讽孙皓，又想令孙皓在自己面前做一个不得不听王命的"歌手"。他这一问，本想侮辱孙皓，却没想到《尔汝歌》里带有"汝"字，从孙皓口中说出，也会让孙皓得以侮辱他。孙皓既是东吴之人，自然会唱《尔汝歌》，于是晋武帝就自取其辱了。

【原文】

孙子荆[1]年少时欲隐。语王武子[2]"当枕石漱流[3]"，误曰"漱石枕流"。王曰："流可枕，石可漱乎？"孙曰："所以枕流，欲洗其耳[4]；所以漱石，欲砺其齿[5]。"

【注释】

①孙子荆：孙楚字子荆。西晋诗人，四十多岁才步入仕途，官至冯翊太守。②王武子：王济字武子，西晋大将军王浑的次子。由于他善于清言，深得武帝宠幸，被召为驸马。③枕石漱流：用石头当枕头，用泉水漱口，指代隐居生活。④洗其耳：唐尧想把帝位让给许由，可是许由认为唐尧的话污染了自己的耳朵，于是就用溪水清洗耳朵。后来"洗耳"形容一个人以接触凡尘的东西为耻，追求超凡脱俗、不问世事的生活。⑤砺其齿：以石头磨牙去掉污垢，比喻清高。

【译文】

孙子荆年少之时要隐居山林，想要告诉王武子"枕石漱流"，由于口误说成了"漱石枕流"。王武子说："流水可以当枕头，石头能用来漱口吗？"孙子荆回答说："枕流水就是要洗干净耳朵；用石头漱口就是要磨砺自己的牙齿。"

【解读】

史称孙子荆"才藻卓绝、爽迈不群"，从他与王武子的这番对话中可见史评之真实。孙子荆将"枕石漱流"说成了"漱石枕流"，可谓错出笑话了。所以王武子就问怎么把流水当枕头，又怎么用石头漱口。孙子荆的反应很快："枕着流水就是把耳朵洗干净，用石头漱口可以磨利牙齿。"这么解释妙在何处呢？首先，它形象了地展示了隐居的生活画面。

其次，"洗净耳朵，磨利牙齿"的表达还暗含了这么一层意思：不听污秽之言，不说狂妄之语或是非之语，即不参与世事的纷扰，可谓"非礼勿听，非礼勿言"，做一个保持自我纯净之人。"

孙子荆将错就错，借用典故把错句诠释更加生动合理，使其错得神妙天成，甚至成了经典深奥的修身养性的格言。虽是自圆其说，却"圆"得令人称赞。

【原文】

头责秦子羽[1]云："子曾不如太原温颙[2]，颍川荀寓[3]，范阳张华[4]，士卿刘许[5]，义阳邹湛[6]，河南郑诩[7]。此数子者，或謇[8]吃无宫商[9]，或尪陋[10]希言语，或淹伊多姿态，或讙哗少智谞，或口如含胶饴，或头如巾齑杵。而犹以文采可观，意思详序，攀龙附凤，并登天府。"

【注释】

①秦子羽：《头责子羽文》中的人物，此文是汉代的张敏所作的一篇具有讽刺意味的文章。②温颙：晋初人，事迹不详。③荀寓：字景伯，年轻之时在京城就有名声，官至尚书。④张华：字茂先，博学多识，官至司空。⑤刘许：字文生，晋惠帝时为宗正卿。⑥邹湛：字润甫，少以才学知名。仕魏历通事郎太学博士。后为晋朝史书郎，出补渤海太守，太傅。⑦郑诩：字思渊，为卫尉卿。⑧謇：口吃。⑨宫商：古代音律中的宫音与商音，后人用其泛指音乐。⑩尪（wāng）陋：瘦弱丑陋。⑪ 淹伊：阿谀奉承的样子。⑫ 讙（huān）哗：大声说笑或是叫喊。⑬ 智谞（xū）：才智、才干。⑭ 胶饴：即饴糖。以粮食为原料，经过发酵而制成的糖。⑮ 攀龙附凤：比喻依附皇帝以成就功业，也比喻依附有声望的人以扬名立万。

【译文】

秦子羽的脑袋责备他说："你居然还不如太原的温颙，颍川的荀寓，范阳的张华，宗正卿刘许，义阳的邹湛，河南的郑诩。这些人，有的结巴，说话不成调；有的瘦小丑陋，很少说话；有的阿谀奉承，矫揉造作；有的大声嚷嚷，缺少才干；有的嘴里含着糖，甜言蜜语；有的头小，就像是戴着头巾的齑杵。可是他们仍能凭着文采好，意图表达得有条有理，攀附上权贵，得以入朝为官。"

【解读】

此篇短文是西晋张敏创作的讽刺文章《头责子羽文》中的一段。《头责子羽文》描写秦子羽虽然仪表堂堂，却一直怀才不遇，他的头（脑袋）看不惯他以淡泊名利为由而沉沦不争，于是责备他。“头”既脑袋、思想，自己责备自己，其实相当于子羽本人的自嘲自责。

《头责子羽文》批判了当时社会一些有才之士不思进取，以“无为不争”的思想为自己开脱，自甘堕落的现象。这种批判，放在现在也不为过时。生活中，也有不少人像秦子羽一样，一面抱怨自己怀才不遇一面却不思进，说到底不过是没有认清自己的优劣形势，或者无法下决定，没有毅力去完成某项事业罢了。

【原文】

王浑①与妇钟氏共坐，见武子②从庭过，浑欣然谓妇曰：“生儿如此，足慰人意。”妇笑曰：“若使新妇③得配参军④，生儿故可不啻⑤如此。”

【注释】

①王浑：字玄冲，在魏时期承袭京陵侯之位；在司马朝任散骑黄门侍郎、散骑常侍。②武子：指王济，王浑之子。③新妇：指已婚妇女的自称。④参军：指王沦。王浑之弟，喜好老庄学说，曾任司马昭的参军。⑤不啻：不只，不仅仅。

【译文】

王浑和妻子钟氏坐着聊天，见儿子王武子从门前经过，王浑高兴地对妻子说：“有一个这样的儿子，我非常欣慰啊。”钟氏笑着说：“如果我和参军王沦婚配，那么生的儿子肯定比他还优秀。”

【解读】

丈夫对妻子感叹“生儿如此，足慰人意”，除了可见他对儿子的满意，也可见他对妻子的感激。王浑说出这句话的时候，应该是幸福的。这种幸福也许有那么点自恋，却也是知足的智慧。王浑的自恋和知足是可爱的，他妻子钟氏的回答也有趣。在讲究世俗礼教和女子三从四德的时代，钟氏却敢说出那样的戏言，且王浑也没有计较，其中的原因，想必除了是受当时名士清谈之风的影响，更关键的还是因为王浑与妻子恩爱有加吧。

【原文】

荀鸣鹤①，陆士龙②二人未相识，俱会张茂先坐。张令共语，以其并有大才，可勿作常语③，陆举手曰：“云间④陆士龙。”荀答曰：“日下⑤荀鸣鹤。”陆曰：“既开青云睹白雉⑥，何不张尔弓，布尔矢？”荀答曰：“本谓云龙骙骙⑦，定是山鹿野麋；兽弱弩强，是以发迟。”张乃抚掌⑧大笑。

【注释】

①荀鸣鹤：荀隐，家居靠近洛阳。②陆士龙：陆云，华亭人，东吴大将陆逊之孙，陆机之弟。③常语：通俗的话。④云间：古代华亭又称云间，所以陆士龙自称“云间陆士龙”。⑤日下：封建社会帝王常以日自居，所以皇帝居住的地方称为日下。洛阳是西晋都城，因而荀隐自称“日下荀鸣鹤”。⑥雉：野鸡。⑦骙骙（kuí）：马强壮的样子。⑧抚掌：拍手。表示高兴。

【译文】

荀鸣鹤、陆士龙两个人起初并不认识，有一次他们在张茂先的家里见面了。张茂先让他们相互介绍，考虑到他们的才华都很高，所以不让他们用普通的言语交谈。陆士龙举起手，说：“我是云间的陆士龙。”荀鸣鹤说：“我是日下的荀鸣鹤。”陆士龙说：“云彩既然散去，看见了白色的野鸡，你为什么还不搭弓射箭呢？”荀鸣鹤说：“本以为是云中壮健的龙，实际上却是山里的麋鹿，野兽弱小而弓弩强劲，所以还迟迟没有射箭。”张茂先听了，拍手大笑起来。

【解读】

自古以来，有才之人多爱逞一时口快，陆士龙和荀鸣鹤也不例外。张茂先原本不过请他们请互相自我介绍，并没有要求他们“斗才”。他们却自以为才高八斗，不自觉地斗起嘴来。他们争着当获胜的主角，却不知道唆使他们演戏的“导演”才是最大的受益者。

【原文】

陆太尉[①]诣王丞相[②]，王公食以酪[③]。陆还，遂病。明日，与王笺云：“昨食酪小过，通夜委顿[④]。民虽吴人，几为伧[⑤]鬼。”

【注释】

①陆太尉：指陆玩，字士瑶，吴郡吴县人，官至侍中、司空，封兴平伯，死后追赠太尉。②王丞相：即王导。③酪：奶酪。④委顿：病困。⑤伧：古代吴人讥笑北方人粗鄙，低贱。

【译文】

太尉陆玩拜访丞相王导，王导拿出奶酪招待了他。陆玩回家之后就病倒在床。第二天他写信告诉王导：“昨天我奶酪略微吃多了，难受了一整宿。我虽然是吴人，却几乎做了北方的死鬼。”

【解读】

永嘉元年（公元年），王导主动为镇守建邺（今南京）的晋宗室司马睿出谋划策，在建邺建立了东晋政权。之后，王导在政治上施行“绥抚新旧”的政策，调节新来的北方士族和旧居的南方士族之间的矛盾，争取社会的稳定。“绥抚新旧”的政策起到了一定的作用，司马睿赢得了南北士族的拥戴。虽然如此，但因为政治权利掌握在北方人手中，所以不公的现象仍然存在。当时，朝廷中的高官要职，仍是以北方人在职居多，而南方士族即使有官也不过是一个空名，并无实权，于是致使“吴人颇怨”。

太尉陆玩是个南方人，而王导用来招待他的奶酪是北方人爱吃的东西。所以，他调侃奶酪差点让自己成为北方的“伧鬼”，其实也是间接发泄自己对北方人的不满。

【原文】

元帝[①]皇子生，普赐群臣。殷洪乔[②]谢曰：“皇子诞育，普天同庆。臣无勋焉，而猥颁厚赉[③]。”中宗[④]笑曰：“此事岂可使卿有勋邪？”

【注释】

①元帝：晋元帝司马睿。②殷洪乔：殷羡，字洪乔。曾为豫章太守、光禄勋。③赉：赏赐。④中宗：晋元帝的庙号。

【译文】

晋元帝司马睿有了皇子，大力赏赐群臣。殷洪乔谢恩时说：“陛下有了皇子，天下的人都应该庆祝。我没有立下什么功劳，反而得到了丰厚的奖赏，受之有愧啊！”晋元帝笑着说：“生皇子的事儿能让你有功劳吗？”

【解读】

皇帝也是凡人，得到一个儿子他也是有凡人的欢乐的。这种欢喜不具有功利性，所以晋元帝对大臣们的赏赐不再是平时的封官加禄了，而是与人共享天赐的自然的欢乐。也正因此，他没有因殷羡傻气而带有冒犯的推辞而动怒，而是笑着给了他一个无法推辞的机智回答。这个时候的晋元帝不是皇帝，而是一个普通人。这个普通人道出了一个深奥的哲学思想：有时候，无须功劳，只需分享，分享忧思或者分享快乐。

【原文】

诸葛令①、王丞相共争姓族②先后。王曰："何不言葛、王，而云王、葛？"令曰："譬言驴马，不言马驴，驴宁③胜马邪！"

【注释】

①诸葛令：诸葛恢，字道明，官至尚书令。②姓族：姓氏家族。③宁：岂、难道。

【译文】

诸葛恢和王丞相（王导）因为姓氏家族的排列顺序起了争执。王丞相说："为什么人们不说葛王，而说王葛呢？"诸葛恢说："这好比就是说驴马，不是马驴，难道驴一定就比马强吗？"

【解读】

人们习惯说"王葛"来合称王导和诸葛恢，王导借此说王姓在先。诸葛恢反驳说，习惯说"驴马"并不代表驴比马强大。

真正有才能的人，是不用也不必在口头上争胜负的。是金子总会发光的，是能人的话别人也自然会看到你的才华。应争之事固然该争，但不值得的争的事何必浪费时间去争个虚名呢？不如把争的力气花在行动上。

【原文】

刘真长①始见王丞相，时盛暑之月，丞相以腹熨②弹棋局，曰："何乃淘③！"刘既出，人问见王公云何，刘曰："未见他异，唯闻作吴语耳。"

【注释】

①刘真长：刘惔，字真长。②熨：紧贴着。③淘（qìng）：古代吴语，冷。

【译文】

刘真长第一次见王丞相之时，正值天气最热的月份。王丞相把肚子紧贴在弹棋盘上，说："为什么这么冷啊？"刘真长出来之后，人们问他王丞相怎么样。刘真长回答说："我没有看到什么不寻常的地方，只听到他说吴地的话语罢了。"

【解读】

王导为了笼络南方士族，学起了当地的吴语。刘真长是正统的北方士族，他看不惯王导竟"入乡随俗"到忘了家乡母语的地步，所以讥讽他只会说吴语。在刘真长看来，一个人，可以远离家乡争取功名，但不能忘记自己的根在哪里。王导在自己施行的政治手段之下竟自然而然地操起了吴语，是忘记了自己的根。一个忘记自己根之所在的人，没有了出发点，失去了后盾，他会变得漂浮。

【原文】

王公①与朝士共饮酒，举琉璃碗谓伯仁②曰："此碗腹殊空，谓之宝器，何邪？"答曰："此碗英英③，诚为清彻，所以为宝耳。"

【注释】

①王公：即王导。②伯仁：周颛，字伯仁，东晋世家子弟。③英英：晶莹明亮的样子。

【译文】

王导和其他的官员一起喝酒，举起琉璃碗对周伯仁说："这个碗的腹中是空的，还称它为宝器，是什么缘故呢？"周伯仁回答说："这个碗晶莹明亮，确实清澈，因而是宝器。"

【解读】

有的东西确实徒有其表，内里空无一物，但是也不能因此认为它毫无价值可言。容器如果不拿来装东西肯定会空无一物，但只要它本身是精致的，有价值的，即使空无一物，它也是宝器。

好的东西，无须借助其他东西来证明，正如一个优秀的人不会以某个知名的人来衬托自己一样，他只需做自己，不卑不亢，顺其自然地展现自己的美或发挥自己的特长，就可以让别人看到他的价值。

【原文】

谢幼舆[①]谓周侯[②]曰："卿类社树[③]，远望之，峨峨拂青天；就而视之，其根则群狐所托，下聚溷[④]而已。"答曰："枝条拂青天，不以为高；群狐乱其下，不以为浊。聚溷之秽，卿之所保，何足自称！"

【注释】

①谢幼舆：谢鲲，字幼舆，两晋谢氏士族，官至豫章太守。为人豁达不拘细节，且有高明见识，喜好《老子》和《易经》。②周侯：即周顗，字伯仁，封武城侯。③社树：古代指在土地神的庙宇周围种的树。④溷（hùn）：污秽之物。

【译文】

谢幼舆对武城侯周伯仁说："你就像是土地庙周围的树，从远处望去，巍峨耸立直冲云霄；走近了看，树的根部却是狐狸聚居的地方，堆满了污秽的东西而已。"周伯仁回答说："树枝直上云端，我并不认为高；狐狸在根部乱窜，我并不认为污浊。树下堆积的污秽之物都是属于你的，你有什么值得自我夸耀的啊？"

【解读】

周伯仁回答的意思意即：我并不以为我高高在上，也不觉得我低下污秽，而你眼中所见的污秽不过是你本人带来的。我只看见我看见的，而我看见的出于我的心是怎么想的。你也只看见你所看见的，你所见乃出于你所想。"仁者见者，智者见者"，因此你我之所见不同，不过因为污者见污，洁者见洁。

【原文】

王长豫[①]幼便和令[②]，丞相爱恣甚笃，每共围棋，丞相欲举行，长豫按指不听。丞相笑曰："讵[③]得尔，相与似有瓜葛。[④]"

【注释】

①王长豫：王悦，王导的长子。②和令：和善。③讵：怎、岂。④瓜葛：瓜和葛都是蔓生的植物，泛指牵连、关系。

【译文】

王长豫从小就非常和善乖巧，丞相王导十分疼爱他。每次下棋王导要悔棋的时候，王长豫就会按住他的手指，不让他动棋子。王导笑着说："怎么能这样？我们之间貌似还有什么关系吧？"

【原文】

明帝[①]问周伯仁："真长[②]何如人？"答曰："故是千斤犗特[③]。"王公笑其言。伯仁曰："不如卷角牸[④]，有盘辟[⑤]之好。"

【注释】

①明帝：晋明帝司马绍。②真长：刘惔，字真长，东晋名士。③犗（jiè）特：阉割过的牛。④卷角牸（zì）：牛老了，其犄角就会卷曲。此处指老母牛。⑤盘辟：回旋进退。

【译文】

晋明帝司马绍问周伯仁："刘真长这个人怎么样啊？"周伯仁回答说："他像是一只能负重千斤的公牛。"王导听了他的话，在一旁取笑。周伯仁继续说："他比不上懂得与人周旋，讨好别人的老母牛。"

【解读】

王导不理解周伯仁为什么把刘真长比作负重千斤的公牛，所以就取笑他的比喻滑稽。这笑并无恶意，周伯仁听了就改拿王导开涮，说他是一头会周璇讨好别人的老母牛。

周伯仁是贪图一时口快，语不惊人死不休。言多必失，言直必伤人。所以，贪图口舌之快，逞一时之能，不是什么好事。而快速反击对方，还给人以傲气和小气的感觉。像周伯仁一样，如果只因别人无意的一笑就反唇相讥，实在是没有度量的表现。这样的个性难交朋友，还有可能得罪他人。

【原文】

王丞相枕周伯仁膝，指其腹曰："卿此中何所有？"答曰："此中空洞无物①，然容卿辈②数百人。"

【注释】

①空洞无物：没有什么内容，没有东西，后指言谈、文章极其空泛或不切实际。②辈：等、类。

【译文】

丞相王导把头枕在周伯仁的膝盖上，用手指着他的肚子说："你的肚子里都装着什么东西啊？"周伯仁说："里面空空荡荡的，不过还是能容得下几百个像你这样的人。"

【解读】

王导之问其实不怀好意。肚子里能有什么，不过是五脏六腑和恶臭的屎尿罢了。王导想要周伯仁出丑，周伯仁却不上他的当，还反将王导一局。"此中空洞无物"一句，先贬损自己内里空荡荡的"一无是处"，但紧接着一句"然容卿辈数百人"，就改变了整句话的意思。"空洞无物"变成了"宰相肚里能撑船"的豁达大度。周伯仁借此指出，自己胸怀宽阔，大肚能容，且度量之大，是王导的好几百倍。

先放低自己，再抬高自己，此种回答可谓先抑后扬之法，堪称精妙。

【原文】

干宝①向刘真长叙其《搜神记》②，刘曰："卿可谓鬼之董狐③。"

【注释】

①干宝：字令升，东晋文学家、史学家，时称良史，中国志怪小说的鼻祖，著有《搜神记》一书。②《搜神记》：中国古代志怪小说代表作，共有四百多篇，其中很多故事反映了古代人的思想感情。今流传的是后人辑本，共二十卷。③董狐：春秋晋国的官吏，因为秉笔直书，受到孔子称赞，被称为"古之良史"。

【译文】

干宝向刘真长讲述他的《搜神记》，刘真长说："你称得上是鬼神中的董狐！"

【解读】

董狐是春秋时晋国的史官，他记录历史，敢于陈述事实，不畏权贵。《左传·宣公二年》记载，赵穿策划并谋杀了晋灵公，身为正卿且掌有一国政权的赵盾没有加以干涉，他就等于主谋。所以董狐在史策上记载说"赵盾弑其君"。孔子称赞董狐是"古之良史也，书法不隐。"意即指他尊重事实。

干宝与董狐有相似之处。他学识渊博，曾任著作郎，修国史。他的写作，"其书简略，直而能婉，咸称良史。"在创作《搜神记》时，他仍坚持尊重事实的态度，不杜撰捏造莫须有的鬼神故事。在《搜神记》的《自序》中，他称自己的创作目的是想通过搜集前人著述及传说故事，证明鬼神是存在的。《搜神记》多以神灵怪异故事为主，也有一部分属于民间传说，揭露了现实问题。如其中《干将莫邪》、《李寄》、《韩凭夫妇》、《吴王小女》、《董永》等，暴露统治阶级的残酷，歌颂反抗者的斗争，确是"直而能婉"的典范。大概因此，刘真长称赞他是写鬼神小说的"董狐"。

【原文】

许思文往顾和①许，顾先在帐中眠，许至，便径就床角枕②共语。既而唤顾共行，顾乃命左右取杭③上新衣，易己体上所着。许笑曰："卿乃复有行来④衣乎？"

【注释】

①顾和：字君孝，年轻之时就素有才名，为王导赏识，官拜左光禄大夫、仪同三司、尚书令，死后追赠侍中、司空。②角枕：用角制成的或是用角装饰的枕头。③杭：同"桁"，衣架。④行来：出入。

【译文】

许思文来到顾和的住处，顾和正在床上睡觉，他直接走到床边靠着枕头和顾和谈话。过了一会儿，许思文叫顾和一起出去散步。顾和让侍者为他拿来枕头边上的新衣服，换掉身上穿的衣服。许思文笑着说："你怎么出门的时候还换上专门的衣服呢？"

【解读】

许思文直闯顾和内室，顾和不觉得被冒犯。顾和不整衣冠，仍旧躺在床上招待许思文，许思文也不觉得顾和无礼。两人之间的交往没有繁文缛节，种种行为在外人看来冒昧无礼，于他们来说确实自然合理，可见他们的关系非常好。而当顾和准备出门时，要换上一套专门的衣服，这是以有礼之貌应对外头与自己没有交情的陌生人。

往往如此：越亲密的关系越不受礼节的束缚，也就越简单。初次见面或交往不深的人，为了给对方留下好印象，同时出于对对方的尊重，交往时他们的顾虑就多一点，对礼节也会十分看重。而一旦他们越来越熟悉，礼节就变得没那么重要了。相反，如果一个人礼仪过头，还会造成距离，让对方不舒服。

【原文】

康僧渊①目深而鼻高，王丞相每调②之。僧渊曰："鼻者面之山，目者面之渊；山不高则不灵，渊不深则不清。"

【注释】

①康僧渊：晋代僧人，西域人。②调：挑逗、戏弄。

【译文】

康僧渊的眼睛深陷，鼻梁又很高，丞相王导经常嘲笑他。康僧渊说："鼻子是脸上的山；眼睛是脸上的深渊。山不高，就没有灵气；水不深，就不会清澈。"

【解读】

康僧渊是西域人，他鼻子高挺，眼睛深凹王导嘲笑他的长相，他却不以为然。而是用鼻喻山，用眼喻泉，以"山不高则不灵，水不深则不清"来说出自己的美。他的回答同样尊重事实，但换了个说法却成了完全相反的意思。康僧渊还借此暗中指出自己其实比王导更帅气。

【原文】

何次道[①]往瓦官寺礼拜甚勤。阮思旷[②]语之曰："卿志大宇宙，勇迈终古。"何曰："卿今日何故忽见推？"阮曰："我图数千户郡，尚不能得；卿乃图作佛，不亦大乎？"

【注释】

①何次道：何充，字次道，曾官至会稽内史、骠骑将军、晋穆帝朝宰相。②阮思旷：阮裕，官至金紫光禄大夫。

【译文】

何次道经常去瓦官寺拜佛，非常勤恳。阮思旷对他说："你的志向比宇宙还大，你的勇气古今没人能赶得上啊。"何次道说："你今天忽然推崇我，到底是什么原因呢？"阮思旷回答说："我想当一个管理数千户的郡守，尚且还不能实现，你居然想要成佛，难道你的志向还不够大吗？"

【解读】

阮思旷崇尚儒家学说，何充崇尚佛家学说。主张"德治"、"仁政"的儒家子弟都是现实主义者，他们注重以实际的做法解决现实问题。何充拜佛，诚恳之至，这一做法在阮思旷看来是很不现实的。所以他取笑何充志向远大，意即指出：生活中有那么多实际问题都是无法解决的，你还追求什么虚无缥缈的最高境界？

一个凡夫俗子立下成佛的远大志向，他的虔诚如若不是出于真心，而如果只是为了成佛而成佛，那他遭到耻笑也是必然的了。从历史对何充其人的记述来看，何充的确不是一个真正的佛家子弟，所以也难怪阮思旷会嘲笑他了。

【原文】

庾征西[①]大举征胡，既成行，止镇襄阳。殷豫章[②]与书，送一折角如意以调之。庾答书曰："得所致，虽是败物，犹欲理而用之。"

【注释】

①庾征西：指庾翼，东晋将领、权臣庾亮之弟，官至征西将军、荆州刺史。②殷豫章：殷羡，字洪乔，曾任豫章太守。

【译文】

征西将军庾翼大举征讨胡人，军队出发之后，驻扎在襄阳防守。豫章太守殷羡给他写了封信，并送了一个缺角的如意，以此来嘲笑他。庾翼回信答复说："我收到你送的东西了，虽然它破损了，但我还是想把它修好，继续使用。"

【解读】

庾翼是庾亮的弟弟。咸康五年（公元年），庾亮开始举兵北伐，任庾翼为辅国将军。次年，庾亮逝世，庾翼接替庾亮之职，镇守武昌，通过施行严明的军政，使得后赵黄河以南领地的人民争相归附。之后，庾翼想移镇襄阳，但朝廷不许。庾翼违背诏令，北行到下口，最终进驻襄阳。

庾翼北伐不顺之时，殷羡送他一个缺角的如意，"如意"与"庾翼"读音相似，而缺角即指不如意，因此有嘲弄之意。

庾翼收到殷羡送来的如意也不震怒，回信中也不问他何以送一个坏的礼物，却只是淡定地说自己会修好它，继续使用。可见庾翼的气度是很大的。他对事情胸有成竹，有自信让战事顺利进行，所以不会为殷羡的故意嘲弄而发怒。

【原文】

桓大司马[①]乘雪欲猎，先过王、刘[②]诸人许。真长见其装束单急，问："老贼[③]欲持此何作？”桓曰：“我若不为此，卿辈亦那得坐谈[④]？”

【注释】

①桓大司马：指桓温。②王、刘：王濛、刘惔。濛字仲祖，惔字真长。③老贼：对老年人称呼，带有贬义色彩。④坐谈：闲谈。

【译文】

大司马桓温要趁着大雪天气去狩猎，先去看望了王濛、刘惔等人。刘惔看他如此装束，就问他：“你这个老家伙穿成这样，要去干什么啊？”桓温回答说：“假如我不这样，你们这些人怎能在这里闲谈呢？”

【解读】

相对于王濛和刘惔，注重功名，爱好权势的桓温可以说是个很有“事业心”的人。刘惔纳闷桓温在大雪天出去忙活，桓温的回答绕过直接答案（出去狩猎）而是直指本质：如果没有我们这样的人出去建功立业，夺取功名，那留在家里闲谈的人又怎么会轮到你们这些人呢？

是什么角色觉得并不重要的，重要的是你不后悔自己的选择，也不要瞧不起别人的选择——只要他的选择不违背道德法律。

【原文】

褚季野[①]问孙盛[②]：“卿国史何当成？”孙云：“久应竟，在公无暇，故至今日。”褚曰：“古人‘述而不作’[③]，何必在蚕室[④]中！”

【注释】

①褚季野：褚裒，字季野，东晋大臣，其女为晋康帝皇后。②孙盛：字安国，酷爱读书，博学多闻，著有《魏氏春秋》、《晋阳秋》、《文集》等。③述而不作：出自《论语·述而》，指只阐述前人的学说，自己不创作。④蚕室：受宫刑的牢狱。比喻孙盛自讨苦吃。

【译文】

褚季野问孙盛：“你写的国史什么时候能完成呢？”孙盛回答说：“原本早就应该完成，但因公务繁忙，所以一直拖到了现在。”褚季野说：“古人述而不作，你何必辛苦创作，自讨苦吃呢？”

【解读】

孙盛作史有董狐遗风，力求讲述事实。他著的《晋阳秋》被称赞“词直理正，咸称良史”。孙盛严谨的写作态度大概也是他写作进度拖延的原因。褚季野应该知道孙盛其人如此，于是对他说：“古人都说了，写史就是照搬前人方法讲完事情就可以了，你还搞什么创作啊。这不是自讨苦吃吗？”这句话与其说是对孙盛开玩笑，不如说是在表扬孙盛求真严谨的写作精神。

【原文】

谢公[①]在东山，朝命屡降而不动。后出为桓宣武司马，将发新亭，朝士咸[②]出瞻送。高灵[③]时为中丞，亦往相祖[④]。先时多少饮酒，因倚如醉，戏曰：“卿屡违朝旨，高卧东山，诸人每相与言：‘安石不肯出，将如苍生何！’今亦苍生将如卿何？”谢笑而不答。

【注释】

①谢公：指谢安。②咸：全、都。③高灵：指高崧，字茂琰，小字灵，少好学，善史书，曾做侍中。④祖：古人出行之时祭路神以求平安，此处引申为送行。

【译文】

谢安在东山长期隐居，朝廷多次下令让他出山为官，但他都没有答应。后来，谢安当了桓温的司马，将要从新亭出发上任，官吏们都来为他送行。高灵当时是中丞，也前来送行。先前他喝了一些酒，趁着醉酒，调笑谢安说："你多次违抗朝廷的邀请，不肯出东山，大家时常互相说：'谢安石不出来做官，要让老百姓怎么办呢？'如今老百姓该如何看你呢？"谢安只是笑了笑，没有回答。

【解读】

何惧别人如何看我？"我"不出东山，不是为百姓。"我"出东山，也并不是因百姓而出。一切选择，都不过随"我"心愿罢了。于是谢安没有回答，只是笑了笑。

人应如谢安——不管别人称赞自己或者贬低自己，都不为所动，只是按照内心的意愿做自己想做的事情。如果因为别人的期望而做了自己不愿做的事情，自己不开心又有什么意义呢？所以谢安当年不出山，只享受田园之乐以及与友人交往之欢。而当他想出山，他也不觉得有必要向众人交代原因。即使人们有可能以"出尔反尔"之名贬低他，他也不觉得有什么。因为，自始至终，他从来没有对谁出尔反尔。

【原文】

初，谢安在东山，居布衣[①]时，兄弟已有富贵者，翕集[②]家门，倾动[③]人物。刘夫人[④]戏谓安曰："大丈夫不当如此乎？"谢乃捉鼻[⑤]曰："但恐不免耳。"

【注释】

①布衣：古时老百姓穿麻布衣服，借指平民百姓。②翕集：聚集。③倾动：十分佩服、敬慕。④刘夫人：谢安之妻刘氏，刘惔之妹。⑤捉鼻：掩鼻，表示轻视、不屑。

【译文】

当初，谢安在东山还是一个平民百姓之时，家族中的兄弟有富贵的已经不在少数，引起了他人的羡慕。刘氏对谢安开玩笑说："大丈夫不都应如此吗？"谢安掩着鼻子，说："只怕避免不了啊。"

【解读】

谢安的意思是：如果大丈夫就是如此（当权贵之人），恐怕我也避免不了要当大丈夫啊。

谢安的话，是无奈，也是自嘲，还透露着自信。他因知道自己的能力而自信，又因预感最终不能按照自己的理想来生活而无奈、自嘲。

无奈，大概就是生活的一部分吧。无论你追求什么，哪怕是追求"没有追求"的清静无为，生活也不一定会按照你喜欢的方式进行。因为，人生在世，身不由已。有时候，我们不得不去做自己不愿意做的事情。比如谢安，退隐会稽郡山阴县东山多年后，终因弟弟谢万被废黜事件而再次步入仕途。

【原文】

支道林[①]因人就深公[②]买印山[③]，深公答曰："未闻巢、由[④]买山而隐。"

【注释】

①支道林：支遁。②深公：东晋僧人竺法深。③印山：山名，竺法深在此地隐居。④巢、由：巢父、许由。两人都是尧帝时期的隐士，都不接受尧的禅让。巢父筑巢而居，隐居聊城。许由隐居在箕山之下。

【译文】

支道林托人向竺法深买印山，竺法深说："我不曾听说巢父、许由买山隐居。"

【解读】

自古以来，只有以钱买官，哪有买山隐居？真正的隐者，不用给自己画地为牢，防止别人打扰。因为隐不隐在于心，而不在于环境。心清净，到哪里都是隐居。心不清净，身处高山流水之中也不叫隐居。

真正达到物我两忘的隐者，能够排除周身的一切干扰。即使身处最嘈杂世俗的环境中，最复杂功利的朝廷之中，大智若愚的他亦可以有清静之心，淡然处世，不被世俗困扰而自得其乐。所以有人说："小隐隐于野，中隐隐于市，大隐隐于朝。"朝廷尚能隐居，又何必买山隐居呢？

【原文】

王、刘[①]每不重蔡公[②]。二人尝诣蔡，语良久，乃问蔡曰："公自言何如夷甫[③]？"答曰："身不如夷甫。"王、刘相目而笑曰："公何处不如？"答曰："夷甫无君辈客。"

【注释】

①王、刘：王濛、刘惔。②蔡公：蔡谟，官拜侍中、司徒。③夷甫：指王衍。

【译文】

王濛、刘惔经常不尊重蔡谟。有一次，两人去拜访蔡谟，交谈了很长时间之后，问蔡谟："你自认为比王夷甫怎么样啊？"蔡谟回答说："我比不上他。"王濛和刘惔相视而笑说："你哪里比不上他？"蔡谟说："他身边没有你们这样的客人。"

【解读】

王濛、刘惔之问，意在让蔡谟下不了台，但他们没想到自己反被蔡谟反击得毫无招架之力。

蔡谟的观点：近朱者赤，近墨者黑。"我"比不上他人，是因为我靠近你们，沾染了你们的缺点。所以，如果说"我"不好，其实等于说你们自己很不好。王濛、刘惔的清高孤傲，让他们自己成了自讨没趣的小丑。

【原文】

张吴兴[①]年八岁，亏齿[②]，先达知其不常，故戏之曰："君口中何为开狗窦[③]？"张应声答曰："正使君辈从此中出入。"

【注释】

①张吴兴：指张玄之，曾任吏部尚书、冠军将军、吴兴太守，人称张吴兴。②亏齿：指幼儿换牙，牙脱落。③狗窦：狗洞。此处指门牙脱落的样子。

【译文】

张吴兴八岁的时候，门牙掉了。一些贤达前辈知道他不平凡，故意调笑他说："你的嘴里为什么有一个狗洞呢？"张吴兴随即回答说："正是为了让你们这类人从这里进出啊。"

【解读】

嘴里有个狗洞，不代表嘴的主人是狗，而从狗洞进出的人，往往跟狗没什么区别。当然，嘴里的洞再大也不可能是个狗洞。然而，既然对方认为狗洞存在于人的嘴巴中合理，那么人从那个"狗洞"中进出也不足为奇了。张吴兴的回答很精彩，这就是以牙还牙，以眼还眼。

【原文】

郝隆[①]七月七日出日中仰卧，人问其故，答曰："我晒书[②]。"

【注释】

①郝隆：字佐治，东晋名士，生性诙谐，年轻时就有博学美名。后来投奔征西将军桓温，做了他的参军。②晒书：古代的一种习俗。古人在七月七这一天，晾晒衣物和书籍，以防生虫。

【译文】

郝隆在于七月七那天在太阳下仰卧，有人问他缘故，他回答说："我在晒书。"

【解读】

魏晋七夕晒书的习俗是由汉代七夕晒衣的习俗演变过来的：据说司马懿因权力过大被魏武帝曹操猜忌，他于是装疯窝在家中。曹操还是放心不下，派人去探查他在家中忙什么。这天正好是七夕，使臣去到司马懿府上时，装疯卖傻的司马懿不在晒衣，却在家中晒书。使臣将所见禀报曹操，曹操于是令司马懿立刻回朝任职。晒书由此成为习俗，后来被文人所用，以彰显自己的学识。

七夕这天，郝隆在太阳底下亮出肚皮，谓之“晒书”。郝隆学识渊博，无书不读，家中自有藏书，但他不晒书而晒肚子，其一是为了表示自己对晒书习俗的藐视，其二是夸耀之腹中有才学，所以晒肚皮就是晒书。

【原文】

谢公始有东山之志①，后严命屡臻②，势不获已，始就桓公③司马。于时人有饷④桓公药草，中有远志⑤。公取以问谢：“此药又名小草，何一物而有二称？”谢未即答。时郝隆在坐，应声答曰：“此甚易解，处则为远志，出则为小草。”谢甚有愧色。桓公目谢而笑曰：“郝参军此过乃不恶，亦极有会。”

【注释】

①东山之志：指隐居的念头。②臻：到、来到。③桓公：指桓温。④饷：送。⑤远志：中药名，别名小草。

【译文】

谢安最初有隐居东山的念头，后来多次收到皇帝的诏命，形势所迫之下，才担任桓温的司马。当时有人给桓温送药，其中有一味药叫远志。桓温拿着远志问谢安：“这味药也叫小草，为什么同一种东西会有两个名字呢？”谢安没有马上回答。当时郝隆在场，随即回答说：“这不难解释，处于土内时就是远志，冒出土后就是小草。”谢安听了，感到非常惭愧。桓温笑着对谢安说：“郝隆的解释没有恶意，很有趣味啊。”

【解读】

“处则为远志，出则为小草。”——还没出土时叫“远志”，冒出地面生长后就是叫“小草”。“处”暗指谢安隐居山林，“出”暗指谢安出山做官。郝隆意即：隐居者志向远大，出仕者亦如卑微的小草。郝隆一语点破谢安的前后处境，毫不留情地指出他由“远志”“沦落”成为“小草”这一事实。纵使谢安是个无愧于天地亦无愧于自己的人，也被这个生动而又十分恰当的解释嘲讽得无言以对，羞愧难当，也难怪桓温会替他解围。

【原文】

庾园客①诣孙监②，值行，见齐庄③在外，尚幼，而有神意。庾试之，曰：“孙安国何在？”即答曰：“庾稚恭④家。”庾大笑曰：“诸孙大盛，有儿如此！”又答曰：“未若诸庾之翼翼⑤。”还，语人曰：“我故胜，得重唤奴⑥父名。”

【注释】

①庾园客：庾爰之，小字园客，东晋征西将军庾翼之子。②孙监：孙盛，字安国，曾任秘书监，人称“孙监”。③齐庄：孙放，字齐庄，孙盛之子。④庾稚恭：庾翼，字稚恭。⑤翼翼：茂盛繁多。⑥奴：对人的一种称呼，带有鄙视的意味。

【译文】

庾园客去拜访秘书监孙盛，正好赶上孙盛不在家。他看见孙齐庄在门外，虽然年纪轻轻，但却有一股不凡的神采，便试问：“孙安国在哪里啊？”孙齐庄立即回答说：“在庾稚恭家里。”庾园客大笑说："孙氏家族很兴盛啊，有你这样机灵的孩子。"齐庄说："不如你们庾家'翼翼'之盛。"齐庄回家告诉家人说："当然是我胜利了，那个家伙父亲的名字被我叫了两次。"

【解读】

在古代，犯家讳是一种不礼貌的行为。齐庄小小年纪就懂得在嘴巴上以其人之道还治其人之身，可见其伶牙俐齿。不过把犯别人的家讳称为"胜利"，以说出无礼之话为荣耀，这也不能算作是有才华。由这个小故事，我们也可以看出魏晋的清谈之风已经沦落成互相辱骂的习气。

【原文】

范玄平[①]在简文[②]坐，谈欲屈，引王长史[③]曰："卿助我！"王曰："此非拔山力所能助。"

【注释】

①范玄平：范玄平：名汪，曾任东阳太守，徐、兖二州刺史。②简文：晋简文帝司马昱。③王长史：指王濛，擅长清谈。

【译文】

范玄平在简文帝的宴席上，同别人清谈，将要理亏，他把王濛拉过来说："你帮帮忙。"王濛说："这不是有拔山的力量就能挽回的。"

【解读】

有些事情，别人是怎么帮也帮不上忙的。他人一旦出手，那事情的主角就不再是你，即使胜利，荣耀也不是你的。正如辩论，双方比拼的是才华学识，你输了就是输了。另一个人能力再高，也无法把他的才华变成你的才华，所以是帮不上忙的。所以说，求人不如求己。只有自己强大起来，才能应对一些只能靠自己去完成的困难之事。

王濛的回答也很妙。他善于清谈，却不随便加入辩论比赛。面对朋友的请求，他以一个清谈式的真理回答决绝了对方。

【原文】

郝隆为桓公南蛮参军[①]。三月三日会，作诗，不能者罚酒三升。隆初以不能受罚，既饮，揽笔便作一句云："娵隅[②]跃清池。"桓问："娵隅是何物？"答曰："蛮名鱼为娵隅。"桓公曰："作诗何以作蛮语？"隆曰："千里投公，始得蛮府参军，那得不作蛮语也！"

【注释】

①南蛮参军：桓温时任南蛮校尉，郝隆是参军。②娵隅(jū yú)：古时西南少数民族称鱼为娵隅。

【译文】

郝隆是南蛮校尉桓温的参军。三月三日的聚会上，大家要求作诗，不能作的就要罚喝三升酒。郝隆最初作不出诗而受到了惩罚，喝完酒后，挥笔写了一句："娵隅跃清池。"桓温问："娵隅是什么东西呢？"郝隆回答说："南蛮人把鱼叫作娵隅。"桓温说："你作诗为什么要用蛮语？"郝隆说："我千里迢迢来投奔你，才做了一个南蛮参军，哪能不用蛮语呢？"

【解读】

郝隆心里对桓温有所不满，但他不直言相告，而是趁着桓温处于游戏之中时将它表露出来。以最委婉的方式，在领导心情快乐之时说出自己心中的不满。这样，既表达了自己的意思，又把领导动怒的概率降到最低。这样的说话之道，堪称艺术。

【原文】

袁羊[①]尝诣刘惔，惔在内眠未起。袁因作诗调之曰："角枕粲文茵，锦衾烂长筵[②]。"刘尚[③]晋明帝女，主见诗不平，曰："袁羊，古之遗狂！"

【注释】

①袁羊：指袁乔，字彦叔，小字羊，博学有文才。桓温当司马之时，袁羊拜江夏相，进龙骧将军，封酒西伯寻。②角枕粲文茵，锦衾烂长筵：由《诗经·唐风·葛生》演化而来。《葛生》本是妻子奠祭亡夫的悼词，袁羊反其意而用之，嘲笑刘惔夫妇。③尚：娶公主为妻。

【译文】

有一次，袁羊去拜访刘惔，当时刘惔还在内屋睡觉没有起床。于是袁羊作诗戏弄刘惔说："角枕粲文茵，锦衾烂长筵。"刘惔的妻子是晋明帝的女儿，看了这首诗，心里很不满，说："袁羊是古代遗留下来的狂人。"

【解读】

"角枕粲兮，锦衾烂兮"一句的意思为：牛角枕头光灿烂，锦绣棉被色斑斓，它是写活着的人回忆亲人还在时的美好时光。袁羊将它改编成"角枕粲文茵，锦衾烂长筵"，暗讽刘惔娶了公主，生活奢华。因句子改编自悼亡诗，有不祥之意。在刘惔的妻子看来，就好比诅咒她死了丈夫。古代人都十分迷信，害怕"触霉头"。一重暗讽，一重诅咒，因此刘惔的妻子就十分生气，说他是古代留下来的狂人。

【原文】

殷洪远[①]答孙兴公[②]诗云："聊复放一曲。"刘真长笑其语拙，问曰："君欲云那放？"殷曰："榻腊[③]亦放，何必其枪铃[④]邪？"

【注释】

①殷洪远：指殷荣，善清谈，终日啸咏，不问世事，曾做吏部尚书、太常卿。②孙兴公：孙绰，字兴公，东晋士族中很有影响的名士。③榻腊：鼓声。④枪铃：钟铃声，金石声。

【译文】

殷洪远在回复孙兴公的诗中说："姑且再放歌一曲。"刘真长笑话殷洪远的用词非常拙劣，就问他："你想要怎样放声呢？"殷洪远说："敲鼓也是放声，为什么非得要放出金石声呢？"

【解读】

刘真长认为殷洪远的"放"字用得太粗俗，殷洪远指出本来就有"放声"一词，所放出的是鼓声还是金石声都可以用"放"。他的意思是说自己的诗虽然犹如鼓声，比不上金石声清脆悦耳，但只要词句得当，能够表情真情实意，又何必要雕章琢句，刻意作金石声。

【原文】

桓公既废海西[①]，立简文[②]。侍中谢公[③]见桓公，拜，桓惊笑曰："安石，卿何事至尔？"谢曰："未有君拜于前，臣立于后。"

【注释】

①海西：司马奕，东晋的第七位皇帝，后被桓温废为海西公。②简文：晋简文帝司马昱。③谢公：谢安。

【译文】

桓温废黜司马奕之后，将简文帝司马昱扶上了皇位。侍中谢安见到桓温，行了跪拜礼。桓温非常惊讶，笑着说："谢安啊，你为什么要这样呢？"谢安回答说："没有国君在前面下拜，而臣子在后面站着的道理。"

【解读】

谢安看到皇帝已经成为桓温的俘虏，知道政权之争必定使得国家动荡。虽是桓温的手下，也可以称得上朋友，但谢安淡泊名利，自是仍对桓温不满。他没有将不满直接说出来，而是以一种臣服的姿态去面对桓温。平时在桓温面前不必跪拜的他，此时改行起跪拜礼来。他的解说是："皇帝都在你面前拜倒了，我一个臣子，又怎么敢在后面站着？"这句话明显有嘲讽桓温夺权篡位之意，又表现出一种"我"不敢不服的戏谑意思。

【原文】

郗重熙[①]与谢公书，道："王敬仁[②]闻一年少怀问鼎[③]。不知桓公[④]德衰，为复[⑤]后生可畏[⑥]？"

【注释】

①郗重熙：郗昙，字重熙，晋朝太宰郗鉴之子，官至中郎将，徐、兖刺史。②王敬仁：王修，字敬仁，东晋名士王濛之子。③问鼎：传说夏禹筑了九鼎，传夏、商、周三代，成为政权的象征。春秋时，楚庄王向周王朝示威，问鼎的大小轻重，实则有夺取周朝天下的意思。后指图谋夺取政权。④桓公：指齐桓公。齐国宰相管仲请求齐桓公以"责苞茅不入贡于周室"的正当理伐楚，成就正义的美德。⑤为复：抑或、还是。⑥后生可畏：青年人势必超过前人，令人敬畏。

【译文】

郗重熙写信告诉谢安说："王敬仁听说一个年轻人怀有问鼎之志，不知是桓公的德行衰落，还是后来人令人敬畏啊？"

【解读】

郗重熙向谢安提到"闻一少年怀问鼎"的传言，一种可能是在暗指听说谢安有谋权篡位的野心，于是写信提醒他。郗重熙提醒之意：如果国君的德行没有衰落，却又有人敢问鼎，那说明后生可畏啊。另一种可能是在与谢安就事论事，闲谈王敬仁的"听说"。

【原文】

张苍梧[①]是张凭[②]之祖，尝语凭父曰："我不如汝。"凭父未解所以，苍梧曰："汝有佳儿。"凭时年数岁，敛手[③]曰："阿翁[④]，讵宜以子戏父！"

【注释】

①张苍梧：指张镇，字义远，曾任苍梧太守。②张凭：字长宗，善玄理，官至御史中丞、司空长史。③敛手：拱手，表示态度恭敬。④阿翁：爷爷。

【译文】

苍梧太守张镇是张凭的爷爷，曾经对张凭的父亲说："我不如你啊！"张凭的父亲没明白是什么意思，张镇继续说："你有一个优秀的儿子。"张凭当时还很年幼，恭敬地说："爷爷，你怎么可以拿儿子来取笑父亲呢？"

【解读】

张镇明著称赞儿子，实际是称赞孙子，贬低了儿子。张凭年幼却不傻，知道自己被爷爷当作了挡箭牌，于是恭敬地说出事实：爷爷你拿我来取笑我的父亲。这三代人的对话透露出活跃的亲情之乐，让人觉得爷爷可爱，父亲无辜，孙子聪慧。

【原文】

习凿齿[①]、孙兴公[②]未相识，同在桓公坐。桓语孙："可与习参军共语。"孙云："蠢尔蛮荆，敢与大邦为仇[③]！"习云："薄伐猃狁，至于太原[④]。"

【注释】

①习凿齿：字彦威，襄阳人，东晋著名文学家、史学家，官至荥阳太守。②孙兴公：孙绰，封长乐侯。③蠢尔蛮荆，敢与大邦为雠：见《诗经·小雅·采芑》"蠢尔蛮荆，大邦为雠"。此诗描述的是周宣王征讨楚国的事情。荆：古代指楚国。蛮：对南方民族的蔑称。雠：同"仇"。意思是，愚蠢的南蛮子怎么敢和大国为敌呢？④薄伐猃（xiǎn）狁（yǔn），至于太原：见《诗经·小雅·六月》"薄伐猃狁，以奏肤公"。此诗描写周宣王北伐猃狁获胜的情景，猃狁被驱赶到山西太原一带。猃狁：古时北方的少数民族。意思是，征讨猃狁立下大功。

【译文】

习凿齿和孙兴公本不相识，两人一同到桓温家里做客。桓温对孙兴公说："你可以和参军习凿齿交流一下。"孙兴公说："荆楚是南蛮之地，也敢和大国做对，真是愚蠢啊！"习凿齿说："讨伐北方蛮夷，一直打到了太原。"

【解读】

未曾相识，一见面就引经据典对骂开来。"不骂不相识"成为魏晋时期部分士人的交流手段，这是清谈之风带来的负面效果。

结合当时的社会现状，习凿齿和孙兴公一见面就以地域歧视的态度看待对方，还是有深层原因。东晋政权中心是从北方的洛阳转移到南方的建邺（南京）的，当时除了东晋政府，还有十六国政权，天下几乎是分崩离析。所以，习凿齿和孙兴公两人对对方的态度也就"合理"了。但从中可见，国家分裂，不仅民族矛盾加深，地域矛盾也会出现。

【原文】

桓豹奴[①]是王丹阳[②]外生[③]，形似其舅，桓甚讳之。宣武[④]云："不恒相似，时似耳！恒似是形，时似是神。"桓逾[⑤]不说。

【注释】

①桓豹奴：桓嗣，字恭祖，小字豹奴。②王丹阳：王混，字奉正，桓豹奴的舅舅，官至丹阳尹。③外生：外甥。④宣武：桓温。⑤逾：更加。

【译文】

桓嗣是丹阳尹王混的外甥，和舅舅长得非常像，他对此很是忌讳。桓温说："并不总是相似，只是有时相似罢了。一直相似的是外形，偶尔相似的是神态。"桓嗣听到这话，更加不高兴了。

【解读】

在讲究精神意念、注重文化修养的魏晋时期，人们都以神行独特为傲，觉得那样的长相代表自己超凡脱俗。因此，当时的人们不喜欢自己跟谁长得像，更以与某人"神似"为耻，他们喜欢拥有自己独特的外貌、神态。桓豹奴跟他舅舅长得像，他已经是十分不高兴。桓温却还说只是"形似"而已，"神"是偶尔相似的。这让桓嗣更不加不爽了。

神由心生，一个人的神态就是自己的内心写照。即使跟别人相似，也是因为与对方有共同点。而且，这个特点不是别人给你强加上的，而是你自己养成的，所以对自己的神态不满就是对自己不满。

【原文】

王子猷诣谢万，林公[①]先在坐，瞻瞩[②]甚高。王曰："若林公须发并全，神情当复胜此不？"谢曰："唇齿相须，不可以偏亡。须发何关于神明[③]！"林公意甚恶，曰："七尺之躯，今日委君二贤。"

【注释】

①林公：支道林，东晋高僧。②瞻瞩：眼光。③神明：人的精神。

【译文】

王子猷去拜访谢万，当时支道林正坐在谢万家里，眼光非常高，看不起别人。王子猷说："假如支道林没有剃去胡须和头发，他的神情会比现在还要高傲吗？"谢万说："嘴唇和牙齿相互依靠，缺一不可啊。可是胡须、头发跟人的神情有什么关系呢？"支道林听了非常不高兴，说："我这七尺之躯，算是被你们两位贤人糟蹋了。"

【解读】

王徽之和谢万都是属于傲慢无礼，奔放不羁的人。相对于支道林来说，他们只是为人处事较为个性。所以，支道林大概是有点看不起他们的。王徽之看出了支道林对他们的蔑视，于是照旧发挥自己无所顾忌的"特长"，拿支道林的相貌开起玩笑来。王徽之意在指出支道林的高傲，谢万却故意歪曲话题，说胡须和头发对一个人的神情是没有影响的，嘴唇和牙齿才至关重要。王、谢两人你一言我一语，把支道林的胡须头发、嘴唇牙齿全否定了，在支道林面前描绘了一个没有胡须头发、嘴唇牙齿的支道林。

王徽之和谢万面对在自己面前露出不屑神色的人，既要指出他的傲气，又要挫伤他的骄傲，还有什么手段比装作不经意地评论他的外貌更适合的呢？这一招可谓"杀人不见血"。所以，就连修养极高的支道林也非常不高兴。

【原文】

郗司空[①]拜北府，王黄门[②]诣郗门拜，云："应变将略，非其所长[③]。"骤咏之不已。郗仓谓嘉宾[④]曰："公今日拜，子猷言语殊不逊，深不可容！"嘉宾曰："此是陈寿作诸葛评。人以汝家比武侯[⑤]，复何所言！"

【注释】

①郗司空：郗愔，死后追赠侍中、司空。②王黄门：王徽之，曾做黄门侍郎。③应变将略，非其所长：《三国志》作者陈寿评价诸葛亮的话。④嘉宾：郗超，字嘉宾。⑤武侯：指诸葛亮，三国时期蜀国丞相，死后追谥忠武侯。

【译文】

司空郗愔当上了北府长官，黄门侍郎王子猷前去祝贺，说："随机应变和用兵谋略并不是他的强项。"这两句话接连说了好多次。郗仓对哥哥说："今天是父亲上任的日子，王子猷出言不逊，实在是不能忍啊！"嘉宾说："这是陈寿给诸葛亮做的评语。王子猷把父亲比作诸葛亮，你还抱怨什么呢？"

【解读】

一句话，有的人听来是出言不逊，有的人听来是恭维抬高。哪种结果是对的？也许只有说话的人才知道。从王徽之的个性来看，他可能是故意说出这种同时具有褒贬意思的话。生活中也不乏像他这样的人，明显是出言不逊，但为了防止别人觉得自己无礼，就以隐约不明的褒扬做底色。面对这种人，该如何理解他模棱两可的话呢？我们像郗超一样，按照好的意思去理解。一件事情，一句话，往好的方面去想，总比往坏的方面去想能让人快乐。所以何必庸人自扰，自己给自己添情绪？

【原文】

王子猷诣谢公，谢曰："云何七言诗[①]？"子猷承问，答曰："昂昂若千里之驹，泛泛若水中之凫[2]。"

【注释】

①七言诗：古代的一种诗体，七字为一句。②"昂昂"两句：语出《楚辞·卜居》，"宁昂昂若千里之驹乎？将泛泛若水中之凫乎？"此处省略了头尾，意思是像千里马那样昂首阔步，像野鸭子那样随波起伏。

【译文】

王子猷到谢安府上拜访，谢安问他："什么是七言诗呢？"王子猷听了，回答说："昂昂若千里之驹，泛泛若水中之凫。"

【解读】

七言诗早在《诗经》、《楚辞》就有出现，但它真正成为一种诗体是在汉武帝于柏梁台诏令群臣作诗之时。《柏梁台诗》有："汉武帝元封三年，作柏梁台，诏群臣二千石有能为七言诗，乃得上坐。"

在谢安、王徽之所处的东晋时期，七言诗的发展并未成熟。谢安的问，意在难倒王徽之。王徽之无法马上作诗，于是改编《楚辞·卜居》中的"宁昂昂若千里之驹乎？将泛泛若水中之凫乎？"一句，他去掉了每句开头的反问词，这虽然表现出了他的机制善变，但意思却变得荒谬。可见，他是在不懂装懂。

【原文】

王文度、范荣期俱为简文所要[1]。范年大而位小，王年小而位大。将前，更相推在前；既移久，王遂在范后。王因谓曰："簸之扬之，糠秕[2]在前。"范曰："洮[3]之汰之，沙砾在后。"

【注释】

①要：同"邀"。②糠秕：谷子的皮。③洮：古同"淘"，洗去杂质。

【译文】

王文度和范荣期都受到了简文帝的邀请。范荣期年长而官小，王文度年龄小而官大。两人即将见到简文帝之时，都要求对方走在前面，为此相互推让了半天。王文度走在范荣期的后面，说："用簸箕扬米，米的外壳都飘在前面。"范荣期说："用水来淘米，沙粒都留在后面。"

【解读】

王坦之年少有才，与郗超齐名，时人谓之："盛德绝伦郗嘉宾，江东独步王文度。"王坦之还很有志向。他年纪轻轻时曾被仆射江彪推荐为尚书郎，他却拒绝接受官职，说："只有次等人才才去当尚书郎，我怎能去当这等官员！"王坦之才志俱全，为人却谦虚有礼。他的官职比范荣期的大，从官场角度来说，他完全可以走在范荣期前面。且当时的社会风气也以奔放不羁、不拘礼节为个性，王坦之要是这么做，别人也不会对他有很大的非议。但王坦之遵守晚辈对长辈应有的礼仪，坚持走在后面，可见他与当时的一些狂妄才子不同。走在后面的他，仍不忘对前面的范荣期开玩笑，说前面的也没什么了不起啊，不过如筛米时飘在前面的米壳罢了。范荣期当然也不甘心，于是也开玩笑予以反击。

后来，人们就用"簸之扬之，糠秕在前"来形容位卑而居前列，也用来指一个人自称不如别人。

【原文】

刘遵祖[1]少为殷中军[2]所知，称之于庾公[3]。庾公甚忻然，便取为佐。既见，坐之独榻上与语。刘尔日殊不称，庾小失望，遂名之为"羊公鹤"。昔羊叔子[4]有鹤善舞，尝向客称之。客试使驱来，氃氋[5]而不肯舞。故称比之。

【注释】

①刘遵祖：刘爰之，字遵祖，少有才学，能言理，曾任中书郎、宣城太守。②殷中军：殷浩，曾做中军将军。③庾公：庾亮。④羊叔子：羊祜，字叔子，官至荆州刺史、征南大将军。⑤氃（tóng）氋（méng）：羽毛松散、委顿的样子。

【译文】

刘遵祖年轻时受到了中军将军殷浩的赏识，并被举荐给庾亮。庾亮非常高兴，就让他做了自己的属官。见面之后，庾亮让他坐在独榻上，和他一起交谈。刘遵祖那天的表现不尽如人意，庾亮感到些许失望，于是称他“羊公鹤”。从前羊叔子养了一只善跳舞的鹤，并当着客人的面称赞它。客人试着让人把它赶来，发现鹤的羽毛非常松散，不肯跳舞。因此庾亮把刘遵祖比为羊公鹤。

【解读】

“发挥失常”是失败时最好的借口，它意即本来是可以胜利，但由于某种原因最终失败了。这个借口使失败看起来也很无辜，于是使人不好意思揭穿他失败的本质原因：没有真实能力！或者能力不足！

无论什么事情，能力不应该单指人在这件事情所持有的能力，还应包括心态能力。将军带领士兵打仗，有作战的谋略是其一，应对战争中的心态是其二。求职的人去面试，有能力是其一，表现出来的自信是其二。学生考试，掌握的知识是其一，考试的心理状态是其二。在一个人或众人面前展示才华，才华是其一，自然而自信的淡定是其二。所以说，只有硬件的能力还不够，还要软件方面的能力。武功再高，不敢与敌人对打，那就是无能。再有才华，没有自信，在比自己地位高的人面前就紧张起来，那等于是无才。

不是羊公鹤不会跳舞，而是它不敢在别人面前坦然自若地做自己。发挥失常，归根到底是自信不足，内在的定力不够。

【原文】

魏长齐[①]雅有体量[②]，而才学非所经。初宦当出，虞存[③]嘲之曰：“与卿约法三章：谈者死，文笔者刑，商略[④]抵罪。”魏怡然而笑，无忤于色。

【注释】

①魏长齐：魏颉，字长齐，曾任山阴令。②体量：气量、气度。③虞存：字道长，曾任吏部尚书郎。④商略：评论。

【译文】

魏长齐很有气度，但是却不擅长做学问。他第一次当官，将要上任之时，虞存嘲笑他说：“我和你约法三章：高谈的人处死，写诗文的人判刑，进行学术研讨就治罪。”魏长齐和颜悦色地笑了笑，没有流露出不满的情绪。

【解读】

清谈、写文章、进行学术讨论，这三者都不是为魏颉擅长的。虞存表面上是警告魏颉混官场的规则，实际上是嘲讽他没有口才和学问。魏颉自然也知道虞存的嘲戏之意，但他却不计较，反而哈哈大笑，这正是他有气度的表现。

魏颉也可以选择发怒，然后以牙还牙，以眼还眼。但是，冤冤相报何时了？况且，如果他人的嘲弄是不带恶意的，且还是就事论事，又何必发怒呢？我们自身的缺点，别人不说，自己心里也很清楚。真话虽然不好听，但总好过对方对你说假话吧？而如果他人是恶意的，那最好的方法也是沉默应对。

【原文】

郗嘉宾书与袁虎[1]，道戴安道。谢居士[2]云："恒任之风，当有所弘耳。"以袁无恒，故以此激之。

【注释】

①袁虎：袁宏。②谢居士：谢敷，字庆绪，性沉静寡欲，归隐会稽山中，故称谢居士。

【译文】

郗嘉宾给袁宏写信，谈到戴安道、谢敷之时说："持之以恒的作风应该要弘扬下去啊。"因为袁宏缺少这种作风，所以郗嘉宾用这句话来激励他。

【解读】

戴安道和谢敷都是有恒心之人。戴安道曾花三年时间造一丈六尺高的无量寿佛木像及菩萨像，他暗坐在帷帐中倾听群众议论，根据大家的褒贬，对画作进行研究、创新。谢敷性格沉静寡欲，不喜功名，隐居山中十多年，即便被郗愔召为主簿，他也不为所动，后来又迁隐于会稽山中。

郗嘉宾知道袁宏没有恒心，于是以一种寄厚望的方式，让他弘扬持之以恒的做事风范。没有直接指出他的缺点，而是以委婉的方式告诫朋友要注意自身的缺点，这样就避免了打击他的积极性。

【原文】

范启[1]与郗嘉宾书曰："子敬[2]举体无饶纵[3]，掇皮无余润。"郗答曰："举体无余润，何如举体非真者？"范性矜假[4]多烦，故嘲之。

【注释】

①范启：字荣期，东晋名士，初为秘书郎，累迁黄门侍郎。②子敬：王献之。③饶纵：肌肉丰满。④矜假：虚伪。

【译文】

范启给郗嘉宾写信，说道："王子敬全身没有一点肉，即使扒了他的皮，也看不到油水。"郗嘉宾说："全身干巴巴的人，与全身都是假东西的人相比，哪个更好呢？"范启本是一个矫揉造作之人，因此郗嘉宾才会讥讽他。

【解读】

当局者迷，旁观者清。人往往会这样：能够看清别人，却看不清自己。正如范启只见王献之的"干巴"，却不见自己的"油滑的造作"。所以说，切勿妄自评说他人的不好。范启估计本来只想打个好比喻，炫耀自己的才华，或者讥讽王子敬，却没想到自己出丑出大了。

做人，最重要的有自知之明，知道自己的优点，也知道自己的不足。发扬优点，改正缺点，提高自我修养。把精力放在观察分析别人这件事情上，最后只看清别人却看不清自己，则落下笑话的只是自己罢了。

【原文】

二郗[1]奉道，二何[2]奉佛，皆以财贿。谢中郎[3]云："二郗谄[4]于道，二何佞[5]于佛。"

【注释】

①二郗：郗愔和弟弟郗昙。二人信奉天师道。②二何：何充、何准兄弟。二人信奉佛教，大修寺庙，劳民伤财。③谢中郎：指谢万，曾任抚军从事中郎。④谄：巴结。⑤佞：巧言献媚、讨好。

【译文】

郗愔和弟弟郗昙信奉道教，何充、何准兄弟信奉佛教，全都花费了大量的财物。谢万说："二郗巴结道教，二何讨好佛教。"

【解读】

人应有追求，但不应执着于所追求的事物。一旦执着，就会放不下，舍不得。人也可以有信仰，但同样不应执着于信仰。"二郗"、"二何"耗费巨资证明自己的信仰，这种做法已经变成巴结讨好的唯利是图，而这样的信仰通常也不是真正的信仰。

道教的最高信仰是"尊道贵德，天人合一"，追求"上善若水，柔弱不争"的生活理念。而自诩崇尚道教的郗愔却为人敛聚钱财，有钱千万。这种不尊道贵德的行为，与道教精神格格不入。"二何"的信仰也同样荒谬可笑。据说他们在修佛寺、养僧人的花费上耗资过亿，然而他们却对自己的亲友不管不顾，以至亲友贫穷困苦。佛教讲究"救人一命胜造七级浮屠"，他们这种无视人的悲苦的做法，又何谈对佛教的信仰？

【原文】

王文度在西州，与林法师[①]讲，韩、孙[②]诸人并在坐。林公理每欲小屈，孙兴公曰："法师今日如著弊絮在荆棘中，触地挂阂[③]。"

【注释】

①林法师：指支道林。②韩、孙：韩康伯、孙兴公。③挂阂：挂碍，阻碍。

【译文】

王文度在西州，同支道林法师谈玄，当时韩康伯、孙兴公等人也都在场。每当支道林要落在下风之时，孙兴公就说："法师今天就像是穿了破衣服在荆棘中行走，到处受到阻碍。"

【解读】

孙兴公一再把处于下风中的支道林说成穿破衣在荆棘中行走，可见他看到人不幸之时有一种幸灾乐祸的心理，并将这心理毫不掩饰地表现出来。幸灾乐祸、落井下石的人，是很让人讨厌的。损人的话说得再隐晦、再有文采，一旦多说，也表现出说话者的无礼和浅薄。

【原文】

范荣期见郗超俗情不淡，戏之曰："夷、齐、巢、许[①]，一诣垂名，何必劳神苦形、支策据梧[②]邪？"郗未答，韩康伯曰："何不使游刃皆虚[③]？"

【注释】

①夷、齐、巢、许：伯夷、叔齐、巢父、许由，都是古代的隐士。②支策据梧：此指昭文弹琴、师旷持杖击节、惠子倚在梧桐树下辩论，直至疲倦不堪。后形容用心劳神。③游刃皆虚：游刃有余，形容技艺高超，运用熟练。

【译文】

范荣期见郗超非常世俗化，于是戏弄他说："伯夷、叔齐、巢父、许由都能一下子流芳百世，你何必劳心伤神，让自己疲惫不堪呢？"郗超还没有回答，韩康伯接着说："你为什么不让自己游刃有余呢？"

【解读】

范荣期嘲弄郗超世俗，还以伯夷、叔齐、巢父、许由等超俗之人能够流芳百世来"劝慰"他不要被世俗所困，不如像他们一样脱俗，那样反倒容易成名。韩康伯替郗超反唇相讥，说范荣期不会做人处事，让他学着游刃一点。

【原文】

简文在殿上行，右军[①]与孙兴公在后。右军指简文语孙曰："此啖名[②]客。"简文顾曰："天下自有利齿儿。"后王光禄[③]作会稽，谢车骑[④]出曲阿祖之。王孝伯[⑤]罢秘书丞，在坐，谢言及此事，因视孝伯曰："王丞齿似不钝。"王曰："不钝，颇亦验。"

【注释】

①右军：指王羲之。②啖名：贪求虚名。③王光禄：指王蕴，曾做光禄大夫。④谢车骑：谢玄，追赠车骑将军。⑤王孝伯：王恭，王蕴之子，曾任秘书丞，中书令。

【译文】

简文帝在大殿上行走，右军将军王羲之和孙兴公在后面陪同。王羲之用手指着简文帝，对孙兴公说："他是好名之士。"简文帝回过头来，说："天下本就有牙尖齿利的人。"后来王蕴做了会稽刺史，谢玄到曲阿为他饯行，当时王孝伯被罢免了秘书丞的职务，升为中书郎，也在场。谢玄提到上述的事情，对着王孝伯说："你的牙齿好像也不钝啊？"王孝伯说："试验了几回，确实不钝。"

【解读】

王羲之作为一个臣子，却在皇帝背后用手指他并向对皇帝做出评价，这种放肆的行为，估计也只在魏晋时期才会有。当时的名士多以放荡不羁的个性为傲，一个有才华的人如果同时又敢于超脱世俗制度的话，那他就会引起他人的注意。也正因此，有的文人才子不管自己本性如何，都跟风做出放荡不羁甚至傲慢无礼的行为。从历史记载的王羲之其人来看，他的无礼应有一半出于个性，一半是为了表现而表现。

【原文】

谢遏[①]夏月尝仰卧，谢公清晨卒[②]来，不暇著衣，跣出屋外，方蹑履问讯。公曰："汝可谓'前倨而后恭'[③]。"

【注释】

①谢遏：谢玄，小字遏，谢安的侄子。②卒：通"猝"，突然。③前倨而后恭：先前傲慢，之后恭敬。形容对人的态度有了转变。

【译文】

谢遏在夏天曾仰卧睡觉，适逢谢安清晨突然造访，根本来不及穿衣服。他光着脚走出门外，穿上鞋，恭恭敬敬地向谢安请安。谢安说："你称得上是前倨后恭啊！"

【解读】

谢玄从酣睡中醒来，手忙脚乱地请安，跟他此前肆无忌惮的睡姿形成鲜明对比。一开始就已经失去了礼数，转而又诚惶诚恐，恭恭敬敬起来，所以谢安说他"前倨后恭"。

谢玄在最敬重的长辈谢安面前可谓"出尽了丑"，谢安却仍不放过他，开他玩笑，把他比喻成了一个见风使舵的"势利眼"。越是关系好，彼此之间越能不顾辈分之别地开玩笑。谢玄和谢安的关系正是如此。

【原文】

顾长康[①]作殷荆州[②]佐，请假还东。尔时例不给布帆，顾苦求之，乃得发。至破冢[③]，遭风大败。作笺与殷云："地名破冢，真破冢而出。行人安稳，布驱无恙。"

【注释】

①顾长康：顾恺之，字长康，东晋著名绘画家。②殷荆州：殷仲堪，时任荆州刺史。③破冢：地名，在今湖北江陵。

【译文】

顾长康担任荆州刺史殷仲堪的属官，有一回告假返乡。当时有惯例，官府不会为返乡人员提供帆船。顾长康求了半天，殷仲堪才答应借船给他。顾长康启程来到破冢这个地方，遇到了大风，布帆被刮坏了。他写信告诉殷仲堪，说："我们行至名为破冢的地方，破冢而出，死里逃生。现在各人都安稳无恙，帆船也完好可用。"

【解读】

顾恺之把死里逃生称为"破冢而出"，比喻非常形象且幽默（能破冢而出的，只有鬼）。在困境中还能以幽默汇报自己的情况，可见顾恺之在面对困难时有着极为乐观的精神。

人生在世，不如意之事十有八九。遇到困难险阻时，以悲观的消极态度应对，往往于事无补，反倒让自己更添愁苦。只有以乐观积极的态度去面对困难，我们才能战胜自己并最终战胜困难。悲观者，自己都放弃了，别人帮他也无用。乐观者，勇敢无畏地向前冲，也才会赢得他人的帮助。

【原文】

苻朗[①]初过江，王咨议[②]大好事，问中国人物及风土所生，终无极已。朗大患之。次复问奴婢贵贱，朗云："谨厚有识中者，乃至十万；无意为奴婢问者，止数千耳。"

【注释】

①苻朗：字元达，前秦皇帝苻坚的侄子，后归降晋朝，被封为员外散骑侍郎。②王咨议：王肃之，王羲之第四子，曾任中书郎，骠骑咨议。

【译文】

苻朗刚过江来到晋朝，骠骑咨议王肃之非常好事，问他中原的贤人、风土民情和特产，一直问个不停。苻朗为此很讨厌他。王肃之又问奴婢的价钱，苻朗说："为人谨慎忠厚而且有见识的，能值十万钱；不想做奴婢而又喜欢提问的，仅仅需要数千钱而已。"

【解读】

苻朗回答的意思很明显：王肃之就跟喜欢提问题的奴婢一样，仅仅值数千钱而已。王肃之因为过于好奇，让苻郎产生了厌恶。

好奇本来是件好事，但放在人际关系中时，源源不断的好奇心会使人感到厌烦。如果对方对你的问题有兴趣或愿意与你交流，问是可以的，但也不宜太多，因为问多了等于什么都没问。什么都想知道等于对什么都不感兴趣，而你的好奇也只是无聊的随便问问罢了。一个人，只顾自己好奇，该问的不该问的都问，不顾别人的感受，这会让人感觉好很无礼，最终会被他人厌恶。

【原文】

东府[①]客馆是版屋[②]。谢景重[③]诣太傅[④]，时宾客满中，初不交言，直仰视云："王乃复西戎[⑤]其屋。"

【注释】

①东府：会稽王司马道子的府第。②版屋：板屋，木板建造的房子。③谢景重：谢重，字景重，曾是司马道子的长史。④太傅：司马道子，时任太傅。⑤西戎：古时北方少数民族，住房多为板屋。

【译文】

东府用来招待宾客的屋子，是用木板修建成的。谢景重拜访太傅司马道子之时，宾客满座，他并没有和别人谈话，只是抬头仰望屋顶说："会稽王的客馆，竟然成了西戎人的住房了。"

【解读】

把知道的信息当成"学识"，有了点"学识"就卖弄起来，一抓到机会就用来嘲讽他人。这样的人既无学识，也无礼仪，不懂得尊重他人。正如谢景重。在他人之家宾朋满座之时对他人的屋子品头论足，这么一种趾高气扬的态度，也是人际交往的忌讳。

【原文】

顾长康啖[①]甘蔗，先食尾。人问所以，云："渐至佳境[②]。"

【注释】

①啖：吃。②渐至佳境：比喻境况逐渐好转。

【译文】

顾长康吃甘蔗，先从甘蔗尾部吃起。有人问他为什么，他说："这样吃会渐入佳境。"

【解读】

吃得渐入佳境，意即会越吃越甜。顾恺之如此吃法，说明他非常会享受生活。

不会享受生活的人，先把甜头吃完了，剩下没有味道的那部分，最后会觉得人生如从头（根部）到尾（细小的顶部）吃甘蔗——毫无甜蜜幸福可言。而会享受生活的人，先苦后甜，越来越甜。正如顾恺之所说，"渐至佳境"。甘蔗吃完了，嘴巴上还余留甜味。生命走完了，嘴角还挂着微笑。

渐入佳境，应该是每个人都追求的生活姿态。即使现在的日子有些苦，也要一步步地"吃"下去，让自己的生活越来越美好，让自己对生命感觉到越来越甜蜜。

【原文】

孝武属[①]王珣求女婿，曰："王敦、桓温，磊砢[②]之流，既不可复得，且小如意，亦好豫[③]人家事，酷非所须。正如真长、子敬比，最佳。"珣举谢混。后袁山松欲拟谢婚，王曰："卿莫近禁脔[④]。"

【注释】

①属：通"嘱"，嘱托。②磊砢：比喻人有奇特的才能。③豫：参与。④禁脔：比喻独自占有，他人不得打主意的东西。

【译文】

晋孝武帝委托王珣为公主挑选夫婿，说："王敦、桓温，都是才能特别出众人，不可复得。可是他们这种人稍一得志，就喜好掺和别人的事情，绝不是理想的女婿。只有刘真长、王子敬这样的人才是最佳人选。"王珣推荐了谢混。后来袁山松想让谢混做自己的女婿，王珣对袁山松说："谢混是皇帝的禁脔，你就不要打他的主意了。"

【解读】

王敦跟东晋丞相王导同出于琅邪王氏，与王导一同协助司马睿建立了东晋政权。王敦功高权大，一直有叛乱之心，后因司马睿有意疏远琅邪王氏而在荆州起兵，发动政变。王敦之乱，以失败告终。

桓温出生于门将之家，他有勇有谋，凭借自己的努力，在官场上步步高升。后因剿灭成汉政权，又三次出兵北伐（前秦、姚襄、前燕），桓温名声大震，位高权重。他独揽朝政年，暗中策划篡位之事，最终因王坦之、谢安的阻碍而未能得逞，病重而死。

王敦和桓温都曾取王室公主为妻，王敦娶了晋武帝司马炎之女襄城公主，桓温娶了晋明帝的女儿南康公主。晋武帝说他们稍微得志就掺和别人的事情，就是指他们谋反叛乱。

与王敦、桓温不同，刘真长（刘惔）和王子敬（王献之）同样才华卓越，也有政治才能，但他们却淡泊名利，不问政事。特别是王献之，他一生宦途顺利，还同样取了王室公主，却始终寄情于山水，热衷于书法。

王珣推荐的谢混是谢安的孙子，文采飞扬，号称“风华江左第一”。王珣在向晋孝武帝推荐王珣时说：“虽然比不上刘惔，但应该不比王献之差。”袁松山来打谢混主意时，晋孝武帝已经去世，王珣戏称谢混是晋孝武帝碗里的肉，动不得。可见他是说话算话，答应他人的事情，即使他人不在，他依旧遵照承诺去完成。

【原文】

桓南郡[①]与殷荆州[②]语次，因共作了语[③]。顾恺之曰：“火烧平原无遗燎。”桓曰：“白布缠棺竖旒旐[④]。”殷曰：“投鱼深渊放飞鸟。”次复作危语[⑤]。桓曰：“矛头淅[⑥]米剑头炊。”殷曰：“百岁老翁攀枯枝。”顾曰：“井上辘轳卧婴儿。”殷有一参军在坐。云：“盲人骑瞎马，夜半临深池。”殷曰：“咄咄逼人[⑦]！”仲堪眇目[⑧]故也。

【注释】

①桓南郡：桓玄，袭爵南郡公。②殷荆州：殷仲堪，时任荆州刺史。③了语：表示终了的话。④旒旐（liú zhào）：旗幡。⑤危语：让人听了感到害怕的话。⑥淅：洗、淘。⑦咄咄逼人：让人感到难堪、惊惧。⑧眇目：一只眼瞎。

【译文】

南郡公桓玄和荆州刺史殷仲堪谈话时，一起谈起了了语。顾恺之说：“火烧平原无遗燎。”桓玄说：“白布缠棺竖旒旐。”殷仲堪说：“投鱼深渊放飞鸟。”接下来，他们又谈论危语。桓玄说：“矛头淅米剑头炊。”殷仲堪说：“百岁老翁攀枯枝。”顾恺之说：“井上辘轳卧婴儿。”在场的还有殷仲堪的一个参军，他说：“盲人骑瞎马，夜半临深池。”殷仲堪说：“你真是咄咄逼人！”原来殷仲堪是独眼龙。

【解读】

一个参军，可能不比在场的桓玄、殷仲堪、顾恺之有才识，无法凭空想象“了”、“危”的情景，但他却能结合当下所见，说出一句让人震惊的话来。可见，文采来源于现实生活，注意观察，善于思考，一个名不见经传的人也有一鸣惊人的时候。

但从另一方面讲，顾恺之等人如果没有邀请那位参军加入语言游戏，而参军却自作聪明蹦出一句咄咄逼人的话来，他的行为就是鲁莽的。与人交往时，不能贪图一时口快，逞一时之能。在不适当的时机，最好不要想着一鸣惊人。

【原文】

桓玄出射，有一刘参军与周参军朋赌[①]，垂成，唯少一破。刘谓周曰：“卿此起不破，我当挞[②]卿。”周曰：“何至受卿挞！”刘曰：“伯禽[③]之贵，尚不免挞，而况于卿！”周殊无忤色。桓语庾伯鸾[④]曰：“刘参军宜停读书，周参军且勤学问。”

【注释】

①朋赌：分组比赛射箭。②挞：用鞭子打人。③伯禽：周公长子。周公辅政之时，周成王一旦有罪，周公就会鞭打伯禽。④庾伯鸾：庾鸿，字伯鸾，曾任辅国内史。

【译文】

桓玄带领部下外出射箭，刘参军和周参军被分在同一组。在还有一箭就定输赢的时候，刘参军对周参军说："你这一箭要是射不中，我就拿鞭子打你。"周参军说："你为什么要打我？"刘参军说："西周的伯禽很尊贵，他都免不了被打，更何况是你呢？"周参军听了，没有任何不满。桓玄对庾伯鸾说："刘参军应该停止读书，周参军要努力用功读书。"

【解读】

伯禽尊贵，也难免挨他父亲打。所以，周参军凭什么就不会挨揍呢？——这样的逻辑本来就属于狡辩，而更没道理的是刘参军却以此来作为自己打周参军的理由。

刘参军把周参军狠狠地贬低了，周参军听完这两个没有逻辑的话却没有发怒，可见他如若不是宽宏大度就是根本不知道刘参军在损他。从桓玄的话来看，周参军应该属于后者——因为不学无术，腹中无学识，所以根本不知道伯禽是谁，也不知道刘参军开始在贬损他。

【原文】

桓南郡与道曜讲《老子》，王侍中[①]为主簿[②]，在坐。桓曰："王主簿可顾名思义。"王未答，且大笑。桓曰："王思道能作大家儿笑。"

【注释】

①王侍中：王桢之，字思道，王羲之的孙子，曾任侍中、大司马长史。②主簿：古代官名。掌管文书的佐吏。

【译文】

南郡公桓玄和道曜谈论《老子》，主簿王思道也在场。桓玄说："王主簿可以从他的名字中思考出道的含义。"王思道没有回应，只是放声大笑起来。桓玄说："王思道能够发出大家子弟的笑声。"

【解读】

王思道的名字中有"思道"，所以桓玄说王思道可"顾名思义"——只从自己的名字就可以思考出道的含义。桓玄比王思道年长，他这么一说，也许有讥讽王思道不知"道"的隐藏意思。

王思道听了桓玄带有双关嘲讽的话后却不加辩驳，而是大笑应对。他的大笑来源于《老子》第四十一章："上士闻道，勤而行之；中士闻道，若存若亡；下士闻道，大笑之。不笑不足以为道。"——悟性高的人对"道"坚信不疑，勤恳地在生活中运用它，以它为做人做事标准。悟性一般的人对"道"半信半疑，有时放在心上，有时不以为然那。没有悟性的人，一听"道"就大笑不止，认为"道"纯属无稽之谈，表现出鄙视、讥讽的否定态度。

王思道一笑，既表示自己对《老子》有所了解，又以一种不以为然的态度自我讥讽，表示是个闻道即大笑的"下士"。桓玄看出他悟性极高，于是说他的笑声是大家子弟的笑声。

【原文】

祖广[①]行恒缩头。诣[②]桓南郡，始下车，桓曰："天甚晴朗，祖参军如从屋漏中来。"

【注释】

①祖广：字渊度，曾任护军长史。②诣：造访。

【译文】

祖广经常缩着脖子走路。有一次，他去拜访南郡公桓玄，刚一下车，桓玄说："今天是个大晴天，为什么祖参军像刚从漏雨的屋子里出来呢？"

【解读】

漏雨之屋内，人躲避雨滴的时候会不由自主地把脖子缩起来。祖光经常缩着脖子走路，让人看上去觉得很滑稽，所以桓玄说他刚从漏雨的屋子里走出来。

换种方式形容别人不好看的样子，又保证自己不会得罪他人，做到这样须学会说话的艺术。不过，最基础的条件是保证自己没有取笑他人的心理。出发点没有恶意，才不会使自己出言不逊。

【原文】

桓玄素轻桓崖①。崖在京下有好桃，玄连就求之，遂不得佳者。玄与殷仲文书以为嗤笑曰："德之休明②，肃慎③贡其楛矢④；如其不尔，篱壁间物亦不可得也。"

【注释】

①桓崖：桓修，字承祖，小字崖，桓玄的堂兄弟。②休明：美好。③肃慎：古代的少数民族，臣服周朝，向周进贡楛矢。④楛矢：用楛木做成的箭。

【译文】

桓玄向来就看不起桓崖。桓崖在京都家里种有上等的桃子，桓玄向他求取了多次，但终究没得到好的种子。桓玄写信给殷仲文，拿这件事情嘲笑自己说："如果德行美好，那么肃慎族也会进贡弓箭；反之就连自己家里产的东西也得不到。"

【解读】

看不起对方，还直接地表现出来，却又向对方索要东西，最终落得个屡次碰壁的下场。这样做人，不亚于搬起石头砸自己的脚，自找无趣。桓崖是一个很有原则的人，也可以说他是个很有志气的人。他不讨好瞧不起自己的人，哪怕对方是自己的堂兄弟，他也坚持保守自己的尊严。现实中，有的人在瞧不起自己的人面前也表现得唯命是从。他们或者畏惧权势，或者顾于情面，于是不敢按照自己的内心想法做事。这样的人很可悲。正如桓玄最后自嘲所说的，人应该有德行，没有德行，一个人就会只知道以自我为中心。本着自己的劣性去与人交往，那交往必然失败。

轻诋第二十六

【原文】

王太尉[1]问眉子[2]："汝叔[3]名士，何以不相推崇？"眉子曰："何有名士终日妄语！"

【注释】

①王太尉：指王衍，官至太尉。②眉子：王玄，字眉子，王衍之子。③叔：王玄的叔叔王澄，善于品评人物。

【译文】

太尉王衍问王眉子："你的叔叔王澄是名士，你为何不推崇他呢？"王眉子回答说："哪里有名士成天胡说八道的！"

【解读】

王澄好清谈，且善于从人的言行举止看出一个人的心思，于是也经常品评他人。在王玄看来，时常评论别人无异于胡说八道，没有什么可推崇的。

确实，一个经常对他人评头论足的人，是非常讨厌的，即使他有才，也难以称得上名士。真正的名士，如"竹林七贤"、谢安、王衍、刘惔等，无不是以自己的才华或超脱的个性来展现出自己的处世态度。他们或许会偶尔评论他人，但绝不会经常做这样的事。

【原文】

庾元规语周伯仁："诸人皆以君方乐。"周曰："何乐？谓乐毅[1]邪？"庾曰："不尔，乐令[2]耳。"周曰："何乃刻画无盐[3]，以唐突[4]西子[5]也？"

【注释】

①乐毅：战国时期中山人氏，初为燕国上将军，带兵伐齐，封昌国君。②乐令：乐广，晋朝名士，善清谈，官至尚书令。③无盐：中国古代的丑女子。④唐突：冒犯、亵渎。⑤西子：西施，古代四大美女之一。

【译文】

庾元规对周伯仁说："大家都将你比成乐氏。"周伯仁问："是哪个乐？说的是乐毅吗？"庾元规说："不是他，是尚书令乐广。"周伯仁说："怎么能美化无盐女而诋毁美女西施呢？"

【解读】

周伯仁年少时就具有贤明，是一代才俊，但他为人一向直言不讳，还有点孤高自傲。乐广善谈，有远识，为人谦虚低调。裴楷、王衍都曾称赞过他。周伯仁和乐广个性相反，庾亮却说大家都把周伯仁比作乐氏。周伯仁听庾亮说大家把他比作乐广后，孤高自傲的个性又表露了。他把乐广比喻成丑女，把自己比喻成美女西施，说把他和乐广相比是一种以丑比美的行为，以此显示出自己对乐广的不屑。

【原文】

深公[1]云："人谓庾元规名士，胸中柴棘[2]三斗许！"

【注释】

①深公：竺法深，东晋高僧，人称深公。②柴棘：荆棘。

【译文】

竺法深说："人们都认为庾元规是名士，其实他胸中装的不过是三斗多的荆棘而已。"

【解读】

说一个人心中装有荆棘，意思就是说他居心险恶。庾亮居心险恶吗？历史并无相关明显的记载。而与庾亮同时代的人，也没见谁评论他是一个居心险恶之人，相反还对他给予了很高的评价。与庾亮有矛盾的陶侃说他不仅风流，还有从政的品德。庾亮的好友何充则在庾亮死后将他比喻为有高尚情操的玉树。

既然庾亮并非险恶之人，一代高僧竺法深为何会对他做出"胸有柴棘"的评价呢？我们不知道其中的缘故。也许在竺法深看来，在官场中巧妙周旋的政客多多少少都是有险恶之心的。而庾亮作为一个曾掌握朝廷政权的人，"胸有柴棘"也不足为怪了。

【原文】

庾公①权重，足倾王公②。庾在石头③，王在冶城④坐。大风扬尘，王以扇拂尘曰："元规尘污人。"

【注释】

①庾公：庾亮，字元规。②王公：王导，时任丹阳太守。③石头：石头城，古代的军事重镇。④冶城：古代城池名，晋属丹阳郡管辖。

【译文】

庾亮的权势非常大，大有压倒王导的趋势。庾亮在石头城镇守，王导在冶城坐镇。有一次刮大风，尘土飞扬，王导用扇子拂去身上的尘土，说："庾亮的尘土能把人弄脏。"

【解读】

石头城指政治中心南京，冶城属石头城管理，所以看起来庾亮比王导的权势还要大。王导心中不高兴，所以把身上沾染的讨厌的尘土说成是庾亮的尘土，意即指出对庾亮有所不满。

有句话说，爱屋及乌。其实，恨"屋"的时候一个人更会"及乌"——把所有讨厌的东西都与讨厌的那个人联系起来。就如王导把与庾亮毫不相关的尘土说成是庾亮的尘土一样。

"恨屋及乌"并非什么好事把生活本来只是平常的事情也被蒙上了恨意，生活的乐趣也就被埋没了。

【原文】

王右军①少时甚涩讷②。在大将军许，王、庾二公后来，右军便起欲去。大将军留之，曰："尔家司空、元规，复可所难！"

【注释】

①王右军：王羲之，曾任右军将军。②涩讷：说话不流利。

【译文】

王羲之年少之时，说话迟钝，非常不流利。他到大将军府上拜访，见到随后来的王导和庾亮两人，站起身来就要离开。大将军挽留他，说："是你们王家的司空、庾亮两人，你为何还感到为难呢？"

【解读】

大将军以为王羲之是因为口吃不伶俐而羞于在王导和庾亮面前说话，他只看表象，不知内情。王羲之虽然言语迟钝，心却不迟钝。王导和庾亮不和，虽然他们都待他很好，但他也知道要回避，避免尴尬。

【原文】

王丞相轻蔡公[①]，曰："我与安期[②]、千里[③]共游洛水边，何处闻有蔡充[④]儿！"

【注释】

①蔡公：蔡谟，字道明，蔡充之子，直到东晋才出任当官。②安期：王承，字安期，西晋时曾任骠骑大将军，很有名气。③千里：阮瞻，字千里，素有才能，西晋时曾任太子舍人。④蔡充：字子尼，蔡谟之父，曾任成都王东曹掾。

【译文】

丞相王导很轻视蔡谟，说："我和王安期、阮千里在洛水之滨游玩之时，不曾听说过蔡充的儿子。"

【解读】

王导是东晋政权的奠基人，蔡谟是在东晋第三个皇帝司马衍在位时才开始被人们知道的。虽然比王导"出道"晚，但蔡谟后来居上，曾被东晋皇室重用。他学识渊博，为人稳重，做了辅政大臣四年，历仕五帝，算是东晋的重臣。王导说自己在很早以前就跟王安期、阮千里这样的名人大将相交了，当时蔡谟的父亲蔡充不过是一个无名之辈，而他也没有听说过蔡谟这个人。言语中透露出对蔡谟的轻视。

【原文】

褚太傅[①]初渡江，尝入东，至金昌亭，吴中豪右燕集亭中。褚公虽素有重名，于时造次[②]不相识，别敕左右多与茗汁[③]，少著粽，汁尽辄益，使终不得食。褚公饮讫[④]，徐举手共语云："褚季野。"于是四坐惊散，无不狼狈。

【注释】

①褚太傅：褚裒。②造次：匆忙。③茗汁：茶水。④讫：完结、终了。

【译文】

太傅褚季野过江没多长时间，曾到吴郡的金昌亭游玩，遇到当地的豪门大族正在举行宴会。褚季野虽然早就名声很大，可是那些人在匆忙之中根本就没有认出他。那些人只是吩咐侍从多给他茶水，少摆放瓜果，茶喝完了就立即倒满，让他吃不到瓜果。褚季野喝完茶，缓缓地向大家行礼，说："我就是褚季野。"在座的人无不感到惊慌失措。

【解读】

有种淡定叫"且喝茶"，有种宽容叫"不知者无罪"，而有一种智慧名为"皮里春秋"，即口头上不说什么，心里是非分明，自有褒贬。

褚季野被人冷漠对待，作为一个声望显赫的官员，他却不急不躁，悠然地享用茶水。他这种"且喝茶"的心态是一种沉得住气的淡定。人对褚季野无礼相待，褚季野以一种"不知者无罪"的宽容原谅了他们，最后还换之以礼，谦虚地报上自己的大名，引得众人哗然皆惊。

【原文】

王右军在南，丞相与书，每叹子侄不令[①]，云："虎豚[②]、虎犊[③]，还其所如。"

【注释】

①令：美好、杰出。②虎豚：王彭之的小字。③虎犊：王彪的小字。

【译文】

王羲之在南面当官之时，丞相王导写信给他，总是叹息子侄不成材，说："虎豚、虎犊两人就跟他们的小名一样。"

【解读】

王羲之是王导的堂侄子，他比王导的两个亲侄子要优秀很多。一对比起来，王导就难免感慨一番。"豚"、"犊"本来是指幼小的意思，用作小孩的小名很贴切。但"豚犊"一词指愚蠢如猪的小孩，具有贬义。王导因为两个侄子没有出息，所以说他们人如其名。

【原文】

褚太傅南下，孙长乐[①]于船中视之。言次，及刘真长死，孙流涕，因讽咏曰："人之云亡，邦国殄瘁[②]。"褚大怒曰："真长平生何尝相比数[③]，而卿今日作此面向人！"孙回泣向褚曰："卿当念我！"时咸笑其才而性鄙。

【注释】

①孙长乐：孙绰，字兴公。因封长乐侯，故称。②人之云亡，邦国殄瘁：出自《诗经》。意思是，身系国家安危的贤人死了，国家会陷入困境。③比数：相提并论。

【译文】

太傅褚季野南下任职，长乐侯孙绰到船上去探望他。谈到刘真长之死时，孙绰哭了起来，讽咏说："人之云亡，邦国殄瘁。"褚季野听了，非常生气，说："刘真长平生怎么能与他们相提并论呢？你今天竟然用这副嘴脸对我说话！"孙绰停止哭泣，对褚季野说："你应该同情我。"当时的人都笑话他虽有才学但品性庸俗。

【解读】

孙绰的悼词经常故意夸大逝者的功绩和为人，也借此彰显自己的文采。褚季野是个就事论事的人，听见孙绰对刘真长的死给予"人之云亡，邦国殄瘁"的评价，觉得他虚伪过度，于是怒斥他。可笑的是，孙绰遭到褚季野怒斥后，不辩驳也不发怒，却请求褚季野怜悯宽恕他。

孙绰的表现，给人阿谀奉承的感觉。他讨好死人提高自己，却恐惧活人，生怕在他人面前表现不当。不管自己有没有做错就祈求原谅，完全没有个人立场。所以当时的人们笑他虽有文采但本性鄙俗。

【原文】

谢镇西[①]书与殷扬州[②]，为真长求会稽。殷答曰："真长标同伐异[③]，侠之大者。常谓使君降阶[④]为甚，乃复为之驱驰邪？"

【注释】

①谢镇西：谢尚，曾任镇西将军。②殷扬州：殷浩，曾任扬州刺史。③标同伐异：帮助意见相同的人，排斥意见不同的人。④降阶：走下台阶，表示恭敬。

【译文】

镇西将军谢尚写信给扬州刺史殷浩，推举刘真长为会稽郡守。殷浩答复他说："刘真长在标同伐异这一点上，可算是大侠级人物了。我常认为你对他的恭敬有些过分了，你如今却还为他奔走效力？！"

【解读】

刘惔和殷浩是同时代的清谈名家，他们既是朋友，又是对敌，经常在辩论时针锋相对。针锋相对的朋友之交，可以说是魏晋这个特定时期的特定环境下产生的奇异现象。

【原文】

桓公入洛，过淮、泗，践北境，与诸僚属登平乘楼，眺瞩中原，慨然曰："遂使神州陆沉，百年丘墟，王夷甫[①]诸人不得不任其责！"袁虎率尔[②]对曰："运自有废兴，岂必诸人之过？"桓公懔然作色，顾谓四坐曰："诸君颇闻刘景升[③]不？有大牛重千斤，啖刍豆十倍于常牛，负重致远，曾不若一羸牸[④]。魏武[⑤]入荆州，烹以飨士卒，于时莫不称快。"意以况袁。四坐既骇，袁亦失色。

【注释】

①王夷甫：王衍。②率尔：轻率。③刘景升：刘表，字景升，东汉末年镇南将军、荆州牧。④羸牸：瘦弱的母牛。羸：瘦弱。牸：雌性牲畜。⑤魏武：魏武帝曹操。

【译文】

桓温带兵去洛阳驻扎，途中经过淮水、泗水，到达北部地区。他和下属们登上船楼，遥望中原大地，慨然说："使国土沦陷长时间成为废墟，王夷甫等人脱不了干系啊！"袁虎未经思考，回答说："国家的命运本来就有兴盛和衰落，怎么能肯定说是他们的责任呢？"桓温一下子就变了脸色，环顾在场的人，说："你们都听说过刘景升吧？他有一只千斤重的大牛，吃的草料比普通牛多十倍；可是负重远行，它却比不上一只瘦弱的母牛。魏武帝曹操进入荆州之后，把它杀了犒赏士兵，当时的人都叫好。"桓温的意思是用牛比喻袁虎。在场之人听了都感到害怕，袁虎也大惊失色。

【解读】

王衍是西晋重臣，曾担任宰相。他在纷繁变乱的局势中身兼要职，却不认真为政，而是只求保全自己。西晋末年，北方少数民族纷纷起兵，企图在混乱中夺取政权，西晋局势岌岌可危。北方匈奴主刘渊派石勒、王弥攻打洛阳。王衍主持应战，曾击退石勒、王弥，后被人推举为抗敌元帅。王衍因惧怕而推辞。后来，西晋败亡，王衍又推脱说责任不在自己。为了免死，他说自己不想做官，又劝说石勒自称皇帝。石勒对他十分鄙视，最终将他杀死。

桓温感叹国家的沦丧，认为王衍等人与国家的衰亡脱不了关系。桓温有志气，一心想恢复中原，对于王衍这类有口才声名而无作为的文人，他自是怒其不争！袁虎却轻率地回复说国运兴衰跟天命有关，这样的思想跟桓温的实践主义是违背的。所以他怒叱袁虎，还说一个徒有其表的"人才"类似于不能干活的肥牛，最终会被杀死。

【原文】

袁虎[①]、伏滔[②]同在桓公府。桓公每游燕，辄命袁，伏。袁甚耻之，恒叹曰："公之厚意，未足以荣国士；与伏滔比肩[③]，亦何辱如之！"

【注释】

①袁虎：袁宏。②伏滔：字玄度，有才学，素有名声，任桓温参军。③比肩：并列，居同等地位。

【译文】

袁虎和伏滔同在大司马桓温府中当差。桓温每逢游玩聚会，都会让他们两个陪同。袁虎感到十分羞愧，常常对桓温叹息说："您的深厚情谊，还没有达到让国士感到荣幸的地步。把我和伏滔同等看待，真是我最大的耻辱啊！"

【解读】

话不投机半句多。一个人不喜欢另一个人的时候，连话都懒得说。而袁虎不止如此，他甚至觉得自己和伏滔的名字并列在一切都是一种耻辱。极度的厌恶会使得一个人失去理智，所以他竟对自己的上级领导埋怨起来，不仅侮辱了伏滔，连桓温也得罪了。

【原文】

高柔[1]在东[2]，甚为谢仁祖[3]所重。既出，不为王、刘[4]所知。仁祖曰："近见高柔大自敷奏[5]，然未有所得。"真长云："故不可在偏地居，轻在角觮中为人作议论。"高柔闻之，云："我就伊无所求。"人有向真长学此言者，真长曰："我实亦无可与伊者。"然游燕犹与诸人书："可要安固。"安固者，高柔也。

【注释】

①高柔：字世远，曾任司空参军、安固令。②东：此处指会稽，在京城建康东边。③谢仁祖：谢尚，字仁祖。④王、刘：王濛，字仲祖；刘惔，字真长。两人皆是东晋名士，善清谈。⑤敷奏：向皇帝上奏。

【译文】

高柔在东边的会稽之时，就深受谢仁祖的敬重。他做官之后，不为王濛、刘真长所欣赏。谢仁祖说："最近看见高柔大力上奏章，可是没有让人值得称赞的地方。"刘真长说："所以说不能住在偏僻的地方，随便在角落里做人，发表议论。"高柔听说之后，说："我和他交往没有什么企图。"刘真长从别人那里得知这句话，说："我也实在没有什么可给他的。"可是每当出游聚会时，刘真长还是会给大家写信，说："可以邀请安固参加。"安固就是高柔。

【解读】

刘惔虽取笑高柔，但内心里还是承认他的学识才能，并肯定他正直的品性，所以过后在游玩聚会时仍会邀请高柔参加。

其实，在高柔的才学和为人之间，刘惔应该是更看重他的为人。虽然被刘惔取笑、嘲讽，但高柔不怒不反击，而是淡定地坦明自己和刘惔交往没有什么企图。他的不卑不亢让刘惔刮目相看。

【原文】

刘尹[1]、江虨[2]、王叔虎[3]、孙兴公同坐，江、王有相轻色。虨以手歙叔虎云："酷吏！"词色甚强。刘尹顾谓："此是瞋邪？非特是丑言声，拙视瞻。"

【注释】

①刘尹：丹阳尹刘惔。②江虨：字思玄，东晋中兴大臣，曾任护军将军、国子祭酒。③王叔虎：王彪之，字叔虎，曾任侍中廷尉。

【译文】

刘惔、江虨、王叔虎、孙兴公坐在一起聚会，江、王相互瞧不起对方。江虨用手指着王叔虎说："酷吏。"言词和神色都非常强硬。刘惔转过身对他说："你这是生气了吗？不仅说话难听，而且脸色也非常难看。"

【解读】

刘惔瞧不起江虨，但他却不骂不怒，而是平静而犀利地指出江虨的粗俗。相比江虨因看不惯王叔虎而动怒骂粗做法，刘惔的做法更可取。何必因看不惯他人而动怒呢？看不惯，不看就是了。动怒根本不能证明自己的优越，只会显出自己的粗鄙。

【原文】

孙绰作《列仙·商丘子赞》①，曰："所牧何物？殆非真猪。傥②遇风云，为我龙摅③。"时人多以为能。王蓝田语人云："近见孙家儿作文，道'何物'、'真猪'也。"

【注释】

①《列仙·商丘子赞》：孙绰写的赞美仙人商丘子的赋。②傥：假若。③龙摅（shū）：龙腾飞上天。

【译文】

孙绰在写得《列仙·商丘子赞》中说："商丘子放养的是什么牲畜呢？恐怕不是真猪吧。假若遇到风云，它就会让我像龙一样腾飞到空中。"当时的人几乎都认为他非常有才能。王蓝田跟别人说："最近看了孙家那小子做的文章，说什么'何物真猪'之类的话。"

【解读】

有的诋毁是真知灼见，有的只是嫉妒的言语。通常，旁人是可以听出你是在就事论事还是因嫉妒而诋毁他人。所以，何必在他人背后说另一个人坏话呢？如果你是嫉妒，则会让别人看出你的小心眼。而如果你说得有理，那就不必在背后说了，或者说根本不用说出来。因为功高自有定论，好坏自有后人评说。王蓝田在别人面前诋毁孙绰的文章这种行为其实是很无趣的。

【原文】

桓公欲迁都①，以张拓定之业。孙长乐②上表谏，此议甚有理。桓见表心服，而忿③其为异，令人致意孙云："君何不寻《遂初赋》④，而强知人家国事！"

【注释】

①"桓温"句：东晋穆帝时期，桓温率兵北伐，收复洛阳。为了统治全国，他趁机提出迁都洛阳的建议。②孙长乐：孙绰，袭父爵为长乐侯，官拜尚书郎。③忿：生气。④《遂初赋》：孙绰所作，表明自己放情山水，辞官隐居的志向。

【译文】

桓温想把京都迁到洛阳，目的是为了扩展疆土，安定国家。长乐侯孙绰上奏阻止桓温之举，其主张非常有道理。桓温看了奏章心里没有不服，可是又恨孙绰对自己有异议。桓温让人给孙绰捎话说："你为什么不追寻《遂初赋》里说的志向，反而却极力掺和别人的国家大事呢？"

【解读】

桓温被孙绰说服又反说孙绰。人心是矛盾的。一件事情的实施会带来好的结果也会带来坏的后果，一个人有优点，也就会有对应的缺点。所以，我们会一面欣赏他人一面排斥他人，会一边承认残酷的事实，一边又不愿意放弃理想。人如果不能按照正确的方法解决自身的矛盾，会使之牵连到外界，变成自身与他人的矛盾。如桓温违背内心的正确指引，执意要扩张领土，所以他才会反击孙绰。

【原文】

孙长乐兄弟就谢公宿，言至款杂①。刘夫人在壁后听之，具闻其语。谢公明日还，问昨客何似，刘对曰："亡兄②门未有如此宾客。"谢深有愧色。

【注释】

①款杂：说话空泛、杂乱。②亡兄：指已经去世的刘惔，谢安夫人的哥哥。

【译文】

长乐侯孙绰和哥哥同到谢安家里住宿，言谈非常空泛、杂乱。谢安的妻子刘夫人在墙壁后边，听到了他们的谈话。第二天，谢安回到内室，问夫人怎样看待昨晚的宾客。刘夫人回答说："我死去的哥哥家里从来没有这样的宾客。"谢安听了，感到非常惭愧。

【解读】

人在聪明人面前，把批评的话说成暗话，所说之话的意思会更加显著。同时暗话不伤人，还能体现出说话人的风度。正如谢安妻子对谢安的回应，她不直说孙绰兄弟的人品，而是说自家的哥哥从来没有这样的客人。谢安自然了解夫人的意思。刘惔是名士，所交宾客都是当时的风流人物，没有粗鄙之人。刘氏这么一说，不仅贬斥了孙绰兄弟，还贬斥了谢安交友不善，因此让谢安羞愧难当。

【原文】

简文①与许玄度②共语，许云："举君亲以为难。"简文便不复答，许去后而言曰："玄度故可不至于此。"

【注释】

①简文：晋简文帝司马昱。②许玄度：许询，字玄度，东晋名士，擅长清谈。

【译文】

简文帝司马昱同许玄度交谈，许玄度说："我认为让人在忠孝之间做出选择，是非常不容易的。"简文帝没有回答，等到许玄度离开之后，才说："玄度不至于陷入这样困难的选择境地吧。"

【解读】

许询爱好佛学，为人静心寡欲，不慕世利，更不想从政。东晋朝廷一再请他出来做官，都被婉言谢绝。晋简文帝一直欣赏许询，在未登位之前就曾拜访过他，两人"不觉造膝，共叉手语，达于将旦"。可见简文帝对许询十分佩服。

晋简文帝还喜欢与许询设难题进行辩论。此次讨论忠孝之间选择，就是两人设下的难题之一。南朝梁学者刘孝标在《世说新语》的注释中为他们的这次辩论假设了一个题目："今有一丸药，得济一人疾，而君父俱病，与君邪与父邪？"这问题难倒了许询，最终许询以"忠孝难两全"，无法做出选择来结束辩论。简文帝也没有当面评判许询的回答，而是等他走后感慨说许询这个人应该不会陷入这种选择的困境。

两人的辩论不求结果，可见，简文帝与许询辩论，并不在于辩论什么，辩论的结果，而在于辩论之中的乐趣。

【原文】

谢万寿春败后，还，书与王右军①云："惭负宿顾②。"右军推书曰："此禹、汤之戒③。"

【注释】

①王右军：指王羲之。②宿顾：以前的照顾。③禹、汤之戒：大禹、商汤都有圣德，经常罪己，所以能使国家繁荣昌盛。王羲之以此讥讽谢万没有认识到错误。

【译文】

谢万在寿春兵败之后，回到家里，写信给右军将军王羲之说："我很惭愧啊，辜负了你之前对我的期望。"王羲之回信说："这种做法是大禹、商汤式的自责。"

【解读】

升平二年（公元年），谢奕去世，桓温让谢万出镇豫州。王羲之劝阻桓温不得，于是转告谢万，劝他要与士卒们同心同德，不能任性行事。谢万不听王羲之的劝告，仍高傲待人，还把将帅称为士卒。将帅们对他心怀愤恨。升平三年（公元年），谢万率军北伐前燕，战败。将帅们本欲杀之，幸亏谢安求情，才免于一死。

战败后谢万给王羲之写信，他的言语之中只有遗憾，没有反省，所以会遭到王羲之的嘲讽。真正认识到错误的人，会以错误的经验为戒，改正自我缺点，创出功绩来弥补错误。谢安兵败，没有反省兵败的教训，只是说辜负了王羲之的期望，可见他并没有真正认识到自己的错误。

【原文】

蔡伯喈[①]睹睐笛椽[②]，孙兴公听妓，振且摆，折。王右军闻，大嗔曰："三祖寿乐器，虺瓦吊[③]！孙家儿打折。"

【注释】

①蔡伯喈（jiē）：蔡邕，字伯喈，东汉末年人。其人博学多才，善作文，精通乐律，官至中郎将。②笛椽：即柯笛，相传蔡邕到江南避难，途经柯亭，用当地的竹所制的笛子。后泛指美好的笛子，也比喻良才。③瓦吊：陶制的纺锤。

【译文】

蔡伯喈制作的笛子，落到了孙兴公手里。孙兴公去听歌女唱歌，听得忘乎所以，敲击起笛子，结果把笛子弄断了。右军将军王羲之听说之后，非常愤怒，说："相传三代的乐器，被孙家的小儿像摔纺锤一样毁坏了。"

【解读】

孙绰必定不是故意毁坏蔡伯喈的笛子的，但王羲之的怒骂也并非没有道理。现实中的确有这么一种人，他们不知轻重，不识贵贱，对手上的宝物不以为然。这样的人确实让人很生气。

【原文】

王中郎[①]与林公[②]绝不相得。王谓林公诡辩，林公道王云："著腻颜帢[③]，绤布单衣，挟《左传》，逐郑康成[④]车后。问是何物尘垢囊[⑤]！"

【注释】

①王中郎：王坦之。②林公：支遁。③颜帢（qià）：古代的一种帽子，东晋时已经不流行。支遁以此讥讽王坦之守旧。④郑康成：郑玄，字康成，东汉的大儒。⑤尘垢囊：装满尘垢的袋子，后指没有学识的人。

【译文】

北中朗将王坦之和林公支遁极为不和。王坦之认为支遁只会诡辩，而支遁评论王坦之说："戴着脏的白帽子，穿着粗布衣服，携带着《左传》，在郑康成的车子后面跑。试问你跟装满灰尘的破布袋有什么区别呢？"

【解读】

一个是在朝文官的文人墨客，一个是爱好文学的隐士高僧。照理说，王坦之和支遁都是情操高尚之人，不应以斗嘴自证才华。特别是作为僧人的支遁，更不应对普通"苍生"出言不逊，满口是非。然而，他却毫不顾忌自己出家人这一份身份，尽情地拿王坦之的形象开玩笑，讽刺他是一个装模作样的"掉书袋"。连僧人都世俗化，这样的风气，也许只在魏晋时期才有。

【原文】

孙长乐作王长史[①]诔[②]云："余与夫子，交非势利，心犹澄水，同此玄味。"王孝伯[③]见曰："才士不逊，亡祖何至与此人周旋！"

【注释】

①王长史：指王濛。②诔（lěi）：哀悼死者的文章。③王孝伯：王恭，字孝伯，王濛的孙子。

【译文】

长乐侯孙绰写祭文吊念长史王濛说："我和你的交往，并非势力之交，而是君子之交，两人的心犹如清水澄明，且都有这相同的高妙的志趣。"王孝伯看了说："孙绰太不谦逊了，我死去的爷爷怎么会跟这样的人交往呢？"

【解读】

孙绰的文采在当时"横绝一世"，时人尊他为文士之冠，很多官员贵族都以得到他的文章为荣。孙绰不仅为王濛写过悼词，还为殷浩、桓温、庾亮等写了墓志碑文。但孙绰在为人写悼词时有一个明显的缺点，那就是泛用夸张，有时候还给人一种夸赞别人提高自己的感觉。在悼念王濛的祭文中，孙绰的言辞就出现了这样的现象。他说自己和王濛都有高妙的志趣，其实是在说自己的志趣高尚，所以王恭说他不谦虚。

【原文】

谢太傅[①]谓子侄曰："中郎[②]始是独有千载。"车骑[③]曰："中郎衿抱未虚，复那得独有！"

【注释】

①谢太傅：指谢安。②中郎：指谢万，曾任抚军从事中郎。③车骑：车骑将军谢玄。④衿抱：胸襟。

【译文】

太傅谢安对子侄们说："谢万是一个独一无二的人。"车骑将军谢玄说："谢万的胸怀不够开阔，怎么算是独一无二呢？"

【解读】

如果没有评论的依据，只是笼统地说某个人独一无二，是很难让人信服的。一个心胸狭窄、孤高自傲的人，又怎能称得上"独一无二"呢？谢玄也许并非看不起谢万，但他说的确实有道理。放眼所见，这世上有这样或那样缺点的人，总是不止一人。也就是说，人与人都有相似之处，所以，很难有人称得上独一无二。

【原文】

庾道季诧谢公曰："裴郎[①]云：'谢安谓裴郎乃可不恶，何得为复饮酒！'裴郎又云：'谢安目支道林如九方皋[②]之相马，略其玄黄，取其俊逸'。"谢公云："都无此二语，裴自为此辞耳。"庾意甚不以为好，因陈东亭[③]《经酒垆下赋》。读毕，都不下赏裁，直云："君乃复作裴氏学！"于此《语林》遂废。今时有者，皆是先写，无复谢语。

【注释】

①裴郎：裴启，著有《语林》十卷，记录了汉魏两晋时期上流社会的言谈轶事。②九方皋：春秋时期人，擅长相马，深受伯乐赏识。③东亭：指王珣，袭爵东亭侯。

【译文】

庾道季对谢安说："裴郎说'谢安觉得裴郎很好，怎么会又喝酒呢'？又说'谢安评论支道林，就好比是九方皋相马，不管马是黑还是黄，只注重马不凡的神韵'。"谢安说："我从来没说这样的话，这是裴郎自己编造的。"庾道季不以为然，于是朗诵出东亭侯王珣的《经酒垆下赋》。朗读完毕之后，他请谢安评论。谢安没有评论好坏，只说了一句："你居然做起裴氏的学问来了。"自此以后，《语林》便不再流传。如今见到的，都是之前的抄本，上面根本就没有谢安的话。

【解读】

庾道季对谢安所说的裴郎评论是在裴郎所著《语林》中的话。《语林》记录了汉魏至两晋时期的知名人物精彩对话，描写了魏晋名士的才情风貌，反映了魏晋时期的时代特点和社会风气，同时它还记录了一些重大历史事件，具有很高的历史价值。《世说新语》就大量采用了《语林》的资料，后世的《艺文类聚》、《太平御览》、《太平广记》等也有以《语林》为参考。

《语林》的出现曾在当时掀起一股“裴氏学”之风。庾道季向谢安提出《语林》中的问题时，正是《语林》风行之时。谢安对《语林》没有很直接地评论好坏，只是作为作品中的当事者，他矢口否认裴郎的创作，说裴郎在造假。结合当时大众对《语林》的反映来看，裴郎不太可能造假，而即使他有造假，也不太可能拿位高权重的谢安的事情来造。

【原文】

王北中郎不为林公所知，乃著论《沙门不得为高士论》。大略云：“高士[1]必在于纵心调畅。沙门[2]虽云俗外，反更束于教，非情性自得之谓也。”

【注释】

①高士：高尚脱俗之人，多指隐士。②沙门：信佛的教徒。

【译文】

北中郎将王坦之不被林公支遁所赏识，于是写下了《沙门不得为高士论》。大概意思是：“隐士必定会随心所欲，悠然自得其乐。和尚虽然是世俗之外的人，但是受宗教束缚，性情不可能自由自在。”

【解读】

王坦之和支遁向来不和。支遁曾把王坦之描绘成一个戴着白帽子，穿着粗布衣服，携带着《左传》在郑康成的车子后面跑的书呆子。王坦之才以牙还牙，写下《沙门不得为高士论》。

王坦之指出支遁就是一个被教条束缚的和尚，根本不可能悠然自得，暗中讥讽支遁做作。针锋相对的话语虽然可能夸大对方的不是，往往也可能指出事实。从支遁对王坦之的态度来看，他确实算不上一个超脱世俗的悠然之人。真正的超脱是不求功名利禄，不管他人是非，一日三餐简约解决，总而言之，就是不被世俗一切人、事打扰，也不被任何规则束缚。而支遁却被自己的思想、怨念束缚，与王坦之争斗不止，放不下俗人的斤斤计较，所以不可能悠然自得。

【原文】

人问顾长康[1]：“何以不作洛生咏[2]？”答曰：“何至作老婢声！”

【注释】

①顾长康：指顾恺之。②洛生咏：东晋士大夫多是中原旧族，说话音色重浊。故盛行为“洛生咏”。

【译文】

有人问顾长康：“你为什么不学洛阳书生诵读的声调呢？”回答说：“为什么要学老婢女的声音！”

【解读】

“洛生咏”又名“洛下书生”，这个读法的盛行来源于谢安的鼻音。《晋书·卷七十九·列传第四十九》：“安本能为洛下书生咏，有鼻疾，故其音浊，名流爱其咏而弗能及，或手掩鼻以斅之。”说的是谢安鼻音重，许多士人为了模仿他的声音而捂着鼻子吟咏诗歌。

浓重的鼻音听起来像老妇的声音，顾恺之不屑于这种声音，更不屑于鹦鹉学舌。

声音是语言的一部分，它的美来源于个人的独特，以及其中的感情色彩。鹦鹉学舌，人“鼻”

亦“鼻”，除了说明个人没有个性，也没有自信。既没个性也没自信，做什么都不会让人感觉到美。即使有外表的美，那也是做作的，抄袭的，不会让人诚服。

【原文】

殷觊[1]、庾恒[2]并是谢镇西[3]外孙。殷少而率悟，庾每不推。尝俱诣谢公，谢公熟视殷，曰：“阿巢故似镇西。”于是庾下声语曰：“定何似？”谢公续复云：“巢颊似镇西。”庾复云：“颊似，足作健[4]不？”

【注释】

①殷觊：字伯通，小字阿巢，曾官至南蛮校尉。②庾恒：字敬则，权臣庾亮之孙，官至尚书仆射。③谢镇西：镇西将军谢尚。④作健：奋发称雄，成为强者。

【译文】

殷觊、庾恒都是镇西将军谢尚的外孙，殷觊从小就坦率、聪慧，可是庾恒却不推崇他。有一次，他们随同谢尚一起去拜访谢安，谢安端详殷觊，说：“阿巢的确跟谢尚相像啊。”庾恒小声问谢安：“到底哪里像？”谢安说：“他的脸像谢尚。”庾恒说：“脸颊像就能称之为强者吗？”

【解读】

外貌从来不是论定一个人成败的依据。但有相似之处，特别是神色相似时，说明性格方面是有共性的。如果那样的性格曾使得一个人成功，那它也可能让后来者成功。所以，当谢安说殷觊长得像谢尚时，他意即指出殷觊将来会有出息。

庾恒知道殷觊比自己更受谢安器重，本来就心里不满。他听出谢安的话语意思，心里更加嫉妒，于是说出辩驳的话语。庾恒突兀的反问，不过是在跟自己辩驳。他由于心理嫉妒，不甘心自己被外祖父谢安“藐视”，所以才会先发制人，以一句话发泄自己长期以来积压在心底的嫉妒和不满。

【原文】

旧目韩康伯[1]：将肘无风骨[2]。

【注释】

①韩康伯：韩伯。②风骨：风度、气质。

【译文】

时人对韩康伯的评价是：胳膊肥胖，摸不到骨头。

【解读】

魏晋时，“风骨”一词的含义是指人的外貌体现出来的风度气质，这种气质一般具有刚健遒劲之美，也是一个人具有修养和脱俗神韵的表现。当时很多人为了使得自己看起来有“风骨”，或者注重修身健美，或者借助言语，发表文章，彰显自己的才华气质。

韩康伯被时人评价没有风骨，大概是因为他个人从里到外都没有什么“风骨”之处。

【原文】

苻宏[1]叛来归国，谢太傅每加接引[2]。宏自以有才，多好上人，坐上无折之者。适王子猷来，太傅使共语。子猷直孰视[3]良久，回语太傅云：“亦复竟不异人。”宏大惭而退。

【注释】

①苻宏：前秦皇帝苻坚之子，投降东晋。②接引：接待。③孰视：孰通“熟”，程度深。仔细地看。

【译文】

苻宏逃离前秦向晋朝投降，太傅谢安时常接待他。苻宏自认为有才能，经常喜欢压倒别人，在座的宾客没有人能让他屈服。适逢王子猷前来，谢安让他们俩交谈。王子猷只是仔细地看了苻宏很久，接着对谢安说："他跟别人没有什么区别。"苻宏感到很羞愧，便离开了。

【解读】

对一个自以为是、咄咄逼人的人，你无须多说，只需仔细地打量他，看到他心慌、心虚，他的夜郎自大、不自量力就会显露出来，最终落荒而逃。当然，以这招取胜的前提是：你比他要强大。王徽之用的正是这一招。当他说苻宏只是一个普通之辈时，他就是在表明自己对苻宏的不屑。苻宏曾经"打败天下无敌手"，没想到原来此前的得胜不过是自己未曾遇上"高人"。他从王徽之的一句话和一个眼神中就看出了对方的能耐，终于醒悟到"山外有山，人外有人"，于是不敢再放肆。

【原文】

支道林入东①，见王子猷兄弟。还，人问："见诸王何如？"答曰："见一群白颈乌，但闻唤哑哑声。"

【注释】

①入东：指前往东面的会稽。

【译文】

支道林前往东面的会稽，见到了王子猷兄弟。他回来之后，有人问："王家的兄弟怎么样啊？"回答说："我只看见了一群白颈乌鸦，只听见它们哑哑地叫。"

【解读】

丞相王导为了缓和南北士族的矛盾而鼓励说吴地方言，他本人也开始说吴地方言，其家族子弟多效仿他。支遁见到王徽之和王献之时，听到他们也在说吴语，于是讥讽他们是两只白颈乌鸦在叫。白颈乌鸦指颈部羽毛是白色的乌鸦，因王氏家族的人经常穿白色领子的服装，所以支遁把他们比作白颈乌鸦。

【原文】

王中郎①举许玄度②为吏部郎，郗重熙曰："相王③好事，不可使阿讷在坐头。"

【注释】

①王中郎：中郎将王坦之。②许玄度：许询，字玄度，小字阿讷，东晋名士。③相王：指简文帝司马昱，当时任会稽王辅政，故称相王。

【译文】

中郎将王坦之举荐许玄度为吏部郎，郗重熙说："相王多事，不能让阿讷在吏部郎的座位上。"

【解读】

"好事"就是好管闲事，说的是一个人闲不住，没事找事。郗重熙的话指出简文帝司马昱是个不好伺候的主子，暗示许玄度不胜任此职。

许玄度出身世家，才华超群，"总角秀惠，众称神童"。按理说，他要做官非常容易。最初在会稽时，司徒蔡谟曾招募他，他不应。后来中宗也征他做官，他同样拒绝。为了摆脱被人纠缠的麻烦，他干脆迁居永兴。可是到了永兴，王坦之又推举他为吏部郎。同时，晋明帝也一连下诏，征他做司徒掾。

最终，王坦之失败了，晋明帝也失败了。因为许玄度为了表明自己不愿为官的决心，"乃策杖披裘，隐于永兴西山"。

【原文】

王兴道谓谢望蔡[①]："霍霍[②]如失鹰师。"

【注释】

①谢望蔡：谢琰，谢安之子。因淝水之战立下战功，被封为望蔡公。②霍霍：急躁不安的样子。

【译文】

王兴道评论望蔡公谢琰："急躁不安的样子，就像是丢了鹰的驯鹰师。"

【解读】

人急躁的时候看不到自己的样子，别人却看得清楚。王兴道评论望蔡公谢琰急躁不安的样子，犹如丢了鹰的驯鹰师——找不到事情的契入点，不知道接下来怎么办，犹如丢了心。

事情不顺利时，焦急也没用。少安勿躁，冷静下来，也许还能想出解决问题的办法。

【原文】

桓南郡每见人不快，辄嗔云："君得哀家梨，当复不烝[①]食不？"

【注释】

①烝：通"蒸"。

【译文】

南郡公桓玄每次见人办事说话不利索，就生气地说："你得到哀家梨，该不会蒸着吃吧？"

【解读】

相传汉代秣陵人哀仲所种之梨不但个儿大，而且味道鲜美，被称为"哀家梨"。后比喻说话或文章流畅爽利。桓玄看不惯别人说话做事不利索，于是很生气，用"煮哀家梨"来讥讽对方不会做事，把一件能利索办完的事情办得繁复，或本来可以干脆说明白的话非要绕个大弯。

每个人都有自己的做事风格，外人是无法改变的。如果看不惯别人的行事风格，那就只能改变自己的心态，容忍他人的不同的存在。

假谲第二十七

【原文】

魏武[①]少时，尝与袁绍好为游侠[②]。观人新婚，因潜入主人园中，夜叫呼云："有偷儿贼！"青庐[③]中人皆出观，魏武乃入，抽刃劫新妇。与绍还[④]出，失道，坠枳棘中，绍不能得动。复大叫云："偷儿在此！"绍遑迫[⑤]自掷出，遂以俱免。

【注释】

①魏武：魏武帝曹操。②游侠：指侠义的行为。③青庐：青布搭成的篷帐。古代的北方民族举办喜事之时用。④还：通"旋"。迅速。⑤遑迫：恐慌不安。

【译文】

魏武帝曹操小时候，曾和袁绍混在一起，非常喜好游侠。有一次，他们去看人家办喜事，潜入主人园子里，半夜时分大喊："有贼。"青庐里面的人都出来观看，曹操趁机进屋里，拔出刀子劫持走了新娘子。他和袁绍迅速地跑出来，途中迷了路，掉进荆棘丛中，袁绍动弹不得。曹操又大喊："贼在这里。"袁绍感到非常恐慌，竟然自己跳了出来，于是两人得以逃脱。

【解读】

在危急关头，对自己人撒谎，让他的恐惧达到极限，然后从中拼出一条活路来。曹操使"狗急跳墙"，让袁绍顺利从困境中脱线。这一招，是运用了"置之死地而后生"的思维。曹操能在危急之中想到运用这种谋略帮助朋友脱险，可见他是个擅长利用心理术的人。

【原文】

魏武行役，失汲[①]道，军皆渴。乃令曰："前有大梅林，饶子，甘酸，可以解渴。"士卒闻之，口皆出水。乘[②]此得及前源。

【注释】

①汲：取水。②乘：凭借。

【译文】

魏武帝曹操带领部队前行途中，由于找不到取水的地方，士兵们都口渴难耐。曹操传令说："前面有片梅子林，结了许多果子，味道又酸又甜，可以解渴。"士兵们听了这话，嘴里的口水都流了出来。凭借这个办法，部队终于赶到了前面的水源地。

【解读】

困境之中，人最需要的莫过于希望。看到了希望，本来已经精疲力竭的人就会产生继续前进的动力，克服种种困难。曹操在士兵们陷入饥渴时对他们撒谎就是利用了人们的这种心理。他的这次撒谎，后来被人引述为"望梅止渴"。

光是望梅止渴，而不行动找水，那望梅止渴就是一种自欺欺人之举。它这时候是贬义的，指一个人用美好的空想来安慰自己，永远也不可实现愿望。而一边望梅止渴一边行动，那它就是一种用假设的希望来引导人走出绝望境地的有效手段。

【原文】

魏武常言："人欲危己，己辄[①]心动。"因语所亲小人曰："汝怀刃密来我侧，我必说心动。执汝使行刑，汝但勿言其使，无他，当厚相报。"执者信焉，不以为惧，遂斩之。此人至死不知也。左右以为实，谋逆者挫气[②]矣。

【注释】

①辄：就。②挫气：丧气。

【译文】

魏武帝曹操曾经说："假如有人想要对我不利，我的心就会跳得很厉害。"他对一个亲近的人说："你携带着刀具，偷偷到我身边，我一定会说'心跳得厉害'。我命人给你行刑，你只要不说是我授意的，就不会有性命之忧，事后我一定会犒赏你。"那个人听信了曹操的话，不以为惧，结果被杀死了，到死也没明白是怎么回事。曹操的手下都信以为真，想要图谋造反的人也都丧了气。

【解读】

曹操以奸诈著称，他诈的对象经常亲近之人，且下手极狠。这些人对曹操没有大作用，也没什么智谋。他们看不穿曹操的伎俩，且又容易被收买，得到信任时就受宠若惊，完全失去理智。曹操理解这些人的心理，且知道利用他们帮助自己完成骗局是最让人信服的，于是毫不手软地拿他们开刀。

被曹操杀死的那些无辜之人确实让人同情，但从另一方面来说，他们的死也有自己的原因。俗话说，防人之心不可无。我们虽然不应学曹操的防人之道，但在关系生命安全的事情上，应保留一点防范之心。不要轻信狡诈之人，更不要被对方收买。

【原文】

魏武常云："我眠中不可妄近，近便斫[①]人，亦不自觉。左右宜深慎此。"后阳[②]眠，所幸一人窃以被覆之，因便所杀。自尔[③]每眠，左右莫敢近者。

【注释】

①斫：用刀、斧等砍劈。②阳：古同"佯"，假装。③自尔：从此。

【译文】

魏武帝曹操曾经说："我睡觉的时候，你们不要随便接近我，否则我就会拿刀杀人，自己也不知道，你们都要小心。"后来有一次，曹操假装睡觉，有个亲信悄悄地给他盖被子，被曹操杀死了。自此以后，每当曹操睡觉，周围的人都不敢靠近他。

【解读】

曹操善用计谋，被后世尊为军事家，又因他的计谋多以使诈为基础，所以他又被称为奸雄。在上述事例中，曹操使诈的手段堪称无懈可击。他的第一诈是制造谣言，第二诈是装睡，第三诈是杀人使谣言应验，众人被迷惑。三重使诈之后，曹操杀鸡儆猴的目的也达到了。

然而，从另一个角度来说，曹操是失败的。一个人如果不相信任何人，提防所有人，那除非他把所有人都杀了，否则，持续的猜忌多疑只会让他活在无休止的惶恐不安之中。

【原文】

袁绍年少时，曾遣人夜以剑掷魏武，少[①]下，不著。魏武揆[②]之，其后来必高，因帖[③]卧床上。剑至果高。

【注释】

①少：稍稍、稍微。②揆：推测。③帖：紧挨着。

【译文】

袁绍年轻的时候，曾经派人在夜间用剑行刺曹操，剑稍微低了一些，没有刺着。曹操推测下一剑肯定会高一些，于是就紧紧贴在床上，刺过来的第二剑果真高了一些。

【解读】

从故事可以看出曹操能够准确地分析他人下一步的行动方向。能够预测他人的行动已实属难得，更能难得的是曹操即便是在危急之中也能够保持冷静，找出解决问题的最佳方法。这大概是他能够成功的关键原因，也是他能成为一代奸雄的主要因素。

【原文】

王大将军[①]既为逆，顿军姑孰。晋明帝以英武之才，犹相猜惮，乃著戎服，骑巴賨[②]马；赍一金马鞭，阴察军形势。未至十余里，有一客姥居店卖食，帝过愒[③]之，谓姥曰："王敦举兵图逆，猜害忠良，朝廷骇惧，社稷是忧，故劬劳[④]晨夕，用相觇察[⑤]。恐形迹危露，或致狼狈。追迫之日，姥其匿之。"便与客姥马鞭而去，行敦营匝而出。军士觉，曰："此非常人也！"敦卧心动，曰："此必黄须鲜卑奴[⑥]来！"命骑追之，已觉多许里。追士因问向姥："不见一黄须人骑马度此邪？"姥曰："去已久矣，不可复及。"于是骑人息意而反[⑦]。

【注释】

①王大将军：王敦，曾在姑孰驻扎军队，自封为扬州牧，于第二年举兵造反。②巴賨（cóng）：巴中地区。③愒：古同"憩"，休息。④劬（qú）劳：劳苦、劳累。⑤觇察：暗中侦查。⑥黄须鲜卑奴：晋明帝司马绍。因其母是北方的燕人，故相貌与胡人有相似之处。⑦反：通"返"。返回。

【译文】

大将军王敦发动叛乱之后，把军队驻扎在姑孰。晋明帝虽然文才武略，但还是对王敦有些疑惧，于是就穿上军装，骑着巴賨马，手执一条金马鞭，悄悄前去察看敌军的情况。距离王敦的军营还有十多里的地方，有一外乡老妇人在店里卖食物，晋明帝在那里停下来休息，对她说："王敦起兵图谋造反，猜忌并且陷害忠臣良将，朝廷非常惊恐。我担心国家的命运，所以昼夜辛劳，前来侦察王敦，但恐怕我的行迹败露，可能陷于危境。我被追击的时候，希望老人家不要说出我的行踪。"于是把马鞭送给这位老妇人，自己沿着王敦的军营走了一圈就出来了。王敦的士兵有所察觉，说："这个人异于常人啊！"王敦躺在床上，忽然觉得心跳得厉害，说："这一定是黄毛鲜卑奴来了！"下令骑兵去追赶，可是晋明帝早没了踪影。追击的士兵问那位老妇人："你有没有看见一个黄胡子的人骑马从这里路过呢？"老妇人说："他已经离开很长时间，你们再也追不上了。"于是骑兵就不再追赶，回去复命去了。

【解读】

自古以来，很少有帝王会以身冒险，亲自到敌营中试探军情。晋明帝敢于做出这样的举动，可见他为人有勇有谋，气度不凡。晋明帝收买老妇人是因为他的母亲有鲜卑人血统，所以他的外貌有几分像鲜卑人，容易被人认出。晋明帝预想到自己的外貌会带来麻烦，为了防患于未然，他对老妇人动之以情，晓之以理，成功说服老妇人帮助自己撒谎。

【原文】

王右军[①]年减十岁时，大将军甚爱之，恒置帐中眠。大将军尝先出，右军犹未起。须臾钱凤[②]入，屏人[③]论事，都忘右军在帐中，便言逆节[④]之谋。右军觉，既闻所论，知无活理，乃剔吐污头面被褥，诈孰眠。敦论事造半，方忆右军未起，相与大惊曰："不得不除之。"及开帐，乃见吐唾从横[⑤]，信其实孰眠，于是得全。于时称其有智。

【注释】

①王右军：指王羲之。②钱凤：字世仪，曾为王敦参军，帮助王敦造反，王敦兵败后被杀。③屏人：让人回避。④逆节：叛逆。⑤从横：纵横。

【译文】

右军将军王羲之在不满十岁的时候，深受大将军王敦的喜爱，常常在王敦的床帐中睡觉。有一次，王敦先起床，王羲之还没有起来。过了一会儿，钱凤进来，让手下的人都回避，完全忘了王羲之还在屋里，和王敦谈论起造反的事情。王羲之醒来，听到了他们的谈话，知道自己没有活命的可能，就吐出口水，把头脸和被子都弄脏了，假装熟睡。王敦两人谈论到一半之时，想起王羲之还在床上，都非常惊慌，说："只好把他除去。"等到掀起帐子，他们发现到处都是口水，于是相信王羲之确实在熟睡。王羲之保住了一条命，当时的人都称赞他机智。

【解读】

"不知者无罪"。有些事情还是不知道为好，一旦知道，生命堪忧。王羲之很聪明，他假装呼呼大睡，以无知保全了自己。

有时，装傻是一种智慧。装傻的目的，或者为了瞒天过海，保全自己，或者为了麻痹敌人，伺机而动。如果我们不是大智慧，偶尔装傻或许可以帮助我们渡过难关。

【原文】

陶公自上流来赴苏峻之难，令诛庾公，谓必戮庾，可以谢峻。庾欲奔窜，则不可；欲会，恐见执[①]，进退无计。温公劝庾诣陶，曰："卿但遥拜，必无它，我为卿保之。"庾从温言诣陶，至便拜。陶自起止之，曰："庾元规何缘拜陶士行？"毕，又降就下坐；陶又自要起同坐。坐走，庾乃引咎责躬[②]，深相逊谢，陶不觉释然。

【注释】

①见执："见"用在动词前表示被动，此处是被抓的意思。②引咎责躬：主动承担责任并作自我检讨。

【译文】

陶侃从上游赶来镇压作乱的苏峻，下令要杀掉庾亮，认为庾亮一死，就能让苏峻主动退兵。庾亮想要逃走，但是不可能；想要见陶侃，又担心会被抓住，因而进退两难。温峤劝庾亮拜访陶侃，说："你只需要远远地向他下拜，准没有事儿，我给你担保。"庾亮听了他的话，就去拜访陶侃，一见面就行了一个大礼。陶侃亲自站起来阻止他行礼，说："你为什么要拜我呢？"庾亮行完大礼，退下来坐在下座。陶侃又亲自请他和自己同坐。两人坐定后，庾亮主动承担错误，作了自我检讨，而且表示谢罪，不知不觉间，陶侃就没有了怨气。

【解读】

为何陶侃本想杀庾亮，见到庾亮之后却改变了主意呢？这跟他的为人个性有关。

《晋书·陶侃传》记载，陶侃为人处事讲究礼仪，注重君臣、尊卑、长幼、夫妻、兄弟等人伦关系。在他看来，君应有君德，臣子应有臣子的样子。即使皇帝也不该一意孤行，失去人心。而作为臣子的庾亮却利用手中大权镇压另一个臣子，以致引发内乱。这种行为让以遵循传统礼仪且胸怀正义的陶侃十分愤慨，所以他本想"诛庾亮以谢天下"。

陶侃原谅庾亮原因有二。其一应是为了顾全大局。陶侃、庾亮、温峤都有平叛之心，但庾亮和温峤是深交好友，如果陶侃诛杀庾亮，可能会导致他们内部分裂，无法平叛。其二还是跟陶侃的个性有关。陶侃注重礼仪，看到身份地位比自己高的庾亮在自己面前甘于屈尊，他十分震惊。而在之后的交谈中，他又看到庾亮确实是真心意识到了错误，所以怒气便消了。

【原文】

温公丧妇。从姑刘氏，家值乱离散，唯有一女，甚有姿慧，姑以属[①]公觅婚。公密有自婚意，答云：“佳婿难得，但如峤比云何？”姑云：“丧败[②]之余、乞粗存活，便足慰吾余年，何敢希汝比。”却后少日，公报姑云：“已觅得婚处，门地粗可[③]，婿身名宦，尽不减峤。”因下玉镜台一枚。姑大喜。既婚交礼，女以手披纱扇，抚掌大笑曰：“我固疑是老奴，果如所卜。”玉镜台是公为刘越石[④]长史北征刘聪[⑤]所得。

【注释】

①属：通“嘱”，嘱托。②丧败：败落。③粗可：还可以，说得过去。④刘越石：刘琨，字越石，西晋将领，曾领兵北伐刘聪。⑤刘聪：字玄明，十六国时汉国君，执政时期派兵攻破洛阳和长安，俘虏并杀害晋怀帝及晋愍帝。

【译文】

始安郡公温峤的夫人去世了。他的堂姑母刘氏一家人遇到战乱，因而离散了，只有一个非常聪明贤惠的女儿在身边。堂姑母嘱托温峤给女儿找个夫婿。温峤私下里已有迎娶堂姑母女儿的意愿，回答说：“好的女婿不好找啊，你看像我这样的可以吗？”堂姑母说：“经过战乱的人侥幸保住性命，只求能够活下去，就足以抚慰我的余生了。岂敢奢求找一个像你这样的？”过了几天，温峤对堂姑母说：“我已经找到了一户人家，门第还行，他的名声和官位不在我之下。”于是以一个玉镜台作为聘礼。堂姑母非常高兴。在办喜事那一天，新人拜完堂后，新娘子拨开纱扇，拍手大笑，说：“我原本就怀疑是你这个老家伙，果真和我想的一样。”玉镜台是温峤做刘越石的长史之时，北伐刘聪得到的战利品。

【解读】

做媒，需要媒人有很高的说话技巧，能够综合两家的意思，协调双方的要求。温峤给自己做媒，既不失礼仪，又避免了尴尬，还取得了成功。温峤以自己在战争中获得的玉镜台作为聘礼，表示自己迎娶意中人的诚心，这还表现出了他是个重情重义之人。战利品是参战所得，可以说是用生命换来的，它多多少少代表了荣誉。在温峤看来，这样的荣誉并不比爱情重要，所以他才会毫不吝惜地把玉镜台送出去。

温峤的一片深情没有被辜负。他有意，对方也有情。新娘子那不符合古代女子风范的拍手大笑，也许跟她本人性格有关，但更主要的原因应该是她为自己高兴。

【原文】

诸葛令[①]女，庾氏妇，既寡，誓云：“不复重出。”此女性甚正强，无有登车理。恢既许江思玄[②]婚，乃移家近之。初诳女云：“宜徙。”于是家人一时去，独留女在后。比其觉，已不复得出。江郎莫[③]来，女哭詈[④]弥甚，积日渐歇。江彪暝入宿，恒在对床上。后观其意转帖，彪乃诈厌[⑤]，良久不悟，声气转急。女乃呼婢云：“唤江郎觉！”江于是跃来就之，曰：“我自是天下男子，厌何预卿事而见唤邪？既尔相关，不得不与人语。”女默然而惭，情义遂笃。

【注释】

①诸葛令：诸葛恢，字道明，晋明帝时官至尚书令。诸葛恢将大女儿嫁给庾亮之子庾会，后来庾会死于苏峻之乱。②江思玄：江彪，字思玄，东晋中兴大臣，官至尚书仆射，护军将军。③莫：通“暮”。傍晚。④詈：骂。⑤厌：通“魇”。噩梦。

【译文】

尚书令诸葛恢的女儿是庾家的儿媳妇，守寡之后，发誓：“终身不嫁。”这个女子性格非常刚强，根本就没有改嫁的可能。诸葛恢已经把她许配给了江思玄，全家搬到靠近江家的地方住。最初，诸葛恢欺骗女儿说："非常适合搬到那里。"后来家里人一起走了，唯独把女儿留在了后面。等她明白过来，已经不能出去了。江思玄傍晚过来，诸葛恢的女儿哭骂得更加厉害了，过了好几天才平息下来。江思玄晚上来往宿，总是在对面床上睡觉，见她的心情更加平静了，就假装做噩梦，好长时间也没醒来，呼吸声愈加急促。诸葛恢的女儿把侍女叫来，说："叫醒江郎！"江思玄于是跳起来靠近她说："我本是男子汉，做噩梦跟你有什么关系，你为何要把我叫醒？既然你这么关心我，就不要不理我了。"她沉默不语，心中感到羞愧。自此以后，两人建立了深厚的感情。

【解读】

无论哪个朝代，男女之间的感情故事都难免会出现这样的情况：一方有意，一方无心。这种情势之下，古代的男子或女方家的长辈，经常用强硬的手段，使"生米煮成熟饭"。然而，江思玄和诸葛恢却不同。他们联合使诈，却不强女子所难，而是制造机会，让原本无心的女方逐渐了解男方，进而产生感情。

【原文】

愍度①道人始欲过江，与一伧②道人为侣。谋曰："用旧义在江东，恐不办得食。"便共立心无义③。既而此道人不成渡，愍度果讲义积年。后有伧人来，先道人寄语云："为我致意愍度，无义那可立！治此计，权救饥尔，无为遂负如来也！"

【注释】

①愍度：支愍度，又作支敏度，晋代僧人，心无宗创始者，曾南渡讲义。②伧：南方人对北方人的鄙称。③心无义：佛教的一种教义。

【译文】

起初，愍度和尚想要过江到江南去，邀请一个北方的和尚结伴同行。两个人商讨说："在江东宣扬旧的教义，恐怕生存不下去。"于是就共同创立了"心无义"。之后，北方和尚没有过江，愍度和尚却在江南宣讲了多年的"心无义"。后来，有个北方人要过江，先前的北方和尚让他捎话说："请你替我告诉愍度和尚，'心无义'怎能成立呢！当初想出这个学说，只是暂且为了生计罢了，不要因此而辜负了如来佛祖啊！"

【解读】

心无义又称"心无宗"，是东晋般若学派六家七宗之一。《世说新语》作者刘义庆将"心无"解释为一种无所不知但虚静空无的智慧。作为创立者，北方和尚不可能不知道心无义是讲什么的。但是，在他看来，佛教学说不是用来谋生的，而心无义作为一种谋生手段而诞生，它的地位是卑贱的。所以，他认为愍度热衷于一种谋生方式，是忘记了初心和信仰，于是就劝诫愍度不要"无心无义"，辜负了如来佛祖。

【原文】

王文度弟阿智①，恶乃不翅②，当年长而无人与婚。孙兴公有一女，亦僻错③，又无嫁娶理；因诣文度，求见阿智。既见，便阳言："此定可，殊不如人所传，那得至今未有婚处！我有一女，乃不恶，但吾寒士，不宜与卿计，欲令阿智娶之。"文度欣然而启蓝田④云："兴公向来，忽言欲与阿智婚。"蓝田惊喜。既成婚，女之顽嚚，欲过阿智。方知兴公之诈。

【注释】

①阿智：王虔之，字文将，小字阿智。②不翅：翅通"啻"。不仅、不止。③僻错：偏执，难以驯服。④蓝田：蓝田侯王述，王文度之父。

【译文】

王文度的弟弟阿智，十分顽劣，年纪大了都没有人和他成亲。孙兴公有一个女儿，也很刁钻古怪，非常偏执，怎么也嫁不出去。有一次，孙兴公去拜访王文度，要求见阿智一面。见面后，他假装说："阿智很不错，根本就不像人们所传的那样，怎么可能至今没有娶亲呢？我有一个女儿，模样还可以，可是我出身低微，本不应该和你商量，但我想让阿智娶她。"王文度听了非常高兴，把这个消息告诉了父亲蓝田侯王述，说："孙兴公刚才忽然提出将女儿嫁给阿智。"王述听了也非常欣喜。成婚之后，王家发现孙兴公女儿冥顽愚妄的程度，简直比阿智还要厉害，这才明白上了孙兴公的当。

【解读】

王家阿智犹如一件抛售不出去的烫手山芋，王述及其儿子王文度心里不免焦急。有人主动上门提亲，他们求之不得。孙兴公从头到尾不说女儿一句好坏，而是奉承王家，夸赞阿智没有传说中的坏，又贬低自家身份地位。如此谦虚的拍马屁，满足了王家的虚荣心，使王述父子失去了理智。

【原文】

范玄平[①]为人，好用智数，而有时以多数失会。尝失官居东阳，桓大司马在南州，故往投之。桓时方欲招起屈滞[②]，以倾朝廷。且玄平在京，素亦有誉，桓谓远来投己，喜跃非常。比入至庭，倾身引望，语笑欢甚。顾谓袁虎曰："范公且可作太常卿。"范裁坐，桓便谢其远来意。范虽实投桓，而恐以趋时损名，乃曰："虽怀朝宗[③]，会有亡儿瘗[④]在此，故来省视[⑤]。"桓怅然失望，向之虚伫[⑥]，一时都尽。

【注释】

①范玄平：范汪，字玄平。曾任吏部尚书、东阳太守等职。②屈滞：久居下位之人。③朝宗：指下属拜见上级。④瘗（yì）：埋葬。⑤省视：看望。⑥虚伫：虚心期待。

【译文】

范玄平为人处世喜好用心计，然而有时却因此丧失了许多机会。他丢官之后曾在东阳居住，听说大司马桓温在南州，就特意前往投靠。当时桓温正想重用一批不得志的人才，以便反抗朝廷。范玄平在京都，素来名声不错。桓温见他远道来投奔自己，心里非常高兴。他刚到庭院之中，桓温便侧着身子看着他，谈笑之间非常融洽，还回头对袁虎说："他可以暂任太常卿。"范玄平刚刚坐下，桓温就感谢他远道而来投靠之意。范玄平虽然投奔桓温不假，但又怕人家说他趋炎附势，有损自己的名声，便说："我虽然想来拜访您，也是正巧有个儿子埋葬于此，所以特意前来看望。"桓温听了大失所望，刚才那种虚心期待之情，片刻之间都消失了。

【解读】

范玄平有智谋心计，却被智谋心计所误，不该用智谋心计时他也用来应对人事。有求于人却又耍小聪明，做出不求的姿态，最终使得自己的求职宣告失败。

范玄平的失败跟他的性格有关。他爱好面子名声，放不下身段，执着于自己的个性。他个人仕途的悲剧印证了一个道理：性格决定命运，执迷不悟者被命运蹉跎。

【原文】

谢遏[①]年少时，好著紫罗香囊，垂覆手。太傅患之，而不欲伤其意。乃谲[②]与赌，得即烧之。

【注释】

①谢遏：谢玄的小字。②谲：欺诈。

【译文】

谢遏年轻的时候，喜欢佩戴紫罗香袋，身上还挂着手巾之类的东西。太傅谢安为此十分担忧，但又不想直接伤害他的感情。于是谢安和他赌这些东西，赢到手后马上烧毁。

【解读】

谢安以游戏的方式，在无形中改变了谢玄。这种改变他人习惯的方法值得我们学习。人际交往中，有时候一个人作为旁观者会看到另一个人有着不良习惯，但直接对对方说出来又会令他尴尬，这个时候我们就要换一种委婉的方式提醒他或者帮他改正。谢安对谢玄的改教是成功的，谢玄长大以后成为一位骁勇善战又善于治军的军事家。

黜免第二十八

【原文】

诸葛厷[①]在西朝[②]，少有清誉，为王夷甫所重，时论亦以拟王。后为继母族党所谗，诬之为狂逆。将远徙，友人王夷甫之徒诣槛车[③]与别，厷问："朝廷何以徙我？"王曰："言卿狂逆。"友曰："逆则应杀，狂何所徙！"

【注释】

①诸葛厷：字茂远，官至司空主簿。②西朝：西晋王朝。③槛车：囚禁犯人的车。

【译文】

诸葛厷在西晋时，年纪不大就有很好的名声，深受王夷甫的推崇，当时的人也都将他比拟成王夷甫。后来诸葛厷继母的亲族造谣陷害他，污蔑他狂放叛逆。他即将被流放远方之时，好友王夷甫等人到囚车旁边跟他告别。诸葛厷问："为什么朝廷要把我流放呢？"王夷甫回答说："他们说你狂放叛逆。"诸葛厷说："叛逆是死罪，可是狂放应该流放吗？"

【解读】

西晋后期，统治阶级内部的派系斗争十分复杂而激烈，伦理、法制失常，社会混乱。此时文学人士不受重用，只能依附于势力强大的世家大族。家族之间不断发生争斗乃至杀戮，他们也因此成为牺牲品。

诸葛厷因继母的亲族造谣诬陷就被处以狂放罪名和流放，可见他继母亲族的势力很强大。欲加之罪，何患无辞？诸葛厷有冤无处伸张，也只能以戏谑的言语来控诉朝廷了。这是文人的悲剧，也是当时那个时代的悲剧。

【原文】

桓公入蜀[①]，至三峡中，部伍中有得猿子者，其母缘岸哀号[②]，行百余里不去，遂跳上船，至便即绝。破视其腹中，肠皆寸寸断。公闻之怒，命黜其人。

【注释】

①桓公入蜀：晋穆帝时期，安西将军、荆州刺史桓温率兵讨伐蜀汉，次年蜀汉归降。②哀号：因悲伤而痛哭。

【译文】

桓温率军进入蜀地，路过三峡时，军队中有一人逮到了一只小猿猴。母猿沿着岸边悲伤哀叫，一直跟着船走了一百多里，还不肯离开。母猿跳上了船，可是很快就断了气。士兵剖开母猿的肚子，发现肠子已经一寸一寸地断开了。桓温听说之后，勃然大怒，下令免除了抓小猿猴的人的职务。

【解读】

母爱是世界上最无私、最伟大的一种情感，这种情感自古有之。它不仅出现在人类身上，也出现在其他动物身上。母爱往往是自发的，为了保护幼崽的安全，动物也会做出令人敬畏震撼的举动。

母猿奔走一百多里不停歇，以致肝肠寸断。这个感人的壮举令桓温十分动容，也使得他对引起这场悲剧的士兵相当愤怒，可见他是个极具真性情的人。他能够被爱感动，为一只母猿的冤死伸张，说明他本性至善。已经勃然大怒却又不失去理智，而是以合乎情理的方式处置那个无心犯下罪孽的士兵，说明桓温极通人性，不以自己的喜怒而控制他人的生死。

【原文】

殷中军[①]被废，在信安，终日恒书空作字。扬州吏民寻义逐之，窃视，唯作“咄咄怪事[②]”四字而已。

【注释】

①殷中军：殷浩。②咄咄怪事：难以理解的怪事。

【译文】

中军将军殷浩被免官以后，在信安县居住，从早到晚在空气中写字。扬州的官吏和百姓因念旧情跟着他来到了信安，暗中察看，发现殷浩只写了“咄咄怪事”四个字。

【解读】

大司马桓温想北伐中原，扩张势力。为了压制桓温，司马昱以殷浩为心腹，让他在桓温之前领兵北伐。殷浩与桓温不和，欣然受命。王羲之曾劝殷浩顾全大局，不要插手桓温和司马氏的矛盾，更不要与桓温作对。殷浩不听，出兵北伐，不料屡战屡败。桓温借此上奏他，说他的兵败使得国家损失惨重，应予处置。朝廷众臣商议之后，把殷浩贬为庶人。

殷浩本是受司马昱及这些大臣唆使才领兵北伐，如今却被他们贬职。他心中愤愤不平，又觉得整件事情怪异无理，所以整日写“咄咄怪事”表达心中不满。

殷浩其实只是政治中的一粒棋子。怪事不怪，因为它总是有内情的。

【原文】

桓公坐有参军椅烝薤[①]，不时解，共食者又不助，而椅终不放，举坐皆笑。桓公曰：“同盘尚不相助，况复[②]危难乎！”敕令免官。

【注释】

①烝薤：烝同“蒸”。薤，一种蔬菜类植物，似洋葱。②况复：何况。

【译文】

桓温的宴席上有位参军用筷子夹蒸薤，结果筷子和蒸薤粘在一起，难以分开。同桌吃饭之人也不帮忙，他只好夹个不停，还是没能分开，于是在场的人都大笑起来。桓温说：“同在一起吃饭，尚且不能相互帮忙，更何况遇到危急情况呢！”随即下令免去了他们的官职。

【解读】

时人评价桓温：“英略过人，有文武识度。”桓温具有领导者的能力，从上文故事中可见。他善于从细节中观察下属，又能透过表面看到一个人的心性和能力。比别人看得更远、更深，这是桓温的过人之处。能够做到这样，除了跟桓温本人的个性有关，跟他的志向也有关。桓温有志于收复中原，并且明白凭借自己的一己之力是无法完成这个愿望。他深知一兵一卒都是自己的力量，更深知将士们只有团结一心才能够有所用。他有野心，但同样有原则。因此，他不滥收无用之人充数，而是以实现愿望为宗旨，尽可能地沙里淘金，汇聚力量。

【原文】

殷中军废后，恨简文[①]曰：“上人著百尺楼上，儋[②]梯将去。”

【注释】

①简文：晋简文帝司马昱。当时任会稽王，录尚书事，辅佐年幼的晋穆帝。②儋：抬。

【译文】

中军将军殷浩被贬为庶人之后，对司马昱怀恨在心，说："把人送到百尺高楼上，却又将梯子抬走了。"

【解读】

司马昱授命殷浩领兵北伐，殷浩作战失利后被桓温上奏，在桓温的压力下，司马昱把殷浩变为庶人。殷浩心中愤懑不平，曾整日写"咄咄怪事"发泄不满，心中对司马昱更是怀恨在心。说司马昱把人送到高楼将梯子拿走，意即指出司马昱过河拆桥。

【原文】

邓竟陵[①]免官后赴山陵[②]，过见大司马桓公。公问之曰："卿何以更瘦？"邓曰："有愧于叔达[③]，不能不恨于破甑[④]！"

【注释】

①邓竟陵：邓遐，字应远，原为桓温部下，后官至竟陵太守，故称。②山陵：帝王陵墓。此处指简文帝的陵墓。③叔达：孟敏，字叔达，为人敦厚正直。④甑（zèng）：做饭用的陶器。

【译文】

邓遐被免去了竟陵太守的职位，参加简文帝的葬礼之时，顺便拜见了大司马桓温。桓温问他："你怎么又瘦了？"邓遐回答说："同孟叔达相比，我深感惭愧啊，我会为了破碎的陶器而感到遗憾。"

【解读】

邓遐曾是一名猛将，随从桓温南征北战，被世人比为樊哙。邓遐的威猛为桓温所忌，桓温败于枋头之战后，心觉羞耻而愤怒，更怕邓遐会危及自己，于是将他罢免。

邓遐被免职后念念不忘曾经拥有的名誉地位，因此消瘦了很多。他据实回答桓温，有自嘲之意，也许还暗中讥讽桓温害人不浅。

邓遐话中提到的孟叔达是东汉人士。孟叔达走在路上，不小心丢了手中的一个陶罐，他看也不看，继续走路。旁人问他为何不看一眼，孟叔达说："破都破了，看它有什么用？"

破碎的就让它破碎，逝去的就让它远走。有些过往已无法改变，不如从容地丢弃它，走出失落，活在当下。

【原文】

桓宣武既废太宰父子[①]，仍上表曰："应割近情，以存远计。若除太宰父子，可无后忧。"简文手答表曰："所不忍言，况过于言。"宣武又重表，辞转苦切。简文更答曰："若晋室灵长[②]，明公便宜奉行此诏；如大运去矣，请避贤路。"桓公读诏，手战流汗，于此乃止。太宰父子，远徙新安。

【注释】

①太宰父子：指太宰司马晞及其儿子司马综、司马逢。②灵长：广远绵长。

【译文】

桓温已经罢免了太宰司马晞父子，依旧上奏说："您应当割断亲情，确保国家长远大计。假如杀了太宰父子，就可以免除后患。"简文帝在奏章上亲自回复说："我都不忍心这样说，更何况要这样做呢？"桓温又呈上奏章，言辞更加急迫。简文帝再次回复说："如果晋王室国运长久，那么就请你依照诏命行事；如果大势已去，那么我把位置让给贤能的人。"桓温读完诏书，手不断发抖，脸上不断冒汗，这才作罢。太宰父子被流放到边远的新安郡。

【解读】

司马晞是司马昱的哥哥，因有军事才能被桓温所忌。桓温一再直接或间接地奏请司马昱处死司马晞，司马昱坚决不肯。

司马昱深知桓温谋权篡位的企图，在桓温的一再逼迫下，他干脆挑明自己的态度。司马昱最后对桓温回复的话表面上谦虚容忍，实际字字如剑。它的意思很明显："要不我来当皇帝，要不我给你当。"这话说出来后，司马昱和桓温的关系剑拔弩张。司马昱主动出击的勇猛让桓温十分震撼。桓温虽一直以来心怀不轨，但也深知支持自己的人不多，决战的时机还未成熟。因此听到司马昱的挑战之词后他吓出了一身冷汗。

【原文】

桓玄败后，殷仲文还为大司马咨议，意似二三，非复往日。大司马府听前有一老槐，甚扶疏①。殷因月朔②，与众在听，视槐良久，叹曰："槐树婆娑③，无复生意！"

【注释】

①扶疏：枝叶茂盛。②月朔：每月初一。③婆娑：散乱的样子。

【译文】

桓玄兵败之后，殷仲文回到京城任大司马咨议，心神似乎不定，不再像之前那样了。大司马府的厅堂前有一棵老槐树，枝叶十分繁茂。殷仲文每月初一照例集会，同大家在厅堂上商议事情，对着槐树看了很久，感叹说："槐树枝叶散乱，再也不会有生机了。"

【解读】

东晋末年，桓玄和大司马刘裕都有叛乱之心。桓玄首先发动叛乱，殷仲文是桓玄的姐夫，投靠了桓玄。桓玄兵变失败，刘裕掌权，殷仲文又被召回原职。

官位虽然没有变，但殷仲文知道自己已经不如从前受重用。他感慨老槐树不再有生机，其实是感慨自己大势已去。

【原文】

殷仲文既素有名望，自谓必当阿衡①朝政。忽作东阳太守，意甚不平。及之郡，至富阳，慨然叹曰："看此山川形势，当复出一孙伯符②。"

【注释】

①阿衡：商朝时的官职，主要是辅佐帝王。②孙伯符：孙策，字伯符，吴郡富春人。东汉末年，他占据江东，为弟弟孙权建立吴国奠定了坚实基础。

【译文】

殷仲文向来就有一定的名望，自以为能够主持国政。后来，他忽然被调任当了东阳太守，心里非常不满。赴任路过富阳，他感慨说："从这里的山川形势来看，定会再次出现一个像孙伯符那样的人物。"

【解读】

怀才不遇之人，通常自言自语，暗作比喻，借此聊以自慰，同时发泄心中不满。这是心理失衡时自我调节的一种方式。但也要注意，用语言发泄也要注意措辞。发泄得太露骨，还把自己夸到了天上，则有可能让当权者觉得你有图谋不轨之心。殷仲文最后被告发有叛逆之心，并被处以死刑，虽然不是因为他所说的叛逆之话造成的，但也跟他的不满之心有关系。

俭啬第二十九

【原文】

和峤[①]性至俭，家有好李，王武子[②]求之，与不过数十。王武子因其上直[③]，率将[④]少年能食之者，持斧诣园，饱共啖毕，伐之，送一车枝与和公。问曰："何如君李？"和既得，唯笑而已。

【注释】

①和峤：字长舆，西晋武帝时任给事黄门侍郎，迁中书令，深得皇帝器重。②王武子：王济，字武子，和峤的妻弟。③直：通"值"，值班。④率将：带领。

【译文】

和峤本性吝啬到了极点，家里种有上好的李子树。王武子向他讨要一些李子，他却只给了不过几十个。王武子趁着和峤上朝之时，带着一帮能吃的人，拿着斧子到他的果园去。大家吃饱之后，把李子树砍掉，并给和峤送去一车树枝，还问他："跟你家的李子树相比，怎么样啊？"和峤收下树枝，只是笑了笑。

【原文】

王戎俭吝，其从子[①]婚，与一单衣，后更责[②]之。

【注释】

①从子：侄子。②责：索要。

【译文】

王戎非常吝啬，侄子结婚之时，他送了一件单衣，后来又索要了回来。

【原文】

司徒王戎，既贵且富，区宅、僮牧[①]、膏田、水碓[②]之属，洛下无比。契疏鞅掌[③]，每与夫人烛下散筹算计。

【注释】

①僮牧：仆人。②水碓：利用水力加工粮食的设备。③鞅掌：众多。

【译文】

司徒王戎不但显贵而且富有，房产、奴仆、良田、水碓之类，洛阳城里无人能及。他家的契约账簿很多，常常和妻子在灯光下摆开筹码算账。

【原文】

王戎有好李，卖之，恐人得其种，恒[①]钻其核。

【注释】

①恒：总是。

【译文】

王戎家有上好的李子，卖李子之时，生怕别人得到种子，总是将李子核钻破后才肯卖。

【原文】

王戎女适裴頠，贷钱数万。女归，戎色不说[①]；女遽[②]还钱，乃释然。

【注释】

①说：通“悦”，高兴。②遽：赶紧。

【译文】

王戎的女儿嫁给了裴頠，向王戎借了数万钱。女儿回到娘家，王戎的脸色非常不好，女儿立即把钱还给王戎，他才笑逐颜开。

【原文】

卫江州[①]在寻阳，有知旧人投之，都不料理，唯饷王不留行[②]一斤。此人得饷，便命驾。李弘范[③]闻之，曰：“家舅刻薄，乃复驱使草木。”

【注释】

①卫江州：卫展，字道舒，曾任江州刺史，故称。②王不留行：中药名。此处之意是不留客人。③李弘范：李轨，字弘范，官至尚书郎。

【译文】

江州刺史卫展在寻阳之时，有老朋友来投奔他，可是他一律都不招待，而是送一斤王不留行。这个人得到药草就驾车离开了。李弘范听说这件事，说：“我的舅舅太刻薄了，居然用药草驱逐客人。”

【解读】

人与人是互相依靠的，别人会有求于你，你也会有求于人的时候。所以说，人际关系是人在社会生存的前提。如果因为因吝啬而疏远朋友，孤立自己，最终只会让自己处在势单力薄的弱势之中。一旦遇到自己走投无路之时，这无异于自我囚禁。结合卫展所处的年代，或许可以把他的吝啬理解为一种自我保全的方式。当时社会动荡不安，一朝天子一朝臣。混乱的年代，有人避世，也有人想入世，从混乱中谋求名利。来投奔卫展的那些老朋友，应该都是想入仕为官之人。卫展不愿蹚浑水，又不好意思直接打发他们，于是干脆送逐客草药。

【原文】

王丞相俭节，帐下甘果盈溢不散，涉[①]春烂败。都督白之，公令舍去，曰：“慎不可令大郎[②]知！”

【注释】

①涉：到、至。②大郎：王导的大儿子王悦。

【译文】

丞相王导生性节俭，可是府上的甘果堆积如山，也不分给大家品尝。到了春天，甘果腐烂了，都督把这个情况报告给王导。王导让他扔掉，并嘱咐他：“一定不要让王悦知道这件事！”

【解读】

节俭是一个人克己修身，不浮华浪费的表现，这本来是件好事。但如果节俭到不肯分享的地步，节俭就变成了吝啬。合理的节俭是为了好好利用某样东西，而吝啬的节俭只会让东西因过于长久的储存而变质，最终反倒起不了作用。吝啬之人不会分享，只能独自快乐。懂分享的人，拥有的快乐会传递。快乐的人越多，快乐的力度也就越大。

【原文】

苏峻之乱，庾太尉南奔见陶公，陶公雅相赏重[①]。陶性俭吝，及食，啖薤[②]，庾因留白。

陶问："用此何为？"庾云："故可种。"于是大叹庾非唯风流，兼有治实。

【注释】

①赏重：赏识、器重。②薤：蔬菜名，可以食用，也可以再种植。靠近根部的部分叫薤白，也叫白。

【译文】

苏峻叛乱之时，太尉庾亮逃到南方，见到了长沙郡公陶侃。陶侃非常赏识和重视他。陶侃本性俭吝，吃饭之时桌上有薤菜，庾亮没有吃薤白，都留了下来。陶侃问他："你要干什么用呢？"庾亮说："还能种植"。于是陶侃极为赞叹庾亮不仅有风韵，而且也有务实精神。

【解读】

有的人节俭成吝啬，有的人节俭出务实精神。前者对财物的用处看得近、浅，所以只是想着尽可能延长财物的有用限期。后者对事物的用处看得远、看得深，他节俭的是想使财物用不完。这是一种善于使事物再生利用的智慧。

节俭、务实的性格更容易交到朋友，因为具有这种性格的人让人感觉到踏实。本想杀掉庾亮的陶侃能把对庾亮的愤怒化为欣赏，正是因为庾亮的务实精神和高远的眼光打动了陶侃。

【原文】

郗公大聚敛，有钱数千万，嘉宾意甚不同。常朝旦问讯①，郗家法，子弟不坐，因倚语移时，遂及财货事。郗公曰："汝正当欲得吾钱耳！"乃开库一日，令任意用。郗公始正谓损数百万许，嘉宾遂一日乞与②亲友，周旋略尽。郗公闻之，惊怪不能已已。

【注释】

①朝旦问讯：早晨请安行礼。②乞与：给予。

【译文】

郗公大肆收敛钱财，多达几千万钱，他的儿子郗嘉宾非常不赞同这种行为。有一次，郗嘉宾早晨来请安，按照郗家的家规，后辈是不可以坐的，所以只能站着说话。很久之后，他提到了钱财的事情。郗公说："你就是想要我的钱而已。"于是打开钱库，在一天之内任由郗嘉宾支配。郗公原本认为会损失几百万钱而已，可是郗嘉宾竟在一天之内送遍亲朋好友，把钱库里的钱都送了出去。郗公听说之后，惊讶不已。

【解读】

有其父未必有其子，郗超用事实证明了这点。他父亲爱敛钱财，他却散尽家产、郗超这么做，一是为了反驳父亲对他的论断，二是故意跟父亲对着干，同时为了向他那爱敛钱财的父亲说明一个道理：钱只有在用的时候才有价值。放在钱库里不过一堆废纸，而分给亲戚朋友，让他们开心，让有需要的人能够用上，它才是真正发挥了用处。

汰侈第三十

【原文】

石崇每要客燕集，常令美人行酒，客饮酒不尽者，使黄门[①]交斩美人。王丞相与大将军[②]尝共诣崇，丞相素不能饮，辄自勉强，至于沈[③]醉。每至大将军，固不饮，以观其变。已斩三人，颜色如故，尚不肯饮。丞相让之，大将军曰："自杀伊家人，何预卿事！"

【注释】

①黄门：古代侍奉皇帝或是大家族的阉人。②大将军：指王敦。③沈：同"沉"，表示程度深。

【译文】

石崇每次宴请宾客，都会让美人劝客人喝酒。如果哪位客人没有一饮而尽，他就会让侍者把美人杀掉。丞相王导和大将军王敦曾一同去石崇家做客，王导的酒量向来就差，可是担心石崇会杀美人，就勉强喝酒，以致喝得大醉。每当轮到王敦，他都坚持不喝，看事态会怎样发展。石崇接连斩杀了三个美人，可是王敦不改其色，依旧不肯饮酒。王导指责王敦过分，王敦却说："石崇杀自己府上的人，跟你有什么关系呢？"

【解读】

一个人的权欲大不大，不看他的权，应看他如何利用手中之权。权欲大的人，哪怕他手上只有一点小权，只能主宰少数人的生命，他也会极尽所能乃至骄奢暴虐地行驶自己的权。石崇正是一个权欲极大之人。他能主宰自家府中的"美人"生命，便滥用自己的权势乱杀无辜。

权欲使人迷失，跌落到人性中最丑陋黑暗的兽性一面，有时候甚至使人禽兽不如。然而，迷失之人往往已经看不清自己的面目，他们会以为自己所做一切都是正常的。所以，石崇会继续杀人不眨眼。王导被惊，是因为旁观者清，他知道这不符合人性常理。王敦不为所动，说明他本身也已迷失，所以才会对石崇的暴行不管不顾。

【原文】

石崇厕常有十余婢侍列，皆丽服藻饰[①]；置甲煎粉、沉香汁之属，无不毕备[②]。又与新衣著令出，客多羞不能如厕。王大将军往，脱故衣，著新衣，神色傲然。群婢相谓曰："此客必能作贼[③]！"

【注释】

①藻饰：装饰、打扮。②毕备：全都具备。③作贼：指造反。

【译文】

石崇家的厕所里经常有十来个婢女在一旁侍候着，她们都穿着华服，打扮得很美丽。厕所里还摆放着甲煎粉、沉香汁等物品，东西非常齐全。她们还让上厕所的客人换上新衣服出来，因而大多数客人都感到不好意思，不敢上厕所。大将军王敦上厕所，脱去旧衣，换上新衣，神态显得十分傲慢。那些婢女们纷纷说："这个人定能造反作乱。"

【解读】

一个人的神态可以泄露他的个性、心思。同样一件骄奢淫逸事情，有的人不好意思做，说明他知道礼义廉耻。有的人做得理所当然，甚至觉得“不过如此”，说明他对这样的事情已经习以为常，早已把礼义廉耻抛在脑后。知道礼义廉耻就不会为非作歹，肆意妄为，而失去礼义廉耻之人，则可以做出任何事情来。王敦高高在上的傲慢，说明了他在骄奢淫逸方面不亚于石崇，且野心更高。所以，他谋反叛乱，夺取最高权位的心理就显而易见了。

【原文】

武帝尝降王武子家，武子供馔[①]，并用琉璃器。婢子百余人，皆绫罗绔䙆，以手擎饮食。蒸䐁[②]肥美，异于常味。帝怪而问之，答曰：“以人乳饮䐁。”帝甚不平，食未毕，便去。王、石[③]所未知作。

【注释】

①供馔：宴会之时所摆放的食物。②烝䐁：即蒸豚，蒸熟的小猪。③王、石：指王恺、石崇。

【译文】

晋武帝曾经到王武子家里吃饭，王武子供上的饭食都是用琉璃器皿盛的，上百名婢女都穿着绫罗绸缎，用手托着饭食。晋武帝尝了尝蒸熟的小猪，不仅肉质肥嫩而且味道鲜美，和一般的味道大不相同。武帝觉得很奇怪，就问王武子是什么缘故。王武子回答说：“用人奶喂养小猪。”晋武帝十分不高兴，没有吃完就回宫了。这种做法就连王恺、石崇也想不出来。

【解读】

骄奢之人总是喜欢摆大排场，炫耀他的所有。在比自己权利大的人面前炫耀，其实已经不单纯是炫耀，而是一种挑战，甚至是示威。如王武子，他毫不掩饰地表露出自己为所欲为的能力，就等于表明自己有着至高无上的权利，即使地位不如晋武帝，他同样可以做晋武帝所不能为或者不敢为的事情。

【原文】

王君夫[①]以饴糒[②]澳釜[③]，石季伦[④]用蜡烛作炊。君夫作紫丝布步障[⑤]碧绫里四十里，石崇作锦步障五十里以敌之。石以椒为泥，王以赤石脂泥壁。

【注释】

①王君夫：王恺，字君夫，官至龙骧将军、骁骑将军、散骑长侍，生活奢侈无度，曾与石崇斗富。②糒（bèi）：干饭。③澳釜：洗锅、刷锅。④石季伦：石崇，字季伦，晋代著名富豪，多次与王恺斗富。⑤步障：古人出行之时，在道路两旁设置的幛子，用来遮蔽尘土或隔离内外。

【译文】

王君夫用糖水和干饭洗锅，石季伦以蜡烛为柴用来做饭。王君夫用紫色丝绸和绿色绫罗做了步障，有四十里长；石季伦则做了五十里长的锦缎步障，来和王君夫斗富。石季伦用花椒泥刷墙；王君夫用赤石脂涂饰墙壁。

【解读】

骄奢的心性是一个无底洞，它可以把人吞噬。人一旦骄奢起来，由炫富变成斗富，到最后为了满足变态的虚荣心，就会变得无所不为，于是骄奢就成为权欲争斗。王恺和石崇比拼骄奢，说到底就是两人在进行权力欲望的比拼。

生活是过给自己的，不是斗给人看的。富有则享受富有的乐趣，或者分享富有，让其他人也享受生活，这才是真正且有价值的“斗富”。

【原文】

石崇为客作豆粥，咄嗟[①]便办。恒冬天得韭蓱齑[②]。又牛形状气力不胜王恺牛，而与恺出游，极晚发，争入洛城，崇牛数十步后迅若飞禽，恺牛绝走不能及。每以此三事为搤腕[3]，乃密货崇帐下都督及御车人，问所以。都督曰："豆至难煮，唯豫作熟末，客至，作白粥以投之。韭蓱虀是捣韭根，杂以麦苗尔。"复问驭人牛所以驶。驭人云："牛本不迟，由将车人不及制之尔。急时听偏辕，则驶矣。"恺悉[4]从之，遂争长。石崇后闻，皆杀告者。

【注释】

①咄嗟：霎时、顷刻。②韭蓱虀（jī）：用切碎的韭菜、萍制成的腌菜。③搤腕：表示惋惜、遗憾。④悉：全部、都。

【译文】

石崇给客人做豆粥，片刻之间就能做好，在冬天也常能吃上用切碎的韭菜、萍制成的腌菜。他家的牛无论是体形还是气力都不如王恺家的牛。他和王恺一同出去游玩，回来之时，很晚才乘牛车回城。两人抢着进洛阳城，石崇的牛奔跑了几十步之后，快地像飞鸟一样，超过了王恺的牛，王恺的牛怎么跑都追不上石崇的牛。王恺经常为了这三件事而懊恼，于是悄悄贿赂石崇的都督和车夫，询问是什么缘故。都督回答说："豆子不容易煮熟，只有提前煮熟并且做成碎末，等到客人来时，再把碎末放进白粥里，就成了豆粥。韭蓱虀就是把韭菜根弄碎，掺杂上麦苗而已。"又问车夫："牛为什么跑得那么快。"车夫回答说："牛本来跑得不算慢，只是因为车夫不懂得控制牛车而已。情急之时，你让牛车的重心偏向一边，那么牛自然就能跑得快。"王恺全依照他们的话去做，终于胜过了石崇。后来石崇得知真相，把泄密之人全都杀了。

【解读】

比拼奢华的游戏中总是暗藏你争我斗，而争斗往往会让人失去人性。迷失人性之人，他只有心情，没有理性。他们一旦斗输就走火入魔，唯有杀人才能泄愤。石崇因被王恺比下去而杀人，就是例证。

【原文】

王君夫有牛，名八百里驳，常莹其蹄角。王武子语君夫："我射不如卿，今指赌卿牛，以千万对之。"君夫既恃[1]手快[2]，且谓骏物无有杀理，便相然可，令武子先射。武子一起便破的[3]，却据胡床，叱左右速探牛心来。须臾[4]，炙至，一脔便去。

【注释】

①恃：仗着。②手快：技艺熟练。③的：箭靶靶心。④须臾：片刻，形容时间短。

【译文】

王君夫有一头牛，名叫八百里驳，经常把牛蹄和牛角磨得无比明亮。王武子对王君夫说："我射箭的技术不如你高明，但今天还是要赌你的牛，我若输了，就给你一千万钱。"王君夫仗着自己箭术高明，又认为好牛没有被杀的道理，就答应了他的提议，并让他先射。王武子一箭就射中了靶心，退下来坐在胡床上休息，喝令左右把牛心取过来。过了片刻，烤好的牛心端了上来，王武子吃了一口就离开了。

【原文】

王君夫尝责一人无服余衵[1]，因直，内著曲阁重闺[2]里，不听人将出。遂饥经日，迷不知何处去。后因缘相为，垂死，乃得出。

【注释】

①衵（yì）：内衣。②曲阁重闺：指深宅内室。

【译文】

王君夫曾经处置了一个不穿内衣的人，上朝之时，把他关进了深宅内室里，不允许任何人把他带出来。这个人饿了好几天，迷失了方向不知道往哪里走。后来他得到朋友的帮助，在生命垂危之际才得以出来。

【原文】

石崇与王恺争豪，并穷绮丽以饰舆服①。武帝，恺之甥也，每助恺。尝以一珊瑚树高二尺许赐恺，枝柯扶疏，世罕其比。恺以示崇，崇视讫，以铁如意击之，应手而碎。恺既惋惜，又以为疾②己之宝，声色甚厉。崇曰："不足恨，今还卿。"乃命左右悉取珊瑚树，有三尺、四尺，条干绝世，光彩溢目者六七枚，如恺许比甚众。恺惘然自失。

【注释】

①舆服：车辆、服饰。古代以此来表明地位、身份高低。②疾：通"嫉"，嫉妒。

【译文】

石崇和王恺斗富，两人都用尽华丽的东西来装饰车马、衣服。晋武帝是王恺的外甥，经常帮助王恺，曾经把一棵二尺多高的珊瑚树赐给王恺。这棵珊瑚枝繁叶茂，是世间少有的宝贝。王恺让石崇看珊瑚树，石崇看后用铁如意把珊瑚树打碎了。王恺不仅感到惋惜，还认为石崇妒忌自己的宝物，一时间声色俱厉。石崇说："你不要生气，我赔你一个新的。"于是命令侍从把家里的珊瑚树都拿出来。三四尺高的，树干、枝条都绝世无双而且鲜艳照人的珊瑚树有六七棵，像王恺那样的更是数不胜数。王恺看了感到非常失意。

【原文】

王武子被责，移第①北邙下。于时人多地贵，济好马射，买地作埒②，编钱匝③地竟埒。时人号曰"金沟。"

【注释】

①移第：搬家。②埒（liè）：场地四周的矮墙。此处指跑马射箭的场所。③匝：环绕。

【译文】

王武子被处置之后，把家搬到了北邙山下。当时人多地贵，王武子喜欢跑马射箭，就买了一块地做跑马场。花费的金钱可以沿着跑马场围成一圈。当时的人称王武子的跑马场为"金沟"。

【解读】

不把钱当钱的人有两种：一种是以钱财为身外之物，可以散尽家产给他人。一种是极其有钱却无知的人，他们不把钱当钱看是因为有太多的钱，又不肯用来资助他人，于是无所不用其极地乱花。第一种人让人敬重，会给后世留下好声名，让人争相传颂他的故事。第二种人得到的不过是骂名。

【原文】

石崇每与王敦入学戏，见颜、原①象而叹曰："若与同升孔堂，去人何必有间！"王曰："不知余人云何，子贡②去卿差近。"石正色云："士当令身名俱泰③，何至以瓮牖④语人！"

【注释】

①颜、原：指颜回、原宪，皆为孔子学生，两人都安贫乐道，以德行著称。②子贡：端木赐，字子贡，孔子得意弟子。子贡不仅能言善辩，还会经商，积累了不少家财。③身名俱泰：名誉、地位都安稳。④瓮牖：以破瓮为窗户，比喻家境贫寒。

【译文】

石崇和王敦经常去学校游玩，每当看见颜回、原宪的画像，就叹息说："假如和他们一起做孔子的学生，想必我们同他们没什么区别。"王敦说："不知道孔子的其他弟子怎么样，我觉得子贡和你很像。"石崇严肃地说："读书人本应使名誉、地位都安稳，怎么能用安于贫困来与别人相比呢！"

【解读】

子贡是孔子最为得意的门生，也是擅长理财的人。不过，王敦说石崇和子贡像，并非是在夸赞石崇，而是暗中讥讽他仅仅是一个富有商人而已。石崇听出王敦讥讽自己，反驳说读书人本就该保全自己，像原宪一样穷苦到以破瓮为窗户，这样的贫困是不该拿出来与人相比的。也就是说，石崇觉得贫困并不是什么值得炫耀的东西。

【原文】

彭城王①有快牛，至爱惜之。王太尉②与射，赌得之。彭城王曰："君欲自乘，则不论；若欲啖者，当以二十肥者代之。既不废啖，又存所爱。"王遂杀啖。

【注释】

①彭城王：司马权，晋武帝时期被封为彭城王。②王太尉：太尉王衍。

【译文】

彭城王司马权有一头跑得很快的牛，非常爱惜。太尉王衍和他赌射箭，得到了这头牛。彭城王说："如果你把它当坐骑，我无话可说；如果你想吃它的肉，我就用二十头肥牛来换它。这样既不影响你吃肉，又能保住我爱惜的牛。"王衍最终还是把那头牛杀了吃了。

【解读】

王衍意不在吃牛肉，也不在骑好马，而在于打击司马权。在牛是生是死这件事情上，王衍是掌权者。而最大化地享受这种权力带来的乐趣的方式就是违背司马权的意愿，杀死那头牛。

【原文】

王右军少时，在周侯②末坐，割牛心啖之，于此改观③。

【注释】

①王右军：右军将军王羲之。②周侯：周顗，字伯仁，封武城侯。③改观：改变原来的看法。

【译文】

右军将军王羲之年轻之时，曾到武城侯周顗家里做客，坐在末位上。宴会期间，周顗切牛心给王羲之吃。自此以后，人们对王羲之另眼相看。

【解读】

一个原本没有声名的人，一旦被一个身份地位显赫的人看重，那么别人也会因此改变对他的看法。周顗当时身份至侯爵，王羲之只是个右军。周顗对人一向高傲无礼，对待王羲之却以珍贵的牛心招待。王羲之得到这样的待遇，自然会让人觉得他是价值不凡之人。

忿狷第三十一

【原文】

魏武有一妓，声最清高，而情性酷恶。欲杀则爱才，欲置则不堪[①]。于是选百人一时俱教。少时[②]，果有一人声及之，便杀恶性者。

【注释】

①堪：忍受。②少时：一会儿。

【译文】

魏武帝曹操有一名歌女，她的声音最为清亮高亢，可是性情却十分恶劣。曹操想杀了她，但又爱惜她的唱歌才能；想要把她留下，却又不能忍受她的脾气。曹操挑选了一百名女子，同时进行唱歌训练。没多久，曹操发现当中有一个女子的歌声不亚于那个歌女，于是就把歌女杀了。

【解读】

一个人有才华固然重要，但性格不好，难以与人相处，则不被人喜欢。在职场上，很多领导亦如曹操。也许他一开始会看在他有才能的份上容忍你，任用你，但一旦找到替补，他会毫不犹豫地辞退你。性格决定命运，一个人不仅要使自己有才能技术，还要培养出好个性，才能让领导真正看重你。

【原文】

王蓝田[①]性急。尝食鸡子[②]，以箸刺之，不得，便大怒，举以掷地。鸡子于地圆转未止，仍下地以屐齿蹍之，又不得。瞋甚，复于地取内[③]口中，齧[④]破，即吐之。王右军闻而大笑，曰："使安期[⑤]有此性，犹当无一豪[⑥]可论，况蓝田邪！"

【注释】

①王蓝田：即王述，官至尚书令，封蓝田侯。②鸡子：鸡蛋。③内：通"纳"，放进。④齧：同"啮"，咬。⑤安期：王承，字安期，蓝田侯王述之父。他为政宽恕，素有名望，官至东海太守。⑥豪：通"毫"。

【译文】

蓝田侯王述是一个性情急躁的人。有一次，他吃鸡蛋，用筷子刺鸡蛋，没有刺进去，于是非常生气，拿起鸡蛋扔到了地上。鸡蛋在地上旋转不止，他下地用木履齿去踩，又没有踩到。他气不过，便从地上捡起鸡蛋放进嘴中，咬破鸡蛋又吐了出来。右军将军王羲之听说此事，哈哈大笑起来，说："即使王述的父亲王安期有这种急性子，尚且不值得一提，更何况是他呢！"

【解读】

性情急躁之人，一旦遇上不顺心的事就会极不耐烦。不耐烦而求快，快而不得，事情依旧没有解决，他就会越来越不耐烦，越来越暴躁。这是一环扣一环的蝴蝶效应，根本不会解决问题，只会把事情引向更糟糕的一面。急躁其实自己跟自己过不过去。如果能接受已经发生的坏事，调整好心态去应对，人就不会急躁，事情也会最终得到合理的解决。

【原文】

王司州[①]尝乘雪往王螭[②]许。司州言气少有牾逆[③]于螭，便作色不夷[④]。司州觉恶，便舆床就之，持其臂曰："汝讵复足与老兄计！"螭拨其手曰："冷如鬼手馨[⑤]，强来捉人臂！"

【注释】

①王司州：王胡之，字修龄。曾任吴兴太守、侍中、丹阳尹、司州刺史，有一定作为。②王螭：王恬，小字螭虎。东晋丞相王导之子，王胡之堂弟。③牾逆：违逆、冒犯。④夷：古同"怡"，喜悦、高兴。⑤馨：即宁馨，晋、宋时期的方言，译为"如此、这样。"

【译文】

司州刺史王胡之曾经冒雪去拜访王恬，言谈和态度稍微冒犯了王恬，惹得王恬不高兴。王胡之觉得事情不妙，就把坐榻移近王恬，拉着他的手臂说："你跟我是兄弟，还计较这些，不值得啊！"王恬拨开他的手，说："你的手像鬼手一样冰冷，还强行拉我的胳膊。"

【解读】

人无完人，每个人都会犯错。人际交往中，我们可能会无意中冒犯他人，他人也有冒犯我们的时候。人一旦意识到自己的错误，都希望别人能原谅自己。既然我们希望他人宽容，那自己也应有宽容之心。如果没有宽容之心，纠结于别人的一点小过错，让自己困于怒气之中，等于拿他人的错误来惩罚自己。此外，不肯原谅他人，小肚鸡肠，也难以交到朋友。

【原文】

桓宣武与袁彦道樗蒲[①]。袁彦道齿[②]不合，遂厉色掷去五木[③]。温太真云："见袁生迁怒，知颜子[④]为贵。"

【注释】

①樗蒲：古代的一种棋类游戏，多用于赌博。②齿：点数。③五木：樗蒲的用具，因为是木制的五子，所以称之为五木。④颜子：颜回，孔子得意门生，为人好学，不迁怒。

【译文】

桓宣武和袁彦道玩樗蒲，袁彦道投掷五木的点数不合心意，就愤怒地把五木扔掉了。温太真说："见到袁彦道发怒，才知道颜回了不起啊！"

【解读】

易怒之人，控制不住自己，常常会迁怒于人或物。这是一种自私而虐人，同时又无益于自己的行为。迁怒于物，则物伤财损。迁怒于人，则无辜之人就要被你的怒气所伤。如果说怒气伤身是咎由自取，那迁怒于人就是罪过了。自己不好过，也不让别人好过，这是个人修养不够的体现，也是自己对自己不负责、没有解决问题的能力的表现。

【原文】

谢无奕性粗强[①]。以事不相得[②]，自往数王蓝田，肆言极骂。王正色面壁不敢动。半日，谢去良久，转头问左右小吏曰："去未？"答云："已去。"然后复坐。时人叹其性急而能有所容。

【注释】

①粗强：粗暴、强横。②相得：投合。

【译文】

谢无奕性格粗暴强横，曾因为一件事与蓝田侯王述不合，还亲自前去指责他，肆无忌惮地大骂一番。王述正色面壁，一动也不动。过了半天，谢无奕离开了。良久，王述回头问一旁的小吏："谢无奕走了吗？"小吏回答说："他早就走了。"这才转身坐到座位上。当时的人称赞他性子虽急躁，但却有容人的气量。

【解读】

王述性情急躁，一个鸡蛋夹不起来他都会大怒，不惜用鞋子踩鸡蛋，又捡回它吃掉一口才作罢。鸡蛋与自己作对，他都不放过鸡蛋。人与自己作对，按理说他更不会放过人。然而，面对谢无奕无礼粗暴的咒骂，王述却格外冷静，可以说，王述因自己急躁而对急躁之人深有了解。他明白人暴躁狂怒之时是无法沟通的，与之对骂讲理根本没有用，只有沉默才是应对的最好方法。

【原文】

王令[①]诣谢公，值习凿齿已在坐，当与并榻。王徙倚不坐，公引之与对榻。去后，语胡儿[②]曰："子敬实自清立，但人为尔多矜咳[③]，殊足损其自然。"

【注释】

①王令：王献之，字子敬，官至中书令，故称王令。②胡儿：谢朗，小字胡儿，太傅谢安的侄子。③矜咳：傲慢、固执。

【译文】

中书令王献之拜访谢安之时，正好习凿齿在座。依据礼法应该和他同坐，可是王献之来回走动，久久不肯就座。于是谢安就安排他坐在习凿齿的对面。他们离开之后，谢安对侄子胡儿说："王献之的确清高啊，不过他为人如此傲慢，大大减损了他本有的天然气度。"

【解读】

有清高的本事自可以清高，只要尺寸合理，别人也不会认为你过分，相反有可能欣赏你的自信和自我坚持。常人的清高，多半只是出于孤芳自赏或自以为高人一等，所以容易变成傲慢无礼。清高是自身内在的风度气节，而傲慢无礼却是不会做人的表现。所以谢安说王献之的自然气度被他的傲慢减损了。

【原文】

王大、王恭尝俱在何仆射[①]坐，恭时为丹阳尹，大始拜荆州。讫[②]将乖之际，大劝恭酒，恭不为饮，大逼强之，转苦，便各以裙带绕手。恭府近千人，悉呼入斋；大左右虽少，亦命前，意便欲相杀。何仆射无计，因起排坐二人之间，方得分散。所谓势利之交，古人羞之。

【注释】

①何仆射：何澄，字子玄，晋穆帝何皇后之弟，曾任尚书左仆射，为人清正。②讫：通"迄"，到。③斋：屋舍。

【译文】

王大和王恭曾经一同到尚书左仆射何澄家参加宴会，王恭当时担任丹阳尹，王大刚当上荆州刺史。在他们即将离去之时，王大劝王恭喝酒，王恭不肯喝，王大就更加强迫他喝。双方都把裙带缠在手上，想要动手打架。王恭府上有近千人，全都被叫到何澄家里。王大的随从虽然不多，但也被叫来助阵，意思是要和王恭拼一拼。何澄无计可施，只得挤开二人，在他们之间坐下，将他们两人分开。王大和王恭相交，因小小的矛盾就以权势和财富来比拼能耐，这就是势力之交。这种交往是古人所引以为羞的。

【解读】

王大和王恭曾经关系极好，后因爱好、理念不同，且有人从中离间，他们的关系便破裂了。

王大劝酒，意在使王恭难堪。王恭自然知道王大的意思，也坚决不给面子。曾经的一对好友，竟当众对干起来，最后还不管他人笑话，动用家族之人来给自己助阵。不念旧情，当众撕破脸皮，就是否定了此前自己的交友选择，等同于搬起石头砸自己的脚。而以权势打压对方，这又是不齿之行。君子可以有原则，但不争无用之气。关系既已破裂，就应好聚好散。缠绵斗殴，怒目相待，实不可取。

【原文】

桓南郡[①]小儿时，与诸从兄弟各养鹅共斗。南郡鹅每不如，甚以为忿。乃夜往鹅栏间，取诸兄弟鹅悉杀之。既晓，家人咸以惊骇，云是变怪，以白[②]车骑[③]。车骑曰："无所致怪，当是南郡戏耳！"问，果如之。

【注释】

①桓南郡：桓玄，袭爵南郡公。②白：告诉。③车骑：指桓冲，曾任车骑将军。

【译文】

南郡公桓玄还是孩童之时，和几位堂兄弟分别养了鹅，并且经常一起斗鹅。桓玄的鹅总是败阵，为此他感到很不高兴。到了夜里，桓玄来到鹅栏里，把堂兄弟的鹅全都杀了。天亮以后，家人都感到惊骇，认为这是很怪异的事情，就告诉了车骑将军桓冲。桓冲说："这没有什么奇怪的，大概是桓玄玩的把戏。"一问桓玄，果然是这样。

【解读】

输不起的人容易怒，一旦动怒，为了讨回失去的自尊，他们就会做出常人无法理解的举动。桓杀鹅也是出于同样的发泄心理。杀鹅并不能改变他失败的实施，也无法赢回他的自尊，相反还证明了他的狭隘和脆弱。一个真正强大的人，会从失败中吸取教训，赢取下一次的胜利，而不肯认输最终只会输得一败涂地。

谗险第三十二

【原文】

王平子[①]形甚散朗[②]，内实劲侠[③]。

【注释】

①王平子：王澄，字平子，官至荆州刺史，封南乡侯，后被族弟王敦所杀。②散朗：闲散爽朗。③劲侠：作“劲狭”，指刚愎自用、心胸狭隘。

【译文】

王平子外表看似洒脱，内心却刚愎自用、心胸狭隘。

【解读】

王平子准备上任荆州磁石时，众官员给他送行，他却自顾爬到树上掏鸟窝。王澄因当众掏鸟窝一事被赞誉个性洒脱，不拘礼节。然而，这只是表面而已。

王澄任荆州刺史时，西晋内乱不断，百姓颠沛流离。巴蜀的流民曾进入王澄管辖的荆州境内，王澄没有资助他们，引起民众叛乱，之后他又举行大规模的镇压，民众愤怒，叛乱更甚。王澄在危乱之中刚愎自用，一意孤行，以暴制暴，还凶狠地对待他的部众。刘琨曾劝告他说：“你这种性格恐怕容易惹祸，且死不得其所。”刘琨果真言中，王澄后被与他有宿怨的王敦所杀。

【原文】

袁悦[①]有口才，能短长说，亦有精理。始作谢玄参军，颇被礼遇。后丁艰[②]，服除还都，唯赍《战国策》而已。语人曰：“少年时读《论语》《老子》，又看《庄》《易》，此皆是病痛事，当何所益邪！天下要物，正有《战国策》。”既下，说司马孝文王，大见亲待，几乱机轴[③]。俄而[④]见诛。

【注释】

①袁悦：字元礼，深受会稽王司马道子宠幸，后被晋武帝司马曜所杀。②丁艰：遭遇父母丧事，子女要在家守丧三年。③机轴：重要的部门，此处指朝廷。④俄而：没多久。

【译文】

袁悦口才很好，擅长游说，讲得道理非常精深。他最初担任谢玄的参军，深受礼遇。后来他回家守孝，期满后返回京城，身上只带着一本《战国策》而已。他对别人说：“年轻时读《论语》《老子》，又看《庄子》《周易》，这些讲的都是小事情，有什么好处呢？天下最重要的书，非《战国策》莫属。”到了京城以后，他游说会稽王司马道子，大受器重，同时几乎扰乱朝廷，因而没多久就被处死了。

【解读】

《战国策》主要讲述战国时期纵横家的政治主张和策略，看懂它并学会运用的人可以称得上最厉害的外交家。袁悦擅辩能言，又大赞《战国策》这类书，肯定会令人觉得他有野心。到了京城之后，他果真游说司马道子，使得朝廷内乱，致使司马道子和晋孝武帝的争斗更加激烈。这种乱国之罪，已经足以使他性命堪忧。为了玩弄权势，无所顾忌地妖言惑众还会给自己树敌。袁悦后来在司马道子面前诬陷王恭，又间接离间王恭和王大的关系，他因此惹怒王恭。王恭在晋孝武帝面前告发袁悦谗言乱国，袁悦才被处死。

【原文】

孝武[①]甚亲敬王国宝[②]、王雅[③]。雅荐王珣于帝，帝欲见之。尝夜与国宝、雅相对，帝微有酒色[④]，令唤珣。垂至，已闻卒传声，国宝自知才出珣下，恐倾夺要宠，因曰：“王珣当今名流，陛下不宜有酒色见之，自可别诏也。”帝然其言，心以为忠，遂不见珣。

【注释】

①孝武：晋孝武帝司马曜。②王国宝：孝武帝时任中书令、尚书左仆射，善于阿谀奉承，权倾朝野。③王雅：字茂建，深受孝武帝宠幸，曾任廷尉、左卫将军、丹阳尹、太子少傅。④酒色：醉意。

【译文】

晋孝武帝司马曜十分亲近与敬重王国宝和王雅。王雅向孝武帝举荐了王珣，孝武帝想要见他一面。一天晚上，孝武帝同王国宝和王雅同席对坐，已经稍微有些醉意，下令让王珣前来。王珣将到之时，大家都听到了吏卒传话的声音。王国宝深知自己的才能远远不及王珣，担心王珣会得到宠幸，就对孝武帝说：“王珣是当代名士，陛下您带着醉意见他，非常不合时宜，希望陛下改天召见他。”晋孝武帝同意他的话，认为他对自己忠心耿耿，于是就没有召见王珣。

【解读】

执迷权势的人，容不下比自己优秀的人。这是自古以来不变的真理。所以才会有官场中的各种尔虞我诈和争斗杀戮。不仅臣子会嫉妒和防范比自己有能力的人，当权者也会如此。英雄项羽不肯赏识任用有才能的人，而做了皇帝的刘邦也开始残杀那些跟他打拼过江山的忠良，一代奸雄曹操即便爱才，最终也无法容忍聪明到对他本人无所不知的杨修。

然而，嫉妒和防范甚至残杀终究无用。人才辈出，江山换代，权势地位最终会成为浮云。而尔虞我诈的争斗只会把自己置于危险之中，一旦丧失性命，一切成空，又有何用呢？所以，与其防范别人，不如好好做自己。

【原文】

王绪[①]数谗殷荆州[②]于王国宝，殷甚患之，求术[③]于王东亭[④]。曰：“卿但数诣王绪，往辄[⑤]屏人，因论它事；如此，则二王之好离矣。”殷从之。国宝见王绪，问曰：“比与仲堪屏人何所道？”绪云：“故是常往来，无它所论。”国宝谓绪于己有隐，果情好日疏，谗言以息。

【注释】

①王绪：字仲业，王国宝之堂弟，善于谄媚。曾任会稽王司马道子的从事中郎，与王国宝一起干预朝政，后被王恭所杀。②殷荆州：指殷仲堪，时任荆州刺史。③术：方法。④王东亭：王珣，丞相王导之孙，封东亭侯。⑤辄：总是、每次。

【译文】

王绪屡次在王国宝面前诋毁荆州刺史殷仲堪。殷仲堪对此非常担忧，向东亭侯王珣讨教应对之法。王珣说：“你只要多去王绪家走动，每次去都把手下人屏退，之后谈论一些不重要的话题。用不了多长时间，他们两人的交情就会疏远。”殷仲堪按照王珣的话去做了。王国宝见到王绪，问：“你最近同殷仲堪交往，屏退侍从，都谈了什么事情啊？”王绪回答说：“我们只是普通往来，没谈什么。”王国宝认为王绪隐瞒了自己，渐渐地两人的交情果然疏远了。关于殷仲堪的谣言随即停止了。

【解读】

殷仲堪与王绪并无交情，他依照王珣所教，施计制造出了他和王绪有深交乃至会谈秘密论事的假象。不仅众人被这假象迷惑，王国宝也被这假象迷惑，认为王绪是两面派，便疏远了王绪。

尤悔第三十三

【原文】

魏文帝[①]忌弟任城王[②]骁壮。因在卞太后阁共围棋，并啖枣，文帝以毒置诸枣蒂中，自选可食者而进；王弗悟，遂杂进之。既中毒，太后索水救之；帝预敕左右毁瓶罐，太后徒跣[③]趋井，无以汲，须臾遂卒。复欲害东阿[④]，太后曰："汝已杀我任城，不得复杀我东阿！"

【注释】

①魏文帝：曹丕，于公元年废汉称帝，建立魏国，死后谥曰文皇帝。②任城王：曹彰，曹丕之弟，武艺过人，封任城王。③徒跣（xiǎn）：光着脚走路。④东阿：指曹植，曹丕之弟。曹丕病逝之后，魏明帝曹叡继位，封叔叔曹植为东阿王。

【译文】

魏文帝曹丕忌惮弟弟任城王曹彰骁勇强壮。趁着在卞太后房里一起下围棋、吃枣的机会，文帝悄悄地把毒药放在枣蒂里，自己专挑没毒的吃。曹彰对此毫不知情，混着吃下了有毒的和没毒的枣。中毒以后，卞太后找水救他，可是文帝早已让人把盛水的瓶罐都打碎了。卞太后光着脚跑到井边，却没有取水的工具，没多久曹彰就死了。魏文帝又想加害东阿王曹植，卞太后对他说："你已经害死了我的曹彰，不能再害我的曹植了。"

【解读】

在专权的帝制年代，为了保全权力和地位，兄弟相残、父子相弑这类同室操戈的行为比比皆是。曹丕野心极大，从其父曹操在世时就使用手段，让最受曹操喜爱的曹植名誉扫地，自己成为王储。封帝后，其狭隘阴毒的个性让他急于清除潜在的威胁——自己的亲弟弟曹彰和曹植。

卞太后作为一个母亲，眼看着自己的大儿子残忍至极，二儿子被毒杀，三儿子也可能将惨遭毒害，她必定是痛心疾首。她以一个母亲的身份去劝告曹丕，这种劝告既是请求也是命令，还包含着无可奈何的妥协之意——已经害死曹彰，不能再害曹植。

【原文】

王浑[①]后妻，琅邪颜氏女，王时为徐州刺史，交礼拜讫，王将答拜，观者咸曰："王侯州将，新妇州民，恐无由答拜。"王乃止。武子[②]以其父不答拜，不成礼，恐非夫妇，不为之拜，谓为颜妾。颜氏耻之，以其门贵，终不敢离。

【注释】

①王浑：字玄冲，三国至西晋时期的大臣，承袭父亲京陵侯之位，官至尚书左仆射、司徒。②武子：王武子，王浑之子。

【译文】

王浑的后妻，是琅邪颜家的女儿。王浑时任徐州刺史，颜氏行完交拜礼，王浑正要回拜，周围的人说："你是州郡的长官，新娘子是百姓，没有回拜她的道理。"于是王浑就没有回拜。王武子认为自己父亲不拜，婚礼就不成，觉得他们算不上真正的夫妻，因而也就不承认颜氏是后母，只称她为颜妾。颜氏以此感到耻辱，可是考虑到王浑家门第高贵，终究还是不敢提出离婚的要求。

【解读】

自古嫁娶讲究三拜礼仪，其中夫妻交拜实为夫妻双方互相平等尊重之意。然而在古代，官、民地位差别巨大，阶级制度和这样的交拜礼仪必定有冲突的时候。所以，贵为徐州刺史的王浑和普通出身的颜氏根本不可能平等。王浑本想回拜新娘，说明他本对新娘有尊重之意。在众人的唆使下，他丢掉了结婚中的礼仪，这表明他终究是个极其爱好面子，讲究权势的人。

王浑的儿子王武子本来就是个自大张狂之人，看见父亲不尊重颜氏，他自然对身份低微的颜氏更不尊重。

颜氏进门第一天就遭到夫君家的无礼相待，于她，结婚的喜乐应该是全无了。这注定了她的婚姻是场悲剧。所以，以后面对王武子更加无礼乃至带有羞辱性的称呼时，因家世相对卑微，她也只能忍气吞声。

【原文】

陆平原①河桥败，为卢志②所谗，被诛。临刑叹曰："欲闻华亭鹤唳，可复得乎！"

【注释】

①陆平原：陆机，字士衡，西晋华亭人，著名文学家、书法家。曾任平原内史、祭酒等职，世称"陆平原"。②卢志：字子道，曾任成都王司马颖长史、中书监，后来任尚书。

【译文】

平原内史陆机在河桥兵败后，遭到长史卢志的谗害，终被诛杀。行刑前，陆机感叹说："我想听一听故乡华亭的鹤鸣，还有机会吗？"

【解读】

陆机出身名门，他的祖父陆逊和父亲陆抗都曾是三国时期的名臣大将，为东吴立下了汗马功劳。父亲死时陆机岁，那时候的东吴已摇摇欲坠。陆机岁时，东吴灭亡，陆机退隐乡野。直到晋武帝太康十年（公元年），他才奉晋武帝招贤纳士的诏令，和弟弟陆云入京城洛阳。

陆机文才卓越，且又是出于名将之家，很快得到了重用。然而，陆机重新走上仕途之时，西晋王朝的统治阶级内部已经濒临破裂解体，他入京后的第二年就发生了"八王之乱"。陆机被成都王司马颖授命平乱，没想到兵败后却被诬陷，最终被重用自己的人诛杀。

陆机临刑前的感叹，其实是在懊悔自己误入仕途。这种感叹，正如秦朝宰相李斯临死前对同样被诛杀儿子的感叹："我想和你牵着咱家那条大黄狗去上蔡东门猎兔，还可以吗？"

【原文】

刘琨善能招延①，而拙於抚御②。一日虽有数千人归投③，其逃散而去亦复如此，所以卒④无所建。

【注释】

①招延：招请、招揽。②抚御：安抚、掌控。③归投：归顺、投降。④卒：终究。

【译文】

刘琨擅长招揽人才，却不擅长安抚、掌控他们。一天之内虽然有几千人来归顺他，但脱离他的人差不多也是这个数目，因而他终究没有什么作为。

【解读】

一个领导者不仅要擅长招揽人才，还要学会管理人才，也就是具有"知人善用"的能力。只有把每一个人才放到合适的位置上，并根据每个人的个性来掌控他们，才能发挥他们的能力，留住他们。此外，领导者还要具有调节下属关系的能力，才能保证团队的团结，让全体下属为自己效命。

【原文】

王平子始下①，丞相语大将军："不可复使羌人②东行。"平子面似羌。

【注释】

①下：王平子时任荆州刺史，要去下游的京城建康。②羌人：羌族人。羌族是我国古代西部的一个少数民族，晋朝时期曾建立后秦政权。此处指王平子。

【译文】

王平子刚要东下建康，丞相王导对大将军王敦说："不能让那个羌人到这边来。"王平子面貌长得像羌人。

【解读】

王平子即王澄，王澄、王导、王敦三人同是琅邪王氏的族人。王澄是西晋大臣王衍的弟弟，而王导是王衍的族弟，王敦是王衍的堂兄。因王敦与王澄有矛盾，王导于是在王敦面前诋毁王澄是羌人。王导和王澄并无罅隙，他这么做也许是为了向王敦表明自己的立场。毕竟，当时王敦手握军权，权势比王导还高。或者，王导只是随意地拿王澄的相貌开玩笑。

【原文】

王大将军起事①，丞相兄弟诣阙谢。周侯深忧诸王，始入，甚有忧色。丞相呼周侯曰："百口委②卿！"周直过不应。既入，苦相存救。既释，周大说③，饮酒。及出，诸王故在门。周曰："今年杀诸贼奴，当取金印如斗大，系肘后。"大将军至石头，问丞相曰："周侯可为三公不？"丞相不答。又问："可为尚书令不？"又不应。因云："如此，唯当杀之耳！"复默然。逮④周侯被害，丞相后知周侯救己，叹曰："我不杀周侯，周侯由我而死，幽冥中负此人！"

【注释】

①起事：造反。②委：交付。③说：通"悦"，高兴。④逮：等到。

【译文】

大将军王敦起兵造反，丞相王导兄弟到官里向皇帝请罪。周侯非常担心王姓一家，刚到官里，脸上尽是愁容。丞相对周侯喊道："我全家百余人的性命都交给你了。"周侯径直走过，没有回应王导，见到了皇帝，力保王导全家。事情办妥后，周侯非常高兴，并喝酒庆祝。他出官后，发现王氏兄弟依旧跪在官门之外，说："今年要是能把贼人消灭了，定能得到一个斗大的金印，系在胳膊肘后面。"大将军王敦进入石头城，问王导："周侯可以做三公吗？"王导没吭声。又问："他可以做尚书令吗？"王导沉默不语。王敦说："如果是这样，那就只好把他除掉。"王导还是没说话。周侯被处死后，王导得知周侯救了自己一家，感叹说："我不杀他，他却为我而死，到了阴间我也对不起他啊！"

【解读】

周伯仁本心善良，有情有义，然而他又一向傲慢。王导跟他的关系，一直以来似敌似友。他们互相开玩笑，但王导总觉得周伯仁与他针锋相对。两人最后的交往也如此，周伯仁明明打算帮助王导，却表现出不理不睬的样子。已经帮助了，却又说一番风凉话。

王导只见周伯仁的傲慢，不知他已经为自己求情，心中必定怨恨。而当王敦向他询问周伯仁其人时，他的沉默正是长久以来积累的怨气、怒气所致。王导的沉默明摆着表示对周伯仁的否定，直接导致了王敦对周伯仁的杀心。

【原文】

王导、温峤俱见明帝，帝问温前世所以得天下之由。温未答，顷，王曰："温峤年少未谙①，臣为陛下陈之。"王乃具叙宣王②创业之始，诛夷名族，宠树③同己，及文王④之末高贵乡公⑤事。明帝闻之，覆面著床曰："若如公言，祚⑥安得长！"

【注释】

①谙：熟悉、精通。②宣王：指司马懿，西晋初年被追封为宣王。③宠树：施以恩惠、扶植。④文王：指司马昭，他的儿子司马炎称帝后，追尊司马昭为文皇帝。⑤高贵乡公：指三国魏主曹髦，被司马昭所杀。⑥祚：通"阼"，皇位。

【译文】

王导和温峤一同去拜见晋明帝，明帝问温峤司马家先祖能够得到天下的缘由。温峤没有回答，过了片刻，王导说："温峤年轻不熟悉这段历史，请允许我为陛下诉说。"王导叙述了晋宣王司马懿创业之时，诛杀有名望的家族，宠幸并培植党羽，以及晋文王司马昭晚年杀高贵乡公曹髦的事。晋明帝听后，把脸贴在床上，说："如果实情如你所说，那么晋朝的皇位如何能长久呢！"

【解读】

王导对晋明帝的回答，指出司马氏王朝是靠杀人和叛乱起家。晋明帝的反问意思是：如果司马氏是靠争抢才取代曹魏皇室，得到王权，没有臣民的拥护，那是也不会长久的吧？把脸贴在床上的动作，体现出了他的忧虑。晋明帝的忧虑和思考，说明了他是个贤明之君，他明白掌管天下不能靠强权暴力，而是要有仁德和治国的韬略。

【原文】

王大将军于众坐中曰："诸周由来未有作三公者。"有人答曰："唯周侯邑五马领头①而不克②。"大将军曰："我与周洛下相遇，一面顿尽。值世纷纭③，遂至于此！"因为流涕。

【注释】

①五马领头：指樗蒲已经达到必胜的地步。此处比喻说周侯已经胜券在握。②克：胜。③纷纭：纷争。

【译文】

王大将军在众人面前说："周家从来没有人做过三公。"有人回答说："只有周侯一人差点儿做到三公。"大将军说："我与周侯在洛阳相遇，一见面就推心置腹，可惜赶上了乱世，落得今天这样的结局。"于是为周侯流下了泪水。

【解读】

王大将军指的是王敦，周侯指的是周伯仁。王敦叛乱时问王导周伯仁可不可用，王导沉默。王敦便以"不能为己用那就杀了"为由，杀死了周伯仁。

王敦在众人面前讥讽周家没有人做过高官。有人提到周伯仁，还说他差点就当了三公。这个"差点儿"犹如打了王敦一巴掌。王敦没想到搬起石头砸自己的脚。不过他继而还厚着脸皮自圆其说，把周伯仁的死说成是乱世所致，还解说自己与周伯仁是推心置腹之人，又假装悲伤流泪，以此掩饰自己杀死周伯仁的罪过。

【原文】

温公①初受刘司空②使劝进③，母崔氏固驻之，峤绝裾④而去。迄于崇贵，乡品⑤犹不过也。每爵，皆发诏。

【注释】

①温公：温峤。②刘司空：刘琨，曾任司空。③劝进：劝说实际掌权并觊觎皇位的人做皇帝。此处指劝司马睿称帝。④裾：衣服前后襟。⑤乡品：乡里公众对某人的评论，是古代选拔人才的重要参考依据。

【译文】

始安郡公温峤起初受司空刘琨的委托，劝司马睿登基称帝。温峤的母亲崔氏坚决不同意他前去，他却割断衣襟，毅然前往。后来温峤做到了高官，可是乡评还是不认可他的行为。每次给他封官，朝廷都要下诏声明，强迫别人认同。

【解读】

温峤执意要劝司马睿登基称帝，是因为他知道那么做是对的。后来事实证明，温峤的选择也是对的。司马睿即位后，任用王导、郗鉴等贤臣大将，重建晋朝，使得动荡的天下暂时得到了稳定。虽说温峤并非东晋的开国功臣，但他的作用不可忽视。如果不是他力劝司马睿，也许司马睿还为了逃避“八王之乱”的灾祸而躲起来，不敢在乱世中称王。

温峤以高瞻远瞩的目光做了一件利国利民的事情，但他却得不到乡人的好评。这是因为他不顾母亲的行为被保守的乡人视为不孝。然而自古以来忠孝难两全，温峤也许不孝，但他忠。正是因为温峤的忠诚，朝廷会以命令的形式，要求大家承认他。而最终，他也得到了大家的承认。

【原文】

庾公[①]欲起周子南，子南执辞愈固。庾每诣周，庾从南门入，周从后门出。庾尝一往奄[②]至，周不及去，相对终日。庾从周索食，周出蔬食，庾亦强饭，极欢；并语世故，约相推引，同佐世之任。既仕，至将军二千石[③]，而不称意。中宵[④]慨然曰：“大丈夫乃为庾元规所卖！”一叹，遂发背[⑤]而卒。

【注释】

①庾公：指庾亮，字元规。②奄：突然。③二千石：汉代对郡守的通称。④中宵：半夜时分。⑤发背：病名，指背部的痈疽发作。

【译文】

庾亮想启用周子南，可是周子南执意拒绝，并且态度愈加坚决。庾亮每当拜访周子南，从前门进去，周子南就从后门出去。有一次，庾亮突然来到周子南的住处，周子南无从躲避，就和他面对面坐了一天。庾亮向周子南讨要一些饭吃，周子南拿出野菜粗粮，庾亮勉强进食，还装作十分高兴的样子。两人还一起谈论了天下大势，并且相约一同担负起辅佐皇帝的大任。周子南出来做官，当上了将军、郡守，可是心里很不愉快。半夜时分，他感慨说：“我堂堂一个大丈夫，竟被庾元规出卖了。”一声叹息之后，他背上的疮伤发作，没多久就死了。

【解读】

在政局不稳，仕途险恶之时，很多具有文韬武略的能人因为不想卷入权力和政治的斗争中，选择回避、隐居于尘世。但因为执掌政权的人爱惜他们的才华，想尽办法要重用他们，所以他们的愿望也并非都能实现。庾亮多次拜访，最终打动周子南。然而他违背了自己的初心，又被官场所累，虽然名利双收、物质丰厚，终究抑郁而亡。

【原文】

阮思旷奉大法，敬信甚至。大儿年未弱冠[①]，忽被[②]笃疾。儿既是偏所爱重，为之祈请三宝，昼夜不懈。谓至诚有感者，必当蒙佑。而儿遂不济。于是结恨释氏[3]，宿命都除。

【注释】

①弱冠：指年满二十岁的男子。②被：遭受、遭遇。③释氏：释迦牟尼，此处指佛教。

【译文】

阮思旷信奉佛教，非常虔诚。他的大儿子还不满二十岁，忽然得了重病。他十分偏爱重视这个儿子，为了儿子能早日康复，便向三宝祈祷，日夜不敢松懈。他自认为至诚之心定能感动佛祖，得到佛祖的庇佑，然而这个儿子最终还是死了。自此以后，阮思旷与佛教结恨，再也不相信宿命论了。

【解读】

信仰是一个人思想、灵魂的寄托和载体，不是一种手段。一个真正有信仰的人，他知道自己所信仰的东西不是帮助自己解决任何生活问题的万能之神。而虚伪的信仰者，他盲目地崇拜其实是迷信。正如阮思旷。他佑儿心切，将一腔执念寄望于佛祖身上，却不是求医治病，对症下药。

盲目的信仰，结果往往事与愿违。因为能改变现状的只有正确的行动。所以说，有时候，求佛不如求自己。

【原文】

桓宣武对简文帝，不甚得语。废海西[1]后，宜自申叙，乃豫撰数百语，陈废立[2]之意。既见简文，简文便泣下数十行。宣武矜愧，不得一言。

【注释】

①废海西：桓温废晋帝司马奕为海西公，之后拥护简文帝司马昱登基。②废立：废旧君立新君。

【译文】

桓温面对简文帝司马昱，不知该如何说话。他废除司马奕之后，认为应该向新皇帝说明，于是事先写好了数百句话，叙述废旧立新的意图。桓温到了宫里，只见简文帝泪流不止，心里感到很惭愧，一句话也说不出来。

【解读】

无论是司马奕还是司马昱，都是傀儡皇帝。当时的桓温已经掌握政权，他废掉司马奕改立司马昱，是想更顺利地夺得帝位。桓温废除司马奕的理由是司马奕不能生育，影响国家社稷。新即位的简文帝司马昱知道自己的处境，想到司马奕的结局，又联想自己，他怎能不痛苦流泪？

【原文】

桓公卧语曰："作此寂寂[1]，将为文、景[2]所笑。"既而屈[3]起坐曰："既不能流芳后世，亦不足复遗臭万载邪！"

【注释】

①寂寂：默默无闻。②文、景：指晋文帝司马昭、晋景帝司马师。两人都是西晋王朝的奠基人，死后追封为帝。③屈：通"崛"。

【译文】

南郡公桓温躺在床上，说："默默无闻过一生，会被晋文帝和晋景帝耻笑的。"说完，他坐起来说："虽然不能流芳百世，难道还不能遗臭万年吗？"

【解读】

桓温一生对名誉声望的追求近乎偏执，这可能跟他的成长环境有关。桓温的父亲桓彝曾在王敦之乱中立下汗马功劳，后来在苏峻之乱中战死。东晋王朝向来重文轻武，桓彝死后，桓家家道中落。桓温有勇有谋，不甘心做一个没有名声的庸人。他以当兵为进入政界的第一步，后来逐渐声名显赫。然而，即使有了名望，因他的出身不好，没有文学方面的才华，所以他仍挤不进当时的名流阶层。当时，与桓温私交甚好的谢奕、王坦之等也都讥讽他为“老兵”。这种嘲笑辱骂，一直都让桓温深恶痛绝，也加强了他争取至高功名的野心。

虽然即便征战沙场多年，战功显赫，但桓温得到的他人支持仍是不多。时至晚年，他还是没有等来合适的机会。桓温自觉如不另辟他径,他将失去名留青史的机会。他感叹“既不能流芳后世，亦不足复遗臭万载邪”之时，已经起了谋权篡位的念头。后来，他掌权政权，果然野心外露，以废除旧皇帝，改立新皇帝的伎俩，打算间接谋权。但因为他年事已高，身染重病，且被谢安、王坦之等人暗中阻挠篡位行动，所以他最终带着充满悲剧色彩的一生离开了人世。

【原文】

谢太傅于东[①]船行，小人引船，或迟或速，或停或待；又放船从横[②]，撞人触岸，公初不呵谴。人谓公常无嗔喜。曾送兄征西[③]葬还，日莫[④]雨驶，小人皆醉，不可处分。公乃于车中手取车柱撞驭人，声色甚厉。夫以水性沉柔，入隘奔激，方之人情，固知迫隘之地，无得保其夷粹[⑤]。

【注释】

①东：指会稽。②从横：即纵横。此处指船任意航行。③征西：指谢奕，谢安兄长，死后追赠镇西将军。④莫：通“暮”，傍晚。⑤夷粹：平和。

【译文】

太傅谢安在会稽坐船出行，船夫驾船时快时慢，停停走走，任由船航行，即使船撞了别人的船，或是碰触了河岸，谢安也不责备船夫。人们都说谢安没有喜怒之情。有一次，他给兄长镇西将军谢奕送葬回来之时，已是傍晚时分，天还下起了急雨，车夫喝醉了没有办法驾车。谢安从车里拿起车柱戳撞车夫，声色俱厉。水本来沉静柔和，可是一流经狭窄的地方，就会奔流激荡。以此来比喻人的性情，就能得知人在险境中无法保持平和心态。

【解读】

在顺境中保持平和愉悦的心态，不因一点小小的不顺而丢掉风度，这是很容易的。因为那点不顺相对于怡然自得的生活来说就如一点小风相对于深海，是无法激起波浪的。然而一个人一时似深海容易，但总具有深海的性格却很难。如果修养没有到能使自己“不以物喜，不以己悲”的程度，人还会被境遇所困。就如谢安。谢尚、谢奕相继死去，谢氏家族在朝廷掌权的人越来越少，那也意味着谢家开始没落，这样的没落还会对谢安原本的隐居生活产生影响。所以，他对醉酒车夫的痛打应有因境遇改变而不安的原因。

【原文】

简文见田稻，不识，问是何草，左右答是稻。简文还，三日不出，云：“宁[①]有赖其末[②]，而不识其本！”

【注释】

①宁：难道。②末：指稻穗。

【译文】

简文帝不认识田里的稻子，问左右是什么草。左右回答说是稻子。简文帝回到宫里，连续三天没有出门，说：“难道有依靠它的果实来维持生命，而不认识它的根本的道理吗？”

【解读】

不知道稻谷长什么样的皇帝大有人在，然而历史上几乎没有人发出简文帝这样的感叹。简文帝话里的意思，或许稻谷已经不仅代表稻谷，还代表百姓。一个国家的建立是以百姓为基础的，一个国君以及他下面的臣子都是靠吃百姓粮食来生存。所以，国君本应了解百姓，了解民生。然而在当时，国君只是傀儡，而充当统治阶级的世家大族只会互相争斗、杀戮，两者都没有把民生社稷放在心上，根本不了解最基层的情况。如此说来，简文帝的感叹，有可能是对自己作为一国之君失责无能的感叹。

【原文】

桓车骑在上明畋猎①，东信至，传淮上大捷。语左右云："群谢②年少大破贼！"因发病薨③。谈者以为此死贤于让扬之荆。

【注释】

①畋猎：打猎。②群谢：指谢玄等人。③薨：古代称封爵大官之死。

【译文】

车骑将军桓冲在上明打猎，东边的信使送来淮上捷报。桓冲对周围的人说："谢家的几个年轻人大破敌军。"于是发病而死。时人都认为他这样死去，比让出扬州刺史而担任荆州刺史更加贤明。

【解读】

桓冲与他的哥哥桓温不同，他忠于晋室。桓温死后，他接替兄职，都督江扬豫州军事、扬豫二州刺史。桓温自觉才华能力不如谢安，将扬州刺史职位让给谢安，自愿出镇外地。当时很多人都极力阻止他这么做，但桓冲以大局为重一直不顾他们的反对。

桓冲解任扬州刺史给谢安，已经被人称道。后来淝水之战，他又甘愿屈尊，以辅将的身份，与谢氏一起率军抵抗前秦。交战之中，桓冲对谢安、谢玄等人的战略不赞同，然而谢安等最终大破前秦，还救回来了因作战不利而被前秦军俘虏去的序。谢氏破敌的消息传回来后，桓冲羞愧不已，发病而死。

【原文】

桓公①初报破殷荆州②。曾讲《论语》，至"富与贵，是人之所欲，不以其道得之，不处"，玄意色甚恶。

【注释】

①桓公：指桓玄。②殷荆州：殷仲堪，时任荆州刺史。

【译文】

桓玄当初为了报复，派兵击败了殷仲堪。桓玄曾经讲解《论语》，讲到"富有和尊贵，是每个人都想得到的，假如不通过正当途径得到它，那么就不会被人接受"一句时，脸色变得非常难看。

【解读】

桓玄是桓温的儿子，他继承了桓温的篡位之心，先后消灭了同谋殷仲堪和杨佺期，然后又杀死了掌握朝政的司马道子父子。以谋反叛乱来获得荣华富贵并非正当途径，所以，他看到《论语》上面所说的话，心中自然嫌恶，脸色难看。因为，那句话明显说到了桓玄的要害。

纰漏第三十四

【原文】

王敦初尚主①，如厕，见漆箱盛干枣，本以塞鼻，王谓厕上亦下果，食遂至尽。既还，婢擎金澡盘盛水，琉璃碗盛澡豆②，因倒著水中而饮之，谓是干饭。群婢莫不掩口而笑之。

【注释】

①尚主：娶公主。此处指王敦娶舞阳公主为妻。②澡豆：古代的一种洗涤用品，以豆粉为主，配合各种药物制成，功能类似于现在的肥皂。

【译文】

王敦和舞阳公主刚刚成亲，上厕所时，见漆箱中有干枣。本来干枣是用来堵鼻子的，可是王敦以为厕所里也备有食品，就把干枣全部吃光了。出来之时，侍女端着有水的金澡盘和装着澡豆的琉璃碗，让王敦洗手。王敦却把澡豆倒进水里，一口吃了下去，以为这是干饭。侍女们都捂着嘴笑话王敦。

【解读】

每个人有每个人的生活习惯，不同阶级有不同的生活方式。遇到新的环境，看见新奇的现象，与一个人"新"人交往时，应该对某些新鲜的事物保持一种谨慎的态度。如果总按自己老一套的"我以为"来做事，则有可能像王敦一样，做出让人笑话的事情来。

【原文】

元皇①初见贺司空②，言及吴时事，问："孙皓③烧锯截一贺头，是谁？"司空未得言，元皇自忆曰："是贺劭④。"司空流涕曰："臣父遭遇无道，创巨痛深，无以仰答明诏。"元皇愧惭，三日不出。

【注释】

①元皇：晋元帝司马睿。②贺司空：贺循，字彦先，死后追赠司空。③孙皓：三国时期吴国的最后一个君主，专于杀戮，昏庸暴虐。④贺劭：贺循之父，因上疏劝谏孙皓的骄矜行为，被孙皓怀恨在心，终惨遭杀害。

【译文】

晋元帝司马睿第一次见到司空贺循，谈论起吴国当年的事情，问他："孙皓用烧红的锯子锯断了一个姓贺的头，你知道那个人是谁吗？"贺循没有回答，晋元帝独自追忆说："是贺劭。"贺循哭着说："我的父亲遇到了无道昏君，给我的心灵留下了深重的伤痛，所以我无法回答陛下的问题。"晋元帝知道自己失言，心里感到很羞愧，连续三天没有上朝。

【解读】

人的好奇心往往会使得自己犯错，有时候错虽然是无意犯下的，却又非常伤人，而且根本无法弥补。晋元帝的失言正是如此，因冒失而失言，因失言而给对方带来伤害。这样的失言，犹如把贺循心里的伤疤狠狠地揭起。即便晋元帝真心意识到自己的错误，为自己的冒失感到惭愧，也无法减轻贺循心里的创痛。

【原文】

蔡司徒[1]渡江，见彭蜞[2]，大喜曰："蟹有八足，加以二螯。"令烹之。既食，吐下委顿，方知非蟹。后向谢仁祖说此事，谢曰："卿读《尔雅》不熟，几为《劝学》死！"

【注释】

①蔡司徒：蔡谟，字道明，博学多才，官至侍中、司徒。②彭蜞：体形跟螃蟹类似，比螃蟹小。

【译文】

司徒蔡谟渡江躲避战乱，见到彭蜞，兴奋地说："螃蟹有八只脚，还有两个夹钳。"命人煮熟了吃。蔡谟吃完以后，腹泻了很多次，以致精神疲惫，后来才知道那不是螃蟹。蔡谟跟谢仁祖提及此事，谢仁祖说："你的《尔雅》读得不熟，《劝学》几乎要了你的命。"

【解读】

《尔雅》是中国古代最早的词典，谢仁祖说蔡谟是因为《尔雅》读得不熟悉才不知道螃蟹是长什么样的。《劝说》是荀子所作，是《荀子》的开篇之作，它旁征博引，论述了学习的重要意义，劝导人们以正确的目的、态度和方法去学习。《劝说》中有一句："蟹六跪而二螯，非蛇蟮之穴，无可寄讬者，用心躁也。"谢仁祖说《劝说》几乎要了蔡谟的命，意即讥讽他《劝说》学得模模糊糊，才把螃蟹有六只脚记成是八只。

【原文】

任育长[1]年少时，甚有令名[2]。武帝崩，选百二十挽郎[3]，一时之秀彦，育长亦在其中。王安丰选女婿，从挽郎搜其胜者，且择取四人，任犹在其中。童少时，神明可爱，时人谓育长影亦好。自过江，便失志。王丞相请先度时贤共至石头迎之，犹作畴日[4]相待，一见便觉有异。坐席竟，下饮，便问人云："此为茶为茗？"觉有异色，乃自申明云："向问饮为热为冷耳。"尝行从棺邸[5]下度，流涕悲哀。王丞相闻之，曰："此是有情痴。"

【注释】

①任育长：任瞻，字育长，曾任谒者仆射、都尉、天门太守。②令名：好名声。③挽郎：古代葬礼上唱挽歌的人。④畴日：从前、以前。⑤棺邸：棺材铺。

【译文】

任育长年少之时，已经名声俱佳。晋武帝驾崩后，挑选了一百二十名唱挽歌的少年，都是当时德才兼备的人，任育长是其中一员。安丰侯王戎为女儿挑选夫婿，从挽郎里筛选出了四个优秀的人，任育长依旧在列。任育长小的时候，聪明可爱，当时的人认为他长得也非常好看，可是自从过江以后，他就神思不定了。丞相王导邀请之前渡江的名士一起去石头城迎接他，并以往昔贵宾之礼对待他。可是见面之后，他们发现任育长的风采不如从前了。众人坐定，摆上茶水，任育长问："这是茶还是茗？"话音刚落，发现别人变了脸色，就申明说："我刚才问茶是热的还是冷的。"有一回，任育长从棺材铺前走过，留下了悲伤的泪水。王导听闻此事，说："他心中还有解不开的情结！"

【原文】

谢虎子[1]尝上屋熏鼠。胡儿[2]既无由知父为此事，闻人道痴人[3]有作此者，戏笑之，时道此，非复一过。太傅[4]既了己之不知，因其言次[5]，语胡儿曰："世人以此谤中郎，亦言我共作此。"胡儿懊热，一月日闭斋不出。太傅虚托引己之过，以相开悟，可谓德教。

【注释】

①谢虎子：谢据，小字虎子，谢安的二哥。②胡儿：谢朗，小字胡儿，谢据之子。③痴人：

愚笨之人。④太傅：指谢安。⑤言次：言谈之际。

【译文】

谢虎子曾经在屋顶上熏老鼠。他的儿子谢胡儿不知道他做过这样的事，听别人说傻子才会这样做，就取笑这种人，还不止一次说起这件事。太傅谢安明白自己的侄子不知晓实情，趁着和他谈话之时，告诉他说："有人拿这件事诋毁你的父亲，还说是我和他一块儿干的。"谢胡儿听了悔恨不已，躲在屋里一个月没出门。谢安假托事情是自己干的，以此来启发谢胡儿，使他醒悟，称得上是德教啊！

【解读】

谢胡儿跟着别人在讥笑自己的父亲是傻子，然而他自己却不知道。所以说，千万不要人云亦云，因为别人口中的"别人"有可能就是你自己。况且，笑话他人本就是没有修养的行为。在谢安的澄清下，谢胡儿应是认识到了自己内心羞耻的一面，所以才会悔恨不已。

【原文】

殷仲堪父病虚悸①，闻床下蚁动，谓是牛斗。孝武不知是殷公，问仲堪："有一殷，病如此不？"仲堪流涕而起曰："臣进退唯谷②。"

【注释】

①虚悸：一种病症。由于身体虚弱而引起心跳加快、心神不安等症状。②进退唯谷：进退两难。此处指殷仲堪不回答则是抗旨，回答则触犯父亲的讳。

【译文】

殷仲堪的父亲患有虚悸病，听到床下蚂蚁爬过，以为是牛在打架。晋孝武帝不知道是殷仲堪的父亲，问殷仲堪："你知道有一位姓殷的人得了这种病吗？"殷仲堪泪流满面，站起来说："我不知道该怎么回答。"

【原文】

虞啸父①为孝武侍中，帝从容问曰："卿在门下，初不闻有所献替②。"虞家富春，近海，谓帝望其意气，对曰："天时尚暖，鮆鱼虾鱃未可致，寻当有所上献。"帝抚掌大笑。

【注释】

①虞啸父：东晋大臣，曾任侍中、尚书、会稽太守等职。②献替：向皇帝进谏，进献可行的措施，废除不可行的措施。

【译文】

虞啸父担任晋孝武帝侍中时，孝武帝温和地问他："你是门下省官员，怎么也不见你献替呢！"虞啸父的老家是富春，濒临大海，误以为皇帝要他进贡家乡的海产品，回答说："天气还很暖和，鱼类制品都不好制作，时机一到我定会奉上。"孝武帝听了拍手大笑。

【原文】

王大①丧后，朝论或云国宝②应作荆州。国宝主簿夜函③白事云："荆州事已行。"国宝大喜，而夜开阁唤纲纪④话势，虽不及作荆州，而意色甚恬。晓遣参问，都无此事。即唤主簿数之曰："卿何以误人事邪？"

【注释】

①王大：王忱，字元达，中书令王坦之第四子，曾荆州刺史，死在任上。②国宝：王国宝，中书令王坦之第三子，曾任秘书丞、琅邪内史、中书令、尚书左仆射，权倾朝野。③函：公文。④纲

纪：古代公府及州郡主簿。

【译文】

王大死后，朝廷中的人纷纷议论说，荆州刺史应由王国宝担任。王国宝的主簿连夜写了书函，报告王国宝说："您接任荆州刺史的事情，已经定下来了。"王国宝欣喜若狂，当夜打开房门，召集下属们开会。虽然没有谈论荆州刺史的事情，可仍能看得出他非常高兴。第二天，王国宝派遣人到宫里打探，证实没有这码事，立即把主簿找来，责备他说："你怎么能误了我的事儿呢？"

惑溺第三十五

【原文】

魏甄后[①]惠而有色，先为袁熙[②]妻，甚获宠。曹公之屠邺也，令疾召甄，左右白："五官中郎[③]已将去。"公曰："今年破贼正为奴。"

【注释】

①魏甄后：魏文帝曹丕的皇后，魏明帝曹叡之母。②袁熙：字显雍，袁绍次子，曾为幽州刺史。③五官中郎：指曹丕，时任五官中郎将，负责保卫宫廷。

【译文】

魏甄后既聪明又漂亮，原本是袁熙的妻子，深受宠爱。曹操攻陷邺城之时，命人急召甄氏前来。左右报告说："五官中郎将把她带走了。"曹操说："今年大破敌军，就是为了你这个臭小子啊。"

【解读】

魏甄氏长得很漂亮，曹操父子心仪已久，不仅曹丕爱慕她，就连曹植也对她有意思。据说《洛神赋》原名《感甄赋》，写的正是后来成为他嫂子的魏甄氏。攻占邺城后，曹操就急寻魏甄后，可见他是迷恋魏甄后的，没想到儿子曹丕却捷足先登，将魏甄后劫走了。儿子抢走了自己所爱的美人，曹操当时一定大为恼火且失望嫉妒，但他以大局为重，没有表现出自己的感情，而只是说了句："今年破贼正为奴。"

【原文】

荀奉倩[①]与妇至笃，冬月妇病热，乃出中庭自取冷，还，以身熨之。妇亡，奉倩后少时亦卒，以是获讥于世。奉倩曰："妇人德不足称，当以色为主。"裴令[②]闻之，曰："此乃是兴到之事，非盛德言，冀[③]后人未昧[④]此语。"

【注释】

①荀奉倩：荀粲，字奉倩，三国时魏尚书令荀彧之子。②裴令：裴楷，字叔则，官至尚书令。③冀：希望。④昧：欺骗、蒙蔽。

【译文】

荀奉倩和妻子的感情十分深厚，妻子冬天患上了热病，他就到院子里把自己的身体冻凉，之后回到房里，紧贴着妻子的身体。妻子死后，荀奉倩没多久也与世长辞了。他为此受到世人的讥笑。荀奉倩曾说："妇女的德行没什么好称道的，应当以美貌为主。"中书令裴楷听到这话，说："这只是一时高兴说出来的话，并不是合乎仁德的言论，希望后人不要被他的话蒙蔽了。"

【解读】

女人的美貌自是吸引一个男人的先决条件，但光有美貌而无德行的话，恐怕也不会招人喜欢。可见，荀奉情的话根本就是无稽之谈。所以说，一个女子具有美貌固然更有优势，但如果没有美德，那她也是丑陋的。

【原文】

贾公闾[①]后妻郭氏酷妒[②]。有男儿名黎民，生载周，充自外还，乳母[③]抱儿在中庭，儿见充喜踊[④]，充就乳母手中呜[⑤]之。郭遥望见，谓充爱乳母，即杀之。儿悲思啼泣，不饮它乳，遂死。郭后终无子。

【注释】

①贾公闾：贾充，字公闾，西晋时任尚书令。②酷妒：嫉妒心很强。③乳母：奶妈。④喜踊：非常高兴。⑤鸣：亲吻。

【译文】

贾充的后妻郭氏嫉妒心非常强烈。她生了一个男孩，名叫黎民，刚刚满周岁。有一天，贾充从外面回来，奶妈正抱着黎民在院子里玩，黎民见到贾充欢喜雀跃。贾充走近奶妈，亲吻了一下奶妈怀中的黎民。郭氏在远处看到了这一幕，以为贾充爱上了奶妈，就把她杀了。黎民想念奶妈，悲伤地哭个不停，也不吃别人的奶，就饿死了。郭氏以后再也没有生下儿子。

【解读】

嫉妒是心灵的魔鬼，一旦被它缠上，人性被吞噬，害人害已。防止嫉妒，唯有放宽心，放低自己，不要执着于某个念头，不患得患失，从能够获得内心的安宁。

【原文】

孙秀[①]降晋，晋武帝厚存宠之，妻以姨妹蒯氏，室家甚笃。妻尝妒，乃骂秀为“貉子”[②]。秀大不平，遂不复入。蒯氏大自悔责，请救于帝。时大赦，群臣咸见。既出，帝独留秀，从容谓曰：“天下旷荡，蒯夫人可得从其例不？”秀免冠[③]而谢，遂为夫妇如初。

【注释】

①孙秀：字彦才，三国时期东吴大将。孙秀也是东吴宗室，拥兵在外，皇帝孙皓一直忌惮他，想要把他除去。孙秀觉察出孙皓的意图，就归降了西晋。后被晋武帝任命为骠骑将军，开府仪同三司，封会稽公。②貉子：北方人对江东人的鄙称。③免冠：摘下帽子，表示谢罪。

【译文】

孙秀归降西晋后，晋武帝待他非常好，并将自己的姨妹蒯氏许配给他为妻，两人相处得十分融洽。有一次，蒯氏出于嫉妒，骂孙秀是貉子，孙秀怒气难消，不再跟蒯氏同房。蒯氏非常后悔，请求晋武帝帮忙。当时正值朝廷大赦天下，群臣都蒙皇帝召见。退朝后，武帝只让孙秀留下，温和地对他说：“国家都已经大赦天下了，蒯夫人是否也能依据此例得到你的宽恕呢？”孙秀听了赶紧脱帽谢罪，于是夫妇两人和好如初。

【解读】

古代的丈夫有三妻四妾是很正常的，作为正妻的女子必须要有宽容大度之心，才能不被自己的嫉妒吞噬。蒯氏没有这样的度量，才使得自己和孙秀成为一对陌路夫妻。她本来是有骨气的，然而她最终为自己的行为后悔，这说明一个弱小女子最终是难逃时代赋予的命运的。于是，她对晋武帝的求情又使她显得更加的悲哀。借助皇帝的权威来维持婚姻的和谐，即使这样的和谐能够“和好如初”，也总是有点别扭的吧。

【原文】

韩寿[①]美姿容，贾充辟以为掾[②]。充每聚会，贾女于青琐[③]中看，见寿，说之，恒怀存想，发于吟咏。后婢往寿家，具述如此，并言女光丽。寿闻之心动，遂请婢潜修音问，及期往宿。寿跻捷绝人，逾墙而入，家中莫知。自是充觉女盛自拂拭[④]，说畅有异于常。后会诸吏，闻寿有奇香之气，是外国所贡，一著人，则历月不歇。充计武帝唯赐已及陈骞，余家无此香，疑寿与女通，而垣墙重密，门阁急峻，何由得尔！乃托言有盗，令人修墙。使反曰：“其余无异，唯东北角如有人迹，而墙高，非人所逾。”充乃取女左右婢考问[⑤]，即以状对。充秘之，以女妻寿。

【注释】

①韩寿：字德真，官至散骑常侍、河南尹，娶尚书令贾充之女为妻。②掾：属官。③青琐：古代富贵人家用青色花纹雕饰的门窗。④拂拭：装扮。⑤考问：审问、盘问。

【译文】

韩寿是一个美男子，贾充任命他为自己的属官。贾充每次召集属官开会时，他的女儿都从门窗中偷看，见到韩寿，喜欢上了他，心里还常常挂念，并在吟咏中表露自己的情意。后来婢女到韩寿家，把贾小姐的心思向他挑明，并说贾小姐是个美人儿。韩寿听了大为心动，请婢女暗中传信，约定时间与贾小姐过夜。韩寿身手矫捷，翻墙而入，贾家没有人知晓。此后，贾充发觉女儿越来越爱装扮自己，脸上欢喜舒畅的神情跟之前不大相同。又一次，贾充召开属官会议，从韩寿身上闻到一股异香。这种香料是外国贡品，一沾上身，香味几个月也不会消失。贾充心想皇帝把这种香料赏给了自己和陈骞，别人家不会有这种香料，就怀疑韩寿跟自己女儿有私情，可是围墙高大，门户紧闭，是从哪儿进来的呢？于是他假称有盗贼，命人修墙。修墙的人向他报告说："墙都完好，只是东北角仿佛有人爬过的痕迹。围墙非常高，常人没有办法翻越。"贾充盘问女儿的婢女，从她口中得知了实情。他命人不要张扬这件事，把女儿许配给了韩寿。

【解读】

贾充知道家丑不可外扬，所以从头到尾不动声色，只是自个儿暗中探出究竟。他的聪明还体现在他的通达上。他成人之美，让自己犯下大错的女儿和韩寿两个有情人终成眷属。这不仅维护了自家的名声，也防止了一场爱情的悲剧。

【原文】

王安丰[①]妇，常卿安丰。安丰曰："妇人卿婿，于礼为不敬，后勿复尔。"妇曰："亲卿爱卿，是以卿卿；我不卿卿，谁当卿卿！"遂恒听之。

【注释】

①王安丰：王戎，濬冲，"竹林七贤"之一，官至司徒，封安丰侯。②卿：古代夫妻互称，表示亲昵。

【译文】

王戎的夫人经常称呼他为卿，王戎说："妇道人家称自己的丈夫为卿，从礼数上来说是不敬的，以后不要这样称呼我。"王夫人说："我亲近你，爱恋你，因而称你为卿。我不称你为卿，谁该称你为卿呢？"于是王戎只能听任夫人这样称呼。

【解读】

"卿"在晋朝以前表示高级官名，如"三公九卿"。也表示对某个知名人士的敬称，也上级对下级、晚辈所用的称呼。古代女子地位比男子低，所以王戎夫人称王戎"卿"不符合礼数。然而王戎夫人却不以为然，她认为自己和王戎夫妻感情至深，她称王戎"卿"本就合情合理。王戎被她的辩驳说服，也就任由她去，不再以传统的礼数来制约他们夫妻之间的关系。王戎夫人一句"亲卿爱卿，是以卿卿；我不卿卿，谁当卿卿！"也就成了今天"卿卿我我"源头，用来表示夫妻、恋人之间关系亲昵，不分你我。

【原文】

王丞相有幸妾姓雷，颇预[①]政事，纳货[②]。蔡公谓之"雷尚书"。

【注释】

①预：干预。②纳货：收取贿赂。

【译文】

丞相王导有个爱妾姓雷，经常干预政事，收取别人的好处。蔡公称她为"雷尚书"。

仇隙第三十六

【原文】

孙秀既恨石崇不与绿珠[①]，又憾潘岳[②]昔遇之不以礼。后秀为中书令，岳省内见之，因唤曰："孙令，忆畴昔周旋[③]不？"秀曰："中心藏之，何日忘之[④]！"岳于是始知必不免。后收石崇、欧阳坚石[⑤]，同日收岳。石先送市，亦不相知。潘后至，石谓潘曰："安仁，卿亦复尔邪？"潘曰："可谓'白首同所归'。"潘《金谷集诗》云："投分寄石友，白首同所归。"乃成其谶[⑥]。

【注释】

①绿珠：西晋石崇宠妾，善吹笛，又善舞。石崇因绿珠而受到孙秀的仇视。②潘岳：字安仁，官至黄门侍郎。当初孙秀只是一个小吏，潘岳看不惯孙秀狡黠，经常鞭打他，故被孙秀记恨。③周旋：交往。④中心藏之，何日忘之：出自《诗经·小雅·隰桑》，意思是藏在心里，不会忘记。⑤欧阳坚石：欧阳建，字坚石，石崇外甥。历任尚书郎、冯翊太守。⑥谶（chèn）：预示吉凶的话语。

【译文】

孙秀怨恨石崇不把绿珠送给自己，又不满潘岳曾经对自己无礼。孙秀当上中书令后，潘岳在中书省见到他，对他说："你还记得我们从前的交往吗？"孙秀回答说："那个情景一直藏在我的心里，我不会忘记的。"潘岳知道自己定会遭到他的报复。后来，孙秀下令逮捕了石崇、欧阳坚石，并于同一天逮捕潘岳。石崇先被押往刑场，并不知晓潘岳的处境。随后，潘岳也被押到刑场，石崇对他说："安仁，你也是这种下场吗？"潘岳说："可以说是'白首同所归'。"潘岳在《金谷集诗》中的诗写道："投分寄石友，白首同所归。"这句话预示了他们如今的下场。

【解读】

睚眦必报的人，一旦得势，就会玩弄权术，以泄旧恨。孙秀正是这么一个人。这种人是最歹毒阴险的，他忍辱偷生，不为正义，只为有一天能够翻手为云覆手为雨。孙秀的经历也证明了这点。他曾做过服侍潘岳的小吏，因性格狡诈且为人自负而被潘岳厌恶。潘岳当年凭借身份时常凌辱揍打孙秀，孙秀打不还手，骂不还口。如今一朝得势，他便向潘岳翻旧账，可见他的"忍"是邪恶、狠毒的，并非宽容。

孙秀固然是小人，但从潘岳与石崇的性格来看，他们的下场也有自己的原因。潘岳仗势欺人，石崇不会审时度势，于是，"白首同归"也是理所当然的了。

【原文】

刘玙兄弟[①]少时为王恺所憎，尝召二人宿，欲默[②]除之。令作坑，坑毕，垂加害矣。石崇素与玙、琨善，闻就恺宿，知当有变，便夜往诣恺，问二刘所在。恺卒[③]迫不得讳[④]，答云："在后斋中眠。"石便径入，自牵出，同车而去，语曰："少年何以轻就人宿！"

【注释】

①刘玙兄弟：指刘玙、刘琨。②默：私下、暗中。③卒：同"猝"，仓促。④讳：隐瞒。

【译文】

刘玙、刘琨兄弟年轻时得罪了王恺，所以王恺对他们怀恨在心。王恺请他们到府上过夜，想要秘密地杀死他们。他命人挖坑，挖好之后，就等着除掉刘氏兄弟。石崇平时跟刘玙、刘琨关系不错，得知他们到王恺家住宿，心知会有不好的事情发生，于是就连夜来到王恺府上，问刘氏兄弟在哪里。王恺匆忙之间无法隐瞒，只得如实回答说："他们在后堂睡觉。"石崇径直走进去，亲自把刘氏兄弟拉出来，同乘一辆车离开了王恺的府第，还责怪他们说："你们年轻人，怎么这么草率地到别人家里过夜呢？"

【解读】

石崇和王恺的关系本就不好，两人曾"斗富"，互不相让。他救刘琨兄弟俩，除了出于救朋友之心，应该也有打击王恺的意思。

【原文】

王大将军执司马愍王[①]，夜遣世将[②]载王于车而杀之，当时不尽知也。虽愍王家亦未之皆悉，而无忌[③]兄弟皆稚。王胡之[④]与无忌，长甚相昵。胡之尝共游，无忌入告母，请为馔。母流涕曰："王敦昔肆酷汝父，假手世将。吾所以积年不告汝者，王氏门强，汝兄弟尚幼，不欲使此声著，盖以避祸耳。"无忌惊号，抽刃而出，胡之去已远。

【注释】

①司马愍王：司马承，字元敬，封谯王。王敦之乱时被杀，战乱平定后，朝廷下诏赠车骑将军，谥号为愍。②世将：王廙，字世将，为辅国将军，封武陵县侯，历任尚书郎、散骑常侍、左卫将军等职。王敦之乱时，被封为平南将军、荆州刺史。③无忌：司马无忌，字公寿，司马承之子。曾任散骑常侍、御史中丞，追赠卫将军、烈王。④王胡之：字修龄，王廙次子，曾做西中郎将、司州刺史。

【译文】

大将军王敦活捉了愍王司马丞，于夜间命令王世将把他装进车里，并将他杀死。当时的人不完全知道实情，即使愍王家里的人也不全知晓。当时司马无忌兄弟还很年幼。王胡之和司马无忌长大以后，成了亲密的朋友。有一次，王胡之和无忌一起游玩，无忌请求母亲为他们准备吃的。母亲哭着说："当年王敦迫害你的父亲，手段非常残忍，他借王世将之手把你父亲杀了。这么多年来，我一直没告诉你们，是因为王家的势力太大，你们兄弟都还小。我不张扬这件事情，就是为了远离灾祸。"无忌大声惊叫，手持刀械跑出去，可是王胡之早已逃到了远处。

【解读】

一个守寡的女人，看着自己的儿子和杀死自己丈夫的仇人的孩子玩在一起，她的心里一定像被刀割一样。但在现实的压迫下，她也只能暂时对儿子保守秘密。

司马无忌也是一个悲剧人物，即便追得上王胡之，他能狠下心来杀他吗？毕竟，王胡之不是杀他父亲的仇人，且还是与他从小玩到大的朋友。再说，但把杀父之仇报复在仇人的儿子身上，仍是有失人道。况且，王胡之的父亲本是被人指使，真正的仇人是王敦。王敦的势力之大，司马无忌根本无法与他作对。

【原文】

应镇南[①]作荆州，王修载[②]、谯王子无忌同至新亭与别。坐上宾甚多，不悟二人俱到。有一客道："谯王丞致祸，非大将军意，正是平南所为耳。"无忌因夺直兵参军刀，便欲斫[③]修载。走投水，舸上人接取，得免。

【注释】

①应镇南：应詹，字思远，曾任江州刺史、南平太守、平南将军等职，死后追赠镇南大将军。

②王修载：王耆之，字修载，王廙第三子。③斫：用刀砍。

【译文】

镇南大将军应詹出任荆州刺史时，王修载和谯王司马丞的儿子无忌一同到新亭为他饯行。前来送行的宾客很多，他们都没有想到这两人竟会同时到场。有一人说："谯王司马丞遇害，不是大将军王敦的意思，是平南将军王廙干的。"司马无忌抢过值班参军的刀，就要砍杀王修载。王修载被迫跳进河里，幸好船上的人出手相救，才躲过一劫。

【解读】

司马无忌的悲剧在于，他想报仇，但不知道找谁报仇。王廙是杀他父亲的直接凶手，王敦才是杀他父亲的主谋。他无法了解真相，只能听信他人所说。杀死王廙的儿子，根本不是报仇，而同样是杀害无辜之行。然而，被仇恨冲昏头脑的人往往失去理智和仁德。司马无忌也不例外。

【原文】

王右军①素轻蓝田②。蓝田晚节论誉转重，右军尤不平。蓝田于会稽丁艰，停山阴治丧。右军代为郡，屡言出吊，连日不果。后诣门自通，主人既哭，不前而去，以陵辱之。于是彼此嫌隙大构。后蓝田临扬州，右军尚在郡，初得消息，遣一参军诣朝廷，求分会稽为越州。使人受意失旨，大为时贤所笑。蓝田密令从事数其郡诸不法，以先有隙，令自为其宜。右军遂称疾去郡，以愤慨致终。

【注释】

①王右军：王羲之，字逸少，官至右军将军、会稽内史。②蓝田：王述，字怀祖，官至扬州刺史、尚书令，封蓝田侯。

【译文】

右军将军王羲之向来瞧不起蓝田侯王述，可偏偏王述晚年的名声越来越大，于是他心里更加不平。王述任会稽内史时，恰逢母亲去世，离职在山阴办理丧事。王羲之代替他的职位，多次说要去王述家吊丧，可是接连几天都没有去。后来他登门吊唁，见主人哭泣，也不上前慰问，以此来羞辱王述。双方的仇怨越来越深。不久，王述升为扬州刺史，王羲之还是会稽内史。得知这一消息后，王羲之派参军到京城，请求把会稽郡划为越州。参军没有正确领会王羲之的意图，结果此事成为名士们的笑柄。王述悄悄派从事察举会稽郡的种种不法行为。朝廷知道他们有仇隙，就让王述采取合理的处置办法。王羲之于是称病辞去职务，愤恨而死。

【解读】

王羲之自困于对王述的厌恶之中，竟乘人之危，在王述母亲的丧气羞辱他。这种行为已经将仇恨无名地扩大化，而王羲之自己亦被仇恨冲昏了头脑。他请求朝廷将自己管辖的属于王述之下的会稽郡规划到越州冶下，这种行为无异于表明自己不服从上级之心。王羲之最终让自己成为笑话，并且因过分的仇视行为被王述反击，使得自己无地自容，只能辞职。

宽容与忍耐与一个人有没有才华没有关系，而是取决于他做人的心态。如果能放下高傲，尊重他人，厚道做人，人与人的关系就不至于有王羲之和王述这样的结局。

【原文】

王东亭①与孝伯语，后渐异。孝伯谓东亭曰："卿便不可复测？"答曰："王陵②廷争，陈平③从默，但问克终云何耳。"

【注释】

①王东亭：王珣，字元琳，封东亭侯，故称。②王陵：西汉初年大臣，官至右丞相。因反对

吕后封诸吕为王，被罢免丞相职位。③陈平：西汉王朝的开国功臣之一，曾任右丞相、左丞相，封户牖侯，曲逆侯。吕后封吕家子弟为王时，陈平采取了暂时顺从的政策。吕后一死，陈平与太尉周勃诛杀吕氏一族，迎立文帝，使得刘氏天下重新安定下来。

【译文】

东亭侯王珣与王孝伯的意见渐渐有了分歧。王孝伯对王珣说："你的心思确实不容易捉摸。"王珣回答说："王陵在朝堂上与吕后争论，陈平却顺从吕后的意思，只需要看最终结果如何就行了。"

【解读】

陈平和王陵都是西汉开国丞相。陈平在吕太后掌权后懂得暂时委曲求全，求国家安定，自己无恙，最后在适当的时机，与太尉周勃合伙诛杀了吕氏，重建刘氏政权。王陵却以秉直刚正的个性，坚决与吕太后作对，最后被贬职位。

王珣对王孝伯所说的话，意在指出不要插手他人的仇恨。作为臣子，最需懂得因时而动，随机应变，不要墨守成规，钻牛角尖。"留得青山在，不怕没柴烧"，保全了最基本的力量，等待有利的时机，最终就会解决问题，迎来胜利。这样的心思，其实类似作战中的"按兵不动"，因不露痕迹，所以让人难以猜测。

【原文】

王孝伯死，县①其首于大桁②。司马太傅③命驾出至标所，孰视首，曰："卿何故趣④欲杀我邪？"

【注释】

①县：挂、系。②大桁：又称朱雀桥，是位于建康南城门外的一座浮桥，横跨秦淮河。③司马太傅：指太傅司马道子。④趣：古同"促"，着急。

【译文】

王孝伯被处死后，他的头被挂在朱雀桥上。太傅司马道子坐车来到跟前，仔细地看着王孝伯的头，说："你为何急着想要杀死我呢？"

【解读】

司马道子执掌朝政后，把大权交给王国宝，这令王恭（即王孝伯）不满，而王恭的不满亦激起了司马道子对他的忌惮和怨恨。后来，王恭以维护晋室朝权为由，出兵攻打王国宝。司马道子为了不使得事情闹大，处死王国宝，以示意王恭息事宁人。过后，司马道子对王恭心有余悸，于是想方设法防范王恭，两人的矛盾因此加深。王恭先发制人，再次举兵。王恭的靠山刘牢之劝阻王恭不要轻举妄动，王恭不听。司马道子以利诱惑刘牢之，刘牢之出卖王恭，王恭被俘。

王恭不听王珣劝告，操之过急要处死敌人，最终被敌人先处死。

【原文】

桓玄将篡，桓脩①欲因玄在脩母许袭之。庾夫人②云："汝等近，过我余年，我养之，不忍见行此事。"

【注释】

①桓脩：字承祖，桓玄的堂兄，娶武昌公主为妻，官至抚军大将军。②庾夫人：桓脩之母。

【译文】

桓玄谋朝篡位之际，桓脩想利用桓玄拜访自己母亲的机会除掉他。庾夫人说："你们是近亲兄弟，等我死了再说吧。我把他抚养成人，实在不忍心看你杀了他。"